牛茂杰 著

野狼窝

黑夜

YE LANG WO

辽宁教育出版社

图书在版编目（CIP）数据

野狼窝．黑夜 / 牛茂杰著．— 沈阳 ：辽宁教育出版社，2021.8

ISBN 978-7-5549-3250-6

Ⅰ．①野… Ⅱ．①牛… Ⅲ．①长篇小说－中国－当代 Ⅳ．① I247.5

中国版本图书馆 CIP 数据核字（2021）第 174416 号

出 品 人：张 领
出版发行：辽宁教育出版社（地址：沈阳市和平区十一纬路 25 号　邮编：110003）
电话：024-23284410（总编室）　024-23284652（购书）
http://www.lep.com.cn
印　　刷：辽宁新华印务有限公司

策划编辑：张金龙
责任编辑：赵姝玲　于　薇
历史顾问：土建学
装帧设计：李英辉
责任校对：黄　鲲
插　　图：张忠斌
封面题字：李石文
幅面尺寸：170mm×240mm
印　　张：64.75
字　　数：850 千字
出版时间：2021 年 8 月第 1 版
印刷时间：2021 年 8 月第 1 次印刷

书　　号：ISBN 978-7-5549-3250-6
定　　价：158.00 元（全三册）

目　录

黑夜

暗流

曙光

黑夜

漫天大雪西北风
黑夜前面有黎明

野狼窝·黑夜

故事梗概

河北蓟县王庄举人王桂棠的小女儿精明过人，胆大心细，敢作敢为。父亲遭人陷害蒙冤入狱，她取名王金岫，女扮男装，几经周折将父亲从大牢中救出，却因为偷偷爱上了管家王洛奇，在婚事上与父亲发生激烈冲突。王洛奇被赶出家门，王金岫为寻找王洛奇决然出走。

王金岫历尽艰辛终于找到了王洛奇，并在东北安下家来。不想，一场来势凶猛的霍乱竟无情地夺走了她新婚的丈夫。

王金岫择夫再嫁，眼看着大儿子郑春仁到了上学的年龄，却拿不出钱来供他读书。正在一筹莫展之际，郑家大哥当年舍命救出的孩子金宫善带着两箱金条找上门来。

王金岫和丈夫面对巨额财富不为所动。金宫善为报恩带着郑春仁回去读书，十年后又资助郑春仁与自己唯一的儿子金殿明去日本留学。不料东京大学的黑龙会绑架了金殿明，威逼郑春仁加入他们的团体充当间谍。答应，没脸见祖宗；不答应，金殿明必死无疑。

郑春仁留学归来，为开办公司找到小学同学徐明的父亲借钱，不想横遭诬陷，成了偷窃徐家巨款的贼人。

日本关东军从郑春仁手里购买燃油的计划落空，竟杀人越货逼其就范，郑春仁不为所动，并借给伙计发丧之机，抬棺大闹日本领事馆，由此惹来杀身之祸。

郑春仁本打算携巨资回乡重振家业，半路遇到劫匪韩吉庆，金、银尽失。

张作霖被炸身亡，南京特务机关招郑春仁赴宁受命。不料关东军特高科决定在列车上刺杀郑春仁。

王金岫的二儿子郑春义一心要拉杆子灭掉悍匪老山豹为母亲报仇，用计劫持了当地首富李敖，用赎金去购置枪支弹药却碰壁受辱。

王金岫的三儿子郑春礼疾恶如仇，读高中时意外参加了老师霍旺组织的夜袭日本关东军巡逻队的行动，由于表现勇敢，被发展为地下党员。按党组织的要求回乡组织成立农会，身陷虎口。

……

第一章

一九〇八年，东北大地匪患猖獗。

天亮前，黑暗不但丝毫没有退去，却像悬在空中刚刚被墨染过的布幔，将进村的大道和依旧沉沉昏睡的村庄包裹得更加严实了。

“啪！啪！啪！”几声枪响过后，十几匹快马从黑暗中钻出来，在一座大门楼前停下，一伙人飞身下马。

一个精瘦的汉子上前用力砸门：“妈的，人呢，快开门！”

门“吱扭”一声开了，管家魏明理和王金岫、郑满仓开门走了出来。借着松明火把的光亮，魏明理一眼认了出来，骑在黑马上的那个人正是那天来讨饭的汉子，心中不由得一惊：“坏了，怎么是他！”

一九〇五年日俄战争后，辽南一带土匪四起，马上的壮汉正是这一带有名的悍匪老山豹，见是魏明理，老山豹从马上翻身跳下来，一步冲到近前，用手里的枪指了指魏明理的脑门阴阳怪气地说：“你个王八蛋，还认识我不？”

魏明理从开始的慌乱中很快镇定下来，向前走了一步，不温不火地说：

“你不就是那个臭要饭的吗，换了身皮我就不认识你啦？”

魏明理回想起那是盛夏的一天，郑满仓三岁的大儿子郑春仁和郑满金四岁的大儿子郑春江、两岁的小儿子郑春水在门口嬉戏打闹。到了快吃晌午饭的时候，魏明理从院子里走出来，站到门前的台阶上，学着青蛙的叫声“呱、呱、呱……”想招呼几个孩子回去吃饭。几个孩子闻声跑过来。郑春江调皮地说：“你再学狗叫。”

“对，学狗叫！”几个孩子拍着手应和道。

魏明理瞪起眼睛，学着狗扑咬的样子，“汪汪！汪汪”地叫起来，几个孩子被逗得哈哈大笑。

闹够了，魏明理从地上站起来：“好了，好了，我的小少爷们，饭好了，咱们该回去吃饭了。”

这时从远处来了一个人。这个人衣衫褴褛，腰里系着一条麻绳，走路一瘸一拐。来到近前看了看魏明理和几个孩子，说：“兄弟，我从早晨到现在没吃东西了，实在饿得走不动了，干的稀的给口吃的吧。”

魏明理拉过几个孩子立睖起眼珠子呵斥道：“去，去去，哪来的臭要饭的，赶紧给我滚蛋！”

“兄弟，干吗说话那么难听？什么臭要饭的，我不就是饿了吗？”

“你要是再赖着不走，我就放狗出来了！”

郑春仁仰起脸看着他说：“叔叔，你没听他说一天没吃饭了，你就给他一点吃的吧。”

魏明理低下头看了看郑春仁：“既然少爷发话了，好吧，你等着。”

说着转身要进去拿干粮，郑春仁拦住他：“叔叔，我去拿。”

不一会儿，郑春仁手里举着两个馒头跑了出来，过去要交给那个要饭的，被魏明理一把抢了过去：“没那么便宜的事！”见门口有一堆鸡粪，心说，我看你还来这要饭不。他一边想一边走过去，将馒头在上面蹭了蹭，对讨饭的男人说：“吃吧，味道一定不错。”

那人看也没看，嘴角露出一丝冷笑，紧了紧腰间的绳子，恶狠狠地说：“你个混蛋，等着，看我怎么收拾你。”说完扭头就走。

“嘿，你个臭要饭的！”魏明理要上前追赶，郑春仁过来拽了拽他的衣襟：“叔叔，咱们回去吃饭吧。”他恨恨地往地上吐了口唾沫：“呸，晦气，大晌午的怎么碰上这么个要饭花子！”说着，不情愿地带着几个孩子进了院子。

魏明理兄妹三个，爹妈守着几亩薄地过日子，拼死拼活地勉强让他念了几年私塾。也许是穷怕了，他一向对财物看得很重，为人处世十分吝啬，大凡到了自己手里的东西就是烂了、坏了、扔了，也不愿意施舍给别人。他来郑家半年多了，养成的习惯一点也没改，每次看到来要饭的都是轰走了事，

那个讨饭的汉子快步出了村子，来到一片树林里，扔掉要饭的碗，掏出口袋里的一支短枪，来到一棵树下，解开拴在树上浑身上下没有一根杂毛的一匹大黑马，纵身跃上马背，双腿一夹马镫，两根手指放到嘴里打了个呼哨，这匹黑马像一团风出了树林奔了黑风山。

魏明理哪里知道，这个要饭的汉子是这一带远近闻名的匪首老山豹。黑风山离这五里地，最早叫西山。据说道光年间有一年开春时一团黑风从山上下来，刮得天昏地暗，碗口粗的树被刮倒了好几棵，从那以后人们就叫它黑风山了。

天傍黑的时候，老山豹带着一肚子的气回到山寨。一进门，见二当家正在玩牌，顿时气不打一处来，过去一伸手把桌子给掀翻了：“妈的，我这饿得前胸搭后背，你们可倒好，吃饱喝足玩上了。”

二当家的愣了愣神儿，抬头见老山豹一脸怒气，不知道他哪来的火气，

使了个眼色，一面让几个土匪收拾散落在地上的麻雀牌，一面拍了拍屁股站起来问："谁惹你了，生这么大气？"

老山豹把褂子脱下来往炕上一扔说："昨晚去镇里找刘寡妇，折腾了大半夜，让她灌了我不少酒，一觉睡到今儿个头半晌，没吃饭就出来了，天晌午的时候饿得实在不行了，想要口吃的，顺便踩踩盘子①找个大户人家好接财神②，没想到遇上条狗，饭没要到，反倒让我在几个孩子跟前抹了盘子③。"

"我说大当家的怎么发这么大的火呢，行了，消消气，先吃饭。"说着冲外面大声道："胡三，大当家的还没吃饭呢！把今儿个煮的牛肉给大当家的拿来。"

老山豹顺手拿起放在桌子上的酒壶，扬起脖子灌了一口："妈的，这些年我老山豹砸富户、抢买卖、绑人票，还没吃过这么大的亏呢。"

二当家的嘿嘿一笑："大当家的，你也真是，江湖上谁不知道你老山豹，你给他颗黑枣（黑话，子弹）吃不就完了吗，何必生这么大的气。"

老山豹扬起脖子又灌了一口酒，抹抹嘴，恍然大悟地说："可也是啊。妈的，看来今儿个是饿糊涂了。"

胡三进来，将一大碗炖牛肉、一大碗饭放到桌子上，老山豹撕了一块牛肉大口嚼起来。

二当家的眯缝起眼睛看着老山豹被饿极了狼吞虎咽的样子，说："大当家的，兄弟我倒有个主意，保准能给你出气。"

老山豹喝了一口酒："有屁快放，还闷着干啥？"

---

① 土匪黑话，事先侦察探风。

② 土匪黑话，绑票。

③ 土匪黑话，丢脸。

二当家往老山豹跟前凑了凑："他不给你饭吃，你不会让他们也没饭吃？"

"别他妈卖关子，说，咋干。"

"等上秋的时候，咱一把火把粮食都给他烧了，看他们吃啥！"

老山豹一阵狞笑："好！这主意不错，这窑儿我砸定了！"

老山豹这次下山是铁了心要烧了郑家的粮食，他见了魏明理心头火起，扭头冲一个大个子土匪努努嘴："来呀，用挺子[①]把他招子[②]先给我废了，妈的，让他狗眼看人低！"

王金岫没等大个子土匪上前，抢先一步来到老山豹跟前："看样你是大当家的啦？"

"算你有眼力。"老山豹恶狠狠地说。

"他是我请来的管家，有什么事跟我说。"

老山豹从一个土匪手里拿过火把，上下打量了一番眼前的女人，不由得眼前一亮，想不到这个女人容貌出众，让他禁不住心旌摇动，一时有些魂不守舍。他转过身来冲着二当家的一脸淫笑："嘿嘿，我老山豹这些年打家劫舍，还从来没见过这么漂亮的娘们儿。"说着，他转过身去伸手要去捏王金岫的脸蛋。王金岫将他的手推开，往后退了一步，心中暗想，这伙土匪气势汹汹地找上门来，想必其中定有缘由，可她想来想去不知道怎么招惹了这伙胡子。平时在村里她从不惹是生非，谁家有个大事小情的能帮上一把的她总是舍钱舍物，跟大人孩子从未红过脸，更不要说跟胡子结梁子了。

"大当家的，什么大不了的事，值得你这么大动肝火？"王金岫看着老

---

① 土匪黑话，指匕首。

② 土匪黑话，指眼睛。

山豹想问个究竟。

“什么事？你问问他就知道了。”老山豹的口气不再像刚才那样强硬了。一双眼睛色眯眯、直勾勾地盯着王金岫，暗暗打定了主意，日后找个空子，把她弄到山上去好好玩玩。

这时，郑满仓的弟弟郑满金、郑满银、郑满庆和儿子郑春仁、侄子郑春江也都从院子里出来了。

郑春仁一眼就认了出来，眼前的匪首就是那个要饭花子，他来到王金岫跟前仰起脸说：“娘，那天这个人来咱家要吃的，明理叔叔把馒头蘸上鸡屎给他吃，他没要就生气走了。”

老山豹瞪起眼睛，用枪口指着魏明理，对王金岫说：“你听见了吧，这个王八蛋不给我吃的不说，还当着小孩子的面羞辱我，这笔账不能就这么了了。”

王金岫摸着儿子的头：“小孩子不说谎，管家少调教，得罪你了，这个家我主事，要杀要剐你冲我来吧！”

老山豹一阵狂笑，眼睛一眨不眨贪婪地盯着王金岫：“行啊，好看的女人我见多了，想不到你还挺有刚儿，少见！”

说着老山豹下了台阶翻身上马，用手里的马鞭一指魏明理，把牙咬得咯嘣嘣响，说：“明人不做暗事，告诉你，我是黑风山的老山豹，你他妈的不是不给我饭吃吗，我让你们都喝西北风去吧！”

说完他转身冲着站在后面的土匪一挥手：“跟我走，窜轰子[①]。烧他的粮食！”

土匪们一声呼啸，打马走了。郑满仓心说坏了，他一摆手：“快，去场

---

① 土匪黑话，放火。

院！”魏明理、王金岫、郑满金、郑满庆、郑满银深一脚浅一脚地摸着黑来到场院跟前，只见土匪已经围着场院停了下来，老山豹在马上用手指了指场院上的粮食垛子，问边上一个土匪：“马驹子，是不是这儿？”

马驹子看了看，回答说：“没错。”

“妈的！给我烧，一粒粮食也不给他们留下！”

几个土匪从马鞍子上拿来油桶，在粮垛周围浇上煤油，那个精瘦的汉子和马驹子带着一个土匪将点燃的火把扔到粮食垛上。火“呼”地就着起来了。

老山豹打了声呼哨，一带马头，领着土匪们站到了远处。

听到动静赶来的郑家长工胡大力带着几个人想冲过去救火。“啪”的一声枪响，胡大力一个踉跄栽倒在地，用手一摸，腿上流出血来。

教习郑家孩子习武的回毅见场院起火，拄着拐杖也从远处跑了过来。一看是土匪在放火烧粮食，急了，单腿一点地，飞起拐杖将一个土匪从马上打落到地上，围在边上的几个土匪见状冲着回毅就是一阵乱枪，回毅一个就地十八滚，一条胳膊被打伤了，血从袖筒里流出来。

“老山豹！你王八蛋！烧人家粮食算你什么能耐！”郑满金冲着土匪一边嚷，一边不顾一切地想带着哥儿几个过去救火。老山豹一挥手，“啪啪”一阵排枪打来，在郑满金哥儿几个周围溅起一片尘土，几个人一时动弹不得。

场院里的粮食已经晒得八九成干了，火借风势越烧越猛，高粱、谷子、大豆、苞米爆裂时发出的噼噼啪啪的响声，听着让人心惊肉跳。

老山豹见火着起来了，大叫着：“你们就等着喝西北风吧！”说完举枪朝天上放了两枪，带着人一溜烟出了村子。

王金岫看土匪没影了，大喊一声：“快救火！把粮食抢出来！”喊声未落，王金岫第一个冲向火舌乱窜、烈焰腾空的火场。

可火势实在太大了，把半边天都烧红了，众人不停地端水来，仍无济于事。

天大亮后，火才一点点地熄灭了，运到场院里的粮食被烧得只剩下了一堆堆黑乎乎的残渣。

郑满金一跺脚："老山豹！你等着，我饶不了你！"

郑满仓一扭头看到管家魏明理，便朝他扑了过去，大声道："都是你惹的祸！"

王金岫伸手想去拦丈夫，可扑了个空，险些跌倒。她使劲揉了揉被火烤得生疼、还在发热的眼睛，大声说："满仓！满仓！我的眼睛怎么啦！？"

郑满仓扔下魏明理转身跑了过来："金岫，你咋啦？"

王金岫又使劲揉了揉眼睛，用手一阵乱抓，失声道："我的眼睛，我的眼睛怎么什么也看不见了啊？"

郑满仓用手在王金岫面前晃动了几下："金岫，金岫，你看见了吗？"

王金岫伸出手去抓，却抓空了："我什么也没看见，我的眼前都是黑的。"

郑满仓看王金岫突然变成了这个样子，顾不得再跟魏明理理论，将王金岫搂在怀里："金岫！金岫！你眼睛咋啦？"

王金岫用手胡乱地在空中抓着："快！拿灯来。"

郑满仓扭头冲着胡大力喊道："把灯拿来！"

胡大力跑着拿来马灯："舅妈，灯在这儿。"

王金岫伸手去拿，再次抓空了。王金岫急得大声哭喊起来："满仓，我的眼睛瞎了啊！"王金岫用手胡乱捶打着郑满仓，痛哭起来。众人一时愕然无声，呆立在充满焦煳味的场院里。

"二哥，快，赶紧扶二嫂回去，我和满庆去找郎中！"郑满金急着说。

郑满仓这才如梦方醒，扶着王金岫，众人跟在后面，离开了余烟缭绕的场院。

痛苦万分的王金岫怎么也想不到，自己找来的管家会惹下这么大的祸。

半个月过去了，王金岫的眼睛仍看不到一点光亮，她默不作声地坐在炕上，郑满仓装上一锅子旱烟，吧嗒吧嗒抽了两口，对站在一旁的弟弟郑满金说："魏明理这个混蛋我饶不了他。"

"二哥，说这些还有什么用，可我就不明白，十里八村的郎中都请到了，你说吃了这么多药，咋就是不见好呢？"

"我也正琢磨这事呢，是不是乡下的郎中不管用啊。"郑满仓愁眉不展地说。

这时郑家一个远房侄子刘喜开门从外面急匆匆地走了进来："叔，我打听了半天，听说辽阳城里有一个专门治眼睛的祖传郎中，咱把他请来给婶子看看吧。"郑满金没等刘喜的话说完就急着说："那还等啥！"

两天后，刘喜带着颏下一缕银髯的老郎中来到家里，给王金岫把过脉，老郎中轻轻摇了摇头，说："夫人这是急火攻心，肝气攻目，加上受烟火熏蒸，毒气内侵，已非药物可为了，我虽三代祖传，也无回天之力了。"

郑满仓哀求道："您无论如何救救她吧，她还年轻，孩子还小，没有眼睛这日子可咋过啊。"一旁的郑满金一甩辫子，俯身跪在地上"咚咚"地磕了几个响头："先生，你想想法子吧，我们这一大家子全指望她呢！"

老郎中躬身扶起郑满金，说："起来吧，恕我直言，人各有命啊。"说罢起身而去，郑满金摇摇头跟了出去。

郑满仓回过身来绝望地抱着王金岫，忍不住"呜呜"地哭起来："金岫，这可咋办啊。"

王金岫眨动着一双楚楚动人的大眼睛，听着身边男人撕心裂肺的哭声，心里不由得一阵战栗，难道自己真的成了“瞎子”。她使劲睁了睁眼睛，面前依然一团漆黑。她想从黑暗中挣脱出来，然而却像掉进一口深不可测的井里，四周糨子一样黏稠的黑雾紧紧地包裹着她，令她感到一阵阵窒息，想爬竟怎么也爬不上来。她想摆脱黑暗的纠缠，却仿佛被人从船上抛进海里，尽管使出全身的力气挣扎呼救，仍无济于事。她想推开黑障的遮拦，犹如失身跌进深谷，手脚无着无落，有劲使不上，让她感到一种莫名的恐惧和绝望。她不相信那个五颜六色的世界连声招呼都不打就抛弃了她，她抬起脸问自己的男人：“难道我不该来东北，不该进你们郑家的门，是老天在惩罚我吗？”郑满仓含着泪水不知该如何回答，只是将她紧紧地搂在怀里。

一九〇〇年，义和团起事，八国联军进了北京城，老佛爷西逃，无不闹得人心惶惶，可老百姓还得过自己的日子。眼看麦收就过了，天快亮时起了很大的风，天也阴得厉害，看上去要下雨的样子。

河北蓟县王庄举人王桂棠家领头干活的长工胖墩儿站在院子里一边把辫子盘起来一边吆喝道：“都起来吧，要下雨了，把剩下的麦子赶早割了！”

长工们爬起来，收拾利落，拿上镰刀推开门往外走，一低头见台阶上躺着一个人，把大伙吓了一跳。

胖墩儿大声喊道：“快去叫东家！”

王桂棠被长工招呼起来，紧走几步来到近前，蹲下身子看了看，声音嘶哑地说：“这不是寿山吗？”

见王寿山一动不动，王桂棠用双手使劲摇晃了几下：“兄弟，醒醒，你这是怎么啦！”

可任凭王桂棠怎样摇动喊叫，王寿山仍是没有一点声息。

胖墩用手放到王寿山鼻子底下试了试：“东家，人早死了！”

王桂棠抱着王寿山已经僵硬的尸体，又惊又怕：“寿山啊，寿山，你怎么死了呢。”

这时王桂棠的三丫头走过来：“爹，前个儿寿山叔不是还跟你一快喝酒吗？”

“是啊，我也纳闷呢。”

王桂棠记得那天一大早，他在地里看过麦子，刚一进村，就见王寿山急急忙忙地走了过来。他站住问：“寿山，这么早，你这是去哪儿？”

王寿山停下来，见是王举人，问：“你去地里看麦子啦？”

“是啊，我刚从地里回来，今年麦子长得好，我看收成错不了。”

王寿山叹了一口气，摊开两手说：“唉，我那十几亩地算完了。”

王桂棠愣了愣：“你这话是怎么说？”

“嗨，别提了，我那大儿子在天津摊了人命官司，让官府抓起来下了大狱。”

王桂棠吃惊地看着王寿山：“谁不知道你儿子有出息啊，十八岁去了天津卫，做买卖没少赚银子，怎么摊上这事啦？”

王寿山不等王桂棠把话说完就打断说：“等有工夫我再跟你细说，你知道，打官司不打点不行，我想把那十几亩地卖给你。”

“乘人之危，非仁也。我怎么好在这个时候买你的地。”王桂棠假惺惺地说。

“话不能这么说，你是在帮我的忙啊，我琢磨好几天了，这十里八村就数你有钱，找别人救难救不了急啊。”

王桂棠脸上露出几分得意：“这话算你说对了。”

“好，我去找刑名师爷写状子，明个晌午你在家等我。”说完王寿山急匆匆地走了。

第二天傍晌午的时候，三丫头推门进来说："爹，张庄的寿山叔来了。"

王桂棠放下水烟袋，见王寿山从外面进来，从太师椅上站起来招呼道："寿山来了，坐吧。"

王寿山从怀里掏出地契放到桌子上，惋惜道："可惜了了，我那十几亩好地。"

三丫头把地契拿给她爹，王桂棠仔细地看过后，冲着王寿山一拱手，说："寿山，买卖文书我写好了，你画押吧。"

王寿山接过来从头到尾看了看，签上字，画上押，仰起头来长出了一口气，叹道："我这是作了什么孽了。"

王桂棠把买卖文书和地契交给三丫头，见王寿山愁眉苦脸、唉声叹气的样子，问："你家那大小子犯了什么王法？"

"哎，家门不幸，难以启齿啊。"

"嗨，都到这个份儿上了，也用不着再藏着掖着了。"

王寿山踌躇了片刻，吞吞吐吐地说："上个月，我那大儿子在天津卫和一帮官宦子弟追逐一个戏子，结果闹出了人命，人家一口咬定人是他杀的。他媳妇使了大笔的银子，眼看着这些年赚的钱折腾得差不多了，人还是没放出来。"

"唉，我王桂棠因为没有人继承家业发愁，你的儿子有了出息不走正道，真是家家有本难念的经。"

"唉，谁说不是呢！"

王桂棠把钱推到王寿山跟前："把钱收好了。"

王寿山一一清点后，揣起银子站起身来告辞走了。王桂棠一直把王寿山送到院子外头。

刚想到这，几个捕快赶着一辆囚车在门口停了下来，一个黑脸的捕快大声喝问道："哪个是王桂棠？"

王桂棠放下王寿山哆哆嗦嗦地站起来，声音颤抖地应道："我是举人王桂棠。"

"还他妈好意思说你是举人，举人还敢杀人，一看你就不是什么好东西，跟我们走！"

两个捕快掏出绳子，不由分说，上来把王桂棠捆起来塞进了囚笼。

王桂棠不顾一切地喊叫起来："冤枉！我冤枉啊！"

赶车的那个满脸络腮胡子的捕快回过头来，绷起脸训斥道："你冤枉个屁，人都死在你家门口了，你要是再不老实，看我怎么收拾你。"囚车在王桂棠声嘶力竭的喊叫声中渐渐地走远了。

三丫头木然地看着远去的囚车，转过头来像是问站在旁边领头干活的长工胖墩儿，又像是问自己："捕快早不来晚不来，怎么来的这么是时候？他们怎么知道我爹叫王桂棠？"

这时站在一旁的管家王洛奇也满腹狐疑："是呢，像是早有准备啊。"

第二章

夏日天长，每天都迟迟赖着不走的那轮落日，这会儿急三火四地收走屋子里最后一丝光亮，倏忽之间不见了。

王桂棠的三丫头在上房划了三根洋火才把油灯点着。昏黄的光亮下，王桂棠的夫人拉着闺女的手，不停地擦着眼泪：“磨盘大的雨点砸到咱们娘们儿头上了，这如何是好。我让吴嫂去找洛奇了，咱们得想个法子啊。”

三丫头挑了挑灯芯，屋子里比刚才亮堂了一些。“娘，咱家要是有个男人就好了。”

王桂棠的夫人叹息道：“都怪我这肚子不争气，生了你们仨丫头。”

这时坐在椅子上的王桂棠前妻生的大儿子嘴里流着口水，舞动着两只手说：“我是男的，嘻嘻，我是男的。”

王桂棠的夫人挥了挥手：“你先出去，我跟你妹妹商量事呢。”

王桂棠的大儿子不高兴地站起来，用袖头擦了擦鼻涕、口水。“好啊，你说我不顶用是不？”说完他手舞足蹈地喊叫起来，“王举人进大狱了！王举人进大狱了！”

王桂棠的夫人气得满脸通红：“混账，再胡说小心我抽你嘴巴！”

王桂棠的大儿子仍不管不顾地喊叫着：“天上一声炸雷响，王举人被捆进牢房，说他杀人就杀人，人头落地不冤枉……”

王桂棠的夫人怒不可遏：“混账，你老子死了这个家就完了，你知道不？”

王桂棠的大儿子仍不停地又喊又叫：“我爹进大狱了！”王桂棠的夫人气得浑身乱抖，站起来过去伸手“啪啪”给了他两个嘴巴：“我让你再胡说八道！”

王桂棠的大儿子鼻涕、口水流出一大摊，用手捂着脸，侧歪着脑袋：“妈的，你敢打、打、打我！反了，反了你了，你等着，我去找我爹去。”说完捂着脸开门往外走，与正从外面进来的管家王洛奇撞了个满怀：“你、你、你他妈的敢撞我。”

王洛奇笑着摊开两手，说：“大少爷，我哪敢撞你，是你先撞的我。”

王桂棠的大儿子气急败坏地冲出门去：“反了，反了，你们都给我等着，我去找我爹去！”

“王大哥，别理他，进屋吧。”三丫头关上门把王洛奇让了进来。

“是洛奇啊，快坐下。”王桂棠的夫人把油灯朝外挪了挪，有些难为情地说：“家里出了这么大的事，你说老大半精不傻，那个老二整天在外头吃喝嫖赌，连个人影都摸不着，光我们这些个女人可怎么办啊？”说完“呜呜”哭起来。

王洛奇是个孤儿，爹妈死得早，王桂棠查过家谱，两家还沾点亲戚，便收留了他。见他虑事周到细致，便让他做了管家。上至收租粜粮送粪种地，下到柴米油盐酱醋茶，都是他一个人操持。仗着王洛奇头脑精明，把这个家打理得井井有条，一来二去深得王桂棠夫妇倚重。

在三丫头眼里，王洛奇做事干净利落，与她的性情有很多相像的地方，平时一口一个王大哥地叫着，从来没把他当成外人，见娘光哭拿不出个主意来，转过身子对王洛奇说：“是啊，家里出了这么大的事，可两个男人一点也指望不上。”

“是得赶快想个法子把老爷救出来，要不老爷的身子骨哪抗折腾。”

夫人擦了一把眼泪：“我们一个女人家能有什么办法，这个家完了！这日子过不了啊！”

“娘，我爹一定是遭人暗算了，要不怎么头两天俩人还好好的，在一块有说有笑地喝酒，这人怎么能说死就死了呢？再说，死在哪儿不行，怎么就这么巧，偏偏死在咱家门口啦？”

王洛奇沉思了一会儿说：“三小姐说得对，我也觉得这件事蹊跷。一定事出有因。咱们不妨找刑名师爷写了状子，去县衙击鼓喊冤。”

三丫头沉默了片刻，冲王洛奇点点头：“我听说寿山叔给他儿子打官司专门请了天津卫的刑名师爷白华仁，这人在天津和咱们蓟县一带很有名气。”

“三小姐要是想去天津卫找他，我跟你一块去。”

“事不宜迟，我打算后天就走。”

王桂棠夫人听了也强打起精神：“你去了跟师爷说，你爹平时连只鸡都不敢杀，就是再给他俩胆儿也不敢杀人啊。”

“娘，这我知道。”

说到这，王桂棠的夫人突然清醒过来，一把搂过女儿，摇着头说：“娘都急糊涂了，你一个女孩家，怎么好抛头露面办这种事。”

三丫头坐到炕上说：“娘，刚才我想好了，我也学那花木兰，女扮男装去给爹申冤。”

王夫人使劲晃着头说：“不行，这跟花木兰替父从军是两回事。”

“这件事要不弄个水落石出，我爹就回不来了。”三丫头决心已定。王洛奇低头琢磨了琢磨，对夫人说：“我倒觉得这是个办法。”

王洛奇自打进了这个门，天天跟这姐仨打交道。后来大姐、二姐出了门子，三丫头当起了半个家。王洛奇渐渐发现这个三丫头不但玉质娉婷，而且性情泼辣，处事果断，无论遇到什么事到了她那里都举重若轻，让他这个男人有时候都自愧不如。这些年王洛奇从来没有仔细打量过三丫头，在他眼里，三丫头一直是个小妹妹。刚才听了她的想法，他转过头来仔细地端详起三丫头来。在忽闪忽闪的油灯下，只见她身段苗条，脸蛋不圆不长，尤其是两只眼睛在油灯下水灵灵地格外好看。王洛奇不禁暗想，这三丫头原来是个百里挑一的美人啊。想到这他的心不由扑通扑通地跳得快起来，忙把目光收了回来。

王夫人半信半疑地看着两个人：“这能行吗？”

三丫头学着男人的样子在地上走了几步，说：“娘，你忘了，有一回来村里的戏班子里缺个男角，我一装扮上，连我姐都没认出来。再说，还有王大哥陪着我呢。”

王洛奇挑了挑灯捻：“三小姐胆子大，脑子活泛，我看这事行！”

王夫人听了，只得无奈地擦了擦眼角的泪水：“看来也只有这样了。”

这时门“咣当”被踢开了，王桂棠的大儿子侧棱着膀子从外面一头闯进来，笑嘻嘻地冲着几个人问：“你们把我爹藏哪儿了，好，不告诉我，跟你们没完！”

三丫头走过去拍拍他的肩膀，说：“大哥，你折腾一天了，该歇着了。”

王桂棠的大儿子自从被一伙土匪绑票吓傻后，一向天不怕地不怕，就怵头这个同父异母的三妹妹，平时闹得再凶，见了三丫头就老实了。他眼珠子骨碌骨碌转了半天，用袖头擦了擦流出的口水，龇着牙一阵傻笑。“行，妹、妹、妹子，哥、哥、哥听你的，睡、睡觉去。”

王洛奇跟在王桂棠大儿子后边一块出去了。王夫人把油灯朝里挪了挪："唉，这是哪辈子的冤家。"

村子里的狗突然此起彼伏叫起来，王桂棠的夫人心烦意乱地关上了窗户。

第二天下晌，三丫头剃了头，脖子后头拖着一条辫子从外面回来。一进院子，王洛奇就从东厢房里迎了出来，他交给三丫头一个包袱，说："三小姐，这是我刚买的，你看合适不？"

"什么东西呀？"

"打开你就知道了。"

三丫头有些纳闷，这些年王洛奇跟她办事从来都是直来直去，今天怎么绕起了弯子。她接过包袱，两个人一前一后进了上房。

"娘，儿子来也。"

坐在椅子上的王夫人见三丫头剃了头，脑后的一条假辫子不仔细看丝毫看不出破绽来，端详了一会儿，笑道："真别说，你这一捯饬还真像个小子。"

三丫头转身打开包袱，见里面是一件蓝绸布长袍、一件马褂、一副金丝边墨镜和一把折扇。三丫头抬起头来感激地看着王洛奇："王大哥，让你费心了。"

三丫头穿戴起来，前后看了看，学着戏里小生的样子在地上走了一圈，操着京剧道白："且看我女扮男装，杀进重围，哪怕他千军万马，也杀他个七进七出！"

"好一个英俊小生！"王洛奇见自己没白搭工夫，心里十分高兴。

王夫人也拍着手连声说："像，像，你这一装扮，外人还真看不出你是个丫头。"

三丫头哈哈大笑，拉起王夫人的手："娘，从现在起，我就是您儿子了。"

王洛奇沉吟了片刻，说：“三小姐还应该给自己取个男人的名字才好出头露面。”

“我已经想好了，叫王金岫怎么样？”

王洛奇用手指头蘸着水在桌子上写出这几个字，三丫头点了点头。王洛奇从椅子上站起身来端详片刻，说：“不错，这名字叫起来像女人，可写在纸上又是男人的名字，三小姐果然不简单。”

“老闺女！不，老儿子！往后娘就叫你金岫吧。”王夫人心里的一块石头落了地，一时悲喜交加，忍不住又落起泪来。

已经快两个月没有下过一场像样的雨了，蓟县城里到处灰突突的。街上行人不多，临街的几家铺面半天也不见有几个客人光顾。一辆拉水的牛车嘎吱嘎吱地从土路上走过去，粗重的牛蹄踏起路上的浮土飘散开来，空气中到处弥漫着一股呛人的土腥味。人们都在盼着下场透雨。

县衙一侧是一面喊冤人用来敲击的牛皮大鼓，门口站着两个气势汹汹、挎着腰刀的衙役。在后堂，新任知县马清明坐在宽大的桌子后面，用手敲打着手里的卷宗，对站在身边的师爷蒯明说：“我看王桂棠的案子是有些蹊跷。”

蒯明接过卷宗翻了翻，说：“请知县大人说说看。”

马清明站起来在地上踱了几步，说：“王桂棠与王寿山明明签好了买卖文书，王桂棠又做过县令，何必要冒杀身之祸，非把这个王寿山灭掉呢。”

蒯明合上卷宗沉吟片刻，说：“有道理，这于情于理都说不过去。”

“再说王桂棠的儿子既然不惜重金去天津卫请有名的刑名师爷白华仁写了状子，看来这里面必有隐情。”蒯明做了进一步的分析。

马清明点点头：“我听说朝廷要推行司法独立，咱这离天津卫这么近，这个案子要是审好了，没准我还能去京城当差呢，到时候我一定带上你。”

“那咱们就露一手。”

说完两个人情不自禁地笑了起来。

王金岫和王洛奇把状子递上去一直没有动静，到了第三天一早，一个衙役来到客栈里说下晌要过堂，吃过午饭两个人便来到了县衙门外。

“待会儿进了大堂别害怕，我在外面等你。”王洛奇安慰王金岫说。

王金岫抬起头来，用手抓住他的两只胳膊，声音嘶哑地说：王大哥，这几个月多亏你了，要不是你一直陪着我，我都快撑不住了。”

“三小姐大义救父，洛奇理应尽力。”

王金岫紧紧地依偎在王洛奇的怀里抬起头来动情地说：“王大哥，叫我金岫吧。”

王洛奇盯着王金岫一双水灵灵的大眼睛，心头翻起一股热浪，停了一会儿，轻声道：“金岫——”

“传王金岫过堂！”这时一个嘴下留着小胡子、挎着腰刀的捕快从里面出来，冲着王金岫高声道。

王洛奇看着王金岫说：“别怕，有我呢。”王金岫点了点头。

王金岫跟在那个捕快后面走进大堂，只见两边站立着手持水火棍的三班衙役，在“明镜高悬”的鎏金匾额下面东西各摆着一张桌子，知县马清明和师爷蒯明分别坐在后面的椅子上。堂下同样摆着一张桌子、一个凳子。王金岫被带进来坐到凳子上。

蒯明看了看王金岫，问：“你可是原告王金岫？”

王金岫站起来：“回大人，小民王金岫。”

蒯明一脸威严：“原告王金岫，你何以说你父亲是被张怀弄有意陷害？”

王金岫镇定地扫视了一下大堂上的马清明和蒯明：“大人，家父与王寿山素无仇隙，两人前一天晚上还在一块喝酒闲谈，怎么会一夜之间就翻脸杀人呢？”

蒯明一声冷笑：“这并不稀奇。”

“可王寿山下颏底下有明显的勒痕，显然是有人乘其不备，从后边用绳子勒住王寿山的脖颈，令其窒息而亡。”

“这又能说明什么？”蒯明往前探了探身子。

“大人，家父乃一介书生，加之年老体弱，绝不会有此蛮力。我已暗中查访清楚，确是张怀弄有意所为，嫁祸于家父。”

“空口无凭，诬陷他人是要坐大牢的！”蒯明目光威严。

“大人，我爹出事后，我在方圆几十里的酒馆、赌场多方打探与王寿山有仇隙的人，后来在张庄的一家赌场里与刘琦闲谈时，听他说张怀弄与王寿山一向不和。”

“不足为凭。”蒯明断然地说。

王金岫看了蒯明一眼接着陈述道：“一天，刘琦把带去的钱都输光了，我给了他一两银子，从那以后他与我成了朋友，后来他把张怀弄杀死王寿山一事讲给我听了。我怕有假，一次，牌桌上我又赢了二两银子，便借机让他把张怀弄找来一块喝酒，酒桌上张怀弄喝多了，又自己说出了实情。”

蒯明坐直了身子：“原告，此话当真？”

“回大人，小民如有半句谎话，甘愿坐牢。”

蒯明看了一眼对面的马清明，高声道：“今天询问到此为止。退堂！”

那个带王金岫进来的捕快过来摆了摆手，王金岫跟着他走出了大堂。

两个多月前王金岫跟王洛奇到天津卫找到刑名师爷白华仁写了状子回来，便开始在十里八村四处走访打探。听说张庄有一个赌场，王寿山平时好赌，经常来这里玩牌过过赌瘾。王金岫和王洛奇便成了这里的常客。一来二去与刘琦成了朋友，有好几次刘琦带去的银子输光了，王金岫便借钱给他，过后也从未提起过让他还钱的事，刘琦便将王金岫视为了知己。

刘琦跟张怀弄是一个村的，并且从小一块长大。张怀弄父母死得早，给他留下几亩地，打下的粮食除去吃喝，剩下不多的几个钱日子还算过得去。不知道什么时候张怀弄染上了赌瘾，开始的时候不过凑个热闹，后来一天不打几圈牌心里就痒得难受。刘琦是他带进赌场的。当刘琦的媳妇知道丈夫三天两头去赌场后，跟他大闹了一场回了娘家，刘琦却欲罢不能，直到把家里的那点钱输了个精光。想不到进退两难的时候遇上了王金岫，他像见到了救星，千方百计讨好王金岫，就是为了能接着过过赌瘾。

张怀弄不但好赌，还嗜酒如命，刘琦也好喝，于是只要赢了钱两个人就去下馆子。张怀弄喝上酒嘴就没有把门的了。仗着跟刘琦又是发小，说话更是无遮无拦。那天说到王寿山，刘琦说有日子没见他了。张怀弄说王寿山让他杀了。刘琦以为他在说酒话，张怀弄竟把王寿山是怎么死的一五一十地告诉了他。

那天天刚黑下来，赌场里就已经坐满了人。王寿山进来脱了马褂坐下，一看对面是跟他住在一个村的张怀弄。这天晚上也该着他手气好，王寿山输给他二两银子。张怀弄喜滋滋地想拿了银子去给孩子买件衣裳，顺手再买点肉回来给大人孩子解解馋。哪承想王寿山像没那么回事似的，玩完了站起来就走，他伸手拦住了王寿山的去路。王寿山白了他一眼："你干啥？"

"干啥，把银子拿来。"

王寿山不屑一顾地把他的手推开，把辫子甩到脑后走了。张怀弄一看急了，紧走了几步挡在王寿山面前，非要王寿山给他那二两银子。王寿山一瞪眼珠子："急啥，今天来的时候忘带钱了。"张怀弄只好让王寿山走了。

过了两天张怀弄又跟王寿山要那二两银子，王寿山装傻充愣再三搪塞。这让他十分恼火。想起开春的时候他去地里种麦子发现被王寿山占去了两根垄。他越想越窝火，这天趁着王寿山下地耩麦子时问王寿山：“你凭啥占了我两根垄？”不料王寿山一听急了，往地上啐了口唾沫，说：“我看你纯粹是猪脑袋，怎么连数都不识了，那两根垄从我爷爷那会儿起就是我家的，啥时候跑到你家去啦？”

张怀弄一时怒不可遏，叉着腰骂起大街来。跟王寿山一块在地里干活的几个王家的亲戚停下手里活围拢过来，七嘴八舌地戏弄起张怀弄来，说他是个白吃饱、傻蛋、没长脑子的糊涂虫。张怀弄自知人单势薄，尽管恨得牙根发痒，也只得当缩头乌龟。

自从吵了那一架，张怀弄便对王寿山怀恨在心，总想伺机报复。常言说，赌场无父子，见他输给自己银子硬是装聋作哑拖着不给，更是气得半死。

后来他听说王寿山的儿子在天津卫出了事，打算把地卖给王庄的举人王桂棠，心中暗喜，想来想去便动了杀机。

这天晚上王寿山从赌场出来已经三更天了，早已等在路上的张怀弄见四下无人，拿着事先准备好的一根绳子从后面扑了上去，狠狠勒住王寿山的脖子，王寿山挣扎着想把绳子从脖子上挪开，哪里知道张怀弄早就想杀了他出气，使出浑身的力气紧紧勒住不放。王寿山伸手想去掏银子，哪里知道张怀弄见他扭动越发用力不肯松手，不一会儿王寿山便一命呜呼了。张怀弄这才停下来，用手在王寿山的鼻子底下摸了摸，发现他已经没有了气息，把他身上带的几两银子揣起来，连夜用事先就准备好的小车将王寿山的尸首弄到王庄，放在了王桂棠门前的台阶上。第二天天没亮就跑去县衙报了官。

三天后，蓟县县衙大堂上新任知县马清明和师爷蒯明神色威严地坐在椅子上，下面站着四个挎着腰刀的衙役。蒯明一拍惊堂木高声喝道："带王金岫、张怀弄到堂！"

王金岫和张怀弄一前一后被两个手持水火棍的捕快带了进来，在大堂下站定。

蒯明看了一眼张怀弄，问道："你可是被告张怀弄？"

"我是。"

蒯明又看了一眼王金岫："你可是原告王金岫？"

"大人，正是小民。"

蒯明一拍惊堂木："被告张怀弄你可知罪！"

张怀弄浑身一激灵，但很快镇定下来："我有什么罪？"

"原告王金岫诉你杀害王寿山，并嫁祸于王桂棠，可有此事？"

"青天大老爷在上，冤枉啊，我根本不认识王桂棠。"

蒯明转过头来高声问道："原告王金岫，你可认识被告张怀弄？"

王金岫往前探了探身子："大人，小民认识张怀弄。"

"胡说，我不认识你。"张怀弄一脸诧异。

王金岫扭过脸来盯着张怀弄："你仔细看看，敢说不认识我，那天我们在一块喝酒你忘了。"

张怀弄气急败坏地大声道："大人，别听他胡说八道，压根没这八宗事，请大人给我做主！"

王金岫转过头来看着蒯明，说："大人，张怀弄明明是在说谎，找证人刘琦一问便知。"

蒯明扫了张怀弄一眼，高声道："带证人刘琦到堂。"

张怀弄扭头一看，刘琦被衙役带了上来，在堂下站定。

蒯明目光威严："你可是证人刘琦？"

“大人，小民刘琦。”

“证人刘琦，你可认识张怀弄？”

刘琦看了一眼张怀弄：“认识。”

“证人刘琦，原告王金岫诉张怀弄杀害王寿山后有意栽赃王桂棠，是真是假？”蒯明问道。

“大人，那天王金岫在赌场上赢了钱，找我和张怀弄喝酒。张怀弄一向贪杯，酒劲上来说赌场上有几个人总欺负他，要杀了他们出气。我吓了一跳，以为他在说大话。他说王寿山就是他杀的。我不信，问他为什么杀王寿山，他说今年开春清理水渠的时候，王寿山占了他家地里几根垄，他跟王寿山理论，王寿山不但不承认，还跟一帮人取笑他。后来，王寿山在赌场上又输给了张怀弄，欠了他二两银子，可王寿山一直不提还钱的事。张怀弄便起了杀心。后来，听王寿山说家里出了事，要把地卖给邻村的举人王桂棠，便在夜里用绳子勒死了从赌场上回家的王寿山，又连夜把王寿山的尸首拖到了王桂棠的家门口，第二天四处放风说，王桂棠要霸占王寿山的地见财起意，想用这个办法躲过牢狱之灾。”

蒯明用力一拍惊堂木：“被告张怀弄，证人刘琦说的可是实情？”

张怀弄脸上红一阵白一阵：“青天大老爷，我冤枉啊，明明是王桂棠见财起了歹意，杀死了王寿山，想霸占王寿山家的十几亩好地，跟小人无关啊！”

知县马清明往前挪挪身子，神色威严地盯着张怀弄，说：“一派胡言，王桂棠做了三年县令，是王庄富户，众人皆知。我问你，他有何理由要强行霸占王家的地，分明是你做贼心虚，栽赃找错了人，你竟敢在大堂之上强词狡辩。”说着，抬眼看着王金岫，问，“原告还有什么话讲？”

王金岫拱了拱手，道：“请二位青天大老爷明察，我爹做过知县，不会不知道杀人是死罪，为十几亩地怎敢拿身家性命当儿戏。再说，张庄和王庄的人都知道，我家有良田百亩，我爹不会为那区区十几亩地而做这种苟且之事。况且，我爹饱读诗书，怎么会愚蠢到把人杀了放到自己家门口等着人去报官。”

蒯明盯着王金岫：“你诉状上说那天晚上你父亲一直待在家里，可有证人。”

“大人，找来打更的长工刘东财一问便知。”

蒯明冲着门口站立的捕快：“带证人刘东财。”

王桂棠家的长工刘东财被一个捕快带着进了大堂，在堂下站定。

蒯明坐直了身子：“你可是王桂棠家更夫刘东财？”

“小人刘东财。”

“我来问你，王寿山死的那天夜里，你家东家在哪里？”

“回禀大人，东家白天去地里看麦子，晚上一直待在家里。”

蒯明转过头去：“被告张怀弄，你还有什么话要说？”

张怀弄扭头狠狠瞥了刘琦一眼，咬了咬牙：“明人不做暗事，脑袋掉了碗大个疤。王寿山是我杀的。他欺人太甚，明明借着修水渠占了我家地里的几根垄，却说什么也不承认，还跟一帮人嘲笑我。我咽不下这口气。那天在赌场上他又输给我二两银子，我明着暗着提醒了他好几次，他老是装傻充愣。我杀了他，就是想出这口恶气。”

知县马清明一拍惊堂木：“你杀了王寿山为什么又要嫁祸王桂棠？”

“我知道杀人要偿命，怕吃官司，一直没动手。后来听王寿山说要把地卖给王庄的举人王桂棠，我想王桂棠两个儿子一个是傻子，一个不务正业，家里没有主事的，进了大狱一用刑，王桂棠一个念书的，就会屈打成招。我就连夜把王寿山的尸首拖到王桂棠家，天没亮就报了官，想不到王桂棠家里又冒出这么个儿子来。”

王金岫用手摸了摸光亮的前额：“张怀弄，你真是机关算尽，今天我当着知县大人把事情挑明了，我不是王桂棠的儿子，是他的三闺女。”说着把辫子拿了下来。张怀弄盯着王金岫看了好一会儿，慢慢低下了头。

马清明神色凛然地看了看大堂下站立的张怀弄，站起身来与蒯明走到了屏风后面，过了一会儿两个人重新回来坐下。马清明清了清嗓子，道：“查张庄乡民张怀弄与本庄乡民王寿山素有仇隙，张怀弄怀恨在心，深夜趁王寿山不备，用绳索勒死王寿山以泄私愤，并嫁祸于王庄举人王桂棠。张怀弄目无大清刑律，伤害人命，把张怀弄押入大牢，以待秋决！”马清明话音刚落，张怀弄就被几个衙役带了下去。

蒯明看了看王金岫，道：“王庄举人王桂棠杀人一案，实为他人凭空诬陷，查无实据，王桂棠无罪释放！”

马清明一拍惊堂木：“退堂！”

王金岫看着马清明和蒯明起身离去，长长地出了一口气。

不一会儿，一个捕快带着面容憔悴的王桂棠从外面走了进来，捕快将王桂棠身上的枷锁打开：“你没事了，可以回家了！”

王桂棠活动了几下僵硬的胳膊：“我不是做梦吧。”

捕快一龇牙：“我还能骗你，你养了一个好闺女，要不是你闺女，你就没命了。”

王桂棠一脸茫然地抬起头来，王金岫走上前去：“爹，您受苦了。”

王桂棠看着站在面前身着长袍马褂、拖着辫子的三丫头，恍然大悟，知道自己得救了：“闺女，难为你了，得亏你救爹出来，要不爹这把老骨头就扔在大狱了。”话未说完已是老泪纵横。

“爹，咱们回家吧。”

王桂棠木然地点了点头：“哎，回家！”

第三章

转过年来过了麦收，王桂棠打发长工把棒子、谷子耩到地里。有了空闲，便有一搭没一搭地在桌子上摆开了小牌。快晌午的时候，他觉得有些乏了，转过身来吸起了水烟袋，夫人开门进来摸了摸桌子上的茶壶倒上水要出去，被王桂棠拦下了。他指了指对面的太师椅：“你坐下，有件事想跟你商量商量。”

王桂棠的女人不待屁股落地儿便问：“又是给三丫头找婆家的事？”

王桂棠咕噜咕噜地吸了两口水烟，说：“你也看到了，这一程子给三丫头提亲的媒婆跟走马灯似的，说心里话，我真舍不得她出门子，可女孩子大了，早晚要嫁人，看看哪家合适，找个媒人也该给孩子说个人家了。”

“哪天我跟她商量商量再说吧。”

“这有什么好商量的。”王桂棠不满地用手敲了敲桌子。

“三丫头的脾气你也不是不知道。”

“别的都可以依她，婚姻大事不能由着她的性子来。”

王桂棠的夫人斜了男人一眼，不愿再跟他争辩，从椅子上站起来出去了。

第二天晚上王金岫正在灯下看书。见娘开门进来，忙放下书站起身来：“娘，有事吗？”

夫人坐下挑了挑灯芯，说：“你爹为你的婚事着急了，想这一两天找个媒人给你说个婆家。”

王金岫没等娘把话说完，把头摇得跟拨浪鼓似的：“娘，你和爹不用为我的事操心了，我不会像我大姐、二姐那样稀里糊涂地嫁给一个我不认识的男人。”

“可你一个女孩儿家，总不能一辈子不找婆家吧？”

“娘，媒婆的那张嘴把死人都能说活了，到头来吃苦受罪她就不管了，我的事不用你和爹操心。”

“唉，我就知道，说了也白说。”女人张了张嘴，把剩下的话又咽了回去。

转过天来中午吃了饭，王桂棠拿起水烟袋吸了两口，问在一旁做针线活的女人：“跟三丫头商量过了吗？”

“商量了。”

“她怎么说？”

“啪啪啪”，这时做饭的吴嫂在外面敲门：“老爷，刘庄的张嫂来了。”

“让她进来吧。”门一开，吴嫂带着媒婆张嫂进来了。

“老爷，太太，这是刘庄的张嫂。”

“见过老爷、太太。”张嫂脸上涂了厚厚的一层脂粉，一说话带来一股子打鼻子呛脸的香气。

王桂棠用手指了指边上的凳子：“坐吧。”

“那我就不见外了。”

王桂棠打量了张嫂一眼：“你说的这家人家怎么样啊？你可要说实话。”

“哎呀，算你家三丫头有福气，那小子比你闺女大五岁，正相当。人家可有的是钱，就说这聘礼吧，金银珠宝一样不少，还有一百两银子、两担酒、十担喜糕。”

“哪天你抽空把孩子领过来我看看。”王桂棠的夫人觉得媒婆的话不靠谱。

王桂棠打断女人的话：“你们女人就是事儿多，看不看还不是那么回事，就这么定了。”

“孩子他爹，这怕是不行吧。”

“有什么不行的，他的两个姐姐不都是这么嫁出去的吗？”

“三丫头跟她俩姐姐不一样。”

“别啰唆了，这事我说了算。”

“那就这么说定啦？”张嫂心里有鬼，生怕王桂棠夫妇看出破绽来，闹个鸡飞蛋打。

“定了。”王桂棠自作主张地说。

吃过了晚饭，王金岫打算回自己的房里歇息。王桂棠端起茶碗漱了漱口，说：“三丫头，你坐下，爹有话要跟你说。”王金岫知道他要说什么，站着没动地方。“你也不小了，该找个婆家了。”

王金岫扭过脸去：“爹，我的婚事不用你管。”

“我是你爹，我不管谁管。”王桂棠见三丫头顶撞他，脸立刻沉了下来。

“我大姐嫁给了一个瘸子，二姐的男人是个痨病鬼，她们回来一次跟我哭一次，你们知道吗？”

王桂棠见三丫头跟他翻旧账，刚要发火，猛然想起要不是三丫头救了他，他也许早没命了，口气便软了下来：“哪个当爹妈的想把孩子往火坑里推，那都是命里注定的事。”

“爹，我可不想认命。”

“胡说，今儿个媒人到家里来过了，说刘庄有一户人家，他家的儿子跟你还算般配，我已经答应人家了。”

王金岫又气又恼，仰起脸来说：“爹，你是老糊涂了还是想急着把女儿嫁出去收人家的彩礼，我不嫁！”说完转身走了。王桂棠气得浑身发抖，站起来，冲着自己的女人跺着脚说：“这丫头，气死我了！”

王夫人哼了一声：“你这是自找的！”

王桂棠一屁股坐到太师椅上：“你、你、你……”

王桂棠并不知道王金岫的心里已经有了人。管家王洛奇比她大两岁，自打王金岫开始当起了半个家，跟王洛奇打交道的机会就渐渐地多了起来，起初王金岫并没有多想。不料祸从天降，家里出了这么大的乱子，王金岫性情泼辣，胆子又大，小的时候打起架来，男孩子也不得不让她三分。眼瞅着家里两个同父异母的哥哥指望不上，王金岫自作主张女扮男装去给她爹打官司。王洛奇一直把王桂棠的这个三丫头当成小妹妹看，怕她一个人出门在外没人照应，也担心一旦被人识破丢人现眼，于是跟她去了天津卫。怕引起外人的猜疑，两人吃住在一块。在天津卫的那几天王洛奇晚上睡在地上，王金岫忙着找师爷写状子也没当回事。两个人从天津卫回来王洛奇打算回家，王金岫说她一个人去乡下说不上会遇上什么人。王洛奇一想，毕竟她是个女孩子，扔下她一个人不放心，于是两个人依旧扮作一对兄弟在蓟县附近的张庄、刘庄一带四处查访。乡下比不得城里，住的大都是骡马大车店。到了晚上王洛奇不得不挨着王金岫睡。一天夜里外面风雨大作，王金岫被雷声惊醒，吓得转过身来紧紧搂着王洛奇不肯松手。第二天两个人说起这事王洛奇的脸涨得通红。

王金岫出入赌场，王洛奇便远远地跟在后面；王金岫打牌，王洛奇就找个地方若无其事地在一旁看着。一次王金岫跟刘琦和刘庄的几个人玩着玩着打了起来，一个叫侯七的非说王金岫在牌上做了手脚，三说两说就要动手。王洛奇一看不好，赶紧站起来拉过王金岫说，这是我弟弟，有话跟我说，侯七这才罢手。从赌场出来王金岫拉着王洛奇的手忍不住哭了，说要不是你我非挨顿打不可。晚上两个人睡在一起，半夜王金岫爬起来在王洛奇的脸上亲了一口，王洛奇血往上涌，可他知道自己孤身一人没家没业的，配不上三小姐，不敢多想。

那天晚上王金岫在赌场上赢了钱找刘琦和张怀弄喝酒，王金岫听张怀弄说出了实情，一高兴多喝了几杯，夜里搂过王洛奇嘤嘤地哭了起来。王洛奇安慰了她几句，王金岫破涕为笑，趴在他耳边说："王大哥，你娶我吧。"王洛奇十分为难，又打心里喜欢上了这个三妹妹，一时不知如何是好。

王桂棠从大狱里出来后，王洛奇照样跟王金岫一块忙里忙外地操持这个家。不过王洛奇喊她金岫，她喊王洛奇哥，两个人关系显然发生了变化。闲下来两人便凑到一块说悄悄话。有天晚上王金岫来到王洛奇住的屋子，两个人说了一会儿话，王金岫靠在王洛奇的肩上说，我想把咱俩的事在爹娘跟前挑明了。王洛奇犹豫了半晌，说："这怕是不行吧，我一个孤儿，拿不出聘礼，你爹不会答应的。"王金岫摇着头说："什么聘礼不聘礼的，我愿意就行。实在不行我先怀上你的孩子，给他来个先斩后奏，我爹他不答应也得答应了。"王洛奇忙摆着手说："这事急不得，还是等等再说吧。"王金岫搂着王洛奇的脖子说，这辈子我跟定你了。

两个人的事瞒得了父母瞒不过做饭的吴嫂，她早就看出来两个人眉来眼去的已经暗地里好上了，她知道三丫头性情泼辣不好把事情捅破。这天晚上她看到两个人在王金岫的房里亲热，不知道该如何是好，合计再三，觉得一个没过门子的大姑娘跟一个男人不清不白地在一块，这么下去好说不好听，终究不是个事。再说，日后要是两个人的事情一旦露了馅，自己落个知情不举，说不上还会惹来什么麻烦。

熄了灯，王桂棠和夫人刚躺下。“咚！咚！咚！”就听有人敲门。王桂棠爬起来问：“谁呀。”

只听吴嫂在外面急着说：“老爷，太太，不好了！出事了！”

王桂棠和夫人忙翻身穿上衣裳下了地，点上灯打开门，站在外面的吴嫂气喘吁吁地说：“老爷，太太，三小姐跟管家正那个呢。”

王夫人拉了吴嫂一下：“别这个那个的，有话直说。”

吴嫂低下头：“三小姐跟管家在屋里亲热呢。”

王桂棠听了怒不可遏：“这个孽障！走！”

吴嫂打着灯笼带着王桂棠和夫人三步并作两步地来到三小姐的房前。只见里面的油灯亮着，王桂棠用手捅破窗户纸踮起脚往里一看，果然王金岫正跟管家王洛奇情意缠绵地相拥而坐。

王桂棠实在看不下去了，猛地推门进去，喝道：“看看！看看你们两个干的好事，把祖宗的脸都丢尽了！”

两个人先是吓了一跳，王金岫定睛一看是父亲、娘和做饭的吴嫂，很快镇定下来。搂着王洛奇带着几分不屑，说：“我怎么给祖宗丢脸了，既然今天你们都看见了，我就把话挑明了，从今往后，你们就别再给我提亲了。”

王桂棠用手指着王金岫呵斥道：“一个闺女家，亏你说得出口！我乃诗书礼仪之家，容不得你胡来。”

王金岫推开王洛奇，“爹，你说女儿胡来，可你们把女儿往火坑里推是不是胡来！我可不想跟我的两个姐姐一样，嫁出去活受罪。”

王桂棠气急败坏地对吴嫂道：“反了，反了，去把常贵、东财给我找来。”

“是，老爷。”吴嫂答应一声出去了。不大一会儿带着两个长工走了进来。王桂棠一反平日的斯文，冲着两个人喊叫道：“还愣着干什么，把这个冤家给我捆起来！”两个长工哪敢怠慢，上去七手八脚地把王金岫捆了起来。

“没有我的话，不准让她离开这屋里半步！”说完，王桂棠跺了跺脚，脸色铁青地挥着手冲着王洛奇大声道：“你给我出去！出去！”随后怒气冲冲地一甩袖子走了。

夫人过来把女儿身上的绳子解开，抹着眼泪一句话也说不出来，过了一会儿才无可奈何地说：“等你爹消消气就好了。”王金岫知道她娘做不了主，见常贵在一旁站着，说：“娘，我没事，你早点歇着吧。”夫人从屋里出来，常贵用一把大锁将房门从外面“咣当”锁上了。

第二天一大早，吴嫂打开房门进来，把做好的饭菜放在桌子上，带着几分歉疚地说：“唉，让你受苦了，我也是没办法啊，三小姐千万别记恨我。”

“我不记恨你，洛奇呢？”

“管家昨天夜里就被老爷赶走了，你就死了这份心吧，小胳膊扭不过大腿啊。”

王金岫吃惊地看着吴嫂：“洛奇被爹赶走了？”

吴嫂把饭菜朝王金岫跟前推了推：“是啊，老爷说了，让他走得越远越好。”

“洛奇走的时候，没说去哪儿吗？”

“我看你俩的样子，知道你们好了也不是一天半天了，他走的时候我多了个心眼，问了他一嘴。”

王金岫一把抓住吴嫂：“他说去哪儿啦？”

“说是去山海关他的一个表姑家了。”

王金岫听了不再说什么，端起碗大口吃起饭来。

半个多月后，王桂棠见三丫头像从前一样开始帮着他料理家务，便放下心来。照他的想法，三丫头一辈子不找婆家才好。他一生娶了两房太太，大老婆给他生了两个儿子，大儿子被土匪绑票吓傻了，老二从小就偷鸡摸狗不走正道，后来又染上吃喝嫖赌的恶习，一怒之下被他赶出了家门。大老婆难产死后，续弦娶了二房，没想到一口气给他生了仨闺女。好在这三丫头生性泼辣，聪明懂事，让王桂棠打心眼儿里喜欢，一咬牙豁上银子送她上了私塾。三丫头倒也争气，一来二去不但出落得如花似玉，而且事事拿得起放得下。尤其是他蒙冤下了大狱，要不是三丫头救他出来，他这把老骨头恐怕早就喂狗了。这一阵子他时常想，这三丫头要是个男孩子该多好。他知道这是办不到的事。无奈之下不得不狠下心来想给她找个婆家也了却一份心事。十里八村的人都知道他做过县令，这三丫头更是品貌出众，来提亲的几乎踏破了门槛，可他藏着个心眼，不愿意就这么随随便便便宜了哪个傻小子，想要上一大笔聘礼，如此也不枉了他的名声和三丫头的品貌才气。那天晚上，他赶走了王洛奇，一气之下又把三丫头捆了起来，过后觉得有些对不住三丫头，可让他在闺女跟前低头认不是，又抹不下脸来，便私下吩咐吴嫂每天做些三丫头爱吃的饭菜，想等过些日子事情平复了再另做打算。

早上，吴嫂做好了饭，可左等右等不见三丫头过来，王桂棠冲着吴嫂埋怨道："这丫头怎么还不过来，一会儿饭菜都凉了，你过去看看。"

没想到吴嫂去了不一会儿，就一阵风似的回来了。大惊失色地冲着王桂棠和夫人说："老爷、太太，三小姐走了，桌子上留了一封信。"

王桂棠接过信来，见上面写着几行字——"爹、娘：不孝的女儿去找洛奇了。你们不用担心，我拿走了你们给我当嫁妆的银子做盘缠，等有了落脚的地方，再给你们写信。不能在你们身边尽孝的女儿金岫。"

王桂棠看完信身子向后一仰，眼里流出两行浑浊的泪水，长长地叹了一口气："这个冤家！"

夫人一面号啕大哭，一面抓住王桂棠不停摇晃着："你还我的女儿……"

屋子里顿时乱作一团。

通往山海关的大路上见不到几个行人，一伙贩卖骆驼的口外商人赶着长长的驼队在慢慢行进，几户逃荒的人家推着独轮车吱吱扭扭地向前移动着沉重的脚步。王金岫一脸疲惫，已经三四天了，她没睡过一个囫囵觉，没吃过一顿饱饭，只想早一天赶到山海关找到洛奇。

天阴得跟水盆似的，没有一丝风，不一会儿便下起雨来，道路很快变得泥泞湿滑起来。没走多远雨下得大了，她脚下一滑跌倒在地。她慢慢地抬起头来，眼前的天地灰蒙蒙的一片，鞭子一样的雨点抽打在脸上火辣辣地生疼。她咬着牙支撑着爬起来，望着漫天的风雨，心里只有一个念头，就是爬，也要爬到山海关。

第二天天快黑的时候，王金岫来到山海关附近的一个不大的村子，疲惫地倚靠在一户人家的院墙上，强打起精神央求道："婶子、大娘、大叔行行好，给我口吃的吧！"说着从怀里掏出一小块银锭。

听到声音从屋里走出来一个四十多岁的女人，她上身穿着一件蓝布斜襟褂子，底下穿一条肥大的黑色家织布的裤子，裤脚用绑腿扎着，来到王金岫近前，问道："姑娘，你怎么啦？"

王金岫将银锭放到女人的手上，声音微弱地说："婶子，我饿。"

"姑娘，你等着，我这就给你拿吃的去。"说着她晃着一双小脚进了屋。等她拿着干粮端着一碗水出来时，发现王金岫侧歪着身子靠着院墙已经人事不省了。她上前用手摸摸王金岫的额头，说："这姑娘怕是病了。"

她把胳膊伸到王金岫的身下，说："来，我抱你进屋吧。"

这时王洛奇扛着锄头从地里干活回来，见门口躺着一个人，蹲下身子问：

“表姑，这是谁呀？”

“过路的，病了，搭把手，把她抱到炕上去。”

王洛奇低头一看，不禁失声叫道：“啊呀，这不是金岫吗。”

说着，王洛奇扔下锄头，抱起王金岫来到屋里，将她轻轻放到炕上，转过头来说：“表姑，这就是我跟你说的王桂棠家的三小姐王金岫哇。”

王洛奇的表姑一脸惊讶：“这么巧，我刚才摸了，这孩子身上热得烫手，一定是病了。我这就去给她熬点小米粥，你还不快去请郎中。”

王洛奇出去了不大一会儿，领着一个六十多岁、一缕银髯的老者走了进来。老郎中上前把脉，王洛奇担心地问：“没事吧？”

“这姑娘是虚火攻心，加上饥渴过度，引起风寒发热，并无大碍，好好调理几日便可痊愈。”说罢，老郎中开过药方。捋了捋银白的胡须，出门走了。

王洛奇的表姑端上来熬好的小米粥，一点一点地喂给王金岫喝。

第二天早晨，王金岫慢慢地睁开了眼睛。王洛奇惊喜地说：“表姑，金岫醒了。”

正在外面做饭的王洛奇的表姑进来看王金岫睁开了眼睛，问：“闺女，好些了吧？”

王金岫转过头来一眼看到身边的王洛奇，挣扎着想坐起来，王洛奇按着她重新躺好，说：“金岫，这是我表姑家，你昨天晚上来这要饭在门口晕倒了。”

“洛奇，到底找到你了。”说完，王金岫侧过身来，一把抱住王洛奇嘤嘤地抽泣起来。王洛奇抚摸着王金岫的头发动情地说：“金岫，难为你了，看你，都瘦了。”王金岫将头埋进王洛奇的怀里，抽泣得更厉害了。

“你从家里出来，老爷、太太知道吗？”王洛奇担心地问。

“我给他们留了一封信。”

“你打算去哪儿，我表姑人好，你要是愿意咱就留在这儿吧。”

王金岫轻轻摇了摇头：“咱们还是走得越远越好。”王洛奇攥着王金岫的手说：“你说去哪儿我就跟你去哪儿。”

王金岫紧紧依偎在王洛奇的怀里待了一会儿说：“我听说东北地广人稀，日子好过，咱去东北吧。”

“行，明天咱们就走。”

说完，王洛奇轻轻地在她的额头上吻了一下，两个人情不自禁地紧紧地相拥在了一起。

第四章

一个多月后。关东辽阳县境内一个叫野狼窝的村子里，大人孩子都知道从关里逃荒来了一个漂亮媳妇，男人们见了面说起这女人心里便痒痒的，女人们凑到一块也免不了带着几分妒忌议论一番这女子出众的相貌。

王金岫和王洛奇买下两间土房，用秫秸围起来一个不大的院子，在窗户下边搭了个鸡窝，在院墙边上盖了个猪圈。快晌午的时候，王金岫正忙着在屋子里烧火做饭，王洛奇急匆匆地从外面回来了。热腾腾的水汽中，王金岫的脸色白里透红，显得愈加妩媚动人。见丈夫回来了，王金岫拿过手巾擦了擦手，高兴地说："饭做好了，赶紧洗手吃饭吧。"王洛奇笑嘻嘻地说："金岫，你猜我带回什么来啦？"

王金岫调皮地看着王洛奇："除了带回来一身土，你还能带回来啥？"

王洛奇把放在背后的手拿出来："金岫，你看这是什么？"王金岫睁大了眼睛惊喜地说："呀！地契！"说着从王洛奇手里把地契拿了过来，仔细地看了又看，说，"洛奇，有了地，今后咱这日子就好过了。"

“是啊，以后咱们还要买牛、买马、买骡子，再拴一挂大车。到时候，你还当小姐，我再给你找一大帮丫鬟侍候你。”

王金岫扑到王洛奇怀里咯咯笑着说：“我可不要丫鬟来侍候我，有你侍候我就行了。”

王洛奇抚摸着王金岫柔润的头发说：“好，我给你打洗脚水，给你做饭，给你洗衣服，给你……”

王金岫用手捂住王洛奇的嘴，娇嗔地问：“到那个时候，你要是嫌我老了，不要我了咋办？”

王洛奇亲吻着王金岫说：“你放心，就是地老天荒，我也跟你不离不弃。”

王金岫满足地搂着王洛奇的脖子柔声说：“洛奇，你知道这里为什么叫野狼窝吗？”

“也许是这里狼多吧。”

“我听村里的一个老人说，很多很多年以前，这里有一条公狼、一条母狼。它们一块出去捕食，一块养育它们的小狼崽。后来，母狼老了，在一次捕食的时候又受了伤，于是公狼就每天把捕到的食物带回来给母狼和狼崽吃。又过了一年，小狼崽都大了，离开了它们，母狼就再不吃公狼带回来的食物了。几天后，母狼死了，公狼就一直守在母狼身边，一直到饿死。为了让后人记住这两条狼的故事，人们便给这里取名野狼窝。”

王洛奇在王金岫的脸蛋上轻轻吻了一下，说：“动物之间的感情有的时候比人都真挚。”

“我要是那条母狼呢？”王金岫搂着王洛奇的脖子问。

“那我就是那条公狼。”王洛奇一边说，一边学着狼的样子，张牙舞爪地把王金岫抱了起来。

对于婚姻王金岫一直有自己的打算，对父母包办婚姻她向来不满意，认为不合情理，对那些走东家串西家、巧舌如簧的媒婆更是从心里厌恶。有时候她想，这些媒婆也是女人，她们该知道女人的苦楚，为了从中得到一点好处，就瞒天过海，结果给多少男女带来了不幸和痛苦。她从两个姐姐身上看到了自己将来的命运，她害怕自己有一天也会像两个姐姐那样，被爹妈当成一个物件拿去换成彩礼。她渴望婚姻的自由和幸福，不想自己成为包办婚姻的牺牲品，她羡慕梁山伯与祝英台，幻想着自己也能与一个自己心爱的男人有这样一段境遇，但她明白，这只能是一种对理想婚姻的向往罢了，正像她娘说的那样，一个女孩子，咋好自己找婆家。每当想到这些，她都会陷入一种无法摆脱的痛苦之中，像是被人活生生地塞进一个狭小的山洞里无法转身，有一种说不出的压抑。她想从那个狭窄的洞穴里走出来，却找不到出路。

她时常想，宁肯一辈子不嫁人也不愿意让父母经媒婆的手把自己卖出去受苦。她说不上是从什么时候开始喜欢王洛奇的。她承认最初的喜欢也仅仅是一种懵懂的好感，她觉得王洛奇身上有很多东西吸引着她，他做事精明、干练、井井有条。他为人温和善良，碰上爹气不顺说他两句，他总是笑笑就过去了，没有听他在背后说过一句抱怨的话。他个子不高不矮，身体健壮结实，干起活来总是有使不完的力气。地里的活忙不过来，他跟那些长工一样种地收庄稼，从没听他喊过累。慢慢地，她发现自己的内心也在发生着变化，由开始的一种单纯的喜欢变成了爱慕。夜里一个人躺在炕上，翻来覆去地睡不着，想着白天跟他在一起忙里忙外的情形，心里就甜滋滋的，不由自主地将枕头搂在怀里。她笑自己没出息，但哪个女人不是这样过来的呢。

她不像一般的女孩子那样做事扭扭捏捏，而是敢作敢为，从不在乎别人说什么。正当她想跟王洛奇把这层窗户纸捅破的时候，爹遭人陷害进了大牢。她拿定主意女扮男装去把爹救出来，可想来想去自己一个人出门在外多有不便。她想让王洛奇跟她一块去，话到嘴边又怕王洛奇不愿意。没想到王洛奇主动提出来要陪着她一块去为爹申冤，还给他买来男人穿戴的长袍马褂，让她从心里感激王洛奇。一连两个多月两人朝夕相处，形影不离，借着那天多喝了几杯酒她在王洛奇面前袒露了心迹，她看得出来，王洛奇没有丝毫拒绝她的意思。但她知道爹无论如何也不会答应这桩婚事，她暗自拿定主意，不管爹愿不愿意她非王洛奇不嫁了。那天吴嫂找了爹娘过来，开始她有些埋怨吴嫂多管闲事，后来又觉得要不是吴嫂她和王洛奇也许到不了关外。待在家里两个人就是到了一起，爹也不会给她好脸色看。这样一来也好，两个人像出笼的小鸟远走高飞，可以安下心来过自己的日子了。

两人渐渐地适应了关外的生活，开始租了几亩地种，很快王洛奇就用自己这些年积攒下的钱和王金岫用来买嫁妆的钱买了十几亩地，又将两间土房重新拾掇了一下，日子总算有了盼头。每天王金岫都早早起来把饭做好，打发王洛奇下了地，就开始忙活着喂猪饲养鸡鸭。到了晚上两个人躺在炕上王洛奇将王金岫搂在怀里说他小时候听来的一些故事，每当说到《水浒传》里宋江杀了阎婆惜上了梁山那一段，王金岫就说，为了一个女人宋江上山为寇不值得。两个人还时不时地为这事争辩几句，末了总是相视一笑一同进入了梦乡。

一晃就到了第二年的夏天，王金岫从小受她爹王桂棠的耳濡目染，过日子懂得如何精打细算，两人盘算上秋把粮食和猪卖了拴挂车。让两个人没有想到的是一场灾难竟不期而至。

夏锄过后，一连几天，天阴得跟水盆似的。早上王洛奇出门的时候抬头看了看天，转过头来对王金岫说："看样子这雨小不了了。"到了下晌，几声闷雷响过，豆大的雨点噼里啪啦地落了下来，接着瓢泼大雨像开了闸的水从天上倾泻下来。想不到大雨一直下了三天三夜，太子河上游下来的洪水冲毁了堤坝，野狼窝、大仁村、小甸子村都被大水淹没了，十多天后，洪水才一点点退去。

祸不单行，伴随着大水一场瘟疫接踵而至。过了晌午，王金岫见王洛奇要出门下地，拉着他的手不无担心地说：“洛奇，想不到这场霍乱来势这么凶猛。这几天家家死人，村里的一些大人孩子早晨还好好的，晚上就不行了，你在家歇几天吧。”

王洛奇抖了抖结实的臂膀说：“放心吧，没事，我年轻，再说地里的庄稼不赶紧拾掇，到秋粮食收不上来，咱吃啥呀？”

王金岫用忧虑的目光看着王洛奇，叮嘱道：“那你千万加小心，离着村里的人远点。这几天我这心里老是七上八下地不落底。”

王洛奇拉起媳妇的手亲吻了一下：“我知道了。”

看着丈夫出门走了，王金岫在心里不住地祈祷：“老天爷保佑洛奇，保佑我们这个家吧。”

眼看着再过一两天地里被水淹的庄稼就拾掇得差不多了。早晨，王金岫做好了饭在围裙上擦了擦手，冲着里屋喊道：“洛奇，起来吃饭了！”可半天屋里没有动静。王金岫掀开帘子进了屋：“洛奇，昨天干活累了吧，起来吃饭了。”

王洛奇还是没有一点声息，王金岫急忙掀开被子，见王洛奇双目紧闭，呼吸急促。王金岫用手摸了摸王洛奇的额头，发现热得烫手，不禁大惊失色：“洛奇！你怎么啦？”王洛奇一句话也说不出来，翻过身不停地呕吐起来

王金岫手忙脚乱地给王洛奇喝了点水：“等着，我去给你请郎中！”

王金岫带着郎中回来的时候，见王洛奇趴在炕沿上一边还在呕吐，一边浑身在不停地抽搐。

郎中一手捂着鼻子，一手号过脉，将王金岫拉到外屋低声说：“人快不行了，就这两天的事，你赶紧准备准备吧。”

王金岫两腿瘫软，跪倒在地哀求道：“求求你，救救他吧。”郎中苦笑着摇了摇头：“你起来吧，想不到这场霍乱这么厉害，我给你开几服药试试吧。”说完开过药方走了。

“老天爷啊，你不能让洛奇死啊，他死了我怎么活啊！”接连几天，王金岫守在王洛奇身边寸步不离喂水喂药，可王洛奇仍是不停地呕吐、抽搐。到了第六天晚上，王洛奇才觉得好些了，飘忽的油灯下他拉着王金岫的手说：“金岫，这郎中怕是假的吧？”

王金岫看着已经瘦得脱了相的丈夫，泪如雨下：“看你说的，怎么能是假的呢。”

“怎么吃了药一点不见好呢？”

“你好好养病，别胡思乱想了。“

王洛奇将身子靠在王金岫的肩上，脸上露出一丝笑容，轻声说：“金岫，你真好看，人又聪明能干，下辈子我还娶你做媳妇，你愿意吗？”

王金岫含着泪点了点头。王洛奇轻轻抚摸着妻子的手，动情地说：“金岫，你知道吗，你在我心里就是天上的仙女，我恨不得一分钟也不离开你。”

王金岫紧紧攥着丈夫的手：“洛奇，等你病好了，我就天天陪着你。”

王洛奇神色凄然地摇了摇头，说：“我这病怕是好不了了。”说完喘息了好一会儿才又接着说：“我这一有病拖累你了。”

王金岫用手巾给王洛奇擦去额头的冷汗，说：“洛奇，说这些干啥，谁让我是你媳妇了。我还等着你盖大瓦房，买牛、买马、买骡子呢。”

王洛奇叹了口气：“唉，恐怕等不到那一天了。”

“不会的，等你好了，我还想给你生个大胖小子呢。”

王洛奇慢慢地闭上了眼睛：“唉，人不能跟命争啊。”

“什么命不命的，我不信。”

王洛奇惋惜地说：“金岫，我没有给你留下骨血，要是有个孩子跟你也是个伴儿。”

“洛奇，咱不说这些了，不行明天我去辽阳城里再找个郎中瞧瞧。”

王洛奇抬起手，抚摸着王金岫的脸说：“金岫，没用了，我走后你回老家吧，想起来，我觉得怪对不住东家的。”

“都是过去的事了，还提他干什么，要回去也是我们两个人一块回去，我爹和我娘不会生我们的气了。”

王洛奇神色黯然地说：“金岫，我怕是回不去了，你要是不愿意回去，我死了你再找个人家，我也就放心了。”

话未说完王洛奇的手无力地放了下来。过了一会儿慢慢地睁开眼睛，声音微弱地说：“金岫，我真舍不得你啊，答应我，下辈子还做我媳妇——”王金岫不住地点头。说着，王洛奇头一歪死在了她的怀里。

王金岫抱着王洛奇忍不住痛哭起来：“洛奇，你不能走啊，我还要给你生儿子呢！”

风从敞开的窗户外面吹进来，桌子上的油灯忽闪了几下灭了，屋子里顿时一团漆黑。

温热而又潮湿的风让人感到闷乎乎地难受。地里到处是新堆起的坟头，王金岫穿着白色的丧服，两眼呆滞地坐在王洛奇的坟前，她点燃了三支香慢慢地举过头顶，声音嘶哑地说：“洛奇，你怎么说走就走了呢，你陪我说说话好吗？”可四周除了树上传来的几声鸟叫，没有一点声响。

王金岫慢慢抬起头来，看着远处又一伙下葬的人朝这里走来，收回目光喃喃地说：“洛奇，你不是说好了，要跟我一块过到老吗？上次你走了，我好不容易才找到你；这次你走了，让我到哪去找你呢……”说着呜呜地哭起来。

从窗户透进屋子里的阳光不时被空中游荡的云遮挡起来。王桂棠半躺在炕上，夫人拉着他的手神色不安地说：“一晃你病了快俩月了，吃了十几服药，你说怎么老是时好时坏？”

王桂棠拿起水烟袋，手哆嗦着半天没划着火。夫人把烟给他点上，王桂棠慢慢吸了一口说：“哪个郎中也治不了我的病啊。”

“那不见得，不行我再托人去天津卫找个郎中试试。”

王桂棠惨然一笑：“唉，治病治不了心啊，自古没有治心病的药哇。”

王夫人知道他是惦记三丫头，说：“这死丫头也真是的，走了这么长时间，也不想着给家里来个信。”

王桂棠挺了挺身子，说：“这孩子的脾气我知道，她是恨我啊。”

“哪能呢，你也是为了她好。”女人劝说道。

王桂棠用力吸了一口水烟袋，带着几分懊悔说：“我糊涂啊，三丫头好不容易把我从大狱里救出来，可我这个当爹的不是人啊，我为了面子，为了多收点聘礼，昧着心眼儿把孩子往火坑里推，我那些书白念了。”

“刘庄的那个张嫂不是说那家人家好吗？有钱有势的。”

“嗨，你哪里知道，三丫头走后我找人打听过了，那个男的吃喝嫖赌什么都干，两房媳妇都让他打跑了，他爹仗着有钱想再找个女人给他们张家留个后。”

“那个媒婆真不是东西。”王桂棠的女人咬着牙根说。

“我这心里愧得慌啊。”说着，两行泪水从王桂棠眼里流了出来。

“事儿都过去了，你也别跟自己过不去了，三丫头也不会再记恨你了。”

“这个你不说我也知道，这孩子心里能装事，可我就是想不明白，人为什么都要面子呢，尤其是我们这些读书人。”

“书读多了就认死卯子，自己给自己做个夹板子，钻进去出不来。”女人数落道。

王桂棠侧过身子：“可说来说去，面子又是个什么东西呢。”

“还不是怕别人戳脊梁骨。”

王桂棠叹了一口气，说：“唉，人干吗要为别人活着呢？”

“亏你想明白了。”

“是啊，世上就是‘后悔’这服药难咽啊。”

“要是早知道这样，还不如由着她的性子随她去呢，咱这一家人好歹死活在一块。”王桂棠的夫人后悔当初不该听男人的，不如招王洛奇做倒插门的养老女婿呢。

“你这话说到我心里去了！”

“明天我让吴嫂去找她。”

“你上哪找她去，她既然走了，就没打算回来。咱就死了这份心吧。”

这时吴嫂手里举着一封信从外面进来：“老爷、太太，金岫来信了。”

王桂棠听说三丫头写信来了，放下水烟袋从床上坐起来：“快，把信给我。”

吴嫂急忙将信递给王桂棠。王桂棠接过信看着看着眼里流出泪来，女人忙问：“哭个啥？”

“洛奇死了。”说完王桂棠的身子直挺挺地向后仰去，手里的信像一片落叶飘落到地上。

女人一把抓住王桂棠的手：“孩子她爹，洛奇咋啦？”

王桂棠声音微弱地说：“洛奇死了。”

“不会吧，他那么年轻，怎么能死呢。”王桂棠的女人伸手从地上把信捡了起来。

“赶上霍乱，他死在东北了。”

“那我闺女怎么办啊。”女人声音颤抖。

王桂棠慢慢地闭上了眼睛。夫人见王桂棠的手垂了下来，扑在男人身上：“孩子他爹，孩子他爹，你怎么啦？”

可任凭女人怎样喊叫，王桂棠没有了一点回应。吴嫂伸手在王桂棠的鼻子底下摸了摸，说：“老爷走了。”

女人捶胸顿足地号啕大哭起来：“孩子他爹，你不能扔下我不管啊——呜呜！”

第五章

一九〇二年，从京城传来消息，清廷准许汉满通婚。照理说这也算是一桩大事了，却并没有引起乡下人多少兴趣。一场大水带来的瘟疫死了几百口子人，辽阳城里好几家棺材铺的棺材都卖光了。但不管咋说，大部分庄稼还是活了下来。在阵阵秋风的吹拂下地里的高粱如同从天上扯下来的一片片火烧云；弯着身子轻轻随风摇摆的谷子，好像撒在地上的无数碎金；玉米粗大的棒子，斜刺刺地伸向空中，像一个个鼓着肚子的娃娃挺立在一望无际的田野里。

王金岫一个人半天才割完一条垄，急得坐在地头捂着脸哭起来。

村里郑家的老二郑满仓打地头经过，见是王洛奇屋里的女人，停下脚问：“咋啦弟妹？哭啥？”

王金岫慢慢抬起头来擦了擦眼泪：“是郑大哥啊，我是恨自己无能，这一地的高粱谷子的，到啥时候能割完啊？”

郑满仓一听咧开嘴乐了：“嗨，这还不好办，你等着，明天我找人来，用不了两天，你这几亩地就全割利索了。”王金岫听了破涕为笑。

第二天一早吃了饭，郑满仓和几个叔伯兄弟便来到地头上，王金岫烧好了水早早等在那了。郑满仓扯下两片高粱叶子擦了擦镰刀问哥几个：“头天黑咱们把这几亩高粱割利索，明个一天那几亩苞米也差不多能割完了吧？”

郑满金一拍胸脯：“二哥，放心吧。”说完兄弟几个拿起镰刀一个跟一个下了地。

王金岫给郑满仓倒了一碗水递过去：“我听洛奇说你们哥几个一直在一块过日子，怎么没分家呢？”

郑满仓掏出烟袋，装上一锅子烟，点着火，吧嗒吧嗒抽了两口：“说起来话长了，我爷爷生了两个儿子，我父亲是老大叫郑虎，叔叔叫郑彪，哥俩从小练就了一身的功夫。光绪年间开了个镖局，仗着两人功夫好，又讲义气，自打立起镖旗来，找他们走镖的就没断过捻儿，十几年下来，走南闯北攒下了一大笔银子。哥俩娶妻生子后觉得在一起过惯了，就说好了不再分家另过，我父亲图的就是一大家子在一块热闹，有事也好有个照应。”

王金岫看着地里忙活的郑家哥儿几个，说：“这老少十几口子在一口锅里吃饭也真不容易。”

郑满仓在鞋底上磕了磕烟袋，说：“谁说不是呢，我父亲郑虎生了两个儿子。我大哥叫郑满囤，我是老二，我叔叔郑彪生了仨儿子，老大叫郑满金，老二郑满银，老三郑满庆，这不，一个没落都来了。”

“这么说你们是哥五个了，哎，怎么少一个呢？”王金岫向来心细。

郑满仓重新装上一锅子烟，说：“我们从小跟着开镖局的父亲和叔叔练武。最后数我大哥郑满囤的功夫最好，使一口短刀，舞起来十几个人不能近前，还练就了一身的轻功，蹿房越脊如走平地，而且为人仗义，好打抱不平。因为说话嗓门大，加上我父亲又是江湖上有名的郑老虎，人送我大哥绰号郑小虎。没想到有一次为了救几个被土匪绑了票的孩子死了。”

“唉，太可惜了。”王金岫轻轻摇了摇头。

“谁说不是呢，大哥死的时候才二十出头。”

王金岫把几个碗都倒上水，说：“有句话不知该不该问？”

“洛奇活着的时候，我们天天在一条垄沟里刨食，有话你就说吧。”

“家有千口主事一人，你们这么一大家子总得有个管事的呀？”

郑满仓接过王金岫递过来的水喝了一口，抹了抹嘴说：“这话你算问着了，我们哥几个庄稼活在行，操持这么一大家子过日子有劲使不上。这些年多亏了我那媳妇了，她娘家也姓郑，自打过了门，精打细算，七八年的工夫，就买下了一百多垧地不说，还盖起了两进院的大瓦房，拴了两挂大车，你没听村里人张口闭口地叫我们郑大户吗。”

“你娶了个好媳妇啊。”

郑满仓站起身子：“是啊，可惜她死了。”

王金岫一脸诧异地看着郑满仓：“死啦？”

郑满仓叹了一口气：“是啊，前年春天上山挖野菜，让草窠里的蛇咬了，不到一天工夫就不行了。”

“那你没再娶吗？”

郑满仓在袖子上蹭了蹭镰刀：“提亲的不少，可一直没有相中的，我一直想找个像她那样能操持这一大家子过日子的女人。”

王金岫若有所思地点点头：“唉——可惜了了。”

郑满仓拿起镰刀：“你歇着吧，我得去干活了，要不这几亩地天黑前怕割不完了。”说着郑满仓下了地。郑满金见二哥离自己越来越近，扭过头来笑嘻嘻地说：“二哥，我看你跟那个女人唠得挺热乎，八成是看上她了吧。”

郑满仓直起身子：“你说对了，我早就听说这个从关里来的女人模样好不说，还精明、能干。”

“那你干脆把她娶过来算了。”

隔着一条垄的郑满银也直起腰说：“二哥，我看这个女人挺好，等地割完了，你找刘大脚说合说合，我看这事八九不离十。”

老秋过后，庄稼刚入仓，初冬的头场雪就急三火四地赶着把裸着身子的田野遮盖起来。

天黑得早，吃过饭王金岫从柜子里拿出一副给王洛奇没有绣完的枕套摩挲着，想起了跟洛奇在一起的那些日子，泪水一滴一滴落在上面：“洛奇，你走了快大半年了，咋不给我托个梦呢，难道你真的把我忘了吗。”

这时外面有人敲门。王金岫擦了擦眼角，问：“谁呀？”

“哟，怎么连我你都听不出来啦，我是村东头的刘大脚啊。”

“哟，是刘嫂啊。”

王金岫下地打开门，把刘大脚让了进来。“这么晚了，刘嫂有事吗？”刘大脚也不客气坐到炕上说：“我是无事不登三宝殿，这村的郑大户老二家的女人前年让蛇咬死了，想再娶个媳妇，相中你了，让我来说合说合。”

王金岫沉吟了半晌说：“这事我还没想过，你冷不丁这么一说，我得合计合计。”

“唉，也是，一个女人出一家进一家不容易，你合计好了告诉我一声，我走了。”

“再坐会儿吧。”

“不了，家里人还等着我吃饭呢。”

送走刘大脚，王金岫回过身来关上门，坐到炕上看着桌子上那盏飘忽不定的油灯，心里像塞进一团乱麻，她想理出个头绪，可越想越乱，索性躺在炕上闭上了眼睛。

这时一阵风从窗户的缝隙中吹进来，炕桌上的油灯忽闪了几下暗了下去。王金岫睁开眼，心想："人这一生不也跟这油灯一样吗，就这么一点亮，风一吹就灭了。"她想起上秋的时候郑满仓和几个叔伯兄弟帮她割地时那副古道热肠的样子，轻轻拿起枕套贴在脸上说："洛奇，我一个人过日子实在太难了，我知道你一定不会怪我，你放心，如果有来生，我还跟你做夫妻。"

过了大年，那些勤快的庄稼人便开始着手为春耕做准备了。晚上，郑家上房灯火通明。郑满仓装上一锅子烟，瞅了瞅郑满金、郑满庆哥几个，说："我不说你们也都看见了，你二嫂知书达理，心胸豁达，自打去年年底过了门，事事拿得起放得下，是个理家过日子的好手。"

"我看比死去的二嫂还强呢。"郑满金不等郑满仓的话说完抢着说。

郑满仓吧嗒吧嗒抽了两口烟："是啊，祖上积德，该着咱们郑家不落（lào）架啊。"

郑满庆抬起身子往前凑了凑，说："依我看，一开春，把这个家就交给二嫂算了。"

郑满金冲着郑满仓点点头，说："我看行，二嫂识文断字，你那仨弟妹和我们哥几个没念过几天书，都是白帽子，我看把这个家交给她错不了。"

郑满仓在鞋底上磕了磕烟袋，说："那这事就这么定了。"

都说时光是头骡子，不用鞭子赶就跑得飞快。青黄之间，王金岫进了郑家的门两年了，并生下了大儿子郑春仁。

吃过晚饭，郑家哥几个刚想回各屋歇息。王金岫进来拢拢头发，说："我正想跟你们哥几个商量呢，今年地里的活儿实在忙不过来了，咱们得想个法子了。"

郑满金抢着说："二嫂当家，这事你说了算。"

“咱这家业大了，比不得过去了，我打算雇几个长工。”王金岫说出了自己的打算。

这时郑家的远房侄子刘喜来了，王金岫忙招呼，说“哟，喜子怎么有空来看婶子啦？”

刘喜笑嘻嘻地说：“哪啊，我是看你们家业大了，光靠婶子一个人也忙不过来，给你们踅摸了一个管家。”

“那敢情好了，明个你领来我看看。”刘喜见王金岫答应下来，坐了一会儿便兴冲冲地走了。郑家哥几个又说了说雇长工的事，便各自回房去了。

第二天上午，刘喜带着一个十六七岁的年轻人来见王金岫：“婶子，人我给你带来了，你看看行不？”

王金岫打量了一下来人，见他长得白白净净，往那一站斯斯文文的，便欢喜地说：“行，一看就带着那么一股子精明劲。”

“你都会什么呀？”

刘喜抢着说：“婶子，他字写得漂亮，算盘打得也好。”

“好啊，那就写几个字我看看。”说着把桌子上的笔墨纸砚拿了过来。

只见这人提笔凝神，在纸上笔走龙蛇写了几句诗：荷风送香气，竹露滴清响。欲取鸣琴弹，恨无知音赏。

王金岫看罢说：“好字，既有汉隶古风，又藏柳公神韵。”

刘喜笑着说：“婶子，他两只手还会同时打算盘，你给他念两个账本，最后保准一点不差。”

“好哇，这可是本事。你叫什么名字，哪个村的？”

年轻人躬身道：“我姓魏，叫明理，离这十里地小甸子村的。”

“你要是愿意就留在我这吧。”

魏明理深施一礼：“谢谢东家。”

“好啊，明儿个你回去收拾一下就过来吧。”

转眼就到了开犁种地的时候。早晨吃过饭几个长工收拾停当了准备下地，王金岫从屋里出来看了看几个长工，说：“我看今年春上雨水多，秋后收成一定错不了。”

一个叫铜锁的长工清了清犁杖上的泥土，说：“我看得找个打头的了，这些天跟放羊似的，大伙劲没少费，就是不出活。”

“我也正琢磨这事呢。踅摸了几个都不合适。”头些日子王金岫托刘喜找了几个人都没相中。

这天下晌一个年轻小伙子径直走进院子。这人长得粗壮结实，往那一站，跟半截铁塔似的。进来后熟门熟路地坐到院子里的凳子上：“舅舅、舅妈，你们不认识我啦？我是胡大力啊，我把人给打伤了，没地方去了，就投奔你们来了。”

郑满仓挠着脑袋想了半天：“哦，我想起来了，郑家是有这么个外甥，可好多年前你来过还是个孩子，现在长成大小伙子了，要是在街上碰见我可真就不敢认了。你今年多大啦？”

“毛岁二十了。”

“你爹妈还好吗？”

“我爹前年死了，我娘头年也没了。”

王金岫叹了口气：“那你就留在这别走了。”郑满仓半真半假地问：“看你长得倒挺结实的，你来投奔我，有啥本事啊？”

胡大力也不答话，来到院子里的磨盘跟前，一只手就把用毛驴拉的磨盘毫不费力地推着嗖嗖转起来。

王金岫乐了。“行，我看你就领着长工们下地干活吧。”

胡大力嘿嘿一笑：“只要给口饭吃就行。”

“饭管你够吃，活干好了，我还要给你加工钱呢。”

“那敢情好了，往后地里的庄稼活，家里的粗活、重活，你和舅舅都交给我吧。”

日子就这样一天天地过去了，可让王金岫没想到的是，日俄战争的硝烟散去后，带来的灾难却日甚一日。过了春分，寒气仍迟迟赖着不愿退去。晚上一弯新月战战兢兢地半天才从远处的树梢上一点点地爬上来。

郑满仓躺下好一会儿了还是睡不着，索性翻身坐起来装上一锅子烟，看着窗外清冷的月光说："这些日子我老是心神不宁。你说这地面上咋越来越不太平了。"

“谁说不是呢，胡子越闹越凶，让人整天提心吊胆。”

“这些个胡子也忒不是东西，今天抢张家明天抢李家，闹得人心惶惶。”

“官府也跟老百姓过不去，今年的税又涨了两成，各种杂捐更是五花八门，以前听都没听说过。”

郑满仓忧心忡忡地看着王金岫：“那咋办？”

王金岫眨着一双大眼睛说：“自古都是兵来将挡，水来土掩，愁顶啥用。”

郑满仓轻轻揽过王金岫：“这个家多亏有你了。”

第二天一大早，魏明理就急急忙忙地开门进来翻着手里的账本，说：“东家，这眼瞅着就要开犁种地了，买种子的钱到现在还没凑齐呢，不管想个什么法子，好歹也得把地种上啊。”

王金岫摆了摆手：“我知道了，你去吧。”

晚上郑满仓坐在炕边上装上一锅子烟抽了两口，说：“今儿个我听明理说买种子的钱到现在还没凑够呢？”

王金岫一边哄儿子睡觉一边说：“是啊，今儿个下晌我才好不容易把钱张罗齐了。”

“唉，这过的是什么日子啊。”

郑满仓的话音未落，忽听外面一阵大乱。一伙人砸开院子的门闯了进来，站在当院把枪栓拉得咔嚓咔嚓山响，只听一个人大声喊叫道：“屋里有喘气都给我出来，要不就开枪了！”

王金岫放下孩子和郑满仓从屋里走出来，郑满金、郑满银、郑满庆哥几个和各自的妻小也都来到院子里，只见房顶上已经架上了枪，院子里的这伙人也都端着家伙，一个个凶神恶煞似的。为首的一个小个子土匪厉声说：“你们他妈的都给我听好了，限你们三天之内交出五十块大洋！”

郑满庆想动手，被郑满仓伸手拉住了：“你没看他们在房顶上架着枪吗，你一动手，咱一家老小可就都完了。”郑满庆使劲一甩袖子。

小个子土匪把手里的松明火把在头顶上晃了晃：“我说的话你们都他妈听清了没有，怎么不吱声呢，哑巴啦？”

王金岫站出来一拱手，说：“这位大当家的，说实话，我们的日子也不好过，既然你张口了，也不能驳你的面子，三天后你派人来取钱吧。”

小个子土匪盯着王金岫：“行，痛快！”说完他一挥手，“撤！”

土匪走后，郑家哥几个来到上房，郑满金一拍桌子骂道：“妈的，真是房子漏又赶上连阴雨了！”

郑满仓掏出烟袋装上一锅子烟，说：“这五十块大洋上哪儿弄去，家里连买种子的钱都凑不齐，哪还有钱答对这帮胡子，不行我就去当人票。”

郑满金摆着手说：“二哥，你不能去，要去我去。”

郑满庆拍了拍胸脯：“你们别争了，我年轻，抗折腾，我去。”

王金岫拢拢头发说：“说啥也不能让你们去当人票，实在不行就是把地卖了，也不能让你们去冒这个险。”

郑满金一拳砸在桌子上：“这帮胡子，也太他娘的熊人了！”

第六章

早晨吃过饭，王金岫从炕柜里找出装首饰的木头匣子，把里面的金银首饰一样一样地拿出来用布包好，正准备下地出门，郑满仓从外面进来，看着王金岫手里的包袱诧异地问：“你这是干啥？”

“我打算把这些首饰当了。”

“唉，金岫，让你受苦了。”郑满仓无奈地叹了口气，沉默了半晌说：“你放心，等有了钱，我再给你买好的。”

“此一时彼一时，先顾眼前吧。”说完王金岫拿起包袱出门来到院子外面，见胡大力已经套好了车，手里拿着鞭子在等她。王金岫正准备上车，一扭头发现平时斯斯文文的管家魏明理，正横眉立目地大声呵斥一个少了一条腿、手里端着一只掉了碴的碗来门口讨饭的汉子：“瞅你那德行，瘸了吧唧的，还不给我赶紧滚，我们自个儿都快吃不上溜儿了，哪还有饭给你吃！”

那个要饭的汉子没说什么，转身要走。王金岫看了心里生起一丝不快，本想说魏明理几句，可话到嘴边又怕当着胡大力的面让魏明理脸上挂不住，便走过去对魏明理说："人要不是活不下去了，谁也不愿意出来觍着个脸要饭吃，你去拿几个饼子给他。"魏明理没再说什么，一哈腰转身进了院子。

王金岫走过去问："这位兄弟是哪的人？"

那个汉子有气无力地说："我家是旅顺的。"

"怎么跑这么远来要饭啦？"

"唉，一句话半句话说不清啊。"

王金岫扭过头去对胡大力说："明天咱们再去城里，你把车卸了吧。"

这时魏明理手里拿着几个饼子从院子里出来，王金岫指了指那个要饭的汉子说："你带他到前院上房来。"

魏明理立刻换了一副笑脸："走吧，还站着干啥？"

魏明理带着要饭的汉子进了上房，王金岫指了指椅子，说："这位兄弟，坐吧。"

要饭的汉子把半个屁股坐在边儿上，生怕身上脏兮兮的衣服把椅子鰧了。

"明理，你给他倒碗水，去厨房拿点饭菜过来。"

魏明理端了一碗水递给要饭的汉子出去了。这人端起水碗"咕咚、咕咚"一气喝了下去。魏明理端了饭菜进来放到桌子上，要饭的汉子不管三七二十一，狼吞虎咽，不大工夫就把饭菜吃了个精光。

"看样子你是真饿了。"

要饭的汉子声音虚弱地说："我已经快两天没吃东西了。"

王金岫拢拢头发问："你说你家在旅顺？"

要饭的汉子抹了抹嘴说："是，我姓回，叫回毅，祖上在新疆，是当地的回民，清朝康熙年间到了东北，后来我父亲在旅顺的牛心山落了脚。我从小跟我父亲学会了在回民中流行的查拳，十岁那年，我父亲又给我找了一个查拳高手，他见我肯学，收我为义子。哪承想，这老毛子和小鬼子不在自己家里好好待着，跑到咱们家门口往死里掐。炮弹不长眼睛，村里几十口子都给炸死了，我爹、我娘和我媳妇连尸首都找不着了，我的一条腿也被炸断了。家里实在待不下去了，没办法，只好出来四处要饭了。”

王金岫长长出了一口气，说：“唉，人活一辈子不容易，这样吧，你呢，也别再四处乞讨了，你一个人没家没业的，要是不嫌弃就住在我这儿吧。”

回毅听了这话站起身来要下跪，王金岫伸手拦住，说：“兄弟，免了，记着，没有过不去的坎。”

回毅眼里含着泪说：“大嫂，自打出来要饭，我就想好了，不是饿死，就是让野狗吃了，做梦也没想到还能有人收留我这个要饭花子。让我如何报答大嫂的大恩大德。”

“人这一辈子，谁也保不准遇到个三灾两难的，也好，过两年我把小子交给你，你给我好好调教调教他，也让他长点本事，省得受人欺负。”

回毅面露喜色，说：“大嫂，交给我你放心好了。”

王金岫吩咐魏明理：“你让大力把前院的那间耳房收拾收拾，让回毅兄弟住下，回头你再给他找几件换洗的衣裳。”魏明理答应一声出去了。

不知不觉半年过去了。这天晚上吃过饭，王金岫对坐在凳子上抽烟的郑满仓说：“我看回毅人实在，心眼又好，趁着地铲完了没事，托人给回毅说个媳妇吧。”

郑满仓吧嗒吧嗒抽了两口烟，抬起头来说：“好啊，这事就交给喜子吧，他能张罗。”

“要是能找到合适的，咱就把喜事也给他办了。”

郑满仓点点头，道：“明个我让春水去找他。”没想到刚说到这刘喜一推门进来了。王金岫笑着说：“真是说曹操曹操就到，我和你叔刚念叨你，你就来了。”

“婶子，找我有事？”

郑满仓磕了磕烟袋，说：“你婶子想托你给回毅找个媳妇。”刘喜听了哈哈大笑，说：“这叫什么犀来着。”王金岫看了他一眼，说：“心有灵犀。”“对，对，心有灵犀，今儿个晚上我正是为这事来的。”

王金岫忙问：“快说说，谁家的女人，你要是把这事说成了婶子请你喝酒。”

“我们村的姜大壮被小日本鬼子抓去修铁路，死了有一年了，我看大壮媳妇和回毅大哥挺般配。头几天跟她说了一嘴，这不，昨个她碰着我说她愿意，我这不就急三火四地来了吗。”

“好啊，你明天把人领来我看看。”

第二天下晌。王金岫正坐在椅子上纳鞋底。刘喜带着姜大壮的媳妇来了。

“婶子，人我带来了，你看看咋样？”

王金岫放下手里的活欢喜地说：“坐吧。”她仔细地端详了一番面前的女人，见人长得算不上漂亮，倒也周正。问：“你叫什么名字啊？”

那个女人大大方方地站起身子：“婶子，我一个女人家，哪有名字，我娘家姓邱，我娘生我的时候赶上梨花开得正盛，就给我起名叫梨花了。”

王金岫笑着说：“梨花，这名字好听。看你长得周周正正的，是个过日子的人。你今年多大了。”

“虚岁二十了。”

“你男人走了多长时间了？”

“快一年了。”

“你的事喜子都跟我说了。”

邱梨花脸一红，带着几分羞涩说：“我听婶子的。”

王金岫坐下拉着邱梨花的手说："昨个刘喜前脚走，后脚我就跟回毅说了，他一百个愿意。喜子，去喊你回毅大哥过来。"

刘喜出去了不大一会儿带着回毅来了。王金岫从椅子上站起来，用手一指邱梨花说："回毅兄弟，这就是我跟你说的那个女人。"

回毅有些腼腆地搓着两只手，说："妹子啥时候来的。"

"才到。"

"回毅兄弟，你要是愿意，上秋打完场我和你大哥就把你们的喜事办了，你要是觉得不合适，也别勉强。"

"大嫂，我一个残废人还有啥说的，就怕妹子不愿意。"

"刚才梨花说了听我的。依我看，这事就这么定了。"王金岫办事从来不喜欢拖泥带水。

邱梨花给王金岫鞠了一躬："让婶子费心了。"王金岫高兴地说："明个我让明理把村东头老王家闲置的两间草房买下来，收拾收拾给你们当新房。"

回毅有些难为情地说："大嫂，哪能让你给我买房子。"说着要跪下磕头，被王金岫伸手拦住了。

秋后，地里的活净了，胡大力带着人将两间草房很快就收拾妥当了。又照王金岫的意思和魏明理把新房里外布置了一番。在门口贴上了大红的喜字，一边挂上一只大红的灯笼，门两侧贴了一副对联，上联：喜鹊登枝喜上添喜；下联：凤凰入门乐上加乐。横批：花好月圆。办喜事这天回毅腰里扎着大红的带子，邱梨花穿着一身红色带小花的袄裤。魏明理让回毅拉着邱梨花跳过火盆，迈过马鞍子。胡大力一边不停地往邱梨花身上大把大把地扔花生、栗子、大枣，一边嬉笑着对众人说："新娘子真漂亮，赶上王母娘娘的七仙女下凡了。"逗得众人哈哈大笑。

热闹了一番后，回毅拉着邱梨花在王金岫和郑满仓跟前跪了下来："大哥、大嫂，今天是我俩大喜的日子，请受我和梨花一拜。”

王金岫笑着把两个人搀扶起来：“快起来！我还有话要跟你们说呢。我跟你大哥合计好了，打今儿个起，你们自己挑门过日子了，村东头的那两亩地归你们种了，打下来的粮食够你们吃喝了。”

回毅拉着邱梨花一时不知道说什么好：“大哥、大嫂，你们给我们买房子，帮我们操办婚事，我们已经感激不尽了。这两亩地的租子你们一定得收。”

王金岫拢拢头发：“租子就免了。”

回毅的眼睛模糊了，扔掉拐杖拉着邱梨花双双跪下又给王金岫和郑满仓磕了三个响头。郑满仓忙把两个人拉了起来。

让王金岫无论如何没有想到的是，这样平静的日子又过了一年多，一场灾难会降临到他们一家的头上。很长时间之后她还一直后悔那天看到魏明理轰赶回毅自己没有当面说他几句，他无端得罪了老山豹，把一年辛苦打下的粮食烧了个精光，自己的眼睛还被火烤瞎了。她将头深深地埋在自己男人的怀里吧嗒吧嗒地一个劲地掉泪。许久，她抬起头来对郑满仓说：“也许那个老郎中说得对，人各有命，我这眼睛怕是一时半会儿好不了了。”

“不行我再去找找别的郎中瞧瞧。”

王金岫轻轻地摇了摇头说：“算了，咱认命吧。”

一九〇八年的严冬伴着刺骨的寒风来临了。这年日俄两个打得死去活来的冤家为了各自的利益又达成了妥协，拉着英法将东三省肢解了坐地分赃。老百姓的日子每况愈下。晚上吃过饭王金岫摸索着点上油灯掸了掸衣服上了炕，对倚着被摞抽烟的郑满仓说：“我合计好几天了，眼下到处兵荒马乱，土匪又多得跟蝗虫似的，这日子不能再这么苦撑下去了。”

郑满仓吧嗒吧嗒抽了两口烟："妈的，都是让老山豹闹的，要不是他一把火把粮食给烧了个精光，咱这日子也不至于到这个份儿上。"

"是啊，平白无故地遭了两回胡子不说。这几年各种杂捐也不知咋了，比地里的草都多。"

"那咋办？"

王金岫沉吟了半晌，断然地说："我想好了，分家。"

郑满仓坐起来在鞋底上磕了磕烟袋，说："至于吗？"

"我还能吓唬你。我想来想去，地给哥儿几个分了，房子也卖了，把钱三一三十一都分下去，各家的日子还能凑合着过下去。"

郑满仓吃惊地睁大了眼睛看着妻子，说："一大家子在一块过了这么多年了，咋能说分就分啊。"

"也是，不行过两天把人找到一块，听听他们怎么说。"

郑满仓闷着头抽了会儿烟，无可奈何地点了点头。

摇曳不定的油灯在墙上映出一个个黑乎乎的影子。郑满仓看看人都来齐了，轻声对王金岫说："人都来了，你说说吧。"

王金岫把椅子往前挪了挪："今晚把大伙找来，是想跟你们商量个事，我已经合计好几天了，咱这一大家子在一块这么硬挺着，倒不如趁早分家。"

郑满金、郑满银、郑满庆听了都连连摇头。郑满金想也没想便开口说："二嫂，从我大爷和我爸爸那咱开始就没分过家，穷也好，富也好，都过来了，我不赞成分家。"

郑满庆也带着几分担忧说："三哥说得对，一分开这个家就散了，再往一块拢就难了。"

王金岫从椅子上站起来说："我也不想分家，可不当家不知柴米贵，你们想想，这一大家子老的老，小的小，再加上管家、长工的挑费，非要这么死撑下去，这个家可就真的垮了。”

郑满金觉得还没到非分家不可的地步，摇着头说：“不会吧，大不了咱过几年穷日子呗。”

“日子穷过富过是另一回事，常言说，树大招风，在别人眼里咱到啥时候都是块肥肉。不是胡子惦记你，就是官家揩咱的油。要是把地分了，房子卖了，就不显水不露水了，再不会有人打咱们的主意了，要是等到钱财两空的时候再分家就晚了。”王金岫把自己的想法一股脑儿地端了出来。

郑满庆听王金岫这么一说，心想，二嫂说的也是这么个理儿。于是喝了口水说：“这些年大伙也都看到了，二嫂一心一意操持这个家，分家也是为了咱们好，依我说，分家不分心，分就分了吧。”

郑满仓抽了两口烟，扫了兄弟几个一眼：“说实话，你二嫂提出要分家，我也是打心眼儿里不愿意，可咱这个家也真禁不起折腾了。满庆说得对，家分了，心不能散。”

“天底下没有不散的筵席，要是大伙同意分，这件事就由我做主了。”王金岫扭过头去冲着郑满仓说，“你把地契拿出来。”郑满仓把地契从柜子里取出来交给王金岫。

“我眼睛看不见，你们的地契我让魏明理都写上了名字，回毅两口子种的那两亩地和村西边靠烂泥滩的那几亩薄地归我了。”

郑满金心想，二嫂没黑天没白天劳神费力地操持这个家，说啥不能再亏了二嫂。他站起来要把王金岫手里的地契拿过去：“那可不行，那块地给我。”王金岫摆了摆手，说：“既然我当家，你们就谁也别争了。”

郑满金叹了口气坐下来。郑满庆一拍桌子：“唉，好好一个家就这么散了，这算什么事啊！”

等人都走了，王金岫和郑满仓回到自己的屋里。坐到炕上歇了一会儿，王金岫一面拍打着一岁多的二儿子郑春义睡觉，一面对坐在椅子上抽烟的郑满仓说："你去把明理找过来，我有话要跟他说。"郑满仓出去了不大一会儿带着魏明理进来了。魏明理上前深鞠一躬："东家找我？"

王金岫拢拢头发说："这几年你在郑家没少出力，帮我料理这个大家也费了不少心思。"说着王金岫从怀里掏出几两碎银："我就这么点钱了，你拿去吧，遇到有合适的再找个人家，你年轻，又有本事，饿不着。"

魏明理跪倒在地磕了个头说："我给东家惹了这么大的祸，你不怪罪我也就罢了，我怎么还好意思要你的银子。"

站在炕上的郑春仁跳下来："我娘说给你你就拿着吧。"

郑春仁把银子交给魏明理，王金岫站起来说："以后也改改你的毛病，人活在世上都有个为难遭窄的时候，遇到人家有难处能帮就帮人家一把，难为人家到头来还不是难为自己。"

"东家放心，我记住了。"

"分了家，我就照顾不了你了，他们哥几个的脾气你也不是不知道，赶紧走吧。"

"谢东家了！"魏明理趴在地上又磕了一个头，从地上站起来走了。

郑满仓看着魏明理出去了，带着几分不满对王金岫说："你真是菩萨心肠，我要是知道你找他是这事，我才不去呢，刚才要不是怕你生气，我真想给他两巴掌。"

"事儿都过去了，得饶人处且饶人。这个人身上是有毛病，可他还年轻，知道错改了就行了。"

话还没说完，门一开，郑满金带着郑满银、郑满庆拎着棒子进来了。

郑满金上下看了看，问："二哥，你看见魏明理那个混蛋没有？刚才我眼瞅着他上你这屋来了。”

王金岫坐到炕上说：“我刚打发他走了。”

郑满金一跺脚：“唉，二嫂，你咋能放他走了呢。”

郑满庆拉了拉郑满金：“他走不远，快追，别让这个混蛋跑了。”

哥仨拎着棒子追出门去，可到处黑漆漆的，哪还有魏明理的影子。气得郑满金把棒子扔到地上：“妈的，咋让这个混蛋跑了呢！”

郑满庆把棒子捡起来：“我早就想狠狠揍他一顿出出气，可二嫂老是拦着，让这小子捡了个便宜。”

郑满银望着漆黑一片的官道说：“人已经跑了，说这些还有啥用。”哥仨只得悻悻地回来了。

第七章

分家后的第二年春天，王金岫把自己跟王洛奇住的两间草房卖了，又用卖房子分得的钱在村西头盖了三间正房、两间厢房，一共五间茅草房。郑满仓、王金岫跟回毅两口子和胡大力用秫秸做成栅栏围起来一个院子，东边一棵老桃树也被郑满仓围到了院子里。

胡大力爬到房顶上又重新苫了一遍草，邱梨花看王金岫腆着大肚子摸索着跟着忙来忙去，叹了口气说："唉，真难为大嫂了。"

"没啥，穷日子富日子都得过。"王金岫爽快地说。

这时胡大力从房上下来说："舅妈，你放心，以后地里和家里的活都交给我吧。"

"家里就这么两口人也没啥活了。那几亩地你舅舅一个人侍弄就行了。"

"舅妈，人做事得讲良心，你过去从没把我们当扛活的待，没别的，我们就有一把子力气，我们哥几个说了，到了这节骨眼上，不能看你们的笑话。"

回毅也抢着说："大力这话说得在理。"说着他拄着拐杖把散落在地上的秫秸和稻草扫干净，放下扫帚对王金岫说："大嫂，你眼睛不好，以后有啥活吱个声就行了，有我跟梨花呢。"

过了几个月，入夏的时候，王金岫生下了小儿子郑春礼。

靠着几亩薄地，一家五口人加上胡大力日子过得紧紧巴巴。

老桃树的叶子黄了又绿，一九一一年郑春仁六岁，该上学了，郑满仓却拿不出钱来供他念书。国家倒是发生了几件大事，辛亥革命爆发推翻了清朝帝制，湖北军政府成立，黎元洪被推举为都督，改国号为"中华民国"。时间不长郑满仓便剪掉了辫子。但他一点没感到轻松，儿子上不了学的事成了他的一块心病。

这天晚上吃过饭，回毅过来说："我跟梨花商量好了，孩子的学业不能荒废了，念书的钱我俩出，就当是那两亩地的租子了。"

王金岫笑了笑，说："那两亩地够你俩吃喝过日子就不错了，让他帮着他爹干点庄稼活也是个磨炼，自古寒窑出孝子。"

回毅想了想说："大嫂，春义今年也四岁了，那我就趁这工夫好好教他哥俩练功，不能把时间荒废了。"

王金岫一面哄着小儿子春礼睡觉一面说："你不能太娇惯他们了，人不摔打成不了事。"

回毅笑着说："放心吧，大嫂。"

大块大块的云在夕阳的余晖中不停地变换着形状。天色渐晚，两个孩子在回毅的指导下仍在沙地上练拳，王金岫拄着拐杖走过来招呼道："回毅兄弟，吃饭了！"

回毅笑着对王金岫说："大嫂，你那二小子别看人小，倒是个练武的料，悟性好，一教就会，我看将来说不定能干点大事。”

“我不指望他能干什么大事，大了别给我惹是生非就烧高香了。”说完冲着小哥俩招呼说：“疯一天饿了吧！”

郑春仁跑过来拉了拉王金岫的衣襟：“娘，回毅叔叔咋老说二弟好呢。”

郑春义听了跑过来握着小拳头：“咋的，不服啊。”

“我就不服！就不服！”

王金岫摸着郑春仁的头呵呵笑着说：“不服气好啊，男人嘛，就是要有不服输的劲。”

郑春义见娘向着大哥说话，拉了一个架势：“大哥，不服气咱就当着娘的面较量较量，看谁厉害。”

郑春仁叉着腰：“来，今天我跟回毅叔叔新学了一招。”

回毅打圆场说：“好啊，输了可别哭鼻子啊。”

郑春仁没等回毅的话说完便跑过去拉过郑春义：“二弟，来，当着娘我给你露一手。”

说着两人拉开了架势，被回毅上前一把拉开了，他用指头轻轻刮了一下郑春仁的小鼻子哈哈笑着说：“别不服气了，人各有所长啊。”

郑春仁似懂非懂地看着回毅发愣，郑春义却在一边把食指弯曲起来，虎头虎脑地冲着郑春仁做着鬼脸：“大哥，来呀，有尿儿比试比试。”

郑春仁攥着小拳头愤愤不平地看着郑春义，想挣脱开回毅过去跟郑春义再争个高低，回毅不由分说地拉起小哥俩跟着王金岫回家吃饭去了。

一九一二年，孙中山就职中华民国临时大总统，清廷发布退位诏书，几千年的帝制终结了，但郑春仁上学的事还是没有着落。秋后打下的粮食勉强够一家人糊口。郑满仓除了不停地抽烟袋，唉声叹气，一筹莫展。眼看着再有几个月一年又要过去了，这天连着刮了几天的西北风，村子前边的河面结了薄薄的一层冰。快晌午的时候，村西头的老王头带着孙子在官道上拾粪。这时从远处来了几个骑马的人，后面跟着一挂装饰考究的马拉轿车。老王头刚想躲开，从马上跳下一个人，拦住了他的去路。

老王头上下打量了一下这个人，只见他身穿皮马褂，脚蹬马靴，腰里别着一把短枪。老王头一愣，心想，这又是打哪冒出来的胡子。那人走到老王头跟前双手一抱拳，问道："老人家，这村里有姓郑的吗？"

老王头心里一惊，暗想，坏了，这郑家算跟土匪较上劲了。他顿了顿说："找他们家干啥，这两年他家都让胡子祸害惨了，好好的一大家子，地分了，房子也卖了，日子都快过不下去了，你们来晚了，再去也捞不到什么油水了。"说这话时，他冲孙子使了个眼色，小孙子一溜烟跑了。

问路的年轻人笑了笑说："老人家，我们不是土匪，我们掌柜的找了他们家好几年了。"

老王头又仔细看了看来人，见他说话和气，不像那些打家劫舍的胡子，便拎起粪筐说："好吧，我领你们过去。"

王金岫正在做晌午饭，老王头的孙子气喘吁吁地跑了进来，大声嚷嚷道："快，土匪上你家来了！"

郑满仓听了跌坐到炕上："唉，这可咋整？"

老二郑春义亮了一个回拳的架势，天不怕地不怕地拍着胸脯说："爹，不用怕他们，大不了跟他们拼了！"

王金岫拉过郑春义对男人说："怕也没用，天塌了也得擎着。"

话音未落，一行车马已经来到院子跟前。刚才打听道儿的小伙子站在院子门前大声问道："这里是郑家吗？"

听到问话，郑满仓扶着王金岫从低矮的茅草房里走了出来。

王金岫拢拢头发，不卑不亢地对来人说："是，你们看什么东西值钱拿去好了。"

年轻人并未答话，转过身去轻轻掀开车上的轿帘，低声对里面的人说："掌柜的，是这家。"

里面的人脸上现出惊喜，说："要真是二哥一家就好了。"他掀开轿帘从车上下来，郑满仓仔细打量来人，只见这人二十四五岁的年纪，一张棱角分明的脸上两目有神，身穿藏青色棉袍，外罩狐狸皮短袄，人看上去精明练达，一打眼就知道是见过大世面的人。

来人上前恭恭敬敬地问道："请问，您姓郑？"

郑满仓没好气地揶揄道："姓郑咋了。"

来人并无半点恼怒："有一个叫郑满囤，绰号郑小虎的人你认识吗？"

郑满仓气哼哼地道："那是我大哥，我咋不认识。人早死了，你找他干啥？"

来人上前一把拉住郑满仓，动情地说："二哥，这些年我一直在找你们一家，今天终于找着你们了，你让我找得好苦啊。"

郑满仓听了有些丈二和尚摸不着头脑，装上一锅子烟划火点着抽了一口，说："你这是整的哪一出儿？谁是你二哥，你认错人了吧。我咋不认识你呢。"

王金岫怕三说两说把事情闹僵了，上前拉了拉郑满仓，说："人家既是找咱们的，有话屋里说，外头冷。"

郑满仓吧嗒吧嗒抽了两口烟，心想：这青天白日的打哪冒出这么个弟弟。"好，你要是不嫌弃就进屋吧。"

郑满仓与王金岫满腹狐疑地把来人让到了屋里。几个随从一边给马添草喂料，一边盯着官道上来往的行人车马。

进屋后郑满仓指了指地下的凳子说："坐吧，乡下比不得你们城里宽房大屋的。”

来人站着没动，仔细地打量着眼前这间破旧的茅草房，半天没说一句话。郑满仓扶着王金岫坐到炕上，自己也在炕边上坐下，看了一眼来人，说：“坐吧。”来人这才解开衣服扣子慢慢地坐到凳子上。

郑满仓瞅了来人一眼：“说吧，找我什么事？”

来人长长地出了一口气，说：“我叫金宫善，大哥当年从土匪手里救出的那个孩子就是我啊。”

郑满仓一听，瞪大了眼睛盯着金宫善看了半晌，心说：“你就是当年我大哥救出来的那个孩子？”

金宫善见郑满仓一脸狐疑，说：“二哥，我这条小命就是大哥郑小虎给的啊！”

王金岫推了推身边的郑满仓：“别愣着了，还不给宫善兄弟倒水。”

郑满仓在鞋底上磕了磕烟袋，站起来给金宫善倒了一碗水，放到他面前说：“我这些年也到处托人打听你的下落，没人知道你去哪儿了。”

“我被大哥救出来后，就隐姓埋名，离开了老家。”

王金岫不解地问：“宫善兄弟，那你是怎么找到这儿的？”

“二嫂，这话说起来可就长了。”

金宫善站起来，把狐狸皮袄脱下来放到炕上，坐下说：“当年我还是个孩子，爸爸死后谁也说不清你们住在什么地方，我便四处托人打听，最后，听说这个村有一户姓郑的，哥四个，我一听有门儿，就找来了。”

王金岫挪了挪身子说：“当年的事我也听满仓三言两语地说过。”

金宫善喝了口水说道：“说这话是二十多年前的事了。我爸爸叫金友峰，倒腾大烟发了横财，钱多了，就到处买地，还在鞍山开了十几家当铺。我四五岁的时候，南边到大连、瓦房店，北边到黑龙江都有我家的地和买卖，我爸爸成了辽阳、鞍山一带出了名的大财主。”

“你说得一点不假。”郑满仓接过金宫善的话说。

金宫善从怀里掏出一包烟，抽出一根递给郑满仓，郑满仓摆了摆手：“你那个洋烟我抽不惯，我还是抽我的旱烟袋吧。”

金宫善划火把烟点上接着说：“哪承想乐极生悲，一个过去黑道上朋友的儿子突然找上门来。后来才知道，原来这个人过去跟我爸爸一块倒卖烟土，一次我爸爸为了独吞一笔大烟款，花钱私下里买通了官府，把这个人抓进去下了大狱，我爸爸花钱上下打点，那个人很快就被判了斩立决。”

王金岫摇了摇头，说：“这事可是你爸爸做得不对。天底下哪有不透风的墙。”

金宫善吸了一口烟，说：“二嫂说得对，我爸爸本以为这事儿做得天衣无缝，可一来二去的，还是被他儿子知道了。当他知道我爸爸图财，有意害死他爹以后，就找到当地的一伙土匪，使了重金要买我们哥仨的人头，想让金家断子绝孙。”

郑满仓抽了两口烟，说：“你爸爸这也是自作自受。”

金宫善将烟蒂扔到地上，用脚碾灭，抬起头说：“二哥说得对，人到啥时候也不能做昧良心的事。一天深夜，这伙土匪翻墙进了我家院子，把打更的弄死后，我们哥仨全被绑了人票。这伙土匪临走的时候留下一张字条，要一大笔赎金，说三天后不交钱就撕票。我爸爸一看，知道是自己的仇家找上门来讨债，要钱是个幌子，给钱也是撕票，不给钱也是撕票，就是想让金家绝后，唯一的办法就是赶在土匪动手前把孩子救出来。”

郑满仓侧过身子说：“这样你爸爸就去找了我大哥？”

“对，你大哥郑满囤十七八岁，年轻气盛，当年在鞍山、辽阳一带是有名的侠客，专替人打抱不平。有一次，他受了伤，我爸爸觉得这个人行事仗义，登门探望，对他的侠肝义胆大加赞赏，临走留下了几根金条给你大哥治伤。”

郑满仓点点头：“这事我听我大哥说起过。”

金宫善重新拿出烟来，抽出一支划火点着，说：“是啊，正因为两个人情投意合，我爸爸找到郑小虎，他二话没说，就一口答应下来，说就是拼上一死也要救出三个孩子！我爸爸知道郑小虎武功高强，蹿房越脊如走平地，使一口短刃，舞起来密不透风、水泼不进，当时就给了郑小虎二十根金条，可郑小虎说啥没要，说救人要紧。”

郑满仓欠了欠身子，说：“我父亲从小就经常跟我们讲，习武之人以德为先，不能贪恋钱财。”

金宫善把手里的烟捻灭，说：“想不到末了就把我一个人救了出来，我的两个哥哥还是被撕了票，仇家不解恨，把两颗人头挂到我家门上。那次郑小虎也身负重伤，时间不长就不治而亡。我爸爸眼看着两个儿子死得那么惨，悔恨交加，又听说郑小虎也因此丧命，更觉得没脸见人，不到一年的时间也死在了家里。”

王金岫叹了一口气，说：“真是害人害己啊。”

金宫善点点头，说：“二嫂说得对。”

他站起身来到郑满仓跟前：“这么多年，今天终于找到你们一家了，可没承想二哥的日子过得这么苦。”说着眼里流出泪来。

郑满仓的眼睛也有些发热：“别提了，头些年日子过得挺好。哪承想老毛子和小鬼子一打仗到处闹胡子，头几年家里让土匪抢了一回，四年前上秋的时候辛辛苦苦打下的粮食又让土匪老山豹给烧了个精光，这日子就垮了。”

金宫善听了半天没有说话，他来到门外，吩咐人抬进两个箱子来：“二哥，这次我专门带了两箱金条，给你们留下买几垧地，房子能赎回来就赎回来，赎不回来就盖新的。”

郑满仓一时不知如何是好，心想这钱说啥不能要，可心里越急话就越说不出来，他拉了拉妻子。王金岫从炕上下来，说：“宫善兄弟，你的心意我们领了，这金条一根也不能留。”

金宫善没等王金岫的话说完，急了：“二哥、二嫂，我好不容易找到你们，这金条你们要是不收，我这心上过不去啊，再说，回去跟孩子他娘也没法交代。”

“宫善兄弟，常言说得好，救急救不了难，你给我们再多的钱也有花完的那一天。到时候哪好意思再张口了。我和你二哥还有几亩地，你放心，饿不着。”

郑满仓在鞋底上磕了磕烟袋，说：“兄弟，今生我们哥儿俩能见面就比啥都强，看到你我就看到我大哥了，这钱你还是拿回去吧，我要是收了你的金条，大哥的在天之灵也不会答应。大哥的为人你知道，当初要是图钱，他就不会去冒死救你们了。”

金宫善不待郑满仓的话说完，便翻身跪倒在地上，说：“二哥、二嫂，话可不能这么说，当初要不是大哥冒死相救，我这条命早没了，我们金家也就真的断子绝孙了。这点金条不多，你们无论如何要收下，不够的话我再让人送过来。”

王金岫推了推郑满仓：“快扶宫善兄弟起来。”

金宫善却执意跪在地上，说：“二哥，眼下你们遇到了难处，二嫂的眼睛又坏了，这点金条你们要是不收下，我就不起来了。”

王金岫想了想，说：“难为你一片诚心，这样吧，你留下两根金条我们过日子。我想求你个事，不知道你能不能答应。”

金宫善从地上站起来，问：“二嫂，什么事，你说，能办的我绝无二话！”

“你把老大春仁带走吧，给他在鞍山找个学校，这孩子留在家里种地就瞎了。”

金宫善听了笑着一拍大腿：“太好了！我那儿子跟春仁年龄不相上下，让他们小哥儿俩一块儿就伴上学，他娘也就放心了，我这就带春仁走。”

老二郑春义听说哥哥要被金宫善带走，来到郑春仁身边亮了个架势，说：“大哥，进了城谁敢欺负你，告诉我，我去揍他。”

金宫善拉过郑春义，摸着他的头问：“这是老二吧？长得虎头虎脑的，将来准是个当将军的料。二哥、二嫂要是舍得，我也带他一块走吧。”

王金岫摆着手说：“春义还小，不懂事，去了给你们添麻烦，还是等几年再说吧。”金宫善点点头：“那也好。”

王金岫从炕柜里拿出儿子几件换洗衣服，包好，对金宫善说：“大老远来的，吃了饭再走吧。”

金宫善拿起大衣说：“走晚了路上不太平。改日再来麻烦二嫂。”王金岫不好再勉强。

几个人从屋里出来，问路的那个小伙子掀开了轿车上的帘子。郑春仁手里拎着一个小包袱，抬头看了一眼郑满仓和王金岫麻利地上了轿车。金宫善向郑满仓和王金岫深施一礼，说：“二哥、二嫂请留步，过些日子我再来看你们。”说罢也依依不舍地转身上了轿车。其他人翻身上马，车夫挥动起鞭子：“驾——”马拉轿车不一会儿便出了村子上了官道。

郑春仁扒开轿帘，见娘和爹带着两个年幼的弟弟站在破旧的草房门口还在冲他招手，鼻子一酸流出泪来，他在心里暗暗地发誓：爹、娘，你们放心，我一定要让你们住上好房子，过上好日子。

第八章

金宫善在鞍山的家是一座两进四合院。金宫善和夫人带着郑春仁进了后院的上房，两人唯一的儿子金殿明正趴在桌子上斗蛐蛐。金殿明见爹和娘领着一个和自己一般大的孩子进来，急忙从凳子上跳下来。金宫善冲着儿子招招手，说："殿明，这是你春仁弟弟。"

金殿明上前高兴地拉着郑春仁的手，亲热地问："你多大啦？"

郑春仁落落大方地看了看金殿明，说："我七岁了。你呢？"

金殿明做了一个鬼脸："我八岁，以后，你就叫我殿明哥好了。"

"好啊。"

金殿明转身拿起桌子的蛐蛐罐子，大大咧咧地拉着郑春仁的手，说："看，这是我昨天刚逮的油葫芦。"

郑春仁见罐子里的两只蟋蟀在金殿明的引逗下打得不可开交，禁不住拍着手笑起来。金殿明凑到他耳边悄声说："以后我那帮同学要是谁再欺负我，你可不许看笑话。"

郑春仁挥了挥拳头："殿明哥不用怕，以后谁要是敢欺负你，我就揍他。"金殿明心满意足地笑了。

金宫善看着两个孩子亲热的样子，说："你俩早点睡吧，明天还要上学呢。"

将郑春仁安顿好回到前院上房，金宫善的夫人给金宫善倒了一杯茶，说："这小哥儿俩到一块还真是个伴。"说着禁不住轻轻叹了一口气，"殿明这孩子从小就聪明，可就是学习上不用功，总想偷懒，上学快两年了，功课老是不及格。"

"唉，金家就这么一根独苗，我虽说恨铁不成钢，可也舍不得动他一指头。"

金宫善的父亲死后，他隐姓埋名远走他乡，几年后他找人四处打探，在得知仇家暴病而亡后才回到家乡。他变卖了黑龙江一带的土地和当铺，在岫岩开了一座玉矿，娶了当地的望族佟氏为妻。佟氏过门后，给他生了个儿子就再没生养。后来佟氏曾不止一次地让金宫善再娶，金宫善对夫人一向十分敬重，而且两人感情笃深，就把这事放下了。眼看着金殿明一天天地大了，到了上学的年龄，他花钱请了几个先生，将离家不远的一座荒废多年的土地庙修葺了一番，又盖了几间教室，开办了一所学校。一些有钱人家听说他请来的先生学问好，就把孩子也送了过来。金殿明仗着学校是他爸爸开办的，从来没把学习当回事。那些老师说了他几次，他也不往心里去，时间长了老师也就不好再说什么。金宫善问过老师几次，老师只好实话实说，金宫善尽管生儿子的气，回到家里也只是说说而已，舍不得动他一下。金殿明早就摸透了父亲的脾气，一天到晚只管疯玩，对学习丝毫也不放在心上。

夫人知道丈夫将这个独子视若掌上明珠，埋怨道："可你总不能任他胡来呀，成天调皮捣蛋，我看这孩子早晚非让你宠坏了不可。"

金宫善端起茶碗喝了口水，说："我看春仁这孩子稳重，懂事，今后有春仁和他在一快，也许慢慢就好了。"

"但愿如此吧。"金宫善的夫人站起来道，"赶了一天的路，早点歇着吧。"

一九一三年的春天郑春仁八岁了，整整一个冬天他起早贪黑地将落下的功课补上，开学后便跟金殿明在一个班里上课了。这天放了学，郑春仁和金殿明一块从学校里出来。金殿明拉着郑春仁的手，说："春仁，走，我带你掏雀（巧音，麻雀）去。"

郑春仁摇摇头，说："这么些天了，放了学你也不做作业，咱们还是回家温习功课吧，省得你的作业老不及格。"

金殿明大大咧咧地甩了甩手，说："没事，不及格就不及格呗，反正老师都是我爸爸花钱请的，他们不会把我咋样。"

郑春仁拉过金殿明，看着他说："学习可不是为别人学的。"

金殿明把头一甩："我知道，不就是格物致知、修身齐家、治国平天下那一套吗，天天念那些老掉牙的玩意有啥用，上树掏雀，溜墙根抓蛐蛐多好玩。"

"那功课不就荒废了吗？"

金殿明一脸不在乎地冲着郑春仁说："什么荒废不荒废的，不行从今往后作业你替我写，省得老师老是去爸爸那告状。"

"那可不行，会惹金叔叔生气的。"说着，两个人走到一棵一搂多粗的老榆树下，金殿明拉着郑春仁停下来，一指上面的鸟窝说："春仁，你等着，我给你掏两只小雀下来。"说完，不待郑春仁阻拦，已经噌噌噌地爬了上去。

"殿明哥，快下来！"没等郑春仁的喊声落地，金殿明已经从树上蹦下来，将两只没长毛的小鸟塞到他手里。郑春仁被吓了一跳，松手小鸟掉到地上。金殿明哈哈大笑，从地上捧起两只小雏儿重新送回到鸟巢里，两个人这才一蹦一跳地回家去了。

暖暖的春风，不知道施展了什么魔力，操场四周树上原本枯瘦的枝条渐渐地鼓胀起来，并生出一个个的嫩芽。

下了课，金殿明又是第一个冲出教室，来到不远处的一片草丛里，一低头发现里面蜷缩着刚刚从冬眠中苏醒过来的两条小草蛇，他蹲下身子将蛇捉到手藏到了袖子里。这时上课的钟声响了，金殿明跟着同学不动声色地一块进了教室。

教国文的老师站在讲台上看同学们都坐好了，说："同学们，大家把书打开，跟我一块读。"

除了金殿明，其他同学都打开了书本。国文老师有板有眼地念起来："'人之初，性本善，性相近，习相远。'好，同学们，你们知道'性相近，习相远'是什么意思吗？"说着他转过身去在黑板上写：性相近……

金殿明见老师转过身去在黑板上写字，快速地将两条小草蛇从袖子里拿出来，偷偷放在了坐在前面的一个女生脚下。

小蛇慢慢地爬到那个女生的腿上，那个女生觉得腿痒痒，一低头，吓得从凳子上蹦起来大声惊叫道："蛇！蛇！有蛇！"接着便哇哇大哭起来。

国文老师走过来，板起脸看着金殿明，问："是不是你捣的鬼？"

金殿明低着头一声不吭。旁边一个叫徐明的男生站起来大声说："老师，我亲眼看他把蛇放到人家腿上的。"

国文老师用书本敲打着桌子训斥道："太不像话了，你不好好听课，在课堂上捣乱，还不赶快把蛇拿走！"金殿明只好乖乖地把蛇拿了过来。

晚上散了学，徐明不满地看了一眼从身边走过去的金殿明，对边上的几个男同学说："这家伙也太不像话了，仗着老师是他爸爸花钱请来的就欺负人。”

另一个男孩儿说：“是啊，兰花没少帮咱们，今天的事咱们不能不管。”

紧挨着他的另一个男孩儿挥舞着拳头大声道：“对，兰花净给我们带好吃的，咱们非好好教训教训金殿明这小子不可。”

长得胖胖的徐明说：“依我看，干脆，明天放了学把他堵到小树林里狠狠揍他一顿，看他还敢欺负人不。”

几个男孩儿齐声附和道：“对，削他一顿就老实了！”

第二天放学后。国文老师把郑春仁留下来，说：“郑春仁，你等一下。”

郑春仁站下，金殿明走过来说：“我先回家了。”郑春仁点点头。国文老师拿出一封信交给郑春仁，说：“我写了一封信，你带回去交给金殿明的父亲，让他管教管教这个儿子，上课戏弄女同学，成何体统！”

“放心吧，王老师，我一定把信带到。”郑春仁把信装好，鞠了一躬，从教室出来蹦蹦跳跳回家了。

进了门金宫善见郑春仁一个人回来了，上前摸着他的头问：“殿明呢？”

郑春仁摇了摇头，说：“金叔叔，放学的时候老师把我留下，让我给您带封信，殿明哥就先走了。”金宫善的脸沉了下来，“这孩子又跑哪疯去了。”郑春仁见金宫善着急的样子，放下书包说：“金叔叔，我这就去找他。”说着拿出国文老师写的信交给金宫善就出去找金殿明了。

郑春仁一路朝学校走去，来到离学校不远的小树林里，看到一伙人在抡拳揍一个人。他快步赶到近前，发现是班上小胖子徐明和几个男同学正骑在金殿明的身上一通乱打，金殿明的衣服被扒了个精光，一个男生正冲着他脸上尿尿，徐明看金殿明嘴巴紧闭，就一边用手使劲掰，一边嚷嚷着：“我让你欺负人，我让你欺负人家女生，今天非让你喝点尿不可！”一股尿液流到金殿明鼻子里，呛得他不停地咳嗽起来。

郑春仁箭步冲到跟前，亮开查拳的架势喊里咔嚓三拳两脚就把徐明和几个男生打翻在地，几个人趴在地上 ："啊呀我的妈呀，把我鼻子都打出血了！"

郑春仁看了看坐在地上七扭八歪的几个男同学，捡起金殿明被扔在地上的衣服，说 ："殿明哥，快穿上，光着腚也不嫌砢碜。"

金殿明爬起来，穿上衣服，摸了摸头上几个被打的包，瞪了徐明一眼，心说，等着瞧。郑春仁用手掸了掸金殿明身上的泥土和草屑，问 ："你不说回家吗，跑这干啥来啦？"

金殿明用手一指徐明说 ："他说来逮蛐蛐，净骗人！"

郑春仁用手轻轻揉着金殿明头上的包，问 ："殿明哥，他们为啥打你？"

金殿明不好意思地低下头，说 ："不怨他们。"

徐明从地上站起来，得理不饶人地冲着郑春仁大声说 ："昨天的事你都看到了，他凭啥欺负人家兰花，我们是替兰花出气来啦。"

郑春仁自知理亏，缓和了一下口气说 ："殿明哥是不对，以后也不许你们再合伙欺负他了！"说完郑春仁冲着几个人挥了挥拳头，亮了一个"哪吒探海"的架式。几个同学从地上站起来。徐明说 ："下次不敢了。"

郑春仁拉过金殿明 ："殿明哥，回家吧，金叔叔看你没回去都着急了。"

晚上，金宫善等两个孩子做完作业把他们找到上房，拿出国文老师写的信，拉过金殿明，叹了一口气，说 ："你也太不懂事了，整天调皮捣蛋，惹是生非，功课没有一点长进，这样下去会一事无成，你知道吗？"

金殿明默不作声。"我说过你多少次了，你老是当耳旁风，你再这样下去，金家的脸就让你丢尽了。"

郑春仁见金宫善真的动气了，上前跪下说 ："金叔叔，殿明哥知道错了。"

金宫善冲着金殿明训斥道 ："你要是再不改，我就不认你这个儿子了。"

金殿明从未见父亲发这么大的火，也上前跪在地上，磕了一个头说 ：

“爹，我错了，以后我也像春仁一样，好好读书。”

金宫善看了看跪在地上的郑春仁和金殿明，说：“都起来吧。”郑春仁从地上站起来，上前拉起金殿明，说：“殿明哥，你好好向叔叔认个错，以后学习上有不会的地方只管问我。”

金宫善的夫人把儿子揽在怀里，用手抚摸着他的头，说：“殿明啊，你真的不能再这样胡来了，让春仁帮着你，把落下的功课补上。”

金殿明不敢再分辩，恭恭敬敬地跪下再次给父母磕头认错。

在骄阳的炙烤下，野狼窝村西头的沙滩地热得烫手，几棵老榆树的枝叶也无精打采地低垂着。

郑家老二、六岁的郑春义和几个孩子却不管这些，正玩得兴起。郑春义对一个长着一双金鱼眼儿的男孩子大声说：“锁子，咱们分成两伙，我们守你们进攻，看谁厉害，行不？”

锁子骨碌骨碌地转了两下眼珠，说：“我守你带人攻咋样？”

郑春义满不在乎地说：“好啊，咱们以蛤蟆叫为令咋样？”

骄阳下，十几个孩子分成了两伙，郑春义带着几个孩子快速躲到一棵老榆树下，在几个孩子耳边低语了几句，其中的两个孩子一猫腰跑远了。

锁子带着几个人在一道沙土棱子后面做好了迎击的准备，可半天没听到蛤蟆叫。一个孩子懒洋洋地抱着脑袋，说：“他们不会来了，我困了，想睡一觉。”另一个孩子干脆躺在地上捉起蚂蚁来。哪知道正在这时，“呱、呱、呱！”随着对面传来的几声蛤蟆叫攻击开始了。

郑春义带着人，挥舞用来当作大刀的柳条，以骑马的姿势呐喊着：“冲啊！”向锁子固守的阵地跑来。

没等锁子的人反应过来，郑春义已经带着人冲到了跟前，双方立即展开了断杀。锁子这伙人也毫不示弱，跟进攻的郑春义一伙人打得难解难分。

这时，出乎锁子意料的是，从他们身后又上来两个人，这下可好，锁子这伙人顾前顾不了后，立刻大乱起来，很快就败下阵来，成了对方的俘虏。

郑春义命令手下的几个孩子 ：“去，把他们的衣服都给我扒了，用柳条给我捆上。”

几个孩子接到命令，不由分说将已经成为俘虏的几个孩子的衣服都扒了下来，扔到一边，用柳条将手都捆上了。

两个小一点的孩子看手被捆上不干了，坐到地上哇哇大哭起来。郑春义却得意扬扬地冲着锁子说 ：“咋样，还是我厉害吧，一下就把你们打垮了！服不？”

锁子气哼哼地说 ：“我才不服呢，你玩赖！”

郑春仁趾高气扬地一只手叉着腰，一只手挥舞着手里的柳条，大声说 ：“不服好啊，咱们再来一次，你告诉他们谁也不许哭，谁要是再哭我就抽他屁股。”

几个孩子一听要抽屁股，“哇！哇！”更加放声大哭起来。

正在地里干活的锁子爹听到这边孩子哭叫，跑了过来。看几个孩子光着屁股，手还被柳条捆着，急着问 ：“这是咋啦？”

郑春义大摇大摆地走过去，说 ：“好汉做事好汉当，衣服是我让扒的，人是我让手下人捆的，谁让他们是一群孬种，一个冲锋就被打垮了。”

锁子爹赶紧从地上捡起衣服给几个孩子穿上，拉起锁子没好气地说 ：“走，找他娘去。”

王金岫正在喂猪，沾了一手的糠麸，听见远远的有人过来冲着屋里说 ：“满仓，看谁来了。”

郑满仓闻声从屋里出来，见是锁子爹领着儿子过来了，没等进院子，就听锁子爹大声嚷嚷起来："看你们家老二，这不欺负人吗？把孩子衣服给扒了，还给捆上了！太不像话了！"

王金岫忙带着几分歉意说："锁子爹，别生气，大热的天，进屋喝口水吧。"

锁子爹摘下头上的草帽："不用了，把你儿子管好就行了。"

"孩子小，不懂事，你多担待。"说着俯身摸着锁子的头，"待会儿他回来看我打他屁股不。"锁子爹哼了一声，拉起儿子气鼓鼓地走了。

晚上，王金岫打发两个孩子睡下，摸索着缝补郑春义玩耍时撕坏的裤子。郑满仓装上一锅子烟抽了两口，说："依我看，春义也到了上学的年龄，不行明天我去把金条换了银圆，找个私塾先生，让他去念书吧。"

王金岫摸了摸已经睡熟的郑春义说："也是，再这么放羊似的没说没管的，说不定还惹什么祸呢。"

几天后，郑满仓为郑春义找了村里一个私塾先生，可想不到这天郑春义学也没上，又跑去和村里一帮半大小子"打仗"去了。

郑满仓听私塾先生捎话说郑春义没去学堂，又气又恼。下晌，锁子娘又带着儿子找上门来，让王金岫赔他儿子被撕破的裤子。

郑满仓气不打一处来，找到躲在沙滩地里的郑春义，拎着他耳朵进了家门，扒开裤子按在炕上，不管不顾地用笤帚疙瘩使劲抽打起他露在外面的屁股来。郑春义哇哇大哭。

郑满仓虎着脸呵斥道："你去了学堂该懂事了，怎么还是一天到晚跟人家打仗！啊，还把人家裤子扯坏了！"

王金岫从外面进来，郑春义像见了救星似的喊叫起来："娘！娘！救命啊！打死人啦！"

王金岫瞥了儿子一眼："打死你活该，省得你整天不好好念书，老惹是生非。”

郑春义一迭声地哀求道：“娘，我不敢了，再打屁股就烂了。”

“不让你吃点苦，你老是不长记性。”说着从郑满仓手里拿过笤帚，拉起郑春义。

第二天一早，郑满仓特意提了一条鱼、一块肉来到私塾，恭恭敬敬地鞠了一躬，说：“先生，这是给您的束脩。”

私塾先生摆摆手说：“不必客气，有什么事只管说就是了。”

郑满仓拿出烟袋，装上一锅子烟，说：“先生，春义这孩子没事就跟一帮半大小子在一块打打杀杀的，昨个又把人家孩子的裤子撕破了，他娘找上门来好一顿闹。请先生无论如何替我好好管教管教他。”

私塾先生哂然一笑：“看来你是有所不知啊，这孩子聪明，学东西也快，小孩子哪有不玩不疯的。”

“我是怕这孩子将来不成器啊。”

私塾先生将桌子上翻开的《论语》轻轻合上，说：“人哪有一样的，管是管不来的。你没听说一龙生九子，九子各不同吗？”郑满仓若有所悟地点了点头。

晚上，王金岫把郑春义拉到身边，摸着他的头问：“春义，你整天这么打打杀杀的，莫非你长大了要上山当胡子不成？”

郑春义抚摸着王金岫因为常年洗衣服、喂猪、做饭而不再白皙光滑的手，仰起脸来说：“娘，上山当胡子有什么不好，省得受人欺负。”

郑满仓瞪了郑春义一眼：“小孩子家家的净胡说，你要是去当胡子，看我不打断你的腿。”

郑春义睁大了眼睛争辩道：“咱家有吃有穿，要不是让胡子给搅和了该多好啊！我长大了就是要当胡子，让他们都怕我，谁也别想再欺负咱们。”

王金岫把儿子揽在怀里，说："你该像你大哥那样好好读书，也给你弟弟做个样子，郑家将来指望你们哥仨能出人头地，光宗耀祖呢。"

四岁的郑春礼在一旁听了，搂着王金岫的肩膀说："娘，我长大了不当胡子。"

王金岫笑了："还是我这小儿子懂事。"

郑满仓伸手拉过郑春义，叹了一口气说："唉，你啥时候能长大呢？"

第九章

日子就像磨道里的毛驴，随着日升月落在不停地转着圈，眨眼之间十年过去了。

一九二三年夏，日军在长沙枪杀无辜平民酿成“六一惨案”的消息震惊了国人。金宫善萌生了让郑春仁和金殿明去日本留学的念头。吃过晚饭，他慈爱地把郑春仁和金殿明拉到身边坐下，说：“春仁哪，你和殿明马上就高中毕业了，我打算让你和殿明去日本留学，你愿意去吗？”

郑春仁沉默了半晌，说：“金叔叔，念书我愿意，可我一想起离开家时娘和爹在草房前送我的样子，我就想早一点做事，让爹娘和弟弟们早一天过上好日子。”

坐在一旁的金宫善夫人佟氏点着头赞许地说：“春仁是孝顺孩子，他要是不愿意去也别勉强。”

金宫善从烟盒里抽出一支烟，郑春仁立即上前划火把烟给金宫善点着。金宫善吸了一口，慢慢地将烟雾吐出来，说：“你婶子说得对，你不愿意去，我不勉强，可你想过没有，日本一个区区弹丸岛国，甲午战争打败了咱们大清帝国，日俄战争胜了俄国人，接着硬逼着中国政府获取了在东北派驻军队的权力，关东军更是对我东三省虎视眈眈，亡我之心不死。刚刚发生的长沙惨案我想你在学校也听说了，你去日本学习，也好长长见识，多学一些本事回来，大丈夫应以天下为己任，如果仅仅为一己私利岂不鼠目寸光。”

郑春仁思索了一会儿，说：“金叔叔说得有道理，我听您的。”

金宫善把烟捻灭：“我还有一个想法，你俩到日本后也是个伴儿，殿明一个人去我也不放心，这两天你抽空回去跟你娘和你爹说一声，去了国外回来一趟不容易，省得他们惦记。”

郑春仁站起来给金宫善鞠了一躬，说：“我明天就回野狼窝。”

冷风中的大连码头到处可见一群群骨瘦如柴的饥民。广场上，两个十几岁的女孩儿身上插着草标等着买主。一群衣衫褴褛的苦力在几个日本兵的刺刀下，扛着沉重的箱子在装船，一个苦力不小心脚下一滑趔趄了一下，立刻遭到一个日本兵的一顿毒打，鲜血从他的鼻子和嘴里流了出来。

这一切都被郑春仁看在眼里，他扭过头去，握紧了拳头，冲着金宫善说：“我真恨不得上去狠狠教训教训那个家伙。”

金宫善把郑春仁风衣上的扣子扣严：“是啊，一个民族软弱就会受人家欺负，明明是我们自己的港口，却落在了日本人手里，这是多么大的屈辱啊。你出去以后一定好好学本事，将来好为国家的强盛做点事。”

郑春仁咬着嘴唇点了点头，和金殿明上了船。站在甲板上他看着码头上那些耀武扬威的日本兵，更加渴望让自己的国家早一天摆脱被人欺凌的境地。这时轮船拉响了汽笛，缓缓驶离了码头。两个人不停地向站在码头上的金宫善招手，直到码头的轮廓消失在视线之中两个人才转过身去。茫茫的大海上，一群海鸥在轮船的上空盘旋，沉重的乌云越压越低，这时风也大了起来，两个人一块走进了船舱。

来到日本后，两人租下了一幢高档住宅，房前是一块草坪，门前有两棵樱花树。年底两个人都如愿考入东京大学。晚上，金殿明和郑春仁坐在树下聊天。郑春仁望着一弯新月，说："金叔叔要是知道咱俩考上了东京大学，一定会高兴的。"

金殿明拍了拍郑春仁的肩膀，说："这还不多亏了你，没有你，也不会有我的今天。"

"浪子回头金不换，今后我学经济，你学法学，我想将来一定会有用武之地的。"

金殿明摘下一片树叶拿在手里，说："将来咱俩一个实业救国，一个用法律来维护国家的尊严。"

郑春仁望着深邃高远的夜空，说："大丈夫生于天地之间，就该为国家做一点有益的事。"

金殿明把树叶扔到地上，站起来，说："今晚上我有事出去一会儿，你先睡吧。"

郑春仁拉过金殿明的手问："殿明哥，你是不是有什么事瞒着我？"

金殿明把目光从郑春仁脸上挪开，有些不自然地说："看你说哪儿去了，我能有啥事瞒着你。"

"这两天我看有两个日本人总来找你，每次你回来得又那么晚。"

"没事，他们是我新认识的两个日本朋友。"

"他们是干什么的？"

"都是东京大学的学生，晚上我们出去就是一块喝酒、聊聊天。"

“殿明哥，你骗我，哪次回来我看你都是一副愁眉苦脸、心事重重的样子。”

金殿明支支吾吾地说：“你别问了。”说完从地上站起来走了。

春天来了，已经带了浓浓暖意的风让人十分惬意。这天夜里，经常来找金殿明的两个日本人又来了。不大一会儿，突然听到金殿明在对面屋里喊叫起来：“春仁，快来救我！”

郑春仁闻声破门而入，见两个日本人凶相毕露，正用绳子要捆金殿明的手脚，打算把它装到事先准备好的一条袋子里。郑春仁施展开拳脚，几下就把两个手里挥舞着匕首的日本人打翻在地，用他们带来的绳子将两个人捆了起来。

郑春仁厉声问：“你们是干什么的，为什么要绑架我哥哥？”

两个人一声不吭，郑春仁挥动了一下手里的匕首：“你俩要是不说实话，我就把你们的手指头剁下来。”说着伸手去拉一个人的手腕。

一个长着一对老鼠眼的日本人这才吞吞吐吐地说：“我们是东京大学黑龙会的，我们头儿看金殿明能租这么好的房子，而且手头阔绰，花钱大方，就让我们盯上了他，想动员让他参加学校的黑龙会。没想到谈了多次，他一直不答应，我们今晚来是想绑了他去见我们头儿，没想到你身上有功夫。”

郑春仁听了十分生气：“既然他不愿意，你们就不要再缠着他了好吗？”

长着一对老鼠眼的那个人说：“你放心，我们回去就跟头儿说，以后不会再找他的麻烦了。”

“你们要说话算话。”两个人连声应允。郑春仁这才解开了绳子，放两个日本人走了。

以中国黑龙江命名的日本黑龙会成立于一九〇一年，创建者是出身武士家族的内田良平。这个组织专门从事谍报、策反、挑衅活动。目标是先击退出兵侵占东北三省的俄国势力，将中国黑龙江两岸的广阔领土划为日本所有！进而吞并东北三省、蒙古和俄国的西伯利亚。让郑春仁没有料到的是，黑龙会并没有放过金殿明，在这之后不久他也被迫加入了这个以侵华为目的组织，并因为没有满足黑龙会的要求多次遭到暗杀。

河里的残冰一天天地化尽了，岸边柳树的枝条开始返青。郑满仓想不到身体一向结实的妻子在开春的时候病倒了。接二连三地找了几个郎中，药吃下去，病却老是不见好。郑满仓站也不是坐也不是，又想不出什么更好的法子来。傍晌午的时候郑满金来看王金岫，见王金岫仍是一脸病容，躺在炕上不住地掐着脑袋说头疼。便扭过头去问郑满仓："二哥，这么些天了不见好，二嫂到底得的是什么病？"

"哎，你二嫂这病连郎中都说不明白了。刚开始的时候说是风寒，浑身疼，吃了几服药，出了几身透汗，却落了个头疼的毛病。"

"怎么个疼法？"

"从早疼到晚，时轻时重。"

郑满金想了想说："我记得那年孩子他姥爷得的也是这个病，请了他们村一个祖传的郎中，几服药下去就好了。我这就去请他过来。"

天擦黑的时候，郑满金带着老郎中来了。老郎中挽起袖子上前仔细地把过脉，转过头来对郑满仓说："夫人这是苦思内郁，情志内伤，郁而化火，肝气不舒，肝阳亢扰于上致使头疼不止啊。"

郑满仓焦急地问："咋能治好？"

老郎中摇了摇头，说："这种病一般都是由于过度思念亲人所致，我给你开几服药吃吃看，可治标治不了本啊。"

郎中开过药方，郑满金送郎中走了。

郑满仓关上门，转过身来拉着王金岫的手说："我知道你惦记春仁，不行就让他回来一趟吧。"

王金岫默不作声，过了一会儿说："金家供春仁念书不容易，我这病说什么也不能告诉他。"

很快到了夏天，这天放了学，郑春仁像每天一样站在学校门口等金殿明一块回家，可过了好半天也不见金殿明出来。

郑春仁心里纳闷："殿明哥今天去哪了，怎么不告诉我一声呢。"又等了一会儿，仍不见金殿明的影子，郑春仁只好一个人走了。

回到家一进门，郑春仁吃惊地发现门上斜插着一把锋利的匕首，下面钉着一张用中文写的字条。他拿到手上，只见上面写道："不答应加入我们的团体就杀了姓金的。"

郑春仁来到屋里，发现桌子上用两发子弹压着一封用日文写的信，郑春仁拿起来，扫了一眼上面的内容不禁大吃一惊："郑先生，今晚请你到居酒屋酒馆与我们头儿见面，你要是不去，天一亮我们就将姓金的人头送回来。"

天黑后，居酒屋酒馆里的人坐得满满的，老板娘忙得脚不沾地。

按照约定，郑春仁在一个僻静角落里坐了下来，过了一会儿，一个嘴上留着两撇仁丹胡、身材矮小的中年日本男人走了过来。落座后，也不跟郑春仁搭话，招呼女招待过来上酒。

借着灯光，郑春仁打量起来人，只见这个中年日本男人粗壮敦实，戴着一副墨镜，两撇仁丹胡像是刚刚修理过，整齐利落。

不大一会儿，女招待把酒菜端了上来，日本男人用手一指，用流利的中文说道：“郑先生，请。”

郑春仁问：“你是什么人？让我来到底想干什么？我哥哥金殿明在哪里？”

来人摘下墨镜，盯着郑春仁：“这个你不用担心，你来了，金先生就不会有事了。”

说着他端起酒杯：“来，郑先生，咱们认识一下，我叫小川一郎，是东京大学黑龙会的负责人。”

见女招待送菜过来他停顿了一下，等女招待离开后接着说：“我们的成员已经注意金先生和郑先生好长时间了。”

郑春仁吃惊地看着小川一郎，暗想：“我怎么一点都不知道。”

小川一郎似乎看出了郑春仁的心思，捋了捋两撇仁丹胡，说：“这是我们团体的秘密，是不能告诉郑先生的。”

“你们为什么要盯着我们不放？”郑春仁满腹疑团。

小川一郎仰起头，目光在郑春仁身上扫视了一遍，说：“开始我们发现金先生很有钱，我们知道在中国这样的有钱人都会与社会上层人物有交往，我们希望他能够为我们干事，没想到原来的计划被你打乱了。可我们意外地发现跟金先生比，你是更好的人选。”

郑春仁一愣：“哦？”

小川一郎直了直身子：“我们查过了，你的学习成绩很好，而且还有一身中国功夫，非常符合我们的条件，你今天夜里不来的话，金先生就回不去了。”

郑春仁瞅着小川一郎，咬着嘴唇反问道：“你这是一厢情愿，我要是不答应你们的要求呢？”

小川一郎没有说话，脸上露出杀机。过了一会儿重新戴上墨镜，说：“我们已经做好了最坏的准备，你要是不答应我们的要求，那我们就杀了你和姓金的。在东京杀个中国留学生嘛……”说到这，他用手轻轻地碾死了一只落到桌子的小飞虫。

郑春仁沉吟半晌："你们想让我干什么？"

小川一郎慢慢地嘬了一口酒，板着脸说："你知道吗，奉天的张作霖势力不断扩大，而且成立了东北交通委员会，正在计划修建奉海铁路，意图与南满铁路抗衡，我们必须遏制他扩张势力，你的任务是回国后，搜集张作霖和他手下奉军的情报，到时候我们会有人跟你联络，并给你提供活动经费。"

郑春仁心里咯噔一下，手里端着的酒杯失手落到地上摔得粉碎。他吃惊地看着小川一郎："这么说，你们是让我当间谍了。"

小川一郎挺了挺胸脯，说："郑先生是个明白人。"

郑春仁沉默了好久没有说话。他的眼前浮现出大连码头那个被日本兵毒打的苦力，耳边又响起金叔叔说过的话，于是他带着十二分的不情愿说："你知道，我来日本读书是想学成之后回国经商，这种苟且之事我断不能做。"

小川一郎一副不以为然的样子："郑先生，给我们提供情报并不耽误你做生意。"

郑春仁站起来，毅然决然地说："我们中国人向来注重名节，我不能辱没了祖宗。"

小川一郎圆滑地一笑，说："我知道你们中国人把名节看得很重，可我提醒你，现在你和金先生都攥在我们的手心里，你要是不答应，就别想离开这里。"

郑春仁听了不禁心头火起，一拍桌子："这么说你是非要逼我就范了。"

小川一郎用手捋着仁丹胡儿："郑先生，我们已经调查过了，金殿明是金家的独子，你上学也是金家提供的费用。你想过没有，如果因为你拒绝跟我们合作金家绝了后，你怎么向金家交代。我看你最好还是答应我们，否则的话，你就成了金家的罪人。"

郑春仁端起桌子的酒杯，一扬脖子把一杯酒喝了下去：“小川先生，能不能给我几天时间让我考虑考虑？”

小川一郎摇了摇头：“郑先生不要再抱什么幻想了，我们的耐心只能到今天晚上。”

“你们简直欺人太甚！”

小川一郎带着几分得意：“骂得好，看来你想通了。”

郑春仁抓起桌子上的酒杯斟满酒，再次将满满一杯酒喝下去，扬手将酒杯狠狠摔到地上：“好吧，我答应你们。”

小川一郎伸出手来跟郑春仁握了握，并拖着长腔说：“你们中国不是有句话叫作识时务者为俊杰吗？”

说着他从怀里掏出一张纸：“郑先生，来吧，写上你的名字，到时候不怕你反悔，你要是跟我们耍滑头，我就把你为我们提供情报的事公之于众，到时候我看你还怎么做人，张作霖也一定不会放过你。”

郑春仁无奈地叹了口气，思索了片刻在上面签上了自己的名字。

小川一郎看过后敲了敲桌子。不大一会儿，两个五大三粗的小个子日本人带着金殿明来到郑春仁跟前，小川一郎一努嘴，两个人放开金殿明离开了，小川一郎抱了抱拳：“郑先生，金先生，再会。”说罢也起身离去。

见金殿明毫发无损，郑春仁悬着的一颗心总算落了下来：“殿明哥，你没事吧？”

金殿明仍有些神情恍惚：“没事，就是把我吓得够呛。我刚一出校门，这些人就不管三七二十一地把我装到口袋里放到车上，拉到一个小房子里，说你要是今晚不来，就杀了我。”

郑春仁心事重重地说：“刚才他们非逼着我加入他们的黑龙会，我怕不答应他们，他们真的对你下黑手，你要有个三长两短，金家就你这么一根独苗，我回去怎么跟金叔叔交代，我不得不违心地答应下来，他们这才把你放了。”

金殿明拉着郑春仁的手，仍心有余悸地看了看四周，说：“春仁，没有你，我就完了。”

郑春仁拉起金殿明：“咱们走吧。”

两人离开小酒馆，这时已经是深夜了。两个人各自想着心事，刚拐进一条不宽的小街，忽听前面传来一声急促的呼喊声：“来人哪！救命啊！”

“不好，出事了！”郑春仁来不及多想，飞身赶了过去。

金殿明还没有从被绑架的惊恐中缓过神来，一听有人喊救命，腿像灌了铅，远远地落在了后面。

郑春仁飞跑过去，只见从路中间嗖嗖蹿出两条黑影，从他身边一闪而过，转眼就消失在了街巷的尽头。他顾不得这些，循着求救声快步来到近前，见是一个大个子年轻人，一身生意人打扮，倒在地上，胸口处流了一摊血，已经昏死过去。

郑春仁冲着落在后面的金殿明大声道：“殿明哥，快，去医院！”

说着，郑春仁俯下身来将年轻人扶着坐起来：“来，殿明哥，把他放到我背上。”郑春仁背起年轻人甩开步子直奔医院。经过诊断，医生告诉郑春仁：“伤者身上被扎了两刀，所幸没伤到要害，需要马上缝合。”郑春仁松了一口气，年轻人随即被推进了手术室。

时间不长，年轻人被推了出来，医生摘下口罩，对守在外面的郑春仁说：“问题不大，过几天拆了线就会好的。”他冲护士挥了挥手，护士将年轻人送到走廊尽头的一间病房。

郑春仁考虑了一会儿对金殿明说：“殿明哥，你替我在学校请个假，我在医院护理他几天。”

金殿明心有余悸地朝四周看了看，说：“春仁，咱就别管这闲事了，你已经把他救了，以后的事跟咱们没关系了。”

郑春仁不假思索地说：“殿明哥，他既然是中国人，咱们就不能撒手不管，我想等一半天他好些了，就把他接到咱们那去住几天。”

金殿明摇了摇头：“好吧。我先回去了，你多加小心。”

第二天早晨，年轻人醒了过来。扭过头去，发现郑春仁坐在床边正看着他，挣扎着想起来。郑春仁忙将他按住了：“你好好躺着，医生说不让你活动，等过两天伤口愈合就好了。”

年轻人拉住郑春仁的手，感激地说：“谢谢你救了我。”

“没啥，你没事就好。”

“我没想到他们真的会下手。”

“你是说那两个人要刺杀你？”

郑春仁给他倒了一杯水，年轻人接过去喝了一口，说：“是啊，我是东北奉天人，叫刘振清，跟几个朋友一块做棉麻绸缎买卖，这次来日本是要跟东京棉麻株式会社谈一笔生意。”

郑春仁不明就里地问：“那他们为什么要下此毒手。”

刘振清顿了顿说：“我父亲一直从黑龙江往关内贩运粮食，日本跟俄国在中国打了一年仗，转过身来为了各自的利益要瓜分东三省，尽管握手言和成了同盟，但仍想吞并俄国的西伯利亚。黑龙会的人找到棉麻株式会社的老板，让我加入他们的组织，利用我父亲贩运粮食的机会刺探俄国人的情报，我一直没答应他们，他们几次威胁我说杀了我。我以为他们不过是说说而已，没想到他们真的下了毒手。”

郑春仁听了愣住了，没想到又是黑龙会为了网罗间谍以杀人相逼。过了半晌他气愤地说：“黑龙会的人也太霸道了。”

“是啊，要不是你来得及时，我也许就没命了。”

郑春仁抓住刘振清的手，说："等你拆了线，我就立刻带你回我们住的地方去，这里怕也不安全。"

刘振清满怀感激地看着郑春仁，问："你叫什么名字？"

"我叫郑春仁，关东辽阳人，在东京大学读商业。"

"我这里没事了，你去上学吧，别耽误了功课。"

"没事的，我已经请好假了。"

"我真不知道该怎样谢你。"

"快别说这些了，好好养伤吧。"

一个星期后，刘振清的伤口基本愈合了，郑春仁带他回到自己和金殿明住的地方。一个多月后，刘振清便离开日本回国去了。

鸡叫三遍王金岫才起来，郑满仓正在收拾院子，抬头见王金岫从屋子出来，忙停下手里的活："金岫，你这病时好时坏的，你就在屋里好好歇着吧。"

王金岫摆了摆手，说："老这么躺着也不是个事儿，活动活动也许就好了。"

"你别累着。"

"没事，我觉得今儿个好多了，待会儿我给你们烙黏火勺吃。"

"那我给你抱柴火去。"

郑满仓来到院子外头的柴火垛跟前刚抽出一捆秫秸，就听院子里咕咚一声，一抬头，发现王金岫已经跌倒在地。他扔下手里的秫秸，慌忙跑到王金岫跟前，见她双目紧闭，不省人事，一时不知所措，紧紧地将王金岫揽在怀里："金岫！咋啦？你醒醒啊！"

王金岫却没有一点反应。郑满仓摸了摸王金岫的脑门和手心，发现脑袋和手都冰凉了。郑满仓看着怀里的妻子急得眼泪都下来了："你不能死啊，这个家没你日子还咋过！”

郑满仓将王金岫抱起来，进了屋还没等放到炕上，王金岫睁开了眼睛，诧异地看着郑满仓，说：“大白天的，你抱着我干啥，也不怕人家笑话。”

郑满仓仍是紧紧地抱着王金岫不松手：“你吓死我了，你摸摸我脑袋上的汗。”

王金岫伸手摸了摸郑满仓的额头，笑着说：“谁说不是，咋出了这么多汗？”

“刚才你晕过去了，把我魂都吓掉了。”

王金岫挣扎着要下地：“我这不是好好的吗？你别吓唬我。”

郑满仓把王金岫放到炕上，说：“我吓唬你？你咋不说刚才那一出儿差点没把我吓死呢。”

郑满仓拉过被子给王金岫盖上，说：“你再别下地干活了，我这就让大力去鞍山，让宫善给春仁写封信，让他无论如何回来一趟。”

这时胡大力开门从外面进来，看了看王金岫，转过脸来问郑满仓：“舅妈的病咋样啦？”

“这不，刚才还晕倒了呢，你赶紧套车去趟鞍山，让宫善给春仁拍个电报让他回来一趟。我看你舅妈的病再吃多少药也不管用。”

“好吧。”胡大力答应一声出去了。

第二天下晌，一辆马拉轿车缓缓停在郑家院子门前，金宫善掀开轿帘从车上下来，快步进了屋子，见王金岫在炕上躺着病恹恹的样子焦急说：“二嫂，病了怎么不早告诉我一声呢？”说着眼圈红了。

王金岫翻身坐起来，拢拢头发，说：“我寻思挺挺就过去了。”

“来的时候大力跟我都说了，我已经给春仁发了电报，过几天他也许就能回来了。”

郑满仓脸上仍带着几分惊恐，对金宫善说："别提了，昨个一早把我吓坏了，人跟死过去一样，脑袋和手都冰凉了。"

金宫善用不容置疑的口气对郑满仓说："二哥，让二嫂马上坐我的车去鞍山，中医治不好，我去找个西医大夫看看，不能再这么拖下去了，花多少钱，不用你们管。"

王金岫摆了摆手，说："生死有命，随他去吧。"

金宫善摇了摇头："不行，别的听你的，这事你得听我的。"

郑满仓也在一旁劝说道："金岫，别再犟了，听宫善的吧，你要是有个三长两短的，咱这日子还咋过？"说着不由分说地把王金岫从炕上抱了起来。

一九二四年的冬天，郑春仁接到金宫善的电报，放了假就从日本回到了家里。王金岫听说儿子回来了，在医院里再也躺不住了，坐着金宫善的车连夜回了野狼窝。郑春仁见娘比自己走的时候瘦了一圈，拉着王金岫的手半晌说不出话来："都怪儿子不孝，打今儿个起我在家伺候你，不回日本念书了。"

王金岫看着已经长成大小伙子的郑春仁说："你回来看看娘，娘这病也许就好了，要是因为娘的病耽误了你的学业，娘这病恐怕真就难好啦。"

郑满仓拿起烟袋吧嗒吧嗒抽了两口，说："你娘这病也真就怪了，请了好几个郎中，吃了多少服药就是不见好，你金叔叔把你娘接到鞍山找了个西医大夫，吃了一大堆洋药片，可这头疼的毛病还是猫一天狗一天的。我琢磨来琢磨去，兴许那个郎中说得对，治病治不了心，你回来陪陪你娘，你娘的病也许就好了，你冷不丁地走那么远，你娘能不惦记你吗？"

一连五六天，早上吃过饭，郑春仁便扶着王金岫在院子里散心。这天郑春仁正一边走一边跟王金岫讲日本的见闻。郑满金的大儿子郑春江从外面大步流星地进来了。郑春江高挑的个头，圆脸剑眉，看上去十分精明干练。

“哥来了。”郑春仁迎上前去招呼道。

“你啥时候从日本回来的。”

“回来六七天了。”

“听说二大娘病了，好点没有？”

郑春仁看了看王金岫，说：“比我刚回来的时候强多了。”

“是春江来了，快进屋坐。”王金岫听出是郑春江在说话。

“不用了，我刚从广州回来，听我爸说您病了，过来看看您。”

王金岫转过脸来对郑春仁道：“也好，我进屋歇一会儿，你们哥俩有一程子没见了，好好说说话。”

两个人搀扶着王金岫进了屋，郑春仁服侍王金岫躺下，两个人来到东厢房。

“你什么时候毕业？”进了门郑春江问。

“还有半年。”

“毕业后有什么打算？”

郑春仁坐到炕上想了想，说：“这次回来，我不想再回日本念书了，想找点事做，娘病成这样我心里别提多难受了，再说家里的日子过得实在太苦了。”

郑春江拉过凳子坐下，半天没有说话，盯着郑春仁问：“你怎么想的？东京大学是一所有名的大学，你放着这么好的学校念到一半就退学，实在太可惜了。”

“我回去也不放心娘。再有……”

“咋了，有什么话说出来，干吗吞吞吐吐的。”

“我也不想见那些日本人了。”

“怎么啦？”

郑春仁不知道该讲不该讲，可转念一想坐在面前的不是别人，是自己的叔伯哥哥，便打消了顾虑，说："东京大学黑龙会绑架了殿明哥做人质，非逼着我参加他们组织，为他们搜集张作霖在奉天修铁路的情报，我打心眼儿里不愿意去做这种见不得人的事。"

郑春江沉吟了好一会儿，说："你在日本东京大学学的是经济专业，是不是打算回国后经商做买卖？"

"是，郑家不能就这么垮了。"

郑春江沉默了一会儿，说："这件事到时候我倒是可以帮你。"

"你帮我？"

"是的，我这次回来有一件急事要办，明天就走，等回来我再跟你细说。"说完站起身来跟郑春仁告别后急匆匆地走了。送走郑春江，郑春仁心想：他能帮我什么忙呢？莫不是他在外面做买卖发了大财？可看他的样子一点也不像个商人，倒是一副十足的军人派头。

郑春仁的猜测没有错。郑春江高中没毕业就去了上海，开始在一家小报当编辑，一天去街上看到黄埔军校招生，便去了广州。一九二四年年底到孙中山手下任卫士。孙中山知道他是东北人，一次跟他说起让他在家乡物色一个贸易公司的经理，准备从苏联巴库地区进口燃油，用以开发交通事业，并借出售燃油的机会拉拢张作霖。

不久，冯玉祥、段祺瑞、张作霖邀请孙中山北上共商国是。郑春江便回到了家乡。然而他并没有物色到合适的人，这时孙中山已经从天津到了北京，当郑春江见到郑春仁的那一刻，突然灵机一动，觉得自己的这个叔伯弟弟完全可以做这个贸易公司的经理。但他毕竟是自己的堂弟，怕弄不好担嫌疑，于是他想再去自己的同学和老师那想想办法，如果实在不行，就只好举荐自己的这个堂弟了。而郑春仁对这一切一无所知。

晚上吃过饭，郑春仁坐在炕上，拉着王金岫的手说："娘，我看你这两天

的头不那么疼了。“

王金岫下意识地用手揉了揉太阳穴，说：“吃了那么多药也不管用，自打你回来，我觉得心里堵的那块石头就化开了。”

郑满仓抽了两口烟，说：“还是那个郎中说得对，你得的这是心病。”

郑春仁冲着郑满仓笑了笑，回过头来说：“娘，你不是一直想听东洋那边一些乐子事吗。”

王金岫点了点头：“十里不同风，百里不同俗，一个地方一个样，你挑可乐的事跟娘说说。”

郑春仁盘腿坐在炕上，说：“娘，你听说过日本的相扑吗？”

王金岫摇摇头：“没有，相扑是不是几头大象打架啊？”

郑满仓扑哧乐了：“你可真能胡诌八扯。”

“娘，相扑是日本的一项传统运动，每年都要举办不同重量级别的比赛，就跟中国的摔跤一样，很多人都喜欢看。”

“那有啥新鲜的。”

“娘，你不知道，日本的相扑运动员个个都是大胖子，往那一站，那块头跟头大象似的，所以才叫相扑。”

王金岫好奇地问：“他们打小就是胖墩吗？”

郑春仁摇着头说：“不是，都是吃出来的，包子能吃好几锅，馒头能吃一大盆，最后一个个非吃得肥头大耳，跟《西游记》里的猪八戒一样才算罢休。”

王金岫咯咯地笑了：“那不跟咱乡下养猪一样了吗。”

郑春仁见娘乐了，高兴地说：“我回来这些天，娘还是头一次笑，您要是愿意听，我就天天给娘讲。”

郑满仓在鞋底上磕了磕烟袋，说：“我看行。”

王金岫摆摆手说：“别听你爹的，还有半年你才能毕业呢，我这病一天比一天见好，过几天回去接着念你的书去吧。”

“宫善供春仁念书也是想让他学出个名堂来，就这么不清不白地回来，也对不起宫善。你要是好了，就让春仁早点走吧。”郑满仓说。

十多天后。郑春江果然回来了，他进了院子见王金岫正在给猪喂食，高兴地问：“二大娘的病好啦？”

“是春江来了。”

“我看您的气色比上次我来的时候强多了。”

“是啊，头也不疼了，也能下地干活了。”

“再没有无缘无故摔倒过吧？”

“没有。这不，收拾屋子、喂猪、做饭都行了。”

郑春仁听到郑春江在外面说话，从屋里出来招呼道：“哥的事办完啦？”

郑春江没有说话，冲他招了招手，郑春仁知道他有话跟自己说，就跟他一块进了东厢房。两个人坐下后郑春江向他道出了事情的原委。原来他找了他的同学和老师却再次落空了，他合计来合计去只有郑春仁合适了。郑春仁听后良久没有说话，他担心自己年轻，又没有从商的经验，一下做这么大的买卖会力不从心。想来想去，他推辞说自己干不了，等过几年再说吧。郑春江一听急了，不等郑春仁的话说完就拍着郑春仁的肩膀说：“哪个人也不是生下来就是商人，你都二十岁了，还小吗？再说，你留学学的就是经济，机会难得，过了这村就没这店了。”

郑春仁思虑再三才答应下来。两个人从屋子里出来，郑春江跟王金岫告辞后走了。

一九二五年夏天，郑春仁完成学业准备回国了。

晚上郑春仁从外面回来，一把抱住正在灯下看书的金殿明：“殿明哥，告诉你个好消息。”

金殿明放下书本：“你不用说我也知道。”

郑春仁吃惊地看着金殿明：“你怎么会知道？”

金殿明从怀里掏出一封信放到桌子上，说：“黑龙会这帮家伙的鼻子比狗都灵，小川一郎听说你的学位论文已经通过了就要毕业回国，让我给你带来一封信。”

郑春仁急忙接过来，打开一看，只见上面用日文写着一行字——“郑先生：老地方见，请允许我为你饯行”。

郑春仁把信扔到桌子上：“是啊。明天晚上我请客，庆贺一下。”

金殿明将两只手插到裤袋里，两眼一眨不眨地看着郑春仁：“你走了剩下我一个人孤苦伶仃的，连个说话的人都没有了。”

郑春仁抓住金殿明的两只胳膊：“你跟我不一样，我早点回去重振家业让父母弟弟别再受苦了，你有条件在这接着好好学习几年，将来好干一番事业。”

“你回去要想着常给我写信。”

郑春仁跟他击了一下手掌：“一言为定！”

夜渐渐地深了，两个人仍毫无睡意，金殿明索性起来打开一瓶清酒，两个年轻人一边喝着酒，一边聊起了各自未来的打算。

第十章

夏日天长，一家人在院子里吃过晚饭，王金岫把桌子上的碗筷收拾下去，天还大亮着。郑春仁抬起头来问郑满仓："爹，自打我走后，娘的病一直没犯过吧？"

郑满仓笑吟吟地说："上次亏了把你叫回来了，要不你娘怕活不到今天了。"

"我也恨不得一天就把剩下的功课学完，早一点回来。"

郑满仓装上一锅子烟，说："你这一回来，我这心里就有底了。我老了，不中用了，郑家以后就全指望你了。"

"爹，你放心吧，我一定不能让你和娘再受苦了。"

"我和你娘倒没啥，你要是再晚回来几年，你金叔叔给的钱就都花完了，你两个弟弟书是念不成了。"

几只鸡咯咯地叫着，过来伸着脖子找食吃。郑春义从树上摘下几片叶子在手里捻着问郑春仁："大哥，你这次回来就不走啦？"

“是啊！”

郑春礼站起来，张开双臂抱住郑春仁：“那可太好了。”

郑春仁摸着郑春礼的头，说：“好哇。我打算供你们念大学，愿意出国留学也行，学成了好光宗耀祖。”

郑春义把手里捻碎的树叶扔到地上，说：“我看学习再好也没用，那些土匪大字不识一个，还不是照样活得挺滋润。”

郑春仁不满地看了郑春义一眼说：“他们走的不是正道。”

郑春义把头一歪，说：“什么正道歪道，这年头土匪抢东西都抢红眼了，我算看明白了，有枪就是王，谁手里攥着枪把子谁就有好日子过。”

郑春仁生气地打断郑春义的话，说：“你怎么能这么说话，要想安安稳稳过日子，还得靠自己诚实劳动。”

郑春义仰起脸：“我说得有错吗，娘过去操持一大家子靠劳动得来的家财，还不是被土匪一夜之间就给抢光烧光了吗。”

郑春礼拉起郑春仁的手，问：“大哥，你今后有啥打算啊？”

郑春仁抚摸着郑春礼的头，说：“我想经商赚钱，让你们和爹、娘都过上好日子呀。”

想不到郑春礼噘起嘴，带着几分揶揄道：“闹了半天大哥是要做地主老财啊。”

郑春仁歪着头问弟弟：“地主老财怎么啦？”

郑春礼松开手，瞅着郑春仁说：“地主老财欺负穷人，你要是当地主老财我就不再理你这个大哥了。”

郑春仁看着郑春礼认真的样子被逗笑了，拉过弟弟说：“好，大哥听你的，不当地主老财还不行吗？”

这时，郑春江迈着大步进了院子。郑春仁高兴地站起来：“哥来了，啥时候回来的？”

“头晌刚到家，听说你回来了，我去绥芬河办完事就赶过来看你了。”

郑春仁搬了个凳子让郑春江坐下。“你回来多长时间啦？”郑春江问。

“十来天了。”

“好啊，你回来的正是时候，准备一下，后天咱俩一块去广州。”

“去广州干啥？”

“孙中山逝世后将大元帅大本营改组成立了国民政府，我到国民政府代理主席谭延闿手下当了卫队长。国民政府依然想从苏联巴库地区进口燃油，他知道孙中山曾让我回家乡物色过燃油贸易公司的经理，我就把你的情况跟他说了，他要见见你。”

“我刚回来，想陪娘多待几天。”

“二大娘的病不是好利索了吗？再说以后你陪二大娘的时间多着呢。”

王金岫听了，走过来说：“春仁啊，娘这病没事了，你去吧。”郑满仓在鞋底上磕了磕烟袋：“不行，还有你回毅婶子呢。”郑春仁想了想，只好答应了。

郑春江站起来，拉着王金岫的手说：“二大娘，您要是没事我就先走了，下次回来再来看您。”

王金岫笑着说：“别惦记我了，有事忙你的去吧。”

郑春江转过身来拍了拍郑春仁的肩膀：“机不可失啊。”

郑春仁送他出了院子，心里说不上是喜还是忧。

在广州国民政府的一间办公室里，郑春仁见到了国民政府代理主席谭延闿，看郑春仁有些拘束，他温和地说：“坐吧。”

他简单地问了一下郑春仁在日本留学的情况后说：“国民政府已经同苏联

签订了从巴库地区扩大进口燃油的协议。按照总理的遗愿今后我们要开发建设交通事业，还要北伐，我想你一定清楚，无论经济建设还是发展军事都离不开燃油。所以召你来，就是当面交代给你，你必须尽快将公司组建起来开展业务。”

停了一会儿他接着说 :“这次召你来还有一个原因，就是苏联不再租让油田给日本人，他们的油料供应只有靠从美国进口了，你在他们眼皮底下做燃油生意，我想日本人一定会想各种办法拉拢你，以致不惜用各种手段逼迫你把一部分燃油卖给他们。但你知道，这样一来对日本关东军无异于如虎添翼，所以你必须想办法跟日本人周旋。目前中、日两国之间的文化交流和民间往来十分频繁，关东军还不至于有过分的举动，但他们会暗中找你的麻烦，好在你留学日本，如何跟日本人打交道不用我多说，需要向你交代的是，你可以在我们允许的情况下出售一部分燃油给张作霖。总理生前与张作霖、段祺瑞曾结成同盟，而据我所知，张作霖这个人的野心很大，你要想办法让他靠近国民政府。”

郑春仁一言不发，自从他七岁离开家里就一直想经商赚钱，让父母和弟弟过上好日子。在东京大学，他刻苦学习，不敢有丝毫懈怠，以优异的成绩完成了学业，让他没有想到的是，自己刚刚毕业就有了这样一个机会。但听谭延闿一说，他觉得做这种生意如同走钢丝，赚不赚钱先不说，稍有不慎就会掉下去摔个鼻青脸肿。他有些灰心，但谭延闿尽管是国民政府的代理主席，却没有一点架子，说话十分随和，让他禁不住对谭延闿有了几分好感。他点了点头。谭延闿站起来拍了拍他的肩膀，说 :“看得出来，你是担心应付不了局面，不要紧，你不要忘了，公司是国民政府开办的，遇到麻烦，我们不会坐视不管。”

郑春仁站起来深施一礼。谭延闿示意他坐下，说 :“运送油料的机车和罐车由苏联方面提供，到时候你只需要交纳租金就行了。但我必须告诉你的是，前期的开办费有一部分要你自己筹集，你知道目前国民政府刚刚成立，用钱的地方很多，还有三四万的缺口要你想办法解决。”

郑春仁听了愣住了，半晌没有说话，心想，这样一大笔钱我上哪去弄呢？他摇了摇头，说：“恕我直言，眼下我家境贫寒，留学所需乃是家父故交所出，我刚刚回国，外无豪富之友，内无商贾之亲，四万大洋万难筹措，还请主席另请他人吧。”

谭延闿思忖了一会儿笑了笑说：“你说的倒是实情，但你应该知道，不论做什么事都不可能一帆风顺，事在人为嘛！我想，一个人想要诚心做一件事总会想出办法来的，我们可以考虑让其他人来开办公司，但今天见到你，我觉得你再合适不过了。你可以考虑一下，我们不会勉强你。想通了让你的堂哥带你去交通部，他们会安排人负责公司筹建的具体事务。”说着谭延闿站起来对郑春江说：“陪你堂弟在广州转转，我这里马上要开个会。”

两个人从谭延闿的办公室出来天已经黑了。郑春江带郑春仁去太平馆西餐厅吃了顿牛排。从西餐厅出来两个人来到江边散步，郑春仁一直没有说话。郑春江看着江水中灯光的倒影，说：“你干吗不说话，谭主席不是说了吗？别勉强。”郑春仁有些进退两难，拿不定主意。他看得出来，谭延闿对他这个未来的经理很满意，这样的机会不是谁都能遇上的，可是钱从哪来？他想到了金叔叔，他知道只要张口，金叔叔就会把钱借给他，但金叔叔拿钱给娘治病，让两个弟弟上学，自己从小吃住在金家，后来金叔叔不但供自己上完了高中又去日本留学，再去跟金叔叔借钱实在张不开这个口。他又想到了刘振清，刘振清离开日本回国的时候，把奉天家里的地址留给了他，并再三说有事一定去奉天找他。但去借钱会让人家怎么想，当初救刘振清压根就没想要图他什么，这样一来岂不让人家觉得是讨债来了，他实在磨不开这个脸。他听说小学同学徐明的父亲做山货皮毛生意，从鞍山回到奉天后早已是数一数二的富商了，但小学毕业后两个人就再没有联系了，倒是金殿明和徐明时不时有书信往来，实在不行让殿明哥跟他说说也许能行，思来想去也只有这条路了。郑春仁停下来，望着停在岸边的几艘小船，对郑春江说："谭主席说的话我明白，我回去试试看吧。"见夜已经深了，两个人默默地转身返回了住宿的旅馆。

吃过早饭，王金岫拉过郑春仁坐到院子里的老桃树下，拢拢头发说："你从广州回来两三天了，娘一直还没来得及问你，那边怎么说？"

从广州回到家里郑春仁一直在为筹集资金的事伤脑筋。到家后的第二天他就给金殿明发了一封电报。见娘问起这事，只得如实回答说："广州国民政府让我做燃油贸易公司的经理，从苏联进口燃油，照理说这的确是个赚钱的买卖，可广州国民政府只答应给我一大半的启动资金，剩下的钱让我自己想办法解决。这几天能想到的人我都想过了，还给殿明哥发了一封电报。"

王金岫琢磨了半天，说："咱家远近还真没有特别有钱的亲戚。"

"我原来打算去找金叔叔，只要我张口，金叔叔一定会帮这个忙。可我又一想，金叔叔供我念书、留学，又拿钱给娘看病，就又打消了这个念头。"

"是这么个理儿，咱不能有事就找人家，现在不是人家欠咱们的，是咱亏欠人家的了。"

"娘，你放心，我不会再去给金叔叔添麻烦了。"

王金岫慢慢地站起来，说："天无绝人之路，早点睡吧。"

转眼六七天过去了，也许是一直没有睡好觉的缘故，这天天已经大亮了，郑春仁才从睡梦中醒来。

王金岫早已做好了饭，听到屋里有动静，进来见郑春仁睡醒了，说："饭好了，起来吃饭吧。"

郑春仁坐起来打了个哈欠："娘，我不饿，再让我睡一会儿吧。"

说完又躺下了。这时外面传来邮差的喊声："这里是郑春仁家吗？电报！"

郑春仁一骨碌从炕上蹦到地上，连鞋都没穿，冲出屋子，接过邮差手里的电报，迫不及待地拆开看了起来。电报是金殿明从日本发来的，上面的译文写着几行字："春仁：来电收悉，知你急需一大笔钱，你我小学同学徐明的家在奉天大南门里闾英胡同，门口有一对石头狮子。你不妨一试。"

郑春仁兴奋地把电报抖了抖，揣进怀里，进屋匆忙洗了一把脸，冲着端着饭菜进来的王金岫说："娘，殿明哥来电报了，让我去奉天找我的一个同学。"

王金岫把饭菜放到桌子上，说："好啊，可你记住了，这种事不能勉强，人家要是不愿意借钱给你，就趁早回来，咱再想别的法子。"

"娘，我知道了。"郑春仁吃了口饭，换上衣裳马不停蹄地去了奉天。

他打听了好几个人才找到大南门里闾英胡同。顺着胡同向西没走多远，见路边有一座坐北朝南的四合院，门前立着一对威武的石头狮子，两扇黑漆大门紧闭，门前一只用铁链子拴着的大狗吐着长长的舌头，趴在地上一动不动。见郑春仁走近了，才猛然从地上跃起，连声狂吠起来。

听到狗叫，黑漆大门"吱呀"一声开了，从里面走出来一个年轻人，上身穿一件古铜色半袖绸缎衫，下身穿青缎散腿裤，脚下一双黑缎子软帮布鞋，看上去精明利落，走起路来一副十足的公子哥派头。

没等郑春仁走到近前，这人就几步跑到郑春仁的面前，当胸给了郑春仁一拳，高兴地大声说："殿明拍来电报说你小子要来，想不到这么快就跑来了。"

说着，他打量了郑春仁一番说："你还是小时候样子，好几年没见一点没变。”

“是你小子啊，我差点没认出来，你可比小时候瘦多了，人也白净了。”郑春仁见站在面前的正是他要找的小胖子徐明。

徐明拉起郑春仁亲热地说：“走，有话进屋说。”

徐明把郑春仁让到自己的房里，对在院子里收拾东西的一个中年女人吩咐道：“刘嫂，让厨房炒几个菜，再拿壶酒过来。”

“知道了，少爷。”

进了屋，徐明让郑春仁在雕花太师椅上坐下，急着问：“我知道你跟殿明去了日本，咋样，毕业了吗？”

“刚毕业。”

这时刘嫂进屋在八仙桌上摆上了酒菜。

徐明抬起手来招呼道：“来，春仁，一晃咱俩七八年没见面了，今天说啥也得好好整几盅。”

郑春仁撩起长衫，朝里坐了坐，问徐明：“听殿明哥说，这些年你一直帮着你父亲做买卖。”

徐明给郑春仁倒上酒：“我父亲说了，用别人不放心。我这两下子别人不知道，你还不知道哇，纯粹是赶鸭子上架。咋样，你还练武吗？”

郑春仁摇摇头：“不练了。”

“我听殿明说了，你是来借钱的。”

郑春仁端起酒杯：“我准备在奉天开办一家燃油贸易公司。”

“来得早不如来得巧，我爸爸去黑龙江进货，正好今天晚上回来。”

“你爸爸身体好吧？”

徐明端起酒杯跟郑春仁轻轻碰了一下，道：“照说都快六十岁的人了，可每次到黑龙江进货都是亲自出马，老爷子那精神头，比我都足。”

“那就好。”

“等老爷子回来我就带你过去。”

郑春仁有些担心地问：“咋样，你看这事能行吗？”

“我看行，别人来了不借，你来了老爷子肯定不能让你白跑一趟。”

果然，天刚擦黑徐老爷子就风尘仆仆地回来了。老人五十岁上下年纪，脸色红润，步履轻盈，进屋脱了衣服坐下，刘嫂端上茶来，转身刚退出去，徐明就敲了敲门带着郑春仁进来了：“爹，您老回来啦？”

徐老爷子抬头瞥了徐明一眼，说：“下晌就到家了，道上弄得跟泥猴似的，去连奉堂洗了个澡，这不，才进屋。”

徐明拉过郑春仁热情地介绍道：“爹，这就是我常跟您说的，小时候在小树林里三拳两脚把我们哥几个全都给打趴下的那个郑春仁。”

郑春仁上前深施一礼：“晚辈多有叨扰。”

徐老爷子哈哈大笑，说：“哪里，哪里，今天我终于见到打抱不平的大英雄了。”

“惭愧，小时候不懂事，让伯父见笑了。”

徐老爷子摆了摆手，说：“我就喜欢你这样的人，别站着了，有话坐下说。”

“伯父，我想开办一家公司，这次登门造次是想跟伯父拆借一二，不知道老人家手头是不是宽裕。”

徐老爷子爽快地说：“年轻人应该干点事，借多少。”

郑春仁伸出四个指头：“四万大洋。”

徐老爷子喝了一口茶，把茶杯放下，思索片刻，说：“钱吗，可以借给你，不过手头一时没这么多，过几天，等这批黑龙江的山货一出手我就把钱拿给你，怎么样？”

郑春仁站起身来施礼道："多谢伯父。"

徐老爷子扭过头去冲着徐明吩咐道："你让刘嫂去东兴楼订桌菜，今晚让春仁陪我喝两盅。"

"好，我这就去告诉刘嫂。"徐明答应一声出去了。

晚上，徐家上房灯火通明，桌子上摆着南市场东兴楼的几道拿手菜和几盘时令菜蔬。徐老爷子也不谦让，三杯酒下肚，话多了起来，看着郑春仁带着几分炫耀说："春仁啊，不是我老头子说大话，你借的这点钱不算啥，对我来说九牛一毛。"

郑春仁端起酒杯从椅子上站起来，道："晚辈敬老人家一杯。"说完举起酒杯一饮而尽。

"好，痛快，今晚你就别走了，见了你我打心眼儿里高兴，待会儿，陪我打几圈麻将。"徐老爷子眉开眼笑地说。

徐明看了父亲一眼，说："爹，咱把丑话说在前头，春仁可没钱啊。"

徐老爷子满不在乎地说："春仁输了算我的，你不耍赖就行。"

徐明一脸无辜地说："爹，上次赢的钱您还没给呢，还我耍赖。"徐老爷子端起酒杯："好，这次你赢了，我一块都给你补上。"

"您说话可得算数啊。"

"这是什么话。"

酒足饭饱之后，徐明、郑春仁、徐明娘陪着徐老爷子几圈麻将玩下来已经是后半夜了。徐老爷子觉得有点乏了，这才跟徐明娘准备回去歇息。进了屋坐下正想脱衣服睡觉，徐老爷子猛然想起四平街马掌柜让人送来的一张银票，他浑身上下摸了一个遍："哎，银票让我放哪啦？"

徐明娘看着老头子着急的样子，问："什么银票？别一惊一乍的。"

徐老爷子冲着老伴低声道："你忘了，吃饭前马掌柜让伙计送来了一万大洋的银票。”

徐明娘听了一拍脑门，恍然大悟道：“你不说我真忘了，我记着你不顺手放在旁边梳妆台上了吗。”

“你看我这记性。”

徐明娘催促道，“那还磨蹭啥，赶紧去找哇。”

徐老爷子跟徐明娘回到上房，打开灯，两人找了半天，却不见银票的半点踪影。

徐明娘一脸诧异地看着老头子说：“唉，这不怪了吗，我眼瞅着你放梳妆台上了，咋没了呢？”徐老爷子摸着脑门，自言自语道：“是啊，我顺手就放在这儿了。”

徐老爷子一边说，一边用手比画着刚才打麻将时几个人坐过的地方：“你坐这，我坐那。噢，对了，刚才郑春仁就坐在梳妆台边上，是不是他急着用钱把银票偷着拿走了？”

“不会吧，这种事你可不能瞎说。”徐明娘摇了摇头。

“你去把小明给我找来，他没拿，不就出鬼了吗？”

徐明娘出去了，徐老爷子越琢磨越觉得自己的判断不会有错，在屋子里走了一圈，心想：“对，就是这么回事，他坐我对面。”想到这，暗自叹道，“你还别说，这小子的手儿还真挺快。”

这时徐明娘和徐明一前一后开门进来了。徐老爷子冲着徐明道：“小明啊，你这个同学看着老实厚道，可知人知面不知心，他刚才偷着拿走了我的一万大洋的银票。”

徐明听了一脸茫然：“不可能吧，一定是您高兴喝多了放错了地方，您再好好找找。”

“你胡说，甭说这点酒，你爹的酒量你也不是不知道，你娘眼瞅着我把银票放在梳妆台上了，这还能有错？”徐老爷子不满地白了儿子一眼。

“爹，春仁可不是这种人，我们从小在一起，他老实厚道，怎么会干这种鼠盗狗偷的事。”

徐老爷子捋了捋胡子：“话可不能这么说，这年头，人都在变，过去是过去，现在是现在，他急着用钱，一定是看我多喝了几杯酒以为我忘了，就偷着把银票拿走了。”

徐明脸涨得通红：“我敢打包票，春仁绝不会干这种蠢事，要不我这就去问问他。”

徐老爷子伸手拦住了徐明，说：“你别问，要问我来问。”

徐明娘一脸疑惑地看着老头子：“这话你咋好张口问。”

徐老爷子想了想，说：“这样吧，明天晚上我在宝发园请他吃饭。”

徐明无可奈何地叹了口气：“唉，这叫什么事儿啊！”

第二天傍晚。在宝发园饭店的一个包间里，徐老爷子、郑春仁、徐明三个人依次进来坐下，徐老爷子从一个精致的木头盒子里拿出一瓶酒，带着几分炫耀地对郑春仁说：“春仁，这可是哈尔滨马家烧锅三十年的陈酿，你跟小明是打小的同学，今晚咱爷俩好好喝几杯。”

郑春仁恭恭敬敬地站起来一揖到地：“多谢伯父，春仁不胜酒力，还望伯父多多担待。”

时间不长，菜便上齐了。跑堂的将手巾往肩头一搭，拉着长声：“宝发园四绝菜，熘肝尖、熘腰花、熘黄菜、煎丸子——各位，慢用啊！”说完把手巾拿在手里抖了个花儿，出去了。

徐老爷子端起酒杯，说：“春仁，我看你是个爽快孩子，来，咱爷俩干一个。”

郑春仁顺从地端起酒杯将酒喝了下去。

放下酒杯徐老爷子给郑春仁夹了一块熘肝尖："孩子，我知道你急着用钱，可我手头真的一时拿不出那么多钱来，我不是已经跟你说了吗，等过两天手里那批山货一出手，我就把钱拿给你。"

郑春仁带着几分歉意拱手道："伯父，小侄造次登门，已经多有打扰，钱的事不急。"

徐老爷子盯着郑春仁，见他并无半点惊慌失措的样子，心想，这个年轻人还挺老到。于是把酒喝下去接着说："嗨，我也是过来人，知道年轻人性子急，你放心，我既然已经答应把钱借给你，就不会食言。"

"伯父言重了，小侄再等几天无妨。"

见郑春仁并不买账，徐老爷子心里合计，看来不把话挑明了，今晚这顿酒算白喝了。于是单刀直入地说："春仁啊，人不能说一样做一样啊。我这一辈子走南闯北，知道人都有糊涂的时候，你放心，我不怪你，那张银票我另有他用，我看你也是个明事理的孩子，你把那张银票先还给我怎么样？"

郑春仁吃惊地看着徐老爷子："听伯父所言，莫非是说我拿了您的银票？"

徐老爷子夹了一口煎丸子放到嘴里嚼了嚼咽下去，说："没错，昨天晚上你坐在梳妆台的边上，银票不是你拿的，还会有别人？"

郑春仁一时又羞又恼，脸色通红，站起来说："伯父，我是光明正大来借钱的，怎么会偷着拿走您的银票，您每个犄角旮旯都找了吗？"

徐老爷子摆摆手说："春仁，先别急，我也没别的意思，你在我眼里好歹还是个孩子。"

郑春仁的心里像被人塞上一团棉花，堵得出不来气，站在那半晌说不出话来："伯父，春仁尽管不才，也是自幼熟读孔孟诗书，知道行事正大光明，非礼勿动乃做人之本，伯父还是好好想想，是不是将银票放在什么地方一时忘记了。"

徐老爷子抹了抹油花花的嘴角，以不容置疑的口吻说：“春仁，我虽上了几岁年纪，可还没老糊涂，既然你把话说到这个份上了，实不相瞒，昨晚我和徐明娘都翻遍了，里外拢共就那么大点地方，那张银票总不会长翅膀飞了吧？”

郑春仁见浑身都是嘴也说不清了，瞅了徐明一眼，看他只顾低头吃饭，心里埋怨道，你小子也不替我说句话。可又一想，事情到了这个地步又能让徐明说什么呢。既然老爷子一口咬定银票是自己拿了，再怎么解释也没用了。想到这他拿定了主意说：“伯父，既然您非说银票是我拿走了，小侄自知百口难辩，我同徐明同窗数载，情同兄弟，视伯父如同家父，小侄再过多辩解，只怕惹伯父生气，请伯父宽限几日，等我把钱凑齐了还给您就是了。”

听到这，徐明放下筷子“呼”地站起来，一把抓住郑春仁的手说：“春仁啊，春仁，我知道银票不是你拿的，你说，这事不是你干的，快说啊。”郑春仁含着眼泪摇了摇头。

“春仁啊，春仁，你这不是成了‘蠢人’了吗！”说着他端起酒杯把满满一杯酒喝下去跌坐到椅子上，摇着头再不知道说什么好了。

“伯父，小侄告辞。”

徐明看郑春仁起身离去想拦住他，可眼见徐老爷子怒气冲冲地看着他，只得将伸出去的手又缩了回来。徐明回过身来使劲一拍桌子，不管不顾地大声道：“这事整的，好说不好听啊。”

徐老爷子捋着胡子吁了一口气：“唉，我也没想到啊。”

郑春仁踉跄着从饭店里出来，看着灯光昏暗的街道想：这么晚了，去哪儿呢。

行人寥寥的街上，一个伤兵瘸着一条腿，拄着拐杖喷着满嘴酒气，从后面走过来拍了拍郑春仁的肩膀，大着舌头说：“兄弟，瞅你这德行，一定是落难了吧，耷拉着个脑袋，像活不起似的！”郑春仁看了看他，闪身躲开了。

伤兵笑嘻嘻地瞅了瞅郑春仁，一边踉跄地向前走，一边有板有眼地哼起了奉天大鼓：“满天星星不眨眼，小妹妹笑我没有钱，嫁人我可不嫁你，谁让你是个穷光蛋……”

郑春仁心里动了一下：“对啊，谁让我是个穷光蛋呢。”一阵凉风吹来，他不禁打了个冷战，漫无目的地继续朝前走去。不知道走了多远，他仰起头看着昏暗的天空，回想起前天晚上几个人坐在一起打麻将的情形，思绪纷乱。他无论如何也没有想到会凭空蒙受如此不白之冤。那可是一万大洋啊，虽说答应徐家老爷子了，可上哪去弄这笔钱呢。自己本来就身无分文，又无缘无故地欠了一笔债。想到这他有些后悔不该来找徐明。他走到一根电线杆子下站下来，心想，本来自己对徐老爷子满心的敬重，想不到老人家竟然血口喷人，平白无故把自己当成了贼。他越想越窝囊，不免心头火起，生起老爷子的气来。银票一定是你自己不小心顺手放错了地方，喝了点酒忘了，凭什么就一口咬定是我拿了呢。他的心禁不住有些隐隐作痛，发誓从今往后再不进徐家的门了，自己长这么大，娘从小就告诉他做人要光明磊落，不料想却硬是被人泼了一身的脏水。一阵风吹来凉飕飕的，他像一下掉进了一个大得没边的冰窖里。街上已经看不到几个行人了，巡夜的警察走过来看了看他走开了。街灯的光亮让四周显得更加昏暗，他觉得自己仿佛行走在一条山路上，两面是深不见底的悬崖，他不知道该往哪里去。他想去徐家解释清楚，让徐老子还自己一个清白，不知不觉一抬头，发现自己竟已经来到了那座四合院的门前。徐家的门口亮着一盏灯，门外的两座石头狮子在飘忽的灯光下显得有几分狰狞。他走过去拍了拍狮子的头，气恼地说：“你们为什么不说话，难道连你们也认为我郑春仁是个贼了吗？”说着他用力拍打着石头狮子，发泄自己的愤懑和不满，直到两手发麻了才停下来。过了好一会儿，他一点点地转过身来，从胡同里出来到了街上，身后远远地传来那条大狗的叫声。

这么晚出城是不可能了，他想找个避风的地方猫一宿。这时，一辆人力车从一条小巷里快速拐出来差点撞在郑春仁身上，郑春仁本来就窝了一肚子火，立刻瞪起眼睛没好气地嚷嚷道：“你没长眼睛啊，怎么往人身上撞？”

车上坐着一个年轻小伙子，听郑春仁说话，急忙招呼人力车夫：“停下，快停下！”

没等车停稳，年轻人便一步从车上跳下来，借着街灯的光亮，先是上下打量了打量郑春仁，然后一把抓住他的胳膊，大声道：“你是春仁兄弟吧？”

郑春仁一抬头也愣住了，满脸惊喜：“你是刘振清？”

刘振清摇晃着郑春仁的胳膊，说：“是我啊！”说罢两个人紧紧地拥抱在了一起。

一番亲热后，刘振清推开郑春仁，问：“我不是把家里的地址留给你了吗，你来奉天咋不吱一声呢？”

“唉，别提了。”

“咋啦？走，这么晚了，有事回家说。”

刘振清的家在大东门里，一座方方正正的四合院。院落很宽敞，进了院子，刘振清拉着郑春仁的手说：“走，先去见见我爹和我娘，他们一直念叨你，说等有一天见到你一定当面好好谢谢你呢。”

刘振清带着郑春仁来到父母住的屋子前敲了敲门：“爹、娘，没睡吧？”

屋里传出一个女人的声音：“是振清啊，没睡呢，进来吧。”

郑春仁跟刘振清进了屋子，见迎面摆着一张紫檀木的八仙桌，桌上放着一口西洋进口的黄铜制成的自鸣钟，旁边两只古色古香的官窑青瓷花瓶里插着几只用铂金打造的菊花，墙上挂着一幅清代画家曹重的工笔山水画。

刘振清拉过郑春仁，对正坐在金丝木矮榻上抽水烟的父亲说：“爹，这就是我跟你们说的在日本救了我的春仁兄弟。”

刘振清的父亲立刻站了起来，上前一把拉住郑春仁的手：“好孩子，要不是你救了我儿子，我们老两口子可咋活啊，你是我们刘家的大恩人啊，快坐。”说罢，吩咐刘振清：“还不赶快给春仁倒茶。”

郑春仁忙说：“伯父不必客气，换了别人也不会袖手旁观。”

刘振清的父亲一生饱读诗书，见郑春仁朴实厚道，说：“自古救人于危难乃积德行善之举，善人必有善报。”

郑春仁深施一礼：“做人理应如此。”

坐了一会儿刘振清见父亲有些乏了，说：“爹、娘，天不早了，你们二老早点歇着吧，我带春仁回我房里了。”

刘振清的娘点点头：“好啊，一会儿我让厨房给你们做点夜宵。”

“多谢伯母。”郑春仁站起来，深施一礼。

刘振清带着郑春仁从屋里出来，来到自己的房里，一进门就急着问：“春仁，你什么时候到奉天来的？这么晚了你怎么一个人在街上闲逛呢？”

郑春仁脱下长衫坐到太师椅上，说：“唉，一言难尽，我打算开公司，可钱不够，殿明哥让我去我们一个小学的同学家借钱，哪承想，钱没借成，我同学的父亲硬说我拿走了他家一万大洋的银票，我浑身都是嘴也辩不清了。”

刘振清惊愕地瞪大了眼睛：“这不冤枉人吗，你打算咋办？”

郑春仁沉思片刻，说：“我已经答应我同学的爸爸，把钱还给他。”

刘振清一拍桌子：“可你想过没有，这不就弄假成真了吗？”

郑春仁苦笑了一下，说：“谁说不是呢，我合计一晚上了，说心里话，我有点恨徐明他爸爸，可想来想去，真的假不了，假的真不了，把钱还上今后再不去他们家也就算了，要不事情传出去，不知道的人还真以为我是个贼呢，我的公司将来就准备设在奉天。”

刘振清琢磨了琢磨，断然地说："要不这样吧，我先借给你一万大洋。"

郑春仁万万没有想到刘振清会如此慷慨解囊、出手相助，不由得喜出望外，从太师椅上站起身来，双手一抱拳："那可太好了，等我有了钱再还给你。"

刘振清拉着郑春仁坐下说："什么还不还的，没有你我也许早就成了他乡野鬼了。"

郑春仁拉住刘振清的手晃动着说："振清哥，你解了我的燃眉之急，日后必当重谢。"

"你要是谢我，我这钱就不借给你了。"说完两人一块笑了起来。

第二天傍晚，郑春仁独自一人来到徐明家，正打算上前敲门，手又缩了回来。心想，我这么去还钱徐老爷子该咋想？这一万大洋无论如何不是一笔小钱，我说是从朋友那借来的人家能信吗。弄不好就更把我当贼看了。想到这他摇了摇头，心说算了，等等再说吧。想到这他转身往回走，街上冷冷清清，没几个行人，他低着头一边走一边合计这种倒霉的事怎么会落到自己头上，这钱还也不是，不还也不是。不知不觉他又回到了刘振清家。刘振清见他这么快就回来了，把他拉进屋子忙不迭地问："这么一会儿工夫就把钱还给徐老爷子了，他怎么说？"

郑春仁摇了摇头，说："我想来想去，就这么去还钱我这身脏水就更洗不清了。还是等等再说吧。"

刘振清听了半天没说话。过了一会儿，拉过郑春仁问："你的那个同学也跟他爸爸一样，认定钱是你拿的吗。"

郑春仁摇摇头说："我想不会。"

"既然你打定主意要把钱还给他，早一天晚一天都是那么回事，我看不如把钱给你那个同学算了。”

郑春仁琢磨了琢磨，说：“你说得对，容我再想想。”第二天晚上，郑春仁对刚刚从外面回来的刘振清说：“我想明白了，男人的心里要是装不下事，不能忍人所不能忍，往后还怎么能干一番事业出来。”

于是郑春仁再次来到徐明家，正想伸手上前敲门，那条大狗从门洞里蹿出狂吠起来。

听到狗叫，黑漆大门开了一条缝，看门的更夫出来喝住大狗，见是郑春仁，说：“哟，是郑先生啊，快请进，你要是再不来，我家少爷就要去找你了。”

徐明听到外面狗叫，也快步从屋里走出来，一看是郑春仁，喜出望外地几步跑过来：“春仁，你没事吧？”

郑春仁摊开两手说：“你看我这不是好好的吗，不缺胳膊不少腿的。”

“没事就好，我还以为你回家了呢。”

郑春仁拉起徐明：“咱有话屋里说，别在外头傻站着了。”

“唉，这事闹的，咋把这茬给忘了，走，进屋。”

两个人来到上房，郑春仁从怀里掏出银票说：“我是来还钱的。”

徐明吃惊地瞪大了眼睛看着郑春仁，像不认识似的瞅了他半天，说：“这么说，那银票真的是你拿走啦？”

郑春仁摇着头说：“你觉得我能做那种苟且之事吗？”徐明一着急脸涨得通红：“我是不信，可你整的这一出，简直把我装到闷葫芦里了。银票不是你拿走的，你干吗要还钱？你这不是疯了吗？”

“你爸爸一口咬定银票是我拿的，我要是不还钱，就是跳进黄河也洗不清了。”

“我爸爸肯定冤枉你了。”

“真的假不了，假的真不了，走吧，跟我一块去见你爸爸。”

“不去，要去你自己去。”徐明赌气说。

郑春仁拍了拍徐明的肩膀：“你小子好歹是个男人，想干点事心里就得装得下事，钱可以不还，可传出去我的名声就毁了，以后开公司，我还怎么在奉天的地面上混饭吃。你应该比我更明白，人的名声岂是区区一万大洋能买来的，走吧。”

徐明低着头琢磨了半天，觉得郑春仁说的不是没有道理，只好硬着头皮带着郑春仁来到父亲住的东屋。徐明上前敲了敲门，说：“爹，春仁来了。”

“进来吧。”

徐老爷子坐在太师椅子上抽水烟袋，眼皮也没抬一下，爱搭不理地说：“坐吧。”郑春仁恭恭敬敬地上前施礼道：“伯父，我知道您还在生我的气，因为小侄的不是，伯父气坏了身子，小侄担当不起啊。”

徐明怕郑春仁下不来台，上前打圆场说：“爹，春仁是给您送钱来了。”

徐老爷子瞥了郑春仁一眼，带着几分疑惑问：“这才两天的工夫你就借到钱啦？”

郑春仁双手一抱拳：“伯父，事有凑巧，我在街上恰好遇到了一个朋友，这是一万大洋的银票，请伯父过目。”

徐老爷子接过银票看了看，放到桌子上：“好吧，这钱我收下了。”

郑春仁从太师椅上站起来：“伯父，小侄就不多打扰了，请伯父保重。”说罢开门走了。徐老爷子看着离去的郑春仁，身子动也没动一下，只是用鼻子哼了哼，不屑一顾地摆了摆手，像赶一只苍蝇。

徐明心里有些不痛快：“爹，看您，人家给您还钱来了，您干吗爱搭不理的，杀人不过头点地，这么晚了，你让他上哪去住啊，今晚让他在咱家住一宿，明天吃了饭再让他走。”说着要追出去。

徐老爷子伸手拦住了徐明，说："让他去吧，夜里风凉，也好让他清醒清醒。"

徐明一拍桌子："唉，您让我以后还怎么跟春仁见面？"

徐老爷子断然地摆了摆手，说："我看不见也罢，我且问你，郑春仁在奉天有亲戚朋友吗？"

徐明想了想，摇摇头说："从来没听他说起过。"

徐老爷子用手指敲了敲桌子："咋样，你爹我没看走眼吧。"

徐明也挠了挠脑袋，说："是呀，我也纳闷，两天的工夫，他上哪弄来这么多钱，这银票总不会是在大街上捡的吧。"

"这话你说对了，你爸爸我这一辈子还没冤枉过谁，一定是他把偷着拿走的那一万大洋的银票又拿回来了。"

徐明思索了片刻，说："不对，您没听他说是跟一个朋友借的吗。"

徐老爷子一甩袖子："你当是说书唱戏呐，哪有这么凑巧的事，在大街上说碰到个朋友就碰到个朋友。再说了，能一下拿出一万大洋银票的主儿，在奉天城里除了我和马掌柜的，再就是大东门里贩运粮食的刘老板了。"

徐明愣了片刻，说："这事也真怪了，莫非几年没见春仁变了。"

徐老爷子从太师椅上站起来，叹了一口气，说："唉，这孩子瞅着挺聪明伶俐的，咋干这种傻事，真可惜了了！"

徐明看着外面渐渐暗下来的天色，叫着郑春仁的名字说："你再急着用钱也不能干这种事啊，你这不是聪明反被聪明误吗？"

这时拴在外面的狗突然叫起来，徐明开门来到院子里，狠狠地踢了大狗一脚，呵斥道："叫唤个屁！"

那只大狗不知道小主人哪来的火气，夹起尾巴蹲在门口一声不吭了。

溽暑刚刚退去没有多久，四起的秋风便送来了阵阵凉意。照惯例，每年的中秋节徐家都要打扫屋子。

徐明娘站在院子里对几个用人吩咐道："这一大老长夏的，东西都快捂得发霉了，给我里外好好打扫一下，去去霉味。"

刘嫂一边麻利地戴上围裙，一边带领着几个用人忙活开了。徐明娘又不放心地叮嘱道："我眼里可揉不得沙子，你们把犄角旮旯的都给我打扫干净了，要是为了图省事，糊弄我，我可饶不了你们。"

"请太太放心吧。"

刘嫂将梳妆台上下擦拭干净，又搬开了上面的镜子，刚想擦拭后面一夏天沉积下的灰土，一张纸片掉了下来。刘嫂拿起来一看，是一张一万大洋的银票，立刻对在边上干活的张嫂说："你看看，谁糊里巴涂地把这么金贵的东西放这了。"

张嫂催促道："那你还站那干吗？还不赶快给老爷送去。"

"可也是！"

刘嫂拿起银票来到东屋，敲门道："老爷，刚才收拾屋子捡到一张银票。"

"哪来的银票？"刘嫂开门进了屋子，双手将银票递到徐老爷子跟前，说："老爷，才刚打扫屋子的时候，在梳妆台的镜子后头捡的。"

徐老爷子一愣，待刘嫂出去后，拿起银票冲着亮处仔细地瞧了瞧，心里不禁"咯噔"一下，一拍脑门道："我真是老糊涂了。"

徐明娘抬起头来瞅了老头子一眼："又咋了，老一惊一乍的。"

徐老爷子也不搭茬，转身来到里屋，从一个铁制的保险箱里拿出郑春仁那天送的银票冲着灯看了半天，回到外屋坐到太师椅上跟自己的女人道："亏了这张银票还没出兑。"

徐明娘这才醒过腔儿来："你是说丢的那张银票找着啦？"

徐老爷子捋着胡子 :“是啊，你去把小明喊过来。”

不大一会儿徐明跟着他娘一块来了 :“爹，您找我有事？”

徐老爷子有些难为情地说 :“小明，你去帮爹办件事行不？”说着徐老爷子拿过刘嫂刚才捡到的那张银票让儿子看了看，说 :“这是那天城里四平街马掌柜送来的银票。”

“您是说，这是丢的那张银票？”

“正是。”

徐老爷子又拿过郑春仁送来的银票 :“你看，这是春仁送来的那张银票。”

徐明不解地问 :“两张银票不是一样吗？”

徐老爷子站起身来在地上踱了两步，停下来说 :“我自认为闯荡江湖多年，做事滴水不漏，想不到竟然马失前蹄。”

徐明被老爷子说得有些云里雾里 :“到底是咋回事，我咋越听越糊涂呢。”

徐老爷子坐下来吸了两口水烟袋，说 :“你是我儿子，照说这事不该瞒着你，可我怕你年少不更事，就一直没跟你说。我跟马掌柜私下有个约定，凡是经马掌柜送来的银票，都要在右上角用针刺上一朵梅花。我刚才已经仔细地看过了，郑春仁拿来的那张银票根本没有梅花，刘嫂刚刚捡到的这张银票上针刺的梅花清晰可见。”

徐明一时有些发蒙，问 :“您不是说那天您去找过了吗？”

“找过不假，不信你问你娘，可那天喝了几杯酒，加上对春仁不放心，怕放在明面被他顺手牵羊拿走，就随手放到梳妆台的镜子后头忘了。”

徐明气也不是恼也不是，看着父亲 :“既然马掌柜拿来的银票有记号，春仁送来银票后您咋不看看就收起来了呢？”

徐老爷子把水烟袋放到桌子上，不好意思地说 :“唉，要不怎么说人不服老不行呢，找不到银票一着急，春仁又一口咬定没拿，惹得我生了一肚子气，就把这个茬给忘得一干二净了。”

徐明长长吁了一口气：“我就说春仁不是这样的人嘛，这事要是传出去好说不好听啊。”

徐老爷子思量再三，说：“这样吧，过几天你去把郑春仁给我请回来，说好的事不能言而无信。”

徐明赌气地扭过头去：“我可没脸请人家来了。”

“这事怨我，是我冤枉了春仁。这孩子仁义，心里装得下事，受屈能忍，将来准是个做买卖的好材料。”

徐明巴不得立刻把这个消息告诉郑春仁：“既然是这样，那还等几天干啥，我明儿个就去请他来。”

徐老爷子沉默了一会儿：“也好，去了先代我赔个不是，让他别跟我这个老头子一般见识。你告诉他，我会用徐家最高的礼仪接他进门。”

徐明高兴得差点蹦起来，上前搂过父亲不管不顾地在腮帮子上亲了一下夺门而去，惹得徐明娘摸着老头子的脸蛋子哈哈大笑。

下晌。王金岫坐在院子里的桃树下正摸索着做针线活，郑春仁从外面进来，拉了个凳子在王金岫跟前坐下，说：“娘，天凉了，进屋吧。”

王金岫将手里的针在头发上蹭了蹭：“好，听我儿子的，进屋去。”

郑春仁带着几分歉疚，说：“都是儿子无能，让娘受苦了。”

“苦不苦的娘不在乎，娘这心里就是有些着急了，一晃你从奉天回来快俩月了，眼瞅着天凉了，这钱还是一点着落都没有。”

“娘，你不是老说，天无绝人之路吗，再说做这么大的事，哪能没个沟啊坎的。”

“倒也是，实在不行就先找点别的事儿做，等有了钱再说。”

“娘，我这次去奉天，见到了我在日本留学时救过的一个人，他们父子俩都在奉天做生意，我琢磨了，老在家里这么待着也不是个事，我打算过几天去找他家老爷子，像娘说的那样先找个事干。”

“我看行，年轻轻的总这么窝在家里还不窝出病来？”

这时，只见一个人骑在马上从官道上飞奔而来，身后扬起一溜尘土。一会儿的工夫，骑在马上的人一声吆喝：“吁——”已勒马在院门前停下，那人从马上飞身跳下，站在院门外一边擦着额头上的汗，一边高声问道：“这里是郑春仁的家吗？”

郑春仁闻声迎了出去：“是啊。”

来人抬头一瞅出来的正是郑春仁，也不搭话，上前跪在地上，大声道：“在下徐明代家父赔罪了！”

郑春仁见来人不是别人，是自己的小学同学徐明。急忙俯身，用手要拉徐明起来：“嗨，你这整的是哪一出儿，赔的是哪门子罪。快起来。”

徐明执拗地跪在地上：“我爸爸让我给你赔不是来了，你要是不原谅我爸爸我就跪着不起来了。”

郑春仁带着几分不解，用力将徐明从地上拉起来：“什么大不了的事，有话快起来说。”徐明不得已站起身来。

王金岫听到两个人说话，问：“春仁，这就是你的那个同学徐明啊。”

郑春仁拉着徐明进了院子：“是啊，娘，让他这一闹，我都忘了跟娘说了，这就是我小时在鞍山上学时的同学徐明，小时候我们都喊他小胖子。”

徐明上前深施一礼，说：“婶子好。”

王金岫端起针线笸箩，说：“好，你们有事，坐下说吧，我该去烧火做饭了。”说完摸索着进屋去了。

徐明看王金岫拄着棍子，问：“怎么，婶子的眼睛不好？”

“我小时候土匪来烧粮食，娘救火的时候，眼睛被火烤坏了，已经失明好些年了。”

郑春仁从放在桌子的水壶里倒了一碗水递给徐明，说：“今天刮的是什么风啊，你这阔少爷怎么到我这穷乡僻壤来了。”

徐明咕咚咕咚把水喝下去，抹了抹嘴说：“嗨，别提了，砢碜死了。我娘每年中秋节都要打扫屋子，刘嫂把丢的那张银票又找着了。”

郑春仁惊喜地盯着徐明：“是吗，咋找着的？”

徐明带着歉意说：“闹了半天，是我爸爸那天把银票顺手放到梳妆台镜子后头忘了。”

郑春仁长出了一口气：“银票没丢是好事呀。”

徐明抓住郑春仁的手，说：“我爸爸特意让我来请你去一趟，他已经把钱给你准备好了。”

郑春仁一拍徐明肩膀：“真的呀，那我得好好谢谢你爸爸啦。”徐明不好意思地咧了咧嘴：“还谢呢，你不记恨我爸爸就行了。”

“别人不知道，你还不知道呀，我是那样的人吗？你大老远来的，在这住一宿，明天再走吧，晚上让我娘给你烙黏火烧吃，那可是我娘最拿手的。”

“不了，家里我爸爸已经都准备好了，他说要用徐家迎接贵客的礼仪接你进门，咱们还是赶紧走吧，我估摸着天黑前能到家。”

“也好，听你的。”

天刚擦黑郑春仁和徐明就进了奉天城。徐明带着郑春仁来到大南门里悦来客栈的一个雅间，说：“你先在这休息，明天一早我让人送饭过来，吃了饭我来接你。”

郑春仁连连摆手：“还是去你家里住吧，在这也睡不踏实。”

“这都是我爸爸安排的，我说了也不算。”

“也好，恭敬不如从命，那你就回去代我谢谢伯父了。”

“好，我先回去了，我爸爸怕是等急了。”说完徐明站起来下楼走了。

第二天早上，一挂马拉豪华轿车稳稳地停在悦来客栈门前的空场上。徐明一挑轿帘从车上跳下来，早已等候多时的郑春仁迎出来，两个人一前一后上了轿车直奔大南门里闫英胡同。来到院门前，郑春仁掀开轿帘刚想从车上下去，被徐明伸手拦住了。郑春仁从车上看去，只见徐家门前高高地挂起两只大红的灯笼，门楣上两根竹竿挑起两挂长鞭。徐老爷子和徐明的娘以及刘嫂等一干下人站在大门两旁。账房先生待轿车停稳，快走了几步过来伸手挑起轿帘，高声道：“郑先生，有请啊——”

待郑春仁从车上下来，账房先生扯起嗓子，拉着长腔，有板有眼地高声道：“徐家贵客郑先生到——”

郑春仁见徐家老爷子率一家人恭恭敬敬地站在门前，疾步上前在徐老爷子面前一揖到地：“伯父如此兴师动众，令小侄诚惶诚恐，晚辈春仁有礼了。”说罢跪在地上磕了一个头。

徐老爷子俯身把郑春仁扶起来，朗声道：“春仁啊，我们做生意讲的是仁义、诚信，你年岁不大，可能容能忍，值得我徐某敬重，今天用我徐家迎接贵客的礼数接你进门，看重的就是你身上这股子难得的仁义之气啊。”

郑春仁深鞠一躬：“晚辈惭愧，伯父过奖了。”

徐老爷子拉过郑春仁：“我一辈子闯荡江湖认的就是这‘仁、义’二字，我看你是块做买卖的好料，从今天起，你我共结忘年之好。”

郑春仁惶恐道：“春仁初出茅庐，还望前辈多多提携指教。”

“好吧，我看你的名字里有一个仁字，你要是不嫌弃，我收你为徒，送你‘义浩’为字，不知你愿意不愿意？”

郑春仁再次翻身跪倒在地：“伯父，晚辈不才，承蒙前辈如此抬爱，受之有愧，春仁多谢伯父赐字之恩。”

徐老爷子笑吟吟地拍着郑春仁的肩膀：“从今往后，这里就是你的家了。”

站在一旁的账房先生不待徐老爷子的话音落地，一字一顿地拖着长腔高声道：“红灯高挂——贵客临门——燃放鞭炮——迎请贵客进门啦——”

徐老爷子一挥手：“春仁，请！”

清脆的鞭炮声骤然响起，院门大开，郑春仁跟随徐老爷子大步走进门去。

一九二六年暮春，在奉天驿车站货场北面一幢两层红砖到顶的小楼上，郑春仁身着笔挺藏青西装，站在窗前凝视着从远处伸展过来的铁轨和停靠在站台上运输燃油的罐车，思绪万千。他想不到在这么短的时间里燃油公司便开始投入运营，他抑制不住兴奋，从楼上快步下来。一切都是按照他的吩咐布置的。小楼的门楣上方悬挂着一块用红绸子包裹的牌匾，两侧是一副对联。上联写的是：凭天时聚财财旺。下联是：靠地利集福福广。他专门请来负责押车的伙计张浩带着手下的人站在门前，忙着迎接前来贺喜的宾客。

这时，几声鞭响，两辆装饰考究的马拉轿车一前一后停在了门前，徐明、刘振清、徐老爷子、刘振清的父亲先后从车上下来，赶车的伙计拿过礼盒交到徐老爷子和刘振清父亲手里赶着车走了。郑春仁带着张浩迎上前去施礼道：“两位伯父大驾光临，晚辈春仁有失远迎。”

徐老爷子捋着胡子笑道：“哪里，哪里，今天是贵公司开张的大喜日子，远迎近迎我们都没有不来之理啊。”

“春仁初入商道，今后还望两位前辈不吝赐教。”

刘振清的父亲笑吟吟地说：“哪里有什么赐教，后生可畏，你胸怀仁义之德，定能创一番大业。”

徐老爷子指了指红砖小楼，问：“听小明说这房子你买下来啦？”

“我看地点不错，房子也好，就买下来了。”

徐老爷子伸出大拇指，转过头去对刘振清的父亲道：“咋样，我这徒弟有眼力吧？”

“春仁有你这么个师父辅佐，错不了。”

郑春仁拉过张浩说：“这是我专门请来押车的张队长，凤城人，一身的好功夫，今后往来押运油料的事就都交给他了。”

张浩一抱拳：“晚辈不才，见过两位伯父、两位哥哥。”

“春仁，人来得差不多了，揭匾吧。”徐明掏出怀表看了看时辰说。

郑春仁冲着张浩点点头：“好，揭匾！”

张浩站在楼前，清了清嗓子，朗声道：“吉星高照，燃放鞭炮，请前辈徐掌柜、刘老板为恒通燃油贸易公司揭——匾——”

在噼啪作响的鞭炮声中，随着红绸布的滑落，露出金光闪闪的烫金匾额，只见上书“恒通燃油贸易公司”八个鎏金大字。

“良辰已到，高朋满座，又逢吉时，前辈赏光，恒通燃油贸易公司托众位的福，今天正式开张！”张浩话音未落，前来贺喜的人们已经纷纷鼓起掌来。

刘振清的父亲仔细端详了一会儿匾额上面的字体，扭过头去带着几分卖弄问徐老爷子：“你知道这上面的字是谁写的吗？”

徐老爷子摇了摇头：“我对书画一行知之甚少。”

刘振清的父亲面带几分得意地说：“这可是当今南京国民政府的于右任写的。人们都说于右任的字清奇灵动,今日一见果然是高古凝劲,别具一格啊。”

徐老爷子捋着胡子：“照你这么说，往后不管谁，一看这块匾就知道恒通燃油贸易公司是有来头的了。”

“那是当然。”在场的人听了都忍不住笑了起来。

郑春仁招呼众人道：“鄙人年少浅薄，今后还望师父和前辈多加指点，我在万兴楼备下几桌薄酒，还望各位前辈、兄弟赏光。”

徐老爷子和刘振清的爸爸频频点头，一行人坐上马拉轿车跟着郑春仁去了南市场。

第十一章

郑春仁从日本留学回来听郑春义说话有些不着边际，并没有往心里去，便忙着跟郑春江去了广州。从广州回来他再没见到郑春义，听爹说他去胡家窝棚同学那儿了，因为忙着开办公司就没再问。

郑春仁并不知道，一九二三年郑春义十六岁中学毕业后，郑满仓听说张作霖在奉天创办了东北大学，跟王金岫商量，打算用金宫善留下的钱让郑春义去奉天接着念书，没想到郑春义一百个不愿意，郑满仓唠叨了几次，郑春义盐油不进，气得郑满仓抡了好几回烟袋锅子。这天早上吃过饭，郑满仓见郑春义站起身来又打算出门，气呼呼地问："你去哪儿？你小子三天两头不着家，我看都跑野了，你总得找点事干啊。"

郑春义抬起头来不屑一顾地看着父亲："你让我干啥？"

"跟你说多少遍了，我想让你去奉天接着上大学。"

"书念得再多也不能当饭吃。"

"混账，你没听古人说书里自有黄金屋吗？我和你的几个叔叔都吃了没念书的亏。”郑满仓生气地在鞋底上使劲磕了磕烟袋锅子。

郑春义看父亲动气了，开门想溜。

“你给我站住，我的话还没说完呢！”郑满仓的脸沉了下来。

“我去胡家窝棚我同学胡进那待几天，省得在家里你看着我不顺眼。”

郑满仓一拍桌子：“合着我说了半天白费唾沫星子了，你小子有种今儿个走了就别回来了。”

郑春义一百二十分不情愿地坐到炕上嘟囔道：“你整天磨磨叽叽地念叨这点事，这年头你没看那些手里有枪杆子的，不念书活得比念书的人硬气吗，我可不想像你似的，活得这么窝囊。”

郑满仓再也压不住火气，冲着儿子抡起了烟袋，“混账！”王金岫闻声过来伸手把烟袋夺了过去。“春义啊，跟娘说说你到底是咋想的。”

郑春义站起来拍拍屁股：“咋想的？我都跟你们说了八百遍了，不想再去念书了。得，我走还不行吗，省得惹你们生气。”说完拉开门往外走，郑满仓一把没拉住，气得一跺脚吼道：“混账！”

王金岫把旱烟袋塞给郑满仓，拉着他坐在炕上，说：“人各有志，强扭的瓜不甜，随他去吧。”

郑满仓气得浑身乱抖，瞅着自己的女人埋怨道：“这孩子打小就让你惯坏了，老是由着他的性子胡来，毛病都让你惯成了。”

“一个人有一个人的脾气秉性，我就是天天打他也没用，咱就认了吧。”

“以后我就当没这个儿子。”

“话可不能这么说，指不定哪块云彩下雨呢。”王金岫往炕里挪动了一下身子说。

郑满仓一时无话可说，在鞋底上磕了磕烟袋，又重新装上一锅子烟，划火点着，不声不响地抽起闷烟来。

郑春义跟父亲吵了一架，赌气在胡家窝棚的同学胡进家玩了几天，接下来再无处可去，只得打道回府，他铁定了心不打算再念书了。老山豹来烧粮食的那年他还小，大了经常听几个叔叔说起郑家当年曾经富庶的日子，他时常会站在当年自己家的那个老宅子跟前发呆，他不相信那么大的一个院子已经跟自己毫无关系了，他就在这里出生的啊。他想象着住在这里一定不会像在低矮的茅草房那样憋屈，到处一股子发霉的草腥味，夜里醒来风吹动房顶上的茅草，发出哗哗的响声，房子像是随时都会被掀翻一样，吓得他时常蒙住被子把耳朵紧紧地堵上。赶上下雨说不上哪个地方就会滴滴答答地漏下水来，爹就这放个盆子，那搁个桶地来应付。小的时候他趴在炕上听着水滴到盆子里发出的声响，看着里面溅起的一圈接一圈的涟漪，觉得新奇好玩。慢慢地长大了，他不但没有了新奇感，反而心里像压着块石头，有说不出的苦闷。他不止一次地听几个叔叔说，原来住的是青砖大瓦房，冬暖夏凉，别提多阔气了。由此他恨来砸窑的土匪，更恨老山豹，要不是土匪来抢劫，老山豹又一把火把粮食烧了，好好的一个家怎么能沦落到这步田地。自从他记事起，娘的眼睛就瞎了，他看着娘摸索着干这干那，心里总是酸酸的。他时常摸着娘常年喂猪做饭变得粗糙的手问自己，你这当儿子的咋就这么无能，眼看着娘受苦咋就想不出一点办法来。他发誓，要扯绺子灭了老山豹。胡进是他中学的同学，两个人性情相投，十分要好。有一天他把自己想扯绺子当胡子的想法跟胡进说了，对读书也没有一点兴趣的胡进想都没想，说："我跟你干！"胡进的二舅当年在张作霖手下的奉军当过兵，进关打仗胳膊被炸断回了老家，从队伍上走的时候带回来一支从战场缴获的盒子炮和几十发子弹放在了胡进家里。郑春义因为三天两头地往胡进家跑，自打想上山扯绺子，没事就跟胡进把盒子枪拿出来摆弄一番。郑春义从很小的时候就对火药枪产生了浓厚的兴趣，村里谁家有什么样的猎枪他都清清楚楚，经常找各种借口去摸一摸。胡进二舅带回来的盒子炮是把德国造，郑春义爱不释手，时间长了，不但可以拆卸自如，而且经过一番苦练后，凭着自己的悟性有一天用胡进二舅带回来的子弹试了试，竟弹无虚发，惊得胡进舌头伸出老长，半天没缩回去。胡进家的牲口棚里拴着几匹用来拉车耕地的马，郑春义相中了一匹大白马，经过一番调教，这马便成了郑春义的坐骑，胡进也挑了一匹黄马，没事两人就骑上马到村外去跑上几圈。为这事胡进还挨了他娘一顿骂，说他是个败家子。郑春义听了一笑，说："告诉你娘，等我有了钱一定买更好的马还她老人家。"

走在回家的路上他心绪烦乱，这次去胡进那儿，两个人合计了半天还是没想出什么更好的办法来。实在闲得无聊，两个人骑上马到村外跑了两圈，剩下的时间便窝在家里睡大觉，睡够了郑春义从炕上爬起来往家走，一路上磨磨蹭蹭盼着太阳早一点落山，回去好躲到自己屋里不出来了，省得见了爹听他没完没了地唠叨。

他漫不经心地走到一片树林的边上，举目望去，见西斜的太阳像一口烧红了的锅扣在树梢上，摇摇欲落。一时来了兴致，仰起头来随口吟道："西边天上老爷儿坠，远看像锅还挺美。"这时忽然听到树林里面隐隐约约传出一个女人的哭声："救命！救命啊！"

郑春义停下脚步，侧棱着耳朵听了听，声音时断时续。于是他下了大路，朝树林深处走去。没走多远，便发现在一棵老榆树上捆着一个人，郑春义紧走了几步，发现被捆在树上的是个老头。一个骨瘦如柴上了年纪的女人正趴在地上一边不停地磕头，一边苦苦哀求："你们行行好，放了他吧。"

旁边站着两个人。一个人一脸凶相地大声道："放了他我上哪要人去。"

老汉的衣服被扒开，身上被打得青一块紫一块，左脸划开一道口子。两个壮汉没发现有人过来，扬起手里的鞭子抽了老汉两下，恶狠狠地大声追问道："老家伙，你他妈的把人藏哪了啦？说！"

老汉瞪了两个人一眼，一口血水吐了过去，大声骂道："王八蛋！你就是打死我，我也不会告诉你。"一个壮汉又把手里的鞭子举了起来。

郑春义大喝一声："住手！"一步跨过去，伸手想把鞭子夺过来。

两个壮汉扭头见有人来，先是吓了一跳，可定睛一看，来的是个学生模样的年轻人，很快镇定下来。那个壮汉见郑春义伸手要夺他手里的鞭子，没等郑春义的手到跟前，一翻手腕，向后一撤步，马鞭在他手里转了一个圈，带着风声反手就向郑春义抽了过来。郑春义一愣神儿的工夫，鞭子已经到了近前，他轻轻地向后一仰身，同时一只脚在地上轻轻一点，身形如猴，人已经到了壮汉的身后。壮汉也是一惊，收住鞭子拧身一步跳到圈外，怒气冲冲地吼道："嘿，你个小王八犊子，吃饱了撑的，跑这管什么闲事？"

郑春义扫了两个人一眼："你问我，我还没问你呢，你俩是干啥的，还不赶快把人给我放了！"

那个长得五大三粗的汉子一声狞笑，"你他妈的赶紧给我滚蛋！"话未说完，一个箭步蹿过来抡拳就打。

郑春义闪身飞起右脚，使了个"弹腿"向这个壮汉的裆下踢去，壮汉向后一仰身，倒地来了一个"兔子蹬鹰"，冲着郑春义的面门踹来。郑春义身形如蛇，眨眼转到这个壮汉身后，一个"问心腿"将刚从地上站起来的壮汉踹了一个跟头。

郑春义上前用脚踩住壮汉的脖子："听着，马上把人给我放了！"

壮汉没想到眼前这个年轻人的武功远在他之上，自知不是对手，只得不情愿地从地上爬起来，过去把绳子给老汉解开了。

老汉用破褂子擦了擦脸上的血，冲着两个人啐了一口，转过身来对郑春义说："这两个王八蛋，非逼着让我把闺女给他们二当家的做压寨夫人，我不答应，就把我捆起来了，你要是再晚来一会儿，我也许就没命了。”

那两个人趁郑春义跟老汉说话的工夫，钻出树林尥蹶子跑了。

郑春义回过头来问：“大伯，他们是什么人？”

“这里不是说话的地方，走，到我家去我跟你再细说。”

“老伯家在哪儿？”

“前面马圈子的。”

郑春义跟着老汉夫妇来到前面一个不大的村子，进了家门，那个女人忙着把老汉的衣服脱下来，打来一盆水，用手巾把老汉身上的血擦干净，从炕柜里拿出创伤药，给老汉涂在脸上。老汉拉着郑春义坐到炕上，说：“没看出来，你年纪轻轻的有这么好的功夫。今天多亏你了。”

郑春义拉了凳子坐下，说：“我回家从这里路过，正好赶上了，他们是干什么的？”

“唉，别提了，他们是一伙胡子。那个二当家的贵贱不是个物，见着好看的女人就抢，这十里八村的老百姓都恨透他们了。”

“这帮王八蛋。您老一直在这住吗？”

“我姓王，在这村里住了快四十年了。养了三个儿子、一个闺女，日本人在南满铁路沿线修工事开煤矿，两年前三个儿子都被日本人抓走了。日本人不给饱饭吃，还动不动就打人，我那三个儿子受不了了，夜里和几个年轻人一块跑了出来，结果就老小子王财捡了条命，投奔了奉军，剩下的都被日本人抓回去活活打死了。我们老两口身边就剩下这个闺女了，前两天这伙胡子到村子里抢粮食，二当家的见我姑娘长得水灵，相中了，非要让我闺女给他当压寨夫人，我说死不干，二当家的急了，让人把我捆起来，非让我把闺女给他。”

刚说到这，忽听门外传来一阵急促的马蹄声，郑春义正想出去看个究竟，一伙人骂骂咧咧地开门进了屋子。王老汉举目一看，大吃一惊，倒吸了一口凉气。那个老妇人更是吓得一屁股跌坐在地上。

郑春义看为首的一个人膀大腰圆，连鬓胡子，两只眼睛铜铃似的滴溜乱转。跟在他身后的一个人个子不高，走路一拐一拐的，两只小眼睛像没睡醒似的半睁半闭。老汉冲着郑春义一指那个小个子："他就是我说的那个二当家的。"

大个子扫了屋子里几个人一眼，骂骂咧咧地大声问道："哪来的歪瓜裂枣，敢在我的地盘上撒野。"

郑春义不慌不忙地应道："说话客气点，什么歪瓜裂枣，我是你爷爷。"

大个子登时气得双目圆睁："嘿，你个小兔崽子，反了你了！"说话间挥手劈头盖脸就是一鞭子。

郑春义往下一蹲身，趁他手里的鞭子还没有落下，一招"仙人抖衣"，分双掌直捣大个子的胸口，大个子毫无防备，"咕咚"摔了个仰八叉。后面的小个子吓得一趔趄，差点跌个跟头。

岂料大个子不但一点没恼，反倒从地上爬起来拍打拍打身上的土哈哈大笑："好小子，功夫不错，行！开眼了！"

"你们是哪个山头的，青天白日抢人家姑娘，都给我滚！"郑春义厉声道。

这时刚才在树林里打人的那个五大三粗的壮汉指了指郑春义，对那个眼睛半睁半闭的小个子道："二当家的，就是这小子搅了你的好事。"

二当家的撇了撇嘴，带着几分怯意小声道："这小子看来不好惹，不行就算了，女人有的是。"

大个子匪首见郑春义高挑个头，白净脸，高鼻梁，一双大眼睛炯炯有神，人长得英俊帅气，将马鞭子收了起来，说："小兄弟，我看你一表人才，是块材料。”

郑春义拍了拍手：“少废话，给我听着，以后再不许登这个门槛。”

大个子匪首转过头去白了二当家的一眼：“我说你也不撒泡尿照照你那熊色，跟个大烟鬼似的，走道儿离溜歪斜，人家水灵灵的黄花大姑娘能跟你吗？”

说完大个子坐到炕上：“来，不打不交，认识一下，我叫张海，人家都叫我张大个子，日本人在南满铁路边上修公路，把我家的房子一把火给点了，地占了，孩儿他娘也跑了，我这才上山当了胡子。我看你一身的好功夫，就跟我入伙吧，你读过书，有文化，我是个老粗，你来给我当军师咋样？”

郑春义看了他一眼：“你是诚心的呢，还是哄着我玩呢？”

张海一听，急了：“嘿，你这是怎么说话呢，你打听打听，我张大个子什么时候忽悠过人，我吐口唾沫就是钉，绝没有半句假话。”

郑春义合计了合计，觉得面前这个大个子说话直来直去，人看上去倒也实诚，说：“你要是诚心拉我入伙，我还有几个同学，我带他们一块过去咋样？”

张海把眼睛瞪得滴溜圆，拍着胸脯忙不迭地说：“那就更好了。我请都请不来呢。咱们一言为定。”

“好。”

“我在寨子里等你。”张海冲着老汉一抱拳：“老人家，二当家的不着调，你别跟他一般见识。”说完出了屋子带着几个人骑上马走了。

“大伯，没啥事我也回去了。”

王老汉伸手拦住了郑春义：“等等。”老汉转过脸去冲着老伴道：“你去让咱闺女过来。”

那个女人出去不大一会儿带进来一个姑娘，郑春义见这姑娘十六七岁的年纪，一条长长的辫子拖在脑后，清秀的面庞白里透红，长着一双水灵灵的大眼睛，郑春义还是平生第一次离得这么近看一个姑娘，有些耳红脸热。

王老汉拉着郑春义的手说：“小伙子，我看你一表人才，我做主把闺女许给你了，你回家跟你爹娘商量商量，行不行给我个痛快话。”

姑娘的脸臊得通红。郑春义想也没想：“不用商量，这事我做主了。妹妹要是同意，过两天我就把喜事办了。”

王老汉哈哈大笑：“好小子！”

郑春义冲王老汉夫妇拱了拱手，朗声道：“岳父、岳母在上，请受小婿一拜。”说完俯身跪倒在地磕了三个头。

王老汉扶起郑春义，姑娘满脸羞涩地转过身去拉起娘出去了。

郑春义回到家里天已经很晚了，他蔫不悄地去东厢房自己的屋里脱了鞋，穿着衣服便睡下了。一觉醒来睁开眼，见郑满仓正坐在凳子上抽烟，忙不迭地一骨碌爬起来下了地：“爹，你早起来啦？”

“混账，都啥时候了，还睡大觉！”

郑春义笑了笑，说：“地里的活利索了吗？吃了饭我去帮你割地去。”

郑满仓装上一锅子烟抽了一口，瞪着郑春义说：“地里的活不用你上手，你小子给我听好了，麻溜地给我去奉天接着念书，你要是不听话就别让我再看到你。”

王金岫听到爷俩在屋里在大声说话，从外面进来对男人说：“他也是大人了，由他去吧。”

郑满仓听了勃然大怒：“你净惯着他，年纪轻轻的不好好念书，没事找他那个同学狗扯羊皮。”

郑春义嘻嘻一笑说：“爹，您别生气，告诉你个好事，我有媳妇了，前边不远马圈子的，叫王梅，人长得可漂亮了。”

郑满仓盯着郑春义看了半天："这是啥时候的事，你娘知道吗？"

"不知道，我的事我做主。"

郑满仓听了气得当时脸就白了："混账，这么大的事你做主？"

"是啊，又不是你们娶媳妇，我想一半天就把喜事办了。"

郑满仓被闹糊涂了："这么着急干啥？"

"这媳妇是白捡来的，人家既不要彩礼，也不要嫁妆。"

"天底下还有这样的好事，你是不是骗我们？"郑满仓看郑春义的样子一点不像是逗笑话。

"嗨，我骗你干啥，昨个傍黑的时候，我从胡家窝棚回来，路上碰上一伙胡子要抢她去做压寨夫人，被我给救了。他爹相中了我，就把她当面许配给我了。"

郑满仓这才听明白，从凳子上站起来："那也不能这么稀里糊涂地让人家一个黄花大闺女进咱郑家的门啊，你不要脸，我和你娘的脸往哪儿放。"

"实在亲戚都做成了，还哪有那么多讲究。"

王金岫拉过儿子："你爹说得对，成家立业是人一辈子的大事。"

郑春义看着郑满仓摇了摇头，说："爹，我说了你可别生气，那伙胡子的大当家的看上我了，非让我去给他当军师，新媳妇进了门我就得走。"

郑满仓没等郑春义的话说完，在鞋底上用力磕了磕烟袋，瞪起眼睛逼问道："你答应他啦？"

郑春义点点头，

"混账！"

郑春义见爸爸气得满脸通红，说："爹，咱家过去有房子有地，眼瞅着让胡子给抢了、烧了，你手里没有家伙，就是有再多的地、再大的房子，也是别人的。"

郑满仓听了暴跳如雷，在地上转了几圈，用手指着郑春义："屁话！"

"爹，没有枪把子，就保不住钱匣子，信不信由你。"郑春义毫不示弱地说。

"这么说，你小子还真要去当胡子？"

"我可不想咱家再被别人欺负了，老山豹这口气我咽不下去！"

郑满仓用手指着郑春义吼道："你个小兔崽子，反了你了。老山豹杀人不眨眼，你能惹得起？"

说着不管不顾地拿起烟袋抡了过来，郑春义闪身躲过："爹，你也别生气，气坏了身子儿子担待不起，反正我说什么你也听不进去，我的主意已经拿定了，好坏是我自己的事，你们既然不听我的，我走还不行吗？"说完一甩袖子开门出去了。郑满仓气得把烟袋扔到桌子上呼呼地直喘粗气。

郑春义从家里出来直接去了王老汉家，住了几天，去胡家窝棚找了胡进两个人一块去投奔了张海。

匪首张海的老家在离野狼窝三十里的下河子村，世代以务农为生，日子算不上富裕，但一家人吃苦耐劳，过得倒也安稳。想不到关东军在南满铁路附属地修公路一把火烧了他家的房子，占了他家的地。老婆带着两个孩子远走他乡杳无音信，乱世之下，走投无路的张海拉起一股绺子，本想混口饭吃，想不到闹得四乡不宁。他觉得对不起乡亲们，可手下人在二当家的撺掇下根本就不听他的摆弄，张海一直打算找个人把二当家的打发了。那天在张老汉家见到郑春义，他眼前一亮，想邀他入伙又怕他不愿意，让他没想到的是，他一张口郑春义竟然爽快地应承下来。

郑春义来到山寨的第二天，快晌午的时候，在张海的一再催促下，二当家的才不情愿地将三十几号人归拢到一块，郑春义见这些人歪歪斜斜地站在空场上，心里有些后悔，觉得跟这些乌合之众为伍有点丢面子，可既然来了又不好拔腿就走。

这时只见二当家的一拐一拐地走到队伍前面清了清嗓子，像公鸡被踩住了脖子尖着嗓子说："你们都给我听着，大当家的要给大家训话。"

张海走到前面扫视了一眼站在下边的弟兄们，说："你们都知道，我是个大老粗，没念过几天书，做事二虎吧唧的有头没尾，今天我给你们请来一位军师。"说着冲郑春义招了招手，"过来，让弟兄们认识认识。"

郑春义走到前面，张海把郑春义拉过来郑重其事地高声说道："你们都睁开眼睛给我看好了，这就是我给你们请来的郑大军师，打今儿个起，他说咋的就咋的，哪个要是敢抗命不遵，可别怪我张大个子翻脸不认人。"

二当家的眯缝着小眼睛，阴阳怪气地冲着张海说："大哥，这小子嘴上的毛还没长全呢，让我们都听他的，这不王八他娘生孩子——扯蛋（淡）吗。"

张海气得恨不得上去给他一鞭子，他咽了一口唾沫，说："看样子你是不服气啦。"

二当家的挺直了身子，冲着众人说："我张小眼在江湖上混了这么些年，啥人没见过，就他个小毛孩子，让我们听他的，你也太抬举他了吧。让我们听他的也行，有尿性，让他跟我手下的人比试比试！"

底下的人也跟着大声起哄嚷嚷起来："对，比试比试！"

郑春义冲着张小眼一抱拳："好啊，二当家的，说吧，咋比试？"

张小眼合计了合计："比摔跤。"说着他从队伍里拉出一个长得又高又壮的大个子："来，铁蛋子，让他坐坐土飞机。"

铁蛋子看了看比自己矮了有半个头、瘦削文弱的郑春义满不在乎地说："好啊，来，你个青瓜蛋子，我让你尝尝坐土飞机是啥滋味。"

说着便伸手去抓郑春义前面的衣襟，郑春义一侧身，让过来手，反手就是一掌，正打在铁蛋子的手腕上，铁蛋子疼得“啊呀”大叫了一声，触电一样把手缩了回去，又伸出另一只手来抓郑春义。郑春义没等他的手到跟前，身形一晃，人已经到了他的身后，一招“白鹤亮翅”两掌带风向铁蛋子的两耳击去。铁蛋子伸手刚想捂耳朵，郑春义跟着一个“弹腿”过去，铁蛋子双脚离地，被摔出去好几尺远，趴在地上光哼哼起不来了，引来众人的一阵哄笑。

张海生气地斜了张小眼一眼：“别闹了，连我都不是他的对手，你们更不是个儿了。”

张小眼只好悻悻地冲着铁蛋子摆了摆手：“算了，算了。”

张海冲着众人大声道：“今天就到这儿，散了吧！”

回到自己住的屋子，郑春义摇着头对胡进说：“这事整的，要知道张海的绺子这么水汤，给我座金山也不来啊。我刚刚打听过了，张海山寨里三十多人，可加上张海的一支盒子炮一共就有四五条铳枪，粮食也是吃了上顿没下顿，这些人除了像张海一样是无家无业的光棍，就是附近的地痞无赖，时不时地结伙到老百姓家里去抢粮抢东西，时间长了终究不是个事儿。”

胡进挠着脑袋想了想：“可也是。是得想个法子。我琢磨这里离南满铁路很近，经常有日本人运送粮食军需的货车经过，何不……”

郑春义打断胡进的话：“你是说咱们劫他的粮食和军需。”

“你看行不？”

郑春义果断地挥了挥手，说：“我看行。”他走到窗前，看着外面即将隐没在山峦后面的那轮落日，说：“但要事先做好准备，要不东西没弄到手，把命搭上就赔了。”

“咱们先去看看周围的地形，选好地方再下手。”胡进跃跃欲试。

“行，就这么办。”几个人分头准备去了。

第二天傍晚，张海在屋子里正跷着二郎腿抽烟，见郑春义开门进来，忙把腿放下站了起来：“我的大军师，找我有事吗？”

郑春义扯过凳子朝前拉了拉，坐下看着张海，过了一会儿推心置腹地说：“张大哥，咱们不能光靠抢东西抢粮食过日子，将心比心，你也是庄稼人，你抢了人家的，人家老小就得饿肚子。”

“那你说咋整，我总不能眼瞅着弟兄们没饭吃散伙吧。”

“我打算去劫日本人的粮食和棉花、布匹。”

张海想都没想，瓮声瓮气地说：“行啊，好主意。”

“可我有个条件，你得给我挑几个机灵点的弟兄。”

“家里外头就这几十号人，随你便扒拉。”

“好，今晚我跟胡进去看地方，准备好了就动手。”

郑春义前脚刚走，张小眼就一拐一拐地开门进来了。关上门，凑到张海跟前，嘴里喷着一股酒气问：“姓郑的那小子鬼头蛤蟆眼地来找你干啥？”

“他让我挑几个人，打算劫日本人的火车，弄些粮食和棉花、布匹。”

张小眼听了不住地摇头：“大当家的，你也忒糊涂了啊，日本人前边有铁甲轧道车开路，后边的守车上还架着机关枪，这不明摆着去送死吗。”

张海一听愣住了，过了一会儿转了转眼珠说：“这我倒没想到。”

“大当家的，我看这小子压根就没安好心，我敢打包票，去的人一个也回不来，你可别上他的当。”

“我看没你说得那么邪乎吧，他要是没两把操，不会去冒这个险。”张海看张小眼不怀好意，从心里生出几分厌恶，要不是碍着面子，真想撵他滚蛋。

张小眼仍不知趣，眯缝起一对小眼睛，撇着嘴，阴阳怪气地说：“大当家的，他给你个棒槌你就当针（真），不信拉倒，你就等着收尸吧。”张海不耐烦地挥了挥手，张小眼这才不情愿地讪讪地走了。

郑春义回到住处。胡进立即站起来："咋样，大当家的说啥啦？"

"他说行，人让我们随便挑。"

"好，说干就干，咱们现在就去看地方。我从小在这一带长大，我记得从辽阳到鞍山的火车要经过一片大草甸子，走，我带你们几个一块过去看看。"

深夜，胡进和郑春义骑着马带着两个同学来到南满铁路附近的一个大草甸子边上，借着微弱的星光可以看到一眼望不到头的草甸子里长着一人多高的荒草，风一吹发出阵阵飒飒的响声。

胡进指了指大草甸子，说："这里很少有人来，草长得比人都高，人藏在里头很难被发现。"

郑春义用马鞭子在手心里敲打了几下："不错，而且这里还是个弯道，火车到这里开不快。"

"你说得对，到时候咱们多准备一些柴草，在火车快要过来的时候点着，人趁着烟雾上去。"

郑春义看着从远处伸展过来的两条弯弯的铁轨："行，把粮食和布匹卸下来就跑，等日本人发现也晚了。"

说着郑春义骑着马进了大草甸子，没走多远荒草没到了马肚子。他用马鞭子抽打了几下身边的荒草，扭过头去对胡进道："到时候多上去几个人，动作要快，我没记错的话，离这不远就是一个车站，动作慢了等火车一进站人再想跑就来不及了。"

胡进胸有成竹地说："你放心，我带着人上去，你在底下装车。"

"就这么定了。"

胡进勒了勒马头，朝郑春义身边靠了靠，说："柴草最好半干不湿，这种草点着后烟大，咱们必须万无一失。"

"你小子还真行。"几个人说笑着从草甸子里出来，见两根铁轨像两条冰冷的蛇，在夜空下散发出幽幽的光亮。

黎明时分，寨门大开，郑春义和胡进带着人赶着两辆大车轰隆隆地进来了，只见一辆车上装满了粮食，一辆车上装着一捆捆的布匹。

已经听到消息的张海早已迎上前去：“哈哈！我的大军师，真有你的，小日本的东西不拿白不拿，好样的！”

张小眼睡眼蒙眬地从屋子里出来，一拐一拐地走过去，看着正在兴头上的张海不无讥讽地说：“我看他这是撞大运，赶上半夜三更日本人睡迷瞪了。你信不，我要是去，肯定比他们弄的东西还多，这点儿玩意算啥。”

张海没好气地立睖起大眼珠子：“尽扯没用的，孩子死了来奶了。”

张海拍着郑春义的肩膀瓮声瓮气地大声道：“看来我这个军师是请对了，哈哈……”

张小眼跑到一边，拉过铁蛋子和那天在树林里鞭打王老汉的那两个人眨着一对小眼睛愤愤不平地说：“妈的，你们瞅着吧，这下那个黄嘴丫子眼里就更没人了，过两天连我都得给人家挪窝让地方。”

铁蛋子用鼻子哼了哼，说：“一个槽子拴不了两头叫驴，干脆，把他挤对走算了，要不哪有咱的好果子吃。”

“小子，我没白疼你。”张小眼拍了拍铁蛋子的肩膀抽了抽鼻子笑了。

自打劫了小鬼子运送军需的列车，张海便当着众人宣布再不准私自下山抢老百姓的东西。有不听令者，交由军师处置三天不给饭吃。寨子里安稳了一段时间，郑春义和胡进暗自高兴，打算如法炮制，再弄些粮食回来。

不料这天一大早，铁蛋子带着两个土匪拎着大包小裹从外面溜了进来。郑春义出来上茅房，见两个人鬼鬼祟祟的，便迎上前去问：“你们几个干啥去了？是不是手又刺痒了，下山抢东西去了？”

几个人支支吾吾地答不上来。

郑春义不满地瞪了几个人一眼，说：“自打咱们劫了日本人的粮食，大伙有吃有喝，你们怎么还下山抢东西？”

铁蛋子歪着脖子争辩道：“你弄的那点粮食眼瞅着吃没了，不抢东西我们喝西北风啊？”

“铁蛋子，你听着，没有吃的了再去劫日本人的火车也不能去抢老百姓的粮食。”

铁蛋子撇了撇嘴，毫不示弱地说：“嘿，真新鲜，你他妈打听打听，哪个绺子不抢东西。告诉你，我拿你当军师是抬举你，少他妈在我跟前装蒜。”

郑春义听了气往上顶，厉声道：“铁蛋子，你不要仗着有二当家的给你撑腰，把我的话当耳旁风。大当家的和本军师当着弟兄们的面说了，谁也不准再去老百姓那抢粮食、抢东西，违令者一律关他三天不给饭吃，你难道没听见？”

铁蛋子一听顿时怒不可遏：“你他妈敢，老子实话告诉你，昨晚下山我们哥几个还划拉了一个大姑娘呢！”

“好啊，你们胆敢抗令不遵，看我敢不敢关你。”

铁蛋子嘿嘿一笑，说：“还真让二当家的说着了，怎么着，你他妈的还真要当家啊？”

郑春义大声喝道：“来人哪。”

几个在院子里巡逻的土匪应声来到郑春义面前。郑春义指着铁蛋子大声道：“把他们几个给我关起来饿三天。”

站在铁蛋子边上的两个土匪眼见事情闹僵了，求饶道：“军师，饶了我们吧，三天不给饭吃还不饿死了，下次不敢了。”

“不行，这次要是饶了你们，不让你们尝尝挨饿的滋味，你们不长记性。”

铁蛋子一看郑春义动了真格的，有意为了让二当家的听见，蹦着高大喊大叫起来：“小子，你他妈欺负到老子头上来了，走着瞧！”几个人在喊叫声中被带走了。

张小眼听到动静从屋里出来，见铁蛋子被郑春义带着人关了起来，立刻火冒三丈，怒冲冲地来到关押室门口对站岗的两个土匪大声喝道：“把人给我放了。”

门口站岗的土匪你看看我，我看看你，一时不知如何是好：“二当家的，军师刚才在这儿你咋不说呢。”

张小眼翻了翻眼珠：“咋的？我说话不好使了是不？”

一个土匪爹着胆子说：“二当家的，那天大当家的不是当着大伙的面说了吗，下山抢东西军师说咋处置就咋处置，你当时不也听见了吗？我们哪敢不听军师的。”

张小眼一甩袖子：“混蛋，我找大当家的去！”说完气急败坏地走了。

张海起来正在洗脸，张小眼怒冲冲地闯了进来，嚷嚷道：“反了，简直反了，这个小兔崽子，连我也不放在眼里了。”

张海扯过手巾擦了一把脸，问：“咋了，大早起的，谁惹你了，生这么大的气？”

“都是你请来的好军师，把我的人关起来也不跟我说一声。”

张海诧异地看着张小眼因为发怒而变得紫青色的脸：“军师不会无缘无故地把人关起来吧？”

张小眼不管不顾地坐到凳子上：“你还蒙在鼓里呢，这个小兔崽子仗着有你给他撑腰，这两天和他的几个同学在一块狗扯羊皮，还拉拢了不少的人，正琢磨着要把你我挤对走，他们好当这个家呢。”

张海嘿嘿一笑，说：“我怎么没听说？啥事到你嘴里一说就血赤糊拉的，至于吗？”

张小眼打开门探出头去看了看，回手把门关严了，压低声音，装出一副神秘兮兮的样子，说：“大当家的，你是不知道啊，我的几个弟兄可都跟我说了，这个姓郑的早就想自己扯绺子立山头，这回就是想把你我挤对走，他好当大当家的。”

张海半信半疑地盯着张小眼，沉思了片刻，说：“这小子确实有两下子，以后你我多提防着点儿就是了。”

“大当家的，你可别让人卖了还帮人家数钱啊！”

“能有你说得那么邪乎吗？”张海半信半疑地将手巾挂到墙上，一时不知道跟张小眼说什么好。想来想去，怕把事闹僵了，只得给张小眼一个台阶下，硬着头皮让郑春义把人放了。

自打张海出面说情放了铁蛋子后，郑春义便萌生了退意。张海的出尔反尔，让郑春义觉得自己很没面子。

转眼又是半年过去了，郑春义发现二当家的开始让人在暗中监视他和胡进。这天天黑后，郑春义和胡进照例在寨子里巡查，两个人一边走一边轻声交谈。

“春义，你发现没有，张海这一阵子见了你不像原先那样亲热了。”

“是啊，我也不傻不茶的，咋看不出来？”

“我听铁蛋子昨天跟几个弟兄议论说，你明着暗着在跟大当家的较劲，要把他挤对走，坐头把交椅。”

“他这是有意挑唆。”郑春义一抬头，发现铁蛋子在不远处跟着他们，在偷听他俩说话。

“张海这几天跟你说话好像也总是留半句，不像刚来的时候那么近乎了。”

“张海头脑简单，禁不住张小眼老是在他面前说三道四，我看这里不是久留之地。”

“不行，咱们趁早离开这儿另谋出路。”胡进也发现了铁蛋子鬼鬼祟祟地在盯梢，压低了声音说。

这时一个人牵着一只羊从寨门外面大摇大摆地走了进来。郑春义和胡进迎上去，到了近前一看，是专门侍候张海的王小六。

郑春义看了他一眼，问：“王小六，这么晚你干啥去了，搁哪儿弄只羊回来？”

王小六揶揄道：“你这不让弄、那不让整的，这些日子把大伙熬苦坏了，弄只羊回来咋啦，解解馋。”

郑春义板起脸训斥道：“我已经说了不准下山抢东西，你为什么还明知故犯？”

王小六眼珠子转了两转：“当胡子的不抢东西谁还当胡子。”

“你们是胡子不假，可你们哪个不是庄稼人，不是被逼得没有活路了才当了胡子吗？老百姓养只羊不容易，你抢了来，人家咋办？”

王小六上下打量着郑春义，不阴不阳地说：“怪不得二当家的说你不是个东西，净给大当家的出馊主意，我看你是成心别楞跟弟兄们过不去呀。”

郑春义听了十分生气：“你要是这么说，我就非饿你三天不可，本军师说到做到。”

郑春义转过头来对胡进说：“你去喊几个人过来，把他给我关起来。”

胡进正打算去喊人，一转身见张海迈着大步走了过来，到了跟前，斜着眼睛看了看郑春义，带着气说：“军师，你要关我的人咋不跟我说一声呢。”

“他擅自下山抢东西。”郑春义见张海阴沉着脸解释说。

张海一脸不屑：“不就抢了一头羊吗？你把他关起来，这不是打我的脸吗？”

郑春义一抱拳说："张大哥，你这话说哪儿去了，我这不是为了山寨好吗。"

张海看看王小六，又看看郑春义，口气里明显带着讥讽道："你说得好听，我看你这是着急了吧，你想当大当家的还早了点。"

郑春义心里一怔："张大哥，你这话说远了。"

张海不容郑春义再说什么，话里带刺，气鼓鼓地说："小六子，别听他的，眼下这一亩三分地还是我说了算。"

王小六狠狠斜楞了郑春义一眼，趾高气扬地牵着羊大摇大摆地走了。郑春义尴尬地站在那，气得半天说不出一句话来，胡进拉起他回到了自己的房里。郑春义把衣服脱下来摔到炕上喘着粗气说："狗屁军师，这不明摆着撵我走吗？"

第二天晌午，郑春义和胡进来到东海兴酒楼，正是饭口，里面坐满了人。掌柜的是河南人，闯关东在辽阳落了脚。他正忙着打点来客，一抬头见郑春义和胡进从外面进来，立刻满脸堆笑地操着一口河南话大声招呼道："哟，二位爷，怎么有一程子没来了，楼上请。"

郑春义和胡进一拱手，噔噔噔上了楼，掌柜的随后也跟着两个人来到楼上，一躬身讨好地说："二位尝尝我新酿的酒，保证清醇厚爽，喝多少都保你不醉。二位爷来多少，我这就让伙计给二位爷打酒去。"

胡进瞅着掌柜的那副油腔滑调的样子坐下说："哪回来都是这套嗑儿，你还会说点别的不，先来一盘牛肉、一盘花生米，再来半斤你新酿的酒。"

"好嘞！"掌柜的答应一声下楼去了。

不大一会儿，跑堂的把酒菜端了上来。胡进把两个人的酒斟满，端起酒杯跟郑春义碰了一下说："我看张海一准是受了张小眼挑唆，要不也不会让你下不来台。"

郑春义把酒喝下去抹了抹嘴，说："张小眼压根就没安好心眼。"

这时，辽阳城里的富商李敖带着两个人走上楼来，一眼看见了郑春义，走过来一副亲热的样子招呼道："小兄弟，有日子没见你了，你小子跑哪儿猫着去啦？这两天你没来，我这酒喝得稀汤寡水的，忒他妈没劲了！"

郑春义笑了笑，说："我还能去哪儿，在寨子里闷着，捂得都快发霉了，明个我陪李老板好好喝几盅。"

李敖立刻眉飞色舞地说："好啊，你这个酒友我算交定了，明儿个晚上咱两坛老酒，哪个不喝是孙子。"

"好啊，我一定陪大哥喝个痛快。"

李敖抓着郑春义的手不无炫耀地说："小兄弟，过两天我在奉天新建的纱厂就要开工了，到时候你可得去给我捧场啊。"

"这么说李老板又要发财了。"

"那是。"说完一阵大笑带着两个人进了里头的一个雅间。

郑春义回过头来给胡进和自己都斟满酒说："我打算明天晚上就去找张海，把这个军师辞了。"

胡进琢磨了琢磨一拍桌子："我看行，他看咱别扭，猪八戒摔耙子——咱还不伺候他这猴了。"

郑春义端起酒杯一扬脖把酒喝下去，说："不行咱就拉杆子自己干。"

胡进眼睛一眨不眨地盯着郑春义，愣了好半天摇着头说："你当扯绺子是吹气呢，吃的穿的不说，光买枪支弹药就得老鼻子钱了，咱上哪去整这么多钱啊。"

郑春义把酒杯放到桌子上："我就不信活人还能让尿憋死。"胡进听了咧了咧嘴，把剩下的话咽了回去。

晚上，张海正在房里擦枪，听外面有人敲门。打开门见是郑春义，热情地招呼道："哟，我的大军师，屋里坐。"说着冲外面喊道："小六子，给军师倒水。”

郑春义摆了摆手："张大哥，不必客气，我来是想辞去这个军师。”

张海一听急了："嗨，这唱的是哪出戏，你大哥我是个粗人，那天话说得是重了点，你别往心里去。”

郑春义一抱拳："张大哥，我看你这里也没我什么事了，我打算回家侍奉老娘去。”

“你咋耍起小孩子脾气来啦？”

“我要是再不走，就得让人家给撵走了。

张海拍着脑门有些后悔，想挽留郑春义，一时又不知道话该咋说："你要走也行，咱话得说明白了，我张大个子可没撵你走。”

“大当家的，你不说，我心里也有数，咱们后会有期。”说完转身头也不回地开门出去了。

张海追出来，看郑春义走远了，一拍屁股："这事整的！”

一直让铁蛋子盯着郑春义的张小眼鬼鬼祟祟地走过来，撇了撇嘴说："走了好，留着早晚是祸害！”张海瞅都没瞅他一眼，转身进屋用力把房门紧紧关上了。张小眼讨了个没趣，站了一会儿一拐一拐地走了。

郑春义从张海的山寨回到王老汉家里已是夤夜了。躺在土炕上烙饼似的，说什么也睡不着了。王梅见他不停地折腾，翻身起来轻声问道："春义，咋啦？哪不舒服吗？”

郑春义伸手将新婚的妻子搂到怀里："没啥，心里有事，睡不着了。”

王梅用手轻轻抚摸着郑春义的额头，说："有啥心事能不能跟我说说，别一个人憋在心里。”

“你一个女人，跟你说了也没用。”

“那可不一定。”

郑春义在她白皙的脸蛋上亲吻了一下：“行了，男人的事你们不懂。”

王梅用手指头戳了戳郑春义的脑门儿：“让我说，你们男人准没啥好事。”

“净瞎说。”

“要是好事为啥不能说出来。”

郑春义没有心思再跟媳妇拌嘴，推开她躺到炕上闭上眼睛，可还是睡不着。正当他心烦意乱的时候，突然想起来跟李敖约好了要去东海兴酒楼喝酒的事。他的面前出现了李敖那张油光锃亮的脸，和那对酒后眯缝在一起的小眼睛。想着想着心中一动有了主意，“呼”地坐了起来，“对，就这么办。”

王梅被吓了一跳，嗔怪道：“瞅你，像撒癔症似的，说啥呢，没头没脑的。”

郑春义扭过身去捧起王梅的脸直愣愣地问：“你说，做买卖的是不是有的是钱。”

“是啊，可人家有钱跟你有啥关系。”

“你知道吗，辽阳城里的李老板开着十几家当铺，最近又在奉天开了一家纱厂。”

“谁不知道这个李老板是辽阳城里出了名的大财主。”

“我打算跟他借一笔钱。”郑春义显然已经拿定了主意。

“你认识他？”王梅一时有点丈二和尚摸不着头脑。

郑春义在王梅的脸蛋上捏了一把，说：“我俩都是东海兴酒楼的常客，他酒量大，跟我有一拼，一来二去，成了酒友，昨个晌午见了我，说明天晚上让我陪他喝酒，酒桌上我要是开口跟他借点钱，他不会不答应吧？”

王梅合计了半天，晃着头：“让我说，是瞎子打兔子——没准的事。”

郑春义将王梅搂到怀里：“行了，赶紧睡觉吧，走了这些天我都想你了。”

第十二章

第二天傍晚，郑春义来到东海兴酒楼没等坐下，李敖就从外面兴高采烈地进来了，见了郑春义仰起脸来高门大嗓地嚷嚷道：“小兄弟，早来啦？”

“才到。”郑春义欠了欠身子。

“好哇，我还怕你不来呢。”

“说好了的事，哪能说话不算话呢。”

李敖来到郑春义面前，两只眼睛眯成了一条缝：“你还真别说，今儿个邪了门儿了，我一气和了八圈！来，今晚说啥你也得陪大哥喝个痛快。”

“好啊，李老板财运亨通，咱哥俩今晚不醉不休。”

李敖又用力在郑春义的肩膀上拍了一下，说：“谁也不许耍赖。”

“跟大哥喝酒我啥时候耍过赖！”

“这就对了，走，上楼！”

郑春义临来的时候多了个心眼，去胡进家里将那把盒子枪拿来带在了身上。他掖了掖藏在腰里的短枪，跟李敖上楼进了一个雅间。

掌柜的随后叼着烟袋跟了进来："两位爷，今儿个我把地窖里放了十年的陈酒拿上来让你们尝尝。"

李敖豪爽地说："行啊，够意思，我给你多加一块大洋。"

掌柜的连连拱手："怪不得您能发大财，就冲您这大方劲儿，今晚我再多加俩菜。"说完乐颠颠地出去了。

不大一会儿，跑堂的把酒菜都端上来了，李敖一摆手："来，别瞅着了。"

说完夹了一块酱牛肉放到嘴里，将自己和郑春义面前的酒杯斟满说："小兄弟，还愣着干啥，先干一个。"

说完跟郑春义碰了一下，将一杯酒一口喝了下去。

郑春义竖起大拇指："大哥豪爽！"

李敖带着几分得意说："喝酒我可从来不含糊，没别的，就好这口儿，人生在世，不吃点喝点，活着还有啥意思？"

"大哥喝酒是海量，买卖也是越做越大，辽阳城里无人能比啊。"郑春义有意恭维道。

"那是，不瞒你说，我这纱厂一开，这钱可就海了去了，几辈子都花不完。"

郑春义端起酒杯，把脸凑到李敖跟前，装作推心置腹的样子问道："大哥，咱俩是不是朋友？"

李敖听了立刻把眼睛瞪得溜圆："你这是什么话，我啥时候拿你当过外人。"

郑春义一口把酒干了，说："你是我大哥，小弟我有几句掏心窝子的话不知该说不该说。"

"嗨，别跟个娘们似的磨磨叽叽的，有屁快放！"

郑春义把脑袋往前伸了伸："有句话叫作不怕贼偷就怕贼惦记，小弟我奉劝你一句，你可得小心点，这年头胡子比苍蝇都多，万一哪个绺子惦记上你……”郑春义欲言又止。

李敖没等郑春义把话说完，把杯里的酒一饮而尽，毫不在乎地说：“嘿嘿，小兄弟，不是我李敖他妈说大话，想上我家砸窑的胡子还不知道在哪个旮旯转筋呢。”

“是狼就吃肉，我就不信，你能斗过那帮胡子。”

李敖端夹了一块熘肉段放到嘴里，用手背抹了一把嘴角的油花子，大大咧咧地说：“不是我吹牛，不信，你去问问你们大当家的，他敢去我那砸窑不？”

“张大个子不敢，可不见得别人不敢。”郑春义有意将军儿道。

“那你可说错了，老山豹咋样，在这一带有号吧，借他个胆儿也照样不好使。”李敖目空一切地大着舌头说。

郑春义故意带着几分羡慕的口吻说：“大哥，怪我眼拙，没看出来，你这么厉害？来，小弟敬你一杯！”说完扬起脖子把一杯酒喝了下去。

李敖一副扬扬得意的样子，看着郑春义说：“小兄弟，实话告诉你吧，我那些看家护院的弟兄，都是我花大价钱请来的武林高手，远近百里的胡子，哪个要是敢去我那砸窑，我让他们死都不知道咋死的。”

郑春义端起酒杯奉承道：“大哥，以前咋没听你说过，你真行，有两下子。”

李敖见郑春义夸自己，更加得意忘形起来，“那是，算你小子说对了，我告诉你，就你这小样儿的，十个也不顶一个。”

郑春义暗想，看来这小子上道儿了，于是把脸凑过去，故意不服气地说：“我看未必。”

李敖一摆手：“咱还别抬杠，实话告诉你，不单是我那些看家护院的没一个善茬子，连官府的人和日本宪兵队的队长都听我的。你问问，哪个敢动我一根毫毛！”

郑春义心中暗自打定了主意，继续恭维说：“这年头，钱能通神，有钱都指使小鬼儿给你洗脚，大哥说的话我信。”

“这话我爱听。”

“大哥，这杯酒小弟敬你，这辽阳城里，谁不知道你东边跺一脚，西边跟着乱颤，你这个大哥我交定了。不过我倒想问问大哥，你说你们家那些看家护院的是你请来的武林高手，个个都有两下子，是真是假？”

李敖又夹了一块熘肉段放到嘴里：“那是，我花的可是真金白银，你去打听打听，哪个没有武把操。”

郑春义不屑一顾地说：“大哥，让你这么一说，我倒想跟他们照量照量。”

李敖瞪起眼珠子，像不认识似的盯着郑春义看了半天，撇着嘴嘲讽道：“你小子是不是喝多了，就你这小样儿，拉倒吧，哪凉快哪待会儿去吧。”

郑春义用手拍打了几下胸脯：“大哥，不是小弟我说大话，别看你把他们说得那么邪乎，在我面前小菜一碟。”

李敖放下筷子哈哈大笑：“你可拉倒吧，不是我瞧不起你，就你这两下子，去了不把尿给你挤出来，我倒找你一百块大洋。”

郑春义从椅子上站起来，毫不示弱地说：“行啊，大哥，这话咱说定了，到时候，你这一百块大洋可不能不给。实话告诉你，马上，我镫里藏身百发百中；步下，刀枪剑棍我样样精通。什么猴拳、形意、铁布衫、一指禅、铁砂掌更是不在话下，不是我扔山吐海，就你请的那些看家护院的，狗屁！我敢说，没一个是我的对手。”

李敖哭笑不得地端起酒杯跟郑春义碰了一下：“我还真没看出来，你小子当了两天胡子，别的没学会，学会在舌头上跑火车了。”

“大哥，你这是什么话，跟你直说了吧，你就是再有多少看家护院的，我上你家砸窑也跟走平道似的，说把你绑了就把你绑了，信不？”

李敖直勾勾地看着面前这个帅气又有几分柔弱的小伙子：“就你这小样儿，拉倒吧，没等你进门，我那些弟兄就把你废了，你要是能砸窑绑了我的票，我心服口服，你要多少钱我给多少钱。”

郑春义重新坐下，端起酒杯说：“大哥，你别忽悠我了，刚才你不是说了吗？你跟那些官府大老爷好得穿一条裤子，我真绑了你，你还不一告一个准，你以为大狱里的饭是那么好吃的吗。”

李敖听了像是受了多大的屈辱，红头涨脸地说：“这事好说，你要是真能上我家绑了我，让我也开开眼。不行咱俩现在就立个字据，官府要是追究下来，就说是酒桌上打赌闹着玩，你怕啥？”

郑春义端起酒杯：“大哥，来，咱俩干一个，既然话说到这个份上了，咱就试试，我要是不把你绑了，我就认栽服输，在你家门口爬三圈学狗叫。”

李敖听了又好气又好笑，大大咧咧地道：“好，字据你写，我签字画押。”

郑春义站起来开门大声道：“伙计！拿笔墨来。”

不大一会儿，跑堂的一溜小跑着拿来了笔墨纸砚。郑春义把桌子的碗碟推开，把纸摊开，在上面挥笔写道：“今日，郑春义和李敖在东海兴酒楼喝酒打赌取乐，李敖自称无人能到他家砸窑绑票，郑氏春义不服，说定在十日之内到李宅绑了李敖，立此为据。民国十三年五月初十。”

李敖看了看说：“行，这字据你我各留一份，到时候你要是能绑了我的票，以此为证，赎金全归你，你要是绑不了我，我看你怎么趴在地上学狗叫。”

郑春义一拍胸脯：“大丈夫岂能言而无信。”

李敖也一拍桌子，“老爷们吐口唾沫就是橛，说话算话。”

郑春义心想，跟这些手眼通天的人打交道，一定要多长个心眼。于是微微一笑说：“大哥，咱哥俩千万别为这点事伤了和气，我看咱让酒馆掌柜的给做个证人咋样？”

李敖听了奔儿都没打：“好啊！听你的！”他一扭头喊道：“伙计，叫你们掌柜的上来。”

跑堂的答应一声下楼去了。

不大一会儿，掌柜的叼着烟袋笑眯眯地进来了，站在那一拱手：“二位爷找我有事？”

郑春义把刚刚写好的字据拿给他看了看，问道：“看明白了没有？”

掌柜的拿起搭在肩头的手巾擦了擦额头上的汗，笑吟吟地说：“不就是你俩打赌闹着玩吗？”

郑春义拿过字据：“你说对了，找你过来，是想请你给当个证人，省得到时候我们彼此伤了和气。”

掌柜的笑嘻嘻地点头道：“这事好说，好说。”

郑春义把字据叠起来，一份交给李敖，一份自己揣进怀里，然后嘿嘿一笑：“好吧，既是这样，那我可就不客气了！”

说完伸手从腰里唰地抽出枪来顶在李敖的脑门上：“大哥，现在我就绑了你。”

李敖一时目瞪口呆，看着黑洞洞的枪口满脸不解地问：“咱不是说好了吗，上我家去绑我，你小子一眨巴眼咋变卦啦？”

“上你家去绑你太费事了！”

掌柜的看了，吓得腿一软跪在地上：“我说这位郑爷，小祖宗，你这不是要了我的命了吗？不是说好了打赌取乐，怎么还动起真格的来了。谁不知道李老板在辽阳城里一跺乱颤，你在我这绑了他，我这生意还咋做。”

郑春义薅着李敖的脖领子把头扭过去，说：“你不用害怕，你刚才不是看了吗？我们手里都立有字据，你不过是个证人而已。”

说完他用枪一顶李敖的脑袋：“大哥，小弟对不住了，跟我走，你要敢动一下，我立马崩了你！”

李敖气急败坏地站起来，心里骂道，你小子咋他妈说话不算话。他怒不可遏地盯着郑春义：“跟你大哥玩邪的是不？”

郑春义用枪口在李敖的脑袋上杵了杵，说：“管他邪的正的，绑了你是真格的。”

李敖斜着眼睛瞅了瞅掌柜的，见他一副惊慌失措的样子，咬牙切齿地说：“你去我家送个信。”

掌柜拉开门出去一抹身又回来了，问李敖：“去了咋说？”

“你就说他跟我打赌取乐，让我给绑了，告诉他们家里人拿五百大洋的赎金，三天后到胡家窝棚赎人，不许报官。”郑春义抢着说。

掌柜的摊开两手：“这、这……”

李敖气得脸色铁青：“这小子他妈忒不讲究了，你就按他说的办吧。”

郑春义见掌柜的开门下楼去了，说：“大哥，委屈你了，走吧。”说完，带着李敖出门，解开门前拴着的大白马，让李敖坐在前面，然后认镫攀鞍，打马奔了胡家窝棚。

胡进家在村外有很大一片瓜地，胡进的父亲靠着道边搭了个瓜棚。日头偏西的时候，郑春义和胡进带着李敖按照约定来到这个看瓜的棚子里。

胡进看了看快要落山的太阳，对郑春义说：“今儿个正好三天了。”

郑春义一边摆弄着手里的盒子炮，一边盯着李敖说：“今天是约定送赎金的期限。”

“不会有啥事吧？”胡进心里有点没底。

“人在咱们手里，怕啥？”

这时胡进一抬头，发现十几个人骑马正朝这里飞奔而来。他有些惊慌地用手一指远处：“春义，看，来人了！”

郑春义顺着胡进手指的方向一看，只见土路上扬起一道烟尘，十几个警察骑在马上手里端着枪，正挥鞭朝这里奔来。两个人不约而同地都是一惊，“完了，肯定是他们家报官了，警察来抓咱们来了。”胡进一时有些不知所措。

郑春义一把揪住李敖的脖领子喝问道：“说，咋回事，不是说好了不报官吗，你咋说话不算话。”

李敖吓得浑身乱抖：“你他妈冲我来什么劲，这两天我在你眼皮子底下压根没动地方，他们报官不报官关我屁事。”

郑春义松开了手，端着枪转过身去，目不转睛地观察起外面的动静来。

这时，十几个警察已经骑马提着枪来到瓜棚跟前。为首的一个黑脸膛的警察勒住马头冲着瓜棚吆喝道：“姓郑的，你给我出来，不出来我就开枪了！”

郑春义心想光棍不吃眼前亏，警察人多势众，硬拼起来显然不是人家的对手，便用枪顶着李敖从瓜棚里走了出来，抬起头来冲着那个大声嚷嚷的警察道：“跑这儿咋呼个屁，谁让你们来的？”

黑脸膛的警察在马上发出一阵冷笑：“嘿嘿，小兔崽子，你他妈绑票还有理了是不，今儿个你乖乖地跟我走啥事没有，你要是跟我磨磨叽叽地敢说半个不字，我就将你就地正法！”说着哗啦拉开了枪栓，顶上了子弹。

郑春义毫不在乎地盯着他说：“你那套吓唬小猫小狗还差不多，我告诉你，我可不是绑票，我跟李大哥是朋友，我俩是打赌取乐，他输给我了。”

那个黑脸膛的警察听了气也不是恼也不是，心想，有他妈这么打赌的吗？他用鞭子指着郑春义，“你上坟烧报纸，糊弄鬼哪！少废话，麻溜跟我走！”

郑春义用枪顶了顶李敖的脑袋，冲着骑在马上的那个黑脸膛的警察道：

“你要是不信问问他。”

李敖不知道是吓的，还是急的，浑身乱颤，冲着骑在马上的警察连连摆手：“我俩的确是喝酒打赌取乐，我这位小兄弟没撒谎。”

黑脸膛的警察用枪筒把大檐帽往上推了推：“你说得像那么回事似的，谁能证明你们是打赌取乐？”

郑春义从怀里掏出写好的字据打开：“你看，这是凭证。”

黑脸膛的警察让一个手下上前把字据拿了过去，低头仔细地看了看，抬起头来冲着跟来的两个家丁没好气地说：“这不扯吗？回去老子再找你们算账。”说完，一挥手喊了一声：“撤！”带着几个警察勒转马头走了。

两个跟来的家丁见警察走远了，下马将五百块现大洋交到郑春义手里。郑春义和胡进拿过钱清点后，放开李敖头也不回地进村去了。

两个人回到家里，胡进关上门，当胸给了郑春义一拳：“哈哈，没想到你小子还真有两下子，这可是五百块大洋啊！”

郑春义趾高气扬地坐到凳子上，说：“那是，我原打算喝酒时跟他借点钱，没想到这小子跟我吹牛，三说两说僵到那儿了，我灵机一动绑了他的票，他这叫自投罗网。”

“他做梦也想不到你会给他来这一招儿啊，白花花的五百现大洋就这么乖乖地给你送来了。”

郑春义笑嘻嘻地说：“这就叫歪打正着，真要是张口跟他借，他不见得能借给我，再说借了还得还，这多好，两清，谁也不欠谁的。”

胡进吐了吐舌头，带着几分恭维道：“怪不得上学的时候大伙都叫你鬼子六，这回我可见识了，连李敖这样的老江湖都让你玩了，这家伙回去非气个半死。”

郑春义将大洋一块一块地摆到桌子上：“他有的是钱，不会在乎这三头五百的，对咱们来讲就有大用处了。”

“有了钱咱自己扯绺子，再不用看那个张海的下眼皮了。”胡进兴奋地说。

郑春义看着桌子上的大洋说：“咱们先把枪支弹药弄来再划拉人，你看咋样？”

胡进挠挠脑袋：“听我娘说，我姑姑家的一个表哥这些年私下里倒腾军火发了财，就照你说的办，咱先去找他打听打听，摸摸行市。”

郑春义听了站起来，一拍胡进的肩膀：“好啊，真是天助我也，明儿个咱们就去找他。”

“急啥，我就知道他家在辽阳，这些年很少走动，明儿个我去问问我娘，看他住哪儿。”

胡进将钱收好说：“今儿个大功告成，走，整两盅去。”说着拉起郑春义去了村东头的一家小酒馆。

古城辽阳曾是后金都城，人烟稠密，市肆繁盛。郑春义、胡进来到辽阳城里最热闹的白塔公园东边的一条街上。在一座四合院前，胡进抬头看了看门牌号，见没错，举手啪啪啪敲门。

不一会儿，门吱扭一声开了，一个年轻的伙计探出头来问：“你们找谁？”

“找我表哥钱冬林。”

“你们这是打哪儿来？”

“胡家窝棚。你说我姓胡，他就知道了。”

“你等着，我去通禀一声。”说完伙计咣当关上门进去了。

工夫不大，伙计开门出来：“进来吧。”

两个人随着伙计来到上房，胡进的表哥钱冬林三十五六岁年纪，大个，高鼻梁，厚嘴唇，说话大嗓门。见胡进和郑春义进来，从八仙桌旁的太师椅上站起来："你今儿个咋有空串门啦？"

胡进脸上挂着笑，侧身拉过郑春义："表哥，这是我同学郑春义，我俩今儿个来有点事想打听打听你。"

胡进的表哥指了指边上的椅子："坐下说。"

胡进和郑春义坐下，钱冬林一边玩弄着手里两颗铮明瓦亮的铁球，一边问道："打听啥事？"

"我们想买些枪支弹药。"胡进开门见山地说。

钱冬林看了看两个人，满脸惊异地问："你俩手里有多少钱？想买多少条枪、多少子弹？"

郑春义毫无隐瞒地说："我们手里有五百大洋，不知道能买多少枪、多少子弹？"

胡进的表哥听了半天没说话，过了一会儿突然仰起头哈哈大笑起来，笑够了才说："五百大洋就想买枪支弹药，这不扯淡吗？再说了，私自买卖军火是要下大狱的，弄不好还会掉脑袋。"

"表哥，我们不是不明白才来问你吗。"胡进的脸臊得通红。

"你俩打算买多少条枪？"胡进的表哥又追问了一句。

郑春义考虑了考虑说："表哥，不怕你笑话，我俩想买一百到二百条枪。"

钱冬林扳着指头给他们算了一笔账："一支步枪外加二十五发子弹少说也得十二三块银圆，一二百条枪，没有一两千银圆根本下不来。"

胡进吓得一吐舌头："哎呀妈呀，得那么多？"

钱冬林正色道："是啊，你这点钱就想买一二百条枪，不是小孩子在水盆里扎猛子——不知道深浅吗？"

"让表哥见笑了。"郑春义的脸也红了。

"表哥，等我们凑够了钱，请表哥一定帮忙。"胡进打圆场道。

钱冬林瞧了瞧郑春义和胡进，半是嘲讽半是认真地说：“就你们俩小毛孩子，上哪儿整这么多钱去，要让我说，你俩该干啥干啥去，别老虎看着小猫上树——跟着瞎蹿腾了，这不是你俩干的事。”

郑春义咬了咬嘴唇说：“表哥，事在人为。”

“行，听你说话口气不小，可我告诉你，这是一笔大钱，不是轻易就能弄到的。你俩要是没别的事，大老远来的吃了饭再走吧。”

胡进站起来道：“谢谢表哥，不给你添麻烦了。”

钱冬林倒也爽快：“好，送客！”伙计将两个人送出大门在后面“咣当”把门关上了。

郑春义拉起胡进去了辽阳城里有名的东海兴酒楼，两个人像被兜头浇了一盆冷水，弄了个透心凉。喊过伙计要了几个菜，不一会儿就喝了个酩酊大醉。

第二天醒酒后，两个人骑马往回走。胡进望着天地间无边的春色有些心灰意冷地对郑春义说：“我看不行就算了，也许我表哥说得对，这不是咱干的事，那么大的一笔钱等咱们整到手，还不七老八十了。”

郑春义看了看胡进，见他想打退堂鼓，心里生起几分不快，打马跑了一会儿，扭过头去对胡进道：“刚才我琢磨了，实在不行，过两年我大哥要是赚了钱回来，去我大哥那借点钱。”

胡进眼睛向上翻了翻，不屑地说：“那不是猴年马月八字没一撇的事吗？再说，我看你大哥就是有钱也不会借给你。”

“我俩是从小长大的亲兄弟，不能吧？”

胡进带着几分挖苦说：“不是我给你泼冷水，人越有钱越拿钱当祖宗，从古至今，有几个有钱人不跟钱叫爹的，你要是想从他们手里借出钱来，比让公鸡下蛋还难。”

郑春义气恼地说：“就你这张臭嘴，能成的事也得砸锅。”

说着郑春义气得一带缰绳过去在胡进的马屁股上狠狠抽了一鞭子，那马猛地蹿了出去，胡进没有一点防备，差点从马上被掀下来。郑春义在后面哈哈大笑：“我让你胡说八道！”

郑春义从辽阳回来没有回野狼窝，去了马圈子王老汉家，平时帮着王老汉种地干些杂活，没事的时候带着王梅骑上马去野外兜兜风，日子一天天地过去了，到了一九二五年夏天，回家听娘说大哥留学要回来了，立即去胡家窝棚把这个消息告诉了胡进。胡进听了十分高兴，说：“你大哥要是真能赚到钱，咱的事也许就有门儿了。”郑春义也早巴望着这一天。跟郑春仁见了一面，见大哥跟堂哥去了广州，便回到王老汉家等消息去了。

第十三章

早在一九〇九年，“满铁”在建设抚顺胜利矿西大井时，发现在煤层上面蕴藏着大量油母页岩，为解决燃油短缺的问题，从一九二二年开始，日本中央试验所开始对抚顺油母页岩含油量进行分析研究，到一九二六年，尽管试验有了成果，但进展并不顺利。一连好几天，日本驻奉天总领事福田赳夫因为从抚顺煤矿油母页岩中提炼燃油受阻而闷闷不乐，已经快中午了，他仍焦躁不安地在地上踱来踱去，这时秘书打开门进来禀报：“南满铁道株式会社运输部的小野一郎求见。”

福田赳夫回到办公桌后面的椅子上坐下，仰起脸：“让他进来。”秘书转身将小野一郎带了进来。

小野一郎躬身道：“您找我？”

福田赳夫开门见山地问道：“你们南满铁道株式会社知道恒通贸易公司开张的消息吗？”

“我也是刚刚听说。”

福田赳夫示意小野一郎坐下："据我所知，这个恒通贸易公司是做燃油生意的。"

小野一郎点点头说："是的，而且这家公司来头不小，是广州国民政府开办的，主要从苏联进口燃油。"

福田赳夫停顿了一会儿说："我们计划从抚顺煤矿中的油母页岩提炼燃油，但质量一直不过关，你设法把这家公司拉过来，让他拿出一部分燃油卖给我们。"

小野一郎站起来答道："好吧，我试试看，就怕他不买账！"

福田赳夫面色冰冷："他要是不买账，我们就给他点颜色看看。"

小野一郎站直了身子："明白。"

福田赳夫胸有成竹地说："这些商人总比那个张作霖好对付，我们必须让他们服服帖帖地听我们的话，你可以告诉他，要是不跟我们合作，后果会很严重。"

"明白。"

外面的阳光这时被云遮起来，屋子里顿时暗下来。

上午，郑春仁来到公司办公室没等坐下，一个伙计敲门进来："掌柜的，'满铁'运输部的小野一郎说要见你。"

"让他进来吧。"

伙计出去将小野一郎带了进来。

小野一郎一进来便满面堆笑，上前与郑春仁热情握手："恭喜贵公司开张大吉！"

郑春仁一拱手："多谢！小野先生今日登门不知有何贵干？"

小野一郎坐下说："郑老板，据我所知，贵公司是做燃油生意的。"

“小野先生的消息倒是很灵通啊。”

“郑老板，我想冒昧地问一句，贵公司开张已经快一个月了吧？有没有向‘满铁’出售燃油的打算？”

郑春仁不想跟他绕圈子：“小野先生，我只负责把燃油从绥芬河运到大连，其他的一概不管，至于能不能把燃油卖给你，你还是去找国民政府商量吧。”

小野一郎有几分尴尬：“这么说，郑老板没有跟南满铁道株式会社合作的打算啦？”

郑春仁摊开两手说：“我想小野先生是个明白人，无论进口还是出售燃油都是国民政府的事，我实在爱莫能助。”

小野一郎摇了摇头，仍有些不死心：“郑老板，我想你不会不知道，现在铁路沿线可不太平啊，劫匪猖獗，南满铁路沿线都驻扎有我们的关东军，可以保证贵公司往来运输的安全，可北满铁路沿线我们就管不着了。”

郑春仁从椅子上站起来，在地上走了几步，停下来，盯着小野一郎说：“多谢你一番好意，国民政府已经做出的决定，我郑某岂能随意更改。”

小野脸上有了愠色：“郑老板年轻气盛，不知深浅情有可原，可我要提醒郑老板的是，那些劫匪都不是吃素的，到时候真的要是出了事，你后悔就来不及了。”

郑春仁不想再听他说下去：“小野先生，我还有事，恕不奉陪。”

小野一郎一拱手说：“好吧，既然郑老板这么说，我也就不勉强了，告辞。”小野一郎转身满脸不高兴地走了。

汽笛长鸣，一列满载燃油的罐车缓缓地驶入奉天驿货场，郑春仁、徐明、刘振清在站台上已经等候了很长时间。

没等车停稳，张浩便从守车上飞身跳下，大步来到郑春仁面前。郑春仁高兴地拍着张浩的肩膀问道：“怎么样，路上还顺当吧？”

张浩把盒子枪朝身后挪了挪：“没事，苏联方面非常配合，就是银票不能直接与卢布通兑，每次都要携带大笔的现大洋，麻烦不说，时间长了也不安全。”

“我知道了，你们多加小心，我让国民政府交通部尽快与苏联方面协商就是了。”

站在一旁的刘振清听郑春仁说小野一郎前两天曾登门游说，看着郑春仁兴奋的样子，想起东京那个被追杀的夜晚，有些担心地对郑春仁说：“苏联方面好说，可你想过没有，你把日本人的面子给驳了，往后说不定他们使什么坏呢。”

徐明接过刘振清的话说：“我也这么想，日本人都是豺狼心肠，你得提防着点。”

郑春仁指着张浩对两个人说：“张队长武功高强，做事心细，他挑选的伙计也都功夫在身，我想一时半会儿不会有什么事。再说，日本人也知道，恒通贸易公司是广州国民政府开办的，眼下还不至于跟国民政府闹翻吧。”刘振清和徐明听罢都点了点头。

“好了，不说这些了，走，我请你们去福山楼，这第一车的燃油运回来了，咱们怎么也得庆贺庆贺啊。”几个人说笑着离开了货场。

中午，日本驻奉天总领事福田赳夫送走了几位客人后，回到办公桌前按下电铃，秘书应声进来，福田赳夫一边收拾桌子上的文件，一边问：“石原君来了没有？”

关东军特高课的大特务头子石原俊秀，是一个十足的中国通。日俄战争结束不久便来到了中国，秘书回答道：“他来了有一会儿了。”

“让他进来。”秘书出去将石原俊秀带了进来。

福田赳夫看了他一眼，用带着几分赞许的口吻说：“石原君，我早就听说你是大日本关东军特高课的一员干将。”

石原俊秀站得笔直道：“为帝国效力，是大日本军人的天职。”

福田赳夫满意地点点头，说：“有件事不得不请你亲自去办。”

“总领事有什么吩咐？”

福田赳夫目光中带着一股杀气：“满铁运输部的小野一郎去恒通贸易公司游说，想让这家公司向满铁出售一部分燃油，可没想到碰了钉子，那个郑老板不买账。我想让你去教训教训那个狂妄的年轻人。”

“明白。”

福田赳夫用力挥了一下手，满意地笑了。

快晌午的时候，从关内逃难来的灾民又饥又渴，在大南门外的一片空地上坐了下来。一个上身穿着一件对襟白布褂子、下身穿一条补丁摞补丁黑布裤子，长得粗壮结实的中年男人对身边一个年轻人说：“狗蛋，你说这老天爷也不睁眼，这要饭的滋味真他娘的不好受。”

狗蛋一边用手背擦着脸上的汗一边说：“谁说不是呢，地里旱得都冒烟了，一粒粮食都收不上来，不出来要口饭吃，还不得活活饿死啊。”

中年男人叹了一口气：“娘的，好歹算到了奉天城了，能找到活计做就不会挨饿了，你说是不？”

狗蛋点点头，说：“是啊，出来总比在家里等死强。”

中年男人迷茫地看了一眼高大的城门楼子，说：“走了大半天，饿了。”说着两个人从怀里掏出半个玉米面饼子大口吃起来。

这时，一辆敞篷汽车从远处驶来，不一会儿嘎吱一声停在了难民们跟前。石原俊秀带着两个人从车上下来，围着难民转了一圈，回身站到汽车上操着一口流利的汉语大声说："都给我听好了，你们谁愿意跟我走，顿顿可以吃大米饭、猪肉炖粉条子。"

灾民们你看看我，我看看你，狗蛋和那个中年男人率先从地上站起来应声道："有饭吃谁不去啊！我去！"接着，"呼啦"又站出来十几个人："我们也去！"

中年男人冲着石原俊秀说："不是骗我们吧？"

石原俊秀用手拍了拍胸脯："我打包票，不骗你们，去了你们就知道了。"

难民们一哄而上："我去，我去，我也去！"

石原俊秀用手指了指狗蛋和那个中年男人，又挑选了十几个壮实的年轻人说："你，你，还有你，跟我走。"

被挑选上的难民高高兴兴地跟在石原俊秀车后面朝城里走去，没有被挑选上的人颓丧地坐到地上，你一句我一句地骂起街来。

奉天城的西郊紧邻南满铁路有一座四周用铁蒺藜围起来的日本关东军的兵营。营区的北面、东面、南面是连成一体呈口袋状的营房，中间是很大的一个用作训练的空场。营区门前摆放着用粗大的圆木做成的路障，两侧有两座岗楼，两个端着枪的日本兵在里面站岗。山本队长从兵营里出来，站在岗亭前不时向路上张望，他奉命在等一个人。

不一会儿，一辆敞篷军用吉普车和一辆大卡车从远处驶来，到了营区门口停了下来。石原俊秀带着几个人从前面的敞篷车上下来，山本队长上前立正敬礼道："第二十七联队队长山本太郎奉命迎接石原课长。"

石原俊秀还礼后问："你们都准备好了吗？"

“已经按照您的命令挑选出三名教官。”

“任务都清楚啦？”

“在最短的时间内将这些人训练成军人。”

“好，山本君，给你半年的时间怎么样？”

山本胸有成竹地立正答道：“请您放心，半年后，我让他们全部成为标准军人！”

石原俊秀一挥手，两个哨兵过来搬开路障，大卡车载着狗蛋等二十几个难民驶进了兵营。

出乎郑春仁意料，公司开张后顺风顺水，并没有像小野一郎说的那样遇到什么麻烦。到了一九二七年的春天，不但还清了全部债务，而且每个月仍有丰厚的盈余，他给张浩和几个押车的伙计增加了薪水，夜里行车额外再给一份酬金。他还在国民政府交通部的默许下，一面暗中向张作霖出售燃油，一面借机跻身于奉军的上层圈子，于灯红酒绿、歌舞管弦之中，与一些高级官员和将领们打得火热，张作霖还几次请他去大帅府做客。然而，让他始料不及的是，一场由日本关东军特高课一手策划的血腥事件在没有任何征兆的情况下发生了。

跟往常一样，这天张浩和伙计们押着满载着燃油的罐车驶出哈尔滨不远，便进入了一个长长的弯道，列车吐着浓烟不得不把车速降了下来。

后面守车车厢里。伙计吴福禄看了看外面起伏的山峦说：“张队长，再有两个时辰就到长春了。”

张浩向外面瞧了一眼说：“都给我精神点。”

话音刚落，旷野里突然传来几声刺耳的枪响。张浩探出头去一看，发现一伙奉军士兵一边大声喊叫着“停车！快停车”一边从山丘后面快速地冲了出来。

张浩大喊一声："不好！有人劫车！"说着冲着跑在前面的一个士兵开了一枪，那个士兵受伤后倒在了地上。剩下的人很快冲到近前，一个奉军士兵一把抓住栏杆，飞身上了守车。

守车上一共有五个人，除了张浩，其他人身上都没有枪。张浩转身刚想再次射击，又一个奉军士兵抓住栏杆，纵身一跃也上了守车。没等张浩转过身来，那人已凶狠地一脚踹开车门，举枪"啪啪啪"就是一个点射。张浩身边的一个伙计应声被打倒在地。

这两个人显然是受过专门训练，动作敏捷地冲进守车，刚准备举枪再射时，突然，刚才被打倒的那个伙计飞身跃起，乘其不备，将匕首狠狠地扎进冲在前面一个人的肚子里，那人一声惨叫，跟在后面那个长得精瘦的小个子刚把枪举起来，张浩飞起一脚踹在他的裆下，他大叫一声，忍不住捂着肚子蹲下身去，张浩顺势抬手一枪，小个子一头从车上栽了下去。

这时狗蛋和那个中年汉子带着三个人也上了守车，张浩开枪将狗蛋打倒在车上，另一个伙计挥起匕首扎进另一个人的胸口，中年汉子趁机举枪向张浩射击，一颗子弹打在张浩的肩膀上，张浩晃了晃，倒了下去。

这时罐车在一个不大的小站缓缓地停下了下来，很快，一车油料被卸掉了大半，这时那个身穿奉军军服的中年汉子跳上机车车头，快速解开捆绑在司机和司炉身上的绳子，大声命令道："赶快把车开走！"说完跳下车来，一边挥舞着手里的三八步枪，一边叫喊着："开车！快开车！"

司炉揉了揉被勒红的胳膊，朝地上狠狠地啐了一口吐沫："真他妈倒霉！"说着挥锹往炉膛里添了几锹煤，列车慢慢地从这个小站开了出来。

驶出小站不远，张浩在列车的晃动中渐渐地苏醒过来，他慢慢地睁开眼看了看周围，见几个弟兄除了吴福禄受了重伤，其他人已经死去，不由得流出了眼泪。过了一会儿，身子一晃，再次昏迷过去。

三天后，在奉天盛京施医院走廊尽头的一间病房里，护士给张浩扎完针换上药出去了，一直守在床边的郑春仁用毛巾轻轻地擦了擦张浩额头上的虚汗。过了一会儿，张浩慢慢地睁开眼，扭着头看了看，惊异地问："我这是在哪里？"

郑春仁惊喜地俯下身子："你醒了，这是医院，你已经昏迷了两天两夜。"

"掌柜的一直在守着我？"张浩声音微弱。

郑春仁用力握住张浩的手："是啊，这次你伤得不轻，我真担心你挺不过去。"

张浩微微一笑："掌柜的，没事了，你回去歇着吧。"

郑春仁轻轻拍了拍张浩的手背："你放心，我已经请了最好的大夫，一定把你的伤治好。"

"想让我死没那么容易。"张浩咬了咬牙说。

郑春仁轻声问："怎么会出这种事？你看清了没有，劫车的是什么人？"

张浩歇了一会儿回忆道："是一伙奉军士兵。"说到这他停下来，那天发生的一幕又清晰地浮现在他的面前："可我觉得这事蹊跷，咱们跟奉军向来没冤没仇的，他们为什么要劫油杀人？"

郑春仁缓缓地站起来，在地上踱了几步，望着窗外街灯投在地上一团团昏黄的光亮，迷惑不解地转过身来问张浩："你说得对，可你确实看清是奉军了吗？"

张浩回想着当时的情形说："一点不会错，他们都穿着奉军的衣裳，就是说话不是东北口音。"

郑春仁百思不得其解地摇了摇头："张大帅与我关系密切，奉军没有必要在背地里下这个黑手啊，说不定是日本人捣的鬼。”

郑春仁若有所思地给张浩掖了掖被子：“你安心养伤，我已经派了人专门来护理你，有什么要求尽管告诉我，我先走了。”

郑春仁心事重重地离开了病房。

十多天后，上午，郑春仁正在办公室查看账目，伙计敲门进来禀报说，东北交通委员会运输科的张科长求见。

郑春仁急忙放下账本吩咐道：“好，请他进来。”

伙计将张科长带进来关好门出去了。郑春仁指了指沙发：“张科长请坐。”

“那天你去东北交通委员会汇报了列车被劫的经过后，大帅对这次事件非常重视，立即派人进行了调查。”张东奇科长没等坐稳便急着说。

“怎么样，查清了吗？我觉得奉军不会干这种龌龊事。”

张东奇往前探了探身子：“你说得对，东北交通委员会经过周密调查，已经弄清了这一血腥事件的真相，这次杀人劫油事件完全是日本人一手精心策划的，目的是想给你一点颜色看，逼你就范。”

郑春仁不由得怒火中烧：“果然如此，公司刚开业的时候，南满铁道株式会社的小野找过我，让我将一部分燃油出售给他们，被我回绝了。”

张东奇科长气愤地说：“由此日本人便策划了这次卑鄙的劫油杀人事件，大帅已经命令哈尔滨的奉军从现在开始严加防范，防止类似事件再次发生。”

“你代我谢谢大帅。”

张东奇点点头站起来说：“日本人什么卑鄙的伎俩都能使得出来，郑老板今后要多加小心。”

“知道了。”

因为要去开一个会，张东奇便起身告辞走了。

下午，郑春仁忙完手头的活让伙计备车，准备去医院。伙计出去不大一会儿，又开门进来说，满铁运输部的小野来了，说要见你。

郑春仁一边收拾桌子上的东西，一边没好气地说："不见，你就告诉他我不在。"

话音未落，小野一郎径直开门进来了，上前一抱拳，似笑非笑阴阳怪气地说："郑老板这是何必呢，将客人拒之门外不礼貌吧。"说着也不等郑春仁让，便一屁股坐到沙发上。

郑春仁扫了小野一眼，"找我有事吗？"

小野一郎朝前挪了挪身子，故作神秘地说："是的，我听说贵公司不久前曾遭到奉军的拦路抢劫，油料被抢走了大半，还打死打伤了你的几个伙计。"

郑春仁强压怒气，盯着小野："确有其事。小野先生的消息倒是挺灵通啊。"

小野一郎跷起二郎腿皮笑肉不笑地说："你看，你看，郑老板当初要是听我的话，就不会遭此一劫了。"

郑春仁不想再跟他纠缠："小野先生，我已经说过了，我公司为国民政府开办，燃油卖给谁我说了不算，你们想买燃油去找国民政府好了。"

小野一郎侧过身子仍厚着脸皮劝说道："这年头做生意安全头等重要，郑老板何必那么较真儿，自找麻烦呢。"

郑春仁揶揄道："我从来都不想找别人的麻烦，最好别人也别找我的麻烦，朗朗乾坤，还是少做那些见不得人的勾当。"

小野一郎故意装糊涂，明知故问道："郑老板这是什么话。"

"什么话你心里明白，小野先生要是没别的事，我还要去见一个客人，失陪了。"

说完郑春仁冲着外面大声道："送客！"

小野一郎尴尬地从沙发上站起身子，“好吧，既然郑老板这里有事，我改日再来拜访。不过作为朋友，我还是要奉劝郑老板，跟我们做生意不会让你吃亏。”

“多谢！送客！”

小野一郎转身悻悻离去，郑春仁将手里的一沓材料狠狠地摔在桌子上。

晚上，张浩正在病房里练功，听到门响，一抬头见是郑春仁，忙收起架势道：“这么晚了，掌柜的咋还来啦？”

“这两天公司的事多，白天脱不开身，只好晚上来看看你。怎么样，看样子好利索了。”

“眼瞅着仨月了，没事了。”

郑春仁拉过张浩上上下下仔细打量了一番：“好，公司还有好多事等着你呢。”

“我早就在医院待不住了。”

“我刚才已经问过医生了，说你恢复得不错。”

“那今晚我就跟你走。”

“再急也不差这一晚上。”

“我听说你给了每个死去的伙计一大笔钱，足够他们家里人今后生活了，还厚葬了他们，他们的家属来医院看我，都让我谢谢你呢。”

郑春仁叹了口气，惋惜地说：“唉，多少钱也无法挽回他们的生命了，到什么时候，我都亏欠他们的。”

“这都是难以预料的事，可恨的是日本人，咱们没有满足他们的要求就暗下毒手，真不是东西。”张浩气愤地说。

沉默了一会儿，郑春仁说：“这次事件也给我们敲了警钟，你出院后，抽空再去挑选几个押车的伙计，我打算给你们每个人配备一支短枪、一支长枪，你看怎么样？”

张浩兴奋地挥动了一下拳头，说：“那可太好了，往后哪个王八蛋要是再想算计咱们，我绝饶不了他。”

日本驻奉天总领事福田赳夫坐在办公桌后面，看着小野一郎一副气哼哼的样子，问道：“怎么，又碰钉子啦？”

“那个姓郑的家伙又臭又硬。”小野一郎恼怒地说。

福田赳夫一拍桌子站了起来：“看来这个姓郑的还真是块难啃的骨头。”

“他仗着有武汉的国民政府撑腰，根本没把我们放在眼里。”小野一郎火上浇油地说。

“狂妄至极！好吧，他既然放着甜酒不吃，就让他尝尝苦酒的滋味。”

福田赳夫挥挥手让小野一郎出去了。

上午的阳光很好，屋子的光线很充足，郑春仁兴冲冲地走进办公室，张浩正坐在沙发上等他，他上前一把抓住张浩的胳膊：“咋样，能行吗？不行就再养些日子，你刚出院，这上千里的路，吃得消吗？”

张浩用手使劲拍打了几下胸脯：“掌柜的放心吧，没事了。押车的伙计我也都选好了，哪个人的武功都不在我之下，枪支弹药也都配齐了，我打算后天就走。”

“好吧，路上千万小心，再碰到劫车的别客气，给我狠狠地打。”

张浩若带着几分担忧地瞅着郑春仁说：“掌柜的，你要尽快让国民政府跟苏联方面协商，实现银票跟卢布的口岸贸易通兑，要不每回携带那么多现大洋太扎眼。”

郑春仁坐到椅子上：“我已经催过国民政府多次了，交通部已经同苏联方面签订了边贸通兑协定，估计最迟年底前银票和卢布就可以通兑了。”

日本驻奉天总领事福田赳夫一动不动地站在办公室临街的窗户跟前，似乎忘了石原俊秀进来站在那已经好长时间了。

他慢慢地转过身来，目光阴冷地盯着面前的这个特务头子：“石原君，这个姓郑的软硬不吃，还跟张作霖勾勾搭搭，暗中将一部分燃油卖给了奉军，真是可恶至极，你还有什么办法吗？”

“据我所知，在哈尔滨和绥芬河的铁路沿线，有一伙流窜作案的劫匪，我看可以为我所用。”

“这么说办法你已经想好了。”

石原俊秀点点头，说：“是的，这伙土匪只认钱，而郑春仁每次去绥芬河进货，都是用现大洋与卢布兑换。”

“你是说给他来个借刀杀人？好办法！不过考虑到我们跟武汉国民政府的关系，不能留下任何痕迹让他们看出破绽来。”

石原俊秀胸有成竹地说：“我会安排好的。”

福田赳夫盯着石原俊秀好半天说：“我就不信斗不过一个小毛孩子。”说完发出一阵冷笑。

边城绥芬河是一座不大的小城。城里散落着一座座俄式建筑。在靠近苏联一侧，有一家苏联远东炼油厂开办的旅馆。旅馆不大，两层小楼，室内干净整洁，服务员是几个身材颀长的苏联年轻女孩儿。

一个多月后，黄昏时分，恒通贸易公司的几个伙计拎着一只装满大洋的箱子来到旅馆门前。进门前走在后面的两个人回头警觉地朝四周看了看。见用碎石铺成的不宽的马路上，没有几个行人，只有一辆马车咯噔咯噔慢悠悠地从门前过去走远了。见没有什么异常，两人便跟在拎箱子的两个伙计后面一同进了旅馆的大堂。

柜台里的苏联女服务员见是熟客，立刻站起来用半生不熟的汉语跟几个人打招呼道："你们好，楼上的房间给你们准备好了。"

几个人也不搭话，径直来到楼上，推门进了一间包房。女服务员进来一面忙着倒水，一面说："你们稍等一会儿，炼油厂的经理马上就来。"

几个人见服务员出去了，其中一个人把装钱的箱子放在床头，拉了床上的被子盖上。时间不长，听到外面有人轻轻地敲门。一个大眼睛的年轻伙计对另一个膀大腰圆的伙计说："是不是炼油厂的经理来了。"那个膀大腰圆的伙计说："你看好钱箱子，我去看看。"他来到门前客气地问："是奥斯斯托夫经理吗？"

门外的人语气里带着几分不耐烦："是，开门吧。"

伙计才把门打开一条缝，几个蒙面人不声不响地猛扑上来，一个人挥拳猛击这个伙计的面部，伙计身子一低，另一个人已经闪身进到屋里，伸出手来敏捷地一把掀掉被子，将放在床头的钱箱抓到手里。几个伙计见有人抢钱，立即施展武功跟几个人打斗在一起。一个伙计一拳将进来的一个蒙面劫匪打翻在地，可没想到这个人使的是个假招子，身子在倒地的一瞬间一翻手掌，"啪"地叼住这个伙计的手腕，往后一拧一带，顺势猛击这个伙计的后背，这个伙计"啊"地大叫一声，一口鲜血从嘴里喷了出来。

另一个伙计被两个蒙面人围在当中，他一脚将一个人踢翻，伸手想去掏枪，说时迟那时快，一个蒙面劫匪从袖筒里抽出几支飞镖，一甩手，直奔那个伙计上、中、下三处要害飞来，没等这个伙计把枪掏出来，腹部已被暗器击中，"啪叽"俯身倒在了地上，一个蒙面人上去照着这个伙计的后背又补了一刀。这时又有四五个蒙面匪徒进来，两个劫匪见一个伙计正在跟自己的同伙打斗，其中一个劫匪将手中的匕首扬手飞出，正中那个伙计的大腿，趁这个伙计疼得一弯腰的工夫，两个劫匪上前将这个伙计乱刀刺死。

另外两个伙计拼命想去夺回钱箱，想不到劫匪异常凶悍，三个对一个，不到两个回合，一个劫匪瞅了个空当，一刀扎到这个伙计的后背上，这个伙计哼都没来得及哼一声，就倒地气绝而亡。另一个伙计被几个人扑上去活活掐死。

劫匪快速地抱起装满大洋的箱子从窗户跳了出去。留在最后的一个长得十分剽悍的劫匪摘下面罩露出一脸的横肉，左脸颊上留有一道明显的长长疤痕，右眼显然已经失明，白眼仁一翻一翻的，看上去十分瘆人。他看了看倒在血泊里的几个伙计，得意地笑了笑，最后一个纵身跳到街上。

过了不大一会儿，苏联远东炼油厂的业务经理奥斯斯托夫带着几个人兴冲冲地进了旅馆大堂，年轻的女服务员迎上去说："他们已经来了，在楼上等您。"

奥斯斯托夫带着人噔噔来到楼上。一开门发现地上有大片的血迹，吓了一跳，低头一看，只见恒通贸易公司的四个伙计已经死去，地上到处是血。

站在一旁的年轻女服务员顿时吓得脸色煞白，语无伦次地说："我送他们上楼后，去了趟卫生间，没看见有人进来呀。"

奥斯斯托夫经理扭过头去对随行人员命令道："保护好现场，立即通报警察局。"

随从人员答应一声，急匆匆地下楼去了。

恒通贸易公司准备装运油料的机车在车站货场上已经发动，粗大的烟囱里冒出滚滚浓烟。

张浩焦灼地在站台上走来走去，不时掏出怀表看看时间，旁边的一个伙计觉得有点不对劲：“今天他们咋去了这么长时间？”

“是啊，我也纳闷呢，往常早该回来了。”张浩心神不定地看了看那个伙计。

“是不是奥斯斯托夫经理有事耽搁啦？”

“不会呀，我已经事先通知了他，每次他都非常守时。”张浩又掏出怀表看了看。

“不会出啥事吧。”

张浩打发伙计想过去看看。那个伙计正要走，奥斯斯托夫经理带着几个手下人和两个警察一块来到月台上。

张浩忙迎上前去问道：“你们怎么来啦？不是说好了在旅馆见面吗。”

奥斯斯托夫经理脸色阴沉：“你的几个人刚刚在旅馆被人杀了，带去的现大洋也不见了。”

张浩闻听大惊失色：“什么？我的弟兄让人杀了，钱也被抢走啦？”

一个苏联警察从公文包里抽出一份勘查记录用流利的汉语说：“是的，我们刚刚勘查过现场，劫匪作案手段残忍，而且没有留下任何有用的线索，很可能是一伙流窜作案的惯匪所为。”

张浩听了愣在那里，咬着牙半天说不出一句话来。

天阴得越来越厉害，像是要下雪。郑春仁接到张浩发来的电报一天没有吃饭。三天后伙计敲门进来禀报说：“掌柜的，押车的张队长回来了。”

郑春仁一挥手：“让他进来。”

张浩脸色铁青地走了进来，伙计把门关好退了出去。郑春仁上前急着问：“怎么回事，是什么人下的毒手？”

张浩摇摇头，“这事太蹊跷了，每次去都是在这家炼油厂开的旅馆付钱交易，从来没出过事，怎么这次就出了这么大的乱子，而且他们显然是经过策划有备而来，要不以我的那几个伙计的功夫，也不会轻易就死在他们手里。”

郑春仁啪地一拍桌子，“这事一定还是日本人干的。”

“可我们没有抓住任何把柄。”

“你想，公司新办，我郑春仁既无债主，又无仇家，除了日本人，其他人谁还能干出这种事来？”

“当地的警察勘查了现场，认为是一伙流窜作案的惯匪所为，他们知道我们的公司是国民政府开办的，答应尽快破案。”

郑春仁思索了片刻，说：“这就更说明问题了，你想，要是没有人在后面撑腰，单凭一伙流窜作案的惯匪，是没这个胆量的。况且那家旅馆又是苏联人开的，一般的劫匪是不愿意找这个麻烦的。”

张浩把帽子摘下来放到桌子上，说：“要是这样的话，日本人简直是欺人太甚。”

郑春仁走了几步，停下说：“这件事不能就这么不了了之，这口恶气实在难咽。”

“你想咋办？”

郑春仁怒气冲天：“你马上去棺材铺订四口上等棺材，告诉那几个伙计的所有家属，有一个算一个都过来，你再到大南门找一些关里逃难的灾民，人越多越好。”

张浩不解地问：“找这么多人干啥？”

“到时候你就知道了。”

天刚亮，恒通贸易公司的门前已经站满了人。门楣上的匾额已经事先用白布包裹起来，大门两侧各竖起一排灵幡，门前空地上用树枝和苇席搭起了一座灵棚，灵棚上方是一条一丈多长、一尺多宽的横幅，横幅用白纸黑字写着一行大字：“悲天泣泪，亡灵有冤，悯人饮血，死不瞑目。”横幅下面是一条用黑布扎成的挽带。灵棚下一字摆着四口上等棺材，鼓乐班子的吹鼓手在不停地使劲吹打着，气氛悲凉。

张浩从大南门找来的男男女女足有二三百口子人。每个人腰里都扎着一条白布带，头上裹着一条白布巾，远远地看去，灵棚前白花花的一大片。张浩过去看了看，见几个死去的伙计亲眷也都到齐了，来到郑春仁身边说：“掌柜的，人齐了。”

身扎白布腰带、神色凄然的郑春仁站到灵棚边上临时搭起的一个一米多高的台子上，扫视了一眼众人，提高嗓音说道：“各位兄弟姐妹，请你们来，就是想让你们帮我干一件事，给我死去的这几个伙计哭灵送葬！待会儿进了城，你们只管大声哭号，声响越大越好。事后，白面馒头、猪肉炖粉条管够吃，每人不管老少，再赏一块银圆。”

说完，郑春仁从台子上面跳到地上，与张浩和公司的伙计、亡者家属跪在地上，郑春仁满含悲切地说：“弟兄们，我知道你们死得冤，你们放心，我郑春仁今天给你们出气。”

说完郑春仁站起来，一步跨到灵棚旁边的台子上，表情凝重地大声说道：“我的好兄弟！苍天在上，我郑春仁在此宣读祭文，送你们上路！”

郑春仁环视了一下台下，吹鼓手停了下来，现场没有一个人说话，只有几个女人在掩面抽泣。郑春仁紧了紧腰间的白布带子，朗声诵读祭文道：“乾坤浩荡，亡灵含冤。神灵哀切，云悲风咽，谨以清酌时馐致祭于吾兄之灵前。呜呼，号天泣泪，吾兄血洒黑土，魂游冥府，虽音容依在，怎奈百喊不应，人天两隔，哭断肝肠，兹当祭奠——”

祭罢，郑春仁将祭文放在灵棚前焚化纸钱的泥盆里烧掉，接过张浩递过来的酒泼洒在地上，转过身来高声道："送弟兄们上路——！"

张浩举起手来高声道："奏乐！燃放鞭炮！起——灵——！"

在震耳欲聋的鞭炮声中，每六个人抬着一口棺材向城内缓步走去。

跟在后面足有三百口人组成的送葬队伍排出去有一里多地，每个人手里都拿着一支灵幡，走在前面的十几个人一路走一路不断向空中抛撒着纸钱，吹鼓手鼓圆了腮帮子，凄厉哀婉的唢呐声吸引了众多看热闹的人，送葬的队伍还在不断扩大。

一缕斜射到地面上的阳光被外面的乌云吞噬了，屋子里立刻昏暗下来。福田赳夫坐到办公桌后面，扭亮了台灯，拿起一份文件正准备签阅，秘书敲门进来说："石原君有紧急情况向你报告。"

福田赳夫放下文件："让他进来。"

石原俊秀迈着急匆匆的脚步进来了，福田赳夫劈头问道："什么事这么着急？"

"我的人刚刚向我报告，早晨在恒通贸易公司的门前郑春仁为死去的几个伙计举行了隆重的祭奠仪式，并组织了一支庞大的送葬队伍打算进城。"

福田赳夫听了，从椅子上站起来："你是说那个姓郑的带着送葬队伍要进城？"

石原俊秀点头说："是的，送葬队伍有三四百人。"

福田赳夫一惊，心说，这个郑春仁搞什么名堂。"你马上让宪兵队的龟田君带人过去看看。"

"嗨！"石原俊秀答应一声出去了。

石原俊秀和宪兵队长龟田带着人开着摩托车向奉天驿车站货场方向一路

疾驶，离得老远，龟田就听到哭号声震天动地，远远地看去，凌空抛撒的纸钱像雪片一样四处飞扬，无数的灵幡和白色的布巾在冬日的阳光下白花花地刺眼。

龟田气得大骂起来：“八嘎，这么多人又哭又闹，太不像样子了。”

石原俊秀阴沉着脸看着龟田，说：“这个姓郑的怎么会来这么一出儿，分明是向我们示威来了，你马上带人过去拦住他们。”

“嗨！”龟田带着人驾驶摩托车一溜烟走了。

来到送葬的队伍近前，龟田见走在前面的有二十几个人，每个人都在不停地向半空中抛撒着纸钱，接着是二十四条汉子抬着四口棺材紧紧跟在后面。再往后是长得看不见尾的送葬队伍：“八嘎！”龟田嘟嘟地吹响了哨子，同时鸣枪示警，可哨子发出的声音和枪声立刻就被铺天盖地的哭号声淹没了，没有人理会他和他手下的宪兵。

龟田气得大声喊叫起来：“站住！都给我站住！”

可送葬的队伍与沿途跟着看热闹的百姓，已经蜂拥来到他的面前，他举着枪退到一边有些不知所措，无奈地跟着送葬人群往前走了几步后，慌忙跳上摩托车，来到石原俊秀面前：“怎么办？根本拦不住！开枪吧。”

石原俊秀沉吟了片刻，连连摇头：“一开枪就会酿成一场流血事件，弄不好就没办法收场了，你在这监视他们的动向，我马上进城。”

石原俊秀回到福田赳夫的办公室，一进门便气急败坏地大声道：“这个姓郑的看来是跟我们较上劲了！不行就来硬的，我就不信这些人不怕死。”

福田赳夫考虑了一会儿，摆了摆手：“不行，你知道吗？他们这是给死人送葬，一开枪就很容易激起民愤，要是再被不知道内情的记者捅到报上，我们就更被动了。再说，一旦把事情闹大，我们跟国民政府也没法交代，对帝国建立大东亚共荣圈十分不利。”

“那怎么办？”

福田赳夫沉思了片刻说：“你马上过去，让龟田队长带着人看着他们，随他们怎么闹，不出什么别的乱子来就行了。”

长长的送葬队伍进城后，一路向日本驻奉天总领事馆走去。惊天动地的哭号声，悲戚幽怨的唢呐声，在阴云密布的天空中回荡着，看热闹的人一路围得里三层外三层。

一个围观的人用手指点着说：“这几个人肯定是让日本人害死的，要不怎么把人抬进城来了。”

“那还用说吗？你看，这不就是奔日本总领事馆去的吗？”边上立即有人附和。

“这下小日本可出洋相了。”

长龙一样的送葬队伍从日本驻奉天总领事馆前面的马路上过去，又向前走了一段路才掉头向城外走去。一路上留下满地纸钱，像刚刚下了一场雪。

石原俊秀看着送葬的队伍渐渐地走远了，松了一口气。对站在身边的龟田队长道：“看来这个姓郑的还真不好对付。”

第十四章

郑春仁借给伙计出殡总算出了口恶气。傍晚倚在公司办公室的窗前，看着车站货场亮起的灯光出神。

过了好一会儿，他转过身来看了一眼站在边上的张浩，说："唉，我是不是该回趟家了。"

"听说伯父、伯母一直住在草房里，不能再让老人家过苦日子了。"

"你说得对，可买地、盖房子要一大笔钱，眼下土匪、盗贼多如牛毛，带这么多钱回去，路上出点事就麻烦了。"

张浩琢磨了琢磨，说："这事交给我吧。"

"你得想个法子，隔墙有耳、隔山有眼啊。"

"这事好办，明天我去北大营找奉军的弟兄弄一些弹药箱子来，把现大洋和金条装在里面，咱们给他来个瞒天过海。"

郑春仁琢磨了琢磨："这倒是个掩人耳目的办法。"

"掌柜的放心，我手下的吴福禄功夫不错，人也机灵，我再派几个得力的伙计跟你回去，路上不会有事的。”

郑春仁点点头：“好！就按你说的办。”

三天后，一大早，运送金条的马车出了奉天城的南门不远便上了去往辽阳的官道。

快晌午的时候，郑春仁看了看前面不远处是一片很大的树林，转过头来问并辔而行的吴福禄：“快到辽阳地界了吧？”

吴福禄抬头看了看：“掌柜的，过了这片树林再走五里地就是辽阳地面了。”

“好吧，冬天黑得早，告诉大伙就不打尖了，到了家再吃饭。”

大车进了树林走了没多远，自幼习武的郑春仁突然听到一声轻微的响动，心里猛地一惊：“不好，有人！”

话音未落，赶车的把式“啊呀”大叫一声，一个倒栽葱从车上滚落到地上。押车的几个伙计急忙勒住马头，迅速掏出枪来。正四处查看，只见一白衣男子从树上像一片树叶轻轻落到马车上，趁伙计一愣神儿的工夫，挥起鞭子赶车就走。

几个伙计一看不好，打马追赶。一个伙计朝车上的白衣男子挥手就是一枪。只见那白衣男子身手极快，一低头把身子藏到了车下，没等那个伙计回过神来，回手一枪正中那个伙计的手臂，那个伙计大叫一声，“当啷”把枪扔到了地上。

其余几个伙计打马继续追赶，那白衣男子一甩手，一支飞镖直奔跑在前面的一个伙计的面门，这个伙计头一偏，耳朵被削掉了一块，鲜血直流。

情急之下郑春仁大喊一声：“快，开枪往马身上打！”

吴福禄不待郑春仁的话音落地，抬起手来一枪将拉车的那匹马打翻在地。那个白衣男子借势“嗖”的一下跳到一棵树上。

郑春仁来到树下翻身下马，朝上面看了看，说：“这位兄弟，你是什么人，光天化日竟敢劫道。”

“哈哈，你说错了，是劫财！”

郑春仁听了心里一愣，大声道：“我这箱子里装的可都是弹药，哪来的钱财。”

白衣男子将身子靠在树干上，用手里的枪指着郑春仁：“那天夜里我看得清清楚楚，箱子里装的全是金条现大洋，你糊弄别人可糊弄不了我。”

郑春仁心里一惊，知道被人盯上了：“好吧，这位兄弟，既然你都知道了，有话下来说吧。”

白衣男子一身的轻功，无声无息地从树上跳到地上。郑春仁见这人十八九岁年纪，一张白白净净的瓜子脸，弯弯的眉毛下，一双眼睛清澈有神，个子不高不矮，十分的英俊帅气，乍一看像个秀气的大姑娘。

白衣男子掂掂手里的枪道：“你把金条和现大洋全都给我留下，要是敢说半个不字——”话音未落，扬手一枪，一个伙计头上戴的瓜皮帽子上的抓阄飞了起来，在空中划过一道弧线，像一只受伤的小鸟，“啪叽”掉到了地上，吓得那个伙计浑身一激灵。

郑春仁转过头来看着白衣男子，淡然一笑，“既然是这样，我让伙计们把箱子卸下来就是了。”

白衣男子低头看了看车下被打死的那匹马，用枪口指着郑春仁：“让人换匹马，你一个人跟我走。”

“去哪儿？”

“这你就不用问了，放心，我不会伤害你。”

郑春仁心想，是福不是祸，是祸躲不过，随他便吧。便点了点头。吴福禄上前劝阻道："掌柜的，别听他的，不能去，要去我们跟你一块去！"

郑春仁摆摆手："不用怕，你们在这等我。"

白衣男子赶着车，郑春仁骑上马从树林里出来，顺着官道向东走了三里多地后，拐上一条向北的乡间土路。白衣男子没有料到郑春仁会如此痛快地答应了他的要求，可他并不知道，骑在马上的郑春仁是想冒死弄个明白：这个人是怎么知道弹药箱子里装的是金条，要这么些钱干什么用?

两个人又往前走了一里多地，进了一个不大的村子。在村子东头一间孤零零的土房前，白衣男子吆喝牲口停了下来，扭过头去对郑春仁道："就是这，卸货吧。"

郑春仁跳下车，先是将装有金条和现大洋的几个箱子一个一个地搬到屋子里，接着整理了一下车上的空箱子，从车上跳下来对白衣男子说："兄弟，剩下的都是为了掩人耳目的空箱子了，我可以走了吗？"

白衣男子挥了挥手："没你事了，走吧。"

郑春仁一边从树上解下缰绳，一边有一搭没一搭地对白衣男子道："这么多黄货都给了你，可有句话不知当问不当问。"

白衣男子不耐烦地白了郑春仁一眼，挥着手："少废话，赶紧走。"

郑春仁把一个箱子摆正说："好，我这就走，可再怎么着，你也得让我死个明白吧。"

白衣男子思索片刻，"好吧，有什么话赶紧说。"

郑春仁微微一笑："我看你言谈举止既不像打家劫舍的土匪，也不像那些市井无赖，倒像个读书人，你一个人要这么多金条干啥？"

"这你就甭管了，我自有用处。"

"实话告诉你，我是个做买卖的，我看你的胃口不小，这点钱总有用完了的时候，我可以继续帮你，不打不相识嘛。"郑春仁带着诚意说。

白衣男子听了呵呵一笑："你倒挺大方，好吧，既然你把话说到这个份上了，那我也不瞒你了，我想用这些钱拉队伍跟日本人大干一场。"

郑春仁上下打量了一下白衣男子："兄弟，你的勇气令郑某敬佩，可我说话你别不爱听，干这种事是要掉脑袋的。"

白衣男子满不在乎地瞅了瞅郑春仁，说："这你甭管了，想干这种事我就不怕死。"

郑春仁一咧嘴："你死了还怎么跟日本人干？我也不瞒你说，我也想跟日本人干，要不我跟你入伙怎么样？"

白衣男子吃惊地看着郑春仁："你入伙，买卖不做啦？"

"不做了。"

"嘿，天底下还有这种人。我问你，你为什么要跟日本人干？"

郑春仁抬起头来望着远处几只在地里吃草的绵羊，愤然地说："我的好几个伙计都死在日本人手里了，我恨透了小鬼子。"

白衣男子听了脱口说道："我跟你一样！"

"看来你跟小鬼子也有深仇大恨？"

"我跟日本鬼子有不共戴天之仇。"

"原来是这样。你要是信得过我，说给我听听。"

白衣男子举目望着远处树梢上的几只乌鸦，想起亲人惨死的往事，禁不住开口道："我叫韩吉庆。祖辈生活在离凤城不远的一个村子里。我爷爷是清末的秀才，我五岁时爷爷就送我进了私塾，后来看我喜欢舞刀弄枪，七岁的时候又给我请了一个精通通背拳的师父教我习武。后来师父看我肯吃苦又吃功夫，就把一身的本事都传给了我。"

郑春仁把缰绳重新系好，说："这我可没想到。冷眼一看，你可不像个练武的。"

韩吉庆心想，有没有功夫也不能写在脸上，我给你露一手让你瞧瞧。只见他一转身，一只箱子已经落到他的胯下，没等郑春仁回过神来，人已经轻飘飘地坐到了箱子上。郑春仁看得呆了。他见郑春仁发愣，把枪掖了掖接着说：“是啊，世上想不到的事儿多了，本来好好的日子，让日本鬼子给搅和了。关东军修铁路强占我家的地，我爸爸不答应，日本人就把我爸爸抓走了。我爸爸说死不吐口，为了杀一儆百，七天后当着全村人的面，把我爸爸放在火堆上活活烧死了。”

郑春仁也从车上搬下了一个箱子，挨着韩吉庆坐下说：“小鬼子简直就是畜生！”

韩吉庆完全沉浸在对往事的回忆里，停了一会儿，说：“我爸爸惨死后，爷爷就疯了，不到一年也死了。”

“那你怎么一个人到了这里？”

“这村里有我一个表姐，我想先弄到一笔钱，拉起一支队伍来，再回到家乡去，杀鬼子给我爸爸和爷爷报仇。”

郑春仁站起来说：“我跟你一样，恨不得一口气把那些日本强盗都宰了，可你想过没有，日本关东军在南满铁路沿线有上万人马，凭你我几个人能行吗？”

韩吉庆一下站起来：“那你说怎么办？仇不报啦？”

“依我看，打鬼子的事要从长计议。”

“你是说我报仇心切，把事情想简单了。”

“你说得对，咱们不能拿鸡蛋碰石头，留得青山在，不怕没柴烧，你要是不嫌弃，我公司现在正缺人手，等有了机会你再报仇不晚。”

韩吉庆像突然想起了什么似的，问：“哎，我问你，那天夜里往箱子里装金条的一个人我看着眼熟，是不是叫张浩？”

郑春仁吃惊地看着韩吉庆："没错，是他，他是我专门请来做押运的队长。怎么，你们认识？"

韩吉庆点点头："张浩的家离我家不远，我俩是师兄弟，从小跟一个师父学艺。半年前，他给我写过一封信，说是在奉天一家贸易公司押车，信上还再三说掌柜的人好，让我也过去，可我一心寻思着要杀鬼子报仇，就把这事搁下了。"

郑春仁高兴地说："那可太巧了，你不如先跟我走，我看报仇的事来得及。"

韩吉庆思索了好一会儿，说："行，既然是这样，你等我一下，我去跟表姐说一声。"

郑春仁从怀里掏出一张银票放到韩吉庆手上，说："这是十块大洋，权当这些天给你表姐的饭钱了。"

韩吉庆有些意外地看着郑春仁，摇了摇头说："这么多钱，我可不能收。"

郑春仁不由分说地将银票塞到韩吉庆手里，说："客气什么，从现在开始你我就是一家人了。"

韩吉庆看着手里的银票，心想，看来张浩说得没错。于是冲着郑春仁一抱拳，转身飘然而去。

郑春仁把金条从屋子里搬出来又重新装到车上。刚收拾停当，韩吉庆就回来了。兴冲冲地对郑春仁说："我跟表姐说了，她别提多高兴了，说她一直提心吊胆的怕我惹祸，这回放心了，你给的钱表姐说啥不要，我好说歹说，她才留下，让我谢谢你呢。"

"谢啥，天不早了，咱们走吧。"

"好！"韩吉庆赶起马车，郑春仁骑上马，不一会儿两个人就顺原路上了官道。

伙计们在树林里左等右等不见郑春仁回来。一个伙计焦急地说："掌柜咋去了这么长时间还不回来？"另一个伙计紧了紧绑腿，"刚才咱们跟着掌柜的过去就好了，你没见那小子功夫那么好，掌柜的一个人根本不是他的对手，我看是凶多吉少。"

"那咋办啊，不行咱们赶紧回去报信吧。"

吴福禄靠在一棵大树上："你们瞎戗戗啥，掌柜的说没事肯定没事。"

话音刚落，就听远处传来了"嗒嗒"的马蹄声，吴福禄一摆手，众人掏出了家伙。不大一会儿，只见郑春仁和刚才那个白衣男子有说有笑地赶着车回来了。

一个伙计迎上前去，接过韩吉庆手里的缰绳，看郑春仁毫发无损，这才放下心来："掌柜的咋去了这么长时间，都快把大伙急死了。"

郑春仁看了看韩吉庆，两个人相视一笑。"来，我给你们介绍一下，这位是韩吉庆，从今儿个儿起就是公司的伙计了。"

"好啊！"伙计们围拢过来。韩吉庆冲着众人一抱拳："见过各位兄弟，吉庆这里有礼了。"

"收拾一下，咱们走吧。"郑春仁飞身上了马，韩吉庆依旧赶着大车，一行人出了林子，走了不到一个时辰，便到了辽阳地界儿，众人都松了口气，吴福禄却不敢有丝毫懈怠，生怕再出什么意外。

由于路上耽搁了时间，郑春仁带着伙计和韩吉庆回到野狼窝的家里，天已经黑了有一会儿了。

郑满仓见到大儿子回来了，别提多高兴了："春仁哪，你这一走快两年了，你娘自打接到你的信，说你要回来，天天念叨你。"

“爹，实在是脱不开身，公司初办，什么事都等着我去张罗，我早就想回来看你和娘了。”郑春仁带着歉疚说。

王金岫摩挲着郑春仁的头说：“回来就好，娘是担心你冷不丁地干摸不着门儿不上道，生怕你磕着这个碰着那个，惹出麻烦来。”

郑春仁拉着王金岫的手：“娘，你看我这不是好好地回来了吗？而且我这次回来想把房子盖起来，省得你和爹住在这草房里憋憋屈屈地受罪，咱再买上他几百垧地，让你和爹好好过几天舒心日子。”

郑满仓装上一锅子烟，高兴地说：“春仁啊，你可给郑家争脸了，有你这么个儿子，我这辈子知足了。哎，就是老二那个浑小子让我和你娘不省心。”

郑春仁笑了笑，“春义又惹您生气啦？”

“他初中毕业，我让他去奉天接着念书，他可倒好，一尥蹶子走了，眼瞅着一年多了，到现在也不见个人影。”

郑春仁摆了摆手：“他也是大人了，由他去吧。”说完拉过韩吉庆：“爹、娘，这是我在路上新认识的朋友，叫韩吉庆。”韩吉庆恭恭敬敬地给两位老人鞠了一躬：“见过伯父、伯母。”

郑满仓满脸堆笑：“这孩子一看就机灵。”他还想夸韩吉庆几句，郑春义从外面一头闯了进来，见满满一屋子人，愣了一下，一看是大哥回来了，忙上前拉着郑春仁的手亲热地问：“大哥，啥时候回来的？”

“这不，刚到家。”

“一晃快两年没见你了，买卖做得咋样？”

“还好。”

郑春仁转身拉过韩吉庆：“来，春义，这是你吉庆哥。一身的好功夫，大哥我刚刚领教过。”

郑春义拉着韩吉庆的手摇晃了两下，兴奋地说："吉庆哥有空儿教我两招儿。"韩吉庆笑着点了点头。

这时，已经上高中的郑春礼也从学校回来了，进了屋连书包都没放下，过来一把抱住郑春仁："大哥，你走这么长时间不回来，想死我了。"

郑春义上前拦住弟弟说："大哥，你回来得正好，告诉你，我有媳妇了，前边不远马圈子的，叫王梅。"

郑春仁惊喜地看着已经长大成人的弟弟，"这事好事啊"！

郑满仓听了气得一跺脚，吼道："混账，你还觍着个脸说呢，你小子跑人家去做倒插门的女婿，把你爹妈的脸都丢尽了。今儿个咋想起回来了，你还知道有这个家啊？"

郑春义装作没听见，拉着郑春仁的手说："我这不是回来想看看你和娘吗？没想到大哥回来了，赶巧了。"

郑春义在王老汉家一待就是三年，他不知道大哥的买卖做得咋样了，几次想去奉天都被胡进拦住了。秋后郑春义帮着王老汉把地里的活收拾净了，打算去胡家窝棚待几天，王梅让他先回趟家看看娘去。郑春义合计了合计，觉得媳妇说的对，已经快大半年没有回过家了，于是吃过晌午饭便回了野狼窝。没想到大哥从奉天回来了，这让他喜出望外。一时不知道说什么好，一着急把自己有了媳妇的事说了出来。他还想接着往下说，郑满仓在鞋底上用力磕了磕烟袋，瞪起眼睛逼问道："你一走好几年，说实话，是不是当胡子去啦？"

郑春义点点头。

"混账！"

郑春仁见爸爸气得满脸通红，说："春义，听大哥的，去奉天念书吧。"

郑春义扭过身去没好气地说："谢谢大哥的好意，我可没心思再去念书了。”

“那就去我公司，愿意干啥随你便。”

郑春义连连摇头：“你饶了我吧，我压根就不是做买卖的料。”

“混账！你这是什么话。”郑满仓气得用烟袋锅敲打着桌子，要不是韩吉庆在边上，早把烟袋锅子抡起来了。

郑春仁拉着郑春义坐到炕上，心平气和地说：“你还年轻，也不怕当胡子让人耻笑，听大哥的话，去奉天的东北大学念书，张作霖花高价请来的先生，都是数一数二的有学问的人。”

郑春义摇了摇头，问郑春仁：“大哥回来干啥？”

“不瞒你说，我这次回来就是想买地、盖房子，娘、爹，还有你和三弟不能总住在这破草房里受罪吧。”

郑春义心想，到底等到这一天了，到时候跟大哥借点钱把杆子拉起来，灭了老山豹也把郑家的门户撑起来，让爹娘过几天安稳日子，也不枉爹娘生养自己一回。想到这他撇了撇嘴：“我再说一遍，你是白忙活，咱家过去不也有房子有地吗？还不是眼瞅着让胡子给抢了、烧了，你手里没有家伙，买再多的地，盖再大的房子也是别人的。”

郑满仓听了暴跳如雷，在地上转了一圈，用手指着郑春义：“屁话！咱自己花钱买的地、盖的房子，不是咱自己的还是别人的？”

“爹，我还是那句话，没有枪把子，就保不住钱匣子。”

“那你咋还真的要去当胡子？”郑春仁觉得两年没有见面的二弟有些陌生。

郑春义看了大哥一眼，“我跟爹说过了，今天当着你的面我再说一遍，老山豹这口气你们能咽，我咽不下去！我的主意已经拿定了，好坏是我自己的事，你们既然不听我的，我走还不行吗。”说完一甩袖子开门出去了。

郑满仓想追出去，被郑春仁拦住了，气得他跺着脚嚷道：“你走了就别回来了！”

郑春仁拉过郑满仓，关上门劝说道：“爹，别跟他生气了，二弟从小就这个性子，您又不是不知道。”

郑满仓装上一锅子烟划火点着，吧嗒吧嗒闷头坐在炕上一口接一口地抽烟，一句话也说不出来。

王金岫见儿子赌气走了，带着几分嗔怪对自己的男人说：“有话好好说，别动不动就发火。”

郑满仓瞧了王金岫一眼，“都是你养的好儿子，好好说他听吗？”

郑春礼走过来，拉起郑满仓的胳膊说：“爹，大哥好不容易回来一趟，咱们一家人团圆了该高兴才对。再说二哥说得也许有他的道理。”

郑春仁摸着郑春礼的头说：“春礼说得对。”

郑春礼仰起头问：“大哥，你又要盖房子又要买地的，这么说，你在奉天挣到钱啦？”

“是啊，没钱怎么买地盖房子啊。”

“大哥，你真的要当地主老财啊？依我看，你把钱都分给那些穷人吧，咱家有房子住，有地种，冻不着饿不着，你知道有多少人没衣服穿，吃不上饭，整天挨饿受冻吗？”

郑春仁看着郑春礼一本正经的样子，笑了笑说：“你还小，好好念书，大哥这次回来打算买他几百垧地，再把房子盖上，将来我还想在辽阳城里开一家书局，在鞍山开一家食品厂呢。”

郑春礼听了板起面孔，用教训的口吻说：“可你知道吗？地主资本家都是剥削穷人的，都是穷人的对头，你就是当上了地主资本家，早晚也会让穷人把你打倒。”

郑满仓越听越不是味，睕楞了郑春礼一眼："你这一套儿一套儿的都是搁哪学来的，怎么着，你要把你大哥打倒啊，来，你当着我的面打倒一个我看看。"

王金岫伸手拽了拽郑满仓的袖子："你这是怎么啦，急赤白脸地，咋谁说冲谁来呢！"

郑春仁拉过郑春礼："好了，好了，光戗戗了，我都忘了跟你说了，这是你吉庆大哥。"

郑春礼规规矩矩地给韩吉庆鞠了一躬："吉庆哥好。"韩吉庆笑吟吟地问："高中快毕业了吧？"

"还有半年。"

王金岫拉拉郑满仓的袖子："孩子他爹，别像吃了枪药似的，春仁他们走一天，累了，还不早点让他们歇着。"

郑满仓这才在鞋底上磕了磕烟袋，翻身去炕柜里拿了被褥出去了。

郑春仁把韩吉庆和几个伙计安顿好，回到屋里陪着王金岫说话，一直到天快亮了才眯了一会儿。

吃过早饭，郑春礼背起书包来到院子里，郑春仁、韩吉庆、郑满仓也跟着从屋里走出来。

郑春礼仰起头来冲着郑春仁说："大哥，有空你常回来看看，时间长了你不回来，我做梦都想你。"

郑春仁拉起弟弟的手："放心吧，奉天离这又不远，有空我会常回来。春礼，我不在家，你二哥又不着调，娘和爹就全靠你了。"

郑春礼拉着郑春仁的手晃动了几下："放心吧，大哥，我会把娘和爹照顾好的。"

郑春仁看着身材高挑的弟弟，心想，时间真快，一晃春礼也长大了。他用手抚摸着郑春礼的头，“春礼，毕业后接着去奉天念大学吧。”

郑春礼沉默了一会儿，不置可否地摇了摇头：“到时候再说吧。”

“多念书没坏处。”郑春仁见弟弟那犹豫不决的样子，不知道他心里是怎么想的。

“大哥，说心里话，你供我念书我愿意，可一想到你就要成为地主、资本家了，我这心里就觉得不舒服。”

站在一旁的郑满仓没等小儿子把话说完，气得抡起了烟袋锅子：“混账！”

郑春仁爱抚地拉着弟弟的手，说：“你还小，许多事还不懂。”

郑春礼看着院子里几只在找食吃的母鸡，说：“大哥，我担心你手里一有了钱，成了地主、资本家，就会欺压那些农民和工人了。”

“你看大哥是那样的人吗？”

“大哥，不管咋说，你答应我，无论到啥时候，你都要站在穷人一边。”

郑春仁见弟弟一本正经的样子禁不住笑了起来：“好吧，我答应你。”郑春礼这才蹦蹦跳跳地走了。

看着郑春礼去上学了，郑春仁回过头来对韩吉庆说：“走吧，村西头的胡大叔说有一百垧地要卖，咱们过去看看。”

郑春礼离开家并没有回学校，而是去了学校附近的一个废弃的砖窑。

砖窑已经多年不烧砖了，郑春礼进来的时候，里面已经坐着十几个青年学生。他们的班主任老师霍旺，一个三十岁出头、个子不高、长得粗壮结实，说话带南方口音的男人立刻热情地跟他打招呼：“春礼来了，快坐下。”

郑春礼给霍旺鞠了一躬，找地方坐了下来。

霍旺环视了十几个年轻学生一遍，轻声说道：“同学们，今天是我们青年读书会第一次读书活动，从今天开始咱们的青年读书会就正式成立了。”

学生们高兴地鼓起掌来。霍旺用双手示意大家停下来，接着从怀里掏出一本《新青年》杂志：“同学们，你们知道吗？早在一九一七年，在离咱们这里不远的俄国爆发了十月革命，那里推翻了沙俄的统治，建立了苏维埃人民政权。现在生活在那里的人们没有了地主、资本家的压迫，过上了好日子。”

郑春礼兴奋地站起来：“这么说，那里的穷人再不用给地主、资本家干活了？”

霍旺示意他坐下，接着说：“是的，我们也应该向他们学习，你们年轻有为，《新青年》中提出的政治民主、信仰民主、经济民主、社会民主、伦理民主和用科学与理性制定事物的主张，以及号召青年人‘战胜恶社会，而不可为恶社会所征服’的文章非常值得一读。”

说着他将杂志交给了刚刚坐下的郑春礼：“来，春礼，你来给大家读读这篇文章。”

郑春礼接过杂志，站起来一字一句地读了起来。

野狼窝村西头的胡庆仁老汉吃过饭，坐在炕沿上一袋烟没抽完，见郑春仁带着一个年轻的小伙子进了院子，急忙从炕上站起来迎了出去：“哟，春仁来了，几年没见，都长成大小伙子了。”

“是啊，老伯身子骨还是这么硬朗？”

“不行啦，老喽。走路都费劲了，比不得你们年轻人了。”

郑春仁快言快语地问：“大伯，我听说您打算把地卖了，咋了，遇上啥过不去的坎啦？”

胡庆仁老汉将两个人让到屋里长长地叹了一口气，说：“唉，别提了，我大儿子去年得了大肚子病，不到一个月就死了。二儿子私下倒腾大烟土，被小日本鬼子抓去挖煤，到现在快两年了，活不见人，死不见尸。过日子图的是个人气，人都没了，我还要那么多地干啥，有几垧地饿不着就行了。”

郑春仁听了爽快地说：“大伯，要是这样的话，您开个价，要多少我给多少。”

“我不会多要，你买别人的地多少钱一垧，就给我多少钱吧。”

“好吧，一垧地我再多加一块大洋，您看咋样。”

“这孩子，跟你娘一样，仁义。”

郑春仁和韩吉庆遂起身同胡庆仁老汉施礼道别。两个人出了院子，郑春仁说：“天还早，咱们再去趟胡家窝棚，我家的一个远房亲戚刘喜说，胡家窝棚胡庆家也有五十垧地要卖。”

胡庆五十岁上下年纪，是胡家窝棚的老户了，靠祖上给他留下的一二百垧地本来吃喝不愁，可老是觉得一辈子在乡下窝着没劲，一心想趁着岁数不大，身子骨还结实，去城里待几年。一早听说郑春仁要来买他的地，坐在太师椅上玩弄着手里一把精致的折扇正暗自高兴，郑春仁和韩吉庆跟在一个长工的后面走了进来。

“东家，这位就是刘喜的表弟郑春仁。”

胡庆脸上挂着笑忙从太师椅上站起来，“郑老板请坐。”

郑春仁坐下来侧过身子问：“我听刘喜说，大哥想卖地？”

“是啊，我打算把地卖了搬到城里去住。”

郑春仁不解地问：“看你这日子过得好好的，干吗要搬到城里去住。”

“嗨，我的地再多，到啥时候还不是一脑袋高粱花子，土鳖一个吗？你看人家城里人，成天出入酒楼茶肆、烟花柳巷，也不枉在人世上走一遭。

我早就想去城里开开眼，享享清福了。”郑春仁和韩吉庆一听都忍不住乐了："好吧，既然是这样，明天我就把钱送过来。"

“你放心，我那五十垧地都是一把攥出油来的上等地。”

胡庆还想往下说，一个四十岁上下的女人推开门一头闯了进来，见郑春仁、韩吉庆坐在那，不管不顾地号啕大哭起来："你个老不死的，放着好好的日子不过，非要把地卖了，这日子没法过了。"

胡庆没有搭理她，有些难为情地拉起郑春仁和韩吉庆来到门外，带着几分歉意说："让郑老板见笑了，女人见识短，等过上城里人的日子，让她闹她也不闹了。"

女人却噔噔噔从屋里冲出来，一把抱住胡庆的大腿，坐在地上鼻涕一把泪一把地数落起来："你个挨千刀的败家爷们儿，我不跟你过啦！"

快晌午的时候，郑春仁、韩吉庆、郑满仓从外面回来，王金岫正坐在炕上摸索着纳鞋底，听到几个人说话，笑呵呵地问："回来了，咋样，房基地看好了？"

郑春仁坐到炕上，说："娘，看了，地方选得挺好，别等了，过几天就让爹找人进料吧。"

“地也都买下啦？”

“都买好了，咱村的，加上胡家窝棚的一共一百五十垧，钱我都给了，过两天地契就送过来。”

“好啊。”

郑春仁看王金岫满心欢喜的样子，说："娘，您高兴的日子还在后头呢，明年开春我还打算在辽阳城里开个书局，在鞍山开一家食品厂。"

郑满仓拿起烟袋在鞋底上磕打了几下，掩饰不住心里的喜悦，说："郑家这回算翻身了。”

郑春仁看着郑满仓和王金岫，想起小时候离开家去鞍山读书时的往事，在心里默默地说，你们没有白养儿子一回。他洗了把脸，说：“爹，娘，没别的事，明天我就准备回去了。”

王金岫放下手里的活拢拢头发：“娘知道你忙，回来一趟不容易，娘想跟你说个事。”

“啥事啊，娘？”郑春仁把身子朝炕里挪了挪。

“你爹想抱孙子了，鞍山你金叔叔头些日子来，说他有个远房的外甥女，人挺贤惠，我跟你爹商量过了，把这门亲事定了。”

郑春仁听了一时愣住了，心说，公司那一大摊子事眼下都忙不过来，哪有闲工夫谈情说爱啊，再说婚姻大事凭爹妈一句话就定了也太草率了。想到这拉起王金岫的手，说：“娘，结婚娶媳妇是一辈子的大事，我从来没跟她见过面，这女人啥性情一点也不摸底，硬往一块凑合，能行吗？”

郑满仓听儿子话里有话，说：“你小子可别忘恩负义，要不是你金叔叔你能有今天吗？”

郑春仁心想，这不扯越远了吗。“爹，金叔叔对我有恩，到啥时候我也忘不了，可这跟娶媳妇是两回事。”

“你小子别有点能耐就忘了自己姓啥了，你娘有病，人家三天两头往咱家跑，咋人家说点事到咱这就推三阻四的。”

“爹，一回面儿没见，两个大活人就在一个炕上睡觉，一个锅里吃饭，是那么回事吗？”

王金岫听儿子口气是不想答应这门亲事，带着几分无奈劝说道：“春仁啊，娘也是这么想的，可你金叔叔张一回口，我怎么好意思回绝人家。”

郑春仁摇了摇头，“这么说娘已经答应金叔叔啦？”

王金岫点点头：“娘没跟你商量就替你做主了，你别生娘的气。”

郑春仁长长叹了一口气，一时没了主意。王金岫带着几分歉疚摩挲郑春仁的头，说：“娘这也是没办法，你上学，娘治病还不都亏了你金叔叔。”

“娘，你咋也糊涂了呢。”

郑满仓在鞋底上磕了磕烟袋，“从古至今，哪家娶媳妇嫁闺女不都是爹妈说了算，怎么到你这张口闭口就两回事了，不管你愿意不愿意，明天到鞍山去一趟，跟你金叔叔商量商量，头走把喜事给我办了。”

郑春仁心里像被塞进去一块支棱八翘的石头，咽不下去也吐不出来。他跟韩吉庆来到院子里，两个人面面相觑，郑春仁心乱如麻。看着从那棵老桃树干枯的枝干间散落到地上斑驳杂乱的日影，愈加觉得心烦意乱。

第十五章

郑春仁带着韩吉庆来到鞍山金宫善家，已经是下晌了。金宫善正在上房看书，见伙计带着郑春仁和韩吉庆进来，放下手里的书站起来，仔细地打量着站在面前的郑春仁，十分高兴地说："春仁啊，我听你娘说你从日本回来了，给南方的国民政府贩运燃油，我没看错，你小子出息了。"

郑春仁恭恭敬敬地上前深施一礼，满怀感激地说："金叔叔，我有今天，还不多亏了您。"

"话可不能这么说，你天生就是做生意的材料。"

"我早就想过来看看金叔叔，可公司的事务缠身，金叔叔千万别挑我的理。"

金宫善笑容满面地说："哪里，你正是干事儿的时候，我这里挺好的，不用你惦记。"

两个人坐下，郑春仁抬头看了看金宫善，开门见山地说："这次来，是想把金叔叔说的亲事定下来，我娘和我爹说了，让我回奉天之前把喜事办了。"

金宫善欣喜地看着在自己跟前长大的郑春仁已经出落得一表人才："好哇，我这个外甥女本分，会过日子，我想来想去，你俩挺合适，也没跟你商量，就跟你娘把这事定下了，你要是不愿意也别勉强。"

郑春仁轻轻摇了摇头，无可奈何地说："既然金叔叔和娘说行，我没啥说的。"

金宫善考虑了考虑："要是这样的话，喜事就放在辽阳办，到时候在东海兴酒楼多摆几桌，把喜事办得热闹一点。"

郑春仁点了点头，说："也好，我这就回去准备准备，金叔叔定好了日子告诉我。"

金宫善心想，事办得多少急了点，可赶到这了也只好将就了。他站起来，还像小时候那样摸了摸郑春仁的头，说："公司事多，你回来一趟不容易，把喜事办了就了了我和你娘的一份心事。"

郑春仁虽说心里一百个不愿意，可看着眼前这位于自己和爹娘都有恩的人，只得不情愿地点了点头，说："我听金叔叔的。"

"这孩子，还是小时候的样子，厚道，懂事。"金宫善满意地笑了。

三天后，辽阳城里的东海兴酒楼张灯结彩，喜字高悬，宾朋满座。金宫善花钱把二楼包了下来，能请的亲友都来了，郑满仓、王金岫被安排坐在上首。在喜庆欢快的唢呐声中，司仪高声道："喜字高悬！胜友如云！天赐良辰！莺鸟鸣唱赛鸳鸯，新人有缘结百好，一拜天地——!"

新郎郑春仁牵着新娘齐玉萍手里的红丝带双双跪下。一个头磕下去站起身正要拜见父母高堂，一个酒楼的伙计上气不接下气地跑了上来，神色慌张地来到郑春仁面前，"不好了，胡子来了！"

郑春仁闻听愣住了："哪来的胡子？"

坐在一旁的金宫善更是脸色陡变，心想："这不癞蛤蟆落在脚面上——不咬人硌硬人吗？"

郑满仓也"唰"地站起来，冲着报信的伙计抱怨道："这胡子早不来晚不来，偏偏这时候来，真是吃饭吃出个苍蝇——这不恶心人吗！"

几个人正在说话之间，张小眼拎着枪一拐一拐地带着铁蛋子和两个土匪上了楼，旁若无人地径直来到郑春仁面前，眯缝起一对小眼睛上下打量了郑春仁几眼，一龇牙道："你是他妈打哪冒出来的土鳖，怎么这么不懂规矩，办喜事也不事先告诉你张爷爷一声？"

郑春仁瞅了瞅张小眼，心想，他怎么知道我今天办喜事？"我也不认识你，上哪儿找你去。"郑春仁不冷不热地说。

"嘿，这么说你他妈还有理了，我可把话挑明了，这辽阳城里哪家娶媳妇嫁闺女也少不了我张小眼，你要是明白事儿，赶紧给我拿个三头二百的，咱们有话好说，你要是跟我装糊涂，我今儿个就把喜事给你搅了！你看着办吧。"

郑春仁暗想，遇上这样下三烂的胡子，最好就是破财免灾。想到这一拱手："你说的倒也是，哪家办喜事不图个顺当，既然你赶上了，我这有十块大洋你拿去好了。"

"你还算明白事。"张小眼把钱揣起来转身想走。一扭头，看到身边站着的新媳妇，又收住脚步，眯缝起眼睛看了半天，色眯眯地道："好俊的美人啊！"说着伸手在齐玉萍的脸蛋上捏了一把。

站在边上的韩吉庆实在看不下去了，本来以为这小子拿上钱走了也就算了，想不到还来了这么一水子。他上前一伸手把张小眼的手腕子攥住了："你小子还是人不，要钱，给你了，你咋还戏弄人家新娘子，你是不是有点欺人太甚了？"

张小眼咧着嘴看了看韩吉庆，一脸不屑地道："嘿，你他妈的是搁哪蹦出来的野狗，跑这充大尾巴狼来了，你也不打听打听，在这地面上我张小眼说一不二，想咋的就咋的。"

说着，他一挥手冲站在边上的铁蛋子和两个土匪大声道："还站着干啥，给我上！"

韩吉庆心想："看来这小子是纯心要搅局啊。"他放开张小眼的手腕子，身形一动，一个"穿山掌"直奔张小眼的前胸，张小眼往后倒退了几步，扑通跌坐在地上。

张小眼很快又爬了起来，拍打拍打屁股发疯一样的喊叫道："好啊，你他妈敢打你张爷爷！"说着摇摇晃晃地向韩吉庆扑了过去。

韩吉庆往前一带他的手腕，在他的后背上"啪"就是一掌，张小眼咕咚摔倒在地口吐鲜血，站了几次却爬不起来了。

铁蛋子看张小眼被眼前的漂亮小伙三拳两脚就打倒在地起不来了，喊叫道："抓住他！"说着上前伸手去抓韩吉庆的头发，韩吉庆侧身击掌，一个"推窗望月"，铁蛋子只觉得浑身一震，"蹬、蹬、蹬"踉跄了几步，"咕咚"摔倒在地，"嘎嘣"脑袋磕在桌子腿上。他伸手一摸，见流出血来，大叫道："妈的，我跟你拼了！"

边上的一个土匪不待铁蛋子喊声落地，早已"唰"地抽出枪来，韩吉庆没容他把枪举起来，甩手飞出一支暗器，这小子一捂手腕子"妈呀"大叫一声，把枪"当啷"扔在了地上，吓得脸都白了。

韩吉庆看也不看那个土匪一眼，蹲下身把张小眼翻转过来，摸了摸，发现人已经没气了。站起身来拍了拍手："咋呼得挺欢，这么不禁打！"

韩吉庆看了看趴在地上筛糠的铁蛋子，问："他是什么人？"

铁蛋子慢慢地从地上爬起来，"他是我们二当家的，听说今儿个这有人娶媳妇，想弄俩钱花，就带我们过来了，可没我们啥事啊。”

韩吉庆挥了挥手厌恶地说：“赶紧把他抬走，记着，以后别干这种缺德事了。”

铁蛋子连连点头：“是，是。”三个人弯腰抬起张小眼下楼忙不迭地走了。

郑春仁看着韩吉庆一笑，说：“这小子自找没趣，咱们重新开始吧。”

韩吉庆冲着司仪点了点头，司仪朝四周看了一眼，朗声道：“各位亲朋贵客，方才多有惊扰，请各自归座！”

郑满仓搀扶着王金岫重新坐好，司仪扽了扽礼服高声，道：“新郎英俊赛潘安，新娘貌美胜貂蝉，一对新人拜见父母高堂！”

郑春仁和齐玉萍双双跪倒在郑满仓和王金岫跟前，郑满仓笑得合不拢嘴，王金岫从怀里掏出一个红布包和一个精致的首饰盒交到齐玉萍的手上。齐玉萍双手接过，在地上磕了一个头：“谢谢爹、娘！”

王金岫拉过齐玉萍的手，说：“事儿办得急了点，缺啥少啥日后娘再补给你。”

“娘，有您这句话，儿媳妇就知足了。”

郑满金扭过头来看了看金宫善，满意地说：“这孩子懂事，二嫂有福啊。”

这时只听司仪高声道：“在天愿作比翼鸟，在地愿为连理枝，新人对拜——！”

没等一对新人站定，楼下突然一阵大乱。大个子张海带着人瞪着滴溜乱转的大眼珠子拎着枪闯了进来。来到楼上往那一站，旁若无人地厉声质问道：“哪个小兔崽子把我的人打死了！”

韩吉庆迎上前去，围着张海转了一圈：“说话干净点，没看这办喜事吗？咋呼啥。”

张海用手指着韩吉庆，涨得满脸通红：“你是哪个庙上的小鬼儿，跑这儿装神来啦？”

站在边上的铁蛋子用手一指韩吉庆，说：“大当家的，就是这个小白脸儿把二当家的打死了。”

“没错，你们二当家的咋咋呼呼地，瞅着挺凶，可连只小鸡儿都不如。”韩吉庆轻描淡写地说。

张海不满地瞪了韩吉庆一眼：“让你这么一说，我的人就白死啦？”

金宫善、郑满仓、郑满金、郑满银、郑满庆都站起来围拢过来。金宫善说：“你们这个二当家也忒不是人了，他来要钱，我们给了没差他的事，可他不要脸，反过来还调戏新娘子，换了你，你干吗？”

张海听了脸涨得更红了，看了看周围的人，见每个人都是一脸的怒气，口气不由得软了下来，“嗨，你们也别生气，人被你们打死了我总不能不过来看看吧。这小子也是，看谁家办喜事都跟着搅和，遇上好看的女人就迈不开步，这下可好，把自己小命搭上了。”

郑春仁拱了拱手，问张海：“你是大当家的。”

“是。”

“这么说，你是为二当家的报仇来啦？”

“我的人让你们打死了，我不能不管吧。”

“你说咋办？”

“咋办？人都死了，还能咋办。我知道，这事不怨你们。”

说完他转过身来冲身后的几个人一挥手：“走吧！回去找个地界儿把二当家的埋了算了。”说完正要走，郑春仁一伸手，“大当家的留步。”

张海一愣，“还有事吗？”

“他家里还有什么人吗？”

张海叹了一口气，说：“别提了，他原先有一个媳妇，看他不着调，扔下他早就走了。家里就剩下一个快七十的老娘靠他养活，他这一死，他老娘恐怕也活不长了，作孽呀。”

郑春仁听了半晌没说话，伸手把张海拉到一边，从怀里掏出一张银票，说：“大当家的，这是二百块大洋，你买口好点的棺材把二当家的发送了，剩下的钱，留给他娘养老吧。你们既然是一个锅里搅马勺的弟兄，这事就托付给你了。”

张海吃惊地张大了嘴巴，一时不知如何是好，心想，这个人出手可真大方：“这么多钱我哪好意思要，你要是想给，就给个棺材钱吧。”

郑春仁把银票放到张海手上，说：“二当家的做事不地道，可他老娘不能跟着吃瓜落，老人一辈子不容易，养了这么个不争气的儿子也是没办法的事，我看最好能找到他媳妇，不管她改嫁没改嫁，都把老人接过去，这笔钱足够她给老人养老送终了。”

张海眼圈有点发红，接过银票，抓耳挠腮地想了半天，说：“我张大个子是个粗人，不会说别的，谢了！”说完一挥手：“撤！”带上自己的人下楼走了。

郑春仁走过来，拉起齐玉萍冲着司仪点了点头，示意婚礼可以重新开始，司仪招呼众人坐好后，高声道：“天作之合！白头偕老！新人对——拜——”郑春仁和齐玉萍在人们的笑声中双双跪下身去。

早上吃过饭徐老爷子在屋子里一张紫檀木躺椅上一边看着鸟笼子里的两只画眉嬉戏，一边有滋有味地哼着奉天大鼓：“佳人三月似桃花，春水东流人如画，书生我一见心欢喜……”

这时看门的伙计走过来，说：“老爷，春仁来了。”

徐老爷子心想，这小子跑哪去了，可有一程子没来了。他站起身来吩咐道：“快让他进来。”

伙计麻利地转身带着郑春仁进了屋子，徐老爷子高兴地拉过郑春仁朗声道：“我说怎么没听到狗汪汪，闹了半天是我徒儿来了。”

郑春仁忙施礼道：“伯父，前些日子回了一趟老家，就一直没来看望伯父。”

“我知道你忙，走，有话屋里说去。”

两个人一前一后进了上房，刘嫂沏上茶退了出去。徐老爷子端起茶碗，用嘴吹了吹漂在上面的茶叶末，关心地问：“你爹和你娘都好吧？”

郑春仁欠了欠身子：“二老都好，多谢伯父惦记。”

“你这程子走了不少天吧？”

“是，我娘也没跟我商量，就给我说了个媳妇，把喜事办完了才回来，在家里多待了几天。”

徐老爷子捋着胡子：“哈哈，我说今儿个一早这俩鸟一个劲地叫呢，闹了半天是你小子娶媳妇了。恭喜，恭喜！”

“伯父，过两天我请您喝喜酒。”

“好哇。”

郑春仁侧了侧身子，说：“今天来，想请伯父帮个忙，您在奉天多年，认识的人多，有合适的帮我买处房子。”

徐老爷子慢条斯理地喝了一口茶，说：“真是应了那句老话了，来得早，不如来得巧，前天城里四平街马掌柜的来找我，说他侄子的房子要卖，让我帮着搭咯买主呢。”

“伯父，房子在什么地方？”

“我还没来得及细问，这样吧，明天晚上我在洞庭春请客，我让马掌柜过来，你一问不就知道了吗？”

“多谢伯父，要是合适我就买下来。”

徐老爷子捋着胡子，说：“没边儿没沿儿的事马掌柜不会跟我说，我看八九不离十。”

第二天掌灯后，洞庭春饭馆的一个包间里，徐老爷子和郑春仁、徐明坐下不大工夫，马掌柜就来了。徐老爷子起身给郑春仁介绍说：“春仁，这是四平街马掌柜。”

郑春仁站起来抱拳道：“久仰久仰，晚辈春仁拜见前辈马掌柜。”

马掌柜哈哈一笑：“你就是那个义浩？”

郑春仁深鞠一躬，“正是晚辈，承蒙伯父抬爱，赐字义浩，晚辈受之有愧。”

马掌柜摆摆手说：“坐、坐。”

几个人分头坐下。马掌柜看了看郑春仁，开口问道：“我听说你要买房子？”

“晚辈刚刚完婚，打算在奉天安家。”

不一会儿跑堂的把菜上齐了，徐老爷子招呼几个人道：“来，有话咱一边喝酒，一边说。”

郑春仁给几个人依次把酒斟满，端起酒杯说：“晚辈先敬两位前辈一杯。”

马掌柜端起酒杯一饮而尽，放下酒杯叹了口气，说：“这房子是我的一个叔伯哥哥的，我那侄子这几天天天找我，催命似的让我把房子早点卖出去。”

郑春仁看着马掌柜，问：“看来您的贤侄是急等着用钱啦？”

马掌柜点点头：“可不是咋的，好好的一个家，说败就败了，说起来丢人啊。”

“前辈，此话怎讲？”

马掌柜夹了一块熘肉段放到嘴里：“这话说起来就长了。我这个叔伯哥哥因为小的时候长得结实，我大爷给他起名叫马壮。长大后，跟人在浑河上放排，赚了钱就自己买了一条船做起了水路生意。有一年夏天赶上浑河发大水，冲下来老鼻子东西了，好多人也被水冲到了河里，当时我这个叔伯哥哥划着船只顾捞东西，眼看着一些人活活淹死了。”

郑春仁惋惜地说：“钱财不过身外之物，救人之危，乃为人之本。”

马掌柜端起酒杯把酒喝下去，接着说：“你这话说得对，后来挣的钱多了，我这个叔伯哥哥在大东门里盖了一座带后花园的大宅子，日子本来过得挺好，可有一年夏天赶上下大雨，浑河突然涨水，跟我这个叔伯哥哥一块的有好几条船都没事，偏偏他的船翻了，人掉到河里当时就没影了，末了连个尸首也没找到。”

徐老爷子捋着胡子说：“这是报应啊。”

“是啊，打那以后，我这个叔伯哥哥家里倒霉的事就接二连三、一件接一件。先是我叔伯嫂子睡宿觉的工夫就疯了，见人就要脱衣服跟人家上炕睡觉。整天满嘴胡言乱语，在街上到处乱跑，请了不少的郎中，又是吃药，又是扎针，到了也没治好，后来死在家里的茅坑里了。”

徐老爷子感叹道：“看来善恶有报，一点不假啊。”

马掌柜长出了一口气，说：“我这个叔伯嫂子死了半年后，我那大侄女出门买菜，被人贩子花言巧语拐卖到窑子里去了。”

“这事闹的。”徐明禁不住插嘴道。

“后来我那大侄子跟别人一块倒腾大烟，因为钱财上的纠纷，不清不白地让人家打死给扔到了粪坑里，跟他娘一样，从粪坑里捞出来，带着一身的屎尿味进了棺材。”

徐明追问道：“后来呢？”

“本来，就数我这个小侄聪明懂事，想不到高小毕业那年被几个同学拐带到北市场学会了抽白面、耍钱。不到两年就把他爹攒下的那点家底都折腾光了，还欠了外头一屁股债，债主三天两头找上门来，这个说要砍他的胳膊，那个说要卸他的腿，被逼得实在没辙了，这不，三番五次找我，要把房子卖了去还赌债。”

郑春仁摇了摇头：“马掌柜，听您这么一说，这房子我说啥也不能买呀。”

马掌柜摆了摆手：“这房子还非你不卖了。这小子一犯大烟瘾，就什么都不管不顾了，我怕别人糊弄他，钱没拿到手，房子也没了。”

徐老爷子夹了一块熘鱼段放到嘴里，不容分说道：“春仁，我做主，这房子就卖给你了。”

郑春仁冲着马掌柜一拱手：“既然是这样，这房子我就先买下来，您什么时候要，我什么时候再给您。”

马掌柜禁不住喜形于色：“有你这句话，我就放心了！”

“那明个儿就把事办了。”徐老爷子做事向来喊里咔嚓。

“行。”马掌柜一口答应下来。

“多谢两位前辈。”郑春仁站起身来深施一礼。

徐老爷子端起酒杯提议道：“春仁娶亲成家，又喜得新居，来，咱一块干一个！”几个人端起酒杯一饮而尽。

郑春仁的新家一共有三间正房、两间耳房，东西还各有三间厢房，南面垂花门两侧是两间南屋。院子很宽敞，正中放着一口敦实的圆口青瓷红釉鱼缸，院墙下边栽着两棵丁香树，迎面朝阳的地方是一个花圃。

郑春仁带着新婚的妻子齐玉萍从垂花门进来，韩吉庆正在跟几个伙计往上房里搬一张梨木八仙桌和几把黄梨木椅子。韩吉庆放下手里的活：“大哥，照你说的都布置好了，你看哪不合适，我让人再重新安置。”

郑春仁朝四周看了看，说：“让你受累了。”

说着郑春仁转过身去对齐玉萍道：“屋子里的家具摆设都能用，我没让动，就是上房我让吉庆新买了一张桌子、几把椅子，你看行吗？”

齐玉萍看着眼前宽敞整洁的院落，亮亮堂堂的大瓦房，高兴地连声说：“行，行，这么好的家，再不满意就是昧着良心说话了。”

韩吉庆和几个伙计听了都笑了。齐玉萍挽着郑春仁来到上房，心里甜滋滋的，禁不住在郑春仁的脸上轻轻地吻了一下。

尽管从外面吹进来的风带着明显的寒意，日本驻奉天总领事福田赳夫仍开着窗户不停地踱步，特务头子石原俊秀站在地上一动不动。

过了一会儿，福田赳夫在石原俊秀面前站定，沉着脸问：“据满铁运输部的小野君说，恒通贸易公司的买卖做得不错。”

石原俊秀抬起头来回答道：“是的，据我们打进郑春仁府邸的谍报人员报告，郑春仁从国民政府和张作霖那里获利丰厚，而且将收入所得兑换成金条送回了辽阳老家。”

“这个郑春仁看来是春风得意喽。”

“郑春仁回去后不但买了一百多垧地，而且正在盖房子。”

福田赳夫心想，看来这个石原君的确是个不可多得的谍报老手。他回到桌子后面坐下，不动声色地说：“这个人看来还真不能小看，我听说他加入了我们的组织黑龙会。”福田赳夫示意石原俊秀坐下。

石原俊秀坐到对面的椅子上，说：“是的，郑春仁在东京大学读书的时候加入了黑龙会，可据我们掌握的情况，这个人回国后，除了一些零零碎碎的情报，并没有给我们提供有价值的东西。”

福田赳夫板起脸：“这个郑春仁上次借给他的伙计发丧，闹得我们很没面子，这个人根本靠不住。你必须要想办法再让他吃点苦头，好好教训教训他。”

石原俊秀面无表情地冷冷一笑：“既然他不想为我们干事，我打算让他在奉天地面上永远消失！”

福田赳夫思忖了片刻，“我也是这么想的，不过他现在是国民政府的人，我怕弄得不好，万一惹出点什么麻烦来就不好解释了。我们目前对华政策将有新的调整，在这个时候还不能跟国民政府搞僵，更不想让他们借机做什么文章，外交上的事情往往很敏感。”

石原俊秀像随手扔掉一块抹布似的挥了挥手，说：“这个郑老板软硬不吃，留着他早晚是祸害。”

“你说得对，从他跑到我眼皮底下示威那天开始，我就想把他除掉了。”

石原俊秀以一个谍报专家的口吻说：“据我们了解，这个人没有什么更多的政治背景，把他干掉，国民政府大不了再换一个人当经理就是了，我想不至于引起外交上的纠纷，更不会带来什么麻烦。”

福田赳夫思索了一会儿，做了一个向下劈斩的手势：“不过，你还是把事情做得干净一点好。”

“据我的谍报人员报告，郑春仁经常往来于奉天和武汉之间，我计划在火车上派人神不知鬼不觉地把他做掉，事后即使武汉的国民政府追查下来，大不了是劫匪图财害命，我想他们不会就一个公司经理的命案而过于深究。”

“你有把握在车上解决问题吗？”福田赳夫带着几分担心问。

石原俊秀信心十足地说：“请总领事放心，不会失手的。”

福田赳夫仍是有些不放心地问道：“要是万一失手怎么办？”

“一旦车上失手，我安排在车站上的人也会让他丧命。”

在福田赳夫眼里，这个郑春仁早已是块又臭又硬的石头，太碍事了。他站起来用力拍了拍石原俊秀的肩膀：“记住，你只有一次机会。”

“跑不了他。”

福田赳夫满意地挥了挥手，石原俊秀站起来敬了个礼出去了，福田赳夫长长地松了口气。

第十六章

眼看着再有几天就是一九二八年的新年了。郑春仁从公司回到家里，把脱下来的大衣和帽子挂好，端起齐玉萍沏好的茶水喝了一口，拿起桌子上的报纸，上面刊登的一则消息吸引了他的目光。日本政府公然宣称采用武力来维护日本的在华利益，设法压制中国各地的反日运动，确保日本在满蒙的特殊利益。他放下报纸，心想，看来谭延闿当初说得对，不论“满铁”使什么花招也不能把燃油卖给他们，否则就是为虎作伥。这时门房敲门进来说：“掌柜的，您二弟来了。”

郑春仁见到弟弟十分高兴，上前抓住郑春义的手问：“你怎么来了，事先也不说一声，快，坐下喝口水。”

“我来看看大哥。”

“上次回家见了一面就没影了，你上哪儿去啦？”

“我去王梅家了。”

郑春仁这才想起来弟弟可能还没吃饭。于是问：“你这是从哪儿来，我也才从公司回来，让你嫂子炒几个菜，咱哥俩喝两盅。”

“我不饿，刚才在路上吃了一口。”

“看你，忙三火四的，有什么要紧的事吗？”

“大哥，我想借点钱。”

郑春仁愣了一下，问道：“借钱干啥？你要是有正用，借多少都行；你要是干别的，一个子儿也没有。”

郑春义心想，豁出去了，用不着兜圈子：“大哥，张大个子那我干不下去了，我打算自己拉杆子。”

郑春仁吃惊地瞪大了眼睛看着郑春义：“闹了归齐，你不还是想上山当胡子？”

郑春义分辩道：“大哥，你跟咱爹不一样，你咋还没看明白呢，这年头，手里有了枪把子才不挨欺负。”

郑春仁一时不知道说什么好，沉默了一会儿，说：“没有枪杆子活得硬气的人有的是，我怎么就想不明白，天底下有那么多事干，你怎么就鬼迷心窍，一心想当胡子呢？”

郑春义辩解道：“大哥，胡子跟胡子可不一样。”

郑春仁不想听他再说下去，摆摆手：“不管你怎么说，我是你大哥，不能眼看着你走到邪路上去。”

郑春义心想，看这架势还真让胡进说着了。心里一急，说话就有些不管不顾了：“大哥，我真的不是去上山当胡子，更不会去杀人放火、打家劫舍。”

郑春仁生气地打断弟弟的话，说：“你说这话谁信啊。”

郑春义担心借钱的事泡汤，换了一副口气说：“大哥，这些年咱家活得太窝囊了，还是那句话，老山豹这口气你能咽，我到啥时候也咽不下去！”

郑春仁并不为之所动，接着劝说道：“过些日子，爹把家里的房子盖起来，日子就会一天天好起来了，就不会再过那种憋屈日子了。”

“大哥，你说得轻巧，你有多少房子多少地，最后还不都是狼嘴里的肉。”

郑春仁从椅子上站起来，“咱不招惹别人，安安稳稳过咱自己的日子。耍枪弄炮的，不是你干的事。”

郑春义起来，拉着郑春仁坐下，说：“大哥，你真糊涂啊，你想过安稳日子，别人让你过吗？要不是那伙土匪来烧粮食，娘的眼睛能瞎吗？咱家能窝窝囊囊地在那几间破草房里住这么些年吗？”

郑春仁见弟弟对他说的话一句也听不进去，心里合计，这事要是弄不好，就会伤了兄弟间的和气，可他又不想借钱给弟弟，便接着苦口婆心地劝道：“你咋不想想，你才中学毕业，不管怎么说还是个孩子，你想拉杆子有那个本事吗？那可是真刀真枪玩命的事，你以为还像小时候，找一帮光屁股小孩儿打仗闹着玩哪。”

郑春义却无动于衷地说：“大哥，不管你咋说，我想干的事就要干到底，你不借给我钱，我也照样干。”

“春义，你听我的，死了这条心，回家跟爹和娘说一声，到奉天来念书吧。吃的用的我供你。”

“大哥，你就是说出龙叫唤来，书我也不想再念了，你要是不借给我钱，就不用为我的事操心了。我这就回去了。”

“你这是什么话，你是我弟弟，你的事我不操心谁操心，你要是不听话，非要当胡子，你就永远别来见我。”

郑春义火气也上来了：“不见就不见，你以为我离了你就干不成事了。”

郑春仁生气地说：“你既然有这么大的本事还来找我干吗？你有能耐，明天就把人马刀枪拉过来我瞧瞧。”

郑春义毫不示弱：“你别以为我办不到，天底下的林子多了，我干啥非得在你这一棵树上吊死。你放心，我不会再来找你了，你做你的买卖，我拉我的队伍，今后咱俩井水不犯河水，各走各的道，我的事不用你管，好坏我自个儿擎着。”

郑春仁没有料到自己的这个二弟已经铁了心要拉杆子，怕再说下去真的弄僵了，逐缓和了一下口气说：“行了，行了，怎么话越说越远了，你要是没别的事，在我这住几天。”

“不用了。我同学还在家里等着我呢。”说完，郑春义站起来，抓起桌子的帽子气鼓鼓地走了。

郑春仁追出院子，看着郑春义头也不回地走远了百思不得其解，心想，这个老二，中什么邪了。

过了大年，郑春仁本打算带着韩吉庆一块回家看看，让爹赶紧把房子盖起来。吃过晚饭，郑春仁在上房一边喝茶，一边翻阅《盛京时报》。这时门房打更的伙计敲门进来说：“掌柜的，您弟弟郑春水来了，说有急事要见您。”

郑春仁急忙站起来：“哦，他来干啥？”

伙计返身出去带着郑春水进来。只见郑春水满头大汗，郑春仁给他倒了一杯水，拿过毛巾递给他，“快擦擦汗。这么晚了，你怎么来啦？”

郑春水扬起脖子一口气把水喝下去，抹了抹嘴巴，说：“大哥，我二大爷让你赶紧回去一趟。”

郑春仁心里咯噔一下：“怎么，是不是我娘的病又犯啦？”

郑春水摇摇头说：“不是，家里的地契丢了。”

郑春仁吃惊地瞪大了眼睛，问：“怎么丢的？”

“回去你就知道了。”

第二天郑春仁和郑春水赶在天黑前进了家门，郑满仓坐在炕边上正一口接一口地在闷着头抽烟，王金岫在炕上摸索着做针线活。

见是去报信的郑春水带着郑春仁回来了，郑满仓黑着脸，在鞋底上用力磕了磕了烟袋，气呼呼地站起来说："气死我了。"

郑春仁扶着郑满仓坐下，问："怎么回事？"

郑满仓重新装上一锅子烟，吧嗒吧嗒抽了两口，说："老二那个败家子把野狼窝你刚买的那一百垧地的地契偷着拿跑了，逮着他我非把他手剁下来不可！"

郑春仁安慰郑满仓说："爹，先别着急，前几天春义上我那去借钱，我没借给他。"

郑满仓恍然大悟："我说呢，回来跟我说去奉天看你了，我挺高兴，还夸了他几句。"

郑春仁想问个明白："二弟怎么知道我买地的事。"

"是我告诉他的，这个小兔崽子，嘴上说得挺好，让我把地契收好了，哪知道私下里没安好心。"郑满仓后悔不迭。

王金岫拢拢头发，说："那天晚上你爹前脚刚出去，春义就带着媳妇过来了，说是怕我着凉，非张罗着给我烧炕，还一个劲地给我端茶倒水。我还纳闷呢，这小子是怎么了，一年一年的也见不着个人影，咋有了媳妇出息啦？一来二去，他拿出我放地契的木头匣子，糊弄我说他媳妇家里穷，没见过地契啥样，想见识见识。就这么三摆弄两摆弄，欺负我眼睛看不见把地契拿走了。"

郑春仁心想，看来老二真是一心想当胡子了。"春义去哪儿啦？"

"肯定是上胡家窝棚他同学那儿了。"郑满仓阴沉着脸说。

"明天我去胡家窝棚找他。"

"去了说啥把地契给我要回来，这个混账东西，都是让你娘惯的。"郑满仓气得用烟袋锅子敲着桌子埋怨道。

王金岫拉过郑春仁："进门就戗戗，连口水都没顾上喝，娘给你倒水去。"

郑春仁摇了摇头，心绪烦乱地坐到凳子上："娘，你眼睛不好，歇会儿吧。等我见了这个老二，看我怎么收拾他。"

王金岫摸着儿子的头，说："算了，他把地契拿走了自然有他的用处，随他去吧。"

郑满仓听了，在鞋底上磕了磕烟袋锅子，大声道："没见过你这么惯孩子的！"说完赌气摔门出去了。

郑春义去奉天碰了一鼻子灰，回到野狼窝设法把地契拿到手，连夜去了胡家窝棚。过了两天，胡进在家里摆了满满一桌子酒菜以示庆贺。他端起酒杯跟郑春义碰了一下，兴奋地说："你这地契拿到手，咱这事也就有眉目了。"

郑春义得意地晃了晃脑袋，说："那是。"

胡进放下酒杯，盯着自己的老同学看了半晌，半是挖苦半是赞赏地说："人家都说兔子不吃窝边草，你可倒好，把手伸到自个儿家里去了。"

郑春义毫不在意地夹起一块熘肉段放到嘴里，说："管他呢，反正我也是为咱家好。"

这时，一个瘦小的孩子开门探进头来看了看胡进，缩回头去对站在身后的郑春仁说："就是这儿。"说完一溜烟跑了。郑春义见是大哥，愣住了，心里暗暗叫苦，他怎么来了。他有些尴尬地放下酒杯，站起来："大哥，进来坐吧。"

胡进也一面难为情地与郑春仁打招呼，一面让道："来得早不如来得巧，赶上了，来，大哥，跟我们一块喝点吧。"

郑春仁摆了摆手："不了，我找二弟有话要说。"

“我们也喝得差不多了，你们哥俩先唠着。”胡进心说，这事整的，欢喜半天，末了非闹个鸡飞蛋打不可。他嘴上不好说什么，站起来招呼另外两个同学出去了。

郑春仁回首关上门气呼呼地问：“春义，我在野狼窝刚买的那一百垧地的地契是不是你拿来啦？”

“是又怎么样。你还想要回去咋的？”

郑春仁没想到二弟毫不在乎。他不满地看了郑春义一眼，说：“你上次绑了人家的票，一个多月连家都不敢回。这次又把地契偷着拿出来，你也不是三岁两岁的小孩子了，怎么越大越浑，净干些让爹娘生气着急的事呢。”

郑春义心里拿定主意，你爱说啥说啥，我权当没听见。他挪动了一下身子，说：“你别把话说得那么难听，我俩那是酒桌上打赌取乐，而且事先写了字据，怎么能说我是绑票呢。”

“你干的事既然光明正大，为什么还要躲起来呢，让爹和娘提心吊胆地跟着你操心不说，又偷着把地契拿来了。”

“我让爹妈操心，亏你说得出口，这还不都是让你逼的。”

郑春仁吃惊地盯着眼前这个浑不讲理的弟弟，心想，我怎么逼你了。想到这正色道：“你是我弟弟，我要是逼着你往邪道上走，我这个大哥不是混蛋吗？”

郑春义强词夺理地说：“谁让我借钱你不借给我了，我这是被逼上梁山。”

郑春仁听了顿时火冒三丈：“真是岂有此理，这么说，我还成了罪人了。”

“我可没说你是罪人，是你自己说的。”

“春义，你是大人了，有自己的想法、打算没错，可你有本事就干，没那个能耐就算了，干吗非要偷偷摸摸地干这种让四邻耻笑的事？”

想不到郑春义却一本正经地说：“这叫曲线求全，谈不上偷偷摸摸，再说，我干的也是正事。”

郑春仁哭笑不得，恨不得上前给他两巴掌。“你听大哥的，赶紧回去把地契给爹送回去。”

“我才不去呢。”

“老二，我真不明白，你咋鬼迷心窍一心就想当胡子呢。”

“大哥，你怎么老是说我要当胡子呢，你还得让我说多少遍才能听明白，我不过是想让郑家活得硬气一点，别再被人家欺负。我不会干那些杀人放火、打家劫舍的事。”

郑春仁心想，看来我的话是白说了。他站起来，“好吧，地契你要是不给爹送回去也就算了，可你必须回去跟爹娘认个错。”

“行，我听你的，等我把队伍拉起来，就回去告诉爹娘一声。”

郑春仁再也忍不住了，一拍桌子：“你小子真浑！”说完开门往外走，郑春义随后跟了出来。

“春义，该说的我都说了，你好自为之吧。”

郑春义张了张嘴，不知道说啥好，直到看郑春仁骑上马走远了才回到屋里。他一屁股坐到凳子上，撕下一块鸡肉大口嚼了起来，连胡进带着人什么时候进来的都不知道。

天黑下来好一会儿了，还是不见郑春仁回来，郑满仓在院子里焦急地出来进去，坐立不安。直到一弯新月升起来了，才见郑春仁在院子外面下马进了院子，郑满仓急着迎上前去，问：“咋样，地契要回来了吗？”

“爹，进屋说吧。”

两个人进了屋子，郑春仁端起桌子上的水碗喝了一口：“爹，我说了您别着急。”

“这么说地契没要回来？”郑满仓急了。

郑春仁摆了摆手，道：“爹，让我说，地契又没有被外人拿走，您这么大岁数了，犯不上跟二弟生气着急，等我赚了钱再买他一百垧就是了。”

郑满仓将烟袋扔到桌子上，气得瞪圆了眼睛，大声道：“这个小兔崽子，长这么大，吃着家里的，喝着家里的，一块大洋少不少，也没往家拿过，闹了归齐，还把家里的地契偷摸拿走了，忙活了一溜十三遭，我这不是养了个贼吗。”

“爹，二弟也许有自己的用处，您就当丢了。”

郑满仓气往上涌：“什么？丢了！你说得倒轻巧，那可是一千大洋啊。人家当胡子都是抢别人的，他倒好，祸害自己，这个败家子儿！”

郑春仁见郑满仓正在气头上，再说啥也没用，只得劝道：“爹，钱是人挣的，你生那么大气，真要把自己气个好歹的犯不上，再说娘的眼睛不好，您要是再有个病啊灾的，这日子还咋过。”

坐在炕上的王金岫也接过儿子的话说，“春仁说得对，咱们不是还有五十垧地吗。”

郑满仓装上一锅子烟抽了两口，说：“这个小王八犊子，我饶不了他。”

“爹，娘，要是没别的事，我明天就回去了，公司那边还有一大摊子事呢。”郑春仁说。

王金岫拉过郑春仁的手：“家里的事不用你操心了。”郑满仓没好气地在鞋底上磕了磕烟袋：“这个孽障！”

第十七章

一九二八年六月的一天，郑春仁从张作相那里得到一个惊人的消息，张作霖在皇姑屯三洞桥被日本人事先埋好的炸药炸死了。从关内秘密潜回奉天的张学良为东三省保安总司令，开始主政东北事务。这天他突然接到郑春江发来的电报，说一两天要来奉天。

三天后，傍晚，郑春仁来到城北的奉天城车站，时间不长，从关内来的火车吐着白烟，吭哧吭哧地喘着粗气驶进站台。身穿藏蓝色长衫，戴着一副墨镜的郑春江拎着一只小箱子从车上下来。他习惯性地向周围扫视了一眼，没有发现什么异样，快步走到郑春仁跟前，两个人简单寒暄了几句，便从车站出来招手叫过来一辆人力车。坐上车，郑春仁对车夫说："去大东门里。"人力车夫答应一声拉起车子，很快出了站前广场上了大街。

回到家里进了院子，郑春江朝四处看了看，拍着郑春仁的肩膀说："春仁，你这宅子真阔气。"

"还不是托你的福。"

“师父领进门，修行在个人。是你能干，我不过搭了个桥而已。”两个人说着话进了上房。

齐玉萍给郑春江倒上茶，问：“哥这是从哪来？吃饭了没有？”

“我从南京来，刚下火车，已经在车上吃过了。”

“好吧，你们有事，我回屋去了。”

郑春仁见齐玉萍出去了，转过头来问：“怎么，大前天接到电报，今天你就来了，有急事吗？”

“我这次是奉命而来，交通部对你不放心，让我来查查你的账，查完账你跟我去趟南京。”

“去南京干啥？”

郑春江沉吟片刻，说：“我已经不在谭延闿手下干了，半年前到陈果夫那当卫队长了。陈果夫、陈立夫成立了党务调查科，科长让我带你过去跟他见个面。”

“什么时候走？”

“车票我已经替你买好了，后天就走。”

“好吧，不过我要带一个人过去。”

郑春江迟疑了一下，“什么人？”

“我的一个拜把子兄弟，叫韩吉庆。”

“哪来的拜把子兄弟？这个韩吉庆是干什么的？”郑春江警觉地问。

郑春仁看出郑春江心存疑虑，说：“是我上次回家在路上遇到的一个劫匪。”

郑春江惊愕地睁大了眼睛：“劫匪？”

“说起来可以写一部小说了。这个人一身的好功夫，枪法更是了得，路上劫了我运金条的大车，就这样不打不相识，跟我成了好朋友。回到奉天后，彼此相处，觉得情投意合，相见恨晚，便对天盟誓，结为金兰之好了。”

郑春江把茶碗放下：“不错，是够写部小说了。”

“要是上头问下来，你就说是我请的贴身保镖。”

郑春江考虑了考虑，说：“也好，明天我再去买张车票。”郑春仁看着眼前的叔伯哥哥，想到自己能有今天，多亏了人家帮忙，便拉起郑春江道：“难得你来奉天一趟，走，我请你去戏园子听大鼓书去。”

郑春江在查看了公司所有账目后，对郑春仁大加赞赏，来的时候郑春江怕他一个人查账说不清楚，要带一个人过来，交通部认为他一个人就够了。郑春江见往来账目十分清楚、无懈可击，也就放下心来。于是郑春仁带着韩吉庆跟郑春江到了南京，下了火车，他们来到下关一个不起眼的院子里，绕过一面影壁墙，迎面是一幢欧式风格的三层楼房，房子前面是一块草坪，中间建有一个西式的凉亭，里面放着石桌石凳。郑春仁被带到一间屋子里，不一会儿，进来一个穿中山装的大个子男人，见了郑春仁一笑，上前握着他的手说：“看来你们真是一家人喽，长得很像嘛。”郑春仁微微一笑，没有答话。

郑春江介绍说：“这是戴科长。”穿中山装的大个子男人说他叫戴钧峒。他一边说一边示意郑春仁坐下，从兜里掏出一盒精致的雪茄烟，从里面抽出一支划火点着，用力吸了一口，向空中吐出一个大大的烟圈。开门见山地问道：“听你堂哥说，你在日本东京加入了当地右翼团体黑龙会？”

郑春仁用埋怨的目光看了一眼郑春江，不情愿地点了点头：“我是被他们胁迫，实在没办法才加入了他们的团体。”

戴钧峒吸了一口雪茄，说：“眼下时局不稳，关东军想不断扩大在东北的势力，而且蠢蠢欲动，大有继续向内地扩张的企图。奉天的张作霖被炸身亡后，各方势力都在想方设法拉拢张学良。我希望你加入我们的组织。”

郑春仁沉思了片刻，抬起头来说：“对不起，恕我直言，我只想经商赚钱，对其他的事情毫无兴趣。”

戴钧峒用力吸了一口烟，又慢慢地从嘴里吐出来，说：“你放心，我们不会为难你，我们想让你做特情，给你的任务很简单。”

郑春仁疑虑重重地看着戴钧峒，问：“你们想让我干什么？”

“你只要在给黑龙会提供情报时，也交给我们一份就可以了。怎么样，郑先生，我们的要求不过分吧。”

郑春仁许久没有说话，他从日本回国后，因为没有给黑龙会提供像样的情报，曾经几次遭到警告，他从心里不愿意做这种偷偷摸摸的事。后来黑龙会看他不思改悔，便将他的情况报告给关东军的特务头子石原俊秀，让石原俊秀动了杀机。过了一会儿郑春仁仰起下颏问道：“我要是不给呢？”

戴钧峒被郑春仁说乐了：“我想你不会的，不用我说你也明白，你要是不答应我们，这个经理你就做不成了。”

郑春仁紧紧地咬着嘴唇，已经听出来戴钧峒的话里带有威胁的意思了。

戴钧峒见郑春仁犹豫不决，说：“郑先生，我想这对你来说也许并不是什么坏事，看得出来，你是个聪明人，我们给你一天时间好好考虑考虑。你放心，有你堂哥在，我们不会勉强你，但我相信，你不会让我们失望。”

说着戴钧峒站起来，将雪茄捻灭，伸出手来跟郑春仁握了握出去了。郑春仁呆愣愣地坐在那，不知如何是好。他有些懊悔，心想：“唉，这个经理不当也罢。”

郑春江见郑春仁神情恍惚，坐下来说：“春仁，别发呆了，干不干由你。”

郑春仁茫然地站起来，说：“看来我只有答应他了。”

郑春江扶着他重新坐下，说：“你不要以为干这种事就会见不得人，你读过书，应该知道情报人员在战争、处理各派争端、政府制定决策中都是不可或缺的。当初国民政府之所以允许你将部分燃油卖给张作霖，就是想在必要的时候利用奉军的实力与国内的其他军阀抗衡。目前蒋委员长非常看重张学良，你的情报将有利于国家的统一，从这个角度看，你是在做一件有意义的事，而且还会实现你重振家业的愿望，我的意思是你不要再犹豫了。”

良久，郑春仁点了点头。

关东军特高课课长石原俊秀在得到郑春仁去了南京的情报后，立即找来自己一手训练出来的两个得力杀手。

石原俊秀面色冷峻地看着自己的两个部下下达了命令：“你们立即动身去北平，任务是在火车上将恒通贸易公司的老板干掉，具体的行动计划到了北平后会有人告诉你们。”

说完，石原俊秀打开抽屉，从里面拿出两支崭新的手枪放在桌子上，说：“这是德国最新制造的消音手枪，威力很大，一枪便可置人于死地，事成之后，我会奖赏你们的。”

两个人把枪收起来道：“放心，那个姓郑的跑不出我们的手心。”

石原俊秀仍不放心地叮嘱说：“这次任务非同小可，我是夸下海口的，你们都是我信得过的人，所以只许成功，不许失败。”两个人向石原俊秀“啪”地敬了一个礼，信心十足地走了。

北平前门火车站人来人往，郑春仁和韩吉庆从南京到北平的车上下来，跟着进站的旅客重新上了月台，登上了一列北平开往奉天的火车。

不远的地方，从奉天一直跟踪郑春仁的特务用手指着郑春仁和韩吉庆对身边两个穿着长衫、戴墨镜的男人低声说了几句什么，便扭头走开了。两个穿长衫的男人随后跟在郑春仁和韩吉庆后面也上了火车。

郑春仁和韩吉庆来到车厢里找到自己的座位坐下，不一会儿列车便启动了。

郑春仁侧了侧身子对坐在边上的韩吉庆说："着急回去，春江没买到包厢车票，看来只好委屈你了。"

"大哥，别说还有座位，就是站着回奉天也没事，习武之人，权当练功了。"

郑春仁没有再说什么，靠在椅子上闭上眼睛想理理自己纷乱的思绪。

这时，对面座位上来了两个人。看样子不到三十岁，穿长衫、戴着墨镜，两个人看了看郑春仁和韩吉庆，落座后不大一会儿也闭上眼睛打起了瞌睡。

韩吉庆瞥了一眼对面的两个人，总觉得有什么地方不大对劲，他一边不动声色地看着窗外一掠而过的景物，一边用眼角观察着两个人的动静。

列车驶出山海关车站不远，韩吉庆突然发现对面靠里面窗户坐着的那个人从怀里掏出一把精致的小手枪，动作极为敏捷，没等韩吉庆缓过神来，这人已经快速地举枪朝郑春仁扣动了扳机。

韩吉庆来不及出声，在座位上挥手"唰"地一掌击去，正中这人手腕，将他手里的枪一下打飞了，同时枪也"噗"地响了一下，子弹将车厢玻璃打了一个大洞。

坐在外边的那个人见对面这个漂亮的年轻小伙身手出奇的快，不敢怠慢，站起身来的一瞬间已掏枪在手。韩吉庆没等他把枪举起来，伸手一把捏住这个人的手腕，反手紧紧锁住了他的咽喉，这个人立刻只有出的气，没有进的气，憋得两眼发直。韩吉庆又一用力，这个人便咕咚倒在椅子上翻着白眼人事不省了。

郑春仁早已被惊醒，睁眼一看，发现坐在他对面靠窗户坐着的那个男子手里的枪被韩吉庆打飞后，又极其敏捷地从怀里掏出另一把手枪，抬手冲着自己再次快速扣动了扳机。

郑春仁心里说了声“不好”，头猛地一歪，子弹打偏了，身后的座椅被打了碗大一个窟窿。郑春仁向下一缩身，趁势飞起一脚，正踢在这个人的手腕上，将他手里的枪“咔嚓”一下踢飞了。接着猛扑上去，将这个人死死地压倒在座椅上。韩吉庆回过手来，点中他的穴道，这个人便一动不动了。

韩吉庆低声道：“大哥，快走！”两人拎起箱子快步朝后面的车厢走去。

不一会儿，车厢里大乱起来，几个警察从他们身边跑了过去，一个乘客拎着行李神色惊慌地与警察擦身而过：“不好了，出人命了！”

郑春仁和韩吉庆走了好几节车厢才找了个空位。郑春仁麻利地脱掉身上穿的衣服放到箱子里，又从怀里掏出一个手帕盖在脸上，装作睡觉的样子观察着周围的动静。韩吉庆站在一旁把手伸到怀里，装作胃不舒服的样子，把枪拿在手里，随时准备应付不测。

傍晚，火车缓缓驶进了城北的奉天城火车站，两个人下了车，随着人流从站台出来，来接站的马拉轿车早已等在那里，韩吉庆朝四周看了看，见没有人注意他们便跟郑春仁上了车。为防万一，韩吉庆让赶车的伙计绕了很大一个圈子才回到家里。进了门，两个人才长出了一口气。

第二天晚上，郑春仁从公司回来，伙计交给他一封信。打开一看，是黑龙会写给他的，信上写着一行字：不给我们干事，早晚还要杀掉你。郑春仁将信撕掉，心里怦怦乱跳，他不知道该怎样摆脱黑龙会的纠缠，一连几个晚上彻夜难眠。他的脑海里不时地蹦出两个字：情报。他没有料到这次去南京接到了同样的任务，他想不明白为什么自己不愿意干的事却偏偏找上门来。他想辞掉这个贸易公司的经理，自己还年轻，他不相信这样大的一个世界凭自己的本事会没饭吃。但想来想去又找不到更适合自己干的事。就这样甩手不干了，别人不说，跟爹娘咋交代。这些年爹娘吃了多少苦，遭了多少罪，自己从小就发誓让爹娘过上好日子，就这样撂挑子爹娘会怎么想。去年回家时爹听说自己赚了钱要买地盖房子那种少有的兴奋和满足让他刻骨铭心。于是他静下心来想，堂哥说的那番话也不是没有道理，人活在世上不能钻牛角尖，否则什么事也做不成，自己只要不做伤天害理对不起良心的事，没有必要非认死卯子，最后他下决心当一回“特务”。

在接下来的半年多时间里他竭力为南京的国民党中央组织委员会党务调查科的戴钧峒和日本的黑龙会提供了一些情报。戴钧峒很满意，经陈果夫同意交通部允许他增加了对张学良东北军的燃油出售量，由此他不但结交了东北军更多的高层军官和要员，同张学良也成了好朋友，每次去帅府张学良都是热情招待，两个人的谈话也无所不包，回来后郑春仁总是找一些有价值的东西发给南京的戴钧峒，再把经过整理的同样的情报交给黑龙会一份。黑龙会也就一直没再找郑春仁的麻烦，但他并不知道，关东军得寸进尺，刚刚上任的日本驻奉天总领事林久治郎认为郑春仁是有意与关东军合作，想趁机打开缺口，让郑春仁私下出售部分燃油给关东军，没想到郑春仁仍旧不买账，林久治郎非常恼火，石原俊秀按照林久治郎的指令决定再次置郑春仁于死地。

第十八章

太阳已经明晃晃地升起有一竿子多高了，树上的几只麻雀欢快地鸣叫着，上上下下地跳来跳去。院子里的一只老母鸡带着一群小鸡崽没有找到吃的，去外面的田里觅食去了。

胡进从外面回来，见郑春义还在蒙头大睡，走过去连推带拽地吆喝道：“天天睡到日头晒腚，老牛拉破车咋不知道着急呢？”

郑春义睡眼惺忪地伸了个懒腰，瞧了瞧胡进不紧不慢地说：“急啥，不是你说心急吃不了热豆腐嘛。”

胡进气呼呼坐到凳子上：“我都说多少遍了，你还不赶紧把地契拿去当了，咱好去招兵买马。”

郑春义打了个哈欠，说：“急有什么用，谁知道这一百垧地能当多少钱，要是不够，再让你表哥羞臊一番，我这脸可就真没地方放了，依我看，还是等等再说吧。”

胡进气哼哼地揶揄道：“等等，等等，一说你就等等，再这么等下去，黄瓜菜都凉了。”

郑春义一笑：“黄瓜菜本来也不是热的啊。”

“我看你这纯粹是傻老婆等苶汉子。”

“是啊，反正你这有吃有喝的，明个我把媳妇接来，不行明年开春再说。”

“你说什么，等明年开春再说？”胡进穿上衣服狠狠剜楞了郑春义一眼一摔门出去了。郑春义嘿嘿一笑，一骨碌从炕上爬起来下了地，从缸里舀来一瓢凉水，把头伸进盆里，兜头一盆冷水浇下去，禁不住倒抽了一口凉气。

他直起身子拿过手巾擦了擦脸，穿上衣服一边往外走，一边在心里说：你个傻小子，开个玩笑还当真了，我说啥你信啥啊，你以为我不着急啊，我不是怕再空欢喜一场吗？真是的。

来到院子里，他从马厩里牵出自己的大白马，出了院子翻身上马，漫无目的、信马由缰地出了村子。绕过一个不大的山包，只见远远的一队人马朝他这边走来。走得近了，郑春义发现是城里人清明回乡祭祀的。一行十几个人都是青衣打扮，走在前头的几个人抬着羊、猪等牺牲和供品。一个中年男人骑在马上，跟在他后面是一辆豪华考究的马拉轿车。

郑春义等骑马的人过去，一带缰绳来到轿车旁边，恶作剧似的掀开轿帘往里一看，见里面坐着两个漂亮女人。郑春义乐了。行啊，我这两天正好想老婆了，这真是想啥来啥。

想到这郑春义“唰”地从怀里抽出枪来喊了一嗓子：“都给我站住！”

一行人不知道发生了什么事情，都站在路上木雕泥塑似的不动了。郑春义挥舞着手里的盒子炮冲着轿车里的人喝道：“麻溜给我下来！”

这时骑在马上的中年男人勒住马头，见郑春义正逼着车上的女人下车，差点没把鼻子气歪了：“这位小兄弟，你我素不相识，我这还要赶在头晌回家祭祖呢，你年纪轻轻的不学好，青天白日的怎么跑这劫道来了，你胆子可不小啊。”

郑春义不屑一顾地斜了这个男人一眼，用枪指着他嬉皮笑脸地说：“少跟我扯没用的，我再说一遍，你让车上的人麻溜下来，要不我这枪子儿可不认人。”

中年男人见郑春义黑洞洞的枪口直巴楞登指着自己，气得大声嚷嚷道：“你别比比画画地，走了火咋办。”

郑春义眯起眼睛：“你要怕走火好办，你马上让车里的人下来，要不我这枪可就真说不准啥时候就会走火。”

中年男人无奈地从马上跳下来，上前掀开轿车上的帘子：“下来吧，遇到劫匪了。”两个女人战战兢兢地从车上扭扭搭搭地下来了。

郑春义用枪指着两个女人，转过头去问骑马的男人：“这是你什么人？”

中年男人不知道是气的还是吓的，脸色煞白，结结巴巴地说：“一、一个是我的三姨太，一个是我闺女，咋、咋的，你问这干啥。”

郑义上前围着姑娘上上下下瞅了一遍，见这个姑娘红唇粉靥，一双杏眼顾盼生情，便龇了龇牙说：“这姑娘我要了！”

中年男人听了气得脸都歪了，一步冲到郑春义跟前：“你小子吃了豹子胆了，大白天就敢强抢民女！”

郑春义瞥了他一眼：“豹子胆也好，老虎胆也好，反正我看上她了。”

中年男人伸手过来要抓郑春义的衣襟，嘴里吼道：“你个小兔崽子，还有没有王法了，我跟你拼了！”

郑春义施展开查拳的功夫，，一个“怀抱婴儿”，这个中年男人“啪叽”被重重地摔倒在地。

受此一击，中年男人半天才从地上爬起来，冲着几个随从暴跳如雷地叫喊道：“还愣着干啥，给我上！今儿个是有我没他，有他没我！”

郑春义趁机一闪身搂过年轻女子，趁她张开嘴想喊叫的当口，一翻手将枪筒伸进了她的嘴里，冲在一旁撸胳膊挽袖子的中年男人厉声道：“看见没有，你们要是再敢上前一步，我立马给她来个透心凉。”中年男人两腿发抖，进退不得，一时不知如何是好。

郑春义嬉皮笑脸地说：“你放心，你闺女不会有事，我就是稀罕她，想让她跟我过日子。”

中年男人心想，我这可是没过门的黄花大姑娘啊。他立睖起眼珠子瞪着郑春义：“我闺女就这么跟了你，不清不白的算咋回事，你让我这张老脸往哪儿放。”

郑春义把那个姑娘往自己怀里拉了拉：“行啊，你还知道要脸呢，我看你的三姨太跟你闺女也差不了几岁，你们这些土财主，有俩糟钱就不知道自己姓啥了，有一个算一个，没一个好饼儿。”

中年男人气急败坏地嚷道：“不管咋说，今儿个你就是打死我，我这黄花大姑娘也不能就这么跟了你。”

“那好说，人呢我现在带走，改天你找个媒人来，再挑个日子，我好好操办一下，怎么样，算你有面子了吧？”

中年男人盯着插在女儿嘴里蓝汪汪的枪筒，脸色由红变白，嘴唇哆嗦着说：“好、好、好吧，就依你，赶紧放开她吧。”

郑春义把枪从姑娘嘴里拔出来，一伸手将姑娘抱起来放到马背上，接着脚尖一点地，“嗖”的一下飞身上了马，扭过头来冲着那个男人说：“你听着，过两天你来找我，你放心，彩礼一个子儿也少不了你的，可我得把丑话说在前头，你要是跟我扯哩根儿啷，敢告官，我临死也要抓个垫背的，先让你姑娘见阎王。”

说完郑春义打马而去。中年男人一跺脚：“嗨，真他妈倒霉，碰上这么个混世魔王！”他扶着三姨太重新上了车，骑上马带着一行人骂骂咧咧地朝村里走去。

这个中年男人不是别人，正是胡庆。他本来是清明回乡祭祖的，没想到横生变故，眼睁睁地看着自己的黄花大闺女让人担在马背上抢走了，越想越窝火。一行人进了村子，来到一座大院儿跟前停了下来。一个胡须斑白的老者听到动静从里面迎出来，招呼道："人都来齐了，就差你了，快进屋吧！"

胡庆耷拉着脑袋，冲着老者哭丧着脸说："二叔，今天不知道犯了哪路邪了，刚才在来的道儿上，我那丫头硬是让一个愣小子活啦啦地给抢走了。"

胡庆的二叔一听愣住了，撅起胡子问："这小子是哪个村的你知道不？"

"他说就是这个村的。"

"长得啥样？"

"大高个，看样子不到二十岁，骑着一匹白马，手里拎着一支盒子炮。"

胡庆的二叔挠着脑袋想了半天："你说的这小子我怎么没见过呢。"

胡庆心里凉了半截，心想，这小子莫不是骗我。可到了这个份上说啥也没用了。他嘟囔道："真他妈倒霉到家了！"

三姨太指点着他的脑门说："都是你自己找的，当初你要是不进城，守家在地的，哪会出这种事。"

胡庆白了她一眼："屁话，我又不是神仙能掐会算，再说，我进城和这事挨得上吗。"

三姨太见胡庆冲她发火，忙摆着手说："行了，行了，算我没说。"

"这个小兔崽子，我饶不了他。"

三姨太让人把供品拿进来说："你再怎么骂，那小子也听不见，你就认了吧。再说，备不住也是他俩有缘呢。"

胡庆听三姨太这么一说，火一下子又起来了，脸色铁青地大声道："放屁，我闺女跟他有什么缘！再说，就这么认了，我胡庆也太窝囊了，我这辈子什么时候受过这种气，我他妈这就去县里的警察局告他个强抢民女。”

三姨太瞧着胡庆气急败坏的样子，说：“你吵吵啥，也不怕丢人，还害怕知道的人少是咋的。你去警察局告吧，人在他手里，你没听那小子说了嘛，死也要抓个垫背的，要是万一警察一来，那小子虎了吧唧的，闺女死在他手里咋办？”

胡庆呼呼喘着粗气地在地上转了两圈：“妈的，我就不信治不了这个小杂种，这事要是传出去，我胡庆的脸还往哪搁！”

胡庆的二叔过来劝道：“行了，行了，别生气了，等我找人打听打听，看这小子是哪的。”胡庆无可奈何地一屁股坐到椅子上，不小心将桌子上的一碗水碰翻了，洒了他一裤子，胡庆拿起碗来气得想往地上掼，三姨太眼疾手快一伸手把碗抢了过去，胡庆提溜着湿漉漉的裤子，冲着三姨太一立睖眼珠子，“还不赶紧给我换裤子”。

胡进出去给牲口喂上料，打发长工下了地回来不见了郑春义。他从屋里出来，一抬头见郑春义打马进了院子，郑春义将那个姑娘从马上抱了下来。胡进冷不丁地见郑春义从马上抱下一个大姑娘，吓了一跳：“我说你搁哪整个大活人回来。”

郑春义把姑娘放到地上：“我出去闲逛，在路上捡了个媳妇。”

“你小子放着正事不干，净瞎扯，住哪儿啊？”

郑春义毫不在乎地说：“住的地方好说，天一天比一天暖和，我上你家瓜地里的窝棚住去。”

胡进白了郑春义一眼：“那是住人的地方吗？”

“那你说咋办，不行就住你家牲口棚。”

胡进上去给了郑春义一拳。“你还有点正经的没有，愿意住也行，我家那匹老马可不老实，半夜尥蹶子踢了你可别找我。”

“别跟我卖关子了，我知道你有办法。”

“你是说我家那间老房子？都闲了好几年了，要住也得打扫打扫。”

“多谢胡兄。”

“少来这套！”

两个人带着那个姑娘从院子里出来，女人噘着嘴一步一拧地不愿走，郑春义干脆将她扛起来放到肩上，女人挣扎着要下来，却被郑春义用两只胳膊死死扣住动弹不得，气得姑娘不停地喊叫起来。胡进埋怨说，你整的这叫什么事啊，让人知道了多砢碜。

祭祀一结束，胡庆一会儿也不想多待，三下五除二收拾停当，打算立马返回城里。这时胡庆的二叔从外面进来，把胡庆拽到一边说：“我都打听明白了，昨天抢你闺女的人不是这个村的，我说怎么没见过呢。”

“那他怎么说是胡家窝棚的，这么说，这小子撒谎。”

“他没诓你，他的一个同学在这个村住，这小子在山上当了几天胡子，天不怕地不怕，听说还有一身的武功，枪打得也准，咱惹不起啊，你就认倒霉吧。”

“唉。”胡庆叹了一口气。站在一旁的三姨太拉了拉胡庆的衣襟说：“那小子不是说了，彩礼照给吗，你回去赶紧找个媒人过来不就完了吗。”

胡庆一脸无奈地摸了摸下巴：“妈的，不管咋的，也得明媒正娶地让咱闺女进门子！”

胡庆的二叔撅着胡子说：“看来也只有顺坡下驴了，要不整僵了出点啥岔子，就把咱这丫头毁了。”

“人要是倒霉，放个屁都能把脚后跟砸肿了。”胡庆气呼呼地和三姨太出门上了车，带着一行人离开村子，闷闷不乐地回了城里。

胡进家老房子里暴土扬尘，郑春义和胡进出来进去地忙着收拾炕上堆放的杂物。胡进累得实在不行了，抹了一把脸上的汗，当胸给了郑春义一拳，没好气地埋怨道：“不是我说你，你这是强抢民女，这要是人家去官府告你，你就得蹲大狱。”

“人是我抢的不假，可你放心，缺德的事咱不干，我告诉她爹了，过两天让他找个媒人，彩礼我也一点不少她的，我再用八抬大轿把她抬进来，他高兴还来不及呢，还能去告官？”

“你说得再好听，这事做得也不地道。”

郑春义将一架散了架的纺车搬到地下，歪着脑袋说：“啥地道不地道，你知道啥，我有我的打算。”

胡进拿起墙角放的一领旧炕席铺到炕上：“你个鬼子六，啥打算？”

郑春义眨了眨眼睛，说：“我看这小子刚娶了一房姨太太，是个有钱的主儿，我是想从他身上弄点钱。”

胡进听了撇着嘴挖苦道：“我看你是大白天说梦话吧。”

郑春义一边扫着炕席上积的尘土，一边毫不介意地说：“不管咋的他闺女到我手里了，他愿意不愿意也是我的泰山老丈人了。等我把这个姑娘捋顺溜了，让她跟我一块回家跟她爹借点钱，当老丈人的不会不借吧。”

胡进哈哈大笑，揶揄道：“咋的？你抢了人家闺女，又回头跟人家借钱，要是我，打死我我也不会借给你。”

“咋啥事到你那里都是左一个不行右一个不行，那你说咋办，我听你的。”

“我可没你那么多鬼子六的花花肠子。”

郑春义瞟了他一眼："你天天磨叽，你以为我不着急啊，可只要我想干一点事，你就这不行那不行的打破头楔儿。"

胡进两手一抱拳软下来，道："行、行、行，全听你的，我这不是把房子都给你腾出来了吗。"

郑春义抹搭了他一眼："这还是句人话。"

没想到两个人说的话被那个姑娘听了个一清二楚，恨得她牙根直痒痒，真想上去把郑春义撕个稀烂。

几天后胡进家的老房子收拾得干干净净，风从敞开的窗户外面吹进来，让人觉得十分惬意。郑春义坐到炕上，搂住那个姑娘的肩膀轻声问道："都好几天了，你老是这么扭鼻子歪脸地不搭理我，到底想咋的？"

姑娘用力把郑春义推开："我要回家！"

郑春义笑嘻嘻地说："回家？你想得倒美，从进了这个门你就是我媳妇了，回家也得咱俩一块回去啊。"

没等郑春义的话说完，这个女人猛地扑到郑春义身上又抓又咬撒起泼来："我不活了，跟你拼了！"

郑春义一把抓住姑娘的手腕子，瞪起眼睛："你想跟我拼命是不是，好，我成全你，你看这样行不，我站到地当间儿，你动手动家伙随便，你要能碰到我一根毫毛，就算你赢了，我就放你回家，你要是输了，就乖乖地给我当老婆。"说完松开了手，在地中间一站，"来吧！"

那姑娘也不示弱，顺手从灶台上操起一根烧火棍，劈头盖脸狠命地朝郑春义打去。郑春义冲她顽皮地一笑，施展开查拳的功夫，没等那姑娘的棍子落下，早已经脚尖点地转到姑娘身后了。待姑娘转过身子抡棍子再打，郑春义一侧身棍子再次走空打到炕沿上，姑娘扔掉棍子，握住手腕子不停地喊叫起来："哎哟，疼死我了！"

郑春义拉过姑娘，一边用手在她手腕上不停地揉搓，一边得意扬扬地说："咋样，你输了吧？"

姑娘用力把手抽出来："你就死了这条心吧，我死也不会跟你！"

郑春义嘿嘿一笑："这话你可说错了，女人从来不都是嫁鸡随鸡、嫁狗随狗吗？我不是都跟你爹说了吗？让他找个媒人来，彩礼呢，我也一点不会少你的，我再用八抬大轿把你抬过来，你一个女人，跟谁不是过一辈子呢。"

没等郑春义说完，姑娘捂着脸呜呜地哭起来："天底下有娶媳妇的，可哪有像你这样抢媳妇的。土匪！土匪！"姑娘越哭越伤心。

郑春义嬉皮笑脸地凑到她耳边，说："土匪也罢，强盗也行，反正现在我就是放你回去，你也是跳进黄河洗不清了，我看哪个男人还能娶你。"

姑娘越琢磨越觉得不是味，抹了一把眼泪，使劲跺了跺脚："我恨死你了！"

郑春义一笑："嘿嘿，恨我好啊，你去照照镜子，你这一哭，小脸蛋粉红似白的，真好看，你要是恨我，就天天哭，我呢，就天天守在你跟前看你哭。"

姑娘被郑春义的一句话说得扑哧乐了："你刚才说的话算数不，彩礼我要多少你给多少，到时候你还得吹吹打打地用八抬大轿把我抬过来。"

郑春义在她的脸蛋上轻轻捏了一把："行，都依着你，你别再闹了行不？"

姑娘坐在炕沿上仰起脸来长长地叹了一口气："唉，这就是命啊。"

"知道认命就好，也许你上辈子就是我媳妇。"

"呸！想得倒美，我可不愿意找你这样的男人，跟强盗没两样。"

郑春义不但没生气，反倒笑了："算你说对了，可你要知道，我要是强盗，你就是强盗婆了。"

"你真是个魔头，拿你一点办法没有。"

“没办法你就是从了呗？”

“看把你美的。”

“那是啊，人生三大美事，他乡遇故知，金榜题名时，洞房花烛夜，谁不美谁是傻子。哎，我还没问你姓什么叫什么呢。”

姑娘站起来拿过毛巾擦了擦脸上的泪水，带着一肚子的不情愿说：“我叫胡凤娇，今年虚岁十八了。”

郑春义沉吟了片刻，一拍大腿：“这名字好啊，古人讲的是金屋藏娇，今天我给他来个土屋藏凤。”

胡凤娇绷起脸：“我不管你藏娇还是藏凤，反正从今往后你得对我好，要不我就拍拍翅膀远走高飞了。”

郑春义拍了拍胸脯：“这你放心，从今儿个开始，我就是龙你就是凤，龙和凤谁也离不开谁，你说是不？”

胡凤娇转嗔为喜：“你要是说话不算话，看我不跟你玩命！”郑春义一把将她抱了起来在地上转了一圈：“行，我一定奉陪！”

太阳已经从树梢后面升起有一竿子多高了，胡进还不见郑春义起来，便走到后院在窗户下边用力拍了拍巴掌，回到自己的屋里端起碗刚喝了一口水，门一开郑春义大摇大摆地走了进来：“大早起的你也不让人家睡个懒觉，喊我起来干啥，人家正做梦呢。”

胡进气得把碗往桌子上一蹾，水溅了一桌子：“做梦，做梦，就知道做梦，你整天和那个小娘们在一块耳鬓厮磨，日子过得挺快活是不？”

郑春义坐到椅子上嬉皮笑脸地说：“是啊，我花了那么多钱，八抬大轿把她娶进来，再不快活快活，我那钱不就白花了吗。”

胡进被噎得脸通红：“我说你小子是不是让那个小妖精给迷住了，你要是再这样下去，咱的事可就歇菜了。”

郑春义看着一只苍蝇在窗户纸上东一头西一头地乱撞，说：“啥话咋一到你嘴里就变味了呢，我就那点出息不就完了吗。告诉你，这两天我问凤娇了，她爸爸手里还有一百垧地，我琢磨了，一半天我跟凤娇回趟家，要是把那一百垧地的地契也借来，我估摸这钱就差不多了。”

“我看行，等有了钱咱们再还他。”

郑春义见胡进转嗔为喜，撇了撇嘴：“瞅你刚才那个熊样，一口一个小妖精，至于吗？”

胡进当胸给了郑春义一拳：“我不是着急吗。”郑春义站起来伸了个懒腰：“有啥吃的没有，没听我这肚子一个劲地叫唤吗。”

“还能让你这个鬼子六饿着。”胡进到灶房把饭菜端了上来，郑春义埋头吃起饭来。

晚上胡凤娇收拾好碗筷，在围裙上擦了擦手，坐到炕沿上瞅了瞅郑春义，看他像是有什么心事傻愣愣地站在地上，说：“合计啥呢？没啥事早点歇着吧。”

郑春义走过去搂过胡凤娇问：“你不是说咱爸在胡家窝棚还有一百垧地吗？”

胡凤娇扭过脸来：“你问这个干啥？”

“我想跟你爸借样东西。”

“借啥？”

郑春义捏了一把胡凤娇的脸蛋：“借咱爸的这一百垧地的地契。”

胡凤娇把郑春义的手推开狠狠白了他一眼：“亏你想得出来，那是我爸的命根子，你就是打死他，他也不会借给你。”

郑春义摇了摇头："不会吧，闺女都给我了，别说那一百垧地了，再说了我是去跟你爸借，又不是白要。"

"你咋净花花肠子呢。"胡凤娇气得恨不得上去狠狠给他几下子。

"要不明天你跟我一块回去一趟，跟你爸好好商量商量？"郑春义死皮赖脸地说。

胡凤娇没好气地一口回绝道："你就趁早死了这份心吧，我再说一遍，这事儿在我爸那压根儿就没商量，我看你呀，也用不着去找那二皮脸，惹急了，让我爸臭骂你一顿就好受了是不。"

"骂就骂呗，老丈人骂姑爷天经地义，不管怎么说，反正这地契我是借定了。"郑春义仍旧一副死皮赖脸的样子。

"我看你是白日做梦，实话告诉你，你去了也白去，我爸啥人我还不知道吗？"

"对，知父莫如女，我不是说了吗，让你跟我一块去。"

"我才不去呢，要去你自己去！"

"你去也得去，不去也得去！"

胡凤娇把眼睛立了起来："不去，不去，就不去！"郑春义一伸手把她抱起来在地上转了两个圈："不去？扛我也把你扛去！"

胡庆在城里的家是一座四合院，正房三间，东、西厢房各两间。头些日子儿子说了媳妇，亲家催着办喜事，胡庆便杀猪宰羊地张罗开了。院子里放着一张长条状的木头案子，几个请来的厨子出来进去的，忙得脚不沾地，从灶间敞开的门里冒出一股股热气。

胡庆把猪下水放到锅里从灶间里出来，一抬头见郑春义和胡凤娇两个人进了院子，脸上带着几分不快道："你俩回来干啥？我不是都跟你娘说好了吗？等过两天办喜事的时候再喊你们过来，你们没看我这正忙吗？哪有闲工夫搭咕你们。”

胡凤娇的娘听到院子里胡庆说话，从窗户里一看是闺女回来了，忙踮着一双小脚从上房里出来。见胡庆要撵郑春义和胡凤娇走，过去拉起胡凤娇的手上下打量了半天，心疼地说：“别听你爹的，大老远来的，要走也得喝口水歇歇脚再走。”

胡凤娇扭过脸去冲着郑春义埋怨道：“我说不来，你偏要来。”

郑春义做了个鬼脸：“娘不是没撵咱走嘛。”

胡凤娇的娘瞧郑春义没个正形，拉着胡凤娇的手问：“丫头，这小子没欺负你吧？”

胡凤娇羞红了脸：“娘，你放心吧，他对我可好了，等过了年，我就给您抱回一个大胖小子来。”

“那可太好了，娘是怕这小子不拿你当回事。”

胡庆不耐烦地拉了一把自己的女人：“行了，说几句话就赶紧让他们走吧，等消停了再让他们过来，没看我这忙得都脚打后脑勺了吗。”

郑春义瞅了瞅案子上一头刚刚破了膛的猪，说：“岳父大人，娶儿媳妇是大事，我也没什么要紧的事，你忙你的，我跟你借样东西就走。”

胡庆用眼睛盯着郑春义，不知道他葫芦里装的是什么药：“借啥？”

“岳父，这里不是说话的地方。”

胡庆气呼呼地想，真是没事找事，我这越忙越添乱。便转身进了上房。郑春义拉了一下胡凤娇说：“你跟娘去说会儿话，我去去就来。”

胡庆进屋坐到太师椅上，用搭在肩上的手巾擦了擦手，问随后开门进来的郑春义：“借什么？早不来，晚不来，非赶在这个节骨眼儿上凑热闹。”

郑春义不待胡庆让便坐到太师椅上，心想，跟这号人用不着兜圈子，于是直截了当地说："岳父，我想借你胡家窝棚那一百垧地的地契。"

胡庆一听，立刻睁大了眼睛一眨不眨地瞅着郑春义，嘴张开半天没合上："啥？借地契？"

"是。"

"干啥？"

"这你就别问了，有用就是了。"

胡庆听了一时气往上撞，两眼冒火站起来："你小子这才叫欺负人欺负到家了，我一个黄花大姑娘让你生拉活扯抢去了！你咋寻思的呢，又跑我这来踅摸那一百垧地来了。"

"岳父，你别生气呀，我要是没用，能张这个口吗？"郑春义不慌不忙地说。

胡庆半晌没说话，脸色铁青，一拍桌子："今儿个我把话搁这儿，你要想打我那一百垧地的主意，没门儿！"说完气呼呼地要往外走。郑春义一把拉住胡庆，笑嘻嘻地说："岳父大人，不就一百垧地吗，我是来借的，又没说跟你要，至于你急皮酸脸，发这么大的火儿吗？"

胡庆用手指着郑春义："少来这套，你小子那点花花肠子唬别人行，说得好听，借，到了你手里就肉包子打狗——有去无回，你别拿我当二百五了，没事你赶紧给我滚犊子。"

郑春义不气不恼，盯着胡庆一字一句地说："岳父大人，今儿个我也把话撂这儿，这地契你借也得借，不借也得借。"

胡庆见郑春义浑不讲理的劲儿又上来了，气冲顶门，伸手抓起八仙桌上的一个水碗"啪"地摔在地上，厉声道："你又跑我这耍横来了是不是，今天这是在我家里，我可不吃你这一套。我再说一遍，不借，今儿个就是死在你手里你也别想从我这把地契拿走！"

“岳父，你别逼我！”郑春义的脸一沉，胡庆不禁打了个冷战。嘴上却仍喊叫道：“我就不借，看你能咋的。”

郑春义嘻嘻一笑：“岳父大人，我也再说一遍，你可别逼我。”

胡庆听了暴跳如雷：“放屁，我逼你，还是你逼我！你给我麻溜滚犊子！”

“岳父大人，既然你把话说到这个份上，那就别怪我四六不懂了。”

胡庆一下把脸拉得老长：“这是我家，你想咋的？”

郑春义脸色一变：“好吧。你可别怪我以小犯大了！”说着一反手将胡庆的手拧到了背后。

胡庆张开大嘴没命地喊叫起来：“来人哪，快来人哪，杀人了！”

胡凤娇的娘听到屋里胡庆破着嗓子喊叫，吓了一跳，颠着一双小脚从外面急三火四地跑了进来，见女婿拧着自己男人的胳膊吓得声调都变了：“这、这是咋啦？刚才不还好好的吗？”

胡庆咧着嘴跺着脚：“这小子借咱那一百垧的地契，我不借，就跟我来横的。”

胡凤娇的娘不等胡庆说完，不管不顾地一屁股坐到地上，撒泼打滚地放声号哭起来：“我的天哪——这日子没法过了！”

郑春义用鼻子哼了哼说：“你俩夫唱妇随真是一对。”

郑春义干脆解开胡庆的腰带，将他的双手交叉绑在前边：“对不起了，岳父大人，你自个儿提溜着裤子吧，你要是不怕砢碜就把手撒开。”说完，他一抹身来到胡凤娇她娘跟前，蹲下身子：“我说岳母大人，你这干打雷不下雨好听咋的，跟狼嚎似的。”

胡凤娇的娘睁开眼瞧了瞧郑春义，坐在地上依旧不管不顾地大声哭叫：“哇——哇，这日子没法过了呀——好好的五十垧地说卖就卖了，就剩下这点家业了，我不活了——”

郑春义皱了皱眉头，道："岳母大人，你要是再闹，女婿我可对不住你了。"说完顺手脱下她脚上的一只袜子，趁她哭叫时嘴刚一张开塞了进去。接着，将另一只袜子也脱下来，用牙咬住，另一只手一用力将袜子撕做两半，把这个女人的手也捆上了。屋子里顿时像开了锅似的乱作一团。

上房的哭喊声，引来做饭的厨子和下人跑来看热闹。胡凤娇刚才跟她娘在院子里说话，三姨太见了喊她过去，问了问她日子过得咋样，顺不顺心，两个人没说上几句话，就听到上房这里大乱。胡凤娇不知道发生了什么事情，便跟头把式地跟三姨太跑了过来。见是郑春义把爹和娘的手都捆上了，便不顾一切地扑过去："娘，这是咋啦？"

厨子和几个下人见胡庆哭丧着脸，提溜着裤子要动又动不了的滑稽相，憋不住地想笑又不敢笑，这是怎么了，老爷太太咋都让人给捆起来了。

胡凤娇哭了几声，猛地站起来扑到郑春义身上又抓又咬："我爹我娘咋招你惹你了，你把他们都给捆上了，我跟你拼了！"

郑春义躲过胡凤娇，说："不怨我，都是他们自找的。"

站在一旁的三姨太走过去拉开胡凤娇，对郑春义道："姑爷，不管咋说这是你老丈人和丈母娘，你这没大没小的说不过去吧。"

郑春义心想：我也不想闹成这样啊。他扽了扽衣襟，看着三姨太说："我今儿个来就是想借地契一用，而且说得明明白白，等我转过手来就还给他，可我这岳父说啥不干，非逼着我动手。"

三姨太上前拉过胡庆坐到太师椅上："姑爷进门，小鸡儿没魂，该好好款待姑爷才是，你怎么还跟姑爷闹翻了。"

说着动手解开了绑在胡庆手上的裤腰带，冲着胡凤娇一努嘴："还不赶紧把你娘解开！"

胡凤娇蹲下身去把塞到她娘嘴里的袜子掏出来，把用来当绳子的袜子解开，扶着娘站了起来：“娘，你没事吧？”

胡凤娇的娘气得脸色煞白，浑身一个劲地哆嗦：“娘没事。”

三姨太转过脸来冲着郑春义说：“让凤娇陪你在这待会儿，我跟你岳父商量商量这个事。”

“我也不想闹得鸡飞狗跳的，可我把话说明白了，地契我是借定了，今儿个拿不到地契我就不走了。”三姨太拉着胡庆和胡凤娇的娘出去了。

来到自己的屋里，三姨太关上房门，瞧胡庆气哼哼的样子数落道：“不是我说你，这么大岁数了怎么老是不长记性，一个活生生的大姑娘说让他抢就抢去了，今儿个你怎么又犯糊涂了。你也不想想，他这是有备而来，你不答应他行吗？”

三姨太倒了一杯水放到胡庆面前，胡庆抬头看了一眼三姨太：“不行咋的，他还能把我吃了？”

“你要硬是不借，逼急了，我看这小子虎拉巴叽的什么事都干得出来，你也是有头有脸的人，这姑爷和老丈人真要是整出点啥事来，可就让四邻八家笑掉大牙了，咱丢不起这人啊。”

“那你说咋办？”

三姨太思忖了一会儿，说：“我看既然他张口说借了，你就干脆顺坡下驴，让他给你立个字据。”

胡庆一拍桌子：“立字据有个屁用。”

三姨太把嘴凑到胡庆的耳朵边上：“用处大了，将来他小子要是真跟你玩邪的，你拿着字据上官府告他，白纸黑字，他惹得起你，搪得住官府吗？”

胡庆端起碗喝了一口水，合计了合计，觉得三姨太说得有道理，于是换了副口气说：“我也看出来了，这小子今天是铁了心要把地契拿到手了。”

“整了半天，你才说了句明白话。他借地契一定是急等着用钱，我看这小子不是省油的灯，备不住将来还能成气候呢。”

“成不成气候关我屁事！”

“话可不能这么说，他要是真能干出点名堂来，你不也跟着借光吗？”

“狗屁，不跟着吃瓜落儿就不错了。”

三姨太从太师椅上站起来：“那咱过去把事挑明了，你也问问他，看他借地契到底干啥用。”

胡庆不情愿地站起来，叹了一口气：“唉，真是大白天进坟茔地——遇上活鬼了。”

回到上房，胡庆坐到太师椅上瞅了瞅这个近也不是远也不是的女婿，道：“你小子动不动就犯浑耍横，可话说回来，走到哪儿你也是我姑爷，地契我可以借给你，可你得把话给我说清楚了，借地契干啥，总不能把我装到闷葫芦里吧。”

郑春义侧过身子嘻嘻一笑：“要是早这样何必闹得鬼哭狼嚎的。跟你实话实说，我打算把地契当了招兵买马拉杆子。”

胡庆不听则已，一听郑春义说拉杆子，立刻把眼珠子瞪圆了，张大了嘴巴嘎巴了半天说：“我的好女婿，你这不是要扯绺子上山当胡子吗？”

郑春义双手一抱拳：“岳父大人在上，小婿我可没说去当胡子。”

“那你拉杆子干啥？”胡庆莫名其妙地瞅着郑春义，以为自己听错了。

“眼下到处兵荒马乱，你再有钱手里没有枪把子，到头来也是一场空，我们家当初倒是村里的大财主，可到头来还不是让土匪一把火给烧成了穷光蛋，我爹我娘从高房大屋里搬到茅草房里，憋憋屈屈地过了这么多年，我咽不下这口气。”

胡庆挠了挠稀疏的头发，琢磨了琢磨：“你说的倒也是这么回事儿，可咱得把丑话说在前头，地契借给你行，有了钱一定还给我。”

郑春义一拍胸脯："那没问题，你女婿我说话算数。"

"好，立字为凭。"胡庆心里不痛快，阴沉着脸，转过头去冲着胡凤娇吩咐道："你去我屋里把笔墨纸砚拿来。"胡凤娇答应一声出去了。

胡进在灯下捧着一本《三国演义》正看得津津有味，郑春义带着胡凤娇推开门兴高采烈地进来了。

胡进立刻放下书本，端着架子装模作样地端详了郑春义一番："瞅你乐得屁颠屁颠的，八成是把地契借来啦？"

郑春义摇头晃脑，美滋滋地将地契放到桌子上："那还用说，你知道啥叫探囊取物、手到擒来不？"

一旁的胡凤娇听了咧着嘴挖苦道："真能扒瞎，你要是不把我爹我娘绑上，能把地契借来？还探囊取物呢，纯粹是红胡子下山，生拉活扯来的。"

郑春义也不辩解，指了指桌子上的地契对胡进说："你准备一下，明天咱俩就去辽阳找你表哥。"

"好，明天一早咱就走。"胡进将地契收好，郑春义在胡凤娇的脸蛋上亲了一下，胡凤娇瞥了一眼胡进，脸臊得通红。

第二天太阳快落山的时候，郑春义和胡进来到辽阳城里白塔公园东边的那座临街的四合院。胡进上前敲门。不大一会儿一个伙计将门打开，看了看郑春义和胡进："是你们俩啊。"

"表哥在不？"

"进来吧。掌柜的刚回来。"两个人跟着伙计进了院子来到上房。

胡进的表哥钱冬林见是胡进和郑春义，将手里的两只铮明瓦亮的大铁球摆弄得咔咔作响，瓮声瓮气地问："怎么又来啦？是不是没事又跑我这逗闷子来了？”

郑春义上前恭恭敬敬地鞠了一躬："表哥，实不相瞒，我手里有二百垧地想当出去，你看能当多少钱？”

钱冬林听了愣住了："真的吗？”

郑春义拿出地契摆到桌子上。钱冬林拿起来仔细看过后，一句话没说，仰起头哈哈大笑起来。郑春义被他笑得有些发毛，一时不知所措，像半截木桩似的呆呆地立在那。钱冬林见郑春义傻愣的样子，笑得更加起劲了，哈哈哈！

郑春义心想，莫不是这二百垧地也值不了几个钱，又要被他耻笑羞辱一番。"表哥，你是说……"

钱冬林拿起地契还给郑春义，用力拍了拍郑春义的肩膀："好样的，实话告诉你，这二百垧地当的钱足可以装备八九十人了。"

郑春义和胡进听了长出了一口气："真的？”

钱冬林摆弄着手里的铁球子："这我还能诓你们。可你们要典当的是一大笔钱，你去奉天四平街找马掌柜，我给他写封信，也只有他能收当出得起这笔钱了。"说着提笔写了一封信。郑春义接过信深施一礼："多谢表哥！”

"我让厨房做几个菜，我那还有一瓶陈年老窖，今晚我要跟你们弟兄俩喝几杯。"说完钱冬林又朗声大笑起来。郑春义和胡进心花怒放，也跟着嘿嘿地咧开嘴乐了。

第十九章

下晌，或许是天热的缘故，奉天城里四平街“天福当”当铺里冷冷清清的，没几个人。一个伙计站在高高的柜台后面噼里啪啦地扒拉着一个足有二三尺长的算盘在核对账目。柜台靠里面的一张桌子旁边，马掌柜一边有一搭没一搭地喝着茶，一边聚精会神地在看一部《三侠五义》。

郑春义和胡进一前一后进了当铺。伙计见有人来，停下手，抬起头看了看郑春义和胡进，问道：“二位，典当？”

郑春义一拱手：“请问，马掌柜在吗？”

伙计回头看了看马掌柜，见他仍在埋头看书，便走过去躬身道：“掌柜的，有人找您。”

马掌柜这才不情愿地放下手里的书，问：“谁呀？”

伙计用手一指柜台外面站着的郑春义和胡进：“这两位。”

“让他们到后面来吧。”说完，马掌柜合上书，站起来，一掀门帘进了里面的屋子。

伙计过来，掀起柜台上的挡板："二位请随我来。"

郑春义和胡进跟着伙计进到柜台里面，伙计掀开门帘，带着郑春义和胡进进了里屋。

马掌柜坐在太师椅上，伙计用手一指："这就是我们家掌柜的。"

郑春义和胡进躬身一揖到地："拜见马掌柜。"

马掌柜眯起眼睛瞧了瞧郑春义和胡进："你们找我什么事？"

郑春义从怀里掏出钱冬林写的信，上前双手交给马掌柜："这是辽阳钱掌柜给您写的信。"

马掌柜接过信，打开看过颔首一笑："好吧，让伙计陪你们弟兄俩稍坐片刻，我去去就来。"说完，一掀门帘出去了。

马掌柜刚出去，门帘一动，走进来两个穿蓝布长衫的伙计，两人长得高大魁梧，腰圆背阔，往那一站一句话不说，只是用眼睛死死盯着郑春义和胡进。

郑春义被看得有些发毛，对胡进耳语道："完了，咱这是被马掌柜给看起来了。"

胡进也慌了神："咱是典当来了，他整这一出儿干啥，莫不是拿咱们当贼啦？"

郑春义一抬头，发现门外不知道啥时候也站了两个彪形大汉。郑春义冲胡进递了个眼神道："看来进来容易出去难了。"

胡进的脸色由红变白，擦了擦额头上的冷汗，心想："这可咋整。"

"怕啥，咱的地契又不是偷的抢的。"郑春义有意说给屋里的几个伙计听，也是给自己壮胆。

马掌柜拿过郑春义交给他的信，出来闪身进了旁边的一间屋子打开灯，展开信纸凑在灯前，看到角上清清楚楚地有针刺的一朵梅花，点了点头，心说："嗯，没错。"他将信收好，闪身出了屋子。

郑春义和胡进正不知所措，伙计一挑门帘，马掌柜走了进来，冲两个人一拱手："二位老弟多包涵，让你们久等了。"说着努了努嘴，屋里和外面站的几个大汉走了。

马掌柜从怀里拿出一张银票和一封信交给郑春义："我这也是没办法，做我们这行的，什么人都能遇上，我不得不防啊。你俩拿着这张银票和这封信到大南门里的闾英胡同去找徐老爷子。见了面把这张银票和信交给他，剩下的事你们就不用管了。到时候他自有安排。"

郑春义和胡进这才长长松了一口气，站起身来一揖到地："多谢马掌柜。"

两人有惊无险地离开马掌柜的"天福当"，一路兴高采烈说说笑笑来到大南门里闾英胡同。往西没走多远，便看见一座齐齐整整的四合院，两扇黑漆大门紧闭，门前立着两座龇牙立目的石头狮子，门前拴的大狗见有生人过来，立刻狂吠起来，挣得铁链子哗哗直响，郑春义和胡进吓了一跳。

听到狗叫，角门一开，看门的人从里面出来喝住大狗，问："二位找谁？"

郑春义和胡进上前一拱手："请问这里可是徐府？"

看门人上下瞧了瞧两个人："正是。"

"打扰了，四平街'天福当'马掌柜让我们来找徐老爷子。"

"好吧，请随我来。"

郑春义、胡进跟着看门人进了院子，来到上房。门房上前敲门："老爷，有人找您。"

屋里传出徐老爷子的声音："让他们进来吧。"

门房打开门，一伸手："二位请。"

徐老爷子正在屋里斗鸟。门房上前施礼道："老爷，这是马掌柜介绍过来的客人。"说完，凑在徐老爷子耳边低声说了句"瞧着还干净"，便返身退了出去。

徐老爷子放下鸟笼子："坐吧。你们找我什么事？"

郑春义从怀里掏出银票和马掌柜写的信交给徐老爷子："这是四平街马掌柜让我们交给您的。"

徐老爷子拿过银票和那封信说："好吧，你们稍坐片刻，我去去就来。"随后，高声道："来人哪，给客人倒茶。"说完出去了。

徐老爷子前脚走，后脚门一开，走进来两个壮汉，给两个人倒上茶退到门口，用眼睛盯着两个人，看那样子生怕两人跑了似的。

郑春义低头小声问胡进："他们这是搞的什么鬼，这徐老爷子怎么也跟马掌柜一样，进门一句话不说，就把我们晾这了？"

胡进凑到郑春义耳边说："我看这里一定有什么机关暗号，你刚才没听马掌柜说，怕遇上探子吗，看来倒腾军火也不是件容易的事。"

两个人正小声嘀咕，徐老爷子开门进来了，使了个眼色，两个壮汉出去了。

徐老爷子在地上踱了几步，看着在笼子里上蹿下跳的两只百灵鸟突然转过身子板起脸问道："你们俩这么年轻，说实话，这地契是打哪弄来的？这二百垧地可不是个小数目，一般人家一辈子也买不起，可你俩竟把它拿来当了，真是好大的胆子。这地契怕是偷来的吧！啊？你们要是不说实话，就立马给我滚蛋，我可不想惹麻烦。"

郑春义和胡进听了跪倒在地："老伯，您尽管放心，地契一不是偷来的，二不是抢来的，一百垧地是我大哥买的，另一百垧地是我老丈人家的，我是写了字据借来的。"郑春义如实地说。

"起来吧。"

两个人站起来，徐老爷子直截了当地问："你们把地当了买枪买炮想干啥，莫非是想拉杆子当土匪，我可告诉你们，胡子这碗饭可不是谁都能吃的。”

郑春义想也没想，说：“老伯，我们可不是想拉杆子上山当胡子。”

“那你们想干啥？”

“老伯，不瞒您说，我小时候，家里也是村上的财主，吃穿不愁，可哪承想胡子来砸窑，好好的日子给搅和了，没过半年，好不容易打下来的粮食又让胡子给烧了个精光，我娘的眼睛救火时被活啦啦地烤瞎了。这些年，一想起这些，我就恨得牙根发痒，我发誓拉起一支队伍来找他们算账。再说这年头乡下的胡子多得跟蝗虫似的，要是手里有了枪杆子，今后就不会再受那些胡子的欺负了。”

徐老爷子捋了捋胡子：“你说的是实话？”

郑春义用手拍了拍胸脯：“天地明鉴，无半句假话。”

徐老爷子抬起头来，盯着郑春义上下瞧了瞧，突然问：“你是不是姓郑？”

郑春义一愣：“老伯，您咋知道我姓郑？”

徐老爷子嘿嘿一笑：“我不但知道你姓郑，还知道你叫郑春义。”

郑春义心里忽悠一下，回头看了一眼胡进，吃惊地问徐老爷子：“老伯，莫非您能掐会算？”

徐老爷子颔首一笑，端起鸟笼子，看着两只百灵鸟在笼子里跳来跳去，半晌没说话。

郑春义心里怦怦乱跳：“老伯，看您仙风道骨，难道是……”

徐老爷子转过身来，盯着郑春义：“实话告诉你吧，打你一进门我就知道你姓郑。”

郑春义觉得后背“嗖嗖”冒凉气，心想，完了。

“你和你大哥长得太像了。”

郑春义有些蒙头转向：“老伯，您认识我大哥？”

徐老爷子捋着胡子："何止是认识，我们还是忘年交呢。"

郑春义听了，一颗悬着的心放了下来，高兴得差点蹦起来。胡进也被徐老爷子说得心惊肉跳，一直没敢说话，听徐老爷子这么一说，心中暗喜："真没想到，世上还有这么巧的事。"

徐老爷子瞅着笼子里的两只鸟笑了笑："哼哼，你小子那点臭事儿我可都知道。"

"真的？"

"什么真的假的，你跑你大哥那去借钱，他没借给你，你就偷着把地契从你爸爸那拿出来了，有没有这回事？"

郑春义不好意思地笑了："有这回事，我大哥不借给我钱是怕我去当土匪，其实我从来就没动过这个念头，你说我家都让土匪给害惨了，我还能去当胡子吗？"

徐老爷子放下鸟笼子，捋着胡子："好吧，既然是这样，这事我看可以商量。"

郑春义和胡进听了忙站起来，跪在地上磕了个头，郑春义直起身子问："老伯，这二百垧地当的钱，能买多少条枪、多少子弹？"

徐老爷子一撩衣襟坐到太师椅上："你打算要装备多少人马？"

郑春义考虑了考虑，说："老伯，吭哧瘪肚地弄个十个八个人成不了啥气候，少说也得划拉个百十来人才像那么回事。"

徐老爷子思索了一会儿，盯着郑春义说："按照典当行的规矩，你当的钱够买一百条枪，可既然你是春仁的弟弟，我就破次例，给你五十条长枪，五十条短枪、外加五千发子弹。"

郑春义兴奋得有些口吃："老伯，我、我没听错吧，您是说，给我五十条长枪、五十支短枪，五千发子弹？"

“怎么，嫌多啦？”

郑春义连连摆手：“我可不是那意思，您老人家说话可算话？”

“这是哪里话，我给你俩写个字据，等你俩什么时候找到落脚的地方，把人划拉齐了告诉我，我会把你们要的货如数送到。”

郑春义和胡进听了站起来深鞠一躬：“多谢老伯。”

“不必客气，坐吧。”

郑春义坐下来探了探身子，道：“老伯，晚辈有一事不明，不知当问不当问？”

徐老爷子摆摆手：“既是一家人了，有什么当问不当问的。”

“我俩刚才去城里四平街马掌柜那里，他接过我们带来的信就出去了，还让几个人把我俩看贼似的看了起来。到了您这里，跟他那一样，还是二话不说，拿起银票就把我俩晾在这了，这是咋回事？”

徐老爷子抓了一把谷子放到笼子里：“既然你问到这了，看在我和你大哥的交情上，我就实话告诉你，可你们听了就当没听见。”

郑春义和胡进点了点头：“老伯放心。”

“我表面上做绸缎、山货、毛皮生意，可看做军火生意来钱快，几年前在暗地里又偷着做起了军火买卖。‘天福当’的马掌柜跟我是世交，我就把他拉了进来。为了保险起见，遇到大宗的买主，先是由马掌柜出面周旋，为防备警察局的探子冒充买主引我们上钩，我和马掌柜私下定下暗记，我们之间往来的银票信件上都有一朵针刺梅花，除此之外，任何人拿来的银票也休想买走一枪一弹。而且也正是这朵梅花，让我跟你大哥成了忘年交。”

“看来一行有一行的门道，干什么也不容易。”胡进感叹道。

徐老爷子拿起水烟袋吸了一口：“没错，你们年轻，路还长着呢，遇事多长个心眼没坏处。”

郑春义深施一礼："多谢前辈指教。"

"你小子放心，货不出一个月我保准给你们备齐了。"

郑春义再次施礼道："好吧，老伯等我的信。我们就不打扰了。"

"那我也不留你们了。"

两个人从徐老爷子的院子里出来，郑春义欣喜若狂地当胸给了胡进一拳："走，去那家馆吃白肉血肠去。"说罢，两个人拔腿奔了皇城根。

郑春义和胡进一路哼着小曲来到百年老店那家馆，要了一盘白肉血肠、半斤老酒，郑春义端起酒杯："来，干一个！"

"瞧你乐得那个熊样，我可告诉你，现在还没到喝酒高兴的时候，咱还没找到落脚的地方呢，赶早不赶晚，你没听徐老爷子说，不出一个月，就能把货给咱备齐了吗。"

郑春义放下酒杯："我也着急，可咱们上哪去找落脚的地方呢？"

胡进挠着头想了想："你不是知道吗？我二舅过去在张作霖手下当过胡子，咱俩先回去问问我二舅，看他有没有合适的地方。"

郑春义端起酒杯："好哇，咱们现在就往回赶。"

胡进夹起一块熘肝尖放进嘴里，端起酒杯跟郑春义碰了一下："对，宜早不宜迟。"

胡进的二舅年纪在五十岁上下，长得结结实实，一双眼睛炯炯有神。一条胳膊在关内跟吴佩孚的军队打仗时被炮弹炸断了，只剩下了一只空袖筒。胡进和郑春义进来的时候，他正在院子里给一群鸡喂食。一抬头见自己的外甥领着一个白面书生进来，摇晃着一只空袖筒道："你小子年八辈也不来看看你舅舅，今儿个是初一啊还是十五？"

胡进有些难为情地低着头说："二舅，看您，一见面就训人家，谁还敢来看您。”

老人哈哈大笑：“你爹死得早，我要是再不管你，你还不老和尚打伞——无法（发）无天了。怎么，找我有事吗？”

胡进笑着拉过郑春义：“二舅，这是我初中最要好的同学郑春义。”说完又转过身来对郑春义道：“这是我二舅。”

郑春义上前恭恭敬敬地鞠了一躬：“春义见过二舅。”

老人摇着一只空袖筒，转身往屋里走：“有事进屋说吧。”

胡进和郑春义跟在胡进二舅的后面进了屋子。老人指了指凳子：“坐吧。”待胡进和郑春义坐下。老人开口问：“啥事？”

“二舅，我俩这次来，是想请您给找个落脚的地方。”

老人听了停顿了一下，满脸狐疑地问：“你小子是不是昨晚喝多了还没醒酒呢，怎么说话云山雾罩的，你不是有住的地方吗？”

胡进乐了：“二舅，怪我没把话说明白。我们想拉杆子。”

没等胡进的话说完，老人的脸色“唰”地变了，“腾”地从凳子上站了起来：“你个小兔崽子，是不是肉皮子痒痒了，真是三天不打上房揭瓦，还想拉杆子当胡子，好大的胆子！”

“二舅，我可没说当胡子。”

胡进的二舅抖动着那只空袖筒沉下脸：“你不当胡子找落脚的地方干啥？常言说得好，落草为寇。你舅舅我在匪窝子里混了好几年，你忽悠别人行，跑这唬我来了，赶紧给我滚犊子！”

郑春义见胡进的二舅脸红脖子粗地动了真气，走过去一躬到地：“二舅，我们真不是去扯绺子当胡子，我和胡进就是想拉起一支队伍来。”

胡进的二舅瞪着两眼看着郑春义，气呼呼地大声道：“你俩真是一个笼子里的鸟，说得好听，拉队伍跟拉杆子不是一回事吗？我这还忙着呢，没工夫陪你俩绕圈子。赶紧给我滚！”

郑春义躬身道：“我们不想惹二舅生气，这就走。可我们既然来了，能不能让我们把话说完，就这么不清不白地走了，让我们今后还怎么见您。”

胡进的二舅气哼哼地挥了挥手，带着几分不耐烦：“有屁快放。”

郑春义俯身跪在地上，胡进一看，也跟着跪倒在地。

郑春义动情地说：“舅父大人，我和胡进五年同窗，情同手足，我知道胡进的父亲早逝，这些年伯母不知道吃了多少苦，才把胡进拉扯成人，我要是把我的同窗挚友带到火坑里，岂不枉担了父母取名时给我的一个‘义’字，更有愧于同窗之谊。在这乱世，我想拉起一支队伍来，只是想不再受人欺辱，不再窝窝囊囊地活着。我娘好端端的一双眼睛，生生被土匪放火烧粮食给烤瞎了，失明之痛非常人所能承受，这些年我娘如坠深渊，暗夜漫漫，苦度时日，生不如死，我不止一次看到娘在没人的时候独自垂泪。娘生我养我，我拉队伍就是想为娘报仇，以报答娘的养育之恩。也给郑家顶门立户，今后不再受土匪恶霸的抢掠欺凌。请舅父大人放心，我们绝不做那些杀人抢夺、欺男霸女、伤天害理之事。我说的句句都是实话，如有半句谎话，任凭舅父大人发落。”说罢，趴在地上“咚咚”地磕了三个响头。

胡进的二舅听罢沉思良久，站起来拉起郑春义：“孩子，起来吧，胡进他爹走得早，我姐姐就这么一棵独苗，我生怕他走到邪路上去。要是这样我答应你，明天带你们去黑山，当年我跟着张小个子在那一带活动时，有一个营地刚建好，张小个子就被收编了。只是不知道这个营地还在不在，全看你们的运气了。”

郑春义听了又磕了三个头：“多谢二舅！”

老人说：“看来是冤枉你俩小子了。我说得轻了重了你们别往心里去。”

“哪能呢，我们谢您还来不及呢。”郑春义暗自高兴，心说：看来这趟没白来。

院子里的那群鸡也许没吃饱，跑到门口探头探脑地想进来，老人拿起喂食的盆子甩着一只空袖筒出去了。

第二天下午，胡进的二舅带着郑春义和胡进骑在马上在黑山县东边七八里地一片很大的黑松林前面停了下来。

胡进扭过头去："二舅，这片林子看样子不小啊。"

老人用马鞭子朝远处指了指："算你小子说对了，这片林子可大了去了，半天都走不到头，里头光鸟就老鼻子了，还时不时地能遇上狼和狍子呢。"

郑春义提着缰绳："二舅，是这儿吗？"

"我要没记错的话，就是这儿，走，咱们进去看看。"

几个人抄小路进了树林，里面黑森森的，向前走了没多远，郑春义和胡进就分不清东南西北了。仗着胡进的二舅路熟，转来转去来到一条土岗子跟前。胡进的二舅勒住马头辨别了一下方向，说："就是这，一点没错，我记得当年这土岗子周围经常有狼出没，到了夜里眼睛冒绿光，出来站哨身上直起鸡皮疙瘩，过了这道土岗不远就是当年的营盘了。"

绕过土岗，果然前面出现了一片很大的开阔地。郑春义在马上放眼看去，只见开阔地的北面有一条河，河上架着一座木板桥，河的南面，坐北朝南有三趟石头打底的木楞子房，房子东头还有两间同样的独立房子。东面是一片很大的榆树林，在一棵粗壮的老榆树上，用木头搭建了一个瞭望台，林子边上有一眼水井，西面是一条通往外面的大道，并排可以走两辆马车。路口用粗大的原木搭建了一座大门，门前是两座岗亭，在大门南面还建有一座有两丈多高的瞭望塔，挨着大门的北面是四间用来做饭、储藏杂物的木板房。

胡进的二舅笑呵呵地冲着胡进和郑春义道："怎么样，这个地方不错吧！

要是没人领着进来，谁能知道这里还有一个营盘。”

胡进甭提多高兴了：“太好了！真是别有洞天哪。我看五六百人住在这里也宽宽绰绰的，多亏了二舅。”

老人见两个年轻人手舞足蹈的样子，也喜滋滋地挥动着剩下的一条胳膊：“那是啊，张小个子可不白给，要不整个东北怎么都让他占了呢。”

郑春义用马鞭在空中画了一个圈：“这个营地选得太好了。”

胡进的二舅用手一指南面的土岗：“你说对了，你看，要是遇到有人进攻，南边的那道土岗子可以正经八百抵挡一阵子。当年张作霖在上边挖了壕沟、暗道，从暗道里可以通到北面的营房和东边的指挥所。可惜，张作霖走的时候，把暗道炸塌了。北边的那条河既是一条天然的屏障，又可以用来取水，河上的桥是可以拉起来的。张小个子平时就在营房前边的那片空场上操练兵马。”

郑春义心满意足地冲着老人说：“真是皇天不负苦心人，这地方就是给我们预备的。”

“当年我跟着张小个子经常在这一带活动，这是他最看重的一个营盘，建这个营盘他可没少花心思。我以为这个营地早就没了呢，想不到还好好的。”

“天助我也！”

胡进二舅看郑春义一副踌躇满志的样子，说：“你们要是不嫌我上了几岁年纪，我来给你们烧火做饭，这一带我熟悉，带个路啥的也行。”

郑春义一抱拳：“我知道二舅对我们不放心，不过这样也好，我们求之不得啊。”

几个人来到房子跟前下了马，围着房子看了一遭，郑春义说：“房子虽然旧了些，但稍加修整就可以使用。”

胡进的二舅用手拍打着经过风吹雨淋已经发紫的木头楞子，说：“找几个人，用不上三两天就能收拾利索了。”

郑春义冲着胡进道：“你上学的时候是公认的文豪，你给咱这营盘起个名吧，我可有言在先，别整得太俗气了。”

胡进举目朝四周看了看，挠挠脑袋略加思索说：“你看这里有水，又有大片的林子，我看叫‘木浒寨’怎么样？”

郑春义考虑了考虑，说：“行，木是树，浒是水边的意思，而且咱们在这里还要训练出一支虎虎生威的队伍来。好名字，就这么定了。”

胡进十分得意：“你要是觉得这名字行，明个刻个匾挂在山寨门口，咱就可以大碗喝酒、大秤称金、大块吃肉了。”

几个人一块笑起来。郑春义说：“过两天咱俩去趟奉天，告诉徐老爷子一声，让他把货准备齐了就送过来。”

看看太阳已经偏西了，三个人出了树林打马回了辽阳。

第二十章

盛夏，溽热难当，风像刚在开水锅里蒸过一样，丝丝缕缕地从高粱地里溜出来，让人感到更加闷热难耐。

放了学，郑春礼从教室里走出来，霍旺从后面紧走几步拍了一下郑春礼的肩膀。郑春礼回头见是霍老师，笑了笑。霍旺问："你马上就要毕业了，什么时候回去？"

郑春礼摇了摇头，说："今年暑假我不打算回去了。"

"你都两三个月没回家了，该回去看看你爹和你娘了。"

郑春礼看了看四周，发现没有人，与霍旺靠近了压低声音说："我们几个读书会的同学说好了，今年暑假都不回去了。我娘要是问起来我就说在学校复习功课准备考大学。"

霍旺点点头："不回去也好，《新青年》刊发的《谁是中国国民革命之领导者》以及《二十七年以来国民运动中所得教训》，总结了中国近代革命的历史经验和教训，深入探索了适合中国革命的实践路径，我正想利用这个假期让你们学一学呢。”

“每次参加读书会的活动都会让我明白很多道理。”郑春礼觉得霍旺身上有一种像磁石一样的力量在吸引着他。

霍旺看着身边这个有理想有抱负的年轻人，轻声说：“我们的民众生活在苦难之中，改造这个社会需要你们这些年轻人啊。”

“霍老师，同学们都说，你讲的道理浅显易懂，今年暑假你给大家讲讲中国革命的问题吧。”霍旺点了点头，两个人一前一后进了砖窑。

夜里郑春礼让尿憋醒了，他翻身起来披上衣服从屋里出来上茅房，回来从霍旺住的屋子前经过，忽然听到里面有人在小声说话。他蹑手蹑脚地来到窗户底下，只听霍旺压低了声音说：“最近在南满铁路沿线，有不少自发的民间抗日组织袭扰日本人的铁路运输，我们这次行动就是按照满洲临时省委的指示，偷袭关东军的巡逻队，一切按原来的计划行动，大家要严守秘密。”说完，屋里便没有了一点声息。郑春礼踮起脚，重新回到自己的屋里躺下了。

下半夜，几道闪电过后，接着风雨大作，雨点打在房顶上发出噼里啪啦的声响。郑春礼被阵阵雷声惊醒了，翻身爬起来，借着窗外闪电的光亮，忽然发现几条黑影从霍旺的屋子里出来，一个跟一个猫着腰朝校门口快步走去。

郑春礼来不及多想，开门出来跟了上去。出了校门，他发现几个人七拐八拐地进了一片很大的坟地。风雨中四周漆黑一片，过了一会儿，在闪电的光亮中，郑春礼看到前面几个人绕到坟地东边一个大坟包跟前。

郑春礼担心被发现，在一个坟包后面蹲下身子。电光一闪，只见霍旺迅速搬开大墓前的石碑，从里面掏出几支枪来交到几个人手里。拿到枪，借着风雨的掩护，几个人迅速离开了。

郑春礼远远地跟在后面向前猛跑了一会儿，几个人突然趴下了，郑春礼也跟着趴在泥水中。

他抬起头来，这才发现不远处是一条铁路。趴在湿漉漉的地上，身上的衣服又被雨水淋得透湿，郑春礼禁不住打了个冷战，想打喷嚏。可他知道，一旦发出声响自己就会暴露，于是强忍着憋了回去，眼里的泪水一下就出来了。

他使劲抹了一把脸上的泪水和雨水，猛然发现不远处有手电筒的光亮一闪一闪地在晃动，接着传来皮靴踩在地上发出的“嘎吱、嘎吱”的沉闷声响。

很快郑春礼发现一队日本巡逻兵走了过来，五个日本兵一字排开，头上的钢盔在闪电中发出一闪一闪的光亮，几只手电筒的光柱穿透雨幕向四周扫来扫去。

这时雨更大了，天上雷声滚滚，天地间所有的声响都被风雨声淹没了。

走在前面的一个日本兵嘴里咕噜了一句，站在原地解开裤子撒起尿来。

郑春礼听到离自己不远的地方传来一声低沉的枪响，只见一个日本兵像是被雷电击中，扑通倒在了地上。刚刚解开裤子想撒尿的日本兵，裤子都没来得及提就哇哇怪叫着，跟在另外几个日本兵的后面朝着枪响的方向冲了过来。

待日本兵走近了，几条黑影猛地从地上跃起，同鬼子扭打在一起。一个日本兵脚下一滑，跌倒在地，一个人向他开了一枪，那个日本兵的胳膊负了伤，仍动作敏捷地扑了过来。另外两个日本兵同样十分凶悍，嘴里大叫着，端着枪刚要射击，一条黑影从后面扑上去，将其中的一个日本兵扑倒在地，接着用拳头猛击这个日本兵的面部，并从绑腿上抽出匕首，向这个日本兵狠狠地刺去，这个日本兵闪身躲开。这时，边上的那个日本兵跟另一个人扭打在一起，很快这个日本兵占了上风，翻身把这个人压在身下，并掏出腿上的匕首，向这个人刺了下去，郑春礼喊了一声：“不好！”抹了一把脸上的雨水，从地上一跃而起，飞起一脚，正中这个日本兵的下巴，日本兵一松手，被压在底下的人借势翻过身来，反手死死卡住了这个日本兵的脖子。不一会儿，这个日本兵四肢瘫软，一动不动了。郑春礼一扭头，借着闪电的光亮发现一个日本兵举起枪来，趁霍旺没注意，正要从背后向霍旺开枪射击。郑春礼脚尖点地，“嗖”的一下转到这个日本兵身后，使了一个查拳里的缠腿蹬鹰，把这个日本兵踹倒在地。

这时一列火车在黑暗中亮着前面的大灯，冲破层层雨幕，从远处驶了过来。霍旺借着车灯的光亮一看是郑春礼，赞许地冲他点了点头，示意他赶快趴下。郑春礼一动不动地趴在泥水里，火车刚过去，霍旺便带着人迅速从地上爬起来，趁着漆黑的夜色在隆隆的雷声掩护下撤了下来，很快便顺着原路回到了刚才的坟地。

霍旺搬开墓穴前的石碑，把枪和子弹放了进去。然后招手把郑春礼叫到一个人的面前：“春礼，这是孟老师。”

黑暗中，看不清那个人的面目，那个人热情地伸出手来握住郑春礼的手：“你很勇敢，好样的！”说完带着几个人跟霍旺分手后，很快便消失在漆黑的夜色里了。

郑春礼跟着霍旺回到学校天已经蒙蒙亮了。霍旺一边让郑春礼脱下湿衣服，一边问道：“你怎么去啦？”

郑春礼用手抹了抹湿漉漉的头发，说：“头半夜我起来撒尿，听到你们在屋里说话就睡不着了，后来听到外面打雷下雨就起来了，正好看到你带着人出去，我就跟着去了。”

“没想到你还有两下子。”

“我小的时候在家里跟一个回民叔叔学了几年查拳。”

“好样的。”

郑春礼看着霍旺恳切地说："霍老师，你经常给我们讲共产党要拯救大众于水火，号召民众起来抵御帝国主义瓜分中国，我能加入这个组织吗？"

霍旺拍了拍郑春礼的肩膀："快把衣服换上，别着凉。"

郑春礼换好衣服天已经大亮了，一缕晨光从窗户外面射进来，屋子里顿时充满了生机。霍旺见操场上空荡荡的一个人也没有，便催促郑春礼离开了。

霍旺是广东韶关人，北伐时期加入了共产党，他单身一人住在辽阳县高级中学一间专门为教员准备的房子里。屋子不大，进门左边是一铺火炕，右边墙上挂着一幅霍旺自己画的山水素描，地上摆着一张木头桌子，桌子上放着一把茶壶和四个白瓷茶碗，一盏马灯。桌子靠门的一头摆着一把木头椅子，再往里面放着一个长条凳子。炕上靠锅台的地方，一只用过多年、已经发红的藤条箱子放在一个木头架子上。

一个多月后的一天夜里，霍旺正坐在椅子上凑在马灯下批改学生作业，有人轻轻敲门。霍旺推开作业本："进来吧。"

见是接到通知的郑春礼，霍旺指了指里面的凳子，"坐吧。"郑春礼在凳子上坐下问："霍老师，您找我有事吗？"

霍旺抬头看了看郑春礼，郑重地说："找你来，是要向你宣布一件事情。"

说完霍旺拿起炕上的被子将窗户堵得严严实实，又打开门听了听外面的动静，然后在里面将门锁死。从怀里掏出一样东西，轻轻地展开挂到墙上，郑春礼一看，是一面有镰刀和锤头的红旗。

霍旺转过身来看着眼前的这个年轻人，神情庄重地说："鉴于一年来你在读书会的表现，以及上次你勇敢杀鬼子，党组织已经批准你为中国共产党党员了。"

郑春礼激动地看着霍旺，两只眼睛不禁湿润了，他紧紧地握住霍旺的手，激动地说："霍老师，我愿意为民族的解放献出一切，直至生命。"

霍旺拉过郑春礼："来，让我们在党旗下宣誓吧。"霍旺举起了右手握起了拳头。郑春礼也举起右手。霍旺压低了声音："我自愿加入党的组织，严守党的机密，服从党的纪律，在任何情况下永不叛党。"

宣誓后霍旺紧紧握住郑春礼的手，说："春礼，从现在开始，你就是一名党员了。"

郑春礼眼里闪动着激动的泪花。霍旺侧耳听了听外面的动静，说："最近，满洲临时省委先后发动和领导了奉天、辽阳、鞍山、大连一带窑业、盐业、海运、交通、印刷等行业工人大小规模不等的罢工斗争，提出了工农联合斗争的思想。党组织准备派你到你的老家野狼窝一带农村发动农民群众，同当地的恶霸地主展开清算要粮斗争，以扩大我党影响。"

郑春礼觉得胸中热浪翻滚，迫切地问："霍老师，什么时候去？"

"收割之前。你去了以后，要做好应对各种复杂情况的思想准备，有什么问题立刻向我汇报。"

郑春礼点了点头，霍旺收好党旗，两个人一同走出屋子。月光下远处起伏的山峦像剪纸一样若隐若现，从田野里吹来的风，带着一股甜丝丝的味道，近处的村落见不到一点光亮，显得静谧安详，皎洁的月光在屋顶和操场上面铺上了一层淡淡的清辉。

两人谁也没有说话，站了一会儿各自分开，回自己住的屋子去了。

一九二八年的秋天，郑春礼按照党的指示回到了自己的家乡，他站在刻有大仁屯村的石碑前，用衣襟擦了擦额头上的汗坐了下来。他看着眼前这个不大的村子，又回想起与霍旺分手时的情形：两个人从学校出来，沿着一条僻静的小巷一边走，一边轻声交谈。霍旺叮嘱道："党组织这次派你去农村发动群众，你要做好应对各种复杂情况的准备，那些恶霸地主不会乖乖地把粮食交出来，你要学会动脑筋，要充分依靠村里的贫苦农民，跟他们交朋友。记住，斗争是复杂残酷的。”

想到这儿，郑春礼抬起头来，看了一眼大片低矮的茅草房，迈开大步朝村里走去。

突然，他嗅了嗅，闻到一股焦煳味。一扭头，他吃惊地发现，离村头不远的一间房子起火了，阵阵浓烟裹挟着火舌从窗户里蹿出来，他大喊一声：“着火了！快救火！”便朝着火的房子跑了过去。

附近的几个村民听到郑春礼的喊声也纷纷从家里跑出来，一面端着水盆、水桶灭火，一面大声喊叫起来：“着火了！着火了！快救火啊！”

这时一个长得膀阔腰圆，一脸络腮胡子的中年男人健步如飞地跑过来。一个女人见他来到近前，急着说道：“快，于山大哥，老王头还在屋里睡觉呢。”

中年男子听了，衣服一脱，光着膀子，一头冲进了浓烟烈火之中。不大一会儿，抱着一个六七十岁的老汉从里面冲了出来。边上的几个人立刻上前，把老人身上的火苗扑灭，老人慢慢地睁开了眼睛，眼角流出一行浑浊的泪水。

正在这时，一个年轻人跑了过来，来到近前大声地喊道：“我大爷的衣服被褥还在里头呢。”说着就要往里闯。那个中年男人一伸手把他拉住了：“你进去就出不来了！”

说完他二次冲进着火的房子，很快，抱着一堆衣服被褥跑了出来，这时他身上的裤子好几处已经烧着了，脸上一侧的络腮胡子也被火燎去大半。众人上前七手八脚地帮他扑灭了裤子上的火苗。

那个年轻的小伙子跪在地上连着磕了几个头：“于大哥，今儿个要不是你，我大爷非活活烧死不可。”

刚才喊人救火的那个女人低头看了看躺在地上的老汉，大声道：“多亏了于山大哥，你老头子捡了一条命啊！”

于山摸了摸被火烤得生疼的半边脸对众人说：“没啥，赶上了，见死不救还中？”

大伙七手八脚，很快就把火扑灭了。老王头看着被大火烧焦的房子，躺在地上再三拱手，嘴里喃喃地说：“都是我惹的祸，我该死啊。”

于山俯下身子安慰说：“大叔，你身子骨不利索，以后要加小心，一个人别动烟火了。”

老王头答应一声眼里再次流出泪来。他的侄子又给于山鞠了一躬，背起老人走了。

郑春礼脸上黑一块白一块地也弄了一身的泥水，他走到于山跟前竖起大拇指说：“大叔，我看你两次进火场，真是好样的。”

于山憨厚地一笑：“没啥，乡里乡亲的，眼瞅着他在屋里烧死还中？”

“大叔，走吧，上你家去洗洗脸，认个门儿。”

“好吧，我家不像样子，你别嫌弃就中。”

“看大叔说的。”

于山的家在村子的东头，用秫秸围起来的不大的院子里除了犁杖、锄头、耙子空无一物。一间草房已经歪斜，窗户上破了一个洞，风从破洞里吹得窗户纸哗哗直响。打开门，迎面一铺土炕，炕上铺着半张破炕席。灶台锅里有两个野菜和着苞米面做成的饼子，一块咸菜疙瘩上留着啃咬过的牙印。屋子一角放着一口掉了碴儿的破水缸，水缸上面漂着一只黑黢黢的水瓢。挨着水缸放着一个小桌子，桌上有两只吃饭用的白瓷碗，旁边放着一个洗脸盆。

于山搓了搓手，有几分难为情地说：“你一个城里的洋学生到我这土窝窝里，连坐的地方都没有。”

郑春礼毫不在乎地说："大叔，我家住的也是草房。"

"我去给你打水，洗洗你那大花脸。"

于山在破缸里舀来水，看郑春礼洗过脸，拉着他坐到土炕上。郑春礼带着几分好奇扭过身子问："大叔，听你说话的口音不像是咱们东北人。"

于山用毛巾擦了擦手，笑了笑说："让你猜着了，我是山东黄县人。"

"大叔，那你怎么到东北来了，你家里还有别人吗？"

"我来东北已经十多年了，现在家里除了我是个喘气的，没别的活物了。"

郑春礼被于山逗笑了："那你怎么在这落脚了呢？"

"这话说起来可就长了，都是些陈芝麻烂谷子的事了，这么多年一想起来我就伤心。今天我看你救火时那股子不管不顾的劲，不用说，咱俩对脾气，你问到这了，我就说给你听听。"

于山拿过锅里剩下的两个饼子，递给郑春礼一个，"凑合吃一口吧，粮食眼看着就吃完了，没法子，添上一半野菜，能对付到新粮下来就不错了。"

于山咬了一口饼子慢慢嚼着，眼睛透过窗户上的破洞看着外面灰蒙蒙的天空，说："我家祖辈是农民，我父母就生了我这么一个儿子。有一年山东大旱，又赶上闹鼠疫，不到一个月爹娘就都死了。"

于山把剩下的一块菜饼子放到嘴里，喝了一口水接着说：我十八岁那年夏天村里来了一个打把式卖药走江湖的人，叫王昊，他看我长得五大三粗、结结实实，又是一个孤儿，就收留了我，让我叫他师父。

后来从师父嘴里我才知道，他是山东济宁府人，从小喜欢舞枪弄棒，长大后学了一身的武艺，为了糊口常在济宁府撂摊摆场子卖艺。师父收我为徒的第二年夏天，我们师徒二人又回到了济宁府。这天跟往常一样，打好场子后，师父光着膀子开始捻场子。冲着看热闹的人抱拳道："兄弟初来乍到，借贵方这块宝地，承蒙诸位捧场，我这里献丑了……"

说完，师父拿起一块青砖，用左手拿稳了，马步蹲裆，右手举起来，深吸一口气，运足丹田气，“嗨”地大叫一声，右掌将左手的青砖断成两截。

围观的众人立刻大声叫起来：“好！”师父双手抱拳，前后左右谢过一圈后，说：“各位兄弟、叔叔大爷、老少爷们，在家靠父母，出门靠朋友，脚踏贵地，眼望生人，城墙高万丈，全靠朋友帮。今天你们来捧我的场，我再给大伙来一个金枪刺喉。你们可都看好了！我这嗓子眼不是铁打的，也不是铜铸的，跟大伙一样是肉长的。”

说完师父一摆手，我将手里的一杆长枪举起来，将枪尖顶在师父的喉咙处，师父用手将枪头在喉咙下边放好，张开双臂，开始运气发功，我双手用力顶住枪杆，见蜡木杆一点一点地被顶得弯曲起来，众人齐声叫好：“厉害！”

师父收了功，走过去挨个让众人看他的喉咙，除了一点红印，毫发无损。

大伙一边鼓掌，一边纷纷喊道：“好功夫，再来个绝的！”

于是师父双手抱拳，前后左右打了一圈场子，高声道：“各位老少爷们，兄弟我初来乍到，有钱的捧个钱场，没钱的捧个人场，既然大家伙说了，那我就再给大家来个绝的，让老少爷们开开眼。”

周围的人更加起劲地拍着手叫喊起来：“好！来个绝的！”

师父一边走场子一边抱拳道：“把式把式，光说不练，那是假把式；光练不说，那是傻把式，今天我王昊让你们见识见识什么叫真把式。”说着，冲我摆了摆手。

我知道师父的意思，从一个箱子里拿出一根拇指粗的麻绳，走过去交给师父，师父接过绳子走到众人跟前卖关子：“来，大家看仔细了，这是不是麻绳，到时候可别说我用纸糊的绳子蒙人。”

围观的人纷纷伸出手来摸了摸：“是麻绳，真的，不是假的。”

于是师父重新回到场子中间，大声说道：“刚才诸位老少爷们可都看了，这是一根麻绳，用它套车马拉不断它，用它耕地牛扯它不折，可我今天一不用手，二不用刀，一口气就让它断成三截，这就叫真功夫。”

说完，他将绳子交到我手里，我用绳子将师父上三道、下三道捆了个结结实实。

围观的人都伸长了脖子，瞪大了眼睛。我将绳子捆好后退到场子边上。

师父在原地转了一圈，高声说道：“诸位可都看好了，光说不练，那是假把式；光练不说，那是傻把式。打把式卖艺图的就是个人场，今儿个我给大伙来个死里脱身，看看我是真把式还是假把式。”

说完师父闭目晃头，提气发功，右脚抬起，猛然间大喝一声：“开！”随着一只脚重重地踏下去，捆在他身上的麻绳应声断成三截，滑落到地上。

围观的众人纷纷大声喊叫起来：“好样的，好功夫！好功夫哇！”

我也学着师父的样子，托盘走了一圈场子，众人纷纷往我手里的盘子扔钱。

我忘不了那天众人散去后，我跟师父收拾好家什，回到了客栈，吃过饭，我把被子给师父铺好，又去打来洗脚水放到炕沿下边，伸手把师父的袜子脱了下来。师父一边慈爱地看着我给他烫脚，一边叹了口气说：“孩子，我这辈子走江湖打把式卖艺，连个媳妇都没说上，打今天起，你就做我的义子吧。”

我一听不知道是高兴的还是想起来打小没爹没娘的苦日子，眼泪说啥也止不住了。我跪在地上给师父磕了三个响头，说：“爹，孩儿爹娘死得早，孤身一人无依无靠，有了爹，孩儿也就有了家了。爹爹在上，今后孩儿有什么做得不对的地方，爹爹打也打得，骂也骂得。”

师父也流泪了，摸着我的头说：“起来吧，从今往后，咱爷俩相依为命，也好有个照应。”

我又磕了三个头，说：“爹，我想跟你学艺，不知爹爹肯不肯教我。”

师父好半天没有说话，末了摸着我的头说："你已经长大成人了，个头快跟我一般高了，你要是愿意学，我就把这点本事都传给你。"

过了一会儿，师父问我，"练武的人要起早，你不怕吃苦吗？"

我说，别说吃点苦，能把爹爹的本事学到手，就让我去滚刀山我都不怕。

从那天开始，我开始跟着师父学艺，有一天练累了歇息。师父看着我语重心长地说："孩子，自古习武之人要能容能忍，抱打不平，不能倚强凌弱。"

我虽说没念过书，但师父说的道理我明白，从那天开始我就下定决心一定学古人行侠仗义，打抱不平，绝不做那些欺负人、偷鸡摸狗见不得人的事儿。

半年后，师父让我自己打场子卖艺。有一天最后的压轴戏刚开场，还没等师父往我身上捆绳子，四个流里流气的地痞闯了进来。领头的是一个二十多岁的年轻人，秃头，鹰钩鼻子，手里拿着一把短枪，骂骂咧咧地冲着师父嚷嚷说，"你懂不懂规矩，到我的地面上打把式卖艺地折腾好几个月了，我可没说什么。怎么着，跟我装傻充茶是不是，我可告诉你，别给脸不要脸。"

师父知道碰上砸场子的地痞了，一揖到地说："小爷在这地面上吃得开，谁不知道啊，可我们初来乍到，人生地不熟，还请小爷网开一面。"

那小子像没听见一样，狮子大张口说："你拿一百大洋，济宁府随你在哪个地方撂场子都行，怎么样，这个价码不高吧？"

师父说："小爷，我们打把式卖艺走江湖只不过混口饭吃，实在是拿不出那么多钱来孝敬您。"

那小子把眼一睖睖，冲着师父说，"没钱。没钱好啊。"说着他扭过头去冲着跟他来的几个人喊了一嗓子："来呀，把他场子给我砸了！"说着几个人上来就要抢东西。

师父只好赔着笑脸低声下气地说："这位小爷，你看这样行不行，您也别白来一趟，我这有二十块大洋您先拿去，等日后场子上挣了钱，再给您补上。”

一个肥头大耳、一双小眼睛的地痞上前一把揪住师父，恶声恶气地说：“你他妈还走江湖呢，拿二十块大洋糊弄鬼呢。实话告诉你，今天你要是不拿出一百大洋来，就赶紧滚蛋！”

师父一听急忙冲着我使了个眼色，说：“好吧，我收拾一下，这就走。”

没想到领头的那个地痞上来用枪指着师父，皮笑肉不笑地说：“嘿，你他妈的想借坡下驴跟我耍滑头是不，没那么便宜的事。”

刚才那个肥头大耳的家伙发现自己说走了嘴，为了买好，上前抡圆了给了师父一个大嘴巴：“妈的，我说让你走你就走啊，想走也行，把钱留下，要不我们哥几个今天就让你身上出点彩儿。”

师父强压着火气，说：“这位小爷，要是有钱我能不给您吗？您得讲理啊。”

那小子瞪圆了眼珠子：“跟你们这些卖狗皮膏药的讲他妈什么理，我就认钱，你明白不？”

我当时年轻气盛，实在看不下去了，上前一把揪住那个肥头大耳的地痞问他：“光天化日之下还有没有王法了，你要钱有钱给你，没钱也得给你啊？你们也太欺负人了吧，今天我也告诉你，老子不怕你们，就没钱，你们怎么着吧。”

领头的那个地痞冷笑了几声，说：“好小子，有种！”说完他一扭头，“来，哥几个给他出点血，让他凉快凉快。”

几个人上来将我团团围住，劈头盖脸地一顿拳打脚踢。

师父见我平白无故地遭打，忍不住一声大喝：“住手！”一步跨过去，施展拳脚，噼里啪啦把几个人全都打倒了。

领头的那小子从地上爬起来，像一条受伤的恶狗叫起来：“好啊，你敢动手打我的人，我看你是活腻歪了。”说完一挥手，冲着师父抬手就是一枪。师父晃了晃，一头栽倒在地。那几个地痞见出了人命，看也不看，赶紧溜了。

我蹲在地上，抱起师父来，见他胸口处不停地冒出血来。

过了一会儿，师父才慢慢地睁开了眼睛，看了我一眼说：“孩儿呀，爹不行了，你走吧，听爹的，今后别再吃这碗饭了。”

说完师父大口地喘息了一会儿，断断续续地说：“我死了，剩下你一个人我放心不下啊，我听人家说东北人少，好混饭吃，我死了你下关东吧，找个女人安个家，好好过日子。”

我抱住师父不肯撒手，哭着说：“爹，你不能死，你等着我去给你请郎中。”

师父说：“孩子，爹不中了，省下钱做盘缠吧。”

我不相信师父会死，可眼见师父的呼吸越来越弱，慢慢地闭上了眼睛。

“这帮恶棍！”郑春礼听到这儿，忍不住骂道。

于山看了看郑春礼，接着说：“我发送了师父后，孤身一人来到了东北四处讨饭，最后总算在这儿落下了脚。”

郑春礼擦了擦眼角的泪水，说：“大叔，那些地痞流氓也太不是东西了。”

于山捏紧了拳头说：“你哪知道，天下乌鸦一般黑啊，这些年我租了地主谭永山的两亩薄地，也只是勉强糊口，年年把打下来的粮食都交了租子，依我看，这个谭永山比那些地痞流氓还坏。”

郑春礼看了看四壁如洗的屋子，说：“于山大叔，这么些年，你就一个人过日子，怎么没有成家呢？”

于山叹了一口气：“唉，给人家当佃户，穷得揭不开锅，哪个女人肯嫁给我。这几年岁数也大了，一来二去的，觉得一个人过日子自己吃饱了全家不饿，没有啥累赘，也就把成家的事撂下了。”

“于山大叔，穷人的日子过得真是太苦了。”

“有啥办法，地主老财有钱有势，跟官府又有勾连，咱们惹不起人家啊。”

“大叔，别看他们有钱有势，又有官府给他们撑腰，只要我们大伙齐心，就不怕他们，咱们不能总过这种苦日子啊。”

于山盯着郑春礼，觉得这个年轻人的话说得中听：“你是城里的洋学生，肚子里有墨水，懂得的道理多，你有什么办法说出来听听。”

“办法有，等我下次来，咱们好好商量商量。”

“行，你要是有事我就不留你了。”

郑春礼站起来，说：“过几天我再过来，就住在你这儿。”

“好，我等你。”于山搓着大手憨厚地说。

郑春礼从于山的家里出来已经是繁星满天了。下一步的工作该如何开展，他告别于山，连夜回学校找霍旺请示去了。

第二十一章

深夜，郑春礼站在学校的操场上侧耳谛听，四周静悄悄的，除了从远处传来几声狗叫，再听不到别的声响了。他来到霍旺住的小屋跟前向周围看了看，见空无一人，轻轻敲了敲门。霍旺打开门，见是郑春礼，高兴地把他拉进屋子，给他倒了一杯水轻声问："怎么样，这次去乡下有什么收获吗？"

郑春礼喝了一口水，坐下说："这次去大仁屯，认识了一个叫于山的大叔，这个人冒死从着火的房子里往外救人，抢东西，不怕死，很勇敢。我到他家跟他聊了聊，他是个孤儿，从小就受苦，我觉得是个可以依靠的对象。"

霍旺听了，沉吟片刻，坐下说："中共满洲省委再次针对农村开展反封建、减租、清算要粮斗争进行了部署，我们要利用乡下收割前这段时间，在充分调查了解农民疾苦的同时，广泛发动农民群众。"

郑春礼的眼前又浮现出于山家的那间摇摇欲倒的破草房，说："是啊，农民的日子过得实在是太苦了，于山大叔家眼看着就断粮了，现在天天用一半野菜充饥。"

“离这里不远的台安县你知道吗？”霍旺问。

“知道，我小的时候去过。”

“台安县特别支部的赵甫堂回到自己的家乡开展工作，他一方面向当地农民宣传反封建和减租清算要粮的意义，一方面组织当地农民像南方一些省份那样成立了农会、妇女会，并组织农民同地主开展了‘找价’斗争。”

“‘找价’是怎么回事？”郑春礼追问道。

“当地的大地主给雇工的钱比别的地方少，农会和妇女会就向地主提出条件，必须增加工钱，否则就全体辞工。迫使地主不得不返回了少给的工钱，得到农民的拥护，党的威信和影响也在当地得到提高和扩大。”

郑春礼兴奋地站起来：“你是说我们也要像赵甫堂那样，到乡下去组织农会和妇女会，跟恶霸地主斗？”

霍旺点点头：“你说得对，我们把农民群众组织起来，力量就大了。”

“是啊，农民群众长期受地主老财的剥削压迫，日子都快过不下去了，要是有人组织，他们一定会积极参加斗争的。”郑春礼满怀信心地说。

霍旺看着眼前自己这个日渐成熟的学生，说：“我们也不能小看了那些恶霸地主。他们不但非常狡猾，而且十分凶残。”

“我这次去大仁屯听于山大叔说，这个村的大地主谭永山就是一个恶霸。平时在村里欺男霸女，巧取豪夺，不惜采用各种手段搜刮、盘剥佃户血汗，附近几十个村里都有他家的地。一次他喝多了酒，对几个长工夸口说，就是走一天一夜，拉屎撒尿都还是在他谭家的地里，农民群众都恨透了他。”

霍旺挥着手说：“这些地主老财仗着自己有钱有势，勾结官府，横行乡里，为所欲为，我们一定要让他们知道农民群众组织起来的厉害。”

郑春礼握紧了拳头，信心十足地说：“对，我们依靠于山大叔这样的贫苦农民，也把农会和妇女会组织起来。有了农会和妇女会，农民群众的好日子就有盼头了。”

霍旺站起来，拍了拍郑春礼的肩膀，说：“我们党在农村开展反封建、减租要粮的斗争离不开这些骨干群众。”

郑春礼点了点头，说：“我准备一下，后天就走。”

霍旺紧紧握住郑春礼的手：“我等着你的好消息。”

日头偏西的时候，于山忙完地里的活往回走，远远地看见郑春礼站在门口等他，便紧走几步进了院子，高兴地放下锄头，说：“这两天我天天盼着你来呢，快进屋。”

两个人进了屋子，于山坐到土炕上拿过手巾擦了一把脸，说：“上次急急忙忙地见了你一面，我还没问你姓什么叫什么呢。”

“我姓郑，叫郑春礼。”

于山把手巾挂到墙上，让郑春礼坐下，说：“我打小就羡慕你们这些进过学堂肚子里有墨水的人，知书达理，可惜我没念过书，连自己的名字都不会写。”

“大叔，不是因为穷，你哪能不识字呢。你知道吗，在离我们这不远的苏联人人都有学上。”

于山听了，惊喜地睁大了眼睛看着面前的这个小弟弟：“那可太好了，睁眼瞎的滋味不好受啊。”说着他像突然想起了什么，“唉，上次你来，我就想问你，你不在城里好好念书，跑到乡下来干什么？”

郑春礼笑了笑，说：“马上我就高中毕业了，学校让我们到乡下搞调查，毕业前要写一篇社会调查报告。没想到乡下的农民在地主老财的欺压下，日子过得这么苦，那些地主老财骑在农民头上作威作福，横行霸道，真是太可恶了。”

于山握起拳头咬着牙气愤地说：“谭永山从不把我们当人看，恨不得把你骨头渣子都榨出油来。”

郑春礼侧过身子说：“是啊，上次来你家，我看你吃的是一半粮食一半野菜，心里别提多难受了。谭永山家的粮食却有的是，都捂得快发霉了。”

“这种苦日子我早就过够了，没办法啊。”

“大叔，要是大伙能抱成团儿，像谭永山这样的地主老财就不敢再欺负咱们了。咱们也就不用整天饿着肚子下地干活了。”

于山高兴地咧开嘴一拍大手：“哈哈，你说得对呀，记得我刚来的那年，赶上秋天雨水大，对了，就是那天差点没让火烧死的老王头，租子晚交了几天，谭永山就让蛤蟆眼带着几个人找上门来，非要绑了人家去官府，好像官府是他家开的一样。那天凑巧被我赶上了，我气坏了，三拳两脚就把那几个狗腿子打跑了。后来，我带着老王头和村里的十几口人去谭永山家理论了一番，从那以后，谭永山再没有因为村里哪个佃户租子交晚了来催要过。”

郑春礼受到了感染，兴奋地说：“大叔，一条河的水浅，可只要大伙心齐汇集到一块，就能变成一股洪流，把谭永山这些个地主老财淹死。”

于山一拍大腿：“你说得在理。只要大伙能拧成一股绳，就能把他们绊个跟头。”

两个人越说越兴奋。

“那你说怎么干。”于山已经按捺不住了。

“这次来，我打算在你这多住几天，明天晚上吃了饭，你先带我去村里转转，干这种事，人越多越好。”

“行啊，这村里谁家啥样我一清二楚。”说不清为什么，于山从面前的这个洋学生身上看到了一片光亮。

水一样泼洒下来的夜色，很快就将整个村落淹没在黑暗之中了。于山家低矮破旧的茅草房像一只小船，摇摇欲沉。

于山和郑春礼挤在土炕上，听着从犄角旮旯传来的阵阵蛐蛐的鸣叫声，越聊越投机。于山目光中带着一种渴望对郑春礼说："上次你来都看到了吧，家家都眼瞅着没粮食吃了，年年一到这个时候就饿肚子，你说咱们怎么干？我听你的。"

"大叔，我这次回去，听说离咱们这里不远的台安县的乡下成立了农会。"

"农会是干啥的？"

"农会是咱们农民自己的组织，由农会发动农民起来一块跟地主老财斗。"

于山一翻身坐了起来："好啊，要是组织农会我第一个参加。"

郑春礼也坐起来，见于山的两只眼睛在黑暗中闪闪发光："大叔，你不光要参加农会，还要张罗着把农会组织起来呢。"

"只要大伙信得过我，我干。"于山毫不犹豫地答应说。

郑春礼兴奋地拉着于山的大手："明天我跟你去王绍山、赶车的老张头、老王头的侄子家看看，听听他们都是咋想的。"

"他们跟我一样，早就恨透谭永山了，成立农会跟谭永山斗，他们一准儿参加。"

"好，咱们农会组织起来以后，就去找谭永山要粮。"

停了一会儿于山转过头去看着郑春礼，说："他能给吗？"

"谭永山一定不会轻易把粮食交出来，可只要大伙的心气往一块使，就不怕他耍滑头。"

黑暗中于山兴奋地挥动着一双大手："对，找他要粮去！"

说完他躺到炕上拉过被子："快二更天了，睡吧。"两个人却各自想着自己的心事，谁也睡不着了。

早上吃过饭，郑春礼和于山一块从家里出来，两个人刚走到村西头王绍山家跟前，就见谭永山的几个家丁急匆匆地朝这边走来。于山扯了扯郑春礼的衣襟，冲着家丁来的方向努了努嘴，郑春礼明白于山的意思，站住了。

很快，几个家丁就来到王绍山家门口，一个长了一双蛤蟆眼的家丁大声吆喝道：“王绍山，你给我出来！”

听到动静王绍山从屋里走了出来：“啥事啊？大呼小叫的。”

那个长着一双蛤蟆眼的家丁扬起脸恶声恶气地问道：“我家老爷听说你家大闺女定了亲，这两天要出嫁？”

王绍山愣了愣神儿，问：“是啊，我家闺女出嫁，关你家老爷啥事？”

蛤蟆眼撇着嘴大声道：“嘿，好你个王绍山，实话告诉你，你欠我家老爷两年的利息利滚利已经一百块大洋了，你知道不？”

于山扭过头去对郑春礼说：“谭永山这个王八蛋已经有三房女人了，可是看到村里哪家的姑娘有几分姿色就想强行霸占，弄得村里鸡飞狗跳，人心惶惶。”

这时，只听王绍山大声分辩道：“你胡说，你去查查账本，哪一年的租子我不都按数交齐了，哪来的利息。”

蛤蟆眼恶狠狠地骂起来：“嘿，他妈的，你是记性不好忘性好，还非得我给你提个醒。前年春天，你买粮借了我家老爷一块大洋，这才几天啊，怎么忘啦？跟我装糊涂是不！”

王绍山听了气一下子顶到了脑门上，急赤白脸地大声争辩道：“这不没影的事儿吗，借了一块大洋不假，可我已经拿租子顶上了。”

蛤蟆眼见王绍山不认账，把眼珠子瞪得快鼓出了眼眶子：“好啊，王绍山，你想赖账是不？来，把他给我捆起来！我看你是肉皮子痒痒了！”

几个家丁二话不说，一拥而上，拉起王绍山把他绑到了门口不远处的一棵大柳树上。

蛤蟆眼见王绍山被捆了个结结实实，凑到王绍山跟前皮笑肉不笑地说："没钱也行，你家的大闺女我们老爷相中了，跟我们老爷睡一晚上利息就免了。"

王绍山冲着蛤蟆眼吐了一口唾沫："放屁！你告诉姓谭的，没门儿！"

于山再也看不下去了，拉了拉郑春礼的袖子，两个人走了过去。

于山上前一把薅住蛤蟆眼的衣襟大声质问道："还有没有王法了，你们凭什么把人捆起来？再说了，人家黄花大姑娘没出门子先让你家老爷睡一宿，这是他妈哪家规矩。"

蛤蟆眼瞪着一双往外突出的大眼珠子，用手里的鞭子一指于山，骂道："姓于的，你他妈的是不是吃饱了撑的，少跟我在这装犊子，我家老爷看上他家闺女算她有福气。"

于山听了气得眼珠子瞪得溜圆："我看你家老爷臭不要脸，赶紧把人给我解开。"

蛤蟆眼一听乐了："嘿，我听我家老爷的还是听你的，你说让我解开就解开，你他妈赶紧给我滚蛋，再跟着搅和，别说我连你一块捆了！"

"你敢！"

于山上去就要去解捆在王绍山身上的绳子。蛤蟆眼一看急了，冲着几个家丁大声道："给我打！"

几个家丁挥动着手里的鞭子抡圆了朝于山抽来。于山飞起一脚将一个家丁踹了出去，另一个家丁被于山扭住手腕子把鞭子夺过来回手给了他一鞭子，那个家丁从地上一下蹦起来："哎哟！你他妈敢打我？"

蛤蟆眼一看自己的家丁被打，扯着嗓子喊叫起来："嘿，反了你了！"说着挥起鞭子向于山兜头盖脸地抽了过来。

于山没等他鞭子落下，上前一步顺势一个黑虎掏心，重重的一拳正捣在蛤蟆眼的心口窝上，蛤蟆眼疼得“啊呀”大叫一声，啪叽摔倒在地，过了好半天才从地上爬起来，声嘶力竭地喊叫道：“快，把他给我捆起来！”

几个家丁腿肚子直哆嗦，你看看我，我看看你，哪个也不敢上前了。

于山狠狠瞪了蛤蟆眼一眼，走过去解开捆在王绍山身上的绳子：“大哥，别理他们，这帮狗日的，出了事我扛着。你赶紧带着闺女到亲戚家待两天，等大侄女过了门再说。”

王绍山拉着于山的手眼里含着泪：“于山兄弟，今天要不是你，我闺女就完了。”

“嗨，说这些干啥，这不是让我赶上了吗？你赶紧带上大侄女走吧。”

王绍山这才进屋带着闺女出来，拉过女儿说：“快给你于山大叔磕头。”那女孩跪下磕了一个头。

于山挥了挥手：“这是干啥，快走吧。”王绍山扫了一眼站在边上的蛤蟆眼和几个家丁，忙拉起闺女走了。

蛤蟆眼和几个家丁看于山像半截铁塔似的站在那，没敢去追赶。于山拉起郑春礼：“咱们走。”

蛤蟆眼见于山走远了，抹了一把嘴角的血：“妈的，今天算我倒霉。”说完带着几个家丁悻悻地走了。

郑春礼看着几个家丁奔了谭永山家的高门楼，有些担忧地说：“于山大叔，这帮人不会善罢甘休，你要加小心。”

于山拍了拍结实的胸脯：“我才不怕呢，看这帮兔崽子能把我咋的。”

两个人说着话来到老王头的侄子家门口，老王头的侄子见于山来了，老远就从屋里迎出来，热情地招呼道：“于山大哥来了，快屋里坐。”

于山拉过郑春礼说：“这是县城来的洋学生，叫郑春礼，那天着火，真多亏了他发现得早。”

老王头的侄子感激地说："于山大哥要不说，我还真没认出来，那天要不是你，我大爷就没命了。"说着，拉着郑春礼和于山进了屋子。

三个人进屋没等坐下，于山便粗门大嗓地说："新粮怎么着还得个把月才能下来，家家都开始吃野菜了，春礼想带着大伙跟谭永山那个狗财主要粮去，你去不？"

老王头的侄子毫不犹豫地说："你去我就去！"

"好，我想今晚咱们多找几个人一块商量商量，谭永山是条老狐狸，跟他斗要多长几个心眼。"郑春礼拉过凳子坐下说。

老王头的侄子给于山倒了一碗水："春礼说得对，大伙先商量个办法，不能就这么冒冒失失地去。"

郑春礼站起来掀开灶台上的锅盖，见里面是小半锅野菜粥，抬起头来愤愤不平地说："谭永山家的粮食多的是，你们这些佃户却在饿肚子，实在太不公平了。"

于山搓着一双大手："是啊，粮食都是咱们一个汗珠子掉在地上摔八瓣打下来的，我们凭什么连口饱饭都吃不上？我这就去招呼人。"

"会在哪儿开？"郑春礼问。

老王头侄子想了想，说："去王绍山家吧，他家地方还大点。我和于山大哥的屋子太小了，再多来俩人，连坐的地方都没有了。"于山大手一挥，就这么定了。

大仁屯村地主谭永山家的上房迎门放着一张老榆木八仙桌，桌子当中摆着一口木质西洋座钟，边上立着两只清代粉彩大花瓶。一只花瓶里斜插着一只鸡毛掸子，一只花瓶里插着一卷画轴。

谭永山坐在雕花太师椅上，闭着眼睛一边有滋有味地吸着烟袋，一边不伦不类地哼着奉天大鼓：“东风吹落桃花红啊，前面走来了姑娘小玉清，我这里急忙过去把他抱，想不到脚下一绊扑了个空……”

正唱得兴起，长着一双蛤蟆眼的家丁带着手下的几个人跌跌撞撞地闯了进来。

谭永山睁开眼，用烟袋杆指着蛤蟆眼问：“咋样啊，人给我带来了没有？”

蛤蟆眼跪在地上：“老爷，人被王绍山带走了。”

谭永山听了“腾”的一下从椅子上站了起来，挥舞着烟袋杆儿厉声呵斥道：“什么，你再说一遍，你们他妈都是干什么吃的，怎么不给我拦住，一群没用的废物！”

“老爷，今儿个倒霉，碰上于山了，没想到这小子有武把操，我们哥几个根本不是他的对手，人是让他给放跑的。”

谭永山不听则罢，一听更是暴跳如雷，用烟袋锅子把八仙桌敲得咔咔山响，吓得蛤蟆眼和几个家丁跪在地上一个劲地磕头：“老爷息怒，老爷息怒，都是小的无能。”

管家赵顺走过来，凑到谭永山耳边小声说：“老爷，我早就看出来了，这个于山不是个省油的灯，你要是不给他点颜色看看，往后他跟村里那些土包子掺和到一块，还备不住整出点什么事来呢。”

谭永山瞪了一眼跪在地上的蛤蟆眼：“都给我滚！”蛤蟆眼从地上爬起来，带着几个家丁退了出去。

谭永山装上一锅子烟，赵顺划火俯身把烟点上，说：“老爷，我看干脆把这个于山干掉算了，这小子是茅坑里的石头，又臭又硬。”

“你说咋办？”赵顺眨巴眨巴小眼睛半天没有说话。

赵顺的老家在海城的一个不大的村子里，五年前他爹因为私自倒卖大烟土，被人告到日本关东军宪兵队，日本人把他的家里洗劫一空，房子被一把火点了，把他爹抓去送到日本当了劳工。赵顺上头有两个姐姐早早地出嫁了，没地方落脚，他来大仁屯投奔了谭永山。谭永山的小老婆是他姑妈，时间长了谭永山发现赵顺不但对他百依百顺，遇到棘手吃不准的事问问赵顺，赵顺总是能给他出些主意。

赵顺凑到谭永山跟前："依我看，等半夜这小子睡实诚的时候，派几个身强力壮的小子，趁他没有防备，把他抓起来交给辽阳关东军日本宪兵队算了。我听说这几天辽阳一带反日铁血团在四处活动，给他安个反日暴乱的罪名，这小子也就活到头了。"

谭永山抽了一口烟吐出来，吧嗒吧嗒嘴说："上次把我的人打了账还没算，这次新账老账一块算。这事就交给你了。"

"老爷就瞔好吧。"

"妈的，我看谁还敢跟我作对。"谭永山坐到太师椅上跷起二郎腿，又不伦不类地哼起了奉天大鼓："叫一声张郎小后生，不知深浅看上了小花红。"

因为没有月亮，到处是浓稠的黑暗。几条人影从谭永山的大门洞里蹿出来，手里拎着棒子直奔于山住的茅草房。

来到近前，领头的蛤蟆眼冲着几个人摆了摆手，几个家丁停下来，蛤蟆眼蹑手蹑脚地走过去，凑到窗户跟前侧棱起耳朵听了听，里面传出于山打雷似的鼾声。他扭过脸来一挥手，四个家丁猫着腰来到近前，蛤蟆眼冲着几个人做了一个手势，两个家丁飞起一脚猛地将门踹开，飞身扑到炕上，饿虎扑食般把于山压在身下。外面的两个家丁趁机一拥而上，掏出身上的绳子，嘁里咔嚓将于山五花大绑捆了起来。

睡梦中的于山睁开眼，发现是蛤蟆眼和谭永山的几个家丁，气得破口大骂起来："王八蛋，有能耐跟我明着来，这算你们什么本事！"

睡在边上的郑春礼也被惊醒了，见于山被蛤蟆眼带的人捆上了，从炕上跳下来，大声质问道：“你们凭什么半夜三更地抓人？”

蛤蟆眼嘿嘿冷笑着说：“抓的就是他。”

“把人放了！”郑春礼大声道。

蛤蟆眼冲着几个家丁一扬手：“这个小兔崽子也不是好东西，把他一块给我捆了。”

几个家丁扑上来，将郑春礼压倒在炕上，用绳子也捆了起来。

“你们把他放了，一人做事一人当。”于山怒目圆睁。

蛤蟆眼借着星光在于山身上扫了两眼：“放了，说得倒轻巧。”

郑春礼一仰头喊叫起来：“来人啊！”

蛤蟆眼浑身一激灵，心想，半夜三更的有点动静能传出好几里地去，这要是让人听见可就坏了。想到这，他顺手从炕上抓起一块破布，把郑春礼的嘴堵了个严严实实：“你个小兔崽子，再喊，打死你。”

于山见郑春礼跟着受委屈，一时怒不可遏：“王八蛋，你们有能耐冲我来，欺负人家一个孩子算什么能耐。”

蛤蟆眼冲着几个家丁一挥手：“都给我带走！”

几个家丁推推搡搡地将于山和郑春礼从屋子里拉出来押走了。

几颗清冷的寒星在夜空中不安地眨着眼睛。谭永山在上房里来回踱步，他看了看站在一旁的赵顺：“这帮小子怎么去了这么半天还没动静？”

“放心吧老爷，于山他跑不了。”

谭永山坐到太师椅上拿起烟袋装上一锅子烟，赵顺正想过去划火，只听外面传来一阵杂乱的脚步声和大声的吆喝声：“快走！”

谭永山脸上立即露出喜色：“他们回来了。”

话音未落，只见蛤蟆眼和几个家丁押着五花大绑的于山和郑春礼走了进来。

于山进屋站在地上，不屑一顾地瞪起眼睛冲着谭永山骂道："你个老混蛋，还不把老子放了！"

蛤蟆眼鼓着往外突出的大眼珠子吼道："你个山东侉子，敢骂我家老爷，还不跪下！"

于山轻蔑地一笑："狗屁老爷，畜生！"

蛤蟆眼勃然大怒："好哇，你骂我家老爷是畜生！"说着抬脚向于山的腿弯处狠命地踹去。

于山运起气来，蛤蟆眼一脚踹上去于山站着纹丝没动，蛤蟆眼却四仰八叉跌坐到地上，用两只手捂着脚脖子："哎哟！这是腿啊还是他妈木头橛子啊，疼死我了！"

谭永山看了一眼蛤蟆眼的狼狈相："废物，还不赶紧起来。"蛤蟆眼龇牙咧嘴地从地上爬起来。谭永山用鼻子哼了哼，说："看来你小子还有两下子。"

于山把头仰起来盯着谭永山："那是啊，就你这几个烂柿子，我动动手指头就把他们捏个稀烂，你信不？"

谭永山用手里的烟袋杆指着于山讥讽道："你别在这说大话了，你再有能耐还不是落在我手里了。"

"你想把我怎么样？"于山怒目圆睁。

"怎么样？待会儿天一亮，我就把你俩一块送到辽阳日本关东军宪兵队，你们俩是反日铁血团的首要分子知道不？我让你们尝尝烙铁烙肉、往鼻子里灌辣椒水的滋味。"

于山怒目而视："放屁，你这是血口喷人！"

谭永山冷冷一笑，说："现在你说这些没用了。到了日本宪兵队，你认也得认，不认也得认。”

“王八蛋，你说我是反日铁血团的首要分子有什么证据吗？”

“什么他妈证据，在日本宪兵队我说了算。”谭永山狞笑着说。

“行，姓谭的，你说的话我信，可今天你这招也太损了吧，趁着我半夜睡觉的时候下黑手，有本事你明着来，老子要是怕你，我就不姓于。”

“你已经是煮熟了的鸭子，光嘴硬有个屁用。”

于山沉默了一会儿，抬起头来目不转睛地看着谭永山：“姓谭的，今天落到你手里我认栽了，可你以为你弄根破绳子就能把我捆住吗，你敢跟我打个赌不？”

谭永山抽了抽鼻子，用烟袋杆指着于山问：“打赌，打什么赌？”

“我要是当着你的面把绳子打开，你放我俩走不？”

谭永山听了愣住了，他扭过头去冲着赵顺说：“这小子是不是半夜睡迷瞪了说梦话呢，你过去看看绳子捆得结实不，要是不结实再给我捆几道。”

赵顺走过去围着于山前后转了两圈，用手使劲拽了拽捆在于山身上的麻绳对谭永山说：“老爷，这绳子捆得结结实实，不用刀子他休想弄断。”

谭永山眨巴眨巴眼睛，用手里的烟袋杆指着于山说：“我还真就不信这个邪了，行，你他妈要是真能当着我的面把绳子打开，我就放你走。”

说着，走到于山跟前，借着汽灯的光亮，围着于山前后仔细瞧了瞧，又用手使劲拽了拽于山身上的绳子，挖苦道：“姓于的，你这牛是不是吹大了，这绳子就是用刀子割，一时半会儿也割不断，我就不信你吹口气就能把绳子弄断了。好！今天我他妈豁出去了，跟你打这个赌，你要是当着我的面不用刀子，真的把绳子给我弄断了，我立马放你走！可话又说回来，你要是扒瞎说大话蒙我，可别怪我不客气了，你就乖乖地跟我上日本宪兵队。”

于山哈哈大笑：“好，你不许反悔。”

“我谭永山向来说话算话！”谭永山说完又围着于山转了一圈，站下来，眼睛一眨不眨地盯着于山，说："真他妈活见鬼了！"

"你个老混蛋睁开眼看好了！"

说着于山屏息运气，接着双膀一较力，"嗨"的一声大吼："开！"捆在他身上的绳子像被利刃所割，应声断成了几截，谭永山眼看着手指粗的麻绳如同一条被打中了七寸的蛇，无精打采地一截一截滑落到地上，一时目瞪口呆。

于山活动活动被捆得有些麻木的手臂冲着谭永山一瞪眼："我可以走了吧？"

谭永山、赵顺、蛤蟆眼和几个家丁没想到于山竟有如此功夫，围上前来一时不知如何是好。

于山见他们呆若木鸡的样子，走过去解开捆在郑春礼身上的绳子，拉起郑春礼大步向门外走去。

蛤蟆眼想去阻拦，被谭永山伸手制止了。于山拉着郑春礼推开门"噔噔噔"地走了。

谭永山转过脸来看了看赵顺，说："看来这小子还真有点功夫。"

赵顺给谭永山装上一锅子烟递过去，说："老爷，你放心，这小子躲得了初一，躲不过十五。"

"你想个法子，不能就这么便宜了他。"

"小的明白。"赵顺一边拾起地上的绳子，一边琢磨，这时他像是想起了什么，将一截绳子揣进了怀里。

于山和郑春礼从谭永山家里回来，进了屋子于山划火点上油灯，气呼呼地坐到炕上骂道："王八蛋！半夜下黑手，要是白天，这几头烂蒜根本不是个儿。"

“大叔，你还是多提防着他们点好，他们已经把你当成眼中钉、肉中刺了。”

于山拍了拍结实的胸脯：“我才不怕他们呢。”

郑春礼看着于山满不在乎的样子，说：“大叔，跟他们斗要有勇有谋，我想谭永山不会就此善罢甘休。”

“怕啥，我看这回他姓谭的是玩把戏的作揖——没咒念了。”

“大叔，这村里像你一样贫苦的农户有多少？”郑春礼打算把农会尽快成立起来。

于山叹了一口气：“唉，谭永山这个王八蛋吃人不吐骨头，这村里人种的地都是他家的，一年下来刨去交租子，只有半年的口粮。剩下半年家家只有靠吃野菜才凑合填饱肚子。”

郑春礼心里像压着一块石头：“佃户的日子过得真是太苦了。”

“是啊，有啥法子，租子少交一点，谭永山就利滚利，谁也不愿意背上这驴打滚的债，明知道不合理，可谭永山有钱有势，佃户们只有打掉牙往肚子里咽，一年一年的都是这么过来的。大人吃不饱还好说，孩子正长身体，饿得眼睛发蓝，瘦得只剩下了骨头架子。这些年我看不下眼，明着暗着没少跟谭永山干，可我一个人斗不过他啊。”

郑春礼握起拳头，说：“大叔，靠你一个人不行，必须把村里的人都发动起来，我看咱们越快越好，把农会和妇女会成立起来。”

于山一拍大手：“好，我明天晚上就把大伙找到一块，听听他们是咋想的。”

“好。我跟你一块去。”

第二天晚上，两个人去了王绍山家。屋子里已经坐满了人，昏黄的油灯下，人们都在闷着头吧嗒吧嗒抽烟。

于山看看人到齐了，朝郑春礼点了点头，站起来说："今儿个把大伙找来，是想跟你们商量点事。我不说大伙也都知道，咱这日子过得太苦了，谭永山不讲理，咱们一年辛辛苦苦，汗珠子摔八瓣打下来的粮食有一大半都交给了那个王八蛋，半年吃糠咽菜。咱不能老受这窝囊气了，让姓谭的把租子减下来，大人、孩子也好吃口饱饭。"

王绍山抽了两口烟，抬起头来闷声闷气地开口问道："咱斗得过人家吗？"

其他的人一听也都觉得心里没底："是啊，能行吗？"

于山搓着两只大手也不知道该说啥了，过了一会儿看了看郑春礼道："春礼兄弟在城里念书，明白的事理多，让他跟大伙说说吧。"

郑春礼站起来看了看屋子里的人，心情沉重地说："叔叔、大爷、婶子、大娘，我刚才挨个看了，今天坐在这里的人哪个不面黄肌瘦，满脸菜色，我这心里像压着一块石头，沉甸甸的，不好受。人不吃饭饿得慌，可咱们自己种的粮食自己吃不上，这公平吗？谭永山不下地、不种粮食却整天吃香的喝辣的，住的是高房大屋，穿的是绫罗绸缎，凭什么？我们也要吃饱饭，也要有衣穿，不能总是像现在这样忍气吞声地活着吧。"

老王头的侄子站起来："春礼兄弟，你有啥章程说出来，我们大伙听你的。"

赶车的老张头从嘴上拿开烟袋："对，你给大伙拿个主意。"

郑春礼扫视了一眼众人："你们恐怕还不知道，离我们这里不远的台安县组织成立了农会，当地的地主少给佃户的钱都要了回来，咱们一个人斗不过他姓谭的，要是大伙心齐抱成团儿，他谭永山就不敢像现在这样欺负佃户了。"

王绍山磕了磕烟袋，说："我觉得春礼说的还真是这么回事，俗话说，水大了山都得搬家。"

老王头的侄子问："成立农会能干啥？"

“咱们以农会的名义去跟谭永山要粮食，他要是不给，农会就把大伙组织到一块，谁也不给谭永山种地了，谭永山要是害怕收不上租子来，还不乖乖地把粮食拿出来。接下来咱们再让他把租子减下来，大伙就不用半年吃糠咽菜了。”郑春礼的一番话让这些佃户们眼前一亮。

王绍山把烟袋掖起来，抬起头来冲着大伙说：“对，他谭永山再霸道，不还得靠咱们给他种地收租子吗？”

车把式老张头抽了一口烟，说：“依我看，这事行，就让于山兄弟当农会的这个会长，我不说大伙心里都有数，于山兄弟为人仗义，这些年在村里没少帮大伙打抱不平。”

老王头的侄子第一个站出来：“好哇，于山大哥当这个会长，我们信得过。”

郑春礼见佃户们情绪高涨，心里十分高兴：“我们还要成立妇女会，谭永山在村里没少糟蹋女人，成立妇女会就是发动妇女跟他斗，不能让他再胡作非为，欺负女人了。”

于山将目光落在王绍山的媳妇身上，说：“这事就让绍山的媳妇来干吧，她处事公道，敢说敢干，平时村里的女人有事也都来找她商量。”

王绍山的媳妇当即快言快语地答应下来：“行，既然于山大哥说让我干，我就干，村里的几百号妇女要是都组织起来，谭永山那个畜生就不敢再胡来了。”

郑春礼觉得像有一团火被点燃了：“好，今天咱的会就先开到这，大伙回去分头各自去找找熟悉和要好的人家，把成立农会和妇女会的事跟他们说一说，咱们要尽快把农会和妇女会成立起来。”

散了会，郑春礼和于山待众人都走了，一块从屋里出来，于山看着走在身边的这个年轻人，仿佛从他身上看到了他一直希望得到而没有得到的东西。

谭永山自打放走了于山，心里就一直不痛快，老是动不动就发火，吓得蛤蟆眼大气不敢出。一大早，赵顺来告诉他说村里今儿个要组织成立农会，他听了用鼻子哼了哼，心想，这些个穷光蛋能折腾出什么名堂来？在这十里八村的地面上谁不知道我谭永山说一不二。想到这，他迈着方步来到后花园，站在水池边上装上一锅子烟，划火点着，看着池子里的几条红白锦鲤游来游去，漫不经心地哼起了奉天大鼓："天没亮我这小哥哥他就要走，我这里想哥哥泪花不住地往下流，我和哥哥亲也亲不够……"

谭永山摇头晃脑正哼得起劲，管家赵顺急三火四地从外面一头闯了进来，气急败坏地大声道："老爷，老爷，不好了，那帮穷光蛋组织成立了什么农会和妇女会，我刚从会场上回来，村里去了一百多口子人。"

谭永山慢条斯理地把烟袋放到嘴里抽了一口，又一点点把烟吐出来："慌什么，小泥鳅还能翻起大浪，愿意折腾，就让他们折腾去吧，不管成立什么会，到时候也得给我交租子。"

赵顺急得结结巴巴地说："老爷，你是没看见啊，村里的人差不多都去了，农会的会长是于山，妇女会的会长是王绍山他媳妇，那个姓于的在会上当着大伙的面说了，过一会儿要找咱们来要粮食呢。"

谭永山舞动着烟袋杆气哼哼地大声道："妈的，想得倒美，我一个粮食粒儿也不会给他们，还反了他们了。"

话音刚落，门外一阵大乱："谭永山——你出来！姓谭的——滚出来！"

"老爷你听，他们来了！"

谭永山一愣，用烟袋杆朝外面指了指，对赵顺道："这帮穷鬼，好大的胆子！你给我看看去！"

赵顺出去了不大一会儿，从外面气喘吁吁地跑了进来："老、老爷，他们都、都来了！”

谭永山一瞪眼：“急什么，慢点说。”

“农会会长于山带着村里的人要粮食来了，老爷快去看看吧。”

这时只听门外传来一片叫喊声：“谭永山出来！谭永山出来！”

谭永山用烟袋锅子敲了敲桌子：“走，看看去！”

谭永山出来一看，只见于山、王绍山、赶车的老张头袖子上都缝着一块红布条，上面写着“农会”两个字，后面黑压压地站了一大群人。

谭永山双手抱拳皮笑肉不笑地说：“乡里乡亲的，有什么事只管说，何必这么兴师动众的。”

于山一步跨到谭永山跟前，大声道：“姓谭的，你听着，我们农会提三个条件，你要是不答应，我们就让你的地全都撂荒，一粒粮食也收不上来。”

谭永山瞅了瞅于山：“都在一个村住着，这么多年了，什么条件不条件的，有什么事能办到的，我一定照办。”

于山摸了摸络腮胡子：“现在家家都快断粮了，这第一条，打开粮仓，给每户分二百斤粮食，让大人、孩子吃口饱饭。这第二条，从今年开始，每年交完租子，留给佃户的粮食要够吃一年的。第三条，不许再打村里女人的主意。怎么样，你听清了没有？”

谭永山脸上立刻现出不悦，刚想发作，可一抬头见眼前黑压压的一大片人，马上换了副面孔：“好吧，乡里乡亲的，这事好商量，等我合计合计就答复你们。”

王绍山举着拳头：“姓谭的，你不许耍滑头，我们可不是跟你说着玩的，你要是不答应我们的条件，我们可就都不给你种地了。”

赶车的老张头把写有农会字样的袖标往前拽了拽，冲着谭永山道：“告诉你，这三条可是农会定下的。”

谭永山心想，看来是来者不善啊，我要是不答应下来还真没法收场了。不如来他个顺水推舟，先把这帮穷光蛋糊弄走了再说。想到这他皮笑肉不笑地点了点头："好，粮食吗，可以先分给大家。"

于山见谭永山做出了让步，说："好，大伙都听到了吧，他姓谭的说了，分粮食给大伙，咱们都回去准备准备！"

待众人散去后，谭永山回到上房不由得七窍生烟，忍不住随手操起桌子上的一个茶碗狠狠地摔到地上，吓得躲在桌子底下睡懒觉的那只老花猫叫了两声，摇了摇尾巴溜了。

谭永山仍觉得不解气，将烟袋锅子在桌子上敲得咔咔响，冲着赵顺大声道："你马上去日本守备队，让山田队长派人，把这些闹事的用机关枪都给我突突了，简直反天了。"

赵顺拿过谭永山的烟袋装上一锅子烟递过去，弯腰划火点着，说："老爷，您是气糊涂了，日本人是不会管咱这闲事儿的，再说你想想，要是把人都打死了，咱那好几百垧地谁种啊，没有人种地咱还上哪收租子去，收不上来租子……"

谭永山气急败坏地打断了赵顺的话，道："那也不能就这么轻易答应这帮穷光蛋，我姓谭的可不是那么好捏咕的，要是就这么栽在这些佃户手里，还不让十里八村的人笑掉大牙。再说这事要是开了头，说不定他们还有什么新花样呢。"

赵顺眨巴了几下小眼睛，"我看都是那个于山撺弄的，今儿个开会都是他挑的头。"

"妈的，得想个法子把这个于山干掉。"

"老爷说得对，俗话说，擒贼先擒王。"

"这事就交给你了。"

那只老花猫不知道到什么时候又回来了，"喵"地叫了一声把谭永山和赵顺吓了一跳。谭永山正在气头上，狠狠踢了它一脚，老花猫钻到桌子底下不敢出来了。

王绍山家的屋子里人坐得满满的。于山脱掉外衣，露出结实的胸脯，看了看大伙说："妈的，谭永山这个老滑头，说得好好的分粮食给大伙，今天变卦了。"

下边的人一阵骚动。"这小子比泥鳅都滑。今天我和绍山去找他，他说他家也快没粮了，这不瞪着眼睛说瞎话吗。"

王绍山抽了两口烟，接着于山的话说："我问他，你不是亲口答应大伙的吗，怎么才两天工夫就说没粮了呢，他硬说我听错了。"

赶车的老张头晃了晃脑袋："他谭永山真要是就这么伸着脖子死不认账，咱还真拿他没办法。"

老王头的侄子也觉得没戏了："指望着让谭永山给大伙分粮食，赶上从老虎嘴里掏食了，我看没门儿。"

王绍山把烟袋掖在腰上，站起来说："谭永山比鬼都精，这些年他早把咱们这些佃户的底细摸透了，知道咱们再怎么闹腾也是孙猴子翻跟头——出不了如来佛的手掌心。"

于山急了："要是就这么不声不响地拉倒了，咱这农会以后在乡亲们面前连头都抬不起来了。"

赶车的老张头也觉得有点虎头蛇尾下不来台："是啊，整了一溜十三遭，末了就这么灰头土脸地败下阵来，咱这农会还不如散伙算了。"

郑春礼从炕上下来，瞅着于山和赶车的老张头说："你们几个都是农会的骨干，你们要是一泄气，谭永山就更不把农会放在眼里了。"

于山搓着两只大手看着郑春礼："那你说咋办？"

"大叔，斗争才刚刚开始，咱们不能让谭永山看咱农会的笑话啊。"郑春礼转过身来冲着众人道，“跟这些恶霸地主斗不是像我们想得那么简单，他们不会乖乖认输。”

于山一拍大腿：“要不咱就干脆把谭永山抓起来，看他答应不答应咱们的条件。”

老王头的侄子也挥舞着拳头：“对，不给狗日的来点厉害的，他拿农会不当回事。”

“要是那样的话，咱就不占理儿了，他告到官府，把你们几个领头的都逮起来，农会就垮了。”郑春礼并不认同这一做法。

“那也比就这么认输强。”老王头侄子梗着脖子说。

郑春礼摆了摆手：“咱们农会绝不能就这么认输，依我看，眼瞅着就快秋收了，要是大伙把地里的庄稼都撂在那儿，看他还耍赖不！”

赶车的老张头琢磨了琢磨，说：“春礼说得对，再过几天就该割地了，没人下地，他的粮食就收不上来，咱们没事，可过了节气，一场雨雪下来粮食要是一捂都烂在地里，谭永山哭都来不及了。”

王绍山一听也觉得可行，把烟袋拿出来装上一锅子烟，说：“这是个办法，只要大伙都闷住劲，谭永山就干瞪眼没咒念了。”

于山拍着胸脯：“好，光脚不怕穿鞋的，他要是不答应咱们的条件，咱们就是吃野菜啃树皮，也把他的地都撂下不收了。”

郑春礼见大伙又有了信心，心里十分高兴，说：“好吧，这事就这么定下了。”

谭永山压根就没把农会放在眼里，那天几句话把于山和佃户们打发走了以后，自认为去掉了一块心病，想不到于山带着王绍山和赶车的老张头第二天真的跑他这要开仓分粮。他恨得牙根直痒痒，硬是一退六二五说啥不认账了。过了两天见再没人来提分粮的事，便把这件事扔到脑后，忘得一干二净了。让他没有料到的是，到了该下镰收割的时候，地里一天也不见一个人影。他心里纳闷，去地里转了转回来，用烟袋锅子敲着桌子问赵顺："这两天你到地里看过没有？怎么一直没人下地呢？"

"老爷，你是不知道啊，这些佃户都躲在家里晒太阳呢，时令可不等人啊。"

谭永山气鼓鼓地道："这些佃户到底是怎么想的，再不下地，这一年的收成可就完犊子了。"

赵顺往谭永山跟前凑了凑："老爷恐怕还蒙在鼓里呢，县里来的那个小崽子，跟于山一块鼓鼓秋秋的，我看准没什么好事。成立农会和妇女会的事备不住就是这个小崽子鼓动起来的，于山让人家当枪使了。"

谭永山装上一锅子烟，赵顺凑过去低头给谭永山划火点着，说："现在这些佃农都听农会的，他们要是真不下地，你也不能把他们一块都杀了，到手的粮食万一赶上下场雨雪捂到地里再一冻，一年的租子可就都打水漂了，那可是白花花的大洋啊。"

谭永山抽了两口烟瞅着赵顺转了转眼珠："你说咋办？"

赵顺沉吟片刻，道："好汉不吃眼前亏，依我看，不如先答应他们的条件，让他们把地里的庄稼收上来，别耽误咱们收租子，等腾出手来再把那个领头闹事的于山干掉，看他们哪个还敢跟老爷作对。"

谭永山低着头琢磨了琢磨，慢慢抬起头来，道："行，就这么办。"

"我这就去找于山。"赵顺开门出去了。谭永山坐到太师椅上心里暗自嘀咕，这帮佃户要是抱成团儿还真不好对付了。

于山手里拎着一口掉了碴的铜锣，从村子东头走到西头。"当啷——当啷——！"一边用力敲着，一边大声吆喝着："乡亲们，都听着，到谭永山家开仓分粮啦！'当啷——当啷——！'家家都有份儿啊！"

听到喊声村民们纷纷走出家门聚集到谭永山家门前。谭永山家的粮囤子被两个家丁打开了，等在外面的佃户们一拥而上，蛤蟆眼带着几个家丁把粮食挨个装到佃户们的口袋里。几个小孩子在人群中窜来窜去，嘻嘻哈哈地打闹着，大人们更是喜笑颜开。

车把式老张头乐呵呵地冲王绍山的媳妇道："这回好歹能吃上一顿饱饭了。"

"这还不多亏了于山大哥。"

这时于山提溜着大锣走了过来，大伙七嘴八舌地跟他打招呼。

"咱这农会管用啊，今后你就领着大伙干吧。"王绍山一边扎着口袋嘴，一边跟于山说。

老王头的侄子将粮食袋子扛到肩上接过王绍山的话说："绍山说得对，以后咱们都听你的。"

于山乐呵呵地敲了敲手里的铜锣："你们都看到了吧，只要大伙心齐，就不怕谭永山说话不算话。"

"于山说得对，二人同心，其利断金，更何况咱们这么多人一条心，哪还有办不成的事。"赶车的老张头一边说一边拉起孙子走了。

村民们喜气洋洋地扛着一袋袋的粮食从谭永山家出来，回去做晚饭了。谭永山在上房一袋接一袋地抽烟，赵顺从外面进来呛得不停地咳嗽起来。过了一会儿凑到谭永山跟前道："老爷，今儿个分的都是陈粮，再放个一年半载的也该喂牲口了，我去问过于山了，他答应了，明个就下地收庄稼，算下来老爷一点没吃亏。"

谭永山咧开嘴乐了，随手将放了好几天的一块鱼骨头扔到桌子底下，那只老花猫伸了个懒腰低着头闻了闻，走开了。

摇摇欲坠的夕阳在茅草房的烟囱上停留了片刻，看着家家拿到粮食在忙着做饭，便心满意足地隐没在了远处山峦的后面，将一个祥和的黄昏，留给了这片少有欢愉的土地。

于山煮了一锅高粱米饭：“来，春礼，尝尝我做的饭。”

郑春礼趴到锅台跟前用鼻子闻了闻，抬起头来：“嗯，不错，香喷喷的！想不到大叔做饭还有两下子。”

于山将手巾往肩膀上一搭：“哈哈，那是。要是天天都有粮食吃，别再挨饿就好了。”

“大叔，只要大伙拧成一股绳，就办得到。”

于山仰起头：“我长这么大，腰杆子还是头一回挺直了，看来你们这些肚子里有墨水的人还真不简单。”

“大叔，是你们不简单，你们大伙抱成团儿，谭永山就是再有本事，也没用了。”

“你这话说得对。”

郑春礼吃了一碗高粱米饭，放下碗说：“大叔，我得回去上课了。”

于山有些不舍：“你走了，我们该怎么干？”

郑春礼思索了一会儿，说：“大叔，谭永山是这一带有名的恶霸，他不会就这么善罢甘休。我走后，你睡觉也要睁着一只眼睛，不能轻易相信他们的花言巧语，他们会想方设法让你上他的圈套。”

于山一边用破瓢把水舀到盆里洗碗，一边说：“你放心吧，有农会和妇女会撑腰，谭永山不敢把我怎么样，你有空就过来，乡亲们都夸你呢。你要是不在这，我心里没底。”

郑春礼帮着于山把碗筷收拾好：“放心吧大叔，我会经常过来。我走后你要是有什么着急的事，就让老王头的侄子去学校找我。”

于山拿过手巾擦了擦手：“我真没想到谭永山能答应农会的条件，打完粮食要是再少交一半的租子，今年的日子就不会像往年那么苦了。”

“过两天我过来，你再把大伙找到一块碰碰这个事。”

“咱们有农会，我想谭永山不会不答应。”

郑春礼担心于山遇事不会转弯儿吃亏上当，说：“谭永山是条恶狼，说不上什么时候，就会扑上来咬咱们一口。”

于山知道郑春礼不放心：“有事我去找绍山他们商量，实在不行不是还有你吗？”

于山送郑春礼出来，无边无际的夜色已经将近处的村落和远处起伏的山峦无声无息地笼罩起来，田野里不时飘来收割后泥土的芳香。于山看着郑春礼走远了，仰起头来看着满天的繁星，心里有一种说不出的畅快。

地里的庄稼收上来，天就一天比一天短了。暮霭还没有退尽，夜色就急匆匆地降临了。霍旺在自己住的小屋子里凑在油灯下正专心致志地读着鲁迅写的《狂人日记》，这时听有人敲门：“霍老师在吗？”

霍旺一听是郑春礼的声音，忙放下书本：“是春礼呀，进来吧。”

郑春礼开门进来，霍旺指了指凳子：“快坐。怎么样，粮食分到农民手里没有？”

郑春礼兴奋地说：“农会让农民都不下地收割，逼着谭永山给家家户户分了粮食，乡亲们终于吃上了一顿饱饭。”

霍旺拍着郑春礼的肩膀说：“好，这次清算要粮斗争我们胜利了，你干得不错！”

郑春礼由于激动脸涨得通红：“霍老师，你知道吗，我看到于山大叔和家家都有粮食吃了，真是从心里往外高兴。党的这个决定太正确了，只要把广大的农民群众真正发动起来，那些恶霸地主就不敢再像从前那样任意欺压佃户了。”

霍旺在地上踱了几步说：“可你要知道，这些恶霸地主绝不会就这么乖乖认输，他们会怀恨在心，背地里想方设法找机会进行报复。”

“那我们下一步该怎么办？”

“估计目前他们还不会轻易动手，过几天你回大仁屯，召集农会干部开个会，研究一下减租的事，要趁热打铁，不能给谭永山喘息的机会。”

“谭永山吃了这次苦头，也知道农会的厉害了。我拿几件换洗的衣服三两天就过去。”

“好，我等你的消息。”

郑春礼已经毕业不能住在学校了，他恭恭敬敬地给霍旺鞠了一躬，侧耳听听外面的动静，悄悄地打开门，见操场上黑黢黢的没有一个人影，从霍旺的小屋里出来去了学校边上临时租下的一间民房。

第二十二章

时令已是深秋，天刚亮，两辆装满枪支弹药的大车和一辆马拉豪华轿车出了奉天城的大南门，上了去黑山的大道。

快晌午的时候，徐老爷子掀开轿帘问骑在马上跟在车子一侧的一个年轻人：“老八，快到辽阳了吧？”

“老爷子，还有五六里地就到辽阳城里了。”

“今晚找个地方住一宿，明天再有大半天就到黑山了。”

“好嘞！”

“天快黑了，你们几个精神着点。”

“您老放心吧。”

老八的话音未落，山坡后面猛然间“啪啪”传来几声清脆的枪响，随即响起一片喊声：“站住！站住！不站住就开枪了！”

随着叫喊声一伙土匪从前面不远处的山坡后面冲了出来。为首的是一个大个子，连鬓胡子，两只眼睛跟两个铜铃似的滴溜乱转。带着十几个人把两辆大车团团围了起来。

老八从马上下来掀开轿帘："老爷子，遇上胡子了。"

徐老爷子不慌不忙地从轿车上下来，瞧了瞧面前的几个人，冲着为首的大个子一拱手："这位大当家的，有话好说，要钱，我这里有十块大洋，你先拿去用，咱们大路朝天，各走半边。"

大个子土匪挥动着手里的盒子炮："少废话，你打发要饭的也不看看是谁。"说完一挥手，上来几个人，徐老爷子和老八被两个土匪用绳子捆上塞进轿车里。

大个子土匪举起盒子炮："走！"

一伙人押着两辆大车上了一条小路，不一会儿进了一座山寨，徐老爷子凑到老八跟前道："看来这两车货是保不住了，待会儿看我的眼色行事，说啥咱不能把命搭上。"

老八点了点头，小声说："放心吧，老爷子。"

匪首张海一条腿踩到凳子上，用力一拍桌子，瓮声瓮气地吆喝道："把人带进来！"

两个土匪推推搡搡把徐老爷子和老八带到张海面前。张海瞪着铜铃似的大眼珠子："明人不做暗事，告诉你，我叫张海，是寨子里大当家的，你说实话，你这车上拉的是不是枪支弹药？你要是不说实话，我就宰了你。"

徐老爷子镇定自若地说："大当家的，车上拉的是一批绸缎山货，哪来的枪支弹药。"

张海两眼一瞪，"唰"地抽出枪来在手里掂了掂："你唬别人唬不了我，我在这条道上摸爬滚打了这么多年，这点事再看不出来，就白混了。我问你，你们要把这些东西送到什么地方去？"

徐老爷子心想，这小子还算有眼力，看来瞒是瞒不住了，干脆实话实说，他看了看张海："既然大当家的说了，我也就不瞒你了，这是一位姓郑的先生要的货。"

张海迟疑了一下："姓郑？他是干啥的？"

徐老爷子索性拉开架势想唬他一下："实话告诉你吧，他那一竿子人马有一二百号人，恐怕你惹不起吧。你要真把这批货扣了，到时候他们还不把你平了。"

张海一愣："这个姓郑的长得啥样？"

"这我可不能告诉你。"

张海把抢掖起来："你说的这个人是不是大高个，圆脸，白白净净。"

徐老爷子心说，他咋说得一点不差。"你认识他？"

张海一拍桌子："嗨，别提了，他是不是叫郑春义？"

徐老爷子被他弄糊涂了，随口道："没错。"

"他在我这做过军师，后来跟我赌气走了。"

徐老爷子一听乐了："照你这么说，咱们是一家人啦？"

张海一拍脑袋："没错！"

"那你还不把我俩解开。"

张海扭头吩咐两个土匪："快，还愣着干啥。"

两个土匪上来把徐老爷子和老八身上捆的绳子解开了。

张海把腿从凳子上拿下来："快，坐。"

徐老爷子活动了活动被绑得发酸的胳膊，坐下来不解地问道："他怎么不在你这干了呢？"

张海一脸的懊悔："我这个人没念过几天书，干事二虎吧唧的，受二当家的挑唆上了当，我这兄弟就跟我赌气走了。"

“你没再找过他？”

“二当家的死后，我就派人四处踅摸，想让他再回来给我当军师，可一直没划拉着他。哪承想有这么巧的事。”

说罢张海站起来施礼道：“老爷子，让你受惊了。”

徐老爷子捋着胡子：“哪里，从现在起，咱们就是朋友了。”

“老爷子说得对，明儿个我跟你一块过去，他要是愿意回来，我二话不说，头把交椅让他坐。”

“好啊。”

“老爷子要是不嫌弃，今天晚上就住我这儿吧，客栈里人多眼杂。”

“好吧。”

徐老爷子看张海说话大大咧咧，心想这人一瞅就是个粗拉人，他怎么会看出来我车上是枪支弹药？想到这开口道：“不瞒你说，这些年押送军火，每次我都十分小心，事先不但严密封锁消息，而且经过我的伪装，外人很难看出破绽来。”

张海把盒子枪放到桌子上，说：“老人家，你别看我这人说话粗，可心不粗，我打眼儿一看那拉车的牲口走得吃力，就知道车上的东西不轻，要不牲口不会这么吃重。”

徐老爷子一捋胡子：“领教了。”

张海带着几分疑惑地问：“老爷子，您这么大年纪了，怎么还出来押货？”

徐老爷子挪动了一下身子，说：“照理这几年我年岁大了，伙计们不让我靠前了。可这次是我非要来不可，我说了，你们谁也别拦着，我不来不放心啊。”

张海竖起大拇指：“好，你这个朋友我认了。”

“就冲你这炮筒子脾气，你这个朋友我也交定了。”徐老爷子不知道为什么打心里喜欢上了这个大个子。

张海把枪拿起来，道：“老爷子坐一会儿，我去让伙房炒俩菜，咱爷俩今晚说啥也得整两盅！”

徐老爷子捋着胡子：“我看行！”

天眼看着就黑了，可仍不见徐老爷子的影子。郑春义和胡进站在院子里不时向西面的路上张望。郑春义问胡进：“老八不会弄错吧？”

“他对这一带很熟啊，也该到了。”

两个人正在着急，只听几声鞭子响，路的尽头出现了两辆大车，远远地已经听到赶车把式的吆喝声了：“驾——”

“他们到了。”郑春义带着胡进迎了出去。

眨眼之间两辆大车已经进了寨门，赶车把式“吁——”的一声吆喝将大车停稳，老八上前掀开轿帘，徐老爷子从车上下来。张海也随后从马上跳了下来，

郑春义见张海不期而至，一下愣住了：“张大哥咋来啦？”

张海见面前站着的真是自己四处寻找的郑春义，说：“嗨，别提了。”说着，他用手一指徐老爷子，“我半道上劫了徐老爷子拉枪支弹药的大车，回到寨子里一问，才知道是你的货。咋的，你真自己拉杆子啦？”

“是啊。”

张海上前拍了拍郑春义的肩膀：“我这个人是个老粗，你也不是不知道。也怨你大哥糊涂，受了张小眼的挑唆，我知道对不住你，你要是还认我这个大哥，就跟我回去，头把交椅让给你坐。”

郑春义摇了摇头，说：“好马不吃回头草，开弓没有回头箭。”

张海心里有点不痛快：“咋的，还真生你大哥的气啦？”

胡进不待张海把话说完，走过去道：“张大哥，都是好兄弟，春义哪能生你的气呢，你也都看到了，我们弄到这个份儿上，也不能就这么撂下这一摊子走人啊。怎么没见二当家的过来？”

“别提了，这小子命薄，死了。”

胡进吃惊地看着张海，问：“死了？真的呀？”

“这我还能骗你，他要不死，我也不能请你们回去。”

“咋死的？”

“这小子欠儿巴登的净扯没用的，人家谁家结婚办喜事他都去跟着搅和，你们走了不长时间，东海兴酒楼有一个姓郑的娶媳妇，他去要彩头，被人家给打死了。”

郑春义听了插嘴问：“张大哥，你咋知道他姓郑呢？”

张海将两只眼睛瞪得溜圆：“嗨，别看张小眼平时净干缺德事，可也不知道是哪辈子修来的福，遇上好人了。他搅了人家的喜事，那个新郎官不但没有怨恨他，还给了我一大笔钱，让我把张小眼发送了，剩下的钱让我留给他娘养老。我回去跟他娘一说，他娘托人把走了好几年的儿媳妇找了回来，老太太说这个人真是个好人，说啥让我打听那个新郎官姓啥叫啥，是哪的人，说要好好谢谢他。张小眼的媳妇也发誓不走了，给婆婆养老送终。我就撒下人去四处打听，后来听说这个人姓郑，在奉天做买卖。”

郑春义心想，真是无巧不成书：“张大哥，你说的这个人不是别人，是我大哥。”

张海听了哈哈大笑：“是吗，这事闹的，我还四处让人打听呢，原来是你大哥啊。”

“我大哥就是这么个人，人家不管怎么坑他害他，他反过来一点不记恨人家。”

徐老爷子捋着胡子道：“要不我们爷俩咋成了忘年交呢。”

几个人聊了一会儿，张海见郑春义和胡进再无回转之意，说：“你要是实在不愿意回去，我也不强求，东西我可一点不少地给你送来了，往后有用到你大哥的地方，尽管吱声。”

郑春义见张海要走，挽留道：“张大哥，大老远来了，吃了饭再走吧。”

张海摆了摆手：“不了，寨子里还有事。”说完冲徐老爷子一拱手道了声“后会有期”，便带着人翻身上马走了。

见张海出了寨门，郑春义回过头来招呼众人来到议事厅。桌子上早已摆下了宴席，都是胡进二舅拿手的山珍野味，郑春义来到徐老爷子跟前深施一礼：“老人家为我吃苦受惊了，小侄略备薄酒为您老压惊解乏，请吧。”

议事大厅里灯火通明，几个人开怀畅饮，夤夜方散。郑春义把徐老爷子安顿好，对胡进道：“徐老爷子把枪支弹药给咱送过来了，招兵买马的事就交给你了，明个我送徐老爷子回去，顺道回趟家，一两天就回来。”

“你去吧，明天我们就去附近的乡下招人。”说完两个人看天快亮了，便各自歇息去了。

打了一天的场，郑满仓有些累了。吃过饭打算脱了衣服上炕睡觉，不料郑春义带着媳妇王梅从外面进来了。

“爹，娘，我回来看看你们。”

郑满仓看着他那副得意的样子，压在心里的火“腾”的一下就起来了，恨不得抡起笤帚疙瘩狠狠削他一顿。他从炕上下来，鼻子不是鼻子脸不是脸地挖苦道：“你小子还有脸回来啊？”

郑春义像没听到似的，一脸无辜地说：“咋啦？我又没做什么见不得人的事。”

郑满仓瞪起眼睛："你再说一遍，你偷着把家里的地契拿哪去啦？你大哥在外面挣点钱容易吗，你个败家子儿！"

郑春义笑嘻嘻地坐到凳子上强词夺理道："算我借他的，等我有了钱再还他还不行吗？"

郑满仓听了又气又恼，要不是碍着儿媳妇在跟前，真想给他几巴掌："放屁！天底下有你这么借钱的吗？你跟我说实话，你把地契拿去干啥啦？"

"我拿到当铺当了，钱我都买了枪支弹药。"

不听则罢，听郑春义说钱都花在了没用的地方，郑满仓气得浑身发抖，拍着桌子大声质问道："这么说，你真是去扯绺子上山当胡子去啦？"

"我可没去当胡子。"

"那你买枪买炮干啥？"

"爹，我咋说你也听不进去，儿子告诉你，从现在开始，有了枪把子，就没人敢再欺负咱们了。"

郑满仓越听越生气，"啪"地一拍桌子："混账，说得好听，你长这么大，没给家里拿回来一个子儿也就算了，哪有把自己家里的东西当了拉杆子的，老郑家怎么出了你这么个败家玩意儿！"郑满仓气得脸上红一阵白一阵，呼呼直喘粗气。

王金岫拢拢头发劝说道："他爹，地契都当了，还说这些有啥用，我的儿子我知道，到啥时候也不会在外面做那些偷鸡摸狗，打家劫舍的勾当。"

郑满仓一听火气更大了，扯起嗓子吼道："你老是惯着他，啊？把家里的东西偷着拿走了，这不是偷鸡摸狗是啥，在自个儿家里都这样，到了外边还指不定干啥呢。"

郑春义走过去，拿起烟袋装上一锅子烟递给郑满仓，说："爹，别生气，您放心，昧良心缺德的事到啥时候我都不会干，我就是想让您和娘活得硬气一点，省得今儿个害怕被土匪抢了，明个又担心被哪个胡子惦记上了，成天提溜着心过日子。”

郑满仓把烟袋往桌子上一扔，两眼冒火：“人家那些家里没枪没炮的，不也照样过日子吗。你小子别往自己脸上抹胭粉了，我告诉你，从今往后，我不认你这个混账儿子，你再进这个家门，我打断你的腿。”

郑春义并不在乎：“爹，您不认我这个儿子，可我不能不认您这个爹。我这次回来，就是想要告诉您我落脚的地方，往后遇到事好去找我。”

郑满仓抓起烟袋锅敲着桌子，道：“你个混账东西，别说没事，就是有事我也不会去找你，你小子气死我了，打今儿个起，我就当没你这个儿子！给我滚！”

王金岫在一旁不知道该说啥好：“他爹，别把话说绝了，春义又没到别人那去偷去抢，话又说回来，他不偷着拿，你能给他吗？儿子想干自己的事，干成了，我倒觉得是个好事，说明他有本事。”

郑满仓装上一锅子烟，吧嗒吧嗒抽了两口，道：“合着说了半天，你们娘俩是一条船上的人，好，我走。”

郑满仓拉开门，一甩袖子出去了。

“这个倔巴头。”王金岫拉起儿子的手问，“你是说找到落脚的地方啦？”

“是，娘。”

“在哪儿？”

“离黑山不远。我都写在这张纸上了，娘收好了，有事你就让人去找我。”

王金岫摸着郑春义的头说：“我知道了，让你媳妇把你爹找回来，还是把这个当面交给你爹好。”

坐在边上一直没敢说话的王梅答应道：“娘，我去找爹回来。”

王金岫听王梅出去了，拉过儿子坐到自己的身边语重心长地叮嘱说：“春义啊，你大了，干啥娘不管，可你要是做一点缺德事，娘绝饶不了你。”

郑春义摩挲着王金岫粗糙的手，想起娘这些年吃的苦受的累鼻子有些发酸：“娘，我记住了。我就是想把郑家的门户撑起来，让您和爹过几天舒心日子。”

这时郑满仓和王梅一前一后进来了。郑春义站起来翻身跪倒在郑满仓跟前：“爹，别生我的气了，寨子里还有不少事等着我去操持，家里有事您千万想着告诉我一声，从现在开始，咱郑家有枪把子在手里攥着就谁也不怕了。”

说完郑春义将一张纸举过头顶：“爹，我把联络地点都清清楚楚写在这上头了，您收好。”

郑满仓权当没看见，一声不吭扭过头去，只管吧嗒吧嗒地抽烟袋。

郑春义从地上站起来将字条放到桌子上，说：“爹、娘，我带王梅去山寨了，您二老保重。”说完拉起王梅打开门走了。郑满仓一跺脚：“混账东西！”

郑春义带着王梅从家里出来去了马圈子，第二天回到木浒寨已经黄昏了。草草吃过饭，便来到议事厅。胡进、胡进的二舅、老八早已在等他了。

郑春义一进来便急着问胡进：“人招得咋样啦？”

“已经划拉了有八九十人了。”

郑春义听了十分高兴：“好，咱这人马刀枪就算齐了。”他在地上走了几步停下，说：“回来的路上我合计，咱这些人穿得乱七八糟，拉出去水裆尿裤的，要是衣服的颜色样式都一样，到哪都有阵势。”

胡进的二舅在一旁听了，心想，别看这小子岁数不大，虑事倒挺周全：“春义说得对，人靠衣服马靠鞍，弄得齐齐整整的，不战自威。”说完他合计了合计，“你们看黑色行不？”

郑春义摇了摇头：“黑色太老气了。”

胡进挠着脑袋琢磨了半天："要是青色呢？"

郑春义考虑了考虑，一拍桌子道："青色带有生发之意。"

"你说得对，五行上青色属木，木属东方，预示着今后咱的山寨会如日东升，红火兴旺。"胡进见郑春义赞同自己的想法，不无得意地又解释了一番。

郑春义遂下了决心："好，就这么定了。"

"我明个就跟二舅去县城，找个裁缝铺，让他们十天半个月地把衣服给做出来。"

郑春义坐下把盒子枪放到桌子上："行，这事就交给你了。"

几天后胡进、老八和胡进的二舅后晌赶着大车进了院子。早已站在院子里的郑春义迎上前去问："咋样，衣服都做好啦？"

胡进一副趾高气扬的样子："我给老板加了两块大洋，一百套衣裳三天就赶出来了。"

郑春义一拍胡进的肩膀："好，吹号集合。"

老八从腰上解下一只铜号，放在嘴上"嘟嘟哒、嘟嘟哒"地吹了起来。

板房的门一个接一个地打开了，招来的人纷纷从屋里来到院子里。

胡进大声道："集合啦！集合啦！"见人都出来了，胡进一纵身跳到用木头搭起的台子上，冲着下边的人挥了挥手，说："大伙都听好了，今天给大家发衣服，每人一套，从今儿个开始，把你们从家里穿来的衣服都收起来。"

底下站的人听了纷纷议论起来。这个说：好啊，赶上吃粮当兵了。那个说：这胡子当得值个儿，连衣服都不用穿自个儿的了，早知道这样让我二哥也过来多好。

接着，众人开始领衣服。看看衣服都领到手了，郑春义大声道："列队！"

好半天这些人才横竖不齐地站好了。郑春义瞅着胡进问："底下该说啥？"

胡进也有点发蒙，心想："你问我，我问谁啊。"他咧咧嘴说："排兵列阵这种事我也是外行啊。"

郑春义瞪了他一眼，来到胡进二舅跟前：“二舅，我和胡进一介书生，对操练队伍这种事一窍不通，就得请您这个老将出马了。”

胡进的二舅甩着一只空袖筒说：“我在张作霖的手下当过几天胡子不假，可对操练兵马这种事跟你们一样，也是擀面杖吹火——一窍不通。”

胡进听了大失所望，心想：“这不扯吗，这穿上衣裳冷眼一看倒是挺齐整，可行伍上的事我俩一对二五眼，这不蚂蚱眼睛——长长了吗？”

郑春义心里一下凉了半截，没办法，只好硬着头皮站到队伍跟前道：“弟兄们，你们都听着，今儿个大伙的衣裳都领到手了，待会儿枪也发给大伙，今天咱木浒寨就算开张了！你们都是我木浒寨的人了！今后我们要勠力同心，勠力同心！明白不？”

郑春义一个劲地挠脑袋，再往下不知该说啥好了。末了只好喊了一嗓子：“散伙！”于是众人哄笑着散去。郑春义尴尬地从台子上蹦下来，一脸苦笑地冲着胡进直摇头：“你得赶紧给我拿个主意。”

几个人进了议事厅，郑春义有些泄气地把枪摘下来，一屁股坐到凳子上说：“真是看花容易绣花难，天天盼着招兵买马把队伍拉起来，想不到四眼齐了，反倒抓瞎了，这不是猪八戒扛着钉耙进西瓜地——不会玩了吗？”

胡进挠着脑袋想了半天，说：“《三国演义》《水浒传》我倒是没少看，可动起真格的来，书里的东西用不上啊。”

胡进的二舅心想，这事还真不好办，他看着两个年轻人为难的样子，说：“这操练兵马的事可不是闹着玩的，要不张作霖怎么能在奉天办讲武堂呢。”

胡进沉默了半晌，道：“可也是，这也是一门学问，这么多人舞刀弄枪的，没有人调教就是一盘散沙，衣裳再齐整也是马尾穿豆腐——提不起来啊。”

胡进的二舅琢磨了一会儿，自告奋勇地说：“实在不行，我照着张小个子操练队伍的法子领着大伙先练练。”

胡进在地上转了一圈，说："行，咱们骑驴找驴，过些日子划拉一个懂行的教官不就完了吗？"

郑春义一时也实在想不出别的办法，只好一拍桌子："就这么办。"

"那我就先照量照量。"胡进的二舅站在地当间，想着当初站队出操的样子挥舞着一只胳膊比画起来。老八看他一招一式不伦不类，偷着咯咯直乐。

胡进的二舅奓着胆子将操练兵马的事应承下来，一大早，便空着一只袖筒站在院子里，扭头对老八说："给我吹号！"

老八从腰里解下铜号"嘟嘟哒，嘟嘟哒"吹起来。

过了好半天板房的门才开了，人一个个睡眼惺忪地从里面走出来，有的一边走一边打着哈欠，有的一边走一边系扣子。足有一袋烟的工夫人才算齐了。

胡进的二舅站在台子上大声说："大家听好了，现在咱们开始操练，我喊口令，大家必须照着做。听明白没有？"

众人松松垮垮地应道："明白！"

胡进二舅大声道："立正啦！"

话音未落，一个二十出头的小伙子站出来问："啥叫立正啊？我们这不是都站着吗？也没趴下啊！"

众人一阵哄笑。胡进一步跨到台子上，挥了挥手说："别笑了，立正就是两只脚并拢到一块站直了，咱们既然是一支队伍了，就要有队伍的样子，不能像老百姓那样松松垮垮，要站有站样，坐有坐样。"

一个三十多岁的大个子挥动着手里嘎新的步枪不满地嚷嚷道："咱们是来当胡子的，整他娘的这些没用的干啥，就凭咱这家伙，砸他几个响窑还不跟玩似的。"

底下立刻有人应和道："对，再弄几个娘们儿来玩玩。"

胡进气也不是恼也不是，摆了摆手说："都别吵吵了，你们想砸窑，好啊，我问你们，你们有几个会打枪的？"

众人你看看我，我看看你，没有人吱声了。

胡进提高了嗓音说："今天让我二舅先教大伙打枪，等你们都学会放枪咱们再说别的。"

胡进的二舅心想，行了，我赶紧借坡下驴吧。他操起一支步枪说："好，今天我就教大伙怎么上子弹，怎么瞄准，怎么扣扳机。"

底下的人嘁里咔嚓地摆弄起来。站在一边一直没有说话的郑春义也松了一口气。

第二十三章

初冬的阳光照在身上依旧带着些许暖意。于山从场院回来吃晌午饭，见郑春礼站院子里等他，高兴地搓着大手说："你再不来，我可就要去城里找你了，走，有话屋里说。"

郑春礼跟着于山进了屋子。郑春礼坐到炕上迫不及待地问："大叔，谭永山没找你的麻烦吧？"

于山哈哈大笑："他比狐狸都精，知道惹不起农会，自打你走后，连个屁也没敢放过。"

郑春礼受于山情绪感染也笑了起来，拉着于山的手说："大叔，谭永山是条恶狼，咱们不得不防。"

于山毫不在乎地说："你放心，这回在枕头边上我放了一把刀，每天晚上睡觉前，我都用凳子在里面把门顶上，一有人推门我就知道了，他们三个两个的不是我的对手。"

郑春礼想起霍旺跟他说过的话，叮嘱于山道："谭永山这条老狐狸，明着不行就会来暗的。”

于山从水缸里往脸盆里舀了一瓢水，一边洗手，一边对郑春礼说：“管他明的暗的，我不怕他，咱们先吃饭。”

于山擦了擦手，掀开锅盖，盛了两碗高粱米饭。两个人吃着饭，于山说：“上次那么粗的绳子都没捆住我，这小子还有啥咒念。”

“大叔，你是农会主事的，大伙都盼着今年的租子能少交一点哪。还是多防备点好，你要是出点事，大伙就没有主心骨了。”

于山对这个小弟弟格外看重，把嘴里的饭咽下去说：“你放心吧，我不会轻易上他的当。”

“今晚把王绍山、赶车的老张头几个人找到一块，咱们趁热打铁，逼着谭永山把租子减下来。”郑春礼心里充满了一种期待，恨不得早一天让这些贫苦的农民过上好日子。

于山放下饭碗，说：“好，我这就去招呼人。”

下晌睡了一觉起来，谭永山在上房里心烦意乱地不停地走来走去，他装上一锅子烟，赵顺走过去给划火点着。谭永山耷拉着眼皮问：“把粮食分给这帮穷鬼，他们尝到了甜头，打完粮食要是再闹着少交租子咋办？”

“老爷，这还不好办，打蛇打七寸，把那个狗日的于山干掉，农会没了主心骨，剩下一些臭鱼烂虾，就兴不起大浪来了。”

“这个于山也的确有两下子，连那么粗的绳子都捆不住他，把人抓住了不也是白扯。弄不好惊动了农会和妇女会，他们人多，地又得指着他们种，咱就没法收场了。”

赵顺小眼珠转了转，凑到谭永山跟前说：“老爷，记得小时候听我二大爷说过，这麻绳要是用煮高粱米的米汤煮上一天一夜，就会韧性十足，赛过钢丝，不行咱试试，要是管用的话，他于山就是再有天大的本事不也没用了吗？”

谭永山抽了两口烟，在地上走了几步停下来，合计了合计：“真的吗？”

“老爷，一试不就知道了吗？”

“嘿嘿，要是这个法子行，我倒有个主意。”

谭永山撩衣襟坐到太师椅上，用烟袋杆指了指虚掩的房门，赵顺过去把门关严了。

谭永山趴到赵顺的耳边嘀咕了半天，末了赵顺一拍大腿：“老爷，这就叫关上门打狗，这一招他于山就是做梦也想不到啊。好主意！”两个人哈哈大笑。

谭永山被赵顺说得心里美滋滋的，这时蛤蟆眼推门进来慌慌张张地说：“老爷，于山带着农会的人来了。”

谭永山的脸立刻拉了下来：“他们来干啥。”

“他们没说。”

有了上次闹分粮的事，谭永山对农会又恨又怕，那些平时老实巴交，他说一不二的佃户再不像从前那样俯首帖耳地由他摆布了，“妈的，来了准没好事。”

赵顺眼珠转了转：“我看八成是减租的事。”

谭永山回身坐下：“我不想见他们。”

“他们真要是为这事来的，老爷躲也躲不过去，不如听听他们咋说。”这次赵顺多了个心眼，生怕事情闹僵了再让农会占了上风。

谭永山低头琢磨了琢磨，觉得眼下还没到跟农会翻脸闹掰的时候，便吩咐蛤蟆眼道：“让他们进来。”

蛤蟆眼出去了不大一会儿，带着于山、王绍山、赶车的老张头、老王头的侄子进来了。

谭永山从太师椅上站起来，虚情假意地一抱拳：“各位光临寒舍，谭某求之不得，诸位请坐。”

几个人分头坐下。谭永山用烟袋杆一指蛤蟆眼：“还站着干啥，给几位贵客倒茶。”

蛤蟆眼倒了茶放在几个人面前退了出去。

谭永山装上一锅子烟，赵顺上前给划火点着：“几位找我有事吗？”谭永山慢条斯理地问道。

于山朝前挪了挪身子，说：“粮食再有几天就打完了，我们几个代表农会来找你，想让你把今年的租子减下来。”

谭永山眯缝着眼睛看着于山，心里骂道，你个穷鬼，死到临头了还他妈跑这咋呼个屁，嘴上却说：“好说，好说。你们说减多少？”

王绍山站起来：“上次不是跟你说了吗？减一半。”

谭永山抽了口烟，盯着王绍山说：“多了点吧，我也指望着地里的这点粮食过日子呢，你们张口减一半，乡里乡亲一个村住着，有点说不过去吧。”

赶车的老张头知道谭永山有意想兜圈子，气呼呼地打断谭永山的话说：“你装什么糊涂，哪一年你不是吃光榨净才拉倒，你又盖房子又置地的，哪来的钱？还不是从我们这些佃户身上榨的油。”

于山听谭永山话里的意思要封门，心里骂道，这个老滑头，心都黑透了。他本来就不善言辞，一着急更不知道说什么好了，用手指着谭永山：“我说姓谭的，你不能光想着往自个儿家里划拉，我们这些佃户一年到头顶着星星下地，披着月亮回家，你总得让我们填饱肚子吧。”

老王头的侄子也忍不住将胳膊上写有农会字样的袖标往前拽了拽，道：“这些年谁家不是半年糠菜半年粮，你的良心让狗吃了还是让狼叼啦？”

谭永山不得不假惺惺地摆了摆手坐到太师椅上："各位何必这么大的火气呢，有话好商量，我姓谭的可从来没拿你们当外人哪。"

于山见谭永山口气软了下来，直截了当地说："今年的租子要不减下来，明年农会就让你的地撂荒，你掂量着办吧。"

谭永山恨得牙根发痒，可又不好发作，便皮笑肉不笑地说："好说，乡里乡亲的别伤了和气，容我合计合计，明儿个一准给你们农会回个话。"

于山见谭永山总算答应下来，再不想跟他多说，带着几个人站起来往外走。谭永山用烟袋杆一指赵顺："替我送送几位贵客。"

隔着窗户看几个人出了院子，谭永山在心里骂道："妈的，跟我过不去，咱们走着瞧！"

赵顺送走了于山几个人回来点上灯，见谭永山坐在太师椅上一声不响地一袋接一袋地抽着烟，知道他正在气头上，便一声不响地站在那，半天没有说话。

谭永山的父亲是前清的进士，曾经做过抚台，到了谭永山这里，科举被废除了，好在家里有几百垧地，他从小吃穿不愁，十八岁那年父亲有病死了，他就当起了这个家。谭永山心狠手辣，精于算计，对那些佃户他从来没放在眼里，认为他们种他的地交租子是天经地义的事。凭着这些年对佃户的大肆搜刮，他的家业也越来越大，平时除了找女人，他最大的嗜好是扒拉着算盘珠子看一亩地能收上来多少租子。佃户们被他算计得每年剩不下多少粮食他心知肚明，佃户们不满意，他跟佃户说，你不种我的地趁早给我滚蛋，我还不租给你呢。佃户们心里也明镜似的，大仁屯方圆几十里都是他谭家的地，明知道他吃人不吐骨头，可不种他家的地就没饭吃，只好忍气吞声地认了。

村里成立了农会和妇女会，开始谭永山并没有放在心上，想不到这些佃户还真闹起来了。一两个人好说，这一百多口子人都不种地了他还真没咒念了。于山和王绍山要他减租，这比剜他的肉还难受，可不答应农会的要求又想不出更好的办法。他觉得赵顺说得对，把那个领头的于山除了，看他们哪个还敢挑头闹事。但他转念一想，在这个节骨眼上把于山弄到家里人不清不白地死了，农会的人来找他要人，他就是长八张嘴也说不清了。想到这他侧了侧身子问赵顺："你说这租子减还是不减？"

赵顺不知道谭永山是怎么想的。过了一会儿，说："老爷，咱要是不答应农会的要求，他们就会撂耙子，到时候咱连那一半的租子也收不上来了。"

谭永山重新装上一锅子烟，赵顺站起来过去把烟点着，谭永山抽了两口，问："你打算什么时候把那个于山打发啦？"

赵顺眨巴了眨巴眼睛，说："照我的想法明天就把他干掉才好。"

谭永山点了点头。赵顺接着说："但现在不是时候。"

谭永山抽了口烟吐出来，说："那就让他多蹦跶几天，我他妈豁出去了，你去告诉于山，今年的租子照往年少收一半，看他们农会还有什么话说。"

赵顺站起来躬了躬身子说："老爷说得对，我想好了，等明年开春把地一种下去就收拾于山那个王八蛋。"

谭永山沉吟了一会儿，挥了挥手说："你去吧。"赵顺转身出去找于山了。

于山听赵顺说谭永山答应了农会的要求，立刻把农会的人召集到王绍山家。屋子里热气腾腾，除了农会的人，村里听到消息的男男女女还来了十几口子人。佃户们喜笑颜开，老王头的侄子说："这租子减下来咱这口粮就可以对付到明年新粮下来了，好歹不会再挨饿了。"

王绍山把烟袋捏在手里大声道："看来咱这农会还真管用。"底下的人都情不自禁地笑了起来。

赶车的老张头说："得亏春礼了。"

郑春礼从炕上站起来说："谭永山指着咱们给他种地交租子，只要佃户们拧成一股绳不松劲，谭永山就是再有老猪腰子也白扯了。”

待人都走了天已经黑了，郑春礼和于山回到家里，于山用刚打下来的小米焖了一锅香喷喷的干饭。吃过饭，于山送郑春礼出来，郑春礼说：“过了年我再过来，咱们一块商量商量明年减租的事。”走到村口，郑春礼转过身来叮嘱于山道：“我合计谭永山不会就这么乖乖地听农会摆布，你要多提防着点。”

于山伸出手来拍拍郑春礼的肩膀，依依不舍地说：“你放心吧，我不会轻易上他的圈套。”

于山看着郑春礼走远了，在冷风中站了好一会儿才转过身来踏着月光往村里走去。

（上部完）

牛茂杰 著

野狼窝

暗流

中

YE LANG WO

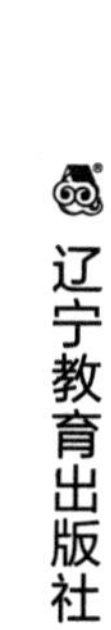

辽宁教育出版社

图书在版编目（CIP）数据

野狼窝. 暗流 / 牛茂杰著. — 沈阳 : 辽宁教育出版社, 2021.8
ISBN 978-7-5549-3250-6

Ⅰ. ①野… Ⅱ. ①牛… Ⅲ. ①长篇小说—中国—当代 Ⅳ. ① I247.5

中国版本图书馆 CIP 数据核字 (2021) 第 174418 号

暗流

黑土千顷山万重
正气浩荡贯苍穹

故事梗概

一九二九年，中东路事件爆发。郑春仁家业难保，又被堂兄强行带到南京，中统下达的命令更是让他心惊肉跳。

郑春礼在家乡组织农民闹减租受挫，农会会长于山被地主谭永山设计残忍杀害。郑春礼也陷入被追杀的险境之中。

郑春仁的书局刚刚开张，竟被警察无端查封。

从奉天来野狼窝投奔儿子的地主杨晓东，嫉妒郑家再次发家，让悍匪老山豹到郑家砸窑绑票，老山豹打算顺手牵羊将王金岫弄到山寨尝个鲜。

郑春义偷袭黑风山，一枪没放败退而归，让老山豹笑掉大牙。

杨晓东用协和会威逼郑家出劳工去黑龙江挖煤，为自己酿下杀身之祸。

张浩得罪了山海关稽查队长高彦，连累郑春仁一块儿被抓进大牢。

郑春义跟韩吉庆打赌端鬼子炮楼，结果输得惨不忍睹。

故事还在继续……

第二十四章

一九二九年开春后，天一直阴沉沉的。风呼啸着，将整整一个冬天积攒的枯枝败叶和地上的沙土卷到空中，摔打在人的脸上，火辣辣地生疼。

惊蛰刚过，一向平和的中东铁路沿线突然躁动不安起来，东北军开始频繁调动，大批军需物资秘密运往中苏边境。张学良设在哈尔滨的东省特区长官公署也充满了火药味。

特区长官公署督办张景惠坐立不安，显得十分焦躁，不时地拉开厚重的窗帘朝外面看两眼，他等待着沈阳的消息已经好几天了。

傍晚天快黑的时候副官送来张学良从沈阳发来的一封密电。张景惠打开电报，见电文是一份密令："据南京掌握的可靠情报，冯玉祥部组织叛乱是受到了苏联驻哈尔滨领事馆的唆使。命你部立即派军警搜查苏联驻哈尔滨领事馆。"

张景惠放下电报，心说："好你个姓冯的，你他娘的也不看看老子是谁，跑到我的地盘上整事来了，要是让你在我的一亩三分地上弄出点啥猫腻来，我这么多年的胡子不是白当了。妈了个巴子，说我做事鲁莽不计后果，我看你姓冯的比我也强不了多少。”

他将电报锁到抽屉里，按铃后副官应声走了进来。“马上传我的命令，连夜搜查苏联领事馆，不得有误！”

“是！”副官转身出去了。

张景惠几乎一夜没有合眼，天亮后他从沙发上一挺身坐了起来，掏出怀表看看已经是清晨五点零五分了。张景惠伸了个懒腰站起来，拉开厚重的窗帘有些着急，心里骂道：“这帮小子，怎么还他娘的没动静，妈了个巴子，要是搜不出东西来，还真他奶奶的不好办了，少帅咋跟苏联人交代。”他开始有些后悔，“看来这事干得有点莽撞了。”

正当他焦急不安的时候，军法处长在外面道：“报告！”

张景惠整了整衣服领子：“进来！”

见军法处长进来，张景惠急不可待地问：“怎么样了，急死我了，你知道不，咱这一整，可就跟苏联人闹掰了。”

“张长官不必多虑，昨天夜里我带人从苏联领事馆搜出整整两箱子的秘密材料，全部与叛军有关。”

张景惠听了，兴奋地上前用力拍了拍军法处长的肩膀，冷笑了一声，大声道：“好哇！有这些玩意，我妈了巴子就放心了，行，你小子这活儿干得漂亮，想在我的地盘上整事儿，老子绝饶不了他！”

军法处长立正道：“长官下命令吧！”

张景惠摸了摸下巴，想也没想命令道：“你立即带人把那些赤色分子都给我抓起来，记住了，一个也不许给我漏掉，妈了巴子，别拖泥带水的，利索点！”

“明白！”军法处长立正敬了个礼出去了。

张景惠走到窗前，“哗啦”一下拉开窗帘，看着早晨外面灰蒙蒙的天空，心里恨恨地骂道：“妈了个巴子，跟老子整这一套，你姓冯的还嫩了点。”

“来人哪！”副官应声走了进来。

“立即给少帅发报!”

“是！”

张景惠一字一句地念道：“查，苏联人唆使冯部叛乱确有其事，我已搜查出确凿证据。现已将叛乱分子一网打尽。”

他抬头看了看副官：“就这些。”副官快速拟好了电文。张景惠过目签字后：“马上发给少帅。”副官去发报了，可此时的张景惠绝不会想到，一场战火也由此被他点燃了。

建于沙俄时期的苏联驻哈尔滨领事馆，留有一座当初用来藏酒的地窖，经过一番改造变成了一个地下会议室。

中东铁路沿线的火药味越来越浓，苏联第三国际的代表决定在这里召开一次特别会议。会议室经过了简单布置，一进门，迎面墙上悬挂着一条横幅，上面用中、俄两种文字写着“第三国际共产大会”。

参加大会的有中东路沿线各车站职工代表，以及苏联商船局、远东煤油局、远东国家贸易局等选派的三十九名负责人。大家见了面非常亲热，互相问候，拥抱，阴冷的地窖里立刻充满了欢快热烈的气氛。

主持会议的是身材魁梧的中东铁路绥芬河车站的苏联站长。他目光炯炯地扫视了大家一眼，用俄文大声宣布道：“同志们，人都到齐了，我宣布开会！”

他看了看底下的人，提高了嗓音说：“同志们，今天召集大家来，是要讨论一个重要问题，张学良的东北军单方面要收回中东铁路的管理权和经营权……”

他的话还没有说完，地窖的门突然被枪托粗鲁地砸开了，随着皮靴踩在地上发出的咔咔声响，十几个身穿东北军制服的持枪军警闯了进来，不由分说地把参加会议的代表团团包围起来。惨白的灯光下军警阴沉着脸凶恶地吼叫着：“别动，把手都举起来，脸冲墙站好了！动一动就打死你们！”

地窖里的气氛仿佛一下子凝固了，谁也不知道发生了什么事情，人们开始议论纷纷：“怎么啦？”“为什么抓人？”“我抗议！”

主持会议的中东铁路绥芬河车站苏联站长怒视着荷枪实弹的军警，神色凛然地质问道：“你们要干什么，我们今天来开会之前，并没有接到任何方面的通知，你们能不能告诉我们，到底发生了什么事情？”

军法处长拎着枪厉声喝道：“少他妈废话，我问你，你们经过谁的允许就跑这开会来了，我看你们都是跟叛匪串通一气的暴乱分子，想闹事是不是？都他妈给我捆上，带走！”

地窖里的人随即被军警五花大绑捆起来。苏联站长抗议道：“你们凭什么抓人？”

一个军警上去给了他一个大嘴巴：“妈的，抓的就是你们这些暴乱分子，再啰唆老子一枪毙了你。”

军法处长大声命令手下的军警：“带走！”一行人被鱼贯带出了地窖。

风从大敞四开的门外吹进来，墙上悬挂的横幅耷拉下来拖到地上，看上去像一条突然遭到击打的蛇无力地摆动着快要僵硬的身躯。

晚上郑春仁吃过饭，碗筷还没收拾下去，门房的一个伙计敲门进来，说：“南京一个姓郑的先生要见您。”

郑春仁听了一愣，这位堂哥怎么连招呼都没打就来了。他站起来迎了出去。门口站着的果然是郑春江，他拉着郑春江的手进了上房，关上门急着问："你咋蔫不悄地就来了，有什么急事吗？"

郑春江坐下说："戴科长让你立即动身去南京。"

郑春仁愣了愣问："什么事情这么急？"

"戴科长没说，我也不好问，去了你就知道了。"

郑春仁心想，你拍封电报来不就行了吗，干吗连招呼都不打专门跑一趟。

郑春江看出了郑春仁的疑虑，说："戴科长交代说此事非同小可，担心你公司的事务繁杂一时半会儿的脱不开身，让我来的目的就是怕你拖延时间。"

郑春仁听了顿生不快，心里合计，这不成绑架了吗，看来去也得去不去也得去了。他抬起头来问郑春江什么时候走。

"明天。"

郑春仁点了点头，没有说话。一股凉意让他打了冷战。

早晨，雾气还没有散尽。停在院门口马拉轿车的车棚上不时有一粒粒水珠拖着长长的尾巴滚落下来。这时，紧靠巷口的两扇大门"吱扭"一声打开了。郑春仁、郑春江、韩吉庆从里面走出来上了马拉豪华轿车，赶车的车把式回头看了一眼，挥动了一下手里的鞭子，马车出了巷子，很快就嘚嘚地走远了。

见马车没了踪影，一个看门的伙计贼头贼脑地溜出来，来到不远处一个掌鞋的鞋摊前，掌鞋的一脸麻子。看看左右没人，他悄悄将一个字条交给了他。麻子把字条拿到手里朝四周看了看，快速打开字条，见上面写着几个字：“人（仁）已赴宁。”他收好字条又麻利地收拾好了鞋摊离开了。

第二天上午，郑春仁、韩吉庆和郑春江上了从北平开往南京的火车。郑春仁和韩吉庆、郑春江坐在前面一节车厢的包厢里。郑春仁看了一会儿外面的景物，回过头来见一个身穿铁路制服的人进来查验车票，韩吉庆把车票拿出来让他看过后，他打量了几个人一眼转身出去了。

火车在南京下关车站停稳后，郑春仁、郑春江、韩吉庆从车厢里下来，很快出了站台上了两辆黄包车。这时在火车上查验车票的那个人跟着他们出了站台上了另一辆黄包车。车夫拉着他来到江边的一个僻静地方，只见他麻利地脱掉身上的铁路制服装到一个箱子里，走到一座土丘下看了看四周无人，熟练地从箱子里拿出一台小型发报机，架设好天线，嘀嘀嗒嗒地发起报来。

关东军特务头子石原俊秀接到密电立即进行了布置，他下决心这次无论如何要置郑春仁于死地。

郑春江带着郑春仁来到那个不起眼的院子，径直进了戴钧峒的办公室。郑春仁见屋子正面墙上悬挂着一幅蒋介石身穿戎装的大幅肖像，另一侧墙上是孙中山手书的“天下为公”几个楷书大字。

身着中山装的戴钧峒热情地与郑春仁握手寒暄后，从兜里掏出雪茄烟盒抽出一支划火点燃，深深地吸了一口，示意两个人坐下，开门见山地说：“据我们刚刚得到的确切情报，东北的张学良要从苏联人手里收回中东路的管理权和经营权，并可能由此引发一场战事，委员长对这次事件非常重视，亲自召见了我，所以无论如何要让你来一趟，否则出了问题，你我都担待不起啊。”

郑春仁暗自吃了一惊，心想：“怎么会出这种事？”

只听戴钧峒接着说："委员长听从沈阳回来的吴铁城汇报说，东北军要撕毁《奉俄协定》，准备同苏联开战，收回中东铁路的管理和经营权，目前战事大有一触即发之势。"

郑春仁惊愕地问："事态有这么严重吗？我怎么没听到一点风声。"

戴钧峒吸了一口烟慢慢地吐出来："这是绝密消息，他们是不会告诉你的。你知道吗，如果双方一旦打起来。不管谁输谁赢对我们都有好处。"

"为什么？"郑春仁不解地问。

戴钧峒仰起头来看着天花板，过了一会儿说："政治上的事情你不懂，但你要知道，这次如果苏联败了，我们就可以不费一枪一弹借东北军来削弱红色苏维埃的力量；如果张学良败了，我们也可以坐收渔翁之利。"

郑春仁吃惊地瞪大了眼睛，心想，少帅不是已经归顺了南京政府了吗？他疑虑重重地问："委员长为什么要看他的笑话？"

戴钧峒高深莫测地将半截雪茄烟捻灭，说道："这你就不懂了，政治跟做生意完全是两回事。张学良虽然易帜归顺了南京政府，但其实力不可小觑，委员长对东北总是放心不下，如果能假苏联人之手来消灭张学良的有生力量，就可以让张学良对南京政府更加俯首帖耳，你明白吗？"

郑春仁仍似懂非懂，心想："这也太不仗义了。简直就是一个阴谋。"

戴钧峒似乎看出了郑春仁的心思，板起脸道："自古以来政治是不讲仁慈、不择手段的。"

郑春仁听来听去觉得后背升起一股股凉气。

戴钧峒坐到沙发上，说："你不用担心，我们不会让你卷进去。据我们掌握的情报，目前东北军还远不是苏联人的对手，交起手来胜算的把握不大。给你的任务，就是利用你长期和他们打交道的便利，从东北军高层军官中了解东北军的意图和动态，委员长将会根据你提供的情报，决定对东北军采取什么样的行动和部署。”

郑春仁心里掠过一丝不快，暗想：“少帅要是知道你们明着一套暗着一套，一定不会就这么轻易归顺的。”

戴钧峒看得出来郑春仁对他们的做法不满意，将手里的半截雪茄烟放到烟盒里，说：“我想你应该明白，有些事情是不以我们的意志为转移的，你既然为我们工作，就必须服从命令。再说，张学良也不是小孩子，他怎么做也不是你我说了算的。”

郑春仁无奈地摊开两只手：“好吧，我想办法完成任务就是了。”

戴钧峒凝视着墙上蒋介石身着戎装的画像，说：“苏联方面的意图和动向也是我们急于要知道的，你经常跟中东铁路上的苏联人打交道，我想，搜集一些这方面的情报对你来说应该不是什么难事吧。”

郑春仁思索了片刻，点点头：“我想问题不大。”

戴钧峒站起来慢慢地在地上踱了几步，叮嘱说：“你要知道，这次任务非同小可，出了问题，你我都不会有好果子吃，所以才不得不召你过来。”

“我明白。”

戴钧峒抬起头问道：“我听说你借着给公司的几个伙计发丧大闹奉天城，让日本人很丢面子。”

“是的。”郑春仁说。

“你要小心日本人找你麻烦。你毕竟在他们的鼻子底下做买卖，日本人是什么事情都能做得出来的。”

说着戴钧峒站起来挥了挥手，说：“你大老远地来一趟南京，今晚我请客，你知道吧，南京的板鸭起源于南北朝梁武帝，是很有名的。”

从南京回来的路上郑春仁一直闷闷不乐，傍晚和韩吉庆拎着箱子在奉天驿下了火车。韩吉庆回头看了一下后面，只见站台上乱哄哄地挤满了刚下火车提着大包小裹的乘客。

这时，在月台上离他们不远的一个柱子后边，家里那个看门的伙计正跟一个三十多岁的中年男人借着站台上的灯光紧紧盯着从车上下来的旅客。

郑春仁和韩吉庆随着人流向外面走去。这时那个看门的伙计一眼看到了郑春仁，他用手指着郑春仁同那个人低声说了几句，便转身离开了。

郑春仁和韩吉庆随着人流眼看着就要走出月台了，这时，斜刺里突然冲出一个人来，这人像是喝醉了酒，晃晃荡荡歪歪斜斜地直奔郑春仁而来，开始，韩吉庆和郑春仁并没在意，以为这人喝多了酒正想要侧身让开。没想到这人来到近前猛地停下身来，训练有素地从裤袋里飞快掏出一把锋利的匕首，寒光一闪朝郑春仁的胸口狠狠地刺去。

韩吉庆手疾眼快，见“醉汉”手里的匕首刺向郑春仁，伸手抓住这人的手腕，借势往前一带，脚下使了个绊子，左手顺势“啪”地在他背上就是一掌。这个人“嗵嗵嗵”往前跑了几步，一个趔趄摔倒在地轱辘轱辘滚出老远，爬了几次没爬起来，一低头，嘴里吐出一大口血来。他擦了一把嘴角的血，不顾一切地侧身从怀里掏出一把手枪来，冲着郑春仁扣动了扳机，枪声惊动了巡逻的警察朝这边跑了过来。

郑春仁和韩吉庆片刻不敢停留，快步出了站台。这时后面传来警察“嘟嘟”的急促哨音和大声的喊叫声：“快！抓住他！别让他跑了！”正准备出月台的旅客不知道发生了什么事，纷纷站了下来，几个警察见路被人挡住了，急得直跺脚，可除了将嘴里的哨子“嘟嘟”吹得乱响，眼看着郑春仁和韩吉庆出了车站跑远了。

傍晚，北市场四海升平茶社里的人坐得满满的，台上当红大鼓艺人金蝴蝶看了看四周的听众，开始压场子。她敲过一通鼓后，字正腔圆地开场道：“秋花零落白霜起，玲珑佳人洒泪滴。悲秋一曲唱衷肠，相爱终是两分离。今天我说一出《黛玉悲秋》。”

众人纷纷鼓掌喝彩：“好哇！”

三弦声响起，金蝴蝶击鼓演唱道：“黛玉的丰姿迥不同。生成的倾国倾城人难比，只无奈多病多愁体不宁……”唱腔委婉缠绵，茶社里的人都伸长了脖子，一下就听得入了神。

一个五十多岁、头戴瓜皮帽的男人扭过头去对边上一个三十多岁的男人道：“好，唱得有味儿。”

“那还用说，人家可是在奉天、辽阳、鞍山一带红得发紫的名角啊。”

那个五十多岁的男人美滋滋地一面听一面继续说：“听名角的大鼓书就是过瘾，过瘾啊。”

只听台上的金蝴蝶继续唱道：“更兼她秉性儿孤高心性儿冷，举止儿端庄心地儿聪明。”

这时，来听大鼓书的人谁也没有注意，靠里边的一张桌子坐着三个人。一个人瘦高个，举止干练，是中共满洲省委奉天特别支部书记王守明。另一个人长得结结实实，浑身上下却透一股子书卷气，一边嗑瓜子，一片观察着周围的动静，此人正是辽阳县高级中学教师、中共地下党小组长霍旺。另一个是个二十岁左右的女子。只见她皮肤白皙，身材高挑，长着一双水汪汪的大眼睛。身穿一件浅红色风衣，肩上披一条绿色丝巾，举止不俗，落落大方。她叫洪柳，是有着三年党龄的中共党员。

王守明环视了一下四周，见茶社里的人都在专心听大鼓书，没有人注意他们，压低了声音说：“据我们掌握的情况，张学良已经让哈尔滨的张景惠强迫中东路苏方正、副局长停职，并野蛮逮捕了中东路沿线各车站、三十六棚地区各工厂职工联合会的代表，以及苏联商船局、远东煤油局、远东国家贸易局等三十九名负责人，还抓走苏联驻哈尔滨总领事。事件很突然，苏联方面没有任何准备，而且目前事态还在进一步扩大。满洲省委已经做出决定，要加紧发动群众，来执行武装拥护苏联与反军阀战争的任务。”

他警惕地向四周看了一圈后继续说：“经组织研究决定，准备派洪柳同志打入恒通贸易公司。据我们掌握的情况，这家公司是南京政府开办的，主要业务是从苏联进口燃油，老板也是南京政府任命的，通过这家公司，也许能获取这次中东路事件中中、苏两方面的一些情报，为党中央更好地制定决策提供帮助。”

台上金蝴蝶的唱腔凄怨悲凉，格外动情：“渐渐地梦魂儿颠倒精神儿减，粉脸儿香消衣带儿松。到秋来时光儿萧条柔肠儿断，风月儿凄凉愁态儿萦。”

王守明看了看周围的听众，见没有异常，便转过头来对霍旺说：“恒通贸易公司老板的具体情况你向洪柳同志介绍一下。”

话未说完，突然门口一阵大乱，四个警察和三个日本宪兵闯了进来。

王守明心里一惊，但多年的地下斗争经验让他很快镇定下来。

他泰然自若地从桌子上端起茶杯道：“来，王老板，你尽管放心，那批货一到，我就把钱付给你。”

几个警察和日本宪兵进门后，为首的一个警官模样的人用手里的枪筒往上抬了抬帽子，粗暴地上前打断了大鼓艺人金蝴蝶的说唱：“停，停，别唱了，别唱了！”

几个警察持枪把茶社的大门把守起来。那个警官模样的人大声道：“都给我听清楚了，谁也不许动，我们在抓捕一个共产党的要犯，你们哪个敢动，格杀勿论。”

他一挥手，几个警察和日本宪兵开始搜查。

一个圆脸的警察走到霍旺的跟前厉声问：“站起来，你是干什么的？”

霍旺不慌不忙地回答道：“做买卖的。”

警察盯着霍旺：“做什么买卖，有身份证明吗？”

霍旺看了看他，从容不迫地从怀里掏出自己的身份证明递了过去。

那个警察接过去仔细看了看，用手一指洪柳和王守明：“这两个人是干什么的？”

霍旺不紧不慢地回答道：“都是一块做生意的，这个是我太太。”

说完，霍旺伸手将洪柳轻轻揽到怀里：“宝贝，别害怕。”

那个警察拿出一张照片，挨个跟几个人核对了一遍，突然冲着王守明大声说道：“我看你不像东北人。”

王守明不慌不忙地笑了笑，用一口纯正的东北话说：“这位老总真会逗闷子，你咋看我不像东北银（人）呢，你没看我在这疙瘩正谈生意呢吗，我可是纯东北爷们儿啊。”

这个警察不耐烦地挥了挥手，转身离开了。一番搜查过后，几个警察跟几个日本宪兵走了。

台上的金蝴蝶清了清嗓子，接着动情演唱起来：“时逢正是九秋景，气爽天高万里晴。眼看着满城风雨重阳过，这姑娘节气儿交时病势增。”

霍旺见人们重新开始伸着脖子听起了大鼓书，一边嗑着瓜子，一边对身边的洪柳低声说：“据了解，老板郑春仁很有正义感，是我们争取的对象，他的弟弟是我们刚刚发展的学生党员，现在正在辽阳县的大仁屯组织农民跟恶霸地主开展要粮清算斗争。”

“好，由你通知他，让他来介绍洪柳同志过去。”王守明对霍旺说。

洪柳眨动着一双大眼睛语气坚定地说：“请党组织放心，我一定完成任务。”

这时，金蝴蝶的《黛玉悲秋》也进入了尾声：“佳人越思柔肠断，止不住娇声儿呜咽泪珠儿倾。这黛玉羞花闭月姿容绝代，落雁沉鱼艳气独钟。只这一番哀怨悲秋意，感得那无情景物也伤情。”

众人纷纷从座位上站起来叫道：“唱得好。”几个有钱人家的女人一边用手帕擦着眼泪，一边走上前去，将银圆放到金蝴蝶前面的盘子里。

散场后，三个人跟着众人出了茶社，很快就隐没在街上熙来攘往的人流之中了。

三天后，晚上郑春仁正在上房翻看《盛京时报》上刊登的有关中东路事件的相关消息，看门的伙计敲门进来说：“掌柜的，你三弟来了。”

没等郑春仁放下报纸，郑春礼从外面进来，欢快地一头扑进郑春仁的怀里：“大哥，我还没吃饭哪，有啥好吃的没？”

“饿坏了吧？”说着郑春仁冲着屋里道：“玉萍，三弟来了，还没吃饭呢。”

齐玉萍听到声音从屋里出来，见是郑春礼：“哟，三弟什么时候来的啊，等着，我这就给你做饭去。”

郑春仁拉着弟弟的手，问：“这么晚，你怎么来了，爹和娘都好吧？”

“好，爸爸在家张罗着盖房子，明年一开春就能住进去了。”

郑春仁听了高兴地说：“好哇，以后你们就再不用在那几间破草房里遭罪了。”他看着风尘仆仆赶来的弟弟问，“这么晚了，你来找我一定有事吧？”

郑春礼点点头，说：“大哥，我一个同学的姐姐原先在奉天的一家鞋厂给掌柜的管账，半年前厂里突然着了一把大火，把厂房设备都烧光了，厂子经营不下去了，我同学的姐姐就一直闲在家里没事做。听说你在奉天开公司，就让我来找你，想让他姐姐到你的公司来谋个差事。”

“你答应人家啦？”

郑春礼直来直去地说：“我寻思这点事不算啥，没跟你商量，就当着我同学的面拍着胸脯打了包票。”

郑春仁有些不高兴地沉下脸，说：“春礼，不是当大哥的说你，你也是大人了，怎么做事还这么毛毛躁躁的呢，你也不问问我公司缺不缺人手，是要男的还是要女的，你就半道上替我做主，还拍着胸脯打了包票，我要是不要这个人呢。”

郑春礼一听心里凉了半截，前天夜里霍旺派人把他从野狼窝的家里找来，当面向他交代任务——设法让洪柳打进恒通贸易公司。郑春礼看快开犁种地了，正打算去大仁屯跟于山研究减租的事，听霍旺一说，心想：这有什么难的，这点事去跟大哥一说准行。没想到听大哥口气要封门，急得他抓耳挠腮、满脸通红：“大哥，你别生气，这事怪我，可现在咋办啊？我都答应人家了，你要是不同意，回去我怎么跟人家交代啊。”

“你咋交代我不管，自己的梦自己圆。再说，我这压根儿就不要女的。”

郑春礼心想：要是完不成任务，回去如何跟自己的老师交代？他一时不知道如何是好，往郑春仁跟前凑了凑：“大哥，你就算帮我一把还不行吗？”

郑春仁推开他，绷着脸说：“不行，既然你答应人家了，你自己去想办法再给他另找个地方吧，我这凡是女子概不接纳。”

郑春礼心里着急，可又无法跟大哥明说，来的时候霍旺再三告诉他，在任何情况下不能暴露洪柳的身份。看大哥的样子是压根儿就不想要这个人，他一时又想不出更好的办法来，急得眼泪差点掉了下来："大哥，这次是我错了还不行吗？你这么大的公司怎么说也不差她一个人吧，你要是不答应，我回去找咱娘去。"

郑春仁瞪了他一眼："你还长能耐了，都十七八了，还动不动把娘搬出来。我可跟你说清楚了，仅此一次，下不为例。"

郑春礼站起来扑到郑春仁怀里："大哥，这么说你答应了。"

郑春仁看着从小跟自己在一个屋檐下长大的弟弟，拍着他的肩膀教训道："春礼，以后无论做什么事，千万不能动不动就大包大揽地应承人家。"

郑春礼松了一口气，点了点头，说："放心吧！大哥，我记住了。"

郑春仁摸着弟弟的头，语重心长地说："你高中毕业已经是大人了，以后像这种事情应该先替别人想想，最起码也要事先跟人家通个气，打个招呼，不能信口开河，嘴上没有把门的，做事情这么毛毛躁躁不稳妥是要吃亏的。"

郑春礼心悦诚服地说："大哥，以后我再不干这种冒失事了。"

这时齐玉萍把做好的饭菜端了上来，

"过两天你带她到公司来吧。"郑春仁说。

"那我替我同学和他姐姐谢谢大哥了。"说完他端起饭碗冲齐玉萍笑了笑："嫂子，我可不客气了。"

"到你大哥这你还客气啥，快吃吧，一会儿凉了。"

郑春礼夹了一口菜放到嘴里抬起头来说："大嫂做的饭真好吃。"

霍旺在自己的住处等郑春礼已经有一会儿了，听见郑春礼在外面敲门，忙开门将他让进来，急着问："怎么样，你哥哥答应了吗？"

“别提了，这事差一点就让我办砸了，我大哥听说我半道上就答应了人家，狠狠数落了我一顿。”

霍旺听了笑了笑：“你还年轻，办这种事又是第一次，下回就有经验了。”

“我大哥说让我把人带过去。”

霍旺沉吟了一下，严肃地说：“现在斗争形势复杂，我必须再次提醒你，在任何情况下绝不能暴露洪柳的身份。”

郑春礼挺起胸脯说：“霍老师，你放心吧，我知道该怎么做。”

霍旺爱抚地拍了拍郑春礼的肩膀：“我是担心你年轻，缺乏斗争经验，而且又是跟你大哥打交道，所以不得不特别叮嘱你几句，你要知道，稍有不慎，就可能给党组织带来无法挽回的损失。”

郑春礼拉着霍旺的手郑重地点了点头。霍旺看着眼前的这个年轻人在斗争中不断成长，心里有说不出的欣慰。

一个星期后，下午郑春仁在公司正一笔笔地核对账目，门房敲门进来，说：“掌柜的，您弟弟带着一个女人要见您。”

郑春仁忙将账簿推开，这时门房出去带着郑春礼与洪柳一块走了进来。郑春仁从椅子上站起来：“春礼来了，快请客人坐。”

郑春礼指了指身边的洪柳介绍说：“大哥，这就是我跟你说的我同学的姐姐，叫洪柳，打算盘、记账、骑马样样在行，不信你可以试试看。”

郑春仁笑着指了指沙发：“有话坐下说吧。”

郑春仁见洪柳落落大方，问：“听春礼说洪小姐之前在一家鞋厂做事。”

“我一直在这家鞋厂管账，半年前工厂失火倒闭，我便一直闲居在家。

洪柳一女流之辈，承蒙不弃，不胜感激。”说罢深施一礼。

说不清为什么，在这一刻，郑春仁对眼前这个姑娘产生了一种说不清的好感：“洪小姐，实不相瞒，我公司从开业之日起，便定下了一条规矩，凡女子概不接纳，今日虽初次相见，洪小姐便让我刮目相看。请洪小姐不必客气。洪小姐能屈尊来我公司做事，郑某求之不得啊。”

“郑老板言重了，洪柳不才，今后还得仰仗郑老板多多关照才是。”

郑春仁发现眼前的这个姑娘温文尔雅，说话很有分寸，瞥了一眼桌子上堆的一摞账本，立刻打定了主意：“哪里，哪里，不过同舟共济而已。如洪小姐不弃，是不是可重操旧业仍旧管账，公司正缺你这样的人手。”

洪柳不假思索地一口应承下来。坐在一旁的郑春礼见两个人说得十分投机，心中暗喜，心想：这下任务完成了，没我什么事了。过了一会儿便起身告辞道：“大哥，要是没别的事，我就先回去了。”

“急啥，好不容易来一趟，在我这住一宿，明天再回去吧。”

郑春礼摆了摆手：“不了，大哥，明天我还有事。”

“那我就不留你了，回家问爹和娘好，告诉他们我这里不用他们二老惦记。”

“放心吧，大哥。”郑春礼跟洪柳道别后下楼走了。

洪柳的到来，让郑春仁松了一口气，他将所有账目全部交由她掌管，腾出手来一面关注中东路事件的动态，以便提前做些应对准备，一面为南京方面加紧搜集情报。

果然洪柳驾轻就熟，很快就将公司的往来账目整理得一清二楚，让郑春仁甚为满意。不仅如此，经过一段时间交往，郑春仁发现这个姑娘除了精通财会业务，眼界还非常开阔，遇事多谋善断，与自己的想法常常不谋而合，不知不觉便对洪柳分外倚重起来，遇到一时棘手的事，第一个想到的就是找她来商量。

这天郑春仁从公司回到家里，吃过晚饭打开《盛京时报》，上面刊登的一则消息不禁让他大吃一惊，只见上面写道："张学良已经从苏联人手中收回了中东路的电话权，并将苏联铁路职员全部遣送回国。"

郑春仁手微微有些颤抖，他仰起头来，心想："难道真的要打仗了吗？看来南京的戴钧峒说得一点不假。"

想到这，他不敢再往下想了，站起来一边穿衣服，一边冲着东屋的妻子说："玉萍，我得到公司去一趟！"

"这么晚了，有事明天还来不及吗？"齐玉萍不解地问。

"事情紧急，我可能要晚一点回来，你先睡吧。"

齐玉萍不知道什么事情让他这样心急火燎："我去让伙计套车。"

"不用了。"郑春仁穿好衣服，急三火四地出了门。齐玉萍站在门口看着丈夫急匆匆地出了院子，心里一片茫然：到底出什么事啦？

郑春仁来到公司办公室，打发伙计找来了洪柳。郑春仁拿起报纸，指着那则消息说："你看，这是今天的报纸，真不知道少帅是怎么想的，为什么非要把中东路的管理权和经营权收回来。"

洪柳看过报纸慢慢地抬起头来，说："是啊，争端一起，双方很可能就会兵戎相见。"

郑春仁不无忧虑地说："这仗要是真的打起来，公司的生意就很难再做下去了。"

洪柳沉吟片刻，说："你的担心不是没有必要，可我们左右不了形势，只能坐观其变了。"郑春仁听了感到心里十分苦闷。

过了一会儿洪柳试探着问："我听说郑老板跟东北军的要员多有往来，

能不能先从他们那里了解一些情况，好早做打算。”

郑春仁考虑了一会儿，说：“看来也只有这样了。要不明天晚上，我请东北军的几个高级军官吃饭，探探他们的口风。”

洪柳思索了片刻，说：“我看行，也许能从他们那里探听到一些有用的消息。”

“最好这场争端能尽快平息，要是真的打起仗来，炮火无情，一旦运油的机车和油罐车被毁，我赔不起啊。公司的这点家底可就全得搭进去。”郑春仁心里充满了担忧。

“你不是说机车和油罐车是国民政府租用的吗，怎么会让你赔偿。”

“当初就是这么约定的，国民政府答应每个月给我一笔维修费，发生损坏由我维修。我想有利可图就答应了，哪承想会遇到这种事。”郑春仁禁不住叹了一口气。

洪柳没有再说什么，郑春仁打发伙计送走了洪柳，独自一个人关上门走到窗前看着货场里星星点点的灯火，心烦意乱地和衣倒在沙发上，两只眼睛失神地望着天花板，像掉进冰窖里，感到周身阵阵发冷。

第二十五章

郑春仁把请客的饭店定在了南市场有名的厚德福饭庄，客人是经常跟他打交道的张学良的辅帅张作相、中东路理事邹尚友、步兵第四旅旅长刘翼飞。

郑春仁在一间豪华包房里已经坐了好一会儿了，仍不见有人来，掏出怀表看了看时间，心想，也该到了。

这时一个跑堂的伙计将门打开，张学良的辅帅张作相、负责对苏联外交的中东路理事邹尚友、步兵第四旅旅长刘翼飞先后走了进来。

刘翼飞一副十足的军人派头，不苟言笑，进门往椅子上一坐，亮开军人特有的大嗓门问道："郑老板今天怎么想起请客来了，你要是再晚几天，恐怕我就带着弟兄们上前线打仗去了。"

张作相老成持重，不慌不忙地象征性掸了掸椅子上的坐垫，慢悠悠地坐下，抬起头说："郑老板是我的老朋友了，郑老板请客焉有不到之理。"

邹尚友跟着笑了笑，带着几分恭维："二位说得是，郑老板生意兴隆，在中东路沿线一踩乱颤，承蒙郑老板相邀，邹某深感荣幸啊。”

郑春仁连连抱拳：“哪里，哪里，诸位肯赏光，是给我郑某面子，今晚略备薄酒，请诸位一定尽兴。”

郑春仁吩咐跑堂的上菜，不大一会儿菜就上齐了。郑春仁指了指满桌子的珍馐佳肴，说：“今晚郑某自作主张，点了扒熊掌、铁锅蛋、两做鱼、核桃腰、罗汉豆腐几道厚德福的拿手菜，也不知合不合诸位的口味？”

张作相没等郑春仁把话说完，便抢着说：“好，这几道菜都是厚德福的名菜啊，色香味俱全。”

郑春仁语气里带着恭维道：“有辅帅这句话我就放心了。”说罢端起酒杯扫视了一眼众人道，“承蒙各位大驾光临，我先敬诸位一杯。”说罢将杯里的酒一饮而尽。郑春仁见其他几个人也跟着端起酒杯把酒喝了下去，一摆手：“各位请动筷吧。”

张作相看了看郑春仁，慢条斯理地问：“郑老板今晚请我们来，恐怕不是单单为了让我们喝酒吧？我们都是老朋友了，有什么话不妨直说。”

郑春仁站起来：“既然辅帅发话了，那我也就不客气了。诸位，我是个生意人，不懂政治，对军事上的事更是一窍不通，今晚请诸位来，就是想请教一二。”

张作相打断郑春仁的话说：“什么一啊二啊的，你是不是想问问眼皮子底下中东路这档子事？”

郑春仁一笑：“知我者，辅帅也。我不知道这仗能不能打起来。诸位都清楚，这仗一旦要打起来，我的这点家底就很可能毁于战火。”

张作相夹了一块外焦里嫩的鱼肉放到嘴里，说：“不瞒郑老板说，少帅与苏联交恶我是强烈反对的，收回中东路是好事，可这事非同小可。进兵接收，势必要打仗，我看动用全国力量对付苏联，也未必能打胜，弄不好，就像盘子里的这条鱼，别看在水里活蹦乱跳的，可放到案板上就得任人宰割了。依我看，只凭东北军这点兵力去打苏联，恐怕收不回中东路，反而还会惹出不少的麻烦来，再说了，满蒙这条大鱼早就让日本人馋得流哈喇子了，这小日本巴不得少帅和苏联人打起来，关东军好乘机在背后做手脚。”

郑春仁不住地点头，说：“辅帅言之有理，恕我直言，辅帅应该去跟少帅把这个道理说明白才是。”

张作相带着几分不忿说：“你哪里知道，我把想法跟少帅当面说了，可少帅认为我把困难想得太多了，一口咬定，苏联决不能在远东作战，雄心勃勃，认为收回中东路会马到成功。”

刘翼飞喝了一口酒，说：“唉，我跟辅帅一样，也是极力反对出兵啊。少帅打算派十个旅开赴中东路沿线，以此一举收复中东路，可我们如果仅仅出十个步兵旅就能击败苏联的话，那我们当年就不至于退回关外，老帅也就不会遇害了。”

郑春仁见两个人都反对出兵，摇了摇头，问：“依刘旅长之见，凭我东北军目前的实力，能不能与苏联决一雌雄呢？”

刘翼飞直了直身子，神色凝重地说：“从军事学来看，打仗有没有把握，不在于敌人能不能打，而在于我们怕不怕和行不行。以我的判断，仅凭我们区区东北军目前的实力，一旦打起来就要吃大亏啊。”

中东铁路理事邹尚友听了，将一块罗汉豆腐放到嘴里，看了看刘翼飞，说：“刘旅长，我说话你别嗔心，东北军的这点底子，尽人皆知，从当兵的到当官的大部分都是土匪出身，战斗力跟苏军根本就不能比，不是我看不起你们东北军，别看少帅号称有几十万之众，可是一动起真格的来，就跟这豆腐似的，稀软，没一点筋骨囊，还不得让人家一口就吞了。”

郑春仁疑惑地看着邹尚友：“邹理事，有句话不知当问不当问，难道少帅对此就真的一无所知吗？”

邹尚友一针见血地说：“少帅那么精明，不至于糊涂到这个份上，可少帅毕竟年轻气盛，我觉得肯定是让中东路督办吕荣寰给忽悠了。这小子压根就没安好心，他想着法子鼓动少帅跟苏联人打仗，那点花花肠子明摆着是想把中东路的管理权、经营权收回来，自己好从中大把捞钱。我看，弄不好，这次备不住就让这小子把少帅给带到沟里去，等少帅明白过味来，恐怕就晚三春了。”

郑春仁不无忧虑地问：“听各位所言，这场战事已经不可避免啦？”

张作相端起酒杯喝了一口酒，说：“妈了巴子，不怕没好事，就怕没好人啊！少帅不管怎么说还是年轻啊，受人蒙蔽，这次弄不好，就会吃个大亏。”

刘翼飞声音低沉，带着几分愤懑说：“为个人一己之私利，不知道又有多少将士血洒疆场，又有多少女人失去儿子和丈夫。作孽啊。”

郑春仁忧心忡忡地说：“要是这样的话，恒通贸易公司也就完了。”

张作相给郑春仁吃宽心丸说：“郑老板也不必如此悲观，走一步看一步吧，绝处逢生也不是不可能，就看郑老板的造化了。来，不说这些了，难得郑老板请客，咱们一块儿干一个。”

几个人齐声响应：“来，干！”几只酒杯撞击在一起发出的清脆声响，在郑春仁听来有些震耳欲聋，令他心头不禁一颤。

透过窗户从外面射进来的阳光，在屋子里形成一道光柱，无数细小的灰尘，在里面不安地翻飞舞动着。

第二天下午郑春仁回到办公室，让伙计找来了韩吉庆：“吉庆，公司新来了一位管账的，我让她过来，你们见个面。”

"一定是位女士了。"

"你猜得不错，待会儿你们见了面，我还有件要紧的事要你俩去办。"

郑春仁转过身子："来人哪！"

一个伙计应声开门进来。郑春仁说："你去请洪小姐到我这里来。"

伙计出去后，郑春仁忧心忡忡地说："看来事情不妙啊。"

韩吉庆似乎已经猜到了八九分："莫非苏联和少帅真的要开战？"郑春仁点了点头。

这时伙计带着洪柳进来了，郑春仁指了指韩吉庆说："来，洪小姐，我给你介绍一下，这是韩吉庆，我的把兄弟。"

他又指着洪柳对韩吉庆说："这位洪柳小姐是我弟弟刚刚举荐来的，是公司新任账房。"

韩吉庆拱了拱手，说："吉庆见过洪小姐，今后你我共事，有不周之处，还望洪小姐多多海涵。"

洪柳浅浅一笑，说："洪柳初来乍到，有做得不周全的地方，还望吉庆大哥多多赐教。"

郑春仁摆了摆手："好，都坐下吧。今天请你们二位来，是想让你们两个一块去趟哈尔滨。昨天晚上我请张作相和刘翼飞他们几个吃饭，听他们说话的意思，少帅已经决定要跟苏联开战，双方一旦交起火来，可就没有轻重了。你俩立刻去哈尔滨，设法见到苏联中东铁路管理局局长叶木沙诺夫，最好能从他那里了解一些苏军的真实意图。如果可能，一定请他对我们运送燃油的车辆提供保护。否则，一旦有失，公司就将倾家荡产了。"

洪柳皱起眉头说："看来事态比我们预想的要严重啊。"

郑春仁从抽屉里拿出一封已经写好的信："是啊，事态的发展完全出乎预料，你们这次去哈尔滨，不管能不能见到叶木沙诺夫，一定拿上我写的信去拜见一下中东路督办吕荣寰。他跟我关系很好，我想他知道是我派你们去的，一定能见你们，你们一定设法从他那里多了解一些情况，眼下只有从他嘴里能探听到少帅的真实意图。如果有什么紧急情况，立刻给我发电报。”

洪柳看着郑春仁焦急的样子，说：“有备无患。请郑老板放心，我们一定会设法多了解一些真实情况。”

郑春仁站起来走到韩吉庆面前叮嘱说：“事情都办完后，你们别忘了再顺路到绥芬河去一趟，代我去看看那里的伙计们。他们常年在外头本来就很辛苦，眼下战事又一触即发，你们多带些钱过去，这个月每个人都发双份的工钱，都是爹娘生养的，将心比心，越是在这种时候，越不能亏待了大家。见到张浩，把这封信交给他。”

郑春仁把手里拿的一封信交给了韩吉庆。

“放心吧，大哥。”

郑春仁苦笑了一下，说：“但愿你们带回来的都是好消息。”

洪柳看着郑春仁心事重重焦虑不安的样子，宽慰说：“但愿如此。”

奉天驿候车室乘车的人很多，男人大嗓门的叫骂声，女人招呼孩子尖细的喊叫声，孩子的哭声，卖瓜子的、卖糖块的、香烟小贩起劲的吆喝声混合在一起，一片嘈杂。

洪柳穿了一件淡青色带白花的旗袍，衬着白皙的皮肤，像刚毕业的青年学生楚楚动人。韩吉庆穿了一身浅灰色西装，扎一条淡绿色的领带，手里拎着一个精致的小箱子，与洪柳并排走进了候车室。

两个人刚找了个位置站下，人群便一阵骚动。一个穿铁路制服的人将手里的铁皮喇叭筒子放到嘴上大声道：“站好了，检票了！检票了！”

洪柳看了看韩吉庆，挽起他的胳膊，如同一对恋人，随着人流进了站台。

两个人买的是头等车厢的票，车厢里不像候车室里那样拥挤，找到自己的位置坐下，韩吉庆从怀里掏出怀表看了看，冲着洪柳微微一笑说：“离开车还有一会儿，我下去买包瓜子。”

“我去吧。”洪柳站起来说。

“这种跑跑颠颠的活怎么能有劳洪小姐，你坐着，我去去就来。”

韩吉庆下了车，在站台上买了一包瓜子重新回到车上：“来，洪小姐，吃瓜子。”

两个人一边嗑着瓜子，一边看着站台上提着行李包裹、急匆匆赶着上车的旅客，半天谁也没说话。

洪柳瞅着韩吉庆不苟言笑的样子，先咯咯地笑了起来：“咯——咯——咯咯！”

“你笑什么？”韩吉庆把嘴里的瓜子皮吐出来看着洪柳，有些腼腆地问。

“你个大男人怎么还这么羞答答的，你不主动跟女孩子说话，人家哪个姑娘敢主动搭茬，我看你将来怎么找媳妇。”

韩吉庆脸一红：“找不到媳妇就不找了，一个人过日子没说没管，有了女人就跟野马套上了笼头，不自在了。”

“男人要是都像你这么想，还要女人干啥？”

韩吉庆顽皮地一笑：“有用啊？”

洪柳眉头微微一蹙：“有什么用？”

没等韩吉庆回答，汽笛响了，机车的烟囱里猛烈地喷出一股股白烟，列车“咣当”一声启动了，不一会儿便慢慢地驶离了站台。

出了站，火车沿着不断向前延伸的铁轨在一望无际的原野上慢吞吞地行驶着。洪柳收回目光，好奇地看着韩吉庆，说：“有句话不知当问不当问，你怎么跟郑老板成了把兄弟呢？”

韩吉庆沉吟了一下，没有直接回答，而是反问道：“你觉得我大哥这人咋样？”

洪柳思索了片刻：“刚刚接触，还说不上好坏，不过我倒是觉得你大哥这个人挺仗义，对公司的伙计也好。”

“你说得没错。我爸爸、我爷爷都死在日本人手里了，我从家里跑出来一心想报仇，在路上劫了他运送金条的大车，想拉队伍跟日本人大干一场。他劝我说，一个人单枪匹马成不了大事，要我从长计议。我一想，他说得也对，正好我的师兄张浩在他这押车，我就来了。后来接触的时间长了，就像你说的那样，觉得他办事从不藏着掖着，待人大方，讲义气，就有了一种相见恨晚的感觉。我想，一定是我们前世有缘，就跟他义结金兰，拜了把兄弟。”

“想不到你的命跟我一样苦。”洪柳忽闪着一双水汪汪的大眼睛说。

韩吉庆盯着洪柳看了好半天：“瞅你不像是穷人家受苦的孩子，倒像是个阔小姐。”

洪柳望着车窗外一闪而过毫无生气的村落和大片快要成熟的庄稼，缓缓地说：“你不知道，我不姓洪，我姓王。我们家从我爷爷那辈开始，就从山东菏泽来到海城腾鳌堡一个叫双龙山的村子安了家。我爷爷年轻的时候能干，奶奶又是个持家的好手，十多年后，买了三十多垧地。我爸爸长大后，跟我爷爷一样，也是庄稼活样样拿得起来、放得下。想不到日俄战争爆发，好好的日子过不下去了。有一天夜里，几个俄国大兵抓走了我爷爷，非让他带路当向导，没想到这事被日本人知道了，就不问青红皂白，把我爷爷当靶子，用刺刀活活捅死了。我奶奶去跟日本兵拼命，也被捆起来，用马生生拖死了。家里待不下去了，我爸爸带着我妈和我哥哥一路要饭到了奉天。”

“想不到你家里也遭了这么大的难。”韩吉庆鼻子有些发酸。

洪柳看了看韩吉庆，接着说：“是啊，我爸爸到了奉天后拉人力车、抬死人，什么活都干过。我出生后的第二年，爸爸由于劳累过度得了肺病，在炕上躺了两年。我四岁的时候，爸爸扔下我们娘仨走了。后来哥哥进了奉天一家铁工厂当学徒，没想到被铁水烫成重伤，两天后人就不行了。妈妈想哥哥，眼睛哭瞎了，只好领着我沿街乞讨。一天走到一个大户人家门口要饭时，正好这家主人从外面回来，见一个瞎了眼的叫花子带着一个浑身上下脏兮兮的小姑娘在门前要饭，硬说是冲了他家的财气，不由分说放出一条大狗，把我妈给活活咬死了。我哭得死去活来。一个过路的男人见我可怜，便收留了我。他帮着把我妈妈收殓后，就把我留在家里，认我做了他的养女。他姓洪，我也从此把洪家当成了自己的家，认洪家夫妇为我的养父养母，喊他们爸爸妈妈，后来就改姓洪了。”

“这家人家心眼真好。”韩吉庆的眼角有些湿润。

“是啊，他们待我跟亲生女儿一样，供我念书到高小毕业。为了报答他们的养育之恩，毕业后我就进了奉天纱厂，每个月把挣的钱一分不少地都交给养母。他们也从不让我受一点委屈。可我一直忘不了我妈妈惨死时的样子，总想找那个有钱的人家报仇，我背着养父养母学会了骑马打枪，后来又跟一个账房先生学会了打算盘。我家附近住着一家鞋厂的老板，他看我算盘打得好，就让我辞去了纺纱厂的工作，到鞋厂管账。没想到，一把大火把厂房变成了灰烬，我只好回到了家里。后来经郑老板弟弟帮忙，才到这了这家公司。”

韩吉庆半晌没有说话，他望着远处起伏的山峦和空中一片片游动的浮云，说：“茫茫人海，你我同病相怜，看来是三生有缘啊。”

洪柳点了点头，问：“今后你有什么打算？”

“大哥看事比我看得远，我挺佩服他，想一直跟着他干了。”

“是呀，你大哥是个明白人。”

韩吉庆抓了一把瓜子放到洪柳面前，洪柳提起韩吉庆的衣袖，说：“哦，光顾着说话了，我刚才看见你袖子上的纽扣掉了，你想着，等到了地方我给你钉上。”

韩吉庆抬起胳膊看了看，见袖口果然少了一枚扣子：“还是你们女人心细，好吧，到时候你给我钉扣子，我给你打洗脸水。”

“我又没七老八十走不动了，哪能劳你驾给我打洗脸水呢。”洪柳开玩笑说。

韩吉庆却带着几分顽皮笑嘻嘻地说：“等你七老八十的时候我也成拄着棍子的白胡子老头儿了，你想让我给你打洗脸水也打不动了。”

洪柳被他说得咯咯地笑了起来。

火车徐徐驶进长春车站。洪柳和韩吉庆从车上下来，只见大批的东北军官兵把站台挤得满满的。口令声、哨子声此起彼伏，满头大汗的苦力正在往车上搬运军需物资。

洪柳拉了拉韩吉庆的衣角，轻轻地靠在他身上说：“看来真的要打仗了。”

“是啊。”

洪柳仰起脸说：“这个世界上要是没有战争该多好。”

“是啊，炮火无情，打起仗来，就不知道会有多少人死在战场上，古往今来，战争历来都是人世间最大的悲剧。”

洪柳默默地点了点头：“多少年来，这种悲剧为什么总是在不断地上演，我真的希望有一天天下永远和平安宁，不再有战争发生。”

“恐怕你这只能是一厢情愿吧。”韩吉庆看着从身边走过去的一个个年轻的士兵无奈地说。

“你说得对，在这个世界上，只要有贪婪和私欲就会有战争，不论到什么时候，战争永远是那些贪婪的当权者为了满足一己私欲争夺各自利益的一种手段。在这个世界上只有贪婪不存在了，战争才会消失。”

韩吉庆摊开两手：“这只能是善良的人的一种愿望而已。”

洪柳看着一队队的士兵登上火车，对韩吉庆说：“这些小伙子哪个不是父母受苦受累一点点拉扯大的，哪个没有自己的未来，年轻轻的却成了眼下这场战事的牺牲品。”

“在那些当权者的眼里，生命跟自己的贪欲比起来总是无足轻重。”韩吉庆不满地说。这时站台上响起了火车准备启动的哨声。韩吉庆拉起洪柳：“我们上车吧。”洪柳挽起韩吉庆的胳膊，两个人重新上了火车。

第二天中午，韩吉庆手里拎着小箱子和洪柳并排走出哈尔滨站。洪柳抬头看了看车站圆形的穹顶，扭过头去扬起眉毛跟韩吉庆开玩笑道：“你说谁这么能耐，把一口大锅硬是给扣到房顶上了。”

韩吉庆被她逗得忍不住笑起来：“真说不好这是你们女人与生俱来的天性，还是一种幽默，看什么都跟做饭弄到一块，将来有一天就怕你做饭做够了。”

洪柳莞尔一笑：“那可不一定，看给谁做。”

韩吉庆冲着一辆人力车招了招手，人力车夫拉起车跑过来问：“先生去哪儿？”

“去惠丰客栈。”

两个人上了车，人力车夫拉起车子，小跑着离开车站上了大街。

中东铁路苏联方面叶木沙诺夫局长的办公室十分宽敞明亮，靠北面的墙上挂着一幅巨大的东北地图。被用红笔勾勒出来的中东铁路，此时像一条蛇扭曲着身子不安地卧在那里。叶木沙诺夫坐在办公桌后面正在看一份文件，秘书官敲门进来说："局长，奉天恒通贸易公司的郑经理派人来了，要见您。"

叶木沙诺夫立即放下手里的文件："好，请他们进来。"

见秘书官带着韩吉庆和洪柳进来，叶木沙诺夫从办公桌后面站起来，高大魁梧的身躯把窗子外面的光线挡住了一半，原本明亮的屋子，立刻变得昏暗起来。

叶木沙诺夫走过去热情地与韩吉庆和洪柳握手，操着一口流利的汉语说："郑老板是我的好朋友，他最近在忙什么呢，怎么不过来看我啦？我们已经好长时间没见面了。"

"郑老板本来是想亲自拜访您，可公司的业务缠身。"韩吉庆将那个精致的小箱子放到桌子上，说："局长，这是我们郑老板带给您的十根金条，你们都是老朋友了，请不要见外。"

叶木沙诺夫也不推辞，将小箱子放到桌子下边，抬起头来热情地说："两位请坐。"

韩吉庆和洪柳坐下。叶木沙诺夫问："你们这次来找我有什么事情吗？"

洪柳朝前挪动了一下身子，说："叶木沙诺夫局长，从目前的各种迹象判断，中苏之间的战事已经一触即发，我们这次专门来找您，一是想了解有关这次中东路事件苏联方面的打算和想法；二呢，也想请您给我们提供一些必要的帮助，一旦打起仗来，请您设法通报苏联军方，为我公司租用你们运输油料的车辆提供必要的保护，否则一旦带来财产损失，将无法弥补。"

叶木沙诺夫重新坐到椅子上耸了耸宽大的肩膀，把两只毛茸茸的大手摊开，做出无可奈何的样子，说："你们恐怕还不知道吧，南京国民政府已经派出十多万的东北军开往三江口、同江、富锦以及满洲里与扎赉诺尔东西两线。还派人抓走了我们驻哈尔滨的总领事，封闭了哈尔滨、齐齐哈尔、海拉尔等我国领事馆。我国政府已经向南京政府提出严正抗议，而且马上就要与南京国民政府断绝外交关系，停止与中国的铁路交通往来。这已经是两国政府间的事情了，对不起，我已经无能为力了。"

洪柳见他想推辞，扬起眉毛道："叶木沙诺夫局长，既然是两国政府之间的冲突，那么我们公司与这次事件没有任何关系，同苏联方面也没有任何的矛盾冲突，我们之间是完全正常的商业贸易往来，我想苏联方面应该清楚，保护我们的财产不受损失，是我们的合理要求。我们希望苏联方面能够理解我们的难处。"

叶木沙诺夫局长耸了耸肩膀，再次摊开两只手，说："真的很抱歉，我非常理解郑老板的处境，你们的要求也并不过分，可你们清楚，到时候机枪大炮是不长眼睛的。"

洪柳仍不死心，问道："如果是这样，能不能事先透露一些消息，我们好提前做些准备。"

叶木沙诺夫站起身来，说："抱歉，这是军事秘密，我也不知道仗什么时候能打起来。"

这时，秘书官敲门进来说："局长，这里有您的一份急电。"

叶木沙诺夫接过电报看了一下，抬起头来说："对不起，有一件事情需要我去处理，失陪了。"

洪柳和韩吉庆不得不起身告辞，叶木沙诺夫对秘书官吩咐道："代我送送客人。"

韩吉庆和洪柳怅然若失地从叶木沙诺夫局长办公室来到街上，韩吉庆沮丧地说：“看来战事已经不可避免，这位局长只知道收钱，不办事。”

“我们马上去吕荣寰那里，再探探他的口风。”

韩吉庆招手喊过人力车，两个人直接去了东省特区长官公署。

到了门前韩吉庆和洪柳从车上下来，来到警卫跟前，韩吉庆递上名帖说：“我们是奉天恒通贸易公司的，请通禀一下吕督办，我们要面见督办大人。”

警卫不敢多问：“请等一下。”说完拿起了岗亭里的电话。

不大一会儿，一个身穿东北军制服的年轻人走了出来：“你们二位要见吕督办？”韩吉庆和洪柳点点头：“是的。”“好吧，请随我来。”

年轻军人带着两个人来到吕荣寰办公室：“等我去通禀一下。”很快他出来带着韩吉庆和洪柳走了进去。吕荣寰示意两个人坐下，直了直身子，问道：“在这节骨眼儿上你们到我这里来，一定是有什么急事吧？”

洪柳看了看吕荣寰，说：“是的，郑老板听说中东路战事一触即发，非常担心，想听听您对此次事件的看法。”说着，把郑春仁写的信交给了吕荣寰，“这是我们郑老板给您写的信。”

吕荣寰打开信看过后站起身来，走到墙上挂着的巨幅东北地图跟前，用手指了指苏联一方，用肯定的口气说：“据我们掌握的可靠情报，目前，苏联内部空虚，边境武装不堪一击，战端一开，几天之内必然土崩瓦解。尤其苏联远东地区已经连年歉收，军需民食都已经大成问题，一旦打起来，最后胜利必然属于少帅和我东北军。你们回去告诉郑老板，让他只管放心做他的买卖就是了。”

洪柳将目光从地图上移开，见吕荣寰一副胜券在握的样子，不无担心地说：“督办大人，能不能采取和平方式来解决双方的争端，避免战事发生，只有这样，我们才能安下心来做买卖。否则，战火一旦蔓延，我们还怎么能安下心来做生意呢。”

吕荣寰的脸上立刻有了几分不快：“我也不想打仗，可我们不能眼看着中东路大量的经营所得白白进到苏联人的账下，你们要是没有其他事情，我就不奉陪了。”

洪柳和韩吉庆只得识趣地站了起来。洪柳仍带着一线希望说：“战争并不是解决争端的最好方法，它除了使事态进一步恶化，还会造成大量无辜军民的伤亡。既然您跟郑老板是朋友，请允许我多说一句，采用这种极端的方式，只能两败俱伤，还请督办三思。”

吕荣寰不耐烦地冲着外面大声道：“送客！”

两个人只得跟着刚才的那个年轻人走了出来。回到旅馆关上门，洪柳不安地说：“看来战况紧急，而且苏联已经同南京国民政府断绝了外交关系，铁路交通运输已经中断，必须立刻给郑老板发报。”

“我这就去电报局。”说罢，韩吉庆急匆匆地走了。

一早，郑春仁来到公司，刚把手里的皮包放到桌子上，伙计手里拿着一封电报敲门进来：“掌柜的，哈尔滨发来的急电。”

郑春仁从伙计手里接过电报，简短的电文让他像触了电一样浑身一震。“战事一触即发，苏方决定同南京断交，铁路运输已全部中断。”

郑春仁走到窗前，看着不远处的货场，心想：“难道公司就这样毁了吗？”

他烦躁不安地在地上来回踱步，不知道该怎么办。突然，他猛然停住了脚步，拿起电报重新看了一遍，轻声念道：“苏联决定同南京断交。”他用力拍了一下脑门，心说，坏了，险些误了大事！他喊来赶车的伙计，急三火四地去了电报局。

绥芬河车站货场紧靠站台有一趟库房，张浩和伙计们用废枕木和木板隔出了一间休息室。尽管韩吉庆穿了一身笔挺的西装，一进门还是被张浩一眼就认了出来。他一把抱住韩吉庆："师弟，什么风把你吹来啦？"

韩吉庆哈哈一笑："肯定是南风啦，要不我怎么跑到北边来了。"

张浩松开手："快坐。"

韩吉庆转过身去指了指站在身后的洪柳："来，介绍你们认识一下，这是公司新来的洪小姐，专门管账，是公司名副其实的'财政大臣'。"

张浩一抱拳："这里实在寒酸，委屈洪小姐了。"

洪柳一笑："哪里，应该说让你们受苦了。"

"没什么，习惯了。"

张浩拉着韩吉庆的手："你的事掌柜的都跟我说了，今后你我就在一口锅里吃饭了。"

韩吉庆一拍张浩的肩膀："好啊，没想到你我弟兄又到一块了！这里的情况怎么样？"

张浩指了指凳子："你们二位别站着了。"韩吉庆和洪柳坐了下来。

张浩看了看身边的几个伙计，说："你们来得正好，如果不是情况有变，我们也许早就走了。这几天炼油厂以各种借口推迟付货的时间，都快把人急死了。昨天伙计们才听说，炼油厂拖着不付货，是因为要打仗就更提心吊胆了，都急着要回奉天呢。"站在边上的几个伙计听了连连点头称是。

韩吉庆心想，在这种时候更应该设身处地地替他们着想，必须将实情告诉他们。于是站起来说："我和洪柳小姐来之前去见过苏联铁路局的叶木沙诺夫局长和中方的吕荣寰督办，看来战事已不可避免。掌柜的也非常着急，特意嘱咐我和洪柳小姐过来看看大家。"

洪柳也非常同情张浩和伙计们目前的处境，扬起眉毛说："更严重的是，苏联已经单方面中断了与中方的铁路运输，恐怕你们就是想走也走不了了。”

韩吉庆从怀里掏出银票：“掌柜的说了，谁也想不到双方会打仗，战火无情，这个月给每个人多加了一个月的工钱。”说着将银票交给了张浩。

洪柳接过韩吉庆的话说：“掌柜的让我俩转告你们，一旦战事突起，你们可以不必考虑运输车辆的安全，尽快离开这里。避免人员伤亡。”

张浩接过银票举在手里，说：“大伙都看到了吧，打仗我们说了不算，赶上了是没办法的事。掌柜的越是想着咱们，在这节骨眼儿上咱们就越是不能扔下这一摊子拍拍屁股走人，要不咱们对不住掌柜的，你们说是不是这个理儿？”

韩吉庆忧心忡忡地说：“车辆一旦被毁，公司也就垮了，这也是掌柜的最担心的事情。”

张浩把银票收起来，挥舞着手臂说：“公司垮了，咱们这碗饭也吃到头了。我们得马上想办法把机车开走，要是真的走不了了，咱们干脆都留下来，就是豁出命去也别让车辆有什么闪失。”

一个伙计没等张浩的话说完，站起来说：“张队长说得对，掌柜的对咱们不薄，处处替咱们着想，这个时候要是脚底板抹油溜了，咱们良心往哪放。”

另外几个伙计也纷纷响应。张浩激动地站起来：“好，你们都是好样的，那咱就都不走了，车在人在。”

“对，车在人在！”

韩吉庆很受感动：“我这里和洪柳小姐先替掌柜的谢谢大家了。”说罢两个人给伙计们深深鞠了一躬。

张浩对韩吉庆道：“这里没你们什么事了，赶紧走吧，要是仗一旦打起来，你们就走不了了。”

“好吧，张大哥，你们要见机行事，记住了，到任何时候，只要有人在，其他的都好说。”洪柳叮嘱道。

“你们回去告诉掌柜的，我一定会尽可能保证大伙的安全。”张浩握住韩吉庆的手说。

韩吉庆从怀里掏出郑春仁带给张浩的信：“这是临来的时候，掌柜的让我带给你的。”

张浩把信揣进怀里，韩吉庆和洪柳从里面出来一一同张浩和伙计们挥手道别。

快到中午的时候，南京国民党中央组织委员会党务调查科科长戴钧峒见郑春江开门进来，掏出雪茄烟点燃深深地吸了一口，又一点点地吐了出来，对郑春江说道：“这次你这个堂弟干得很漂亮。”

“您找我来就是为这件事吗？”

“是的。”戴钧峒面带笑容地说，“苏联同南京政府断绝外交关系非同小可，我当即呈报给了蒋委员长。”

“委员长怎么说？”

这时，一个特务敲门进来：“委员长派人来了。”

戴钧峒立即将手里烟捻灭。门一开，一个中年男人走了进来：“恭喜老兄，委员长专门给你签发了特别嘉奖令。”

戴钧峒立正，双手接过嘉奖令，敬礼道：“多谢委员长栽培。”

“委员长认为你的这份情报非常有价值，跟委座刚刚从东京获得的可靠消息完全吻合。所以才特别签发了这份嘉奖令。”

戴钧峒毕恭毕敬道：“这是卑职应尽的职责。”

“委员长还专门让我转告你，对东北的张学良必须严格封锁消息，一旦让张学良过早地知道苏联与国民政府断绝外交关系，他就会立刻向南京政府提出出兵支援东北的要求，那样我们就会非常被动。委员长的意思是，我们还是静观鹬蚌相争，以收渔翁之利，让苏联方面来消耗东北军的有生力量，这样对我们才有利。你明白吗。”

“卑职明白，我马上让人给沈阳的郑老板发报，让他不得走漏半点消息。并严密注意东北军的动向。”

来人满意地与戴钧峒握了握手，转身走了。

戴钧峒指了指沙发，让郑春江坐下，道：“你都听到了吧，马上起草一份电报，再拨五百大洋作为给你这个堂弟的奖赏，东北军有什么情况让他立即报告。”

郑春江很快就拟好了电文，戴钧峒过目后，郑春江转身出去发电报了。

洪柳挽着韩吉庆的胳膊走进绥芬河火车站候车室。这个边陲小站不大，却是典型的俄罗斯风格建筑。

宽大的候车室里只有一男一女两个老年苏联旅客一边饮酒，一边在等车。韩吉庆掏出怀表看了看，对洪柳说：“时间还早，你坐在凳子上先眯一会儿吧，今晚得坐一宿的火车，要是赶上车上人多就没法睡了。”

洪柳拉着韩吉庆坐下来：“吉庆大哥，你猜刚才我看到谁啦？”

韩吉庆睁大了眼睛，转着头朝四处看了看，回过头来迷惑地看着洪柳：“你看见谁了，这里就那两个苏联老人，也没有咱们认识的人啊。”

洪柳调皮地一笑：“告诉你，我看到我爸爸了。”

韩吉庆把眼睛睁得大大的，盯着洪柳：“你在说梦话吧。你爸爸在哪儿呢，你不是说你爸爸已经早就没有了吗？”

洪柳咯咯笑着说："对呀，可你知道吗，我刚才从你身上看到了我爸爸的影子。记得小时候，我爸爸就像你这样呵护照顾我。"

韩吉庆长长出了一口气："你可真能逗。"

洪柳将身子往韩吉庆身边靠了靠，扬起两道弯弯的眉毛："我说的是心里话。"

洪柳的话还没说完，忽听门口一片嘈杂。几个流里流气的年轻人歪歪斜斜地走进了候车室。只见他们每个人手里都提溜着一个啤酒瓶子，一个个喝得满脸通红。

一个瘦高个子的年轻人晃晃悠悠地对边上的几个人大声道："今晚他妈的没喝够，明天我请客，你们几个谁也不许跟我耍熊！"

几个人大着舌头："大哥，听、听、听你的，看谁敢他妈不喝。"

几个人晃晃荡荡地来到洪柳和韩吉庆身边，走在前面的高个子冷眼看了洪柳一眼，突然站住了，回过头去对其他几个人淫邪地一笑："嘿嘿，今天太阳从西边出来了，你们看这小妞长得跟仙女似的，来，让她陪咱哥几个再喝点咋样？"

其他几个年轻人也停下脚步凑过来，一个脸上长着雀斑的年轻人喷着满嘴的酒气歪着脑袋瞅了瞅洪柳，大着舌头："大、大、大哥，你还真、真别说，这小丫头细皮嫩肉的是挺招人稀罕，我看行。"

另一个小个子抻着脖子凑到洪柳跟前："这小妞脸蛋长得跟大鸭梨似的，真他妈的水灵，来，让我亲一口。"

洪柳从凳子上站起来往韩吉庆身后挪了挪，没吭声。那个脸上长有雀斑的年轻人伸出手想去摸洪柳的脸蛋，被洪柳伸手挡开了。

这小子见洪柳扫了他的兴，瞪着通红的眼珠子举起酒瓶子骂骂咧咧道："嘿，你他妈跟我装是不是，来，哥几个，给这小娘们儿来点荤的让她尝尝！”

说着几个人拎着酒瓶子将洪柳和韩吉庆两个人围在中间就要动手。韩吉庆见脸上有雀斑的年轻人举起酒瓶子朝洪柳头上砸去，一伸左手叼住他的腕子，轻轻顺势往外一带，右手一用力，跟着就是通背拳里的一个“劈掌”，这小子大喊一声：“哎呀！”“啪叽”一声重重摔在地上，嘴唇磕破了一个口子，门牙也磕掉半拉，满嘴是血，趴在地上大声喊叫起来：“哎呀妈呀，我的牙呢！”

站在他边上的矮个子一声不吭，抡起手里的啤酒瓶子就朝韩吉庆砸了过来。韩吉庆说了声：“小子，去吧！”顺水推舟，脚下一用力，挑掌将这小子掀了起来，矮个子咕咚摔到凳子上爬不起来了。

被称作大哥的那个年轻人见自己的弟兄吃了亏，一步跨到韩吉庆面前大喊一声：“给我打！”伸手想去薅韩吉庆的头发，韩吉庆一个“猿猴入洞”，借势而进，穿掌如水，使了一个“脑后摘盔”，高个子身子飞了起来，“咔嚓”一声，头重重磕在凳子沿儿上，疼得他捂着脑袋没命地喊叫起来：“哎呀妈呀！脑袋磕漏了，快跑！”

其余几个人见根本不是韩吉庆的对手，酒早醒了大半，慌忙搀扶起被打倒的几个同伙，一溜烟地跑出了候车室。

韩吉庆拍了拍手，见几个年轻人没影了，说：“真是自找没趣！”

他转过身来冲洪柳微微一笑：“怎么样，没吓着洪小姐吧？”

“真没看出来，你有这么好的功夫。”

韩吉庆学着戏曲里小生的样子，带着几分夸张来了一个亮相：“这就叫真人不露相，露相不真人。”

洪柳被他幽默的样子逗得咯咯地笑起来：“你不是真人，是真有两下子。”

这时，车站的一个身着铁路制服的工作人员走出来，举起手里的铁皮喇叭筒子大声道：“去哈尔滨的检票上车了。”

洪柳挽起韩吉庆的胳膊，两个人跟在那两个苏联老人的后面进了站台，上了火车。在车厢里找到自己的座位坐下不大一会儿，火车便一声长鸣开动了。

洪柳往韩吉庆身边靠了靠，闭上了眼睛。韩吉庆转过头来轻声说：“趁车上没人，睡会儿吧，到哈尔滨我叫你。”洪柳轻轻点了点头：“你也眯一会儿吧。”两个人都闭上了眼睛。

沉沉的夜色中，火车发出有节奏的声响向前行进着。车厢里灯光昏暗，整节车厢里只有韩吉庆和洪柳两个人。后半夜，火车“咣当”一声停了下来。洪柳睁开眼问韩吉庆：“到哪啦？”

韩吉庆借着月台上的光亮见站牌上写着“依林站”几个字。转过头来告诉洪柳：“到依林了。”“什么时候啦？”韩吉庆掏出怀表看了看：“下半夜一点了。”洪柳不再说话，将头靠在韩吉庆的肩上重新闭上了眼睛。

这时韩吉庆透过车窗见有一伙人从候车室里出来，既没有拿行李，也没提包裹，鱼贯上了火车。韩吉庆觉得有些奇怪，转过头来低声对洪柳道：“不对啊，刚才有一伙人咋什么也没拿就上了火车，不像是旅客。”

洪柳睁开眼睛直了直身子。这时，列车重新启动了。洪柳看着空荡荡的车厢，心想：“可别出什么事。”

只见刚才上车的几个人从前面的车厢里走了过来，走在前面的两个人头不时地转来转去地，好像在找什么人。经过韩吉庆和洪柳身边时，一个穿黑衣服的年轻人故意碰了一下坐在外面的韩吉庆。韩吉庆装作刚睡醒的样子，睁开眼瞅了瞅他，那个人没说话，一行人从韩吉庆身边过去，进了后面的一节车厢。

坐在那节车厢里的只有从绥芬河上车的一男一女两个老年苏联旅客。走在前头的穿黑衣服的年轻人看了看两个苏联人，见他们依偎在一起已经睡熟了便停了下来，六七个人围拢过来，穿黑衣服的年轻人对一个左脸上有一道长长的疤痕，右眼已经失明，只留下一段白眼仁，眼睛转动时向上一翻一翻的高个子说：“掌柜的，今天该着咱弟兄宰根子[①]，捞一笔了。”

疤瘌脸翻了翻白眼仁：“也没见他们带货啊。”

穿黑衣的年轻人十分老到地说：“这两个人的穿衣打扮，一看就是城里有钱人家的阔少千金，身上没黄货也有白货[②]。”

疤瘌脸仍带着几分担心问：“要是走空了咋办？”

穿黑衣的年轻人丝毫也没有放弃的意思：“捞不到货，就绑了他们，怎么也不能走空趟子。”

疤瘌脸翻了翻白眼仁，一挥手：“好吧，这单货咱们收了。活儿给我干得利落点。”

穿黑衣的年轻人点点头，十分有把握地说：“放心吧，掌柜的，一看这就是俩雏，一亮家伙准瘪茄子。”

几个人商量完重新回到韩吉庆和洪柳坐的那节车厢。疤瘌脸见韩吉庆和洪柳都闭着眼睛在睡觉，扭过头去冲一个矮墩墩的劫匪努了努嘴，轻声道：“去，扎膀子[③]！”

这个土匪一声不响地从怀里掏出一根麻绳，蹑步上前，伸手想去抓韩吉庆的胳膊。

---

① 土匪黑话，指打劫过路的行商。

② 土匪黑话，指金银首饰。

③ 土匪黑话，指捆人。

其实韩吉庆压根就没睡，一直眯着眼睛观察着周围几个人的一举一动。见一个人伸手要抓他的胳膊，便不动声色地等来人伸出的手到了跟前，“啪”地握住那人的手腕，单膀一较力，一个通背拳里的“猫洗脸”：“你给我走吧！”

这个小个子顿时双脚离地，身子腾空飞起，咕咚跌倒在车厢的过道上，后脑勺“嘎嘣”撞在椅子腿上。他一捂脑袋，“妈呀”大叫一声，站了几次没站起来。

穿黑衣的年轻人见自己的同伙被打翻在地，顿时恼羞成怒，“唰”地从怀里掏出一把匕首，寒光一闪挥手从头顶向韩吉庆劈头盖脸地刺了过去。

韩吉庆并不躲闪，等那个人的刀锋到了跟前，出掌如电，带着一股疾风，一个“大背”就将这人手中的匕首错飞了，顺势单掌直捣这个土匪的面门，只听“啪嚓”一声，这个人的鼻梁骨就断了，这个家伙双手捂脸：“哎呀妈呀！我的鼻子！”嘎噔噔倒退了几步，咕咚跌坐在躺在过道上那个劫匪的身上，嘴里喷出一口鲜血，抽动了两下咽了气。

边上的几个人愣了一下，“哗”地抽出枪来，嘁里咔嚓推上子弹，几支黑洞洞的枪口一块指向了韩吉庆。

疤瘌脸扭过头去冲着旁边的几个人打了个呼哨，几个人把枪放了下来。疤瘌脸翻着瘆人的白眼仁冲着韩吉庆一抱拳：“嘿嘿，我大疤瘌脸这么多年在这条道上走趟子，还从来没有失过手，有钱人我见得多了，不是㞞包就是他妈软蛋，还没等掏家伙就尿裤子了，想不到今晚天黑风大，打猎的遇上猛虎了。”

韩吉庆将洪柳挡在身后，盯着疤瘌脸道：“你我萍水相逢，往日无冤，近日无仇，何必大动干戈。”

那个被打倒了的小个子从地上爬起来，捂着脑袋龇牙瞪眼地厉声道：

“妈的，还真没看出来，瞅你小子像个娘们儿似的，还有两下子。”

疤瘌脸眼露凶光，挽了挽袖子：“我也不想跟你过不去，可你把我的人打死了，就这么放了你，我大疤瘌脸还怎么在道儿上混饭吃！”

说着，他攥起了拳头：“小子，死我得让你死个明白，告诉你，我大疤瘌脸江湖上人称‘浑天蛟龙’，论功夫，上山可伏虎，下海能擒龙，杀人眼皮没眨巴过。今天你的死期到了！”话音未落，双拳带着风声狠狠地直击过来。

韩吉庆将洪柳推开，不急不缓地用双掌将大疤瘌脸的来拳化开，大疤瘌脸也不示弱，这一招竟是虚的，接着一个“恶虎掏心”奔了韩吉庆的下三路。韩吉庆让过来势，使出通背拳里的“金鸡抖翎”，顺势来了一招“白猿献果”，撩腿狠狠地踹在大疤瘌脸的肚子上。韩吉庆这一招又准又狠，大疤瘌脸“啊”的一声大叫，不由自主地俯下身想去捂肚子。韩吉庆借机使出“盘龙腿”，说时迟那时快，一个“蜻蜓点水”在大疤瘌脸的脖子上用力一击，大疤瘌脸身子向后一仰，嘴里“哇”地吐出一大口鲜血，可就在他身子要倒地的一瞬间，侧身“唰”地从腰里抽出枪来，韩吉庆见他伸手摸枪，飞起一脚，脚尖正踢到大疤瘌脸的胯下，大疤瘌脸一声大叫“我的妈呀”，身子一歪，手里的枪同时响了，子弹偏了，正打在旁边一个劫匪的大腿上，那个土匪惨叫着伸手一摸，血把手染红了。

大疤瘌脸心想不好，大声道：“弟兄们，碰茬子上了，快，挠杠子！”可没等他转过身去，韩吉庆身形一动，使出通背拳里的“白猿出洞”，双脚点地，两手一扶车厢座椅的椅子背身子腾空，双脚将大疤瘌脸踹倒在车厢的过道上。大疤瘌脸还想爬起来，韩吉庆一步跨过去，“啪啪啪”上中下就是三掌，大疤癞脸哼哼了两声不动了。

韩吉庆冲他招了招手：“你不是说我的死期到了吗，来，起来啊。”

大疤瘌脸身子抽动了几下：“你、你。”头一歪，死了。

剩下的几个劫匪见头儿被打死了，忙跪了下来：“小爷别打了！我们认栽。”

这时列车“咣当”一声，在一个不大的小站停了下来，韩吉庆也不搭话，拉起洪柳飞快地从车厢里下来。随后，几个劫匪抬着大疤瘌脸和另一个被打死的劫匪也从车上下来了。

不大一会儿，火车拉响了汽笛，韩吉庆和洪柳从附近的一个车门重新上了火车。

两个人坐定后洪柳仰起脸对韩吉庆说：“看来这伙人根本不是你的对手。”

韩吉庆搓了搓手：“习武之人应以忍让为先，刚才实在是不得已而为之啊。”

“你说得对，不过生逢乱世，如能除恶诛邪，也不枉费了你这一身的功夫。”

韩吉庆看着外面渐渐发亮的天光，说：“我一直想凭这身功夫杀几个小鬼子，为爸爸和爷爷报仇。”

“我相信一定会有这一天的。”洪柳往韩吉庆身边挪动了一下身子，合上了眼睛。

这时一抹淡淡的鱼肚白已经从远处的地平线上显露出来，新的一天在列车的行进中悄无声息地降临了。

韩吉庆和洪柳下了火车已经是傍晚了，两个人简单吃了点东西便叫了一辆人力车去了公司。郑春仁没有回家，他让伙计买来的饭早已经凉了，却一口也吃不下去。韩吉庆和洪柳也该回来了，怎么一点消息没有。他焦灼不安地站起来走到窗前，望着货场上的一节节装满货物的车皮，生怕两个人路上有什么意外。这时伙计敲门进来说：“掌柜的，韩大哥和洪小姐回来了。”郑春仁顿时喜出望外，见洪柳和韩吉庆一前一后走进来，快步走过去拉住韩吉庆的手，急不可待地问道：“事情办得怎么样？你们再不回来就急死我了。”

洪柳坐下说：“这次在哈尔滨我们见到了苏联铁路局局长叶木沙诺夫和中方督办吕荣寰，看来战事已不可避免。”

不等洪柳说完，郑春仁便急着问：“叶木沙诺夫是我的老朋友了，我们的要求他答应没有？”

韩吉庆苦笑了一下：“金条他倒是收下了，可他说这场战争是两国政府之间的事，他已经无法保证我们运输车辆的安全了。”

郑春仁沉默了良久，叹了一口气：“唉，为什么非要用战争这种极端的方式解决问题呢。”

“战争总是被那些欲壑难填的掌权者当成攫取利益的法宝。”洪柳对这次哈尔滨之行也颇感失望。

“吕督办怎么说？”郑春仁有些迫不及待地问。

韩吉庆轻轻摇了摇头：“吕督办倒是胸有成竹，说苏联军队不堪一击，少帅一定能够获胜。”

郑春仁目光暗淡地说：“恐怕他这是一厢情愿吧。”

洪柳扬起眉毛说：“我觉得吕荣寰这个人过于刚愎自用。”

“少帅也许真的要吃个大亏。你们见到张浩没有？伙计们的情绪怎么样？”郑春仁换了一个话题问。

“见到了，伙计们非常害怕打仗，我们要是不去，他们就准备回来了。见到我们后大家的士气一下子就上来了，下决心拼死也要保住公司的车辆。”韩吉庆将当时的情形如实地说了一遍。

郑春仁将目光投向窗外：“伙计们都是好样的，等打完仗，我一定要好好犒赏他们。”

洪柳思索了片刻，说：“郑老板，战端一开，公司的财产不但无法保障，还必将生灵涂炭，我想您与东北军高层将领多有交往，能否尽你所能，让他们在少帅面前谏言，最大限度缩小战事的规模。”

郑春仁无奈地摇了摇头：“事情已经到了这个地步，我看，再说什么恐怕少帅也听不进去了。”

洪柳正了正身子，分析道：“从目前的情况来看，东北军主战派和主和派各怀心腹事，争执不下，少帅年轻气盛，受别有用心人的蛊惑，容易冲动，忘乎所以，不知道苏联是新生的社会主义国家，武器装备精良，部队士气高昂，而东北军大部分是土匪出身，打起仗来只认钱，战斗力低下。南京的蒋介石又在处处提防东北军，并想借机削弱少帅的实力，不会过多干涉，以坐收渔翁之利。郑老板应该利用你的特殊身份从中斡旋，陈述利害，避免战事的扩大，减少这场兵燹之灾给公司和平民带来的损失伤亡。”

郑春仁沉默了一会儿，苦笑着说：“我再想想办法吧。怎么样，你们回来的路上还顺利吧。”

洪柳蹙了蹙眉头，说：“从绥芬河到哈尔滨的火车上我们遇到了一伙劫匪。”

郑春仁闻听吃了一惊：“你们没事吧？”

“多亏了吉庆大哥。”

“哪来的劫匪？这个时候还出来活动？”

“这伙土匪可能是在这条铁路上流窜抢劫的惯匪，后半夜从依林上的车，动手抢劫时，被吉庆大哥给制服了。”

洪柳的话又让韩吉庆想起头天夜里的那场意外遭遇，站起来说：“为首的是一个脸上有个大疤瘌，一只眼睛就剩下了白眼仁，非常凶恶，自报家门大疤瘌脸，没想到死在我手下了。”

郑春仁听了兴奋地说：“真是冤家路窄，他们一定是在绥芬河的客栈里杀人劫财的那伙恶匪。”

“何以见得？”洪柳问。

郑春仁想了想，说：“当时案发后，苏联方面向当地警察局通报了案情，当地警察局迫于苏方压力，很快就抓到了其中一个参与抢劫杀人的小喽啰，他供述了作案经过，匪首的体貌特征跟吉庆刚才说的那个劫匪头子一模一样，看来你们给我的那几个弟兄报仇了，真是大功一件啊。”

“这些劫匪劫财害命，死有余辜。”

“是呀，据少帅派人调查，这伙劫匪长期流窜在哈尔滨和绥芬河铁路沿线杀人越货，关东军奉天警察署特高课的特务头子石原俊秀收买了这伙土匪，他们刺杀了我们公司的几个伙计，抢走了全部货款，事成之后，还拿到了石原俊秀作为奖赏提供给他们的枪支弹药。从那以后，他们更加凶残地在铁路沿线肆意抢劫作案。要不是战事吃紧，少帅已经答应要除掉他们了。”郑春仁对此事仍耿耿于怀。

“这伙劫匪的确十分凶残。”韩吉庆回想起当时的情形说。

郑春仁拍着韩吉庆的肩膀：“你们一路辛苦了，回去休息，明天我在明湖春给你们接风压惊。”

韩吉庆和洪柳遂起身告辞。郑春仁也穿戴好衣帽，知道齐玉萍见他这么晚了不回去，在家里一定等急了。

第二十六章

一九二九年春，郑春礼再次来到了大仁屯。于山从地里回来吃晌午饭，见到郑春礼格外高兴，他拉着郑春礼的手说：“这两天大伙都盼着你来呢。”

说着话两个人进了屋子，郑春礼坐到炕上说：“明天晚上你把农会的人召集到一块，咱们商量商量今年减租的事，眼瞅着就要开犁种地了，咱们要让谭永山把今年交多少租粮也定下来，他要是不答应，大伙就把地里的活都停下来。”

第二天晚上于山和郑春礼把赶车的老张头、老王头的侄子、几个农会的骨干找到王绍山家，几个人坐到炕上，不等于山发话便议论开了。戗戗了一会儿，王绍山从腰里抽出烟袋，挖了一锅子烟，点着抽了一口，慢吞吞地说：“我看今年能跟去年一样就烧高香了。”大伙听了没再说什么，于是决定去找谭永山。想不到谭永山说去年的租子交少了，说来说去一口咬定今年的租子只能比往年少三成。于山看谭永山摆出一副无赖的样子不吐口，只得带着几个人回来了。郑春礼听了一时也拿不定主意。决定回学校去请示霍旺。

郑春礼走了的第二天下晌，于山从地里回来，进了屋从水缸里舀水倒在盆里，端到院子里正打算洗把脸做饭，赵顺贼眉鼠眼地开门进来了。皮笑肉不笑地搭讪道："于会长吃饭了没有哇？"

于山没好气地说："你眼睛长到屁股上了，没看我刚从地里回来吗？连手还没洗呢，有事说事，没闲工夫搭理你。"

赵顺却不急不恼，依旧笑嘻嘻地说："你干吗像吃了枪药似的？"

于山站起来白了他一眼："有屁快放。"

"那天你们走后，我家老爷合计来合计去，想请你去家里喝杯酒，再商量商量减租的事。"

于山扯过手巾擦了擦手，讥讽道："你家老爷咋想起来请我这个佃户喝酒了，这不是太阳打西边出来了吗。"

"我家老爷可是诚心诚意啊。"

"我看是黄鼠狼给鸡拜年——没安好心。你告诉姓谭的，我不去。"

"这又何必呢，乡里乡亲的，你这个农会会长连这点面子都不给，说不过去吧，你们农会提出的条件我家老爷可都答应了。"

"你们那是怕地都撂荒了收不上来租子，你们肚子的那点下水都是从粪坑里捞上来的，顶风臭出八百里。我这要做饭了，你要是没别的事，赶紧滚蛋。"

赵顺尴尬地站在那坐也不是，站也不是："你看，好心被你当成了驴肝肺了。"

于山大手一摆："你回去告诉姓谭的，要请大伙一块去。"

赵顺摇着脑袋说："你是农会的会长，我家老爷的意思是先请你过去，等事情有眉目了，再请大伙一块过去也来得及。”

“少来这套，你告诉谭永山，租子还是跟去年一样，没啥商量的。”

赵顺恨得牙咬得咯咯直响，心想，你拿农会当靠山，敢跟我家老爷叫板，嘿嘿，等着瞧。想到这儿赵顺看再说啥也没用了，讪讪地打开院门走了。

于山过去把门关上，越想越生气，王八蛋，请我喝酒，我才不上你的当呢！

谭永山在上房里一边抽着旱烟袋，心里一边琢磨，让赵顺去请于山，不知道这小子能不能上套。这一招要是不好使，就得把租子减下来，他算来算去就是少交三成也亏大发了。正当他等得有些不耐烦的时候，赵顺回来了。谭永山急着问：“他来不？”

赵顺使劲摇了摇头，说：“这小子是茅坑里头的石头——又臭又硬，把我给撅了。”

“他要硬是不来，咱们也不能把他给捆来啊。”谭永山不知道下一步怎么办才好。

赵顺的小眼睛眨巴了几下，凑到谭永山跟前，说：“老爷，我倒有个主意。”

谭永山竖起耳朵不知道他想说什么。赵顺往前凑了凑：“明个我再去一趟，你知道这小子炮筒子脾气，点火就着，我去了先将他一军儿，不行咱们在村里放出风去，说我们请他商量减租的事，他不来，他不配当这个农会的会长。”

谭永山皱了皱眉，沉默了一会儿，说：“你说这话谁信啊。”

赵顺却胸有成竹：“老爷，你可别忘了，谎话说上三遍，假的也成真的了。我想这盆脏水泼出去，他想擦洗干净也不是那么容易的事。就是除不掉他，往后再没人相信他了，我看他也就蹦跶不起来了。”

谭永山琢磨了半天，觉得这倒也是个法子，对赵顺道：“就按你说的办，你去点把火，他要是还不来，咱们给他放出风去，就说他这个会长空有其名，不是真心为大伙办事。”

谭永山装上一锅子烟，赵顺过去低头划火点着。谭永山从嘴里慢慢吐出一口烟来，觉得心里松快了许多。

第二天晌午，于山回来吃饭。赵顺也一阵风似的跟着进了院子。于山抬头一看又是赵顺，没好气地揶揄道：“你怎么没皮没脸，又来了呢。”

赵顺像没听见似的，往前凑了凑：“于会长，话可不能这么说，我是好心好意请你去喝酒，你干啥老是鼻子不是鼻子，脸不是脸的。”

“我不稀罕。你告诉姓谭的，别再白搭工夫了。”

赵顺心中暗想，今儿个不管你说啥，就是骂我八辈祖宗，我也不在乎，我就不信你不上套。他满脸堆笑地说：“于会长，我家老爷可是一片好心，就是想请你过去一块商量商量减租的事，你可不能往歪处想。”

“还商量个屁，你们眼睛又没瞎，没看见家家半年饿肚子，交多少租子不是都说了吗？再说，要去也得大伙一块去。”

赵顺往后退了一步，用一双小眼睛上下打量着于山，挖苦说：“我家老爷老说你是条汉子，我看你连个娘们儿都不如。”

“你把话说明白了，谁是娘们儿。”于山一听急了。

赵顺心说有门，看来再浇点油这火也许就能点起来了：“你不是娘们儿咋胆子小得跟耗子似的，怕我家老爷算计你是不。就你这熊色，当初大伙是咋选你当会长的，明个我就敲着锣，到街上使劲吆喝，说你是个孬种。”

正如赵顺所料，性情耿直的于山一下子被激怒了，火“腾”地起来了：“你放屁！行，你回去告诉姓谭的，让他把酒准备好，我于山是案板上的擀面杖——光棍一条，我要是不敢去是孙子。”

赵顺乐了，话里有话地说：“这才叫爷们儿呢，有种儿！咱们一言为定。”

于山大手一摆：“少废话，滚！”

赵顺嘿嘿一乐，自嘲道：“我滚，我这就滚。”说完转身走了。

下晌，王绍山和媳妇正在往地里送粪，远远地见于山急匆匆地走了过来。

王绍山停下手里的活招呼道：“于山兄弟来了。”

于山来到近前说：“绍山大哥，今儿个晌午谭永山的那个管家赵顺又跑我家去了，说是谭永山请我去他家商量减租的事。”

王绍山拿出烟袋，从烟口袋里挖出一锅子烟点着抽了两口，心里七上八下地不托底：“谭永山一肚子花花肠子，这里一定有什么勾当，要去还是我们跟你一块去。”

“嗨，我跟赵顺那个王八蛋说了，他不干。”于山搓着两只大手，一时也没了章程，“春礼要是在这儿，让他拿个主意就好了。”

“是啊，我估摸春礼这两天该回来了。”

郑春礼从大仁屯回到学校，不料霍旺不在，一连等了四五天仍不见霍旺回来。这年他已经高中毕业了，为了开展工作，他在学校附近租了一间民房，他算了算，离种地还有个十天半月的时间，担心时间长了引起别人的猜疑，便回了野狼窝。

赵顺本以为大功告成，满心欢喜地去跟谭永山说了，就等着于山赴宴了。哪知道空欢喜了一场，于山没来。赵顺便气急败坏地四处放风说，谭永山请于山商量减租的事于山不敢去，不配当这个农会的会长。很快这些风言风语就传到了于山的耳朵里，他坐不住了，找到王绍山说：“这两天赵顺在村里四处放风说我的坏话。我看眼下村里的农户都发动起来了，这会儿大伙心齐势旺，我谅他谭永山不敢在这个时候对我下黑手，我要是不去，还怎么当这个农会的会长。”

王绍山闷着头抽了一会儿烟，说：“谭永山吃人不吐骨头，什么招儿都使得出来。咱不能不防啊。”

于山使劲搓着两只大手，说：“这我知道，可为了大伙别再饿肚子，明知道那是狼窝，咱们当农会干部的也不能让他给吓住啊。”

王绍山琢磨了琢磨，说：“不行我把几个农会的人都找来，要是时间长了你不回来，我们一块去谭永山家要人去。”

于山沉默了一会儿，说：“我看这是个办法。”

王绍山仍是有些不放心，一时却又想不出一个万全之策，见于山站起来走了，心里隐隐地生出一种不安。

第二天傍晚，于山送粪回来，从屋里舀了水，到院子里洗了把脸，站起来准备进屋烧火做饭，赵顺推门进来了。

于山看着他没好气地说：“你小子到处说我的坏话，不就是让我去喝杯酒吗？”

赵顺点点头，皮笑肉不笑地说：“于会长是个明白人，这话算你说对了。”

于山拍拍身上的土，厌恶地瞅了赵顺一眼：“看你屁颠屁颠地来了好几趟了，我要是再不给你面子，你也出不去这个门儿了。好吧，今儿个我倒要看看姓谭的葫芦里装的什么药。”

“好，于会长痛快！”

“少废话，你小子等我一会儿，我去跟绍山说一声，这是大伙的事。”

赵顺心想，你小子死到临头了，还他妈拿农会说事，于是似笑非笑地点着头说：“好，我等着你。”

谭永山家后花园的凉亭里早已摆好了一桌丰盛的酒菜，谭永山一身蓝布长袍，手里拿着旱烟袋站在水池边上，嘴里正哼着奉天大鼓，赵顺带着于山从月亮门进来了。

谭永山看着眼前到手的猎物，不知道为什么心里有些发毛，他怕于山看出破绽来，扭过脸去咳嗽了一声，然后转过身子故作镇定地双手一抱拳："幸会，于会长肯赏光，谭某求之不得啊。来，于会长请入座。"

于山见桌子上摆着鸡鸭鱼肉和各种果蔬，心想，有绍山带着农会的人在外面盯着，谅你也不敢对我怎么样，索性坐下来不管三七二十一拿起筷子大吃起来。

谭永山装上一锅子烟，赵顺过去给划火点着。谭永山抽了一口，慢慢将烟雾吐出来，笑眯眯地看着于山，说："我知道你干了一天的活，饿了，慢慢吃，别着急。吃饱了咱们再好好地喝几盅。"

于山也不搭理他，不一会儿就把放在跟前盘子里的饭菜一扫而空。

谭永山见于山吃得差不多了，把烟袋放到桌子上，说："赵顺，来，把酒给于会长满上。"

赵顺拿起桌子上的酒壶给于山和谭永山的酒杯里斟满酒，谭永山端起酒杯道："于会长，今天你能赏光，来，咱们干一个。"

于山挺直了身子："姓谭的，你不是找我来商量给大伙减租子吗？"

"是啊，先喝了这杯酒再说。"

于山一摆手："别，咱们还是先说正事，你要喝了酒不认账了咋办？"

谭永山放下酒杯："于会长，看你，把话说哪去了，你们农会说分粮食，我不是把粮食分给大伙了吗，说减租子不也减下来了吗。谭某不才，仰慕于会长已久，我先喝为敬。"说着端起酒杯一饮而尽。

于山心想：喝就喝，怕你我就不来了。想到这儿也端起酒杯，一仰脖把一杯酒喝了下去。

谭永山笑眯眯地说："好！痛快！我谭永山就愿意交你这样的朋友，你说今年的租子怎么个交法，我听你的。"

于山不想跟他绕弯子："那天我们不是已经跟你说过了吗？今年要跟去年一样，这样大伙才能凑合着到来年秋天打新粮。"

谭永山装模作样地考虑了一会儿，说："好，就按你说的办。"说完把赵顺叫到跟前："你听好了，今年的租子就按于会长说的，还是跟去年的一样，照往年的收一半。"

赵顺点头哈腰地答应道："好，听农会的。"

谭永山把放在桌子的烟袋拿起来，问："于会长，这回你满意了吧。"

于山暗自高兴："到时候你可不许反悔。"

谭永山把眼睛眯成一条缝："你这是什么话，我谭永山也是站着撒尿的爷们儿，哪能说话不算话呢。"

于山推开面前的碗筷："那好，我走了。"

谭永山心里一哆嗦，伸手按住于山的肩膀："于会长别急着走哇，《水浒传》里的英雄好汉我只是在茶馆里听说书的讲过，你于会长领着大伙跟我谭永山叫板，要粮闹减租，简直就是宋江再生、李逵转世啊。我无论如何再敬你一杯。"

于山拍了拍胸脯："这话算你说对了，我于山给大伙办事什么时候也没含糊过。"

谭永山抽了两口烟，有意恭维道："那是、那是，我请于会长喝酒，看重的就是你这一点。于会长讲义气，是当今的豪杰啊。"

"豪杰不敢当，可我于山从来就不怕硬的。"

赵顺也生怕忙活了一溜十三招，末了再闹个放虎归山，连忙过来给于山的酒杯里倒满酒，端起酒杯道："于会长，我家老爷说你是当今的豪杰，一点没错，来，我也敬你一杯。"说完，把杯里的酒一饮而尽。

于山白了他一眼："少来这套！"

赵顺放下酒杯："于会长，我没别的意思，就说你的武功吧，真是让我大开眼界，那么粗的绳子，硬是像纸糊似的，让你一挣轻飘飘地就断了，厉害，我赵顺打心眼儿里佩服。"

于山心想，你小子也能说几句实话，于是他有意想显示一下吓唬吓唬谭永山："你明白不？那叫气功，只要运上气，头能断木，手能劈砖，碗口粗的绳子也不在话下。"

赵顺瞪起小眼睛，装出一副吃惊的样子，问："噢，想不到气功这么厉害呀？我还真是头一回听说，于会长能不能再来一次让我瞧瞧。"

于山担心有诈："我可没这闲工夫，我得走了。"

赵顺一伸手，拦住于山："别急呀，于会长。"

谭永山向赵顺递了个眼色，赵顺往于山跟前凑了凑说："于会长，今天当着真人不说假话，那天夜里那么粗的绳子，你身子一晃就断了，要不是亲眼看见，谁说我也不信。"

于山满不在乎地一边继续往外走，一边说："那可不是一日之功。"

谭永山端起酒杯："来，于会长，谭某从来都敬重英雄好汉，我再敬你一杯。"说完一仰脖子把酒喝了下去。

于山看也没看："你自个儿喝吧，时候不早了，我得回去了。"

谭永山急得抓耳挠腮，心想得赶紧想个法子留住他，这小子要是再从我这出去，今儿个我这一桌子的酒菜白瞎了不说，今后就得乖乖地听农会摆布了。他知道于山性子火暴，点火就着，于是使了个激将法："于会长，再急也不差这一会儿呀。那天夜里黑灯瞎火的，我这老眼昏花的，也没看清你是怎么把绳子挣断的，今儿个你能不能再来一次，让我看看你这气功是真的还是假的。”

于山见谭永山怀疑他的气功有假，不知道是圈套，冲着谭永山没好气地说：“真的假不了，假的真不了，要是不信，你就再找根绳子把我捆上试试。”此时于山早已把刚才的戒备和郑春礼的叮嘱忘得一干二净。

谭永山见于山上钩了，心中暗喜，没等于山的话音落地，喊了一嗓子：“来人哪！”

蛤蟆眼闻声早已拎着一根麻绳带着两个五大三粗的家丁来到谭永山面前。

赵顺从蛤蟆眼手里拿过绳子看了看，交到于山手里：“于会长，你看看，这是不是那天的麻绳？”

于山不知有诈，接过绳子翻过来倒过去地看了半天，见跟那天的麻绳没有两样，心想，你们不就是想看看我的功夫吗？今儿个我就再来一次让你们瞧瞧，也长长农会的威风。想到这，他将麻绳递给两个家丁，用力晃了晃肩膀：“捆吧，我于山今儿个非让你们见识见识什么叫真正的气功。”

两个家丁也不搭话，接过绳子上前七手八脚把于山给捆了起来。

于山大声问两个家丁：“小子，捆结实了没有？”

两个家丁点点头：“妥了。”

谭永山心里没底，不知道这绳子是不是像赵顺说的那样结实。心里七上八下的，生怕于山故技重演。他凑到于山跟前，不阴不阳地笑了笑：“于会长，这回可看你的了，还是那句话，今晚我倒要看看你这气功是真的还是假的。”

“姓谭的，你要是不信，就睁开你的狗眼看着，就你这破绳子，我要是一口气挣不断，就爬着从这儿出去。”于山就怕别人说他不行。那股子逞强好胜的劲头一上来，让他完全忘了是身在狼窝。

“那好啊，来吧。”

于山低头看了看捆在身上的麻绳，大声道：“你们可别闭眼，都看好了。”

说完于山开始运气发功，待气运足了，头一低，双膀猛地一抖，口中一声大吼：“嗨！开！”

可捆在他身上的绳子却完好如初。于山有点纳闷，心想，我平常气运到这个份上，绳子早该断了啊。他低下头又仔细地看了看，确信那绳子跟普通的麻绳没有什么两样，暗想，莫非喝了两杯酒，功力没有发出来？不能啊。

想到这儿于山再次敛神运气，仍是双膀较力，大吼一声：“嗨！开！”可捆在他身上的绳子却异常柔韧，仍是纹丝没动。

于山脑袋嗡的一声，暗自叫苦：“妈的，怎么搞的，发出来的功力像撞到蛇肚子上了，有劲使不上，莫非这里头有鬼？”

赵顺围着于山转了一圈，阴阳怪气地问：“怎么了？于会长，你的气功咋不好使了呢？假的吧？”

于山心里一惊，顿时出了一身冷汗，心说，不好，上当了。

谭永山笑眯眯地用烟袋杆在绳子上蹭了蹭，说道：“于会长，我这还等着看你怎么把绳子挣断呢。不行再来一次？”

于山不死心，心里合计再怎么说，这也是根麻绳，凭我的功夫就不信挣不断。他瞪了谭永山一眼，然后敛气发功：“嗨，嗨，嗨——”可绳子像是被施了什么魔法，一动不动。

于山后悔不迭，抬起头来：“姓谭的，被你一忽悠，多喝了两杯酒，我中了你的圈套了！”

谭永山哈哈大笑，用烟袋杆指了指于山，扭头冲着蛤蟆眼吩咐道：“别愣着了，给我绑到树上去！”

蛤蟆眼带着两个家丁上来，七手八脚把于山死死地捆在院子里的老梨树上。

于山破口大骂：“谭永山，你个王八蛋！”

谭永山和赵顺不但没生气，反而乐了，两个人长长出了一口气。谭永山觉得自己这会儿像一只老鹰，心满意足地看着终于到手的猎物，打算好好戏弄一番。

于山不停地破口大骂。谭永山像没听见一样，装上一锅子烟，眼露凶光，奸笑着对于山道：“嘿嘿，我本以为你挺聪明，没想到你是个大傻瓜，我的大英雄，你到底还是没算计过我。”

“你他妈混蛋，暗中使绊子，算什么能耐。”见于山满脸怒气，谭永山不禁打了个冷战。他凑到于山跟前，朝他脸上喷了一口烟，眯缝起眼睛，半天才让自己镇定下来，用戏弄的口吻道：“于会长，无毒不丈夫嘛，我也是迫不得已，你也别不服气，不管咋说，眼下你已经成了笼子里的鸟，想飞也飞不出去了，你就认了吧。”

“你说得倒轻巧。”

“都到这个份上了，你还嘴硬，不过咱们朋友一场，你又是我请来的客人，我让你死也死个明白，省得你到阴曹地府去做个糊涂鬼，你说是吧。”

于山怒目圆睁：“姓谭的，你个王八蛋，你记着，我就是做鬼也先扒你一层皮。”

谭永山用烟袋杆指着于山：“好啊，我倒要看看咱们谁先扒谁的皮。实话告诉你吧，你一回回地跟我作对，还坏了我的好事，我早就想杀了你。可上次抓到你，没想到你小子还有两下子，便宜了你。可这回跟上次不一样了，这绳子看上去跟别的绳子没两样，那可是我用高粱米汤煮过的，你恐怕做梦也想不到吧，这麻绳用高粱米汤煮上一天一宿，就比铁丝还软，比钢丝还硬，你的气功就是再厉害，也是瞎子点灯——白费蜡，有劲使不上了。”

于山怒不可遏，一口唾沫啐到谭永山脸上：“你个老混蛋，还真下了不少的功夫啊！”

谭永山用袖子擦了擦脸，一点也不气恼，转过头去吩咐蛤蟆眼道：“去，给我搬个凳子，我今儿个要好好跟咱们于会长唠唠。”

蛤蟆眼从亭子里搬了一个凳子过来，谭永山坐在于山跟前跷起二郎腿，用烟袋杆指着于山慢条斯理地说：“算你说对了，我要是不下点功夫，也收拾不了你啊。”

“你想怎么样？”

“你肯定是不能活着从这里出去了。可你放心，我不会让你死得太难看，要是让你死得很惨，我也于心不忍啊，你说是不是？我给你这个大会长准备了一包砒霜，咱们乡里乡亲的，你呢，也少遭点罪，我也省得惹麻烦，你身上要是有了伤，回头农会的人说是我害死了你，找我算账我可担待不起呀。”

于山想起王绍山带着农会的人还在等他消息，再过一会儿看他不回去就会过来要人了：“谭永山，我可告诉你，你要是敢下黑手，农会和妇女会绝饶不了你！”

谭永山见于山这个时候了还想着农会来救他，干笑了两声：“你放心，我不会像你那么傻，你死后，我让人去农会告诉他们来给你收尸，就说你是一时高兴喝酒喝多了，这样他们谁也说不出别的来了。你放心，我谭某也绝不会亏待了你，好歹你我朋友一场，你死后，我给你买口上好的棺材，好好地把你装殓了，也好把你们农会的嘴堵上，你看怎么样？”

于山的肺都要气炸了：“谭永山，你不得好死，今儿个栽在你手里，都怨我没多长几个心眼让你骗了。可我告诉你，人到啥时候都有一死，我于山能为村里的穷苦乡亲们去死，我高兴，死得值个儿。你个老混蛋也不要高兴得太早了，咱俩的事不能就这么了了，早晚有人会找你算账！”

谭永山得意地笑起来：“呵呵，也好，我等着。”

说完谭永山一招手：“来呀，送于会长上路。”

两个家丁上来，一个用手使劲捏住于山的鼻子，于山一张嘴，一个家丁顺手将一包砒霜倒进于山的嘴里。赵顺从桌子上端起半碗水，咕咚咕咚灌进了于山的喉咙里。

于山瞪着眼睛看着谭永山：“你等着，我到阴曹地府也跟你没完。”话未说完，嘴里和鼻子里已经冒出血来，接着身子急剧地抽搐了几下，头一歪，便一动不动了。

这时那只老花猫不知道从什么地方钻了出来，喵喵地叫了两声，噌地蹿到老梨树上，又一纵身跳到房上，一块瓦片被它踩落到地上，吓得谭永山一哆嗦。他用烟袋杆指着死去的于山：“妈的，还不服是不是，有能耐你起来！”

赵顺上前扒开于山的眼皮看了看，又用手在于山的鼻子跟前摸了摸，抬起头来：“老爷，这小子死了。”

谭永山轻蔑地挥了挥手：“他早就该死。”

蛤蟆眼和两个家丁把于山从树上解下来放到地上，赵顺拿起一块布，擦去了于山嘴角和鼻子里流出来的污血。

谭永山冲着蛤蟆眼道：“你去王绍山家，就说于会长酒喝多了，让他们马上过来收尸。”蛤蟆眼带着几个家丁出去了。

谭永山又看了一眼躺在地上的于山，转身去了上房。这时几只栖息在树上的鸟受惊飞了起来，树枝随即不安地颤动起来。

王绍山家的土炕上坐着老王头的侄子、赶车的老张头和五六个年轻的小伙子。

眼瞅着一更天都过了，王绍山往灯碗里添了点油，不安地对屋子里的人说：“于山兄弟咋还不回来？”

老王头的侄子也坐不住了：“我看谭永山这小子准没安好心。”

“走，咱们看看去。”王绍山站起来，带着人正要往外走，就听外面有人咚咚地砸门。王绍山过去把门打开，见蛤蟆眼带着两个家丁站在门外，没等王绍山张口，只听蛤蟆眼说：“王绍山！你们农会的于会长喝酒喝死了，等着你去收尸呢！”

王绍山和屋里的几个人听了都吓了一跳。王绍山忙不迭地问：“你是说于山死了？”

蛤蟆眼撇了撇嘴：“于会长酒喝多了，死在我家老爷的后花园里了，我家老爷让你赶紧过去把人抬走。”说完蛤蟆眼带着几个家丁头也不回地走了。

王绍山一跺脚：“唉！我就知道谭永山会下黑手！”几个人撒腿就往谭永山家跑。

赵顺站在大门口，看王绍山带着人走近了，假惺惺地迎上前去，装模作样地擦了擦眼角，说：“你们快进去看看吧，好好的人怎么喝着喝着酒就死了呢，真是天有不测风云、人有旦夕祸福啊。”

王绍山白了赵顺一眼，三步并作两步带着人来到后花园。只见凉亭里摆着一桌残羹剩饭，于山直挺挺地躺在水池边上的空地上，王绍山上前用手摸了摸，抬起头来对赶车的老张头说：“这人早就断气了，浑身都冰凉了。”

王绍山拿起桌子上的马灯，仔细地看了看于山铁青的脸，发现于山的鼻子和嘴角留有紫黑的污血。他扭过头去直视着赵顺，问：“这人白天还好好的跟我一块往地里送粪，怎么这么一会儿的工夫说死就死了呢？”

赵顺两手一摊：“你问我，我问谁，谁知道哪块云彩下雨。”

王绍山心想，哪块云彩下雨你心里明白，人一定是你们害死的。

老王头的侄子看于山死得不明不白，用手指着赵顺：“这人白天还活蹦乱跳的，咋就喝酒喝死啦？就是说出龙叫来也没人相信。”

赶车的老张头心里头明镜似的，于山是被谭永山暗算了，他用烟袋杆指着躺在地上的于山说：“这人死在你们这儿，就是你们害死的！”

赵顺一听，立刻把小眼珠瞪得溜圆：“我说老少爷们儿，人命关天，空口无凭，你们可不能血口喷人啊。”

王绍山见赵顺矢口否认，两眼冒火逼视着赵顺：“你放屁，你看，这鼻子嘴里都是黑血，喝多少酒能把人喝成这样？”

谭永山不知道什么时候不声不响地走了过来，用烟袋杆指着王绍山阴阳怪气地说：“我说王绍山，我是一片好意请他来喝酒，跟他商量今年佃户交租子的事，我说三成他不干，硬逼着我还跟去年一样照往年交一半的租子。我想，这地还都指望着你们这些佃户种，就答应了。哪承想，于会长一高兴就多喝了几杯。天上下雹子，个儿大砸到他头上了，喝着喝着人就不行了。唉，我这心里也不好受啊。”说着谭永山硬是从眼角挤出几滴眼泪来。

王绍山用鼻子里哼了哼：“会说的不如会听的，你说喝酒把人喝死了，鬼都不信？”

谭永山装模作样地掏出手绢擦了擦眼角，看着王绍山说：“于山兄弟是农会的会长，我就是想害他，也不能把他弄到家里下手啊！我惹得起他，可我惹不起你们农会啊，到时候你们要是都不给我种地了，我还上哪收租子去。于山兄弟死了，我这心里也不是滋味啊。”说着假模假式地擦起泪来。

王绍山心说，你个老狐狸，纯粹睁着眼睛说瞎话。赶车的老张头叹了一口气：“说别的没用了，人已经死了，总不能在这放着吧。”

赵顺忙借坡下驴：“老张头说得对，你们赶紧把他抬回去吧。”

王绍山死死盯着谭永山，气哼哼地说：“真的假不了，假的真不了，谁做了亏心事谁知道，人不报，天报，杀人偿命，老天绝饶不了他！”

谭永山装作没听见说：“我明天让人到辽阳城里定一口好点的棺木，你就操持着把后事办了吧。”

王绍山没好气地道：“这个就不用你操心了！”

说完，王绍山、赶车的老张头、老王头的侄子和几个年轻人抬起于山的尸首走了。

见几个人出了院子，谭永山转过脸去冲着赵顺道：“妈的，跟我过不去，我让你死都不知道咋死的！”

于山家的土炕成了灵床。王绍山的媳妇用手巾一点点将于山嘴角和鼻子里的污血擦洗干净，瞅着于山双目紧闭、脸色铁青的样子，心如刀绞，流着泪水说：“于山兄弟，我一辈子也忘不了你啊，要不是你，我那大闺女这辈子就完了。”

老王头的侄子心里也十分难过：“我大爷要不是于山大哥，早就烧死了。”

站边上的一个女人擦了一把眼泪，说：“那年上秋，蛤蟆眼逼着要租子，晚交了两天就抓人，正好让于山大哥赶上了。唉，亏了于山大哥，要不，孩子他爹还不知是死是活呢。”

几个人你一句我一句地回想起过去的一桩桩往事，老王头的侄子气得一拳砸在土炕上：“于山兄弟死得冤啊！妈的，早晚让谭永山给于山大哥偿命。”

王绍山媳妇和几个女人给于山换上一套带补丁的干净衣服，王绍山带着几个人跪在地上给于山磕了三个头。

村子里的人听说于山死了，谁也没心思干活了，天刚亮，于山的破草房前便站满了人。人们七嘴八舌地说："肯定是谭永山这只老狐狸把于山给害死了。"

正在大家议论纷纷的时候，谭永山、赵顺领着蛤蟆眼和两个家丁走了过来。到了近前，谭永山朝众人拱了拱手，假模假式地说："不幸啊，不幸！我请于山老弟去家里喝酒商量减租，哪承想他一高兴多喝了几杯就……唉，让我再看于山老弟一眼。"

说着他装模作样地来到屋子里，掀开盖在于山脸上的白布，硬是挤出几滴眼泪，带着哭腔说："老弟，你我兄弟一场，永山看你来了！"

说完谭永山擦擦眼角，从屋子里走出来，对站在外面的众人说："乡亲们，于山跟我往日无冤、近日无仇，于山兄弟死了我跟你们一样，心里别提多难过了。我已经让人去辽阳城里定了一口上好的棺材，待会儿大伙帮把手把于山兄弟装殓发送了吧，花多少钱，回头我让管家送来就是了，各位受累了！"

说完谭永山带着赵顺和家丁走了，王绍山朝地上啐了一口唾沫："王八蛋，装得倒挺像！"

赶车的老张头骂道："妈的，吃人不吐骨头的狼。"

王绍山转过身来，看着站在面前的乡亲们，说："唉，不管咋说人也死了，咱们就是认定人是谭永山害死的，可没有证据也白搭。就是报官验尸，警察局的人跟谭永山一个鼻孔出气，不会向着咱们穷人说话。"

赶车的老张头接过王绍山的话说："绍山说得对，死无对证，待会儿谭永山把棺材送来，咱们大伙把于山兄弟送到村西头的岗子上埋了吧。"

王绍山强忍悲痛，哽咽着说："于山兄弟这些年为了大伙明着暗着跟谭永山干，清明的时候，咱们想着去他坟头上烧把纸吧。"

女人们没等听王绍山说完，便再也忍不住了，捂着脸呜呜地哭起来。

王绍山把老王头的侄子拉到一边，说："你赶紧去县城给春礼送个信。"

老王头的侄子眼里含着泪拿起衣服走了。出了村口，他回头看了看，见晨雾中于山家的草房时有时无，想想头一天还跟于山一块下地干活、有说有笑，一宿的工夫活生生的人就没了，心里一阵酸楚。他步履沉重地上了大路，心里恨透了谭永山。

霍旺打扮成一个商人的模样，来到南市场鹿鸣春饭店门口，他警觉地向四周看了看，开门进去，来到楼上临街的包间，拉开窗帘，见街上只有不多的几个行人和一辆人力车拉着一个老太太过去了，从怀里将喜鹊登枝的剪纸拿出来贴到窗户上。

不大一会儿，中共沈阳特别支部书记王守明开门走了进来。他习惯性地来到窗前，掀开窗帘观察了一会儿，转过身来看着霍旺，惋惜地说："我们让谭永山钻了空子。于山的死是一大损失啊。"

"都怪我工作没有做好。"霍旺主动承担了责任。

"斗争是残酷的，那些恶霸地主是不会轻易认输的，他们会千方百计地进行疯狂的反扑。这也给我们今后开展工作提出了更高的要求，在任何时候都不能放松警惕、掉以轻心啊。"

霍旺请示道："郑春礼要不要先隐蔽一段时间。"

王守明思考了片刻，说："郑春礼经常在大仁屯一带活动，谭永山跟日本守备队和警察局都有来往，说不定还会使什么花招，我们要防备万一啊。

这些年轻党员是我们党的宝贵财富。”

“大仁屯那里怎么办？斗争才刚刚开始，我们不能就这么轻易让谭永山的阴谋得逞。”

王守明用坚定的目光看着霍旺，说：“我们必须把敌人的嚣张气焰打下去，我们要另派斗争经验丰富的同志过去，既然谭永山已经答应今年的租子收一半，咱们就决不能放弃这个机会。”

霍旺心里轻松了许多：“这样于山也会瞑目了。”说完将窗户上的剪纸拿下来，两个人下楼来到街上，昏黄的街灯下一个磨刀匠肩膀上扛着长条凳子，吆喝着“磨剪子戗菜刀”从他俩身边走了过去，两个人随后也朝着不同的方向快步离开了。

郑春礼得知于山牺牲的消息后心里十分悲痛。他向霍旺进行了汇报，并按照党组织的指示回到了野狼窝的家里。王金岫见儿子回来了，拉着郑春礼的手高兴地问：“春礼，功课复习得怎么样了，准备什么时候考大学啊？”

“娘，你放心吧，今年夏天我就去考大学了。”郑春礼不便暴露自己的身份，只得找了个事先已经想好的理由。

王金岫拢拢头发，说：“待会儿让你回毅婶子把西屋给你收拾收拾，烧烧炕，你就过去住吧。”

“娘，我不想在你们这住，这高房大屋的我住不惯，我还是去原来的草房吧。”

王金岫用手抚摸着郑春礼的头，不放心地说：“那几间草房好长时间没人住了，冷屋子凉炕的。”

“娘，在这高房大屋里我连觉都睡不着。”

王金岫听了心里有些不高兴：“高房大屋咋了，咱又没偷没抢，都是你大哥做生意赚钱盖的。”

郑春礼最近读了不少《新青年》上的文章：“娘，我知道大哥没偷没抢，可照这样下去，咱家跟那些地主老财还有啥两样，到处买地，盖房子。”

王金岫发现自己的儿子好像变了，口气中带着几分责备地说：“只要咱这钱来路正，买地盖房子咋啦？”

“那些地主、资本家想着法儿地剥削、欺压农民和工人，我不能眼看着咱家也成为地主、资本家。”郑春礼满脑子都是对地主、资本家的憎恨。

王金岫心说，这孩子咋看事看得这么简单，她抚摸着儿子的头说：“春礼啊，你这话只说对了一半。”

“娘说这话是啥意思？”

王金岫拉着自己从小疼爱的小儿子坐在身边，意味深长地说：“古往今来，无论到啥时候，在这个世界上都有绞尽脑汁，巧取豪夺，盘剥百姓，以搜刮别人为能事，挣到钱为富不仁，吃人不吐骨头的地主、资本家。可你记着，不管哪朝哪代都有富而不狂，体恤下人疾苦，处处利物济人的有钱人。”

“娘，你是说，有钱人跟有钱人不一样？”郑春礼听出了王金岫话里的意思。

“是啊，你记住，金钱和财富并没有好坏之分，你不拥有，别人也会拥有，你读了那么多书应该明白，金钱和财富不是青面獠牙吃人的野兽，更不像你想的那样凶残，只是你怎样看待它，用什么手段获取它，拥有了金钱财富又怎样使用它。想方设法，不惜利用一切卑鄙的手段，用榨取、掠夺别人血汗的方法获取金钱和财富，一旦有了钱，就自以为财大气粗，钱能通天，横行霸道，鱼肉乡里，为所欲为的人，有没有，有，你所说的地主、资本家就属于这一类。可不用我说你也知道，咱家也雇了长工，这么些年了，他们哪个跟咱们成了冤家对头，咱家败了，那些长工还争着抢着帮着你爹种地。你记住了，人看事不能只看一面，凡事有黑的一面，一定也有白的一面。”

郑春礼沉默不语，一时找不出更好的理由来说服王金岫，可又觉得自己没错，他拉着王金岫的手：“娘，不管你咋说，我还是觉得住在草房里心里踏实，再说，在那里看书做功课也清静。”

王金岫被他缠得没办法，只得答应了：“好吧，你要是非愿意在那住，待会儿让你回毅婶子去给你烧烧炕，到时候想着过来吃饭就行了。”

“娘，我知道了，我这就过去了。”

王金岫听着郑春礼开门出去了，心里想，一定抽空再跟儿子聊聊。

第二十七章

很快到了一九二九年夏，《盛京时报》每天刊登的消息告诉人们中东路战事已经到了一触即发的地步。这天晚上郑春仁回到家里放下皮包，随手拿起了桌子上当天的《盛京时报》扫了一眼，报上的一则消息一下引起了他的注意：中东路已成火药桶，苏联已经中断铁路运输，张学良大兵压境，战火不日即可点燃。郑春仁不禁心惊肉跳。

齐玉萍进来招呼道："春仁，洗脸吃饭了。"

郑春仁拿起报纸用手敲打着说："你看看，这上面登的全是要打仗的消息。"

齐玉萍从郑春仁手里拿过报纸放到桌子上，说："着急上火有啥用，先吃饭吧。"

郑春仁焦躁不安，心想，少帅身边有头有脸的该找的我都找了，看来一点用没有，这仗是非打不可了。

齐玉萍看着丈夫忧心忡忡的样子，心疼地说："春仁，这种事你说了又不算，吃饭吧，待会儿都凉了。”

郑春仁将报纸“哗啦”扔到一边，没好气地冲着齐玉萍嚷嚷道：“吃饭，吃饭，我不饿，你自己吃吧！”说完躺倒在炕上，“哗啦”抓过报纸盖在了脸上。

齐玉萍站了一会儿，过来推了推郑春仁，轻轻掀开盖在他脸上的报纸，说：“我知道你心里烦，可两国打仗这么大的事你一个生意人管得了吗？还是吃饭要紧，别把身体拖垮了。”

郑春仁索性翻过身去，不再理睬妻子。齐玉萍无奈地叹了一口气，心里埋怨道：“唉，真是的，放着好好的日子不过，打什么仗呢。”

第二天晚上吃过饭，郑春仁随手拿起报纸，上面一行大字不禁让他大惊失色：“张学良在东北军少壮派的鼓动下，今日发布了战争动员令，令王树常率一部东北军开往三江口、同江、富锦东部一线，派胡毓坤率一部东北军进击满洲里与扎赉诺尔的西部一线。中国国民政府发表了对苏联交战宣言。”

郑春仁再不敢往下看了，“哗啦”把报纸扔到一边，绝望地闭上了眼睛，朦胧中，各种战争的影像纷乱交替地呈现出来，他仿佛看到无数门大炮发出的炮弹在张浩和他的伙计们身边落下，不时发出震耳欲聋的巨响，到处是一团团的火光和烟雾。待烟雾散去，张浩和伙计们已经消失得无影无踪了，刚才还停在站台上的机车和一节节罐车，也被炸得稀烂，铁轨七扭八歪地拧成了麻花状，机车的碎片散落得到处都是，他吓了一跳，大声喊起来：“张浩——张浩——你在哪儿！”四周死一般沉寂，郑春仁跌跌撞撞地向前跑去，突然脚下被什么绊了一下，他低头一看，张浩和伙计们躺在血泊里。郑春仁大叫一声：“啊呀，快来人哪！”

待他睁开眼睛，屋子里漆黑一团，只有院墙外面的街灯，有气无力地将昏黄的光线透过窗户射进来，在墙上留下一团光怪陆离的影子。他刚想站起来。齐玉萍蹑手蹑脚地走了进来，并随手拉亮了电灯："刚才我看你睡着了，寻思你累了，想让你睡一会儿，这么会工夫就醒了？咋了，又喊又叫的？"

郑春仁痛苦地闭上眼睛，用手紧紧捂住胸口，过了好一会儿，睁开眼睛呆呆地看着妻子，半晌没说一句话。

齐玉萍用手摸了摸郑春仁的头："看你，怎么出了这么多的汗？"

郑春仁感到身子像一摊泥一样瘫软无力："玉萍，刚才我一闭眼睛做了一个梦，梦见张浩和伙计们都被炮弹炸飞了，咱们的机车和罐车也被炸烂了。"说完无力地将头靠在齐玉萍的肩上。

齐玉萍心疼地抚摸着郑春仁的脸颊，喃喃地说："春仁，放心吧，不会有事的。"

郑春仁依偎着齐玉萍慢慢地平静下来，他呆呆地望着窗外黑漆漆的天空，默默地在心里祈祷：但愿这是一场噩梦吧。

然而，最让郑春仁担惊受怕的战事还是在人们毫无准备的情况下发生了。

早晨，太阳刚刚从起伏的群山后面爬上来，满洲里东边一个叫靠山屯的小镇便跟往常一样醒来了，人们开始了一天的忙碌。

住在镇子西头的张东明老汉一边系着纽扣，一边来到院子里收拾犁杖。跟他住在一个院子的大儿子听到动静也从东屋出来，从井里打来水一边洗脸，一边扭过头来跟张老汉说："爹，地快种完了吧？"

"差不多了。"

“等牲口闲下来，你去车站帮我把那几袋子盐拉回来，铺子里的盐快卖完了。”

张老汉将犁杖收拾好，去牲口棚牵出牲口，说：“好，今儿个下晌我就过去，天黑前估摸就能回来了。”

两个人正说着话，张老汉的老伴从屋里走出来，一只手拎着一桶刚热好的猪食，一只手拿着一个喂食的瓢。圈里的两头猪早就等不及了，闻到味哼哼地叫起来。

这时，随着一声尖细刺耳的声响，一发炮弹落到离院子不远处的地方，一处房子被点燃，冒出滚滚浓烟。张东明老汉一抬头，又一发炮弹落到房子后面，刚刚走到猪圈旁边的老伴半个膀子被炸飞了，鲜血顿时把桶里的猪食染红了。

张老汉大喊一声：“孩子他娘！”扔下手里的缰绳，发疯般地冲了过去。他俯身扶起老伴，见刚才还好好的一个人半个身子被炸没了，嘴里、鼻子里不停地流出血来，一摸人已经咽气了。他使劲摇晃着自己的女人，嘴里不停地喊着：“孩子他娘，你醒醒！醒醒啊，你这是咋了！”两头猪受到惊吓，发出刺耳的尖叫声。

张老汉抱起血肉模糊的老伴朝院子里走去，又一发炮弹落了下来。刚刚从院子里走到街上的张老汉的大儿子眼瞅着被炸飞了，半条腿飞起在半空，又像一截树桩落到地上。张老汉大叫一声跌坐到地上：“天哪！”

让张老汉没想到的是，呼啸的炮弹丝毫没有停歇的意思，继续一颗接一颗地落到镇子里，张老汉抱起女人挣扎着站起来，跌跌撞撞地冲进院子里，一发炮弹落下，他家的房子冒起冲天大火，张老汉放下女人，不顾一切地喊着孙子的乳名：“石头，我的石头！”一头冲进火海里。

街上，人们纷乱地从家里跑出来，惊叫着，像没头苍蝇似的一个跟一个地朝镇子外头跑去。一个穿着红肚兜的孩子扑在被炸死的妈妈身上哇哇大哭："妈妈，妈妈！"但没人理会。

村里的保卫团开始四处救火。苏军的一个连趁机冲了进来，与保卫团在街头交上了火。一时枪声大作，喊声四起，硝烟弥漫。这个满洲里的边陲小镇顷刻淹没在枪弹的爆炸声和浓烟火光之中。

与此同时，满洲里车站也笼罩在滚滚浓烟中，爆炸声接连不断。

傍晚时分，国民党东北军驻满洲里军司令部的电车房被几发炮弹击中，立刻火光冲天。十几个负伤的东北军士兵满脸血污地从里面一瘸一拐地冲了出来。

设在一间车站站房里的东北军前沿指挥所里气氛紧张。旅长梁忠甲眼睛盯着作战地图，问身边的作战参谋："情况怎么样？"

参谋报告说："我旅所属三十八团、四十三团进入阵地后与苏军步兵、骑兵一个团从中午开始就交上了火，苏军的炮火一直十分猛烈，半个小时前，苏军的一个步兵连在坦克掩护下，已经突破了三十八团的左翼阵地，四十三团的一部分前沿阵地也被苏军的骑兵占领，目前四十三团正在组织反击，伤亡很大。"

梁忠甲指着作战地图："让三十八团立即进入南山头阵地，这里是我们正面阵地的前沿，只要这里不出问题，我们就可以坚持到援兵的到来。"

一旁的作战参谋忧心忡忡地说："旅长，三十八团能顶得住吗？这里要是一垮，就会全线崩溃。"

梁忠甲信心十足地说："没问题，三十八团副团长关明杰是一员虎将，在东北讲武堂就多次得到过少帅嘉奖。这个人不但治军严谨，而且非常会带兵打仗，该部的战斗力远在其他各团之上，目前，只有把三十八团放在这个地方我才放心。”

这时一个士兵快步跑到梁忠甲身边，大声报告：“旅长，无线电台被震坏了，已经无法使用。”

梁忠甲大声命令道：“给我赶紧抢修！”

话音刚落，枪炮声大作，飞机巨大刺耳的轰鸣声震得屋顶发出嗡嗡的响声。一个连长跑进来：“旅长，苏军向我阵地再次发起攻击，炮火十分猛烈。”

梁忠甲喊来传令兵：“传我的命令，让三十八团立即进入南山头阵地。”

“是！”

此时，令人不安的夜色在震耳欲聋的枪炮声和硝烟火光中降临了。

满洲里南山头战壕里，士兵们猫着腰一个接一个进入阵地。关明杰举起望远镜，看到大批苏军步兵在坦克掩护下，向阵地前沿压了上来。

关明杰放下望远镜，大声道：“王财！”

传令兵王财应声站到他的面前。

“让三连长到我这里来。”

王财答应一声，一猫腰，沿着战壕跑远了。

不一会儿，三连长气喘吁吁地来到关明杰面前。关明杰沉着地看了看苏军隆隆开来的坦克和进攻的士兵：“看见没有，你带三连从左前方包抄过去，这里一打响，你立即带人炸他的坦克！”

“是！“三连长转身离去。

关明杰仍目不转睛地盯着扑上来的苏联士兵。喊道：“王财！”

王财快步地跑过来。“你让一营、二营、三营营长马上到我这里来！”

“是！”

很快，几个营长都跑了过来，关明杰看着几个营长，严肃地说：“旅长把主阵地交给我们了，这将是一场硬仗，我们的弹药不足，你们告诉弟兄们，一定要省着用，无论如何要坚持到明天早上。”

几个营长走后，苏军步兵在新型MC-18坦克的掩护下，一步步地逼近了前沿阵地。关明杰果断地下达了命令：“打！”

战壕里的士兵采用近距离射击，很快将苏军的进攻打了下去。

时间不长，苏军新一轮的攻击又开始了。阵地被炮火所覆盖。关明杰将王财叫过来：“传我的命令，等靠近瞄准了再射击，不要浪费子弹。”

苏军步兵跟在坦克后面向关明杰固守的南山头阵地压了上来。这时只见三连的士兵从一侧冲出来，不时有坦克被炸坏停在原地不动了，但仍有苏军士兵靠近了阵地。关明杰举枪高声喊道：“打！”

士兵们沉着射击，苏军的进攻再次被击退。

入夜后，四十三团的前沿阵地先后被攻陷，一面面苏军的旗帜在火光中迎风招展。

关明杰举着望远镜观察着阵地前的情况。王财跑来报告：“团长，一营长报告，四十三团的左翼、右翼和大部分前沿阵地已经丢失，四十三团已经准备撤出阵地。”

关明杰脸色阴沉：“知道了。”

这时二营长快步跑了过来：“团长，各连的弹药都没有多少了。”

关明杰看了一眼二营长：“四十三团的阵地已经大部分丢失，情况对我们非常不利。”

“四十三团的阵地要是丢了，我们恐怕也顶不住了。”

“你去告诉弟兄们，没有我的命令不准后退半步！”

这时，苏军的炮火轰击重新开始了，夜色中，苏军士兵在坦克的掩护下，展开了又一轮的冲击。

在关明杰组织的顽强阻击下，苏军不得不再次退了下去。关明杰沿着战壕来到一个长着一张娃娃脸的士兵身边，拍拍他的肩膀：“怎么样？”

士兵立正回答道：“请副团长放心，我们一定不会后退！”

其他的士兵也齐声高喊：“绝不后退！”

关明杰看了看自己手下这些跟他一块出生入死的弟兄：“你们是好样的，但我不得不告诉大家，我们的弹药所剩无几了，情况对我们非常不利。”

站在他旁边的一营长没想到仗会打到这个份上：“副团长，你说怎么办，我们听你的！”

关明杰高声道：“弟兄们，由于战事突发，后勤补给不足，我们支撑不了多久了！”

一营长一跺脚：“这仗还怎么打！”

这时一个负责瞭望的士兵扭过头来：“营长，敌人又进攻了。”

话音刚落，炮弹就呼啸着接连二三地落到阵地上，苏军在夜色的掩护下展开了又一轮攻击。

关明杰举枪道：“弟兄们，跟大鼻子拼了！”

激烈的战斗开始了。经过一场厮杀，苏军在阵地前面留下了十几具尸体后，不得不又一次退了下去。

漆黑的夜色中，阵地前到处是燃烧的火光，战壕里躺着一个个负伤的士兵。一营长跑过来：“团长，各连的弹药都用完了。”二营长和三营长也跑过来：“团长，弹药没有了。”

关明杰看了看战壕里的士兵，大声问：“弟兄们，我们的弹药没有了，怎么办？”士兵没有丝毫的畏惧：“拼刺刀！”

关明杰满意地点了点头：“对，没有接到命令前，我们绝不撤出阵地，没有子弹就拼刺刀！哪个也不许给我当孬种，死了下辈子咱们还做弟兄！”

士兵们齐声高呼：“不当孬种！”

关明杰掏出身上带的十块大洋，问旁边一个年轻的士兵：“你叫什么名字？”

这个士兵立正回答：“我叫张军。”

关明杰把大洋交到这个士兵的手里：“这钱你拿着，要是能活着回去就娶媳妇成家好好过日子吧。”

他用力地拍了拍这个士兵的肩膀，转过身来大声命令道：“上刺刀！”火光中，无数把刺刀发出幽幽的光亮，一场厮杀就要开始了。

这时，旅长梁忠甲的传令兵弯着腰快步跑了过来：“关团长，旅长命令你们，天亮前撤出阵地，向扎赉诺尔方向退守，以待援军！”

“知道了！”

传令兵转身跑远了。关明杰松了一口气，转过身来：“王财！”

“到！”

“传我的命令，一营掩护，其余各营把受伤的弟兄带上，半小时后撤出阵地。”

“是！”

午夜过后，苏军的进攻暂时停止了，一队长长的人影，互相搀扶着，从南山头阵地趁机撤了出来。在他们身后，四处燃烧的火光像一只只野兽伸出的爪子，似乎要将原本平静深邃的夜空撕成碎片。

与此同时，苏军对绥芬河车站的轰炸也进入了白热化。一架架苏军的飞机呼啸着从绥芬河车站上空掠过，从飞机上扔下的一串串炸弹落到地上，巨大的爆炸声此起彼伏，车站四周腾起一股股烟柱，这个边陲小站很快被淹没在火海之中。

张浩带着伙计们躲在车站附近的一片树林里，看着车站四周的冲天火光，眉头紧锁。

坐在一旁的吴福禄担心地问："咋办？"

张浩回过头看了他一眼："福禄，你先去探探路，看还能不能把机车开走，停在这里看来是凶多吉少。"

"好！"吴福禄一猫腰钻出了树林。

张浩招了招手，伙计们凑过来："弟兄们，我们要做好最坏的打算。"

一个圆脸，长着一对小眼睛的伙计出主意说："队长，要是实在走不了，咱们就想办法把机车隐蔽起来，不能明睁眼露地等着挨炸啊。"

张浩琢磨了一会儿："好，就按你说的办。"

这时吴福禄满头大汗气喘吁吁地跑了回来："队长，完了，走不了了。"

张浩一拳砸在树上："糟糕！"

吴福禄喘息未定地说："车站的苏方人员已经全部撤离，从绥芬河到阿城的路轨被苏方全部破坏，后退的路已经被堵死了。"

张浩思索了片刻，说："弟兄们！既然走不了了，大伙动手，赶快把机车和油罐车用树枝盖起来。"

苏军的第一拨轰炸结束了，车站上空出现了暂时的平静。张浩一挥手："快！"

张浩带着伙计们跳上机车，一个伙计摆动着小旗，指挥机车牵引着后面的油罐车开出了车站，"咣当"一声停在岔道上，边上是一片很大的树林。

张浩和伙计们从车上跳下来。"好，就停在这，大伙去林子里多砍些树枝来。”

伙计们跟着张浩钻进树林里，砍来一捆捆的树枝，很快将机车伪装起来。张浩跑到附近的一座山坡上，举目看去，见机车与树林几乎连成了一片，分辨不出机车在什么地方了，满意地点点头：“好，大伙赶紧到林子里躲一躲。”

黄昏时，苏军又一轮轰炸开始了，而且比上一次更加猛烈。停靠在车站里的一辆运送木材的货车被炸后燃起大火，凶猛的火舌很快就吞噬了十几节车皮，粗大的圆木在烈焰中发出“噼噼啪啪”的响声。

“轰！轰！”随着飞机扔下的炸弹发出震耳欲聋的巨响，又有一辆拉煤的机车被炸起火。整车的煤被点燃，飞蹿的火舌腾空而起，浓烟遮天蔽日。

天黑后，轰炸结束了。张浩一挥手：“快！”大伙跑到机车跟前，前后左右查看了一遍，吴福禄兴奋地跑到张浩面前：“太好了，没事！”

那个圆脸，长着一双小眼睛的伙计也兴奋地说：“多亏了咱们用树枝遮挡起来了。”

伙计们在地上又跳又蹦，那两辆拉木材和煤炭的机车仍在熊熊燃烧，火光将车站照得通亮。

绥芬河车站外围的一户民房被当成了苏军临时指挥所。东屋墙上并排挂着两幅军用地图，地上放着一张桌子，上面放着一把水壶、几个水碗、两部军用电话。桌子旁边放着几个凳子。西屋报务员的喊话声、指挥员发出的命令声、发报机短促而有节奏的嘀嗒声响成一片。

苏军上尉连长伊万诺维奇回到东屋作战室，没等坐下，苏军步兵排长谢廖沙从外面进来了：“上尉同志，您找我。”

伊万诺维奇看了一眼谢廖沙，示意他坐下，说：“我们刚刚接到上级的命令，让我部立即炸毁车站里所有中方的货车，彻底捣毁国民政府军队撤退的运输工具。”说到这，他把两手合起来，做了一个手势：“我们要把东北军全部消灭在满洲里一线。”

“是，上尉同志，我们的空军已经对车站进行了多轮轰炸，车站里的所有车辆已经全部被炸毁。”

“好，你派人再检查一下，决不能给中方留下一辆机车。”

“是！”

“我等你的消息。”

谢廖沙敬了个礼出去了。伊万诺维奇站在地图前，凝视着绥芬河车站，用红色的铅笔重重地在上面画了一个圈。

火光笼罩下的绥芬河车站到处充满了焦煳味。张浩用树枝将守车的车窗盖严实后，从一个箱子里拿出一支蜡烛点燃，扫视了一眼面前的伙计，神色凝重地说：“我刚刚清点了一下，剩下的干粮只够吃一天的了。”

伙计们你看看我，我看看你，谁也没说话。吴福禄沉不住气了：“不行明天去老百姓家里弄点吃的。”

张浩晃了晃脑袋：“大鼻子的飞机这几天狂轰滥炸，街里的人恐怕早跑光了，再说车站已经被大鼻子封锁，根本出不去了。”

伙计们像一下掉进冰窟里，身上升起一股寒意。

“现在我们是前进无路，后退无门了。”张浩觉得没有必要跟自己的弟兄们隐瞒实情。

吴福禄挥舞了一下拳头：“既然咱们在洪小姐和吉庆兄弟面前夸下海口了，就是上刀山下油锅也得挺着了。”

张浩从怀里掏出郑春仁写的信：“弟兄们，这是掌柜的让吉庆和洪柳小姐给我们捎来的信，我给大伙念念。”

张浩展开信，借着蜡烛的光亮一字一句地念道：“贤弟如晤：各种迹象表明战事已迫在眉睫。此事非兄所能掌控，吾对弟兄们的安危万分挂记，唯有加饷以安吾心。望你及弟兄们切记，一旦战端突起，弟兄们不必在原地死守，可伺机灵活处置，以保全性命为要。兵燹无情，如有弟兄遭遇不幸，可获一千大洋赏金。父母皆由我公司养老送终，并将子女抚养成人。顺致，大安。郑春仁。”

伙计们听罢沉默了一会儿，说：“掌柜的越是这样，我们越是应该保护好机车！”

张浩把信放进怀里：“好吧，从现在开始，大伙互相照应着点，咱们生死在一块了。”

张浩将车窗扒开一条缝，见白天遭到轰炸的几节货车上的木材仍在燃烧。回过头来冲着吴福禄吩咐道：“你带两个弟兄去打桶水来，留下两个人放哨，其余的人抓紧时间休息。”

吴福禄带着人打开车门，正准备下车，一抬头，发现一道手电筒的光亮由远而近。他急忙放下手里的水桶，扭过头去冲着张浩说：“队长，有情况。”

张浩一口吹灭了蜡烛，探出头去，看到手电筒的光亮离这里越来越近，而且已经能清楚地听到苏军士兵叽里呱啦说话的声音了。

张浩回头冲着几个伙计压低了声音：“不好，大鼻子过来了。”

伙计们迅速操枪在手，从守车的车窗和打开的车门观察着外面的动静。

这伙人离机车越来越近了，借着货场上的火光，张浩看清了一共是六个人，他们端着上了刺刀的步枪，呈二人一组侦察队形搜索着靠近了机车。张浩不懂俄语。一招手将吴福禄叫过来：“福禄，你听听他们在咕噜些什么。”

吴福禄侧楞着耳朵听了一会儿，转过头来神色紧张地说：“他们是在寻找没有被飞机炸毁的机车。”

这时，走在前面的两个苏军士兵借着手电筒的光亮，发现了道岔上被树枝伪装起来的机车和后面的一溜油罐车。其中一个士兵兴奋地大声咕噜了几句。

吴福禄听了说：“不好，他说发现了一辆隐蔽的机车。”

张浩看到几个苏军士兵停了下来。一个头头模样的人低声下达了命令。

吴福禄惊慌地低声道：“不好，他们说要炸毁机车。”

“你看看，除了这几个家伙，还有没有别人？”

吴福禄仔细地观察了一会儿，说：“没发现其他的人。”

张浩果断地下达了命令：“不能让他们把机车炸了，记住了，不到万不得已的时候不准开枪，一开枪就暴露了目标。”

伙计们紧了紧腿上的绑腿，检查了一下随身携带的短刀和匕首。张浩一挥手，伙计们快速下了守车。

六个苏军士兵二人一组，借着手电筒的光亮开始分头在车底下安装手榴弹和炸药。

吴福禄带着两个伙计从机车的一侧钻到车身底下，趴在路基上见苏军士兵只顾往车底下塞炸药，没有发现他们，三个人从机车的另一侧钻出来，饿虎扑食一般将两个苏军士兵扑倒在地。

两个苏军士兵没有任何防备，受到突然的攻击一时有些惊慌失措，但他们毕竟训练有素，暂时的惊慌过后，立刻反应过来，翻过身来同三个伙计展开了搏斗。一个苏军士兵挥起拳头朝迎面的一个伙计砸来，这个伙计一闪身，苏军士兵扑了个空，高大的身躯像一截木桩倒在路基上。一个伙计一步跨过去，两个人扭打在一起。另一个士兵见势不好，起身想喊人，一个伙计从后面上来就是一刀，这个苏军士兵倒在了地上。

不远处的另一组苏军士兵听到这边有动静，端着枪跑过来，没想到那个圆脸，长着一双小眼睛的伙计带着人从他们背后猛扑上去，“唰唰”几刀两个苏军士兵负伤后跑了回去。那个头头模样的人一看不好，大声咕噜了一句什么，转身带着剩下的那个士兵撒腿就往回跑。吴福禄抬手举起枪来被张浩伸手摁下了：“别开枪！”吴福禄把举起来的手又放下了。

“快，上车！”张浩命令道。

几个人快速地回到守车上。火光中倒在路基旁边的那个苏军士兵像随手扔在地上的一条口袋，张浩知道，苏军一定不会善罢甘休。

苏军临时指挥所的灯一直亮着，上尉伊万诺维奇连长不时掏出怀表看看时间，眼看着天快亮了，心中焦急，谢廖沙怎么还不回来？

这时门开了，谢廖沙神色惊慌地闯了进来：“上尉同志，不好了。”

伊万诺维奇一惊：“出什么事了？慌慌张张的。”

“我的一个战士被杀了。”

伊万诺维奇连长紧紧盯着站在面前的谢廖沙道：“你再说一遍，是被什么人杀的？”

“我派出去的人在车站附近的一个岔道上发现了一列隐蔽起来的中方拉油料的机车，战士们正在安放炸药时，车上下来了一伙人。”

伊万诺维奇脸色变得铁青，大声命令道：“全连集合！”

天刚亮，苏军上尉连长伊万诺维奇便指挥苏军士兵将守车包围了。

张浩看了看外面的苏军，转过头来对身边的伙计说道：“弟兄们，大鼻子来报复了，看来今天凶多吉少。”

吴福禄拍了拍手里的枪：“不是鱼死就是网破！跟他们拼了！”

张浩打开盒子枪的保险压上子弹：“好，哪怕就是剩下一个人，也不能让他们把机车炸了！”

“队长，你放心，这节骨眼儿上咱们要是当孬种就不是爹娘养的!”

这时上尉连长伊万诺维奇手中的枪响了，紧跟着密集的子弹像刮风一样向车厢扫来。接着，苏军士兵在谢廖沙的带领下向守车冲来。

张浩沉着地下达了命令：“弟兄们，把你们的看家本事拿出来，给我瞄准了打，死，咱们也得抓俩垫背的。”

苏军士兵越来越近。

“开火！”

伙计们枪法精准，几个冲在前面的苏军士兵接连被打倒在地。可后面的接着冲了过来。这时，苏军一辆坦克也轰鸣着开了上来。一边行进一边射击，炮弹在车厢周围连续爆炸，一股股黑色的烟柱腾空而起。突然，车厢顶的木板被炮弹掀飞了一大块。接着两个伙计被弹片击中，倒在血泊中。

张浩大声道：“大家别怕！”

伙计们继续射击，又有几个苏军士兵倒下了。

上尉伊万诺维奇见守车里的人枪法如此厉害，命令道：“停止攻击。”士兵们撤了回去。

他开始指挥坦克，用火炮朝守车展开了猛烈的轰击。一个伙计的脸被弹片削掉半边，哼都没来得及哼一声就死了。又一个伙计负伤倒下了，而坦克炮火却越来越猛烈。

吴福禄见状，大声道：“队长，投降吧，再这样打下去，弟兄们就全完了！”

张浩一想吴福禄说得对，再打下去只能是白白送死，他咬着牙冲着沈阳的方向高声道：“掌柜的，不是我不忠，敌人的炮火太猛了，我不能把弟兄的命都搭上啊！”

说完张浩从死去的一个伙计身上脱下白褂子，挑到枪尖上，从车窗里探了出去，转过头来对吴福禄道：“你告诉他们不要打了，我们投降！”

上尉连长看到从车里伸出来的白旗，命令坦克停止炮击。冲着守车大声命令道：“都给我下来！”张浩带着伙计从车厢里举着枪走了下来。

伊万诺维奇上尉两眼冒火，带着满肚子的气厉声命令手下的士兵：“给我捆上带走！”

谢廖沙带着几个苏军士兵上前将张浩和几个伙计捆起来押走了。

来到临时指挥所旁边的一片树林里，苏军士兵将张浩和他的十几个弟兄一个个绑在了树上，苏军士兵开始吃早饭。

吴福禄扭过头去，用俄语大声道：“嘿，你们别光顾自己吃，我们这还饿着肚子呢。”

一个苏军士兵将一块面包放到嘴里，抬起头来斜着眼睛瞧了瞧吴福禄，没好气地说：“你还吃饭？想得美！等一会儿都送你们去见上帝。”

吴福禄像没听见一样：“你听听，我的肚子一个劲地叫唤，你总不能让我们做个饿死鬼吧。”

苏军士兵将一只罐头打开，从里面挖出一块牛肉放到嘴里：“你们这些土匪！打死了我们一个弟兄，再嚷嚷，我毙了你！”说着把枪举了起来。

这时，排长谢廖沙走过来，上下打量了一下吴福禄：“哪个是你们头儿？”

“我是。”

谢廖沙抡圆了给了吴福禄一个大嘴巴：“混蛋，你敢骗我。”他走到张浩面前，围着树转了一圈，用眼睛盯着张浩，“你是他们的头吧？”

张浩点了点头：“是，你们想干什么？”

谢廖沙一挥手，过来三个苏军士兵。他指了指张浩和吴福禄：“把他们两个给我带走。”

几个苏军士兵解开捆在张浩和吴福禄身上的绳子，两个人被苏军士兵带出了树林。旁边的几个伙计大声喊叫起来，“嘿，还有我们几个呢，要死我们一块死！”

连长伊万诺维奇上尉在指挥所里一边嚼着罐头牛肉，一边打电话：“喂，你们那里情况怎么样？好，把铁桥立即炸掉，好。”

放下电话，见谢廖沙把人带来了。他整了整军服命令道：“带进来！”

苏军士兵押着张浩和吴福禄走了进来。

伊万诺维奇上尉一步跨到张浩面前问道：“你们是什么人？”

吴福禄看了看张浩：“他问你是什么人。”

张浩一挺胸脯：“我们是奉天恒通燃油贸易公司的伙计。”

“你们为什么打死了我的士兵？”

“我们来你们的炼油厂拉油料，厂里却迟迟不发货，没想到赶上了打仗，我们被困在车站货场里。昨天夜里，你们的人要炸掉机车，不得已我们才动了家伙，你的人死了，我的伙计也被你们打死了好几个。”

伊万诺维奇听了，思索片刻后问：“你说的是实话？”

“我们跟你们炼油厂签的合同在我这里，糊弄你干啥。”

上尉扭头冲着谢廖沙：“去，拿来。”

谢廖沙过去从张浩的怀里掏出一张纸，转身交给上尉。伊万诺维奇打开合同仔细地看了看，然后抬起头来说：“好吧，既然是这样，那就算了。”

他命令解开张浩和吴福禄身上的绳子，说：“你们放心，我们苏联红军不杀老百姓，是你们国民政府的东北军抓走了我们的人，我们不得已为了自卫，保护我们的利益才跟你们打起来的。你们跟我们做生意，是我们的朋友，你可以回去了。”

张浩活动着被绑得生疼的胳膊，没有动地方。

伊万诺维奇上尉不解地看着张浩："我说的话难道你没听明白？你和你的部下可以走了。"他耸了耸肩，两手摊开，做了一个请他们走的手势。

张浩将信将疑地盯着伊万诺维奇："你是说，我们可以走啦？"

"是的，小伙子。"说着用手拍了拍张浩的肩膀，竖起大拇指，"张，你是好样的，我很佩服你的胆量和忠诚，要不是打仗，我会请你喝一杯的。哈哈哈！"

张浩和吴福禄从屋子里出来，来到树林里，解开伙计们身上的绳子，一行人从树林里出来，回到守车上。

不一会儿，苏军的几个士兵送来了面包和水。张浩招呼伙计们道："来，弟兄们，吃饭！"伙计们抓起面包大口吃了起来。

刚一入冬，郑春仁便再也支撑不住，病倒了。他躺在炕上，身上盖着棉被仍冷得浑身打战。齐玉萍用手摸了摸郑春仁的额头，热得烫手，心里直犯合计，都三天了，怎么吃了药不见好呢？

下晌韩吉庆来了，见郑春仁躺在炕上昏睡不醒，急着问："嫂子，大哥咋样啦？"

"都烧了三天了，老是不见好，从昨天开始，还一个劲儿地说胡话。"

这时只听郑春仁嘴里含混不清地咕哝道："快，快跑！"

韩吉庆凑到郑春仁的跟前，俯下身说："大哥，我知道你是惦记张浩他们。"

韩吉庆的话还没说完，郑春仁突然伸出手在空中乱抓起来："完了，全完了！"

韩吉庆叹了一口气："唉，这么长时间了，张浩那里一点消息也没有，大哥能不着急上火吗？"

“是啊，开始是感冒，哪知道吃了几服药不但没见好，还发起高烧来，急死我了。”齐玉萍将郑春仁头上的毛巾拿下来，放在水盆里投了投，重新放到郑春仁的额头上。

“郎中看了咋说？”

“郎中说这病是忧思过度，邪气内攻引起的。这两天，你大哥半夜咳嗽得厉害。”

“你好好劝劝大哥。”

齐玉萍摇了摇头：“我说啥他都听不进去，这可咋整？”

韩吉庆心里干着急，却拿不出更好的办法来：“等仗打完了，大哥的病也许就好了。”

“可谁知道这仗要打到啥时候啊。”

郑春仁又伸出手舞动起来：“不好啦，大鼻子来了！”

齐玉萍鼻子一酸，流下泪来：“春仁，你这是咋了？”

转眼又是七八天过去了，吃了几服药，郑春仁的烧总算退了下来。天傍黑的时候，齐玉萍将碗里的药一点点地喂下去，想不到郑春仁慢慢睁开了眼睛。齐玉萍禁不住喜极而泣，将脸贴在郑春仁的额头上：“你吓死我了，烧了这么多天，我真怕你有个好歹。”

郑春仁无力地拉住妻子的手，过了好一会儿才缓缓地说：“我是惦记张浩他们啊，机车真要是被炸坏了，咱这买卖也就完了。”

“买卖做不做是小事，有人就行，你上火顶啥用？”

两个人正说着话，韩吉庆手里拿着一张《盛京时报》敲门进来了，他骗腿上了炕，凑到郑春仁跟前，抖了抖手里的报纸，兴奋地说：“大哥，仗打完了！这是今天的报纸，你听着。”韩吉庆展开报纸大声念道，“中东路战火已熄，张学良损兵折将。”

“你是说战争结束啦？”

“是呀，战争结束了。”

郑春仁嘴唇动了动，脸上露出了一丝笑容，过了一会儿眼角流出了两行泪水。

韩吉庆用手指敲打着报纸：“大哥，报上说：在这次中东路事件中张学良一败涂地，没办法，在张作相的力劝之下，经过谈判，在双城子签订了《停战议定书》。”

郑春仁吃力地拉住韩吉庆的手：“好哇，扶我起来。”

齐玉萍见郑春仁被韩吉庆扶着慢慢地坐了起来，忍不住嘤嘤地抽泣起来。

傍晚，哈尔滨东省特区长官公署督办吕荣寰把刊登有东北军战败消息的《盛京时报》狠狠地摔到桌子上，一脸怒气地对站在边上的秘书抱怨道：“小六子这个笨蛋，好几万的东北军怎么会一败涂地！”

“苏维埃红军简直是摧枯拉朽，太厉害了！少帅抵挡不住啊。”到了这个时候，秘书也只好实话实说了。

吕荣寰仰头长叹：“无能啊！养这么些人，都他妈的是吃干饭的。”

这时，机要副官进来，将一封电报从公文夹里抽出来交给吕荣寰：“督办，少帅电报。”

吕荣寰劈手把电报拿到手里从头到尾看了一遍，随手将电报撕得粉碎，暴怒地吼道：“妈的，把我解职了！哈哈哈，解职了！真是狡兔死走狗烹，飞鸟尽良弓藏啊，完了，全他妈完了！”

吕荣寰怒不可遏地走到墙上挂的东北地图跟前，伸手一把将地图扯下来。用手狠命地撕扯起来：“完了，我的洋房、女人、金条全没了！”他暴跳如雷，转身又一把将桌子上的文件统统掀落到地上，他像一头暴怒的狮子："我堂堂的中东路督办、理事长，一夜之间变成了一只可以任人宰割的秃尾巴鸡！天理何在！"

门开了，两个东北军军官表情严肃地走进来："督办，少帅命令。"

吕荣寰无力地站起来："念！"一名军官打开电报夹念道："从现在开始，解除中东铁路督办处督办吕荣寰一切职务，着其即刻来沈。"

军官把电报收起来，看了一眼面前这位曾不可一世的督办大人："请跟我们走吧。"

吕荣寰浑身瘫软，向前走了几步险些跌倒，两名军官上前架起他走出了办公室。

他的身后，被撕碎扔在地上的地图碎片被风吹得向前翻滚了几下，像一只只吃了药的老鼠无精打采地趴在地上不动了。

房间显然是刚刚打扫过，哈尔滨中东铁路苏联局长叶木沙诺夫大步走进办公室，环视了一下四周，坐到办公桌后面满意地点了点头。

中方的一个站长敲门进来一拱手："叶木沙诺夫局长，从现在开始，中东铁路重新开始由中苏共管运营了，恭喜你再次荣升局长。"

叶木沙诺夫站起身来，满脸喜色地冲着向他道贺的中方站长说："那个张学良真是不自量力，还敢跟我们动手，不给他点颜色看，他哪里知道我苏维埃的厉害。"

上午，停靠在绥芬河车站货场的机车拉响了汽笛。吴福禄跑到守车旁边："队长，油都装满了，可以发车了。"

张浩挥动了一下手里的盒子枪："好，上车！"吴福禄一翻身上了守车，机车缓缓开动了。

张浩默默地摘下帽子，看着远处的山坡，眼里盈满了泪水，声音低沉地说：“弟兄们，我会来看你们的！”

列车越开越快，转过一道弯，边陲小城绥芬河便在视线中消失了。

张浩大声道：“鸣枪，拉汽笛，跟弟兄们告别。”

张浩和伙计们举枪朝空中扣动了扳机，高亢的汽笛声和清脆的枪声在山谷中久久地回荡。

机车一路向南驶去，山坡上一棵棵白桦树的枝干笔直地伸向瓦蓝的天空，铁路两旁毁于炮火的残垣断壁，印证了战争的残酷无情。张浩看着远方模糊的山峦禁不住在心里祈祷，但愿战争永远别再发生。

明湖春酒楼从进门的地方就铺上了猩红的地毯，在门前还专门用松枝搭了一座拱门，拱门两侧披着红绸子。

郑春仁、韩吉庆、洪柳从车上下来，洪柳对郑春仁道：“好啊，迎接咱们凯旋的英雄。”

“是啊，大哥还专门点了明湖春的拿手菜——太极熊掌、八卦鱼肚、煽香鸡、拉网白肉、酸菜鱼。”韩吉庆的话没说完，洪柳用手一指从远处过来的几辆马拉轿车：“他们来了。”

不一会儿，三辆马拉轿车缓缓在门前停下，张浩和伙计们从车上下来，郑春仁上前一把将张浩紧紧抱住，眼里含着泪：“兄弟，让你和伙计们吃苦受惊了。”

张浩的眼睛也湿润了：“掌柜的，这也是没想到的事，可不管咋说，咱的机车保住了，这是不幸中的万幸啊。”

郑春仁看着几个死里逃生的伙计，说：“明湖春烹艺名冠奉天城，今晚我在这里摆酒给大伙压惊洗尘。”

张浩一抱拳："那我就代弟兄们谢掌柜的了。"

郑春仁一挥手："走，入席！"

酒桌上专门为死去的三个伙计留了座位，座位前面照样摆上了碗碟筷子，酒菜早已上齐。

待众人坐定后，郑春仁端起酒杯看了看张浩和伙计们，神色凝重地说："来，我提议，为死去的伙计洒酒祭奠。"

所有的人都站了起来，郑春仁把酒杯郑重地举过头顶："众弟兄忠肝义胆，赴汤蹈火，慷慨捐躯，皇天后土所知共见，请受我洒酒祭拜。"

郑春仁将满满一杯酒泼洒在地上。张浩的眼圈红了。

郑春仁重新举起酒杯环视一周："弟兄们，让你们受惊了，今天点的都是明湖春拿手的名菜，你们尽管开怀畅饮。你们舍生忘死的义举我郑某没齿不忘，你们都是我的好弟兄，来，我敬你们一杯。"说完，将杯里的酒一饮而尽。

洪柳重新把酒给郑春仁斟满，郑春仁举起酒杯："今天当着众位弟兄的面，我宣布三件事：第一，我已经重金聘请风水先生勘选好墓地，择吉日将死去的伙计奉迎厚葬，他们的爹娘我会当成自己的父母一样，让他们颐养天年，为他们养老送终，他们的子女我会抚养他们长大成人。第二，今天在座的所有伙计，一律赏大洋一千，从这个月开始，薪俸加倍。第三，擢升张浩为公司副总经理。"

张浩端起酒杯站起来："世事难料，今天掌柜的能如此厚待我们弟兄，今后就是赴汤蹈火，我们也在所不辞！"

"对，赴汤蹈火，在所不辞！"

"砰！"十几只酒杯碰在了一起，每个人的眼里都情不自禁地泛起了晶莹的泪花。

第二十八章

积存在犄角旮旯的残雪一点点地化尽了。一九三〇年初春的一天晚上，韩吉庆一边吃饭，一边在看一部线装本的《聊斋志异》。他正看得津津有味，洪柳敲敲门抱着一摞洗好的衣服进来了。韩吉庆急忙放下书本站起来：“洪小姐来了，快请坐。”

洪柳放下手里的衣服：“都给你洗干净了，也熨好了，以后有了脏衣服都攒到一块，我拿去给你洗，一个大男人洗也洗不干净。”

韩吉庆看了看放在炕上洗得干干净净、熨烫得板板正正的一摞衣服有些纳闷：“唉，你什么时候把我的衣服拿走啦？我怎么不知道。”

洪柳调皮地一笑：“这就不能告诉你了，秘密。”

“这多不好意思，还是我自己洗吧，哪能有劳洪小姐的大驾。”

洪柳见韩吉庆一本正经的样子，觉得好笑：“客气什么，这本来就是女人的活。”说完又随手拿起桌子上的抹布，把韩吉庆刚才吃饭时留下的汤水擦拭干净，放下抹布，又拿起笤帚要扫地。

韩吉庆赶紧伸手拦住了洪柳：“你进屋也不歇一会儿，就忙着干这干那，我可承受不起？”

洪柳看着韩吉庆：“这有什么，女人不就是干这个的吗？要不还要女人干啥？”

“真没看出来，你这么勤快，将来谁要是娶了你，这辈子可就享福了。”

洪柳含情脉脉地说：“我谁也不嫁。”

“那好啊，那你就天天来给我洗衣服收拾屋子吧，一直到你老了干不动为止。”

“行啊。”说罢洪柳咯咯地笑了起来。

韩吉庆急忙摆着手：“别，别，我是说笑话，要是因为给我洗衣服、打扫屋子嫁不出去了，我这罪过可就大了。”

“行，你要是让我嫁人，你看我嫁给谁合适，你给我找个人家吧。”

韩吉庆挠挠头：“别，我可没那本事。”

洪柳拿起桌子上的《聊斋志异》翻了翻：“你喜欢这部小说吗？”

“喜欢，这里的每一个人物都刻画得很生动。”

“书中描写了男女交往中真情所产生的巨大能量。值得一读。”

“是啊，爱情是喜剧，也是悲剧。”

“你说得对，悲欢离合是爱情永恒的主题。时候不早了，我该回去了。”

“我送送你。”

“好哇。劳你大驾了。”

两个人从屋里出来，洪柳挽起韩吉庆的胳膊，朦胧的夜色中两个年轻人并肩走在暖风习习的街上，心里像有一团火在燃烧。

早上，郑春仁进了办公室不大一会儿，洪柳拿着一摞账本敲门进来了。郑春仁从椅子上站起来：“我正想问问你呢，这个月的收入怎么样？”

洪柳将账本放到桌子上：“多亏机车保住了，这个月的收入跟战前持平。”

郑春仁看着洪柳俊秀的面容，一双水汪汪的大眼睛，一种异样的感觉让他觉得有些不自在：“坐，我给你倒茶。”

洪柳忙摆着手说：“我自己来，怎么能让掌柜的给我倒茶。”

“我这没那些讲究。”

郑春仁将茶水放到洪柳跟前：“这是我让伙计新买来的上等西湖龙井。”

郑春仁坐下说：“这些天我一直睡不好觉，老是后怕。”

“对这次中东路事件的严重性我们事先估计不足，要不是张学良的东北军很快败下阵来，公司的损失将无法预料。”洪柳也颇有同感。

“是这样，我原来计划在鞍山开办一家食品厂，在辽阳开办一家书局，以规避资金过度集中在遇到突发事件时带来的风险。可书局到底开不开，一直迟迟下不了决心。”

“为什么？”

“经商言利，可你知道，开书局赚不了大钱。”

洪柳半晌没有说话，起身走到窗前，看着货场上停靠的一列列车皮，慢慢地转过身来，说：“郑老板，当下世人愚钝，国运日下都是因为文化落后所致，郑老板留学日本应当知道，日本正是从明治维新开始提倡文明开化，大力发展教育才逐渐强大起来，郑老板如能投资文化教育，开民众之智，既为经商之道，又有益于国家之崛起，还有什么可犹豫的呢？再说，开书局能不能赚到钱，关键看你怎么经营，我想跟经营什么并没有直接关系。”

郑春仁考虑了一会儿，说：“要是这样的话，明天你就跟我一块去辽阳看看地方。”

“好，我这就去准备一下。”说完洪柳拿起账本开门下楼去了。

郑春仁看着洪柳离去的背影陷入了沉思。他发现无论什么事情到了她那里，这个姑娘总是三言两语便能释然而解，他慢慢走到窗前，望着天际的几缕白云，内心再无法平静。他像是找到了自己遗失的一样东西，而朦胧中被压抑了很久的一种渴求，更让他怦然心动。

第二天下午，郑春仁和洪柳来到辽阳，两个人在街头一边走一边看。郑春仁对洪柳道：“书局的位置不能太偏僻了。”两个人转来转去，来到白塔公园前面的一条街上，只见这里店铺林立，人来人往，十分热闹。

郑春仁转过头去问洪柳：“在这里开书局怎么样？”

洪柳对这一带很熟悉，说：“这里是辽阳最繁华的地方了，史料记载，这座白塔始建于金大定年间，距今已经有七百多年的历史了，这里不但文化积淀深厚，而且附近人烟稠密，建于东汉年间的广佑寺更是人员往来众多，在这里开书局再合适不过了。”

“你说得对，这里地处市中心，商贾云集，人气旺盛，把书局开在这里顾客一定少不了。”

洪柳看着一家挨着一家的铺面，说：“就是不知道周围有没有合适的房子。”

“咱们找找看。”

两个人顺着公园前面的大道往西没走多远，看到有一明两暗的三间平房，门前立着一个牌子，牌子上写着几个大字——本房出租。

郑春仁用手一指门口的牌子：“怎么样，这就叫踏破铁鞋无觅处，得来全不费工夫。走，咱们进去看看。”

两个人一进门，一个三十多岁的女人立刻站起来打招呼道：“二位是打算租房子吗？”

郑春仁点点头：“租金多少？”

“一个月一块大洋。”女人说话嘎嘣溜脆。

郑春仁见屋子还算宽敞，说：“好啊，这房子我租了。”

“您把定钱交了，这房子就给你留着了。”

交过了定钱，郑春仁和洪柳又前后看了看。洪柳说：“这几间房子还算齐整，只要把里面的间壁墙拆掉，粉刷一下就能用了。”

两个人从屋里出来到了街上。郑春仁见天色尚早，对洪柳道：“洪小姐，不介意的话，顺道去我家看看去，我娘烙的黏火勺你一准吃了还想吃。”

洪柳不好推辞，两个人上了车，出城去了野狼窝。

自打过了年，郑满仓就一直闷闷不乐，他原以为郑春义不过说说而已，想不到还真拉杆子成了土匪。他生儿子的气，也心疼那一百垧地。夜已经深了，郑满仓想着心事仍毫无睡意，他翻身爬起来，装上一锅子烟抽了两口，对在灯下做活的王金岫说：“老二这个浑小子把地契拿走十有八九是当了，唉，可惜那一百垧好地了。”

王金岫知道男人心里一直窝着一股火，说：“这几天睡不着觉，我也在琢磨这个事儿，俗话说得好，树大了招风，咱这地契被春义拿走了，不管咋说肉烂还在自己锅里。这年头不太平，咱这家业大了，少不了招人眼热，咱吃过一次亏，不能再跌第二回跟头了。”

郑满仓抽了口烟，闷着头抢白道：“怕这怕那还没法活了，总不能一朝被蛇咬，十年怕井绳吧。”

王金岫停下手里的活沉默了半晌，说：“常言说得好，狡兔三窟，还是提防着点好。”

“那你说咋办？”郑满仓琢磨了琢磨，觉得女人说得也不是没有道理，一时没了主意。

王金岫将纳了一半的鞋底放到笸箩里，说：“这两天我一直在想，以后再买地，最好有现成的房子也一块买下来。”

“我看用不着。”郑满仓嘴上不说，心里想，这纯粹是晴天打伞——多此一举。

“人心难测，穷时嫌你贫，富了恨你有，过日子还是不显山露水好，啥时候让外人也别摸着咱的底细。”

“我看整得这一疙瘩那一块的，咱操不起那份心。”

王金岫拢拢头发：“这地和房子没长腿，不用你看着也跑不了，再说吃亏长见识，要是遇到打家劫舍的土匪，也省得被连窝端了。老话儿说得好，涝了大豆有高粱，咱得给自己留个转身挪步的地方。”

“我看用不着自己吓唬自己瞎折腾。”郑满仓在炕沿上磕了磕烟袋，可想来想去还是拿不定主意，“我看不行问问春仁再说吧。”说完脱了衣服拉过被子，“累一天了，你也早点歇着吧。”

第二天中午，郑满仓和王金岫正在吃饭，郑春仁和洪柳推门进来了。

郑满仓乐了，忙放下饭碗：“呦，是春仁啊，回来也不吱一声，吃饭了没有？”

“没呢，这不，回来吃娘烙的黏火勺来了。”

王金岫一听，放下筷子从炕上下来。郑春仁拉过洪柳说：“娘，这是我们公司新来的洪小姐。”

王金岫拉着洪柳的手，说：“你们先坐会儿，我这就给你们烙黏火勺去。”说完摸索着出去了。

郑满仓装上一锅子烟吧嗒吧嗒抽了两口，问：“你们这打哪儿来？”

郑春仁让洪柳坐到炕上，自己也拉了凳子坐下，说：“我准备在辽阳开一家书局，今儿个我和洪小姐去辽阳看房子了。”

郑满仓抬起头责备道：“你有钱不多买几垧地，开书局干啥？”

郑春仁一时不知道该怎么跟父亲解释。郑满仓看着儿子不满地说：“有钱买地盖房子，谁也扛不走，挪不动，到啥时候都是自己的。不是我说你，别有俩钱就烧包，整些个没用的。”

这时王金岫端着烙好的黏火勺进来了，招呼洪柳和郑春仁说：“快趁热吃。”

“来，尝尝我娘的手艺。”郑春仁也坐到炕上，夹起一个火勺放到洪柳的碗里。

郑满仓在鞋底上磕了磕烟袋，说：“正好你回来了，有件事想让你给拿个主意。”

郑春仁放下筷子，问：“啥事啊？”

王金岫拢拢头发，说：“是这么回事，你二弟偷着把地契拿走后，我睡不着觉的时候老是合计，有了肉就招狼惦记，我想以后要是再买地盖房子，别再可着一个地方下笊篱，一张饼要是做厚了，让人看了眼馋，要是把它摊薄了，别人就是想吃，没有嚼头，也就不惦记了。”

“可我觉得用不着。”郑满仓满不在乎地瞥了妻子一眼。

“爹，让我说，娘的话有道理，按照经济学上的说法，这叫作多元化投资，在遇到人为和突发的自然灾害时可以最大限度地减少财产损失。”

郑满仓重新装上一锅子烟，闷声闷气地把儿子的话给堵了回去：“你说的那些我不懂，我就问你一句话，这事行不行？”

“我看行。”

洪柳也放下筷子，说：“大伯、大妈，我这次跟郑老板回来开书局也是这个目的。你们想，要是把一筐鸡蛋分开放在几个篮子里，遇到个沟啊、坎的，就是有一个篮子的鸡蛋打了，不是还有别的鸡蛋在吗？”

郑满仓琢磨了半晌，说：“嗯，这话在理，兔子还得给自己多找几个窝呢。”

郑满仓的话还没说完，刘喜开门风风火火地从外面进来了。见了郑春仁热情地招呼道：“呦，表弟啥时候回来的？”

“刚到家。”郑春仁见刘喜这么急火火地来，知道一定是有什么事，果然，刘喜兴冲冲地说：“真是来得早不如来得巧，今儿个大仁屯的韩大头找我，他打算跟别人去开矿，又赶上他娘病了，急等着用钱，想把房子和地卖了，让我帮着搭咯买主呢。”

郑春仁听了，问道：“他有多少地要卖？多大的房子？”

“一个大套院，三间正房，东西两间厢房，东跨院还有一个牲口棚。地呢，是一把能攥出油来的一等一的上等地，打算出手的有一百多垧吧。你就放心吧，我跟他是多年的哥们儿了，三天两头去他家喝酒打牌，错不了。”

郑春仁心想，爹一直在生二弟的气，干脆把这地和房子一块买下来，爹也许就高兴了。想到这对喜子说：“这真应了那句话，买的遇上卖的了。我今儿个回去马上让吉庆带着钱过来，你跟卖主说一下，这事就这么定了。”

刘喜一边点头，一边美滋滋地想：“韩大头找我算找对了。”

郑春仁因为要急着赶路，站起来跟刘喜和两位老人道别后，出了屋子跟洪柳上了停在院门口的马拉轿车回了沈阳。

大仁屯的地主谭永山本打算把于山除了，照常收他的租子。没想到开犁种地没几天又来了一个人，这人三十多岁，说话干净利落，带着农会的王绍山、老王头的侄子、赶车的老张头来到他家说，他已经答应于山收一半的租子算不算数。他暗中杀了于山本来就心虚，只好一口答应下来。转过年来他听赵顺说，村里韩大头的房子和地要卖掉。吃了晌午饭睡了一觉，醒后坐起来，装上一锅子烟把赵顺喊了进来。谭永山看着自己这个得力的管家，说：“你不是说韩大头的地和房子要卖吗？”

“是啊，我这就去他家里问问。”

“这个韩大头急着卖地卖房子干啥。”

“听说他要跟别人合伙开矿，又正赶上他娘病得厉害，急等着用钱。”

谭永山不怀好意眨了眨眼睛：“要是这样的话，你去了把价给他压下来。”

“老爷，给他什么价？”

谭永山思忖了片刻，伸出手来比画了一下。谭永山想借机弥补一下这两年租粮上的亏欠：“老爷，您是说给他一半的钱？”

“是啊。”

“他要是不卖咋办？”

谭永山眼露凶光：“还反了他了，在这一亩三分地上，我谭永山吐口唾沫就是橛儿。他要是敢说半个不字，我有的是办法收拾他。”

赵顺带着几分讨好道：“那是，那是，他韩大头长了几个脑袋，敢不听老爷的。我这就过去找他。”

赵顺走了，谭永山也穿上鞋下地去了后花园。“二八佳人一出门，遇上王郎走了神。”那只老花猫跟在谭永山后边，听他哼哼唧唧地来到凉亭里坐下，也蹲在地上不动了。

韩大头四十出头，其实他叫韩旺举，名字是爷爷给起的，是指望让他将来能一举成名。因为从小脑袋就比别的孩子大一圈，人送绰号韩大头。光绪年间他的爷爷带着三个儿子在大仁屯安了家，到了他父亲这一辈积攒了一笔家业。爹娘就生了他这么一个儿子，父亲死后，韩大头听说岫岩一带开了很多玉矿可以赚大钱，便跟母亲商量，打算把房子和地卖了去跟人合伙开矿。想不到母亲一听他说又卖房子又卖地急火攻心，一下子病倒了。韩大头把母亲送到鞍山治病，急着出手想把房子和地换成钱，打算等母亲的病好了再说。头晌，他从鞍山回来，正手忙脚乱地收拾东西，赵顺开门进了院子，韩大头迎出去将赵顺让进上房。赵顺眯缝着小眼睛阴阳怪气地瞥了一眼韩大头："你不是说要卖地卖房子吗。"

"可不是咋的。"

"你的地和房子我家老爷买了。"

"给啥价？"韩大头急着问。

赵顺两腿一叉："价钱吗，给你这个数。"说着用手比画了一下。

韩大头看了急赤白脸地大声道："你家老爷也太黑了吧，这么好的地、这么好的房子就给这个价，这不看我急等着用钱，明摆着拿我当傻子吗？"

赵顺龇了龇牙，道："行啊，不卖是不是？"

"不卖，爱咋的咋的，看我老实呗，也不能这么熊人啊。"

赵顺用手指点着韩大头："你小子还他妈别给脸不要脸，给你这个价还是我家老爷看在乡里乡亲的分上多给你了。实话告诉你，你要是不卖，我家老爷明天就让日本警备队的山田队长把你抓起来，让你尝尝压杠子、坐老虎凳的滋味，到那个时候，可别怪我没跟你把话说明白。"

韩大头气得脸上青一块紫一块的："你别拿日本人吓唬我，你就是把天王老子搬出来也没用！"

“好，你等着。”赵顺说完气呼呼地一摔门走了。

韩大头看赵顺出了院子，往地吐了一口唾沫：“呸，王八蛋！不卖，就不卖！”

谭永山让管家赵顺去找韩大头却迟迟不见他回来，心里有些着急，装上一锅子烟刚想划火，赵顺垂头丧气地进来了。谭永山看他无精打采的样子心里先凉了半截：“韩大头没答应？”

“可不是咋的。”

谭永山立睖起眼珠子：“咋的，他不卖？”

赵顺添油加醋地说：“这个韩大头，不卖不说，还说了老爷一大堆难听的话。”

谭永山用烟袋锅敲着桌子：“还反了他了，走，带我看看去，这个韩大头真是不识好歹。”

赵顺走后，韩大头把箱子里的衣服掏出来，放到炕上的一个包袱皮上，正笨手笨脚地往一块捆扎，刘喜推门进来了。

韩大头直起身子高兴地说：“喜子来了，快坐！我去给你倒水。”

“不用了，找我啥事啊？瞅这架势要搬家咋的，整的劈儿片儿的。”

韩大头坐到炕上：“别提了，事儿都赶一块了，我跟一个朋友打算去岫岩合伙开矿，想不到我老娘又病了，我急等着用钱，想把地和房子卖了。头几天看到谭永山的管家赵顺，顺口说了一嘴，哪承想刚才这小子来了，说只给我一半的钱，这不扯吗？我再着急用钱也不能卖啊，这不是明摆着熊人吗？”

刘喜听了也挺生气：“谭永山瞅着人模狗样的，一肚子坏杂碎。不卖他。”

韩大头拉着刘喜的胳膊说：“你认识的人多，找你来就是想让你赶紧给我搭咯一个买主。”

刘喜合计了合计，大包大揽地说："行，一半天你听信吧。"

"那老弟就给你添麻烦了。"

"这是哪儿的话。"

"都这么晚了，在我这吃了饭再走吧。"

"我还有点事，改天再说吧。"说完刘喜便急匆匆地走了。韩大头心里有了底，心说：谭永山你个王八蛋，想占我的便宜，没门！

后晌，韩大头看看东西收拾得差不多了，来到院子里，坐在凳子上端起水碗想喝口水，只见谭永山带着赵顺和蛤蟆眼进了院子。

韩大头忙站起来："呦，永山大哥来了，屋里坐吧。"

谭永山斜着眼睛瞅了瞅韩大头："我听赵顺说，你的地和房子要卖？"

"是。"

"我买了。"

"赵顺跟我说了，你给的价太低了，你也不合计合计，要不是急等着用钱，我卖房子卖地干啥？"

谭永山眼珠转了转："这样吧，看在乡里乡亲的分上，我再给你加点。"

"加多少？"

谭永山伸出手比画了一下："房子呢我再多给你一块大洋，地我再多加两块大洋，你看咋样？"

韩大头心想，这个老滑头，净想占便宜："永山大哥，你要买，就照眼下的行市，一分不少地给我，你要不买就拉倒，房子和地是我自个儿的，卖不卖我说了算。"

谭永山用烟袋杆指着韩大头："你不给大哥面子是不是？"

韩大头的倔劲也上来了："我卖的是地和房子，又不是面子。"

谭永山一听急了："我把丑话说在前头，这地和房子你要是不卖给我，我看他谁还敢买。你不信，要是哪个不觉景儿的买了你的房子、你的地，我让他一天也待不下去。"

韩大头强压住火气，说："永山大哥，你这么做有点过分了吧，这不是明摆着欺负人吗？"

谭永山拉拉着脸："从今儿个起，我让人在这看着，来一个我给你搅黄一个。"

韩大头气得半天没说出话来："我说姓谭的，你也忒损了点吧，你这不是骑在人家脖子上拉屎吗？"

"你说对了，这还是轻的，你要是把我惹急了，我就把你送到日本宪兵队山田那，不死也扒你一层皮！你小子要是明白事，就给个痛快话儿，要不，走着瞧。"

说完谭永山冲着赵顺和蛤蟆眼挥了挥烟袋："走！"几个人耀武扬威地出了院子。韩大头关上院门，骂道："王八蛋！"

郑春仁和洪柳从野狼窝一回来，第二天就让韩吉庆带着钱去了大仁屯。下午，郑春仁跟洪柳正核对账目，韩吉庆风尘仆仆地从外面进来了。郑春仁推开账本，从椅子上站起来："吉庆回来了，怎么样，事儿办得顺当不？"洪柳给韩吉庆倒了一杯水，放到沙发前面的茶几上。

韩吉庆坐下说："我跟刘喜去大仁屯，见到那个姓韩的了。地和房子我都看了，没问题。"

"把钱给他啦？"

韩吉庆喝了一口水，说："给了，那个姓韩的急得不行，拿到钱高兴得不得了。”

“额外给他的五块大洋他收下了吧？”

“嗨，他说啥不要，我说这是我家掌柜的给你娘看病的钱他才收下，说等来沈阳要当面谢你呢。”

郑春仁考虑了考虑，说：“过两天咱俩回去一趟，带上我爹一块去大仁屯看看。这两天把你累坏了，赶紧回去好好歇息歇息。”

韩吉庆见郑春仁跟洪柳在忙着核对账目，奔波了两三天也觉得有些乏了，便跟洪柳打过招呼走了。

谭永山在上房里抽了一袋烟，一步三摇地来到后花园。他看着水里的一条条大肚子金鱼鼓着圆溜溜的眼睛，甩着尾巴四处游动，有一句没一句地哼起了奉天大鼓：“情郎哥哥你慢点走，让我再拉拉你的手……”

唱了没两句，赵顺气喘吁吁地从外面急火火地进来，说：“老爷，韩大头跑了！”

谭永山一愣：“跑啦？”

“可不是咋的，听蛤蟆眼说去鞍山了。”

谭永山在假山的石头上磕了磕烟袋，慢条斯理地说：“跑了和尚跑不了庙。”

赵顺往前凑了凑：“韩大头已经把地和房子卖了。”

谭永山一听急了：“卖了，卖给谁啦？”

“卖给外村一个姓郑的了。”

谭永山像是被人兜头盖脸地浇了一盆冷水，一块眼瞅着到手的肥肉半道上被人抢走了，顿时心头火起，瞪起眼珠子：“好你个韩大头，敢耍我。”

赵顺煽风点火道：“老爷，不能就这么便宜了这个姓郑的。”

谭永山半天没有吭声，越合计越憋气，心想，说啥得想办法把这个姓郑的赶走。

赵顺小眼睛叽里咕噜地转了几下，“老爷，我听说最近抗捐团在辽阳一带四处活动，日本人正在到处‘清剿’。他不是有钱吗，依我看，让他出钱出粮，要是交不出钱粮来，就让他把地和房子乖乖地给咱们留下，他要是不干，就给他安个抗捐团的罪名，让山田队长给他点厉害的尝尝。”赵顺明知道日本人不会管乡下这种事，为了讨好谭永山胡诌八咧道。

谭永山平时跟山田多有来往，想都没想道“妈的，真是不知道好歹，跑我这嘚瑟来了！”

赵顺顺水推舟奉承道：“就是，真他妈的洗脸盆里扎猛子——不知道深浅！”

那只老花猫这时候不知道从什么地方钻了出来，谭永山冲它挥了挥烟袋，老花猫伸了个懒腰，一纵身跳到院子里的老梨树上去了。

韩吉庆从公司回到自己的住处，随便找点东西吃了一口，便半躺在炕上倚着被子看起书来。不知不觉天已经黑了下来，这时听外面有人敲门。韩吉庆下地打开门，见是洪柳，忙把她让了进来，洪柳一进门就嚷嚷开了：“没闻到你身上一股土腥味啊，在乡下转了这么多天，赶紧把衣服脱下来，我给你洗洗。”

韩吉庆的脸上泛起一层红晕，开玩笑说：“老让你洗衣服，把腰累弯了没人要了咋办？”

洪柳想也没想说：“那我就不嫁人了。”

韩吉庆连忙摆着手说：“别，别，你要是把腰累弯了，变成大虾米，那可就难看死了。”

洪柳并不在意，咯咯笑着说："那我就天天泡在水里不出来了。"

韩吉庆故作惊讶地做了一个鬼脸："那可就把你的花容月貌糟践了。"

洪柳装作吃惊的样子，把脸朝韩吉庆跟前伸了伸："让你们这么一说，我还是个美人呗？"

韩吉庆装作一本正经的样子："洪小姐貌若天仙，赛过西施。"

洪柳嫣然一笑，走过去："来，别贫嘴了，赶紧把衣服给我脱下来。"

韩吉庆轻轻地将洪柳的手推开："谢谢洪小姐，我还要出去办点事。"

洪柳愣了一下，脸红了："你真有事吗？"

"真有事。"话一出口韩吉庆觉得脸上有些发热，为了掩饰自己的窘态，把脸转了过去。

洪柳心想：人家一片好心，你可倒好，一点不领情不道谢，还撵人家走。想到这心里觉得十分委屈，开门头也不回地出去了。韩吉从屋里追出来，看她走远了，心里十分歉疚。说心里话，他不是不喜欢洪柳，只是当他发现郑春仁对洪柳产生了爱慕之意后，便开始有意疏远她了。他想追上去跟洪柳说声对不起，可想了想，又打消了这个念头。回到屋子里重新上炕倚着被子拿起书，却有一搭没一搭地再也看不下去了。

几天后郑春仁与韩吉庆回到野狼窝住了一宿，第二天头晌便同郑满仓一道来到大仁屯村韩大头家。几个人进了院子前后看了看，都觉得挺满意。郑满仓装上一锅子烟抽了两口，对儿子说："这房子不错。"

几个人来到上房，郑春仁看爹高兴，心里也十分畅快，说："这边有了住的地方，野狼窝那边有大力和回毅婶子照应着，您就不用两头跑了。从今往后再有个风吹草动的也不用担惊受怕了，娘看事远，听娘的没错。"

郑满仓掖起烟袋坐到椅子上："你说得对，当年那么一大家子，都是你娘一个人操持，你的那几个叔叔都不是省油的灯，可你娘说啥是啥。”

“爹，您回去收拾收拾，带着春水过来把房子归拢归拢，再买头牛，买头骡子，买匹马，拴挂车，地里干活的家把什，该买的都买齐了，让喜子哥再帮着雇几个长工，就四脚落地了。”

“行，我回去就带春水过来。”

看看天色快晌午了，韩吉庆道：“走，我带你们去地里看撒目。”

三个人刚走出院子，便看到一个人在远处朝这边贼头贼脑地看。这个人不是别人，正是谭永山的家丁蛤蟆眼，刚才他躲在院门外头，几个人说话他听了个一清二楚。这会儿见几个人去了地里，转身去了谭永山家的大门楼。

他急三火四地来到上房，推门进来，冲着正在太师椅上打瞌睡的谭永山说：“老爷，那个姓郑的又要买骡子又要买马的，看样子要在这常住了。”

谭永山睁开眼，脸立刻沉了下来：“妈的，这不是大白天做梦娶媳妇吗？”

“都是韩大头这个王八蛋惹的骚！”赵顺不忘煽风点火说。

“明天我就让这个姓郑的滚蛋！”谭永山咬牙切齿地用烟袋锅敲着桌子说。正在下面睡觉的老花猫吓了一跳，“喵”地叫了一声夹起尾巴溜了。

郑满仓回到野狼窝，带上几件换洗的衣服就和侄子郑春水来到了大仁屯，一早爷俩正忙着在收拾院子里刚买来的农具，听见有人大呼小叫地砸门：“开门！妈的，耳朵聋了！”

郑满仓气呼呼地站起来，擦了擦手，问：“谁呀，咋咋呼呼的。”

郑春水伸手拦住了要去开门的郑满仓：“我去看看。”

郑春水跑过去打开门，只见一个长着一双蛤蟆眼的人，带着两个家丁模样的人横眉立目地站在院子门口，在他们身后站着一个身穿长衫，手里拿着一杆大烟袋，财主模样的人。身边那个人长得尖嘴猴腮，一双小眼睛骨碌骨碌乱转，脸上带着几分坏笑。

“你们找谁？”郑春水并不知道这些人是有意来找茬的，笑着问道。

蛤蟆眼鼓着一对好像一使劲就能掉出来的大眼珠子，冲郑春水骂道：“找谁，就他妈找你。”

郑春水有些发蒙：“我也不认识你啊。”

“你是不是姓郑？”

郑春水停顿了一下，随口道：“是啊。”

蛤蟆眼斜楞着眼睛一把将他推开：“姓郑就对了，我在这守了你们好几天了。”

说完蛤蟆眼一扬手，带着人冲进了院子。郑满仓赶紧放下手里的活走过来：“有啥事跟我说。”

蛤蟆眼呵斥道：“你个老东西，跟他妈根木头橛子似的，还不过来给我家老爷跪下磕头。”

郑满仓瞧蛤蟆眼凶神恶煞的样子，心里合计，哪来的这几个人：“实在对不住，我初来乍到，两眼一抹黑，不知道哪个是你家老爷。”

蛤蟆眼用手一指谭永山：“你个老东西，看好了，这是我家谭老爷。”

郑满仓心想，这搁哪冒出了个谭老爷？他真不想搭这个茬，可看蛤蟆眼气势汹汹的模样，只好上前拱了拱手，道：“不知者不怪，见过谭老爷，屋里坐吧。”

谭永山抹搭着眼皮看了看郑满仓：“我问你，你买韩大头的地和这房子跟谁商量了，你好大的胆子，不吱声不吭气地就敢跑到我的壶里尿尿来了。”

郑满仓心里纳闷，这是哪家的规矩。他直来直去地说：“这位谭老爷，这地和房子是我儿子买的，我根本不认识什么韩大头、凉（梁）大头的。”

谭永山一听，立刻火冒三丈：“这么说你他妈还有理了，我告诉你，到我的碗里抢肉吃，我可不惯你毛病。”

谭永山冲赵顺一努嘴，赵顺一步跨到郑满仓跟前，一伸手薅住郑满仓的衣襟，大声道：“姓郑的，你听清楚了，两天之内拿出五万斤出捐粮来。”赵顺没边没沿地扒瞎说。

郑满仓只好赔着小心问：“这位谭老爷，我上哪儿弄这么多粮食去？再说，凭啥啊？”

赵顺眯缝起小眼睛，叉着腿，吹胡子瞪眼地大声道：“你是真不知道，还是装傻充愣，告诉你，这是日本关东军定下的规矩，你这五万斤粮食是上缴给日本人的捐税，听明白没有？”

郑满仓并不知道这是赵顺信口开河吓唬他，似懂非懂地点点头：“可这么多粮食不是小数目，能不能宽限个十天半月的？”

赵顺心想，要的就是你这句话，他摆着手道：“这我可说了不算！”

郑满仓心想，这不明摆着不讲理吗。这时只听赵顺说：“拿不出来没关系，用你这地和房子顶那五万斤粮食怎么样啊？”

郑满仓一听急了：“这房子和地是我儿子刚买的，压根跟出捐税一点儿不挨着。再说了，这地和房子哪能你们上嘴唇下嘴唇一碰就顶捐税了呢？总得跟我儿子商量商量吧。”

谭永山见郑满仓不买他的账，用烟袋杆指着郑满仓威胁道：“商量个屁，要是两天之内拿不出五万斤粮食来，我可告诉你，日本宪兵队的山田队长可饶不了你。你看着办吧。”

说完谭永山一挥烟袋杆：“走！”

郑春水看着这些人趾高气扬、气势汹汹地出了院子走远了，关上大门走到郑满仓跟前说：“二大爷，我看这帮人舞马长枪跟红胡子似的蛮不讲理，不行去找二哥吧。”

郑满仓把犁杖收拾好，琢磨了一会儿，对侄子说：“我就不信这个邪了，还没王法了，这地不是偷的，房子也不是抢的，走到天边咱也有理，甭搭理他们。看他们能把咱咋的？”

郑春水不好再说什么，去了后院的牲口棚，给刚买来的那头牛铡草去了。

谭永山从郑满仓那里回来和赵顺来到上房，他撩衣襟坐到太师椅上对赵顺说：“这回那个姓郑的老东西该瘪茄子了吧。”

赵顺给谭永山装上一锅子烟，说：“我看他得乖乖地卷铺盖卷滚犊子了。”

谭永山抽了口烟，吧嗒吧嗒嘴面带喜色：“不花一个大子儿这房子和地就是我的了，看来我还真得谢谢这个韩大头了。”

“孙悟空还能跳出如来佛的手心。”赵顺自打跟了谭永山，别的没学会，顺风说好话张嘴就来。

过了三四天，吃过早饭，郑春水跟郑满仓正想出门去集上买头骡子回来，就听外面有人咚咚砸门：“妈的，快开门！”

郑春水心里一惊，说：“二大爷，怕是那几个人又来了。”

郑满仓把烟袋掖到腰上说：“咱一没偷二没抢，怕他干啥，去给他们开门。”

郑春水过去打开院门，蛤蟆眼带着两个家丁一步跨进院子，扬手给了郑春水一个嘴巴，喝道：“我家老爷来了知道不！怎么磨磨蹭蹭地这么半天才开门！”

这时只见谭永山和赵顺大摇大摆地走了进来。郑满仓见侄子挨打，气往上撞：“你咋打人呢？”

蛤蟆眼把眼睛瞪得溜圆，“打你是轻的。”说着“哗”地抽出了皮鞭子，赵顺伸手拦住了。问道：“粮食准备得咋样啦？”

“这才两天，我上哪整五万斤粮食去，这不难为人吗？谭老爷能不能再宽限几日？再说了，凭什么让我出捐粮？”郑满仓憋了一肚子的气。

谭永山把脸拉得老长：“少他妈废话，我宽限你，可日本人不答应啊，你还是痛快地把粮食交出来吧。”

郑满仓听了，肚子里的火再也压不住了，大声道：“管他日本人、中国人，总得讲理吧。”

谭永山听了顿时火冒三丈，伸手“啪啪”给了郑满仓两个大嘴巴：“交不出粮食来，就跟我去日本宪兵队！”

郑满仓被打得两眼冒金星，嘴角流出血来：“我没招你没惹你，你咋打人呢，这青天白日的还有没有王法啦？”

赵顺不等郑满仓把话说完，过去“啪啪”左右开弓又给了郑满仓几个大嘴巴道：“讲理，跟你这号人还讲他妈什么理！告诉你，我家老爷说的话就是理，你要是敢不听，嘿嘿，就让日本人扒了你的皮。”

见郑满仓无缘无故地挨打，郑春水急了，扑过去就要跟赵顺拼命。蛤蟆眼和两个家丁上前伸手拽住郑春水，抡起鞭子雨点般抽到郑春水身上，郑春水被打得趴在地上动弹不得。

郑满仓牙关紧咬，心想：“我这把老骨头豁出去了！”他扑过去伸手去抓谭永山。

蛤蟆眼和两个家丁见郑满仓要往谭永山身上扑，忙扔下郑春水，将郑满仓摁倒在地。

谭永山用脚踢了踢郑满仓，弯下身子：“你个老东西，实话告诉你，再给你两天期限，到时候你要是还拿不出粮食来，就赶紧给我滚蛋，这房子和地就当是你的捐粮了！”

赵顺伸手抓住郑满仓的头发："听明白了吗？粮食你要是交不起，就把房子和地留下赶紧滚蛋！"

郑满仓把嘴里的一口血水吐出来："房子和地是我儿子花钱买的，你就是打死我，我也不会给你！"谭永山见郑满仓仍是嘴硬："行啊，你个老棺材瓤子，到时候你少一粒粮食我把你送到山田队长那，安你个抗捐团的罪名，上老虎凳，再灌辣椒水，我看你给不给。"

赵顺装腔作势地跟着咋呼道："老东西，你要舍命不舍财，后悔可就晚了。"

谭永山瞅着郑满仓被蛤蟆眼摁在地上的狼狈相，心中暗想，你个老东西，这响当当的大洋你算白花了，我让你闹个鸡飞蛋打。他得意扬扬地冲着几个家丁挥了挥烟袋杆："走！"一伙人趾高气扬地走了。

郑春水见谭永山带着人出了院子，从地上爬起来，忍着浑身的疼痛把郑满仓搀扶到屋里。打来水，一边给郑满仓擦着嘴里和鼻子里流出来的血，一边说："找我二哥去吧，我看这伙人杵倔横丧，心狠手辣，什么事都干得出来，真要是把咱们抓到日本宪兵队，弄不好可就进去出不来了。"

郑满仓叹了口气，说："我看明白了，他们这是明摆着要撵咱们走，早知道这样咱就不该在这买地买房子了。"

"二大爷，现在说这些晚了。我知道你还在生二哥的气，可都到这节骨眼儿了，再不去找二哥，咱连命都得搭上。"

郑满仓闭上眼睛合计了半天，说："唉，你去吧。"

"好，我现在就走。"

"路上加小心。"

郑春水穿上衣服连夜去了黑山。郑满仓颤抖着手装上一锅子烟，半天也没划着火，他把烟袋扔到一边，躺到炕上生起了闷气。

第二十九章

一九二九年，整整大半年的时间郑春义和胡进都在木浒寨忙着训练从乡下招来的人，一心想早一天拿下黑风山。胡进把自己家里所有的粮食都拿了来，胡进的二舅也把当兵打仗积攒的钱一文不剩地交给了郑春义。郑春义还专门去奉天找到徐老爷子，从他那里借了一笔钱，加上买枪支弹药剩下的钱，百十来人的吃喝总算没有问题了。但让郑春义头疼的是，他和胡进对军事上的事一窍不通，尽管胡进的二舅把训练队伍的事一口应承下来，一动真格的才知道根本不是那么回事。郑春义和胡进绞尽脑汁费了九牛二虎的力气训练了半天，这百十号人才有了一点队伍的模样，可能不能拉出去真刀实枪地去跟老山豹较量较量，谁心里也没底。年底这些人闹着要回家，郑春义和胡进一商量索性放他们走了，过了年这些人才陆陆续续地回到寨子里。开春后天气开始转暖，郑春义的训练也重新开始了。

他接到郑春水送来的信，跟胡进合计了半天，一咬牙一跺脚，决定是骡子是马把队伍拉出去试试。

天蒙蒙亮，郑春义骑着马带着队伍进了村子。村里的人见这些人身上都挎着长短家伙，穿着清一色的青衣青裤。

郑春水领着郑春义、胡进、老八从马上下来进了院子，郑满仓听到响动从屋里迎出来："你们来得还挺快，走，进屋吧。"

郑春义将缰绳交给老八，和胡进一块进了屋子。没等坐下便急着问："爹，出啥事啦？"

郑满仓装上一锅子烟，吧嗒吧嗒抽了两口，说："别提了，你娘让你大哥在这屯子里买了一百垧地和这几间房子，想不到这村里有一个姓谭的财主，是个恶霸，浑不讲理，非要撵咱们走，气死我了。"

郑春水在一旁说："这伙人像凶神似的，非让我们两天之内交五万斤粮食给日本人出捐，你说咱上哪去整这么多粮食去，拿不出粮食来，就逼着让把房子和地留下，让我们滚蛋。"

胡进也不知道这是谭永山是在蒙人，一拍桌子："这不明摆着熊人吗？"

"爹，有我呢，不用怕他们。"郑春义说完，转身吩咐胡进道："马上派人把他家给我围起来。我和老八会会那个姓谭的。"

胡进答应一声出去了。郑春义从屋里出来，对站在院子里的老八道："你带几个人去把那个姓谭的给我弄这来。"

"是！"老八提溜着枪出去了。

谭永山搂着小老婆还没睡醒，突然听到院子外头啪啪传来几声枪响，他一骨碌从炕上爬起来，直着嗓子喊道："蛤蟆眼！"

谭永山的喊声还没有落地，蛤蟆眼已经惊慌失措地从外面进来了，结结巴巴地说："不好了，老、老、老爷，咱让人家给围起来了。"

谭永山一边穿衣服，一边问蛤蟆眼："都是什么人？"

别看蛤蟆眼平时在那些佃户面前耀武扬威，长这么大还从来没见过这种阵势，吓得腿肚子转筋，一个劲地哆嗦："看样子是哪个山头的绺子，身上都带着双套家伙，说是找您。"

谭永山穿好衣服来到上房，打了个哈欠，诧异地问从外面进来的赵顺："打哪来的这伙人？"

"我也不知道。"赵顺也有点发蒙。

谭永山冲蛤蟆眼努了努嘴："你去打听打听，问问他们是哪个山头的绺子，找我干啥？"蛤蟆眼颠颠地出去了。

赵顺摸着下巴，小眼珠叽里咕噜地转了几圈对谭永山道："也没听说哪个山头的绺子跟老爷结梁子啊。"

这时门外一阵大乱，蛤蟆眼鼻青脸肿，满嘴是血，捂着腮帮子跌跌撞撞地进来了。后面跟着穿一身青衣青裤，背着一长一短双套家伙的大个子老八。

赵顺奓着胆子上前一抱拳："请问这位兄弟，你们找谁？"

老八厉声道："哪个王八蛋姓谭？"

"在下谭永山。"谭永山心里合计，我一向与各山头的绺子有一腿，我就不信你不给我面子。

老八用枪一指谭永山的脑门："好，跟我走一趟吧。"

谭永山心里有点发毛："去哪儿？"

"去了你就知道了。"

"你是哪个山头的？我也不认识你。你说走我就跟你走啊？"谭永山腿有点打摽，想耍赖。

老八没等谭永山的话说完，上前一把揪住他的衣襟，像提溜小鸡似的把谭永山提了起来："走！没工夫跟你废话。"

谭永山伸手想把老八推开，脸上勉强挤出一点笑：“这位兄弟，你要是来砸窑，要多少钱说个数，我明儿个就让人送过去，这是何必呢。”

“谁稀罕你的臭钱！”话音未落，老八抬手“啪！啪！”狠狠给了谭永山两个大嘴巴。“唰”地掏出盒子炮，喊里咔嚓顶上火：“我再说一遍，跟我走一趟！”

谭永山捂着火辣辣的腮帮子软了下来：“兄弟，有话好说，别动手啊，我跟你走还不行吗？”

老八押着谭永山来到院子里，谭永山的女人和两个小老婆以为是土匪来砸窑绑票，跟在谭永山屁股后面大哭小叫，拉着谭永山的衣服一声迭一声地号丧起来：“砸窑了！快来人哪，土匪砸窑了。你不能走啊，你走了我们可咋活啊！”

见老八拉着谭永山继续往外走，几个女人干脆坐在地上，扯开嗓子拼命地哇哇哭号起来：“活不了啦！杀人啦！救命啊！”

村里的人听到谭永山家女人大呼小叫，都跑过来卖呆儿，见平时气势汹汹、不可一世的谭永山被一个大个子男人和两个端着枪的人押着，捂着通红的腮帮子从院子里出来，谭永山屋里的几个女人在后面衣衫不整、捶胸顿足、哭天抢地的样子，都捂着嘴直乐。一个怀里抱着孩子的女人小声对边上一个矮瘦的女人道：“这老混蛋也有今天，活该丢人现眼。”

老八见谭永山的几个女人鼻涕一把泪一把地拉着谭永山不让走，急了，瞅了瞅几个女人，举起枪来朝天上“啪啪”就是两枪，厉声道：“都他妈别号丧了，再叫唤我毙了你们！”

几个女人知道遇上了茬子，不敢再哭了，松开了手。老八连拖带拽，拉起谭永山走了。

郑春义站在院子里正在画魂儿，这老八去了半天咋还不回来？胡进三步两步从外面走了进来："我让人把那个姓谭的家围了个里三层外三层，前后村口我也放了人，老八把人给你带来了。"

这时老八将谭永山拖进院子，往地上一掼："当家的，你看怎么处置吧？"

郑春义见谭永山趴在地上浑身乱抖，俯下身子问："你打人的那点尿性呢，怎么这会儿瘪茄子啦？"

谭永山心里纳闷，我打人的事他咋知道呢，转念又一想，管他呢，好汉不吃眼前亏，便一骨碌从地上爬起来，跪在地上连声道："大当家的饶命，大当家的饶命。"

"你起来吧。"郑春义见他那副低三下四的样子，心里有说不出的厌恶。

谭永山从地上爬起来，头也不抬地说："大当家的要多少钱，我这就给你拿去。"

郑春义用手指了指身边站着的人："你看看这个人你认识不？"

谭永山这才抬起头来，睁眼一瞅，站在他面前的不是旁人，原来是郑满仓，心里合计，这个老东西怎么在这儿？莫非跟这伙胡子还有一腿。想到这儿，心里"咯噔"一下，坏了，可事情到了这个份上，后悔也晚了，只得哭丧着脸一连声地说："认识，认识。"

郑春义瞪起眼睛："给我竖起你的狗耳朵听着，这是我爹。你把我爹打了你知道不？"

郑春义的话音未落，老八当胸抓住谭永山的衣襟："你个老混蛋，我看你的手长得有点多余了吧。"

说着"唰"地从腰间拔出匕首："来，我让你手欠！"老八举起利刃就要往下砍。

谭永山吓得魂儿都没了，腿一软跪地上连声求饶：“我是王八蛋，饶了我吧，下次再不敢了。”说着“咕咚咕咚”一个劲地把头磕得山响。

郑春义见他的样子有点哭笑不得：“好，这次就饶你不死，可往后你要是没事再到我爹这扯犊子，看到没？”说着手起枪响，一只挂在门上的葫芦被打得稀碎。“这就是你的下场。”

谭永山吓得把尿都尿到裤子里了，裤裆登时湿了一大片。趴在地上连磕头带作揖：“小的再不敢了，你爹就是我爹。”

“少来这套，你给我爹赔个不是。”

谭永山做梦也没料到眼前这个老实巴交的庄稼把式，还有个当土匪的儿子，连忙跪在地上向前爬了几步，在郑满仓跟前连磕了三个头：“我给老人家磕头赔不是了，您老大人大量，千万别跟我一般见识，我不是人。”

郑春义用嘴吹了吹枪管，瞥了谭永山一眼，道：“光这么磕头赔不是不行，村里的人都知道你把我爹打了是不是？”

“是，是。”

“那好，你把衣服都给我脱了，敲着锣在村里走三圈，当着全村人的面给我爹认个错，我才能饶了你。”

谭永山脸上青一块紫一块的，带着哭腔央求道：“大当家的，我家里又是闺女，又是老婆、姨太太，再说村里男男女女老老少少，你让我这老脸往哪放啊，还不如一枪打死我算了。”

“嘿嘿，一枪打死你，那也太便宜你了，来人啊！”

老八应声走了过来：“大当家的，怎么处置这个王八蛋？”

郑春义心想，这号人有一个算一个，都欺软怕硬，不给他点厉害尝尝，别看现在又磕头又作揖，翻脸就不认人。想到这说：“姓谭的，你怕丢人就别欺负人啊！你要是不干也行。老八，把他衣服给我扒光了捆上，让他围着村子学驴叫。”

老八上前一把将谭永山的衣服撕开：“来人哪！”

院子里站的几个人应声过来。老八大声道：“来，把衣服给我扒了，捆上！”

谭永山心里连连叫苦，知道这一关是躲不过去了，仍带着几分侥幸，死皮赖脸地低声下气道：“大当家的饶了我吧，我实在丢不起这人。”

郑春义俯下身，用枪顶着谭永山的脑门：“怕丢人也行，来，看看你的心是黑的还是白的。”

老八一步跨到谭永山跟前，掏出匕首直奔谭永山的胸口刺去，谭永山吓得浑身抖作一团，趴在地上磕头如捣蒜：“我去，我这就去。”说完从地上站起来连滚带爬地出去了。

工夫不大，只见谭永山身上只穿了一条裤衩，手里拎着一面铜锣从自己家的院子里出来，老八带着两个人拎着枪跟在后面。谭永山抬起头来用祈求的目光看了老八一眼：“兄弟，我这实在张不开口啊，就这么敲着锣在村里走两圈行不？”

老八挥舞了一下手里雪亮的匕首，眼睛一瞪：“不行，这会儿你他妈的耍熊了，当初打人的尿性哪去了，不喊也行，我现在就剜出你的心当下酒菜！”

谭永山长长叹了一口气：“唉，早知如此，何必当初。”说完低下头，一面把手里的铜锣敲得当当山响，一面嘴里不停地高声吆喝道：“我谭永山有眼无珠，得罪郑老爷了，当着众位乡亲我给郑老爷赔罪了！”

村里的老老少少都跑了出来，站在当街，像看耍猴的似的看着谭永山那副既狼狈又滑稽的模样，指指点点，议论纷纷。

赶车的老张头抿嘴一笑说：“这个老混蛋这回是光着屁股上街——转圈

丢人。”

老王头的侄子看谭永山弓着虾米腰低眉耷拉眼一声接一声地扯着嗓子吆喝，十分解气：“这真是恶有恶报。”

王绍山搓着手：“这是哪个山头的绺子，真厉害，看来这小子也怕硬的！”

谭永山像没听着似的，吆喝着进了郑满仓住的院子。把铜锣“当啷”一扔，趴在郑满仓脚下“咣咣”磕了仨响头，说：“从现在开始你就是我的亲爹，你老人家宽宏大量，我谭永山给你赔罪了！”

郑满仓上前把谭永山扶起来：“快起来，乡里乡亲的，以后有什么事好说好商量。”

谭永山斜眼看了一眼郑春义和老八，这才从地上爬起来。

郑满仓实在不忍心看谭永山光着身子的狼狈相，催促说：“快回去把衣服穿上吧，别冻着。”

郑春义走过来，用枪指着谭永山的鼻子：“你记住了，从今往后别再上我爹这没事找事扯王八犊子了。”

谭永山一揖到地：“大当家尽管放心就是了。”

郑春义厌恶地挥了挥手：“走吧。”

见谭永山转身出了院子，郑春义刚想跟郑满仓进屋，不料谭永山又抹身回来了。

郑春义看了看谭永山，问：“还有啥事？”

谭永山完全用一副讨好的口气道：“大当家的要是肯赏光，能不能到我家里稍坐片刻，常言说得好，不打不相识嘛。”

郑春义把盒子枪在手里飞快地转了一个圈，盯着谭永山好半天才说：“好啊，可你小子要是反桄子跟我耍心眼，小心你脖子上吃饭的家把式！”

谭永山点头哈腰地连声道："那是，那是。"

"好吧，恭敬不如从命，走！"郑春义想看看这小子到底有什么花花肠子。

谭永山带着郑春义来到自己的后花园，吩咐赵顺道："你好好伺候大当家的，我去屋里换换衣服。"

谭永山说完走了，赵顺不敢怠慢，给郑春义倒上茶："大当家的请用茶。"

郑春义盯着赵顺上下左右地看了半天，"唰"地抽出枪来道："听我弟弟说，一个小眼巴嚓的人把他给打了，是不是你啊？"

赵顺吓得浑身一哆嗦，心想，这下完了，他只好硬着头皮胡诌八扯起来："大当家的，小眼睛的人多了，你看我这浑身上下没二两肉，风一大不搂大树就得刮跑了，我还打人呢，长这么大净让别人打了，大当家的兴许听错了吧。"

郑春义站起来围着赵顺转了一圈："听错啦？那我问你，还有比你眼睛小的吗？"

赵顺心里怦怦乱跳，故意把眼睛瞪得溜圆："有哇。"

"你找来我看看，你要找不来，今儿个我就把你眼珠子剜下来当泡踩。"

这时谭永山穿好衣服走了过来，撩衣襟坐到郑春义的对面，装上一锅子烟，赵顺过去弯腰给划火点着。

谭永山脸上挂着笑说："大当家的，谭某不才，虚长了你几岁，斗胆高攀，想跟你金兰结拜为异姓兄弟，你看怎么样？"

郑春义压根没想到找他来是为了这件事，一时愣住了。沉默了片刻，将身子直了直："你是说要跟我金兰结拜？"

“正是，大当家的一表人才，兵强马壮，谭某实在是三生有幸，能跟大当家的结识真是天意啊。”

郑春义将手里的盒子枪转了个圈，用眼睛盯着谭永山，问：“你老小子今天让我折腾得够呛，不恨我吗？”

“老弟这话说哪去了，打是亲骂是爱，大当家的折腾我是抬举我了。”

郑春义在枪口上吹了口气，笑道：“看来你小子能屈能伸，还算是个人物。”

谭永山生怕郑春义不答应，带着一脸的谄媚道：“过奖了，老弟要是不嫌弃，今儿个我就认下你这个弟弟了。”

郑春义心想，这小子有奶便是娘。哪是看上我了，是看好我手里的枪杆子了，想到这嘿嘿一笑，说：“好吧，既然你把话说到这个份儿上了，我要是撅你的面子也显得不仗义。”

谭永山心中一阵窃喜，急忙转过脸去冲着赵顺吩咐道：“去，把香和我那瓶好酒拿来。”

不一会儿，只见赵顺一手拿着一炷香，一手拎着一瓶酒，来到在亭子里摆上天地牌位，点上香，又在两个酒杯里倒上酒。谭永山见一切准备停当了，拉着郑春义的手，两个人在亭子里双双跪下。谭永山口中念念有词：“皇天在上，今天我与大当家的义结金兰，从今往后，有福同享，有难同当。”

郑春义照着谭永山的话重复了一遍，从地上起来道：“你年长，自然是大哥了。以后我爸爸在这住着，你还要多照应着点。”

谭永山双手一抱拳：“从今儿个起，你我就是兄弟了，你尽管放心，我一定把老人家照顾好。”

两个人重新落座，谭永山用烟袋杆指了指门口跟郑春义一块来的几个人，问：“老弟，看你人马刀枪的这么齐整，可是远近少有的大绺子啊，以后大哥要是遇到点啥事老弟可不能不管啊。”

郑春义心说，这小子还真让我猜着了。于是他不温不火地应道：“这个你放心，大哥的事我岂能袖手旁观。”

谭永山忍不住心中窃喜，说：“有了你这个兄弟，从今往后我看谁还敢来我这砸窑绑票。”

“是啊，你打听打听，哪个山头的绺子不给我面子。”郑春义故意吹嘘道。

谭永山连声附和道：“那是，那是。”

郑春义见谭永山一副唯唯诺诺的样子，灵机一动说：“从今往后咱们就是一家人了，我听说你是这方圆几十里的大财主，以后寨子里吃的用的时不时地你得接济着点。”

谭永山心里暗暗叫苦，嘴上却不好说什么，只得连连点头：“那是那是，改天我一定去寨子里拜访老弟。”

郑春义站起身来到院子里，谭永山的大老婆、姨太太也都出来送。谭永山忽然像想起来了什么，一扭头冲着他大老婆道：“你让咱闺女出来跟他叔见个面。”

谭永山的大老婆麻溜进屋带着一个十七八岁的姑娘来到院子里。

谭永山用手一指郑春义，跟那姑娘道：“丫头，从今往后这就是你亲叔了。”

姑娘在郑春义面前躬了躬身，道：“见过叔叔。”

郑春义低头仔细打量了打量面前的女子，见她眉目清秀，一笑两个酒窝，楚楚动人，抬起头来对谭永山说：“大哥，你这闺女长得细皮嫩肉粉红似白的，挺招人稀罕啊，这丫头我要了，我们二当家的还没媳妇呢。”

谭永山没想到郑春义会整这么一出儿，一时不知如何是好，愣在那好半天才似笑非笑地说："兄弟，实不相瞒，我这闺女已经说下婆家了。"

郑春义不等谭永山把话说完，就打断说："你把闺女给谁也不如给我们二当家的，咱们兄弟加亲戚，岂不锦上添花。"

谭永山一时进退两难，后悔多此一举，心想，我这不是没事找事吗？他嘿嘿干笑了两声，道："你说得也是，不过你还得问问我闺女，看他愿意不。"

郑春义用手托起姑娘的下颌，轻轻在她脸上捏了一把："咋样，跟叔走你愿意不？"姑娘低着头，脸羞得通红，一句话也说不出来，瞅着谭永山，心想，你平时的能耐都哪去了，眼瞅着自己的姑娘被人家抢去当压寨夫人，咋不赶紧想办法。

她哪里知道，谭永山比她更着急，伸手想把姑娘拉过来，郑春义看在眼里，把姑娘拽到身后，对谭永山道："大哥，这年头兵荒马乱的，这么漂亮的姑娘搁别的地方你能放心吗，到我那吃好的穿好的，我们二当家的绝不会亏待她，就这么定了。"

谭永山哑巴吃黄连，嘎巴了半天嘴，一句话没说出来。郑春义扭头冲着老八道："走！"

老八过来不由分说地拉过谭永山的姑娘，带着几个人跟郑春义走了。一进院子，郑满仓便迎上前来对郑春义说："春水把饭做好了，让大伙吃饭吧。"

"好，老八吹号，让弟兄们都过来吃饭。"老八摘下铜号"嘟嘟哒"吹了起来。

郑春义和郑满仓来到上房，说："爹，谭永山真不是个东西。"

"是啊，让他逼得没办法了才去找你。他让你去他家干啥？"

"套近乎呗，这小子比我大十多岁，怕有人砸窑绑票，非要跟我结拜为兄弟，让我给他撑腰壮门面。"郑满仓听了不住地点头。

“爹，为啥我说啥他听啥，让我折腾那个熊样还放下老脸来跟我结拜为兄弟，还不是咱手里有枪杆子。”

郑满仓装上一锅子烟抽了两口，仰起脸说：“春义，今儿个这事我是看明白了，要不是你带着人过来，我在这还待得下去吗？碰上这样的恶霸，弄不好房子、地整个浪儿白扔了。”

“爹，你不生我的气了吧？”

郑满仓看着眼前这个一直不让他省心的儿子，今儿个当着村里男女老少的面替他出了口恶气，闷着头抽了口烟，说：“你爹不是糊涂人，我是怕你年轻，经的事少，掉到泥坑里。”

“爹，没有枪杆子，咱这腰杆子就永远挺不起来，您看那个老混蛋一肚子坏杂碎，他的那个管家小眼睛卡巴卡巴的，更是一肚子坏水，咱这枪杆子往外一亮，都蔫巴了，以后他们再不敢来找咱的麻烦了。”

郑满仓在鞋底上磕了磕烟袋，说：“今儿个咱爷俩也把话说开了吧，爹那天话说得重了点，你别往心里去。”

“爹，把家里的地契偷着拿出来当了，也是我做得不对，惹您生气了，您就原谅儿子吧。”

“算了，从今往后，咱谁也不提这档子事了。”

“我听爹的。”

这时胡进进来说：“春义，饭吃完了。”

郑春义站起来，跟胡进来到院子里：“老八，吹号集合。”老八从腰里解下铜号，放在嘴上“嘟嘟哒嘟嘟哒”吹起来。

待人集合到一块，郑春义和胡进、老八上了马，带着队伍耀武扬威地离开了村子。出来看热闹的村民站了一大溜，几个小伙子和一群半大孩子送出他们好几里地才回去。

送走了郑春义，谭永山回到屋里，大老婆一把薅住他哭闹起来：“你没事穷嘚瑟，成天算计这个算计那个，末了把自己的闺女算计进去了，你要是不把闺女给我要回来，我跟你没完！呜——呜——”

谭永山一把推开她，扯起嗓子吼道：“别他妈跟死了亲娘老子似的，哭个屌，老娘们儿家家的懂个屁！”

谭永山的大老婆用袖子抹了一把鼻涕眼泪，指着谭永山数落道：“我不懂你懂，闺女让人家给抢到山上去了，有你这么当爹的吗？往后我还有什么脸见人！”

谭永山心烦意乱，被郑春义当猴似的耍弄了一通，糟践得够呛，窝着一肚子火还没处发呢，闺女又眼睁睁地被抢走了。他坐到太师椅上翻了翻眼皮，没好气地对女人道：“这年头胡子比苍蝇都多，三天两头地不是这个砸窑就是那个绑票，你也不是不知道，我还不是为了这个家吗？本打算攀上这个大绺子找个靠山，哪承想把闺女搭上了，我他妈后悔跟谁说去。”

女人却仍不依不饶地哭着让谭永山把姑娘给她要回来，谭永山禁不住心头火起，怒不可遏伸手给了这个女人一个大嘴巴，一甩袖子带着赵顺出去了。谭永山的大老婆坐在地上不管不顾地撒泼打滚，大声哭号起来。

第三十章

南市场鹿鸣春饭店临街的一个包间里，地中间摆着一张方桌，上面为了应付突发情况散落着一副麻将牌，桌子四周放着四把梨木雕花椅子。窗户上挂着猩红色的落地窗帘，玻璃上贴着一幅喜鹊登枝的剪纸窗花。为了便于观察街上的情况，窗帘一半拉着一半敞开着。中共满洲省委奉天特别支部书记王守明、中共地下党小组长霍旺一边喝着茶，一边在观察着街上来来往往的行人。不大一会儿，洪柳开门进来了。

霍旺站起来，指了指身边的椅子："坐吧。"

洪柳脱下外衣，在王守明对面坐下。王守明习惯性地走到窗前，观察了一下街上的动静，见没有异常，转过身来开始布置任务："根据斗争形势的需要，组织上决定，准备在辽阳设立一个秘密地下交通站，主要任务除了接送南方来的满洲省委负责同志，如果遇到紧急情况，还可用它来作为满洲省委的一个临时落脚点。"

霍旺对洪柳道："组织上决定，由你来完成这个任务。"

“有什么要求吗？”洪柳把麻将牌往里推了推，问道。

王守明交代说：“这个交通站对外公开的身份最好是书局或客栈，以便于隐蔽。”

洪柳听了心中暗想，郑春仁不正打算在辽阳开一家书局吗？完全可以借这个机会把它利用起来。想到这说：“我刚刚跟郑老板从辽阳租了房子回来，他正打算在白塔公园附近开一个书局。”

王守明思索了一会儿，说：“我们必须想办法让我们的人来控制这个书局。”

“明白。”洪柳说。

王守明进一步强调道：“你要记住，不要让郑春仁看出任何破绽来。现在敌人耳目众多，斗争形势复杂，南方来的省委书记刚刚遭遇了不测。”

霍旺补充道：“为了万无一失，你要相机行事，千万不可掉以轻心。”

“请组织放心，我一定想办法完成任务。”洪柳语气坚定地说。

王守明站起身来走到窗前，见街上行人寥寥：“我们走吧。”

霍旺把窗花揭下来，几个人下楼从饭店出来，像刚吃过饭的客人分头离去。

郑春仁从辽阳回来，处理完手头几件要紧的事，就把韩吉庆和洪柳找到办公室，待伙计倒了茶出去后，说：“在辽阳开书局的事定下来了，房子也租好了，今儿个找你俩来，是想给书局起个名字。”

洪柳端起水碗轻轻吹了吹上面的茶叶末子，说：“古人说名不正则言不顺，名字的好坏对书局今后的发展至关重要。”

“洪小姐言之有理。”韩吉庆想借机弥补那一天的歉疚。

“你们看叫东升书局怎么样？”郑春仁投石问路道。

洪柳琢磨了琢磨："好是好，文化味淡了点。"

韩吉庆想了想，说："我记得清代诗人裘曰修在《咏辽阳诗》中有'旧京尚识龙兴地，仙迹难寻鹤化形'的诗句，依我看，叫'鹤鸣书局'如何？"

郑春仁思考了片刻，说："《诗经·小雅》中也有'鹤鸣于九皋，声闻于野'的诗句，这个名字比东升书局好。"

洪柳眨了眨眼睛道："清康熙大帝在《巡幸辽阳》诗中有'肃将轩驾向辽阳，暖日晴熏百草芳'的诗句，我看叫芳草书局更好一些。"

郑春仁思忖了半晌，用赞许的目光看着洪柳道："这个名字有点味道。"

洪柳见郑春仁对这个名字感兴趣，接着说："人不读书如荒漠苦行，惶然无助。唯有读书方能如入绿洲，拾芳菲而熏行衣，揽绿草而得其馨。"

郑春仁听了十分满意，颔首道："这个名字新奇别致，与书局也很契合，我看就叫'芳草'书局吧。书为芳草草亦芳嘛"郑春仁对洪柳一直有一种说不出的好感，这时他发现自己已经深深爱上了这个总是与自己的想法不谋而合的账房小姐了："我看从现在开始，公司内部一应事务全数交由洪小姐管理，以尽其才。"

"洪小姐才思敏捷，虑事总是胜人一筹，光管那点账，实在是大材小用了。"话一出口，韩吉庆看着郑春仁脸腾的一下红了。自从他下决心疏远洪柳后，发现洪柳丝毫没有放弃追求他的意思，而眼前这个落落大方、聪明伶俐的姑娘又总是让他怦然心动，他暗暗叫着自己的名字，不得不将这份重新萌动的爱恋深深地埋藏起来。

"我看以洪小姐的能力，当公司的这个大内总管绰绰有余。"韩吉庆带着诚意说。

洪柳推辞道："公司这么一大摊子事，我怕难以胜任。"

"洪小姐就不必过谦了，这件事就这么定了，明天你抽空物色一个书局的经理。"郑春仁对自己做出的决定向来不会轻易改变。

洪柳暗想，我正琢磨该如何跟郑老板说这件事呢。便带着几分谦恭一口应承下来："郑老板如此信任洪某，我自当尽心竭力。"

三个人坐下来又商量了一会儿书局开张前的一些具体事务。看看已经到了中午，郑春仁从椅子上站起来道："今天书局得芳草之名理应庆贺一番，咱们去福山楼怎么样？"

三个人一致赞同，收拾了收拾，下楼径直去了南市场。

鹿鸣春饭店临街的雅间里，霍旺将猩红色的落地窗帘拉上一半，将一幅喜鹊登枝的窗花贴到窗户上。与洪柳坐下不大一会儿，王守明开门进来了。他习惯性地走到窗户跟前观察了一下街上的动静，回过头来问洪柳："怎么，这么快就有结果啦？"

洪柳点点头，说："我回去的第二天，郑老板就找到我和韩吉庆给书局起名字，并当场把公司所有内务的差事交给了我，让我帮助物色一名书局的经理。"

这时听到外面有人大声说话，王守明将桌子的麻将牌摆弄得哗哗直响。待门外没有动静了，他抬起头来问霍旺："你看谁去合适？"

霍旺思索了一会儿，说："我看就让张书海去吧，他现在的公开身份是我们学校的副校长，他早年毕业于北平燕京大学，是最早从中央苏区来的老党员，人可靠，地下斗争经验丰富。"

王守明也想到了这个人："这个人我了解，明天你找他把任务交代清楚。"

说完王守明沉默了半晌对洪柳道：“从现在开始，你跟他单线联系。这个备用交通站是经满洲省委主要负责人批准设立的，绝不能出一点问题。今天就到这。”

王守明站起身来，透过窗户看到街上有几个东北军的军官朝饭店走来，转身开门出去了。

霍旺把窗花揭下来拉起洪柳，两个人扮作一对情侣也从饭店出来上了大街。

中共地下党员张书海接到任务辞去了学校的职务，来到古城辽阳创办书局。他深知这次任务非同一般，处处格外小心。他带着几个伙计将郑春仁和洪柳在辽阳白塔寺租下的房子里外粉刷了一遍，并在门前两侧挂上着两只大红灯笼，上面分别写着“书局”二字。乍一看，这灯笼与其他的灯笼没有两样，但里面却暗藏玄机，别人不知道，张书海心里清楚，若是白天，“局”字里的“口”被填满，就是有情况，到了晚上一只灯笼灭了，就中断联络。

书局开张这天，门口铺着绛紫色滚毡地毯。张书海穿一件蓝色长袍，外罩一件藏青色缎子面狐狸皮镶边坎肩，头戴一顶青色瓜皮小帽，打眼一看就是个儒雅倜傥的读书人。

在喜庆的锣鼓唢呐和震耳欲聋的鞭炮声中，郑春仁和张书海一同扯下了蒙在匾额和大门两旁楹联上的红绸子。

匾额上南京国民政府元老于右任手书的“芳草书局”几个楷书大字遒劲挺拔。店门两侧的楹联更是别有韵味。上联写的是：周书班史如椽笔。下联：晋字唐诗汉文章。横批：学富五车。

张书海站在门口高声道：“今天择吉日良辰，芳草书局开张迎客，还请诸位多多关照！”

说罢向四周看热闹的人们连连拱手，与伙计们躬身迎客。

让张书海没有想到的是，此时，与芳草书局一路之隔的襄平书局里，掌柜的齐博来正满脸不高兴地在屋子里走来走去，听着从打开的窗户外面传来的阵阵唢呐和鞭炮声，齐博来愈加烦躁，走过去“砰”地把窗户关上，转过身阴沉着脸喊道：“顺子！倒水！”

楼底下正在整理图书的伙计王大顺听到掌柜的喊他，不敢怠慢，倒了一杯热茶上楼来，开门放到了桌子上转身想退出去，不料齐博来端起茶碗刚喝了一口，就没好气地扬起手来将茶碗摔到地上，瞪起眼睛大声地呵斥道：“你个没用的东西，水这么热，想烫死我啊。”

顺子吓得一声没敢吭，赶紧蹲下身去收拾摔碎的茶碗。齐博来挥了挥手，吩咐道：“去，打烊闭店！”

顺子赶紧站起身子下楼忙着上门板。这时一个来买书的青年学生奇怪地问：“今天怎么这么早就闭店啦？”

顺子看着他半天没吱声，那人觉得好笑，转身走了，顺子冲着他的背影扮了个鬼脸，心说：“你问我，我问谁。”

见新开张的书局顾客盈门，张书海和几个伙计忙得不亦乐乎。郑春仁对站在一旁的洪柳说：“这里没咱们什么事了，吃了饭咱们去鞍山找金叔叔，他人头熟，我打算把食品厂也尽快办起来。”

从书局里出来，两个人上了车，洪柳说：“我想，最好找一家现成的厂子，咱们可以以入股的方式参与经营或者出资收购，这样不但可以省去很多麻烦，还可以缩短资金运转的周期，尽快获利。”

郑春仁的目光里不禁又多了几分爱慕，看着这个聪明干练的姑娘，说：“洪小姐高见，公司有你这么一位大内总管，焉有不兴之理？”

“在其位谋其政嘛。”说着话，马车上了官道，赶车的把式甩了个响鞭，两匹马嘚嘚地跑起来。郑春仁的心里感到十分的畅快，转身掀开轿帘看着远处的村落，一个想法突然冒了出来，他张口想问，可又不知道该从何说起。

郑春仁收回目光放下轿帘，停了一会儿，对洪柳道："洪小姐，你如果不介意的话，有一事不明，不知当问不当问？"

洪柳把身子朝边上靠了靠，说："看你说的，你是掌柜的，还有什么当问不当问的。"

"一个人如果喜欢一个人，应该怎样做才能让那个人高兴？"郑春仁没头没脑地问。

洪柳扬了扬眉毛："你说的是男的是女的呀？"

"当然是女的了。"

"那办法多了，你可以请她吃饭，送她喜欢的东西。"

郑春仁带着几分无奈道："如果人家不领这个情怎么办？"

洪柳想了想，说："那就是没这个缘分了。"

郑春仁听罢怅然若失地掀开轿帘，心不在焉地看着远处的田野，一时默然无语。他曾几次试着请洪柳吃饭，都被她婉言拒绝了。问她喜欢什么，仍是没有得到任何回应。看看太阳已经偏西了，郑春仁探出头去问赶车的把式："天黑前能赶到地方吗？"车把式看了一眼天色，道："放心吧，掌柜的。"说着用力挥动了一下鞭子："驾——"两匹马跑得更快了。

金宫善正在上房看书，一个伙计敲门进来："掌柜的，沈阳的郑春仁来了。"

金宫善听了高兴地放下书本，心说："这小子怎么有空来了？"

伙计出去带着郑春仁和洪柳来到上房。金宫善见郑春仁风流倜傥，愈加气度不俗，笑着上前拉住郑春仁的手，说："我这两天正念叨你呢。"

“我说耳朵根子怎么发热呢。”

说完郑春仁回过身去指了指洪柳，对金宫善介绍说：“金叔叔，这是我公司的账房和新任总管洪小姐。”

“这姑娘一看就精明能干。”

“殿明哥怎么样了，什么时候回来？”因为手头的事多，郑春仁已经半年没有给金殿明写信了。

金宫善笑呵呵地说：“你不问我也正想告诉你呢。这小子毕业后留在了日本东京的一家铁道株式会社，去年娶了个叫千代的日本媳妇，说明年让我抱孙子呢。”

金宫善心想，郑春仁来找他一定有事，正待开口要问，只听郑春仁说：“金叔叔，我想在鞍山开一家食品厂，这次来是想请金叔叔帮帮忙。”

金宫善听了，端起茶碗喝了一口水，说：“前几天老正泰食品厂的老板来找过我，说厂子经营不下去了，打算出兑呢。”

“好哇，什么价？”

金宫善摇着头说：“我还没来得及问，今儿个天晚了，明天一早我带你们过去。”

金宫善听郑春仁说还没吃饭，便打发伙计要了一桌酒菜回来。吃着饭，郑春仁回忆起儿时在金家无忧无虑的生活，往事历历，犹在眼前。

鞍山老正泰食品厂是辽南一带有名的老字号了，因为货真价实，各种点心一直供不应求。老正泰的门前挂着一副对联，上联是：守良心时时敬买家无假；下联是：遵正道念念求上品不欺。

快晌午的时候，金宫善带着郑春仁和洪柳来到厂长室。进了门，只见靠西面摆着一张用来接待客人和办公用的桌子，桌子后面是一把梨木镂花座椅。北面靠墙摆着一个雕花条几，上面放着两只花瓶、一个大镜子。墙上挂着一幅宋人的山水画。东面并排摆放着四张椅子，中间是一个茶几。

食品厂厂长刘浩清坐在桌子后面的椅子上，面前放着一摞账本，账房正在一笔一笔地跟他核对账目："面粉十袋、鸡蛋三十斤、油五十斤……"

刘浩清不耐烦地打断了账房："别念了，别念了，这么点东西住家过日子都不够，别说这么大个厂子了。"

账房无奈地摊开两手，摇着头说："掌柜的，你也知道，资金周转不开，已经快一个月没进货了，就剩这点库底子了。"

刘浩清眉头紧皱，烦躁地一把推开账本站起来，见金宫善带着一男一女从外面进来，忙迎上前去招呼道："呦，金老板来了。"

金宫善转过身来介绍说："这是郑老板，这位是洪小姐。"

刘浩清一拱手："几位请坐。"几个人落座后，郑春仁开门见山地问："听金叔叔说，刘老板的食品厂要出兑。"

刘浩清带着几分不情愿说："可不是咋的，都快愁死我了，资金周转不开，停产半个多月了。"

郑春仁不解地问："据我所知，老正泰可是鞍山、辽阳一带有名的老字号。"

刘浩清点点头："是啊。"

"好好的厂子，又是多年的老字号，怎么会经营不下去了呢？"

刘浩清沉默了一会儿，叹了一口气，抬起头说："郑老板，说起这事，丢人啊，好好的厂子让我给糟践了。"

几个人不知道他这话从何说起。停了一会儿，刘浩清悔恨交加地道出了事情的原委。"老正泰是我爷爷创办的，从厂子开张那会起，我爷爷就定下了一条规矩：不掺杂、不使假，不蒙人、不骗人，不做一块亏心点心。该得一分得一分，该得一厘得一厘，以诚信为本，不赚昧心钱。慢慢地，老正泰就有了名气。我爹死后，我赚钱心切，总想一夜暴富，根本没把这块金字招牌当回事，图便宜，购进了大批过期的原料，结果顾客不买账，生产出来的糕点没人要，大量积压，时间一长都放得发霉了。我做梦也没想到，最后把几十年攒下的老本都赔上了，弄了个倾家荡产，我肠子都悔青了。”

几个人听了也是惋惜不已。郑春仁问：“刘老板下一步有什么打算？”

“厂房设备都是现成的，原封不动地都给你，你看怎么样？”

“我看行。”

自打厂子停产后，刘浩清急得像热锅上的蚂蚁团团转，四处托人，急于想把厂子兑出去，可又不想随便出手，这时他又上下打量了郑春仁一番，道：“我听金掌柜说了，你年轻有为，今天一见面，郑老板果然儒雅倜傥，举止不俗，把厂子交给你我放心了。”

“你估计多长时间能出产品？”坐在一旁的洪柳问。

刘浩清沉吟片刻，说：“厂房、设备都是现成的，只要有流动资金，把原料备齐了，不出三天就能出糕点。”

郑春仁心想，看来跟洪柳打算的一点不差。这时只听刘浩清说：“郑老板，你要是一时找不到合适的人，就把厂子先交给我。”要不是欠了一屁股的债，刘浩清无论如何舍不得把祖上留下的这份家业拱手让给别人。

“好，到时候我再派一个人过来协助你。”郑春仁没想到事情会办得如此顺利，不过他对这个刘老板还是有点放心不下，又叮嘱道：“刘老板，厂子开工后，一切按过去的老规矩办，不能再出半点差错。”

刘浩清信誓旦旦：“郑老板，你放心，吃了这么大的亏再不长见识，我就白活了。”

“我相信你说的是实话。准备一下，定好日子，咱们就重新开工吧。”

刘浩清有些激动，冲着郑春仁、金宫善一拱手：“谢天谢地，老正泰总算有救了！”

金宫善、郑春仁、洪柳见事情有了眉目，从刘浩清的办公室来到街上。金宫善让道：“春仁啊，去家里吃了晌午饭再走吧。”

郑春仁却另有心事。他冲金宫善拱了拱手，说：“就不叨扰金叔叔了，我们回去准备准备，厂子开工还有不少事呢。”

“那我就不留你们了。”金宫善上了自己的马拉轿车走了。

郑春仁看金宫善走远了，转过身来对洪柳说：“洪小姐，难得你到鞍山来一趟，今天我请你品尝当地有名的小吃——牛庄馅饼怎么样？”

洪柳不置可否地轻轻摇了摇头：“咱们还是趁天还早回沈阳吧。”

郑春仁听了心里像塞进一团棉花，暗自思忖，莫非这位洪小姐真的有意回避我。这时他想起在鞍山读书时曾听说过这家老店的来历，于是想在姑娘面前卖弄一番：“洪小姐，这牛庄馅饼可非同一般。创始人叫高晓山，他的面案手艺堪称一绝，艺高人胆大，他改变了传统馅饼的做法，把原来的矾泡面，改为水和面，使馅饼皮薄馅大，而且和出来的馅香而不腻，连张大帅都非常喜欢吃高晓山的牛庄馅饼，经常把高晓山请到帅府，令其上下大快朵颐。”

洪柳笑了笑：“想不到郑老板追踪蹑迹，对当地饮食还有这么深的研究。”

“谈不上有什么研究，我不过在鞍山读书多年，对当地的特色小吃略知一二而已，让洪小姐见笑了。”

“哪里，我今天实在没有胃口，还是留着下次再一饱口福吧。”洪柳不想惹郑春仁不高兴。

郑春仁只好闷闷不乐地摇了摇头，两个人上了车赶奔沈阳，一路上郑春仁几次想说点什么自我解嘲，却又找不到合适的话题，只得不时地掀开轿帘向外看两眼，心中怅然若失。

半个多月后，鞍山老正泰食品厂门前围满了人，刘浩清看时辰已到，同郑春仁、洪柳一块从屋子里走出来。他抬起头来拱了拱手，高声说道："诸位街坊、老少爷们儿，老正泰出让给恒通贸易公司了，今天重打锣鼓另开张！"

在震耳欲聋的鞭炮声中，在围观的男男女女注视下，郑春仁和刘浩清一同揭下了匾额上的红绸子，露出"老正泰食品厂"几个鎏金大字。

人群中，一个中年男人对边上一个年过花甲的老人说："看来老正泰真是换老板了。"

"不知道这个掌柜的咋样。"

"这可是块金字招牌啊。"

"是啊，一块招牌立起来可不是件容易的事。"

"少说也得十年八年的工夫。"

边上的几个人听了，都不住地跟着连连点头。

郑春仁和洪柳在金宫善家里住了一宿，第二天一早两个人坐上车回沈阳。时值初夏，田野上刚刚长出的庄稼一片新绿。郑春仁的心情也像这充满了生机的原野一样变得开朗起来。公司的机车和油罐车保住了，本来就是不幸中的万幸，又这么快就把书局和食品厂也开办起来了。然而，生意上的一帆风顺并没有减轻婚姻带给他的苦闷。和齐玉萍结婚已经两年多了，郑春仁却总觉得他们之间像是隔着一堵墙，他心里清楚，两个人的结合因为缺少感情基础，就像一座没有地基的房子，随时都可能垮塌，让他内心深处总是觉得无着无落。自从他发现喜欢上了洪柳，内心深处的那种空落一下子变得充实起来，但出乎意料的是，眼前的这个姑娘对他始终不冷不热，他不知道问题出在哪里，他看洪柳闭着眼睛不说话，只好也闭上眼睛陷入了沉思。

第三十一章

郑春义和胡进带着人马从大仁屯回到木浒寨天已经黑了。吃过饭，郑春义和胡进、老八、胡进的二舅来到议事厅。老八把桌子上的马灯点亮，郑春义摘下枪来坐到凳子上说："今天咱们的事儿干得还算漂亮，把那个老财主给镇住了。"说到这冲着胡进一龇牙，"又给你弄了个漂亮媳妇回来。"

胡进用手挠挠脑袋，说："媳妇倒是不错，咱们这次行动可不咋的，四个字——水裆尿裤。"

老八接过胡进的话说："可不不咋的，队伍集合时拖拖拉拉，我都快把嘴皮子吹破了，才把人归拢到一块。"

胡进的二舅忍不住打断老八的话说："出发时更是磨磨蹭蹭，这个要撒尿，那个忘了带枪，好半天才从寨子里出来，这要是真刀真枪地干起来，咱不赡等着吃亏吗。"

"这还不算，半道上，几个弟兄看到林子里有野鸡，就擅自离队，结果让大伙等了好半天，简直就是一群散兵游勇。"胡进气得想骂街。

胡进的二舅叹了口气："当年张小个子拉队伍出去嘁里咔嚓，要像咱们这个熊色样儿，早完了。"

胡进站起来，在地上走了几步，停下，抱怨说："我下令包围谭永山家，可房子西头半天还没有人上去。就这奶奶样，咱们还不净吃败仗啊。"

郑春义无可奈何地摇着头说："咱谁也没进过讲武堂，带兵打仗都是盲人拉琴——瞎扯。"

胡进坐到凳子上："要说整几句酸文歪诗啥的，我还凑合，这带兵打仗的事，咱可真是蛤蟆跳井——扑通（不懂）。"

"那咋办？"郑春义知道大伙说的都是实话。

几个人你看看我，我看看你，一时谁也拿不出主意来。郑春义拍了拍桌子："你们咋不说话，这点事还把你们难住啦？"

胡进的二舅想了想，说："这事说难也难，说不难也容易，咱们不行，可有行的啊，上次胡进不是说了吗，不行咱就舍出钱来请一位教官。"

老八第一个赞同："我看行。"

胡进挠着脑袋合计了一会儿，为难地说："可这人到哪去找啊？这事儿可不是一般人能干得了的。"郑春义也是束手无策。

"不行干脆散伙算了。"胡进见郑春义也无计可施了，心想：长痛不如短痛，何必遭这份洋罪呢。

郑春义一听，心里这个气啊，他白了胡进一眼："亏你想得出来，费了九牛二虎的力气，好不容易把队伍拉起来，你可倒好，说这种泄气的话。你以为是三岁两岁的小孩子过家家闹着玩呢？"

"那你说咋办？"

"咋办，已经到这个份上了，天塌了咱也得硬着头皮顶着。"

胡进知道自己说走了嘴："不行我先去找些兵书来，照葫芦画瓢比量一把。”胡进给自己找了个台阶。

郑春义考虑了半晌也拿不出更好的办法来，只好同意了。他站起来，仰着头在地上走了几步，停下，说：“不管咋说，今天咱们也算锋芒初露，牛刀小试，把那个老地主给折腾得够呛，回来的道上我琢磨了一副对联你们都听好了。上联是‘踏衙门如平地’；下联是‘斗恶霸如鼠贼’。你们哥几个给整个横批咋样。”

胡进站起来在地上转了一圈，说：“今天咱们也算出师大捷，那个老家伙被咱们给制服了，咱也算威风了一把，我看横批四个字‘威震八方’怎么样？”

郑春义琢磨了琢磨：“这个横批好，咱这木浒寨以后要是真能请来个教官，把队伍训练好了，就咱这人马刀枪的，管他是踏衙门，还是斗恶霸，都不在话下。”

几个人听了十分兴奋，老八说：“真要是能干出点名堂出来，咱也不枉在人世走一遭。”胡进的二舅同样跃跃欲试。郑春义对胡进道：“干脆明天你去找个人，把这副对子刻在木头板子上，给我挂在寨子门口。”

胡进一拍胸脯，脖子一歪，拿腔弄调地冲着众人一揖到地：“在下遵命也。”几个人都被他的滑稽相逗笑了。

过了几天郑春义将胡进找来，两个人一进议事厅，郑春义便迫不及待地问：“我的胡大军师，你的兵书读得咋样了。葫芦现成的摆在那儿，你那瓢到底画出来没有。要是画好了，拿出来，咱们也见识见识。”

胡进挠着脑袋吭哧了半天，说：“别提了，过去净看小说了，也没读过兵书啊，你听好了啊，孙子曰：‘凡先处战地而待敌者佚，后处战地而趋战者劳。’全是这个，晦涩难懂不说，都是用兵之法，咱们根本派不上用场。”

郑春义心里又好气又好笑，心说：你小子没事逞能，大话说出去了，这会儿又拉松了，合着好人坏人都让你一个人当了。他坐到凳子上问胡进：“那咱就这么松松垮垮地混日子呗？”

“你说咋办？”

“不行你就先拿几条章程出来，没有规矩不成方圆嘛。”

胡进乐了：“行，军事上的事咱外行，这事对我来说小菜一碟。”

“来不来又吹上了。”郑春义当胸给他一拳，两个人哈哈大笑，把一脚门里一脚门外的老八吓了一跳。

天亮好一会儿了，太阳才慵懒地从树林里钻出来。胡进站在院里的台子上，扭头冲着老八道：“吹号。”

老八从腰上解下铜号“嘟嘟哒——嘟嘟哒——”吹起来。

过了好一会儿，板房里的人才哩哩啦啦来到院子里。胡进冲着底下的人高声说道：“大伙都听着，好歹咱这也算一支队伍。既然是队伍，就应该有队伍的样子，不能总这么松松垮垮地一盘散沙，现在，大当家的要宣布几条章程，大伙都把耳朵抻直了听着。”说完退到了一边。

郑春义往前跨了一步，高声道：“大伙都听好了，第一条，集合的时候沙楞儿的，不能拖拖拉拉，晚到者，罚站一个时辰。第二条，行军时不能擅自离队，擅自离队者，一天不给饭吃。第三条……”

郑春义正想接着往下念，一个长得又瘦又高的小伙子站出来，大声质问道：“你们是不是闲得没事干了，我们到你这来不过是混口饭吃，你不让我们抢东西、找女人也就算了，整这些幺蛾子有个屁用，不给饭吃，我他妈还不干了呢！”说着，把衣服脱下来往地上一扔转身走了。

其他人看了，呼啦又站出来三四个，噼里啪啦把衣服脱下来扔到地上，大声道：“我们也不干了，整天在这林子里猫着，跟他妈蹲大狱似的，哪有这么当胡子的，咱们不伺候猴儿了。”

说完，几个人回到房里，拿起自己的衣物，气哼哼地走了。郑春义看了看胡进，两个人愣在那儿，不知如何是好。

待解散了队伍，几个人进了议事厅，郑春义说：“我看一个个扭头别膀的，再这么下去，用不了几天，人就都得走光了，这可咋办？”

几个人你看看我，我看看你，谁也没说话。胡进挠挠脑袋合计了一会儿，说：“我看不行咱也仿照古人，给他来个揭榜打擂。”郑春义斜楞了胡进一眼：“我们缺的是教官，你打擂干啥？”

“眼下咱不是想不出更好的办法了吗，刚才我琢磨了，明天我带几个人去黑山县城，在街头张贴招募教官的告示，许以丰厚的薪俸，有人敢揭榜，咱们就当面让他比试比试，要是揭榜的人真有两下子，这事不就成了吗。”

胡进的二舅听了沉吟了半晌，说：“我看可以去试试。”

郑春义见胡进的二舅也觉得这个办法可行，又跟几个人商量了一会儿寨子里的杂事，便跟胡进去写榜文了。

十多天后，待一切准备就绪，后晌，胡进、老八带着人开始在县城的街上四处张贴告示，路人纷纷围上来观看。一个颏下一缕银髯的老者抬头看着告示，嘴里念道：“榜文，本山寨招行伍出身之教官一人，月饷五块大洋。有揭榜者，到天晟客栈当面比试。”

第二天头晌，天晟客栈的院子摆着一张桌子，桌子后面放着几把椅子，郑春义、胡进、胡进的二舅端坐在椅子上。这时客栈的外头已经站了十几个手里拿着告示的人。郑春义冲老八点点头，示意开始。老八将外面站的十几号人让了进来。郑春义扫了一眼众人，问：“你们都是揭榜打擂的吗？”

“是，我们来揭榜打擂。”众人参差不齐地应道。

"你们都有什么本事，一个一个来。"话音刚落，一个长得不高不矮，不胖不瘦，留着小平头，两眼炯炯有神，看年纪在三十岁上下的男子高声道："我姓来，叫来福，我会使鞭，你们看好了。"

说罢，"哗啦啦"从腰里抽出一条三节鞭，在院子里拉开架势，将一条鞭舞得上下翻飞，风雨不透，看得边上的人一个劲地喝彩："好，好功夫！"

来福收式后，脸不红，气不喘，走到郑春义和胡进跟前深施一礼："来福献丑了。"

郑春义有些不快："我这不缺练武的，你还会别的吗？"

来福两手摸着三节鞭，脸上现出茫然的神色："别的？对了，我还会盖房上梁，劁猪、骟马我也在行。"

"来福，你可以走了。"

来福傻愣愣地站在那，半天没动地方。

"我再说一遍，你可以走了。"

来福看了看郑春义："你是说让我走吗？"

"对！"

来福摇了摇头："我也没出错啊，咋不要我了呢？"他一边嘟囔着，一边满腹狐疑一步三回头地走了。

胡进冲着人群："下一个！"

只见一个个子不高，但长得十分匀称，留着小分头，鼻直口阔，四十多岁的男人上前一抱拳："小人姓黄，名古羊，见过几位大人。"

"你有啥本事来当这个教官？"胡进问道。

黄古羊双手抱拳，把头一甩朗声道："在下黄古羊，刀枪剑戟，斧钺钩叉，十八般兵器样样精通，大洪拳、小洪拳、通背拳、梅花拳更不在话下。"

说完，他走到院子当中，拉了一个架势，把一套梅花拳打得环环相扣，密不透风。

郑春义走过去："黄古羊，你会打枪吗？"

黄古羊看了看郑春义："不会，在下自幼习武，从未摸过枪械，师傅说此乃凶器也，让我远离这些东西，以避血光之灾。"

郑春义气得想骂他几句，他压住火气："黄古羊，你可以走了。"

黄古羊愣了一下："你是说让我走吗？"

"是，你可以走了。"

黄古羊显然不甘心就这样一走了之，抢着说："我这一身的功夫打遍天下无敌手，当教官不就是教授拳法吗，我打二十岁就带徒弟，你们放心，当教官我保证一点不含糊。"

"别啰唆了，走吧。"郑春义一句也不想听他多说了。

黄古羊挠着脑袋："差哪儿了呢？"说完带着十二分的不情愿怏怏离去。

胡进大声道："下一个！"

一个五大三粗，腰圆背厚，长着一双剑眉环眼的二十七八岁的小伙子站出来，"咕咚"跪在地上"嘣嘣嘣"磕了三个头，从地上站起来大声道："来的时候我娘一直叨咕，让我别忘了给大人磕头，我一直怕忘了，一直想着这事儿来着。"

郑春义和胡进哭笑不得："你可以走了。"

这人又要跪下磕头，被郑春义拦住了："你走吧。"

年轻人哭丧着脸："这、这我回去咋跟娘说啊，我这头也磕了，咋还不要我呢，真是邪门了。"

郑春义再无心看其他人演示："诸位，今天就到这吧，你们可以回去了。"

十几个人把手里的告示放到桌子上议论纷纷："这叫啥事啊。捣鼓了半天，白忙活了。""这事闹的，一下没比画就歇菜了。"

待人都走净了，郑春义瞅着胡进气不打一处来："你个书呆子，这哪是招教官啊，这不比武打擂吗？"

胡进苦笑着摇了摇脑袋："我也没想到会整成这个奶奶样啊。"

郑春义真想骂他几句。胡进看郑春义冲他发火，心想：这事能怨我吗？他摊开两手："唉，整个楞南辕北辙了。"

郑春义和胡进回到木浒寨，两个人一前一后来到议事厅，老八点上灯，郑春义气也不是、恼也不是，埋怨道："跑到县城白折腾了半天，这事要是传出去，还不得让人笑掉大牙。"

五六块白花花的大洋打了水漂，胡进也是咋想咋窝囊："砢碜不假，可我不也是一片好意吗？要怪就怪榜文没写明白。"

"你那点能耐呢？裉劲儿的时候掉链子了。"

胡进还想解释什么，门口站岗的一个哨兵进来："大当家的，有一个东北军的士兵要见你。"

郑春义听了愣了片刻，心里合计，我跟东北军素无往来啊。他扭过头去看着胡进，满脸狐疑："咱们跟东北军没有一点瓜葛，是不是哪个绺子的探子？"

胡进挠着脑袋琢磨了半天："不会吧，胡子各有各的山头，他们没必要扯这个淡啊。"

郑春义仍放心不下，疑虑重重，心想：这年头啥稀奇古怪的事都有，不得不防。"去，把人给我带进来。"

哨兵出去，带着一个被蒙着双眼的人进来了。这人看上去二十一二岁年纪，中等个头，一身东北军打扮，干净利落。笔直地往那一站，一看就是个训练有素的准军人。

郑春义走过去上下打量了来人半天，突然厉声问道：“说！你是哪个山头的绺子？干什么来了？你要是不说实话，我立马把你拉出去毙了！”

那人纹丝没动，说：“我要见大当家的。”

“我就是，什么事？”说着郑春义示意胡进过去摘掉了他的眼罩。

来人看了看站在面前的郑春义，张口叫了一声姐夫。郑春义被他叫愣了，心想：谁是你姐夫啊。那年轻人见郑春义怔怔地看着他，说：“姐夫，你不认识我，我是老王头的儿子，我叫王财，王梅是我姐啊。”

郑春义一听，这才恍然大悟，一把抓住王财的胳膊，高兴地摇晃着说：“你就是你姐整天念叨的那个王财啊？”

“是啊！”

郑春义转过头去，兴奋地对胡进说：“这就是我常跟你们叨咕的我那小舅子，跟他哥哥和村里的几个年轻人一块被日本人抓去出劳工，后来受不了日本人打骂一块逃跑，就他一个人跑了出来，他姐老说他是个机灵鬼儿。”

胡进连忙给王财搬了个凳子，让他坐下说：“你不是去东北军当兵了吗，咋不在队伍上待着，跑这干啥来啦？”

“上次回来的时候听爹说，姐夫在黑山扯起了绺子，我是来请你们帮忙救个人。”

郑春义眼睛紧紧盯着王财，问：“救谁？”

王财看他咄咄逼人的架势，乐了：“人家大老远地来了，也不说给口水喝。”

胡进倒了一碗水递给王财，王财端起碗一口气喝了个干净。

郑春义把脸拉拉下来道：“咱先把丑话说在前头，八竿子打不着的山猫野狗你可别找我，我耽误不起那工夫。”

“看姐夫说的，我说的可是正经事。”

"那好啊。"胡进把凳子朝王财身边挪了挪，想听听他到底想说什么。

"说起来话长了。当年我从日本人手里跑出来后就投奔了奉军。开始在连队里当兵，后来营长关明杰看我人机灵，就让我去给他当了传令兵。少帅易帜后奉军变成了东北军，中东路战争爆发前夕，关营长当上了副团长，满洲里的那场战斗打得很苦，仗着关副团长平时治军有方，加上在战场上指挥得当，在其他阵地失守后，只有我们这个团的阵地没丢。战后，关副团长受到国民政府蒋介石委员长和张学良的通令嘉奖。"

"这个人了不起！"郑春义示意王财接着往下说。

"没想到十几天前，关副团长带着我们几个人到沈阳面见少帅，在回来的路上，走到南市场附近的一条马路上，看到两个日本浪人在调戏一个年轻姑娘。关副团长上前制止，两个日本浪人挥拳就打，被我们几个人给拦住了。本来这事就过去了，没想到走了没多远，两个日本浪人从后面又追了上来，到了跟前，不分青红皂白，照着关副团长就是一顿拳打脚踢。我们几个随从不能眼看着副团长挨打啊，一通混战后，把两个日本浪人都打趴下了。当时谁也没当回事，哪承想，他们两个那么不禁打，回去后不到两天就死了。"

郑春义一拳砸在桌子上："小日本没一个好东西，死了活该。"

王财摇了摇头说："你哪里知道，这下捅了大娄子，日本驻奉天总领事林久治郎说啥不干了，找到少帅不依不饶，硬说两个日本浪人是特高课的情报人员，在执行任务时遭到袭击而死，非要关副团长抵命。还威胁说，由此引起的两国争端，后果全部由东北军承担。少帅被逼无奈，只好将关副团长给押了起来。我们刘团长听说这事气坏了，当晚把几个营长都找来了，商量如何营救关副团长。我去给他们倒水的时候听到这事，突然想起来，上次回家的时候，听我爸说姐夫扯起了绺子，事后我跟刘团长一说，他别提多高兴了，说关副团长有救了。"

胡进“腾”地站了起来，心想，这不现成的教官吗：“人怎么救？”他迫不及待地问。

“我们刘团长想让你们去帮着演一场戏，我们佯装把关副团长拉到郊外行刑，你们带着人去劫法场，这样，日本人就无话可说了，少帅那边也能向日本人交代了。姐夫，你可千万要帮我这个忙，关副团长平时待我们这些手下亲如兄弟，大伙说了，无论如何不能眼看着关副团长死在日本人手里。”

没等王财的话说完，郑春义一拍大腿：“太好了，我这正愁找不到教官呢！”

胡进见郑春义跟他想到一块去了，哈哈大笑。王财被胡进笑得有些莫名其妙：“笑啥，我可说的都是实话，你们要是不去就拉倒。”

郑春义也不搭话，拉着王财的手说：“兄弟，你小子真是雪中送炭啊，待会儿我让伙房整俩菜，我得跟你好好喝两盅。”

王财被两个人一番话说得有些蒙头转向。郑春义拍了拍王财的肩膀：“你放心，这个人我一定要救。不过我也得求你一件事。”

王财一听，高兴得差点蹦起来：“啥事？”

“我要是把他救出来，让他给我当教官行不？”

王财沉默了一会儿，摇着头说：“这事我可不敢答应你，再说人被关着咋问啊，我看，还是等把人救出来，你跟关副团长当面商量吧。”

郑春义一拍脑门儿：“说得倒也是。”

“姐夫，你要是答应救人，我现在就回去，等一切安排好了，我再过来。”

“好，咱们一言为定。这法场我劫了！”

王财兴奋地从凳子上站起来：“那我先走了，刘团长还等着听信呢。”

送走了王财，郑春义打发老八让胡进的二舅炒了几个菜。四个人坐下，郑春义端起酒杯道：“此乃天助我也！”几个人端起酒杯一饮而尽，胡进的二舅更是格外高兴，出来进去地把菜热了一回又一回，几个人开怀畅饮，直到快三更天了才各自回房睡了。

一连等了好几天，眼看着约定的日子已经过了，王财那边却一点消息也没有。天已经黑透了，木浒寨议事厅里仍灯火通明，郑春义焦急地对胡进说："王财说好了过来，咋没动静了呢？"

"可别出啥岔头儿。"胡进挠挠脑袋，心里也没了底。

"是啊，整半天，猪八戒背着孙猴当媳妇——空欢喜一场就坏了。"郑春义也怕这件事秃噜了。

沉默了片刻，胡进在地上走了几步，停下说："也许王财回去跟他们团长一说，人家看咱这人马刀枪的不济事，就拉倒了呢。"

两个人正你一句我一句地理不出个头绪来，门口站岗的哨兵进来报告道："大当家的，那个王财来了。"

郑春义还没从凳子上站起来，王财已经满头大汗地从门外进来了。

郑春义走过去，拿起手巾递给他："擦擦汗，我还以为你不来了呢。"

王财一边擦着头上的汗，一边说："哪能呢，我回去跟刘团长说了，他马上去报告了少帅。"

"少帅咋说？"

"说这是个办法，还特意嘱咐别把戏演砸了。"

郑春义挥了挥拳头："好哇，法场怎么个劫法？"

"刘团长已经带着人把地方选好了，在大西边门外的一个大苇塘里，时间是七天之后。"王财一口气把劫法场的计划说了出来。

"好哇！"

"刘团长特意让我告诉你，多带些人过去，事先埋伏在苇塘里，等我们的车一到你们就动手。刘团长说，到时候我们只是装装样子，朝天上放几枪，你们把关团长带上，让司机开着车越快离开沈阳越好，要不夜长梦多，让日本人知道就走不了了。”

郑春义抽出盒子枪，“啪”地往桌子上一放，说：“你回去告诉刘团长，让他尽管放心，我们保证不会误事。”

“姐夫，这可不是闹着玩的，关副团长的性命就全在你们手上了。”

“这你放心，我不会干那种没谱的事。”

“那我先回去了。”

“歇会喝口水再走吧。”

“不了，天亮前我得赶回去。”说完，王财出门上了马急匆匆地走了。

两个人送走王财回来，胡进当胸给了郑春义一拳：“咱这是诸葛亮草船借箭——缺啥来啥。”

郑春义把他的手推开，摇了摇头，说：“先别高兴得太早，到时候要是鲁肃讨荆州——空手而回就麻烦了。”

“你放心吧，人我来选。”胡进信心十足。

“好，看你的了！”两个人摩拳擦掌，盼着早一天劫了法场，把苦寻无着的教官请到寨子里来大干一场。

离约定劫法场的日子越来越近，郑春义对胡进有些放心不下，晚上他把胡进找到议事厅，问：“你的人训练得咋样了？”

“我挑了二十个人，这两天跟我二舅天天学打枪呢。”

“这事可别含糊了，到时候出了洋相就耽误大事了。”郑春义还想往下说，门口的哨兵进来，说王财来了。

王财进了门，来不及落座便焦急地说：“出岔子了。”

郑春义闻听，心里“咯噔”一下：“咋啦？”

王财擦擦脸上的汗，说：“那个日本总领事生怕少帅在背后搞鬼，说啥非要派一个日本关东军的少佐带着两个日本兵到法场监斩行刑，少帅找不到合适的借口，只好答应了。”

郑春义听了，心凉了半截。胡进沉默了半晌，挠着脑袋说：“得想个办法对付他们，你详细说说。”

“小鬼子生怕出了岔子不好交代，要求必须跟关副团长在同一辆车上，到了地方他们先下车，看着我们把关副团长带下来，他们再来行刑。”

郑春义考虑了考虑，说：“要是这样的话，唯一的办法就是等他们一下车，就先把他们干掉。”

王财一个劲地摇头：“姐夫，这可不是闹着玩的，没有绝对的把握出了差错，不但关副团长救不了，还得连累少帅。”

郑春义从腰里抽出盒子枪，在手上麻利地转了一个圈，说：“你放心，到时候，你们的动作慢一点，我保证送他们上西天。”

王财在地上比画了半天，说：“好吧，我回去跟刘团长说一下，让他们再商量商量，我走了。”

胡进拦住王财道：“慢着，我们劫了法场，那个总领事要是追查下来，是谁通风报的信咋办？”

王财正了正帽子，说：“刘团长说了，到时候要是日本人追查，就找一个当兵的搪塞一下了事，人都被你们劫走了，碍于少帅的面子，那个总领事不会没完没了吧。”几个人听了，觉得这个办法可行，送王财来到院子里，看着他上马走了。

回到屋里，胡进“啪”地一拍桌子，骂道：“小鬼子净他娘地跟着添乱。”

郑春义心里也没了底，不知道这法场还能不能劫成，但除了等王财的消息，却干着急，拿不出一点办法来。

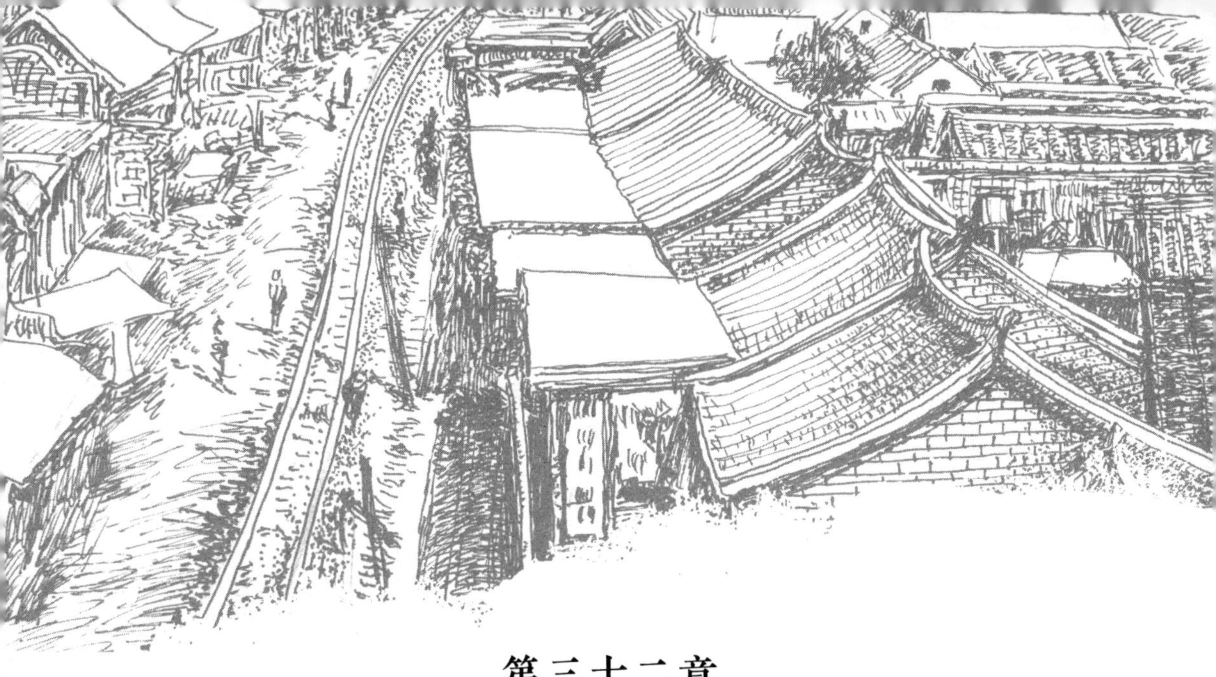

第三十二章

辽阳芳草书局开张后每天顾客盈门，想不到祸从天降。天快黑的时候张书海带着一个伙计开始忙着整理书架上被顾客翻乱的图书，准备闭店。这时，“咣当”门被踹开了，从外面闯进几个身穿制服的警察。为首的是个胖子，警服穿在身上紧绷绷的，几乎都要撑破了。

张书海急忙迎上前去：“呦，这不是王队长吗，今天怎么有空到我这来了，是来买书还是看书啊？要是巡街走累了，就在这歇会儿，我给你倒茶去。”

哪承想这个王队长一挥手，眼一瞪：“妈了个巴子，少跟我扯哩根儿啷，我不买书，也不看书，今儿个我是奉命搜查。”

张书海愣住了：“王队长，我是不是听错了，这书局才开张不到一个星期啊，有什么好搜查的？”

王队长瞪着眼睛厉声道：“少废话，来呀！给我搜！看有没有红色儿的书！”

三个警察不管不顾，噼里啪啦里外一通乱翻。突然，一个警察站在书架前，拿起一本绛红色封面的线装《红楼梦》，翻过来掉过去地看了半天，转身来到胖子警官跟前，“啪”地敬了一个礼，大声道：“报告！红色儿的书找到了！”

那个被称为王队长的警官急忙接过书，撇着嘴说：“我看看，我寻思不能白来嘛。”

他用短粗的手指笨拙地翻了几页，抬起头来吩咐手下的警察：“妈了巴子，有多少都给我装到麻袋里带回去！”

几个警察答应一声，出去从停在门口的马车上拿来一条大麻袋，稀里哗啦地将书架上的十几本《红楼梦》一股脑儿地塞进去，出门扔到了车上。

胖子队长见赃物已获，立睖起眼睛命令道：“妈了个巴子！把这个姓张的给我捆起来！”

两个警察上去，不由分说，七手八脚把张书海捆了个结结实实。张书海大声分辩道：“王队长，你是不是弄错了，那不是什么红书，是小说《红楼梦》。”

胖子警官哈哈哈一阵狂笑：“妈了个巴子，少跟我扯犊子！”

张书海不甘心束手就擒：“王队长，我不骗你，那是曹雪芹写的一部名著，书名叫《红楼梦》。”

王队长抹搭着眼皮，没好气地说：“妈了巴子，咋这么一会儿工夫又整出一小丫头片子来蒙我了。我不管她是芹菜还是韭菜，是明住（名著）还是暗住，是红色儿的书就不行，给我连人带书一块带走！”

张书海长叹一声：“唉，真是秀才遇见兵，有理说不清了！”

几个警察将张书海带到门外，胖子警官一挥手，几个警察押着张书海，分开看热闹的人群架到车上走了。一个伙计赶紧将门口一个灯笼里的灯碗取了出来，两个灯笼只有一个是亮着的了。

第二天傍晚，沈阳南市场鹿鸣春饭店临街的一个包间里，洪柳在窗帘后面朝街上观察了一会儿，见昏暗的街灯下，只有几个乞丐在向路人乞讨，两个巡街的警察慢腾腾地从街上走了过去。在确认没有异常后，才从手提包里拿出喜鹊登枝的剪纸贴到窗户上。

洪柳坐下不大一会儿，王守明就开门进来了。他照例走到窗前看了看，回过头来问："是不是书局出事啦？"

洪柳点点头："交通员送来十万火急情报，书局昨天傍晚的时候被警察查封了，张书海也被警察带走了。"

王守明听了一愣，随即镇定下来道："最近敌人的白色恐怖很严重，前不久，大东边门外我们的一个联络站突然遭到了破坏，警察当场抓走了我们的十几个同志。为了稳妥起见，这里已经不能再作为联络地点了，下次在什么地方接头，会有人通知你。以防万一，你也不能再回公司了。"

洪柳沉思了一会儿，说："从目前的情况看，我的身份还没有暴露，我必须尽快把事情搞清楚。"

王守明考虑了考虑，说："好吧。但你千万要谨慎，敌人是非常阴险狡猾的。"

"你放心吧。"

王守明站到门口侧耳听了听外面的动静，转过身来说："上次你汇报了韩吉庆的情况后，我们已经派人了解过了，他也是穷苦人出身，而且一心想打鬼子为爷爷和爸爸报仇，经过组织研究决定，韩吉庆可以作为你发展的对象。你这次回去，最好能取得他的帮助，有他在你身边，一旦发生意外也好有人照应。"

屋子里静悄悄的，王守明可以听到洪柳的呼吸变得急促起来，他知道洪柳已经喜欢上了这个小伙子，他希望两个人能走到一块，所以在特别支部会上，他提议把发展韩吉庆为党员的任务交给了洪柳。

“我一定完成任务。”洪柳平复了一下自己的心情后，说道。

王守明沉吟了片刻，继续说：“从现在开始，不到万不得已，你不要再跟任何人联络了。我们将启用新的备用联络站。一个星期后，如果没有意外情况，我会派人找你，新的联络暗号是：‘你病好了吗？’回答：‘还没好利索。’具体的接头地点到时候会有人通知你。”说罢，王守明拉开门走了。

洪柳也从窗户上揭下窗花快速离开了饭店。

晚上郑春仁留下洪柳核对账目。郑春仁带着几分歉意对洪柳说：“这两天白天忙不过来，这个月的账还没来得及看，只好辛苦你了。”

“我一个人回去也没别的事。”

“这个月的收入怎么样？”

“比上个月翻了一番。”

“我看要拿出一部分钱来奖赏一下张经理和伙计们了。”

洪柳指着账本说：“我看应该，当老板的把赚的钱都揣到自己腰包里，谁还肯为你出力。”

“洪小姐所言极是，具体的分配方案你来定。”

两个人忙活完已经很晚了，正要走，看门的伙计敲门进来说：“掌柜的，辽阳书局来人了，说有急事要见您。”

郑春仁让伙计把来人带了进来。郑春仁见他惊慌失措的样子，问：“怎么了？”

伙计结结巴巴地说："大掌柜的，不好了，前天快闭店的时候，书店被警察给封了，张经理也被带到警察局去了。"

郑春仁听了心里十分诧异，暗想："怎么刚开张就出了这种事？"

一旁的洪柳已经从地下交通员那里得到消息，此时恨不得马上动身去辽阳弄个究竟，但不知道郑春仁有何打算，说："我们应该过去看看。"郑春仁沉默了一会儿，说："你去告诉吉庆准备一下，你俩明天跟我一块去辽阳。"

洪柳心急如焚，郑春仁的心里也像揣了一只小兔子，怦怦乱跳。

天快晌午的时候，郑春仁带着韩吉庆和洪柳赶到辽阳，见书局果然已被查封，遂找来几个伙计想问个明白。一个长着一双大眼睛的伙计说："那天我正跟张经理一块整理货架上被顾客翻乱的图书，那个带队巡街的王队长领着警察就进来了，说是找红色儿的书。"

郑春仁一时有些云里雾里："什么红色儿的书？"

去报信的伙计说："我这里还留着一本。"说着，他将包里一本绛色封皮的线装书递给了郑春仁。

郑春仁拿过书来前后看了看，愈加觉得事发蹊跷："这不是上海商务印书馆不久前刚刚印刷出版的全套新编《红楼梦》吗？"

送信的伙计合计了合计："是不是因为封皮用了绛红色的麻纸，就是红色儿的书了？"

郑春仁连连摇头："不对啊，这书都是公开出版发行的，要是连这样的书也不让卖，那咱这书局就得关门了，莫非这里另有隐情。"

韩吉庆和洪柳接过书来左看右看，也说不出个所以然来。韩吉庆晃了晃手里的书："真是见鬼了，凭这么一本书也不至于抓人啊。"

"看来只有找到那个王队长，从他嘴里才能弄明白这件事的来龙去脉。"

韩吉庆琢磨了琢磨："也好，今晚我就去会会那个王队长。"

太阳偏西的时候，韩吉庆坐在派出所对面的一个茶铺里，一边喝着茶，一边观察着里面进进出出的人。

天擦黑的时候，一个身材肥胖的警察跟在两个警察的后面从派出所里走了出来，韩吉庆放下茶碗，出了茶铺，跟着他走了不远，来到了襄平书局。

韩吉庆躲在一棵树后，眼瞅着这个胖警察轻车熟路地径直进了书局的门，"噔噔"上了楼。韩吉庆几步蹿到墙根底下，施展轻功跃身上了房顶，倒挂金钩朝里一看，只见屋里放着一张桌子，上面早已摆好了羊肉和各色菜蔬，桌子中间放着一只紫铜火锅，里面炭火烧得正旺，水已经开了，冒着腾腾的热气。一个身穿马褂，头发稀疏的男人见身材胖大的警察进来，忙从座位上站起来，一拱手道："王队长来，有失远迎，请坐。"

胖大警察也不客气，脱下警服，摘了帽子坐到上首的椅子上，说："齐老板这回放心了吧，不出三天，芳草书局就得给我滚蛋。"

这位齐老板正是襄平书局掌柜的齐博来，没等王队长的话说完便不住点头："那是，多亏老弟了。"

王队长听了十分得意，把凳子向前挪了挪，开口道："齐老板，能不能再借给我五十块大洋。"

齐博来听了吃惊地睁大了眼睛："王队长，我可刚给了你三十块大洋啊，怎么这么两天就花完啦？"

"唉，别提了，昨晚去怡香楼，看上了一个百里挑一的美人，我想把她赎出来做小老婆。"

齐博来听了顿时心生不悦，两手一摊推辞道："王队长，不瞒你说，这两天我刚进了一批货，钱还没倒腾开，手头有点紧，等几天行吗？"

王队长往火锅里放了几片肉，抬起头来不满地抹搭了齐博来一眼："我说齐老板，你是个明白人，我可实话告诉你，这两天我们头儿找我了，说查的书不是赤党的红色书刊，要放人呢。”

齐博来一听，急了：“我说王队长，照你这么说，我这三十块大洋算打水漂啦？”

“齐老板别急呀，你要是把那五十块大洋借给我，我再去跟头儿商量商量，放不放人还不是头儿一句话的事。”

齐博来沉吟片刻，端起酒杯跟胖大警官碰了一下：“王队长，你这两天一直没过来，我还没来得及问你，都查到了什么赤色书刊啦？再说，我也没让你抓人啊，我不就是觉得这么大的辽阳城，他怎么就非跑到我眼皮子底下开书局，不是明摆着搅和我来了吗，就是想吓唬吓唬他们拉倒，你咋还动真格的了？”

王队长不满地瞥了齐博来一眼：“你说得倒轻巧，不动真格的能镇住他们吗？你以为是小孩子闹着玩呢。”

齐博来自知理亏：“你刚才不是说你们头儿说你查到的不是赤色书刊，准备放人了吗？”

王队长自知说漏了嘴，忙摆着手给自己打圆场道：“那还有假，我去了一撒目那本红色儿的书没费劲就被我查着了。”

齐博来伸出手来：“真的吗？你带来没有，让我瞧瞧。”

“书放在派出所了。我这么跟你说吧，皮是红色儿的，叫红什么梦来着，是一个叫什么……”想了半天他一拍脑门儿：“噢，是一个叫曹什么芹的小丫头片子写的。”

齐博来的脸一下红到了脖子根，从椅子上站了起来：“我说王队长，你这都哪跟哪啊，人家那是曹雪芹写的小说，叫《红楼梦》。”

胖大警官一拍肥大的肚皮：“你说得对，是叫什么梦来着。”

齐博来听了十分恼火，提高了嗓音道："那哪是什么赤色书刊啊，这要是张扬出去，不是天大的笑话吗，让我这脸往哪儿搁。"

胖大警官这才知道事整岔劈了，拍着肚皮为自己辩解道："齐老板，你也不是不知道，我一天书没念过，哪明白你们这些乱七八糟的破事，不行就放人吧。"

齐博来哭笑不得地摆着手："赶紧放人，这事要是让外人知道了，简直就是千古笑谈。"

胖大警官不好再坐下去了："齐老板，我还有点事先走了。"说完站起来穿上衣服开门下楼去了。齐博来送他到门口，拍了拍他的肩膀："王队长，你也别往心里去，这事也不能全怪你，也怨我没交代清楚。好吧，不管到啥时候，咱们都是朋友，等我手头宽裕了，你再过来。"

王队长也不说话，气哼哼地戴上帽子走了。

"王队长，慢走！有空过来喝茶啊！"

见他走远了，齐博来闷闷不乐地来到楼上，进屋坐到椅子上自己给自己倒了一杯酒，一仰脖喝了下去，从火锅里夹起一片羊肉放到嘴里，一边嚼着一边自言自语道："我真是没长眼睛，怎么找了这么个废物，纯粹是个酒囊饭袋。看着从火锅里冒出来的袅袅热气，自己埋怨自己道："这事让我整的，砢碜啊！"

房顶上的韩吉庆像看戏似的觉得十分滑稽好笑，听齐博来末了说出来的一番话差点没乐出声来。

郑春仁在客栈里左等右等不见韩吉庆回来，心里十分焦急。洪柳凭着多年的地下斗争经验，觉得这一事件并不像想象的那样严重，她见郑春仁坐立不安的样子，安慰说："这件事情也许背后有什么猫腻，那个王队长一定是受了什么人的指使。”

郑春仁思索了片刻摇了摇头：“书局开张还不到半个月，张经理又是个读书人，不会招惹什么是非吧。”

“我们卖的书都是公开出版的，如果没有人指使，真要是查抄违禁书刊，对面的襄平书局怎么会风平浪静？”

郑春仁听洪柳这么一说，一想，对呀，我怎么把这个茬忘了呢。

这时，门一开，韩吉庆从外面回来了。郑春仁忙上前急着问：“找到那个王队长没有？”

“找到了，他下班直接去了襄平书局。”

“去那干什么？”

“嗨，别提了，这小子大字不识一个，襄平书局的齐老板给了他好处费，想让他把我们撵走，也难为那个齐老板了，不知道打哪听说的，书局不准出售赤色书刊。可这个王队长除了喝酒找女人，其他的糊了巴涂一概不知，结果张冠李戴，把《红楼梦》当成了禁书，差点没把齐老板的鼻子气歪了，估计张经理过两天就能被放回来了。”

郑春仁和洪柳听了也忍不住大笑起来。

果然，几天后张书海被放了回来。晚上，辽阳城东海兴酒楼一个包间里郑春仁、韩吉庆、洪柳、张书海进来后依次坐定，郑春仁站起来给每个人酒杯里斟满酒，端起酒杯说：“来，为张经理压惊，咱们一块干一杯。”

几个人将杯里的酒一饮而尽。

韩吉庆放下酒杯，问坐在身旁的张书海：“怎么样，那个王队长没跟你动硬的吧？”

张书海摇摇头，说：“那个王队长派了个小警察看着我，除了不让出屋，别的随便。他们抄去的书就放在看押我的屋里，这两天闲着没事，我从头到尾把《红楼梦》又看了一遍。”

郑春仁坐下说：“张经理借机休息休息也是好事。”

尽管在派出所没有受到打骂，可张书海还是觉得窝囊，话里明显带着不满说：“骑驴看唱本——走着瞧，那个姓齐的我饶不了他。”

出乎所有人意料，郑春仁却做出了一个让人匪夷所思的决定：“张经理，我想好了，咱们马上搬家换地方。”

张书海听了半天没吭声，大惑不解地盯着郑春仁，问：“我没听错的话，你是说咱们要搬家？”

韩吉庆也不知道郑春仁是咋想的，为啥做出这个决定：“大哥，事儿都过去了，还搬家干啥？”

郑春仁沉吟了片刻，说：“这件事是我考虑不周，襄平书局是老字号，我们一来就等于抢了他的生意，人家能高兴吗？”

张书海想来想去，觉得大可不必如此兴师动众，他直截了当地说：“掌柜的，做生意讲求的是天时地利人和，论天时，襄平书局是老字号，咱们跟人家比，就已经差了一大截子，我们要是再没有了地利的优势，咱这生意就没法做了。”

郑春仁听罢微微一笑，说道：“做生意赚钱天经地义，可光把眼睛盯在钱上而忘记了为商之德，把书局开在人家眼皮底下，堵了人家财路，我倒觉得这个钱还不如不赚。”

韩吉庆也赞同张书海的想法：“大哥，把书局开在他对面是咱们事先欠考虑，可他坑了咱们一把，这事也算扯平了，没必要再一味让着他，咱也没有啥短处在他手里攥着，怕他干啥？”

“得饶人处且饶人，他赶我们走在情理之中，不必过于计较。”郑春仁并不为之所动。

“那咱要是就这样搬家，也让外人看咱们太窝囊了，岂不给别人留下笑柄。”韩吉庆仍是想不通。

郑春仁端起酒杯，说：“为商之道，盈虚有数，万不可强求，如果没有容天地之胸怀，岂能聚三江之财，集四海之富。”

听到这洪柳端起酒杯说：“来，咱们先喝一个。”

待几个人放下酒杯，洪柳说：“我倒觉得郑老板说得有道理，古人讲德厚则财聚，德浅则财散，以德为先乃为商之本，切不可本末倒置。”

张书海本来就不是为赚钱而来，刚才说那番话是心理不平衡。听郑春仁话里的意思是非搬家不可了，于是自己给自己找了个台阶：“掌柜的言之有理，好吧，我听掌柜的就是了。”

韩吉庆看张书海答应搬家，转过头去对郑春仁道：“既然张经理也同意搬家了，我明天就跟洪柳去找地方。”

郑春仁见大家没有了其他想法，举起酒杯说：“来，为了张老板平安无事，为了书局的兴旺发达，干杯。”

这时襄平书局的老板齐博来无论如何想不到，他费尽心机想赶走芳草书局，郑春仁却主动搬家了。

韩吉庆和洪柳走街串巷用了两天时间总算找到了一处房子，上午郑春仁带上张书海随着两个人一块来到临近城边的一条街上。韩吉庆指着一趟房子说：“大哥，这里原来是一家饭店，老板去了南方，房子就闲下来了。”

“房子的一头还有一幢二层小楼，原来楼上是饭店老板接待客人的地方，楼下供员工晚上休息。”洪柳补充说。

“租金多少钱？”郑春仁问。

“跟那边一样，也是一个月一块大洋。”洪柳已经跟房主谈好了价钱。

郑春仁转过身来问张书海：“怎么样，张经理，你看行吗？”

张书海看了看，说：“房子倒是不错。”

“看来咱们是因祸得福了，这里不但比原来的地方大，连张经理处理日常事务，待客，伙计们晚上住宿的地方都有了。”郑春仁满意地看着韩吉庆说。

“不足的地方就是地点比原来偏僻了一点。”洪柳带着几分遗憾说。

张书海却满有信心：“做生意只要讲诚信，服务热情周到，把心思都花到顾客身上，我看在哪都一样。”

郑春仁听了十分高兴：“这话说得在理儿，收拾好了咱就搬家。”

“好嘞！”张书海心里想，这倒是个很理想的交通站，南方来的负责人住在这里会更安全些。

一切都安排妥当后，张书海去了书局准备搬家，郑春仁跟洪柳和韩吉庆重新回到客栈，郑春仁心里高兴，对洪柳道：“天冷了，我去给你买件衣服吧。”

洪柳笑了笑：“多谢掌柜的，我有穿的。”

“我知道你有，可这是我给你买的。”郑春仁把话说到这个份儿上，不觉脸上一阵发热。

想不到洪柳却并不领情：“公司这个月的账还没有整理完，咱们还是抓紧时间回去吧。”

站在一旁的韩吉庆看不下去了，觉得洪柳有些过分：“你看，大哥一番好意。”

“我哪好让掌柜的给我买衣服。”

“我要是你，巴不得的呢。”

见郑春仁一副失落的样子，韩吉庆带着几分埋怨的口气冲着洪柳道：“你也真是的。”

郑春仁想了半天，找不到合适的话给自己解嘲，只得神情落寞地跟韩吉庆、洪柳坐上马拉轿车一块回了沈阳城。

襄平书局的老板齐博来出身于官宦世家，他的爷爷中过进士，做过两任知府，为官清廉。父亲是辽阳总兵李成梁手下的参将，在官场上也是两袖清风。齐博来在这样的家庭里长大，向来视金钱为草芥，父亲从小便告诫他要以德立身行事。他开书局，原并不以赚钱为本，只是看到国势衰败，民众愚钝，受人欺凌，想做点有用的事。想不到芳草书局凭空插了一杠子，让他非常恼火。派出所巡街的王队长时不时到他店里揩油，他睁一眼闭一眼，一来二去两个人成了朋友。他想让王队长出面，让芳草书局挪挪地方，没想到这小子弄巧成拙，所幸的是这件事无人知晓，还不至于丢人现眼。至此他再不想与王队长来往。过后静下心来一想，觉得多此一举，后悔不已。

吃过午饭，他一边喝着茶，一边翻看账目，将算盘珠子扒拉得噼啪作响。

这时伙计王大顺推门进来说："掌柜的，对面芳草书局关门了。"

齐博来停下来看着自己的伙计，过了好一会儿说："不会吧？"

"真的，这我还能骗你。"

齐博来站起来，走到窗前探身朝对面瞧了瞧，果然见芳草书局拉上了门板："他们这是搞的什么名堂？走，看看去。"两个人下楼径直去了对面的芳草书局。到了近前，只见店门紧闭，上面贴着一张告示："本书局因迁新址，暂停售书，待新址确定后，定将告知新老顾客。祈望海涵。"

顺子上前讨好地说："怎么样，掌柜的，我没说错吧。"齐博来连连摇头，心中纳闷：这演的是哪出儿戏？

这时一辆大车停在了门口，从车上下来两个伙计。一个伙计打开门，两个人开始往大车上一箱子一箱子地搬书。

齐博来上前，好奇地问站在车上的伙计：“你们这书是往哪儿搬啊？”

伙计把一箱子书码好，转过身来说：“我们又新找了个地方。”

这时张书海抱着一摞书从里面走了出来。见到齐博来，连忙放下书拱拱手说：“呦，齐老板怎么有空过来啦？”

“你们真要搬家啊？”齐博来顾不上跟张书海寒暄。

张书海一笑：“是啊。”见齐博来不解，说：“我们大掌柜的在得知芳草书局影响了你们襄平书局的生意后，另找了一处房子。”

齐博来想起自己为赶走芳草书局花钱使绊子，有些不自然地连声道：“要是这样的话，大可不必，大可不必。”

张书海大度地一笑：“我们大掌柜的说了，咱们是后来的，襄平书局是老字号了，新的必须给老的让路，这是做生意的规矩。”

齐博来听了脸上火辣辣的，转身带着王大顺回去了。

一进门，与账房钱来撞了个满怀：“掌柜的这是去哪儿啦？”

“对面的芳草书局搬家了，我去看了看。”

钱来闻听也是大惑不解：“生意不做啦？”

齐博来拍了拍脑门：“唉，怪我眼拙，看来这芳草书局的郑老板深谙为商之道啊。”

“此话怎讲？”钱来自恃清高，对齐博来说的话颇不以为然。

“芳草书局开张后，我嫌他们碍眼，暗中让派出所巡街的王队长查封了他们，想不到他们非但没有怨恨于我，反倒另寻新址了。”

钱来听了也是不住点头：“古来成大事者不惜小费，郑老板有海纳百川之量，买卖必能兴旺。”

“是啊，我齐某自愧不如，难以望其项背啊！”

这时几个来买书的顾客开门进来，齐博来便上楼去了。

第三十三章

黑风山老山豹住的房子一进门是个大厅，下晌老山豹敞着怀，坐在桌子旁边跟二当家的和两个土匪玩牌玩得兴起。二当家的见老山豹趁他不注意换了一张牌，立即嚷嚷起来："大当家的，你咋又偷着换牌！"

"谁说我换牌啦？今儿个输了赢了都是我做东。"

几个人正在戗戗，门口站岗的一个土匪进来报告说："野狼窝的杨晓东来了。"

二当家的放下手里的牌，吩咐说：把人带进来。站岗的土匪出去，带着杨晓东进来了。

只见来人四十二三岁年纪，秃顶颧腮，一双眼睛贼溜溜地不停转动，下颏几绺花白的山羊胡子，一说话跟着直颤。

杨晓东进门一躬身："二当家的一向可好？"

二当家的没理他，一指杨晓东对老山豹道："这就是我跟你说的野狼窝的杨晓东。"

老山豹冲两个土匪使了个眼色，两个人出去了。

老山豹从凳子上站起来走到杨晓东跟前：“你不是本地人吧？我在这地面上混了这么多年，怎么没见过你呢？”

二当家的见杨晓冬傻愣愣地站在那，说：“还不见过大当家的。”

老山豹撩起衣襟，露出里面长长的疤痕，杨晓冬见了浑身一激灵。

“人家都叫我老山豹。”

杨晓东慌忙毕恭毕敬鞠了一躬：“我早就听说你的大名了，在这方圆百里的地面上，那真是无人不知，无人不晓啊。”杨晓东带着一脸的谄媚恭维道。

老山豹看他油头滑脑的样子有些厌恶，沉下脸问：“什么时候来野狼窝的？”

“来了快两年了。”

“你老家哪的？”

“奉天城北的，前年日本关东军圈地修弹药库，占了我的地，在老家待不下去了，我儿媳妇的娘家是这个村的，我就到这落脚了。去年买了几十垧地，盖了几间房子，今年又刚开了个油坊。”

老山豹一只脚踩到凳子上眯起眼睛：“看来你这日子过得挺滋润啊。”

杨晓东连连拱手道：“这还不是托大当家的福，有大当家的这棵大树，以后有个风吹草动的，我这心里就更有底了。”

老山豹觉得这个人一身的俗气，打心眼里没瞧得起他，话锋一转：“看你小子鬼头蛤蟆眼的，还算个明白人。”

杨晓东尴尬地一笑：“看来什么也瞒不过大当家的，别人都说我有奶便是娘，我不管他们说什么，过我自个儿的日子，只要能吃香的喝辣的，他们爱说啥说啥。”

“你来有事吗？”老山豹不想再跟他东拉西扯。

杨晓东嘿嘿一笑：“那个瞎老婆子的小儿子回来了，一个人住在那几间破草房里。”

老山豹听了，把脚从凳子上拿下来，坐下说：“那小崽子回不回来关我屁事。”

杨晓东见自己没把话说明白，便直截了当地说：“他们家这两年又买地又盖房子，我瞅着就来气，他家要是成了气候，我杨晓东还往哪儿摆。”

二当家的在一旁听着别扭：“你过你的日子，人家好坏跟你有狗屁关系！”

杨晓东并不介意：“在老家我杨晓冬西边踩一脚，东边乱颤；到了这儿，我也不能让别人跟我平起平坐啊。”

老山豹不耐烦地摆了摆手：“行了，别啰唆了，我早就听说那个瞎老婆子翻过身来了，你啥意思？”

“我想让她出点血。”

老山豹脸上带着坏笑：“你小子是恨人有，笑人无啊！行，我也正想会会那个漂亮娘们儿呢！”

杨晓东见老山豹一口答应下来，拍了拍胸脯：“在野狼窝，到啥时候我都得是老大！”

“好，一不做，二不休，砸他个响窑。妈的，该着那个美人儿点儿背。”老山豹盯着杨晓东一阵狂笑，杨晓东觉得从脚底下冒起一股凉气，下意识地缩了缩脖子。

在郑春礼眼里，自己的新家非常阔气。黑漆大门上左右一对铜制狮头门环，一人多高的院墙清一色用青石垒砌而成，进了门一明两暗三间正房，东西各有四间厢房，一个月亮门直通东跨院，院子南头是一趟牲口棚。槽子上拴着两头骡子、一匹马、一头毛驴、一头牛。牲口棚旁边是猪圈。北面是茅房和三间堆放杂物的仓房。尽管他觉得母亲的话说得有道理，可在他内心深处还是觉得与自己心中的理念有些格格不入。所以干脆躲到原来的茅草房里，如饥似渴地将《新青年》上面的文章读了一遍又一遍。

一大早回毅媳妇从院子里出来，到院墙边上的柴火垛抱了柴火正准备做饭。回毅拄着拐杖走过来问梨花："我听说春礼回来啦？"

"可不咋的，回来好几天了。"

"这小子，回来也不说看看我。他人在哪呢？"

"嗨，别提了，他说啥不在家里住，回那三间草房去了。"

两个人一边说着话一边进了院子。王金岫从屋里出来与回毅打招呼说："自打你大哥走了，梨花就三天两头地过来帮我做饭拾掇屋子，把你一个人扔在家里我也过意不去，明儿个你们两口子搬过来住吧，要不房子也闲着。"

回毅也不客气："行，这么大个院子，你一个人住也孤单。"

回毅的话还没说完，只听不远处的官道上传来一阵急促的马蹄响。回毅从院子里出来，只见一个人骑马朝这里跑来，马上的人一身短打扮。正当回毅觉得奇怪时，骑在马上的人已经到了跟前，一甩手，寒光一闪，用匕首把一封信钉在了门框上。回毅伸手将匕首拔下来，回到院子里。

"怎么啦？"

"刚才一个人把一封信钉在门上了。"

"信上写的啥？"王金岫觉得蹊跷。

回毅打开信念道：明晚天黑前准备一百大洋，否则绑了你家小儿子当人票。落款是黑风山老山豹。

王金岫拢拢头发百思不得其解：“怪了，春礼刚回来，老山豹怎么就知道啦？”

“这些土匪吃这碗饭，耳目多的是。他们既然是冲着春礼来的，我看还是让孩子先躲躲吧。”

“躲还能躲到哪去。”

回毅合计了合计，说：“村东头老胡家也是大户人家，平时村里谁家有个为难遭窄的事，都愿意找他帮忙，我看这伙胡子是有备而来，让春礼去他家避避吧。”

王金岫心里合计，老山豹明知道春礼回来了，直接绑了票不就完了吗，干吗还打草惊蛇整这么一出？想了半天也没理出个头绪来，只得让回毅去给春礼送个信儿，让他先躲躲。回毅拄着拐杖走了。

黑风山的老山豹这些日子老走空趟子，气得他一睁开眼就冲着二当家的大发雷霆：“一个个的都他妈废物，这么多天了，怎么老跑空？”

二当家的倒吸了一口气，坐到凳子上：“是啊，风不顺。”

老山豹抓起桌子上的酒壶仰喝了一口：“给那个瞎老婆子送信的弟兄回来没有？”

“估摸快了。”

老山豹敞开衣襟：“妈的，这次要是再走空，过两天咱就得扎脖儿了。”

二当家的这些天也正为这事着急，他洗了一把脸，抽了抽鼻子：“我说大当家的，你脑子是不是让猪拱了，咱嘁里咔嚓把那小兔崽子绑了，把钱弄到手不就完了吗？何必脱裤子放屁——费二遍事。再说了，接到信，哪个傻狍子还在那伸着脖子等着挨宰，早尥蹶子蹽了。”

老山豹却不以为然地说：“你懂个屁，跑了和尚跑不了庙，抓不到她儿子，这回我就把那个瞎老婆子绑了，你可别笑话你大哥没出息，我早就想把这个漂亮娘们儿弄到山上玩玩了。”说完一脸的淫笑。二当家的没想到老山豹还留了这么个心眼，说：“你整的这一出儿我还是没明白，你有这个心，直接绑了那个瞎娘们儿上山不就得了，还绕腾个屁。”

老山豹往前伸了伸脖子，道：“我老山豹好歹也是条汉子，我要是不找个垫背的，不明不白地把个大户人家的娘们儿弄到山上来，该让人笑话我没出息了。”这时，一个一身短打扮的土匪从外面疾步走了进来。老山豹上前问道：“咋样，信送到了没有？”

“送到了!”

老山豹听了，抓起放在桌子上的酒壶仰起脖子喝了一口：“好，告诉厨房，明天晚上多整几个菜，让弟兄们吃饱喝足了，咱们把那个美人弄到山上开开荤，再狠狠敲她一笔。”

天刚擦黑，老山豹带着人骑着马从树林里钻出来，直奔野狼窝村西头郑家那几间茅草房。到了近前，老山豹勒住马头，用马鞭一指道：“给我围起来！”

十几个土匪从马上跳下来，将草房团团围住。

老山豹回过身去招了招手，道：“马驹子，上窑，追秧子！[①]”

马驹子二话不说，走过去一脚把门踹开了，接着，几个土匪也跟着冲了进去。可不大一会儿，马驹子和几个土匪就从里面出来了。

---

① 土匪黑话，进屋绑票。

马驹子刚才从炕上下来的时候，不小心脑袋撞到房梁上，他龇牙咧嘴地揉着脑袋说："大当家的，点儿背，晃门子，秃噜扣了。"

老山豹一听说人跑了，厉声道："给我搜！"几个土匪把三间破草房翻了个遍。弄得一身的灰土，仍是不见要找的人。

二当家的一看，果然如他所料，气哼哼地看着老山豹，心说，为了一个娘们儿，把正事耽误了，要是再跑个空趟，我看你还冲谁发火。

"跑了和尚跑不了庙，走，找那个瞎老婆子去。"

老山豹领着人打马进了村子。此时天已经完全黑了下来，除了从一间间低矮的茅草房里透出油灯微弱的光亮，到处漆黑一片。老山豹带着一伙人勒转马头走了没多远，跑在前头的马驹子看到一个大院子，便跳下马来"咚！咚！"用力砸门。"开门！快开门！"

过了一会儿，大门"嘎吱"一声打开了，胡庆仁老汉从里面探出头来上下打量了打量几个人，问："你们找谁？"

马驹子也不答话，上去一拳将胡庆仁打倒在地，一伙人"呼啦"冲进了院子。

老山豹大声吩咐："点火把！"土匪点亮了火把，院子里被照得通亮。

二当家的叉着腰站在院子里，大声道："屋里的人都听着，麻溜地都给我出来，要不就他妈把你们都插了[①]！"

听到土匪的喊叫，屋里的人一个接一个地都走了出来，老山豹一看，前后有七八口人。他扭头问二当家的："妈的，酒喝多了咋的？我咋觉得不对劲呢。"

---

① 土匪黑话，杀了。

二当家的摸了摸脑袋也有点发蒙："是啊，杨晓东和踩盘子的弟兄都说就那瞎老婆子一个人在家，怎么老老少少地出来这么多人？"

老山豹踉踉跄跄地走过去，借着火把的光亮挨个看了看站在院子里的人，扭过头问二当家的："那个瞎老婆子呢？"

二当家的一听哭笑不得，心说，我让你嘚瑟，没事找事，问我，我还没问你呢。

老山豹拿过火把，又挨个看了一遍院子里站着的人，发现只有郑春礼穿戴得十分齐整，就一把抓住他，恶狠狠地吼道："小兔崽子，跟我藏猫猫是不是，快说，那个瞎老婆子呢？"

郑春礼看他一副醉醺醺的样子，装糊涂道："什么瞎老婆子，我不认识。"

"放屁，我看你小子穿戴得人模狗样的，八成你就是那瞎老婆子的儿子吧。来人！把他给我码上[①]！"

马驹子带着两个土匪上来用绳子把郑春礼给捆上了。

老山豹挥手在郑春礼身上抽了两鞭子："今天你要是不说实话，我就把你瓢儿给摘了[②]！"

郑春礼脖子一梗梗："我已经跟你说了，我不认识你说的什么瞎老婆子。"说着，他朝站在前边年岁最大的胡庆仁老汉努努嘴："不信，你问问他。"

"他是谁？"

---

① 土匪黑话，捆起来。

② 土匪黑话，杀了。

“我二大爷。”

老山豹知道他在耍戏自己：“小兔崽子，你他妈唬我是不，给我打!”

马驹子和一个土匪举起枪托子朝郑春礼身上一通乱砸。郑春礼觉得一阵天旋地转，身子晃了晃，险些栽倒。

马驹子一阵狞笑：“你他妈的装熊是不，今天你要是不说实话，我就打死你！”说着又照着郑春礼的肋骨给了一枪托子。

郑春礼往前一侧歪，两眼冒金星，一头栽倒在地上昏死过去。

这时，送信的那个土匪从后院跑了过来，凑到老山豹的耳边压低了声音说：“大当家的，迷线滑偏，走错道了。”

老山豹一愣：“混蛋！怎么搞的。”

“我一进门看出来这么多人，就知道整岔劈了，刚才我跑到他家前院后院看了一遍，都是他妈多少年的老房子了，牲口棚里拴着两头瘦驴，一匹老马。瞎老婆子家是一水的新房子。”

老山豹用马鞭子在手心里敲打了一下：“妈的，喝高了，走！”

老山豹带着人从院子里撤出来，上马跟着那个送信的土匪奔了郑满仓的新家。

回毅媳妇和回毅在上房里正和王金岫商量如何对付老山豹。“他们绑票无非是要点钱。要是一十二十的也就算了，一百块大洋，一时半晌上哪弄去。”回毅媳妇觉得这些土匪简直就是强盗。

这时只听外面有人“咚咚”砸门。“我去看看。”回毅拄着拐杖从屋里出来，走到门前问：“你们找谁？”

只听外面的人恶狠狠地叫嚷道：“少废话，快把门打开，再不开门，我他妈可就开枪了！”

回毅心想，一定是老山豹去草房扑了空上这要人来了，他本不想开门，可转念一想，这伙人啥事都干得出来，只得把大门打开了。门刚一开，“呼啦”，站在外面的土匪气势汹汹地一拥而入。

二当家的吩咐底下的土匪：“点火把！”土匪们点亮了松明火把。老山豹站到院子里一阵狂笑：“你个瞎老婆子麻溜地给我出来！”

回毅冷眼瞧了瞧站在面前的匪首：“你嘴下留德，谁这辈子愿意当瞎子。”

王金岫听到外面的动静知道老山豹来了，在回毅媳妇搀扶下，从屋里出来，走到老山豹面前朗声道：“人眼睛瞎了好说，要是心坏了，净干那些伤天害理的缺德事，老天爷绝饶不了他！”

老山豹喷着满嘴的酒气定睛一看，站在面前的果然是那个让他着迷的漂亮女人，不怀好意地嘿嘿一笑，道：“听说你儿子回来了，我想找他。”

王金岫不慌不忙地拢拢头发，说：“他一个孩子，有什么事跟我说吧。”

老山豹用淫邪的目光看着火光中的王金岫，发现这个女人在松明火把的映照下更加迷人了：“痛快，信你看到了吧，你要是明白事，就痛快儿地把钱给我拿出来，你要是跟我装疯卖傻，我就把你绑了。”

王金岫没等老山豹的话说完，“呸”地朝地上啐了一口，说：“钱，一个子儿也没有。你要是觉得我老婆子的命值一百大洋，拿去好了！”

老山豹用马鞭子在手里敲打了两下，说：“好啊，那你就跟我上山去待两天。”

老山豹说着色眯眯地上前要摸王金岫的脸蛋。回毅在一旁大喝一声：“住手！”话音未落便抡起拐杖，照着老山豹的胳膊就是一下子，天黑，加上老山豹没有丝毫防备，眼睛又直勾勾地盯着王金岫，只听“咔嚓”一声，拐杖狠狠砸在老山豹的手腕上，老山豹疼得“啊呀”大叫一声，在地上转了好几个圈。

马驹子和站在老山豹跟前的土匪见大当家的被一个拄着拐杖的瘸子给打了，扬起手里的马鞭子朝回毅恶狠狠地抽去。回毅不慌不忙，眼瞅着一个土匪的鞭子到了跟前，施展开轻功，用拐杖一点地，“嗖”地一下转到这个土匪的身后，一拳将这个土匪打倒在地。另一个土匪抡起枪托朝回毅砸了过来，回毅一闪身躲了过去，回手一拐杖正打在这个土匪的肩膀上，疼得他“妈呀”一声大叫，把手里的枪扔出去老远。

马驹子见回毅尽管一条腿，却是一身的功夫，大喊一声：“上！”

十几个土匪“呼啦”一快围了上来，抡起枪托搂头盖脸朝回毅砸来。回毅毫不惊慌，闪转腾挪，一条拐杖如蛟龙出水，神出鬼没，土匪一个接一个被拐杖击中，不是抱头鼠窜，就是倒地不起。一时间二十几个土匪噼里啪啦被打得喊爹叫娘。

老山豹刚才挨了回毅一拐杖，知道这个瘸子功夫不浅，这时又见手下的人一个个被打倒在地，情急之下一伸手掏出枪来，朝着回毅“啪啪”就是两枪。

回毅一蹲身，子弹正好打在一个土匪身上，这个土匪“啪叽”摔倒在地。二当家的见老山豹开枪没打中，举枪“啪啪啪”又是几枪。寨子里的土匪对二当家的枪法一向佩服得五体投地，果然回毅这次没有躲过去，身子侧歪了两下，挥拳打倒了旁边一个土匪，“咕咚”摔倒在地。

邱梨花见丈夫受伤倒在地上，不顾一切地哭喊着扑了过去：“救命啊，土匪杀人了！”

这时，门口放哨的一个土匪急急忙忙地跑进来：“大当家的，来人了。”

老山豹怕惊动村里的人，本不想开枪，情急之下才动了家伙，一听说有人来了，一晃脑袋，大声道："吆舵子！[1]"

马驹子打了一个呼哨，一伙人从院子里出来，趁着漆黑的夜色，打马飞奔而去。

胡大力随后领着几个长工进了院子，一见回毅倒在地上浑身是血，急忙上前把他扶了起来："回毅大哥，咋了，我是大力，你醒醒啊。"

邱梨花急得不知所措，浑身颤抖，拉着回毅的手哭着说："你咋啦？你睁开眼看看我啊。"

过了好一会儿，回毅慢慢地睁开眼睛，看了看胡大力和邱梨花，声音微弱地说："我没事。"

王金岫拉起邱梨花："快，把柜子里的枪伤药拿来！"邱梨花进屋不大一会儿，拿着一包药出来了。

"把他衣服撕开！"王金岫为了防备胡子砸窑伤人预备下的枪伤药，没想到这会儿派上了用场。

胡大力"咔嚓"把回毅的衣服撕成两半，只见子弹正好打在回毅的胸口上，血仍在不停地咕嘟咕嘟往外冒。邱梨花一看，吓得脸都白了，赶紧把药包打开，将药面倒在回毅的伤口上，回毅无力地抬起头抓住邱梨花的手："用不着了。"

"我不让你死。"回毅媳妇哭着说。

回毅脸上露出一丝笑容，抚摸着邱梨花的手，喃喃地说："要不是遇到大哥大嫂，我也许早就饿死喂狗了，咱俩夫妻一场，你是个好人，你对我的

---

① 土匪黑话，撤退！

好，我忘不了，我死了，你再找个人家吧。”

王金岫一听急了，招呼大力：“快，把药丸给他灌下去。”

胡大力伸手要去掰回毅的嘴，回毅看着王金岫，声音微弱地说：“大嫂，你收留了我，又给我说了媳妇，我死也知足了。”

没等胡大力将药丸塞到回毅嘴里，回毅头一歪咽了气。邱梨花扑到回毅身上放声恸哭起来：“我不让你走啊！呜——呜——”

王金岫俯下身，轻轻地将回毅的眼睛合上，眼泪止不住地流了下来，哽咽道：“回毅兄弟，你不该死啊。是我连累了你。”

说完王金岫站起身来吩咐胡大力：“赶紧给你舅舅送个信，让春水去找他二哥，给他师父报仇！”胡大力答应一声，连夜去了大仁屯。

天一放亮，郑春义就起来了，他草草洗了把脸，门口站岗的哨兵进来说：“大当家的，野狼窝你弟弟来了，说找你有急事。”

“带他进来吧。”

哨兵出去，带着郑春水走了进来。

“这么早你咋来啦？出啥事啦？”

郑春水气喘吁吁地说：“我二大娘和二大爷让我来找你，家里又遭胡子了。”

郑春义一惊：“咋的，胡子又去咱家啦？”

“你还记得那年放火烧粮食的那伙土匪不？”

“记得，死我都忘不了。”

“昨天夜里，这伙土匪下山，把春礼的肋条骨给打折了好几根，回毅叔也让他们打死了。”

郑春义一拳砸到桌子上，两眼冒火，咬牙切齿地说：“又是这个老山豹，我非剥了他的皮，抽了他的筋不可。”

郑春义吩咐手下人带郑春水去厨房吃饭，出门径直去了胡进住的屋子。胡进刚穿好衣服，听郑春义敲门，出来见郑春义阴沉着脸，知道一定是出了什么事。听郑春义一说，胡进一拍胸脯："妈的，今天晚上咱们就血洗黑风寨。"

郑春义让老八找来胡进的二舅，几个人来到议事厅，胡进的二舅听说要打黑风寨，连连摇头："千万不可意气用事，老山豹是个惯匪，跟那个老地主不一样，杀人不眨眼。再说，黑风山防守严密，要打也得先探探虚实，不能就这么毛楞三光地去。"

胡进却不以为然，挠挠脑袋说："兵书云：'凡战者，以奇胜。'我觉得，只要出其不意攻其不备，拿下黑风山不在话下。"

郑春义生气地打断胡进的话，说："快别转了，说，到底怎么个以奇胜强？"

胡进思索了一会儿，说："老山豹绝想不到咱们能去攻打黑风山，咱们把人分成三队。我带一队去攻打寨门，你带一队待寨门攻下后直捣老山豹的巢穴，老八带一队在外面接应。"

郑春义一听，胡进说得还真是那么回事，琢磨了琢磨，一拍桌子："好，今天晚上出发，三更天开始攻打黑风山。"

胡进的二舅思虑再三，也拿不出更好的办法来，只得同意了。郑春义站起来，怒不可遏地冲着黑风山的方向道："老山豹，你等着，今天就是你的末日。"

入夜，空中布满了乌云，在离黑风寨不远的一片松树林里，郑春义、胡进带着人马停了下来。

待一切按照计划布置妥当，郑春义掏出怀表，看看到了三更天，挥了挥手里的盒子枪：“上！”四周漆黑一片，胡进带着十几个人摸了上去。

在离寨门还有二三十米远的地方，胡进一摆手，人停了下来。这时，能清楚地听到寨门口放哨的土匪在说话。

一个土匪打着哈欠：“我说石头，今晚我这右眼咋一个劲地跳，是不是要出啥事啊？”

“净自己吓唬自己，咱这山寨跟铁桶似的，就是把寨门打开，人都进不来。”

黑暗中，胡进把手往下压了压，示意大伙卧倒。没想到，这些人没经过训练，不小心发出了一阵噼里啪啦的响声。夜深人静，声音传出去很远，立刻惊动了两个放哨的土匪。

“不好，有人！”说完，“啪”地一枪打来，子弹贴着胡进的头皮“嗖”地一下飞了过去，吓得胡进浑身一哆嗦紧紧地趴在地上。其他的人冷不丁地听到枪响，也吓得发毛，差点尿了裤子，在原地更是一动不敢动。

一个放哨的土匪飞快地跑进寨子里，摘下挂在树上的铜锣，一边“当啷当啷”地敲得山响，一边喊着：“不好了，有人劫寨了！有人劫寨了！”

老山豹搂着一个年轻的女人睡得正香，被突如其来的喊叫声一下惊醒了，他翻身坐了起来：“妈的，半夜三更咋呼个屁。”

这时外面有人急促地敲门，老山豹没好气地问：“咋啦？”

“大当家的，不好了，有人劫寨！”

老山豹听了，一骨碌爬起来，穿上衣服开门出来，大声吩咐道：“点火把！使劲给我敲锣！”老山豹一边带着人直奔寨门，一边命令手下的喽啰虚张声势。

几个土匪更加卖力地“当啷当啷”敲了起来。听到锣响，寨子里睡觉的土匪立刻都爬了起来，纷纷从屋子里跑出来。

在老山豹带领下，土匪们一窝蜂似的冲到寨门前，趴在地上，朝着外面乒乒乓乓地胡乱放起枪来。

子弹从胡进他们头顶“嗖嗖”地飞过，谁也不敢再往前挪动一步，一个个吓得面如土色，浑身发抖。

趴在胡进身边的一个人用手拽了一下胡进的衣袖，低声问：“咋办？”

胡进心里合计，咋办，再攻只能是送死。他一挥手：“撤！”

黑暗中胡进带着十几号人撤了下来。

郑春义在树林里听到黑风寨方向传来枪响，知道胡进与老山豹交上火了，一挥手：“上！”

老八在旁边一把拉住郑春义：“大当家的，先别着急，我听着这枪声不对劲。”

郑春义侧棱着耳朵听了听，心里纳闷，咋还有人敲锣呢？这时老八用手一指：“看，他们回来了。”

话音未落，胡进已经带着人进了树林，黑暗中看不清胡进的脸色，只听他一屁股坐到地上嘟囔道：“这仗打的，窝囊死了，一枪没放。”

郑春义听了气得够呛，问：“咋的，一枪没放你就带着人撤下来啦？”

胡进抬起头满脸沮丧地说：“是啊。”

郑春义瞪圆了眼睛，真想给胡进两撇子：“这事让你整的，砢碜不？啊？”

胡进歪着脖子为自己开脱道：“你以为我愿意撤啊。咱这些人没有经过训练，一说卧倒，噼里啪啦跟下饺子似的，动静老大了，一下子传出去好几里地，没咋的呢就让人听见了。再说，这些人谁也没打过仗，一听枪响都麻爪了，这还一枪没放就伤了两个弟兄，要是再接着往里攻，说不定这十几号人的小命都得搭上。”

郑春义又气又恼，见事已至此，只好作罢。他冲着黑风寨一跺脚：“老山豹，你等着，早晚我把你灭了！”

说完，伸手拉起坐在地上懊丧不已的胡进。一行人在夜色中向木浒寨方向鱼贯而去。

放了一阵枪，听听外面没有动静了，老山豹带着人又四处巡查了一番，回到屋子里，摘下帽子，抓起桌子上的酒壶，仰起脖子喝了一口，将酒壶往桌子上用力一蹾，大惑不解地问二当家的：“哪来的这帮王八蛋，吃饱了撑的，没事跑这撩闲来了。”

二当家摸着下巴在地上走了几步，停下说：“我也正纳闷呢，这些人半夜三更地跑这来，一枪没放就蹽了，这不大白天撞见鬼了吗。”

老山豹敞着怀，瞪着通红的眼珠子：“妈的，这几天咱这点子也太背了，打算得挺好，去瞎老婆子那砸个响窑，可他妈都喝高了，放了个哑炮。”

二当家听了更是满肚子的气，打断老山豹说：“我事先让马驹子踩了盘子，本来是抱在怀里的西瓜——十拿九稳，可愣是稀里糊涂地走错了门，他妈和尚没当上、老婆也没娶着——两头耽误了。”

老山豹一脸懊悔地说：“钱没弄到手不说，还挨了那个瘸子一下子，我这手腕子到现在还疼得不敢摸不敢碰呢。”

二当家的把身上的枪摘下来扔到桌子上，说：“窑没砸成好说，大不了到手的鸭子飞了。可奇怪的是，什么人来劫寨一枪没放就没影了。这伙人到底想干啥，不会是吃饱了撑的，跑这消化食吧。”

老山豹心里也是七上八下的，听二当家的一说，心里更没底了：“妈的，这事还真得整明白，别稀里马哈地让人给算计了，末了闹一溜十三招，死都不知道咋死的。”

二当家的皱着眉头合计了半天，说：“是啊，不怕贼偷，就怕贼惦记。”

老山豹抓起酒壶，仰起脖子喝了一口酒，说：“不行过两天我去趟野狼窝，找那个杨晓东问问，我倒要看看这里有什么猫腻。”

夜已经深了，野狼窝杨晓东家东屋的灯仍然亮着。杨晓东搂着新娶的小老婆，用手捏了一下女人的鼻子：“你跟了我从今往后可就享福了。”

女人一翻身坐了起来，用手捻着杨晓东颏下几绺稀疏的山羊胡子，绷起脸说：“我可告诉你，从今往后，不许再在别的女人身上打主意了。”

杨晓东把她搂在怀里：“看你，男人有钱不找几个女人，这辈子不太亏了吗？”

女人用手指点着杨晓东的脑门：“你们男人没一个好东西，下辈子我也托生做爷们儿。”

杨晓东嘿嘿一笑，说：“下辈子做男人是下辈子的事，你现在是我老婆，来，让我稀罕稀罕。”

杨晓东的小老婆一边在他怀里撒娇，一边捋着杨晓东稀疏的山羊胡子说：“你咋净干缺德事呢。”

“我干啥缺德事啦？”

“人家姓郑的也没抱你孩子下井，你为啥非要跟人家过不去。你欠儿欠儿地去黑风山通风报信的事要是让郑家知道了，人家能饶了你吗？”

杨晓东眨了眨眼睛：“你们女人家婆婆妈妈的假慈悲，你也不替我想想，我冷不丁到这疙瘩，人生地不熟的，我要是不把棍儿立起来，不净挨欺负啊，再说，要不找个靠山，能站得住脚吗？眼下土匪多如牛毛，你不知道，黑风山的老山豹是这疙瘩十里八村有名的胡子，哪个山头的绺子都怕他三分，我要是攀上这棵大树，看谁还敢动我一根汗毛。”

女人撇着嘴说：“没有不透风的墙，都在一个村住着，低头不见抬头见的，以后这事儿万一让郑家知道了，我看你的脸还往哪搁？”

杨晓东在女人脸蛋上轻轻捏了一把，毫不在乎地说：“知道了能咋地，他不就是有俩臭钱吗，还能干过老山豹，我才不怕他呢。”

这时，窗外传来两短一长蛤蟆叫。

杨晓东一把推开小老婆：“快起来，老山豹来了。”

杨晓东忙三迭四地穿上衣服下了地，开门出了屋子来到院子里，“吱嘎”一声把大门打开，老山豹带着两个人进了院子。老山豹让两个土匪站在院子里放哨，跟着杨晓东进了上房。

见老山豹深夜登门，杨晓冬随手将房门关严了，问：“大当家的这么晚来，一定是有什么急事吧？”

老山豹坐到太师椅上眼睛盯着杨晓东，问：“上次你去山上，不是说那个瞎老婆子的小儿子回来了吗，那天晚上这个小兔崽子躲到哪去啦？”

杨晓东颤着几绺山羊胡子说：“没错，我明明看到他在那破草房里看书，才去山上送的信，我估摸着一定是看到你的信藏起来啦。”

老山豹有些后悔：“这么说是我失算了，不该事先送信过来，先绑了那小子再说。”

杨晓东见老山豹在自己面前竟矮下身来，口气不像在山寨那样强硬，有点受宠若惊：“大当家的，你们山上的规矩我不懂，可我没弄明白，那天你们干啥非要打草惊蛇，蔫不悄儿地把他儿子绑走，别说一百大洋，你要一千他也得给，何苦弄得鸡飞狗跳的。”

老山豹满脸淫笑：“妈的，这事都怨我，我是被那个瞎老婆子给迷住了，不怕你笑话，自打第一次见了这个女人，我就放不下了。我寻思他男人没在家，一个娘们儿，吓唬吓唬她，把钱给我也就算了，她要是不给钱，我就把她弄到山上当人票，玩几天再说，压根就没打她儿子的主意。”

杨晓东见老山豹当着他的面交了实底，替老山豹惋惜道：“那天晚上也是该着，要不是那个瘸子出来打横，大当家的好事也许就成了。”

老山豹听了，气得一拍桌子：“妈的，我的手腕子到现在还疼呢。”说着老山豹揉了揉手腕子。

“我今天晚上过来是想问你个事。”老山豹转入了正题。

“啥事？”

老山豹把身子往前挪了挪，斜楞着眼睛看着杨晓东，说：“前天夜里一伙人去我那劫寨，一枪没放就走了，我合计是不是哪个山头的绺子去探底。”

没想到杨晓东一听乐了：“我以为啥事呢，算你问对人了，听我告诉你，是那瞎老婆子二小子干的。”

老山豹瞪圆了眼睛：“你怎么知道是她家二小子干的？”

“在我这干活的一个长工跟他们家打头的那个胡大力是亲戚。”

老山豹听了，半天没吭声，“可他们去劫寨，咋连个响屁都没放就滚蛋了呢？”

杨晓东颤着山羊胡子说：“听我家干活的长工说，这伙人都是土里刨食的高粱花子，从来没舞刀弄枪地打过仗。那天夜里他们刚上去，就有两个人被你们开枪打伤了，郑家老二怕再往里攻白白送死，就着急忙慌地撤了。”

老山豹颔首道：“我说呢，原来是这么回事，我还以为是哪个山头绺子要灭我呢。”

杨晓东趁机恭维道：“这方圆百里，只要一提你老山豹的名号，哪个不哆嗦，谁还敢没事往你的枪口上撞。”

老山豹被杨晓东说得美滋滋的，十分得意：“这话你算说对了，你打听打听，哪个山头的绺子是我老山豹的对手。”

杨晓东点头哈腰道：“那是，那是。”

老山豹要不是想用他当眼线，实在看不上杨晓东鬼头蛤蟆眼儿的样子：“那个瞎老婆子你还得盯紧点，等我腾出手来再收拾她，不能就这么便宜了这个娘们儿。”

“大当家的放心，这事就交给我好了。”

“行，以后我就把你这当成下山站脚的一个点子怎么样？”

杨晓东一听，高兴地从椅子上站起来，忙不迭地鞠了一躬：“大当家的这么信得着我，我杨晓东绝无二话。”

老山豹打了个呼哨，一个放哨的土匪应声走了进来。老山豹用手一指进来的人，对杨晓东道：“这是马力，我叫他马驹子，以后山上有事让他来跟你串线。”

杨晓东满口答应下来。老山豹拍了拍杨晓东的肩膀：“从现在开始，你我就是一家人了。”

老山豹交代完，从屋里出来，上马带着人出了院子，在马上跟杨晓冬一抱拳，便打马消失在夜色里了。杨晓冬关上大门，哼着小曲回到东屋。炕上的女人见杨晓冬一脸的喜色，说：“那个什么虎啊豹的黑灯瞎火地找你准没啥好事，以后还是少跟他们打恋恋。”杨晓冬嘿嘿一笑，翻身上了炕：“老娘们儿家家的懂个屁！”

“我看你嘚瑟不出好来。”

“行了，哪那么多废话，睡觉。”

杨晓东把灯吹灭，鸡已经开始叫头遍了。

第三十四章

从黑风山回到木浒寨天已经大亮了。进了议事厅，郑春义摘下帽子，让老八打来一盆凉水，一边洗脸一边对胡进道："咱这不是小孩子过家家儿闹着玩吗？外人瞅着舞舞喧喧地像那么回事，哪知道一堆豆腐渣，根本提溜不起来。"

胡进还没从惊恐中缓过神来，用手摸着脑袋，想起夜里子弹在头顶上横飞的情形，心里仍免不了突突乱跳："这打仗可不是闹着玩的。"

"我看你就是那个赵括。"

"咱不说这些了，"胡进岔开话题说，"前几天王财不是来过了吗？后天就是咱们跟王财约定劫法场的日子，我看，还是趁早把那个关副团长救出来，说别的都白扯。"

"你给我听好了，这回要是再出了岔子，我拿你的项上人头是问。"

胡进吓得一吐舌头。

奉天大西边门东盛客栈被郑春义和胡进带的人住满了。怕走漏风声，胡进让人把客栈的伙计和掌柜的一干人等都看管起来，不准他们离开客栈半步。傍晚，王财按照约定的时间径直走进客栈，郑春义把他带到自己和胡进住的屋子里，急着问：“你们那边准备得咋样啦？”

“刘团长都安排好了。那几个日本人就交给你了。”

“放心吧。”

“姐夫，到时候你可千万记住了，把人劫走后，开着车往西走不远，过了一片小树林，往左一拐就是通往黑山的大道了。”王财生怕有什么闪失，叮嘱说。

郑春义让王财坐下：“放心吧。你回去告诉刘团长，今天后半夜我就带上人过去。”

“姐夫，这次能不能把关副团长救出来，就全看你的了。”

郑春义和胡进把王财送走后回到屋子里，两个人对每个环节又仔细推敲了一遍，直到确认没有纰漏了才上床休息。一更天两个人就爬了起来，过了三更天，郑春义和胡进就带着人来到奉天大西边门外与王财约定的大苇塘里。天亮后，郑春义见苇塘的前面是一片很大的开阔地，可以并排停四五辆马车。四周长满了一人多高的密密实实的苇子，人藏在里头根本发现不了。从开阔地通向外面的是一条沙土路。

郑春义看了，不禁脱口道：“这地方选得太好了。”

“都准备好了吗？”郑春义撕下一片苇叶，问站在身旁的胡进。

“我都检查了四五遍了，没问题。”

“好，隐蔽。”两个人猫腰进了苇塘。

太阳升起来不大一会儿，就听从远处传来了汽车“隆隆”的马达声。接着两辆大卡车就轰鸣着开了进来，前面的一辆车上，一个人被反剪着双手，两边站着一个东北军的士兵和一个持枪的日本兵，后边放着三排凳子，第一排凳子上坐着一个东北军军官和一个日本关东军少佐，后面仍然是十几个全副武装的东北军的士兵。跟着的一辆车空着，是准备行刑后用来拉尸首的。

汽车“隆隆”地驶进空场停稳后，按照事先的约定并没有熄火。这时，只见日军少佐从凳子上站起来，一挥手，带着两个日本兵从车上跳了下来。郑春义一看时机已到，举起枪来“啪啪啪”就是三枪。枪声响过后，那个日军少佐和两个日本兵应声倒在地上不动了。王财从车上跳下来，上去“啪啪啪”又补了几枪。

车上的东北军士兵一面装模作样地喊叫着“有人劫法场”，一边从车上噼里啪啦地跳下来，漫无目的地朝天上乒乒乓乓地放起枪来。同时从车上拿下几个装着猪血的铁桶，胡乱在身上、脸上涂抹起来。

郑春义带领二十几号人从苇塘里冲了出来，快速上了后面的卡车。

司机早有准备，一打方向盘，卡车风驰电掣般从苇塘里开了出来。后面的东北军士兵朝天上放了一阵枪，见卡车没影了，便收起枪，把那几个被郑春义打死的日本军官和士兵抬到车上，开着车回去交差了。

回到木浒寨，歇息了片刻，郑春义将关明杰请到议事厅，说：“关团长，请上坐。”

关明杰没动地方：“那是你当家的坐的地方，我哪能坐。”

“关团长要是不坐，我们就只好站着了。”

关明杰见郑春义一片诚意，只好在上首坐下了。

见关明杰落了座，郑春义、胡进、老八几个人一字排开，在关明杰面前齐齐地跪下了。

关明杰不知道几个人为何下跪，站起来走过去用手搀扶，道：“当家的这是干什么，你们救了我一命，有什么事要我关某出力的，尽管说，不必如此客气。”

郑春义却执意跪在地上不肯起来："关团长，这次劫法场把你请到我们寨子里来，乃是天意。我们哥几个想请你做我们的教官，不知道你愿意不愿意？"

关明杰沉思良久，说："我身为军人，理应效命疆场，怎么能与你们这些土匪沆瀣一气，遭人唾骂，坏了我一生的名节。你们的救命之恩我自当言谢，让我给你们当教官办不到，恕我直言，我宁可归隐田园了此残生，也绝不会与你们这些土匪为伍。"

郑春义在地上磕了一个头，说："关团长，你说错了，我们并不是你所说的烧杀抢掠，打家劫舍的土匪。"

关明杰的目光在几个人的身上扫视了一遍，带着几分疑惑问："哦，那你们算哪一路？"

郑春义从地上站起来，说："时下兵荒马乱，民不聊生，我们扯绺子拉队伍只是想劫富济贫，我们绝不会干那些令人不齿的勾当。"

"你说的可是实话？"

郑春义见关明杰有些心动，接着说："关团长，我家两次遭到土匪洗劫，黑风山的匪首老山豹一把火把我家已经到手的粮食烧了个精光，为了多抢一点粮食出来，我娘的眼睛活啦啦地被火烤瞎了。几天前，老山豹又带着人把我弟弟的肋骨打断了好几根，从小教我练武的回毅叔也被他们打死了，我一直想血洗黑风山报仇雪恨。可我们几个都是读书人，对带兵打仗一窍不通，去攻打黑风山，一枪没放就败退而归，还伤了两个弟兄，那仗打得别提多窝火了，所以请关团长无论如何屈尊来做这个教官。我们哥几个盼星星盼月亮，早就盼着你来了。"

关明杰考虑了考虑，说："既是这样，我可以留下来，可必须把丑话说在前头，如果日后我要是发现你们欺男霸女，打家劫舍，行土匪苟且之事，我立马走人，到时候可别怪我关某不讲情面。"

郑春义见关明杰答应下来，拱手道：“关团长，苍天明鉴，大丈夫一言九鼎，以后你要是看我们为匪行恶，你走，我们哥几个绝不拦着。”

说完几个人跪在地上给关明杰又磕了三个头。

第二天一早，胡进让人在操练场上搭起了一个架子，上面摆放着一个马槽子，里面填上土，被临时当成了香炉。土里插着三炷高香。待一切准备停当，郑春义把老八喊过来说：“吹号。”老八从腰里解下铜号，放到嘴上“嘟嘟哒嘟嘟哒”吹起来。

过了好一会儿，人从板房里陆陆续续走出来。郑春义纵身跳到台子上，扫了一眼下边的人，高声道：“弟兄们，告诉你们一个好消息，今天我给咱们木浒寨请来一位军事教官。现在咱们焚香盟誓，往后，哪个敢撒野不听从关团长的调教，罚二十军棍以示惩戒，调皮捣蛋的，关三天不给饭吃，听清楚没有？”几百号人长短不一地应道：“听清了。”

站在一旁的关明杰心想，看来这纯粹是一群乌合之众，他转过脸去，对站在旁边的胡进道：“一盘散沙。”

胡进尴尬地咧了咧嘴：“要不怎么做梦都想请个教官呢，我们哥几个全是棒槌。”

下边的人交头接耳，不知道郑春义又要搞什么名堂，从家里出来本想混口饱饭，眼前的这个教官能管他们吃饭的事吗？人人满腹狐疑。

不知不觉一个多月过去了，一大早，黑山木浒寨议事厅里的气氛有些异样，郑春义、胡进、老八慵懒地坐在议事厅里发牢骚。

“这么长时间了，每天起早出操，都快把人折腾散架了。整天立正、稍息、列队、走步，有个屁用，说我是纸上谈兵，我看这关团长比我强不到哪儿去。”胡进对关明杰的练兵之法颇为不满。

老八也是一肚子牢骚：“是啊，早知道这样，何必费这么大劲请他呢。”

郑春义不想听两个人对自己请来的教官说三道四，正打算带着两个人去出操，关明杰面带不悦地开门从外面大步走了进来：“你们几个为什么不出操？”说完不待几个人答话，命令道：“听我口令！起立！”

几个人你看看我我看看你，只有郑春义站了起来。

关明杰见胡进和老八没动地方，用更加严厉的口气命令道：“我再说一遍，听我的口令，起立！”

胡进和老八这才无可奈何地晃晃荡荡地站起来。关明杰继续大声命令道：“立正！向左转！目标，操练场，跑步走！”

两个人像没听见似的一动没动。

关明杰摘下帽子，拿在手里：“好，你们竟然不服从教官命令，责罚军棍二十。来人哪！”

两个小伙子应声走了进来。郑春义一看事情闹僵了，挥了挥手，让两个人退了出去，说：“关团长消消火，大伙对你的训练方法有些不太不明白。”

“关团长，你整天就是列队、出操，我们不懂军事，盯把儿整这些玩意有用吗？”胡进一股脑儿地说出了自己的疑虑和不满。

关明杰围着几个人转了一圈，严肃地说：“既然让我来当这个教官，就应该信任我，你们比我清楚，这些人都是农民出身，要想训练成一支像样的队伍，绝不是像你们想的那样简单。出操、列队都是最基础的训练，就像盖房子打地基一样，地基不牢，房子能盖起来吗？就是盖起来，风一吹也得倒了。亏你们还都读过书，难道连九层之台起于累土的道理都不懂吗？”

几个人面面相觑，胡进的脸红了，嗫嚅着：“我们就是觉得这种训练太枯燥了。不如骑马打枪来得快。”

“我今天正想找你们几个说说我的下一步训练计划呢，看你们几个的样子，没精打采的，你们要是松松垮垮、别别愣愣的，那底下的人怎么办？正己才能正人，你们要是不满意，那干脆把人解散回家种地去算了。”

郑春义瞥了胡进一眼：“还不赶快向关团长认错。”

胡进琢磨了琢磨，觉得关明杰说得有道理，起身“啪”地敬了一个礼道：“报告关团长，今天全是我的错，任凭教官发落！”

关明杰的口气也缓和下来：“好吧，你们都坐下，我把下一步的打算说给你们听听。”

郑春义一听，立刻来了精神头，大声道：“胡进，还不赶快给关团长倒水去。”

胡进给关明杰倒了一碗水端过来，关明杰将自己的想法和盘托出，胡进和老八听了十分兴奋，郑春义更是暗自庆幸自己找对了人。

窗外一棵棵笔直的白杨树，在咄咄逼人的寒风中尽管掉光了叶子，仍然将一根根枝条伸向高远的天空。

洪柳将账本打开，指着上面的数字兴奋地对郑春仁说：“郑老板，你看，这个月公司的销售上升幅度明显增加。”

郑春仁接过账本仔细看过后也非常高兴：“哦，不错啊。”

洪柳扬起眉毛说：“郑老板恐怕还不知道吧，张经理保护机车的事迹被登到苏联的报纸上，苏联远东炼油厂从这个月开始增加了供货量，而且特许我公司可以随时提货。我想南京国民政府听到这个消息一定会很高兴吧。”

郑春仁惊喜地说：“这我倒没想到，看来忠义是不分国界的啊。”

“崇尚奉献和自我牺牲精神，是人类共有的一种情愫，也是推动这个世界前进的动力。”此时的洪柳俨然是一个哲人。

“一个自私自利，唯我为大的社会是没有前途的，人们在功利的旋涡中沉沦挣扎，只能走向绝路。”郑春仁感慨道。

“是啊，可惜人们并没有认识到这一点，身陷罗网反而自以为乐。”

郑春仁站起来，给洪柳倒了一杯茶水放到她面前，换了一个话题说：“洪小姐，从鞍山回来后，我就一直想跟你商量一件事。”

“什么事？”

“把厂子交给刘浩清我总觉得有些放心不下，可一时半会儿又找不到合适的人，你看如何是好？”

洪柳想了想，说：“过去厂子是刘老板的，他一个人说了算，无人监督，以致酿成大患。依我看，可以派一个得力的伙计过去，明着让他协助刘浩清打理厂里的日常事务，暗地里让他监督这个刘老板，这样不就可以防患于未然了吗？”

郑春仁听了洪柳的这番话，两只眼睛热辣辣地盯着洪柳，全然不知道自己已经有些失态了。

“你干吗这样看着我，我说得不对吗？”

“说得对。”郑春仁的怀里像揣了一头小鹿，怦怦乱跳，他真想伸手将她搂进怀里。

傍晚，韩吉庆正在炕上倚着被子看书，洪柳敲敲门，手里拿着一件新买的衣服笑盈盈地走了进来：“吃饭了没有？”

韩吉庆从炕上下来：“呦，洪小姐来了，有失远迎。”

“净贫嘴。”

“洪小姐光临寒舍有何贵干？”

“你还有点正经的没有？天冷了，今天去四平街我给你买了一身冬天穿的衣服。”说着把衣服打开，“来，穿上试试，瞧瞧合适不？”

不料韩吉庆却连连摆手："多谢洪小姐，怎么好让你给我买衣服呢。"

洪柳忽闪着一双水汪汪的大眼睛看着韩吉庆，说："这有什么，你身边没有别人，我不照顾你谁照顾你。"

韩吉庆却仍是一本正经的样子："洪小姐，我说的是实话，我有衣服穿，你还是拿回去吧。"

洪柳带着几分嗔怪："衣服我都买来了，怎么好再拿回去，来，试试。"

韩吉庆没动地方，说："你的好意我领了，可衣服我不能要。"

洪柳有些生气了："我都给你买了，你左一个不要右一个不要的，你不要我给谁？"

"留着给你的男朋友吧。"

洪柳把衣服往韩吉庆怀里一塞："我的男朋友远在天边，近在眼前。"

韩吉庆转着头朝四周瞅了瞅："呦，在哪呢，我怎么没看见呢。"

洪柳扬起眉毛："你装糊涂。"

"在下岂敢在洪小姐面前装糊涂，你还是把衣服给别人吧。"

洪柳急了："你真不要？"

"这还有假。"

"那好，你不要我就把它扔到臭水沟里。"说完洪柳眼圈红红地拿起衣服，头也不回地开门走了。

韩吉庆想追出去解释解释，可转念一想，把手又缩了回来，他叹了口气，叫着洪柳的名字，心说：我知道你的心思，可我不能动这个念头啊。他拿起放在炕上的书没滋没味地又看了两眼，觉得累了，把书扔在一边，蒙起被子早早地睡下了。

下午郑春仁忙完了手头上的事觉得有些乏了，想睡一会儿，他在沙发上刚躺下，门房敲门进来说，辽阳书局的张经理来了。郑春仁忙坐了起来：“让他进来。”

伙计出去带着张书海进来，倒上茶退了出去。

郑春仁跟张书海一边握手一边寒暄道：“张经理来沈阳，怎么也不事先说一声。”

张书海坐下说：“我来进货，顺便来看看掌柜的。”

“搬家后生意怎么样？”郑春仁从辽阳回来后，一直惦记着书局迁到新址后的情况。

张书海摘掉帽子，从沙发上站起来道：“掌柜的，我今天就是专门为这事来的，请受张书海一拜。”说着恭恭敬敬地给郑春仁鞠了一躬。

郑春仁躬身还礼道：“张经理这是从何说起？”

张书海坐下说：“说心里话，那天你让我关门搬家，我嘴上没说什么，可心里不痛快，经商讲究的是竞争二字。掌柜的却主动放弃与襄平书局的一搏，张某认为并非上策，而且还多少觉得有些窝囊。可掌柜的已经发下话来，我岂敢不从。搬家后，虽说当着掌柜的面我夸下海口，可毕竟地处陋巷，每天门可罗雀，我和伙计们尽管对每一位主顾都笑脸相迎，以诚相待，结果收效甚微，生意一落千丈，我每天心急如焚，却无计可施。”

郑春仁笑了笑，说：“张经理大可不必如此煞费苦心，我原本也没打算开书局赚什么钱，只是想开民智之愚钝，挽世风于日下，并不在乎赚钱多少。”

张书海重新从沙发上站起来，走到窗前，望着外面深邃而高远的天空，说：“张某毕竟身为书局经理，肩上担着一份责任。”

说到这，他慢慢地转过身来，说：“让我没有料到的是，正当我一筹莫展的时候，襄平书局的齐老板主动找上门来。他里外看过之后，挑了许多毛病，说我们书籍的摆放、不同种类书籍的顺序安排、价签放的位置都有问题，我这才知道，这里面竟然大有学问。”

“这个齐老板还真行。”

“是啊，齐老板在书刊经营上的确是个行家，他说来买书的要是半天找不到一本书，下次就再不会登门了。在他的指点下，我们对所有书籍重新归类、整理、摆放，果然，来买书的人每天都有增加。这还不算，齐老板又把经常去襄平书局看书买书的一些学生介绍过来，说我们这里僻静，更适合他们阅读。后来齐老板干脆把适合学生看的书籍全部下架，一概拿到我们这里出售，现在书局的生意已经一天比一天好了。我来的时候刚看过账，这一周销售额比上一周增加了一倍。直到这个时候，我这才明白了什么是真正的经商之道。”

郑春仁也站了起来：“我洗耳恭听。”

张书海喝了一口水，说：“经商是需要竞争，可同行之间并非要剑拔弩张，更非彼此间水火不容，一说到竞争二字也没有必要拼个你死我活，学会忍让并不是懦弱，而是千金难买的为商之德。这样不但可以避免两败俱伤，还可以带来两者的同生共荣，岂不快哉。所以我特来拜见掌柜的，张某在这里再施一礼，以表对掌柜的钦佩之意。”

说着张书海一揖到地。郑春仁还礼道：“郑某实不敢当。”

郑春仁让张书海坐下，说：“难得张经理来沈阳一趟，我请客，晚上把洪柳和吉庆找来，咱们一块去明湖春。”张书海欣然应允。

郑春义和胡进见手下的百十号人经过关明杰大半年的悉心调教，居然有模有样了，心里别提多高兴了。

晚上几个人在议事厅坐定，催促着让关明杰说说接下来的打算。关明杰往前探了探身子，说：“为了便于指挥作战，我想把这百十号人分成三队，除了两个步兵分队，外加一个骑兵侦察分队。由春义来当大队长，胡进为大队参谋长。”

郑春义“啪”地一拍大腿：“太好了，这才像个队伍的样子。”

“今后，各分队将按照讲武堂的操练课目进行正规操练。”

胡进挠着脑袋问：“不知道有哪些课目？”

“有投弹，拼刺，射击，冲锋，埋设地雷，利用地形地物掩护攻击，单兵作战，等等。”

胡进听了仰头大笑：“关团长真行，佩服。”

郑春义和老八也都兴致勃勃，对关明杰不得不刮目相看。

这天木浒寨操练场上，郑春义脚蹬马靴，身着东北军军官服，扎着腰带，戴着大檐帽，威风凛凛地站在一旁，兴致勃勃地看关明杰指挥士兵训练。

关明杰发现一个士兵刺杀的动作不规范，走过去纠正道：“眼睛要直视，双脚站稳，两手用力，弓步向前，出手要快，要狠。”那个士兵点了点头，重新操练起来。

南面土岗子的下边，胡进一身泥土，带领着一个分队的士兵在训练交替掩护攻击前进。关明杰发现有几个人的动作做得不到位，便走过去蹲下身，给几个人认真地讲解每一个动作的要领：“你们必须记住，任何一个动作的疏忽，在战场上都会造成不必要的流血和伤亡。”几个人从地上站起来立正敬礼道：“明白！”关明杰挥了挥手，示意他们继续训练。

“这一盘散沙的队伍，如今生龙活虎，多亏了关团长啊。”

“哪里，要不是你出手相救，我也许早就死在日本人手里了，我不过是重操旧业而已。”

“我看过些日子，咱们就可以再次攻打黑风山了。”郑春义说出了藏在心里的打算。

“行啊。”

“这回肯定能把老山豹给灭了。”

“我想没问题。”

郑春义用力挥舞了一下拳头：老山豹，等着瞧！郑春义脱了衣服也加入了士兵训练的行列，尽管寒风习习，不一会儿却已是满头大汗了。

几盏马灯将木浒寨议事厅照得通亮。再有几天就是年底，郑春义、关明杰、胡进坐在一块，商议如何攻打黑风山。

郑春义沉思片刻，问胡进和关明杰：“你们看这次攻打黑风山有多大把握？”

“我看十拿九稳。”胡进不假思索地说。

关明杰毕竟身经百战，他看了看胡进，“打仗可不是你说得那样简单，”他沉思了片刻，“依我之见，有没有把握拿下黑风山，一要看咱们准备得怎么样，二要摸清对方的虚实。打仗就是打仗，哪个环节上出问题都会功亏一篑，急不得。”

郑春义听了不住地点头，说：“那就再等等看。”

胡进挠了挠脑袋，张张嘴，把要说的话又咽了回去，心想，你不急，我急个什么劲。他冲着郑春义龇牙一笑，打了个哈欠：“困了，我回去睡觉了。”

郑春义当胸给了他一拳：“瞅你那个熊样，你不说我也知道你是咋想的，你以为我不急是不是，可咱得听关团长的，你说是不？”

胡进眨巴了眨巴眼睛，转身出去了。

第三十五章

时间过得飞快，一九三一年的秋天，当一排排的大雁向南飞去，冷风便带着刺骨的寒意和漫天的黄沙席卷而来。

晚上吃过饭，郑春仁照例翻开了《盛京时报》，上面一行醒目的大字让他吃惊不已。只见上面写道：“北大营兵炸毁南满路导致南满各地成战场彻夜而闻枪炮轰轰隆隆”。

郑春仁合上报纸，心想，怪不得晚上回家的时候，城门口站满了荷枪实弹的日本兵，城墙上还架着小钢炮和机关枪，日本人这是把沈阳占了。他看了一眼报纸上的日期：昭和六年九月十九日。他慢慢地站起身，望着窗外黑乎乎的夜空，仰头叹道：“看来这又是一场劫难啊！”

二十世纪三十年代初，世界经济危机使日本经济遭受沉重打击，并导致出现了严重的政治危机。在内外交困的情况下，日本军国主义者趁英美忙于应付危机，蒋介石大规模“剿共”之际，以夺取东北，摆脱困境，图谋争霸世界为目的策划发动了九一八事变，并很快就占领辽宁、吉林、黑龙江的大部分地区，还粗暴地将张学良主政东北后的沈阳改为“奉天”。

十月初的一天晚上，沈阳北市场升平茶社，人坐得满满的。靠里面的角落里，霍旺坐下不一会儿，洪柳穿了一件蓝色旗袍，外罩一件猩红色缎子坎肩，风姿绰约地也推门走了进来。她警觉地看了看身后，没有发现有人盯梢，就径直走到霍旺的身边，大声地打招呼道：“刘老板早来了！”

霍旺站起来：“张小姐怎么有空来听书了。”说罢两个人坐下，一边喝着茶水，一边漫不经心地听着大鼓书。

大约有半个时辰，装扮成富商的王守明拉开门进了茶社，他警惕地扫视了一下周围的情况，没有发现异常，便来到霍旺的身边坐下，端起茶碗喝了一口茶，用眼角扫视了一下台上正在说书的金蝴蝶，低声道：“日本关东军悍然策划、发动了九一八事变，占领了北大营和沈阳城。”

霍旺声音低沉地说：“据我所知，这是关东军蓄谋已久的阴谋。”

“我党已经发表了公开宣言，号召民众动员起来，武装反对日本帝国主义的野蛮侵略。”

王守明看了看周围听书的人，见没人注意他们，接着说：“据洪柳掌握的情况，郑老板的弟弟在黑山一带拉起了一支一百多人的队伍，满洲省委研究后认为，郑老板的弟弟是学生出身，这支队伍是下一步我们要争取的抗日武装力量。”

停了一会儿，他端起茶碗，拿起盖子用嘴吹了吹漂浮在上面的茶叶末，说：“洪柳的任务是通过韩吉庆来做郑老板弟弟的工作，争取让这支武装能够为抗日出力。”

这时，一个西装革履的年轻人朝这边走了过来，只见这个人戴着一副厚厚的近视眼镜，走到王守明跟前，几乎是贴着王守明的脸看了半天，抬起头来嘟囔道：“这也不是啊，这人说好了在这等我，咋没影了呢。”

王守明也不搭话，冲着霍旺道：“来，老弟，今天这大鼓书听得真过瘾，哪天你还得请我们来听书啊。”

霍旺也随声附和道：“好哇，就怕王老板到时候不肯赏光啊。”

那个年轻人大概是没找到要找的人，转了一圈走了。

王守明继续说：“韩吉庆作为我们发展的对象时机已经成熟，洪柳在适当的时候跟他谈谈，看看他的态度。”

洪柳点了点头。王守明放缓了声音：“目前整个东北大部分地区已经沦陷，根据中央的指示，满洲省委要迁往哈尔滨。”他看了一眼洪柳和霍旺，“组织上决定你们两个人留下来，今后你们的处境会更加险恶，斗争也会更加复杂艰苦。”

霍旺握紧了拳头：“请组织放心，有再大的困难我们也不会退缩。”

停顿了一会儿，王守明喝了口茶水，装着听大鼓书的样子说：“为了更好地保存党的实力，满洲省委已经决定，将郑春礼这批学生党员送到南方去。”

说到这儿，王守明突然像是想起了什么，问霍旺：“郑春礼的伤好利索了没有？”

霍旺看着台上正在说唱的金蝴蝶：“年轻人恢复得快，这两天已经找过我两次了，要求重新分配工作。”

王守明听了放下心来，说：“过两天我就要跟满洲省委到哈尔滨筹建新的省委机关，这里的工作暂时由你负责。”

“好吧，我服从组织的决定。”

王守明巡视了一下四周，见金蝴蝶的大鼓书已经说到了高潮，遂站起身子：“我们走吧。”他与霍旺抱了抱拳，不慌不忙地出了茶社。过了一会儿，霍旺和洪柳也跟着离开了。

两个人来到街上，一队日本巡逻兵迎面走来，皮靴踩在地面上发出“咔咔”的声响，枪上的刺刀在街灯的照射下发出阴冷的光亮。洪柳和霍旺加快了脚步。

雪整整下了一夜，天亮后，城内的街肆屋宇一片洁白，一支插着膏药旗的日本巡逻车队从街头驶过，溅起的雪水立刻让道路变得泥泞不堪起来。

郑春仁早早地来到公司，找来洪柳和韩吉庆，指着《盛京时报》刊登的消息心情沉重地说：“这两天奉天城里到处是耀武扬威的日本兵在随便抓人。”

洪柳愤愤不平地说：“东北军那么多部队和飞机大炮，怎么不战而退？要是交起手来，不见得败得这么惨，东北的大好河山也不会就这么轻而易举地丢失了。”

“看来咱们的生意也做不下去了。”韩吉庆不无担忧地说。

郑春仁这些天坐立不安，心绪焦躁，他走到窗前，看着冷清的货场，说：“是啊，车站被日本人封锁了，运油的机车已经快俩月没动窝了。”

洪柳扬起眉毛：“我们不能坐以待毙啊。”

韩吉庆站起来穿上大衣，说：“我去货场找张浩商量一下，看还有什么别的办法，总不能这么干挺着呀。”

“好吧，路上小心。”

郑春仁待韩吉庆出去了，坐下打开抽屉，从里面拿出一个精致的首饰盒放到桌子上，看了看洪柳：“洪小姐，昨天我在四平街的萃华金店看好了一副手镯，你试试看。喜欢就送给你。”

洪柳微微一笑，将首饰盒轻轻地推开，说：“多谢郑老板，我戴不惯这个，还是留着给你家太太吧。”

郑春仁有些尴尬地站起来："洪小姐别误会，我没别的意思，你为公司经营出谋划策，费了不少的心思，就算我对你的奖赏总可以吧。"

"郑老板，我只不过做了应该做的事情，额外领赏受之有愧。如果要奖赏，还是奖赏张浩和他的那些伙计们吧。"洪柳推辞道。

郑春仁看洪柳丝毫没有收下的意思，闷闷不乐地将手镯重新收了起来。洪柳见郑春仁不高兴，想解释解释，却不知道该从何说起，便将桌子上的报纸收拾起来道："郑老板要是没别的事，我还有账目没有整理完。"

"你去忙吧。"郑春仁看着眼前的姑娘，一句话也说不出来。他闭上眼睛无奈地摇了摇头。

洪柳开门走了。郑春仁失神地打开抽屉，看着自己为洪柳精心挑选的礼物，似乎觉察到了什么，但他不愿再往下想了，觉得事情还没有像自己想的那样糟糕。

到了十二月初，鞍山老正泰食品厂也陷入了困境。代理厂长刘浩清坐在桌子后面的椅子上，在他对面的凳子上坐着好几个商人打扮的人。

一个瘦高个子，鼻子下边留着一撮小黑胡子的中年人焦急地冲着刘浩清催促道："刘老板，来我家要货的都快把门挤破了，这两天急死我了，这火上的，起了一嘴的泡，你要是再不发货，这帮人就得把我吃了。"

另一个留着分头，戴着一副眼镜的小伙子附和道："王老板说得对，这几天让日本人闹的，要货的简直快把我逼疯了。"

刘浩清心说，你们急，我比你们还急，小日本今儿个封路明个戒严的，面粉进不来，我有什么办法。

"各家都等着要货，这可是发财的好机会，刘老板千万不能错过。"几个人你一言我一语地催促刘浩清赶紧发货。

“容我再想想办法。”

几个人见刘浩清也是干着急没有辙，只好从椅子上站起来：“好，我们听你的信。可你得快点啊。”刘浩清把几个要货的打发走了松了一口气，他知道仓库里存放着大批过期的面粉，想发货还不容易，可他一点也不敢动这个念头。

时间在焦灼的等待中一天天地过去了，一早郑春仁来到公司正在翻看财务报表，去货场打探消息的韩吉庆回来了。郑春仁抬起头来急着问：“张浩那里情况怎么样？”

“日本人已经掐断了中方所有跟苏联方面的贸易往来，张浩带着伙计们一直吃住在那里，生怕机车有什么闪失。”

郑春仁沉吟半晌，说：“看来燃油的生意做不下去了。”

“是的，我们要想办法另谋出路了。”从张浩那里一出来韩吉庆就彻底失望了。

这时洪柳手里拿着一封信进来了，她把信交到郑春仁手上，说：“郑老板，这是我们派到鞍山食品厂刘厂长身边那个伙计写来的，你看看，是不是食品厂出了什么问题？”

郑春仁接过信，打开看过后眉头紧锁，生气地说：“这个刘厂长的老毛病又犯了，你准备一下，明天跟我去鞍山。”

等洪柳出去后，郑春仁收起信，望着窗外雪地上一行行七扭八歪的脚印，烦躁地坐到椅子上。韩吉庆想说几句劝慰的话，可又不知道说什么好。

鞍山老正泰食品厂代理厂长刘浩清实在禁不住那些商家的百般劝说和催促，决定启用仓库里那批过期的面粉。得到消息的商家早晨一上班就把刘浩清围了起来。那个瘦高个子，鼻子下边留着一撮小黑胡子的王老板将一张银票递给刘浩清："刘老板，你解了我的燃眉之急，这批货一到手，就可以赚一大笔钱，我可得好好谢谢你啦。"

留着小分头，戴着一副眼镜的年轻人也感激地说："刘老板，你真是救星啊，我老婆听说有货了，昨晚一宿没睡，早早就打发我过来了。"

"刘老板，这下新来的掌柜保准得夸你能干。"听了几个人的恭维，刘浩清心里喜滋滋的。

边上一直没有说话的一个中年男人这时开口道："光夸咱们刘老板哪行，一定要大大的奖赏才是，到时候刘老板可一定想着请我们哥儿几个喝两盅啊。"

刘浩清哈哈大笑，心满意足地说："要不是你们几个跟催命鬼似的，我才不愿意冒这个险呢，你们都给我留点神，千万别把这事捅出去。"

几个人听了点着头说："刘老板尽管放心就是了。"

那个中年男人见刘浩清仍是心里没底，说："你不用怕，要是因为这事你们掌柜的怪罪于你，那你趁早别给他干了。"

刘浩清一听急了："你们上嘴唇跟下嘴唇一碰说得轻巧，不干我吃啥？那点家底都搭上了，眼下我就靠这点工钱养活一家老小了。"

几个人见刘浩清急头白脸的样子，相视一笑，站起来准备去仓库提货。这时门外进来两个人。刘浩清一愣，抬起头来一看，是郑春仁和洪柳，连忙站了起来："哟，掌柜的来了，事先怎么也没说一声，我好去接你。"

郑春仁并没有说话，而是看了看屋子里的人，转过头去对刘浩清说："你们这里有事，我先去车间看看。"

刘浩清忙摆着手说："没事，他们都是来买货的。自打日本人进了城，闹得人心惶惶，这不刚刚才有一批货入库，听到信儿他们就全来了。"

郑春仁转过身去看了看屋里的几个人，说："对不起，这批货不卖了，你们先回去吧。"

刘浩清一听，愣在那了。那个瘦高个子的王老板一脸的不高兴，说："这事闹的。"

几个人还想说什么，可看到刘浩清那副尴尬的模样，不得不带着十二分的不情愿告辞走了。

郑春仁见办公室里人走净了，坐下来看着刘浩清，单刀直入地问道："你把过期的面粉做成糕点入库准备出售，这事儿是真是假？"说着，把那个伙计写的信递给了他。

刘浩清看完信镇定地说："掌柜的，这信上说得一点没错。"

"那你说说，为什么要这么做？"郑春仁没想到刘浩清会如此痛快地认承下来。

刘浩清摸了摸脑袋："我——"

"难道你忘了，老正泰的牌子差一点毁在你手里，你怎么又旧病复发，用过期的面粉做糕点？"

刘浩清听了，慢慢地站起来，为自己开脱道："掌柜的，这事你能怪我吗？"

郑春仁一愣："哦，那怪谁？"

"我可是一心为了你好，说我是旧病复发没有道理吧！"

"我看你是强词夺理。"

刘浩清心想，事已至此，用不着再遮遮掩掩。想到这他两手一摊，说："我想在我这个位置上你也会这么做。"

"那我倒想听听刘厂长的理由。"

刘浩清在地上走了几步，说："日本人占了鞍山后到处实行封锁，进货渠道一时全断了。我看面粉一时半会儿进不来，买主又一个劲地催货，急得乱转，才突然想起来，仓库里有一批面粉准备留着应急，可哪承想到库房一看，已经过期了。我想算了，从前好端端的厂子，不就是因为掺杂使假，自己不但弄了个倾家荡产，还差一点把老正泰这块金字招牌砸了，等街面上消停消停，买到面粉再说吧。”

“你既然明白这个道理，为什么又改变了主意？”郑春仁不解地问。

“掌柜的有所不知，这一阵子让日本人闹的，家家店铺都断货了。那几个买主天天来，一个个急赤白脸地催货，把我的门槛都快踩烂了。”

“那就跟他们实话实说。”

“我实话跟他们说了，可他们根本听不进去，还反过来劝我说，面粉过期了谁也不知道，你放着白花花的大洋不赚不是傻子吗？到时候要是你们掌柜的怪罪下来，你后悔就晚了。”

“所以你就听信了他们的蛊惑？”郑春仁觉得刘浩清说的也不是完全没有道理。

“我当时一想，他们说得也对，这些面粉尽管过期了，但时间不长，我和伙计也仔细看过了，所有的面粉既没发霉也没变质，就一咬牙把面粉全用上了。”

郑春仁知道刘浩清也是一片好心，于是心平气和地说：“刘厂长，你吃了一回亏，为什么还不长记性呢？”

说完郑春仁倒了一杯水递给刘浩清，推心置腹地说：“刘厂长，关上门咱们就是弟兄，你比我年长，我应该叫你大哥，可我不得不说你几句。你说得对，用了过期的面粉要是咱们不说，没有人知道，拿去卖了也吃不出毛病来，更死不了人。可你想过没有，同样的点心味道就不一样了，总有心细的人，一旦吃着不对味，那老正泰这块牌子的含金量就会大打折扣啊。”

刘浩清一时无话可说。

郑春仁走到刘浩清面前："大哥，做咱这一行信誉就是咱的天哪！你知道吗？这个天不是别的，是那些吃咱糕点的人。欺人就是欺天！这个天要是塌了，咱这个老字号也就垮了，除了一败涂地，还会留给世人千古笑柄，到时候丢人现眼不说，咱这厂子可就真的没有办法东山再起了。"

刘浩清满脸通红，额头上沁出一层细密的汗珠，嗫嚅着道："掌柜的，这么说，又是我错了。"

"知道错就好。"

"掌柜的打算怎么办？"刘浩清急于想知道这批货怎么处理。

郑春仁沉吟了半晌，坐到椅子上说："这批货绝不能卖，如果可以用来救济灾民，全部无偿地发放给他们，你看行吗？"

"好吧，我马上按你说的办。"

郑春仁让刘浩清坐下，停了一会儿，说："刘厂长，刚才我已经想好了，你从现在开始就不能再在厂里干了。"

刘浩清一听愣在那里。半晌，突然双膝一软跪倒在地，眼里满是泪水："掌柜的，我已经倾家荡产了，出售厂房设备的那点钱，我全都还债了，不怕你笑话，我现在就靠每个月你给的这点薪水养家糊口，勉强度日。你要是打发我回家，我家里还有一个七十多岁的老父亲，我拿什么养活老人，老婆孩子吃什么。你能不能再给我一次机会，我发誓，今后就是刀架到脖子上，我也不干这种蠢事了。"

郑春仁上前将刘浩清搀扶起来，说："我决定的事情向来不会轻易更改，你看这样好不好，从现在开始，我派来给你当助理的那个伙计暂时提升为副厂长，专门负责出厂食品的品质查验，你先在这帮助他打点业务，我回去找到合适的人再替换你。"

郑春仁扭过头去看了一眼洪柳，见洪柳冲他点了点头，接着说：“你走后，我让你家孩子他娘到厂里来做杂工，跟其他工人拿一样的薪水。除此之外，我每个月再让账房给你支两块大洋，供养你的父亲。老人家百年之后，你可以到厂里额外支钱给老人送终。”

刘浩清没有想到郑春仁想得如此周到，一时涕泪交流，悔恨不已：“掌柜的，脚上泡是我自己走的，怨不得别人，你这样待我，真的让我无地自容。”

说着刘浩清又要跪下磕头，被郑春仁伸手拦住了：“大哥，记住了，不管到啥时候，做生意靠的都是诚信，老正泰这块牌子也只有靠诚信才能立得住。老正泰这块牌子的含金量也全在诚信这两个字上，掺不得一点虚假，容不得一丝侥幸啊。”刘浩清红着眼睛点了点头。

“好吧，你去把那个伙计找来。”

刘浩清出去，工夫不大，领着那个伙计进来了。

郑春仁上前拍了拍那个伙计的肩膀，说：“你干得不错，这个月给你支双倍的工钱。从现在开始，出厂食品的质量由你全权负责，不得有半点疏忽。”

那个伙计行了个礼儿，说：“谢掌柜的。”

郑春仁见这里没有别的事了，想顺道去趟书局，于是对洪柳道：“那天张经理到我那去，说书局的生意大有起色。走，咱们过去看看。”

“好。”

郑春仁和洪柳离开食品厂，吃过饭便上了马拉轿车去了辽阳。

下午，芳草书局人头攒动，来看书、买书的人一拨接一拨，络绎不绝。

郑春仁跟洪柳看了一圈，见每个书架前都有人在挑选书籍，几乎所有的凳子上都有年轻的学生坐在那专心致志地阅读。

这时张书海从一个书架后面转了过来，一抬头发现了郑春仁和洪柳，走过来悄悄拉了拉郑春仁的衣角，低声道："掌柜的来了。"

郑春仁一扭头，见是张书海，说："我刚到。看来生意还真不错。"

"我没说假话吧，这几天我又招了十几个上不起学的孩子，分文不要，让他们白天在店里看书，晚上去我办公室补习功课，附近一些穷学生下了课到这里看书，我就把闭店的时间推迟了，他们什么时候走，我什么时候关门。你看，天天都是这样，顾客盈门，生意一天比一天有起色。"

郑春仁满意地点点头，问："齐老板还过来吗？"

"齐老板这些日子来得更勤了，一来就帮着出主意。我真没想到他会这样热心。我几次给他钱，他都不要，说要把亏欠你的补上，要不睡觉都不安稳。"

"日本人进城生意没受影响吧？"郑春仁担心地问。

"刚开始戒严封路那些日子没有人，日本人一解除封锁，顾客第二天就上来了。"

郑春仁心里十分高兴："好，你干得不错，从下个月起，我给你和伙计们加薪。"

"多谢掌柜的。"

"这没别的事我们走了。"

说完郑春仁带着洪柳从店里出来，上了马拉轿车回了奉天。

第三十六章

一九三二年春，辽阳县高级中学来了一个叫佐藤的日本校长，并带来一个日本宪兵。一大早他就来到办公室，见霍旺和几位老师都到齐了，扶了扶宽边眼镜，清了清嗓子，用流利的中文说道："各位老师，我们认识一下，我叫佐藤，以后你们叫我佐藤校长好了，你们几位也自我介绍一下。"

"我姓霍，叫霍旺。"

边上一个三十多岁的女教师道："我姓隋，叫隋靖。"

另一个男教师抬起手，指了指自己的鼻子："我姓康，叫康日兵。"

佐藤微笑着点了点头："很好，下面我来宣布几件事情。第一，学校的教学内容从现在开始，要重新修订，从明天开始，每天上课前，必须把学生集合在一起唱满洲国国歌。第二，学生每天上课前要背诵'回銮训民诏书'。第三，教师上课必须用日语。"

沉默了片刻，隋靖问："佐藤校长，学生要是不愿意用日语上课咋办？"

佐藤做了一个向下劈砍的手势："不愿意用日语上课的就不是满洲国的良民，一律开除。"

几个人听了都默不作声了。佐藤挥了挥手："好吧，回去准备上课。"

霍旺和几个教师从校长室出来，女教师隋靖看着霍旺，低声道："我们班里许多要毕业的学生都提前走了。"

霍旺点点头："这里哪还能找得到一点自由的空气。山河破碎，民族危亡，让人痛心啊。"

康日兵愤愤不平地说："我们不能引颈就戮，俯首帖耳当亡国奴。"

霍旺握紧了拳头："对，咱们干脆动员学生们都暂时回家，没有学生了，看他这个光杆校长还让谁唱什么'满洲国国歌'，狗屁！"

隋靖和康日兵也挥舞了一下拳头，说："好，今天我们就动员学生离校。"

天空中仅有的一缕阳光被乌云遮挡住了，空旷的操场笼罩在阴影当中，变得更加死气沉沉了。

郑春礼接到霍旺的通知，来到霍旺住的小屋子里，等了一会儿才见霍旺回来。

"怎么来这么早？"

"接到你的通知我一宿没睡，已经等你一会儿了。"

"学校新来了一个日本校长，每天一大早就把我们都找去训话，让我们领着学生唱'满洲国国歌'，用日语上课。"

郑春礼攥紧了拳头："霍老师，我们绝不当亡国奴，你领着我们干吧，把小日本赶出中国去。"

霍旺看着这个自己喜爱的学生，说："是啊，我们绝不能让这帮畜生横行霸道，可我这次找你来，是想让你马上动身去上海。”

郑春礼听了睁大了眼睛，摇着头说：“我要留这里，跟你一块打鬼子。小鬼子一天不走，我就一天不离开家乡。”

霍旺拍了拍郑春礼的肩膀，说：“你们这批年轻的学生党员是我们党的宝贵财富，这是组织上的决定，你明天就得动身。”

“这么急？”

“对，到上海下船后，你手里拿一份《盛京时报》，会有人跟你接头。记住了，接头的暗语是，来人问：‘你是从东北来看你舅舅的吗？’你回答：‘是。舅舅和舅妈都好吗？’来人说：‘好，已经等你三天了。’记住，到时千万不能出差错。”

郑春礼默默记了下来。“你这次离开家乡后，什么时候再回来就说不准了，回家后，跟你爹娘说一声，告诉他们你去南方上学，让他们别惦记，到时候我会派一个读书会的同学送你。”

“我知道了。”

霍旺紧紧地握住郑春礼的手，目光中充满了期望：“我盼着你能早一天成长起来，我们党需要你们这样有文化的年轻人啊。”

此时的郑春礼心里既充满了对未来斗争的渴望，又对霍旺有些恋恋不舍，一下扑到霍旺的怀里，两个人紧紧地拥抱在一起。过了一会儿，郑春礼抬起头，眼里盈满了泪水看着霍旺：“霍老师，是你引导我走上了革命的道路，这次分别后，真不知道什么时候才能再和你见面，我真不想离开你。”

霍旺深情地看着眼前这个在斗争中不断成长起来的年轻人，说：“我也舍不得让你走，可这是斗争的需要。你到上海后，很快就会有人送你们到苏区去，我相信你将来一定会有更大的作为。”

离别的伤感，让郑春礼再也控制不住自己的泪水：“霍老师，你是我的老师，可你又像个大哥哥，你一定等着我回来。”

“好，我等你。记住了，你已经长大了，是个响当当的男子汉了，参加革命就意味着为劳苦大众献身，‘只解沙场为国死，何须马革裹尸还’，为大众的解放要不惜赴汤蹈火。”

说完霍旺把一张已经准备好的《盛京时报》交给郑春礼：“你走吧，日本那个校长可能已经派人在盯梢，这里不宜久留。”

郑春礼将报纸收好，从霍旺屋里出来警觉地朝四周看了看，见操场上空无一人，出了校门，快步离开了自己熟悉的校园。

春天的风从田野里吹来，仍带来了阵阵寒意。晌午，王金岫和回毅媳妇正在吃饭，离开学校后准备去上海的郑春礼背着书包、提着行李回到了家里。回毅媳妇放下饭碗从炕上下来：“春礼回来了，吃饭了没有？”

“吃过了。”郑春礼放下书包和行李，过去拉起王金岫的手，说：“娘，告诉你个好消息，我要去上海念书了。”

王金岫已经快一个月没见到儿子了，听郑春礼说又要出远门，忙放下饭碗问：“什么时候走？”

“明天。”

回毅媳妇不明就里地问：“怎么跑那么远的地方去念书？”

“日本人把东三省占了。”

这时郑满仓和郑春水从大仁屯回来取衣裳。两个人进了屋，郑春水跟郑春礼打过招呼，趴到桌子上用鼻子嗅了嗅，说：“二大娘，我还没吃饭呢，做啥好吃的啦？”

王金岫摸了摸郑春水的头，说：“高粱米水饭，大白菜炖豆腐，小葱蘸大酱。”

“都是我爱吃的。”郑春水说完骗腿上了炕。

郑春礼本打算下晌去趟大仁屯，没想到郑满仓回来了，他把行李朝炕里推了推，说：“爹回来得正好，我明天去南方念大学，怕是一时半会儿地不能回来了。”

郑满仓瞅了瞅郑春礼，以为自己听错了，追问了一句：“你是说要去南方念书？”

回毅媳妇笑着说：“春礼兄弟明天要去上海了。”

郑满仓把刚端起来的饭碗又放下了：“翅膀硬了是不？”

王金岫听男人的话里带着气，说：“你也不是不知道，日本人把咱这地界儿占了，书还能念下去吗？”

郑满仓不满地瞥了妻子一眼，说：“不行上奉天他大哥那不一样念书吗，干啥非隔山跨海地去那么远的地方？”

王金岫拿出当年自己从老家带出来，多年一直没有用过的藤条箱子，说：“小日本在东北搞奴化教育，想让咱当亡国奴，上奉天跟在这还不是一样吗？”

其实郑满仓是从心里不愿意让儿子走：“这么大个东三省人海了去了，当不当亡国奴也不是咱们一家。再说，跑那么老远，人生地不熟，两眼一抹黑，遇上点事找谁去。让我说，咱哪儿也不去，死活一家人在一块。”

“孩子大了，老守着爹妈有啥出息。”王金岫也不愿意儿子走，可她觉得儿子既然想去南方念书，倒是个好事。

郑满仓装上一锅子烟，吧嗒吧嗒抽了两口，实在找不出阻拦的理由，只好摆出当爹的架势：“看来我的话白说呗。”

郑春礼拉着郑满仓的手，晃动着说：“爹，我出去也历练历练。”

郑满仓看这架势，知道再说什么也没用了，无奈地叹了口气：“唉，儿子养大了，跟小鸟似的，一个一个地都飞走了。”话未说完，眼圈已经红了。

太阳刚一露头，王金岫就起来了，她烙了一锅黏火勺，打算让郑春礼带着在路上吃，又煮了几个鸡蛋放到儿子的书包里，回毅媳妇也早早地起来，把郑春礼要带的藤条箱子重新归拢了一遍。郑春礼几乎一夜没合眼。洗了一把脸，从屋里出来，见院子里一只老母鸡带着几个小鸡崽在找食吃，对家乡充满了留恋。他在这里度过了无忧无虑的童年和少年时光。至今他还清楚地记得，那个私塾先生给他讲梁山好汉的故事时，胡子一翘一翘的样子。想起夏天他和二哥在老桃树下写作业，娘给他们扇扇子，更是让他陡生了许多离别的伤感。如今就要走了，他暗下决心，为了天下的劳苦大众，不管前面是惊涛骇浪还是刀山火海，都将义无反顾地走下去。吃过饭，送他的同学来了。他背上书包，手里拎着一个包袱，与郑满仓、王金岫、回毅媳妇依依惜别。

“爹、娘，我走了。”

郑满仓在鞋底上磕了磕烟袋，不忘叮嘱说：“你学完了就回来，你娘从小就疼你，你可别一走就把家忘了。”

“爹，看你说的，放心吧，毕了业我就回来。”

王金岫拉着儿子的手嘱咐道：“记着，到了外边，就是自己一个人了，要学会自己照顾自己，时间长了给家里写封信。”

郑春礼扑到王金岫的怀里：“娘，你放心吧，到了地方我就给你们写信。”

王金岫催促道：“时候不早了，走吧。”

出了院子，郑春礼回身跪倒在地：“爹、娘，保重身体。”说完给郑满仓和王金岫磕了个头，站起身，背上包袱，与送他的同学上了大路。走出挺远，回头见王金岫、郑满仓仍在冲他挥手，眼泪再也止不住了，扑扑簌簌地从脸颊上滚落下来。

第三十七章

一九三一年秋，经过关明杰大半年严格正规的训练，郑春义和胡进手下的百十号人个个生龙活虎，从一群乌合之众成为一支纪律严明、能够拉得出去打得响的不亚于正规部队的地方武装了。这大大出乎郑春义和胡进的意料。由此，郑春义对拿下黑风山有了十足的信心。胡进更是摩拳擦掌，认为攻打黑风山不在话下。上次偷袭黑风山受挫，他心里一直就窝着一股火，这次他想灭了老山豹，出这口窝囊气。于是几个人坐下来商议攻打黑风山的计划，没想到作战经验丰富，一向胆大心细的关明杰给两个人泼了一盆冷水，认为打仗非同儿戏，在没有弄清对方虚实的情况下就贸然行动，缺少胜算的把握。那么，派谁去寨子里打探老山豹的布防让郑春义和胡进犯了难。想来想去，郑春义猛然想起武功过人的韩吉庆，决定去奉天请他来去黑风寨摸摸老山豹的底细，助一臂之力。不料这时九一八事变爆发了，东三省沦陷，黑山县城一夜之间也成了日本人的天下。关明杰跟关东军打过交道，知道他们对我东北三省一直垂涎欲滴，想不到这么快就真的动手了，这令他痛心疾首，他下决心率领这支队伍抗日图存。他把自己的想法同郑春义和胡进说了，没想到与两个人不谋而合。

十月底的一天上午，门口站岗的哨兵进来，身后跟着一个人："大队长，关教官，王财来了。"

几个人见王财衣衫不整，脸上抹得黑一块白一块，不知道发生了什么事情。郑春义正要问，王财扑在关明杰身上哇哇大哭起来。

关明杰知道自己手下的这些弟兄都是铁打的汉子，死都不怕，绝不会轻易掉眼泪。他吃惊地看着王财："出啥事啦？"

过了好一会儿，王财才渐渐地平静下来，他抹了一把泪水，说："团长，一个多月前，北大营被日本鬼子给端了，好多弟兄睡着觉就被小日本鬼子用刺刀给挑了，太惨了。我们想操家伙跟小鬼子干，可当官的不让打啊，从东山嘴子撤退后，队伍去了锦州。我半道上开了小差，回家躲了起来。后来我想，不会再有人来找我了，就装扮成要饭的找你来了。"

说完王财跪在关明杰的脚下："团长，你领着我们跟狗日的日本鬼子干吧，为我们那些死去的弟兄报仇！"

关明杰听了也是悲愤难抑，伸手将王财扶起来："好吧，你就留在这里吧。"

郑春义上前拍了拍王财的肩膀："你过去给关团长当传令兵，从现在开始给关团长当勤务兵吧。"

"只要能打鬼子，让我干啥都行。"

郑春义抽出盒子枪啪地放到桌子上："咱们不能让小日本在咱的地盘上胡作非为！打他个狗日的！"

胡进一直没有吭声，好半天他挠着脑袋对郑春义道："攻打黑风山无所谓，咱们要打鬼子得有个旗号才是。"

关明杰听了，考虑了考虑对胡进道：“你说得对，名不正则言不顺。”

郑春义在地上转了一圈合计了合计，说：“叫木浒寨抗日大队怎么样？”

关明杰摇摇头。胡进低着头琢磨了一会儿，对关明杰道：“关团长，你看叫‘辽西抗日支队’行不？”

关明杰沉吟片刻，点点头说：“我看行，咱们今后要经常在辽西一带活动，离不开辽西百姓的支持。”

郑春义一拍桌子：“那就这么定了，从今往后，咱就打着辽西抗日支队的旗号给这帮东洋畜生点颜色看看！”

一进入十一月，天就一天比一天冷了。上午，郑春义和关明杰、胡进几个人在议事厅坐下来，商议如何打鬼子，可说来说去谁也拿不出什么好主意来。

年底的一天，胡进的二舅出去买菜回来说，经过南满铁路时，看到几个从地里干活回来的农民无缘无故地被鬼子的装甲轧道车开枪打死了。郑春义听了一拳砸在桌子上，说：“我扒了他的铁路，看他还敢耀武扬威不。”

胡进也挥舞着拳头，“对，扒他的铁路。”郑春义思索了一会儿，看着关明杰说：“我在张海寨子里的时候，和胡进劫过小鬼子运送军需物资的火车。”

“你打算在什么地方下手？”关明杰问。

“我想还在上次我们劫车的地方。”

“好，明天咱们一块去看看。”

天刚放亮，郑春义、胡进、关明杰带着王财和几个士兵就骑马来到了大草甸子。关明杰认真观察了一番周围的地形后，勒转马头对郑春义说：“这次扒他的铁路可跟上次劫车不一样。”

郑春义看着从远处伸展过来的铁轨发出一闪一闪的光亮，说：“是啊，一两个人上去不顶事，人多了，时间一长还容易被发现。”

胡进用马鞭子抽打着路边枯黄的芦苇，说：“小鬼子有轧道铁甲车开道，沿线还有流动巡逻队，上去的人多了一旦被发现，不好往回撤。”

“关团长有什么办法？”郑春义想听听关明杰有什么打算。

这时一列火车鸣着汽笛从远处隆隆地驶来，前头照旧是一辆铁甲轧道车，上面的炮筒在左右不停地转动着。几个人打马进了草甸子。

待机车驶过后，关明杰思考了一会儿，对郑春义和胡进说：“你们看这样好不好，夜里我们带两个分队过来，一个分队扒路轨，一个分队负责警戒。白天的时候让王财带着人计算一下每趟车间隔的时间，我们赶在下一趟火车来之前，能扒多少是多少。”

“如果一旦被小鬼子发现，怎么办？”郑春义跟着关明杰在一块摸爬滚打，想问题也越来越周密了。

关明杰考虑了一会儿，说：“一旦暴露目标，集中所有火力掩护上去的人撤下来，我想夜里小鬼子在不知道我们底细的情况下是不敢贸然下来的。”

“我看，这回够小鬼子喝一壶的了。”胡进捋下一根苇叶在嘴里嚼了嚼，吐在地上说。

第二天晚上，按照计划，郑春义和关明杰带着两个分队的士兵进了大草甸子。关明杰将一分队长张鲁和二分队长刘铭叫到跟前，指了指前面的铁道说：“今天晚上的任务是扒掉前面的那段路轨，一分队扒路基，二分队掩护，明白吗？”

张鲁和刘铭立正道："明白！"

郑春义在一旁补充说："这趟线上大约一个小时有一辆机车通过，一分队利用这段间隙能扒多少是多少，动作要快。"

关明杰对刘铭说："我们上去的人一旦被鬼子的轧道车发现，你一定要压制住鬼子的火力，让一分队的人撤下来。"

待一切布置完毕，关明杰挥了挥手："开始准备吧。"

一分队的士兵从马上解下镐头，二分队的士兵沿着铁轨的弯道在草甸子里一字排开。入夜后，万籁俱寂，过了有一个时辰，一束灯光由远而近，一辆鬼子的铁甲轧道车轰隆隆地开了过来，后面是一辆长长的货车。待铁甲轧道车和货车消失后，郑春义带着一分队的士兵从草甸子里蹿出来，上了路基。借着星光，士兵们将路基上的石头很快掏空了。这时几只手电筒的光亮由远而近。郑春义一看是鬼子的巡逻队，低声道："卧倒。"士兵们在路基两侧迅速地散开，趴在地上。

巡逻的日军用手电筒向两旁扫来扫去。突然，走在前面的一个日本兵发现了被掏空的一根枕木，停下来叽里呱啦地大声喊叫起来。后面的几个鬼子过来，用手电筒一照，发现好几根枕木下面都被掏空了。他们站起来，从身上摘下枪，用手电筒朝四下照着搜索开来。突然，一个鬼子发现了趴在地上的一个士兵，大叫一声："八嘎！"随即扣动了扳机。"啪——"清脆的枪声，在寂静的夜空中十分刺耳。那个士兵的肩膀被打中，血流了一地。

郑春义从地上一跃而起，大喊一声："弟兄们，上！"

士兵们拎着镐头，从地上爬起来，不顾一切地向鬼子扑了过去！

郑春义施展开查拳的功夫，脚尖一点地，转到一个鬼子的后面，举起镐头，朝这个鬼子的后脑勺砸去。"咣当"一声，这个鬼子的钢盔被砸扁了，身子一歪倒在了地上。边上的一个鬼子大叫一声，端起上了刺刀的步枪直刺过来，郑春义闪身躲过，从腰里抽出枪来，“啪”地一枪，正中这个鬼子的小肚子。鬼子“哇呀”一声蹲下去，起不来了。

这时关明杰和刘铭带着人上来了，郑春义大喊一声：“弟兄们，撤！”关明杰带着人向几个鬼子开枪射击。这时，远处传来铁甲车的轰鸣声，关明杰带着士兵们撤了下去。

士兵们刚撤到大草甸子里。鬼子的铁甲轧道车便隆隆地开了过来。车里的鬼子没想到路基已经被掏空，拐过弯来车身猛地震动了一下，歪斜在路基上停了下来。车上的炮筒随即吐出一串串的火舌。士兵们趴在草甸子里一动不动。这时后面装满木材的机车轰隆隆开了过来。转过弯来，司机发现轧道车斜着停在路基上，立刻紧急刹车，但巨大的惯性还是让货车撞在轧道车上，一声巨响过后，货车也停了下来。

郑春义和关明杰带领士兵趁机翻身上马，带上伤员离开大草甸子，很快便消失在漆黑的夜色之中了。

回到木浒寨天已经大亮了。胡进查点了一下，除了两个人受了轻伤，其他的人毫发无损。

转过年来，郑春义带着人又多次在夜间扒路基，袭扰日军的巡逻队，驻黑山的日本宪兵队多次悬赏捉拿抗日分子，一无所获。宪兵队长宫崎气得暴跳如雷，却无计可施。

第三十八章

一九三二年四月，经南京国民政府同意，郑春仁把租用的机车和油罐车退还给苏联方面，并结清了全部账务。但他一点也没感到轻松，不知道接下来该做什么，他发电报给郑春江也没有得到任何答复，只是告诉他南京的国民党部队正在对苏区进行“围剿”，让他再等等看。一大早郑春仁出门想去公司，刘振清慌慌张张地一头闯进院子，差一点跟他撞了个满怀。

“怎么了，振清哥？急三火四的。”

刘振清拉着郑春仁的手，前言不搭后语地说：“快，救救我爸爸！”

“老人家怎么啦？”

刘振清急得说话有些结巴：“嗨，别提了，我爸他，他，他昨天半夜被日本人和警察给抓走了。”

郑春仁听了吓了一跳，急忙问：“他们为什么抓你爸爸？”

刘振清一脸惶恐地说：“谁知道咋回事，半夜里正睡着觉呢，突然闯进来一伙日本兵和几个警察，二话没说，就把我爸爸绑上带走了。”

停了一下，刘振清拍了拍脑袋，说：“哦，我想起来了，说他是什么经济犯。”

郑春仁听了不明就里：“你先别着急，我马上让吉庆打听一下，看到底是咋回事。”

刘振清擦了擦头上的汗：“春仁，你一定帮我想想办法，要是我爸出点啥事，这个家就完了。”

郑春仁点点头：“你放心吧。”刘振清转身急匆匆地走了。

刘振清前脚出了院门，门房手里拿着一张名帖进来了：“掌柜的，有个姓金的先生要见您。”

郑春仁拿过名帖看了一眼，连忙问：“人在哪儿呢？”

“人在这呢。”随着话音，金殿明已经进了院子。

郑春仁迎上去，一把抱住金殿明，兴奋地大声道：“殿明哥，真是你啊，我天天想你，你这是从哪儿来？”

金殿明两眼一眨不眨地看着郑春仁，说：“我也想你呀！我回来还不到一个星期，今天去沈海站办事，正好打你门口路过，估摸着这会儿你还没走，这不，就急着看你来了。”

郑春仁大喜过望：“这么说，你回来当差了？”

“是啊，你没想到吧，我被任命为南满铁道株式会社奉天铁路局的副局长了。”

“那可太好了，今天晚上我在鹿鸣春给你接风，你把嫂子也带上，咱哥俩得好好聊聊。”

“好哇。”

两个人一块出了院子，金殿明上了一辆停在院门口的黑色轿车走了。郑春仁随后也上了马拉轿车去了公司。

晚上，南市场鹿鸣春饭店一个包间里，郑春仁带着妻子齐玉萍进来，没等坐下，跑堂的拉开门，金殿明就和夫人千代兴高采烈地走了进来。郑春仁拉过齐玉萍："来，介绍你们认识一下，这是你弟妹齐玉萍。"

金殿明一拱手："见过弟妹。"

千代深鞠一躬，用一口流利的带有辽南地方口音的汉语道："妹妹好。"

金殿明拉过千代："这是你嫂子千代。"

郑春仁和齐玉萍与千代寒暄过后，几个人依次落座。

不大一会儿，菜上齐了。郑春仁举起酒杯对金殿明说："咱哥俩一别七年，我天天念叨你，盼望着早一天与你见面，今天你我在这里重逢，来，干一杯！"

放下酒杯，金殿明说："听我爸爸说，你的生意做得不错，看来你当初的抱负终于实现了。"

"还不多亏了你。"

金殿明一笑："跟我有什么关系，我在日本也没帮上你什么忙。"

"殿明哥，要不是你写信告诉我去找徐明，我这买卖恐怕也做不起来。"

"这都是你自己的本事，一回来我爸爸就夸你，说你天生就是个做生意的料。"

"承蒙金叔叔夸奖，可我毕竟年轻，这几年幸亏有徐老伯和刘老伯的用心帮衬，生意还算过得去。就是日本人总是在背后做手脚，不是杀人劫财，就是派人刺杀我，要不是吉庆救了我，我也许就见不到你了。"

金殿明想起在日本读书时被黑龙会的人绑架的往事，愤然道："日本人向来心如蛇蝎，去年我在东京铁道株式会社知道日本关东军把东三省给占了。唉，咱们太羸弱了，让小日本钻了空子。”

“是啊，日本一个弹丸岛国，于我泱泱大国竟如入无人之境，横冲直撞。”

金殿明长长叹了一口气，说：“落后就要挨打，贫困就受人欺辱。”

郑春仁想起自己的伙计惨死在日本人的手下，神情悲愤地说：“国土沦丧令人痛心，大丈夫应当为国家尽一份力啊！”

“你有什么打算？”

“我听说义勇军已经在抗击倭寇了。我打算拿出些钱来暗中资助他们。”

“好啊。”说到这儿，金殿明突然想起了什么，问郑春仁：“今天早晨，我看见从你家出来的那个人好像是刘振清。”

郑春仁点点头：“这么说，你还记得在日本我们救的那个年轻人？”

“怎么能不记得，那几天你一直在医院陪着他，老是把我一个人扔在家里。我看他今天急三火四的样子，是不是有事找你？”

“他爸爸昨天半夜三更被日本人和警察抓走了，说是什么经济犯。”

“原来是这样。”

“你回来的正好，明天你去找奉天警察署的人问问，看到底是怎么回事。如果需要花钱打点，你告诉我，不管想什么办法，一定尽快把人救出来。他爸爸那么大一把年纪了，禁不住折腾，万一有个三长两短的，刘振清一家就毁了。”

“好吧，明天我抽空去趟警察署。”

说完金殿明端起酒杯，回想起在东京跟郑春仁一块留学的日日夜夜，动情地说：“春仁，今天晚上我觉得像是又回到了东京，重新找回了已经逝去的岁月。”

金殿明的一番话，也让郑春仁想起两个人在樱花盛开的时候坐在树下仰望夜空，数着星星畅想未来的一幕幕往事："你我重逢，让我想起来古人的一首词：从别后，忆相逢，几回魂梦与君同？犹恐相逢是梦中。"

"是啊，人生就像一场梦。来，春仁，咱俩一块干一个！"

酒杯碰在一起，两个人的眼睛不觉湿润了。

第二天晚上，郑春仁回到家里吃过饭，随手翻开当天的《盛京时报》，才看了一眼，门房敲门进来说："掌柜的，金局长来了。"

下午金殿明专门去了趟警察署，下了班便急急忙忙地赶来了。不待金殿明落座，郑春仁就急着问："打听明白没有，为什么抓刘老爷子？刘振清急得嗓子都哑了。"

"我已经找过警察署，管这个案子的一个署长说，刘老板是因为私自贩运粮食才被抓进去的。"

郑春仁十分诧异："刘老板一直做粮食生意，怎么能说是私自贩运？"

金殿明喝了一口水，说："日本人在长春成立了'满洲国'，'经济部'刚刚颁布了新规，今后不经批准，任何人不准私自贩运粮食，否则一律按经济犯论处，轻者坐牢，重者杀头。"

郑春仁焦急地说："那这事不是闹大了吗？"

"警察署已经提审了几次，刘老板一口咬定说自己贩运了几十年的粮食，不知道有这个规定。日本人知道刘老板在奉天很有名气，而且'满洲国'的这一规定又是刚刚颁布，也不好轻易对刘老板下手，如果花点钱打点打点，我估计人就能放出来。"

"钱的事你不用管，花多少钱你说个数就行。"

金殿明点点头："我问清楚了，管这个案子的警察署长是个中国人，只是警务科的警长是日本人，据说日俄战争期间就到中国来了，是个十足的中国通，他要是不同意，这事就难办了。”

郑春仁琢磨了一会儿，说：“你想办法把那个署长打点明白了，这个日本警长我让吉庆来对付。”

郑春仁拿过一张银票交给金殿明，说：“殿明哥，这是五百大洋，要是不够的话，你再来找我。”

“你等我的信。”金殿明揣上银票便急匆匆地走了。

已经过了饭口，奉天北市场老边饺子馆只剩下了稀稀落落不多的几个客人。靠里边的一张桌子边上坐着一个三十多岁的中年男人。这人一张瓜子脸，高鼻梁，薄嘴唇，穿一件蓝绸子长袍，眉宇间透出一种精明练达和油滑。他叫吴竞鸣，是北市场鸿运茶社的老板，他显然是在等什么人，桌子上的烟缸里烟蒂已经堆得冒了尖，地上扔了一地的瓜子皮。他不时朝门口张望两眼，看样子早已等得不耐烦了。

这时，一个五短身材的警察急匆匆地走进来，紧倒腾了两步，来到吴竞鸣面前连连拱手：“实在对不起，让吴老板久等了。”

吴竞鸣带着几分嗔怪道：“我说孙明乾，你怎么磨磨蹭蹭地才来，都快急死我了。”

孙明乾摘下帽子，掏出手绢擦了擦额头上的汗，说：“你急啥，好饭不怕晚，该着你吴老板发大财了。”

吴竞鸣一听，立刻来了精神头儿，伸长了脖子：“真的吗？”

孙明乾坐下说：“这事我还能忽悠你，你恐怕做梦也没想到你姐夫这回能就任满洲国经济部大臣吧？”

吴竞鸣摇着头说：“我姐写信说，我姐夫当了满洲国的经济部大臣，我还以为是哄着老太太高兴呢。”

“这回你姐夫是半夜三更放大炮——一鸣惊人了。”

吴竞鸣打断他的话：“行了，别绕圈子了，他当他的大臣，我开我的茶社，跟我八竿子打不着的事，说他干啥。”

孙明乾撇了撇嘴道：“你看，你看，这你就二五眼了吧，你没听说有那么一句话，叫一人得道，鸡犬升天吗。咱俩是多年的朋友，我是看你开个破茶社，一年到头也赚不了几个钱，不是想帮帮你吗？”

吴竞鸣不耐烦地挥了挥手：“行了，行了，快说正事吧。”

孙明乾朝吴竞鸣跟前伸了伸短粗的脖子，神秘兮兮地说：“你知道日本人为啥抓那个刘老板？”

吴竞鸣摇了摇头：“日本人的事，我哪知道。”

孙明乾带着几分炫耀道：“我问明白了，他私自贩运粮食，被日本人给查出来了。”

吴竞鸣心想，我等了你半天，净说些没用的，他没好气地说：“人家从黑龙江往关内贩运粮食也不是一天半天了。”

孙明乾摇头晃脑地说：“恐怕你还不知道吧，刚刚成立的满洲国制定并颁布了新的规定，今后粮食一律实行强制统一购销，不准私人贩运，否则就按经济犯论处，轻者坐牢，重者杀头。”

吴竞鸣越听越糊涂：“你小子让我在这等你，搭了我半天工夫，绕来绕去，不就是那个刘老板该杀吗？可他是死是活跟我有啥关系。”

孙明乾故作神秘地笑了笑：“瞅你那个熊色，急啥。昨个下午过完堂，我送那个刘老板回牢房的路上，他跟我说不想干了，我问他咋不想干了呢，他说今后没有满洲国的审批文本，就是私自贩运粮食，可日本人要的那些文本他办不下来。”

“什么审批文本？”

孙明乾一想到日后借吴竞鸣的光就可以发大财了，神色贪婪地说：“你知道吗？从今往后，凡是贩运粮食必须要有满洲国经济部和铁路局的批准文本才行。我一合计，你姐夫是经济部的大臣，县官不如现管，只要他大笔一挥，还不小菜一碟，你干吗守着个茶社混饭吃，贩运粮食可是赚大钱的买卖。”

吴竞鸣一琢磨可也是，不禁喜形于色地说：“那我就去趟长春，找我姐夫问问，看净要哪些批文。”

孙明乾有意讨好说：“我留了个心眼，这两天没让那个刘老板受委屈，你要是把审批文本拿到手，我带你去找刘老板，让他看在我的面子上，把贩运粮食的生意让给你做，你小子不就发了吗。”

吴竞鸣竖起大拇指道：“行，够意思，这才叫朋友呢，你放心，等我赚了钱，绝不会忘了你。”

“依我看，赶早不赶晚。”

“你说得对，我这就去买车票，你等我的信。”说完吴竞鸣把抽剩下的半截烟头扔在地上，急匆匆地走了。

孙明乾抓起桌子上的帽子，心说：真他妈抠门，我这都饿得前胸贴后背了，也不说请我吃点饺子。

傍晚，小河沿公园里空荡荡的，见不到几个游人，到处是衰草败叶。洪柳挽着韩吉庆的胳膊，沿着河边的甬道一边走，一边轻声交谈：

“吉庆，你知道这里什么时候最美吗？”

“我还是第一次来这里。”

洪柳莞尔一笑，说：“每年夏季荷花初绽的时候，这里的景色最为宜人，多少年来一直是人们避暑、游览、垂钓的胜地。‘万泉垂钓’是奉天八景之一，吸引了不知多少文人墨客、官僚商贾到这里泛舟游弋，赏荷赋诗。”

韩吉庆举目向四周看了看，说：“可现在这么大的园子里没几个人，冷冷清清。”

“倭寇不除，民无宁日啊。”洪柳叹息道。

韩吉庆攥紧了拳头：“山河破碎，大丈夫当杀敌报国！”

洪柳扭过头去看着韩吉庆：“你是不是特恨日本鬼子？”

韩吉庆望着远处的河水：“我恨不得一夜之间把这帮强盗一个不剩地赶出去。”

洪柳沉默了半晌，问：“你听说过共产党吗？”

韩吉庆看着岸边一排排吐出新绿的垂柳，说：“共产党在南方发动农民打土豪、分田地，建立了苏维埃政权，我多少知道一些。”

“你愿意参加共产党抗日打鬼子吗？”

“千里迢迢，隔山跨水的，我就是想去也去不了啊。”

洪柳冲着韩吉庆会心一笑：“你看，远在天边，近在眼前。”

韩吉庆凝视着眼前端庄秀气的姑娘，一脸惊讶：“真没看出来，你是共产党？”

“怎么，看我不像？”

韩吉庆踢开脚下的几块碎石，目不转睛地盯着洪柳，说：“我说你不但人好，咋还有那么大的本事。一个女孩子，骑马、打枪样样都行，还懂得那么多道理。”

这时，两个喝得醉醺醺的日本兵歪歪斜斜地走了过来。洪柳依偎着韩吉庆说：“你知道清朝诗人廖润绂是怎样在《陪京杂述》盛赞‘万泉垂钓’

的吗？”

韩吉庆从树上折下一根枝条，摇动了几下：“不知道。”洪柳随口吟道：“泉流不择地，掘地皆清泉，偶为河上游，泉脉来涓涓。”

见两个日本兵走远了，洪柳仰起脸看着韩吉庆，说：“你有一身的功夫，为人正直，疾恶如仇，我希望你能加入共产党抗日救国。”

韩吉庆沉默了一会儿，问：“加入你们组织需要什么条件？”

洪柳扬起眉毛，说：“明天我给你拿几本中共满洲省委印刷出版的《满洲工人》和《满洲红旗》杂志，有时间你好好看一看，那里面有我们党反对日本侵略，消灭剥削压迫，救亡图存的主张。”

“好哇。”

“你如果要加入党组织，还要做好迎接各种考验的准备。”洪柳面色严峻地说。

韩吉庆拍了拍胸脯：“如果你们相信我，我愿意为抗日出力。”

洪柳看着从水面上一点点升腾起来的暮霭，道：“我听说郑老板的弟弟在黑山拉起了一支队伍？”

“是，他一心要灭了土匪老山豹为他娘报仇，一年前还劫法场救了东北军的一个副团长做教官。”

“你可以利用你跟郑春仁把兄弟的特殊关系，动员他抗日打鬼子。”

韩吉庆考虑了考虑，说：“我想没问题。我听说九一八事变后，他已经多次带人袭扰南满铁路线上的日本巡逻队，破坏日本人的铁路。”

洪柳停了下来，深情地看着韩吉庆，将身子向他靠了靠，韩吉庆却轻轻地将她推开了。

洪柳漂亮的眸子里充满了不解和淡淡的嗔怨，轻声问：“吉庆，我哪不好，你真的不喜欢我吗？”

韩吉庆注视着暮色中渐渐暗淡下去的湖水，摆了摆手：“你是个好姑娘。”

洪柳愈发不解地问：“那你为什么老是躲着我？你知道吗，从第一次见到你，我就喜欢上了你，难道你就一点也没有觉察吗？”

韩吉庆没有说话，慢慢地向前走去，看着湖面上仅有的一缕亮色慢慢地褪去了，扭过头去对洪柳说：“咱们回去吧。”

两个默默地从公园里出来，拐过一条街，洪柳跟韩吉庆道别走了，韩吉庆想去送送她，走了两步又站住了，心中充满了歉疚。

天黑后，韩吉庆来到郑春仁的家里，跟门房打过招呼便径直来到上房，推门进去，见郑春仁正在等他：“大哥，这么晚了，找我有什么急事吗？”

郑春仁给韩吉庆倒了一杯水，说：“金局长已经问明白了，刘振清的爸爸被抓是日本人说他没有合法的手续，是私自贩运粮食。”

韩吉庆被弄糊涂了：“刘老板做了这么多年的粮食生意，怎么会没有手续。”

“新成立的‘满洲国’颁布了规定，从现在开始，不经批准，一律不准私自贩运粮食，否则按经济犯论处。”

“那怎么办？”

“金局长已经找过警察署的署长了，他说可以放人，但难对付的是警务科的那个日本警长川岛。他不但能说一口流利的汉语，对中国的人情世故也了如指掌，他要是不点头，人还是放不出来。”

韩吉庆琢磨了琢磨：“好吧，把他交给我，我想办法让他尽快放人。”

“好，你一定要多加小心。”

韩吉庆见没有别的事，遂起身告辞。

警察署警务科的日本警长川岛一郎下了班，从警察署出来，一边哼着日本小调，一边朝家里走。韩吉庆在后面远远跟着。

见川岛一郎进了家门，韩吉庆跳过院墙，飞身上了房，探身从窗户里向里观瞧。见那个警长进了屋，一个漂亮的中国女人摆上饭菜，两个人开始吃饭。那个女人给川岛一郎碗里夹了一块肉，娇滴滴地说："这些日子光忙你那点事了，好几天没陪我打八圈了。今天晚上我请了两个人过来，你陪我好好玩玩，啊——"

川岛一郎不住地点头："好，好，听你的。"

那个漂亮女人用手指头轻轻戳了一下川岛一郎的脑门："这些日子天天半夜回来，扔下我一个人，你可真狠心。"

川岛一郎嘴里嚼着饭，说："提审那个刘老板，我也没办法。"

吃过饭，两个人放下碗筷，川岛一郎打开了桌子上的留声机，里面传出一个女人浪声浪气唱歌的声音。川岛一郎跷起二郎腿，闭上眼睛正听得津津有味，两个打扮得妖里妖气、身穿和服的女人从外面进来了。

警长的太太正在洗碗，忙放下手里的活在围裙上擦了擦手，嗲声嗲气地冲着一个身材苗条，长着一双大眼睛，面色白皙的女人道："呦，署长夫人大驾光临，快请。"

那个女人咯咯一笑，故作嗔怪地说："去你的，一点正经的没有。"

川岛一郎走过去，一把拉过那个女人："你怎么来啦？"

那个女人打量着川岛一郎，娇滴滴地说："怎么，想我啦？"

"是啊。"

趴在房顶上的韩吉庆有些莫名其妙。心说，什么乱七八糟的，这都哪跟哪啊？

川岛一郎看了一眼自己的女人："我以为你请的谁呢？好！"说完一脸

淫笑，用手在那个女人的脸蛋上捏了一把："来，咱们先打他八圈。"于是四个人分头坐下，打起了麻将。

玩了一会儿，跟署长夫人一块进来的那个女人起身道："对不起，我肚子不舒服，失陪了。"说完捂着肚子走了。

川岛一郎见屋里就剩下自己的太太，便走到那个被称作署长夫人的女人身边，伸手把她抱了起来。

"没见你这么猴急的，好，我给你们让地方。"说完警长太太扭搭扭搭地出去了。川岛关上门，转过身来抱着这个女人进了边上的一间卧室。

韩吉庆从房上下来，用手推开虚掩的房门，轻手轻脚地进到客厅里，只听桌子上的留声机里仍在播放着日本歌曲，便闪身来在卧室的门口侧耳听了听，里面传出女人的声音："你们日本人都这德行吗，上司的女人也敢调戏。"

只听川岛一郎说："那天在窑子里是我先看上了你，要不是被那个老家伙相中了，你可就是我的姨太太了。"

那个女人浪声浪气地笑起来："现在也不晚啊。"

韩吉庆推开房门，正抱着那个女人在亲热的川岛一郎一抬头，见面前站着一个陌生的漂亮小伙，吓了一跳，他放开那个女人，恶狠狠地问道："你是谁，怎么进来的？"

韩吉庆掏出绳子："你先别问我是谁，你俩现在就这么光着屁股跟我走一趟，去见你的上司怎么样？让他看看你干的好事。"

川岛一郎怒不可遏："八嘎！"随即挥起拳头朝韩吉庆的面门砸了过来。韩吉庆一侧身，随手一个海底捞月，手掌在那个警长的下身拍了一下，疼得这个警长"啊呀"一声，咕咚倒在地上，捂着小肚子哇哇大叫起来。一旁的女人早已吓得浑身筛糠，抓起和服遮着身子，抖作一团。

韩吉庆用绳子将川岛一郎捆了起来："我问你，你是不是警务科的警长川岛一郎？"

川岛一郎翻了翻眼皮："是又怎么样。你是什么人？"

韩吉庆沉下脸道："我是什么人并不重要，你胆大包天，竟敢玩弄你上司的女人，这事要是让你们头儿知道了，能饶得了你吗。"

川岛一郎直勾勾地盯着韩吉庆："年轻人，你弄错了，他不是我们署长的太太。"

韩吉庆一愣："哦，那她是谁？"

"我的太太在日本，熬不住，我就找了个中国女人，我的这个中国太太跟北市场窑子里的老鸨子是要好的姐妹，那天老鸨子来我家打麻将，说有一个新来的姑娘很漂亮。"他用嘴朝边上的女人努了努，"就是她。第二天为了讨好上司，我就带着那个老家伙去了北市场。到那一看，这个姑娘果然容貌出众，还会弹琴说书，我便相中了这个女人。可我一看，那个老家伙也喜欢这个女人，哪敢与他争风吃醋，就给了老鸨子一笔钱，把这个女人从窑子里赎了出来，给了署长。"

韩吉庆问那个浑身发抖的女人："他说的是不是实话？"

那个女人不住地点头："是这么回事。"

川岛一郎见事已至此，索性把事情都挑明了："年轻人，说实话，其实署长并不在乎我跟这个女人偷鸡摸狗。"

韩吉庆拍了拍川岛一郎的肩膀："也好，那明天一早我就牵着你俩在大街上光着屁股走一圈。"

川岛一郎见眼前的小伙子是有备而来，问："年轻人，你有什么要求，不妨直说。"

"你必须答应我一件事。"

“能办到的我会答应你的。”

“你马上把那个贩运粮食的刘老板放了。”

川岛一郎考虑了一会儿，说：“好吧，我们已经调查过了，这个刘老板并不清楚满洲国刚刚颁布的规定，明天就可以让他回家。”

韩吉庆盯着川岛：“到时候要是见不到人，我可饶不了你。”说着一甩手，三支飞镖同时飞出，把房顶吊灯上的三个灯泡打了个稀碎，川岛一郎吓得浑身一哆嗦。韩吉庆解开他身上的绳子，打开房门，从屋子里出来，飞身跳过院墙，眨眼之间便消失在了浓浓的夜色之中。

郑春仁因为惦记刘振清父亲的官司，没有回家，就在公司睡了。早晨起来，独自站在窗前，看着远处货场上一辆辆机车进进出出，心里像压着一块沉甸甸的石头。他暗暗问自己：公司难道就这么垮了吗？

这时韩吉庆推门进来了。郑春仁忙迎上去，问：“怎么样？那个警长同意放人了吗？”

韩吉庆脱了风衣坐到沙发上，说：“昨晚这小子光着屁股跟一个窑姐在胡扯，被我给逮了个正着，他答应立刻放人。”

“好，等刘振清的爸爸出来，让他好好谢谢你。”

“谢就不用了。”

说着韩吉庆走到窗前，望着货场上纵横交织的铁轨，焦急地说：“大哥，一晃大半年了，咱们这么拖下去不是个事啊，得赶快想个办法。”

郑春仁尽管心里着急，却一筹莫展：“改行做什么我一时还没想好。”

“唉，都是让小鬼子闹的。”

郑春仁打开窗户，外面的汽笛声和火车驶过的隆隆声听了更加让人心烦意乱，韩吉庆伸手把窗户关上了。郑春仁心里乱糟糟的，干脆收拾了一下跟韩吉庆一块下楼，坐上车走了。

回到家里还没来得及脱衣服，刘振清就开门进来了："春仁，我爸爸回来了。"

郑春仁惊喜地抓住刘振清的胳膊："太好了。老人家没事吧。"

刘振清眼眶红了："多亏了你帮忙啊，我娘和我爸爸让我好好谢谢你呢。"

"谢什么，走，去看看老人家。"

两个人来到大东门里刘振清家的四合院，刘振清指了指东屋说："我爸爸和我娘知道你来，指不定多高兴呢。"

刘振清的爸爸面容憔悴，半躺在软榻上在喝茶，见刘振清和郑春仁进来，忙坐了起来："春仁来了。"

郑春仁上前拉着刘振清爸爸的手："怎么样，伯父，没事吧。"

"没事，好在他们没给我用刑。"

郑春仁摘了帽子拿在手里，说："真是万幸。"

刘振清爸爸声音颤抖地说："这次遭此大难，多亏了你出手相救啊。"

"伯父不必客气。"

刘振清的爸爸拿出鼻烟壶吸了几下，打起精神说："你是我们家的恩人啊！那年你在日本救了我儿子，这回又把我这把老骨头从死人堆里捡了回来。"

郑春仁忙摆着手说："您老千万别这么说，当初要不是振清大哥借钱给我，哪能有我的今天。"

刘振清的爸爸听了颔首道："好，既是一家人，就不说客套话了。"

郑春仁将身子往前挪了挪，问："伯父，这次他们为什么抓你？"

"我也是过堂的时候才知道的，往后日本人不但不准任何人贩运大米白面，就连杂粮，要是没有审批文本也不让贩运了。这小日本，真他娘的不是个东西，就因为这点事，关了我十多天。看来这买卖是做不成了，我想好了，你来做吧。”

郑春仁推辞道：“伯父，这可不行，您在家好好将养些日子，手续我去给您办，等您身体恢复过来再说。”

“孩子，你就是把那些个文本帮着我办下来，我也干不动了。在大牢里我考虑再三，这宗买卖你做再合适不过了，你就不要推让了。”

郑春仁看老人一片诚意，过于推辞恐怕会惹老人不高兴，于是说：“伯父要是执意如此，晚辈从命就是了。”

刘振清的爸爸笑了：“这就对了嘛。”

郑春仁听说，九一八事变之后刘振清闲在家里一直无事可做，想到食品厂一直没人管理，说：“伯父，让小鬼子闹腾的，振清的棉麻生意也做不下去了，我在鞍山开了一家食品厂，一直缺个管事的，我想让振清去鞍山，把食品厂那一摊子接过来。”

没等郑春仁把话说完，老人就连连摇头：“那哪行，隔行如隔山，他怕是干不了。”

“振清哥做事稳重，为人正直，我觉得这个食品厂的厂长非他莫属。”

“春仁，你还是找别人吧，我这点本事你也不是不知道。”站在一旁的刘振清心里也没底。

郑春仁拉着刘振清坐到自己身边，诚心诚意地说：“振清哥，能力大小并不重要，我看重的是你的人品。这些年做生意你一是一、二是二，从不偷奸取巧，就凭这一点，肯定没问题。过两天我就带你去鞍山走马上任。”

刘振清见再不好推托，只好答应下来。郑春仁看老人家神色有些疲惫，便起身告辞：“伯父，您老歇着吧，好好调养调养，过两天我再来看您。”

老人一抱拳：“多谢贤侄。”

刘振清和他娘一块送郑春仁出来，老人对郑春仁再三道谢，直到看着郑春仁走远了，才转身和儿子进了院子。

郑春仁决定从刘老爷子那里接手做粮食生意后，心里畅快了许多，起了个大早准备去公司。一出门，一辆黑色轿车停在门口，金殿明从上面下来了。

“殿明哥，怎么这么早就来了。”

“我去奉天驿办事，正好路过你这儿。”

两个人来到上房，没等落座，金殿明便急着问：“刘老爷子回来没有？”

“回来了。”

“这事真还多亏了吉庆，我听说，那个日本警长川岛一郎一句话没有多问就把人放了。”

“是啊，昨天晚上我去看了看老人家，他说不想再干了，打算把生意让给我做。你来得正好，帮我拿个主意。”

“贩运粮食是个赚钱的买卖，老爷子要让你干，你为啥不干？”

郑春仁面露难色：“我听说日本人对粮食贩运卡得非常死，要办很多手续。”

金殿明欠了欠身子，说：“这两天跑老爷子的案子，我把事儿都问明白了。首先，要南京国民政府颁发一个运输许可，然后是满铁奉天铁路局的正式批准文本，最后到‘满洲国’的‘经济部’核准。”

郑春仁眉头紧锁：“这么麻烦。”

金殿明一笑：“对一般人来讲确实不好办，可对你来说并不是什么难事。铁路局你不用担心，有我呢，南京国民政府的人你熟，末了，‘满洲国经济部’就是走个形式而已。”

郑春仁听了沉吟了片刻：“好吧，既然是这样，过两天我跟吉庆去趟南京。”

“你把南京的运输许可拿到手，不出三天，我就能把铁路局的批文给你办利索。”

郑春仁的所有担忧一扫而空，高高兴兴地跟金殿明一块出了院子。见金殿明上车走了，也急忙去了公司。

郑春仁给郑春江发去电报的第二天，便收到了郑春江的回电。让他可即刻动身来宁。走进南京下关那座普通的院子，郑春仁心里不免有些忐忑，他担心国民政府不会轻易答应他的要求。郑春江带着他来到一间会客室，坐下不大一会儿身着中山装的戴钧峒便大步走了进来，他一边伸出手来热情地与郑春仁握手，一边说：“你不来，这两天我也准备让春江找你过来呢。”

“我这次来是有一事相求。”郑春仁愣了一下，先道明了来意。

戴钧峒掏出雪茄烟，抽出一支划火点燃，问：“什么事？”

“我的一个朋友一直做粮食买卖，日本人在长春成立了‘满洲国’后，规定除大米、白面外，杂粮也不得私人贩运，必须有南京国民政府颁发的运输许可，他做不下去了，想把这宗生意让给我做。”

戴钧峒吸了一口雪茄，将烟雾慢慢地吐到空中，说：“你还不知道吧，国民政府不承认‘满洲国’，你的要求我无法满足。”

郑春仁像被人从头浇了一盆冷水，仰起头看着天花板，呆愣愣地半天没有说话，他满心欢喜地来到南京，没想到事情会是这样。郑春仁两眼直勾勾地看着戴钧峒，心想：看来这事泡汤了。戴钧峒并没有理会郑春仁，用力吸了一口烟，说：“我找你来是有新的任务。”

“什么任务？”郑春仁神情木然地问。

“日本人占领了东三省后，张学良已经多次找到委员长，提出要跟日本宣战，打回老家去。委员长始终没有答应，并且已经把张学良的部队派到前线围剿共党的红军去了。”

郑春仁不解地看着戴钧峒，说：“张学良的父亲死在日本人手里，这次日本人占了东三省，又让少帅背上了不抵抗的骂名，我觉得少帅的要求是正当的，委员长这么做没有道理。”

戴钧峒淡然一笑，道：“记得我曾经跟你说过，政治永远是政治，跟做生意是两回事。我看你改行做粮食买卖也不错，你放心，南京方面仍然会给你提供一切方便。”

郑春仁不好再问下去：“那需要我做什么呢？”

“你回去后，要密切注意东北局势的变化，利用贩运粮食的机会，搜集日军的情报。据我们掌握的情况，日本人的野心很大，不会就此罢休，种种迹象表明，日本关东军会有更大的行动，你提供的情报我会直接送到委员长那里，你必须要格外小心。”

郑春仁的心里不觉蒙上了一层阴影，不禁暗自叹了口气，心说：这钱不赚也罢。他木然地点了点：“我尽力吧。”

戴钧峒用力地跟他握了握手，说：“你的工作很出色，我还有事，先走一步。”

看戴钧峒出去了，一直站在旁边的郑春江拉起郑春仁，说：“走，我请你吃西餐，看评弹去。”

郑春仁心绪烦乱地跟着堂哥从院子里出来，回头看了一眼身后两扇紧闭的铁门，不知道为什么再不想跨进这里半步。两个人来到街上，身边那个灯红酒绿的世界竟令他感到有种说不出的厌恶。

从南京回来的第二天，郑春仁吩咐妻子做了几道菜。掌灯后，桌子上酒菜早已摆好，仍不见金殿明的影子。

金殿明接到郑春仁让伙计送来的信儿，本打算早点过去，没想到快下班的时候，接到满铁株式会社发来的电报，让他调度车皮去黑龙江运煤炭，来到郑春仁的家里已经很晚了。一进屋，金殿明便大声道："哈哈，弟妹做什么好吃的了？老远我就闻到香味了。"

齐玉萍一边扯过毛巾擦着手，一边笑着说："有小鸡炖蘑菇、白肉血肠、鲫鱼炖豆腐，今儿个让你尝尝我的手艺。"

金殿明拿起筷子夹起一只鸡大腿，从上面撕下一块肉放到嘴里嚼了嚼："嗯，好吃，弟妹的手艺不错吗。"

郑春仁一伸手："来，殿明哥，坐。"

金殿明坐下问："怎么样，南京那边的运输许可签下来没有？"

郑春仁站起来，摊开双手，说："你搞错了，国民政府不承认'满洲国'。"

"这事弄的，岔劈了。"

"是啊。"

郑春仁重新坐下，神色黯然地说："这次去了事没办成，想不到有了新的任务。"

金殿明一愣，"什么任务？"

"让我借贩运粮食的机会，搜集日本关东军的军事情报。"

金殿明思索了片刻，正色道："这件事非同小可，弄不好，是要掉脑袋的。"

郑春仁苦笑了一下，"那怎么办？"

"这等于是在刀尖上跳舞，一旦事情败露，日本人绝饶不了你。"

"那这生意做还是不做？"

金殿明仰起头考虑了一会儿，说："看来贩运粮食跟南京方面关系不太大，可你毕竟加入了他们的组织，再说他们也答应继续给你提供帮助，依我看走一步看一步吧。给南京方面的情报能应付过去就行了，不必过于认真，大不了说你无能罢了。"

郑春仁听了，也觉得只能这样了："从南京回来后，我打听明白了，只要有你们铁路局的批准文本，就可以去新京'经济部'了。"

金殿明想了想说："铁路局好办，我去跟局长打个招呼，批准文本两三天就可以下来。"郑春仁听了，半年多来脸上第一次露出了笑容。

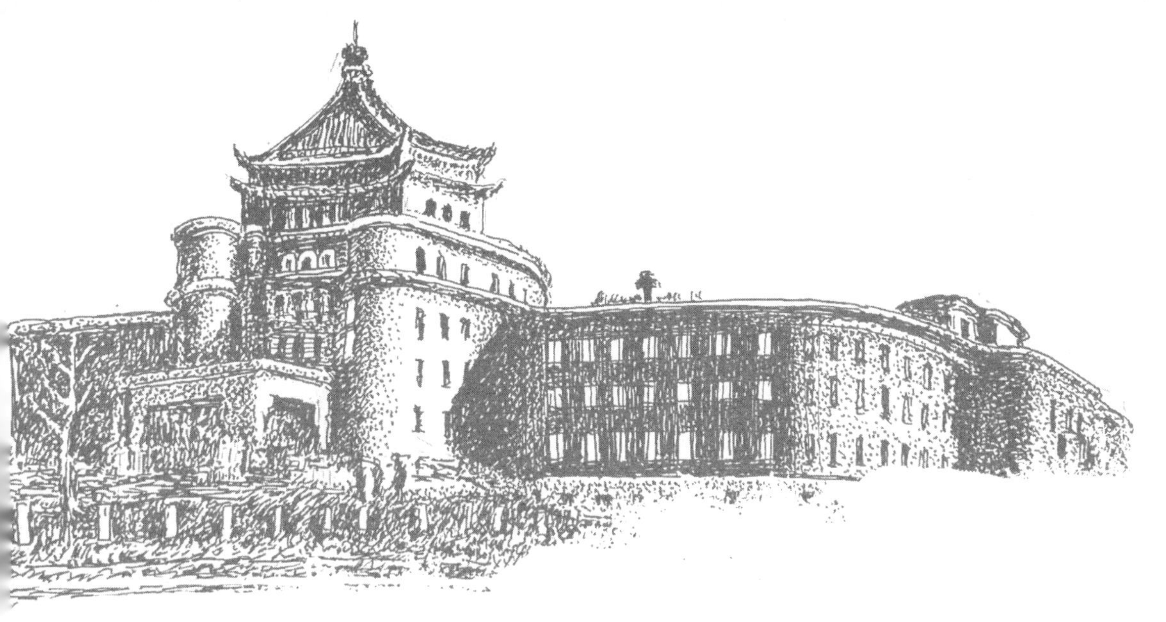

第三十九章

北市场鸿运茶社老板吴竞鸣的老婆把做好的饭菜摆到桌子上，没等把围裙解下来，男人便迈着方步，大摇大摆地从外面进来了。

“行啊，闻着味了咋的，回来得挺是时候啊。”女人的嘴向来不饶人。

吴竞鸣坐到炕上，大咧咧地道：“把酒拿来，今儿个我得喝两盅。”

吴竞鸣的老婆瞪大了眼睛，吃惊地看着自己的男人：“出门捡着金元宝了咋的，瞅你乐得那个熊色，嘴丫子快咧到耳根子上去了。”

吴竞鸣得意扬扬地道：“算你说对了，从今往后我吴竞鸣可就时来运转了。”

吴竞鸣的老婆咂着嘴：“就你那德行，能开个茶社就不错了，别不知道自个儿半斤八两，你要是能发大财，公鸡就不打鸣，母鸡就不下蛋了。”

吴竞鸣也不生气：“信不信由你，你给我准备一下，明天一早我去趟长春。”

“去长春干啥？”

“这你就别问了，以后你我就不住这破房子了，咱们买洋房，请一堆丫鬟婆子，你就可以当太太了，天天让丫鬟老妈子伺候你，我呢，再娶俩小妾。”

吴竞鸣老婆用力抽了抽鼻子，抹搭了男人一眼：“还不够你嘚瑟了呢。”

不管老婆说啥，吴竞鸣权当没听见，心想用不了多长时间，自己就成巨商富贾了，便情不自禁地用筷子敲着桌子，哼起了奉天大鼓：“桃花红来，春光艳，公子我登科做了状元。”

“行了，行了，别臭美了，快吃饭吧。”吴竞鸣的老婆用手在他脑袋上杵了一下，从柜子里拿出酒壶放到吴竞鸣跟前，满满地给自己的男人倒了一杯。

“满洲国”新任“经济部大臣”于静远可谓春风得意，他无论如何没有想到，从市政公所的一名小吏，经溥仪提名一夜之间成了“经济部”的二号人物。下午，他正坐在办公桌后面批阅一大摞文函，秘书张靖桦敲门进来说：“大人，您内弟吴竞鸣从奉天来了，说要见您。”

于静远头天晚上已经听夫人说吴竞鸣从奉天来“新京”了，本想让他到家里去，可转念一想，自己刚刚上任，没有必要引起人们不必要的猜疑。于是让他直接来“部”里了。于静远坐在宽大的办公桌后面露出半个脸，不紧不慢地问道：“你来找我有事吗？”

吴竞鸣战战兢兢地说：“姐夫，这几年我开茶社净赔钱了，听说贩运粮食赚钱，今儿个来找你，想改行做粮食生意。”

于静远用眼角的余光扫了一眼站在面前的吴竞鸣，一脸不屑道：“这粮食买卖可不是一般人能做得了的，我看你还是回去安心开你的茶社吧，不要有什么非分之想。”

吴竞鸣心里一急，俯身跪在地上：“姐夫，你一定要帮帮我，家里的老娘还得靠我养活呢。”

于静远有些不悦地从桌子后面站起来：“快起来，看你这个样子，成何体统。”

吴竞鸣从地上站起来：“姐夫，只要你帮我把日本人要的批文弄到手，我肯定行。”

于静远想了想，说：“好吧，看在你姐姐和岳母大人的面子上，我答应你，好坏看你的本事了。”

说完于静远按下电铃找来秘书张靖桦。于静远漫不经心地对吴竞鸣道：“这事你去跟张秘书商量吧，我这里马上还要见一个客人。”吴竞鸣鞠了一躬，跟着张靖桦来到隔壁的办公室。

吴竞鸣的父亲是山东人，光绪末年逃荒到了东北。开始的时候在北市场摆摊卖大碗茶，后来慢慢有了点积蓄开起了茶社。他起早贪黑地想赚点钱供吴竞鸣念书，将来指望他出人头地干点大事。可没想到，吴竞鸣勉强读了几年私塾就说啥念不下去了。为这事，吴竞鸣没少挨父亲的打，后来看他实在不是念书的料，就把茶社交到他手里。吴竞鸣倒是很用心，可一年下来，除去吃喝，年年剩不了几个钱。北市场是个商贾云集的地界，吴竞鸣时常看着那些有钱人一掷千金，做梦都想发大财。于是请人算了一卦，把原来的四海茶社改成了鸿运茶社，可几年下来还是毫无起色。贩运粮食的刘老板来升平茶社听书，他见过两次，看着老爷子和那些大老板花钱如流水，他眼热得不得了，可做梦没想到有朝一日自己一步登天，能改行做这么大的买卖。

他担心做了“经济部大臣”的姐夫不见他，来的时候让老娘给姐姐写了一封信。没想到于静远从一个小职员一步步走到今天，老婆没少帮着他出主意，便破例接见了这个内弟。听吴竞鸣说要改行贩运粮食，知道凭他的能力，不过说说而已，根本没放在心上，顺水推舟地把这件事交给自己的秘书，想打发他走了就算了。吴竞鸣却像看到了救命稻草，一心想把这件事做成。

张靖桦把门关上，说："吴先生请坐。"

吴竞鸣却站在原地毕恭毕敬地冲着张靖桦抱了抱拳："张秘书，不，张大人，您无论如何得帮帮我，挣了钱，我绝不会忘了你。"

张靖桦从裤袋里掏出一支精致小巧的镀金烟斗，一边在手里把玩着一边说："贩运粮食可不是像你想的那样简单，现在日本人卡得很死。"

吴竞鸣听了，生怕这件事不了了之，带着哭腔央求道："张大人，我知道这事不好办，你一定帮我想个办法。"

张靖桦将镀金烟斗在手里转了个圈，说："恐怕你还不知道吧，日本人规定，从现在开始，大米、白面任何人不能贩卖，其他杂粮也必须要有满铁株式会社奉天铁路局的批文，我可不是瞧不起你，这份文本绝不是一般人能办下来的。况且，到我们'经济部'核准，你姐夫虽然是大臣，但说了算的是日本次长青木实。"

吴竞鸣一听像泄了气的皮球，跌坐在沙发上："这么说，这事就算泡汤啦？我还以为就我姐夫一句话的事呢。"

张靖桦在地上踱了几步，笑了笑，没有说话。吴竞鸣蔫头耷脑地说："唉，这不是小和尚看花轿——空欢喜吗？"

张靖桦把玩着精致小巧的镀金烟斗，沉默了一会儿，抬起头来看着吴竞鸣："你也别泄气，你办不成的事不见得别人办不成。"

吴竞鸣也算是生意场上的老手了，立刻明白了张靖桦话里的意思："张秘书，你是说可以移花接木。"

张靖桦将烟斗放到嘴上："你还算聪明。你姐夫这里是最后一关，到时候只要有人拿着批文到这里来核准，我就立刻给你拍电报。至于怎么个接法，到时候你听我的就是了。"

吴竞鸣兴奋得不知道说什么好了，深深鞠了一躬："还是张大人见多识广，需要多少钱，你说个数，我吴竞鸣保证不差事。"

张靖桦将镀金烟斗从嘴上拿下来，放到裤袋里："有你这句话就行了。"

"多谢张秘书，我等您的电报。"

"好，我这还有事，就不留你了。"

吴竞鸣异常欣喜地离开了张靖桦的办公室，叫了一辆人力车去了火车站。

吴竞鸣从长春回来像是一块石头落了地，走路都轻飘飘的了。回到家里看哪哪不顺眼，连茶社也懒得去了。早晨吃了饭坐在椅子上跷着二郎腿，一边看报纸，一边喝茶。快晌午的时候，吴竞鸣的老婆拎着菜篮子从外面回来，瞥了一眼吴竞鸣埋怨道："十多天了，你也不去茶社看看，倒整天在家里装起大爷来了。"

吴竞鸣不想跟女人掰扯，得意扬扬地说："那是啊，当大老板的不都这样吗？再说我就要做大买卖了，那个破茶社要不要的不吃劲了。"

吴竞鸣的女人放下菜篮子挖苦道："瞅你那德行，大老板我也见过，哪个跟你似的，我看你做梦娶媳妇——想得美，还是趁早死了你那份心吧。"

"你懂个屁。"

这时门口传来邮差的喊声："这是吴竞鸣家吗，电报。"

吴竞鸣急忙扔掉报纸，从凳子上"腾"地蹦起来，心想，一定是张秘书发来的。鞋都没顾上穿，着急忙慌地开门出去，从邮差手里接过电报，回到屋里打开一看，果然是张靖桦从“新京”发来的加急电报。电文只有四个字：“速来新京。”

吴竞鸣把电报揣进怀里，对蹲在一旁择菜的女人吩咐道：“快，帮我收拾一下，我得马上去长春。”

“啥事啊，急得跟火燎腚似的，没事总往长春跑啥。”

“你哪那么多废话，就等着赚好吧。”

吴竞鸣的老婆不屑一顾地白了吴竞鸣一眼：“我看你不是好嘚瑟。放着正事不干，净扯没用的。”

“什么是正事？这才是正事呢。”吴竞鸣出门叫了一辆人力车，急三火四地走了。

张靖桦从裤袋里掏出精致小巧的镀金烟斗，在手里转了一圈，盯着吴竞鸣：“你的运气不错。”

吴竞鸣一脸惊喜：“是吗？托您的福。”

“据我所知，奉天恒通贸易公司已经拿到了满铁奉天铁路局的批准文本，我估计他们过几天就会来新京。”

吴竞鸣有些欣喜若狂，站起来想跪下磕头，被张靖桦伸手拦住了，吴竞鸣带着央求的口吻说：“张秘书，看在我姐夫的面子上，你一定要帮我这个忙。”

张靖桦一边把玩着手里精致小巧的镀金烟斗，一边斜着眼睛瞅了瞅吴竞鸣：“你要是肯出钱，我倒是可以帮你找一个人。”

“谁？”

“这个人可不是等闲之辈，是新京一带有名的江洋大盗，从小练得一身柔身缩骨功，离地几寸高的床也能钻进去。如果让他事先埋伏到床底下，等夜里人睡熟了，轻而易举地就能把你要的东西拿到手，你看怎么样？”

吴竞鸣琢磨了琢磨，说：“好是好，可他们要是回去再办一套新的咋办？”

张靖桦笑了笑：“这个你尽管放心，按照日本人的规定，这种文本是不允许补办的，丢了他的生意就是想做也做不成了。”

吴竞鸣不放心地追问道：“可公司不是我的，我冒名顶替一旦露了馅咋办？”

张靖桦把烟斗放到裤袋里，说：“这你就不懂了，批文是以‘经济部’最后核实的为准，你马上回去，在奉天随便找一家公司给他一笔钱，到时候我给你的批文，就以这家公司的名头为准，这事不就成了吗。”

吴竞鸣不由自主地给张靖桦鞠了一躬：“张秘书，要多少钱，你说个数。”

张靖桦伸出五个指头。“你是说五十块大洋？没问题。”张靖桦凑到吴竞鸣跟前：“五百。”

吴竞鸣吓得一吐舌头：“你是说要五百大洋？”张靖桦点了点：“这还是看在你姐夫的面子上，要不，办这么大的事，少说也得一千。”

吴竞鸣合计了半天，最后咬了咬后槽牙：“好吧，我答应你。”

张靖桦笑了：“剩下就看你的造化了。”

满铁奉天铁路局的批准文本一拿到手，郑春仁就把洪柳、韩吉庆找了来，他让两个人坐下说：“告诉你们一个好消息，铁路局的批文已经拿到了。”

韩吉庆兴奋地说：“那咱们就可以改行做粮食买卖啦？”

郑春仁点点头：“是的，你和洪小姐带上铁路局的批准文本立即去长春，张浩去绥芬河办完事，回来在长春下车与你们会合，把事情办妥后，你们仨一块回来。”

说完，郑春仁从一个铁柜子里拿出一个皮包：“这个皮包你们一定要保管好，日本人有规定，丢失不予补办。”

韩吉庆接过皮包：“大哥放心吧。”

满洲国都城“新京”永康庄旅馆里冷冷清清的，没几个客人，洪柳安顿好了，来到韩吉庆住的房里说：“吉庆，天还早，咱们出去转转吧。”

两个人从旅馆来到大街上。“新京”的道路很宽敞，两边栽种着一排排笔直的钻天杨。洪柳挽着韩吉庆的臂膀，见四周没人，扭过头轻声问道：“我给你的《满洲工人》和《满洲红旗》你都看了没有？”

韩吉庆轻轻点点头，说：“看了。中国的劳苦大众生活在水深火热之中，饱受欺凌，可那些地主、资本家整天醉淫饱卧，挥金如土，这个世道太不公平了。”

“所以，咱们只有在共产党的领导下，推翻这个不平等的社会，天下的劳苦大众才能过上好日子。”

这时，一对热恋中的情侣从对面走了过来。待两个人从他们身边过去，韩吉庆低下头来问洪柳：“我问你个事。”

洪柳看着韩吉庆一本正经的样子，笑了笑：“说吧。”

“我看大哥对你有那个意思，你没发现吗？”

洪柳以为他要问什么问题呢，心里又好气又好笑，便直截了当地回答道：“我怎么能看不出来，可我喜欢的是你。”

沉沉欲坠的夕阳将两个人的影子拉得长长的。韩吉庆还想说什么，看着眼前这个纯真泼辣的姑娘又不知道该说什么好，只好默默地朝旅馆走去。

新升酒馆坐落在长春中央大街一条僻静小巷里，店面不大，却整洁幽雅。靠里面一张桌子边上坐着一个人，这人三十岁上下年纪，不胖不瘦，中等个头，上身穿一件白绸子对襟小褂，下身穿一条青色散腿裤子，一双老鼠眼在不停地转动，举手投足轻盈敏捷。

不大一会儿，张靖桦带着吴竞鸣从外面进来了，那个男人起身冲张靖桦拱了拱手。张靖桦用手一指吴竞鸣对那人介绍道："这是奉天来的吴老板，我们于大人的内弟。"

"幸会。"那个人面无表情地转身坐下了。

张靖桦扭头对吴竞鸣道："这位就是我跟你说的龙生龙大侠。"

吴竞鸣一躬身："有劳龙大侠。"

两个人坐下后，吴竞鸣仔细打量了一下坐在面前的龙生："我的事张秘书已经跟你说了吧。"

"你尽管放心，这不算事。"

吴竞鸣从怀里掏出一张银票："这是五百大洋。"

龙生接过银票看了看，收了起来，然后抬起头来："龙某告辞。"说罢身子一晃，一阵风似的走了。

吴竞鸣看着龙生的背影，心里七上八下的，觉得有些不托底。犹豫了半晌，说："张秘书，我怎么觉得这事有点悬乎呢。"

张靖桦听了心生不悦，脸一沉："早知道你前怕狼后怕虎的，我都多余管你这事儿。"

"张秘书，我那可是五百大洋啊。"张靖桦并不知道吴竞鸣把自己这些年攒下的家底全拿出来了。

张靖桦用鼻子哼了哼："你放心吧，等龙生把东西拿到手，我就给他来个偷梁换柱，日本人是不会关心最后的批文给了哪家公司的。再说日本人真的追问下来，还有你姐夫搪着呢，你就等着赚大钱吧。”

吴竞鸣这才转忧为喜地说：“那敢情好了。”

第二天上午，“满洲国经济部”秘书张靖桦在办公桌后面拿起一份文件才扫了一眼，桌子上的电话响了。拿起电话，听筒里传来门房警卫的声音：“张秘书吗？奉天来的一位韩先生说要见于大人。”

“我知道了，让他进来吧。”张靖桦暗自高兴，心想，这五百大洋就算到手了。

放下电话时间不长，外面有人敲门，张靖桦打开门，见是一男一女，将两个人让进来做了个请的手势：“二位坐。”

待洪柳和韩吉庆坐下，张靖桦回到桌子后面问：“二位是找于大人吗？”

洪柳打开皮包，把满铁奉天铁路局的批准文本递了过去：“张秘书，我们是南京国民政府奉天恒通贸易公司的，今天来找于大人是想办理贩运粮食的核准文本。”

张靖桦坐下仔细地看完所有文件，从宽大的办公桌后面慢慢探出头来，说：“你们来得不巧，于大人不在，两天以后才能回来，你们这些文件放在我这吧。你们二位是不是第一次来新京啊，先去好好玩两天。”

韩吉庆发现面前的这个人身上透着一种世故和油滑，心里已有了几分戒备。“好，不过材料不能放在你这，等于大人回来我们再过来。”韩吉庆想着临来的时候郑春仁的再三叮嘱，生怕节外生枝。

张靖桦摇了摇头，道：“那也好，你们住在哪儿，于大人回来我让人去找你们，省得你们再白跑一趟。”

洪柳也从他的眼神中觉察到这个人内心深处好像隐藏着什么不可告人的

东西，本不打算告诉他，可一时又找不出合适的理由。略一思索说："我们住永康庄旅馆202号房间。"

张靖桦站起来："我知道了，你们先回去吧，好好在新京转转。"

韩吉庆和洪柳带着满腹狐疑，起身离开了张靖桦的办公室。

因为还没到吃饭的时候，新升酒馆里没几个人，见张靖桦开门进来，跑堂的迎上前来打招呼："客官，你要点什么？"

"来盘酸菜炒粉，再来个红烧鲫鱼。"

"好嘞！"

张靖桦在靠里边的桌子边上坐下，从裤袋里掏出小巧的镀金烟斗，没等放到嘴上，龙生一闪身来到近前，张靖桦一抬头见是龙生，说："坐吧。"

龙生坐下从怀里掏出一张银票："张秘书，我留了三百，这二百大洋你收好。"

张靖桦也不客气，把银票揣进怀里，说："好，我点了你爱吃的红烧鲫鱼。"

龙生见周围没有人注意他们，说："我看到关帝庙老榆树树洞里的泥人，就知道他们来了。"

张靖桦把镀金烟斗在手里转了一个圈，拔下烟嘴，从里面拿出一张小字条："这是他们住的地方。"

龙生从腰里拔出一把匕首，用手按了一下机关，匕首的把手弹开，龙生将字条放进去，一按机关，匕首的把手又合上了。

"龙大侠，你要加小心。"

"怎么啦？"

"恒通贸易公司来了一男一女，我看那两个人很精明，特别是那个男的，看上去文文静静的像个大姑娘，可身上透着一股杀气，凭我的经验判断，这个人一定有武功在身，你千万不可大意。”

龙生一笑，毫不在乎地说：“我在江湖上吃这饭碗，什么样的人没遇见过，还从来没失过手。再说，不到万不得已，我绝不跟他交手就是了，趁他熟睡之机，把东西拿到手，这笔买卖就成了，何必惹麻烦。”

张靖桦见菜上齐了，拿起筷子指了指盘子里的红烧鲫鱼，说：“我已经跟他们说了，于大人要两天才能回来，让他们去街上转转，你盯着点，那个装有批文的皮包一定在那个男的手里。”

“我明天早早过去，只要他们离开住的屋子就好办。”

龙生很快就把一条鲫鱼吃了个精光，站起来抹了抹嘴说：“放心吧。”说完一阵风似的走了。

张靖桦从怀里掏出银票看了看，心说，这事要是弄砸了，于大人可饶不了我。可事已至此，也只好把全部希望寄托在龙生身上。结过账，他匆匆地离开了小酒馆。

上午，长春永康庄旅馆前厅里只有两个五十多岁的男人在柜台前办理住宿手续。

韩吉庆和洪柳站在那里观察了一下，没有发现有什么异样，洪柳便挽起韩吉庆的胳膊说：“我听说长春的南湖公园差不多跟北京的颐和园一样大，湖水清澈，岸柳成行、曲桥亭榭，胜似江南，咱们去看看怎么样？”

韩吉庆点点头，说：“不知道离这远近。”

“我去问问。”洪柳来到前台，问里面的一位年轻的姑娘：“小姐，南湖公园离这远吗？”

女店员微笑着说：“很近，从这出去左转，过两条街就到了。”

洪柳回来拉起韩吉庆："走，难得来一趟长春，今天没别的事，咱们去南湖公园转转。"

韩吉庆拎着皮包跟洪柳一块出了旅馆的大门。

一身黑衣打扮的龙生见洪柳和韩吉庆出去了，闪身来到楼上202室，用特制的钥匙快速打开房门，向四周看了看，一缩身像一条泥鳅似的刺溜钻到床底下去了。

傍晚，韩吉庆和洪柳回到旅馆，两人上楼掏出钥匙左右看了看，见长长的走廊里一个人也没有，便开门进了房间。

韩吉庆拉亮了电灯，环视了一下屋子，见没有人来过，便让洪柳回自己的房间歇息了。韩吉庆把皮包在床头放好，和衣躺下，不一会儿就睡着了。

夜半时分，龙生悄无声息地从床底下钻了出来。他趴在地上，仔细听了听，抬头见韩吉庆躺在床上不时发出轻微的鼾声，睡得正熟，掏出匕首轻轻地剥开了房门的插划，又紧贴在地上待了一会儿，一躬身蹲起来，伸手如电，将床头上的皮包一下抓到了手里，这时韩吉庆动了一下，他一惊，将皮包又放了回去，重新趴到了地上。

过了一会儿，见韩吉庆又睡熟了，龙生再次伸手将皮包拎到手里，他转身用手摸到房门正打算出去，韩吉庆突然从床上飞身跃起，不待他有任何反应，伸手"啪"地抓住了他的手腕子："哪来的毛贼！"

龙生大惊失色，深吸一口气，施展起缩骨功，"唰"地把手从韩吉庆的手里抽了出来。回身从腰间抽出匕首，当胸朝韩吉庆刺去，动作快如闪电。

韩吉庆侧身躲过龙生刺来的利刃，飞起一脚，狠狠地向龙生的手腕上踢去，哪知龙生像一条蛇，一翻手腕子，贴着地皮躲了过去，顺势又举刀朝韩吉庆的面门刺了过来。

韩吉庆屏气提神，反手一掌向龙生手腕处的穴位击去。没想到，还没等韩吉庆的手掌到跟前，龙生一吸气，将手缩了回去，手里的匕首又向韩吉庆的小腹猛刺过来。韩吉庆一看刀尖到了跟前，抖起精神，施展开通背拳里"金鸡乱抖翎"的招法，化解开对方的来势，两只手如同两口短刀，从床上飞身跃到床下，黑暗中与龙生打到一处。

韩吉庆与龙生过了几招，发现这个人功夫与他不相上下，不再恋战，抓了个空子一伸手拉亮了电灯，大声道："快来人！抓贼啦！"

龙生心说"不好"，身子一缩，从韩吉庆的身子下边钻过去，打开房门贴着地皮跑了。

韩吉庆拎着皮包追出房门，见那人早已经没有了踪影。

早晨，旅馆开始了一天的忙碌。洪柳来到韩吉庆住的房间敲了敲门："吉庆，起来了没有？"

"进来吧。"洪柳觉得韩吉庆说话的声音有点不大对劲。开门见韩吉庆抱着皮包坐在床上，眼睛里布满了血丝："怎么？昨晚上没睡好？"

韩吉庆摇了摇头："夜里进来人了。"

洪柳闻听大惊失色："怎么回事？"

"这家伙看样子是来偷皮包的。"

"果然如此。"

"这个贼身手敏捷，武功高强，练就了一身缩骨柔身术，我想一定是事先钻到床底下藏起来了。"

洪柳弯下身子朝离地只有半尺高的床下瞧了瞧，说："看来还真不是一般的贼。"

"这小子滑得像条泥鳅，我与他打斗了半天，难分胜负，最后我打开灯一喊叫才把他吓跑了。"

洪柳皱了皱眉说："这个贼一定是冲着咱的批文来的。"

"你说得对。"韩吉庆沉默了片刻，"我觉得这事肯定跟那个张秘书有关，要不这个贼怎么会知道我们住在这里呢。"

"怪不得他说于大人不在家，看来是有意拖延时间，好给这个贼留下下手的机会。"洪柳有些庆幸，那天多亏没把材料交给他。

"我们今晚得搬家了。"韩吉庆担心那个窃贼再做什么手脚。

这时有人敲门，洪柳打开房门，看张浩站在外面，忙把他让了进来："张大哥来得正好。"张浩见韩吉庆神色有些异样，诧异地问："出什么事啦？"

韩吉庆把事情的经过又说了一遍。张浩沉吟半晌，说："肯定是有人看这是个赚钱的买卖，私下买通了那个张秘书下的黑手。"

韩吉庆从床上下来，说："见了张秘书我问问他。"

"我们没有确凿证据证明这事与张秘书有关，还不好当面挑明。再说，即使问，他也不会说实话。"洪柳觉得这事有些棘手。

"那就旁敲侧击地敲打敲打他，看他怎么说。"几个人商议已定，便一块下楼去吃早饭了。

吃过饭，韩吉庆手里拎着皮包，和洪柳、张浩从旅馆出来，洪柳本打算喊辆人力车过来，韩吉庆说路不远，张浩又是第一次来长春，不如走着过去，洪柳也就同意了。

三个人一边看着街景，一边闲聊。没走多远，向右一拐过马路进了一条小巷。韩吉庆一扭头，发现身后跟上来几个人。他冲张浩使了个眼色，小声道："有人。"

张浩也已经发现了身后跟上来几个壮汉，他回头看了一眼，悄声对韩吉庆道："看样子是冲咱们来的。"

张浩的话音未落，后面几条大汉已经猛扑上来，为首的一个人个子不高，身手十分敏捷，伸手就去抢韩吉庆手里的皮包。韩吉庆一侧身，臂膀一晃，两手封门，将那个人挡开，一招“猛虎硬扒山”想将那个人撞开。说时迟那时快，那人“唰”地一个旱地拔葱，腾身跃起有一尺多高，躲过韩吉庆这一招，“唰”地一侧身，挥拳闪电般朝韩吉庆的后脑勺砸来。韩吉庆转身掳掌，将那人的来拳化开，“啪”地一个“插花手”直捣那个人的面门。那人见韩吉庆的手掌到了跟前，一缩身“唰”地矮下去半截，韩吉庆的掌势瞬间走空。那人双掌带风，像两把利刃，返身一个“双龙出水”，向韩吉庆的两肋击去。韩吉庆抽身借势使了个“连环手”，朝那个人的太阳穴直劈过去。见韩吉庆的手掌到了跟前，那个人像一只老鼠，身子贴着地皮“嗖”地一下转到了韩吉庆的身后，寒光一闪，顺势抽出一把匕首，朝韩吉庆的后心刺去。韩吉庆向前一扑，躲过刀锋，一个前滚翻，挺身跃起，双掌分开，一招“力缠怪蟒”直捣那人后背，那人又一缩身，韩吉庆就“唰”地一招“通心掌”下去，横扫那人下颔。

与此同时，那边三条大汉每个人手里握着一把寒光闪闪的短刀，朝张浩和洪柳逼了过去。张浩不慌不忙，眼如闪电手如剑，见一个大汉的刀锋刺了过来，同样以掌代刀，一个“猛虎翻身”，“咔嚓”一声，将那个大汉的胳膊劈断了，疼得那个壮汉从地上一下蹦了起来，接着扑通坐在地上，用另一只手握着手腕子，“妈呀妈呀”地大叫起来。

另一个大汉大吼一声：“看刀！”抡圆了胳膊，挥动手里的短刀向张浩的心口窝直刺过去，张浩含胸吸气，顺着这个人的劲力，侧身一掌，猛击他的后背。只见这个大汉噔噔噔往前跑了几步，“啪叽”重重摔倒在地上，一下磕掉了两颗门牙，满嘴是血，爬了两下，爬不起来了。

剩下一个大汉一看两个弟兄都被打倒在地，急红了眼，不顾一切地猛扑上来。

洪柳在一旁看得真切，拾起掉在地上的那把短刀，动作娴熟地挥手向那个大汉的后背刺了过去，这个大汉一看后面有人动了手，动作稍一迟缓，张浩借机一个“钟馗抹额”，将那个人凌空掀出有三尺多远。那个大汉像一只口袋，重重摔在马路边上的一块石头上，一条腿“嘎嘣”断了，当时就动弹不得了。

张浩见三个大汉都被打翻在地，纵身来到韩吉庆身边，两个人从小在一起习武，此时配合默契，张浩随力而走，一个“仙人过桥”，使出“撩掌”直击那人裆下。那人一个后滚翻，贴着地皮打算溜走。韩吉庆一个“饿虎扑食”，将那人扑倒在地，张浩顺势上前“啪啪啪”几个点穴，那个人像一截木桩戳在那，动弹不得了。

韩吉庆拍了拍手，上前厉声问道：“你们是什么人，为什么要劫杀我们？”

那个人装作没听见，闭着眼睛一声不吭。

张浩用手里的短刀拍了拍那人的脸：“问你话呢，你是聋子还是哑巴。”那人仍是一言不发。

张浩见这个人武功高强，上前一伸手“咔嚓”卸掉了他一只胳膊，疼得那人龇牙咧嘴，额头上立刻冒出一层冷汗。

“你要是再不说话，我就把你胳膊腿全卸了。”张浩沉着脸厉声说道。

那人这才睁开眼睛，一副无可奈何的样子，摇摇头低声说：“算我点儿背。”

韩吉庆见这个人终于开口说话，问：“你姓什么，叫什么，是什么人指使你来的？为什么抢我的皮包？”

那人身子一动，疼得眉头拧在了一起。叹了一口气说：“唉，我闯荡江湖几十年，想不到今天栽在你们两个年轻人手里了。”说着他瞅了张浩一眼，说：“两位小兄弟，你我都是武林中人，我不会再跑了，别让我胳膊这么吊着了。”

张浩伸手将他的胳膊恢复到原位，把穴道给他点开。这人活动了一下四肢，坐到马路边上，用手揉了揉胳膊，说：“我叫龙生，几天前，‘经济部’的张秘书介绍奉天一个姓吴的人见我，给了我五百大洋，让我把你们手里的一个什么批文偷来。”

说到这儿，他抬起头来看着韩吉庆：“昨天一早我见你们出去了，就偷着进了屋子躲到床下。晚上我看你回来手里拎着一个皮包，睡觉的时候又小心翼翼地放在了枕头边上，我想，这个皮包里可能装的就是那个吴先生想要的东西。想不到你的功夫与我不相上下，你又一喊叫，我怕来人，就跑了。”

韩吉庆盯着龙生问道：“那你为啥又来明抢？”

“拿人钱财，替人消灾，我想：暗的不行，就来明的，连夜找了几个人。我本以为好虎架不住群狼，你一个人就是能耐再大，也不是我们四个人的对手，哪承想人算不如天算。”他瞟了一眼张浩，“又冒出来一个小伙儿，我自认倒霉。”

“龙先生，如果你说的是实话，跟我们一块去面见张秘书怎么样？”洪柳心想，既然是那个张秘书从中捣鬼，人证在此，看看那个张秘书如何解释。

龙生哭丧着脸半天没吭声，末了说：“我没脸去见张大人。”

张浩立刻拉下脸来：“龙先生闯荡江湖应该明白，事已至此，去不去可就由不得你了。”

龙生带着一脸的羞愧道：“江湖上人称我是地老鼠龙大侠，败在你们两个年轻人手下，我已颜面扫尽，你们还是放了我吧。”

韩吉庆掏出绳子说：“也好，你要是不去，可别怪我动粗了。”

龙生合计了合计，知道躲不过去了，冲着三个大汉摆了摆手，说：“你们回去吧，钱我不会少你们的。”三个大汉相互搀扶着走了。龙生只得十分懊丧地跟着韩吉庆和张浩去“经济部”面见张靖桦。

一早，张靖桦进了办公室没等坐下，桌子上的电话铃就响了。他拿起电话，门房警卫通禀说，有个姓吴的先生来了要见您。

“知道了，让他进来吧。”

“你怎么来这么早？”见吴竞鸣一副垂头丧气的样子，张靖桦心里有了几分不快。

“不瞒你说，张大人，我好几宿都没睡好觉了，老寻思那五百大洋花得有点儿大头。”

张靖桦从裤袋里掏出那只小巧精致的镀金烟斗，在手里转了一圈，不屑一顾地说：“舍不得孩子套不住狼，以后你这买卖做成了，这点钱算个屁。你还想不花钱就办事，哪有那么便宜的事。”

“可我老是心惊肉跳。”

张靖桦一边在手里把玩着精致小巧的镀金烟斗，一边用鄙夷的目光看着吴竞鸣，说：“我跟你说了多少遍了，我找的这人是新京一带有名的来无影、去无踪，江湖上无人不知无人不晓的地老鼠龙大侠，就你这芝麻点的事，还用得着心惊肉跳地睡不着觉吗，你尽管放心好了。”

吴竞鸣几乎是带着哭腔说：“这五百块大洋可是我开茶社十多年才积攒下的家底，这事要是办不成，我老婆就得跟我玩命。”

张靖桦扬了扬手，说：“你放心好了，等你发了大财，别把我忘了就行了。”

吴竞鸣诚惶诚恐地说：“我就是把祖宗忘了，也不能把您忘了。”

这时门房的警卫又打来电话，说一位龙先生求见。张靖桦心里一惊，暗自思忖，这个龙生怎么搞的，不是说好了在小酒馆里见面交货吗，大清早起的跑到我这来干什么，是不是出了什么岔头。可转念一想，凭他龙大侠的本事，不至于秃噜扣啊。不会是东西到手了急着见我吧。于是告诉门房警卫：“让他进来。”

张靖桦放下电话，面带喜色冲着吴竞鸣说：“怎么样，你要的东西给你送来了，你小子运气不错吗。”刚说到这，门开了，韩吉庆、洪柳、张浩、龙生一块走了进来。

张靖桦一时愣在那，脸色顿时由红变白，手里的烟斗“啪嗒”失手掉在了地上。一旁的吴竞鸣更是大惊失色，跌坐到沙发上，大张着嘴说不出话来。

洪柳哑然一笑，说：“张秘书，你可是见过世面的人，怎么这么一点小事就把你吓成这样？”

张靖桦尴尬地伸出手来让道：“几位请坐，请坐。”

说完，满脸通红地低头捡起掉在地上的烟斗，用眼角斜着看了几个人一眼：“几位这么早来，找我有事？”

洪柳扬起眉毛说：“我们是来跟你核实一件事。”

韩吉庆用手碰了碰龙生的胳膊：“龙先生，说吧。”

龙生抬起头瞅了瞅张靖桦，说：“既然事情到了这个地步，张秘书，我就实话实说了吧。”

张靖桦张口结舌：“龙大侠，你，你——”

龙生像没听见一样，继续说道：“张秘书，昨天我事先藏到床底下，本以为手到擒来，没想到，天外有天。”他瞟了一眼韩吉庆，接着说，“这个年轻人的功夫一点不比我差，结果东西没拿到手，他一喊叫，我怕被人发现就跑了。回去后咋想咋窝囊，这些年在江湖上我地老鼠从来没有失过手，再说，我既然拿了人家的钱，不能就这么不清不白地蔫巴悄儿的拉倒。知道他们肯定要上你这来，就连夜找了几个道上的人，天没亮在路上等着，打算暗的不行就明抢，无论如何把你们要的东西弄到手。哪承想，我明明看好了就他一个男的，今儿个不知道从什么地方又冒出来一个小伙儿，这两个年轻人的功夫一个比一个厉害，我地老鼠一拳难敌双掌，败在了他们两个人的手下，真是打了一辈子鹰，末了被鹰叼了，丢人现眼哪。不怕你笑话，我已经想好了，从今往后我龙生退出江湖，隐姓埋名，浪迹天涯，与清风明月为伴，了此残生。”

张靖桦毕竟见多识广，慢慢地从沙发上站起来，拱了拱手，道：“两位先生，小姐，张某多有得罪，让几位受惊了。”

他用眼角扫了一眼坐在一旁灰头土脸的吴竞鸣，说：“这样吧，几位稍坐一会儿，你们要的核准文本我这就去办。”

张靖桦接过韩吉庆递过来的皮包，从里面拿出材料，转身出去了。

吴竞鸣看了一眼龙生，哭丧着脸说：“龙大侠，我那五百大洋就算打了水漂啦？”

龙生觉得到了这个份上，没啥好藏着掖着了：“我给了张秘书二百，我留了三百。该着你点儿背。我地老鼠二十多年来还是头一次失手。”

韩吉庆看了看吴竞鸣，问：“你叫什么名字？你是怎么知道这件事的？”

吴竞鸣低着头半天没吭声，他后悔不迭，十几年口挪肚攒的家底粘帘子嘚瑟没了。当初要是听老婆的，安分守己地过日子，何苦一分钱没赚到，反倒把老本都搭进去了。可这事怨不得别人。他咬了咬牙说出了事情的原委："我在奉天北市场开了一个茶社，这些年一直没啥起色，贩运粮食的刘老板被抓后，警察署我一个多年的朋友找到我，说他听刘老板说，因为办不下来日本人要的批文，不想干了，他知道我姐夫做了'经济部'的大臣，就圈拢我改行做粮食买卖。我一想，开茶社一年下来赚不了几个大子儿，办批文还不是我姐夫一句话的事，就屁颠屁颠地跑'新京'来了。哪承想，吭哧瘪肚费了半天劲，弄了个鸡飞蛋打。唉，你说我这不是放着好日子不过，没事找事儿吗？"

"都怪你贪财。"韩吉庆既生他的气，又觉得他挺可怜。

吴竞鸣低下头脸通红："唉，你说的也是！"

这时，张靖桦手里拿着核准文本进来交给洪柳，说："几位，贩运粮食的手续都已经齐备了，回去告诉你们掌柜的，从现在开始，你们这买卖就是合法的了，不会再有人找你们麻烦了。"

韩吉庆将批文放到皮包里收好，站起来对吴竞鸣道："吴老板，你也别上火。"

吴竞鸣两只手捂着脑袋："能不上火吗，磕碜死了，我上吊的心都有了！"

张浩、洪柳、韩吉庆遂起身告辞，张靖桦自知理亏，将几个人一直送到门外。

郑春仁估摸韩吉庆和洪柳该回来了，吃住在公司，已经两天没有回家了。他站在窗前，眼看着外面的天色又渐渐暗淡下来，心想，都这么多天了，怎么一点消息也没有，不会出什么岔头吧？他转身拉亮了电灯，回到办公桌前，拿起洪柳几天前送来的财务报表，打算尽快筹集一笔钱，为贩运粮食做准备。这时伙计敲门进来，说洪小姐他们回来了。

韩吉庆、张浩、洪柳三个人知道郑春仁一定等急了，下了火车草草吃了一口饭，就急三火四地来到了公司。郑春仁见三个人进来，一直悬着的心才放了下来。他松了一口气，站起来说：“你们再不回来就急死我了，事情办得怎么样？”

韩吉庆将皮包放到桌子上：“说顺利也顺利，说不顺利也挺麻烦。”

“说说看。”

几个人坐下，郑春仁给每个人倒了一杯水。洪柳说：“郑老板恐怕想不到吧，北市场一个姓吴的茶社老板也看好了这宗买卖，抢在我们前头去找了‘经济大臣’于静远。”

郑春仁听了一愣，急于想问个明白：“哦，堂堂的‘经济部’的‘大臣’怎么会接见一个小小的茶社掌柜的？”

“别看这小子不起眼，可‘经济部’的‘大臣’于静远是他姐夫。”韩吉庆一笑说。

“于静远手下的秘书张靖桦收了吴竞鸣五百块大洋，暗中找了一个叫龙生的江洋大盗，白天潜入吉庆住的房间，夜里想趁吉庆熟睡的时候偷走皮包，没想到失了手。可他一计不成又生一计，早上，带着几个人在路上想把皮包劫走，却再次败在吉庆和张浩的手里。弄得这个江洋大盗灰头土脸的，很没面子，发誓退出江湖，终老山林。那个张秘书见事情败露，只好乖乖地给我们办好了批件。”洪柳始终对一个堂堂“经济部”的官员如此见钱眼开十分的不解。

“这就叫害人害己，你们去洗把脸，咱们去明湖春，我为你们压惊洗尘。”郑春仁兴奋地说。

几个人收拾了一下，从公司出来，坐上马拉轿车来到明湖春的一个雅间坐下，不大一会儿菜就上齐了。郑春仁端起酒杯道：“那个龙生恐怕做梦也想不到能栽在你们手里，这就叫卤水点豆腐——一物降一物。来，我敬你们一杯。”

张浩沉思半晌，说：“我看那个张秘书油头滑脑，虽然把批文给咱办了，可拿了人家的好处，绝不会就这么善罢甘休。”

洪柳想了想，说：“那个吴竞鸣花了一大笔钱，费了半天劲，偷鸡不成蚀把米，一定也会怀恨在心，他姐夫大权在握，他要是和那个张秘书成心找咱的毛病，咱这买卖今后也不好做。”

韩吉庆觉得两个人说得有道理，转过身去问郑春仁：“大哥，你看这事咋办？”

遇到这种棘手的事，郑春仁总是想先听听洪柳的意见：“洪小姐，你看该如何处理？”

洪柳思忖片刻说：“史书记载，楚魏两国边民种瓜，因天旱少雨，魏国村民提水浇灌，瓜苗长势大大超过楚国，由此招致楚国村民嫉妒，半夜到魏国村民的地里大肆踩踏。魏国村民听信了县令之言，不但没有记恨，反而主动帮助楚国村民浇灌瓜苗。楚王深受触动，本来对魏国虎视眈眈，由此化干戈为玉帛，送去很多礼物，主动与魏国和好。”

郑春仁见洪柳的想法与他不谋而合，说：“洪小姐所言极是。”

“大哥是想与那个吴竞鸣握手言和？”没等郑春仁的话说完，韩吉已经猜到了八九分。

郑春仁将热辣辣的目光从洪柳身上收回来，说：“就按洪小姐说的办，吉庆明天去把那个吴竞鸣找来，让他拿出一笔钱入股，这样他就再不会动什么歪心眼了。”

“我明天一早就去找那个吴老板。”韩吉庆对郑春仁的宽宏大度十分钦佩。

郑春仁端起酒杯道："这杯酒我敬洪小姐。"

洪柳也端起酒杯说："我也敬郑老板一杯，我来的时间不长，却发现郑老板为人做事有许多跟其他商人不一样的地方。"

郑春仁听了，心里不禁多了几分异样的感觉。

吴竞鸣从新京回到家里就一头攮在炕上，越想越窝火。他去找张靖桦，想把钱要回来，可张靖桦一推二六五，让他去找龙生，没办法，只好自认倒霉。回到家里茶饭无心。早上，老婆做好了饭，端到桌子上招呼他吃饭，吴竞鸣没好气地说："你自个儿吃吧，我不饿。"

"你这是犯的哪路邪？"女人伸过手去摸了摸吴竞鸣的脑袋，"咋了，是不是病了，不行我去请个郎中给你瞧瞧。"

"嘚嘚嘚地烦死人了，你放心，我一时半会儿死不了。"吴竞鸣赌气转过身去，拉过被子把头蒙了起来。

这时外面有人敲门："这是吴老板家吗？"

吴竞鸣的老婆从炕上下来，打开门，见门口站着一个年轻漂亮小伙儿："你找谁？"

"我找吴老板。"

"进来吧。"

韩吉庆进了屋，女人伸手推了推吴竞鸣，说："快起来，有人找你。"

吴竞鸣掀开被子翻身起来，一看是韩吉庆，忙下地穿上鞋，吩咐女人："快，给韩先生倒茶。"

吴竞鸣不知道韩吉庆为何事登门，诧异地问："你来干啥？'新京'这事让我整砸了，算我点儿背，从此咱们井水不犯河水，各走各的道。你咋还没完没了找到我家里来了呢。”

韩吉庆坐到椅子上，看吴竞鸣愁眉不展的样子，直来直去地说：“要是各走各的道，你那白花花的大洋不就白扔了吗？”

吴竞鸣垂头丧气地说：“那有啥办法，戏让你们谷害楞黄了，怨不得别人，钱就当我打八圈输了。”

韩吉庆呵呵一笑：“你倒是挺会给自己吃宽心丸的。走吧，我们掌柜的请你去一趟。”

“请我，啥事？”

“让你入股。”

吴竞鸣听了半天没缓过神来，呆愣愣地盯着韩吉庆：“你是不是吃饱了饭闲着没事，跑我这逗闷子来啦？”

“去了你就知道了，赶紧穿衣服跟我走吧，我们掌柜的还等着你呢。”

吴竞鸣见韩吉庆不像是在跟他逗笑话：“真的呀？”韩吉庆一笑：“我骗你干啥。”

吴竞鸣将信将疑地跟韩吉庆出了门。吴竞鸣的老婆见男人走远了，数落道：“放着好好的日子不过，穷嘚瑟，吃了这么大的亏还不老实。”

一早到了公司，郑春仁便让伙计把洪柳找了上来，这些日子郑春仁见了洪柳心里老是有一种说不出的感觉。从他喜欢上了这个姑娘的那一刻起，凭一个男人对女人的了解，他便想尽了各种办法讨她的欢心，可是大大出乎意料的是，洪柳一直对他敬而远之，这让郑春仁百思不解。回到家里，他一次次地对着镜子暗自问，凭自己的长相和人品，哪一点让这个姑娘不满意呢。再说，她是自己的手下，以她的精明不会不知道其中的得失。哪一个女人不想这一辈子坐享荣华富贵呢。莫非她不甘心做二房？于是他想放下掌柜的架子当面问个究竟。

见洪柳进来他的脸一下红了，心跳也加快了，他平稳了一下自己的情绪，跟洪柳核对过账目，吩咐她把购粮款留出来后，抬起头来盯着洪柳说："洪小姐，不介意的话，有句话憋在我肚子里很长时间了，不知当说不当说。"

洪柳扬起眉毛："郑老板，有什么话不妨直说。"

"从你进公司第一天起，我就喜欢上了你。"郑春仁不想再隐瞒什么了。

"哦，真的吗？"

"没半句假话。"

"郑老板可是有妻室的人。"

"洪小姐说得没错，可你知道吗？我的妻子是我娘和金叔叔硬逼着我娶的。"

"郑老板，对不起，我的心里已经有人了。"

郑春仁吃惊地看着洪柳，正不知道该说什么好，韩吉庆带着吴竞鸣进来了。

韩吉庆指了一下身边的吴竞鸣，对郑春仁道："大哥，这位就是吴老板。"

郑春仁站起来："吴老板请坐。"

吴竞鸣有些难为情地用半个屁股坐到沙发上，偷眼瞧了一眼郑春仁，满脸通红。

伙计进来倒上茶出去了。

郑春仁坐到椅子上看着吴竞鸣："听说你姐夫是'满洲国经济部'的新任'大臣'？"

吴竞鸣点了点头。“你打算改行做粮食买卖？”吴竞鸣嗫嚅道：“我以为他当了这么大的官，能借光挣点钱，没想到崴到沟里去了。”

郑春仁大度地一笑：“没什么，吴老板，谁都有失算的时候。”

吴竞鸣见郑春仁并没有责怪他的意思，脸上带着愧疚说：“郑老板，当着真人不说假话，这事都是那个张秘书出的馊主意，也怨我自己缺德，现在就当一块云彩散了。我呢，吃亏长见识，以后再不想这些歪门邪道了。咱们大路朝天，各走半边。”

“吴老板，我请你来，是想问问你，你手里还能拿出多少钱来？”

吴竞鸣一愣：“你问这个干啥？我手里有多少钱跟你有啥关系。”

郑春仁诚心诚意地对吴竞鸣说：“你不是想赚钱吗？我想成全你，你看怎么样？”

“你啥意思？”

“我想给你百分之三的股份。”

吴竞鸣愣了片刻：“郑老板，我没听错吧，你是说让我出资入股？”

郑春仁一笑：“没错，贩运粮食可是赚大钱的买卖，以后你就不用再开那个茶社了。”

“你说的是真的？”吴竞鸣高兴得差点没从地上蹦起来。

“这还能有假。”

吴竞鸣情不自禁地起身跪在地下“咕咚”磕了个头：“郑老板，我干了对不住你的事，你不计较也就罢了，还让我出资入股，我不是做梦吧。”

郑春仁俯身将吴竞鸣搀扶起来，说：“吴老板不必客气，你要是愿意，从现在开始，就是我公司的股东了。”

“怎么样，吴老板，我没骗你吧。”吴竞鸣不好意思地看着韩吉庆，一句话也说不出来，只是呵呵一个劲地傻笑。

“吴老板，谁都有脑子犯浑的时候，谁也不能保证自己一辈子不做错事，你不必过于自责。”郑春仁说。

吴竞鸣简直到了感激涕零的地步，深施一礼说：“郑老板，我说话没深没浅，你千万别跟我一般见识。”

“怎么会呢，你回去把钱准备好就来找我，今后咱们就是一家人了。”

吴竞鸣再次要跪下磕头，被郑春仁拦住了：“吉庆，代我送送吴老板。”

吴竞鸣从郑春仁的办公室里出来，回到家里，一把抱住自己的女人，在她的脸蛋子上不管不顾地亲了一口，说：“老蒯，看看家里还有多少钱，划拉划拉都给我。”

女人莫名其妙地瞅着吴竞鸣，心里合计，这人咋啦？她摸着吴竞鸣的脑袋：“你是不是疯了，钱没了咱再赚，你一个大老爷们，至于吗？”

吴竞鸣把事情的经过一五一十地说了一遍，女人这才转忧为喜，从柜子里拿出酒来道：“等着，我去炒俩菜，今晚我说啥陪你搁两盅。”

第四十章

很快到了一九三二年的秋天，这天晚上吃过饭，野狼窝的杨晓东一边剔着牙花子，一边问身着制服在辽阳城里当警察回来看他的小儿子：“鸣琦，这些日子日本人在咱周边的几个村子成立了协和会，你在城里当差，这协和会是干啥的？”

杨鸣琦解开衣服扣子，看了看他爹，说：“是给日本人干事的。”

“你明儿个回去打听打听，咱村啥时候成立协和会？”

“我听说快了，就这一两天。”

“要是能靠上日本人这棵大树，今后在野狼窝我可真就说一不二了。”

杨鸣琦觉得给日本人干事费力不讨好，劝他爹：“依我说，你还是死了这份心吧，咱家不缺吃不缺喝的，干吗惹这个麻烦？”

杨晓东捋着稀疏的山羊胡子，煞有介事地教训儿子道：“你还年轻，经的事少，现在是乱世，光有钱有个屁用，要是没人护着你，就像地里刚长出来的小苗，遇到点风啊雨的一下就完蛋了，你以为这份家业得来容易呢。”

“爹，给日本人干事两头不讨好，何苦呢。”杨鸣琦生怕他爹引火烧身。

“我的事不用你管。”

“我看早晚你吃了亏拉倒。”杨鸣琦顶撞道。

杨晓东瞪了杨鸣琦一眼：“你是回来看我来了，还是气我来了。”

杨鸣琦无可奈何地摆了摆手，说：“好，随你便吧。”

“这才是我儿子呢。”

杨鸣琦一赌气开门出去了，一阵风吹进来，桌子上的油灯忽闪了两下灭了，杨晓东费了半天的劲才重新把灯点上。

几天后，野狼窝村老老少少几十口子人被赶到村西头的沙滩地上，几个日本兵端着上了刺刀的三八步枪，牵着吐着舌头的狼狗，站在边上虎视眈眈地监视着众人，五六个伪军端着枪站在四周。鼻子底下留着一撮仁丹胡的曹长武藏一雄拄着军刀站在前面，一个精瘦的翻译官手里拿着一个小本子站在边上。翻译官看了看下边的人，凑到武藏一雄耳边说：“开始吧。”

武藏一雄干咳了两声：“你们都听着，今天把大伙召集到这里，是告诉你们一个好消息，今天野狼窝要成立协和会了。”

翻译官把武藏一雄的话翻译了一遍。

武藏一雄看底下的人半天没有反应，接着大声说：“今天是要选举协和会的会长，你们都听好了，谁要是愿意当会长可以不出荷，日本皇军大大的优待。”底下仍是鸦雀无声。

翻译官瞪起眼睛：“你们怎么都不说话，成立协和会是好事，日本皇军和满洲国要建立东亚乐土，听大日本皇军和满洲国的话不会有你们的亏吃！”

这时杨晓东分开众人走到前面，问：“什么叫出荷？”

翻译官抬起眼皮看了看杨晓东：“出荷吗，就是把打下来的粮食按照日本人定的价卖公粮。”

杨晓东听完心中暗自高兴：“这么说，要是当这个会长，就可以不卖公粮了，打下来的粮食都是我自个儿的了？”

翻译官扭过头去对武藏一雄道：“他说不出荷，粮食都是他自己的了。”

武藏一雄伸出大拇指：“呦西，呦西。”

翻译官转过身来看了看杨晓东：“你说得对。”

杨晓东一仰头：“这是好事啊，没人干，我来当这个协和会的会长。”

翻译官凑到武藏一雄跟前：“他说要是不出荷，他愿意当协和会的会长。”

武藏一雄走过去，拍了拍杨晓东的肩膀：“你的，满洲国大大的良民，大日本皇军绝不会亏待你。”

杨晓东带着一脸的谄媚：“谢太君，在下愿意为皇军效力！”

站在人群中的胡庆仁老汉使劲往地上啐了一口唾沫：“奴才，把祖宗是谁都忘了！”

杨晓东转过身来嘿嘿一笑，颤着几根稀疏的山羊胡子说：“你不想干咋还不让别人干，你说我是奴才，我就是奴才，这年头只要不吃亏就行，谁还管得了那么多。”

人群一阵骚动，很多人忍不住骂出声来：“狗汉奸。”

武藏一雄用力干咳了两声：“好了，今天就到这，以后谁要是不听杨会长的，统统死了死了的有！”说罢，一挥手，带着人走了。

杨晓东将武藏一雄送到村口：“皇军走好！”

直到看着武藏一雄带着人走远了，杨晓东才哼着小曲，一步三晃地往家里走去。

过了秋收没几天，杨晓东就接到了武藏一雄给各家各户分摊下来的荷粮。杨晓东带着人催要了好几天，收上来的粮食还差一大截。天刚亮，杨晓东便一骨碌爬起来要穿衣服下地，小老婆伸手把他拉住了："起这么早干啥，人家还没睡醒呢。"

杨晓东没好气地把她推开了，不耐烦地说："睡，睡，你没看天都大亮了吗，皇军派下来的出荷粮已经五六天了，还差不少没收上来呢，要是到了日子粮食凑不够数，日本人怪罪下来，我可担待不起。"

小老婆满脸不高兴地翻身坐了起来："呦，我看你自打当上了这个协和会长，觉得有日本人撑腰了是不是，整天像腰里别着扁担似的在村里横晃，看谁不顺眼动不动就训人家一顿，照这样下去，村里人全都得让你得罪遍了。"

杨晓东不满地睨楞了女人一眼："真是妇人之见，我既然想当这个协和会长，就不怕得罪人，我就想在村里说一不二。"

女人撇着嘴讥讽道："行了吧，嘚瑟大劲了，非跌个鼻青脸肿不可。"

杨晓东装作没听见，穿上衣服下地，出门走了。

他带着三喜子和旺财先去了胡庆仁家，从胡庆仁家里出来又走了两户人家，便摇摇晃晃地来到了郑满仓家门口。三喜子走过去，啪啪地将大门拍得山响："开门！"

听到动静回毅媳妇从屋里出来问："谁呀？大早起的。"

三喜子大声道："协和会的！"

回毅媳妇把门打开，见是协和会长杨晓东和三喜子、旺财，问："这么早，杨会长有事吗？"

杨晓东大摇大摆地进了院子："让你们家管事的出来。"

"有事跟我说吧，大嫂还没起来。"

杨晓东沉下脸瞅了瞅回毅媳妇："去，喊她起来，就说我来了。"

"好吧，你等一会儿。"

回毅媳妇进屋不大一会儿，搀着王金岫出来了。杨晓东上上下下打量了一番王金岫，见这个女人颇有姿色，心里禁不住一动。他走过去围着王金岫转了一圈，不怀好意地笑嘻嘻地说："嘿，没想到土窝窝里还藏着一只金凤凰，郑满仓这傻小子艳福不浅啊，还有这么个天仙似的漂亮媳妇。"

王金岫装作没听见，拢拢头发问："杨会长是不是来要荷粮啊？"

杨晓东色眯眯地看着王金岫，心猿意马地点了点："你还算明白。你家的荷粮什么时候能交齐，日本人可都催了好几次了。"

王金岫还是第一次跟杨晓东打交道，她听说，这个老财主一直在暗中跟他们家较劲，一句话也不想跟他多说："杨会长，我算了一下，要是按照你说的数把荷粮都交齐了，我家可就剩不下多少了，一大家子人吃什么？"

杨晓东不错眼珠地盯着王金岫，越看越觉得这个女人的模样迷人，不觉神魂颠倒地往前凑了凑，说："交多少荷粮我说了算。"说着，不怀好意地动手想去摸王金岫的脸蛋。王金岫侧了侧身子，道："杨会长，你是冲粮来的，还是冲人来的？"

说着扬起手来"啪啪"给了杨晓东两个大嘴巴。

杨晓东一愣，没想到面前的这个女人竟如此泼辣，捂着腮帮子暴跳如雷："嘿，你个臭娘们儿，敢打我！"

"你是人还是畜生？"回毅媳妇在一旁质问道。

王金岫拢拢头发，朝地上啐了一口唾沫，一字一顿地说："杨会长，除了后院拴的那头驴，我还从来没打过人。"

杨晓东捂着通红的腮帮子，斜楞着眼睛，怒气冲冲地吼道：“我告诉你，你家的荷粮一个粒都不能少，到时候要是交不齐，我就让皇军把你抓起来灌辣椒水。”

说完杨晓东头一摆，气哼哼地带着三喜子和旺财出了院子。

回毅媳妇关上门骂道：“不要脸！畜生！”

黑风寨的大厅里人影绰绰，悍匪老山豹敞着怀，眼珠子通红，跟二当家的和两个土匪一边喝酒一边划拳。前几天老山豹下山又砸了个哑窑，让他十分恼火，眼瞅着快揭不开锅了，他打算再去趟野狼窝。

“三星高照！”

二当家的一伸手：“四喜发财。”

“巧七个啊。”那个土匪伸出去的手还没缩回来，门口放哨的土匪开门进来了：“大当家的，野狼窝的杨晓东来了。”

老山豹抓起桌子上的铜壶仰起脖子灌下一口酒，瞪起眼珠子道：“妈的，这个时候来干啥？让他进来。”

放哨的土匪出去把杨晓东带了进来。老山豹要不是打算用他做点子，这个节骨眼儿上真不想见他：“你怎么来啦？”

杨晓东像孩子见到娘似的，带着满肚子的委屈说：“嗨，别提了，今儿个一大早我让那个瞎老婆子给打了。腮帮子到现在还火烧火燎地疼呢。”

老山豹听了一阵大笑：“你是不是看上那个瞎老婆子了，想占人家便宜，你不撩骚她一个女人咋会打你呢，再说，你现在可是村里一跺乱颤的协和会会长啊。”

杨晓东有些尴尬地摸了摸脸：“我的这点事都让大当家的说破了。唉，怪不得大当家的看上她了，这个娘们儿真是个美人，可没想到浑身带刺。”

老山豹眯起眼睛看着杨晓东，带着几分讥讽说：“扎了你算你有艳福，谁让你撩扯人家了。”

“大当家的，我不能就这么白挨打了，你下山给我狠狠地收拾收拾这个瞎老婆子。”杨晓东道出了来意。

老山豹轻蔑地看着杨晓东，说：“你一个堂堂的协和会会长，怎么还跑到我这叫屈来啦，这点破事，还值得我下山吗？”

“大当家的，不怕你笑话，我这个协和会会长既没人，又没家伙，我除了逼着她多出点荷粮，还能把她咋样？大当家的一定要替我出这口气。”

老山豹听杨晓东说得可怜兮兮的，问道：“让我干啥？”

杨晓东颤着几绺稀疏的山羊胡子，咬着后槽牙说：“把她绑了让她出点血，再让她好好伺候伺候大当家的。”

老山豹把一只脚踩到凳子上，心想：我这正合计去她那砸窑呢，可又怕当着杨晓东的面说出来让他以为捡了个便宜。于是瞧了瞧杨晓东，晃着脑袋说：“行，听你的，这次我接财神，[1]把这个瞎老婆子弄到山上来敲她一笔，再让弟兄们都尝尝鲜儿。”

“这口气要是出不来，我可就窝囊死了。”

老山豹抓起盒子炮在手上飞快地转个圈，把脚从凳子上拿下来，道：“你放心，这口气我替你出，难得你到山上来一趟，在我这住两天，一块儿喝点儿再走。”

杨晓东装出一副巴不得的样子：“大当家的这么看得起我，好，我不走了。”

---

① 土匪黑话，绑票。

老山豹冲外面喊了一嗓子："马驹子，告诉伙房炒俩菜。我跟咱们杨会长整几盅。"

杨晓东一副受宠若惊的样子，却一刻也不想在这个匪窝子里多待，老觉得脚底下冒凉风，浑身不自在。见老山豹挽留他，心一横，打算住一晚就走。

秋日的阳光无遮无拦地倾泻到屋子里，木浒寨议事厅里暖意融融。郑春义挽起袖子对胡进和关明杰说："关团长，我看攻打黑风山的时机已经成熟，按照上次制订的计划，看看咱们啥时候动手？"

关明杰想了想，说："你马上写信请韩吉庆过来，探清了老山豹兵力布置、火力配备、山寨内的布防再动手不迟。"

下晌，郑春仁从刘振清家回来。一进门，伙计过来说："掌柜的，木浒寨有人给您送来一封信。"

郑春仁接过信，问："人呢？"

"放下信人就走了。"

郑春仁进了屋，将信打开，见果然是二弟郑春义写来的。信上写道："大哥见字如晤，生意可好？此次去信，有一事相求，我从法场上劫了一东北军的副团长做教官，此人精通军事，为人正派，经过一年多时间，把一群散兵游勇训练得如狼似虎。我看时机已经成熟，准备攻打黑风山给我娘报仇。为稳操胜券，恳请你让吉庆哥来黑山助我一臂之力。甚盼。"

郑春仁把信放在桌子上，有些犹豫，他心里清楚，老山豹是远近闻名的悍匪，韩吉庆去了一旦有个三长两短的，他这个当大哥的会后悔一辈子。下午他把韩吉庆找了来，犹豫不决地将郑春义写来的那封信递给韩吉庆："春义准备攻打黑风山，想请你去帮帮忙。"

韩吉庆看过信，说：“看来春义成气候了。什么时候去？”

郑春仁思忖了片刻，说：“等明天把买粮食的钱凑齐了你再动身，到时候，我想跟你一块过去。说实话，我不愿意让你去，我想劝劝春义，能不动枪动炮的，就别大动干戈，打仗是要流血死人的。”

韩吉庆没有说什么，他想如果灭了老山豹，就可以让郑春义更多地为抗日出力。为了打鬼子，他早已经把自己的安危忘在了脑后。从郑春仁那里出来，晚上他立即去找洪柳。

洪柳吃过饭收拾好屋子，坐在凳子上，正在灯下翻看辛弃疾的词集，韩吉庆敲门进来了。洪柳放下书，高兴地从凳子上站起来，笑盈盈地问：“你怎么来了，坐吧，我给你倒茶。”

韩吉庆急忙摆手道：“不用了，我来跟你说个事就走。”洪柳不得不带着几分失落坐了下来。

“郑春义想请我去跟他一块攻打黑风山。”

洪柳听了思索了一会儿，觉得这是与郑春义联络感情的一个机会，说：“好哇，你去了以后，除了少数的几个匪首，不要大开杀戒，要尽你所能，让郑春义把劲使在抗日上。”

韩吉庆点点头，说：“你放心吧，我知道该怎么做。”

洪柳伸出手握住韩吉庆的手：“祝你出师大捷，我在公司敬候你的佳音。”

“没问题，你就等着我的好消息吧。”

说完韩吉庆站起身来要走。洪柳充满柔情地拉着韩吉庆的手叮嘱道：“吉庆，打仗非同儿戏，千万多加小心。”

韩吉庆半开玩笑半认真地敬了一个礼，说：“请洪小姐放心，吉庆一定牢记在心！”说完拉开门走了。洪柳站在门口看到韩吉庆从胡同口消失了，才转过身来在心里默默地说：吉庆，我等你平安回来。

暮霭从树林里渐渐地弥漫开来，一棵棵高大的树木变成了模糊的影子。木浒寨议事厅里，郑春义和关明杰、胡进在焦急地等待韩吉庆的消息。郑春义让王财点上马灯，挽起袖子来到院子里，他正举目朝土路上张望，就听从远处传来一阵急促的马蹄响。眨眼之间，随着一声马嘶，郑春仁和韩吉庆已经进了院子。听到动静，关明杰和胡进也从屋里出来了。见郑春仁和韩吉庆从马上跳下来，郑春义上前一把拉住韩吉庆："可把你盼来了！"

他回过身去，一指郑春仁对关明杰道："关团长，这是我大哥。"关明杰一抱拳："久仰、久仰。"

郑春仁见关团长相貌堂堂，仪表不俗，不禁脱口道："二弟请你做教官算是找对人了。"

郑春义又拉过韩吉庆指着关明杰介绍道："吉庆哥，这位就是关团长，我请来的军事教官。说实话，要是没有关团长，这次攻打黑风山我想也不敢想。"

关明杰一抱拳："幸会！"

几个人进了议事厅坐下后，郑春义诧异地问郑春仁："大哥怎么也来啦？"

"听说你要攻打黑风山，我不放心。"

郑春义乐了："我又不是三岁两岁的孩子。再说，不是还有关团长和吉庆哥吗？"

郑春仁盯着自己的弟弟："可你想过没有，一旦交起手来就没深没浅了。你应该知道，老山豹手下的人很多都是没有活路的乡下农民，他们上有老，下有小，要是因为你攻打黑风山让他们把命搭上，不是作孽吗？"

郑春义听了心里生起几分不快，他站起来，把腰间的皮带解下来放到桌子上，看着郑春仁说："大哥，你知道吗？这些年来这帮土匪在这一带到处杀人劫舍，害死了多少人，难道那些人就该死吗？那些个无辜的家庭就该妻离子散、家破人亡吗？更别说他们祸害了多少女人。谁家没有母亲、妻子、姐妹，这些女人难道就该平白无故地受他们蹂躏吗？大哥，我知道你一向宽厚，可这些土匪哪个跟你讲仁慈，他们是一群恶魔、野兽！"

郑春仁一时语塞，路上想好的话这时一句也说不出来了。看着跟自己一块长大的弟弟，知道他再不是在沙滩地上跟一帮半大小子打打杀杀不谙世事的小孩子了："春义，你打土匪我不反对，我是说打仗就要死人，他们虽然做了坏事，但他们也都是庄稼人，难道就没有别的办法让他们改邪归正了吗？"

郑春义挥舞着拳头，义愤填膺地说："大哥，他们是一帮杀人不眨眼的恶匪，匪患不除，谁知道还要有多少人遭殃。再说，娘的眼睛让他们放火烤瞎了，回毅叔叔被他们打死了，三弟被他们打伤了，这个仇你不报可以，我一定要报，这次我非端了他的老窝。"

郑春仁见郑春义心意已决，说："可你一定记住了，除了老山豹几个匪首，其他的人能给他们留条活路的，就不要轻易伤害他们。"

郑春义气呼呼地说："大哥，你咋净说小孩子话，枪子儿又没长眼睛，碰在枪口上算他倒霉，谁让他们净干缺德事了，死了活该。"

关明杰站起来，拉着郑春义坐下，说："人无头不走，鸟无头不飞，我想这次攻打黑风山，咱们要事先定下一条规矩，除了几个死有余辜、恶贯满盈的匪首，剩下的降者一概不杀，你看怎么样？"

郑春义不好再跟关明杰争辩什么，闷着头不吭声了。

韩吉庆见关明杰英气逼人，深明大义，说："关团长说得对，我们既然打出了抗日旗号，就应该把劲儿用在打鬼子上，这次攻打黑风山能智取最好，实在不行，咱们把黑风山里外摸清楚，尽可能减少强攻带来的人员伤亡。”

几个人遂都不再有异议。郑春仁知趣地站起来：“你们这里还有事，我就不再多打扰了。”

胡进一抱拳：“等拿下黑风山，请大哥一块过来喝庆功酒。”

“好吧。”郑春仁从议事厅出来，骑上马走了。

入夜，木浒寨议事厅里灯火通明，郑春义摘下帽子，解开衣服扣子说：“吉庆哥来了，咱们的人算齐了，这次攻打黑风山绝对不能像上次那样秃噜反账的。关团长久经战阵，怎样攻打黑风山，我看还是请关团长先说说看。”

关明杰的目光在每个人的身上扫视了一遍，说：“我们不能打无准备之仗，兵书云，知己知彼方能百战不殆，要先派人摸清黑风寨的情况，我们才能制订具体的攻打计划。”

几个人听了，都觉得关明杰说得有道理。郑春义看着韩吉庆，说：“吉庆哥，这次请你出马，就是想让你带着人先去黑风山探探底。”

韩吉庆带着十足的把握说：“我带两个弟兄明天就过去。”

待一切准备停当，第二天韩吉庆带着两个人，一身的青衣短打扮，一路打马疾行，过了二更天在离黑风山不远的那片黑松林里停了下来。三个人把马拴好，过了一会儿，韩吉庆看看天色已交三更，对边上的两个人说：“待会儿我一个人摸进去，你们两个在外面接应，记住了，不到万不得已，千万不要开枪。”

两个人在黑暗中与韩吉庆击打了一下手掌，一块轻手轻脚地朝黑风山的寨门摸去。

刚走到离寨门不远的地方，突然寨子里亮起了一溜松明火把。韩吉庆心里一惊，转过头来对两个人低声道："坏了，难道老山豹得到消息，知道咱们要来探营了。"

这时那一溜松明火把直奔寨门而来，韩吉庆一摆手，三个人一动不动地趴在了路旁的草丛里。

这时只听"嘎吱吱"一阵响动，门口放哨的两个土匪打开了寨门，从寨子里出来一辆马拉轿车，松明火把下，只见老山豹喝得离溜歪斜地跟一个人大着舌头道："你他妈真没出息，才住了两宿就想你那个小老婆了是不，哪天你还得过来陪我喝点啊。"

"我杨晓东虽说没有酒量，可也好这一口儿，哪天我一定再来跟大当家的好好地喝几盅。"

老山豹拍了拍杨晓东的肩膀："行，我告诉你，你他妈说话可得算话，要不我饶不了你。"

杨晓东嘿嘿一笑，说："大当家的，我家里还有几瓶陈年烧锅，哪天我拿来，咱哥俩儿喝他个痛快。"

"好，够意思，过两天我就把那个瞎老婆子绑到山上来替你出气。"

"好，我走了。"说完杨晓东上了车。车夫一甩鞭子："驾！"马车"嘚嘚"地不一会儿便走远了。几个人打着松明火把搀着老山豹回去了，寨门随后"嘎吱吱"重新关上了。

韩吉庆见寨子里没有了动静，一挥手带着两个人来到寨门跟前。这时已经能清楚地听到两个放哨的土匪说话的声音了。韩吉庆示意两个人停下，向四周观察了一下，随即蹲下身，像一只灵巧的狸猫，几步就蹿到了寨门的边上。这时只听一个放哨的土匪跟另一个土匪说道："看到没，大当家的今儿晚上又喝多了，整天喝酒找女人，不管弟兄们死活，砸一个窑就是哑的，一晃快仨月了，一个大子儿都他妈没弄到手，家里眼看着揭不开锅了。”

另一个土匪也是一肚子的怨气：“是啊，再这样下去，我看老婆孩子都得扎脖。你说，咱还跟他干个啥劲。”

“让我说，趁早回家种地去算啦，不跟他扯这王八犊子了。”

“你小声点，让大当家的听到了，还不把你屁股打烂了。”

“我才不怕呢，大不了这胡子我他妈不干了。”话没说完，他突然捂着肚子蹲下身去说：“哎哟，今晚上吃饭戗风了咋的？肚子疼了一晚上了，我去上趟茅房，你精神着点。”说完捂着肚子一溜烟跑了。

韩吉庆待那个土匪走后，随手从地上拾起一块土坷垃，朝放哨的那个土匪的身后扔去，听到响动，趁他一扭头的工夫，韩吉庆施展轻功已经飞身进了不高的寨门。进去没走多远，发现前面又是一道寨门，借着星光，只见两扇寨门用几根粗大的木头做成，上面围有蒺藜网，紧紧关着，并没有人把守。韩吉庆两脚点地纵身越过这道寨门，发现里面是一条弯弯曲曲的山间小道，两旁的山坡虽然不高，却十分陡峭，上面长满了松树。

顺着这条小路往前走了没多远，眼前出现了一片很大的开阔地。开阔地的尽头山坡底下盖着几趟房子，最外面是三间很大的木板房，这时其他房子里的灯都熄了，只有这三间房子里的灯还亮着。

韩吉庆蹑手蹑脚地正想往前走，两个背着枪的土匪打着火把，一边敲着铜锣，一边朝这边走来。韩吉庆闪身躲到一棵树后，等两个巡夜的土匪过去，举目望去，星光下只见寨子三面环山，山不高，但每座山上都建有一个放哨的岗亭，里面的灯光忽闪忽闪的，鬼火一样亮着。

这时，只见刚才走过去的那两个巡夜的土匪打着火把，敲着铜锣，顺着一条小路上了后山。韩吉庆踮起脚，刚想跟着巡夜的两个土匪去看个究竟，突然从那三间木板房的暗处钻出两个人来，韩吉庆趴在地上，只听一个土匪抱怨道："大当家的半夜三更不睡觉穷折腾，困死我了。"

"刚划拉了一个娘儿们回来，新鲜劲还没过呢。"

"他倒是乐了，咱们可苦了。"

"忍着点吧，谁让咱们来这当胡子了。"

韩吉庆暗想，这一定是匪首老山豹住的地方。这时他朝后山的路上看了看，见两个巡夜的土匪进了山上的瞭望亭，便返身顺原路退了出来。

这时那个拉肚子的土匪还没回来，只听剩下的这个土匪骂骂咧咧地抱怨道："这个王八蛋，去拉个屎半年，把我一个人扔这，这要是碰上劫寨的不坏菜了！"

韩吉庆捡起一颗石头子，一甩手扔了过去，放哨的土匪吓得一激灵，端着枪走了过去，见周围黑漆漆的，只有风一阵阵地把干枯的树叶吹得发出"哗哗"的声响，骂了一句："妈的，吓我一跳。"韩吉庆趁机飞身从寨子里出来，悄无声息地来到两个人埋伏的地方，三个人猫着腰撤了下来。

回到松树林，几个人翻身上马，连夜回了木浒寨。

木浒寨议事厅里几盏马灯一直亮着，毫无睡意的郑春义见天已经大亮了，掏出怀表看了看，问胡进："不知道吉庆哥这营探得咋样啦。"

坐在一旁打瞌睡的胡进抹了一把脸，站起来，满有信心地说："凭吉庆哥的功夫，肯定没问题。"

"话好说，老山豹可不是白给的。"

这时，门口的哨兵进来报告说："探营的回来了。"

随着一声马嘶，韩吉庆从外面大步走了进来。郑春义早已急不可待了："吉庆哥，咋样，寨子里的情况都摸清了吗？"

韩吉庆坐下，对关明杰说："关团长，你判断得一点没错，老山豹的确是个非常狡猾的惯匪，山寨选的位置很隐蔽，易守难攻。”

关明杰颔首道：“说说看。”

韩吉庆把枪拿下来放在桌子上，松开绑腿，喘了口气说：“黑风山山寨三面环山，老山豹在每个山头上都设置了瞭望哨，寨子里一有动静，立刻就会被山上放哨的土匪发现。山寨正面一共有两道寨门，第一道寨门进去后，隔不远就是第二道寨门，这第二道寨门无人看守，但即使攻破了第一道寨门，因为两道寨门中间的空间十分狭窄，大队人马很难快速展开，有劲也使不上。”

韩吉庆坐直了身子，接着说：“更棘手的是，即使是我们把第二道门打开攻进去，里面是一条很窄的山间小路，这条路两旁的山坡虽然不高，但非常陡峭，上面长满了大大小小的松树，我们即便侥幸得手，大队人马也很难在这样窄小的地带快速推进。这就给老山豹的反击提供了时间，也就是说，老山豹一旦听到动静，就会立即带人封锁这条山路，并迅速占领道路两侧的山坡，如果我们继续强行攻击的话，就会遭到迎面和两侧土匪的射杀。而对我们更为不利的是，我们在明处，他们在暗处，我们进去一旦进展受阻，就会被压制在这条狭窄的山路上，被动挨打。

胡进挠挠脑袋倒吸了一口凉气，脱口道：“老山豹有一套啊。”

韩吉庆扭过身去，冲着胡进点了点头：“老山豹的确十分狡猾，他在后山还专门修了一条路，这样，我们即使攻到寨子里面，老山豹也会一面组织反击，一面从后山快速撤离。”

郑春义站起来，在地上走了几步，停下说：“看来黑风山还真是个刺猬，弄不好，肉没吃到嘴里，先把手扎了。”

胡进一吐舌头：“多亏上次见好就收，要是硬往里攻，进去恐怕就出不来了。”

郑春义重新坐下，眼睛一眨不眨地看着关明杰，道：“关团长，打仗你是行家，你说咋打，我们听你的。”

关明杰仔细思考了一会儿，说：“好吧，既然你们信得着我，那我就说说我的打算。”

关明杰站起来，把桌子上的茶碗和茶壶都拿了过来，他拿起茶壶说：“根据吉庆侦察到的情况，这是黑风山的匪巢。”接着他在茶壶的周围摆了三个茶碗，“这是寨子周围的三座山头。”他又拿过两只茶碗摆在茶壶前面，“这里是黑风山正面的两道寨门。我的想法是，派一分队埋伏在南面的山脚下，然后让二分队上后山。”

关明杰抬起头来看着韩吉庆，接着说：“吉庆跟随二分队一块行动，你们到后山后，设法找到从寨子里通往后山的那条山路。然后顺着这条路摸上去，任务是干掉哨兵后，把守住土匪的退路。然后点三支火把为号。我和春义、胡进带领骑兵分队埋伏在寨门正面，见到你们的信号后，马上让骑兵分队从寨门正面展开攻击，我想老山豹听到动静后，一定会带领土匪快速集中到前面寨门这里，这样二分队从后山下来，从背后打他个措手不及，而且最好事先准备一些鞭炮放到铁桶里，以虚张声势，造成大队人马进攻的架势。老山豹就是再狡猾，毕竟是一个土匪，没有受过正规的军事训练，在我们的前后攻击下，我想他很快就会乱了阵脚。这样，老山豹一定会向后山逃窜，这时正面进攻的骑兵分队一旦攻破寨门后，立即展开追击，并迅速抢占道路两侧的山坡，不惜任何代价把老山豹压缩到寨子里的空地上。”

韩吉庆略一思索，问：“如果老山豹在我们没有得手前，就占领了前面寨门两侧的山坡，怎么办？”

关明杰思忖片刻，说：“骑兵分队可事先准备好大量火把煤油，到时候将火把蘸上煤油点燃，扔到山坡上，含有大量油脂的松树遇火会很快燃烧。

同时组织所有火力向两侧山坡射击，迫使土匪从山坡上撤离，以减少我们的伤亡和进攻的阻碍。我的要求是仗一旦打起来，正面骑兵分队攻击要猛。从后面进攻的二分队动作要快，要狠，这样就可以把老山豹压缩到那片开阔地上予以围歼。”

“老山豹要是拼死从后山逃跑咋办？”胡进带着疑问道。

关明杰挪动了一下茶壶后面的茶碗，说：“老山豹要是从后山撤退，就正好中了我们的埋伏，隐蔽在南面山下的一分队就可以趁机打他个措手不及。你们看这样行吗？”

郑春义一拍大腿：“好！就这么定了！”

这时，操练场上传来嘟嘟哒，嘟嘟哒开始训练的号声。王财打来水，几个人洗了一把脸，开始分头去做准备了。

第二天，按照计划，韩吉庆带着一分队和二分队的士兵趁着夜色来到离黑风山不远的一个只有十几户人家的村子。韩吉庆轻轻敲打一家房门，过了一会儿，一个老汉将门打开问：“你找谁？”

韩吉庆一抱拳：“老伯，打扰了，我们想找一个带路的。”

“去哪？”

“我们是辽西抗日支队的，想攻打黑风山。”

老汉疑惑地看着眼前这个年轻小伙子：“真的吗？”

“这还能有假，今晚我们就想端掉这个匪窝。”

老汉听了一跺脚：“老山豹这个王八蛋也有今天！好，让我儿子给你们带路。”

老汉转身进屋把儿子喊醒了。小伙子穿上衣服出来，听说有人要攻打黑风山，二话不说，带着韩吉庆就走了。

在小伙子的带领下，韩吉庆带着人马很快就摸到后山。那个小伙子显然对这一带非常熟悉，他看了看韩吉庆，说："这里就是黑风寨的后山了，你说的那条路就在前面不远。"

韩吉庆一招手，张鲁从后面上来，韩吉庆说："你带着人在这里埋伏起来，我带着二分队上去。"

布置完，韩吉庆一挥手："走！"

又走了没多远，那个小伙子就停了下来，用手拨开灌木丛，指着一条从山上下来的小路，说："就是这儿，从这里可以直接到山顶。"

韩吉庆点点头，带路的那个小伙子说："修这条路时老山豹硬逼着我们村里的十几口人干了一个多月，完事一个大子儿没给，连饭都吃不饱，大伙都恨死他了。"

韩吉庆拍了拍小伙子的肩膀，说："放心吧，我们一定给你出这口气。"

"这小子坏透了，附近十里八村都让他给祸害惨了，他是怕有人来劫寨才修的这条路。"

韩吉庆在黑暗中看着那条时隐时现的小路，说："这里没什么事了，你回去吧，时间长了你爸爸该惦记你了。"小伙子转身走了。

韩吉庆带着二分队顺着这条路攀爬而上，山上到处漆黑一片，除了从树林里不时传来几声鸟叫，四周寂静无声。没走多远，发现路中间拦着几根粗大的圆木，上面缠着铁蒺藜。山坡上有一座木板房，里面点着一盏油灯，一个土匪在里面放哨。

韩吉庆一摆手，士兵们迅速隐蔽起来。这时那个哨兵出来撒尿，刚把裤子解开，韩吉庆一挥手，跟在他身后的两个士兵猛扑过去，将哨兵打翻在地，没等他反应过来，便把他捆上了。

后面的士兵搬开栅栏，又向前走了没多远，又是几根粗大的木头把路拦了起来了。边上照样搭着一间茅草棚。里面的灯大概快没油了，火苗一跳一跳的，像要熄灭的样子。只听里面放哨的土匪骂骂咧咧地说：“妈的，喝多了，忘添油了，一会儿这灯要灭了，半夜三更的连个亮都没有，黑灯瞎火的，上来人可就抓瞎了。”

韩吉庆一挥手，两个士兵猫着腰来到草棚跟前学了两声狗叫，放哨的土匪从里面走出来：“妈的，半夜三更的哪来的野狗跑这瞎叫唤。”

一个士兵从后面猛扑上去，用胳膊勒住他的脖子，另一个士兵将一块破布塞到他的嘴里，两个人嘁里咔嚓把这个土匪捆了个结结实实。搬开圆木，士兵们一个接一个地继续向上爬去。

韩吉庆带着人来到山顶上，只见在一块平地上，建有一间木板房，房子的边上用木头搭建了一个很高的瞭望台。韩吉庆挥手让士兵们埋伏在草丛里，独自带着一个士兵来到木板房前。韩吉庆侧耳听了听，里面传出打雷一样的鼾声，韩吉庆伸出手指蘸上吐沫捅破了窗户纸往里一看，只见飘忽的油灯下，一个胖大的土匪袒露着肚皮睡得正香，发出的鼾声震得窗户纸嗡嗡直响。

韩吉庆转过身来抬头看了看瞭望台，见上面一个土匪哈欠连天，正抱着枪在来回走动。

韩吉庆示意那个士兵留下来监视屋里睡觉的土匪，然后躬下身一猫腰，“噌噌”几下就上到了塔顶。

韩吉庆趁那个土匪转身的当口，“啪”地伸手拽住他的脚踝，向后一用力，那个土匪像绊到了树桩上，“啪叽”摔了一个嘴啃泥。他刚想翻身起来，韩吉庆早已飞身跃起，将他死死地按住，掏出绳子把他捆了起来。

韩吉庆低声道：“你不用害怕，我不会杀你，说，今天晚上寨子里有多少人？”

那个土匪吓得上牙打下牙，一个劲地哆嗦，结结巴巴道：“寨子里，有、有，有一百多弟兄。”

“你们大当家的在不在？”

“大当家的这两天不知道又搁哪划拉来一个小娘们儿，天天晚上都在寨子里过夜。”

“兄弟，对不住了，等我们拿下黑风山再放了你。”

说完韩吉庆将他的衣服撕下一条把嘴堵上，飞身从上面下来，带着几个士兵来到木板房前，见那个胖大的土匪仍在酣睡，便开门进了屋。

韩吉庆低声吩咐道：“把他捆上。”

两个士兵点了点头，上前一左一右，按住了那个土匪的胳膊，掏出绳子正要捆，这个土匪突然惊醒过来。一睁眼看到身边有陌生人，刚想张嘴喊叫，被韩吉庆用床头的一块擦枪的破布把他的嘴堵上了。

韩吉庆看士兵把这个胖大的土匪捆结实了，出来告诉分队长刘铭：“点火把。”

一个士兵把事先准备好的三支火把点燃了。

埋伏在黑风山正面的郑春义、关明杰和胡进见南面山头上亮起了三支火把，知道韩吉庆得手了。

关明杰抽出盒子枪命令道：“开始攻击！”

骑兵分队长胡彪接到命令大喊一声：“弟兄们，给我打！”

士兵们纷纷点亮了手中的松明火把，高声呐喊起来：“冲啊，抓住老山豹有赏啊！”手里的长短家伙一块朝寨子门口的哨兵刮风一样横扫过去。

一个放哨的土匪被子弹击中，立刻倒地而亡，另一个土匪见状撒腿就往寨子里跑，来到老山豹住的房子跟前，一边“啪啪啪”用力敲门，一边大声道："大当家的，不好了，有人劫寨！"

老山豹一把推开身边的女人，纵身从床上跃起，快速从枕头底下摸出枪来，一个箭步冲到门外："怎么回事？"

放哨的土匪上气不接下气地说："不好了，大当家的，有人劫寨！"

老山豹向天上"啪啪"放了两枪，高声道："快，敲锣！"放哨的土匪从树上摘下铜锣，"哐哐哐"地使劲敲起来。听到锣声，土匪们从屋子里冲出来，站到院子里，老山豹一挥盒子炮："弟兄们，有人劫寨，给我顶住！"

老山豹带着人朝前面的寨门扑去。没想到，刚上了小路，迎面就是一阵连珠炮式的枪响，跑在前面的几个人被打倒在地。

老山豹挥舞着盒子炮，大声道："快，上山！不能让他们进来！"

说着想带着人往两侧的山坡上爬，可土匪们一看前面的弟兄被打倒了，顿时如惊弓之鸟，无心再战，扭头就往回跑，老山豹也被裹挟着往回退去。气得他朝天上"啪啪"开了几枪，土匪们这才站了下来。可后面又是一阵枪响，骑兵分队的士兵已经冲了上来，就在老山豹一愣神儿的工夫，又有几个土匪被子弹击中倒在了地上。

老山豹骂道："妈的，还是硬茬子啊！"

这时马驹子跑过来："大当家的，完了，顶不住了，撤吧！"老山豹大喊一声："弟兄们，往后山撤！"

土匪们立刻不顾一切地一窝蜂似的朝后山的小路奔去。

老山豹一边跑，一边问身边的马驹子："妈的，哪个山头的绺子，这么冲。"

马驹子也蒙头转向："不知道啊，火力太猛了，咱们根本不是个儿。"

出乎老山豹意料的是，没跑多远，就听到前面枪声大作，子弹"嗖嗖"

地迎面飞来。韩吉庆更是弹无虚发，一枪一个，专打土匪的大腿，转眼之间几个土匪就倒在地上。后面的土匪再不敢往前冲了，停了下来。

老山豹一挥手："快，趴下！"

土匪们分散开来，趴在地上进行还击，韩吉庆身边的两个士兵被击中倒在地上。

这时前面的关明杰、郑春义、胡进带着骑兵分队已经冲了过来，枪声大作，士兵们举着火把，老山豹和土匪们一下暴露在火把的光亮之下，一个土匪刚举起枪来，被韩吉庆一枪击中了胳膊。

这时郑春义大声喊道："黑风山的弟兄们听着，别再跟你们大当家的当土匪了，你们跑不了了，我郑春义绝不跟弟兄们过不去，我是找老山豹算账来了！我说话算话！"土匪听到郑春义的喊话，都不再打枪了。

老山豹趁乱冲着郑春义举起枪来，韩吉庆看得真切，抬手一枪正中老山豹的手腕，老山豹疼得"啊呀！"大叫一声，用另一手紧紧握住受伤的手腕，手里的枪"哐当"掉在了地上。

韩吉庆让两个士兵过去将老山豹用绳子捆了起来，押着他来到空场上。

其他的土匪见大势已去纷纷把枪扔到地上，韩吉庆带着人把他们集中到了一块。

郑春义吩咐道："来人，把老山豹给我捆到树上去！"

两个士兵上前把老山豹结结实实地绑在一棵大树上。这时从老山豹住的木板房里跑出来一个披头散发的女人。不顾一切地冲了过去，一头扑到老山豹身上，几个士兵想拦住她，可她像疯了一样，在老山豹身上又撕又咬，大声哭喊道："老山豹，你不是人！我还有什么脸去见孩子他爹。我不活了！"说罢，爬起来转身一头撞在树上，顿时脑浆迸裂，气绝而亡。

蹲在空场上的一个土匪见状站起来嚷道："我们也不干了，这胡子我们他妈早当够了，走到哪都被人骂，还不如回家种地呢。”

其他的土匪纷纷响应：“对，回家种地去！”

郑春义走到老山豹跟前，用马鞭子抬起他的下颌：“你听到没有，我今天就是放了你，也没人跟你干了。”

老山豹抬起头来看了看郑春义，问：“河水不犯井水，你们是哪个山头的？”

“我们是辽西抗日支队的。”

“我跟你们也没结梁子，咱们有话好说。”

“你说得好听，你看看我是谁？”

老山豹又上上下下打量了打量郑春义，摇了摇头：“报个蔓吧。”

“你去我家要饭，忘啦？”

老山豹一愣：“你是那个瞎老婆子的儿子？”

郑春义用马鞭子拍打着老山豹的脸：“没错。说吧，我该怎么处置你。”

老山豹突然一阵狂笑：“哈——哈——哈——我老山豹精明一世，没想到末了落到你个小毛孩子手里，让你摘了瓢儿，我他妈窝囊啊！”

郑春义轻蔑地看了老山豹一眼，说：“你一把火把我家的粮食垛点了，我娘的眼睛被火活剌剌地烤瞎了，我师父也被你给打死了，我弟弟又被你打断了好几根肋条骨，小命差一点就交代了。这个不说，你自己说，你这些年杀了多少人，祸害了多少大姑娘、小媳妇，抢了多少人家的东西。”

老山豹闭上眼睛道：“随你便吧！给个痛快的。”

郑春义冷眼看着老山豹：“没那么便宜。给我架柴火！”

几个士兵很快在空地上架起了柴堆。王财泼上煤油，老八将柴堆点燃了。在熊熊的火光中，郑春义看着面前的仇人说：“老山豹，一枪打死你，我无法向我娘，我师父，向那些被你打死的人交代。”郑春义用手指了指在树上撞死的那个女人：“更没法向那些被你糟蹋的女人交代。”

老山豹目不转睛地看着郑春义：“你他妈动手吧，别跟个娘们儿似的磨磨叽叽的。告诉你，我老山豹好歹也是一条汉子，我要是在你个小毛孩子跟前服软，我就白在江湖上混这么多年了。你他妈要是有能耐，等着，下辈子咱再较量较量！”

郑春义嘿嘿一笑：“你坏事做绝，咎由自取，就是到了阴曹地府，那些被你害死的人也饶不了你！”

郑春义一挥手，上来几个士兵把老山豹从树上解开，架着他扔进了熊熊的火堆里，老山豹至死一声没吭。

关明杰叹道：“这小子还真是条汉子，可惜走错了路。”

郑春义来到被俘虏的土匪跟前：“弟兄们，你们有愿意抗日打鬼子的我欢迎，不愿意跟我走的随你们便。可你们都给我听好了，今后要安分守己，如果再为非作歹，让我知道了，绝饶不了你们。”

有二十几人站了起来：“我们跟你走！”其他的人拿上自己的衣物各奔东西了。

这时天际已经现出了一抹鱼肚白，晨光中郑春义和关明杰率领大队人马离开了黑风山。

第四十一章

杨晓东从黑风山回来一进门，他的小老婆就扑到他身上气急败坏地又抓又咬：“你个不要脸的老东西，上哪撩骚去了，你还知道回来啊，我以为你死在外头了呢。”

杨晓东不知道小老婆为啥冲他撒泼，没好气地把她推开，问：“咋啦，谁欺负你啦？”

杨晓东的小老婆鼻涕一把泪一把地数落道：“昨个儿村里都轰轰开了，说你去调戏人家老郑家的媳妇，让人家一个大嘴巴子把脸都打歪了！你说，你吃着锅里惦记着盆里的，跟你我算倒了八辈子霉了。”说完不管不顾地呜呜哭起来。

杨晓东捋着稀疏的山羊胡子心里纳闷，哪个王八蛋嘴这么快，等我逮着他，非把他的嘴缝上不可。

杨晓东过去用手捧起小老婆的脸，说：“行了，他们胡咧咧你也信，别听风就是雨。”

这时协和会的三喜子一头闯进来，见杨晓东正捧着女人的脸用手给她擦眼泪，想退出去，被杨晓东给喝住了：“你给我回来，进来怎么也不吱一声，啥事把你急成这样？”

三喜子有些尴尬地伸了伸舌头，说：“杨会长，日本人昨天来一回了，我遥哪儿找了你半天，今天日本人又来了，看样子是有啥急事，您快过去看看吧。”

“妈的，我天天在家待着也没事，我这才出去两天事就来了，真他妈放屁砸了脚面子——邪了门儿了。”杨晓东穿上衣服急三火四地跟三喜子去了协和会。

武藏一雄见杨晓东进来，脸色很难看，拄着指挥刀跟翻译叽里咕噜地说了一通。那个瘦得一阵风就能吹跑的翻译官看了看杨晓东，说：“太君说了，已经这么多天了，你们村该出的荷粮为什么还没凑齐？”

杨晓东连点头带哈腰：“太君息怒，我天天带着人在催要，一半天我就按皇军要的数，把荷粮凑齐了送过去。”

翻译官把杨晓东的话说给武藏一雄后，武藏一雄竖起大拇指：“你的，满洲国良民大大的。”

杨晓东双手抱拳：“只要太君满意就行。”

武藏一雄又叽里咕噜地说了一通。翻译官对杨晓东道：“过两天皇军要征集一批苦力到黑龙江挖煤，你们野狼窝要出十个人，限你在十天之内把人凑齐了，少一个也不行。”

“这个好说，请太君放心，不出十天我肯定把十个苦力一个不少地送过去。”

武藏一雄笑了：“你的，皇军的有赏。”

杨晓东受宠若惊地连连鞠躬。武藏一雄收起指挥刀：“开路！”说完带着人出门骑上马走了。杨晓东一边往回走，一边心里嘀咕，这日本人咋不是这事就是那事呢，看来我家老小子说得对，给日本人干事真他妈麻烦。

夜已经深了，野狼窝杨晓东家上房里的灯光一闪一闪地映出两个人影。杨晓东毫无睡意，心神不安地倒了一杯水喝了一口，对坐在对面的小老婆念叨说："我这眼睛怎么一个劲地跳，不会出啥事吧。"

杨晓东的小老婆看杨晓东坐也不是站也不是的样子，揶揄道："你今天逼着人家出荷粮，明天调戏人家女人，不出事就怪了。"

杨晓东伸手过去在小老婆的脸蛋上捏了一把："你懂个屁，我算了，我要不当这个协和会会长，咱家这点粮食都得出荷。"

这时窗户外头突然传来一长两短蛤蟆叫，杨晓东听了说："老山豹来了。"话未说完，杨晓东扔下女人开门从屋里出来，只见院子里到处黑乎乎的，除了远处传来的几声狗叫，听不到一点声响。他把大门"吱扭"打开了一条缝，一个人闪身从外面进来了。杨晓东定睛一看，来人并不是老山豹，是马驹子。

"就你一个人？"黑暗中马驹子点了点头。

杨晓东把大门关好，把马驹子让到上房。进屋一看，杨晓东吓了一跳。只见马驹子浑身是血，脸上青一块紫一块，胳膊用布条吊着，腿也瘸了。杨晓东吃惊地问："你这是怎么啦，出啥事啦？"

马驹子叹了一口气："唉，完犊子了，昨个半夜咱黑风山的老窝被端了。"

杨晓东忙不迭地问："大当家的呢？"

"大当家的被你们村里那个姓郑的小子扔到火里活活烧死了，二当家的命大，晚上去镇子里喝酒没回来，剩下的人死的死散的散了。"

“你是咋跑出来的？”

“他们把愿意回家的放了，我家里没人了，就投奔你来了。”

杨晓东听了心里咯噔一下凉了半截，颤着几绺山羊胡子说：“真不知道哪个耗子能成精，郑家二小子还真把黑风山给灭了。”

马驹子咬牙切齿地说：“大当家的仇我非报不可。”

杨晓东拍了拍他的肩膀：“你放心，我兄弟不能就这么白死了，你就留在我这儿吧。”

马驹子点点头。杨晓东吩咐小老婆说：“你去找几件衣服给他换上，带他去擦洗擦洗，把管跌打损伤的药给他上点。”

小老婆斜楞了杨晓东一眼，带着马驹子出去了。杨晓东望着窗户外面黑黢黢的夜空，心里像被人用什么东西掏空了一样有些六神无主。他本想借老山豹狐假虎威地多积攒些家当，哪承想，一宿的工夫，威震一方的山大王竟树倒猢狲散了。想投靠日本人占点便宜，可越来越觉得像是被放在火炉上烤，一不小心，兴许就掉下去被烧个半死。想到这他脊梁骨往外冒凉风，禁不住打了个冷战，尿也跟着下来了。他出门去茅房，见西屋里女人在给小马驹子上药，两个人一副亲昵的样子，他用力干咳了一声，心里骂道：小妖精，看我怎么收拾你。

洪柳吃过饭，正在灯下翻看辛弃疾的词集，只听外面有人敲门道：“洪小姐在吗？”

洪柳一听是韩吉庆的声音，放下书打开门一看，果然韩吉庆站在外面，她一把将他拉进屋里，上上下下看了一遍说：“呦，咱们的剿匪英雄回来了。”

韩吉庆让洪柳看得有些不好意思起来：“瞧你，我这不是没少胳膊没少腿地回来了吗？”

洪柳让他坐下，问：“怎么样，仗打得顺利吗？”

韩吉庆避开洪柳火辣辣的目光，说：“关团长指挥有方，咱们的人除了几个挂彩的，一个人没死就拿下了黑风山，匪首老山豹被生擒活捉了。”

洪柳拉过韩吉庆的手，深情地看着自己心中的恋人，轻声说：“你知道吗，你走的这几天晚上，我一直睡不着觉，你看我眼睛是不是都熬红了。”

韩吉庆岔开话题道：“洪小姐，我是来你这里汇报工作的。”

洪柳一笑：“好，说吧，我给你倒茶。”

“我这次去木浒寨，看到郑春义和他几个同学身上都有一股子疾恶如仇的劲儿，关团长又是东北军有名的虎将，治军有方，连张学良都非常赏识他。郑春义的队伍本来一盘散沙，可是在他的训练下，已经成为很正规的一支武装部队了。”

“要是这样的话，完全是我党可以争取的一支抗日力量了？”

“我看没问题。他们给自己起的番号就叫‘辽西抗日支队’。”

洪柳沉思了片刻，说：“你的任务完成得很出色，我会如实向上级党组织汇报的。”

韩吉庆想起身告辞，洪柳却拉着他坐下，说：“哪次来都急三火四的，我这又没拴着老虎，坐下再聊一会儿嘛。”

停了片刻，见韩吉庆还是想走的样子，她眨着一双水汪汪的大眼睛，翻弄着手里的辛弃疾词集，找了个话题说：“辛弃疾一生力主抗金，曾上《美芹十论》与《九议》，尽管显示出其卓越的军事才能，却无用武之地。”

韩吉庆只好将身子朝里挪了挪，说：“你说得对，辛弃疾在词中所抒写的力图恢复国家统一的爱国热情，不知道感染了多少人，字里行间抒发的壮志难酬的悲愤，更是令人同情。”

洪柳没想到，韩吉庆对这位词人同样有很深的了解，这更加让她困惑不解，凭着女人的直觉，她知道韩吉庆并不是不喜欢她，却为什么总是一副拒她于千里之外的样子，他的内心深处到底隐藏着什么无法言说的苦衷呢?

第二天晚上，郑春仁正在翻看当天的《盛京时报》，门房进来禀报，说洪小姐和韩吉庆来了。

郑春仁放下报纸，见两个人进来，上前一把拉住韩吉庆的手，迫不及待地问："吉庆，什么时候回来的，怎么样，黑风山拿下来了吗？"

"出师大捷，老山豹的匪巢不但被我们给连窝端了，老山豹也被生擒活捉了，就是那个二当家的没在寨子里，跑了，算便宜他了。"

"太好了，我娘和我师父的仇总算报了。老山豹恐怕做梦也没想到，会败在二弟手里，这真是冤有头，债有主啊。"

"这次剿匪，吉庆立了头功。"

郑春仁竖起大拇指："明天我在德鑫楼请吉庆吃饭，洪小姐作陪。"

"好哇。给我们的剿匪英雄庆功。"洪柳听了十分高兴。

一连两三天，杨晓东一直在为招劳工的事发愁。早晨起来洗了把脸，他对马驹子说："日本人给每个村的协和会都发下话来，十天之内一个村出十个苦力到黑龙江挖煤，我问了几家，都不愿意去。"

马驹子眼珠子转了转，仰起脖子说："那还不好办，反正是大姑娘坐花轿——头一遭，谁也不知道是咋回事，你就说是出劳工，月月给发工钱，发衣服，每天还给白面馒头吃。"

杨晓东合计了合计："还是你们年轻人心眼来得快，好，就按你说的办，这样就不愁人凑不齐了。"

“这回说啥也得让郑家出一个人。到了黑龙江不死，也扒他一层皮。”马驹子咬牙切齿地说。

杨晓东不住地点头：“他家要是不出人，我就让武藏一雄把那个瞎女人抓起来，给她灌辣椒水，让她坐坐老虎凳，我不能就这么白挨了她两个嘴巴，老山豹也不能白死。”

“对，不给郑家一点颜色看，大当家的死了都闭不上眼睛。”

杨晓东一块心病被马驹子三言两语地给解了，禁不住嘿嘿地乐了。

吃过饭，杨晓东就带着三喜子和马驹子一步三晃地来到郑满仓家。三喜子上前抡起拳头咚咚地砸门：“开门，杨会长来了！”

回毅媳妇端着一个装着草料的笸箩，听到动静从后院牲口棚过来，开门一看，是杨晓东，气不打一处来：“大清早起的就‘咣咣’地砸门，荷粮不是都交完了吗？”

杨晓东摇晃着身子走进院子，撅着山羊胡子说：“少废话，没事我能来吗？让那个瞎老婆子出来，我找她有事。”

回毅媳妇白了杨晓东一眼：“你好歹也是堂堂的协和会会长，怎么说话这么难听，亏你还识文断字呢，书上教的让你不说人话啊。”

杨晓东瞪了回毅媳妇一眼：“没工夫跟你掰扯，我再说一遍，麻溜让那瞎老婆子给我出来！”

王金岫已经听到动静，知道是杨晓东来了，下地擦了一把脸，拄着拐杖从屋里出来，拢拢头发说：“这大早起的，哪来的驴叫唤啊？”

杨晓东下意识地摸了一下腮帮子，说：“郑满仓家的，你听着，协和会定下了，十天之内你们家出一个劳工，到北边挖煤去。”

“我说杨会长，这劳工是要男的啊，还是要女的啊？”

马驹子吊着一只胳膊，一瘸一拐地向前走了两步：“你傻啊还是茶啊，劳工哪有女的。”

王金岫话里带着讥讽道：“你怕是还没有我儿子大吧，年轻轻的，别跟那披着人皮、不说人话的畜生学。我的几个儿子都没在家，要去就得我去了。”

杨晓东听了皮笑肉不笑地说：“你唬得了别人，唬不了我，我明明看你小儿子在那几间破草房里看书，你咋睁着眼说瞎话。”

“看来杨会长对我家的事儿还挺上心，可我告诉你，那是老皇历了，我家三小子早去南方念书了。”王金岫觉得杨晓东像落在脚面上的一只癞蛤蟆，让人从心里硌硬。

“别在那蒙我了。”

“信不信由你。”王金岫不慌不忙地说。

杨晓东山羊胡子一撅一撅地大声道：“实话告诉你，这事儿我说了不算，这是大日本皇军定下的差事，我可不是吓唬你，你要是敢违抗皇军的命令，就把你抓去灌辣椒水，坐老虎凳。”

王金岫撇了撇嘴：“行啊，这才两天半的工夫，你就把姓啥都忘了，张嘴闭嘴的大日本皇军，那是你爹还是你祖宗？”

杨晓东气急败坏地喊叫道：“你个瞎老婆子，你家要是不出劳工也行，我让日本人来收拾你，我倒要看看你这么漂亮个美人儿让辣椒水把肚子灌大了是啥奶奶样。”

说完他转过身去，带着三喜子和马驹子大摇大摆地走了。回毅媳妇看着他出了院子，狠狠地朝地上啐了一口：“呸！狗汉奸！”

第二天，天刚蒙蒙亮，王金岫和回毅媳妇便起来忙活着做早饭了。王金岫往灶坑里添了一把柴火，抬起头来说：“这姓杨的非让咱家出个劳工，你去把你大哥找回来，商量商量看这事咋办。”

回毅媳妇生气地说："甭搭理那个王八蛋。"

王金岫叹了一口气，说："他仗着有日本人给他撑腰才这么张狂，看来他是死盯上咱们不放了。"

"那我吃了饭就去大仁屯找大哥。"

天傍黑的时候，郑满仓和回毅媳妇回来了。郑满仓在回来的路上听回毅媳妇说了，进了屋坐在凳子上，掏出烟袋抽了一锅子烟，也没拿出个章程来："我看这个杨晓东是有意在跟咱较劲。"

"谁说不是呢。"王金岫心里也明镜似的。

郑满仓闷着头想了半天，说："我合计了，你打了他，他本来就想着法子要报复咱们，老二又把黑风山给连窝端了，他就更跟咱们结下仇了。"

王金岫吃惊地问男人："黑风山的老山豹跟杨晓东还有一腿？"

郑满仓将烟袋锅子在鞋底上磕了磕，说："杨晓东跟黑风山的老山豹明着暗着拉拉扯扯，早就穿一条裤子了。"

王金岫沉吟了片刻，抬起头来："照这么说，这事还难办了。"

"是啊。"

回毅媳妇一听，急了："这小鬼子眼下指着杨晓东给他们干事，这个狗汉奸说啥是啥，真要是把大嫂弄进去，那可就坏了，无论如何得想个法子啊。"

郑满仓把烟袋掖起来，说："有啥法子，日本人杀人不眨眼，咱惹不起。这事还不能跟春义说，春义带着人过来再闹出点别的乱子来，就更麻烦了。"

王金岫坐到炕上沉默了半晌，说："刀架到脖子上，看来是死是活只有硬挺着了。"

郑满仓叹了口气："这年头，一天消停日子也不让你过。"

这时杨晓东带着马驹子和三喜子晃晃荡荡地进了院子。马驹子叉开两腿大声道："屋里有人吗，我们杨会长来了！"

郑满仓对王金岫道："这个王八蛋又来了，我出去看看。"

杨晓东见是郑满仓，撅着山羊胡子厉声道："郑满仓，你给我听着，再给你两天时间，到时候要是你家里没人出劳工，我就让武藏太君把你老婆抓起来，灌她的辣椒水。"

郑满仓气得恨不得上去给他两巴掌，他强压住火气，说："杨会长，我家几个儿子都不在家，要不你看这样行不，我去出这个劳工。"

杨晓东用鼻子哼哼了两声，眼睛斜楞着："你去出劳工？也不掂量掂量你多大岁数了，老眉咔哧眼的，我就是想让你去，日本人得要你呀。"

"杨会长，日本人也得讲理吧，家里就我一个男人了。"

杨晓东冷冰冰地说："姓郑的，你拿我当山炮哪，我再说一遍，这个劳工你家非出不可，你掂量着办吧。"说完带着马驹子和三喜子晃晃荡荡地走了。

郑满仓回到屋里，坐到炕上，愁眉不展地说："这姓杨的是成心要找咱的茬儿，我看是躲不过去了。"

这时，胡大力和铁蛋子、铜锁去沤粪回来了。

"大力回来了，快，吃饭吧。"回毅媳妇给胡大力、铜锁、铁蛋子把饭菜端上来。胡大力拿过手巾擦了擦手，问郑满仓："舅舅咋回来了，那边也开始沤粪了吧？"

郑满仓装上一锅子烟吧嗒吧嗒抽了两口，说："这不，协和会的杨晓东已经来了好几趟了，硬逼着咱家出一个劳工到北边去挖煤，你舅妈把我找回来，琢磨来琢磨去，瞪眼没辙了。你知道，你大哥在奉天，你两个弟弟也都不在家，这不是明摆着熊人吗。"

胡大力把剩下的几口饭吃完，放下碗筷擦擦嘴说：“舅舅、舅妈，你们不用着急上火，我听咱村的杨乃光说了，到北边挖煤月月给开工钱，还顿顿有白面馒头吃，要不我就顶这个缺去。”

郑满仓听了连连摆手，说：“那可不行，日本人肯定没安好心眼儿，那个杨晓东也不会说实话，你去了一旦有个三长两短的咋整。”

胡大力毫不在乎地笑了笑，说：“没事，不就是挖煤吗？我有一身的力气，怕啥。再说了，我要是看着实在不行就半道上撒丫子，人是活的，干吗非一个心眼听他们摆弄？”

“大力，让你顶缺去出这个劳工我实在不放心，日本人说不准会使什么坏。”王金岫也觉得这不是个办法。

“舅妈，扛活的几个弟兄都在这呢，这些年你待我们啥样，大伙心里都有数，有好吃的都尽着我们吃，工钱哪个月也没少给过，遇到年景好，还总是多给，今儿个舅舅、舅妈遇上手插磨眼的难事了，我哪能看着不管呢？”

铜锁在一旁也开口道：“大力说得对，什么事都是不比不知道，我的一个亲戚在杨晓东家扛活，他们一家大鱼大肉都吃腻了，可长工呢，三天两头找茬不给饭吃，让人家饿着肚子下地干活。这还不说，杨晓东那个大老婆天一亮就跟屁股撵着长工下地，天不黑不让回来，动不动还找各种借口克扣大伙的工钱。”

铁蛋子也接过话来说：“东家待我们好，我们嘴上不说，心里都记着哪，大力不说，刚才我也合计了，不行我就顶这个缺去。”

“舅舅、舅妈，你们都听到了吧，人都有挪不动步、转不开身的时候，你们用不着再说别的了，这事就这么定下了。”

王金岫眼里闪动着泪花，拉过胡大力说：“你的这份情我们郑家一辈子也忘不了。”说着她下地深深地给胡大力鞠了一躬。

胡大力连忙扶住王金岫，说：“舅妈，你这是干啥？”

郑满仓在鞋底上磕了磕烟袋锅儿，说：“大力，我手里还有三十块大洋，你都带上，出门在外比不得守家在地的，花钱的地方多着呢。”说着从柜子拿出钱来交给了胡大力。

胡大力把钱收起来，说：“我这就回去收拾收拾。”他转过身来对铜锁和铁蛋子嘱咐道：“我这一走，就说不准啥时候回来了，往后地里的活儿就全靠你们哥儿几个了。”

几个人答应道：“胡大哥放心，我们一定把地侍弄好，等着你回来。”

第二天头晌，杨晓东带着马驹子和三喜子舞马长枪地来到郑满仓家，几个人推门进了院子。马驹子手里拎着一根绳子，站在院子里大声道：“姓郑的，你给我出来，我们杨会长来了！”

郑满仓听有人在外面喊叫，拿着烟袋从屋里出来，见是杨晓东忙招呼道：“呦，杨会长来了，进屋坐会儿。”

杨晓东撇了撇嘴：“少他妈跟我扯没用的，我告诉你，今儿个你家的老小子要是再眯着不出来，我可真要抓人了。”

马驹子在一边抖了抖手里的绳子：“日本人把老虎凳和辣椒水都准备好了，你看着办吧。”

这时胡大力肩上背着一个小包袱从屋里来到院子里，见杨晓冬气势汹汹、不可一世的样子，气不打一处来。他一步跨到杨晓东面前：“咋呼啥，别动不动就拿小鬼子吓唬人。告诉你，我替郑家的小儿子出这个劳工了。”

杨晓东眯缝起眼睛上下打量了打量胡大力，皮笑肉不笑地说：“嘿嘿，你算老几，替他家小儿子出劳工。”

胡大力瞪了杨晓东一眼，说：“你说我算老几，我是他外甥！”

杨晓东捋着稀疏的几绺山羊胡子：“外甥？你唬谁呢？你不就是一个臭

扛活的吗，笑话。”他仍不依不饶地对郑满仓厉声道，“赶紧把你小儿子给我交出来，要不我立马捆人！”

郑满仓气得不知道说啥好：“杨会长，咱一个村住着，啥事能瞒得了你，我那小儿子真的去南方念书去啦。”

胡大力在心里骂道，狗汉奸，他用手指着杨晓东的鼻子：“我说杨会长，你给你爹干事也没这么较过真儿吧，日本人给了你什么好处，让你这么替他们卖命！”

这时早已经从屋里出来的王金岫忍不住走到杨晓东面前：“杨会长，啥事别做绝了，你这个会长总不能当一辈子吧，你别忘了，兔子急了还咬人呢。”

杨晓东不怀好意地盯着王金岫瞅了半天，嘻嘻一笑：“看你的面子，算了。”他转过头来冲着胡大力道，“我可告诉你，到时候你可别后悔。”

胡大力摆了摆手：“少废话，走吧。”

出了院子，郑满仓叮嘱胡大力：“路上小心，千万别心疼钱。”

王金岫拉着胡大力的手：“大力，一个人在外头，遇到事多留个心眼，别跟人家结仇生怨，到了地方想着写封信回来，省得我跟你舅舅惦记着。”

胡大力看着眼前这座熟悉的院子，不知道这一走什么时候才能回来，带着几分依依不舍说：“放心吧，到了地方我就给你们写信。”说完冲着郑满仓和王金岫挥了挥手：“你们回去吧！”转过身去跟着杨晓东走了。

辽阳火车站站台上乱哄哄的，一百多名从各村征集来准备去黑龙江挖煤的劳工把站台挤得满满的，等着上火车。这时两辆摩托车和一辆卡车呼啸着开了过来，在人群跟前“嘎吱”停了下来。一队日本兵噼里啪啦跳下车，端着上了刺刀的步枪把人围了起来。几个日本兵拿出绳子，上来不由分说把每个人的手都捆上了。大伙一看日本兵捆人，破口大骂起来，野狼窝村的杨乃光气得直跺脚："妈的，说得挺好给开工钱，还有馒头、猪肉炖粉条，怎么像抓犯人似的，把我们捆上了，这不是骗人吗？"

老孙家的三小也气得大声嚷嚷起来："早知道这样，打死我也不来出这个劳工了。"

几个日本兵开始挨个搜身，一个日本兵来到胡大力跟前，解开胡大力的绳子，指指胡大力身上的包袱："你的，包袱的打开。"

胡大力像没听见似的，扭过头去没搭理他。这个日本兵伸手"啪啪"给了胡大力两个嘴巴。

胡大力这才不情愿地把包袱解下来。鬼子兵一把将包袱抢了过去。打开一看，里面除了几件换洗的衣服，还有三十块大洋，他划拉划拉把大洋揣进兜里，骂了一句："八嘎！"用绳子重新将胡大力的手捆上，转身走了。

胡大力冲着他大声骂道："小鬼子，拿钱给你娘买棺材去吧，你们全家不得好死！"

这时三小身上带的钱，也被另一个日本兵翻了出来，那个日本兵笑嘻嘻地把大洋揣起来。三小眼睁睁地看着爹妈吃糠咽菜积攒下来的仅有的一点家当被小鬼子抢走了，跳着脚骂道："我日你奶奶！"这个日本兵见他大喊大叫，走了几步又停了下来："八嘎！"举起枪托朝他头上砸去，三小顿时头破血流。

胡大力这才知道被杨晓东骗了，心想，到了这个份上再说什么也没用了，好汉不吃眼前亏，于是他冲着大伙说："都别骂了，咱们上了协和会会长杨晓东的贼船了！"

杨乃光咬牙切齿地说："我饶不了这个王八蛋。"

过了一会儿，随着一声哨响，胡大力、杨乃光和一百多个苦力被日本兵押着鱼贯上了闷罐车。车厢门随即被“咣当”关上了。

车厢里，胡大力和十几个劳工呆坐着。胡大力听着车轮碾轧铁轨发出的单调声响，说：“妈的，一天了，也不给口水喝。”

坐在边上的杨乃光这时也睁开眼睛，闻着车厢里呛人的尿臊味，后悔不该听信杨晓东的花言巧语。他抬起头来，道：“小鬼子，我操你八辈儿祖宗，这不拿咱们当畜生了吗？”

三小挪动了一下身子，头上的伤口立刻带来一阵钻心的疼痛，他吁了一口气，说：“小鬼子扔进来的苞米面窝窝头都发霉了，是人吃的吗，喂狗狗都不要。”

“妈的，给那几个窝窝头，还不够塞牙缝的，这是成心要饿死咱们。”胡大力气往上撞。

“我看小鬼子压根就没安好心。”杨乃光叹了一口气。

“不行咱们跑吧。”三小眨动着一双大眼睛说。

“要跑还得赶紧跑，要不等时间一长，都饿个半死，想跑也跑不动了。”

“胡大哥说得对，现在就快有人支撑不住了。”杨乃光说着站了起来，跟他一块被绑在一起的胡大力和三小也跟着起来了。

“杨晓东这个王八蛋，说得天花乱坠，全是骗人的鬼话。”三小对杨晓东恨之入骨。

胡大力看着车厢里十几个受骗上当地的弟兄，说：“现在说这些还有啥用，生米都做成熟饭了。”

“你是大哥，从现在开始，我们听你的。”杨乃光平时跟胡大力经常一块下地干活，时间长了，见他说话办事拿得起放得下，碰上难心的事时常愿意找他说说。想不到这次出劳工胡大力也来了，觉得有了主心骨。

“对，胡大哥，你想个办法吧，我看照这样下去，用不了到黑龙江，连渴带饿咱们一个也活不了。”大伙七嘴八舌地议论起来。

杨乃光靠在车厢上，说：“要是就这么不明不白地死在小鬼子手里，咱可就冤死了。”

胡大力想来想去，一时也拿不出更好的主意来。他仰起脸对大伙说：“都闭上眼睛先眯一会儿，养足了精神再说。”几个人便都不再说话了。

几个人坐下来，胡大力想躺一会儿，身子向后靠了靠，无意中他的手碰到了一块硬东西。他又向后挪动了一下身子，用手摸了摸，原来是车上平时装运货物时用来垫底的木头方子，胡大力禁不住喜出望外，悄声对杨乃光道：“你摸一下，你身后有没有木头方子。”

杨乃光眼睛立刻睁开了，向后挪了挪，伸手一摸，果然有一块木头方子。

“快，把绳子弄断。”胡大力没想到事情会突然有了转机。黑暗中，两个人一上一下像拉锯似的，拼命地扭动起来。

工夫不大，胡大力和杨乃光竟然把手上的绳子磨断了。两个人揉了揉被勒得生疼的手腕子，站了起来，很快把十几个人手上捆的绳子全都解开了。

胡大力长长松了一口气，低声说道：“大伙听好了，现在天已经黑了，待会停车检查时，只要鬼子把车厢门打开，我和乃光对付检查的鬼子，你们赶紧跑，越快越好，记住了，哪个地方黑往那个地方跑，跑慢了，再让小鬼子抓住，咱们就谁也甭想活了。”十几个人兴奋地抱作一团儿。

黑暗中不知道又过了多长时间，列车“咣当”一声停了下来。押车的日本曹长从守车上跳下来，用手电筒向四周照了照，见周围都是山，命令押车的日本兵道：“把车门打开透透风，给他们一点水喝，要不统统都死了就没办法交差了。”几个日本兵拿出钥匙开始挨个开车门。

夜里很静，胡大力听到开车门的声音后低声对车里的人说："大伙都回到原来的地方坐好。"

说完胡大力伸手抄起了身后的木方子："你们都听着，待会儿小鬼子不开门拉倒，要是来开门你们啥也别管，下车赶紧蹽，麻溜点。"

这时，只听"咣当"一声，车门打开了，一个日本兵探进头来，用手电筒朝胡大力几个人身上照了照，把身子又缩了回去。胡大力拎起木头方子，一个箭步蹿了过去，趁开车门的那个日本兵毫无防备，抡起木方子狠狠地砸了下去，那个日本兵一声未哼便倒在路基上。胡大力、杨乃光带着十几个人跳下车撒腿就跑。后面的一个日本兵听到这边有动静，打着手电筒跑了过来，到近前一看，发现车厢里的十几个劳工都不见了，刚才来开门的中村血肉模糊地趴在地上，已经没有了气息，立即"嘟嘟"地吹响了哨子。

带队的日本曹长快步跑了过来，大声问道："出什么事啦？"那个日本兵惊恐地说："苦力都跑了！中村被打死了。"

日本曹长带着几个日本兵朝胡大力一行人跑的方向追了过去。可四周黑乎乎的，除了一棵挨一棵的杂树和高低起伏的山峦，早已不见了人影。日本曹长胡乱放了几枪，带着人悻悻地返了回来。

过了一会儿，他让人将中村的尸体抬到车上，命令押车的士兵重新锁好车门，列车在漆黑的夜色中继续慢腾腾地向北开去。

在山上的一片树林里，胡大力、杨乃光、三小和十几个从车上逃出来的劳工挤在一起，瑟瑟发抖，风刮得树枝发出一阵阵令人不安的声响，大山深处不时传来野狼令人毛骨悚然的嚎叫。

胡大力看着远处山峦模糊的影子，说："咱们总算逃出来了。"这时有人呜呜地哭了起来。

“哭啥，能逃出来算咱们命大，我看大伙都跑累了，先眯一会儿，等天亮了再说。”胡大力没想到能活着跑出来，他从树上扯下一片叶子放在嘴里嚼了嚼，心想，从现在开始，这些都是自己的生死弟兄了，无论如何要带着他们讨条活路。

杨乃光用胳膊肘碰了碰胡大力，问：“这是啥地方啊？”

“等天亮了，咱到村子里问问就知道了。”已经一天一夜没吃东西了，胡大力连说话的力气都没有了。

不知过了多长时间，远处山峦的后面终于露出了一线鱼肚白。胡大力揉了揉眼睛，站起身拍打拍打身上的土，说：“大伙都饿了，走，下山，咱们想办法先弄点吃的再说。”

晨光中十几个人饥肠辘辘地来到山脚下一个不大的村子边上，胡大力朝众人摆了摆手，大伙停下了脚步。

胡大力看着从一家家房顶上冒出的炊烟，说：“咱们不能这么冒冒失失地进去，万一小鬼子在村里等着咱们就坏了，你们在这歇着，我进去看看再说。”

杨乃光伸手拦住了胡大力，说：“你现在是我们大伙的主心骨，你要是出点啥事咱们可就都傻眼了。还是我去吧。”说完，到边上的河沟里洗了一把脸，走了。

见杨乃光进了村子，又饿又困又乏的胡大力带着一伙人横七竖八地躺在地上歇息，可左等右等不见杨乃光回来。正当大伙饥渴难耐时，杨乃光用褂子兜着十多个窝窝头，拎着一罐水回来了。他把窝窝头放到地上，说：“这儿的老乡可真好，一听说我们好几天没吃饭了，这家俩窝窝头，那家俩饼子，有的还把自己早上吃的饭省下来给了咱们。”

一伙人早已等不及了，抓起窝窝头狼吞虎咽地吃起来。胡大力咬了一口饼子，问杨乃光："打听了没有，这是啥地方？"

"咱们到了吉林地面了，这个村叫梨树沟。"

三小眨着一双大眼睛，嚼着窝窝头，说："咱们回家吧，我想娘了。"

杨乃光瞥了他一眼，说："回家还有咱们的活路吗？"

"乃光说得对，日本人死在咱们手里，我想他们不会轻易拉倒，也许没等咱们进家门就被抓起来了，到那时候谁也活不了。"大伙听胡大力这么一说，你看看我，我瞅瞅你，都没了主意。

胡大力琢磨了琢磨，说："家咱们一时半会儿是回不去了，这里也不能待，说不定鬼子还在这附近找咱们，我看咱们走得越远越好。"

"去哪儿？我们听你的。"吃了点东西，十几个人重新有了精神头儿。

"依我看，咱们先去黑龙江躲一阵子，小鬼子总不能老占着咱们的地界儿不走，过些日子等小鬼子滚蛋了，咱们再想办法回去。"胡大力说出了自己的打算。

"我看行。"杨乃光第一个赞同。三小望着远处连绵起伏的山峦，说："这里离黑龙江老远了，咱们咋去啊？"

杨乃光拿起地上的褂子抖搂了抖搂，穿在身上，说："我在火车站当过苦力，不行，咱们就白天一边走一边要饭，晚上去扒火车。"

胡大力将嘴里的饼子咽下去，喝一口水，合计了合计："我看这倒是个办法。"

于是十几个人从地上站起来，打起精神重新上路了。

第四十二章

太阳明晃晃地悬在头顶上，风却带来了阵阵寒意。鸡西车站货场的站台上摆着一张桌子，桌子旁边立着一块牌子，上面写着“招苦力”几个歪歪扭扭的大字。桌子后面坐着一个人，这人四十多岁，长得五大三粗，边上站着一个尖嘴猴腮，长着一双三角眼的小个子男人。胡大力和他的十几个弟兄，衣衫褴褛地排在长长的队伍后面。

好不容易排到了地方，那个五大三粗的男人抬了抬眼皮：“叫什么名字啊？”

“胡大力。”

“行，你留下吧。”胡大力听了，没动地方。

旁边那个尖嘴猴腮的男人瞅了胡大力一眼：“让你留下了，还在这愣着干啥？”

胡大力一指身后的十几个人：“他们都是跟我一块来的，要留我们都得留下。”

那个中年男人眯缝着一双小眼睛看了看胡大力身后站着的十几个人，合计了合计：“行，不过我事先把话说明白了，你们干活不许偷懒，我这可不是白吃饭的地方。”

“你放心，我们都是庄稼人，打小就不会偷懒耍滑。”

那个中年男人挥了挥手：“你们跟王把头去吧。”站在边上的那个尖嘴猴腮的男人过来说：“拿上行李，跟我走。”

胡大力一行十几个人跟着王把头来到一座用草席木板搭起的棚子里。

王把头指了指用木板搭起来的大通铺，说：“你们就住这。赶紧把东西放下，跟我卸车去。”

胡大力放下铺盖卷，瞅了瞅王把头，没动地方：“干啥这么急，总得让人喘口气吧。再说，从早晨到现在还没吃饭呢，我们是人，又不是骡子、马。”

王把头听了，立刻瞪起一双三角眼：“你哪来那么多废话。”

一旁的杨乃光也气呼呼地说：“就是骡子、马你还得给点草料吧。”

王把头倒退了几步，看着胡大力和他的十几个人，干笑了两声：“我告诉你们，人有的是，你们要是不愿意干，趁早滚蛋，我这可不是吃干饭养大爷的地方。”

胡大力干脆坐了下来：“饿着肚子咋干活。”

王把头龇牙咧嘴恶声恶气地呵斥道：“来了没干活先吃饭，哪有那么便宜的事，你们要是不愿意干，滚！”

看在这个王把头面前实在讲不出理来，胡大力只好带着人跟他来到了货场。

在几节装满煤炭的车皮跟前，王把头尖声尖气说：“你们给我听好了，天黑前把这几节车皮的煤卸完，活干不完，晚上可没你们的饭吃。”

“这么多煤半天能卸完吗？”胡大力气呼呼地问。

王把头拉下脸来：“那我可就不管了，卸不完，你们掂量着办。”说完头也不回地走了。

“王八蛋，我日你姥姥。”杨乃光真想追上去揍他一顿。

胡大力苦笑着摇了摇头，说：“咱们这是从水坑里爬出来，又跳进了火坑。”

三小饥肠辘辘地把嘴里的口水咽下去，一肚子的怨气无处发泄：“娘的，都是让那个杨晓东闹的，等我回去非找他算账不可。”

十几个人无奈地爬到煤车上，在冷风中饿着肚子卸起煤来。

胡大力没想到，黑龙江的冬天来得这么早，从早晨开始，货场的空中就飘起了细碎的雪花。在王把头的监视下，天没亮胡大力就带着杨乃光一伙人穿着露脚指头的破布鞋，扛着麻袋，借着跳板往车上装货。由于跳板上落了一层雪，有些湿滑，胡大力一不小心身子一侧歪，险些从上面跌下去。他放下麻袋，从上面下来对杨乃光道：“待会儿无论如何找王把头把这个月的工钱要来，咱们一个人买双鞋，再买身棉衣服，要不这个冬天熬不过去啊。”

杨乃光抬起头来看着灰蒙蒙的天空，说：“什么鬼地方，在咱们那还没割地呢，这就下雪了，要是再过两天还不得把人冻死。”

这时王把头嘴里喷着酒气，手里拎着一根大棒子，晃晃悠悠地过来了，吆喝道：“赶紧给我装车，别磨磨蹭蹭，小心偷懒我扣你们工钱。”

胡大力瞅了他一眼：“王把头，天冷了，我们出来的时候都没带冬天穿的衣服，你把这个月的工钱给我们，我们去买双棉鞋，再买身冬天穿的衣裳。”

王把头上下打量着胡大力，瞪起三角眼，没好气地说：“你们出门咋不想着带衣裳，哪有现上轿现扎耳朵眼的，工钱还得等几天才能给你们。”

杨乃光本来对这个王把头像条狗似的从早到晚地看着他们干活，连上趟茅房都跟催命似的就窝了一肚火，见他拖着工钱不给，更是气不打一处来：“王把头，你要是再不发工钱，我们就不给你干了。”

王把头一瞪眼：“你敢？”

杨乃光也不示弱：“你看我敢不敢！”

说着，杨乃光仰起脸来对干活的人大声道：“大伙都听着，王把头不给咱们工钱，咱们不给他干了。”站台上干活的人都停了下来。

王把头一看急了，上前抡起手里的大棒子朝杨乃光的身上就打。

胡大力伸手将王把头手里的大棒子抢到手里，大声道：“王把头，你骑在咱们脖子上拉屎，拿咱们不当人！我告诉你，你要是真的把我们逼急了，你就自己装车卸车吧。”

王把头用手指着胡大力，气急败坏地骂道：“你他妈的一个臭苦力，还想在我这扬毛挓刺。”说着就要去抢胡大力手里的棒子。胡大力一闪身，王把头身子一趔趄，“啪叽”跪在了地上，引起大伙一阵哄笑。

王把头从地上爬起来：“你们他妈的不想干都给我滚。”

胡大力把棒子扔在地上：“你让我们走我们就走啊，实话告诉你，你要是不把工钱给我们，今天这车我们不装了。”

“好，你等着。”说完王把头离溜歪斜地跑了。

不大一会儿，只见王把头领着两个打手过来了，用手一指胡大力和杨乃光，尖声尖气地喊叫道：“就是他俩带头闹事，给我狠狠地打！”

两个打手扑过去，抡起大棒子，劈头盖脸地朝胡大力和杨乃光的身上一通乱打，胡大力和杨乃光被打倒在地，头上、脸上鲜血直流。

边上的人围了上来。三小瞪起大眼睛上前质问道：“你们不给工钱咋还打人，讲理不？”

王把头龇牙瞪眼地往前走了两步：“你他妈算哪根葱，你要是不老实，我连你一块收拾。赶紧给我装车去！”

胡大力吐了一口嘴里的血水，摆了摆手：“大伙先干活吧。”

王把头喷着满嘴的酒气：“妈的，我看你们哪个还敢调皮捣蛋。”说完，带着两个打手走了。

胡大力拍打了一下身上的雪花，把杨乃光拉到一边，在他耳边低语了几句。杨乃光听了，说：“好，这是个办法，看这小子还敢欺负咱们不！”

王把头让打手教训了胡大力和杨乃光一顿，更加趾高气扬不把胡大力和杨乃光放在眼里了。转眼胡大力带着十几个弟兄到货场干苦力已经快一个月了。一天上午王把头手里拎着大棒子，一面盯着胡大力和他的几个弟兄在装车，一面不时大声吆喝道：“都给我快点，把粮食装完，还有一车煤没卸呢！”

杨乃光骂道：“妈的，都快晌午了，还不让歇会儿。”说话的工夫一不留神，脚下一滑，跌坐在跳板上，粮食散落了一地。

王把头拎着大棒子跑过来，大声骂道：“你他妈的是不是想偷懒，这一车货到晚上要是装不完，今儿个的工钱就别想要了。”

杨乃光听了，气不打一处来：“从天亮干到现在了，都快大半天了，你不让喝水，不让歇气，我们又不是铁打的。”

“嘿，怎么就你事儿多，听着，你要是不想干，马上给我滚，我这不是养大爷的地方。”说着抡起手里的棒子就打。

胡大力一步冲过来，伸手拦住了王把头：“有话好说。不吃饭谁也干不动，骡子、马你到时候还得给把草料，饮点水吧。”

胡大力将杨乃光扶起来，用脖子上的毛巾擦了擦汗，对大伙说：“都歇一会儿再干吧。”

王把头气哼哼地看着胡大力：“我说，你他妈是不是肉皮子又痒痒了？”

胡大力仰起头：“今天你就是打死我，我也干不动了。”

王把头“呼”地从地上跳了起来：“我看你是又想挨揍了。”说完跑去喊打手了。

胡大力招呼大伙下来说：“妈的，这个王把头拿咱们不当人，大伙别怕他，咱们人多，好虎架不住群狼。”

这时王把头带着两个打手跑了过来：“妈的，都痛快儿起来干活，别找不自在！”

三小走到王把头面前，大声道：“从早晨干到现在连口气都不让喘，你不能拿人当牲口使。”

周围的人听了纷纷叫嚷道：“不给他干了！”说着大伙呼啦把三个人围在当中。

王把头一看大伙真急了，担心众怒难犯，于是皮笑肉不笑地说：“好，好，你们先歇一会儿，歇一会儿。”说完，带着两个打手灰溜溜地走了。

天一天比一天冷了。晚上收工后，回到四面透风的工棚里，啃着冻得跟铁砣似的玉米面窝窝头，杨乃光凑到胡大力跟前悄声说：“大哥，咱要是再不归拢归拢这个王把头，真的没有活路了，他压根就没把咱们当人待。”

胡大力站起来，看着自己的十几个弟兄，愤愤不平地说：“咱这叫人过的日子吗？这个王把头整天从早到晚拼命逼着咱们干活不说，背地里还克扣咱们的口粮，往苞米面里掺草叶子。”

三小眨着大眼睛：“是啊，今天要不是我们大伙拦着，胡大哥就又得挨打了。”

坐在边上的一个叫狗剩的小伙子接过三小的话，气呼呼地说：“这家伙整天喝得醉醺醺的，提溜着个棒子，像恶狗似的逮谁打谁，咱们无论如何想个法子教训教训他。”

杨乃光拉开门向外面看了看，见没人过来，转过身来说：“咱们揍他一顿出出这口恶气怎么样？”大伙也都恨透了王把头，让胡大力拿个主意。

“待会儿大伙去货场找几根抬东西的木头棒子，明个儿一早咱们躺在屋里睡大觉，谁也不出工，王把头指定会来找咱们，到时候咱们见机行事。”大伙听了，都觉得胡大力说的这个办法行。

第二天天光已经大亮了，王把头跑到货场没见到人，拎着大棒子来到工棚。见十几个人仍在蒙头大睡，便气急败坏地敲打着床铺喊叫起来：“都他妈什么时候了，还装死猪！麻溜地起来，给我干活去！”

喊叫了半天，看没人搭理他，气哼哼地上去掀开一个人的被子抡起棒子就要打。这时，胡大力翻身一跃而起，用一床脏兮兮的被子蒙住了他的脑袋。十几个人立刻快速爬了起来，抡起手里的棒子噼里啪啦地朝王把头的身上一通乱打。王把头杀猪似地号叫起来，“别打，别打啦！”。

他越喊叫，大伙越不管不顾地在他身上发泄着不满和怨气。过了一会儿，王把头没声了，胡大力摆了摆手，大伙这才停下来。胡大力掀开被子，发现王把头已经七窍流血，头歪在一边不动了。胡大力使劲摇晃了几下，王把头已经没有一丝气息。

“真是个熊蛋包。”胡大力重新用破被子把王把头包好，扔到铺上。

杨乃光见闹出了人命，说：“看来这里咱们是不能待了。”

胡大力想了想，说：“这里老鼻子煤窑了，咱们去挖煤吧。”

这时那两个打手晃晃悠悠地进来了，其中一个大声问道：“王把头呢？”

胡大力摇了摇头："没看见。"

"你他妈胡说，我眼瞅着他过来了，怎么屁大一会儿工夫人就没了。"

另一个打手看到铺上扔的一团破被子，走过去打开一看，见王把头七窍流血已经死了。立刻喊叫起来："杀人啦，杀人啦！"两个人拎起棒子大呼小叫地一溜烟跑了。

胡大力见两个打手跑远了，说："快走，待会儿警察来了就走不了了。"说完带着十几个人，快步向货场外走去。

眼看着就要从货场里出来了，两个打手带着几个警察端枪拦住了他们的去路，一个打手用手指了指胡大力和杨乃光："人就是他们杀的。"

几个警察上来嘁里咔嚓地把十几个人都捆了起来。胡大力心想，这下完了，我死了光棍一条，可杨乃光和这十几个弟兄上有爹娘，下有妻小，这不把人家坑了吗。他后悔不该出这个主意，可到了这一步说啥都晚了，他一跺脚，自己埋怨自己，我真该死！

凛冽的寒风中，胡大力和他的十几个弟兄被警察押着出了货场，被塞到停在外面的警车里。很快警车拉响了警笛，向警察局驶去。

第四十三章

时光在忙碌中过得飞快，一九三三年，当万物重新在习习的春风吹拂下醒来的时候，恒通贸易公司也完成了经营项目转型。上午郑春仁来到奉天驿车站货场的站台上，看到运输粮食的车皮已经准备停当，心里十分高兴。张浩从守车跳下来，郑春仁迎了过去，问："准备得怎么样啦？"

"明天就可以去黑龙江了。"

"路上要小心。"

"掌柜的放心吧。"

"刘振清的爸爸这次无论如何要跟着过去，他说黑龙江卖粮的主顾他都熟悉。老人家年岁大了，你要多照顾着点。"郑春仁叮嘱道。

"我一定把老人家照顾好。"

郑春仁笑了笑："你已经是公司的副总经理了，还总是掌柜的、掌柜的。"

张浩一抱拳："嗨，叫惯了。"

郑春仁见这里没有别的事了，便带着几个伙计离开了货场，张浩跟几个伙计也开始忙着去做出车前的准备了。

在阳光的照射下，车站货场里纵横交织在一起的铁轨像一张亮晶晶的蜘蛛网。十多天后，郑春仁带着几个伙计在站台上足足等了有一个时辰了。“看，他们回来了。”不大一会儿，只见装满粮食的货车缓缓地驶进了货场，张浩带着吴福禄和刘振清的爸爸兴高采烈地从守车上下来，郑春仁紧走了几步迎过去，问：“怎么样，路上没遇上麻烦吧？”张浩用手指着刘老爷子，说：“这次要不是老爷子跟着过去，人家那些卖粮食的还不肯卖给咱们哪。”

郑春仁握着刘振清爸爸的手连声称谢。老爷子乐呵呵地说：“谢我干什么呀，不是你把我从大牢里救出来，我就是想帮也帮不上你啊。”

郑春仁回过头去问张浩：“张经理，出关的手续都准备齐了吗？”

张浩扬了扬手里的皮包：“早就准备好了。”

“那就准备出发吧。”

张浩转身想走，刘老爷子却伸手把他拦下了：“有件事我还忘了跟你们交代了。”

“哦。什么事？”郑春仁忙问。

老爷子捋了捋胡子，说：“是这样，日本人在山海关设了一个检查站，稽查队的队长叫高彦，这小子雁过拔毛，凡是出关的车辆，他都要从中揩油。凭着这一手，他当上稽查队长才一年的工夫，就买了几百亩地，盖了一处大宅子，我听说最近又娶了一个小老婆，你们千万小心。”

“老伯放心，我会见机行事的。”张浩心想，有“新京”的“经济部大臣”做后台，一个小小的稽查队长算老几。他冲郑春仁和刘老爷子挥了挥手，纵身跳上守车，机车发出一声长鸣，很快出了货场，向山海关方向隆隆驶去。

山海关检查站稽查队队长高彦叼着烟卷跷着二郎腿，坐在稽查室的凳子上正不紧不慢地喝着茶水。一个警察从外面进来，坐到凳子上，问："高队长，听说贩运粮食的那个刘老板不干了。"

高彦吸了一口烟："我也是昨个儿才听说的，等一会儿你们都给我盯紧点。"

"要是新来的主儿不买咱们的账怎么办？"

高彦一翻楞眼珠子："他敢！"

那个警察端起桌子上的茶缸子喝了一口水，附和道："高队长说得对，从咱们弟兄眼皮子底下拍拍屁股就这么不咸不淡地走人，算他没长眼睛。"

这时，远处传来了火车汽笛的长鸣："呜——呜——"

高彦从凳子上站起来，将烟头扔在地上用脚捻灭，来到外面的站台上，冲着几个警察吆喝道："待会儿检查的时候都给我精神点。"

不大一会儿，装满粮食的货车缓缓驶进了检查站停了下来，高彦带着一个警察大摇大摆地走了过去。张浩早已从守车上跳下来，一个警察用手一指高彦，对张浩说道："这是我们稽查队的高队长。"

高彦斜楞着眼睛看了看张浩："你也报个号吧。"

站在张浩边上的一个伙计说："这是我们恒通贸易公司的张经理。"

高彦耷拉着眼皮："我说，你跟根木头桩子似的，还戳在那装什么棍啊，还等着我把车门给你打开啊。"

张浩愣了一下，说："对不起！高队长。"说完他转身对身边的吴福禄道："去，把车门打开。"

吴福禄跑过去将车厢门拉开了。

高彦看了看张浩："我说你懂不懂规矩，都他妈给我打开，我要挨个车皮查验。"

张浩十分不解，分辩道："高队长，我这里手续齐全，打开一节车厢看看就行了呗，都打开是不是太耽误工夫了。"

高彦向上翻了翻眼珠儿："嘿，这里是检查站你知道不知道，是我说了算还是你说了算，是你听我的还是我听你的，哪那么多废话。"

张浩只得大声吩咐伙计道："把车门全部打开！"

高彦一伸手："通关文书呢？"

张浩把文书拿出来，高彦一把抢了过去，装模作样地看了看，又递给了张浩，慢条斯理地点上一支烟，解开制服领子上的扣子："我说你是真不懂啊，还是跟我装糊涂。"说着从兜里掏出一块大洋，放在嘴边吹了吹。

张浩立即把已经事先准备好的一张二百块大洋的银票掏出来："高队长，小意思，买包烟抽吧。"

高彦拿过银票翻过来掉过去地看了半天，嘴一撇："实话告诉你，我还真不缺你这点钱儿花。"说罢把银票往地上一扔，转身走了。

张浩将银票从地上捡起来，心想："二百大洋还嫌少，你这胃口也忒大点了吧。"

张浩把银票揣进怀里，紧走几步上前拉住高彦："高队长，兄弟我是第一次跑这趟买卖，你别见怪，你说个数，下次兄弟一定少不了你的。"

高彦伸出五个手指头："你要是明白事，出趟关少了这个数不行。"

张浩大吃一惊："高队长，你是说要五百大洋。"高彦眼睛一斜楞："这个数都是少的，你没看我这帮弟兄整天风吹日晒的，这么辛苦，你怎么也不能白让他们忙活吧。"

张浩的火儿“腾”地一下上来了，他一步跨到高彦面前：“高队长，告诉你，我这可是南京国民政府开办的公司，你别自找没趣。”

高彦也毫不示弱：“我也实话告诉你，这里是日本人设的关卡要地，我这是例行公事，你不接受检查，信不？我就敢毙了你。”

张浩一拍胸脯：“恒通贸易公司不吃这一套，你要是故意刁难，我就去警察厅告你个收受贿赂。”

“嘿，他娘的，有能耐你现在就去告，我姓高的等着你。”

旁边站的一个警察怕把事情闹大，忙出来打圆场道：“好了，好了，你们可以走了。”

高彦也只好借坡下驴，拿过通关文书，在上面签了字。张浩把通关文书收好，不再理他，跳上守车，列车“咣当”一声启动了。

看着渐渐远去的货车，高彦往地上吐了口唾沫，对身边的那个警察道：“看来这小子还真他妈不好摆弄，咱们走着瞧。”

七八天后，货车稳稳地停靠在奉天驿货场的站台上。张浩风尘仆仆地从守车上跳了下来，早已经等在那里的郑春仁走过去，拉住张浩的手：“你看，都晒黑了，咋样，路上顺当吧？”

张浩擦擦脸上的汗，说：“头一趟往关里跑，道上的情况不熟悉，人说话也听不大懂，时间长了就好了。”

张浩向吴福禄交代了几句，便跟郑春仁坐上马车回了公司。进了办公室，郑春仁吩咐伙计去找洪柳。张浩不待郑春仁问，便坐下说：“关里这几年不是旱，就是涝，老百姓缺粮缺得厉害，粮食非常好卖，粮铺的老板因为都是刘家的老主顾了，价钱给的也不错，我看这买卖做好了，一点也不比做燃油生意差。”

刚说到这，洪柳开门进来了：“呦，张经理回来了，怎么样，粮食好卖吗？”

“运去的粮食半天就被各家粮铺抢光了。”

“真是东方不亮西方亮。”洪柳听了格外的兴奋。

“那些粮铺的老板听说咱们公司是南京政府开办的，特别放心，我们运去的粮食他们连看都没看，就把钱全给了。”

郑春仁看看天色已晚，说：“好，今天我在万兴楼为你接风，把殿明哥也请来，洪柳、吉庆作陪。”

郑春仁、张浩、洪柳、韩吉庆坐上车，来到万兴楼饭店一个包间里。几个人坐下不到半个时辰，金殿明便带着一个年轻漂亮的女人来了。

郑春仁与金殿明寒暄过后，金殿明用手一指身边那个年轻的姑娘，说：“来，介绍你们认识一下，这位是梅雨，梅小姐。北平燕京大学的高才生，刚刚到我这里供职，今后，铁路上的事你们直接找她就行了。”

郑春仁见梅雨身材高挑，皮肤白皙，两只水灵灵的眼睛顾盼生情，说：“幸会。”

梅雨冲他一笑：“听金局长说郑老板不但生意做得好，人也好，今日相见，郑老板果然风流倜傥，儒雅不俗。”

说罢她又冲着张浩、韩吉庆和洪柳一拱手：“见过哥哥姐姐。”

郑春仁兴奋地说：“好，今晚梅小姐不期而至，真是锦上添花啊。”

几个人依次落座。待菜上齐了，郑春仁举起酒杯说：“日本人强占东三省，逼着我改行做粮食买卖，多亏了殿明哥从中斡旋，来，我这杯酒先敬殿明哥和梅小姐。”

梅雨站起来，说：“以后有需要我的地方，各位不必客气。”

这时坐在梅雨边上的洪柳一抬头，发现她左耳后边有一颗不大的黑痣。

待梅雨坐下后，她冲着梅雨微微一笑，问：“梅小姐，有个叫梅庆的人不知你认识不认识？”

“你怎么认识他，那是我弟弟。”

“这么说，你是表妹了。”

梅雨惊喜地盯着洪柳看了好一会儿，说：“你是表姐？”

洪柳见果然是多年不见的表妹：“从你一进来，我就觉得面熟，像是在哪里见过，可一时怎么也想不起来了。在我的印象里，你还是小时候我们两个在一起玩的样子，我做梦也没想到会在这遇上你，这些年我一直在找你们。”

梅雨拉过洪柳的手：“我也一直在找你们，我姨、姨父他们还好吗？我已经好多年没见到他们了。”

梅雨不问则罢，一问又勾起了洪柳对往事的回忆：“我爸爸为了养家糊口活活累死了，我娘带着我要饭，被有钱人家的恶狗咬死了。我娘死后，一个姓洪的人家看我可怜就收留了我，一直供我念书到高小毕业，我现在已经改姓洪了。”

梅雨听了眼眶里早已盈满了泪水，说：“我们家到北平后搬了几次家，把你们家在奉天的地址弄丢了，我妈妈在我来之前还特意嘱咐我，让我到了奉天后，一定要打听打听你们一家的下落。没想到我姨和姨父都不在了，真是世事难料啊。”

梅雨掏出手帕擦了擦眼角的泪水，端起酒杯，站起来对郑春仁说：“郑老板，没想到，我一直在苦苦寻找的表姐会在你的手下，真是太巧了，今后还请郑老板多多优渥拔擢。”

郑春仁见梅雨言谈举止间带着一种知识女性特有的温文尔雅，点了点头，说：“梅小姐恐怕有所不知，洪小姐人才难得，早已是我公司的股肱总管了，恒通贸易公司能有今天的局面，洪小姐功不可没啊。”

金殿明也是格外的高兴，举杯道：“今天长途贩粮大功告成，洪小姐又偶遇多年不见的表妹，可谓是双喜临门，来，咱们该举杯庆贺一下才对！”

吃过饭出来，洪柳拉着梅雨的手亲热地说：“有空儿去我那玩。”梅雨笑着点了点头，跟金殿明坐上车依依不舍地走了。

山海关检查站的稽查队长高彦见恒通贸易公司的张浩态度强硬，根本不买他的账，琢磨了好几天也想不出什么好办法来，只得把几个手下找了来，一块商量对策。他抓起桌子上的茶缸咕咚咕咚喝了几口水，抹了抹嘴说：“都别跟没事人似的装傻充愣，说说看，咱不能就这么便宜了这个姓张的。”

站在他边上的一个年轻的警察摘下帽子，说：“对，这个刺头要是剃不了，咱们弟兄的脸还往哪放。”

一个长得精瘦的警察挠了挠脑袋，说：“这家公司有来头，我看咱惹不起，还是算了吧。”

高彦从口袋里掏出烟来点着抽了一口，说：“妈的，他们仗着是南京政府开办的公司，铁路局和新京经济部又都有人撑腰，才敢跟咱们叫板。”

站在他边上的那个年轻的警察叹了口气，说：“唉，到手的肉吃不到嘴儿，干流哈喇子。”

“妈的，我姓高的还头一次这么窝囊。”高彦将一大截烟蒂扔到地上，站起来想往外走，他身后一个白净面皮，长着一双三角眼的老警察俯身凑到他耳边低声说：“我有个办法。”

高彦轻轻哦了一声，冲着屋里几个手下挥了挥手。那个老警察待屋里人都出去了，把门关严，坐到高彦跟前，问道：“我听说你有个弟弟也在哈尔滨车站货场当稽查队长。”

高彦听了没好气地一立睖眼珠子：“问这个干啥，我当你有什么好主意呢。”

那个警察神秘兮兮地一笑，欲言又止。高彦带着几分不耐烦：“有屁快放，别跟我这卖关子。你放心，事情办成之后我绝不会亏待你。”

老警察又往高彦身边凑了凑，说：“恒通贸易公司头一年做粮食买卖，肯定摸不到门路。你给你弟弟拍封电报，上秋的时候让他偷着往车上装几袋大米，到咱们这儿，你给他来个人赃俱获，到那时候他张浩恐怕浑身都是嘴也说不清了。不管有谁给他们撑腰，日本人可不听那一套，夹带大米是犯禁的事，要是定他个经济犯的罪名，不但张浩跑不了，连恒通贸易公司掌柜的也得抓起来。”

高彦将信将疑，盯着自己的这个平时沉默寡言的手下：“能行吗？要是定了他们的罪，关在里面出不来了，我还跟谁要钱去？”

“你放心，到时候，南京政府和他底下的人能瞅着不管吗？疏通疏通，人关不了几天就放出来了。到那个时候，他们就会知道你的厉害了，还不乖乖地孝敬你？”

高彦合计了半天，一拍桌子：“好主意！”那个老警察摸着下巴嘻嘻地笑了。

第四十四章

过了八月十五，一早一晚的天气就开始凉了。傍晚，小河沿公园里游人寥寥。霍旺和洪柳扮作一对情侣，一边漫步，一边在轻声交谈。

霍旺向四周看了看，见左右无人，只有湖面上几个人在划船，压低了声音说："你知道吗？新民、辽中是沈阳周边的产粮大县。"

洪柳随手摘下一片树叶，说："是啊，自从日本鬼子占领沈阳后，每年都有大批的粮食被他们运回国内。"

霍旺看着在湖面上划船的一对恋人，说："九一八事变后，我党发动了一些地方抗日武装，跟日本鬼子抢粮。几次得手后，鬼子为了对付我们，修起了临时炮楼，一旦发现哪个地方有情况，炮楼上的鬼子、伪军便立刻出动，我们几次抢粮都失败了，辽中县一个游击队队长也牺牲了。"

"我们不能让鬼子的阴谋得逞。"洪柳握紧了拳头。

"满洲省委决定，破坏鬼子今年的收粮计划。我看可以让韩吉庆到黑山动员郑春义去打炮楼。"

“我想，郑春义不会拒绝。”

“如果我们能端掉鬼子的几个临时炮楼，对我们的护粮行动会有很大的帮助。”霍旺对郑春义也充满了信心。

洪柳将手里的树叶扔到水面上：“我听说，一年来郑春义带着队伍配合我抗日义勇军多次攻打辽阳、黑山县城，袭扰南满铁路沿线日军，击毙击伤日伪军多人。”

霍旺弯腰捡起一颗石头子在手里掂了掂，然后抛到湖里，看着水面上溅起的一串涟漪，说：“目前在辽阳、鞍山、本溪一带，出现了很多自发的抗日武装，这次一定想办法多端掉几个鬼子炮楼，把他们的嚣张气焰打下去。绝不能眼看着农民辛辛苦苦打下来的粮食白白地被日本鬼子抢走。在这次行动中，如果韩吉庆表现出色，可以发展他为党员。”

天色渐渐地黑了下来，远处一行鬼子的巡逻摩托车队快速驶过，霍旺和洪柳依偎着从公园里走了出来，又朝前走了一段路才分手离去。

夕阳还没来得及把散落在天际的几缕余晖收拾干净，灰蒙蒙的暮霭便从高大的凤凰楼后面弥漫开来。韩吉庆来到洪柳的住处敲了敲门：“洪小姐在吗？”

洪柳打开门，见是韩吉庆，一边高兴地把他让到屋里，一边带着几分娇嗔道：“干吗老是一本正经的，坐吧，我给你倒茶去。”

韩吉庆环视了一下收拾得干净整洁的屋子，看着忙着给他端水倒茶的洪柳，没头没脑地问了一句：“洪小姐，上次我大哥要给你买衣服，你为啥不要？”

洪柳并没有搭茬，而是走到桌子旁边，打开抽屉，从里面拿出几双鞋垫，说：“我给你做了几副鞋垫，你看看合适不。”

韩吉庆接过来看了看，见针脚齐整密实，尤其是中间的一对鸳鸯绣得活灵活现：“呦，真没想到，你还有这两下子，这对鸳鸯简直呼之欲出。”

洪柳仰起脸问：“喜欢吗？”

“喜欢，自从娘没了以后，就再没人给我做过这些东西了。”说着韩吉庆的眼圈红了。

“是啊，日本鬼子跑到中国来烧杀抢掠，无恶不作，有多少人像你一样，亲人死在日本鬼子手里，咱们要早一天把他们赶出去。”

洪柳俯身把韩吉庆的鞋脱了下来，把鞋垫放了进去：“来，试试。”

韩吉庆穿上鞋，在地上走了几步，满意地说：“不大不小，正合适。”

“合适就好。”

“你手真巧。”

“你知道吗，女人最愿意让男人夸了。”洪柳咯咯地笑了起来。

“那我就天天夸你。”

“那我就天天给你做鞋垫。”

“好啊，咱们干脆开个公司，专门出售洪柳牌鸳鸯鞋垫好了。”

洪柳坐到炕上，说：“找你来，是有新的任务。”

“什么任务？”韩吉庆将鞋垫收起来，正了正身子问。

“现在鬼子在辽中、新民一带修起了很多临时炮楼，给我们武装护粮造成很大威胁，辽中县的游击队长为了从鬼子手里多抢回一点粮食，还在护粮战斗中牺牲了。”

“你找我来就是为了这件事吗？”

洪柳点了点头，说：“对，我想让你去木浒寨，说服郑春义去打鬼子的炮楼。把鬼子的嚣张气焰压下去。”

韩吉庆学着军人的样子站起来，做了个立正的姿势敬了一个礼：“保证完成任务！”

洪柳笑着将他的手拿下来，说：“别说，你还真有点军人的样子。”见韩吉庆又要走，洪柳伸手把他按到凳子上，说：“再陪我坐一会儿嘛，干吗来了总是急着走，我就那么不招人待见吗。”

韩吉庆带着几分歉意地笑了笑：“对不起，我还有点事。”说完拉开门急匆匆地走了。洪柳轻轻叹了一口气，呆呆地坐了一会儿，随手翻开辛弃疾的词集轻声读了起来：舞榭歌台，风流总被雨打风吹去……

一早，郑春仁进了办公室还没摘掉帽子，韩吉庆敲敲门进来了。

“是吉庆啊，怎么来这么早？”

“大哥，这两天公司要是没有要紧的事，我想去二弟那儿，跟他一块去端鬼子的炮楼。”

“打炮楼？”

“小鬼子为了跟我们抢粮食，在辽中、新民一带修起了许多临时炮楼，我想跟春义一块去端他们的据点。”

郑春仁听了沉默了半晌，说：“去了千万要小心，打仗非同儿戏。”

韩吉庆握起拳头，说：“一想起我爸爸和我爷爷惨死的样子，我就恨不得早一天把小鬼子赶出去。”

郑春仁让韩吉庆坐下，说：“吉庆，有件事我一直想问问你。”

看着眼前这个亲如手足的兄弟，郑春仁沉吟了良久，道：“我说出来，你可别笑话你这个当大哥的没出息。”

说着郑春仁打开抽屉，从里面拿出一个精致的首饰盒，慢慢地打开，里面是一只金手镯，“吉庆，你知道这是给谁买的吗？”

韩吉庆不知道郑春仁问这话是什么意思，轻轻摇了摇头。

郑春仁将手镯拿出来放在手心里，说："我是买来想送给洪柳的。"

韩吉庆听了，不假思索地伸手想把手镯拿过来："这好办，哪天我给她。"

郑春仁将手镯放回去，轻轻摇了摇头："吉庆，说心里话，你大嫂这个人论长相不丑，论人品，端方贤惠，我真的挑不出什么毛病来。可不知道为什么，我就是觉得我们中间隔着一堵墙。"

"大哥莫非不喜欢大嫂？"

郑春仁沉默了一会儿，说："也不是，可不瞒你说，无论她对我怎样温存体贴，我就是找不到感觉。"

韩吉庆想了想，说："也许人都是感性的吧，肉体上的满足，永远也无法替代情感上的需求。要不唐玄宗对杨玉环就不会像白居易说的那样，后宫佳丽三千人，三千宠爱在一身了。"

郑春仁的目光中夹杂着一种少有的兴奋和失落："你说得对，自从洪柳来了之后，才让我找到了我一直想找却找不到的东西。"

"好啊，大哥不妨说出来听听。"

"其实我不说你也都看到了，每次遇到棘手的事儿她都知道我心里在想什么，我们之间总会产生一种不可言说的默契。时间一长，我由开始时对她的欣赏、器重，变成了一种发自内心的喜爱，我虽不是诗人，可我却觉得这种爱像冰封已久的一江春水，澎湃激荡，让我第一次有了一种无法遏止的冲动和渴望。"

韩吉庆被郑春仁的情绪所感染，站起来走到窗前，看着在初升的阳光下伸向远方的一条条闪闪发亮的铁轨，说："我相信，只有这种由心灵共鸣催生的爱，才是美好真挚的。"

郑春仁却神情漠然地沉默了好一会儿，叹了口气说："可不知道为什么，她却一直在有意回避我。”

“大哥，一个男人可以征服一座山峰，有时候却无法征服一个女人那颗纤小的心。”

郑春仁站起来，在地上走了几步停下来，目不转睛地看着韩吉庆，说：“你知道吗？当我在洪柳一次次拒绝中冷静下来后，发现是我错了。”

“不，你没错，是洪柳不该对你这样。把这事儿交给我，哪天我问问她是咋想的。”

郑春仁看着窗外飘浮在空中的几朵白云，说：“是我忽略了一个事实，换句话说，是我不愿意去承认一个事实，那就是作为一个女人，尤其像洪柳这样的女人，她是在小心地呵护着一份情感，并生怕它受到伤害。”

“不，她明明已经伤害了你。”韩吉庆对郑春仁这个想法并不认同。

“你说错了，洪柳正是怕伤害我们之间的感情才有意这么做的。”

“为什么？”韩吉庆有些不解。

“因为她那颗心已经被一个她所爱的男人占据了。”

“这人是谁？”

“是你。”

“是我？”韩吉庆一愣。

郑春仁拍了拍韩吉庆的肩膀，说：“对，你想过没有，如果洪柳出于迎合，违心接受了我的爱，或者说碍于我这个掌柜的情面，往这堆火上再添柴加薪，结果会是什么样子？虽然可以满足一个男人的自尊，可以让我这个当老板的更加赏识她、器重她，她也从中得到更多的好处。但这种用虚假的丝线织成的情网，是禁不起时间销蚀的，就如同我跟你嫂子的关系一样，最终当双方再无法忍受貌合神离、同床异梦带来的痛苦和无奈时，只能两败俱伤，情感的碎片就会变成让彼此伤痕累累的利刃。所以，洪柳的选择是对的，这样的女人到任何时候都值得我敬重和钦佩。”

韩吉庆带着几分局促搓着手，说：“大哥，洪柳是对我好，可我从来没有往这方面想过。”

郑春仁知道韩吉庆说的是实话，顿了顿，说：“其实，我早就看出来她对你好，她喜欢你，可我一直不愿意面对这个现实，我知道，我一旦承认这个事实就等于是放弃。在我的内心一直有一种期待，希望有一天能得到她的爱。后来，我不得不承认，我是在自己欺骗自己，人的感情不是随意可以摆弄、拿捏的一个物件。你是我的弟弟，她要是真的喜欢你，你就不要再拒绝她了，洪柳是个好姑娘。”

说着，郑春仁拿过首饰盒放到韩吉庆手上：“吉庆，这只手镯你送给她吧。”

韩吉庆摇了摇头：“大哥，还是你先收着吧。”

郑春仁不好再勉强，把首饰盒重新放到抽屉里，像是搬掉了一块压在心上的石头，如释重负地长长出了一口气。

上午，木浒寨的操练场上传来阵阵喊杀声，关明杰和郑春义在组织士兵进行格斗训练，胡进带着骑兵在东面的树林里热火朝天地练习马上行进射击。

这时门口的哨兵跑过来报告：“支队长，韩吉庆来了。”话音未落，韩吉庆已经从马上跳了下来，郑春义快步迎上前去，拉住韩吉庆的手说：“吉庆哥，能端了老山豹的老窝，多亏你了，我和关团长、胡进一直想请您喝顿酒，你也不过来。”

“我这不是来了吗？”

关明杰见了韩吉庆也十分亲热。郑春义知道韩吉庆来一定有事，便和关明杰带着他来到议事厅，让王财将胡进也找了过来。

郑春义给韩吉庆倒了一杯水，直来直去地问："吉庆哥这次来有事吗？"

"小鬼子为了抢粮食，在辽中、新民一带修起了许多临时炮楼，你不是要抗日打鬼子吗，咱们一块去端鬼子几个炮楼，煞煞鬼子的气焰，不能让农民辛辛苦苦打下来的粮食就这么轻易落到小鬼子手里，让他们吃饱了再祸害咱们。"韩吉庆一口气道明了来意。

郑春义一拍腰里的盒子枪："好啊。关团长，你看这仗怎么打。"郑春义仰起脸来问关明杰。

"打鬼子的炮楼我也是头一次，我看应该先摸清了里面的人员部署和火力配置，再来制订攻打计划。"关明杰思索了片刻说。几个人听了也都表示赞同。

黎明时分，太阳还没有升起来。一望无际的原野上飘散着一层淡淡的雾气，在离一座用砖头和木板搭建起来的简易炮楼不远的高粱地里，郑春义、韩吉庆、关明杰带几个士兵在仔细观察着对面鬼子炮楼的情况。

天光大亮后，炮楼里响起了嘟嘟的哨子声，鬼子和伪军开始起床出操，郑春义数了数，据点里加上放哨的有一个鬼子和五个伪军。他转过身来对韩吉庆说："吉庆哥，就这几头烂蒜，我闭上眼睛也把他们都划拉了。"

韩吉庆摆了摆手，说："端炮楼可不是闹着玩的。"

郑春义听了韩吉庆的话毫不在意地眨了眨眼睛，说："吉庆哥，要不咱哥俩打个赌。"

"怎么个赌法？"韩吉庆以为郑春义在开玩笑。

"你我各带五个人上去，谁要是一个人不死把鬼子的炮楼拿下来，谁就算赢。”

韩吉庆年轻气盛，加上打鬼子心切，合计都没合计就一口应承下来。

关明杰听两个人打赌端炮楼，一面目不转睛地观察着炮楼的动静，一面说：“打仗不是打赌，我看还是算了吧。”

郑春义却不以为然地说：“关团长，你信不，我不费一枪一弹，就能把炮楼拿下来。”关明杰见两个年轻人求胜心切，只是不置可否地摇了摇头。

太阳明晃晃地升了起来，鬼子和伪军操练过后，一个个又钻了进去，四周重新恢复了平静。郑春义和关明杰也带着人返回了木浒寨。

从辽中侦察回来，郑春义信心十足，晚上将几个人找到议事厅，挽起袖子说：“我看小鬼子的炮楼跟黑风山差远了，半夜摸进去，那几个废物点心好对付。”

“那咱们带多少人过去？”胡进问。

关明杰合计了合计：“我看人多了用不上，让骑兵分队去就足够了。”

郑春义把盒子枪放到桌子上：“好，明天天亮出发！”

夜色中，从炮楼里透出来的灯光，在旷野里鬼火一样跳动着。韩吉庆、郑春义和关明杰带着人在高粱地里隐蔽起来。过了三更天，郑春义冲着韩吉庆一挥手，两个人分别带着五个挑选出来的精干士兵，在大片庄稼的掩护下，猫着腰向鬼子的炮楼摸去。

夜色漆黑，四周除了风吹在苞米和高粱叶子上发出的簌簌声响，只有偶尔传来的几声青蛙叫。韩吉庆带人在离据点只有几步远的一片玉米地里停了下来。他抬头朝据点观察了一会儿，发现亮着灯的炮楼里悄无声息，只有一个站岗的伪军抱着枪在炮楼顶上走来走去。他转过头来，对身边一个士兵低声说道：“你们都别动，注意隐蔽，我去把那个站岗的家伙干掉，你们听到三声蛐蛐叫再上去。记住了，动作要轻。”黑暗中几个士兵点了点头。

韩吉庆从腿上抽出匕首，“嗖嗖”几步蹿到炮楼下边，这时能清楚地听到站岗的伪军一边走动一边嘴里哼着小曲：“半夜里鸡叫我好心烦，搂着我那心肝难睁眼，睡就睡到大天亮，杀了打鸣的公鸡我解解馋……”韩吉庆用匕首三下五除二在铁丝网上挑开了一个能容一个人通过的洞，然后身子一缩钻了进去。

他蹲在炮楼底下，抬起头来朝顶上看了看，见那个伪军哨兵仍哼着小曲在来回走动，便施展轻功，借着炮楼上的枪眼，像只猿猴几下就蹿到炮楼顶上。

韩吉庆深吸了一口气，趁着站岗的伪军转过身去的当口，一纵身跳了上去，从后面用胳膊死死勒住了伪军的脖子，那个伪军吓得像一摊泥似的瘫软到地上：“鬼、鬼来了。”

韩吉庆低声道：“小声点，我们是辽西抗日游击队。”

伪军这才睁开眼，瞅着韩吉庆央求道：“你千万别杀我，我家里还有老婆、孩子。”

“不杀你，快，把衣服脱下来。”伪军顺从地把衣服脱了下来。

“你先在这待会儿。”说着韩吉庆掏出绳子把他捆好，用带来的一块破布把他的嘴堵上。然后趴到炮楼的边上，冲着玉米地学了三声蛐蛐叫。

埋伏在玉米地的几个士兵听到韩吉庆发出的暗号，从地上爬起来，几步蹿到铁丝网跟前，从韩吉庆挑开的洞里一个接一个地钻了进去。

几个人来到炮楼底下，也学了几声蛐蛐叫。韩吉庆从炮楼顶上放下来一根绳子，一个小个子的士兵抓住绳子快速爬了上去。韩吉庆把伪军脱下来的衣服递给他，小声道：“快，把衣服换上，没有我的命令不许离开。”

那个士兵很快换好了衣服，冲着韩吉庆挥了挥手：“你下去吧。”

韩吉庆用手抓住绳子滑落到地上，压低了声音：“咱们分开行动，我带着两个人去一层，你们两个人去楼上，在我没有动手之前，你们谁也不许开枪，听明白没有？”布置完韩吉庆一摆手，几个人蹑手蹑脚地靠近了炮楼进门的地方。

韩吉庆侧过身来用脚将门踢开，带着几个人闪身进到里面。只见地上放着一张桌子，桌子上亮着一盏马灯，上面摆着喝剩下的半瓶酒，盘子里有吃剩下的一只鸡大腿。地上放着一张铺，一个日本兵也许是酒喝多了，鼾声如雷，跟死猪似的正酣然大睡。

韩吉庆一挥手，带着两个士兵猛扑上去，手起刀落，喊里咔嚓结果了这个鬼子的性命。

两人返身上楼，和先上来的两个人会合到一处。韩吉庆蹲下身一看，几个伪军睡得正香。韩吉庆正打算让人过去摘挂在墙上的枪，一个准备换岗的伪军醒了，一翻身坐了起来：“妈的，该换哨了。”

他穿上一只袖子，一抬头发现面前站着几个人，大叫一声，伸手就要去摸枪。

韩吉庆一甩手，一支飞镖击中了他胳膊，疼得他“妈呀”惨叫一声，捂着胳膊跳到了地上。

这时正在睡梦中的几个伪军也被喊叫声惊醒了，睁开眼一看，地上站着几个人端着枪，枪口正冲着他们，吓得“噌”地一下蹦了起来，伸手过去抓家伙。韩吉庆冲着屋顶啪啪啪开了两枪，大声道：“别动，动就打死你们！”

几个伪军吓得蹲在地上，几个士兵过去把枪拿到手里。

韩吉庆厉声道：“我们是辽西抗日支队的，你们哪个要是不老实，我就立刻让他脑袋搬家。”

几个伪军都跪下来求饶道："放了我们吧，穿这身皮也是没办法，小鬼子把粮食都抢走了，我们就是想混口饭吃。"

韩吉庆看着几个伪军说："我们辽西抗日支队只打鬼子，不打中国人，以后别再给小鬼子干事了，回家吧。"

几个伪军连连磕头："我们再不给日本人干事了。"

韩吉庆吩咐身边的一个士兵道："你上去，让那个兄弟下来，把那个小子也带下来。"

时间不长，放哨的那个士兵带着那个伪军一块从上面下来了。

韩吉庆用枪指了指几个伪军："你们可以走了。"见几个伪军下楼去了。韩吉庆带着人把缴获的枪支弹药背在身上来到炮楼外面，一个士兵从炮楼里找来煤油，一把火将把炮楼点着了。火光很快就映红了半边天。

"走！"韩吉庆带着几个人从炮楼里出来，趁着夜色猫腰进了玉米地。

那边郑春义带着几个士兵走了有一里多地，来到另一座炮楼跟前。他挥手示意几个人隐蔽，没想到一个士兵没留神，让脚下的土坷子绊了一下，身子一侧歪，枪托碰到一块石头上发出"当啷"一声响动。

炮楼顶上站岗的伪军听到动静。咋咋呼呼地大声喊叫起来："谁？干什么的，给我出来！不出来老子就开枪了！"话音未落，便朝这边"啪啪"打了两枪。

郑春义命令道："卧倒。"几个士兵迅速趴在地上。

岗楼上的伪军见这边半天没有动静，骂了一句："他妈的，哪来的野狗，吓了老子一跳。"

这时从下面上来一个日本兵，用电筒照了照那个伪军："你的，打枪的不要！"

"报告太君，刚才有两条野狗打架。"

那个日本兵用电筒朝四周照了照，什么也没发现，转过身去，抡圆了给了站岗的伪军一个大嘴巴：“八嘎。”

那个伪军捂着脸一声没敢吭。那个日本兵又咕噜了几句下去了。

郑春义见炮楼里重新安静下来，带着几个人匍匐来到铁丝网下面，侧耳听了听，没有动静，迅速从腰里抽出匕首，很快就挑开一个洞，几个人猫着腰钻了进去。

这时，炮楼的门开了，刚才从炮楼顶上下来的那个日本兵出来撒尿，一抬头，猛地发现对面黑乎乎地站着几个人，便“哇”地大叫一声，转身就往炮楼里跑。郑春义抬手一枪，将那个日本兵撂倒在地。

这时炮楼里的伪军被突如其来的枪声惊醒了，抄枪冲了出来，胡乱地开起枪来。郑春义身边的一个士兵被击中，一头栽倒在地。

郑春义见情况有变，挥枪将两个伪军打倒在地，大喊一声：“上！”一纵身带着剩下的几个士兵冲进了炮楼。

出乎郑春义意料的是，炮楼里还有一个鬼子，发现有人从门外冲了进来，光着膀子，端着上了刺刀的步枪从地上一跃而起，怪叫一声，举枪就刺。

一个士兵开枪击中了这个鬼子的肚子，可由于炮楼里面十分狭窄，回身慢了一点，被那个鬼子用刺刀扎到胸口上，倒在了地上。

这时楼上剩下的几个伪军听到下面打枪，慌慌张张地从上面跑了下来。看到有人进来，不管不顾地乒乒乓乓地一阵乱射，郑春义身边又有两个士兵被击中倒在了地上。

郑春义气急败坏，大吼一声：“住手！”举枪打倒了一个伪军，剩下的几个人慌忙把枪扔到地上，把手举过头顶：“别打了，我们缴枪。”

郑春义回头看了看，见跟他一块进来的几个士兵都牺牲了，气得浑身发抖，上去“啪”地给一个伪军大嘴巴：“你们都给我老实点，要不是看在你们是中国人的分上，都送你们上西天。快，把枪和子弹带上，跟我走！”

几个伪军哆哆嗦嗦地拿上枪和子弹，准备跟着郑春义下楼。这时楼上突然传来一个女人嘤嘤的哭泣声。郑春义厉声问：“怎么回事，谁在楼上哭？”

一个伪军战战兢兢地说：“昨天后晌一个小鬼子不知道从哪抢来一个大姑娘，被关到楼上了。”

郑春义端枪上了楼，见一个蓬头垢面的年轻女人被绑在凳子上。郑春义上前把她身上的绳子解开，说：“你可以回家了。”

女人哆哆嗦嗦地站起来，揉了揉被绳子勒得通红的手腕子，哭着说：“大哥，我没家了，我爸我妈都被小鬼子打死了，我一个哥哥被抓了劳工，我跟你走吧，你行行好，留下我吧，我给你洗衣服做饭，干啥都行。”

郑春义一时不知如何是好，想了想说：“好，跟我走吧。”

郑春义带着这个女人下来，来到炮楼外面，远远地看见另一个炮楼里冒出通红的火光，吩咐几个伪军：“去，把炮楼给我点了！”

几个伪军立即从炮楼里取来煤油，一把火把用木头和砖头搭建起来的炮楼点着了，顿时，烈焰腾空而起。

这时远处一个炮楼里响起密集的枪声，曳光弹纷纷在夜空中划过，附近村子里的狗也跟着叫起来。郑春义与韩吉庆很快会合到一处，带上牺牲的几个弟兄和缴获的战利品上马回了木浒寨。

从辽中回来的路上郑春义始终一言未发。第二天下午，他将关明杰、胡进、老八找到议事厅，一边低着头摆弄着手里的盒子枪，一边对关明杰道：“这下我可输惨了。”

这时王财开门从外面进来报告道：“战利品清理完毕，这次战斗端掉鬼子两个炮楼，打死打伤了三个鬼子，缴获两挺机枪、十二支步枪、机枪子弹两千五百发、步枪子弹三千发、手榴弹三十只、望远镜两架。”

郑春义听了却一点也高兴不起来，耷拉着脑袋对韩吉庆说：“吉庆哥，我那几个弟兄一个都没回来，我认输。”

关明杰绷着脸，看着郑春义沮丧的样子批评说：“你现在是辽西抗日支队的队长，你手下一百多个弟兄的性命都在你手里，你怎么能意气用事，拿打仗当儿戏，这可是血的教训。”

郑春义满脸通红，停了半晌，声音嘶哑地说：“关团长，是我错了。”

“记着，打仗不是打赌。”关明杰也有些后悔，当初就不该由着性子让郑春义逞强。

郑春义站起来对胡进道：“你看看牺牲的几个弟兄家里还有什么人，多送点钱给他们。”

韩吉庆走过去，拍了拍郑春义的肩膀：“打仗哪有不失误不死人的，以后吸取教训多加小心就是了。”

郑春义悔恨不已，自责地说：“唉，都怪我太轻率了。”

韩吉庆又安慰了郑春义几句，与众人辞别后打马回了奉天。

第四十五章

午后的阳光照在屋子里，暖暖的。洪柳正在洗衣服，听有人在外面敲门，站起来过去打开门，见是韩吉庆，高兴地拉着他的手："我以为是谁呢，原来是你呀，快进来。"

韩吉庆进了屋子坐在凳子上。洪柳倒了茶放在韩吉庆面前，迫不及待地问："这次打鬼子的炮楼顺利吗？"

"我们一晚上端了鬼子两个炮楼，还打死了一个、打伤了两个鬼子。"

"好样的。"

洪柳仰起头，仔细地端详着韩吉庆，目光里充满了柔情："你知道吗？你走的这几天，我干什么都没心思了，做梦梦见你打了胜仗回来，骑着高头大马，成了抗日的大英雄，可威风了。"

韩吉庆禁不住笑了："真的呀？"

洪柳扬起眉毛："那还能有假，告诉你，我已经想好了，在这个世界上非你不嫁。你要是不同意，我就等你一辈子。"

韩吉庆一本正经地问："我大哥一直非常喜欢你，你不知道吗？"

洪柳把洗好的衣服晾到绳子上，说："我知道，可我早就告诉过你了。我的心已经给了你。说实话，我以一个女人的直觉，知道你并不是不喜欢我，你的内心似乎有什么难言之隐，你心里到底是怎么想的，能不能告诉我？"

韩吉庆这一刻觉得有些内疚，他第一次仔细地端详起洪柳："要说我不喜欢你，那是假话。"

"可你为什么非要违心地把一个女人的情感拒之门外。这么长时间了，莫非你就没有想过，一个女人被你一次次地伤害，会给她带来多大的痛苦。"

"洪小姐，对不起，是我不好。"

洪柳不解地问："既然你喜欢我，为什么又总是躲着我，难道你不觉得这么做有多么虚伪吗？"

韩吉庆沉默了一会儿，抬起头来说："洪小姐，我知道所有的解释都是多余的，但我必须告诉你，当我发现大哥也喜欢你时，我便把这份感情深深地在心里埋藏起来了。其实我很清楚，你对我好，我这样做你心里一定会不高兴，不痛快，但我宁愿伤害你，宁愿你恨我。你知道我为什么这么做吗？"

洪柳摇了摇头："不知道，但我现在想知道。"

韩吉庆端起茶杯，把里面的水一口喝下去，说："一个人，尤其是一个男人，不论到什么时候，不论他走到哪儿，不论他从事什么职业，不论他卑贱还是高贵，也不论他是富有还是贫穷，都不能把一个'义'字丢了。"

"可义气和爱情是两回事。"在洪柳看来，韩吉庆有点小题大做。

韩吉庆拉过洪柳的手："当然，古往今来，不同的人对这个义字有着不同的解释。可我对这个'义'字的理解就是不能自欺欺人，不能昧心做事。我不能因为我明明喜欢你，而反过来又去欺骗大哥。我既然认了这个大哥，就不能夺大哥所爱，更不能为了女人而伤害了我们之间的感情。所以我做不到，也不愿意自己明明喜欢这个女人，却当着大哥的面去装样子，说假话。”

洪柳听了韩吉庆的一番话，禁不住扑到他的怀里，仰起头深情地看着自己的恋人，说：“你没有做错什么。你有情有义，是个真正的男人，我庆幸这辈子能遇上你。”

韩吉庆把洪柳揽在怀里：“你是个好姑娘。”

洪柳的眼角流出了泪水，紧紧地依偎着韩吉庆，心里所有的委屈在这一刻都烟消云散了。

秋日的阳光照在货场上，空气像被洗过一样清爽透明。因为一直没有韩吉庆的消息，加上秋粮马上就要下来了，有好多事要他处理，郑春仁尽管忙得团团转，却老是七上八下地安不下心来。下午，吃过饭，他和衣躺在沙发上想睡一会儿，蒙眬中他看见韩吉庆带着人向鬼子的炮楼冲去，这时，从枪眼里吐出一条条火舌，突然韩吉庆倒下了。他大叫一声惊醒过来，睁开眼睛，擦了擦头上的冷汗坐了一会儿，站起身坐到椅子上，拿起桌子上的报纸，一边心不在焉地浏览着上面的新闻，一边打算抽空去趟木浒寨。

韩吉庆从洪柳那里回去觉得有些累了，草草吃了点东西就睡下了，第二天去洗了个澡。他知道郑春仁一定等急了，吃过饭喊了一辆人力车来到公司，进门见郑春仁正在看报纸，便学着军人的样子敬了个礼：“大哥，吉庆向你报到。”郑春仁把报纸“哗”地扔到一边，上前一把抓住韩吉庆的胳膊摇晃着说：“你要是再不回来，我已经打算去二弟那儿找你了。”他拉过韩吉庆上上下下看了一遍，见他毫发无损，这才如释重负地松了一口气。“没事就好，我刚才还做了一个梦，吓死我了。”

“你猜我和二弟这次端掉了鬼子几个炮楼？”韩吉庆摘下帽子，笑嘻嘻地坐到沙发上问。

“能端掉小鬼子一个炮楼就是大功一件。”

韩吉庆伸出两根手指：“我们一晚上端了小鬼子俩炮楼，还缴获了两挺机枪、几千发子弹。”韩吉庆不无得意地说。

郑春仁十分惊讶：“真的呀，这回小鬼子该老实了。”

说着郑春仁在韩吉庆身边坐下，问：“你回来见到洪柳没有？”

“见到了。”

“你知道吗？那天我把憋在心里的话说出来后，晚上怎么也睡不着了。”

“哦，为什么？”韩吉庆第一次发现处事一向干脆利落的郑春仁在这件事上有些婆婆妈妈。

“说不上为什么，那种怅然若失的感觉就是挥之不去，就像失去了一样最喜欢的东西。那种割舍不掉的痛苦，让我第一次明白了，为什么古往今来，有那么多的痴男怨女甘愿为爱殉情。”

韩吉庆看着郑春仁眼里那种对美好婚姻的渴望，说：“大哥，我倒是觉得那天跟殿明哥一块来的梅雨人不错，燕京大学的高才生，学识渊博，谈吐不俗，对大哥也很有好感，哪天我让洪柳跟她表妹说说，如果她要是愿意，你们倒是很好的一对。”

“姻缘皆由天定，强求不得啊。”郑春仁仰头叹道。

韩吉庆还想说什么，一时不知说什么好，默默地坐了一会儿，便起身下楼去了。

打完场，秋粮刚入仓，关内各粮铺便开始催着要粮食了。上午，张浩手里拿着一摞电报来到郑春仁的办公室。郑春仁刚刚拟好一份关东军计划向东北大量移民的情报准备发往南京，见张浩进来将电文稿放到抽屉里，抬起头来问："新粮下来了，关内的行情怎么样？"

"这几天从山东、河南来催要粮食的电报、信件一封接一封。"

"好啊。"

张浩却有些为难地看着郑春仁，说："昨天刘振清的爸爸特意找到我，说每年这个时候，人手少了忙不过来。"

"那就赶紧招人。"

"好吧。"说着张浩从怀里掏出那张银票放到桌子上。郑春仁问："怎么，没送出去？"

"这小子嫌不够口，张嘴就要五百大洋。我没惯他毛病，后来又给了他几次，这小子没把这点钱放在眼里，不要算了，我谅他也不敢把咱咋样。"

郑春仁一面将银票放到保险柜里，一面说："跟这种贪得无厌的人打交道要格外小心。"

张浩却满不在乎："咱们有合法的手续，怕他干啥。"说完张浩拿起桌子上的电报去了货场。

很快收购上来的粮食都集中到哈尔滨车站的货场里，因为等着发车，人手不够用，张浩和十几个押车伙计只得帮着装车，快晌午了粮食才装了一半，十几个伙计累得汗流浃背。吴福禄停下来用手巾擦了一把汗，对张浩说："再这么下去，伙计们都累趴蛋了，还咋押车？"

张浩也扯下毛巾擦了擦汗，说："来的时候我跟掌柜的说了，回去就招人。"

直到天黑了粮食才装完。张浩对吴福禄道："大伙都累了，留下两个人在这盯着，剩下的都回去好好睡一觉，我去找调度，明天一早发车。"几个人扫了扫身上的土，转身走了。

张浩带着留下来的吴福禄和另一个伙计挨个车皮查看了一遍，把车门关好去了调度室。回到守车上，吴福禄和伙计还在等他。几个人又困又乏，坐下不一会儿，便上眼皮和下眼皮直打架，坐着打起盹来。

这时，站台上来了几个人，走在前头的是一个大高个子，他用手指了指停在货场上的一溜车皮，低声对后边的一个中等个头的男人说："就是它。"

那个人小声道："马大个子，你可整准了，这可不是闹着玩的，弄不好要坐大牢的。"

"我说高峰，我都在这盯一天了，错不了，我不能白拿你五块大洋啊。"马大个子话里带着不满。

这个被马大个子称作高峰的人，正是山海关检查站稽查队队长高彦的弟弟。接到电报，他立即找来货场的把头马大个子，让他在货场守了一天。高峰指了指前头的一节车皮，说："你去把门打开，剩下的人跟我来。"说完高峰带着人走了。

马大个子来到前头的一节车皮跟前，麻利地摘掉门上的挂钩，用力拉开了车门。

这时高峰带着那两个人回来了，黑暗中只见每个人肩上都扛着一个麻袋。马大个子一挥手，两个人顺着打开的车门把麻袋扔到车厢里，马大个子带着人纵身跳了上去。

高峰一边在底下观察着周围的动静，一边有些不放心地小声叮嘱道："马大个子，放好了，千万别露出马脚来。"

"你信不着别人还信不着我咋地，告诉你哥，我在装大米的袋子角上用朱砂做了记号。"

“知道了。”

马大个子将麻袋放好后，又用手电筒照了照，见没有什么异样，一摆手，几个人从车上跳到地上。马大个子用力关上车门，将挂钩按原样挂好，低声对高峰道：“妥了。”

“走！”高峰带着几个人趁着夜色快步离开了。

山海关检查站稽查队队长高彦接到弟弟高峰的电报，马上把那个老警察找了来：“哈尔滨来电报了，按你说的都准备好了，”

老警察抽了抽鼻子，咧开掉了一颗门牙的嘴乐了。高彦用力拍了拍老警察的肩膀：“真没看出来，你平时蔫了吧唧的，一扁担压不出个屁来，到动真格的时候，还有两下子。”

老警察十分得意：“这回让那个刺头好好尝尝王八掉灶坑——憋气又窝火的滋味。”高彦道：“走，我请你喝酒去。”

郑春仁正在办公室看戴钧峒从南京发来的一封电报，命他想办法搜集关东军在哈尔滨秘密建立特种实验室的情报。郑春仁有些心惊肉跳，没等把电报收起来，洪柳敲敲门带着表妹梅雨进来了。郑春仁将电报放到保险柜里，站起来热情地招呼道：“梅小姐来了，快请坐，我来给你们倒茶。”

梅雨伸手拦住郑春仁：“我又不是第一次到你这里来，干吗老这么客气？”

郑春仁笑着说：“梅小姐既是我殿明哥的得力属下，又是洪小姐的至亲表妹，我岂敢怠慢。”

洪柳将手里的一份报表交给郑春仁。“梅雨已经为我们做好了新粮下来后的运输安排。”

“那可得谢谢梅小姐了。”

“这个月的结算报表还没整理完，你们先聊。”洪柳说完冲着梅雨一笑，开门下楼去了。

郑春仁倒了一杯茶放到梅雨面前：“梅小姐来得正好，待会儿我请你去北市场的老边饺子馆吃正宗的边家饺子怎么样。”

梅雨一听竟咯咯地笑了起来：“你已经请我吃了三顿边家饺子了，再吃就腻了。”

郑春仁拍了拍脑门：“那咱们换个地方，我请你去南市场的厚德福吃干炸虾球、拉网白肉、煽香鸡、八卦鱼肚、太极熊掌。”

梅雨笑得前仰后合：“你都快成饭馆跑堂的了，好，你请我吃什么都行。”

郑春仁听了也十分高兴，说：“品尝完美味佳肴，我再请你去四海升平茶社听奉天大鼓。”

“看来今天是既享口福又饱耳福了，我这一趟没白来。”

“你天天来，我就天天请你吃饭，听书。”

“那我可消受不起。”

“梅小姐，其实吃饭也好，听书也罢，在我看来都不重要，重要的是我喜欢跟你在一起。”

梅雨坐下来直视着郑春仁：“那我倒想问问，郑老板喜欢我什么？”

郑春仁坦诚地说：“别的不说，每个星期你过来看你表姐，让我觉得你是个很重亲情的人。”

“这是做人的本分。”

“我每次请你去吃饭，听书，你言谈举止间流露出来的那种清纯、开朗又总是让我觉得你像一只小鸟，让我非常开心。”

“是吗？我怎么没感觉到。”梅雨这才知道郑春仁一直在用心观察她。

“你博学多识，每次我们在饭桌上一块谈天说地，在茶社听书怀古，总让我觉得跟你有说不完的话题。”

梅雨沉默了一会儿，说：“看来郑老板是个情感很细腻的人。”

郑春仁轻轻叹了口气：“可运命却跟我开了一个玩笑。”

“这话从何说起？”

郑春仁凝视着梅雨：“我想先问问你，你觉得我这个人怎么样？”

梅雨端起茶杯慢慢地呷了一口，说：“听金局长说，经商之初曾因缺少资金，你到一个同学家借钱，凭空蒙受不白之冤，可你却没有丝毫怨恨之心，更没有像一般人那样有不满之举。我觉得，仅此一点，就足以说明郑老板是个襟怀大度的人。”

“大丈夫如不能忍人所不能忍，何以成事？”郑春仁觉得梅雨丝毫没有故意奉承他的意思。

“其实人的心量有多大，摆在你面前的路就有多宽。我听说你行事仁义，厚葬被日本人杀害的伙计，开书局不与人争利，主动搬家，讲诚信，宁可赔钱，也不用过期面粉盈利，这都不是一般生意人所能做到的，所以，梅雨对郑老板十分敬重和钦佩。”

郑春仁听了，像是找到了寻觅已久的知音，遂问道：“梅小姐，你如果不介意的话，我倒想问问，你喜欢什么样的男人？”

“这个问题我还没有想好。”

郑春仁发现这个姑娘身上有一种魅力磁石一样吸引着他：“我想你一定读过《红楼梦》吧？”

“我上大学的时候，我的导师就是教中文的，对《红楼梦》颇有研究。”

郑春仁在地上走了几步，停下来问：“《红楼梦》写了贾宝玉和林黛玉、薛宝钗之间的爱情，你认为宝玉和宝钗之间的感情算是爱情吗？”

梅雨思索片刻，说：“我一直认为，男女之间爱情的核心是个情字，无情难以生爱。换句话说，没有感情做基础的爱，即使在别人眼里看来多么甜蜜，但最终是虚假的，是经不起岁月磨砺的，只能是空中楼阁，一场苦涩的梦而已。所以到了最后，薛宝钗尽管得到了贾宝玉，却没有得到贾宝玉的爱，而以贾宝玉出走这样的悲剧结束了两者之间的结合。”

郑春仁被梅雨的一番话打动了：“你说得对，贾宝玉的出走，说明了男女之间没有情感的爱，所带来的除了痛苦，就是对人性的蹂躏和摧残。所以，我倒以为，不如把爱情两个字颠倒过来，叫作情爱更恰当。”

过了一会儿，郑春仁望着窗外的几片浮云，说：“梅小姐，实不相瞒，我的妻子就是我娘一手包办的，我们没有任何感情基础。婚后，我一直试图弥合我们之间由于没有情感带来的裂痕，可我不得不承认，我一次次地失败了。后来我才慢慢地发现，这种裂痕是无法修补的，因为我找不到修补的黏合剂，我跟她只是一种良心上的补偿和道义上的责任，这种责任放在家庭上，根本谈不上是情爱，让人感到冰冷和无奈。我试图逃避，但为了维系这个家的完整，又只能带着苦涩去面对。”

“古往今来，有多少个家庭，是靠这种虚伪的道义和责任来维系的。它给男女双方带来了极大的痛苦，应该说是不道德的。”

“梅小姐说得对，我一直在寻找对我来说显得有些奢侈的爱情，可一直未能如愿。”

“郑老板，追求纯真的爱情，是每一个人的权利，我希望你能找到心仪的那一半。”

“但愿如此。”郑春仁望着窗外一株株的白杨树出神，久久地没有说一句话，他看着那笔直的枝干无拘无束地伸向高远的空中，觉得刚刚关闭的心扉又重新被打开了。他注视着面前的姑娘，发现她是那样的娇媚可人。

山海关检查站稽查队队长高彦叼着烟卷，站在月台上眯缝着眼睛，美滋滋地对边上站着的那个老警察吩咐道：“等一会儿车来了，你带着人先装装样子，挨个车皮检查一番，记住了，货在前面第二节车皮里，你可要小心点，别把这出好戏给我演砸了。”

老警察正了正帽子：“你就等着瞧好吧。”

这时远处传来了火车的汽笛声，高彦把半截烟头扔到地上，没等货车停稳，便带着几个警察急匆匆地走了过去。

高彦用手抬了抬帽檐，冲着从守车上跳下来的张浩大声命令道：“把车门都他妈给我打开。”

张浩见高彦气势汹汹的样子，问：“高队长，你啥意思？”

“你他妈跟我装傻是不？我再说一遍，把所有车门都给我打开，我要挨个车皮查验。”

张浩觉得今天气氛有点异样，暗想，今儿个这小子是怎么啦。“高队长，这两天关内要货的催得紧，明天天黑前，我必须把这车粮食送到地方，做生意讲求的是信用，要是挨个车皮检查，太费时间了，到时候货送不到，以后这买卖就不好做了。”

高彦阴沉着脸：“少废话，你有没有信用跟我有狗屁关系！我这是例行查验，你要是敢不接受检查，我就把你这一车货全部扣下。”

张浩心想，看来今天这小子是铁了心跟我过不去了。他转过身来，冲着几个伙计高声道：“听高队长说了吧，把所有的车门都打开。”

几个伙计摘掉挂钩“哗啦、哗啦”把车门一个一个地都拉开了。

高彦一摆手，对身边的几个警察道：“给我挨个车皮查验！一个不许落下！”几个警察应声上了车。

张浩来到吴福禄身边，低声道：“我怎么觉得有点不对劲，你盯着点，我过去看看。”

吴福禄点了点头。这时突然听到一个警察喊叫起来：“高队长，快过来！”

高彦听到喊声，装模作样地朝前面的车皮跑了过去。张浩也紧随其后。到了跟前，只见一个老警察手里抓着一把白花花的大米大声嚷嚷道：“高队长！你看这是什么？”

高彦扭过头来不怀好意地看了看张浩，命令那个老警察：“把麻袋给我拽出来！”

那个老警察从里面拽出一条麻袋，用刀使劲一划，白花花的大米淌了一地。

站在高彦身后的张浩一看愣住了，急忙分辩道：“高队长，肯定是有人栽赃，装车时我挨个车皮检查过，绝不会夹带有大米。”

高彦嘴一撇，虎着脸：“栽赃？东西是从你车上查出来的，还敢狡辩？”

高彦冲着几个警察一挥手，大声命令道：“还愣着干什么，给我绑起来！”

几个警察上去，掏出绳子，不由分说地将张浩五花大绑地捆上了。

张浩用力扭动着身子：“放开我！”

高彦向上推了推帽檐：“放了你，想得倒美。怪不得你今天一个劲地推三阻四、横拦竖挡地不让检查呢，原来你是心里有鬼啊！”

张浩知道高彦是来者不善，说：“没做亏心事，不怕鬼叫门，这是有人陷害！”

高彦仰起头来盯着张浩，厉声问：“你说，是谁陷害你了，你要是说出来，我就放了你。啊，你胆子也太大了，竟敢私自夹带贩运大米。你知道这是什么罪吗？是经济犯，轻者坐牢，重者杀头。”

张浩脸涨得通红：“高队长，货场上存放大米的仓库跟我装车的站台离着大老远的，我的人绝不会没事找事弄两袋大米上来。再说，伙计们明知道这是犯禁的事，脑袋让猪拱了，明睁眼露地往枪口上撞，傻子也不能干这种事啊。这不是故意栽赃陷害是什么？”

高彦用枪把子拍了拍张浩的脸：“这么说你还有理了，这大米不是你的人装到车上的，它还能长腿，自己跑到车上去？少跟我废话，今天你就是说出天花乱坠来，人赃俱在，也没用了。”

张浩怒不可遏，仰起头说：“姓高的，谁栽赃谁心里清楚，谁捣鬼，谁心里明白，我告诉你，真的假不了，假的真不了，做这种缺德事的王八蛋也别高兴得太早了，早晚会水落石出。”

“嘿嘿，姓张的，你仗着你是南京政府的公司，也太狂了吧，我知道你手眼通天，把谁都没放在眼里，这回看日本人怎么收拾你，不抽了你的筋，也得扒了你的皮。”

张浩转念一想，光棍不吃眼前亏，遂换了副口气说：“高队长，你不就是要好处费吗，你把我放了，咱们有话好商量。”

高彦听了心中一动，站在边上的老警察用手拉了拉他的袖口，高彦转念一想，对呀，在这节骨眼儿上我要是就这么轻易答应下来，不就露馅了吗？弄不好戏就砸在自己手里了。想到这，他歪着脖子，用手拍了拍张浩的脸：“我可不稀罕你那俩臭钱。再说了，我要收了你的钱就等于受贿，你打听打听，我高彦从来都是铁面无私，秉公执法，你跟我少来这套。你不是说有人给你栽赃吗，行啊，你他妈有能耐跟日本人去解释吧。”说完大声命令道：“给我带走！”几个警察过来把张浩押走了。

第四十六章

在韩吉庆的心里，郑春仁的婚姻是不幸的。六年前，郑春仁奉父母之命去鞍山与齐玉萍订婚，在从野狼窝去鞍山的路上，郑春仁对这桩婚事的无奈和不满让他十分同情，但他想不出任何办法。在以后的日子里，郑春仁曾不止一次地向他倾吐过心里的苦闷。韩吉庆也曾经不止一次地劝他再娶，但郑春仁一直没有找到合适的女人。后来他发现，洪柳的出现让郑春仁看到了希望，韩吉庆从心里为大哥高兴。因此，面对洪柳火一样的情感他始终不为所动，希望郑春仁和洪柳能走到一起，结束这段痛苦的婚姻。没想到洪柳对自己痴心不改，最后郑春仁不得不彻底放弃对洪柳的追求。那天跟郑春仁谈起梅雨，他发现郑春仁对梅雨很有好感，回去跟洪柳说了。洪柳找到梅雨打探她的口风，梅雨竟欣然应允。她立即将这个消息告诉给韩吉庆。下午韩吉庆来到郑春仁的办公室，两个人没说上几句话，楼下突然警笛大作，一辆警车“嘎吱”一声在门口停了下来，三个警察和一个日本宪兵从警车上跳下来破门而入冲上楼来，不由分说地将郑春仁和韩吉庆围了起来。

一个警察喝问道："哪个是郑春仁？"

"我是。"郑春仁不知道这些人是何来意。

那个警察上下打量了一下郑春仁，说："你就是恒通贸易公司掌柜的？"

"是。"郑春仁镇定自若地点了点头。

他一挥手："带走！"两个警察上来，"咔嚓"给郑春仁戴上了手铐。

"你们凭什么抓人？"郑春仁大声质问道。

那个警察脸一沉："少废话，抓的就是你！"说完带着人押着郑春仁下楼，塞进停在外面的囚车里。几个警察和日本兵也跳上车，警车拉响警笛，向"奉天警察署"疾驶而去。

洪柳急匆匆上来，吃惊地问韩吉庆："怎么回事，他们为什么抓人？"

韩吉庆一脸茫然地摇了摇头："我也不清楚。"

"你马上去找金局长，让他去警察署打听一下。"洪柳焦急地说。

"好。"韩吉庆下楼急匆匆地去了铁路局。

木浒寨经费不足，让郑春义大伤脑筋。早上天一亮，他就让王财将关明杰、胡进、胡进的二舅找到议事厅。郑春义问胡进："死的那几个弟兄家里人找到没有？"

"找到了，他们家里都没人了，有一个只剩了个姐姐，给了她五块大洋，他姐姐趴在地上一个劲地磕头，老百姓的日子过得实在太苦了。"

郑春义站起来："咱这日子也不好过了。"

胡进的二舅甩着一只空袖筒，说："寨子里剩下的粮食不多了，天也眼瞅着冷了，大伙的冬装都破烂得不能穿了。"

胡进琢磨了半天，一个劲地摇脑袋："咱们一不能强抢，二不能砸窑，上哪弄钱去呢？”

郑春义一时也想不出什么好办法：“不行我去奉天，先找我大哥借点。”

关明杰思忖片刻，说：“你去试试看，不行再想别的办法。”

这时老八在外面吹响了集合号，郑春义拿起帽子和关明杰、胡进一块来到操练场，带着士兵开始了一天的训练。

下午，金殿明在办公室处理了案头的几份公函，正在起草一份发往日本国内的电报，梅雨进来，将一个文件夹放到金殿明的桌子上，说：“局长，这是下个月的运输计划。”

金殿明看过后在上面签上字，正想交给梅雨，桌子上的电话响了，金殿明拿起听筒，里面传出门房警卫的声音：“金局长，一位姓韩的先生求见。”

金殿明不由得一惊，心想：一定是有什么急事，要不韩吉庆不会在这个时候来找他。

放下电话不大一会儿，韩吉庆开门进来了。

金殿明忙起身，问：“你怎么来啦？出什么事啦？”

因为着急，韩吉庆白皙的脸上泛起一层红晕：“殿明哥，我大哥刚才被警察抓走了。”

金殿明听了不禁大吃一惊：“为什么抓人？”

“我也不知道，他们去了二话不说就把人带走了。”

金殿明一边收拾桌子上的文件，一边说：“你先别着急，我马上去警察署问问。”

“公司那边没人，我得回去照应一下。”

“好，有什么消息，我立刻让梅雨告诉你。”韩吉庆说完急三火四地走了。

到了傍晚仍没有一点郑春仁的消息，韩吉庆心急火燎、坐立不安地拉亮了电灯，不知道金殿明去警察署打探到什么消息没有。洪柳也一直没走，隔着窗户看着货场上停靠在铁轨上的车辆在紧张地思考，是不是工作上哪个地方出现了漏洞，该不该立即向霍旺汇报。

已经过了一更天，金殿明和梅雨才来。韩吉庆焦急地问：“殿明哥，什么事抓人？”

金殿明坐下说：“山海关检查站稽查队的警察在咱们运粮食的车上查出了大米，日本人有严格规定，贩运大米、白面一律按经济犯论处，轻者坐牢，重者杀头。警察署的人说，押车的张浩也被抓起来了。”

“那怎么办？”洪柳一时也没了主意。

韩吉庆想了想，说：“殿明哥，上次刘振清的爸爸被抓起来的时候，那个日本警长你还记得吧。一会儿我去问问他，看这件事是不是归他们管。”

洪柳琢磨了半天也理不出个头绪，暗自思忖：张经理向来谨慎，怎么会出这种事？

“一定是有人故意栽赃。”韩吉庆越想越觉得这事不对劲。

梅雨也觉得事发蹊跷：“明天我想办法去见见郑老板和张经理，看是不是像吉庆说的，有人在背后做了什么手脚。”

金殿明摆了摆手，说：“春仁和张浩都被关在警察署的地下室里，日本人看守得很严。”

“署长的秘书是我大学的一个同学，我明天去找他看看。”

“好吧。”金殿明一时也没有更好的办法，只得让梅雨去试试看。

晚上，韩吉庆轻车熟路地来到那个日本警长的家里。川岛吃完饭，正在客厅里跷着二郎腿闭着眼睛津津有味地听着留声机里播放的日本歌曲，丝毫没有察觉有人进来。韩吉庆轻轻地打开虚掩的房门，走到川岛一郎跟前咳嗽了一声。川岛一郎一睁眼，见是上次来的那个漂亮小伙，吓了一跳，“霍”地站起来：“你怎么又来了，跟幽灵似的，有什么事吗？”

“恒通贸易公司的经理被你们给抓进去了，你明天问问，为什么抓他。”

川岛一郎关掉留声机，想都没想就一口答应下来。韩吉庆也不多说，打开门跳到院子里，一闪身就不见了。川岛一郎吐了吐舌头：“真他妈活见鬼。”

奉天警察署的一间审讯室里放着一张桌子，桌子对面放着一个凳子，天花板上是一盏雪亮的吊灯。屋子的一角摆着一个老虎凳和一个吊人用的架子，上面挂着两只皮鞭和几样刑具。

郑春仁戴着手铐被一个警察带了进来。坐在桌子后面的一个胖胖的，长着一张圆脸，头发稀疏的警察扫了一眼郑春仁，厉声道：“叫什么名字？”

“郑春仁。”

“做什么的？”

“南京恒通贸易公司总经理。”

胖警察用力一拍桌子，大声问道：“你身为满洲国的臣民，又是一个商人，不许夹带贩运大米你不知道吗？”

郑春仁抬起头来：“你放心，我不会做这种违禁的事。”

胖警察用威严的目光盯着郑春仁：“那车上的大米怎么解释。”

郑春仁摇了摇头，说：“你问我，我还不知道问谁呢。贩运粮食的事全部由张经理一个人打理，我对此事一无所知。”

“你要是不说实话，罪加一等。”

“我没有半句谎话。”

“带下去！”

站在边上的一个警察过来把郑春仁押了出去。

“来人哪！”

两个警察应声进来：“带张浩。”

“是！”

不大一会儿，两个警察把张浩带了进来。胖警察挪动了一下身子，用犀利的目光在张浩身上扫视了一遍：“你叫什么名字？”

“张浩。”

那个警察突然厉声道：“你好大的胆子，竟敢在车上夹带贩运大米。”

张浩看了一眼胖警察，镇定地说：“我们是遭人陷害。”

胖警察斜着眼睛凝视着张浩：“你有什么证据？”

“证据眼下我倒没有，可你想，我们总不能自己挖坑往里跳吧。再说，我们没有必要放着钱不赚，没事找事去冒这个险。”

胖警察解开领扣，冷笑道：“那车上的大米总不会是假的吧。”

张浩扭动了一下身子，说：“大米一点不假，可我敢用脑袋担保，绝不是我们有意放到车上的。”

“那这大米是哪儿来的？”

“我也正想问个明白呢。”

胖警察见张浩矢口否认，心想，不动真格的，看来这小子是不会说实话了。他大喊一声：“把他吊起来！”

两个警察上来架起张浩，把他吊到架子上。胖警察拎起鞭子，“啪”地就是一鞭子：“怎么样，你说还是不说？”

“打死也是不知道。”

这时边上的警察过来低声说：“署长交代过了，事情没弄明白之前，先不要动刑。”

胖警察收起鞭子，冲着张浩厉声道：“你回去好好想想，不说实话我就剥了你的皮！”

他一扭头，两个警察把张浩从架子上解下来带走了。

上午，忙完手里的活，梅雨来到奉天警察署秘书办公室，他的大学同学王平平见是梅雨，立刻站起身热情地跟她打招呼：“你怎么有空来啦？坐，我给你倒水去。”

梅雨急着说：“不用了，我来是求你件事。”

王平平不知道什么事情把她急成这样，忙问：“怎么啦？”

“前天下午，我表姐公司的老板被你们警察署的人给抓来了，我想见见他。”

王平平面露难色：“这事可不好办，日本人有话，所有人犯任何人不许跟他们见面。”

梅雨恳求道：“你无论如何要替我想办法见到他们，他们肯定是被什么人给暗算了。如果事情拖久了，一旦节外生枝，就麻烦了。”

王平平考虑了一会儿，问梅雨：“这事要是让日本人知道了怎么办？”

“你就说满铁来了解案情。”

“那你可要快一点，不能在里面耽搁时间太长。”

王平平带着梅雨来到了警察署专门关押人犯的地下室。门口值班的看守见王平平带着一个女人过来，站起身道：“王秘书来了。”

王平平用手一指挂着锁的铁门：“打开，这位是满铁的梅小姐要去找犯人问问情况，明天我们准备跟满铁一块提审人犯。”

看守没再多问，转身从警卫室的一个铁柜子里拿出一串钥匙，过去打开了厚重的铁门。

王平平和梅雨向下走了十几级台阶，来到关押郑春仁的牢房跟前，梅雨见郑春仁正坐在地上发呆，上前轻声叫道："郑老板！"

郑春仁抬头见是梅雨，喜出望外，从地上站起来扑到牢门上："你怎么进来啦？"

梅雨顾不得多说，焦急地问："你知道他们为什么抓你吗？"

"不知道，刚过完堂。"

"他们动刑了没有？"

郑春仁摇了摇头。"你别着急，金局长和吉庆正在替你想办法。"郑春仁点了点头。梅雨转身又来到张浩的牢门前，张浩听到脚步声，见梅雨跟一个警察过来了，两只手抓着牢门："梅小姐怎么来啦？"

梅雨急切地问："你知道他们为什么抓你吗？"

张浩看了看王平平欲言又止，王平平知道张浩有话要单独跟梅雨说，低声道："我到外面等你，快一点。"

张浩见王平平走了，说："肯定是山海关那个稽查队的高队长捣的鬼，他要通关好处费，张口就是五百大洋，我合计，咱们有金局长和'经济部'的于大人，没必要让他揩油，就没搭理他，没想到他暗中下了黑手。"

梅雨不解地问："检查时，你没在他旁边吗？"

"那天一到检查站，我就看出来苗头不对，就一直跟着他来着。"

"照这么说，大米不是他们放上去的？"

"肯定不是。"

梅雨眉头紧锁："那可就怪了。"

"这事是有些蹊跷，每次装完车，我都要挨个车皮检查一遍才发车，想不到还是让他们钻了空子。”

梅雨知道这里不是说话的地方：“张经理，你别着急，我跟金局长和吉庆正在想办法，一定尽快把事情搞清楚，救你们出去。”

“多谢梅小姐。”

“这里不便久留，我走了。”

从地下室出来，梅雨与等在外面的王平平回到秘书室。梅雨反手把门关严了，对王平平说：“你一定想办法在提审郑老板和张经理时不能用刑，花多少钱都行。”

王平平示意梅雨坐下，说：“金局长已经跟我们署长交代过了，署长让我跟提审的人也说过了，你放心好了。”

梅雨急切地问：“有什么办法能救他们出来？”

王平平略一思忖，说：“现在虽然没有确凿的证据证明大米是张浩私自带到车上去的，但日本人对经济犯处罚很重，‘奉天警察署’没有权力随便放人，要放人也必须有‘新京经济部’日本次长青木实发话才行。”

“我知道了。”梅雨没再说什么，急匆匆地走了。

回来后梅雨径直来到金殿明的办公室。“怎么样，见到他们了吗？”金殿明急着问。

“见到了。”

“他们怎么说？”

梅雨坐到沙发上：“张浩一口咬定是山海关稽查队的高队从中作祟，起因是他几次索要好处费遭到拒绝，于是便怀恨在心，有意制造了这起事件。”

“有什么办法能把他们放出来？”金殿明心急如焚。

“我已经问过我的同学王平平，他说警察署不敢轻易放人，必须有‘经济部’次长青木实签字才行。”

这时桌子上的电话响了，金殿明拿起听筒，里面传来门房警卫的声音：“金局长，有一位姓韩的先生要见您。”

“让他进来。”

不大一会儿，韩吉庆和洪柳一块进来了。

金殿明急着问韩吉庆：“见到那个川岛了没有。”

“见到了。”

“他怎么说。”

他说：“即使大米不是恒通贸易公司的人私自带到车上的，‘新京经济部’要是不发话，奉天警察署也毫无办法。”

金殿明想了想，说：“看来只有去新京找青木实了？”

“让吴竞鸣去新京找他姐夫。”洪柳沉默了片刻说。

金殿明考虑了考虑：“好吧，你们俩带上吴竞鸣立即动身去‘新京’，让他去试试看。”

送走了洪柳和韩吉庆，金殿明总算松了一口气。

高彦自从花钱买通了警察署的官员，当上山海关检查站稽查队队长，可谓时来运转，财运亨通。他知道做生意的那些老板不愿意惹事，尽管他时常狮子大开口，商家宁可花钱图个顺当，也不愿自找麻烦。这次他设下圈套查扣了张浩运粮的货车，自认为事情做得天衣无缝，又自作主张卖掉了车上的粮食。他本打算将卖粮所得跟那个老警察二一添作五，可事到临头又剜肉似的舍不得了。心想，他不过出了个主意而已，没有必要将吃到嘴里的食儿再吐出去。于是他从检查站回来，吩咐女人做了几个菜，自己跑到老警察家里将他请到自己新盖的四合院，来到上房把他让到炕上，说：“我听说恒通贸易公司的老板郑春仁也被抓进去了。”

老警察龇着牙，摸了摸没有几根头发的脑袋，说：“我没说错吧，日本人对处罚经济犯从不手软，这回有他们好戏看了。张浩这个刺头恐怕做梦也想不到你会给他们来这么一招。”

高彦笑眯眯抽出一根烟递给老警察，道：“这还不都是你的主意，今天我得好好敬你一杯。”老警察喜滋滋地端起酒杯：“来，干一个。”

三杯酒下肚，老警察问：“高队长，我听说那车粮食你给卖啦？”

高彦眨巴眨巴眼睛，说：“不卖我还能给那个王八蛋留着？”

“卖了多少钱？”

“这你就别问了，该给你的我已经给你准备好了。”说着返身从炕柜里拿出一个包袱递给了老警察。老警察打开数了数，抬起头来盯着高彦，不满地问：“就给我这点钱？”

“这你还嫌少，至少顶你两年的薪水了，别不知足了。”

老警察气呼呼地看着高彦：“高队长，人做事要讲良心，没有我你这口气不但出不来，这车粮食也到不了你手里，你不能卸磨杀驴吧？”

高彦嬉皮笑脸地说：“咱们弟兄在一块这么些年了，我是那种人吗？你放心，以后有什么好事我一定想着你就是了。来，不说这些了，我再敬你一杯。”

老警察一声不响地把包袱拿起来翻身下地，说：“你自己慢慢喝吧。”说着拎起包袱转身气哼哼地开门要走。

高彦厚着脸皮伸手将老警察拦住了：“你弟妹炒了这么多菜，忙啥，再喝点。”

老警察摆了摆手，头也不回地开门出去了。来到院子朝地上狠狠地吐了一口唾沫：“呸，好你个姓高的，这不是拿我当傻子嘛，王八蛋！”说罢一跺脚，带着一肚子的气回家去了。

第四十七章

北市场鸿运茶社的老板吴竞鸣本想凭着他姐夫这个梯子一步登天，改行做粮食买卖赚大钱，没想到闹了个倾家荡产。回到家里他茶饭不思想一死了之，可合计来合计去，觉得就这么不清不白地死了，让街坊邻居笑话不说，剩下自己的女人寡妇失业的，往后的日子还咋过？于是打算靠卖几碗茶水聊以度日，走到哪算哪。哪承想一夜之间成了恒通贸易公司的股东，他从心里对郑春仁有一种说不出的感激。

晌午，他正坐在炕上吃饭，见韩吉庆和洪柳来了，忙放下饭碗："吃饭了没有，我这现成的小米干饭，小葱拌豆腐。"

韩吉庆摆了摆手："谢谢吴大哥，我们吃过了。"

吴竞鸣冲着里屋喊道："老蒯，给洪小姐和韩先生倒茶。"

"不用了，我俩来找你是有一件要紧的事。"

"啥事？"

"掌柜的被抓起来了。"

吴竞鸣吃了一惊："咋啦？"

"不知道是什么人，偷着往咱们运粮食的车上装了两袋大米，被山海关检查站稽查队的警察给查了出来，要以经济犯论处。现在掌柜的和张经理都被关在警察署的地下室里，我们已经打听明白了，要放人必须'经济部'的日本次长青木实发话才行。想请吴大哥马上去趟新京找你姐夫，想办法尽快把人放出来。"韩吉庆简单地把事情的经过说了一遍。

吴竞鸣用力一拍胸脯，毫不犹豫地说："二位尽管放心，就是拼上我这条命，也要把郑老板和张经理救出来。"

"我和洪小姐跟你一块去。"韩吉庆说。

吴竞鸣二话不说，简单收拾了一下，便跟韩吉庆和洪柳直接动身去了火车站。

"新京满洲国经济部"秘书张靖桦听说吴竞鸣来"新京"要见他，拖了几天一直不想与他见面，可又一想，上次拿了人家的钱把事儿办砸了，有些过意不去。下午忙完公事，让人将吴竞鸣和韩吉庆、洪柳带了进来。

张靖桦站起身，热情地跟几个人打招呼："你们几个怎么凑到一块了，怎么样，买卖做得还好吧？"

吴竞鸣不等张靖桦说完，便急着说："张秘书，出事了，掌柜的前两天给抓起来了。"

张靖桦听了也是一惊："你们手续齐备，谁敢随便抓人？"

洪柳扬了扬眉毛，说："估计是有人故意栽赃陷害。"

张靖桦掏出小巧精致的镀金烟斗在手里转了一个圈："哪个人胆子这么大？"

"据张经理说，山海关检查站稽查队的队长高彦多次揩油要好处费，张经理以为有您做后台，就没搭理他，很可能是他在背后做的手脚。”

张靖桦听韩吉庆这样一说，觉得很没面子，一个小小的稽查队长竟敢如此胡作非为，真是胆大包天：“你们先找个旅馆住下，于大人明天回来，我带你们一块去见他。”

韩吉庆一拱手：“多谢张秘书。”

“谢就免了，郑老板这个人不简单，我听竞鸣说，他不但对上次的事没有记恨于心，还让吴老板做了股东，就冲郑老板这一点，你们放心，这件事我非管到底不可。”

张靖桦开始推托不见，让洪柳的心里先是凉了半截，没想到一见面他竟如此痛快地答应下来，说：“张秘书能在郑老板危难之际出手相助，事后，郑老板一定会重重谢你的。”

说完三个人告辞，回了客栈。

“满洲国经济部大臣”于静远从奉天公差回来正在批阅一份文函，张靖桦敲门，带着吴竞鸣、韩吉庆、洪柳一块进来了。

于静远从眼镜上方看了看几个人，问：“你们怎么来啦？”

张靖桦躬身道：“于大人，恒通贸易公司老板郑春仁被奉天警察署抓起来了。”

“为什么抓他？”

“说他在运粮食的车里夹带大米。”

于静远听了，立刻板起脸道：“日本人对经济犯的处罚非常严厉，他们怎么能干这种事，简直是胡来！”

张靖桦往前走了几步，说：“据我所知，郑老板不是这种人，押车的张经理说是有人栽赃。”

于静远摘下眼镜，盯着张靖桦问：“什么人这么大胆？”

“所以这件事一定要查清楚，否则有损我满洲国的体统。”

这时，站在一旁的吴竞鸣扑通跪在地下，泪流满面地央求道：“姐夫，看在我姐和咱老娘的面子上，你无论如何要把郑老板救出来。”

于静远站起来道：“看你这点出息，还不快起来。”

韩吉庆走过去把吴竞鸣搀起来，说：“于大人，你知道，恒通贸易公司是国民政府开办的，而且贩运粮食的手续齐备，我们没有必要放着钱不赚，铤而走险去做违法犯禁的事，这于情于理都说不过去，请于大人明察。”

于静远听韩吉庆这么一说，也觉得这件事并不那么简单，于是问：“郑老板是不是跟那个稽查队长有什么仇隙？”

洪柳扬起眉毛说：“奉天满铁的梅小姐已经问过张经理，据他所说，山海关检查站稽查队的队长多次索要通关好处费，张经理始终没有答应他的这一无理要求，他才下此黑手。”

于静远心想，看来这件事还真有必要查清楚，要不在青木实那也不好交代，于是说：“好吧，你们先回去，我明天去找青木次长当面汇报这件事。”

第二天下午，于静远按下电铃找来张靖桦交代说：“我已经把奉天恒通贸易公司老板郑春仁被抓的事情向青木实次长做了汇报。”

“他怎么说？”

“青木实说，要实现大东亚的共荣，需要像郑老板这样有能力的商人，不过在没有完全搞清楚事情真相之前，还不能随便放人。你立即去山海关找到那个稽查队的队长，看到底是不是他设下的圈套，如果证据确凿是他有意栽赃才能放人。”

张靖桦心中暗想，这件事办好了既可以从恒通贸易公司那里拿到一笔好处费，又可以博得于静远的赏识。于是毕恭毕敬地说：“请于大人放心，我一定尽快把事情查个水落石出。”

高彦把那个老警察请到家里闹翻后，后悔了好几天，他几次想再拿出一笔钱给他，可犹豫再三，还是舍不得。下午，他带着几个警察从站台下来进了稽查室，正美滋滋地等着一趟贩运山货木材的货车过来，从外面进来三个人。为首的一个年轻人进门看了看高彦：“我们是新京经济部的，你是稽查队的高队长吧？”

高彦打量了一下来人，从椅子上站起来：“是，你们有什么事？”

年轻人掏出一张照片看一下说：“我们想找你核实一件事情，请你跟我们一块到警察局去一趟。”

高彦听了一愣：“有什么事非要去警察局说，我这可是稽查要塞，离不开啊。”

年轻人并不搭话，从公文包里拿出盖着“经济部”大印的公函让高彦看了看：“你放心，出了事我负责。”

高彦这才无奈地摊开两手摇了摇头，随即被几个人带走了。边上的老警察心想，一定是事闹大了，上边来人追查，弄不好自己也得跟着吃瓜落儿，可事已至此，后悔已经晚了，是灾是祸都得硬着头皮挺着了。

高彦被带到山海关警察局一间秘密审讯室，坐在桌子后面的张靖桦指了指凳子：“坐吧。”

高彦大大咧咧地坐到凳子上问：“你们是什么人？”

带他来的年轻人说：“这位是满洲国经济部的张秘书。”

高彦仍不忘端着稽查队长的架子道：“张秘书有何贵干？”

张靖桦看高彦装腔作势的样子，已经猜到了八九分。半天没有说话，用威严的目光盯着高彦："高队长，你实话实说，我饶了你，你要是敢说半句谎话——"他指了指刑讯室里的老虎凳，"我就让你骨断筋折！"

高彦却镇定自若："你让我说什么？"

张靖桦厉声问道："奉天恒通贸易公司车上的大米到底是怎么回事？"

高彦心中暗想，闹了半天是冲这事来的呀。他眨巴了眨巴眼睛，说："张秘书，这事你算问对人了，他们私自夹带大米，被我当场查扣，人赃俱获，日本人已经把他们下了大牢，我可是立了大功一件啊。"

"你说的可都是实话？"

"我身为稽查队的队长，为满洲国效力，不敢有丝毫懈怠，绝无半句谎话。"

张靖桦从兜里掏出精致小巧的镀金烟斗在手里转个圈，放在嘴上："那你说说，那天你们是怎么发现他们车上夹带有大米的？"

高彦不慌不忙地说："张秘书，干我们这一行的，睡觉都得睁着一只眼睛，什么事能瞒得了我，那天我一看张经理的眼神就不对，都不敢拿正眼看我，慌慌张张的，还一个劲地横拦竖挡地不让检查，就知道这里头肯定有鬼，就非要查验不可。张经理一看硬的不行，就来软的，偷摸往我兜里塞钱，你说我能吃他那一套吗？我不能为了几个小钱把饭碗砸了，我带着人挨个车皮这么一查，果然如我所料，发现他们竟敢胆大包天夹带大米出关。"

张靖桦朝前探了探身子："那么我问你，张浩在车里一共夹带了多少袋大米？"

高彦摸了摸下巴："大概有四五袋吧。"

"你身为稽查队的队长，你说说看，张浩明知这是犯法违禁的事，为什么要在车上夹带这几袋子大米？"

高彦振振有词："满洲国规定，吃大米饭就是经济犯，所以大米早已经是稀罕物儿了，张浩和他的伙计们一定是想借着贩运粮食的机会，把大米偷着运到关内换几个钱儿花，再就是为了解解馋。”

张靖桦一听，差点没笑出声来：“好，我再问你，十几节车皮，那么多粮食，你们怎么查得那么准，莫非你有火眼金睛。”

高彦带着几分炫耀说：“张秘书，你知道，干我们这一行的没这点本事还行。”

张靖桦见他撒起谎来脸不红心不跳，厉声道：“好，我再问你，装大米的麻袋跟其他装杂粮的麻袋一样不一样？”

“一样。”话一出口，高彦觉得说走了嘴。

“既然一样，你怎么一眼就能分辨出来。再说，张浩要是为了夹带大米出关，就一般的常识而言，他一定要想办法把装大米的麻袋放到一个隐秘的地方，绝不会轻易被你们查出来，这又怎么解释？”

高彦不假思索地回答道：“张秘书，人都有走运的时候，也许那天该着我运气好。”

“我还有个问题要问你，那天的大米是谁最先发现的？”

“是我的一个手下。”

张靖桦转身对边上的那个年轻人吩咐道：“你跟高队长走一趟，把那个人给我带过来。”

年轻人和两个警察带上高彦走了。

时间不长，那个老警察和高彦被一块带了进来。张靖桦沉着脸，目光威严地看了看那个老警察，说：“我们是新京经济部的，你把那天在运粮食的车皮里查到大米的经过从实说一遍，你要是敢说半句谎话——”说到这他用手指了指边上的老虎凳，“可别怪我不客气。”

那个老警察本来对高彦就一肚子气，见事已至此，知道瞒是瞒不住了，叹了一口气，说："长官，常言说得好，若要人不知，除非己莫为呀，能不能给我口水喝。"

张靖桦挥了挥手："给他倒碗水。"

站在边上的那个年轻人给老警察倒了一碗水，他接过去一口气喝下去，抹了抹嘴说："长官，这件事是我出主意让高队长在哈尔滨货场当稽查队长的弟弟偷着往车上装了几袋大米，想给那个张浩一点颜色看。"

张靖桦一拍桌子，厉声问道："他们跟你们没怨没仇，你们为什么要设下这个圈套陷害他们？"

老警察斜着眼睛看了高彦一眼，说："大人，你恐怕有所不知，高队长在通关的车皮上揩油，要好处费，早已是明睁眼露的事了。他高彦靠这个发了财，光好地就买了几百亩，还盖了新宅子，头些日子又娶了个小老婆。高队长认准了这是个来钱道，雁过拔毛，凡是在这通关的车皮，不给上供，高队长就让我们想各种办法找他们的毛病。没想到恒通贸易公司的这个张浩压根不买高队长的账，两个人越闹越僵，高队长就让我们帮着想办法要好好整治一下这个刺头，我脑袋一热就想了这么个法子。这就是事情的全部经过，我都如实交代了，请大人看在我是初犯，饶了我这一回，下次我绝不干这种缺德事了。"

张靖桦站起来，走到高彦面前："高队长，他刚才说的你都听见了吧？"

高彦却满不在乎地说："他纯粹是胡说八道。"

老警察见高彦仍想抵赖，劝说道："高队长，纸包不住火，我看你也别硬撑着了。"

高彦却像没听见一样，装出一副被冤屈的无辜样子，说："张秘书，你千万别信他的话。你是不知道哇，这两年他一直因为我没有提拔、重用他怀恨在心，私下里多次扬言说要收拾我，请大人千万不要相信他的鬼话，他早就想把我这个队长弄下去好取代我，不信你问问别人，是不是这么回事。大人要是听信了他的话，就中了他的圈套，请大人明察。”

张靖桦回到椅子上坐下，冷冷地说：“事到如此，你还想狡辩，真是不见棺材不掉泪。好，既然你说他是有意陷害你，那我问你，据我所知，对恒通贸易公司运粮食的车辆每次你们都是随机抽查，那天你为什么非要让张经理把所有的车门打开，挨个车皮查验。”

“我刚才不是已经跟大人说了吗，张经理做贼心虚，自己露出了马脚。”

张靖桦重新站起来，围着高彦转了一圈，说：“我看不是你说的这样吧，相反，你一定是认为大功告成，便忘乎所以，因此自作聪明，虚张声势，想给外人造成你查验一丝不苟的假象，以遮人耳目，想不到却由此露出了破绽。”

高彦仰起头：“大人，事实绝非如此。”

张靖桦眼睛直视着高彦：“说了半天，你脑子还是少了根弦，正是由于你过于张扬，才让你难以自圆其说，你要是像以前那样按部就班地查验一番，也许这件事还真的能被你蒙混过去。可百密必有一疏，谎话到任何时候都会留下漏洞，我看你还是如实招来，要不我可要动刑了。”

高彦脸上流下汗来：“大人，我冤枉啊。”

张靖桦大喊一声：“来人哪，上老虎凳！”

站在高彦身后的两个警察应声把高彦架了起来。

高彦顿时吓得脸色惨白，浑身发抖：“我说，我全说。”

张靖桦冲两个警察摆了摆手：“这就对了吗。”

两个警察把高彦架了回来。高彦一指那个老警察，说：“张秘书，这件事都是他出的主意，与我无关。”

那个老警察听了肺都要气炸了："我说高彦你真不是个东西，今天我算把你看透了。没错，主意是我出的，我已经跟张大人都如实交代了，可你也难逃干系。"

张靖桦"啪"地一拍桌子："高彦，你身为满洲国的稽查要员，为了一己私利，竟敢徇私舞弊，陷害无辜，你说，该当何罪！"

高彦见再无法抵赖，跪倒在地："张大人在上，饶过我这一次吧。"

张靖桦冷笑了两声，说："这事我可说了不算，你还是去新京当面跟青木实去说吧。"

张靖桦从旁边一个警察的手里拿过口供："来，高队长，画押吧。"

待那个老警察也在口供上画上押，张靖桦抬起头来说："记着，以后少干这种昧良心的事。"

老警察连连点头："我记住了。"

"稽查你不能干了，回家种地去吧。"

"多谢张大人。"

张靖桦挥了挥手，那个老警察被带出去了。张靖桦回过头来："高队长，跟我走吧。"高彦面色苍白，两腿发软，低着头踉踉跄跄被架走了。

奉天明湖春饭店一个豪华包间里，金殿明和梅雨早已备好了一桌丰盛的酒席。

金殿明很兴奋地对梅雨道："想不到那个张秘书这么快就把事情查清楚了。"

"这个张秘书对郑老板的为人十分钦佩，所以在这件事上非常用心。"

金殿明颇有感慨地说："还是古人说得对，善行天下，行之无碍啊。"

梅雨也很有同感。这时跑堂的伙计打开门，郑春仁、张浩、韩吉庆、洪柳、吴竞鸣一块从外面进来了。

“来，各位请入座，今天晚上我和梅雨小姐在这里为郑老板和张经理设宴压惊。”金殿明站起来说。

待众人落座后，金殿明让梅雨给每个人的杯里斟上酒，说：“诸位，春仁和张经理能在这么短的时间便脱桎梏之苦，今晚大家一定痛饮几杯。”

郑春仁端起酒杯站了起来：“承蒙各位多方奔走，解我和张经理倒悬之难，这杯酒我干了。”

郑春仁的话音没有落地，韩吉庆从椅子起身说：“大哥，这次要不是吴大哥找他姐夫陈明原委，你和张经理恐怕不会这么快就能出来。”

郑春仁转过身来冲着吴竞鸣拱了拱手，说：“多谢吴大哥解我和张经理缧绁之灾。”

“郑老板，我做的这点事跟你比差远了。”吴竞鸣诚心诚意地说。

郑春仁站起来：“今天晚上我当着大家的面宣布一个决定，公司再让出百分之三的股份给吴老板。”

吴竞鸣听了摆着手拒绝道：“我做的这点事何足挂齿，郑老板的情我领了，可这股份我说什么也不能要，郑老板不计前嫌放了我一马，让我成为公司的股东，我已经感激不尽，很知足了。”

“吴大哥不必推辞，这是你理应所得。”洪柳看着吴竞鸣说。

金殿明让梅雨重新给在座的人倒上酒，端起酒杯高兴地说：“好，今天大家在这里得以重新相聚，吴老板又另有所获，来，我提议，咱们连干三杯。”

几只酒杯碰在一起，每个人心里都是说不出的畅快。

（中部完）

野狼窝

曙光

YE LANG WO

牛茂杰 著

辽宁教育出版社

图书在版编目（CIP）数据

野狼窝. 曙光 / 牛茂杰著. — 沈阳 : 辽宁教育出版社, 2021.8

ISBN 978-7-5549-3250-6

Ⅰ. ①野… Ⅱ. ①牛… Ⅲ. ①长篇小说－中国－当代 Ⅳ. ① I247.5

中国版本图书馆 CIP 数据核字 (2021) 第 174417 号

曙光

东北汉子骨铮铮

辽水西去雁留声

故事梗概

胡大力带人打死了货场把头，被抓进警察局生死难料。

土匪马驹子为了给匪首老山豹报仇，带领日军偷袭木浒寨，没想到搭上了自己的性命。

张浩率领伙计拼死保住了车上粮食，反被饥民哄抢。

郑春仁的妻子齐玉萍瞒天过海，将家里的金条偷着拿回了娘家，本以为做得天衣无缝，却被婆婆一眼识破。

国民党整编二师副师长、当年的管家魏明理衣锦还乡，到野狼窝看望王金岫，意外相中了郑满金的女儿郑淑娥，郑淑娥一心想跟魏明理相伴终生，不料，部队开拔前被魏明理骗卖到沈阳的妓院。

实行土改，胡大力被推选为联合农会主席。杨晓东的小儿子杨明琦一心想杀了胡大力替父报仇，摆下“鸿门宴”，胡大力难逃死劫?

国民党东北行辕主任陈诚，为实现在军队中的反腐计划，力排众议提拔郑春义为军法处长，郑春义大祸临头。

……

第四十八章

鸡西警察局的后院是十几间牢房，从屋子里不时散发出的阵阵霉臭味令人作呕。由于天冷加上潮湿，墙上挂着一层厚厚的白霜。走廊里的灯光透过牢门上的铁栅栏，在地上留下几条冰冷的光斑，胡大力和他十几个一块被抓进来的弟兄被关在里面已经快一年了，审了几次，胡大力和杨乃光一口咬定是被逼不过失手伤人。鸡西警察局感到案件十分棘手，上报给“满洲国”的警务厅，却一直没有下文。牢房里寒气袭人，天没亮胡大力就被冻醒了。他打了个哈欠，把身子侧过来看了看杨乃光，见他也睁着眼睛，说：“看来咱们这次是逃不过去了，杀人偿命，他们不会饶了咱们。”

杨乃光慢慢地坐起来，沉默了一会儿，说：“胡大哥，我想好了，这事都揽在我头上，是死是活我一个人扛着。你是大伙的主心骨，这些人离不开你，你要是能活着出去，就带着大伙离开这吧。”

半晌，胡大力摇了摇头，说：“你家里还有老娘和媳妇、孩子，我光棍一个人，没牵没挂，主意是我出的，还是我顶着吧。”

杨乃光叹了一口气："唉，谁让咱们命不好，摊上了。胡大哥，你就别争了，你要是有个好歹，离家这么远，这十几个弟兄咋办。"

"可让你去顶罪，我回去怎么跟你娘和你媳妇交代啊。"

杨乃光早已暗自下定了必死的决心："你要是能见到我娘，就说我在外面挺好，让她别惦记着我。"

三小听了，从地上爬起来："杨大哥，人是我们大伙打死的，咱们不能把事都推到你一个人身上，要死大伙一块死。"

胡大力闷着头半天没说话，心里很不是滋味，想来想去，抱着一线希望坐起来，说："我还是那句话，过堂的时候不管他们怎么问，咱们就给他来个王八吃秤砣——铁了心了，把王把头怎么对待咱们的事一点不剩地都给他抖搂出来。人心都是肉长的，警察也不是从石头缝里蹦出来的，咱们就是死，也一口咬定是王把头拿咱们不当人，咱们没想打死他，就是想教训教训他，下手重了。"

下午，两个警察从走廊的一头走过来，"当啷"打开了牢门，大声道："胡大力出来！"

胡大力站起来，拍打拍打身上的草屑，走到牢门口回头看了看大伙，说："你们不用怕。"一个警察推了他一把："少啰唆，走！"胡大力被警察用绳子绑上押走了。

来到一间刑讯室，胡大力见屋子里面灯火通明，一个火盆里烧着烙铁，墙边摆着各种刑具。一个戴着眼镜，白白净净的年轻警察从镜片后面看了他一眼，问："你叫什么名字，哪儿的人？"

"我叫胡大力，辽阳人。"胡大力从未见过这个警察，心里顿时凉了半截，暗想，这下坏了，审案子的人都换了，看来是死定了。

那个警察的脸色倏然一变："你好大的胆子，竟敢在我的地面上行凶杀人，你说，是什么人指使你干的？”

胡大力面无惧色，回答道：“没人指使，是我们气不过，失手把他打死了。”

那个警察盯着胡大力看了好一会儿，厉声道：“人命关天，你说得可倒轻巧！”

胡大力心想，反正是个死，豁出去了，他仰起头，看着那个警察：“长官，我们实在是被逼的，不过想教训教训他，要是早知道他这么不禁打，我们就不会动手了。”

不出胡大力所料，警察局的局长看老是审不出个头绪，就换了一个经验丰富的警官接手了这个案子，想尽快了结，给警务厅一个交代。那个警察见胡大力镇定自若，心想，也许这里面的确另有隐情，于是向上推了推眼镜，说：“他怎么欺负你们了，你实话实说，要是敢说一句假话，我就立刻把你拉出去毙了！”

胡大力似乎看到了一线希望：“长官，我们在老家被人骗了，说是到黑龙江挖煤，月月给工钱，还给白面馒头吃，哪承想，没等上火车，小鬼子就把我们带的钱都抢走了。”刚说到这儿，只听那个警察一声断喝：“是皇军。”胡大力赶紧改口说：“一路上皇军就给了几个发了霉的窝窝头，连口水都不给我们喝，半道上我们瞅了个空子跑了。哥几个本打算靠卖苦力挣几个钱回家，没想到王把头拿我们当牲口一样使唤，天不亮就逼着我们起来干活，天不黑不让收工。这还不说，还背地里克扣我们的粮食，往苞米面里掺树叶子，工钱更是拖着不给。再说，我们是人，又不是骡子，可你要是干活慢一点，他抡起大棒子就打，不信你去看看，哪个人身上不是青一块紫一块的。长官，要是换了你，你怎么办？都是爹娘生养的，我们就是为了出口气，想了这么个法子，没想到下手重了，我说的没有半句谎话。”

那个警察沉吟半晌，转过头来对一旁站着的警察道：“把他带下去！把那个杨乃光带过来。”

胡大力被带了出去。不大一会儿，杨乃光被五花大绑地押了进来。那个年轻警察瞅了杨乃光一眼：“你说，那个王把头到底是怎么死的？”

“回老总的话。”杨乃光把头扭过来说，“王把头整天喝得醉醺醺的，逮谁打谁，干活一会儿也不让你歇着，看你撒泡尿慢了都打你，我们实在咽不下这口气，才想了这么个法子。压根没想打死他。”

那个年轻的警察用鼻子哼了哼：“这么说，你打死人还有理了。”

杨乃光连忙摇着头说：“老总，不，大人，你可千万别这么说。我虽说是个庄稼人，可打小就知道，杀人偿命，欠债还钱，我们真不是成心想打死他，请老总明察。”

那个警察盯着杨乃光半晌，厉声道：“我看你小子纯粹是在撒谎。”

杨乃光俯身跪在地上：“大人，不，老总，我一个老实巴交的庄稼人，在家里连杀鸡都不敢，哪敢杀人。我说的全都是实话啊！”

年轻警察冲站在边上的狱警挥了挥手：“明天把他们都给我拉出去毙了！”

杨乃光一听说要被枪毙，不管不顾地喊叫起来：“老总冤枉啊！”两个狱警上来把五花大绑的杨乃光带走了。

杨乃光被带回牢房，两个狱警把他扔在地上锁上牢门走了。胡大力过去，蹲下身把杨乃光扶起来问：“咋的，他们给你用刑啦？”

杨乃光摇着头说：“没有，那个警察说要把咱们都拉出去毙了。”

胡大力目光呆滞地望着结满蜘蛛网的天棚，过了好一会儿叹了口气说：“咱们躲不过这一劫了。”说完苦笑了一下，“行，咱们弟兄们死在一块，到了阴曹地府也好有个照应。”

几个人一时沉默下来，三小忍不住捂着脸呜呜地哭起来。

过了六七天，上午两个警察过来，“哗啦”打开了牢门，大声道：“把你们的东西都带上，起来跟我走！”

胡大力慢慢地站起来对大伙说：“死咱也不能死得太窝囊了，来，都起来换换衣裳，咱就这么埋了巴汰的到阎王爷那，连小鬼都瞧不起咱们。”

十几个人听胡大力一说，强打精神坐了起来，打开包袱，拿出了自己换洗的衣服。

一种生离死别的哀伤，笼罩在阴暗潮湿的牢房里。胡大力穿上回毅媳妇给他做的一件新褂子，杨乃光也换上了一条新裤子。三小打开包袱，看到里面他娘给他做的几件衣裳，忍不住捂着头呜呜地哭起来：“我死了我娘咋办啊？”

又有两个人听了也跟着哭起来：“我那孩子才一岁啊，我死了孩子和他娘往后可咋活啊。”

“俺那媳妇过门才半年，以后就是想烧张纸都找不到坟头啊。呜呜——”

胡大力挨个看了看十几个弟兄，说：“都到这个份上了，哭还有啥用，谁家没有父母妻儿，要不是小鬼子和那个杨晓东，咱们也不至于落到今天这个地步。”

杨乃光咬牙切齿地说：“咱们这么一死，便宜杨晓东那个王八蛋了。”

胡大力苦笑了一下：“弟兄们，咱们好歹也算个爷们儿，反正也是这么回事了，别哭哭啼啼的让人看了笑话。”

胡大力仰着头走出了牢门，十几个人也跟着从牢房里走了出来。

一行人被两个警察带到院子里，一个警察命令道：“都给我靠墙站好了！”

十几个人靠墙站定，这时那个戴着眼镜的年轻警察手里拿着一个公文簿走了过来。他向上推了推眼镜，目光在所有人的身上扫视了一遍，从里面抽出一张纸，清了清嗓子，你们都听好了。说完念道："查胡大力、杨乃光等一干人等枉杀人命，本该抵命处死！因事出有因，判胡大力、杨乃光一干十一人有期徒刑八年零一个月。"

接着，他又从身边警察手里拿过另一个公文夹，打开大声念道："查，货场把头王逋仁，仗势欺人，不知体恤民苦，肆意妄为，作恶过甚，命丧劳工棍下，实为咎由自取。"

合上公文夹，他大声道："把人犯押下去！"

"走！"几个警察把胡大力、杨乃光十几个人押走了。

转眼郑春仁从警察署出来已经一个多星期了。晚上从公司回来进了家门，齐玉萍把郑春仁脱下来的大衣和帽子挂上，说："累了吧，我去给你做饭。"

"今天晚上你多炒几个菜，我想喝两盅。"

"好啊，难得见你这么高兴，我做你最爱吃的香炸鲫鱼怎么样？"

郑春仁笑着说："好啊，在大牢里我就想吃这一口了。"

这时门房敲门进来说："掌柜的，木浒寨你二弟来了。"

郑春仁刚站起来，郑春义已经从外面迈着大步进来，摘下帽子，上前拉着郑春仁的手，关切地问："大哥，咋样，没事吧？"

郑春仁拍了拍胸脯："你看我这不是好好的嘛。你来得正好，今天晚上我让你嫂子炒了几个菜，咱哥俩一块喝两盅。"

郑春义把帽子放到桌子上："好哇，我已经好长时间没有跟大哥在一块喝酒了。"

不一会儿齐玉萍端了酒菜上来说：“难得二弟来一趟，我再去炒几个菜。”郑春义给郑春仁把酒斟满，说：“大哥，听说你出了事，我好几天晚上睡不着觉，大哥能脱此劫难，真是不幸中的万幸，我敬大哥一杯。”

郑春仁放下酒杯，心想，今天他来得正好，干脆让他把人解散了，趁着还年轻，接着让他来奉天念书吧。想到这他把酒给郑春义斟满，问：“你来找我有事吗？”

“大哥，我想借点钱。”

“借钱干啥？”

“寨子里眼瞅着快没粮了，天冷了，还有很多人没有棉衣。”

郑春仁沉默了片刻，语重心长地说：“春义啊，你知道吗？养这些人需要一笔很大的开销。你把黑风山灭了，给娘和回毅叔叔报了仇，又端掉了鬼子的炮楼，依我看，见好就收，趁早散伙算了，你还年轻，再好好念几年书，将来干点正事，什么事不能做过了头。”

郑春义听了有些不痛快，心想，我咋一说跟你借钱你就推三阻四的，真让人搞不明白。他夹了一片鲫鱼放到嘴里：“我是打鬼子，又不是干别的。”

郑春仁摇着头说：“小鬼子有飞机，又有坦克、大炮，就你们那人马刀枪的，能行吗？”

郑春义仰起头说：“可咱总不能伸着脖子当亡国奴啊。”

郑春仁看着从小跟自己一块长大的弟弟，说：“想抗日打鬼子的人多了，也不缺你一个，你要是听我的话，趁早散伙，为了养这些人着急上火的到处张罗钱，何必呢。”

“小鬼子在咱家门口无恶不作，你还有点中国人的骨气没有，你难道连‘皮之不存毛将焉附’的道理都不懂吗？”

郑春仁给弟弟的碗里夹了一块肉，说：“二弟，用不着你跑到我这来宣传抗日，道理我比你懂。我可是一心为了你好，我不想再看着你这样没完没了地打打杀杀的了。你也不是不知道，打起仗来，枪子儿不长眼睛，我把钱借给你，你要是有个三长两短的，我怎么跟爹娘交代，我又怎么对得起弟妹。”

郑春义见借钱无望，站起来气呼呼地说：“我知道你是为我好，我的事不用你管。”说完抓起桌子上的帽子拉开门走了。

郑春仁追了出去，怎么拦也没拦住，站在那儿心里合计，这小子中了哪路邪，咋非得一条道跑到黑呢。

第四十九章

第二天上午，郑春仁在办公室正埋头看洪柳刚刚送过来的一摞报表，梅雨一身新潮装束敲门进来了。

郑春仁抬起头来，目不转睛地看着梅雨身上穿的一身新衣服，一副袅袅婷婷的动人样子，站起来说："你看，我给你和玉萍一块买的衣服样式差不多，可怎么穿在你身上就显得风姿绰约，玉萍穿了我总觉得像少了点什么。"

梅雨转了一圈，嫣然一笑说："也许是我年轻，穿什么衣服都好看呗。"

郑春仁摇着头，停了一会儿说："不全是。"

梅雨调皮地一笑："要不就是情人眼里出西施。"

郑春仁沉默了片刻，说："你说得不是没有道理，可我一直想不通的是，既然一个女人或男人无论丑俊，在情人眼里都是美的，为什么千百年来让缺乏人性的包办婚姻大行其道呢？"

梅雨也非常有同感地说："父母之命、媒妁之言不知道葬送了多少青年男女的幸福。”

郑春仁走到窗前，看着从远处伸展过来的一根根亮晶晶的铁轨，说：“是啊，就拿我来说吧，我娘硬是让我把玉萍娶到家，这么些年了，我总是觉得我们中间隔着一层说不清道不明的东西。”

“其实人们混淆或者为了某种利益有意忽略了一个至关重要的问题，那就是婚姻和爱情的关系。”

郑春仁思索了一会儿，说：“我认为，你的分析鞭辟入理，你知道吗，这些年我一直生活在矛盾和痛苦之中，我一次次地试图说服自己去爱她，可不知道为什么，总是找不到感觉。我历来讨厌虚伪，更不愿意戴着面具在她面前演戏，因为我知道她是无辜的。”

梅雨十分同情郑春仁在婚姻上的遭遇：“爱情原本是人类共有的一种纯真美好的情愫，更是值得人们珍惜呵护的花朵，就是因为过多地掺杂了一些人为的主观意识和功利色彩，让其遭到无情的摧残和野蛮的践踏。”

郑春仁转过身来，愤愤不平地说：“你说得对，想想看，一个男人和一个在入洞房之前从未见过面的女人被生拉硬拽地捏合到一起，到时候把盖头一掀就必须厮守终生，这对人的情感不是莫大的摧残又是什么。爱是什么？爱是一种心灵上的默契，是一种心心相印的了解和认知，否则甜蜜的爱就会变成一杯难以吞咽的苦酒。”

梅雨深切感受到郑春仁内心的痛苦和压抑，她慢慢地坐下，说：“包办婚姻是不人道的，也是没有理性的，这种套在青年男女身上的枷锁早就该打破了。”

“从这个意义上说，我和玉萍就是包办婚姻的牺牲品。”郑春仁终于可以一吐心中的块垒。

“这种代价让无辜的青年男女来承担，无论从哪个角度看，都是不公平的。”梅雨被郑春仁的坦诚和对纯真爱情的向往深深打动了，“郑老板，说心里话，自从第一次看到你，我就觉得你跟一般的商人有很多不一样的地方。你身上没有那种唯利是图、锱铢必较的商人习气，更没有为了获利而不择手段的狡黠和奸诈。我非常钦佩你这样的男人。更重要的是，当我意识到这种钦佩和欣赏，不知道什么时候变成了爱慕的时候，我发现我已经喜欢上了你，并希望能与你这样的男人厮守相伴。”

郑春仁看着梅雨，久久没有说一句话，他没想到梅雨已经决定将自己的终生交给了他，他的内心深处涌起阵阵波澜：“能得到你的爱，我真的很幸福，你博学多才，温文尔雅，善解人意。可你知道吗，自从我喜欢上了你，我曾不止一次地问自己，作为一个有妇之夫，我有这个权利吗？我这样做是不是有悖良心和道德，因为这势必会对玉萍造成伤害。”

梅雨却不假思索地说：“选择属于自己的爱情，是每一个男人或者女人的权利，在婚姻家庭只能成为一种责任而无法转变为爱情时，面对属于自己重新获得的那份情感而违心地放弃，无异于是对自己的虐待，也是对另一个人不负责任，倒不如让彼此清醒地面对现实才更人性，对双方也是一种解脱。人是有理性的，如果明明看到了解脱的彼岸，而为了所谓的道德和良心仍在苦海里面徘徊挣扎，是虚伪的，更是对道德和良心的一种曲解。”

郑春仁听了不住地点头，他站起来，走过去，轻轻地拉过梅雨的手：“梅雨，也许是冥冥之中上苍的刻意安排，让你走进了我的生活，有你陪伴在我身边，平生足矣。”

沉默了片刻梅雨轻声道：“我跟你一样。”两个人你看看我，我看看你，情不自禁地依偎在了一起。

傍晚坐到车上，走在回家的路上，郑春仁心里有一种说不出的畅快，那种发自内心的幸福和喜悦让他一时有了些许微醺。他掀开轿帘，举目望去，天空蓝蓝的，仿佛是一块上好的绸缎被铺到穹庐上。西斜的太阳隐没在天边几片灰白的浮云后面，毫不吝啬地将大把的光线抛洒到空中，远远看去像有无数根用金银琥珀打造的钢针，发出耀眼的光芒。他决定跟齐玉萍离婚。想到这他突然从陶醉中清醒过来，被自己刚才的念头吓了一跳。齐玉萍能答应吗？他不敢再往下想了。

下雪了，雪片像无数的梨花在空中飞舞。韩吉庆来到洪柳的住处，洪柳打开门，见韩吉庆身上已经落了一层雪花，转身进屋拿来笤帚，一边给韩吉庆扫着身上的雪，一边仰起头来说："看到这漫天飘飞的雪花，让我想起了南朝梁吴均写的一首《咏雪》诗。"

"这首诗意境很美啊。"韩吉庆也非常喜欢吴均的诗，不禁轻声吟诵起来："微风摇庭树，细雪下帘隙。萦空如雾转，凝阶似花积。"

"是啊，多少年来，诗人的浪漫情怀不知感染了多少人，遗憾的是，外寇入侵，国家危亡，我们还没有闲情逸致来欣赏大自然的杰作啊。"

洪柳将韩吉庆身上的雪扫干净，两个人相视一笑，洪柳拉起韩吉庆的手进了屋。韩吉庆见炕上放着一个火盆，里面炭火正旺，屋子里暖意融融。洪柳转身从柜子里拿出一套精细的青瓷茶杯，说："今天我给你准备了正宗的西湖龙井。"

说着洪柳麻利地将沏好的茶水倒在茶杯里放到韩吉庆的面前："今天咱们以茶当酒，我要告诉你一个好消息。"

"是不是批准我入党啦？"没等洪柳说完，韩吉庆便抢着问。

洪柳咯咯地笑了，"看来什么事也瞒不了你。"洪柳郑重地说，"上级党组织认为你在这次袭击鬼子炮楼的夺粮战斗中表现得勇敢机智，一人没伤，就杀死了一个鬼子，俘虏了五个伪军，端掉了鬼子的炮楼。上级党组织已经批准你加入中国共产党了。”

洪柳起身将窗帘拉严，又把房门关好，蹲下身，启开炕沿下边的两块砖，从里面拿出一面党旗，郑重地悬挂在墙上：“来，我们举行一个仪式。”说着，举起了右手。

韩吉庆照着她的样子，也举起了右手。

“我志愿加入中国共产党，坚持执行党的纪律，不怕困难，不怕牺牲……”韩吉庆跟着洪柳一字一句地念。

仪式结束后，韩吉庆激动地拉着洪柳的手久久不愿松开。洪柳将党旗重新收好放回去，举起手里的茶杯：“来，为我们党又多了一名好同志干杯。”

“我一定为党好好工作。”韩吉庆眼里闪着泪花说。

洪柳把茶杯放到桌子上说：“你知道吗？九一八事变激起了全国人民的抗日怒潮。各地人民纷纷要求抗日，反对国民党政府的不抵抗主义。在中国共产党的领导和影响下，东北人民奋起抵抗，现在东北抗日联军已建立了十一个军，有三万余人，开辟了东南满、吉东、北满三大游击区。中共满洲省委指示我们，要更好地利用郑春义辽西抗日支队的力量，消灭更多的日本鬼子。”

停了一会儿，洪柳接着说：“最近我们得到情报，日本鬼子年底前准备在辽阳、鞍山、海城一带进行‘清剿’，妄图消灭在这一带活动的抗日武装，党组织决定派你去动员郑春义，破坏、阻滞鬼子的这次‘清剿’行动。”

“好，我去跟大哥说一声，明天就去木浒寨。”

洪柳深情地把头靠在韩吉庆的肩上：“你一定别大意，保护好自己。”

韩吉庆低下头轻轻地吻了一下洪柳宽宽的额头：“我记住了。”

说完韩吉庆起身开门来到外面。洪柳望着漫天风雪，把头靠在韩吉庆的肩上，柔声说："吉庆，我等你。"

韩吉庆紧紧握了一下洪柳的手，转身踏着积雪走了。洪柳出神地看着韩吉庆身后留下的一串长长的脚印，在寒风中站了很久。

郑春义从沈阳回到黑山木浒寨，天已经擦黑了，他让王财将关明杰、胡进、胡进的二舅、老八几个人找到议事厅，沮丧地说："白跑了一趟，一块大洋也没借来。"

胡进撇了撇嘴，揶揄道："我说不让你去，偏去。"

"你大哥也是为你好。"关明杰安慰郑春义说。

郑春义把帽子往桌子一摔："只要我一提借钱，我大哥就鼻子不是鼻子脸不是脸地数落我。"

关明杰想了想，说："实在不行，你再去大仁屯找你那个拜把子大哥看看，他不敢不借你。"

郑春义掏出盒子枪放到桌子上："上次去借粮，这老小子就一百个不痛快。"

"冬装可以再等等，总不能眼看着士兵们挨饿啊。"胡进皱着眉说。

没有办法，郑春义只得硬着头皮去了大仁屯。两天后他借了粮食从大仁屯回来，坐下不大一会儿，门口的哨兵进来报告说韩吉庆来了。郑春义正打算出去迎接，随着一声马嘶，韩吉庆已经开门从外面进来了。

郑春义过去拉着韩吉庆的手问："吉庆哥，这么晚了，你怎么来啦？"

韩吉庆脱掉大衣说："日本鬼子最近准备在辽阳、鞍山、海城一带'清剿'抗日武装，我们要是能牵制鬼子的这次行动，就会大大减轻这一带抗联的压力，同时将打乱鬼子这次'清剿'计划。我就是为这事来的。"

关明杰问："鬼子这次出动了多少人？"

韩吉庆摇了摇头，说："这个我还不清楚。"

关明杰转过头去："王财，让骑兵分队长到我这里来。"

王财答应一声出去了，不大一会儿就带着骑兵分队长胡彪进来了。

胡彪向关明杰敬了个礼。关明杰命令道："刚刚得到消息，鬼子准备在这一带'清剿'，明天早晨你带人沿黑山、辽阳、鞍山一线侦察，摸清鬼子的动向和意图后，立即向我报告。"

三天后，胡彪带着人回来向关明杰和郑春义报告说："鬼子的一个骑兵小队十多人，带着一百多名伪军，正在辽阳东北方向的乡下进行搜捕性'清剿'。"

关明杰打开地图看了看，说："好，你带着人继续侦察。"

胡彪出去后，关明杰回过头来对郑春义说："明天天亮出发！"

第二天清晨，天刚一见亮，老八就站在院子里，从腰上解下铜号，放在嘴上"嘟嘟哒嘟嘟哒——"吹起来。

士兵们快速地从板房里跑出来站到院子里。寒风夹带着雪花扑打在身上，衣着单薄的士兵们禁不住打了一个寒战，倒吸了一口凉气。郑春义站在队伍前面大声道：大家听着，骑兵分队侦察得到消息，鬼子正在辽阳一带'清剿'，我们现在就出发去打鬼子，可咱们很多人还没有棉衣，不怕冷的跟我走。"

话音刚落，王财第一个站出来，大声道："支队长，咱们打鬼子死都不怕，还怕冷，我跟你去！"

"我们也不怕冷。"

郑春义看着群情激奋的士兵："好，有种！"

关明杰也十分高兴："小伙子们，就凭大家这股劲，这一仗我们一定能打胜！你们说是不是？”

士兵们把枪举过头顶，齐声高呼：“必胜！必胜！”

关明杰从腰里抽出盒子枪下达了命令：“二分队留守，骑兵分队在前，一分队殿后，出发！”大队人马在弥漫的风雪中上路了。

第二天天光微明的时候，队伍行进到辽阳附近一片丘陵地带，关明杰一挥手，队伍停了下来。他骑着马和郑春义、胡进、韩吉庆前后看了看周围的地形，说：“我看这里是个打伏击的好地方。”

说着关明杰用手一指：“你们看，左边的山丘便于隐蔽，右边这片树林不利于大队骑兵展开，我们派人去引诱鬼子和伪军，把他们带到伏击地点后，一分队从左边出击，骑兵分队断他的后路，看小鬼子还往哪里跑。”

郑春义很快挑选出六名精干的骑兵，关明杰向他们交代说：“你们的任务是扮作义勇军去诱敌上钩，一旦与鬼子和伪军交火后，要打得狠一点，然后迅速撤离，把他们带到这里，你们就完成了任务。”

几个人打马走后，关明杰和郑春义指挥队伍迅速在山丘后面隐蔽起来。快到晌午的时候，突然远处传来一阵枪响。眨眼之间几匹马飞奔而来，后面不远处尘土飞扬，关明杰一看是鬼子的追兵。立即果断下达了准备出击的命令：“听我的枪响你们再开枪，瞄准了打。”

转眼，关明杰派出去的几个骑兵跑了过去，后面鬼子的骑兵和伪军毫无防备地进入了伏击圈，关明杰大喊一声：“打！”顿时，几十支步枪和两挺机枪同时开火。鬼子的骑兵和伪军立刻大乱，两个鬼子从马上一头栽了下去。

然而，鬼子的骑兵很快就从开始的慌乱中重新组织起反击。在一个指挥官的带领下，快速分成了两队，一队就地掩护，一队朝郑春义的山丘猛冲过来，有两个士兵被击中。韩吉庆利用土丘做掩护，一枪一个，将冲到前头的几个鬼子从马上掀落下来，其余的鬼子刚一犹豫，郑春义一挥手，几十支步枪同时开火，又有几个鬼子从马上掉了下去。

鬼子见势头不对，想掉转马头往回跑，后面的骑兵分队见鬼子想撤退，所有火力一齐开火，跑在前面的几个鬼子应声从马上摔落到地上。

情急之下，鬼子的骑兵在一个指挥官的率领下朝树林里跑去，可是树木很密，马匹进去根本跑不快，这时关明杰和郑春义率领士兵越过公路，朝树林里冲了过去。最终鬼子扔下几具尸体，冲出树林跑了。

胡进带着人清点战场后，跑过来向郑春义和关明杰报告："我们一共打死打伤了两个鬼子五个伪军，缴获十五支步枪，六匹战马，一把战刀，一架望远镜和两箱子军用罐头。我们有三个战士牺牲了，两个战士挂了彩。"

关明杰举起盒子枪："传我的命令，撤！"这时风雪停了，太阳从云层里露出了半个脸。郑春义整顿好队伍，带着缴获的战利品返回了木浒寨。

自打韩吉庆走后，洪柳就再没睡过一个安稳觉，她和韩吉庆之间除了恋情，还多了一份同志间的友情。作为一名共产党员，她和韩吉庆随时做好了为党的事业和民族解放牺牲的准备；作为恋人，她希望韩吉庆能平安地回来。转眼韩吉庆走了四五天了，没有一点消息，她茶饭无心，辗转难眠。

天快黑的时候听到有人敲门。洪柳打开房门，见是韩吉庆风尘仆仆地站在外面，她急忙伸手把他拉进屋里，一头扑进韩吉庆的怀里半天说不出一句话来。过了好一会儿，才慢慢地抬起头来，说："你再不回来，我连饭都吃不下去了。"

韩吉庆轻轻抚摸着洪柳的脸颊，说："我也跟你一样，打完仗，就恨不得马上回来见到你。"

"仗打得怎么样？"

“关团长作战经验丰富，在他的指挥下，在辽阳附近一下就消灭了正在下乡‘清剿’的好几个鬼子骑兵和五六个伪军，还缴获了一批战利品。”

洪柳兴奋地说：“好，这一仗一定会打乱日本鬼子的‘清剿’计划，也给当地的抗日武装提供了休整的机会，你们立了一功。”

韩吉庆却神情忧郁地说：“可你知道吗，郑春义的部队因为缺乏经费，到现在还有一些战士没有冬装，这次很多战士是穿着单衣和破棉衣在作战。”

洪柳沉默了一会儿，说：“我去跟郑老板说说，让他拿出一笔钱来资助郑春义。”

韩吉庆面带难色：“春义说已经找过他大哥，想借点钱给战士们买棉衣，却碰了钉子。”

“我去试试看，”洪柳仰起头来看着韩吉庆，说，“我真希望战乱早一天结束，你别再离开我了。”

“我相信这一天不会太远了。”韩吉庆低下头，轻轻地在洪柳的额头上吻了一下，两个人情不自禁地紧紧地相拥在了一起。

上午郑春仁正在埋头整理一份日军准备发动细菌战的情报，听到有人敲门，他走过去打开门，见是韩吉庆和洪柳站在外面，高兴地一把将韩吉庆拉到屋里，握着他的手问：“呦，吉庆回来了，我天天念叨你，仗打得怎么样？”

洪柳不待韩吉庆开口，说：“春义在辽阳附近打了一场漂亮的伏击战，消灭了好几个鬼子骑兵和伪军，辽西抗日支队名声大振。”郑春仁听了也十分兴奋。

“可你知道吗，在这次战斗中，有许多战士是穿着单衣打仗的。”洪柳来的时候想了一路，想说服郑春仁资助抗日。

韩吉庆脱下大衣，说："二弟跟我说来找过你。"

"他来借钱，我没答应他，我觉得他还是个孩子，不定性，再说打起仗来，子弹不长眼睛，万一有个三长两短的，我这个当大哥的咋跟二老交代。"

洪柳走到窗前，望着彤云密布的天空沉吟片刻，抬起头来看着郑春仁说："日本鬼子的铁蹄肆意践踏我大好河山，我们不能熟视无睹。现在有很多抗日武装活跃在辽阳、鞍山一带在打击日寇，可因为缺衣少食，不得不经常忍饥挨冻，但他们依然没有退缩。郑老板你不会不知道'覆巢之下，焉有完卵'的道理，在这样一个民族危亡的关头，每个中国人都不能置身事外。"

洪柳的一番话，让郑春仁回想起与韩吉庆初次相遇时的情形，脑海中又浮现出公司的伙计惨死在日本人手下，自己带头大闹日本驻奉天总领事馆的往事。于是抬起头来问洪柳："洪小姐，要我做什么？"

"我希望你能拿出一部分钱来资助抗日。"

郑春仁毫不犹豫地说："好吧，看来是我错怪了二弟，你先从柜上支三千大洋让吉庆给二弟送过去，剩下的拿多少你定吧。"

"郑老板深明大义，令洪柳十分钦佩。"

"大丈夫于国家民族生死存亡之际，理应如此。我想再去找徐老爷子、马掌柜和奉天城内的商道同行，晓之以理，让他们也拿出钱来为抗日出力。"

韩吉庆走过去拉着郑春仁的手，说："大哥，将来的抗战史上，少不了有你一笔啊。"

"我不想青史留名，只想为抗日做点事。"郑春仁说。韩吉庆握着郑春仁的手久久没有松开。

第五十章

一九三四年的新年过后，尽管还有一个多月才过大年，人们早早就开始准备了。郑春仁跟梅雨一块从四平街买了一大包东西回来。一进办公室，郑春仁就迫不及待地拿出刚买的大衣：“来，梅雨，穿上我看看。”

“看你急的，刚才在商店不是已经试过了吗。”

“当着那么多人，我哪好意思仔细看。”

梅雨莞尔一笑，把大衣穿在身上转了一个圈：“怎么样，还合身吧。”

郑春仁哈哈大笑：“简直就是给你量身定做的一样。过年的时候，你就穿着这件大衣回家去见我娘和我爹，他们一定会喜欢你的。”

梅雨扑到郑春仁的怀里：“真的吗？”

“我还能骗你。”郑春仁抚摸着梅雨的秀发，一种从未有过的幸福让他对未来的生活充满了渴望。他低下头看着梅雨说：“我想好了，跟玉萍离婚。”

梅雨半晌没有说话，慢慢走到窗前看着远处屋顶上厚厚的积雪，回过头来问："你娘能同意吗？"

郑春仁想了想说："我娘是个明白人，怕我爹不干。"

"不行就再等等。"

郑春仁轻轻摇了摇头，"我爹听娘的。你放心，只要娘同意，爹不会硬拦着。"

两个人收拾了一下从屋里出来，郑春仁送走了梅雨，感到一阵从未有过的轻松。

过了小年，乡下的年味就一天比一天浓了。郑满仓在院子门口高高挂起了一对大红灯笼，又和回毅媳妇一道将一副对联贴在门楣上。上联写的是"欲高门第须为善"，下联"要好儿孙必读书"，横批"迎春纳福"。

郑满仓往后退了几步，上下左右端详了端详，满意地对回毅媳妇道："这才像个过年的样儿。"

"过年还不就是图个喜庆、红火、热闹。"回毅媳妇将灯笼又向上挂了挂说。

郑满仓笑吟吟地道："你说得对，我一听说春仁要回家过年，心里别提多高兴了，早早地就把年货备齐了，光两千响的炮仗我就买了十多挂。"

"到时候见了你那大孙子，更指不定怎么高兴呢。"

郑满仓开心地笑起来："这几年也许是老了，总觉得要是没有个叫爷爷的像缺了点啥。过日子图的不就是个人气，要不还有啥意思。"

回毅媳妇的眼圈红了："要是回毅活着该多好。"

郑满仓怕回毅媳妇伤心，岔开话题说："你去忙吧，跟你大嫂把年糕都蒸出来。"

回毅媳妇擦擦眼角，转身抱了一捆柴火进了灶房。

第二天下晌，郑满仓从院子里出来想再碾些大黄米蒸黏豆包，抬头见两挂马拉轿车从远处过来了，到了近前赶车的把式一带缰绳：“吁——”马车停了下来。郑满仓见郑春仁和梅雨掀开轿帘从头一辆车上下来，紧跟着齐玉萍抱着两岁的儿子大伟也从后面的车上下来了。

郑春仁见郑满仓拎着口袋站在院子门口，上前道：“爹，我们回来过年了。”

“好啊，好啊，刚才还跟你娘念叨你们呢。”郑满仓不禁喜出望外。

郑春仁从齐玉萍手里接过儿子，用手指了指郑满仓：“叫爷爷。”

大伟害羞地把头藏了起来。郑满仓催促道：“快进屋，外头冷，别把孩子冻着。”

几个人进了上房，王金岫从炕上下来拉着梅雨和齐玉萍的手亲热地说：“走这么远的道，累了吧？”

郑满仓从齐玉萍手里接过孩子，用下颏上的胡子在他的小脸蛋上轻轻地蹭了两下，高兴地将孩子举过头顶，说：“我有孙子了！”

“瞅把你乐的，看你给多少压岁钱。”王金岫还是第一次听老头子这么高兴。

“我孙子要多少给多少。”郑春仁和梅雨都笑了。齐玉萍心里却像堵着一团棉花，笑不起来。开始，她无论如何没想到郑春仁提出要跟她离婚，后来擦去眼泪又一想这是早晚的事。她没念过几天书，打小却愿意听老人谈古论今。她知道郑春仁娶她是出于无奈，她心里清楚古往今来这种婚姻就像半生不熟的瓜，没滋没味。但她又不甘心婚姻的失败，于是千方百计地想讨郑春仁的欢心，因为她不敢想象自己有朝一日被抛弃，灰溜溜回到娘家，被人指指点点的那种日子该咋过。有了儿子后，她发现郑春仁对自己不再像从前那样冷淡，加上做母亲的喜悦，她仿佛重新看到了希望。想不到她担心的事还是发生了。起初她赌气不想跟郑春仁回来过年，转念一想，看在金家的分上，娘也许不会同意让郑春仁跟自己离婚，不回来娘要是不高兴，反倒成全了梅雨。再说就这么眼睁睁地看着梅雨跟郑春仁回家过年，不免酸溜溜的不甘心。想来想去，只好装作没事人一样回了野狼窝。

不大一会儿，回毅媳妇进来在炕上摆上桌子，招呼说："走一天了，饿了吧，刚出锅的年糕，还有春仁爱吃的红烧肉、炖羊肉、米粉肉、红焖肘条。今天我还特意做了元宝肉、南煎丸子、鸡冻儿、鱼冻儿、猪肉冻儿、芥末墩儿、炒酱瓜儿。"

"婶子真行，做了这么多好吃的。"郑春仁伸出大拇指说。

"那是，你走了这几年头一次回家过年，这我还嫌菜少呢。"

一家人围坐在一起高高兴兴吃过饭，齐玉萍在上房陪着公公带着大伟玩耍，郑春仁和梅雨扶着王金岫进了东屋。王金岫坐到炕上，郑春仁拉起王金岫的手，说："娘，跟您说个事，您一准高兴。"

"啥事？快说给娘听听。"

郑春仁把梅雨拉到王金岫的跟前："娘，这是我给您领回来的儿媳妇。"

梅雨的脸一下红了，娇嗔地用手在郑春仁的身上捶打了几下："你也不问问人家是不是愿意。"

王金岫听了半天没说话。从梅雨进门的那一刻开始，她心里就一清二楚了。她用手上下抚摸着梅雨，夸赞道："这孩子，细皮嫩肉的。"

"娘，人家还是北平名牌大学毕业的才女呢。"

王金岫拉起梅雨的手，说："姑娘，你别看我眼睛不行了，可我心里明镜儿似的，我知道春仁这几年心里不痛快，疙瘩一直没解开。"

郑春仁打断王金岫的话，说："娘，今儿个高兴，过去的事就不提它了。”

“不说憋在娘心里也难受。”

梅雨脱了鞋坐到炕上，说：“大娘，说吧，我愿意听。”

王金岫拢拢头发：“既然你打算进这个家门，我也就不瞒你了。春仁媳妇是我做主给娶的，我不糊涂，知道当初他就不愿意，可这孩子孝顺，这些年从来没在我跟前说起过一个不字。唉，也真难为他了。”

“娘，您还不都是为我好，这事不能怪您。”郑春仁说。

王金岫抚摸着梅雨的手，沉默了一会儿，说：“这事也怨我糊涂，你不知道，我年轻那会儿，就是因为不满意父母包办的亲事从家里偷着跑出来的，可末了，我这个当娘的自作主张，硬是让春仁别别扭扭地跟他媳妇过了这么多年。”

梅雨没想到老人还有这样一段往事：“大娘，同一件事情会发生在娘俩身上，这简直能写成小说了。”

“谁说不是呢，话说起来，也是我这个当娘的不对，寻思两个人到了一块，时间长了就好了。唉，人家都说，儿子像妈，我知道春仁这孩子身上有我年轻时那股子倔劲。”

郑春仁笑着说：“娘，我可跟您差远了，您那个时候一走了之，我可没您那个胆儿。”

王金岫抚摸着郑春仁的头，说：“我知道强扭的瓜不甜，男女之间硬捏到一块，就跟夹生饭似的，瞅着外面熟了，里头是生的。我这当娘的心里能不明白吗，这些年苦了春仁了，也该找一个可心的女人了。”

“大娘，您也不必过于责怪自己了。”梅雨不知道该怎样安慰老人。

王金岫沉默了片刻，问儿子：“你跟玉萍咋办？”

“娘，我想好了，离婚。”

王金岫听了半天没有做声，从炕上下来站到地上，想了想，蹙起眉头道：“跟你金叔叔咋交代？”

郑春仁也有些为难，一时不知如何是好。

王金岫重新坐到炕上，接过梅雨给她倒的水，喝了一口，仰起头拢拢头发说：“你金叔叔见过大世面，又读了那么多书，我想他不会不同意。他跟我一样，当初也是把这件事想简单了。”

“那我爹要是硬拦着呢？”

王金岫摇了摇头，“这你不用管，有我呢。我看过了正月你们就把喜事办了吧。”

梅雨点了点头：“大娘，我跟春仁也是这么想的。我俩还有个打算，等过了年再盖一处大点的房子，您也搬到城里去住吧。”

王金岫拉着梅雨的手，笑着说：“好，等你们盖好了房子，我就过去住些日子。”

郑春仁扶着王金岫从炕上下来，看着梅雨，听着外面不时传来的鞭炮声，对未来的生活充满了期盼。

吃过晚饭，野狼窝的协和会会长杨晓东一边剔着牙，一边对马驹子说：“我听说老郑家的二小子这回成气候了，头年打着辽西抗日支队的旗号，把日本人都给收拾了。”

马驹子愣了愣神儿：“真的吗？”

“我这个协和会会长还能骗你。这小子在县城东边打了日本‘清剿’队一个措手不及，日本人的骑兵让他给打死了十好几个，县里的日本关东军正在到处抓他。你不是想给大当家的报仇吗？要是借日本人的手把郑家的二小子给灭了，大当家的死也就闭眼了。”杨晓东有意把事情夸大了说。

马驹子暗想，这小子既不能钻天，也不能入地，过了年我去探听探听，只要能找到他们住的地方，就让日本人去端了他的老窝。

“要是能灭了郑家二小子，给大当家的报了仇不说，又讨好了日本人。一屁俩响。”杨晓东撅着山羊胡子说。

“我听说他们经常在黑山一带活动，年后我去黑山县城周边的十里八村转转。”

杨晓东拍着马驹子的肩膀：“好样的，我知道你的腿一直没好利落，到时候坐我的马车去吧。”马驹子咧开嘴嘿嘿地乐了。

没等出正月，马驹子就坐不住了，他坐着杨晓东的马拉轿车去了黑山。让他没有想到的是，一连转了几天一无所获。这天一早出来又跑了大半天，觉得累了，见道边有一家挂着天晟幌子的小酒馆，让车把式把车赶到一个没人的地方，自己一个人走了进去。里面的人不多，他找了一个地方坐下。跑堂的过来招呼道：“客官是来个爆炒猪肝，还是来盘清炒河虾？”

“给我来盘盐爆花生米，再来壶酒。”

不大一会儿，跑堂的把酒菜端了上来，马驹子一边自斟自饮，一边心里想，出来好几天了，尽管吃不好睡不好，见人就打听，可这么大个黑山县，谁知道这小子猫哪儿了。想到这儿，他想打退堂鼓，打算回去美美地睡上一觉。想到这禁不住打了个哈欠，这时他的眼前出现了一堆熊熊燃烧的大火，老山豹站在火里喊着他的小名骂他没出息。他浑身一激灵，睁开眼，见门外进来一个五十岁上下，少了一只胳膊，长得粗壮结实的男人。这人进来后，找了一张靠里边的桌子坐下，喊来跑堂的要了半只烧鸡、一壶老酒。

马驹子冷眼看着这个男人吃喝了一会儿，心里合计，我何不过去再碰碰运气。想到这儿，他站起来，端起酒杯和剩下的半盘花生米凑了过去，像见到老熟人似的打招呼说：“呦，大哥，怎么一个人在这喝闷酒啊？”

这个人不是别人，正是胡进的二舅，他抬起头来瞅了瞅马驹子，没好气地说：“我一个人喝高兴，你管得着吗？”

马驹子嘿嘿一笑：“大哥，一个人喝酒多没意思。我这也一个人，咱俩凑合凑合？”

胡进的二舅仰起头吱溜把一盅酒喝下去，没搭理他。马驹子并不介意，在旁边坐下，给胡进的二舅把酒斟满，自己也把酒倒上，端起酒杯说：“大哥，兄弟我敬你一杯。”说着脖子一抻把酒喝了下去。放下酒杯搭讪道：“大哥，看你的样子不像做买卖的，也不像种地的，你这是打哪儿来啊？”

胡进的二舅撕下一块鸡肉放到嘴里：“我是做饭的，进城买菜来了。”

“呦，真没看出来，你还是个厨子。”

“厨子咋啦？”

“厨子好啊，整天吃香的喝辣的，大哥，你那缺不缺打下手的，我正想找个事做，混口饭吃。”

胡进的二舅斜了马驹子一眼，说：“现在到处兵荒马乱的，我看你还是趁早回家好好种地，伺候你娘去吧。”

马驹子听了半晌没说话，硬是从眼角挤出几滴泪来，哽咽着道：“不瞒大哥说，我娘和我爹都死在小鬼子手里了，家里就剩下我一个人了，你要不提这事还好点，一提这事，我恨死小鬼子了。”

胡进的二舅听他这么一说，口气缓和下来：“你家是哪儿的？”

“辽阳的。”

“怎么跑这找活来啦？”

马驹子随口说道：“小鬼子把坏事都做绝了，因为我交不起出荷的公粮，非要抓我去宪兵队，家里待不下去了，我就跑出来了。”

“小鬼子都该杀。”

“大哥说得对。”停了一会儿，马驹子端起酒杯压低了声音说：“我听说这一带的辽西抗日支队专门打鬼子，要是能找到他们，我也想参加他们的队伍，给爹娘报仇。”

“你咋知道辽西抗日支队打鬼子的事？”胡进的二舅晃动着一只空荡荡的袖管问。

马驹子装作兴奋的样子说：“大哥，你恐怕还不知道吧，这事在辽阳一左一右、十里八村都轰动开了，说这些人都拿着双枪，一家伙就打死了好几十个小鬼子。”

胡进的二舅听了忍不住眉飞色舞地说：“小兄弟，跟你说实话吧，我就是辽西抗日支队的，那一仗就是我眼看着打的，你别看小鬼子平时耀武扬威，一动真格的，照样不好使，让我们给打得屁滚尿流，哭爹叫娘。”

马驹子听了差点没乐出声来，几天来风餐露宿的辛苦一扫而光。他挪动了挪动身子，用羡慕的口吻说：“真的呀，大哥，你们太厉害了。”

胡进的二舅听了愈加兴奋起来：“你没看当时小鬼子那个熊样，就恨他爹娘少生了两条腿。”

马驹子神色凄然地央求道：“大哥，我发过誓了，只要有一口气在，就要给爹娘报仇，让我跟你走吧。”

胡进的二舅急忙摆着手回绝道：“这事我可说了不算。”

“大哥，你无论如何答应我，你是不知道啊，我娘让小鬼子糟践了不说，还活活用刺刀把心剜出来吃了，你说这个仇我能不报吗？”

胡进的二舅喝了一口酒，说：“你说的这些我信，可这事你跟我说没用。”

马驹子从凳子上站起来，趴在地上“砰砰砰”磕了三个响头：“大哥，你要是不答应我，我就死在你面前。”

胡进的二舅急忙用剩下的那只手把马驹子搀扶起来：“小兄弟，我真没法答应你。时候不早了，我得走了，家里还有百十号人等着我开饭呢。”说完，撇下马驹子起身便往外走。马驹子想再问问他们住哪儿，可胡进的二舅不再搭理他，头也不回地出了小酒馆。马驹子随后跟了出来，只见那个男人从门口的一棵树上解下一匹马，上面驮着两个大筐，里面装满了各种蔬菜和一大块猪肉。那男人牵上马甩着一只空袖筒走了。

马驹子跟在后面，远远地见那个粗壮的男人牵着马进了一片黑松林，心里禁不住一阵窃喜，扭头转过身去快步离开了。

天傍黑的时候，杨晓东从协和会回来，见马驹子走了五六天了没有一点消息，心里合计看来这事泡汤了。他洗了把脸坐下打算吃饭，听院子里铃铛响，他想一定是马驹子回来了。果然，不大一会儿马驹子从外面开门进来了。

杨晓东站起来急着问：“打听到什么消息没有？”

“我马驹子啥时候走过空趟子。”马驹子拍着胸脯，不无得意地带着几分吹嘘说。

“太好了，过两天咱们就去县城，看郑家那二小子还往哪儿跑，灭了他，给大当家的报仇。”

说着两个人嘿嘿地笑了起来。杨晓东的小老婆端着刚做好的饭菜进来，看两个人鬼鬼祟祟的样子，心说，这两个家伙准没什么好事。

过了正月，郑春仁便找人设计了新房的图纸，打算天一暖和就动工。上午，梅雨来公司跟洪柳核定运输计划，郑春仁想听听梅雨对新房的设计还有什么要求。他把梅雨找上来，打开图纸说：“新房设计好了，你来看看哪个地方还需要修改。”

“好啊，我看看咱们的新家是个什么样子。”

郑春仁指着图纸说：“这里是按照西洋的样式设计的窗户，这里是按照中式设计的前厅，这里是中西结合的餐厅。”

梅雨仔细地看过后说：“我看窗户不能完全按照西式设计那样开得过小，东北的天气寒冷，窗户开得过小，不利于冬天采光。前厅应该有一个大一点的西式壁炉，冬天的时候好用来取暖，这样既美观又实用。餐厅的吊灯不应过于烦琐，灯光也不能过暗，应该按照东北人的习惯，在样式上要简洁大方，灯光也要亮一些。”

郑春仁觉得梅雨说得有道理：“好，我马上让他们修改设计方案。”

“我觉得你还应该让玉萍姐姐看看。”梅雨听郑春仁说，离婚的事齐玉萍一直不吐口。

郑春仁踌躇了片刻，无奈地收起图纸道：“好吧。”

晚上从公司出来坐到马车上，郑春仁拉开轿帘，看着西边摇摇欲坠的那坨夕阳有些进退两难。他知道这些日子齐玉萍因为离婚的事一直在跟他怄气，把新房子的设计图拿给她看，想必会火上浇油，可不让她看，眼下又说不过去。想来想去，有些进退两难。妻子不想离婚，他并不感到意外，站在一个女人的角度上考虑倒也情有可原。想到这，郑春仁心里甚至有些不忍，他压根没想到事情会走到这一步。对妻子的歉疚，让他心里不由得生出几分自责。自打齐玉萍进了这个家门，对自己百般体贴照料，打理这个家更是尽心竭力。如果没有梅雨的出现，他也许就跟她厮守终身、白头偕老了。他苦思冥想想找到一条万全之策。但婚姻毕竟不是儿戏，像他这样留过学、受过高等教育的人，除了离婚实在找不到更好的办法了。

晚上吃过饭，郑春仁拿出设计图纸在齐玉萍面前摊开说：“玉萍，我已经把新房子设计好了，你看看。”这里是前厅，这里是书房，这里是你住的卧房，这是用人住的地方。怎么样，你觉得哪个地方不合适，我好让设计师去修改。”

齐玉萍看也不看，伸手把图纸推开了，赌气地说：“你都不想要我了，我不看！”

郑春仁摇了摇头。过了一会儿，拉过齐玉萍的手说：“我知道你在生我的气。”

齐玉萍瞪了郑春仁一眼：“亏你说得出口。”

郑春仁一时无言以对，见大伟在齐玉萍的怀里睡着了，收起图纸，站起来想走，齐玉萍抬起头说：“你知道吗？自打我知道你另有新欢后，我这心里就像被掏空了一样，没着没落的，我恨你，更恨梅雨。”

郑春仁带着几分歉疚说：“玉萍，我知道对不起你，可我不想就这么过一辈子。”

“可你就没替我想想吗？”

“玉萍，我真的不是有意伤害你。”

齐玉萍打断郑春仁的话说：“可我毕竟是女人，我无论怎样劝自己，还是不能接受这个现实。”郑春仁不知道该跟她怎样解释，一时语塞。

“其实我早就看出来了，你心里没有我，当初你娶我也是因为金家对你有恩，不好推辞。我虽然没念过几天书，也知道男女之间的事强求不得。”

“你能想明白就好。”

“道理谁都懂，你怎么就不反过来替我想想，婚姻这种事是我自己能做主的吗？你们男人不顺心可以再娶，我们女人呢？你觉得不幸福就另寻新欢，我咋办？我招谁惹谁了，打掉牙就得往肚里咽？这公平吗？”

郑春仁沉默了片刻，说：“我可以给你一笔钱，足够你后半生生活。这样对你来说虽算不上公平，但我也只能做这些了。”

齐玉萍无奈地叹了一口气，说："看来我只有认命了。"说着忍不住嘤嘤地抽泣起来。

郑春仁一时无措，说道："我知道你心里委屈，你愿意骂就骂我一顿，你要是觉得不解恨，就打我几下。"

齐玉萍慢慢地抬起头来，泪眼婆娑地说："唉，你放心，我死也不离开这个家门。"说着她用手指了指儿子大伟，"我活着是你们郑家的人，死是你们郑家的鬼，想离婚，让我走，没门！"

郑春仁想想齐玉萍这些年一直在用心操持这个家，带着几分赧然说："你实在不离我也没办法，不过你放心，以后这个家还归你管，梅雨进门后我不会让她掺和家里的事。"

齐玉萍抹了一把眼泪，看着自己的男人："有你这句话，我知足了，打小我娘就告诉我，人不能跟命争，命里没有的，你就是打破脑袋也争不到手。"

这时大伟睡醒了，睁着一双大眼睛伸出两只小手来要郑春仁抱他，郑春仁把大伟抱起来举过头顶转了一圈："儿子，咱们就要住好大好大的房子了。"

齐玉萍接过儿子说："你去忙吧，等新房子盖好了，就把娘接来住些日子。"

"好啊，让娘也过几天城里的日子。"郑春仁在儿子的脸蛋上亲了一下，满意地笑了。

第二天一到公司，郑春仁就让人找来设计师，拿出图纸一一交代后，让他回去后重新修改。

设计师前脚刚走，张浩手里拿着一摞电报进来了："这几天关内多家粮铺来催要粮食，我想马上去黑龙江。"

郑春仁拿过电报看了看：“好，一会儿你去洪小姐那取银票，我马上让梅雨准备车皮。”

“开春后，河南许多地方都出现了旱情，粮食的价格纷纷看涨，各粮铺掌柜的都想借机赚上一笔呢。”

“看来今年的行情比去年还要好。”郑春仁听了十分高兴。

“是的。我这就去货场。”

送走张浩，郑春仁开始整理一份日军秘密开展细菌战的情报。

第五十一章

日军小队长武藏一雄接到马驹子的密报后将信将疑，一个多月后才带着一个小队的日军和三十几个伪军去黑山“清剿”。天快黑的时候来到那片黑松林边上。武藏一雄挥舞着指挥刀让队伍停了下来，冲着马驹子咕哝了几句。那个精瘦的翻译官对马驹子说：“太君问你是这里吗？”

马驹子点点头：“那天我亲眼看到那个给游击队做饭的家伙进了这片林子。”

武藏一雄举起指挥刀：“你的，前头的带路。”说完，带着人跟在马驹子后头进了黑松林。

林子里面黑乎乎的，根本找不到路，马驹子带着鬼子和伪军在里面绕来绕去，最后不得不站下来，马驹子想辨别一下方向，可四周黑漆漆的，除了风声和林子深处传来的阵阵狼嗥，不知道该往哪里走。马驹子耷拉着脑袋沮丧地说：“我没想到林子这么大。”

武藏一雄厉声道：“游击队的在哪里？”

马驹子无奈地摊开两手说："太君，天黑了，这片林子又太大，我们白天再来吧。"

武藏一雄只得带着鬼子和伪军摸索了好一会儿从原路退了出来。

马驹子带着鬼子和伪军"清剿"木浒寨扑了个空，回去后被武藏一雄骂了个狗血喷头。马驹子后悔那天不该让那个伙夫早早地溜了。六七天后武藏一雄带着人重新来到黑山。到了那片黑松树林边上马驹子心一横，一头钻了进去。可转来转去，仍是难辨东西，不见一个人影。这时一个伪军发现前面有一道土岗，马驹子急忙跑过去，看了半天还是不知道该往哪走。武藏一雄上前一把抓住马驹子的衣襟，像提溜一只小鸡似的将马驹子提了起来，双目圆睁，厉声问："八嘎，游击队的在哪里？"

那个瘦得跟麻秆似的翻译官也一脸杀气："你要是敢谎报军情，找不到游击队，小心皇军毙了你。"

武藏一雄带着人马在林子里撞来撞去，早已惊动了木浒寨瞭望台上的哨兵。他侧起耳朵，隐隐约约地听到林子里有人说话，心里一惊。再仔细一听，还有人走动的声音，并伴有马的嘶鸣。

他迅速从上面下来，来到正在带领士兵训练的郑春义跟前报告道："支队长，有情况。"

郑春义随哨兵登上瞭望台，果然听到有人在说话。他让哨兵注意观察，从上面下来，对正在组织士兵训练的关明杰说："有人摸进来了，听动静人还不少。"

关明杰叫过王财："全体集合！"

他对郑春义道："你和胡彪带骑兵分队把人引到林子外面，我带人从后面接应，咱们给他来个先发制人。"

“明白！”

王财跑过来：“报告团长，队伍集合完毕。”

关明杰与郑春义来到队伍跟前，郑春义大声道：“有人偷袭，骑兵分队跟我来！”说罢飞身上马，和胡彪带着人冲了出去。

没走多远，郑春义便发现一队鬼子和伪军正围着土岗转圈，他抽出盒子枪，扬手一枪将一个鬼子从马上掀了下来。

武藏一雄听见枪响，见有人过来，挥舞指挥刀：“八嘎！”指挥日军和伪军向郑春义冲了过去。

郑春义打马带着骑兵分队的士兵向树林外面跑去，武藏一雄带着鬼子和伪军紧随其后。郑春义带着人一边跑，一边回首射击，把鬼子和伪军引到了林子外面。

马驹子在马上不停地喊叫着：“快，游击队的干活！不能让他们跑了！”

武藏一雄带着人追赶郑春义来到一条河边，郑春义与士兵们打马过河，武藏一雄见郑春义慢了下来，勒住马头，举起指挥刀：“五台（射击）！”

鬼子和伪军刚把枪举起来，后面枪声大作。关明杰带着人冲杀过来，几个鬼子中弹从马上掉下来，两个伪军也倒在了地上。

武藏一雄从马上跳下来，组织日军和伪军利用河堤作掩护进行反击。这时王财一抬头，猛地发现，一个鬼子正举枪朝关明杰瞄准，他来不及多想，大喊一声：“团长！”打马冲到关明杰前面，这时，鬼子的枪响了，王财身子一侧歪，从马上跌落到地上。

关明杰跳下马，蹲下身子一把抱起王财：“王财！王财！”王财头一歪，不动了。关明杰翻身上马，大声命令道：“给我打！”

这时郑春义听到后面枪响，一看是关团长带着张鲁和刘铭等人上来了，便返身折了回来，向鬼子和伪军展开了猛烈反击。武藏一雄受到前后夹击，又见带来的人已经死伤大半，举起指挥刀：“忒带（撤退）！”带着人没命地跑了。

马驹子骑的是匹老马，不一会儿就落在了后面，关明杰喊他站住，可马驹子仍不停挥鞭没命地往前狂奔。郑春义一枪将他的坐骑打翻在地，马驹子被重重摔了出去，几个士兵过去把他五花大绑捆了起来。

关明杰来到王财的身边，见他早已停止了呼吸，用手轻轻地将他脸上的泥土擦干净抱到马上，和郑春义带着人进了黑松林。

木浒寨的操练场上用松枝搭起了一个简易的灵棚，里面摆放着王财和在战斗中牺牲的两个士兵的棺木。入殓前，关明杰给王财换上了一身新衣服，将自己没有戴过的一顶帽子端端正正地戴在他的头上，又从怀里掏出一只伴随自己多年的怀表放到王财胸前。看着这个跟随自己多年的传令兵此刻像睡着了一样安详，关明杰郑重地举起手来敬了一个礼：“我的好兄弟，你不该为我去死。”

老八吹响了铜号，士兵举枪致哀，为牺牲的士兵送行。几个人被安葬在树林里，胡进请人雕刻的石碑立在坟前，上面写着“生灵永存”几个大字。郑春义久久抚摸着王财的墓碑不愿离去：“好兄弟，是我这个当姐夫的没照顾好你啊。”

回到议事厅，郑春义一脸疑惑地问胡进：“小鬼子是怎么发现咱们营地的？”

关明杰也觉得纳闷，沉吟了片刻说：“把抓到的那个人带来问问。”

不一会儿，马驹子被带了进来。郑春义上前厉声问道：“你叫什么名字？看你不像是伪军，你是干什么的？”

马驹子咬着牙一声不吭。胡进上去“啪”给了他一个嘴巴：“问你话呢。”马驹子斜着眼睛恶狠狠地看了胡进一眼，仍是一声不响。

这时胡进的二舅甩着一条空袖筒进来了，大声道：“等等，刚才我看着这个人有点眼熟。”

他走到马驹子跟前，上下打量了半天，说：“闹了归其是你小子啊，怪不得我刚才看着像在哪见过呢。那天你装神弄鬼的，原来是个奸细。”

“咋回事？”胡进没想到二舅认识这个人。

胡进的二舅一跺脚：“唉，别提了，那天我去城里买菜，在一家小酒馆里他哭天抹泪、磕头作揖地非闹着找抗日游击队给他爹妈报仇，我不知他的底细，就说啥没答应，想不到转了一圈，还是上了他的当。”

郑春义上前用手抬起马驹子的下颏：“这回你该说实话了吧，小鬼子是不是你带来的？”

马驹子见瞒不住了，仰头死死盯着郑春义，说：“没错，皇军是我带来的，我就是想把你的老窝端了，把你们都杀了，给大当家的报仇。”

“谁是你们大当家的？”

“老山豹。”

“这么说，你是黑风山的人啦？”

“是又怎么样，说实话，我一直在找你们，大当家的死得太惨了，我豁出去了，拼上一死，也要给大当家的报仇。”

郑春义围着马驹子转了一圈：“行，你小子有种儿，我问你，你是怎么找到这个地方的？”

马驹子扭过头去，看了胡进的二舅一眼：“那天我在酒馆里无意中碰到了这个老家伙，从后面跟着他来到林子边上，没想到这片林子这么大，我带皇军进来转了半天也没找到道儿，反倒被你们发现了。”

胡进的二舅用手指点着马驹子：“小子，算你说着了，这片林子老大了，生人进来，根本摸不着东南西北。”

马驹子垂下头懊丧地说：“该着我倒霉，栽在你们手里了。”

郑春义厉声道：“今天我要用你的人头为我死去的弟兄祭奠。”

马驹子一仰脖子：“随便吧！”

两个士兵上来一人架起马驹子一只胳膊，把他拖走了。

关明杰坐下来对郑春义和胡进说：“小鬼子这次偷袭没得手，说不定还会再来，这里暂时不能待了，我看咱们还是找个地方先避一避。”

“那就去胡家窝棚吧。”胡进挠着脑袋说。

关明杰考虑了考虑，觉得不妥：“我们这么多人去了太显眼，弄不好走漏了风声就麻烦了。”

郑春义摘下帽子，说：“不行咱们去黑风山。”

关明杰站起来：“好，那还有现成的房子。”

“今晚咱们就走。”于是几个人开始分头准备。木浒寨里上下一片忙碌。

第五十二章

开春后郑春仁可谓喜忧参半，他从《盛京时报》上得到消息：河南大旱，从去年开始，已经有五个多月没有下过一场像样的雨雪，冬小麦大都旱死了。他找来洪柳，指了指桌子上的报纸，忧心忡忡地说：“今年粮食的行情看来比去年还要好。可河南大旱，劫匪四起，路上不太平啊。”

“那就再给张浩多派些人手过去。”郑春仁点了点头，看来也只能这样了。

刚进入五月，天气很快便热了起来。入夜，四野低垂，除了天上的星星，远近见不到一点光亮。满载粮食的机车烟囱里吐着浓烟，驶入河南境内，张浩正昏昏欲睡，吴福禄用手推了推他：“张经理，快看！”

张浩猛地睁开眼睛，扒着车门顺着吴福禄手指的方向向外看去，只见一溜火把由远而近，仔细一看，是一支马队向正在行驶的货车奔来。

“他们可能是冲着咱们来的。”

张浩觉得吴福禄的判断没错，吆喝起几个正在睡觉的伙计：“醒醒，有情况！”

几个伙计睁开眼，翻身起来把枪抓在手里。张浩吩咐道：“福禄，你带三个人到上头去，其余的人子弹上膛，没有我的命令不准开枪。”

吴福禄带着三个身手敏捷的伙计，从守车上飞身上了车顶。

马队越来越近，已经能听到这伙人的喊叫声了：“弟兄们，给我上！”

这时在守车另一侧的伙计吃惊地发现，远处也有一伙骑马的人打着火把朝这里冲了过来。张浩心想，这些人想干什么？

这时货车开始上坡，速度慢了下来，张浩猛然发现马队上有几个人已经借机从马上娴熟地跳到了车厢上。接着，守车两面同时响起了枪声。骑在马上的人不停地喊叫着：“停车！快停车！”

张浩见果然有人劫车，命令道：“弟兄们，把你们的看家本事拿出来，给我打！”

伙计们立刻开枪还击。跑在前头的两匹马被打中，两个人从马上栽了下去，后面的人仍不顾一切地冲了过来，并继续疯狂地朝守车射击，子弹“嗖嗖”地从张浩耳边掠过，

张浩命令道：“都趴下！”话音未落，一个伙计“啊呀”一声，腿上挂花栽倒了。

张浩带着伙计们继续还击，又有几个人从马上栽了下去，没想到这伙人纷纷从马上跳下来，趴在地上，一边朝守车运动，一边射击。又有一个伙计胳膊被一颗子弹打中了。这时货车行驶的速度明显地慢了下来，张浩不由得紧张起来：“不好，车脱钩了。”

趴在他边上的一个伙计说：“一定是刚才上到车上的几个劫匪干的。”

张浩想看看是怎么回事，刚一探头，立即引来对方一阵猛烈射击，这时货车也缓缓地停了下来。

“弟兄们，快下车。”

张浩飞身从车上跳了下去，其他的伙计也跟着从守车上跳到路基上。

这时，对面劫匪的喊叫声能听得清清楚楚：“快，他们都完蛋了，给我上，把粮食抢到手，咱们就发大财了！”

劫匪们猫着腰，从东、西两面向张浩这边冲来。张浩毫无惧色：“瞄准了打。”

这些劫匪哪里知道，这些人都是张浩精心挑选的，枪法一个比一个了得。他们借助路基和车皮做掩护，弹无虚发，进攻的劫匪不得不停了下来，暂时停止了冲击。

前面机车上，突如其来的枪声先是让司机和司炉吃了一惊，见机车爬坡吃力同时有人冲了过来，司机让司炉往炉子里扔了几锹煤，加大马力想冲过去，这时一回头，发现有人摘掉了挂钩，车皮已经被甩在了后面。两个人大吃一惊，刹住车开始倒车。刚刚摘完挂钩的几个劫匪见此情形，趴在车顶上开枪射击，想阻止机车后退。正在这危急关头，吴福禄带着三个伙计冲了过来，一个伙计抬手一枪，击中了一个劫匪，这个劫匪一骨碌从车厢顶上滚落到地上，剩下的两个劫匪大声叫着，回头朝吴福禄和几个伙计扑来。

一个伙计被一个劫匪用匕首刺中了腹部，“啊呀！”一声从车厢顶上摔了下去。另一个伙计一拳重重地击中了另一个劫匪的面门，趁他大叫一声，用手去捂脸的瞬间，这个伙计一脚把他踹了下去。吴福禄抽出匕首，朝剩下的那个劫匪刺去，没想到那人身手敏捷，闪身躲过，手执利刃随手朝吴福禄刺来，划伤了吴福禄的胳膊，边上的伙计没等这个劫匪再刺，抬手“啪”地就是一枪，正中这个劫匪的大腿，吴福禄借机猛地将他推了下去。这时埋伏在下边的劫匪见机车又开了回来，纷纷开枪阻拦，一个伙计中弹掉了下去。

危急关头，机车“咣当”靠上了停在铁轨上被甩掉的车皮，吴福禄敏捷地跳过去，迅速把挂钩重新挂好。

劫匪见脱钩的机车与车皮重新连接在一起，又开始了新的一轮进攻，张浩身边的一个伙计负伤倒在地上，张浩大声道：“弟兄们，打！”

伙计们一枪一个，将跑在前面的几个劫匪打倒在地。进攻再次被压了下去。张浩趁机招呼伙计们：“快上车！”伙计们迅速跳上守车，列车又重新开动起来。车下响起了更加密集的枪声，一个伙计负伤倒在他身边。

张浩举枪还击，发现子弹已经打光了。他大声道：“弟兄们，都趴下！”一个伙计架起从小鬼子手里缴获的机枪，开始向劫匪扫射，机车也越开越快，终于劫匪渐渐被甩在了后面。

天亮后，满载粮食的货车驶进了新乡车站货场，张浩不由得松了一口气。十几家商号的老板已经在站台上等待多时了。张浩从守车上下来，一个老板迎上前来：“你们怎么才来？”

“路上遇上劫匪了。”

一个六十多岁的粮铺老板听了，说：“这伙土匪在这条铁路上抢劫已经有好几年了，据说从来没有失过手，你们算捡着，这段路不太平，以后千万别赶在夜间行车了。”

张浩一抱拳：“多谢吴老板。”

待一切安排停当，张浩将几个受伤的伙计送到医院，返回来时天已经黑了。

几天后，张浩从河南回来，将死去的伙计和几个受了轻伤的伙计安顿好，便急着来见郑春仁。

郑春仁见张浩神情异样，脸色憔悴，心里咯噔一下，急着问：“怎么，路上出事啦？”

“我们进了河南不久，就碰上了劫匪，恕我无能，死了一个弟兄，还有几个弟兄挂了彩。”

“这伙土匪的胆子也太大了，我马上让南京政府查一查，看是什么人这么猖狂。”郑春仁万万没有料到会出这么大的乱子。

“我问了，当地人说他们是专门在铁路上打劫的惯匪。”

“他们怎么知道我们车上装的是粮食？”

张浩抬起头来看着郑春仁：“是啊，回来的路上我琢磨了一道儿也没想明白，这伙劫匪怎么知道我们这是运粮食的车。而且看得出来，他们事先做了周密的准备，兵分两路，用来分散我们的注意力，然后派出有经验的劫匪蹿到车上摘掉了挂钩，目的很明显，就是想把粮食全部劫走。要不是伙计们与劫匪拼死一战，这一车粮食就完了。”

“没想到关内的胡子这么猖狂。”郑春仁觉得有些出乎意料。

张浩回想起夜里的那场恶仗，仍心有余悸：“这些劫匪不但比东北的胡子狡猾，而且打起仗来一样不要命。”

郑春仁安慰张浩说：“这也是想不到的事，死伤的伙计还是按照公司的老规矩办，受伤的请最好的医生医治，死去的伙计选好日子厚葬，家里有父母的公司养老送终，每个人外加三个月的薪水。”

“下次我多带几个弟兄和弹药过去。”

“好，你回来之前我已经跟洪小姐商量过了，为了对付这些劫匪，把选好的人先送到木浒寨受训半个月。”

张浩松了一口气，郑春仁拍了拍张浩的肩膀：“你先休息几天，请伙计们吃顿饭，给他们压压惊。”

“我知道了。”说完张浩拿起帽子走了，郑春仁走到窗前推开窗户，空中乌云翻滚，看样子要下雨了。他心绪烦乱地让人去套车，打算去医院看看受伤的伙计。

张浩将新招来的伙计送往木浒寨，到那一看，已经人去屋空了。正在焦急的时候，郑春义让人送信过来，说他们已经转移到黑风山了。张浩立刻把人送了过去，很快六七天过去了，因为急等着用人，郑春仁带着韩吉庆来到黑风山，想一看究竟。郑春义见大哥和韩吉庆来了十分高兴，将两个人让到前厅。韩吉庆跟众人更是亲热，寒暄过后急着问关明杰："关团长，送来的人训练得咋样啦？"

"我就是有三头六臂，这么短时间也不行啊。"

郑春仁面带难色地说："关内又在催着要粮了。"

"这些人没有任何战斗经验，在这么短的时间内，我无法保证他们能发挥什么作用。"军人出身的关明杰做事向来一是一， 二是二。

"大哥，你上次让吉庆哥送来的钱，真是雪中送炭，帮我解决了大问题，我看让我的人跟着去吧。"郑春义说。

"那太好了。"

"你要多少人？"

郑春仁想了想说："给我十个人怎么样？"

郑春义爽快地答应道："让吉庆哥随便挑。"

胡进拉起韩吉庆出去了。关明杰转过身来冲着郑春仁一抱拳，说："郑老板捐资抗日，难得一片爱国之心，令关某钦佩。"

"关团长言过了。"

过了一个时辰，韩吉庆和胡进带着挑选出的人回来了，郑春仁见小伙子一个个生龙活虎，心里十分满意。遂和韩吉庆谢绝了郑春义和关明杰的挽留，带着士兵们打马回了奉天。

经梅雨重新调配，一个多月后运粮的货车改在白天运行了。尽管才六月天气，竟热得像下火了。张浩和韩吉庆带着伙计和木浒寨的士兵进入河南地界后，太阳明晃晃地悬在空中，到处可见枯萎的庄稼毫无生气地蜷缩在地里。张浩和伙计们以及木浒寨的士兵严阵以待，各种轻重武器全部子弹上膛，以防不测。但沿路十分平静，张浩用胳膊肘碰了碰站在边上的韩吉庆，说："这伙土匪咋没动静啦？"

韩吉庆朝外面看了看："可能被你打怕了。"

张浩抬起头来看着没有一丝云彩的天空，没有说话。韩吉庆探出头去，见到处是大片荒芜的田园，回过头来忧心忡忡地对张浩说："看来今年的庄稼是收不上来了。"

出乎张浩和韩吉庆的意料是，一路上出奇的平静，傍晚粮车缓缓地驶进了新乡车站货场，站台上几个粮铺掌柜的早已经带着账房等在那了。张浩和韩吉庆松了一口气，从车上跳下来。还没等过去跟粮铺的老板打招呼，突然"呼啦啦"从站台一侧冲出一大群饥民。韩吉庆一看不好，立即让押车的士兵和伙计下车。十几个士兵和伙计端着枪从车上跳下来。张浩命令他们守住车门!

士兵和伙计们端着枪还没等在车门前站稳，饥民们已经蜂拥而上。一个女人怀里抱着一个在不停哭闹的吃奶娃娃，手里牵着一个三四岁的孩子，拎着一个口袋，嘴里一边不停地叨咕着"娃儿别哭，娘知道你饿了"，一边朝这边走来。韩吉庆过去想拦住她，一个胡须花白的老汉，手里拄着一根棍子踉踉跄跄来到他面前，哀求道："行行好，给点吃的吧。"这时几个年轻人好像没看到端枪站立的士兵，开始不顾一切地"咣咣"地砸车门了。

韩吉庆和张浩一时有些不知所措。两个人掏出枪来，想带领伙计和士兵把他们赶开，可看着被饥饿折磨得走路都有些不稳的饥民，下意识地把举起来的枪又放下了。

警戒的伙计和士兵没有张浩和韩吉庆的命令也不敢轻举妄动，只是不停地大声喊叫着："老乡们，住手，再不住手就开枪了！"

饥民却依然狠命地砸着车门。那个老汉身子一软跪倒在地上，声音颤抖地说："你们就发发善心吧。"

韩吉庆把老汉搀扶起来，说："大爷，抢粮食是犯法的。"

老汉慢慢地抬起头来，眼里满是浑浊的泪水，断断续续地说："去年这里遭了水灾，没收上多少粮食来，哪承想，今年又遇上了大旱。"

这时，一节车皮的车门被几个年轻人给生生地砸开了，人们争先恐后不顾一切地开始朝车上爬。

韩吉庆和张浩带着一个士兵跑了过去，一个年老的女人以为他们是来抓人的，跪在地上不停地磕头："你们行行好吧。"

韩吉庆和张浩带着士兵跳到车厢里，大声喊叫着往下驱赶饥民："住手！再不住手就开枪了！"

可没有人听他们的，爬到车厢里的人越来越多。韩吉庆一低头，发现一双青筋裸露的手抓住车门想上来，他过去刚想推开，一张布满了皱纹的脸从下面露了出来，眼中流露出一种本能的求生欲望，老人被后面的人托举着，也爬进了车厢。

韩吉庆从车上跳下来，发现又有一节车皮的车门被砸开了。张浩拉着韩吉庆跑了过去："吉庆，快想个法子，要不一会儿车上的粮食就被抢光了！"

韩吉庆摇了摇头："这些人是饿急了。"

这时，那个怀里抱着孩子的女人装了一袋子小米从韩吉庆身边走了过去，嘴里喃喃地叨咕着："娃儿，这回你有救了。"

韩吉庆看着这个女人下了站台，心里一阵发酸，这时那些抢到粮食的饥民纷纷从车上跳下来，他把张浩拉到一边说："我看这样吧，这车粮食咱就不卖了，跟粮铺的老板说一声，就地放粮。”

张浩一听急了：“你说什么，就地放粮？那回去咋跟掌柜的交代啊？”

韩吉庆想了想：“这事我做主了，回去我跟大哥说，咱总不能眼睁睁地看着这些饥民饿死啊。”

张浩看着饥民抢到粮食兴奋的样子，说：“好，听你的，大宋朝的包拯陈州放粮救黎民，咱今儿个也来个新乡放粮救百姓。”

说罢，韩吉庆掏出枪朝天上“啪啪”放了两枪。

听到枪响，正在抢粮食的饥民都停了下来。

韩吉庆几步蹿到车顶上，冲着下面的饥民大声说：“老乡们，我们是做生意的，粮食是运到新乡和郑州卖给粮铺的，可今天我们这一车的粮食不卖了，全都发放给你们！你们不要再抢了，都准备好装粮食的家什，我保证你们每个人都有份儿！”

霎时站台上的灾民黑压压地跪倒了一大片。一个上了年岁的女人眼里流着泪，趴在地上一面不停地磕头，一面嘴里不停地念叨着：“菩萨显灵了，菩萨显灵了。”

韩吉庆、张浩带着伙计和木浒寨的士兵一直忙活到深夜，车上的粮食才全部分发完。饥民们渐渐地散去了，韩吉庆、张浩和伙计们以及木浒寨押车的士兵也累得像一摊泥一样，躺在车厢里起不来了。韩吉庆推了推张浩：“咋样？累了吧，睡一会儿吧。”

张浩侧过身子说：“睡不着啊。”过了一会儿，他扭过头来看着韩吉庆，说：“师弟，你这胆子也太大了，你说这一车的粮食咱俩多少薪水能买来，你就这么给分了，回去要是掌柜的怪罪下来，咱俩就是几年不吃不喝也堵不上这个窟窿啊。”

韩吉庆擦了擦沾在脸上的灰土：“反正事儿已经做了，是打是罚认了。”

张浩沉吟半晌，说：“今天这事干得痛快，回去掌柜的就是把我辞了，我也不后悔。”

“你想过没有，人为什么活在这个世上？”韩吉庆若有所思地问。

“为了吃穿呗。”

“我看不全是。”

“可哪个人活着不是想大把赚钱，吃好的，穿好的。”

韩吉庆望着车厢外面布满繁星的夜空，说：“师兄，今天这件事让我明白了一个道理，一个人活在这个世上，像今天这样，为别人做点事活着才有意义。”

张浩沉默了一会儿，说：“你说得有道理，你知道吗，当我看到那个老汉来的时候一脸的绝望，拿到粮食后满心欢喜的样子，我这心里别提多高兴了。”

“我跟你一样，眼瞅着那个抱着孩子的大嫂流着眼泪说她的娃有救了，我觉得这事做得值。”

夜幕沉沉，万籁俱寂，干燥的风带着土腥味吹进来，车厢里有些闷热难耐。韩吉庆翻了个身，琢磨着回去该怎样跟郑春仁解释，仍毫无睡意。见张浩睡着了，索性从车上下来，站在月台上望着远处村落里星星点点的灯火，想着那些饥民可以吃上一顿饱饭了，所有的忧虑一扫而尽，心里反倒有一种说不出的兴奋。

关内大旱，粮食价格一路看涨，郑春仁觉得乃是天赐良机，出乎意料的是，劫匪竟如此猖獗，尽管给张浩增加了人手，他仍是放心不下。他专门为这件事给南京国民政府发报，却被挡了回来，让他酌情处置。早晨他到公司坐下来，想把刚刚搜集到的一些日军731特种部队的情报整理一下发给南京，洪柳进来，带着几分担心问："张经理他们今天该回来了吧？"郑春仁知道她放心不下韩吉庆。"我已经给南京发报，可南京政府的部队在各个战场上跟日军作战，根本无暇顾及此事。"郑春仁颇感无奈地摇了摇头。

韩吉庆和张浩从河南回来，本来打算去洗个澡，因为心里有事，打发伙计回去休息，衣服都没来得及换便急三火四地到公司来了。洪柳从郑春仁这里没有得到什么消息，正想下楼，见韩吉庆和张浩一前一后开门进来，一块石头算是落了地。郑春仁站起来，见他俩神色疲惫、一身灰土有些奇怪，问："你们这是怎么啦？劫匪没捣乱吧？我一直在为你们捏着一把汗。"

"劫匪倒是没露面，可粮食一斤没卖，全让我给分了。"韩吉庆直来直去，不想跟郑春仁绕弯子。

郑春仁睁大了眼睛吃惊地看着韩吉庆，面带疑惑地问："分了，那么多粮食分给谁啦？"

张浩用衣袖擦了擦脸，说："新乡一带去年遭了水灾，今天又赶上了大旱，我们的粮车在新乡被没有活路的饥民给抢了，我一合计，干脆分给他们度饥荒吧。"

"大哥，这事跟张经理没关系，是我自作主张把粮食分给灾民的，你要处罚就处罚我吧。"韩吉庆抢着说。

"不，我是经理，要打要罚都是我一个人的事。"

郑春仁见两个人争着揽过，笑了："谁说要处罚你们啦？我听明白了，你们俩这事干得好啊！"

张浩和韩吉庆一听都愣住了，郑春仁说："这一车粮食和几百条人命比起来，哪个轻哪个重？还用我说吗，再说粮食没了，咱们可以再买，人要是死了，就再也活不过来了。"郑春仁的一番话让两个人如释重负。

张浩舔了舔干裂的嘴唇，说："那些饥民看着实在太可怜了，在路上我就想好了，从这个月开始，我的工钱不要了，不能让公司受损失。”

郑春仁拍了拍张浩的肩膀：“你跟了我这么多年，还不了解我吗？”

“郑老板既然有救民众于水火之意，何不再送一车粮食过去，帮助灾民渡过难关。”洪柳没想到郑春仁会如此豁达大度。

郑春仁坐到椅子上：“张经理，就按洪小姐说的办，你立即动身去吉林和黑龙江采购粮食，货齐了马上给灾区送过去。”

韩吉庆和张浩从公司出来都感到格外的轻松，两个人吃过饭去连奉堂洗了个澡，第二天张浩就带着人去了黑龙江。

按照郑春仁的吩咐张浩很快从黑龙江采购了一车粮食，几天后与韩吉庆带着人押车赶赴新乡。货车驶入河南境内不久，负责瞭望的吴福禄突然发现在铁路边上有几个小黑点。他回过头来紧张地拉过张浩：“张经理，你看那是什么？”

张浩和韩吉庆探出头去，果然发现有人骑在马上一动不动地站在铁道边上。张浩掏出枪来：“有情况！”

伙计和木浒寨的士兵各自操起了家伙。货车眼看到了近前，骑在马上的人却没有任何动静，一直看着火车从他们身边驶过。张浩扭过头去看了看韩吉庆满腹狐疑：“怎么回事？”

话音未落，吴福禄发现不远处又出现了几个小黑点。等货车驶近了，这几个人仍旧骑在马上看着火车过去，然后打马离去。

傍晚时分，火车驶入新乡境内。韩吉庆借着落日的光亮，突然发现前面不远的地方出现了一个挨一个的黑点。他心里一惊，回过头来用手一指：“师兄，你看！”

张浩定睛一看，铁路两侧隔几步远就有一个人端着枪骑在马上，看样子随时准备出击："不好，肯定又遇到那伙劫匪了。"

"刚才那几个人一定是探子。"韩吉庆操枪在手，目不转睛地盯着前方。

张浩命令伙计和木浒寨的士兵做好准备，回头冲吴福禄一摆手："快！你带两个伙计到上边去，无论如何也要把车头给我看住了。"

吴福禄紧了紧绑腿，翻身带着两个伙计上了车顶。

火车离骑马的人越来越近了，看来今天又是一场恶仗。张浩下达了命令："听我枪一响，你们就开火！"韩吉庆也随即子弹上膛打开了保险。

奇怪的是，货车从他们身旁驶过，却发现这些人目送着火车驶过后，一个接一个地背起枪骑上马撤走了。

韩吉庆把枪揣起来，摇着头问张浩："他们这是唱的哪出戏？"张浩也是百思不得其解："是啊，这些人摆的这是哪门子八卦阵？"

在落日的余晖中，货车缓缓驶进了新乡车站货场，韩吉庆惊讶地发现，站台上一字排开，站满了手拿叉子、木棒，面黄肌瘦的灾民。

张浩大惊失色，当即让伙计们和木浒寨的士兵全部上了车顶，居高临下以随时应付不测。火车停在了站台上，可那些灾民一点动手的意思也没有，站在原地一动未动。

韩吉庆和张浩拎着枪从守车上跳下来，只见从站台的一侧大步流星走过来一伙人。走在前头的是个大高个，身穿藏青对襟小褂，脚下一双青帮布鞋，手里拎着双枪。另外几个人也是清一色的白布褂子、青帮布鞋，腰里掖着短枪。

大汉走过来，上前一把拉住韩吉庆："我要是没认错，你就是上次放粮的那个人吧？"

韩吉庆看了看他："是我，你是什么人？"

"我叫王鸿飞。"

站边上一个中等个头的人一抱拳：“这是我们大当家的。”

张浩打断了他的话，问：“你们是那伙劫匪？”

王鸿飞把枪插在腰里，晃了晃膀子：“对，实话告诉你们，上次在半路上抢粮食的就是我的人。”

“你们也真够滑头的，分成两路，让我们左右不能相顾，还摘掉了挂钩，那天真是差一点就让你得手。”

王鸿飞得意地大笑起来：“我们常年在这条铁路线上扒火车打劫，那都是我们的拿手活。”

张浩不解地问：“你怎么知道我们车上装的是粮食？”

王鸿飞大手一挥，说：“我在沿途车站都有眼线，你们拉粮食的货车一进河南境内，就完全在我的掌控之下了，我要是没这点本事，还怎么在这铁道线儿上混饭吃？”

张浩觉得他说的倒是实话。王鸿飞带着几分得意夸口道：“不是我说大话，这些年只要是被我盯上的，还没有几个能逃得出我的手心，可我没想到你们的人都不怕死，枪法又好，那天夜里要不是死伤了几个弟兄，我是不会让到手的鸭子飞走的。”

“后来你怎么没有动静啦？”张浩想问个明白。

王鸿飞看着站台上手拿木棒、刀叉的灾民说：“那天你们在我鼻子底下溜了，我觉得窝囊，就四处派出眼线在各车站打探你们的消息，没想到你们改在白天行车了，我怕官府的人出来搅了我的好事，就没在道上下手，想等天黑了你们到了车站再下家伙。没想到眼线来报说，你们在车站给灾民放粮，我不相信，就带着人混在灾民里过来想看看是真是假。”

“那你为什么没动手？”韩吉庆发现这个人说话毫不拐弯抹角。

“我知道你们是做生意的，可你们放着钱不赚，把粮食都分给了灾民，我王鸿飞再不是个东西，也是人生父母养的，我下不了这个手啊。”

“刚才我们来的路上，看到铁路两边站着不少拿枪的人，这么说都是你派去的啦？”韩吉庆追问道。

王鸿飞点点头，说：“我怕再有人算计你们，也怕灾民抢你们的粮食，接到眼线送来的信儿，知道你们进了河南地面，就把人都撒出去了，我让他们守在铁路边上，你们的车不过去不准离开。”

张浩和韩吉庆一抱拳：“多谢了。”

王鸿飞连连摆手：“说实话，这些年我在死人堆里摸爬滚打，心早硬得跟石头一样了。我抢你们的粮食，就是为了闹几个钱花，可那天见你们赈灾放粮，我这个铁石心肠的人都落泪了。唉，你们不知道，有多少人活活饿死了，我的心还没有黑透，我要是再动手抢粮食，还是人吗？”

这时站在王鸿飞边上一个农民打扮的人上前拉着韩吉庆的手，说：“你们不知道啊，方圆百里的人都知道你们给灾民放粮赈灾的事了，大伙一商量，都说你们为了救人钱都不赚了，该帮着你们做点啥，这不，附近十里八村的人自发地组织起来，说从现在开始，你们运粮食的车只要打这过，就护送你们把粮食运到地方。”

韩吉庆抬头望着站台上骨瘦如柴的饥民，不禁心头一热。他指着停在站台上的货车对王鸿飞说：“王大哥，这一车粮食是我们掌柜的特意从黑龙江买来送给灾民的，交给你，你把它分给大伙吧，熬过这一年也就好了。”

王鸿飞两眼放光：“你们真是菩萨心肠，告诉你们掌柜的，有我们这帮弟兄在，今后在这趟线上放心做你们的生意吧。”说完他大手一挥，“走，给大伙分粮去！”

韩吉庆从河南回来的第二天傍晚，与洪柳相伴来到小河沿公园。偌大的园子里依旧冷冷清清，荒凉空寂。两个人沿着湖畔一边漫步，一边观赏着四周的景色。转过假山，洪柳抬起头来说："可惜我不会画画，我要是会画画，就把这凄凉的景色都画下来留给后人，让他们记住被外敌蹂躏的屈辱。"

韩吉庆拉着洪柳的手："谁也不是天生就会画画。等把小鬼子赶走，我给你找个地方学画画怎么样？"

洪柳注视着碧波荡漾的湖水："学画儿是以后的事，说说现在咱俩的事，什么时候操办婚事？养父养母都问过我好几次了。"

这时一支日本巡逻队从远处走了过去，韩吉庆看着他们那耀武扬威的样子沉默了一会儿，说："我发过誓，什么时候把日本强盗赶走，什么时候再成家。"洪柳没再说什么，挽着韩吉庆的胳膊上了湖心岛。两个人找了个凳子坐下，韩吉庆看着湖畔几个人在专心垂钓，说："我真没想到，上次在路上抢粮食的那伙土匪和当地的乡民担心再有人劫粮，主动出来保护我们。"

洪柳沉思了片刻，抬起头来望着水中垂柳的倒影，缓缓地说："在许多人看来，做生意就是为了赚钱，忘记了诚信和仁义是为商之本，结果舍本逐末，失德寡信，到头来自己把自己的财路堵死了。"

"是啊，为富不仁，只能得一时之势。"韩吉庆颇有同感。

"可又有多少人迷在其中，见利忘义。"洪柳将一片树叶扔进水里，看着它慢慢地漂走了，起身与韩吉庆出了湖心岛。来到公园外面刚拐过一条街，一辆挂着膏药旗的囚车拉着刺耳的警笛从他们身旁呼啸而过，两个人不约而同地握紧了拳头朝城里走去。

一九三七年的春节郑春仁一家是在新建成的公馆度过的。按照郑春仁和梅雨的想法，公馆采用中西合璧设计建造而成，既有欧式的穹顶，又有淡黄色的中式外墙和精美的重檐雕花。齐玉萍挑不出什么来，梅雨也十分满意。待春暖花开种完了地，郑春仁和梅雨专门去了趟乡下把王金岫接了过来。刚开始的几天王金岫住着不习惯想回去，梅雨下了班回到家里便把听来的各种稀奇古怪的事添油加醋地说给老人听，对老人的生活起居更是照顾得无微不至。慢慢地王金岫便安下心来。

这天梅雨休息，见王金岫高兴，带着婆婆来到客厅："娘，这是壁炉，冬天用它取暖，屋里就不冷了。"王金岫用手摸着说："这可比在屋里放个火盆强多了。"梅雨又带着王金岫来到餐厅："娘，这是用餐的地方，这几天咱们一家子都在这里吃饭。"接着梅雨又带着王金岫来到书房："娘，这是'梅仁斋'，您儿子每天在这看书写字。"

不知道为什么，王金岫打心眼里喜欢这个刚过门的媳妇，觉得她聪明、懂事。王金岫这么多年一个人在乡下操持家务，跟儿子媳妇在一起过日子这还是头一次，来的这些天听梅雨一口一个娘地叫着，一早一晚给她端饭倒茶，让她觉得心里格外的舒坦。晚上郑春仁从公司回到家里，吃过饭，她拉过梅雨笑吟吟地对儿子说："春仁啊，梅雨这孩子懂事，孝顺。"

正在一旁带孩子的齐玉萍本来对梅雨进这个家门就窝着满肚子火，听婆婆说梅雨好，更是气不打一处来，站起身来脸上带着明显的不悦说："娘，我身子乏了，让梅雨陪您，我去楼上歇着了。"

郑春仁见她不高兴，拉过大伟说："你光顾着看孩子了，还没吃饭呢。"

齐玉萍没好气地说："我不饿！"说着"噔噔"地上楼去了。

王金岫接过梅雨给她倒的水放到桌子上，把郑春仁叫到跟前："你让玉萍下来，我有话跟她说。"

郑春仁只得上楼把齐玉萍又叫了下来。"娘，找我有事吗？"齐玉萍见王金岫的脸沉了下来，怯生生地问。王金岫拢拢头发，说：“玉萍，别以为娘眼睛看不见了，你就可以当着我的面使性子，我夸了梅雨几句你就受不了是不是？可我实话告诉你，梅雨就是比你强。”

“娘，我也没说什么啊。”

王金岫站起来：“明天你下来陪我，让梅雨去楼上住。”

齐玉萍心想，这个家是我一手操持起来的，凭什么事事都得让着她，心里不痛快，便忍不住争辩道：“娘，这个家是先有我还是先有她，现在这个家不还是我管着吗？我不搬。”

王金岫顿时脸色陡变，伸手抓起桌子上的茶杯扬起手来狠狠地摔在地上：“你好大的胆子，连我也敢顶撞了，今天我把话说明白了，你搬也得搬，不搬也得搬，这个家不能由着你的性子来。这是郑家的规矩。”

梅雨一时有些不知所措，没想到事情会闹到这个地步，后悔当初不该让齐玉萍从老房子搬过来，心想等娘走了再让齐玉萍过来也许就没这事了。她起身一面轻轻地给王金岫捶打着后背，一面劝说道：“娘，您别生气，大姐愿意在楼上住就随她吧，我不是已经跟您说好了吗，我在下边陪您。”

齐玉萍没想到王金岫会如此大动肝火，忙跪下身来：“娘，都是我不好，惹您生气了，我听您的搬下来就是了。”

王金岫缓和了一下口气，说：“梅雨刚过了门没几天，你不陪我，让梅雨陪我，说得过去吗？”

“娘，我知道了。”

梅雨过去把齐玉萍搀扶起来，齐玉萍转身上楼去了。郑春仁知道齐玉萍心里不好受，也跟着来到楼上，齐玉萍回到屋里一边收拾东西一边忍不住抽泣起来，郑春仁走过去抚摸着她的肩膀半天一句话也说不出来：“玉萍，我知道娘做得有些过分，不行，你就先搬回到老房子去住几天吧。”

齐玉萍听了，擦了擦眼泪，仰起脸来没好气地说：“你愿意去你去，我不去。实话告诉你，这个家不还是我说了算吗。我愿意走就走，不愿走谁也甭想把我从这个家里赶出去。”

郑春仁看着跟自己生活了多年的妻子，心想，这个人哪都好，就是书念得少，心眼小，遇事爱钻牛角尖：“看你，咋净往歪处想呢。”郑春仁不知道该怎样跟她解释。

齐玉萍叹了口气，抱怨道：“我知道娘看不上我，这么些年了，你也从心里没瞧得起我。自打我嫁到你们郑家我得到什么了，我操心费力地操持这个家，你们谁说过我一句好话，到头来还嫌弃我，跟我离婚。我还是那句话，死我也不离开这个家门，便宜了那个姓梅的。”

郑春仁拉过妻子：“好了，别怄气了，我帮你拿着东西咱们下楼吧。”齐玉萍白了郑春仁一眼，心说，等着瞧，早晚我要让你们娘俩知道我也不是白给的。

第五十三章

日升日落，八年过去了。一九四一年十二月的一天上午，鸡西警察局看守所两扇大铁门“咣当”打开了，两个端着枪的狱警从里面出来大声吆喝道：“都给我出来！”胡大力跟他十几个骨瘦如柴的弟兄从里面鱼贯走了出来。“滚吧！”

胡大力抬头看了看阴霾密布的天空，当确信被释放了，回过头去看了看那厚重的铁门和高高的围墙，挥了挥手说：“咱们走吧。”

十几个人漫无目的地来到大街上，杨乃光问：“胡大哥，咱们去哪儿？”胡大力茫然地摇了摇头。

大伙转来转去，实在走不动了，胡大力上前敲开了一家房门，从里面出来一个五十多岁的妇人。她抬头看了看胡大力：“你们找谁？”

“大妈，有吃的吗？”胡大力有气无力地说。

老妇人看他们饥肠辘辘的样子，忙不迭地说：“有，有，你们等着，我这就给你们去拿，看把孩子们饿的。”

她一边唠叨，一边从屋里拿出一个装干粮的篮子来，里面有十几个窝窝头。老妇人掀开篮子上盖的布，放在地上，又转身回到屋里，端来一大碗水：“吃吧。”

大伙不管不顾地抓起窝头吃起来。老妇人问：“听你们说话的口音不是本地人，咋饿成这样？”

胡大力声音嘶哑地说：“大妈，我们刚从大牢里出来。”

“你们这是去哪儿？”

胡大力想了想，说：“我们想找个煤窑，好歹混口饭吃再说。”

老妇人用手一指：“从这出去没多远就有一家煤窑，你们去那看看用人不？”

大伙吃了点干粮打起精神，按照老人指点的方向很快找到了那家小煤窑。一个四十多岁把头模样的人见来了一伙人，急忙从屋里出来厌恶地挥了挥手：“打哪来的一群叫花子。”

胡大力上前说：“我们是来挖煤的，不知道你这里缺不缺人手。”

他上下打量了打量胡大力和他身后的十几个人，撇着嘴说：“就你们一个个瘦得跟麻秆儿似的，还想下窑挖煤？我们这不缺人，走吧。”

胡大力央求道：“老板，我们是没吃饱饭饿的，干活都是好手。”说着晃了晃拳头。

“少废话，我不是说了吗，我这不缺人。”

胡大力摇了摇头：“唉，真是的。”十几个人只得无奈地离开了。只听身后那个人骂道：“妈的，哪来的饿死鬼，晦气！”

胡大力没有心思再去跟他理论，带着十几个人找到另一家煤窑。掌柜的是一个三十多岁的男人，长着一张大圆脸，见胡大力带着人进了院子，从屋里出来，不等胡大力说话，便挥动着手里的烟袋像轰苍蝇似的说：“快走，我这晌午可没剩饭。”

胡大力走过去躬了躬身子：“我们不是要饭的，我们是来下窑挖煤的。”

掌柜的不屑地瞧了瞧胡大力：“胡扯，也不撒泡尿照照你们那模样，一阵风都能刮跑了，还挖煤呢，哪凉快上哪歇着去吧。”

“掌柜的，我们是饿的，不会耽误干活。”

掌柜的不耐烦地摆了摆手：“我这还忙着呢，赶紧给我滚蛋。”

天眼看着黑了下来，胡大力带着十几个人好不容易又找到一座小煤窑。一个戴着眼镜的账房先生从屋里出来喝道：“站住，你们是干什么的？”

“我们想下井挖煤。”胡大力横下心来，这儿要是再不收留，就赖着不走了。

账房先生挨个看了看几个人，翻了翻眼皮说：“你们是从哪个坟包里钻出来的饿死鬼，是你养活我，还是我养活你，赶紧走。”

胡大力上前说：“留下我们吧，不给工钱我们也干，给口饭吃就行。”

账房用鼻子哼了哼：“少废话，你们要是再赖着不走，我就喊人了。”

胡大力伸出长满老茧的大手：“我们有的是力气，要是干不了，不用你撵，我们自己走。”

账房见胡大力带着人死皮赖脸地不想走，大声道：“来人哪！”闻声跑过来几个打手摸样的人，手里都拎着棒子。

胡大力一看也急了，挺了挺身子道：“你们不留我们也就算了，平白无故地咋还要打人。告诉你们，我们也不是好惹的，今天你们要是敢动我们一下，我们就跟你们拼了！”

账房怕把事情闹大惹来麻烦，缓和了一下口气说：“我这真不缺人，你们再到别的地方看看去吧。”

胡大力晃着头说："天黑了，我们哪也不去了，就赖在你这了。"

账房见胡大力摆出一副死缠烂打的样子，只好说："好吧，你们先去吃饭，吃了饭，赶紧下窑，我可告诉你们，一天要是挖不了五十筐煤，谁也别想要工钱。"

胡大力见他答应下来，松了一口气，说："你放心，我们一点不会少挖。"

账房回头喊过伙计黑子吩咐道："你先带他们去吃饭，吃了饭带他们几个下窑。"黑子答应一声，带着胡大力他们十几个人走了。

呼啸的北风卷起地上的煤屑扑打在身上，胡大力抹了一把被打得生疼的脸，望着黑乎乎的天空，心里一阵酸楚，他无论如何没想到会落到今天这个地步。

转眼在小煤窑里胡大力、杨乃光和他的十几个兄弟迎来了一九四二年的春节。淡淡的曙色中，胡大力和自己的十几个患难弟兄站在小煤窑的井口，听着远处传来的阵阵鞭炮声，想起远在千里之外的家乡和亲人，眼里不禁流出泪来。三小叹了一口气说："唉，过年了，他娘的也不让咱们歇一天，这帮家伙的心也忒黑了。"

杨乃光抬头望着依旧黑乎乎的天空，说："不知道我媳妇和孩子咋过年，来的时候说好了，等着我往家里寄钱，这可倒好，自己都强活。"

胡大力用拳头狠狠地砸在井壁上："杨晓东这个王八蛋把咱们坑苦了。"

几个人说着话下到十几米深的矿井里，一边吃力地挖着煤，一边回忆起过年时的往事。三小往筐里装了一铲子煤，说："记得小时候淘气，上树掏鸟窝，把娘过年给我做的新衣服剐破了，被我爸爸打了一顿，我就一赌气跑到一个山洞里，渴了就喝山泉水，饿了就吃野果子，可也没像现在这样，整天把人累个半死，连饭都吃不饱，这日子什么时候是个头啊。”

“胡大哥，我看咱不能再这么苦熬下去了，在这也是个死，回去也是个死。”杨乃光也不想干了。

胡大力沉吟了半晌，说：“等把这个月的工钱拿到手，咱们就回家。”

话还没说完，杨乃光头上突然哗哗地开始掉煤渣，胡大力大喊一声：“不好，快跑！”说着随手将杨乃光一把推开，这时大片的煤层从上面掉了下来，杨乃光边上的一个叫来福的小伙子半截身子顷刻之间就被埋了起来。

胡大力大喊一声：“快救人！”

几个人拼命用手把掉下来的煤扒开，将来福拉了出来。来福不停地呻吟着，咧着嘴说：“我的腿怕是折了，疼死我了。”

胡大力让三小和杨乃光将来福放到自己背上，一步步地向井口爬去。后面十几个人也跟着从井口里爬了出来。

这时外面早已天光大亮了，账房看胡大力背着一个人从井里上来，走过去瞧了瞧，说：“你们不挖煤，下去屁大点工夫咋就上来了？”

杨乃光没好气地说：“巷子顶上掉皮子，把我们的人砸了。”

账房低头看了看来福对胡大力说：“把他留下，你们回去干活去吧。”

胡大力直起身子说：“他的腿折了，给他找个郎中吧。”

账房瞥了胡大力一眼：“请郎中，说得倒轻巧，谁拿钱啊。”

“不行从我们的工钱里头扣吧，总不能看着人伤成这样不管吧。”

“好吧，把人放这儿，你们几个赶紧回去干活。要是耽误了挖煤，你们的工钱可就别想要了。”

胡大力上前一把揪住账房的衣襟：“我再说一遍，你赶紧去请个郎中！”十几个人也一块围了上来。

账房一看形势头不对，忙改口说：“好，好，你们把他抬回去吧，我这就去请郎中。”胡大力这才背起来福走了。回到四处漏风的工棚里，看着外面飘舞的雪花，听着此起彼伏的鞭炮声，十几个人呆呆地坐着。不知过了多长时间，直到账房领着郎中进来，胡大力才松了一口气，看着来福痛苦的样子，几个人一天也不想再干下去了。

眼瞅着再有几天就到了领工钱的日子，胡大力合计好了，钱一拿到手就走。一早下到井里，借着油灯昏暗的光亮，胡大力和杨乃光在掌子面有一搭没一搭地说着话。

杨乃光把铲子里的煤装到筐里，说：“来福的腿好歹没落下毛病。”

胡大力将煤筐朝前推了推，说：“我看再养几天就能下地了。”

“给了工钱咱们就走。”

“对，回去找那个杨晓东算账去。”胡大力咬牙切齿地说。

两个人把一筐煤装满了拉起来想往外走，一抬头，猛然发现一股汹涌的水流从边上的一个巷道里涌了过来。胡大力惊呼道：“不好，透水了，快跑！”边上正在低头干活的人听到喊声，慌忙扔下手里的箩筐，拼命朝高岗处爬去。

想不到水上来得太快了，杨乃光刚走了两步，脚下不知道被什么东西绊了一下，踉跄了两下，一下跌倒在水里。胡大力急忙伸出手想去拉住他，不料水流一眨眼就没过了杨乃光的头顶，胡大力一用力，身子侧歪了两下，险些没掉进水里。三小和后边的几个人死死地将他抱住，胡大力才挣扎着坐了起来。他拼命喊着杨乃光的名字，可除了哗哗的水流声，漆黑的巷道里一片死寂。胡大力急得呜呜大哭起来。

接下来胡大力病倒了。他躺在掌子面上发着高烧，不停地说着胡话：“快，把乃光拉上来，我要带他回家，我要带他回家。”三小拉着他的手不知如何是好：“胡大哥，你挺住啊，我们还都指望着你呢。”

不知道过了多久，饥饿和黑暗让人觉得生还的希望越来越渺茫。

“几天啦？”有人问。

“我估摸有三四天了。”

正当所有的人都陷入绝望时，不知道是谁用手往下摸了摸，惊喜地喊道：“水退了。”

又有几个人试着用脚探了探，发现水真的少多了。三小凑到胡大力耳边声音微弱地说：“胡大哥，水退了，我们有救了！”

胡大力从昏睡中醒来，慢慢地挣扎着坐了起来，说：“快走，咱们不能死在这儿。”

十几个人从掌子面下来，摸索着一点点向井口爬去。

已经三天了，胡大力带着人下到井里还没有上来，账房知道下面不是冒顶就是透水，肯定出事了。他让黑子找来人打算封井，没想到胡大力带着十几个人从井里又爬了上来。账房撇了撇嘴：“妈的，真是贱人命大，我以为你们早死了呢。”

黑子轻轻拽了一下账房的衣角，说：“给他们一口吃的吧，三四天了，这人要是死在这就麻烦了。”

账房先生瞅了瞅有气无力、面色蜡黄的胡大力，说：“好吧，你去给他们拿点吃的过来，省得死在这晦气。”

黑子转身到屋里端出几碗高粱米饭，又端来几碗水：“你们好几天没吃饭了，悠着点。”

胡大力让三小扶着他站起来说：“我们不干了，把工钱给我们吧。”

账房把眼珠子瞪得溜圆：“嘿，你说不干就不干了。”

“你拿我们不当人。”胡大力逼视着账房说。

“也好。”他转过身去，“黑子，把工钱给他们。”

黑子进屋，拿着一个口袋出来，交给胡大力。胡大力数了数，抬起头问账房：“怎么给这么一点？”

“你们他妈好几天没干活还嫌少。告诉你，这还是多给了，滚吧。”

“你们的心也太黑了，留着钱给你娘买棺材吧！”

胡大力带着十几个弟兄出了小煤窑，头也不回地走了。账房先生看十几个人走远了，掏出两块大洋放在嘴边上吹了吹：“妈的，要是再碰上几伙倒霉蛋，我可就发了。”

黑子看着他得意的样子心里骂了一句，真他妈缺德，扭头进屋去了。

胡大力带着十几个兄弟离开鸡西那家小煤窑，一路讨饭来到吉林扶余县城。进了城找了个破庙，几个人坐下来吃了点东西打算休息，第二天好接着赶路。刚躺下，三小又坐了起来，扒拉了一下胡大力：“胡大哥，咱们不是打算回去找杨晓东算账吗，这小子是协和会会长，咱们手里头连个家伙都没有哪行。”

胡大力一想也是。来福也坐了起来：“胡大哥，你记得不，咱们在鸡西货场干活的时候，搬运过好几回枪支弹药。”

胡大力从地上爬起来：“咋不记得，你是说咱们去弄几条枪？”

“对。”

商量来商量去，最后大伙决定去车站的货场碰碰运气。天黑后，胡大力带着弟兄们来到车站。远远地见货场仓库的门前有两个警察端着枪在站岗。胡大力不禁心中暗喜，知道没白来。他带着人躲在一边说：“待会儿我从后面的窗户里进去，你们在外面等着，东西到手后就赶紧跑，到庙里会合。”

几个人听了点了点头。午夜过后，十几个人猫着腰，来到仓库后面，胡大力踩着两个人的肩膀，从窗户跳了进去。这时，一个站岗的警察从前面转了过来，借着手电的光亮看到有几个人蹲在地上，哗啦拉开枪栓，厉声喝道：“干什么的？”

几个人站起来想跑。警察吹响了哨子。三四个警察闻声端着枪从前面转了过来。胡大力听到外面有动静，从窗户里刚一露头，被一个警察发现了，抬手“啪”地就是一枪：“快，别让这小子跑了。”两个警察端着枪冲进库房，不一会儿把胡大力也押了过来。

一个留着小胡子的警察问：“你们是哪来的要饭花子，真是胆大包天，这是军火仓库知道不知道？”

“我们哪知道这里头有啥，我们就是想弄些东西换点钱回家。”胡大力想蒙混过去尽早脱身。

“少废话，走！”几个警察不管三七二十一将十几个人捆上押走了。

第五十四章

一九四五年八月的一天下午，乌云密布的天空露出一丝缝隙，一缕阳光照在扶余县城看守所的高墙上。大门“哗啦”打开了，胡大力和他的十几个弟兄从里面走了出来。

一个狱警抽了抽鼻子，挥着手说：“算你们几个小子捡着，小鬼子完蛋了，要不，你们一个也活不了。”

胡大力听了愣住了，回过头来眼睛一眨不眨地盯着那个狱警：“你是说小鬼子完蛋啦？”

“是啊，完蛋了。”

胡大力将信将疑地带着十几个人来到街上，发现到处都是人，有的敲锣打鼓扭着大秧歌，有的举着小旗在燃放鞭炮。胡大力拉住身边一个五十多岁的男人问：“大哥，说是小鬼子垮台啦？”

那个男人兴奋地挥舞着手里的小旗：“你还不知道啊？日本鬼子投降了。”

胡大力禁不住悲喜交加，与大伙抱在一起呜呜哭作一团。过了好一会儿，胡大力冲着鸡西的方向跪在地下，喃喃地说：“乃光，我的好兄弟，你听到了吧，日本鬼子投降了，你放心，我回去一定找杨晓东那个王八蛋算账！”

半个多月后，衣衫褴褛、面黄肌瘦的胡大力带着十几个弟兄一路跋山涉水、忍饥挨饿、风餐露宿，终于回到了久别的家乡。胡大力来到野狼窝村口已是黄昏了，看着那一间间熟悉的茅草房，胡大力再也忍不住了，捂着脸哭了起来。三小趴在地上“咚咚咚”磕了三个头，声音颤抖地说：“娘，儿子回来了！”

回毅媳妇做好了饭和王金岫正在吃饭，就听有人咚咚地敲门。“大嫂，有人来了，我去看看。”回毅媳妇放下饭碗来到院子里，打开门见外面站着一个面容憔悴、衣衫褴褛、胡子拉碴的人。问：“你找谁？”

“大婶子，你不认得我了。我是胡大力啊。”

回毅媳妇又上下打量了半天，真是大力呀。她又惊又喜，拉着胡大力来到上房：“大嫂，大力回来了！”

王金岫从炕上下来，上前一把拉住胡大力的手：“大力，我不是做梦吧。”说着眼睛湿润了。

“舅妈，是我。”

王金岫上上下下在胡大力身上摩挲了半天，心疼地说：“唉，咋瘦成这样了，这些年你是咋熬过来的？”

“唉，别提了，要不是命大，早死在外头了。”胡大力一肚子话一时不知从何说起。

王金岫带着歉疚说：“让你受苦了。”她吩咐回毅媳妇，“你去打点水让大力洗洗，再去找几件你大哥的衣服让大力换上。”

待胡大力洗了脸换上衣服，王金岫拉他坐在炕头上，回毅媳妇给他盛上饭，可胡大力一口也吃不下去，想起死在小煤窑里的杨乃光，想起自己在货场被王把头打得头破血流，想起鸡西看守所那阴暗、潮湿臭气熏天的牢房，像是做了一场噩梦。王金岫劝说道：“别合计那些过去的事了，这些年你为了我们郑家在外头吃苦受罪，我和你舅舅早就商量好了，等你回来把村西头的十垧地给你，把这个家也交给你管。”

胡大力叹了口气，沉默了半晌，看着王金岫说：“舅妈，我压根也没想能活着回来，我替春礼出这个劳工也没想图什么，要不是上了杨晓东那个王八蛋的当，我们咋能遭这么多罪，我说啥也要跟他算这笔账。”

王金岫知道胡大力心里这道坎一时半会儿过不去：“依我看，老天有眼，让你活着回来了比啥都强，冤家宜解不宜结，你找他算账，他还有三个儿子，要是回过头再来找你的麻烦，什么时候是个头呢。他做了这么大的孽，人不报，老天爷也饶不了他。”

胡大力一拍桌子，咬牙切齿地说：“舅妈，我不能就这么便宜了杨晓东这个混蛋，他把我们害惨了，跟我一块去的两个弟兄都死在了外头。”

王金岫轻轻摇了摇头：“明天收拾收拾就搬过来住吧。”

胡大力一个人过日子，也没什么家当，回去收拾了一下，第二天便搬了过来。从此，王金岫便把家里家外一应大事小情都交给了回毅媳妇和胡大力，打算去城里郑春仁那里再住些日子。

郑春仁和梅雨把王金岫接来的第二天早晨，郑春仁一到公司，伙计送来一封电报。郑春仁打开一看，是郑春江从南京发来的急电，电文只有简单的三个字：“速来宁。”

晚上回到家里吃过饭，郑春仁对梅雨和齐玉萍说："光复后兵痞横行，盗贼四起，搅得人心惶惶，这些日子市面上一直不安定，有好几家商户被抢劫一空。我明天和吉庆去趟南京，要四五天才能回来，让伙计加点小心，没有什么要紧的事，你们也不要出去了。"

齐玉萍整天守在家里，对外面发生的事一无所知，梅雨耳朵里却灌满了各种让人心惊肉跳的传闻。昨天她回来的路上，见到一家商行门前停着警车，门口站着好几个警察，不一会儿，从里面抬出几具尸首，说是几个兵痞入室抢劫，伙计全部遇害。

送走了郑春仁，梅雨不得不格外小心，每天早晨出门的时候都要再三叮嘱门房多加提防。

郑春仁走后的第三天晚上，梅雨回到家里，见王金岫坐在客厅里喝茶，齐玉萍哄着大伟玩耍，跟王金岫打过招呼脱了衣服准备做饭，这时齐玉萍冲她招招手说："你先到我屋里来一下，进了屋齐玉萍关上门，说："有个事你帮我拿个主意。"

"啥事？"梅雨见齐玉萍神色不安的样子，不知道她要说什么。

"春仁走的时候不是说市面上不安定吗，我这心里像有十五只吊桶打水，老是七上八下的。你知道吗，咱家的大铁柜子里，还放着好几百根金条呢。"

梅雨听了，眼前又浮现出那天在街上看到商户被抢的情形，心有余悸地说："那可得放好了。"

"晚上睡不着觉，我想来想去，外面乱哄哄的，在柜子里明晃晃地放着那么多金条，心里老是不踏实。"

"那怎么办？"梅雨一时不知如何是好。

齐玉萍压低声音说："在盖房子的时候，我让人在后院埋了两口专门预备藏东西的大缸，我想把这些金条都藏到缸里。”

“这怕是不行吧，要是万一被人发现了怎么办，我看还不如放在保险柜里稳妥呢。”梅雨觉得这不是个办法。

齐玉萍却胸有成竹地说：“把金条放进去再往缸里倒上熗好的猪油，万一被人发现了，还以为是做菜用的荤油呢。谁也不会想到里面藏着东西。”

梅雨想了想，觉得这个办法可行。齐玉萍见梅雨同意了，说：“我可把丑话说在前头，你得给我做个见证，要不万一缺了少了，我浑身是嘴也说不清了。”

没想到齐玉萍早已把猪油都熗出来了，当天夜里和梅雨两个人将金条从保险柜里取出来在缸里放好，把荤油倒进缸里，上面又用油布严严实实地封好。梅雨起身围着大缸转了两圈，看不出一点破绽，点点头问：“姐姐是怎么想到这个法子的？”

“我小的时候闹胡子，我娘就是用这个法子把大洋藏到缸里，胡子愣是没发现。”

梅雨见都收拾好了，提起汽灯擦了擦手，放心地回楼上歇息了。

郑春仁到了南京一下火车，郑春江已经在车站的月台上等他了。来到下关那座熟悉的院子里，郑春仁见很多地方已经面目全非了。那座西式凉亭毁于炮火，只剩下了几个孤零零的石凳，草坪上被炮弹炸出的两个弹坑，好像刚刚填好，掩映在一片衰草之中。原本高大茂密的梧桐树仅剩下光秃秃的树干兀立在冷风中。他跟着郑春江来到一间四面没有窗户的屋子里，还没来得及坐下，戴钧峒就开门从外面迈着大步走了进来。他上前跟郑春仁热情地握手寒暄后说：“你都看到了吧，南京在抗战时期遭到了日军的多次轰炸。战争从来都是不人道的，带来的后果也是灾难性的。”

郑春仁看着墙上蒋介石的大幅戎装画像说："要是没有战争该多好。"

戴钧峒示意郑春仁和郑春江坐下，说："你的想法太幼稚了，战争是不以你我的意志为转移的，我这次让你来南京，就是想告诉你，一场内战已不可避免。"

郑春仁沉默了半晌，说："既然战争造成了这么大的灾难，为什么还要打仗？"

戴钧峒从怀里掏出一盒雪茄烟，从里面抽出一支，划火点燃，用力吸了一口，说："你应该知道，这件事不是你我能说了算的，我们唯有听命而已。"

"内战真的会爆发吗？"郑春仁对战争充满了厌恶。

"据我们掌握的情报，日本投降后，中共已经决定要占领东北。"戴钧峒坐直了身子说。

"要我来做什么？"

"你的任务是密切注意中共军队进入东北后的动向，多方搜集共党部队在东北兵力部署方面的情报。"

郑春仁心里像被塞进一块沉甸甸的石头。他侧过身子对戴钧峒说："恕我直言，作为商人，我不想卷入这场战争，你恐怕比我更清楚，战事一起，不但生灵涂炭，又有多少财产将毁于一旦。"

戴钧峒面色冷峻地说："战争从来都是政治的一种极端手段，你应该知道，政治向来是没有仁慈可言的，南京政府这次接收东北并不顺利，委员长这次专门把我找去，非常看重我们提供的情报，你切不可掉以轻心。"

一种进退两难的感觉让郑春仁如坐针毡。戴钧峒吸了一口烟，说："这次让你来，还有一项新的任务。目前我们已经有两个军从秦皇岛登陆，在占领了山海关和锦州后，正在向纵深推进，需要你为我们已经进入东北地区的部队提供粮食。"郑春仁觉得心里那块石头压得他喘不过气来。只听戴钧峒继续说：“目前东北的局势还不明朗，但根据我的经验判断，共党很可能会找你的麻烦，他们同样需要大批的粮食和各种物资，所以你不要忘了，恒通贸易公司是南京政府开办的，你必须无条件服从我们的命令，不能轻易听信共党蛊惑。我想你是个明白人，不会不知道你和你的家人已经在我们的掌控之中，你要是不服从命令，私下跟共党往来，可别怪我不讲交情。”

“你放心，我不会拿自己的身家性命开玩笑。”郑春仁觉得像是被推到了悬崖边上，随时都可能掉进万丈深渊摔得粉身碎骨。

戴钧峒笑了笑，用手拍了拍郑春仁的肩膀：“你要知道，这些年你一直在为我们工作，提供了很多有价值的情报，即使你投靠了共党，他们也不会轻易相信你的。况且，你一旦背叛我们，我们会想办法把你为我们工作的全部秘密交给共党，我想他们是不会放过你的，明白吗？”

郑春仁听了不由得打了个冷战。戴钧峒将大半截雪茄使劲在烟缸里捻灭：“好，让你堂哥先带你去吃饭，晚上我请你去听戏，梅兰芳的《贵妃醉酒》。”

郑春仁看戴钧峒站起来开门出去了，呆呆地站了好一会儿，心想，要是能远离这个世界，一个人躲进深山老林里不出来了该多好。

齐玉萍天一黑就躺下了，夜半时分她摸着黑从床上爬起来侧耳听了听，知道王金岫已经睡熟了。于是蹑手蹑脚地拿起早已准备好的一把长柄笊篱悄悄来到后院，打开了院门，轻轻拍了几下巴掌。

不大一会儿，一个男人牵着一头毛驴从暗处走了出来，进了院子低声问：“东西在哪儿呢？”

“跟我来。”两个人来到院里埋缸的地方，齐玉萍悄声说：“趁你姐夫出门了，赶紧把东西拿走。”

那个男人犹豫了片刻："要是让姐夫知道了咋办？"

"你姐夫外头的正事还忙不过来呢，哪有心思管家里的这些闲事。"

说着，齐玉萍麻利地打开蒙在缸上的油布，那个人拿过齐玉萍手里的笊篱，将放在大缸里面的金条一根根地捞上来装到袋子里。齐玉萍见缸里的金条都捞尽了，帮着他将袋子搭在驴背上，又回过身来将油布原封不动地蒙好，走过去打开后门将娘家弟弟送了出去。那个人一声不响地牵着毛驴走了。齐玉萍关上门，长长地出了一口气，轻手轻脚地回到自己的房里。心想，离婚？想得美，让我两手攥空拳离开这个家，做梦去吧。这些金条我不拿，也早晚便宜了那个姓梅的。她和衣躺在床上，心里有一种说不出的痛快，搂着儿子不大一会儿便睡着了。

第二天早晨吃过饭，梅雨上班走了，齐玉萍抱着大伟来跟王金岫辞行："娘，我快俩月没回娘家了，这两天赶上春仁不在家，我想带着大伟看看我娘去。"

"去吧，家里有梅雨呢，回去多住几天，替我问你娘好。"

"知道了。"说完齐玉萍抱着孩子走了。

让王金岫无论如何没有料到的是，齐玉萍因为跟她怄气，做了一件让她意想不到的事。

齐玉萍走后，王金岫一个人在家梅雨放心不下，第二天早早地回到家里。一进门见王金岫正摸索着收拾屋子，忙抢过来说："娘，您歇着，我来。"王金岫拉过梅雨的手问："今天怎么这么早就回来了？"

梅雨笑吟吟地说："娘，大姐走了，您一个人在家我不放心。"

待梅雨换过衣服，王金岫拉着她坐到沙发上，说："多一个人就添不少事，一晃儿我在你这住了一个多月了，家里回毅媳妇一个人也忙不过来，我打算再待几天就回去了。"

“娘，再多住些日子吧，家里不是还有大力吗，急啥？”

“在乡下住惯了，在你这太板身子，等有空了我再过来。”

梅雨见王金岫执意要走，说：“听娘的。”说完换上衣服要去做饭，“娘，今儿个我给你做几道我的拿手菜，让你尝尝我的手艺。”

王金岫听了若有所思地站起来，说：“梅雨啊，你一说做菜我想起来了，我问你，头两天你大姐鼓鼓捣捣的㸌那么多荤油干啥？”

“娘，我正想跟您说这个事呢，大姐见城里到处都乱哄哄的，怕放在柜子里的金条被人抢了，都藏到后院缸里了。”

王金岫沉吟了一下：“放到后院缸里啦？”

“是啊，也亏大姐能想得出来，把金条放进去，再把㸌好的猪油倒进去，要是没人说，谁也想不到里头藏着东西。”

王金岫的脸上开始渐渐有了愠色。梅雨见王金岫脸色变了，以为自己说错了什么：“娘，怎么啦？是我跟大姐两个人一块弄的，您要是说不行，我和大姐就把金条再拿出来锁到柜子里。”

“傻孩子，你让人家给糊弄了。”

梅雨惊愕地睁大了眼睛，以为自己听错了。王金岫拉着梅雨说：“你去拿个笊篱来，看看你放进去的金条还在不在。”

梅雨将信将疑地去厨房拿了笊篱过来，搀扶着王金岫来到后院大缸跟前。王金岫断然地说：“你把缸打开。”

梅雨把蒙在缸上的油布解开，仔细地看了看，没发现有什么异样：“娘，缸里的东西没人动过。”

王金岫俯身把油布拉到一边，说：“傻丫头，你看看，金条还在不在。”

梅雨半信半疑地将笊篱伸进去，搅动了半天，吃惊地发现，缸里面除了软兮兮的荤油，她眼看着齐玉萍放进去的金条一根也没有了，不禁大惊失色，连声道：“不可能啊，大姐不会干这种事呀。”

“傻孩子，你知道吗，自打你进了这个门，玉萍就不高兴，我让她从楼上搬下来她心里就更不痛快，我又说了她两句，她一定是怕这个家容不下她，有一天把家产都给了你，就想了这么个法子，偷着把金条都倒腾走了。”

“娘，这不怪了吗？我明明看到缸里的油一点也没有被人动过的痕迹，大姐怎么就神不知鬼不觉地把金条都弄走了呢？”

王金岫让梅雨把缸盖上，说：“你啊，书读多了，反倒看事想事太简单了，她使的这叫障眼法。你合计合计，她既然能把金条放进去在上面倒上荤油，怎么就不能把金条拿走后，照原样重新再来一次呢。她这么一弄，从表面根本看不出破绽来。”

梅雨摇了摇头：“这我可没想到。”

王金岫琢磨了一会儿，说：“那天你上班走了以后，玉萍一直鼓鼓捣捣的，忙了大半天，我闻着厨房里有一股子腥膻味，问她，她说是张嫂熗点荤油留着冬天做菜用。”

梅雨一想齐玉萍也不容易，在气头上做出这种事情有可原：“娘，大姐这也是一时糊涂，您千万别生她的气。”

王金岫轻轻叹了一口气：“唉，看来我真的该回去了。”

梅雨劝说道：“娘，等大姐回来把事情问个清楚也就算了，您再多住些日子吧。”

王金岫摇了摇头：“我要是再住下去，这个家就非乱套不可。”

“娘，看您说的。”

“我说的是实话，走，进屋吧。”两个人回到屋里，梅雨去厨房做饭，王金岫开始收拾东西，想等儿子回来就回乡下去。

从南京开往北平的列车在满目疮痍的大地上慢腾腾地行驶着，车轮碾轧铁轨发出的声响单调乏味。郑春仁一直默不作声地看着不时从窗外掠过的村庄和田野发呆，韩吉庆知道他在想心事，也不便多问。

列车过了黄河，窗外的景色更加萧条了，郑春仁慢慢地转过身来，看着韩吉庆欲言又止，过了一会儿，说："吉庆，我想问你个问题。你知道共产党是怎么回事吗？"韩吉庆点了点头，没有说话。

"春礼走了这么多年，一直没有消息，前两天娘才告诉我说，他在南方参加了共产党。这次我来南京，听说共产党的部队已经到了东北。"

韩吉庆知道郑春仁一定是有事瞒着自己："大哥，过去我对共产党也知之甚少，只是从报纸上知道他们在南方的一些省份组织农民打土豪分田地，后来我看了共产党出版的一些刊物，才渐渐地对共产党有了一些了解。"

郑春仁听了非常感兴趣："那你说说看。"

"共产党提出的主张是为了让大多数的劳苦大众都过上好日子。"

郑春仁若有所思地将目光移向窗外，缓缓地说："可南京国民政府却置民众于水火而不顾。"

韩吉庆压低了声音说："蒋介石的南京政府早已背叛了孙中山的三民主义，与大地主、大资本家相互勾结，贪污腐败，为了自己的一己私利，不顾人民死活，跟共产党的主张形成了鲜明的对比。"

郑春仁沉思了一会儿："你说得有道理，远的不说，南京政府在抗战期间，就不顾广大人民的强烈反对，实行攘外必先安内的错误政策，现在抗战胜利了，他们不顾生灵涂炭又要发动内战。"

"大哥，我觉得什么样的政党，坚持什么样的主义都不重要，关键要看他是为谁谋利益。共产党的主张是让耕者有其田，消灭剥削，推翻地主、资本家的压迫，让广大的民众有衣穿，有饭吃，把为大多数民众谋利益作为自己的行动纲领，所以我认为共产党是顺民心、得民意的，你说呢？”

“一个政府如果丢掉了民众，迟早会垮掉，我看南京政府如不尽早改弦易辙，是没有前途的。”郑春仁看着窗外一个个颓败荒芜的村庄说。

“大哥，你不该再一味地听任南京政府的摆布了。”

郑春仁沉默了半晌，说：“这件事我还没有想好，等回去再说吧。”

郑春仁从座位上站起，活动了活动坐得有些僵硬的身子，说：“吉庆，我还没来得及问你呢，你和洪柳准备好了没有，什么时候办喜事，请我喝你们的喜酒。”

“其实也没什么好准备的，洪柳打算买一处房子，前些日子找了几处，不是太大就是太小，都没有相中。”

“唉，还买什么房子，回去把我那套老房子给你，你和洪柳赶紧把喜事办了，别再拖了。”

韩吉庆摆着手说：“大哥，那怎么行。”

郑春仁坐下来，带着不容争辩的口气说：“吉庆，你我一个头磕到地上就是亲兄弟，还分什么你的我的，这套房子就当大哥送你的结婚礼物了，你收也得收，不收也得收。回去我找人把房子里外粉刷一下，屋子的家具你要是不喜欢，再买新的，钱我来出。”

“大哥，等回去我跟洪柳商量商量再说吧。”

“还商量什么，回去我去找洪柳。”郑春仁不想听韩吉庆再解释什么，掏出怀表看了看，再有几个小时就要到北平了，觉得有些乏了，靠在椅子上闭上眼睛，不一会儿便不知不觉地睡着了。

因为火车晚点，郑春仁回到家里天已经黑了。齐玉萍也是下晌刚从娘家回来，一边哄着大伟玩，一边抬起头来问郑春仁：“还没吃饭吧，我让厨房给你做点吃的去。”

郑春仁摆了摆手：“不用了，我和吉庆在路上吃过了。”郑春仁蹲下身抱起在地上玩耍的儿子，“想爸爸了没有？”

“想了。”看着儿子乖巧的样子，郑春仁笑着从兜里掏出几块糖：“你看这是什么？”大伟伸出手来把糖拿到手里，郑春仁在儿子的脸蛋上亲了一下，孩子高兴地跑到一边玩耍去了。

郑春仁来到王金岫身边，坐下问：“娘，您住得还习惯吧？”

“我来的日子不短了，打算明天就回去。”

“娘，你好不容易来一趟，干吗急着走？”

“家里要割地打场了，再说，我在这住长了，惹得人家不高兴，何苦呢。”

郑春仁听王金岫话里有话：“娘，咋啦？”

王金岫脸色一沉：“你问问玉萍吧。”

郑春仁转过身去看着齐玉萍：“你咋惹娘生气了。”

齐玉萍却若无其事地说：“我可没惹娘生气。再说，你前脚走，我随后就回娘家了。”

郑春仁知道王金岫不会无缘无故地发火，俯下身子：“娘，玉萍怎么惹你生气啦？”

王金岫沉下脸道：“玉萍，我问你个事，你跟我说实话，我不怪你，你要是不说实话，我可饶不了你。”齐玉萍听了一愣。

“你把缸里的金条都捣腾到哪去啦？”王金岫不想绕弯子。

郑春仁瞅着齐玉萍：“金条不是放在保险柜里吗？”

“我怕不保靠，就跟梅雨把金条都放到后院缸里了。”

王金岫打断齐玉萍的话，说：“放在缸里不假，我去看了，缸里怎么是空的呢？”

齐玉萍心里一惊，转念一想，不会这么快就露馅了吧。于是很快镇定下来：“那天是我跟梅雨一块放进去的，不信你问梅雨。”

王金岫眉梢倒竖，一拍桌子：“你好大的胆子，把金条偷着拿走了又不承认，我告诉你，我已经跟梅雨去查看过了，你要是再不说实话，就永远别再进这个家门！”

齐玉萍仍不死心，瞅着梅雨：“你倒是说话啊。”

梅雨见王金岫把事情挑明了，没办法再替齐玉萍隐瞒了，说：“大姐，你回娘家的那天晚上，我跟娘去后院看过了，缸里就剩下荤油了。”

郑春仁听了十分生气：“玉萍，你捣的什么鬼！”

齐玉萍没想到，自己费了半天心思本想瞒天过海，却一夜之间就被婆婆识破了，不由得身子一软跪在王金岫面前：“娘，您别生气，事是我做的。”

“你想没想过，这事要是传出去，郑家的脸可就让你丢尽了。”

齐玉萍趴在地上磕了一个头，哽咽着说道：“娘，你不知道这些年我心里有多苦。自打过了门，春仁就黑眼白眼地看不上我，说我们之间没有感情，说话说不到一块，想事想不到一块，说我没文化。我是没念过几天书，可乡下的女人又有几个进过学堂？我寻思，千年的媳妇熬成婆，既然进了郑家的门，活是郑家的人，死是郑家的鬼，哪个女人不是这么过来的，忍着吧。

“哪承想，有了大伟春仁刚对我好一点，梅雨就进了这个家。说实话，我知道我配不上春仁，可还是打心眼儿里不愿意春仁找这个媳妇，我背地里哭过，骂过，恨过，到头来也只能把苦水咽到肚子里。梅雨过门后，我好几天睡不着觉，梅雨有文化，会疼人，跟春仁到一块就有唠不完的嗑、说不完的话，我整天提心吊胆，生怕我在这个家里待不下去，可我一个乡下女人，又想不出什么更好的法子，只有更用心地去操持这个家。

“没想到娘来了，张口闭口地说梅雨好，不管咋说，我也是个女人啊，我知道梅雨读的书多，讨娘的喜欢，娘看我不顺眼，春仁又总想着要跟我离婚，就更害怕说不上哪一天这个家就交给梅雨了。我思前想后，心里老是酸溜溜的，寻思要是再不下手，说不上什么时候这个家就给了梅雨，我什么也捞不着了，累了这么些年，到时候竹篮子打水——一场空。夜里睡不着觉，我不知道怎么就想起了在家里的时候，看到我娘在坛子里放上荤油，把大洋藏到里面，土匪翻了个遍，末了一块大洋也没拿走。就叫上梅雨，照着我娘的法子，把金条放到了缸里，里面倒上荤油封起来。我以为这件事就我跟梅雨两个人知道，就让我娘家弟弟在夜里用毛驴把金条偷着都送到我娘家去了。说实话，长这么大，我还是头一次做这种偷偷摸摸的事，心里没底，别提多害怕了，就找了个借口回了娘家。我娘听我说了这件事，狠狠地骂了我一顿，说啥让我弟弟一半天把金条给送回来。娘今天晚上要是不问，我已经打算明后天把金条拿回来，原封不动放回去。哪承想啥事也瞒不过娘，娘，我知道错了，您别跟我一般见识，看在我这么多年伺候春仁，操持这个家的分上，看在我舅舅的情面上，饶过我这一回吧。”

王金岫沉默了半晌，轻轻叹了一口气，说：“唉，你起来吧，娘听明白了，你知道错了娘不怪你，你和春仁的亲事也是娘想得太简单了。你们都听着，从今往后，谁也不许再提这件事了，娘有做得不对的地方，你也别往心里去，你既然不想离开这个家今后就好好跟春仁过日子吧。”

梅雨上前把齐玉萍搀扶起来：“大姐，话都说开了，起来吧。”

郑春仁也心存愧疚地说：“我知道玉萍这些年过得苦，都怪我不好。既然把事说明白了，今天晚上当着娘的面我再说一遍，从今往后离婚的事就不提了，这个家到什么时候都归你管，你放心，没有人会撵你走的。”

梅雨也诚心诚意地说：“大姐，这个家缺了你还真不行，一是局里的事就够我忙的了，再说我从小念书，对持家理财过日子一窍不通。”

齐玉萍重新跪下磕了一个头，说：“娘，您放心，从今往后，我不会再干这种傻事了，把这个家管好，抚养孩子成人。娘非要走，我就送娘先回去，反正路也不远；娘要是愿意来，我再去接娘过来。”

“娘是过来人，知道你操持这个家不容易，时候不早了，春仁坐了两天的火车，你们早点歇着吧，我也累了。”

王金岫站起来，梅雨扶着王金岫回房里歇息去了。

眨眼郑春仁从南京回来已经三四天了，夜里躺在床上辗转反侧，一闭眼就做噩梦。梅雨知道他心里有事。这天看郑春仁又是一夜没合眼，梅雨实在忍不住了，披上衣服坐起来柔声问：“你哪不舒服？”

郑春仁摇了摇头：“没事。”

“是不是娘走了你心里不痛快，不行咱再把娘接回来。”

郑春仁翻身起来，搂过梅雨，忧心忡忡没头没脑地说：“我真的怕失去你，失去这个家。”

梅雨看着郑春仁失魂落魄的样子：“看你说的，遇到什么想不开的事情了，能不能说给我听听？”

郑春仁抚摸着梅雨的手说：“回来后我一直想跟你说说这件事，每次回到家看到你，我又担心说出来让你跟着我担惊受怕。”

“有什么大不了的事，告诉我也好帮你拿个主意。”

“唉，你知道吗，又要打仗了。”

“我已经听说了，国民政府和共产党在抗战胜利后，都争先想要占领东北的地盘，国共之间的一场内战看来已不可避免。”

郑春仁心事重重地说：“这次去南京，他们让我给进入东北的国民党部队提供粮食，我思之再三，进退两难。”

“恒通贸易公司是南京政府开办的，你为他们的军队提供粮食是情理之中的事，他们的要求并不过分。”

“可你知道，南京政府早已丧失了民心，这次在回来的路上，听吉庆说起共产党，我认为他们的主张深得民心，所以，我打算为共产党做点力所能及的事。”

梅雨不无担忧地说：“南京方面能答应吗？”

“是啊，南京方面已经有话在先，说我一旦与共党勾结，触犯组织纪律，我们全家性命难保。”

梅雨沉吟了一会儿，说：“政治是不讲人性的，这些人心狠手辣，什么事都干得出来。”

“所以，我苦思冥想拿不定主意。”

“我看这件事你明天最好去问问表姐。”

郑春仁思忖了一会儿，说：“好吧。”

梅雨拉着郑春仁重新躺下，轻轻给他盖上被子，说：“再睡会儿吧。”郑春仁依偎着梅雨不知不觉睡着了。

其实郑春仁从南京回来，就一直想找洪柳聊聊，转念一想，洪柳来公司这么些年了，一直对自己十分敬重，要是让她知道自己的特务身份，这张脸还往哪儿放，一连多日苦思冥想，一筹莫展。梅雨跟洪柳打交道时间长了，觉得表姐身上有一种让她捉摸不透的东西，而且她发现洪柳看问题总是入木三分，于是想让郑春仁找洪柳给拿个主意。无路可走的郑春仁无奈之下决定豁出脸面，把这件难心事和盘托出，看看洪柳怎么说。

第二天上午，他到了公司便吩咐伙计将洪柳叫了上来。待看到洪柳开门进来，郑春仁又觉得脸上火辣辣的，话不知从何说起，低着头，一时有些手足无措。

洪柳见郑春仁眼睛里布满了血丝，问："郑老板没有睡好吧？"

郑春仁红着脸半晌没有说话。洪柳早已从韩吉庆嘴里知道郑春仁从南京领受了特殊的任务。自打进了这家公司，她还是第一次看到郑春仁这副魂不守舍的样子，她给郑春仁倒了一杯水，轻声说道："你不说，我也看出来了，这两天你总是一个人站在窗前发呆，有什么心事，说出来，何必跟自己过不去呢。"

郑春仁这才抬起头来，见洪柳的目光里充满了期待，遂拿过毛巾擦了一把脸，说："你知道吗？南京方面这次找我过去，是让我搜集共产党部队进入东北后兵力部署的情报，并让我给进入东北的国民党部队提供粮食。在回来的路上，听吉庆说起共产党为民众谋利益的主张，我从内心不想为一个腐败的政府提供帮助，可身家性命系于一身，权衡再三，不知如何是好。"

洪柳扬起眉毛，道："郑老板，有个问题我想先问问你。"

"哦，什么问题？不妨直说。"

"我来公司多年，吉庆又是你拜把子兄弟，你觉得我们两个人怎么样？"

郑春仁莫名其妙地看着洪柳，不知道洪柳问这话是什么意思。"这还用问吗？你为人正直，虑事周到细致，为公司的经营运作殚精竭虑，我早已视你为股肱总管。吉庆救过我的命，与我生死相交，情同手足。"

洪柳沉吟片刻道："你知道吗，我俩都是共产党。"

郑春仁闻听一时愣住了，手一抖，水洒了一桌子："你俩都是共产党？”

洪柳点了点头。郑春仁站起身，激动得在地上走了几步，停下来说：“我对共产党知之甚少，可共产党要是都像你和吉庆这样，那我还有什么可瞻前顾后的，就是把身家性命搭上我也心甘情愿。”

洪柳拿过抹布将桌子上的水擦干净，说：“郑老板，这几天从你的反常举止中我已经看出来了，南京方面一定是给你施加了什么压力，让你举棋难定。我觉得你的顾虑和担心是必要的，但请你放心，共产党做事一向重情义，对朋友的难处不会坐视不管，你如果弃暗投明，我们一定会设法保护你和你家人的安全。”

郑春仁悬着多日的一颗心终于放了下来：“看来我的担心是多余的了。”

洪柳点点头说：“是的，抗战胜利后，以蒋介石为首的国民党政府在美国的援助下，向东北大举运兵，企图消灭中共领导的人民革命力量，独占东北。为打破国民党的企图，中共中央依据‘向北发展，向南防御’的战略方针，在很短的时间内，就从关内各解放区抽调了一批部队和干部挺进东北，会同东北原有武装执行发展东北的战略任务。目前已经组成了东北人民自治军，各部队到达东北后，一面阻击国民党军的进攻，一面着手发动群众，清剿土匪，组织和发展地方武装。目前已经陆续成立了锦热、辽宁、辽东、辽西、辽北等十个军区。我希望你能顺应时局的发展，为我党、为百姓做一些有益的事。”

郑春仁毫不犹豫地说：“你放心，我一定会尽我所能。”

洪柳望着窗外一株株挺拔的白杨树，转过身来说：“郑老板放心，我会把你现在的处境向上级汇报，我想你一定会清楚，大军未动，粮草先行，我们的部队进入东北后，也非常需要粮食。”

郑春仁站起来，说：“你放心，有你和吉庆在，我就是豁出命去，也要把咱们部队需要的粮食送过去。”

洪柳上前握住郑春仁的手，说：“郑老板，历史的车轮滚滚向前，我们唯有顺应历史的潮流，才有光明的出路。”郑春仁看着洪柳用力点了点头。

第五十五章

自打一九三四年冬进了黑风山，郑春义和关明杰便一心扑在练兵上。一九三五年，郑春义、关明杰、胡进在韩吉庆的动员下率部参加了抗日义勇军。一九三七年，转入东北抗日联军，在东北广阔的原野上同奋战在白山黑水之间的抗联战士一道，以血肉之躯与日本侵略军浴血拼杀，牵制了日伪军数十万的主力兵力，歼灭了大量敌人。

一九四五年初，历经九死一生辗转从苏联回来的郑春义、关明杰和胡进收拾残部回到木浒寨。八月底，胡进奉命去黑山县城侦察。三天后，胡进带着人回来了，一进门便兴高采烈地说："告诉你一个天大的好消息！"

"什么事，值得你这么高兴？"郑春义急着问。

"小日本投降了！"

关明杰兴奋地一把拉住胡进："你说的是真的？"

"县城里的小鬼子一个都不见了，满街的人都在敲锣打鼓放鞭炮，县城里都开锅了。"

郑春义一下从地上蹦起来，欣喜若狂地冲出屋子，把帽子扔到半空："小日本完蛋了！"士兵们也跟着欢呼起来，操练场上霎时一片沸腾。

半个多月后，看着在瑟瑟秋风中不时从树上飘落的一片片黄叶，郑春义心想：既然小鬼子完蛋了，再猫在林子里终究不是长久之计，便让胡进带着人去了黑山县城，让他摸摸情况好再做打算。几天后胡进满头大汗地赶了回来，郑春义让老八把关明杰、胡进的二舅和几个分队长找到议事厅。胡进拿过毛巾一边擦汗一边说："小鬼子走后，县城里到处乱糟糟的，成了三不管的地界儿。鬼子还扔下了好几座军需仓库，有几伙胡子听到消息，也在打军需仓库的主意。我一合计，机不可失，要是把军需仓库弄到手，今后的给养就不愁了，便急着赶回来了。"

郑春义跟关明杰一商量，决定宜早不宜迟，第二天天没亮，吃过饭，率领大队人马离开了木浒寨，直扑黑山县城。

傍晚时分，在胡进的带领下，果然在城东找到了那座日本关东军留下来的军需仓库。来到近前，只见门口站着一个人，这人手里端着枪在放哨，见郑春义带着人马过来，立刻端起枪来喝道："干什么的？都给我站住，再往前来，我这子弹可不认人！"

胡进勒住马头说："不对啊，昨天我来这里还没人呢。"

郑春义打马上前问道："你们是哪个山头的，老子是辽西抗日支队的，你们赶紧给我滚蛋！"

那个放哨的听了讥笑道："好大的口气，狗屁，小日本都完蛋了，你还抗他妈什么日。告诉你，你们要是再敢往前走一步，老子就开枪了。"说着，"哗啦"推上了子弹。

胡进听了满肚子都是气："你们是哪路孙子，小日本被你爷爷我拼死拼活地赶走了，你们可倒好，跑这捡洋落来了。"

“嘿，你他妈少跟我这装犊子，看到没有，我这可是刚到手的东洋造，你小子要是活腻歪了就吱一声。”说着那人举起了手里崭新的三八大盖。

胡进不想再跟他废话，“哗”地抽出枪来，打马就要往前冲。这时，仓库的门一开，从里面出来十几个人，每个人手里都端着清一水的全新三八大盖，一个人手里还拎着一挺油光瓦亮的机关枪。为首的是一个大个子，一双铜铃似的眼睛滴溜乱转。他走到门口听见放哨的弟兄在跟什么人骂街，出来一看对面站着一伙人。见骑在马上几个人眼熟，定睛一看竟是郑春义，顿时愣住了。郑春义也一眼认出了面前的这个大个子，从马上跳下来，走过去伸手抓住他的胳膊摇晃了几下，亲热地问道：“张大哥，你怎么在这？”

张海咧开嘴笑着说：“好哇，你还没忘了你这个大哥。”

郑春义也笑了：“哪能呢，你还好吧。”

张海拍了拍结实的胸脯：“我这人命硬，扛折腾。我听说你小子从法场上劫了个教官，愣是把那些撸锄把子的高粱花子调教出来了，把那个心狠手辣、杀人不眨眼的老山豹都给灭了。后来我听说你又打出辽西抗日支队的旗号，把小日本的一个骑兵队给包圆了，你小子真行。”

郑春义听张海这么一说，早把过去的不快忘得一干二净了：“张大哥，我真没想到你会在这，刚才你要是再晚出来一会儿，差一点就大水冲了龙王庙，自家人跟自家人打起来了。”

“唉，哪承想这么巧，在这碰上你了。”

“张大哥，凡事都有个先来后到，这里归你了，我再到别的地方看看。”

张海伸手把郑春义拦住了：“兄弟，我可一直没把你当外人，你小子鬼子六，道道儿多，我跟你入伙算了。”

“行啊，张大哥要是愿意，往后咱们就一块干。”郑春义一口答应下来。

张海挥舞着大手："那太好了。"说完他看了看自己手下的几十号人，"你们都给我听着，打今儿个起，咱们就归顺辽西抗日支队了，想干的留下，不想干的我张大个子也绝不勉强！"

有几个人当即放下枪走了，郑春义见张海三下五除二就把自己的队伍解散了，心里有点过意不去，拉起张海到关明杰跟前说："张大哥，这就是我请的教官关团长。"

张海一抱拳："大名我早就听说了。"

郑春义对张海说："你带着人守在这儿，我听说城西还有一座军火库，去晚了怕被人占了。"

"好，把这里交给我好了。"张海当初落草为寇也只想混口饭吃，对是不是寄人篱下这种事并不在乎。相反把人马刀枪的交出去，自己乐得闹个清净省心，于是二话不说，带着人把仓库围了个严严实实。

郑春义、胡进带着队伍又到了城西的一处山脚下。胡进指着一个洞口说："这是小鬼子修的一个地下军需仓库，昨天我已经来看过了，里面东西海了去了，都嘎嘎新。"

郑春义一挥手："你带着人进去搬东西，我和关团长在外面警戒。"

胡进带着人来到洞口，正打算下去，突然从一侧的树林里冲出一队人马，这些人身上穿着清一色的蓝布对襟褂子，每个人手里都拎着双枪，一个精壮的汉子在马上高声问道："你们是干什么的，捡洋落你们来晚了一步，这儿归我马三爷了！"

郑春义见对面一下冒出二十多人，一时愣住了，反问道："你们是哪个山头的？"

“少废话，你们是哪来的山猫野狗，我再说一遍，这里是我马三爷的了！”

胡进“哗”地抽出枪来：“什么马三爷，我还牛三爷呢，痛快儿地给我让开，要不我这枪子可不是吃素的。”

那个精壮的汉子带着人打马直奔胡进而来：“少跟我扯王八犊子，捡洋落谁先来就是谁的，老子先到了一步，这座仓库就是我的了，你们哪个敢过来，我这枪子儿也正想开开荤呢。”

胡进带着人翻身上马：“你算哪根蜡，跑这装灯来了，打小鬼子那会儿，你们上哪猫着去了，快滚！”

“少他妈废话，你们要是再往前来，别怪我马三爷手黑。”

郑春义冲关明杰使了个眼色，关明杰一挥手，队伍立即快速散开，郑春义抬手一枪，一个穿蓝褂子的人从马上跌落到地上，对方也毫不示弱，立即开枪还击，顷刻之间郑春义手下的几个士兵也负了伤。可郑春义的部下毕竟经过严格训练而且作战经验丰富，迅速组成战斗队形向对方冲了过去。

那个精壮的汉子却毫无惧色，带着几十个身穿蓝褂子的人，挥舞着双枪朝这边没命地冲了过来。

关明杰见对方疯狂反扑，附近又无险可守，立即果断地命令张鲁：“你带人迂回到对方的侧翼打他一下子！”

张鲁领命带着人走了。关明杰接着命令骑兵分队从后面包抄，然后带着剩下的人向后撤去。

对面的人更加不顾一切地冲了过来。又有两个士兵负了伤。这时张鲁在侧翼拦腰发起了进攻。关明杰一看，立即跟郑春义带着人展开反击，骑兵分队的士兵在胡彪的带领下也挥舞着大刀，从树林后面冲了上来。这下，对方阵脚大乱，那个马三爷见不是郑春义的对手，两腿一夹马打一声呼哨，带着人打马飞奔而去。

郑春义也不追赶，将仓库团团围住。胡进从马上跳下来，打开了仓库的大门，带着郑春义沿着台阶来到地下，只见枪支弹药和各种军需品堆积如山。胡进高兴得手舞足蹈，郑春义也喜形于色，对老八道：“传我的命令，把那些土枪土炮统统扔掉。”

很快，每个士兵都拿到了崭新的三八大盖，关明杰、胡进还穿上马靴在地上走了一圈。两个人正在寻找郑春义，一扭头发现他腰里扎着皮带，左右肩上各背着一把盒子枪，挎一把东洋刀，身披一件崭新的黄呢子大氅，脚蹬锃光瓦亮的大马靴，神气活现地走了过来。胡进上下看了半天：“我说你这是啥打扮？”几个人都忍不住大笑起来。

郑春义正了正帽子，对胡进道：“咱不能光顾了高兴，你不说城里现在都乱套了吗，我看事不宜迟，咱们马上进城。”

“好，进城！”郑春义留下人看守仓库，和关明杰、胡进与张海会合一处，带着队伍抬着伤员进了黑山县城，关明杰问张海：“这附近有住的地方吗？”

张海对这一带十分熟悉，想了想说：“城北有一座日本关东军留下的兵营，头两天我去看了，收拾一下就能住。”

果然，出了北门不远，一座日本关东军留下的兵营几乎原封不动地保留下来。兵营的大门朝东，南面和西面是两层楼的营房，西面底下一层是作战室、会议室、会客室和指挥官宿舍，北面是马厩、伙房和仓库。兵营的四周是一人多高的围墙，墙上装有蒺藜网，门前一南一北是两座岗亭。

几个人看过后都觉得地方不错，于是决定在这里安营扎寨。

待胡进把队伍和伤员安顿下来。几个人来到作战室。郑春义脱掉大衣坐下说：“看来我们下手晚了，必须尽快把剩下的两座军火仓库都接过来。”

关明杰摘下帽子放到桌子上，说：“我看除了留下一部分人看守营地，其余人员全部出动，除了接收军火库，要尽快恢复城里的秩序，要不，我们也很难在城里站住脚。”

“好，明天天亮后，咱们兵分两路，胡进带一分队实施清剿，我带人去接收剩下的两座军火仓库。”郑春义说。

“我带骑兵分队做机动，有什么情况，随时增援。”关明杰做事向来喊里咔嚓。

看看天色已晚，士兵们早已饥肠辘辘，郑春义让胡进的二舅带着人清理伙房，埋锅造饭，跟关明杰又在营区的每个角落看了一遍，才回到了作战室歇息。

第二天天亮后，晨雾还没有散尽，郑春义的清剿行动便在全城开始了。胡进带着人进了一家杂货铺。老板吓坏了，哈着腰一个劲儿地冲着胡进作揖，颤声道：“我这啥也没有了，都被你们抢光了，就剩下我这把老骨头了，你们行行好吧！”

“你不用害怕，我们不是来抢东西的。”胡进和颜悦色地说。

掌柜的半信半疑地抬起头，用手指了指楼上：“你们跟他们不是一伙的啊？”

胡进俯下身低声问道：“掌柜的，你家里有土匪？”

掌柜的哭丧着脸说：“唉，别提了，昨个下晌，也不知道打哪来了一伙胡子，把铺子里的东西抢了精光，连洗衣裳的大盆都让他们拿走了，抢走了东西不说，还非逼着我给他们打酒炒菜，一直折腾到下半夜，都喝多了，现在还在楼上睡大觉呢。”

“老板，别害怕，我上去把他们抢你的东西都要回来。”掌柜的听了跪在地上不停地磕头：“那可太好了！”

胡进转过身来命令张鲁：“你带着人把前后都给我看住了，一个人也不能让他们跑出去。”

“是！”

胡进一挥手：“走！”带着人顺着梯子上了楼。

胡进带着人来到楼上，只见几个土匪横七竖八地躺在地上正在酣然大睡，一点也没有发觉有人上来。胡进一挥手，十几个士兵把这伙土匪围在当中，把他们放在窗沿下的枪都缴了。

一个士兵用脚踢了踢睡在边上的一个土匪：“嘿，都醒醒，看你们这德行，四仰八叉地，睡觉都没个人形。”

这个土匪醉眼蒙眬，打了个哈欠：“哥们儿，别闹，我这正做梦呢。”

胡进过去伸手把这个土匪从地上薅了起来，“啪”地给了他一个大嘴巴：“别做你的美梦了，都给我起来。”

这个家伙一看周围站着十几个端枪的人，吓得大叫一声，返身想去摸枪，被一个士兵一枪托打翻在地，睡在地上的另外几个土匪听到喊声也都惊醒过来，其中一个土匪起身想跑，站在胡进边上的一个士兵照着他的肚子踹了一脚，这小子捂着肚子站不起来了。

其余的土匪垂头丧气地坐在地上，互相埋怨起来。一个眼睛一大一小的土匪对一个脖子上长着一块黑痣的土匪说：“你们他妈的不听我的，咋样？这回让你们喝。”

一个眼睛上有个疤瘌的土匪抬起头来问胡进：“大哥，你们是哪路的绺子，咱都是吃这碗饭的，今天这事怨我们哥几个没出息，喝多了落在你们手里了，东西我们不要了，你们放我们哥几个一马咋样。”

胡进冷笑了两声：“谁跟你们是一伙的，我们是辽西抗日支队的，你们麻溜把抢人家的东西一样不少地还给人家，马上给我滚蛋。”

几个人起身连声道："是，是，我们走，这就走。"

"记住了，别让我再看见你们！"几个人扔下抢来的东西，下楼灰溜溜地走了。

老板"噔噔噔"地来到楼上，问："他们走了？"

"走了，你清点一下，看少了什么东西没有。"胡进将地上东西往掌柜的跟前推了推说。

店铺掌柜的哆哆嗦嗦地说："没少啥。"他拉着胡进的手一脸疑惑地问："你们跟他们真的不是一路的啊？"

"我们是辽西抗日支队的，你这里要是没事，就准备准备过两天开门卖货吧。我们走了！"

店铺掌柜的在后面送出老远，嘴里一直不停地念叨着："遇上好人了！遇上好人了！"

郑春义从城外回来已经是下午了，他带着人来到城东，远远地见一伙土匪在大街上横冲直撞，把一个卖水果的摊子伸手给掀翻了，郑春义带着人走了过去。

摆摊卖水果的是一个十七八岁的年轻姑娘，看这伙人凶狠的样子，吓得一句话不敢说，蹲下身去，把散落在地上的苹果和鸭梨一个一个地重新捡到篮子里。

这时一个小个子土匪不怀好意地嘿嘿一笑，用脚踢了踢姑娘手里的篮子："你是谁家的丫头呀？瞅你这小模样挺招人稀罕哪。"

那个姑娘没搭理他，仍一声不响地捡拾散落在四处的苹果。这个土匪干笑了两声蹲下身，用手托起姑娘的下颏："嘿嘿，我说话你是没听见啊，还是不愿意搭理我？"

姑娘胆怯地低下头："你干啥呀？"

"干啥？这么俊的姑娘在街上摆摊不是糟践了吗，商量商量，跟我走怎么样？”

姑娘用力推开他的手：“你放开我。”

这个土匪顿时勃然大怒，站起来，飞起一脚踢翻了姑娘手里的篮子：“嘿，他妈的，不识抬举是不。”

边上的几个土匪哈哈大笑，起哄道：“四驴子，你也不撒泡尿照照你那模样，人家姑娘不理你，还死皮赖脸地缠着人家干啥。”

“妈的，让你们这么一说，我四驴子连个女人也摆弄不了？看我的。”说着，他一把拽住姑娘的衣襟：“小丫头片子，给你脸不要脸是不？”

郑春义见这伙人欺负一个姑娘，拎着枪带着人走到那个土匪跟前，厉声道：“放开她，把篮子给我捡回来！”

四驴子一翻楞眼珠：“嘿，你是他妈的哪路杆虾，跑这装龙王爷来了。”

郑春义抬手“啪”给了他一个大嘴巴，血立刻顺着他嘴角流了下来。

四驴子“嗷”地大叫一声，伸手就要去掏枪。

老八带着两个人上去，三拳两脚将他打翻在地，缴了他的枪，嘁里咔嚓用绳子把他捆上了。

边上的土匪大喊一声：“上！”一个土匪刚端起枪来，郑春义回手一枪正中他的手腕，他大叫一声，“当啷”把枪扔在了地上，捂着手腕子疼得在地上转了好几圈。

另一个土匪“唰”地从怀里掏出匕首，狂叫一声挥手向郑春义刺去。一个士兵没等他的手落下，一枪结果了他的性命。

其余的土匪都不敢再动，跪在地上不住地磕头求饶。郑春义大声道：“你们都给我听好了，把枪放下，立刻出城，从现在开始，这里就是辽西抗日支队的地盘了！”

几个土匪一句话不敢多说，乖乖地放下枪转身跑了。郑春义回头用枪把子拍了拍那个被绑起来的土匪的腮帮子："你个大老爷们儿欺负人家一个小姑娘，算什么能耐。"

四驴子早已没了先前的威风："饶了我吧，下次不敢了。"

"你把地上的东西都给我捡起来。"

"是，是。"

老八过去把四驴子身上的绳子解开，他跪在地上把散落在四处的苹果和鸭梨一个一个都捡到篮子里，交给了那个姑娘。

"滚吧！"郑春义踹了他一脚。四驴子一声没敢吭，站起来走了。

郑春义带着人又来到一家金店门口，见一伙人把金店掌柜的捆在门前用来拴马的一根木桩子上，砸开了柜台的玻璃，正在往一条袋子里装金银首饰。

郑春义拎着枪赶过去大喝一声："都给我住手！"

这伙人一看有人过来，立刻拎着口袋躲到了屋里，"咣当"把门从里面关上了。接着从窗户里伸出枪来，冲着郑春义"啪啪"就是两枪，一个士兵中弹倒在了地上。

郑春义急了，命令手下的人："给我打！"顿时，子弹雨点般朝躲在屋里的几个土匪射去。哪知道几个土匪躲在屋里就是不出来，郑春义一招手："架机枪！"一阵枪响过后，屋子里没有了动静。郑春义摆了摆手，机枪停止了射击，一个战士匍匐过去，打开门一看，五个人全死了。

"把他们都拖出去挖个坑埋了。"老八带着几个士兵把尸体拉出来抬走了。

郑春义走过去，解开金店老板身上的绳子："没事了，你看看你的金银珠宝少了没有。"

掌柜的吓坏了，浑身颤抖："不能少，他们刚来就被你们给打死了。"

"好，要是没少啥，过两天你就开张卖货吧。"

"我收拾收拾，明天就开张。"

郑春义又安慰了金店老板几句，便带着人走了。

经过连续十几天的清剿，黑山县城里的治安有了明显的好转。晚上郑春义将胡进、关明杰、张海找到一块，说：“我看城内基本平稳了。”

张海瓮声瓮气地说：“从昨个开始，没再听说哪家店铺被抢。”

胡进挠着脑袋说：“城里的土匪和那些散兵游勇大部分已经被剿灭了，下一步咱们该干啥？”

关明杰思索了一会儿，说：“我看咱们该张贴一张布告，以安民心。”

“对，是应该张贴一张布告。”郑春义一拍大腿，“我咋把这茬给忘了呢。”

胡进琢磨了一会儿，说：“咱们以什么名义张贴这个布告呢？再打着抗日的旗号看来是不行了。”

关明杰觉得胡进说得有道理：“是得改个名字了。”

“改名的事非你莫属。”郑春义用手一指胡进说。

胡进考虑了一会儿，说：“你们看叫‘辽西自卫军’咋样？现在这里成了三不管的地方，咱们只有自己保卫自己了。”

关明杰听了琢磨了琢磨，说：“好，我看这个名字行。”

县城里的人第二天一觉醒来，发现城隍庙的墙上和几个城门口都贴上了安民布告。城隍庙前一个满头白发的老人仰起头看着告示一字一句地念道：“经过多日清剿，匪患已除，民众尽可放心生活，各个商家店铺也可照旧买卖。我们将全力维护好城内的秩序和民众的安全。此布，辽西自卫军。民国三十四年。”

四周围观的人十分欣喜：“好啊，从今往后可以过安生日子了。”第二天，一家家店铺便忙着清理门前的杂物，陆续开门纳客了。

第五十六章

野狼窝村东头有一家铁匠铺，爷儿俩都是土生土长的东北人，铁匠铺的门脸儿不大，可附近十里八乡的人有活儿都愿意到这来。这爷儿俩脾气好，赔了赚了向来一笑了之，从不与人计较。再加上爷儿俩有一手绝活，打出来的家什结实耐用。因此生意一直十分红火。

下晌胡大力来到铁匠铺，老铁匠正在打制马掌，铁匠停下手里的活，忙不迭地与胡大力打招呼："呦，您这是打哪儿来啊，坐下歇会儿。"胡大力看了一眼墙上挂的各种铁器，问："你这有刀吗？"

老铁匠龇牙一笑，说："看来你是头一次到我这来，我这刀枪剑戟要啥有啥。"

"你拿把刀我看看。"

"您是要长的还是要短的？"

"短的。"

老铁匠从货架上拿过一把短刀："不是我吹，就我这刀吹气断发，削铁如泥，不信你试试看。”

“这刀我买了。”胡大力没心思听老铁匠唠叨，交了钱把刀揣进怀里，出了铁匠铺，直奔杨晓东家。一边走，心里一边暗暗地骂道：“杨晓东你个王八蛋，今儿个就是你的死期！”

铁匠铺离杨晓东家不远，工夫不大胡大力来到杨晓东家的大院跟前，举起手来敲门。不大一会儿，门“嘎吱”一声开了，杨晓东的小老婆从里面探出头来：“你找谁？”

胡大力看也不看：“你让杨晓东出来！”

“他没在家，去城里他老儿子那儿了。”

“胡说。”

“我糊弄你干啥，要不你自个儿进来看看。”

胡大力摆了摆手，说：“他回来你告诉他，就说我胡大力找他。”说完转身走了。

胡大力漫无目的地来到村子南头的一家小酒馆。跑堂的伙计忙迎上前来：“客官要点啥？”

“来个爆炒肝尖，再来壶酒。”

“好嘞，爆炒肝尖，老酒一壶！”一会儿的工夫伙计便把酒菜上齐了。胡大力坐下自斟自饮起来。他正在为没找到杨晓东闷闷不乐，门一开进来一个人。伙计上前打招呼道：“哟，这不是杨大哥吗，怎么有日子没见您了，里面请。”

胡大力抬起头来见来人不是别人，正是杨晓东，仇人相见分外眼红，心想，真是冤家路窄，想不到在这碰上了。胡大力放下酒杯“呼”地站起来，高声道：“杨晓东，你个王八蛋，还认识我不？”

杨晓东听见有人叫他，扭过头去一看是胡大力，吓了一跳，定了定神，僵硬地笑了笑说："这不是大力吗。"

胡大力几步跨到杨晓东跟前："妈的，亏你还认得我。"

酒馆掌柜的听说杨晓东来了，一掀门帘子从里屋出来，大声招呼道："哟，杨兄，怎么有日子没见您了，今个儿您是来盘水煮羊肝，还是来个熘羊血呀？"

杨晓东转过头去看了掌柜的一眼，说："我去城里老儿子那住了几天，今儿个才回来。你说巧不，在你这碰见我这多年不见的兄弟了，给我来盘水煮羊肝，再来个熘羊血，打两壶酒，我请客，今儿个说啥也得好好跟我这兄弟喝几盅。"

"好嘞，这就来了！"说着，掌柜的一掀门帘进去了。

杨晓东抬头看胡大力怒气冲冲地站在那，干笑了两声道："兄弟，干吗这么看着我？来，这家馆子我常来，水煮羊肝做得非常地道，坐下一块喝点。"

胡大力像没听见一样："姓杨的，装得倒挺像，还是留着你的酒上阎王爷那喝去吧！"

杨晓东见胡大力眼露凶光，心中怦怦乱跳："你看你，乡里乡亲的，何必那么大火气，有话好说嘛，这么多年没见了，今儿个咱兄弟俩好不容易碰到一块了，来，别傻站着了。"

"少跟我来这一套。"胡大力怒目圆睁。

杨晓东两腿打战："我知道你恨我，可都是过去的事了，算了吧。再说这事也不怨我，是日本人逼着我干的，当初我要是知道'皇军'，不，小鬼子骗人，在一个村住着，低头不见抬头见的，我杨晓东再不是人，也不能把你往火坑里推啊。"

胡大力不听则已，一听更加怒不可遏，打断杨晓东的话说："你放屁！别人不知道，你还不知道小鬼子是咋回事？你为了向小鬼子交差，昧着良心糊弄我们。这些年遭了多少罪、吃了多少苦，你知道吗，能活着回来，算捡了一条命，这笔账不能就这么拉倒。”

这时掌柜的从屋里出来：“二位，坐啊，有话好好说嘛。”说完放下酒菜，转身进屋去了。

杨晓东瞅着胡大力凶神恶煞的样子，心里越发怦怦乱跳，暗想，钱能通神，保命要紧。于是点头哈腰地说：“兄弟，我知道你在外头遭了不少罪，吃了不少苦，你要多少钱，说个数，咱俩这笔账就算了了，你看行不？”

胡大力摇了摇头：“谁稀罕你的几个臭钱，还是留着给你自己买棺材吧。”说着上前一把抓住了杨晓东的衣襟，伸手“唰”地从怀里抽出利刃。

杨晓东早已吓得浑身筛糠似的抖作一团，哆哆嗦嗦地说：“兄弟，兄弟，我知道对不住你，钱你不要，我再给你一百垧地，你看咋样？不行我那几间房子也一块都送给你。饶了我吧。”

胡大力咬牙切齿道：“我什么也不要，就是想要你的命。”

杨晓东摆着手：“别，别，有话好说。我不是个东西，你大人不记小人过，你是我爹还不行吗。”

胡大力不待他说完，“噗噗”就是几刀，杨晓东大叫一声，身子向后一仰，倒在地上抽搐了几下不动了。胡大力在杨晓东身上蹭了蹭刀上的血，打开门出了酒馆走了。

一旁的伙计见两个人争吵竟闹出了人命，吓得手里端的盘子“啪叽”掉在了地上，失声喊叫起来：“不好了，杀人了！杀人了！”

酒馆掌柜的也以为两个人在斗嘴，听伙计在外头喊叫，掀开帘子从后屋跑了出来，过去低头一看，见杨晓东身中数刀已气绝身亡，急忙追了出来，冲着已经走远了的胡大力喊道：“你给我站住！”胡大力早已扬长而去，掌柜的抖了抖手：“哎，我这买卖算做到头了。”他让伙计找了块门板，把杨晓东抬到外头，又打发人火速去城里给他儿子送信。杨晓东在城里当警察的儿子杨鸣琦接到信吓了一跳，不相信才半天的工夫爹就死了。于是急三火四地跟着报信的伙计来到小酒馆，见早晨还跟他有说有笑的父亲，这会儿直挺挺地躺在那再无半点声息，禁不住趴在杨晓东身上失声痛哭，暗自发誓，一定要给父亲报仇雪恨。

郑旭明在野狼窝也算是个名人了，自幼苦读诗书，哪承想中了秀才没几天大清说亡就亡了。吃过饭，他正坐在凳子上津津有味地读孔子的《大学》，听见有人敲门，放下书问："谁呀？"

"我，胡大力。"

"是大力啊。"

郑旭明站起来打开门："贤侄何以得闲？"胡大力看不惯他酸溜溜的样子，进屋坐到凳子上说："我把杨晓东那个王八蛋杀了。"郑旭明吃惊地摘下老花镜："什么，你把杨晓东杀了？"胡大力点点头："好汉做事好汉当，你替我写个檄文我贴到他家门上去。"

"杨晓东为人狡诈，非善辈也，这也是他咎由自取啊。"

他照胡大力说的意思，提笔展纸写道："杨晓东一向狐假虎威，不仁不义，假日本人之手，将吾之一行骗至黑龙江，历九死一生，其罪当诛。今在镇上偶遇杨氏晓东，为泄旧恨宿怨，替天行道，愤而诛之。民国三十四年，胡大力。"

放下笔，郑旭明念了一遍，交给胡大力，问："然否？"

胡大力看也没看，说："行。"遂起身告辞走了。

在洪柳的启发下，郑春仁决定为共产党进入东北的部队提供粮食。上午，他在办公室等一个人，这一刻他突然觉得自己像是在赌场下赌注，一下子将全部的身家性命都押了上去，他有些担心。可一想到洪柳和韩吉庆，他又觉得这种担心完全没有必要。他在屋子里不停地踱步，觉得时间仿佛停滞了一样。过了不知多长时间，终于听到外面有人敲门，他三步并作两步地过去把门打开，洪柳带着一个陌生的男人进来了。

“郑老板等急了吧？”洪柳返身把门关好，向郑春仁介绍道，“这位就是我跟你说的辽东军区的霍政委。”

郑春仁热情地与来人握手：“我等你半天了。”

“你没见过我，可我早就知道你了。”郑春仁疑惑地看着站在面前的陌生男人，“哦，你怎么会知道我？”

“我是你弟弟郑春礼的高中老师，对你的情况早有耳闻。今天见到你非常高兴。”

说着霍旺从怀里掏出一封信交给郑春仁：“这是郑副师长写给你的信，专门让我转交给你。”

郑春仁愣了愣：“哪个郑副师长？”

“你三弟呀。”

郑春仁急忙打开信，见上面果然是三弟熟悉的字迹，不觉心头一热，轻声念道：“大哥，见字如晤，一别十几载，十分地想念爹娘你和二哥。时下，蒋介石企图独占东北，我党与蒋介石展开了针锋相对的斗争，我希望你在这样一个时局大转折的时候，能够站到人民大众一边，以无愧于家乡父老。”

郑春仁把信收起来，看了看霍旺：“霍政委，我已经想好了，无论遇到多大困难，也要把粮食送到咱们部队的手里。”

“郑老板，我把你的处境跟霍政委汇报了。”洪柳指着霍旺说。

霍旺看着郑春仁说：“军区研究后认为，国民党特务很可能对你和你的家人下手，所以想请你把家人送回辽阳老家以防不测。你呢，也不要回家了，暂时住在公司，我们会派人来负责你的安全。”

郑春仁握着霍旺的手，所有的顾虑一扫而光：“我完全听从你们的安排。”

霍旺挥动着结实的手臂说：“我们的大部队已经陆续从山东进入东北，由于东北的民众对我党的部队不是很了解，所以筹集给养目前还很困难，希望你能把粮食尽早地送到部队手里。”

“好，我马上让张浩去吉林、黑龙江筹粮。”

“郑老板，我听你弟弟说，你是个非常有正义感的人，今天相见，果然如此。”

郑春仁激动地再次握了握霍旺的手，说：“请霍政委放心，我一定尽快把粮食送过去。”

晚上回到家里，郑春仁想着一家人就要各奔东西了，心里不免有些酸楚。看着不谙世事在地上玩耍的大伟，不知道这一别还能不能看到儿子。他坐到沙发上拿起一本电影画报看了一眼又放下了，见齐玉萍在里外忙着做饭，担心把这个消息告诉她会难以承受。他来到书房，在低头看书的梅雨站起来见丈夫心事重重的样子，拉着他坐下说：“出什么事啦？”郑春仁默不作声地摇了摇头。他从心里舍不得这个家，可考虑到一家人的安危，又别无选择。他简单地把事情的原委跟梅雨说了说，待齐玉萍做好了饭胡乱地吃了几口等大伟睡下后把齐玉萍和梅雨找到客厅，沉默了片刻，说：“跟你们说件事。”

齐玉萍不等郑春仁往下说便抢着问：“是不是想把娘再接来住些日子？你放心，我再不会惹娘生气了。这些日子我想明白了，从今往后踏踏实实地跟你过日子，把儿子带大，咱这一家人不吵不闹，高高兴兴地在一块，我也就知足了。”

郑春仁知道齐玉萍说的是心里话：“难得你想明白了，可我不是想把娘接过来，我是让你和大伟回娘家住些日子，梅雨也不能再回这个家了，我呢，也要在公司里住一段时间。”

齐玉萍一听急了：“咋的，出啥事了，这个家不要了？”

“你别着急。”

齐玉萍满脸通红：“这一家人东一个西一个的，这日子还过不过？你说实话，是不是跟谁结下仇了。”

郑春仁苦笑着说：“玉萍，我的为人你还不知道吗？”

梅雨刚才听郑春仁说了，问：“家里还留不留看门的人。”

郑春仁摆了摆手说：“这个不用你管，千万记住，没有接到我的通知，不能擅自回来。”

梅雨点了点头，说：“我去跟大姐准备一下。”说完拉过齐玉萍上楼去了。

第二天一早，郑春仁站在马拉轿车前，拉着齐玉萍的手再三叮嘱道：“路上小心，在他姥姥家不愿意住了，就去野狼窝我娘那再住些日子。”

齐玉萍昨天晚上已经听梅雨说了，知道郑春仁干的是正事，一颗悬着的心放了下来。她探出头来叮嘱郑春仁说：“你也多加小心，天凉了，早晚想着多穿件衣服。”

郑春仁在儿子的脸蛋上亲了一下：“你放心，我会照顾好自己的。”说完挥了挥手，车夫挥动鞭子赶着马车嘚嘚地走了。

看着马车消失在街口后，郑春仁转过身来拉着梅雨的手，说：“你也要照顾好自己，有什么事，到公司找我。”

梅雨沉默了片刻，说：“你不用替我担心，我倒是有一种不祥的预感，南京方面不会眼看着你把粮食拱手送给共产党，你告诉张经理，路上千万不能麻痹大意。”

“知道了，我让张浩多加提防就是了。”看着梅雨走远了，郑春仁也拿起行李箱坐上车去了公司。

公司的楼门前已经设置了岗哨，两个东北民主联军的战士持枪站在门口。郑春仁刚一进门，从里面走出一个大个子军人。立正敬礼后问：“您就是郑经理吧？”

郑春仁点了点头：“我是。”

“我是东北民主联军一一五师二十七团三营六连三排排长张大军，奉命前来报到。”

“好。欢迎。”

张大军看了一眼门口站岗的两个战士，对郑春仁说：“按照上级要求，从今天开始，除了你本人之外，所有人员一律持证件出入。”

“好，我知道了。”

“请郑经理把公司的人员集合到一块，待你确认后，我们才能将通行证发放给他们。”

“这件事由洪柳负责，你找她就可以了。”

张大军立正道：“是！”

郑春仁来到楼上，见办公室门口也站着两个年轻的民主联军士兵。郑春仁开门走进了办公室。还没来得及坐下，洪柳手里拿着一封电报进来了。“是张浩发来的吧？”洪柳点点头，把电报交给郑春仁。郑春仁打开电报，上面写着四个字：“货已备齐。”

“霍政委已经通知了军区后勤部门，他们已经派人去车站了。”洪柳说。

“好，从现在开始，张经理就听你们调遣，买粮食的钱全部由公司支付。”

“霍政委已经把你的情况报告了总部。”洪柳拿出一封信交给郑春仁。

郑春仁打开信，见上面是嘉奖令：“郑老板，你为我们部队解决了大问题，你为人民立了一功。”

郑春仁把信收好，看了看洪柳，说：“人这一生，只要能做一件有意义的事便死而无憾了，你说是吗？”洪柳上前握住郑春仁的手用力点了点头。

第五十七章

一九四六年一月，经过反复清剿，黑山县城的社会秩序逐渐稳定下来，所有的店铺全都开张营业。到了晚上更是灯红酒绿，一派升平景象。

可让郑春义和关明杰始料不及的是，两个谁也说不清从哪来的盗贼打乱了人们刚刚平稳下来的生活。晚上郑春义和关明杰带领士兵训练结束后来到作战室，在街面带着人巡逻的胡进急三火四地进来了。郑春义站起来道：“我的胡大参谋长快坐下歇会儿，这几天看你带着人在街上日夜巡查，一些百姓张罗着要慰劳你们呢。”

胡进坐到凳子上说：“还慰劳呢，今天街头巷尾人们都在议论，说城里来了两个武功高强的采花大盗，晚上开锁偷盗店铺财物不费吹灰之力，还四处尾随年轻的女人，听说已经有两个姑娘被他们糟践了，弄得城里人心惶惶。我刚才在回来的路上见一些店铺早早就关门了，打更的一宿一宿地不敢闭眼睛。”

郑春义一拍大腿，“腾”地站了起来：“街面上好不容易安定下来，说啥也不能让这两个家伙再给搅乱了！”

关明杰果断地说：“对。要立即缉拿这两个采花盗贼。”

“明天晚上我就带着人上街，两个蟊贼好对付。”胡进满不在乎地说。

第二天晚上，夜色刚刚降临胡进就带着人上街了，这时街上的行人已经寥寥无几，胡进悄悄拉了一下张鲁的衣襟，说：“你看，天刚黑店铺都早早地上了门板。”

张鲁掏出枪来：“今儿个咱说啥也要逮住这两个家伙。”

胡进带着人一连走了三条街，没有发现一点可疑迹象。于是顺着原路往回走，当他们拐弯走进一条胡同口，远远发现一个女孩子手里拎着几包药从一家药铺里出来，急匆匆地往他们这边走来。这时胡进发现女孩子身后远远地跟着两个人。他做了个手势，带着人躲到一家院墙的后面。

不大一会儿，那个姑娘快步从他们身边走了过去，胡进发现后面的两个人走路跟一阵风似的，无声无息，眨眼就到了那个姑娘的身后，伸手就要去抓那个姑娘。胡进看得真切，纵身带着几人冲了上去。没想到这两个人听到了身后有脚步声，还没等胡进带着人到跟前，其中的一个人手一动，一支飞镖直奔一个士兵飞了过来。“噗”的一声，正中这个士兵的大腿，这个士兵啊呀一声跌倒在地。张鲁举手就是一枪，不料没等枪响两个人已经嗖的一下飞身跃到房上，眨眼之间就不见了踪影。

胡进带着人来到近前，见那个姑娘已经吓得浑身发抖，不知所措。“这么晚了，你怎么一个人出来？”胡进问。

“我娘病得厉害，我爹不在家，家里就我一个人。”

“别怕，你家在哪儿，我们送你回去。”

姑娘用手一指，“前面就是。”

走出胡同，一阵风吹来，道路两旁的树枝发出簌簌的响声，像有人在走动，胡进下意识地扣紧了扳机。

深夜，胡进和张鲁回到作战室，一直在等待消息的郑春义起身问道：“咋样？人逮着了吗？”

胡进摘下帽子：“唉，别提了，我带着人走了好几条街也没发现那两个家伙的影子。回来的时候走到城西，碰到一个姑娘给她娘抓药，这两个家伙跟在姑娘后边想趁机下手，我们上去后，不但人没抓着，还伤了一个弟兄。”

郑春义吃惊地盯着胡进：“这么说人跑啦？”

胡进坐到凳子上带着几分自责说：“我以为就是两个蟊贼，没想到这两个家伙一身的轻功，蹿房越脊如履平地，而且走路极快，像贴着地皮飞一样。听见枪响，两个人上墙眨眼就不见了。”

“看来这两个贼还挺难对付。”郑春义颇感意外。

关明杰思忖片刻，说：“既然这两个人有这么好的功夫，我们的人多，目标明显，没等近身，他们早就跑了。等于是闭着眼睛摸鱼，白搭工夫，看来要另想办法了。”

胡进挠着脑袋想了一会儿，说：“关团长说得对，我倒有个主意。”

“快说。”

“把吉庆哥请来，这两个家伙就甭想跑了。”

关明杰听了不住地点头：“对，吉庆本来长得像个大姑娘，要是再一化装，外人很难看得出来。”

“对呀，我咋没想到呢。”郑春义兴奋地一拍大腿说。

“你写封信，我马上派人去沈阳。”胡进恨不得立刻就把两个采花大盗捉拿归案。

郑春义当即给大哥写了封信交给胡进，胡进连夜派人去了沈阳。

三天后，韩吉庆在两个士兵的引领下在院子里下了马径直进了作战室。郑春义见到韩吉庆，自然十分高兴，迎上前去拉住韩吉庆的手，说：“吉庆哥，又劳你的大驾了。”

“为民除害，求之不得嘛。”

待韩吉庆坐下，郑春义给韩吉庆倒了一杯水，抬头看了看胡进，说：“你把这几天缉拿这个采花大盗的情况跟吉庆哥说说。”

胡进挠着脑袋说：“这两个采花大盗不知道是从什么地方过来的，行走如飞，武功过人，尤其是一身的轻功，蹿房越脊如履平地。根据这几天我们掌握的情况，这两个家伙都是在傍晚开始出来活动，除了四处开锁偷盗店铺里的钱物，还暗中跟踪年轻女人，绑架后实施奸杀。我带人上街缉拿，可没等我们到近前，这两个人已经上房越脊没了踪影，弄得我们一筹莫展。现在街面上越传越神，天一黑，店铺就早早地关门了，年轻一点的女人也再不敢上街，城里的百姓希望我们能尽早抓住这两个家伙。”

郑春义摊开两手，带着几分歉意说：“我们派去的人总是无功而返，现在一点有用的线索也没有。”

韩吉庆喝了一口水，想了想，站起来说：“好，我会会这两个人，看看他们到底什么来路。”

“你有什么打算？”郑春义问。

“你们看这样好不好，我扮作女人引蛇出洞，让胡进带着人跟着我，一旦遇到这两个家伙交起手来，我一个人难以对付时，以枪响为号，胡进立刻带着人上去接应。”

“这是个办法。”关明杰想了想说。

郑春义补充道：“让胡进挑选几个武功好的弟兄，好虎架不住群狼嘛。”

韩吉庆信心十足地说："跑不了他。"

胡进把韩吉庆从头到脚精心打扮了一番，只见韩吉庆上身穿一件葱绿色的斜襟小褂，下身穿一条粉红色裤子，头上戴了一个假发套，嘴唇再涂上一层口红，别说外人，就是郑春义和关明杰看了也拍手称绝，咋看韩吉庆都像个俊俏的大姑娘。

天刚一黑下来，韩吉庆便挎着个篮子来到街上，学着女人的样子，扭扭嗒嗒地朝城东走去。他转了几条小巷后没发现什么异常，于是返身上了一条大道。路旁的店铺早已经关门打烊，只有一家赌场里还灯火通明，里面不时传出男人们大声的吆喝声和笑骂声。韩吉庆扭扭捏捏地继续往前走，突然发现迎面过来两个人。一个中等个头，刀条脸，黑衣黑裤，走路脚不沾地，像一阵风一样轻灵。另一个比他高出足有一头，不胖不瘦，方脸，两只眼睛不停地转来转去，在街灯的映照下，发出幽幽的光亮。

韩吉庆故意装出忸怩害怕的样子，与两个人擦肩而过。没走多远，韩吉庆便发现两个人幽灵般返身向他奔了过来。

韩吉庆听到有风声响起时，一只大手已经从后面伸了过来要搂他的脖子。韩吉庆一蹲身劈掌将那个人的手挡开，脚尖点地，一个"猛虎翻身"到了那个人的身后，没想到那个人身轻如燕，"嗖"地转过身来伸手来抓韩吉庆的手腕："嘿嘿，小丫头，还会两下子，来，让我稀罕稀罕。"韩吉庆使了个"霸王上弓"出手抓住那人的手腕，向肋下一带，上步拦腰，同时右掌向那个人的面部劈去。那人仰身一个后空翻跳出去有一丈多元。韩吉庆见这两个人果然功夫过人，不敢大意，提起精神，趁那人过来伸手又来抓他的衣襟的时候，出掌一磕那人的来手，"嗖"地上步搂住那人的脖子，右脚一拧，一个通背拳里的"切别"将那人狠狠摔倒在地。

高个子嘴里嘟囔了一句："不对呀，怎么这个小丫头片子这么难对付。”

矮个子也是吃惊不小：“是啊，这小娘们儿的功夫不浅啊。不对吧，我看这小丫头片子怎么像个男的。”

大个子从地上爬起来：“妈的，管他男的女的，制服了她在说。”

三个人打来打去，韩吉庆看两个人有些求胜心切，找了个空档，身子一晃，左脚向前一跨步，右手变掌，在胸前画了一个圈虚晃一招，紧跟着左手掌心向下，在高个子的小肚子上狠狠一击。高个子“啊呀”大叫一声，捂着肚子跳到一旁。

剩下矮个子一个人仍毫不示弱，出手来摸韩吉庆的脸蛋儿：“小娘们儿，粉白似红的，长得可他妈真水灵。”韩吉庆一笑，使了一个通背拳里的“顺子投井”，胳膊稍一弯曲，伸右手倒拿住矮个子的右手腕，左肘微微上挑，左手到那人胯下，右肩微沉，腿上用力，转身顺势向前猛地一拉矮个子的右手腕，那人身子腾空，跌了出去。

韩吉庆趁机抽出枪来朝天上“啪啪”就是两枪，这时，埋伏在附近的胡进带着人扑了上来。这些人都是胡进精心挑选出来的，两个盗贼尽管使出平生的看家本领，怎奈一拳难敌双掌，不一会儿就被打翻在地，喊里咔嚓捆了个结结实实被押回了兵营。守候在作战室里的关明杰、郑春义和张海得到消息早已迎了出来。

歇息了片刻，关明杰命人将两个采花大盗带了进来。郑春义扫视了两个盗贼一眼，厉声问：“说，你们是哪儿的人？”

那个大个子像没听见似的扭头看了看小个子，埋怨说：“我说见好就收，你偏不听我的，咋样，这下崴泥了吧。”

小个子吐了一口嘴里的血水，挺了挺胸脯，毫无惧色地说：“都他妈怨我，刚才明明看出来了这个姑娘是装的，色迷心窍，让他钻了空子。”

郑春义“啪”地一拍桌子：“少说废话，我问你俩话呢，没听见咋的？”

大个子看了看韩吉庆，苦笑了一下：“这位兄弟，能不能报个名号，死，你也得让我也死个明白吧。”

“我叫韩吉庆。学的是通背十八掌。”

大个子长叹一声说：“我俩下山后，闯荡江湖这么多年，你这身功夫，也算让我开眼长见识了，我全说。”

停了一会儿，那个大个子盗贼用手指了指身边的小个子说：“我叫马龙，他叫赵飞，我俩从小跟一个师傅练习武当拳，后来一块上了武当山。因为我俩偷着下山找女人，让师傅知道了，被赶出了山门，从此我们就四处游荡，在江湖上自称‘飞龙大侠’，见着好看的年轻女人就弄到庙里或破窑里，祸害完了把人杀了扔到河沟里了事。后来，老是做梦梦见有人上门讨命，就吸上了白粉。一次我俩在河北沧州遇到了一个江湖上的高人，花钱把他开锁的绝技学到了手，从此之后，白天踩好点，夜里入室偷盗，这些年从来没失过手。”

郑春义一拍桌子喝问道：“你说的可都是实话？”

“我俩做的都是缺德事，知道报应是早晚的事，今天落在你们手里，绝不敢再说半句瞎话。”

郑春义大声道：“来人！”几个士兵应声走了进来，“把他们两个押下去，严加看管。”

几个士兵上来又用绳子在两个人身上捆了两道，把两个人带了下去。

第二天上午，黑山县城城隍庙前面的广场上搭起了一个临时的台子，台下站满了闻讯赶来的百姓。郑春义身背双枪，脚蹬高筒马靴，威风凛凛地站在台子上，见人来得差不多了，清了清嗓子大声道：“静一静！”待广场上嘈杂的人声渐渐地平息下来，郑春义大声说：“我来告诉你们一个好消息，自卫军昨天夜里把两个采花大盗抓住了！”

下面一阵骚动。郑春义看着台下黑压压的人群挥了挥手，道：“押上来！”马龙和赵飞被五花大绑地押到台上。郑春义看了看两个盗贼，转过身来说：“大家听着，下面，让自卫军的胡参谋长讲话。”底下的人都伸长了脖子望着台上。

胡进穿着高筒马靴，身背盒子枪走到台前，高声说道：“查，窃贼马龙、赵飞系山东莱芜人，自恃武功高强，肆意危害一方，偷盗财物无数，并奸淫女子，枉杀人命，实属作恶多端、十恶不赦，现将马龙、赵飞就地枪决，以绝后患！”

底下的人纷纷叫好！郑春义走上前来命令道：“把马龙、赵飞带下去！”站在后面的自卫军的士兵上来将两个人押了下去。

底下叫好声、骂声响成一片。郑春义两只手向下压了压，说：“大家都看到了，我们辽西自卫军是为老百姓办事的，是保护老百姓的，从现在开始，你们可以放心地做买卖，放心地过日子了！”

这时一个小伙子走到台前说：“我报名参加自卫军你们要不？”郑春义看了看这个小伙子，说：“要！”没想到又一个年轻人从人群挤过来：“我也报名。”

出乎郑春义和胡进意料的是，很快台下就挤满了前来报名的年轻人。

过了新年，韩吉庆便带着人开始收拾新房。从黑山回来时间不长就到了年根底下。韩吉庆抽空带着洪柳来到四合院，进了门，他扭过头去对洪柳道：“你看看收拾得怎么样？哪不满意告诉我。”

洪柳环视着整修一新的院子，高兴地说：“不错，尤其是院子里的这两棵丁香树遥遥相对，夏日绿荫铺地，冬天虬枝蟠错，真是别有趣味。”

“你喜欢就好，咱们进屋看看去。”

韩吉庆拉着洪柳走进上房，只见迎门摆着一张紫檀木的八仙桌，两侧放着两把硬梨木的太师椅。桌子上摆着一个圆形的梳妆镜，镜子两边安放着两个青瓷花瓶。墙上挂着一副吴虞写的楹联，上联写的是：水木湛清华，霞复云重，旁人漫比扬雄宅；下联是：诗书敦夙好，花浓鸟啭，胜地还同庾信居。

洪柳扭过头来惊喜地问韩吉庆：“这副楹联古朴清雅，用典贴切，遣词工稳，字字扣新居之喜，乔迁之贺，你是从哪淘弄来的？”

“这你就不用问了，只要你喜欢我就没白费工夫。”

韩吉庆指着屋里的家具说：“这都是大哥留下的，我没动，你要是不满意，我们就换新的。”

洪柳连连摆手：“这已经很好了。”

“你要是觉得行，剩下的就是选个日子，尽早把喜事办了。”

洪柳扬起眉毛，高兴地说：“行啊，到时候咱们请大伙去北市场的老边饺子馆吃饺子怎么样？”

韩吉庆拉着洪柳的手，坐到太师椅上说：“到时候把大哥、梅雨、刘振清、刘振清的爸爸、徐明、徐老爷子、金叔叔，反正能请到的都请来，好好热闹热闹。再找个鼓乐班子，吹吹打打地用八抬大轿把你抬过来。”

“我看八抬大轿就免了吧，请大伙吃顿饭咱这喜事就算办了。”

韩吉庆看着洪柳满心欢喜的样子，说：“就依你。”

洪柳对布置得温馨又有几分浪漫的新居非常满意，可心里总觉得不踏实，对韩吉庆道：“大哥的房子咱不能白要。”

“你说得对，我已经想好了，从这个月开始，把咱俩的薪水留下日常用的，省下来的钱你都放到公司的账上。”

洪柳深情地看着韩吉庆，说：“这辈子能有你这样一个有情有义的男人陪伴，我知足了。”

韩吉庆轻轻将洪柳揽进怀里，抚摸着她的秀发说：“成家后咱们节省着过日子，大哥的钱能还多少是多少。可你记住了，这件事还不能让大哥知道。”

洪柳嫣然一笑，说：“你放心，我另建一本账就是了。”

“好，我带你看看咱们的洞房吧。”

洪柳甜甜地笑了：“不用看我也知道错不了。”两个人手牵着手从屋子里来到院子里，几只喜鹊扑棱棱地飞来，落到丁香树的树枝上，叽叽喳喳地叫了几声，又欢快地飞走了。

第五十八章

一九四六年一月初，国民党整编二师奉命进驻辽阳桥头镇已经半个多月了，副师长魏明理一早起来便对着镜子梳洗打扮起来。副官常东怀笑着说：“衣锦还乡历来是人生的一件喜事啊。”

魏明理一边梳理着油光发亮的头发，一边感慨地说：“是啊，转眼离开家乡已经几十年了，当初多亏了那个大度的女人，这次回来，我一定要去看看她。”

常东怀不无恭维地说：“师座这次重返故里，戎装在身，指挥着几千人马，恐怕她无论如何也想不到吧。”

魏明理带着几分得意从镜子里看着自己肩上的少将阶衔说：“人生如梦，想不到当年我一个小小的管家当上了副师长。”常东怀不住地点头说：“士别三日当刮目相看，师座绝非昔日可比了。”

“走了这么多年，这里的一草一木对我来说还是这么熟悉，尤其是东家那个瞎眼的女人，让我一直忘不掉。”

“好啊，我很想跟师座一块去见见这个女人。”

“你去准备一下，吃了饭咱们就走。”魏明理看常东怀出去了，禁不住喜滋滋地哼起了奉天大鼓：“一轮红日照东方，从山上下来了樵夫小刘郎，苦读三载去赶考，得中状元我衣锦来还乡。”

回毅媳妇正在做晌午饭，听见外面有人敲门，便放下手里的活出来，打开一瞅，外面站着几个穿军装的人。为首的一个她看着面熟，便笑着问：“你们找谁？”

那个人并不搭话，反问道：“你是回毅媳妇吧？”

回毅媳妇又仔细地打量了一下来人，见他一身笔挺的军装，后边还跟着好几个当兵的，身上都背着盒子枪，诧异地问：“我没见过你，你怎么认识我？”

那个人摘下帽子：“你不认得我了，我是明理啊。”

回毅媳妇这才认出来，惊喜地说：“呦，是明理呀，这么威风，做梦也想不到会是你呀，快进屋。”

说着把魏明理一行人让到院子里：“你来得太巧了，今天大哥刚回来。”

魏明理神气十足地跟着回毅媳妇走进院子，一想到马上就要见到那个让他无法忘掉的女人了，心里不免有些愧疚和不安。那个漂亮的女人要不是因为自己惹的祸也许不会失明，这些年她过得咋样？他抬头看了看眼前这座宽大的院子和几间敞亮的瓦房，心想，这个女人的日子看来过得不错，这多少给了他一些安慰。他来的时候特意带了一笔钱，打算弥补一下自己当年的过失，可这一刻他有些舍不得了，觉得多此一举。他看了看身上笔挺的将军服和肩头的将星，反倒觉得这个院子有些土气了。

“大哥，大嫂，快看，谁来了！”

回毅媳妇带着魏明理来到东屋，郑满仓一眼就认出了走进门来的魏明理，上前高兴地拉着他的手：“这不是明理吗？你一走好几十年也没个音信，把我们都闷死了。”

王金岫从炕上下来，摩挲着魏明理一身笔挺的将军服：“呦，你看，都当了大官了，快坐，这些年咋不想着回来看看我们。”

魏明理坐到椅子上说：“我一直在国外，回来没几年，再加上队伍上的事务缠身，一直脱不开身子。东家这几年还好吗？这是新盖的房子吧，我打听了好几个人才找到这儿。”

“是啊，这房子都是春仁做买卖挣了钱以后盖的。”郑满仓不无炫耀地说。

“东家，进门的时候，听回毅家的说你刚回来，出门了？”魏明理问。

“哪啊，去年春仁在大仁屯又买了一百垧地和几间房子，我平时就在那边住。”郑满仓话里带着几分得意。

“明理啊，别再叫我们东家了，就叫大哥、大嫂吧。”王金岫听魏明理一口一个东家地叫，觉得脸上有些挂不住。

魏明理欠了欠身子：“叫惯了，一时半会儿的还改不过来呢。”

王金岫回身坐到炕上，问：“明理啊，你一走就再没有了音信，那年离开我这，你去哪儿啦？”

“我惹了那么大的祸，知道郑家哥儿几个一定会找我算账，就拿着大嫂给我的钱连夜去了南京。到南京不长时间，加入了孙中山的同盟会，后来参加武昌起义后就一直在孙中山身边工作。一九二四年考进了黄埔军校。毕业后，留在了国防部，后来又被派到美国去待了几年。回国后，被蒋夫人留在身边，后来因为看不上那些趾高气扬的美国人，官场上的尔虞我诈、互相倾轧更让我心灰意冷，就找到蒋夫人到下面做了副师长。”魏明理每每对人谈起自己的这段经历都神采飞扬，尤其说到在蒋委员长夫人手下当差，更是志得意满。

回毅媳妇听了禁不住夸赞道：“大嫂总说你精明，看来没说错。”

这么多年过去了，魏明理对王金岫一直心存感激：“我能有今天还不多亏了大嫂，当初我闯了那么大的祸，大嫂不但不怪罪我，还放了我一马，我一辈子也忘不了大嫂对我的大恩大德。”

王金岫打断魏明理的话，说：“过去的事就别提它了，我知道你脑袋瓜儿好使，到哪儿也错不了。”

“饭好了，让明理一块吃饭吧。”回毅媳妇在围裙上擦了擦手说。

王金岫笑着对魏明理道：“好啊，让你的人都进来一块吃吧。”

魏明理摆了摆手：“大嫂，不用管他们，咱们吃咱们的。”

“我也不懂你们队伍上的规矩，听你的。”说着王金岫转过身来对回毅媳妇说：“明理不是外人，你把淑娥也一块喊过来吧。”回毅媳妇答应一声出去了。

“明理，炕上坐吧。”

“在外头这么些年坐炕上不习惯了，我还是坐下边吧。”魏明理拉过凳子坐下，扭头对常东怀说：“你们几个在外面等我一会儿，吃了饭咱们就走。”

常东怀前脚刚出去，回毅媳妇带着一个姑娘进来了。王金岫招呼说：“淑娥啊，这是你魏叔，当初咱这一大家子上上下下，还多亏你这个魏叔帮忙了。”

说完几个人坐下来吃饭，魏明理搭眼看了看坐在面前的姑娘，见她眉清目秀，举止端庄，问王金岫：“大嫂，这是谁家的姑娘，长得这么俊？”

“这是你大哥的侄女。”

“淑娥这是回娘家吧。”

王金岫摸了摸淑娥的头，说：“唉，我这个侄女至今还没出嫁呢。”

“丫头多大啦？”

“今年二十八了。”

“咋还没找婆家？”

“这些年来提亲的不少，咱淑娥一个也没看上，小鬼子要垮台那年，一个日本大佐看上她了，我这侄女也是老郑家的种儿，至死不从。一来二去的就耽搁了。”

魏明理听了，抬起头重新打量起郑淑娥来，说不上为什么，姑娘的一颦一笑竟让他有些魂不守舍：“这么好的姑娘，总不能守着爹妈过一辈子啊。”

王金岫听出魏明理话里有话：“明理，你在外面做了大官早就成家了吧？”

魏明理摇了摇头，说：“没有呢，高不成低不就，婚姻大事我又不想将就，拖到现在还是一个人。”

王金岫会心一笑，直来直去地说：“依我看，你和淑娥倒挺合适。”

魏明理心中暗喜，嘴上却推辞道：“这恐怕不行吧。”

王金岫心想，魏明理人虽说有点毛病，可精明能干，这些年在外面又混得不错，淑娥嫁给他吃不了亏。于是大包大揽道：“唉，我看你俩挺般配。你说呢，淑娥？”

淑娥的脸一下红了，低着头说：“我听二大娘的。”

“明理啊，回头我让你大哥去她爹那问问，淑娥爹要是认下这门亲，这事就这么定了。”

魏明理心里别提多高兴了，心想，今儿个是搂草打兔子，捎带捡了个漂亮媳妇。

吃过饭，魏明理站起来与王金岫和郑满仓告辞：“大哥、大嫂，我还有公务，先回去了，改天我再来看你们。”

“那我就不留你了。”

郑满仓和回毅媳妇一直将魏明理送到院子外头，魏明理带着人骑上马走了。

屋里王金岫拉过淑娥问：“这个人你看咋样？”

郑淑娥点了点头：“还行。”

王金岫听淑娥的意思想应下这门亲事，心里十分高兴：“这个人也算知根知底，就是岁数大了点，你也不小了，该找个人家了。”

淑娥面带羞色，说：“二大娘，我看这人仪表堂堂，人也精明，有文化，又见过大世面，这事您做主吧。”

王金岫拉着淑娥的手：“这么说你愿意啦？”淑娥点了点头。

“他现在做了大官，你要是跟了他，可就享福了。”

“不知道我爹愿不愿意。”

郑满仓送走魏明理从外面进来，听淑娥说要问她爹，知道淑娥相中了魏明理，他装上一锅子烟抽了两口，说：“我看够呛。”

“晚上你去把满金找过来，我问问他。”郑满仓见王金岫执意要成全这桩婚事，不好当着淑娥的面再多说什么，便起身出去了。

掌灯时分，郑满仓把郑满金找了来。进了屋，王金岫对郑满金说，“你坐下，我跟你商量个事。你还记得当年我找的那个管家不？”

“死我也忘不了，不就是那个魏明理吗？咋啦，二嫂提他干啥？”这么多年过去了，郑满金听王金岫一提魏明理还满肚子都是气。

王金岫挪动了一下身子："瞅你这脾气，都这么大岁数了，跟年轻时没两样。那个魏明理自打从咱家走了以后去了南京，这些年在外面当了大官，今个儿晌午特意来看我，你猜怎么着，我一问，这些年他也一直没娶，我打算把淑娥许配给他。"

郑满金听了，一拍桌子站起来："二嫂，到多咱你都是菩萨心肠，你咋忘了，当年要不是他惹了那么大祸，你这眼睛能瞎吗？要不是这个王八蛋，咱这一大家子过得好好的，能分家吗？亏了这小子那天晚上比兔子跑得都快，要不，让我们哥几个逮着，非打断他的腿不可。二嫂，你别看他今天混得人模狗样的，狗改不了吃屎，我姑娘就是烂在炕上，也不能嫁给这个王八蛋。"

"唉，瞅你这炮仗脾气，沾火就着。魏明理是有毛病，这我知道，可我想他要是还像过去的那个样子，也当不了这么大的官。"

郑满金对王金岫从来都是言听计从、说一不二，今天这事他却是一百二十个不愿意："二嫂，别人咱不知道，可魏明理这个人我算把他看透了，表面上看不出什么来，肚子里没一点好下水。这小子在咱家那些年，当着你的面百依百顺，跟条狗似的，背地里动不动就横眉立眼地欺负那些下人。你说他要是但凡有点人味，也不能把馒头蘸上鸡屎给人家要饭的啊，他不把事做绝了，老山豹能那么恨咱们吗，辛辛苦苦一年打下来的粮食硬是让老山豹给烧了个精光，这些年你眼睛看不见了又遭了多少罪，这事能说忘就忘了吗？淑娥的事你要是问我，就俩字——没门儿。我姑娘一辈子嫁不出去，也不能便宜了这个混蛋。"

王金岫有些泄气，心想：算了，人家当爹的不愿意，我这个当大娘的又是何苦呢，再说郑满金说得也不是没有道理。想到这儿她说："淑娥也老大不小的了，我看咱俩戗戗一天也没用，孩子的终身大事咱们谁说了也不算，还是看淑娥是不是愿意，她要是不愿意这事就拉倒。"

王金岫转身拉过淑娥问："你说实话，这门亲事你到底愿意不愿意？"

淑娥的脸涨得通红，好半天才低着头说："爹，我看这个人挺好的，你和娘也不能总养着我，我也该找个人家了。"

郑满金气呼呼地站起来："你要是愿意，我也不能强拦着。可你听好了，将来有后悔的那一天，别怨你爹当初没跟你把话说明白。"

王金岫拉起郑满金坐到炕上，说："别动不动就冲孩子吹胡子瞪眼，她是大姑娘了，自己的事还是让她自己拿主意吧，省得我们当老人的落埋怨。"

郑满金脸色铁青，一甩袖子说："行，淑娥，我把话撂这儿，嫁给那个混蛋，你早晚得吃个大亏。"说完打开门绷着脸气哼哼地走了。

一个星期后。下午，国民党整编二师副师长魏明理站在作战地图前，用手里的红蓝铅笔在上面画了两个圈，对身边的两个参谋说："这，是黑山，这，是海城，军部让我们做好接收这两座县城的准备。"

这时副官常东怀手里拿着一封电报进来，立正敬礼道："副师长，军部急电，命我部立即接收黑山县城。"

魏明理接过电报挥了挥手，两个参谋转身出去了。魏明理指了指凳子："坐吧。"

没等常东怀坐下，魏明理便没头没脑地问："东怀，你跟了我一年多了，你说我是不是那种好色之徒？"

常东怀重新站起来，挺直了身子正色道："师座，您可不像有些人，只要见了女人就垂涎三尺，像好几天没吃到肉的饿狼，师座可是公认的正人君子。怎么了，师座，您问这个干啥，是不是听到什么闲话啦？"

魏明理拉着常东怀坐下，说："这些年长得好看的女人我见得多了，在美国的那几年，主动接近我的洋妞也不是没有，可我从来没动过心。"

“师座说的我信。”

魏明理轻轻摇了摇头，说：“我觉得女人就是那么回事，属狗皮膏药的，糊上就揭不下来了。回国后，在蒋夫人身边工作，更是不乏秀色可餐的才女佳人，可我觉得这些女人满身的脂粉气，行为轻佻，自作多情，整天为了男人争风吃醋，有人虽说也给我牵过线、搭过桥，可相处一段时间后，觉得这些女人味同嚼蜡。”

常东怀不明白魏明理说这话是什么意思，一时不知道该说什么好，只得敷衍道：“萝卜白菜，各有所爱。有的人天生就是色鬼，也有的人压根儿对女人就不感兴趣，也许师长属于后者吧。”

魏明理笑了笑，接着说：“你要说我对女人一点兴趣没有，也不是，夜深人静，每当我一个人面对孤灯冷月，凉衾寒枕，也想找一个女人为伴，毕竟我也是一个有血有肉的男人啊，可我又不想违心地强求自己，随便找个女人了事，以致婚姻大事一拖再拖。可是连我自己也说不清楚，自打那天我去野狼窝见了那个姑娘，回来就再也放不下了。”

常东怀这才听明白，心想，原来副师长看上了那个姑娘，于是说道：“百年修得同船渡，千年修得共枕眠，也许你俩天生有缘吧。”

魏明理摘下帽子放到桌子上，说：“你说得对，缘分这东西谁也说不清，不过这个姑娘不但容貌出众，而且我觉得她身上既没有官场上那些女人的势利、刁钻的俗气，也没有富家小姐的矫揉造作，自作多情。说实话，我平生第一次发现男女之间有一种像磁石一样的东西，吸引着我天天想见到她。”

“那师长何不尽早将她娶过来，两个人好朝夕厮守。”

魏明理显然已下定了决心：“对，越快越好，把她娶过来，要是那姑娘愿意，不管花多少钱，我一定好好地操办一番，不能亏待了人家。”

常东怀不由得暗喜，心想，我要是把这件事办明白了，自己日后的升迁肯定不在话下：“洞房花烛夜，金榜题名时，从来都是人生的头等喜事，到时候咱们把辽阳城里最好的东海兴酒楼包下来，大宴三天，好好地热闹一番。”常东怀讨好地说。

魏明理不禁喜形于色：“好，你明天代我去趟野狼窝，看那边是什么意思，如果那个姑娘同意，你回来就立刻帮着我操办喜事。”

常东怀拍着胸脯说：“师长放心，这事包在我身上了。”

魏明理从凳子上站起来：“行，看来我没白提拔你。”常东怀心花怒放，“啪”地敬了一个礼：“多谢师座栽培。”

鸡叫三遍，回毅媳妇起来出门抱了柴火准备做饭，一抬头见村子南头的官道上一溜烟尘来了几个骑马的人，眨眼之间魏明理的副官常东怀带着两个随从已经到了门前。几个人飞身下马，常东怀满脸带笑地上前跟回毅媳妇打招呼，回毅媳忙放下手里的柴火，在围裙上擦了擦手，说：“呦，常副官来了，进屋坐。”常东怀将缰绳交给两个随从，跟回毅媳妇来到了上房。

“大嫂，常副官来了。”王金岫从东屋出来，高兴地给常东怀让座。常东怀也不绕圈子：“大嫂，我们副师长让我来跟你商量商量定亲的事。”

“你们副师长咋说的？”

“我们魏副师长对淑娥是一百二十个满意，今天特意让我来问问大嫂，要是淑娥没意见，魏副师长想一半天就把喜事办了。”

王金岫没想到魏明理会这样痛快，忙说：“好啊，我问过淑娥了，她同意，你回去告诉你们魏副师长，让他赶紧张罗着办喜事吧。”

常东怀咧开嘴乐了：“副师长说了，到时候把辽阳城里最好的东海兴酒楼包下来，喜事一定要办得热闹点，说什么也不能亏待了淑娥。”

“那咱淑娥可风光了。”

常东怀想到借这个机会日后就可以官运亨通，心里美滋滋的：“大嫂，既然事情定下来了，我就回去了，你让淑娥准备准备。”

“你放心吧。”

常东怀心里有了底，满心欢喜地告辞后骑上马走了。

七天后，辽阳城内的东海兴酒楼前面搭起了一座巨大的彩门，彩门的中间是一朵用绸子扎成的硕大红花。彩门两侧悬挂着魏明理撰写的一副对联，上联写的是：“不事雕琢也敌仙姝，淑女配明理。”下联更绝：“岂让貂蝉犹赛西施，嫦娥落魏家。”横批：“琴瑟和鸣。”

师参谋长曹军从车上下来，一边饶有兴致地大声念着彩门上的对联，一边对前来迎接的副官常东怀赞不绝口：“没想到咱们魏副师长还真有两下子，这简直堪称千古绝对儿啊，不知道的还以为出自哪个名人之手呢。”

常东怀笑着说：“师座把新娘子当成了掌上明珠，苦思冥想了大半宿才得此佳作。”

曹军点头道：“真没看出来师座还这么重感情。”说着跟着常东怀大步进了酒楼。

常东怀里外忙得满头大汗，脚不沾地招呼着来自各方的宾客。团长关山按照师部的命令部署了接收黑山的兵力后，也骑着马赶来了，常东怀接他一进来，关山就打趣说：“哈哈，今天师座娶媳妇，把你忙坏了。”

常东怀一面找了位置让关山落座，一面擦着头上的汗说：“师座的事不就是我的事吗，再说这么大的事，没人张罗也不行啊。”

坐边上的参谋长曹军凑趣道：“你小子是不是看新娘子漂亮，故意在献殷勤啊。”

“让参谋长这么一说，我常东怀成什么人了，不过说心里话，师座真是艳福不浅，这姑娘长得简直貌若天仙，我要是找这么个漂亮媳妇，宁可天天跪着给她洗脚都行。”

曹军嘿嘿一笑：“说了半天，你小子就这么一点出息啊，这要是让师座听见了还了得。”

常东怀扭头朝四周看了看，说：“我这不是跟参谋长说笑话嘛，我那媳妇虽说长得丑点，到啥时候保准没人惦记，丑妻近地家中宝，相安无事过到老，你说是不是？”

曹军挥了挥手：“行了，快去忙吧，一会儿师座找不到你该着急了。”常东怀起身忙着招呼来宾去了。

郑淑娥心花怒放地坐在王金岫身边，看到将校云集，高朋满座，凑到王金岫的耳边喜滋滋地说：“二大娘，明理对我真好，不但一样不少地给我买了金戒指、金耳环、金镯子，今天又摆了这么多桌上等的酒席，他能舍得花这么多钱娶我，我做梦都没想到，这辈子做一回女人知足了，以后我一定好好伺候他，家里家外不让他操一点心。”

王金岫高兴得眼睛眯成了一条缝：“你满意就行，女人这一辈子找个好男人不容易，虽说嫁鸡随鸡、嫁狗随狗，可要是遇上个不顶事的鸡、趴窝的狗，女人这辈子也就完了。”

“多亏了二大娘。”郑淑娥心满意足地说。

王金岫拉着淑娥的手：“你日子过得舒心比什么都强。”

不但郑淑娥没想到，连魏明理也没料到，他们的婚礼在辽阳城里轰动一时，让那些大姑娘小媳妇心仪眼热，暗地里议论了好长时间。

转眼过去了十多天，上午，师参谋长曹军拿着一份电报来找魏明理，见只有常东怀在处理各个县城接收的情况通报，问："副师长在吗？"

"刚走，去军部开会了。"

曹军坐下把电报交给常东怀："怎么样，副师长新婚燕尔，被那个美人给迷住了吧。"

常东怀一笑："那还用说。"

"你不说我也看出来了，这些日子师座除了下去巡视部队，开作战会议，走到哪都带着那个美人，两个人真是如胶似漆，形影难离了。"

常东怀收起电报："是啊，这么多年副师长孑身一人，第一次尝到女人的滋味，也是情理之中的事。再说这位新娘子也的确是貌若天仙，从古至今哪个男人不喜欢漂亮女人呢。"

"你说得对，可不知道你注意没有，副师长每次带着那个美人出去，总是有一双双贼眼不怀好意地盯着那个女人不放，我看找女人太漂亮了也不是什么好事。"

说完曹军站起来叮嘱常东怀说："明天军长要带着新娶的二姨太来师里视察辽东一带各个县城接收的情况，师长准备在东海兴酒楼设宴招待军长和二姨太，饭后师长还特意安排了舞会，你告诉副师长，明天晚上赴宴时一定把夫人也带过去。"

国民党整编二师师长薛恒接到军长要来视察的电报后不敢怠慢，准备专门在东海兴酒楼设宴款待。魏明理从军部开会回来看到薛恒的通知，犹豫再三，照他的想法，压根就不想带着淑娥前去赴宴，可又怕惹得薛恒不高兴。只好让淑娥略施粉黛，打算去了应付一下尽早离开，以免招惹是非。这些年他在官场上见得多了，知道以淑娥的长相，加上自己又是新婚，一定会成为众人席间的谈资，他心里清楚，自己身无寸功，靠蒋夫人的面子当上了这个副师长，包括薛恒在内，嘴上不说什么，心里自然一百二十个不服气。所以他凡事低调，只想在队伍上一旦有军功在身，便回国防部混两年就解甲归田，跟淑娥一块安度余生了。

果然不出魏明理所料，宴会开始不久，众人便纷纷对淑娥的美貌举杯赞叹，不时有人开他的玩笑，开始魏明理心里还有几分得意，几杯酒下肚，他发现坐在对面的军长龚帆色眯眯的眼光开始在郑淑娥身上不停地打转，便在心里暗暗叫苦。郑淑娥更是不敢抬头，有一搭无一搭地应付着。这时龚军长举起酒杯笑着对魏明理道："魏副师长的夫人真是百里挑一啊。"

魏明理心想，真是怕啥来啥，想起身带着淑娥三十六计走为上，可一时又找不到合适的借口，只得应付道："哪里，哪里，淑娥不过一村姑农妇，哪里比得上军长的二姨太啊。"

龚帆哈哈大笑："好一个村姑农妇，让我看，简直就是嫦娥下凡啊。怪不得蒋夫人几次给你做媒，你都没看上眼，原来魏副师长眼里只有貂蝉、西施这样的美女，一般的女人哪里能看得上眼儿呢，你们说是不是？"

酒桌上的人听了跟着一阵大笑："军座说得对！"

郑淑娥的脸羞得通红，她看了看魏明理，站起身端起酒杯说："淑娥一乡下女子，能得到军座夸奖，淑娥敬军长一杯。"

龚帆色眯眯地站起来："好哇，嫦娥敬酒吴刚哪有不喝的道理，来，这杯酒我干了。"说着仰起头把一杯酒喝下肚去。

众人跟着起哄："好事成双，再来一杯！"

薛恒担心再这样下去军长一旦失态不好收场，忙起身让道："军座携夫人来二师视察，卑职深感荣幸，我看酒喝得差不多了，请军座跳舞尽兴如何？"

"好啊，不是我夸口，跳舞我可是行家，魏副师长知道，在南京，我可是那些太太夫人们争相邀请的舞伴。今天我露一手让你们看看。"

薛恒站起身："难得军座有此雅兴，请。"

龚帆挽着二姨太，在薛恒、魏明理、郑淑娥、曹军簇拥下从包间里出来，来到外面临时当作舞池的大厅。

随着留声机里播放的舞曲，龚帆与二姨太一块跳起了华尔兹。一曲过后，龚帆主动走到郑淑娥面前："请吧，魏夫人。"

淑娥的脸"唰"地红了："军长，我从小在农村长大，没有学会跳舞，请军长还是跟太太跳吧。"

龚帆笑吟吟地毫不在乎地说："哈哈，没关系嘛，谁也不是天生就会跳舞，都是一点点慢慢学会的，你不会我可以教你。"说着，硬是拉着淑娥进了舞池。

郑淑娥笨拙地跳了一曲下来，龚帆仍不肯罢手，借着酒力竟无所顾忌地搂着淑娥跳起了贴面舞。

魏明理坐也不是，站也不是，急得一个劲地搓着手在地上来回踱步，眼睁睁地看着龚帆把身子紧紧地贴在淑娥身上，忘乎所以地在舞池里转来转去。

坐在一旁的军长二姨太，更是越看越生气，忍不住"呼"地一下站起来走到魏明理跟前，鼻子不是鼻子、脸不是脸地挖苦道："魏副师长娶了个漂亮娘们忘了姓啥了是不是。显摆个屁！"

说完又冲着丈夫怀里的淑娥骂道："狐狸精！"然后一甩袖子气哼哼地转身"咯噔咯噔"走了。

魏明理气不打一处来，真想骂这个女人一顿，可他知道，这样一来非但无济于事，还会惹来更多的麻烦。

好不容易挨到曲终人散，魏明理片刻再不想停留，应付了几句，带着淑娥急三火四地赶回了师部。

夜里处理完手头的军务，回到屋里魏明理怎么也睡不着了，他看着躺在身边的妻子，见她熟睡中的模样仍是那么迷人，心中像打翻了五味瓶。他想找个人说说自己心里的苦闷，便坐了起来，轻手轻脚地下了地，来到参谋长曹军的屋里。曹军也是刚躺下，见魏明理进来，翻身下地给魏明理让座倒水，“师座这么晚了还不睡，一定有什么事吧？”魏明理也不答话，伸手打开一瓶白兰地，满满地倒了一杯一饮而尽。放下酒杯，愤愤不平地说：“你给评评这个理，我娶了个漂亮媳妇招谁惹谁了，咱们军长的二姨太凭什么当着那么多人跟我急皮酸脸地话说得那么难听，让我脸往哪儿放。”

“是啊，这个女人是不咋的，咱们这位军座也有失体统。”

魏明理听曹军一说，更是心头火起：“妈的，淑娥都说了不会跳舞，可他非逼着她跳，还当着那么多人的面把淑娥搂到怀里，没完没了地贴着身子蹭来蹭去。我心里不痛快，有火还没地方发呢！凭什么冲我来了。”

“听说这个二姨太是一个地主的闺女，主动巴结军长。”

魏明理又倒了一杯白兰地喝下去：“管不了自己的男人，反过来还倒打一耙，把屎盆子都扣到淑娥头上了。”

曹军抬起头来盯着魏明理，说：“师座，我说话你别不爱听，自古红颜是祸水。”

魏明理仰起头来望着被烟熏得黢黑的房梁：“你的意思是我引火烧身了。”

曹军还想说什么，又把话咽回去了。魏明理见他吞吞吐吐的样子：“有话直说。”曹军舔了舔嘴唇道：“其实道理很简单，女人太漂亮了不知道会有多少双眼睛在她身上打转转，是猫哪有不吃腥的，男人没他妈一个好东西，这两天我看连师部的那些勤杂人员看到你媳妇都色眯眯地想占便宜。”

魏明理听了不住地点头：“你不说我也看出来了。”

曹军给魏明理的杯里重新倒上酒，自己也把酒斟上，说：“依我看，眼下娶这么个如花似玉的媳妇，不是时候啊。”

魏明理拧起眉头思索了半天：“也是，弄这么个美人在军营里，实在太扎眼了。”

曹军见自己的话有了效果，仰起头把酒喝下去：“师座要是仍在蒋夫人身边供职，也许不会有什么事，眼下就很可能真的像师座说的那样引火烧身，说不上得罪谁。说句不该说的话，弄不好，因为争风吃醋，一旦横生事端，师座的仕途也许就会毁在这个女人手里。”

“照你这么说，我这不是拿着脑袋往门框上撞，干了件傻事吗？”

曹军怕言多有失，惹得魏明理不高兴，话题一转说：“话也不能这么说，但从眼下的时局来看，国共在东北早晚必有一争，说不定哪天咱们就得上前线。”

魏明理知道曹军向来老谋深算，问：“依你之见该如何处置？”

曹军抬起头来听着外面不时传来的几声犬吠，过了好一会儿说：“依我看，与其留着一个随时会招引祸端的女人在你身边，不如尽早出手把她卖掉，这样既可以把你花出去的钱弄回来，也省得因为这个女人节外生枝。”

魏明理心中一动，端起酒杯说：“唉，参谋长，这么多年来我一个人形单影只，与孤灯为伴，好不容易找了一个可心的女人。哎，是老天有意在惩罚我，还是我命该如此。”

“师座，命运有时候确实喜欢作弄人啊。”

“说句掏心窝子的话，我真舍不得淑娥，仕途上我已经别无所图，干到今天的这个份上我知足了，不过你说到钱，倒是让我动心了，要是真像你说的那样，人留不住，钱再打了水漂，可就杜十娘跳江沉了百宝箱——人财两空了。”

曹军端起酒杯：“所以，请师座三思。”

魏明理一时进退两难，思之再三也理不出个头绪，不觉心烦意乱，便起身端起酒杯道：“来，参谋长，就凭你今天的这番话，咱俩干一个。”

两个人举起酒杯一饮而尽。回到屋里，见淑娥依旧香甜地睡着。魏明理轻轻理了理妻子额前一缕散乱的头发，默然枯坐，不知如何是好。

第二天夜已经深了，淑娥仍坐在灯下给魏明理缝制鞋垫。这些日子她的内心被喜悦和幸福充塞得满满的，她没想到自己一夜之间会成为官太太，尽管那种灯红酒绿的生活对她来说还很陌生，却是她一直向往的，她铁定了心跟魏明理好好过日子。这时听见门响，知道是魏明理回来了，忙起身下地去给他打来洗脸水：“累了吧，洗把脸，我把水给你沏好了，喝口水早点歇着吧。”

魏明理看着淑娥里外忙活着给他端茶倒水，想起昨天曹军出主意说要将她卖掉有些后悔：“淑娥，别忙了。”说着伸手拿起淑娥缝制的鞋垫看了看，说：“想不到你的针线活做得这么好。”

淑娥带着几分羞涩说：“农村的女孩子打小就开始学着做女红，要不长大了该嫁不出去了。”魏明理听了不住地点头。

“来，把鞋脱了，我给你烫烫脚。”淑娥边说边将魏明理的鞋袜脱下来，端来洗脚水，仰起头来看着魏明理说，“忙一天了，烫烫脚能睡个好觉。”魏明理看得出来，郑淑娥对自己的爱是真心的。洗过脚，魏明理轻轻搂过淑娥，没头没脑地问：“你说女人是长得漂亮好，还是长得丑好？”

淑娥娇嗔地靠在魏明理的怀里：“你怎么想起问这事啦？”

魏明理一时不知如何回答是好，只得搪塞道：“我不过随便问问。”

郑淑娥想了想，说：“自古以来，哪个女人不想自己长得漂漂亮亮的，没听说哪个女人愿意像丑八怪似的，你说是不是。”

魏明理不置可否地点了点头。郑淑娥在魏明理的脸上轻轻吻了一下，说："可人长得什么样，自己说了不算，都是老天爷给的。"

魏明理觉得这个女人身上没有一点乡下女人的俗气，"你说得倒也是。"

郑淑娥嘻嘻一笑，说："让我看，男人都是属猫的，见了腥吃不到嘴里就馋的流哈喇子。"

"正是因为这样，女人要是太漂亮了，就会无端招惹来许多是非。"魏明理前言不搭后语地说。

郑淑娥盯着魏明理，说："你是不是还在为那天晚上跳舞的事不高兴？说实话，那天晚上回来我非常后悔，压根我就不该跟你去。"

魏明理轻轻地在淑娥的脸蛋上捏了一下，说："那天的事跟你没关系，是师长特意告诉我让带你去的，你要是不去反倒不好，师长会不高兴的。"

郑淑娥抬起头来看着魏明理抱怨道："你们那个军长实在让人恶心，像块狗皮膏药似的，粘在身上就揭不掉了，死缠着人家，我又是第一次参加这样的活动，当时真不知道该怎么办才好。这件事已经过去了，咱就忘了它吧。你放心，以后我待在家里哪儿也不去了，给你洗衣服做饭，再给你生一大儿子，你们魏家也就有人接续香火了。"

魏明理被妻子的一番话打动了，咬了咬牙，暗自下定了决心，先将淑娥送回南京，一俟东北战事结束，立即回南京与淑娥团聚。想到这他轻轻叹了一口气，爱怜地抚摸着淑娥柔软光滑的秀发，说："你说，我要是个普通的老百姓该多好，咱俩白头到老，厮守一辈子。"

郑淑娥轻轻推开自己的丈夫，坐起来："当官咋了，你去问问天底下有几个人不想当官发财的。你放心，只要你不在外面拈花惹草，我就踏踏实实地跟你过一辈子，我一直伺候你到老得走不动的那一天。"

魏明里看着淑娥妩媚清秀的一双大眼睛里透出来的真诚和对未来生活的渴望，思绪纷乱，半晌无语，呆呆地坐了一会儿，下地吹熄了灯说："早点歇着吧。"

屋子里顿时暗了下来，漆黑的夜色随即从各个角落里肆无忌惮地钻出来，在土炕前留下了大团的黑影。

很快国共对东北的争夺开始明朗化了，双方都投入大量兵力，松辽大地战云密布。国民党整编二师师部一派忙碌。上午副官常东怀送来一份军部的电报，魏明理见是军部下达的命令：着二师七日之内开赴法库一线集结。

晚上，魏明理在东海兴酒楼要了几个菜，独自一个人喝起了闷酒。他打算送淑娥回南京，可思来想去又觉得不妥当，心绪像一团乱麻，怎么也理不出个头绪，无奈，他让常东怀找来参谋长曹军。两杯酒下肚，魏明理转了转眼珠犹豫不决地说："淑娥对我百依百顺，送她回南京我不放心，又实在狠不了心把她卖掉。"

曹军知道魏明理找他来的意思，给魏明理倒上酒，说："这是人之常情，换了我也一样。"

魏明理痛苦地闭上了眼睛，说："过两天部队就要开拔了，我想带上她一块走。她离不开我，我也离不开她了。"

曹军见大战在即，魏明理仍举棋不定，说："来，师座，咱不说这些，先干一个。"说着举起杯来，把满满一杯酒喝了下去。

放下酒杯，曹军问："你知道师长在背后怎么说你这个媳妇吗？"

"师长说什么啦？"魏明理想问个明白。

"师长说你这个媳妇姣若春花，媚如秋月，称得上是绝代佳人。"

魏明理瞪起眼睛问："师长说这话是什么意思？"

“师长说唐代的杨玉环正是因为有闭月羞花之貌，才带来了安史之乱，最后就连那个皇帝老儿也不得不在百般不情愿的情况下杀了她。”

魏明理叹了口气：“可淑娥对我一片真心，我咋狠心把她推到火坑里。”

“师座，你别忘了，咱们是军人，上了战场生死难料，你在人是你的，你要是一旦殒命疆场，你这厢黄土陇头送白骨，她那边红灯帐底卧鸳鸯可就是说不准的事了。”魏明理听了，如梦初醒地点了点头。

“师座，不是我有意挑拨你们夫妻的关系，这些年你比我看得经得多了，你活着，那些心怀叵测、居心不良之徒，还千方百计地打她的歪主意，更何况你人不在了呢。”

魏明理的心被曹军的一番话说活了。“师座，我看那天的排场不小，娶媳妇一定花了不少钱吧？”曹军故意问。

“是啊，把这些年积攒下来的那点钱花得差不多了。”魏明理顺水推舟地说。

“师座，咱们要是老百姓，你跟她能厮守终生，花再多的钱也值。可咱们毕竟是军人，上了前线，子弹不认人啊。”

魏明理仰起头沉思了片刻：“唉，不瞒你说，事后我也觉得，身为军人，在一个女人身上花这么多钱有点犯不上。可我又一想，既然喜欢这个女人，花就花了吧，刚才听你这么一说，战场上生死无常，这笔钱花得是有点冤枉。”

“正因为这样，不如把她卖掉，把钱拿到手是真格的。”曹军见说到了魏明理的痛处，索性把话挑明了。

魏明理觉得曹军话说到他心里去了，暗想：“钱到了手里，战场上死了算命短，要是能活着回来，再想找什么样的女人没有。”想到这，他端起酒杯跟曹军碰了一下，“看来我只有忍痛割爱了。”

曹军连连摆手：“师座，这件事你不能光听我的，我只不过是给你提个醒。”

魏明理把身子朝前凑了凑：“你放心，这件事将来好坏我都不会埋怨你。”

离开拔的日期越来越近了，驻扎在辽阳的国民党整编二师师部笼罩在临战前的紧张气氛之中。晚上，副官常东怀来到魏明理的指挥部，把门关严后转过身来说：“师座，行了。”

“找到买主啦？”

常东怀凑到魏明理跟前，压低了声音说：“我跟北市场宜春里的老鸨子说好了，到时候把人送过去，一手交人，一手交钱。”

“你跟那个老鸨子怎么说的？没说是我要卖媳妇吧。”

常东怀嘿嘿一笑：“师座，我能说是您要卖媳妇吗，这事让外人知道了好说不好听不说，人家老鸨子一听是你堂堂师长的媳妇，你就是借她个胆儿，她也不敢买啊，到时候人家还怕你回来跟她要人呢，谁愿意没事找事，招惹你这个堂堂的国军大师长啊。”

魏明里拍了拍常东怀的肩膀：“行，你没白跟我这一年多。”

常东怀带着几分讨好和谄媚的口气说：“那是，东怀以后还得靠师座多多栽培。”

“你放心，我忘不了你。”

“多谢师长。”

魏明理沉默了一会儿，对常东怀道：“这事无论如何不能在淑娥面前走漏半点风声，要是一旦让她知道了，不但事办不成，还会闹得满城风雨，到那个时候，这人可就丢大了。”

“师座，你尽管放心就是了，宜春里那边我跟老鸨子说淑娥家里遭了难，日子过不下去了，他丈夫死了，人没有活路了被我给买了下来，老鸨子已经信以为真了。”

魏明理梳理了几下头发，问：“那找个什么理由把淑娥骗去呢？”

常东怀显然已经想好了：“这好说，你就跟淑娥谎称去沈阳开会，顺便带她去逛逛故宫，师座只要把淑娥骗到沈阳就一走了之，我就说带她去逛街把她领到窑子里，到时候她想跑也跑不了了。”

魏明理思忖片刻：“行，就这么办。”

回到家里魏明理一边脱衣服，一边笑着对给他打洗脸水的郑淑娥说：“队伍马上就要开拔了，明天我去沈阳开会，你跟我一块去沈阳玩两天怎么样？”

郑淑娥放下脸盆，一边把魏明理脱下来的衣服挂好，一边高兴地说：“好哇，长这么大我还从来没去过沈阳呢，这回也见识见识皇上的金銮殿。”

魏明理心怀鬼胎地说：“好吧，你准备一下，明天咱们早点走。”

第二天傍晚，魏明理和副官常东怀带着郑淑娥来到沈阳北市场的天成客栈住了下来。

歇息了一会儿，魏明理说：“淑娥，今晚我带你和东怀去三盛轩吃坛肉好不好？”

郑淑娥喜形于色地说：“好啊，在乡下这些年我还没下过馆子呢。”

魏明理为了掩饰心里的愧疚，故意卖关子道：“三盛轩的坛肉肥而不腻，香而不膻，入口即化，是沈阳城的一绝。”

淑娥听了十分好奇，说：“在乡下杀了猪都是用大锅炖，没听说猪肉还有这么讲究的吃法，城里人整啥都跟乡下人不一样，跟你在一块真长见识。”

夜色中，魏明理和常东怀带着郑淑娥来到北市场有名的三盛轩饭店。三个人找了靠里面的位置坐下，跑堂的过来殷勤地问：“几位来点啥，我们这最有名的是坛肉。”

常东怀伸出三根手指：“来三个坛肉，一壶酒，再来个红烧鲤鱼。”

“好嘞，坛肉三个，外加红烧鲤鱼啦！”跑堂的吆喝一声下去了。不一会儿便麻溜地把坛肉端了上了。郑淑娥也不客气，夹了一口放到嘴里嚼了嚼，抬起头来用一双水汪汪的大眼睛看着魏明理，说：“我还是头一次尝到这么香的肉，吃到嘴里一点也不腻人，明天你还带我来吃。”

魏明理似笑非笑，一语双关地说：“好，你要是愿意吃，以后留在沈阳天天吃坛肉吧。”

郑淑娥听了连连摇头：“那我可不干，你走到哪儿我跟到哪儿，再好吃的东西我也不稀罕。”

魏明理看着郑淑娥目光中流露出的那份对自己的依恋，再也坐不住了，站起来说：“咱们该回去了。”

第二天吃过早饭，魏明理拿起公文包对郑淑娥道：“我去开会，让常副官陪你好好在沈阳城逛逛。”

“开完会早点回来，我等你。”淑娥柔声说。魏明理看着淑娥情意缠绵的样子，心里有些不忍，不得不咬了咬牙，像做贼似的将帽檐向下拉了拉，转身走了。

常东怀领着郑淑娥在街上转了两圈，来到了北市场的宜春里。郑淑娥看着楼上楼下一个个涂脂抹粉，打扮得妖里妖气的女人跟那些男人们搔首弄姿，眉来眼去地打情骂俏，回过头来吃惊地问常东怀：“常副官，这是什么地方？”

常东怀一龇牙：“宜春里。”

郑淑娥愣住了：“上这地方来干啥？”

话音未落，宜春里的老鸨子脸上涂着厚厚的脂粉，嘴里叼着烟卷，妖里妖气一扭一扭地走了过来。

老鸨子上前仔细打量了一番郑淑娥，问：“常老板，这就是你说的那个美人吧？”

“你看怎么样，我没说瞎话吧。”

老鸨子撇了撇嘴，嗲声嗲气地说：“你说得一点不假，这可是一棵摇钱树啊。”

常东怀盯着老鸨子，眼睛眯成了一条缝：“以后你赚了钱可别忘了我哟。”

老鸨子挤眉弄眼道：“常老板放心，以后宜春里的姑娘你随便挑。”

郑淑娥上前一把抓住常东怀：“常副官，你这哪是带我逛街来了，你是把我骗到窑子里来了。”

常东怀一咧嘴：“是呀。”

郑淑娥怒目圆睁：“这么说，是把我给卖了？”

“你天生一副美人坯子，在乡下窝着实在委屈你了，我可是为你好，让你享福来了。”

“你个混蛋，赶紧带我走！”郑淑娥不顾一切扑到常东怀身上又撕又咬。

常东怀用力将郑淑娥推开：“你不是说坛肉好吃吗？从今往后，你就可以天天吃坛肉了。”

郑淑娥肺都气炸了，转身就要往外走。

常东怀伸手拦住郑淑娥："你去哪儿？"

郑淑娥拼命想挣脱开："放开我，我去找明理！"

"我的姑奶奶，你死了这份心吧，他早就走了。"

"你胡说！不可能！"

"我长了几个脑袋敢骗你，让副师长知道了，还不一枪崩了我，跟你挑明了吧，这是副师长的主意。"

郑淑娥跺着脚哭喊道："魏明理，你不是人！我对你百依百顺，你个挨千刀的，狼心狗肺，把我卖到窑子里，你就不怕老天爷打雷劈了你！"

常东怀冲着郑淑娥摆了摆手："你再骂他也听不见了。生米已经做成熟饭，说什么都没用了，认了吧。"

郑淑娥顿时觉得天旋地转，像被人推进一口深不见底的井里，她恨不得将魏明理撕成碎片。这时一下想起她爹说的那些话，更加悔恨不已，怪就怪自己眼瞎看错了人。她越想越生气，跳着脚大骂起来。

站在一旁的老鸨子阴阳怪气地说："呦，真没看不出来，这么个美人，性子还挺烈的，不过到了我这可不行，你要这么横踢乱卷的，还不把我的客人都得罪了，进了我的门就由不得你了，看来我得先好好地调教调教你，让你明白明白这青楼的规矩。"说着她高声道，"来人哪！"

闻声过来两个壮汉。

"来呀，给我修理修理这个新来的雏。"

两个人答应一声："好嘞！"上前把郑淑娥架起来拖走了。

常东怀拿过老鸨子给的钱，一拱手："再会！"出了宜春里直接回了天成客栈。老鸨子却有些发蒙，心里合计，咋说来说去的整出一个副师长来，这里头要是有啥猫腻，自己可就赔大发了，她追出来想问个究竟，常怀东早已不知去向。

魏明理在天成客栈正焦急地等消息，见常东怀回来了，急着问：“怎么样？事儿都办利落了？她没闹吧？”

常东怀从怀里掏出钱来交给了魏明理：“都办利索了。”

魏明理接过钱数了数，抬起头来带着夸赞的口吻对常东怀道：“好哇，事办得不错，不但没赔本，还赚了一百块大洋。”

常东怀讨好地说：“师座交办的事我哪能不上心。”

魏明理叹了一口气，说：“唉，不管怎么说，我们也是夫妻一场啊。”他有些后悔，可转念一想，算了，事已至此，再说什么也没用了。看着窗外黑乎乎的天空，他想起了在乡下听戏时的一段唱词：“叫一声小妹妹你别恨我，花钱娶你压根就是我的错——”

第五十九章

一九四六年一月底，黑山县城的社会秩序稳定后，郑春义找来胡进、关明杰、张海几个人，开始商量下一步的行动计划。

郑春义待几个人坐下后说：“现在县城秩序稳定，各家商铺的买卖也一天比一天好，咱们的自卫军也扩展到三千多人。街头昼夜都有士兵在巡逻，百姓都安下心来过日子了，你们几个说说，下一步咱们该怎么办。”

胡进挠着脑袋想了想，说：“我看这里一时半会儿也没人管，干脆，从现在开始，咱们像府衙那样收税行不行，这样既解决了部队的开支，也可以把县城管起来。”

关明杰思索了片刻首先同意：“好啊，一举两得。”

郑春义也觉得这事可行：“那就写个收税的告示贴出去，要是商户们不愿意就算了，要是没人反对，就这么定了。”

“好，我这就去写告示。”胡进站起来，戴上帽子出去了。

当天下午，黑山县城东一家杂货铺门前围着十几个人，在伸着头看自卫军刚刚贴上去的布告。一个年轻人看了觉得有些蹊跷："自卫军收的哪门子税？"

站在他边上的一个戴眼镜的中年男人附和道："是啊，自古都是官府收税，哪有军队收税这一说。"

杂货铺的老板闻声走了出来，伸手推了推头上的帽子，指着墙上的布告说："要不是自卫军把土匪灭了，我早就倾家荡产了，既然自卫军给咱们干事，咱们不养活谁养活，这收税的事我赞成。"

一个中年女人也站出来说："何掌柜说得对，没有自卫军，那两个采花贼还说不定祸害多少大姑娘小媳妇呢。"

杂货铺的何老板见有人跟他想到一块去了，接着说："做买卖缴税天经地义，管他谁收税，老百姓还不就图个安稳日子吗。"边上的人听了纷纷点头称是。

从此之后，老百姓遇到难心的事也都愿意找自卫军说道说道。

半个多月后，一大早街上还见不到几个行人，一个女人披头散发地和一个男人扭打着来到兵营的门前，那个女人薅着男人的衣襟冲着站岗的卫兵嚷嚷道："你让自卫军给评评理，我娘怎么惹你了，你把她赶走了。"男人用力扭动着身子想摆脱女人的纠缠："哎，哎，松手行不，让人看了多砢碜！"

女人嘴不饶人："怕砢碜你别做缺德事啊。"

门口的哨兵将两个人拦住："哎，哎，等等，你们要干啥？"

女人亮开大嗓门："我要找自卫军的胡参谋长，让他给评评理。"

"好，你等着。"一个哨兵转身进去了。

时间不长，胡进跟着哨兵从里面走了出来，他过去打量了一下两个人：

“有什么话进来说吧。”

两个人跟着胡进进了会客室。胡进用手指了指凳子：“坐下说，怎么回事？”

女人抢先道：“你让他自己说，没良心的玩意儿。”

男人低着头，扽了扽被女人拽得褶褶巴巴的衣服，说：“是这么回事，我打小没爹没娘，从十岁开始跟着我岳父学徒钉马掌，我一直把两位老人当成自己的父母待。可昨个我岳母来了，没吃饭，我给做了碗面条，老太太说不好吃，一生气把一碗面条全扣地上了，我说了老太太两句，老太太一甩剂子走了。这不，她回来不依不饶地说我把老人给撵走了。你说，我能干这种缺德事吗？”

女人站起来，用手指着男人的鼻子，怒气未消地说：“这些年你吃着我们家的，喝着我们家的，我妈说了你两句就不乐意了，你还是人不？”

胡进站起身，说：“我听明白了，也不是啥大不了的事，大早起的，至于你们两口子急皮酸脸地吵吵巴火吗？”

女人仍不依不饶地说：“把我娘撵走了还不承认，气死我了。”

胡进给那个女人倒了一碗水：“你呢，先消消气。这事让我说，你做得也有不对的地方。不管咋说，你男人给老太太做好了饭，老太太不该把饭倒在地上，这事搁谁谁也生气。你回来不问青红皂白，就跟你丈夫大吵大闹，这是你的不对。你应该回去好好劝劝你娘才是。”

女人撇了撇嘴：“这么说，这个没良心的还有理了。”

“我没说你男人这么做有理。”胡进转过身来拉过男人，“你好歹是个大老爷们儿，你丈母娘年岁大了，做得再过分，你也不应该跟老人发火。你要是忍了，老人也不会走，我看，你回去赶紧跟老人认个错。当爹妈的心疼儿女，这事也就过去了。”

男人点点头："好，我这就回去给娘赔不是去。"

女人瞅了自己男人一眼，扭头跟胡进抱怨道："刚才他要是这样，我俩也不至于闹到你这来啊。"

"行了，赶紧回去吧。"胡进挥了挥手。两个人也不好再说什么了，站起来鞠了一躬走了。

这两个人走后，一直站在门外的郑春义和关明杰、张海就进来了。郑春义冲胡进调侃道："行啊，我看你快成县太爷了。"关明杰接过郑春义的话说："自从上次我们抓住了两个采花大盗，城内的百姓信任咱们自卫军，遇到大事小情，都想来这儿说说。"

"是啊，再过两天咱这兵营我看就快成县衙了。"

关明杰凝视着墙上的作战地图，思索了一会儿，带着几分忧虑说："再这样下去，百姓都来打官司告状，非乱套不可。"

郑春义苦笑着说："我也知道时间长了不是个事儿，可咱们要是不管没人管啊。"

关明杰合计了合计，抬起头来说："那干脆让胡进和张大哥带着人在县公署正经八百地升堂断案，外加处理民间一应事务，你们看怎么样？"

胡进一听，兴奋地说："好啊，这样一来岂不是祖坟冒青烟了，咱也过把当县太爷的瘾。"

张海摘掉帽子坐到凳子上："我跟胡参谋长借光，弄把县太爷的交椅坐坐，这辈子也算够本了。"

"我看明天就把告示贴出去，要不在兵营里整天接待那些打官司告状的人，乱糟糟的，影响士兵们训练。"关明杰觉得事不宜迟。

郑春义拍了拍胡进的肩膀："你今晚起草一个告示，明天一早你就带着人贴出去。"

“行，这事交给我好了。”

“这几天税款收缴得怎么样？”

胡进听郑春义问起收税的事，立即眉飞色舞地说：“商户们没有反对的，我算了算，今后我们收缴的税金完全可以满足部队正常的开支了，而且还绰绰有余。”

“我看单靠收税并非上策，不如咱们也开几家店铺。”

“这倒是一条长久立足之计。”关明杰认为郑春义的想法不错。

胡进挠着脑袋，说：“那咱们做什么买卖好呢？”

“开两家粮铺、一家当铺、一家酒楼。”没想到郑春义早已经打算好了。

张海一拍大腿：“我一个大爷当年就是开当铺的，几年的工夫就发了。”

“咱们自卫军做买卖要公平，不能欺行霸市，更不能粜风卖雨失信于民。”

“关团长说得对，这个事就由胡进来办。”郑春义见几个人没有意见，对胡进交代说。

“好哇，我这县太爷这回可是有钱有势了，我要是进了富贵乡乐不思蜀，你们可别怪我没出息啊。”几个人哈哈大笑起来。

关明杰略加思索说：“明天在县公署挂两块牌子，一块是辽西自卫军县公署，一块是辽西自卫军税务所。”

“行啊，就这么办。”郑春义决定就此在黑山县城扎下根来，不挪地方了。

黑山县原县公署经过一番清理之后，成了辽西自卫军的税务所和临时县衙。胡进和张海每天早早地来到这里，受理民众的各种日常事务，整日忙得不亦乐乎。由自卫军开办的几家商号也相继开业，郑春义和关明杰则每天一心扑在部队训练上，对县衙上的事和商号运作情况很少过问。

二月初的一天上午，郑春义和关明杰抽空来到县公署，胡进和张海忙起身相迎。胡进一边给两个人端茶让座，一边兴奋地说："我正想找你们哪，咱这买卖算是做对了。"

郑春义把盒子枪朝身后挪了挪："我和关团长今儿个过来，就是想问问你，咱们这几家商号的生意咋样。"

"老百姓说咱们买卖公平，讲信誉，生意比咱们当初预料的好多了，日进斗金啊。"

郑春义哈哈大笑，道："我看这里天高皇帝远，咱们在这过他几年逍遥日子再说。"

张海瓮声瓮气地说："我看行，有吃有喝的，老百姓对咱们又挺好，谁撵咱也不走了。"

郑春义心情十分畅快，将茶杯里的水一饮而尽，站起身与关明杰正打算走，骑兵分队长胡彪急匆匆进来报告说："我们派出去的骑兵探子报告，一股国民党军正向县城进发。"

郑春义听了大吃一惊："哪来的国民党军？"

胡进一拍桌子："嘿，我们这正盘算在这过几年安稳日子呢，怎么就有来搅局的？"

张海瞪起大眼睛："娘的！我们辽西自卫军可不是好惹的！"

郑春义从腰间拔出枪来："这地盘现在是老子的，管他什么国民党军不国民党军的，谁来也白扯。"

正在这时，只听从南门方向传来一阵枪响，接着一个骑兵打马飞奔而来，到了近前，跳下马来报告道："国民党军的人马已经到了南门，要强行进城，双方已经交上火了。"

郑春义大声道："走！看看去！"

几个人翻身上马，来到南门登上城门楼一看，几个国民党的骑兵正在下面大声喊叫着："快开城门，不开门老子就攻城了！"说着一个头头模样的人挥手朝城门楼上"啪啪"就是两枪，子弹贴着郑春义的耳边飞了过去，将郑春义身后的木头柱子打了一个洞。

郑春义一激灵，闪身躲到一个箭垛后面往远处一看，只见大路上尘土飞扬，大队骑兵正在向这里奔来，头上的钢盔在阳光的映照下，一闪一闪地反射着刺眼的光亮。

胡进心里也是一惊，说："看样子来的人还不少。"

"兵来将挡，水来土掩，不用怕他们。"郑春义转过头来命令骑兵分队长胡彪："把城门给我关严了！架机枪！"

上边才把机枪架好，下边国民党的大队骑兵也到了近前。郑春义看了看，足有一百多人，为首的一个当官模样的人用马鞭子往上推了推帽檐，抬头见城门已经关上，大声问道："你们是什么人？赶紧把城门打开，让老子进城！"

这时先前那个头头模样的人来到那个人的马前，"报告连长，这伙土匪在我们到来之前已经抢先占领了城门，我们进城受阻。"

郑春义冲着下边高声道："你们是什么人，这里是我辽西自卫军的地盘，你们给我趁早滚蛋！"

那个骑兵连长仰起头来应声道："嘿，你他妈好大的胆子，敢拦着不让老子进城。你听明白了，老子是国军，今天奉命来接收县城，你要是再不开城门，老子可要强行攻城了。"

郑春义毫不让步："少来这套，跑这儿装什么大尾巴狼，吓唬别人行，你听着，这里早就被我接收了，你来晚了一步。"

那个国民党骑兵连长顿时气得七窍生烟，大声骂道："嘿嘿，好大的口气，你接收了，你他妈算老几啊，长了几个脑袋！"

"小样，狗鼻子上插葱，装什么大象，就你们这几个烂柿子，你要是敢动手，一个也别想活着回去，不信你就试试。"

国民党骑兵连长见郑春义敢跟他叫板，更加暴跳如雷，从腰里抽出枪来，大声说道："好啊！我看你是想找死！"说着一挥手喊道："弟兄们，准备手榴弹！给我攻城！"

骑兵们纷纷从腰里拔出了手榴弹，直奔城门冲了过来。关明杰见状命令道："机枪，给我打！"

城门楼上的两挺机枪同时开了火。几个骑在马上的国民党兵应声落地，那个骑兵连长胳膊上也挂了花。僵持了半天，见一时攻城无望，在马上骂道："妈的，真是反了你们了，看我怎么收拾你们。"说完，喊了一声"撤"，带着大队骑兵掉转马头一溜烟地跑了。

国民党驻辽阳二师三十八团团长关山接到师部的命令后，派出骑兵连去接收黑山，却迟迟没有消息。急得他在屋子里坐立不安，团团乱转。参谋刘勇也觉得不对劲，走到作战地图跟前用铅笔敲打着黑山县城的位置，说："张连长是不是遇到麻烦啦？"

关山连连摇头："不会吧，沈阳我们都接收了，一个小小的黑山县城还会出什么问题。"

这时张连长丢盔弃甲地一头闯了进来，关山见他脖子上吊着绷带，一副垂头丧气的样子，觉得奇怪，诧异地问："怎么搞得这么狼狈，出什么事了？"

张连长敬了个礼："报告团长，我们被人给拦在城外，说黑山县城已经被他们接收了，那伙人说什么也不肯打开城门，我带着人准备强行攻城，不料他们的火力很猛，把我和好几个弟兄都打伤了。"

关山一拍桌子："混蛋，哪来的土匪，明天集合队伍进城，我看谁敢拦我。"

"是！"张连长敬了个礼转身出去了。

第二天下午，团长关山带着大队人马和轻重武器赶到黑山县城南门外，他在马上举起望远镜一看，果然见城门上有人走动，垛口上架着机枪，城门口还有人在端着枪站岗，于是命令张连长："你带人过去通禀一声，就说我关某来了。"

张连长答应一声，带着人打马来到南门城下。

城门口的哨兵见有人朝这里奔来，立即关上城门。带队小队长钟雷对一个士兵吩咐道："你马上去送信，就说国民党军又来了。"

送信的士兵走了不到半个时辰，只听下边有人喊叫道："赶紧给我把城门打开！"

城门楼上站岗的士兵定睛一看，还是那天来的麻子连长，大声应道："想让我给你开城门？你得先问问我手里的家伙答应不答应。"

"混蛋，老子是奉命来接收县城的，你睁开眼看看，我们的关团长已经带着人到了，还不赶紧给我滚开！要是再不打开城门，你们一个也活不了。"

想不到城门楼上的哨兵毫不示弱："我看你是光屁股打狼——胆大不要脸，告诉你，我可不吃你那一套，没有命令，你们休想进城。"

张连长上次狼狈不堪地跑回去，被关山狠狠地训斥了一顿，听了哨兵的抢白，禁不住怒气冲天："我看你们才给脸不要脸，给我打！"

底下的国民党兵举枪朝城门楼上射击。那个哨兵举手"啪啪"就是两枪，一个骑兵"啪叽"从马上掉到地上。城楼上的机枪也一块响了。又有几个人从马上被掀落到地上。麻子连长一看不好，一挥手，带着人退了下去。

关明杰、郑春义和胡进接到报告，打马来到南门，登上城楼，只见国民党的大队人马在城门外已经摆开了强攻的阵势。几门钢炮和轻重机枪一字排开。关明杰久经战阵，一看势头不对，扭过头去对郑春义道："国民党的正规军不可小瞧，一旦动起手来，肯定会两败俱伤。"

"那怎么办？"郑春义一时没了主意。

关明杰思忖片刻后说："他们硬要强行接收，我们拦也拦不住，不如我们派个人下去跟他们谈谈，摸摸他们的底再说。"

"我去。"胡进自告奋勇。

关明杰合计了合计，摇了摇头："现在还不能贸然下去，先看看他们是什么意图。"

"好。"郑春义抬手冲天上放了一枪，高声道："城下弟兄们听着，我们是辽西自卫军，你们非要进城也可以，让你们当官的出来，我有话要跟他说。"

张连长骑在马上高声应道："有什么话，跟我说吧。"

"待会儿我们派人下去，能不能见见你们的长官？"

"好吧，我马上去请示关团长。"

郑春义大声说："告诉你们关团长，就说我可以答应你们进城，可不能就这么稀里糊涂地放你们进去，你们说是接收来了，我把你们放进去杀人放火咋办。"

张连长扬了扬手里的马鞭子："这个好说，你等着。"说完，打马走了。

时间不长，麻子连长来到城门楼下，用马鞭子向上推了推帽子，提高了嗓音：“你们听着，我们关团长说了，只要你们让我们进城，有话好说，不必动枪动炮。我们关团长让我告诉你们，我们进城后保证不杀人，不放火，不抢东西。”

“你们说话要算数。”郑春义仍有些不放心。

“我们是堂堂的正规国军，哪有说话不算话的。”

郑春义回过头来跟关明杰、胡进商量了一下，郑春义冲着下面大声道：“那好，让我们的参谋长面见你们的关团长，你要是骗我，咱们就拼个鱼死网破！”

张连长摇动着手里的马鞭子：“你放心，我们关团长说了，绝不会为难你们的人。”

关明杰转过头叮嘱胡进：“你下去后，要见机行事。”

胡进紧紧腰带：“关团长放心，我想他们在没摸清咱们的底细之前，不会轻易对我下手。”

胡进转身下了城楼，带着两个士兵从城门里出来，跟着张连长走了。

一行人来到关山面前下了马：“报告团长，这位是辽西自卫军的胡参谋长。”张连长立正报告道。

关山上下看了看胡进：“你们到底是什么人，好大的胆子，竟敢阻拦我们进城。”

胡进不卑不亢地回答道：“我们是辽西自卫军。小鬼子投降后，这里成了三不管的地方，我们就把这里全盘接收了。”

关山不屑地瞧了瞧胡进：“你们有多少人？”

“三千人。”

关山听了禁不住一愣：“你是在说大话还是在吓唬我，我可告诉你，胡子我见得多了，我可不吃你们那一套。”

“我没骗你，而且实话告诉你，我们的武器装备一点也不比你们差，真的交起手来，你们恐怕也占不到什么便宜。”

关山带着几分好奇：“哦，那咱们就试试看，我就不信我这正规部队打不过你们这帮乌合之众。”

胡进带着几分炫耀说：“关团长，这话你可说错了，我们关团长可是当年东北讲武堂的高才生，是东北军张少帅手下的一员虎将，不但能征善战，而且爱兵如子，治军有方，曾受到过蒋委员长的多次通令嘉奖，我们这支队伍是他一手带出来的，不是我说大话，打起仗来，恐怕一点也不比你们差。”

关山听胡进如此一说，倒是非常想见见这个关团长：“哦，原来是这样，那你们为什么不打？”

“关团长，你也许比我更清楚，炮火无情，一旦交起手来，不但你我之间会各有伤亡，城里的百姓也会跟着遭殃。所以，我们关团长才派我来跟你见面，你们如果真的要接收这座县城，最好请关团长进城去跟我们关团长当面谈谈。”

“还真是巧了，我们是‘一家子’。听你刚才一说，我倒想去会会你们的这位关团长。”

张连长连忙在一旁阻止道：“关团长，别听他胡说，谁知道他们安的什么心。”

胡进正了正帽子：“我既然敢出来跟你们见面，就不会出尔反尔。再说，如果关团长一旦在我们手里有个好歹，那我们双方仍免不了还会有一场厮杀，我们就没有必要请关团长进城了。”

关山觉得胡进说得有道理，遂摆了摆手：“我跟你走一趟。”说完他转过身来对张连长命令道："你带着人做好随时攻城的准备，没有我的命令不得后退半步。"

"是，团长。"

胡进在前，关山带着一个排的国民党兵在后，进了南城门。关明杰和郑春义从城门楼上下来。胡进从马上跳到地上，一指关明杰对关山说："这就是我们自卫军的关团长。"

关明杰一抱拳："在下关明杰。"

关山在马上也一抱拳："国军整编二师三十八团团长关山。"

关明杰飞身上马道："请关团长到我们自卫军队部稍坐片刻如何。"关山一抱拳："好，请前头引路。"

关明杰、郑春义、胡进带着关山走在大街上，关山见市面上秩序井然，各个商家店铺茶肆酒楼顾客盈门，街上人头攒动，熙熙攘攘，扭过头来对关明杰道："关团长，我看这里市井繁华，一派升平景象，看来你们治理有方啊。"

关明杰微微一笑："关团长有眼力。"说着，一行人进了兵营。

关明杰带着关山四处巡视了一番后，关山大感意外，对郑春义和关明杰道："真没想到你们这里营区整洁，士兵纪律严明，行止有序，坐卧规范，丝毫不比国军差，更让我没想到的是，你们的建制如此的正规齐整，士兵个个生龙活虎，训练有素。"

郑春义听了心里十分得意，带着关山进了作战室。几个人分主宾落座后，郑春义摘下帽子看了看关山，说："我们请关团长进城的目的，也是想让关团长看看，我们绝不怕打仗，我们是怕一旦打起来，殃及城内无辜。"

关明杰接过郑春义的话问道："你们此次来这里兴师动众、大动干戈，难道就是要接收这座县城吗？"

关山正色道："是的，目前国军已经接收了东北地区最大的城市沈阳，辽阳一带也已经被我们攻占，我奉命前来接收黑山、海城，用不了多长时间，整个东北就会是蒋委员长的天下了，我希望你们能识时务，尽早把黑山让出来。"

郑春义坐直了身子说："关团长，我们并非强占黑山，也并非硬是赖着不走，光复后，这里一时成了真空地带，土匪横行，盗贼猖獗，于是我们进城接管了这座县城。我想刚才关团长一路都看到了，经过我们的清剿和治理，现在城内秩序平稳，百姓生活安定，对我们自卫军也非常拥护。你们非要接收的话，为了城内的百姓免受兵燹之灾，我们可以把这里让出来，但前提是你们必须保证城内民众的正常生活。"

关山不假思索地说："这个没问题，我可以答应你们，可你们这些人去哪儿？"

郑春义看了一眼关明杰和胡进，说："这件事我们还没有想好，请关团长回去请示一下，给我们一个说法。如果你们的条件能够让我们满意，我们把这里马上交给你们。如果你的条件无法满足我们的要求，那就要另说了。"

关山觉得这件事很棘手，思索片刻说："我回去立即把这里的情况向师长汇报。"

"好，我们等你的消息。"

关山从凳子上站起来一抱拳："关某告辞。"遂带着人马出城去了。

关山回到师部，立即面见师长薛恒。薛恒因为大部队马上就要开拔却迟迟不能接收黑山而焦急。见到关山便急着问："怎么才回来，军长刚刚还在问黑山接收的情况呢。"

"师座，我们遇到了一件麻烦事。"

薛恒目不转睛地看着关山："哦，怎么啦？沈阳我们都接收了，一个小小的黑山县城还会有什么麻烦。"

"师座，黑山早在一年前就被一支地方武装接收了，我原以为不过是乌合之众，结果大大出乎我的意料，他们不但坐拥三千之众，而且武器装备精良，并经过一个东北军军官的训练，战斗力与我正规部队相比毫不逊色。这还不算，他们竟然把一座黑山县城治理得井井有条，并且已经开始征缴税款，行使政府职能了。"

薛恒听后沉吟了半晌，说："看来这事还真挺棘手。"

"师座，我与他们谈过了，他们已经答应把黑山县城让出来。"

薛恒在地上走了几步停下来，盯着关山："哦，那我们立即接收就是了。"

"但前提条件是必须妥善安置他们的现有人员。"

薛恒思索片刻后说："要是这样的话，我也做不了主。好吧，我立即把你说的情况上报告给军部，具体怎样接收，让他们定夺。"

"是。"关山敬了个礼，如释重负地转身出去了。

第六十章

一九四六年二月初，国民党整编二师将黑山这个烫手的山芋交给军部后，立即从辽阳开赴法库一线集结。十三日进入前线阵地，黄昏时分师部指挥所里一派忙碌。发报机收发电报的嘀嗒声，作战参谋接听电话下达作战命令时的叫喊声互相交织，响成了一片。

天黑后参谋长曹军走了进来，将一份电报送到魏明理手上：“师座，共军第七旅两个团从东南及西南、第一师两个团从北面及西北方向已经向我发起攻击。”

魏明理拿着电报来到作战地图跟前，抬起手来指着地图命令道：“立即让三团从东南方向、二十四团从西北方向出击，要是哪个方向出了问题，拿他们团长是问！”

“是！”曹军转身出去了。

入夜后战斗打响了，数不清的曳光弹在空中划过，炮弹爆炸后的轰鸣和各种轻重武器发出的刺耳尖啸，响成了一锅粥。

午夜，常东怀进来报告道：“师座，我虎皮山、北山等外围阵地已经失守，共军正向我纵深突破。”

话音未落，一发炮弹在指挥所附近爆炸了，掀起的尘土从门窗的缝隙里涌了进来。常东怀凑到魏明理跟前：“师座，共军攻势猛烈，我大部分阵地已经失守，增援部队又迟迟上不来。”

“你让参谋长到我这里来。”

常东怀转身出去带着曹军进来了。“你带二十三团立即增援北山，把丢失的阵地夺回来，坚持到明天拂晓，我们的增援部队就到了。”魏明理命令道。

曹军立正敬了个礼：“是！”转身出去了。

外面的枪炮声更加密集了。眼看着再有几个小时天就要亮了。常东怀一头闯了进来：“师座，曹军阵亡了，我正面阵地已经全部丢失。”说着他偷眼看了一眼魏明理：“留得青山在，不愁没柴烧。走吧，师座，再过一会儿，天一亮恐怕就来不及了。”

“你去找件当地人穿的衣服来。”魏明理说这话有些心虚。

见常东怀出去了。魏明理拿出宜春里老鸨子给的现大洋，用一个包袱皮把大洋包好，系在腰里。这时常东怀开门进来，递给魏明理一身便装：“这是从老乡家里找来的。”

魏明理听着外面越来越近的枪炮声，脱掉了军服，常东怀也换上了一身农民穿的粗布衣服，腰里又扎上一根草绳子。

魏明理把手枪揣进怀里，跟着常东怀从指挥所里走了出来。两个人侧耳听了听，朝着枪炮声稀疏的方向快步走去。

天渐渐地亮了，熹微的晨光中，在法库通往沈阳的一条乡间土道上，魏明理和常东怀仍在不停地赶路。为了逃命，从昨天夜里到现在两个人没吃一口东西，没喝一口水。走到一个不大的村子边上，听听枪炮声已经远远落在了后面，常东怀在路边找了一块石头，用袖子撣了撣，说："副师长，坐下歇会儿吧。"

魏明理疲惫不堪地一屁股坐在石头上，对常东怀道："东怀，我饿了，你去村里想办法弄点吃的和水回来。"

常东怀紧了紧腰间的草绳子："好，师座在这坐着歇一会儿，我去去就来。"

常东怀前脚才走，从土路上影影绰绰地走过来几个人。远远地就听一个河南口音的人大声嚷嚷道："妈的，这仗打得也太窝囊了，没放几枪阵地就丢了，亏了我跑得快，再晚一会儿就成了共军的俘虏了。"

这时，几个人越走越近，魏明理听另一个胳膊负了伤的大个子说："我真恨爹妈少生了两条腿，跑得要是再慢点，我这小命就交代了。"

另一个走路一瘸一拐、腿上负了伤的小个子随之抱怨道："真也怪了，咱们清一色的美式装备，怎么跟共军一交火就不行了呢？"

魏明理听出来了，这几个人是刚刚从战场上下来的伤兵，看着这几个人越走越近，他想起身离开，这时其中的大个子早已发现了他，冲着他喊道："哎，老乡，这么早就出来了，有吃的没有？"

魏明理一抬头，那个说话河南口音的伤兵一眼认出了他，惊讶地说："呦，这不是魏副师长吗，你怎么一个人在这儿？"

那个胳膊负了伤的大个子这时也认出了魏明理："我们是师直属警卫营的，你不认识我们，可我们认识你，你不在指挥所，咋一个人跑这来啦？"

魏明理听他们几个说是师直属警卫营的，一时放下心来，套近乎道："是你们几个啊，我和常副官一块出来的，他去村里弄吃的去了。"

那个腿上负了伤的小个子伤兵看见魏明理手上戴的金表咧了咧嘴，说："魏副师长，看你穿的这身衣服像个乡下人，可一个农民哪能戴得起金表，一看就露馅了，你这不是不打自招吗，让解放军和民兵看见，你还往哪儿跑。"

魏明理尴尬地把表摘下来放进怀里："你说得对。"

几个人在路边坐了一会儿便起身走了，魏明理松了一口气，看着通往村里的那条土路，心中焦急：东怀怎么还不回来？便站起来拍打拍打身上的土，想去村子里找常东怀，可走了两步浑身酸痛，又坐了下来。

几个士兵离开他后，说话河南口音的那个伤兵望着前面一座连着一座的山峦说："咱们身无分文，看来只有要饭回家了。"

那个腿上负伤的士兵听了，拍了拍脑袋说："嘿，你们没看见咱们副师长手上那块金表吗，当官的手里都有钱。"

那个大个子士兵也恍然大悟："对呀，咱们跟师长商量商量借点钱，不行把金表借给咱们也行。"几个人一拍即合，返身回来找魏明理。

魏明理见几个人又回来了，不知道他们想干什么，只得咬咬牙硬挺着站起来朝村子里走去。几个士兵追上来，说话河南口音的伤兵伸手把魏明理拦住了："魏副师长，慢走。"

魏明理眼睛一瞪："你们想干什么？"

旷野里魏明理的声音听起来十分软弱无力，心里怦怦乱跳，朝村口张望了一眼，盼着常东怀赶紧回来，可除了一条野狗飞快地跑了过去，哪里有常东怀的半点影子。

魏明理没有料到被几个伤兵拦在路上，急于想脱身去村里找常东怀，可几个伤兵丝毫没有放他走的意思，那个说话河南口音的伤兵问："魏副师长去哪儿？"

“我去找常副官。”

大个子伤兵说：“我们不想再打仗了，打算回家种地去，我家在河南信阳，他俩是山东济宁的，我们这个月开的饷钱都花光了，想跟师长借点盘缠。”

魏明理忘了自己穿着老百姓的衣服，不由自主地端起师长的架子呵斥道：“混蛋，你们擅离战场，开小差，涣散了军心，本应军法处置，念你们几个已经有伤在身，我不追究也就罢了，你们还要跟我借盘缠回家，别说没钱，就是有钱也不能借给你们！”

那个说话河南口音的伤兵又好气又好笑地瞅着魏明理，鄙夷地说：“我的魏副师长，你也不看看你现在穿的那身衣服，你口口声声地说我们是临阵脱逃，可你不在前线指挥打仗，跑到这来算不算是临阵脱逃？”

那个腿上负了伤的伤兵怒目而视：“我们好歹还穿着这身军装，不管怎么说，还是个军人。可你呢，为了活命，竟然换上了老百姓的衣服，军人的脸都让你给丢尽了，受到军法处置的应该是你。”

魏明理被几个人一番抢白气得暴跳如雷，厉声道：“混蛋，你们怎么能跟长官这么说话！”

那个胳膊上负了伤的大个子伤兵撇了撇嘴，说：“娘的，你们这些当官的，平时说大话说惯了，你也不看看这都什么时候了，还硬端着你副师长的架子不放。”

那个说话河南口音的伤兵冷冷地一笑：“我说魏副师长，打起仗来我们这些当兵的命都在你们手里攥着，你可倒好，扔下几千弟兄不管不顾，自个儿先逃命了，还有什么脸教训我们，钱你是借还是不借，给个痛快话儿。”

小个子伤兵操起冲锋枪：“魏副师长，我把话挑明了，说借，是看得起你，你要说个不字，可别怪我们对你不恭敬了。”

魏明理“唰”地从怀里掏出手枪：“还反了你们了。”

说话河南口音的伤兵瞪起眼睛：“魏副师长，你最好别逼我们，咱们还是好说好商量，我们没别的意思，就是想借点盘缠回家，你手里不是还有块金表吗？不行先借给我们哥几个用用也中。”

魏明理听了一时怒不可遏：“混蛋！你们要是再不走，我就开枪了。”

那个胳膊上负了伤的大个子伤兵怒目圆睁，咬牙切齿地说：“你们这帮当官的，都他娘一路货，舍命不舍财，告诉你，此一时彼一时，现在你已经不是我们副师长了，你他妈跟我们一样，就是一个逃兵，你要是真的不借，对不起了，我就送你回老家。”说着，抬起枪来照着魏明理“啪啪”就是两枪。

魏明理身子晃了晃，又重新站定，冲着几个人抬手举起了手枪：“好啊，你们敢开枪。”

说话河南话口音的伤兵气急败坏地一扬手里的美式汤姆冲锋枪：“你真是他娘的要钱不要命！”一梭子子弹横扫过去，魏明理身中数弹咕咚一声栽倒在地，一动不动了。

几个人冲上去解开魏明理的衣服把金表掏了出来。大个子伤兵一回手，碰到了魏明理腰里的包袱，顺手把包袱解了下来，打开一看，见里面包着好几百块现大洋，嘿嘿一笑：“娘的，这些当官的把钱看得比命都重，该死。”

几个人把大洋揣进兜里，说话河南口音的伤兵狠狠地踢了魏明理一脚：“你他娘的到阎王爷那摆你的副师长架子去吧。”说完几个人站起来走了。

几个伤兵没走多远，常东怀手里拿着几个包子，提着一罐水回来了。到了近前，发现魏明理已身中数弹倒地而亡，宜春里老鸨子给的大洋和金表都不见了。他抬头看了看路上的几个伤兵，一跺脚：“师座，都怨我，回来晚了。”

常东怀把魏明理的尸体拖到路边的一条水沟里，找来一些树枝盖上，恭恭敬敬地敬了个礼：“师座，对不住了！”转身依依不舍地走了。

没走多远，天阴了下来，随着几声闷雷响过，瓢泼大雨倾盆而下，顷刻之间常东怀被浇了个透心凉。他举目望着空旷的原野，想找个避雨的地方都没有，不得不深一脚浅一脚地继续赶路，心里叫苦不迭。

天渐渐地黑了下来，常东怀走到调兵山附近一个小镇，实在走不动了，被雨淋湿的衣服穿在身上也很不舒服。来到街里，见一家客栈的门上挂着幌子，上面写着斗大的两个字“悦来”，便把腰间的草绳子解下来扔到一边，开门进了屋子。店小二忙迎上来跟他打招呼：“呦，您住店？”

常东怀点了点头：“给我找间好点的客房。”

店小二上下打量了几眼常东怀，撇着嘴，不屑一顾地道：“你个乡巴佬，有个地方凑合着对付一晚上就不错了，摆什么谱啊，你也不掂量掂量你手里有几个大子儿。”

常东怀低头看了看自己的装束，脸被臊得通红，想发火，可一天多没吃什么东西了，赖得再跟他计较，从怀里掏出一块大洋“啪”地往桌子上一拍：“闭上你那张臭嘴，这够你店钱了吧。”

店小二拿起大洋在嘴边上吹了吹，又放到耳朵上听了听，脸上立刻堆满了笑，一躬身：“真没看出来，您还是个爷，您千万别跟我一般见识，您说得对，我这张臭嘴待会儿得用针缝上，省得惹您不高兴。您随我来吧。”

说着领着常东怀来到了后院，找了一间宽敞干净的上房，躬身道：“这位爷，您请。”常东怀瞥了店小二一眼，开门进了屋，坐下吩咐道：“给我打点水，弄身干衣服来，有什么吃的没有？”店小二不敢怠慢，答应一声下去了。

店小二找了身干衣服，又弄了饭菜给常东怀送过去。回到前头柜上不大一会儿，掌柜的开门进来了。店小二一龇牙：“掌柜的，我说昨晚做梦捡了个金元宝呢，刚才来了一位土财主，要了后院的一间上房，给了一块大洋。”

掌柜的五短身材，一张圆得像冬瓜似的脸上长着两只小眼睛，两撮眉毛像硬画上去似的，下边一张大嘴，说话呜啦呜啦直漏风。听店小二一说，立刻眉开眼笑接过大洋在手里掂了掂，说：“好啊，财神爷自个儿找上门来了。”

常东怀并不知道，他误打误撞进了一家黑店，掌柜的是江湖上一个心狠手辣的惯匪，这些年不知道有多少店客成了他的刀下鬼。听店小二说常东怀出手阔绰，立刻动了杀机。他一挥手带着店小二来到里屋，关上门眼露凶光，老到地说：“今晚三更动手，活儿要做得利索点，完了把他拉到东头的大坑里埋了。”

店小二挤眉弄眼地附和道：“到时候鬼知道他是怎么死的。”

掌柜的用鼻子哼了哼：“他身上的大洋可就全是咱们的了。”

窗外划过一道闪电，接着空中传来一声炸响，震得窗户纸嗡嗡乱颤，风裹着雨又来了。

三更天过后，掌柜的和店小二悄悄地来到后院上房，店小二轻轻地将门打开一条缝听了听，里面传来常东怀时断时续的鼾声。走了一天，常东怀又累又乏，睡得死死的。掌柜的冲店小二努了努嘴，店小二蹑手蹑脚地来到床前，举手将手中的利刃狠狠地向常东怀的心口刺去。常东怀的身体急剧地扭动抽搐了几下，便一动不动了。

店小二打开常东怀的衣服，从里面搜出一个包袱。掌柜的接过来打开数了数：“妈的，二百块大洋，该着我发财呀！”

他迅速地将钱收好，两个人将常东怀的尸首抬出来，放在院子里的毛驴车上。店小二悄悄地打开后门，见四下无人，赶着车很快就消失在风雨之中了。

第六十一章

南京下关，中统特务机关的一间办公室里，身着中山装的戴钧峒脸色阴沉，在地上不停地踱步。

郑春江敲门轻轻地走了进来，见戴钧峒脸色阴沉，低声说：“您找我？”

戴钧峒在地上快速走了几步，停下来，从兜里掏出一盒精致的雪茄，抽出一支快速地划火点燃：“我们刚刚接到可靠情报，你的那个堂弟已经背叛了组织，跟进入东北的共党打得火热，拱手将大批的粮食送给了共党的部队，老头子把我叫去狠狠地骂了一顿。”

郑春江摇了摇头：“不会吧。据我所知，春仁跟共党没有任何瓜葛。”

戴钧峒一脸怒气：“据特情人员报告，郑春仁的家里已经没人了，共党派人把他保护起来，这除了说明你的那个堂弟已经投靠了共产党，还能说明什么？”

郑春江吃惊地瞪大了眼睛：“这怎么会呢？”

“是啊，这件事情连我也没想到，你知道吗，委员长打算趁共党的部队立足未稳，把他们从东北赶出去，这个郑春仁却利用我们给他提供的便利条件资助共党，这是组织绝不允许的，你明白吗？”

郑春江的额头沁出了细密的汗珠，低着头说：“明白。可我觉得春仁不是这样背信弃义的人，是不是有人故意栽赃，或者情报有误。”

戴钧峒不满地看了郑春江一眼，吸了一口雪茄，慢慢地吐出一口烟雾：“我提醒你，你要是在党国的利益面前感情用事，后果你会很清楚。”

郑春江抬起头来：“如何处置这件事？”

戴钧峒盯着郑春江，一字一句地说道：“这件事就由你来负责完成，给你派一个榴弹炮营，必须把运粮的机车在长春附近彻底炸毁，车上的所有人员一个不留，你的这个堂弟，也必须接受纪律制裁，我不想再看到他了，明白吗？”

郑春江如五雷轰顶，吃惊地看着自己跟随了多年的这个上级：“什么，让我来完成这个任务？”

戴钧峒用不容置疑的口吻说：“对，你要以党国的利益为重，不可顾念亲情三心二意，你必须记住，我们是不会再给你第二次机会的。”

郑春江痛苦地咬着嘴唇，顿了顿说：“春仁这些年为组织工作一直忠心耿耿，多有建树，曾多次受到委员长的褒奖，我想他也是不得已而为之。能不能念在他多年为组织勤恳工作的分上，放过他这一次。”

戴钧峒用眼角瞟了一眼郑春江，将半截雪茄狠狠地捻灭：“我知道这对你来说有些残酷，可你是他的直接上级，组织纪律我想你是清楚的，不管是谁，只要背叛了党国，就将会受到严厉制裁。你不要再犹豫了，到时候，你要是下不了手，就提着脑袋来见我。”说完，转身开门走了。

屋子里死一样的沉寂，郑春江的脸在灯光的映照下白得像一张纸，他长叹一声坐到沙发上，愣愣地看着天花板，慢慢地眼角溢出大滴大滴的泪珠："唉，成也春江，败也春江，春仁，是我把你害了啊!"说完痛苦地闭上了眼睛。

一九四六年四月一日，哈尔滨车站货场的站台上，接到霍旺的命令，东北民主联军一一八师七十八团七连连长岳东凯来到守车跟前，张浩从车上跳了下来。

岳东凯从挎包里拿出一封电报交给张浩："张经理，这是霍政委签发的命令。"

张浩打开电报，见上面有霍旺亲笔签名："张经理：四平大战在即，速运粮至长春一线。"

张浩把电报收起来："好，我们马上出发。"

一个多小时后，张浩带着十几个伙计押运着满满一车粮食向长春方向驶去。太阳偏西的时候，张浩掏出怀表看了一下，抬起头冲着几个伙计说："大伙先休息一会儿，再有一个小时就到长春附近了。"

张浩的话音还未落地，随着一声刺耳的尖啸，一发炮弹突然落到车皮上，随着一声震耳欲聋的巨大轰响，被击中的车皮冒出滚滚浓烟。

张浩大喊一声："有情况！"

这时，"轰！轰"又是两发炮弹落到车厢顶上，货车猛烈地晃动了几下停了下来，前面两节遭到炮火轰击的车厢已经歪歪斜斜地从铁轨滑落到路基上，这时四周同时响起了密集的枪声。

张浩一挥手："快，下车！"几个伙计随着张浩迅速从守车上跳下来。

张浩回头一看，守车在机枪猛烈的扫射下已经千疮百孔。"娘的，要是再晚下来一会儿，人就全完了！"他转过头来对吴福禄大声道："我们一定是遇到了国民党部队的拦截了。”

“怎么办？”

张浩思索了片刻，见机车再也无法开动，果断地说：“看来今天是凶多吉少，撤！”

吴福禄冲着几个伙计一挥手：“弟兄们，撤！”

这时炮弹不停地在车厢周围落下，退路被截断了，车厢不时被击中，浓烟夹杂着烈焰腾空而起。

过了一会儿，炮火稀落下来，张浩从路基上抬起头来，没想到刚一起身，立刻遭到一阵猛烈的扫射，炮弹也紧跟着落下，张浩的胳膊被子弹打中，鲜血顺着袖子流了下来。

一个伙计爬过来：“张经理，你受伤了！”张浩从挎包里掏出绷带把胳膊扎上：“没事。”

这时一队国民党兵端着枪冲了过来。张浩命令道：“散开！”眼看着国民党兵到了近前，张浩大喊一声：“打！”

伙计们手里的枪响了，冲在前面的几个国民党兵应声倒了下去。后面的立即卧倒，密集的子弹立刻刮风一样朝张浩他们袭来，一个伙计被击中不动了。

对方并没有继续进攻，而是撤了回去。随即一发接一发炮弹在张浩他们隐蔽的地方落下，又一个伙计被炮弹击中，张浩抬头看了看周围的地形，发现他们的右侧有一个大坑，便招呼伙计：“快，到坑里去。”

张浩带着伙计们快速退到了坑里，这时对方也发现了他们，炮弹像下雹子一样落到坑里，一队国民党兵再次冲了过来。张浩回头看了一眼，又有两个伙计被炸死了。

张浩不禁两眼冒火，把衣服一甩，大声道：“伙计们，跟他们拼了！”

眼看国民党兵越来越近，张浩甩手一枪，一个冲在前面的国民党兵被打倒了。后面的立即就地卧倒，随即展开了猛烈的射击，子弹雨点一样飞来，又一个伙计被打死了。

进攻的国民党兵见张浩他们这里枪不响了，又接着冲了上来。一个指挥官喊着："营长有令，一个活口不留！"

张浩再次举枪射击，又一个国民党兵被打倒了。这时一发炮弹落在张浩后面，两个伙计被炸飞了。张浩刚一转身，十多个国民党兵已经冲到张浩面前，手里的美式汤姆冲锋枪一同吐出了火舌，张浩身中数弹倒了下去，他身旁装满粮食的货车浓烟冲天，燃起的熊熊大火映红了半边天。

已经三四天没有接到张浩的一点消息了。郑春仁一边在办公室里焦灼地走来走去，一边对坐在沙发上的韩吉庆说："不会出什么事吧？"

韩吉庆摇了摇头，"要是有事，洪柳也应该告诉你啊。"

这时，伙计敲门进来说："掌柜的，吴福禄回来了。"

"快，让他进来。"

伙计出去带着吴福禄进来，只见他头上缠着绷带，脸上青一块紫一块，腿上带着伤，走路一瘸一拐，十分吃力，郑春仁心里咯噔一下，上前一把抓住吴福禄："你这是怎么啦？张经理呢？"

吴福禄看着郑春仁，半天没有说话，郑春仁让伙计给他搬了个凳子坐下，吴福禄的眼圈红了："掌柜的，我们在路上遇到国民党部队的袭击，张经理被打死了，机车毁了，一车粮食也烧光了。我负了伤，被他们抓去了，后来一个当官的把我放了，让我给你带来一封信。"说着从怀里掏出信交给了郑春仁。

郑春仁把信打开，见上面写道："郑先生，你运粮食的机车已经被我部彻底摧毁了，你给共党提供的粮食也全都烧成了灰烬。你的伙计一个不剩被我们打死了，至此你应该明白给共党做事的后果了吧。你要是仍执迷不悟不识时务，张经理的今天就是你的明日。”

郑春仁咬着牙，把信交给了韩吉庆，这时洪柳跟霍旺来了。

郑春仁对吴福禄说：“你先回去休息，好好养伤。”

吴福禄转过身去走了几步又回来了，一条腿跪到地上，哽咽着说：“掌柜的，张经理和伙计们死得太惨了，你一定要给他报仇啊。”

郑春仁含泪上前将吴福禄扶起来：“你放心吧。”待伙计搀着吴福禄出去了，郑春仁转过身来握着霍旺的手，问：“霍政委怎么来了？”

霍旺愤然地说：“郑老板，据我们的侦察员报告，国民党军派出了一个榴弹炮营，用六门火炮在铁路两侧对我运粮机车进行了疯狂的炮火袭击，企图用这种野蛮、血腥、残暴的方式，阻止我军进军东北的步伐，实现他们独占东北的目的。但南京政府这种可耻的行为，不但无法阻止我大军进入东北的脚步，还会更加充分地暴露他们不顾广大民众希望和平的愿望，一心发动内战的丑恶嘴脸，他们越是这样，越会加快自己的灭亡。”

郑春仁心情沉痛地说：“霍政委，张浩牺牲了。”霍旺摘下帽子：“我知道了。”

“他跟了我这么多年，忠心耿耿，常年奔波在外，忙于公司业务，至今连个媳妇都没娶上。他走了，这一缺憾再无法弥补了，我对不起他啊。”郑春仁说着再也忍不住了，哭出声来。

韩吉庆在一旁也默默地擦着眼角的泪水。霍旺握紧了拳头：“是的，我们一定要狠狠地打击国民党反动派的嚣张气焰，为张浩报仇。军区党委已经研究决定，追认张浩为革命烈士，东北解放后，他的遗体将被安葬到革命烈士陵园。”

郑春仁紧紧握着霍旺的手，抬起头来："张浩，我的好兄弟，你听到了吧，苍天有灵，你可以瞑目了！"

"敌人是凶残的，我们必须提高警惕，我已经命令张排长严加戒备。我还有事，过两天再来看你。"说完霍旺转身下楼走了。

洪柳送霍旺出来，上了一辆停在外面的吉普车，这时一个挎着篮子，一只眼睛已经失明的小贩，大声吆喝着走了过来："买香烟洋火大块糖了！"见吉普车开走了，来到街角掌鞋的麻子跟前，看了看四周无人，大声吆喝道："买香烟洋火了。"

那个麻脸的掌鞋匠仰起头："给我来包烟。"

那个卖香烟的人一边把一盒双鹤牌香烟递给掌鞋匠，一边俯身低声道："刚才上车的是个当兵的，没看见那个郑老板出来。"说完快步离开了。

第六十二章

南京下关，中统特务机关的一间密室里，郑春江独自一人盯着墙上蒋介石身穿戎装的大幅肖像看了好一会儿，又转过身来凝视着孙中山题写的“天下为公”几个大字，心里想，委员长为什么要撕毁停战协定打内战呢？和平、安宁是百姓的愿望，为什么政府连百姓这点愿望都不能满足？苦盼了八年，难道为了两党之争，非要置民众于倒悬吗？

正当他苦思冥想找不到答案时，门开了，戴钧峒脸色阴沉地进来了，他掏出雪茄烟，抽出一支划火点燃吸了一口，语气里明显地带着不满说：“据我们得到的可靠情报，运粮的机车被炸毁有一个多月了，你的那个堂弟还活着。”

郑春江痛苦地闭上了眼睛，他按照命令炸毁了郑春仁的机车，已经从心里觉得对不住自己的堂弟，他咬着牙点了点头，说：“是的，他还活着。但我想对于一个商人来说，失去了赖以生存的工具，已经生不如死了，我们何必非要赶尽杀绝呢？”

戴钧峒脸色越发阴沉地说：“我必须提醒你，纪律是铁的！”

郑春江的嘴角因为极度痛苦抽搐了几下，说：“请恕我直言。消灭一个人的肉体很容易，人心的向背和其中所蕴含的能量却是无法消灭的，更非靠暴力暗杀所能扭转，以春仁的练达和精明，他既然不顾身家性命做这件事，说明他是经过深思熟虑的。”

戴钧峒用力吸了一口雪茄，将烟雾一点点地从嘴里吐出来，盯着郑春江反问道：“哦，这么说，你这个堂弟是早有准备了？”

郑春江看着墙上孙中山“天下为公”几个手书大字缓缓地说：“我不是这个意思，据我所知，春仁这些年从来不关心政治，对共产党更是知之甚少，那么是一种什么样的东西，换句话说，是什么样的力量，能够让他不惜搭上身家性命去违抗组织纪律，这其中的原因难道不足以引起我们的深思和警醒吗？”

戴钧峒断然打断郑春江的话，说：“忠于党国是我们的天职。”

郑春江惨然一笑，说：“我们杀了他就能解决问题吗？我想，除了增加知情者对我们的不满，只能让更多的人成为我们的敌人，得道多助、失道寡助，古来如此。我认为，无论是从党国的长远利益考虑，还是从战争的全局来权衡利弊，都得不偿失，所以迟迟没有下手。”

戴钧峒将雪茄一点一点地按灭，口气严厉地说：“以你所见，今后任何人都可以随便找一个借口置党国的利益而不顾，视组织的纪律为儿戏，想怎么干就怎么干？要是这样的话，我们的组织岂不成了一盘散沙！我再说一遍，我们绝不能姑息养奸，要杀一儆百，以儆效尤。”

“你我一起共事多年，能不能允许我说几句心里话？”

戴钧峒蹙起眉头，沉默了片刻同意了。郑春江长出一口气，说：“我奉命炸毁了他的机车后，几乎天天都在做噩梦，好几天吃不下饭，睡不好觉，那种食不甘味、夜不能寐的痛苦让我几近崩溃，所以我无法再完成这次刺杀任务，愿意接受组织上的任何制裁。”

戴钧峒盯着郑春江半天没有说话：“那好吧，从现在开始只好委屈你了，你再不能离开这里半步。我马上派人把你的家人也带到这里来。”

“随便吧。”

戴钧峒上下扫视了一眼自己这个昔日忠诚的部下，转身打开房门，对站在门口的两个特务吩咐道：“没有我的命令，不能让他离开这里半步。”

运输粮食的机车被炸毁后，郑春仁几乎天天夜里做噩梦。自己辛苦了多年积攒的家业一夜之间毁于一旦，对他来说无疑是致命的一击。这让他更加痛恨国民党政府，更加认定共产党为民众摆脱穷苦的所做所为是正确的。上午，他在办公室里正埋头查看公司的账目，洪柳和韩吉庆一块来了。

韩吉庆将手里的一个包袱轻轻放到桌子上，说：“大哥，这是师兄留下的几件衣服。”

郑春仁打开包袱，睹物思人，眼眶里立刻盈满了泪水：“这几天，我天天晚上梦见他，国民党手段卑鄙，滥杀无辜，我对他们真是彻底失望了。”

洪柳扬起眉毛说：“他们越是疯狂，越是加快走向灭亡。”

郑春仁掏出手帕，擦掉眼角的泪水，转过头来问韩吉庆：“你们什么时候办喜事啊？”说着，掏出钥匙打开保险柜，从里面拿出几个精致的小盒子，一一摆到桌子上，“来，这些金首饰是我买了送给你俩的，洪柳不容易，从小吃了那么多的苦，结婚是女人一辈子的大事。你呢，身边又没有别的亲人，我这个大哥不能再委屈了你俩。”

韩吉庆打开首饰盒一一看过后说：“大哥，这些金戒指、金镯子、金耳环要一大笔钱，依我说，我俩留一枚戒指就行了，我和洪柳都是穷苦人家的孩子，能有今天已经很知足了。”

郑春仁知道韩吉庆的脾气，便留下一枚金戒指，将其余的首饰重新收好，问：“你俩办喜事的日子定下来没有？”

洪柳坐到沙发上，说：“定了，下个月初八。”

“还有什么东西没准备？请大伙吃饭的钱要是不够，就先从我这拿。”

“该准备的都准备好了，到时候大哥一定想着把大娘、大伯、金叔叔、刘振清、徐明一个不落地都请来。”

“我们请大伙去北市场的老边饺子馆吃饺子。”洪柳接过韩吉庆的话说。

郑春仁冲两个人摆了摆手，说：“到时候咱们把老边饺子馆包下来，再多请些人，办喜事嘛，越热闹越好。”

韩吉庆拱了拱手，“多谢大哥。”接着思忖了一会儿，说：“大哥，有件事我一直没敢告诉你，怕说了你不高兴。”

郑春仁一愣：“什么事还瞒着我？”

“我不想瞒着你，可洪柳不让我告诉你。”

郑春仁诧异地看着洪柳：“是吗？”

“我在公司的台账上专门立了一个户头，从现在开始，每个月除了留下我俩生活必需的开支，省下来的钱准备都放到这个户头上。”洪柳只好实话实说。

郑春仁松了一口气：“我以为是什么要紧的事呢，你们打算做什么用？”郑春仁问洪柳。

“我俩合计好了，不能白住你的房子。”洪柳笑盈盈地说。

郑春仁一听立刻急了，他上前一把拉住韩吉庆：“吉庆，我还是不是你大哥？我已经跟你说过多少遍了，这房子是我送给你们的。你放心，你和洪柳的钱我不能要，账户上不管有多少钱都是你俩的。”

韩吉庆自打与郑春仁一个头磕下去，就把郑春仁当成了自己的兄长，这件事原本不想瞒着他，洪柳觉得时机不成熟，有些话不好直说。“大哥，你看你，我就怕跟你说了你不同意，所以没敢告诉你，我和洪柳打算这件事一直瞒着你，可眼下国民党已经占了沈阳，公司的机车也让他们给炸了，所以今儿个才把这件事挑明了。”

郑春仁急得脸都红了：“吉庆，你大哥缺你这点钱吗？”

韩吉庆走到窗前，看着外面高远的天空，说：“我知道大哥不缺这点钱，可我觉得，不管是朋友还是兄弟，友情、亲情是一回事，钱财是另外一回事。”

“吉庆，跟你大哥有必要分得这么清吗？你好糊涂啊。”

韩吉庆转过身来，坐到郑春仁对面的椅子上：“大哥，不管你咋想，我觉得不能因为你是我大哥，拿你的馈赠就顺理成章，心安理得。我觉得，任何人的财富如果不是靠欺诈蒙骗所得，都是辛辛苦苦一点一点地赚来的。我知道，以我和洪柳的薪水，这一辈子积攒下来的钱也买不下这座房子，可钱不在多少，哪怕就是一块大洋，也是我们的一份诚意，对我们自己良心的一个交代，否则我们就是睡觉都不安稳。”

郑春仁站起来走到窗前，凝视着窗外那几棵高大挺拔的白杨树，缓缓地说：“吉庆，你说的我懂，可你应该明白一个道理，一旦金钱为一个人所有，这个人就拥有了支配和使用这些金钱的权利。这座房子是我愿意给你的，这是我的选择，你没有任何理由拒绝。再说，你救了我一命，你说是金钱重要还是生命重要？”

韩吉庆站起来停顿了片刻，说：“当然是生命重要，可我认为，情义和金钱到任何时候都不能混为一谈，两者要是搅和到一块，就会污染了纯洁的情义，这种情义的价值也会大打折扣，甚至会变得一文不值。我有你这样一个重情义的大哥，是我这辈子的福分。可你知道吗？对于我来说，只有真正属于自己的东西，得到后心里才踏实。人最怕的就是贪婪，人生许许多多的不幸和灾祸都与人的贪欲有关，我知道大哥把房子给我是出于真心，可我不能用这个做借口，让贪欲这匹野马失去了理智的缰绳。人的贪心都是一点点由小到大膨胀起来的，人一旦为贪欲所迷，便会越陷越深，不能自拔。我和洪柳的那点钱不多，却是对你我彼此情义的一种尊重和呵护，请大哥无论如何要收下。”

郑春仁眼睛模糊了，过了许久断然地说：“不行，这件事我无论如何不能答应你。”

这时洪柳从兜里拿出一封信：“郑老板，吉庆已经把话都说明白了，这件事就按他说的办吧。这是霍政委给你写的信，让你立刻动身去哈尔滨。”

说着，她将手里的信交给了郑春仁。郑春仁打开信，见上面写道：郑老板，沈阳已经被国民党全部接收，现在城里军警密布，暗探众多，国民党特务已经视你为异类，随时会对你下手。经军区研究决定，着你即刻动身去哈尔滨，我已经让洪柳通知了吉庆，由他护送你。望见字切勿迟延，速速动身为要。

郑春仁把信收好，对韩吉庆说：“霍政委让我立即动身去哈尔滨。”

“我已经知道了，我去送你。”

“好吧，我手头还有几件事要处理一下，咱们后天下午走。”

韩吉庆、洪柳想告辞下楼，郑春仁伸手将两个人拦住了，他打开保险柜，从里面拿出一张银票，说：“我这一走不知道什么时候才能回来，你们的婚事我怕是赶不上了。这是一千大洋，足够你们办婚事用的了。”说完将银票塞在韩吉庆手里。韩吉庆看着洪柳不知如何是好，洪柳担心在这种时候再推辞会让郑春仁陡生伤感，于是从韩吉庆手里接过银票，说：“多谢郑老板了，日后必当奉还。”郑春仁本来挺高兴，一听洪柳说还钱的事连连摆手，洪柳知道郑春仁还有话要说，不待他张口，揣起银票拉上韩吉庆转身下楼去找张排长了，她要为后天去哈尔滨提前做些准备。

两天后，一辆军用吉普车和一辆军用卡车停在恒通贸易公司门前，按照洪柳、韩吉庆和张排长事先商定的计划，卡车上站着十几个身穿便衣的年轻人，他们是奉命专门负责护送郑春仁去火车站，并随同前往哈尔滨的军区侦察连的战士。不大一会儿，郑春仁提着一个皮包，韩吉庆拎着一崭新的藤条箱子从里面出来，直接上了前面的吉普车。张排长一挥手：“出发！”随后跳上卡车，两辆汽车向火车站方向快速驶去。

看郑春仁和韩吉庆上汽车走了，一直在不远处街头游荡的小贩，一边大声吆喝着“买香烟洋火大块糖了”，一边快步走到街角掌鞋的麻子跟前。

掌鞋的麻子抬起头：“给我来包双鹤牌香烟。”

小贩麻利地把烟递过去，随即俯身轻声说道：“那个郑老板去了火车站。”说完快速离开了。

掌鞋的麻子麻利地收拾停当，站起来走进旁边的胡同，跳上早已停在那里的一辆摩托车，风驰电掣般直奔火车站。

郑春仁和韩吉庆乘坐的吉普车在广场上刚一停稳，后面卡车上张排长带着十几个战士也从车上跳了下来。韩吉庆下来，看了看周围没有异常，打开了车门。

郑春仁一只脚刚迈出来，从广场的一侧快步走来两个身穿大衣、戴着墨镜的男人。韩吉庆本能地往车里推了一把郑春仁，就在这一瞬间，迎面走来的两个人动作极为熟练地迅速掏出手枪向郑春仁扣动了扳机。韩吉庆来不及掏枪。随手甩出一支飞镖正中前面那个人的手腕。那人一捂手腕，同时枪也响了，子弹打在地上冒出一团火花。后面的战士立刻开火，只见这个人身中数弹，摇晃了几下，一头栽倒在地。

这时，跟在他后面的男子唰地一转身，动作极快，眨眼之间枪也响了。韩吉庆来不及多想，飞身挡在郑春仁前边，同时扣动了扳机。那个男人晃了一下，“扑通”摔倒在地上，韩吉庆捂住胸口靠在了车门上，鲜血不停地从他的指缝间冒出来，很快就把衣服染透了。这时站前大乱，警察“嘟嘟”吹响了哨子。

郑春仁下车，不顾一切地将韩吉庆抱到车里，大声对司机喊道：“快开车！去医院！”

汽车狂叫着冲出车站广场，几个警察想伸手拦截，车子疯了一样冲了过去，几个警察急忙闪身躲开了。

不知道过了多长时间，手术室的门终于开了，一名医生从里面出来，抬头看了看守在外面的郑春仁，问：“你是伤者的什么人？”

“我是他大哥。”

医生手里拿着一个夹子，上面有几页纸：“伤者的情况很糟糕，有一颗子弹直接穿透了肺叶，而且由于失血过多，很可能随时都会有生命危险。”

“医生，拜托了，一定要救活他，我相信你们一定有办法。”郑春仁焦急万分，说话有些语无伦次。

医生同情地看着郑春仁：“我们会尽力的，现在要立即手术。你签字吧。”

郑春仁在手术单上飞快地写下自己的名字。医生看过后转身进去了。

张排长带着几个身着便装的战士在走廊的尽头警惕地观察着周围的动

静。郑春仁忐忑不安地趴在手术室的门玻璃上，心中一遍遍反复念叨着：“吉庆，你不会有事的，我的好兄弟，大哥相信你，一定能挺过来。”时间在一分一秒地过去，里面始终一点动静也没有，郑春仁颓丧地坐到椅子上。恍惚中他见手术室的门开了，韩吉庆笑嘻嘻地从里面走出来。郑春仁急忙迎上前去，一把抓住韩吉庆的胳膊：“吉庆，怎么样，你没事吧？”

韩吉庆摇着头说：“没事，你看我这不是活蹦乱跳的吗。”

郑春仁长长出了一口气：“吓死我了，来，让大哥好好看看你。”

郑春仁上前去抓韩吉庆的手，一下抓空了。他猛地睁开眼，哪里有韩吉庆的影子，手术室的门依然关着。郑春仁低下头，眼里流出泪来，喃喃地说：“吉庆，你真傻，你干吗要替我去挡那一枪，让我去死好了。”

这时，洪柳和几个身穿便衣的解放军战士快步走了过来。两个战士站到了手术室门口。

洪柳眼里含着泪，一把抓住郑春仁的胳膊：“吉庆咋样啦？”

郑春仁无力地摇了摇头：“医生正在给他做手术。”

“没事吧？”

“医生说伤得很重。”

洪柳一下睁大了眼睛，不知所措地转身趴到手术室的门上，眼里满含着泪水，轻声呼唤着恋人的名字，双肩抖动，忍不住嘤嘤地抽泣起来。

时间仿佛凝固了，空旷的走廊里郑春仁坐立不安地等待着韩吉庆的消息。洪柳呆呆地盯着手术室的两扇门，眼前不时浮现出韩吉庆笑嘻嘻的样子，她一次次地想拉开门冲进去看看韩吉庆到底咋样了，可伸出去的手又不得不缩了回来。心里一遍遍地念叨着：“吉庆，我知道你一定没事的。”

不知道过了多久，手术室的门终于开了，韩吉庆被两个护士推了出来。医生走到郑春仁身边说：“还好，子弹已经取出来了，但肺部的大动脉血管被打穿了，加上伤者在来的路上失血过多，随时会有生命危险，需要静养。”

郑春仁木然地点了点头。韩吉庆被护士推进了一间病房。

等医生和护士把韩吉庆安顿好，郑春仁和洪柳轻手轻脚来到病床前，只见韩吉庆脸色煞白，鼻子、嘴里都插着管子。郑春仁的眼泪再也止不住了：“吉庆，你真傻，躺在这里的该是我啊！”

洪柳用毛巾轻轻地擦拭着韩吉庆额头上沁出的汗珠：“吉庆，别吓我，睁开眼看看我好吗？”韩吉庆却没有一丝反应。

第二天上午，彻夜守候在病床前的洪柳见韩吉庆的手轻轻地动了一下，立刻高兴地附在他耳边轻声说：“吉庆，你醒醒，我是洪柳啊，我来看你了，你答应要娶我的，你不能说话不算数啊。”

过了一会儿韩吉庆动了一下，慢慢地睁开了眼睛。洪柳欣喜异常，泪水夺眶而出，俯下身去把额头紧紧地贴在韩吉庆的脸颊上：“吉庆，你别吓唬我好吗，我俩不是说好了要相伴到老吗？”

郑春仁流着泪，握着韩吉庆的手：“吉庆，答应大哥，挺住，医生会有办法的。”

韩吉庆看了看郑春仁，声音微弱地说：“大哥，你没事吧？”

郑春仁再也忍不住了，泣不成声地拉着韩吉庆的手不住地点着头。韩吉庆转过脸来深情地看着洪柳，喃喃地说：“洪柳，等我好了咱俩就办喜事，大哥还等着喝咱俩的喜酒呢。”

洪柳擦了一把泪水：“你好好养伤，我等你。”

韩吉庆笑了笑，再次昏迷过去。郑春仁抑制不住恸哭起来。

已经整整一天了，韩吉庆一直处在昏迷之中。洪柳粒米未进，一直守在床前，因为不停地流泪，两只眼睛又红又肿。傍晚的时候，霍旺带着两个战士从外面进来，见了郑春仁和洪柳，急切地问："吉庆怎么样了。"

洪柳嗓音嘶哑地说："早晨醒过来了，可没说几句话就又昏睡过去了。"

霍旺看了一眼韩吉庆，转过头来对郑春仁和洪柳说："军区刚刚得到确切情报，这又是一次由南京国民党中统特务机关指使操纵的暗杀事件，目标是郑老板。军区党委研究后决定，这里人员往来繁杂，不宜久留，必须马上离开。"

洪柳不无忧虑地问："吉庆怎么办？"

霍旺见躺在床上的韩吉庆没有一点苏醒的迹象，说："这样吧，我回去研究一下再通知你们，今天晚上我会再多派些人过来，你们也千万不能麻痹大意。"洪柳和郑春仁点了点头。

这时韩吉庆动了一下，慢慢睁开了眼睛，他看了看霍旺想说什么，嘴唇动了动，没有发出声音。

洪柳低下头看着韩吉庆，一时喜极而泣。霍旺也十分高兴，俯下身凑近韩吉庆的耳旁说道："吉庆，放心，你很快就会好起来的，军区刘司令员知道你负了伤，让我代他问候你，希望你早一点伤愈出院，现在我军在东北战场上已经由被动变为主动，很多工作需要你去做，你早一天把伤养好，我们还要解放全中国呢。"

韩吉庆苍白的脸上露出了一丝笑容。他转过头来冲洪柳轻轻招了招手，洪柳俯下身，韩吉庆握住她的手，用微弱的声音断断续续地说："洪柳，你是个好姑娘，可惜我不能陪你了，咱们来生再做夫妻吧，我爱你、我爱——"话未说完，韩吉庆拉着洪柳的手一点点地松开了。

洪柳一把抱住韩吉庆禁不住失声痛哭："吉庆——吉庆——你不能走啊，吉庆——"

郑春仁用手抚摸着韩吉庆渐渐发凉的额头，大颗大颗的泪珠滚落下来：“吉庆，该死的是我呀！”说着，他抱起韩吉庆的头泪如雨下，“吉庆——我的好兄弟！”

霍旺默默地摘下帽子，说：“吉庆是个好同志，我一定给他向上级请功。”

他抬起头来对郑春仁和洪柳说：“这里很危险，必须马上转移。”

说罢，他转身命令站在身后的战士：“快，把韩吉庆同志抬到车上去！”

几个战士把韩吉庆抬到院子里的吉普车上，洪柳随后也上了郑春仁的吉普车，两辆车发动后，快速驶离了医院。

沈阳郊外一处向阳的山坡上已经挖好了一个墓穴，霍旺指挥着几个战士将韩吉庆的棺木从一辆卡车上抬了下来。郑春仁一只手扶着棺椁，另一只手拎着一个包袱，步履沉重，神情凄然地朝山坡上一步步走去。

洪柳上身穿了一件白色的丝绸上衣，下身穿了一条黑色的软缎裤子，面容憔悴地默默地跟在郑春仁的后边，慢慢移动着脚步。

来到墓穴旁边，霍旺指挥几个战士把韩吉庆的棺椁轻轻地放到里面，抬起头来看了看郑春仁和洪柳，神情庄重地说：“吉庆同志的牺牲是我们的一大损失，我们一定要把这笔账记在国民党特务身上，让我们一块为吉庆同志举行一个告别仪式吧。”

霍旺默默地摘下帽子，声音低沉地说：“敬礼！”霍旺和几个战士在韩吉庆的棺木前郑重地敬了一个军礼。郑春仁跪在地上磕了三个头，流着眼泪喃喃地说：“吉庆，来生别忘了你我一定还做兄弟。”说着郑春仁缓缓地把手里的包袱打开，里面是韩吉庆第一次跟他在路上相遇时穿的那身白衣服。

洪柳慢慢地从怀里掏出一个精致的首饰盒，从里面取出一枚金戒指轻轻地放到手心里，说："吉庆，你说好了把这枚戒指给我戴在手上的，今天我把它拿来了，来，我戴上让你看。"说着把那枚金戒指慢慢地套在手指上，"吉庆，你看我戴上好看吗？"话未说完，已是泪流满面。

霍旺的眼睛也湿润了，他把帽子戴上宣布道："吉庆，你在关键时刻挺身而出，不惜牺牲生命圆满完成了任务，军区党委研究决定，给你追记一等功，授予你革命烈士称号，你安息吧，用不了多久，东北就会回到人民手中了。"

洪柳把那枚金戒指慢慢地从手上摘了下来，放到韩吉庆洁白的衣服上："吉庆，我知道你累了，你好好休息吧。"说完洪柳缓缓地站起身，转身扑到郑春仁身上，失声痛哭起来。

霍旺对身边的几个战士挥了挥手："填土吧。"很快，一座新坟便出现在山坡上，霍旺在坟前竖起了一块木质的墓碑，上面刻着几个字——韩吉庆之墓。

洪柳掏出手帕，小心地将墓碑擦拭干净，深深地鞠了一躬。霍旺拉了一下郑春仁说："时候不早了，走吧。"几个人依依不舍地从山坡上下来，上了停在路边的汽车，郑春仁再次看了一眼山坡上的墓碑，心中充满了对国民党政府的失望和仇恨。

第六十三章

按照中共中央的决定，一九四七年春，进入东北的部队一面与国民党军进行针锋相对的争夺，一面派出精干小分队深入农村展开了大规模的土改斗争。中共辽南地委土改工作队进入野狼窝后，在村西头老胡家驻扎下来。

工作队的队长孙明是一个二十多岁的年轻人，中等个头，两只眼睛炯炯有神，头上戴着一顶洗得发白的军帽，腰里扎着皮带，挎着一把盒子枪，看上去十分精明干练。

跟工作队一块来到野狼窝村的还有一个排的东北民主联军，他们是辽南地委专门派来的武装工作队。队长叫王大壮，战士都称他王连长。

胡庆仁家的上房临时被当成了土改工作队办公的地方，地上摆着一张桌子，桌子四周放着四个长条凳子。

经过几天的走访，孙明整理了一份材料。晚上，他又仔细地看了一遍，抬起头来对坐在对面的武工队王连长说：“这几天在附近的几个村里走访，我写了个材料你看看。”

王连长接过材料翻着看了看，说：“时间紧迫，为了使大部队能尽早站稳脚跟，我们必须抓紧完成这一带的土改工作。”

孙明非常赞同王连长的意见：“我看发动农民群众把农会先成立起来。按照上级要求，我打算在野狼窝、大仁屯、小甸子村建立一个统一的农会组织。”

“要是这样的话，这个农会主席必须是农民群众信得过的人。”王大壮补充道。

孙明站起来，活动了一下身子，说：“好，今天晚上我再去村里转转，听听乡亲们的意见。”

天傍黑的时候，三小忙完地里的活回来，刚坐下打算吃饭，听外面有人敲门。她娘放下饭碗，颠着两只小脚走过去把门打开，见外面站着两个人，为首的一个二十多岁，身上挎着一把盒子枪。老人吓了一跳，伸手要去关门。门口站着的人开口问：“这是三小家吗？”

“什么三小五小的，我不认识，你们走错门了。”说着老人不由分说地“咣当”一声把门关上了。

外面的人并没有恼怒：“大娘，您老不用怕，我们是土改工作队的。”

老人下意识地用背紧紧地倚着门问儿子：“三小，土改工作队是干啥的，这几天我看他们走东家串西家的。今儿个我打老胡家门口过，看见门口还站着两个拿枪的，会不会跟过去协和会似的，又来祸害老百姓了？”

“娘，管他们是干啥的，谁来，咱不还得种咱的地吗。你让他们进来吧。”

三小娘转过身去打开了门，门口站着的人脸上挂着笑，自我介绍说：“大娘，我叫孙明。”

“大娘，这是我们孙队长。”站在边上的人和蔼地说。

三小的娘有些难为情："看，让你们在外头站了这么半天，进屋坐吧。"

孙明进了屋，见三小正在吃饭，问："大娘，这是你儿子？"

三小娘笑着说："我就这么一个儿子，他爹死得早，家里就我们娘儿俩过日子。"

孙明骗腿坐到炕上，看了看三小："你叫什么名字啊？"

三小把嘴里的饭咽下去，说："我姓孙，大号三小。"

"这么说，咱们还是一家子呢。你今年多大了？"

"虚岁三十六了。"

"娶媳妇了没有？"

"穷得连裤子都穿不上，还娶媳妇呢，我爹活着的时候口挪肚攒的那点钱，出劳工那年全让小鬼子给抢去了。这几年，累死累活地打下的粮食都交了租子，能凑合着填饱肚子就不错了。"

"你们种的地是谁家的？"孙明问。

三小娘叹了一口气，说："是大仁屯谭永山家的。"

孙明从炕上下来，将腰里的盒子枪朝身后挪了挪，说："大娘，我们土改工作队就是来跟这些地主老财搞清算来了，把他们的地分给大伙。"

三小放下饭碗看着孙明，说："谭永山没有人能惹得起，头几年也闹过农会，末了农会的会长不明不白地让他们给害死了，闹了一溜十三招，谭永山还是跟过去一样吃香的喝辣的，不把咱们这些佃户当人待，好不容易到手的粮食都给他交了租子。"

孙明拍了拍腰里的枪，说："这次可跟上次不一样了，我们手里有枪把子，我们要把群众都发动起来，跟这些地主老财进行斗争，不把地都分给大伙我们就不走了。"

三小娘听了兴奋地一把抓住孙明，说："要是真的能把地分到咱们自己手里，好歹就不会再挨饿了。”

孙明攥起拳头挥舞着说：“大娘，您放心吧，我们民主联军土改工作队是共产党、毛主席派来的，我们就是为了让你们都过上好日子才搞土改的。”

“地什么时候能分给咱们啊？”三小急不可待地问。

孙明笑着说：“别急呀，小伙子，我们这两天正在挨家挨户地走访，搞清算分地光靠我们工作队不行，我们要发动群众，成立农会。”

“成立农会？”

“是啊，这次要把附近几个村的贫苦农民都组织起来，成立联合农会，你看谁来当农会的主席合适。”

三小思忖片刻，说：“依我看胡大力行，他房无一间，地无一垄，是个扛长活的，我跟他一块在外头待了十多年，他为人仗义，一副热心肠，能主事，那年我们几个被小鬼子抓了劳工，要不是胡大哥，我们也许一个也回不来了。”

“我们走访了几家，大伙也都说到这个胡大力，推举他来当农会的主席。他住哪儿？”

“我们从黑龙江回来，他就住到他舅舅家去了，村西头的那几间瓦房就是他舅舅家。”

“我听说他舅舅姓郑，家里有几百垧地，也雇着长工。”孙明显然已经做过了调查。

三小娘见孙明说起郑家，竖起大拇指说：“这个郑满仓可是个老实人，从来没跟村里的人红过脸，他屋里的女人更是一副菩萨心肠，这些年没少舍钱舍物帮助大伙，听说地都是他大儿子做生意买下的，他家虽说雇着长工，可一个一个的都吃得饱、穿得暖，处得跟一家人没两样。”

“看来这是一家开明绅士了。”

三小接过他娘的话说："反正我觉得，郑家跟谭永山和杨晓东这些地主不一样。"

"我们党的政策是保护开明绅士的，我们要剥夺的是那些恶霸地主的土地，你们今天跟我说的这些情况很好，回去后我们会认真研究的。时候不早了，你们早点歇着吧。"说完孙明带着人走了。三小娘迈着一双小脚送出门去，看着孙明走远了，一边回身往屋里走，一边嘴里念叨着："好人啊，别跟我老婆子一般见识。"

第二天傍晚，胡大力扛着锄头从地里回来。一进院子，正在晾衣服的回毅媳妇说："今儿个晌午，土改工作队的孙队长来找你，我说你下地了，他说晚上再过来。"

"土改工作队找我干啥？"

"他们没说。"

这时外头有人敲门问："胡大力回来了吗？"

胡大力擦了把脸，过去把门打开，见门口站着两个穿军装、背短枪的人。其中的一个人开口道："你就是胡大力吧？"

胡大力点了点头。

"我是土改工作队的孙明。"

"我听说了，进屋吧。"孙明跟着胡大力来到了东厢房。

孙明坐到炕上，胡大力给他倒了一杯水，问："孙队长找我有事吗？"

"我们土改工作队这次来野狼窝，是要带领大家一块清算地主老财的土地，把它分给那些贫苦的农民，你说好不好？"

胡大力听了，兴奋地搓着两只大手，说："好啊，那些佃户太苦了，一个汗珠子掉地上摔八瓣，累死累活地忙一年，打下来的粮食都交了租子，真是太不公平了，早就应该把那些地主老财的地分给大伙了。”

孙明打量着胡大力，见他长得粗壮结实，说话嘁里咔嚓，对这个农会主席的人选十分满意：“可你知道吗，跟地主老财搞清算，分田分地单靠我们土改工作队是无法完成的，必须把广大的农民弟兄都发动起来，我们准备将野狼窝、小甸子、大仁屯三个村组织在一块，成立联合农会。”

“好啊，这下农民该翻身了。”

“你说得对，这几天，我们走访了很多农户，大伙都推举你当这个农会的主席，怎么样啊，你愿不愿意呀？”

胡大力站起身来用力拍了拍胸脯：“只要乡亲们信得着我胡大力，我干，这几个村哪家地主有多少地我都清楚。”

孙明见胡大力爽快地答应下来，心里十分高兴：“好，我们后天就召开群众大会，正式成立农会，在野狼窝、小甸子、大仁屯三个村同时开展土改清算斗争。”

“好哇，有你们给我们这些贫苦农民撑腰，我们就再不怕那些地主老财了。”

孙明握住胡大力的手：“我相信有你们这些贫苦农民的参加，土改一定能成功。”说完告辞回去了。

送走了孙明，胡大力抬头见一弯新月正从房顶爬上来，院子里显得比刚才亮堂了许多。回毅媳妇端着刚刚热过的饭菜从屋里出来，她还头一次见胡大力这么高兴：“孙队长说啥了，瞅把你乐的。”

“土改工作队准备成立农会，佃户们的苦日子就要熬到头了，你说我能不高兴吗。”

“是啊，老百姓早就盼着这一天了。”回毅媳妇打发胡大力吃过饭，又往灶坑里添了些柴火，才带着满心的欢喜回自己屋里睡觉去了。

太阳早早地从野狼窝村西头老榆树的枝叶间露出脸来。十多天后，沙滩地上临时搭起了一个台子，台子的上方挂着一条横幅，上面写着“野狼窝、小甸子、大仁屯联合农会成立大会”。台下边站满了人，孙明站在台上向下看了看，见人来得差不多了，回过头来跟王连长交换了一下眼色，说：“开始吧。”

王连长点了点头。孙明走到台前大声说道：“老乡们，我们是东北民主联军辽南地委土改工作队，从现在开始，我们在野狼窝和小甸子、大仁屯几个村一块进行土改！”

众人闻听欢呼起来。孙明向下边挥了挥手：“我知道，乡亲们的日子过得很苦，今天在这里成立农会，就是要一块挖掉这个苦根。那些地主老财不下田，不干活，却有那么多的土地，我们给他们当牛做马，连饭都吃不饱，这是不公平的，我们要清算地主老财的财产，把他们霸占的土地分给大家，让耕者有其田，你们说好不好！”

底下的人山呼海啸般回应道：“好！”

待会场上平静下来，孙明接着说：“今天把大伙召集到一块，召开农会成立大会，决定让野狼窝村的胡大力来当这个联合农会的主席，你们同意不同意？”

底下的人纷纷举起手来：“同意！”

“那好，我们请胡大力站到台上来。”

胡大力分开众人，一步跨到台上，转过身来拍着胸脯朗声道：“大伙既然信得着我胡大力，我就来当这个农会的主席。”

“好！好哇！”

孙明高兴地拍了拍胡大力结实的肩膀，大声说道："既然乡亲们没意见，从今天开始，胡大力就是咱们三个村的联合农会的主席了。"

胡大力紧紧握住孙明的手，说："孙队长，你放心，我保证把这些地主老财的地都分给大伙。"

孙明仰起头来："好，从现在开始，我们不能再给地主当牛做马了！"

"好哇，不当牛做马了！"众人跟着孙明一块呼喊起来。孙明挥了挥手，待众人平静下来宣布道："今天的会就到这，散会！"

然而，众人仍处在兴奋之中，过了好久仍不愿离去。

第六十四章

野狼窝的杨晓东一辈子养了三个儿子、两个闺女。大儿子和二儿子早年被他送去当了兵。抗战胜利后，老大被提拔为国民党军的上校团长，老二也没让他失望，因为作战勇敢，多次立功，不到一年时间，从一个排长升任为国军上尉营长。小儿子能言善辩，足智多谋，又练就了一身察言观色、见风使舵的本事，光复后平步青云，在辽阳市警察局第一个被重用，被安排到警务科当上了科长。大媳妇和二媳妇年轻的时候上山当过胡子，行事泼辣，敢作敢为，舞刀弄枪绝不在男人之下。两个女儿也都从小练就了一身的功夫，动起手来，三五个男人近身不得。

一年多前父亲被害后，杨鸣琦一直想杀了胡大力为父亲报仇。没想到抗战胜利后，国民党派部队大举进攻东北，每天警察局的事忙得他焦头烂额，两个哥哥又离得远，便拖了下来。当他听说两个哥哥带着部队进驻到辽阳一线，心中暗喜，觉得机不可失，立即去队伍上找来了大哥和二哥。兄弟姊妹回到野狼窝，身上扎着孝带，头上戴着孝帽，坐在屋子里哭作一团。杨晓东的大老婆等大伙哭过一阵后，将杨晓东灵位前的香重新换上，用手巾擦了擦眼角的泪水，说："你们商量商量看这事咋办。"

杨晓东的大儿子杨鸣举"啪"地把手枪往桌子上一拍，说："没啥商量的，我爹不能就这么白死，咱们杨家也不能就这么认了，不把那个胡大力剁成肉酱，难解我心头之恨。"

老二杨鸣仁也掏出枪来，喊里咔嚓顶上子弹，说："大哥说得对，我们不能就这么饶了他，让人家说咱杨家没人了。我看咱们找个机会，在他回家的道上把他干掉算了。"

老三杨鸣琦掏出香烟，抽出一支划火点着，深深地吸了一口，瞅了瞅两个哥哥，说："眼下共产党的土改工作队和武工队都在村里，这个胡大力又当上了农会主席，万一被武工队发现，跑不出去咋办，弄不好事没办成，把自己也搭进去了。"

杨鸣举听了毫不犹豫地说："妈的，不行我调一个连的弟兄过来，什么土改工作队、武工队，老子一块把他们都收拾了。"

杨鸣仁并不赞同："这恐怕不行吧，眼下国共在拉锯，双方正是较劲的时候，要是弄出点事来，上头怪罪下来，你这个团长恐怕就当不成了。鸣琦在警察局干了这么多年，见多识广，我看还是让老三拿个主意吧。"

杨鸣琦慢慢地站起身来，从兜里掏出一枚大洋放在嘴边上吹了吹："咱们还是看看天意吧。"说着他把大洋在手心里摇晃了几下，松手让大洋落在地上，见面儿朝上，就又连着摇了两次，发现又都一样。

他收起大洋，看着杨晓东的遗像，用鼻子哼了哼，说："咱们给他摆一出鸿门宴怎么样？"

杨鸣举盯着弟弟问道："你是说我们请他来喝酒，然后再伺机下手？"

"对。"

杨鸣仁摇了摇头：“那个胡大力也不是傻子，明知道杀父之仇不共戴天，他能来吗？你还是死了这条心吧。”

杨鸣琦嘿嘿一笑：“二哥，打仗我赶不上你这个当营长的，可干这种事，你大概不如我。”

“你有把握吗？”杨鸣仁仍觉得这事有点儿悬。

杨鸣琦摇头晃脑地说：“胡大力能不能来，就看咱们怎么请了。”

杨鸣举往前凑了凑：“腿长在他身上，你怎么请他不来，还不是没辙干瞪眼。”

杨鸣琦显然胸有成竹：“这样吧，我来写封信，咱们给他摆个迷魂阵。你们看怎么样？”

杨鸣仁常年带兵打仗，对这类舞文弄墨的事不在行，听杨鸣琦一说立刻来了精神头儿：“我倒要看看你这信咋写。”

杨鸣琦铺开纸，略一思索提笔写道：“胡兄台鉴：家父作恶多端，十恶不赦，汝所杀之，实乃咎由自取，罪有应得。胡兄为民除害，乃英雄也。令我等也万分钦佩。古语云，冤家宜解不宜结。我弟兄略备薄酒，恳请胡兄来此一叙，以解前嫌仇隙，消弭旧怨。万望胡兄能屈尊就驾，我弟兄及家人将荣幸之至。”

杨鸣举摸着下颏满腹狐疑地问：“他能上钩吗？”

“他不来再说，到时候只要他敢来，我们就在这院子里把他干掉。”杨鸣琦说。

杨鸣举想了一会儿，说：“胡大力是个粗人，不足多虑，可他现在是农会主席，我们这一招儿要是万一被土改工作队识破了咋办？”

杨鸣琦早已想到了这一步，打断杨鸣举的话，说：“大哥说得对，不过我想过了，这件事无碍乎是土改工作队的人硬是拦着不让他来，那咱谁也没办法。再就是武工队派人跟他一块来，到时候来的人多，算他捡着，来的人少，我们就给他来个一窝端。”

杨鸣仁想了半天，摇了摇头，说：“农会和武工队都不是吃素的，万一他们里外都放上人，咱们还怎么动手。”

杨鸣琦狡黠地一笑：“这好办，我找几个弟兄，事先在院墙外面埋伏下来，他们肯定想不到我们会有准备，到时候见机行事，他们来的人少，就给他来个先下手为强，他们想接应也接应不上了，光剩下里头的人就好对付了。”

听到这，杨鸣仁“啪”地一拍桌子：“好，难得三弟想得如此周到，我和你大哥这些年带兵打仗，可没你这些弯弯绕儿。”

杨鸣琦转过身去，看着杨晓东挂在墙上的遗像，半晌没有说话，慢慢地跪下身去，说：“即使这次不能得手，我也要另想办法把那个姓胡的干掉。”

杨鸣举哽咽着招呼兄妹几个说：“难得三弟一片孝心，来，让咱爹的在天之灵保佑咱们一举成功。”

几个人一块跪在了杨晓东的灵位前“砰砰砰”磕了三个头。杨晓东的两个女儿禁不住呜呜地哭了起来。

吃过早饭，胡大力从屋里出来，对收拾院子的回毅媳妇说：“嫂子，地里的活忙得差不多了，这两天我想跟工作队的孙队长赶早把地分下去，要是回来晚了，你就先睡吧，不用给我留门了。”

回毅媳妇把地上的几处鸡鸭刚刚拉下的屎打扫干净，抬起头来说：“你干的是正事，多晚回来我都等你。”

这时，只听有人咚咚敲门：“大力在不在？”

胡大力过去把门打开，见是村里的老秀才郑旭明："您老找我有事吗？"

郑旭明摇头晃脑："然也。"

"别整你那些枝（之）啊叶（也）的了，有话直说。"

郑旭明并不理会胡大力，说："我受人之托，给贤侄送来一封手柬。"

"你是说有人给我写了一封信？"

"然也。"说着，他从怀里把信掏出来递给胡大力。胡大力接过去打开看了半天，冲郑旭明一笑："您老别笑话我，我没念过几天书，这里的好多字我都不认识，您还是念给我听听吧。"

郑旭明抿了抿嘴，接过信，戴上老花镜，抑扬顿挫地念道："胡兄台鉴：家父作恶多端，十恶不赦，汝所杀之，实乃咎由自取，罪有应得。胡兄为民除害，乃英雄也。令我等也万分钦佩。古语云，冤家宜解不宜结。我弟兄略备薄酒，恳请胡兄来此一叙，以解前嫌仇隙，消弭旧怨。万望胡兄能屈尊就驾，我弟兄及家人将荣幸之至。"

胡大力接过信："您老念了半天，不就是让我去他家喝酒吗。"

郑旭明点了点头："然也。杨家兄弟宽宏大量，不计杀父之仇，诚邀胡公赴宴，乃义薄云天之举，胡公万不可推辞啊。"说罢迈着方步走了。

胡大力拿着信来到东屋，见王金岫在纳鞋底，说："舅妈，刚才村里的老秀才郑旭明送来一封信，是杨晓东儿子写的。"

"信上说的啥？"

"说事情已经过去了，想跟我和好，请我去他家里喝酒。"

王金岫拢拢头发："我看这件事不那么简单，自古以来杀父之仇不共戴天，杨家的几个儿子又都不是等闲之辈，绝不会轻易就这么了了。"

胡大力握起拳头，说："舅妈，我不怕他们，有土改工作队和武工队在，我想他们轻易不敢把我咋样。我琢磨他们是不是听到了什么风声，怕把他家的地分了，要讨好我，才请去我喝酒啊。”

王金岫琢磨了琢磨，说：“他们知道你现在是农会主席，为了保住杨家的财产，没准想维拢你。可你想过没有，杨家的几个儿子都在外面做事，就是把地保住了，收的那点租子他们也不会放在眼里，我看这明摆着就是杨家弟兄摆下的鸿门宴。”

胡大力坐到椅子上沉默了一会儿，说：“舅妈，照这么说我还怕了他们啦？他们敢请我，我这个农会主席就这么蔫巴悄地拉倒了，传出去让人家说我也太窝囊了，而且农会的脸往哪放？就是鸿门宴我也不怕，大不了一死呗。”

王金岫沉吟了片刻，说：“你要是非去不可，也要提防着他们点，毕竟人家在暗处，你在明处，常言说得好，明枪易躲，暗箭难防。”胡大力点点头。“你现在是农会主席了，遇到事不能再像过去那样，出马一条枪，想咋干就咋干了，你还是跟孙队长和武工队的王连长商量商量，他们比你有经验。”

胡大力想想舅妈说得是，便站起身说：“我这就去找他们。”说罢揣上信走了。

野狼窝村胡庆仁家西屋被当成了农会办公室。孙明正在低头看一份文件，见胡大力开门进来，抬起头来跟胡大力打过招呼说：“坐吧，这是军区刚刚发来的一份其他地方实行土地改革的材料，看来我们还得抓紧啊，要不就落在别人后头了。”胡大力从怀里掏出杨鸣琦写的信递给孙明说：“孙队长，我这有封信你看看。”

孙明看过信后抬起头来看着胡大力，说：“这事要慎重，走，咱们去找王连长一块合计合计。”

孙明和胡大力来到东厢房武工队队部，王连长正在给辽南地委写报告，见两个人进来，知道有事找他，忙站了起来。“这有封信你看看。”孙明将手里的信递给王连长。王连长反复看过后考虑了一会儿，说：“从这封信上倒也看不出什么问题来。也许真像信上说的那样，他们看大力当了农会主席，要巴结农会，想把这件事了结了。”

“我觉得筵无好筵。”在孙明看来，杨家兄弟几个小题大做，里面一定另有文章。

王连长拿着信思考了片刻，说：“他们不会不知道土改工作队和武工队都在村里，我想他们就是另有打算，也不敢在这个时候下手。”

孙明仍有些不放心，坐到凳子上说：“他们不会把杀父之仇就这么轻而易举地一笔勾销，还是防着点好。”

王连长把信交给胡大力，沉吟半晌说：“他们要是找大力和好就算了，如果敢动手，我们就毫不留情地消灭他们。”

“听说杨家的几个儿子在警察局和国民党的部队里都做了官，没一个是省油的灯。”

王连长在地上踱了几步，停下说：“这样吧，我派几个武工队队员跟大力一块过去，以防不测。”

孙明仰起头来说：“好，就照王连长说的办。”

经过一番认真研究后，孙明和王连长决定让胡大力去杨晓东家赴宴，王连长特意挑选了两名精干的武工队员一同前往。孙明不放心，又派了三个农会干部。临行前，王连长再三叮嘱胡大力和武工队员，如果杨家兄弟动手，立即鸣枪报信。待一切布置停当，胡大力便让老秀才郑旭明给杨家送了信过去，杨鸣琦见鱼果然上钩了，十分高兴。按照事先的计划同样精心安排了一番。

下晌，胡大力带着农会的三个人和两名武工队员来到杨晓东家。杨鸣举、杨鸣仁、杨鸣琦哥仨早已站在门口迎接胡大力。见胡大力带着人来到近前，杨鸣举上前躬身道："胡主席能屈尊鄙舍，真是令我杨家蓬荜生辉啊。请。"胡大力冲着农会的几个干部一努嘴，三个人身背手榴弹，手里提着大刀，顺着院墙走了。胡大力随后一摆手："走吧。"胡大力和两个武工队员在前，杨鸣举哥仨在后进了院子。杨鸣琦在后面朝四外看了看，见再没有其他人，"吱扭"把大门关上了。

院子里摆着一张桌子，上面已经摆好了碗筷，杨晓东的大儿子杨鸣举躬身让道："胡主席请上座。"

胡大力也不客气，把手榴弹朝身后挪了挪，大大方方地坐在了上首的凳子上。两个武工队员一左一右站在了胡大力身后，杨鸣举哥几个随后也依次落座。

不大一会儿，几个女人把菜一样一样地摆上桌子。老二杨鸣仁看了看胡大力，端起酒杯："今天能把胡主席请来，实属荣幸，来，我敬胡主席一杯。"

胡大力瞅了他一眼，直通通地问道："我杀了你爹，你还请我喝酒，啥意思？"

坐在一旁的杨鸣琦站起来，端起酒杯道："胡主席千万不要多虑，家父不良，罪有应得，你尽管放心就是了，我们绝不怪罪你。我们哥儿几个今天就是想请胡主席过来叙叙乡情，砂锅不打不漏，话不说不透，我们既是乡邻，低头不见抬头见，放着朋友不做，何必做冤家呢，你说是不是？"

胡大力用眼角扫了一下，见两名武工队员持枪站在他身后，三个儿子都坐在凳子上，院子里只剩下几个女人在忙着端饭上菜，刚进来时紧绷的神经开始松弛下来，端起酒杯说："要是这么说，过去的事情就过去了，父一辈子一辈的，我也不想再跟你们结怨了，今天在酒桌上，咱们都把话说开，一块云彩也就散了。"

杨晓东的大儿子杨鸣举端起酒杯笑了笑，说："胡主席说得对，我们弟兄常年在外，家里的事还望胡主席多多关照。来，我敬胡主席一杯。"说完一仰头把杯里的酒喝了。胡大力也把杯里的酒干了。

杨晓东的二儿子杨鸣仁随后站起来给胡大力的杯里斟满酒，然后也端起酒杯说道："相逢一笑泯恩仇，过去的事咱们谁也不提它了。来，我也敬胡主席一杯。"

身上背着手榴弹，提着大刀的三个农会干部在院门口与胡大力分手后，按照预先的分工，在院墙外的东、西、北三面站了下来。隔着院墙能清楚地听到院子里胡大力和杨家几个兄弟互相敬酒说话的声音。过了一会儿，听见院子里并没有异常，便顺着院墙一边听着里面的动静，一边来回走动巡视。这时，突然从暗处蹿出几个人，两个人对付一个，动作敏捷地从后面将三个农会干部的脖子死死勒住，没等三个人出声，便掏出匕首，狠狠扎进三个人的胸膛。

院子里，杨鸣琦从凳子上站起身，端起酒杯与胡大力碰了一下，说："胡主席，今天咱们是在家里聚会，暂且不论官职大小，从年龄上我该叫你弟弟，我爹多有对不住你的地方，你杀了他也是泄一时之愤，换了我，也会这么做，来，我敬老弟一杯。"

杨鸣琦仰头把酒喝下去，放下酒杯装出一副诚心诚意地样子，说："老弟，既然我两个哥哥都说既往不咎了，从今往后，咱们就是朋友了，有用得着我的地方，到县里警察局去找我，能办的事，我绝无二话。"

胡大力见杨家哥几个并无恶意，也站起来说："好，既然老兄把话说到这个份上了，这杯酒我也干了！”

站在胡大力身后的两个武工队员看胡大力和几个人有说有笑，你来我往，不停地推杯换盏，轮流敬酒，酒桌上的气氛十分轻松、融洽，便把枪收了起来，在后面的凳子上坐下了。

老二杨鸣仁起身再次恭恭敬敬地给胡大力斟满酒。胡大力端起酒杯扫了哥几个一眼，说：“来而不往非礼也，我也敬你们哥仨一杯，一个村的乡亲，往后有什么事你们尽管说话。”

这时，老大杨鸣举的媳妇把做好的一盘熘肥肠放到桌上，扭头瞅了胡大力一眼，说：“等等，胡主席在大庭广众之下敢行凶杀人，不愧是条汉子，我虽女流之辈，来，也敬胡主席一杯。”说完她端起杨鸣举面前的酒杯，仰头将满满一杯酒喝了下去。

“大嫂过奖了。”胡大力话音未落，杨鸣举的媳妇已是怒目圆睁，咬着牙低声说道：“胡主席不必过谦，今天就是你的死期！”说完甩手将酒杯狠狠地摔在地上。随着一声脆响，几个刚才还在院子里忙活的女人眨眼之间已经各自掏出枪来，“啪、啪、啪”，枪声响过之后，两个武工队队员已经被打倒在地。

胡大力大叫一声：“不好！”伸手去摸手榴弹，站在他身边的杨鸣举的媳妇抬手就是一枪，正中胡大力的肚子。胡大力身子一侧歪跌坐到了凳子上。一手捂着肚子，一手想去掏枪，并朝院墙外喊道：“快！扔手榴弹！”

杨鸣举见胡大力大声喊叫，一步跨过来，举起枪把子狠狠地朝胡大力的脑袋砸了下去。一股鲜血立时从胡大力的头上流了下来。

杨鸣琦伸手一把抓住胡大力的衣襟，压低声音说：“姓胡的，别喊了，你的人早让我干掉了。”

说着抬手照着胡大力的脑袋就是一枪，胡大力猛地向后一蹿，子弹打在了大腿上。

胡大力破口大骂："王八蛋，敢骗老子。"

杨鸣琦没等胡大力的喊声落地，一步跨过去，用枪顶着胡大力的腮帮子扣动了扳机，胡大力头一歪没了动静。杨鸣仁不解气，又用枪把子狠狠地给了胡大力一下子，胡大力像一摊泥一样瘫倒在地上，一动不动了。

"快走！"杨鸣琦断定胡大力必死无疑，一招手几个人牵出马来，打开院门飞身上了马。

王连长看看时间已经不早了，抬起头来不放心地对孙明说："大力去了这么长时间，也该回来了。"

"是啊。"

"不行，我得带着人过去看看。通信员！"通信员闻声进来，王连长命令道："一班、二班集合！"王连长拿上枪来到院子里，带着十几个武工队队员直奔杨晓东家。

没走多远，就听从杨家大院方向传来了几声枪响。"不好，有情况！"王连长和武工队队员向杨家大院快步跑去。

等王连长带着人赶到杨家大院时，见大门洞开，从院子里冲出几匹马来。王连长立即命令道："给我打!"一阵枪响过后，只见一个人从马上栽了下来，剩下的人不顾一切地打马狂奔而去。

王连长带着人来到近前，发现从马上掉下来的人被打中了大腿。

"把伤口包扎一下，别让他死了。"王连长命令道。

一个武工队队员掏出急救包，把那人的伤口包扎好，用绳子把他的手捆上了。

王连长带着人来到院子里，只见两名武工队队员已经牺牲，胡大力躺在地上也奄奄一息。"快，把大力抬到屋里去。"看着两个战士把胡大力抬着进了屋子，王连长转过身来叫过一个武工队队员："快，去找他舅妈过来！"

胡大力遇刺的消息很快便在农会干部和十里八村传开了，一时间各种谣言四起，有些农会干部想打退堂鼓。孙明一边安抚人心，一面亲自带领农会干部走访调查，很快摸清了各村地主占有土地的数量并全部登记造册。王连长自从那天带领武工队队员救出胡大力后，便到军区开会去了。会议一结束便马不停蹄地赶了回来。他和孙明一道看过农会干部整理的材料后，决定为了动员更多的青壮年参军，保卫胜利果实，尽快将土地分下去。他问孙明："大力怎么样了？"

"幸亏他舅妈家里有祖传的枪伤药，人活过来了。他舅妈和那个叫邱梨花的女人照料得也很周到细致，恢复得不错。"孙明说。

"咱们抓住的那个人审了没有？"王连长因为开会走得匆忙，还没来得及过问。

"还没呢，你回来得正好，杨家的几个儿子也太嚣张了，竟然没把土改工作队和武工队放在眼里。"

"是啊，看来我们低估了他们。"王连长命人去带杨鸣琦。不一会儿，两个武工队队员押着一瘸一拐的杨鸣琦走了进来。杨鸣琦站在地上仰着头，完全一副不屑一顾的样子。

王连长一拍桌子："你叫什么名字？"

"杨鸣琦。"

"杨晓东是你什么人？"孙明问。

"我爹。"

王连长站起来，走到杨鸣琦身边："你们弟兄几个胆子也够大的，竟敢在我的眼皮子底下设圈套枪杀我们的农会主席！”

杨鸣琦咬着牙：“杀父之仇不共戴天。”

孙明扫了杨鸣琦一眼：“你爸爸作恶多端，死有余辜，你不但不吸取他的教训，反倒采用这种卑鄙手段暗杀我农会干部，你该当何罪！”

不料杨鸣琦毫无惧色地说：“此仇不报枉为人，是杀是剐随便吧。”

王连长掏出枪来厉声道：“我看你是花岗岩的脑袋，死硬到家了，好，今天我就代表辽南地委宣判你的死刑。来人哪！”

又有两个武工队队员应声走了进来。“把这个地主崽子拉出去枪毙。”

几个武工队队员上前把杨鸣琦像拖死狗一样架了出去。

第六十五章

杨鸣琦在辽阳县城的家是一座四合院，正房三间，东、西厢房各两间，进门院子里种着一棵桃树。

杨鸣举、杨鸣仁，杨家的两个女儿、三个儿媳从野狼窝侥幸逃脱后，杨鸣举和杨鸣仁回部队处理了一些手头的公务便急着赶了回来，兄妹几个人坐在一起，说起那天刺杀胡大力的前前后后，不禁唏嘘不已。杨鸣举无精打采地说：“唉，老三咋就慢了一步呢。”

杨鸣仁与自己的这个弟弟自小性情相投，彼此也非常了解，他沉默了半晌，说：“老三是好样的，他是留下殿后，要不咱们也完了。”

杨鸣琦的媳妇六神无主：“这可咋办啊，这人要是落到武工队手里还能有好吗。他要是有个一差二错的，这个家不就完了吗。”

杨鸣举见弟妹难过的样子，愈加懊悔不已：“都是我这个当大哥的没有照顾好他。”

老二杨鸣仁在地上走了两步，站下说：“生死有命，现在说别的也没用了。”

杨鸣琦的媳妇听老二这么一说，忍不住用手捂住脸呜呜哭起来：“他不该冒这个险啊！”

“说实话，当初老三说要刺杀那个胡大力我就觉得不保靠，村里有土改工作队又有武工队，听到动静，屁大点儿工夫就到了。那天要是咱们哥儿几个腿脚再慢点，也全完了。”杨鸣举后悔当初不该听弟弟的。

杨鸣仁解开衣服扣子：“不管咋的，咱爹的仇算报了，我看那个胡大力活不了了。”

这时，杨鸣琦在辽阳城里警察局当警察的大儿子杨晴川回来了。进屋看到两个伯伯和两个姑姑不停地唉声叹气，娘坐在边上一个劲地抹眼泪，问：“咋了，是不是事整砸了？我爹让人家给逮住啦？”

杨鸣举知道杨晴川这几天一直没回来，对他爹的事还一无所知，叹了一口气，说：“唉，别提了，那个胡大力倒是被你爹打死了，可你爹没跑出来。”

杨晴川听了，把衣服脱下来扔到炕上，埋怨说：“我爹总是自作聪明，当初非要在院里种棵树，这回应验了，他自己出的主意，整了半天别人没啥事，他倒崴里头了。”

杨鸣仁咂着嘴：“可也是。”

杨晴川见屋子里的人都愁眉苦脸的没了主意，沉吟片刻说：“过两天我去趟野狼窝，我爹他要是活着，咱们得想个法子把他救出来，他要是死了，我一定给爹报仇。”

杨鸣琦的媳妇擦去眼角的泪水对儿子说：“现在共产党的土改工作队和武工队都在村里，去不得啊，你要是再出点啥事，娘还咋活。”说着，嘤嘤地哭了起来。

杨晴川走过去劝慰道："娘，你放心，我自有办法，不会出事的。我爹是死是活我总得弄明白啊，要不，爹不白养了我一场。"

杨鸣举见杨晴川执意要去打探消息，也不好再过多阻拦，说："晴川啊，部队上还有不少事，我先回去了，你打听到什么消息马上给我个信。"

杨鸣仁心想，就老三那死都不服软的犟脾气，武工队能饶了他吗？肯定是凶多吉少。他拉过侄子劝说道："依我说，你就别去冒这个险了，不行过两天我派人去村里打听打听。"

杨晴川看着伯伯，说："你们放心，村里没有人认识我，我想好了，打扮成要饭的，他们谁也不会想到我是杨家的人。"

杨鸣仁觉得这样也好，叮嘱说："不过你一定要多加小心，但愿你爷爷的在天之灵保佑你。"兄妹几人也各自叮嘱了一番起身走了。

杨晴川头发蓬乱，脸上东一块西一块地抹着锅灰。上身穿了一件补丁摞补丁脏兮兮的破夹袄，下身穿了条一条裤腿长、一条裤腿短，破了好几个洞，脏得都看不出颜色的裤子。左手端着一只大碗，右手拿着一根打狗棍，一瘸一拐地来到野狼窝。进了村，在西头老胡家看门口有两个军人拿着枪在站岗，便远远地绕了过去，到了三小家门前，杨晴川伸手敲了敲门，三小娘听到动静，颠着两只小脚从里面走了出来。打开门，见门口站着一个要饭的，忙不迭地说："你等着，我给你拿吃的去。"

杨晴川装作有气无力的样子说："大娘，我走一天了，实在走不动了，您老行行好，让我进去歇一会儿吧。"

三小娘打量了打量杨晴川："你看你，年纪轻轻的就出来要饭，难为你了，进来吧。"说着把杨晴川让到了屋里。

杨晴川在凳子上坐下，朝四周看了看，说："大娘，我看你的日子过得也够紧巴的。我在您这坐一会儿，歇歇脚就走。”

三小娘叹了一口气，说：“唉，你年纪轻轻的，干点啥不好，咋非出来要饭呢，让我这老婆子看着心疼。”

杨晴川看没有露出什么破绽，从眼角挤出几滴泪来：“大娘，我命苦啊，三岁的时候我娘就得暴病死了，十二岁那年我爹赶车牲口惊了，车翻了，我爹被轧死了，家里就剩下我一个人了。想不到十五岁那年得了个怪病，一犯病就浑身抽搐、人事不知。自打得了这个病，我就什么也干不了了，只好出来四处要饭，没办法，只要饿不死，活一天算一天吧。”

三小娘听了也忍不住跟着掉起泪来：“人这辈子活着真不容易，我们家这日子过得也是要吃的没吃的，要穿的没穿的，种着人家几亩地，年年去了交租子，有半年吃糠咽菜，我那儿子都三十六七了，连个媳妇都说不上。也不知道这日子啥时候能是个头。”

“大娘，我听说你们村里不是在闹土改吗，要是把地主的地都分给你们这些没地种的人家，你们的日子不就好过了吗？”

“孩子，你说的是，可你哪知道，咱们好不容易盼着成立了农会，杨晓东家的几个儿子回来给他爹办丧事，撒谎把咱们农会主席给诓到家里，人差点没让他们打死，这分地的事就撂下了，咱们干着急有啥法儿。”

杨晴川心里一惊，暗想，难道胡大力没死？他故作镇定地附和道：“这几个家伙真不是个东西。”

三小娘用手背擦了擦眼角，说：“你说得对，要不说，人咋不能做缺德事呢，杨晓东的那个小儿子没跑了，让武工队给逮着了，后几天拉出去枪毙了，听说还到处贴了告示呢。”

杨晴川听了心里一阵难受，唯一的希望破灭了，爹死了。他真想号啕大哭，可坐在面前的老人要是知道他就是杨家的人，就会立即去农会报信，他强忍内心的悲痛说："这些人真该杀。"

这时三小从地里回来，进门见家里来了一个要饭的，瞅了瞅他娘问："娘，这是哪来的要饭花子，你怎么还让他进屋来了？"

"我看这孩子怪可怜的，让他进屋歇歇脚。"

三小不满地看了杨晴川一眼："你要饭也不看看人家，我们家都是吃了上顿没下顿呢。"

杨晴川拄着棍子站起来，说："我这就走。"

这时三小用眼睛盯着杨晴川，突然大声说："我看你怎么特别像一个人。"

杨晴川一愣："你看我像谁？"

"我怎么看着你像那个狗日的杨晓东。"

杨晴川心里咯噔一下，暗暗叫苦，坏了，我得赶紧走："你看错人了吧。"杨晴川强作镇定不紧不慢地说。

三小用力摇了摇头："不会。"

杨晴川端起破碗喝了一口水，用脏兮兮的袖子抹了一把脸，说："天底下这么多人，长得像的有的是。"

三小摇着头，咬牙切齿地说："杨晓东那个王八蛋把咱们害惨了，扒了皮我认得他骨头。"

"真的呀？"

"当年他在村里给日本人当协和会会长，为了让我出劳工，一天到我家来八趟，骗我和我娘说，去黑龙江挖煤有白面馒头吃，月月还给开工钱。哪知道到了车站就不是那么回事了，我爹累死累活一辈子攒下的那点钱让小日本鬼子给抢走了，还挨了一顿打。上了火车，不给饭吃不说，连口水喝都没有，要不是胡大哥带着我们半道挠杠子了，用不了到黑龙江就得死在道上了，后来我们哥几个在死人堆里滚了好几个来回总算活着回来了，我恨死那个杨晓东了。”

杨晴川如坐针毡，恨不得马上离开这里：“听你这么一说，我也恨那个协和会会长。说实在的，你别看我是个要饭的，刚才听大娘说你们那个农会主席真是好样的，杨晓东真该千刀万剐。”

说着杨晴川拄着棍子一瘸一拐地开门走了。

三小娘追出门来拉住杨晴川：“孩子，你要饭要到我门口了，说啥也不能让你就这么空着手走，你就这么走了，我心里不好受。”说着把手里的半个菜团子塞到杨晴川手里：“你把这个拿上。”

杨晴川跪在地上磕了一个头，站起身朝往村外走去。在村西头的老榆树下坐了一会儿，合计了半天，末了一咬牙，心想豁出去了，既然胡大力没死，何不去找找看。于是他将三小娘给他的菜团子远远地扔掉，在河沟里洗了把脸，三转两转，打听了好几个人来到郑满仓家。从半开的大门里，杨晴川看到院子里的绳子上挂着长长的一溜刚刚洗过的绷带，这时一个女人端着一个大盆从屋里出来，往绳子上晾衣服。他一看，全是男人穿的，杨晴川咬着嘴唇，眼里充满了仇恨，转身向村口慢慢走去。

回到家里，杨鸣琦的媳妇一把抱住儿子，仿佛生怕一松手他跑了似的：“怎么样，晴川，你没事吧？”

杨晴川把破衣服脱掉，扑到娘的身上，忍不住号啕大哭起来：“我爹他死了。”

杨鸣琦的媳妇呆愣愣地看着儿子，“你爹是自己把自己害了。”

杨晴川抬起头来，抹了一把眼泪，说：“娘，我都打听明白了，那个农会主席胡大力没死，还活着。”

杨鸣琦的媳妇听了愣住了：“不对呀，那天我眼看着你爹用枪顶着胡大力的脑袋开了一枪，他怎么还会活着呢？你咋知道他没死呢？”

杨晴川站起来，拿过手巾擦了擦脸，说：“娘，我特意去胡大力住的地方看了，院子里的绳子上晾着好多刚刚洗过的绷带和男人穿的衣服，他要是死了，还用那么多绷带干啥。”

杨鸣琦的媳妇听了禁不住捶胸顿足地叹道：“唉，我们杨家那是你爷爷和你爹两条人命啊，那个胡大力竟然还活着，这不是白折腾了吗。”

“娘，我想好了，过两天再到野狼窝去一趟，看看这个胡大力到底长得什么模样，迟早我要杀了他，给我爷爷和咱爹报仇。”

杨鸣琦的媳妇沉默了半晌，摇着头说：“晴川，听娘的，这事就算了吧，你爹要不是非要给你爷爷报仇也不会把命搭上，你要是万一像你爹似的回不来怎么办？你弟弟有病，家里就指望你这么个儿子，你要是再有个闪失，娘可咋活啊。”

杨晴川低着头想了想，说：“娘，我不会像我爹那样蛮干，更不会拿着自己的性命当儿戏，你放心，我自有办法。我去给大伯和二大伯送信。”说完把脸洗干净，换上衣服走了。

杨鸣琦的媳妇隔着窗户看着杨晴川出了院子，长长叹了一口气，心想，你杀我、我杀你，什么时候是个头啊。想着想着，竟又止不住暗自流起泪来。

夏日的阳光尽情地洒到院子里。在回毅媳妇和王金岫的悉心照料下，胡大力恢复得很快。吃过早饭，胡大力在回毅媳妇搀扶下拄着拐杖慢慢在院子里散步。走了一会儿胡大力觉得有些累了，扭过头去看了看回毅媳妇，说：“歇会儿吧。”

回毅媳妇正想去搬个凳子过来，门口来了一个讨饭的，只见他二十一二岁的年纪，穿得破破烂烂，一手拿着一根打狗棍子，一手拿着一只大碗，站在门口可怜巴巴地朝院里张望。回毅媳妇忙把凳子搬过来，扶着胡大力坐下，说：“我去看看。”来到门口，回毅媳妇见扮作乞丐的杨晴川可怜巴巴地看着她，嘴里在不停地念叨着：“可怜可怜我，给口吃的吧。”

“你等着，我这就给你拿去。”

回毅媳妇转过身去准备回屋里去给他取干粮，只听身后咕咚一声。回毅媳妇回过头去吓了一跳，只见那个讨饭的年轻人已经倒在地上，浑身抽搐，口吐白沫，不省人事了。

回毅媳妇忙半拖半拽地将他弄到院子里，胡大力从凳子上站起来，拄着拐杖慢慢地走过来，问回毅媳妇：“这人刚才还好好的，这是怎么了？”

王金岫听到动静也从屋里走了出来：“咋啦？”

“这不，门口来个要饭的，我正想进屋给他拿吃的，哪承想一转身的工夫，他就倒在地上抽开羊角风了。”回毅媳妇急着说。

“快，掐他的人中。”王金岫听了说。

回毅媳妇蹲下来，一手托起杨晴川的头，一手用力掐他的人中。不大一会儿，杨晴川慢慢地睁开了眼睛坐了起来，抬起头来看了看胡大力和王金岫，说：“婶子，给我口水喝行吗？”

回毅媳妇见他苏醒过来，进屋给他倒了一碗水出来，杨晴川接过去，一口气把水喝了，慢慢地站了起来要往外走。

回毅媳妇见他仍有些站立不稳，说：“坐下歇会儿再走吧。”

杨晴川摇了摇头，用眼睛直勾勾地盯着胡大力说：“我这是从小落下的毛病，这几年老是时好时坏。”

“你是哪儿的人啊，家里没别人了吗？咋出来要饭啦？”回毅媳妇心想，这孩子也怪可怜的。

“我爹娘死得早，就剩下我一个人了。”他一边说，一边看着站在面前的胡大力，问：“这位大哥的腿咋啦？”

胡大力咬了咬牙，说：“别提了，让那个地主杨晓东的儿子打的。”

杨晴川往地上吐了一口吐沫，用打狗棍使劲在地上戳了戳：“这些财主没一个好东西，有一年冬天我去他家要饭，他不但不给我，还把我打了个半死，我在炕上躺了好几天才爬起来。”

“这些财主的心都黑透了。”

“可不是咋的。谢谢婶子，这会儿觉得好多了，我得走了。”

王金岫对回毅媳妇道：“去，给他拿点干粮来。”

回毅媳妇进屋，拿了几个馒头出来递给杨晴川：“小兄弟，这几个馒头你拿着。”

杨晴川把馒头放到要饭的碗里，深深鞠了一躬，拎着打狗棍子一瘸一拐地走了。

杨晴川从野狼窝回到家里已经很晚了，见娘心神不宁地还在等着他，进屋将身上的脏衣服脱掉，洗过脸，眉飞色舞地说：“娘，你猜怎么着，今个儿我看到那个胡大力了。”

杨鸣琦的媳妇摸着杨晴川的头长长出了一口气说：“听娘的话行吗，你爷爷和你爹人已经没了，你就是把那个姓胡的杀了，你爷爷和你爹也活不过来了。再说，你爷爷也有做得不对的地方，那个姓胡的没死也许是天意。”

杨晴川把牙咬得咯咯作响：“娘，你不知道，我恨不得当场就把他剁成肉酱。”

“晴川啊，听娘一句话，算了吧，你弟弟从小就有病，到现在十三了，连话都不会说，你爹没了，这个家就全指望你了。”说着，忍不住抽泣起来。

“娘，我一个五尺高的汉子，生不能为父亲报仇却苟且偷安，死了有何脸面去见他老人家。你不用为我担心，我自有办法，不会出事的。”

杨鸣琦的媳妇半天说不出一句话，默然地看着窗外漆黑的夜空，心里无着无落的。儿子大了，再不像小的时候那样听她摆布了，想着想着不禁叹息道：“唉，真是儿大不由娘了。”

第六十六章

薛恒接收黑山县受阻，立即上报给军部。军长龚帆也觉得郑春义的这一伙地方武装是个烫手的山芋，干脆直接上报给东北行辕，便上前线作战去了。一九四七年八月，驻守沈阳的国民党东北行辕主任陈诚上任后接到报告，对这个郑春义很感兴趣，决定见见这个自卫军的头目。上午他正在埋头批阅文件，副官报告后带着郑春义进了办公室。

陈诚放下文件，抬起头看了看郑春义，见他眉清目秀，完全一副书生模样，目光里带着几分疑惑问：“你就是辽西自卫军的那个大队长？”

郑春义不卑不亢地点了点头。陈诚见郑春义仪表堂堂，举止洒脱，从心里喜欢上了这个年轻人：“坐吧，愿意跟我交个朋友吗？”

郑春义不温不火地说：“陈长官统领千军万马，能跟我交朋友，春义深感荣幸。”

陈诚带着几分好奇地问：“我听说你的部队把我们前去接收的人拦在了外面不让进去，还把我们的人打伤啦？”

郑春义毫不隐瞒地说："陈长官，确有其事，黑山县城早已被我们接管，你们的人事先并没有跟我们取得联系，我们也并不知道你们的人是要接收县城，我手底下的人当然不会让他们随便进去，一旦他们进城后杀人放火怎么办？"

陈诚从椅子上站起来，走过去拍了拍郑春义的肩膀："我非常喜欢你这股子天不怕地不怕的劲。我听说你把一座黑山县治理得井井有条，并且得到了民众的拥护，是这样吗？"

"是的，抗战结束后，黑山县一时处于真空状态，我带着部队接收了日本人丢弃的几座军火仓库和军需库后，便一直留在了城里。我们清剿了匪患之后，一方面维护城里的治安，一方面着手恢复城内的生活秩序。后来在百姓的要求下，又恢复了县公署日常管理，还成立了税务所，现在收缴的税金已经完全可以满足部队的军费开支，于是我们又开了几家店铺，由于公买公卖，不掺杂使假，生意也非常红火。"

陈诚微微一笑："不错嘛。"

郑春义带着几分遗憾说："我们本打算过几年快活日子，想不到你们非要来接收。"

"看来你是不愿意我们接收了。"

郑春义见陈诚并不像统领千军万马的将帅，倒像一个和蔼可亲的兄长，便坦诚地说："是的，可这样就免不了有一场厮杀，不但你我双方会两败俱伤，城内的百姓也会跟着遭殃，那样我们就对不起城内百姓对我们的信任和拥戴了，所以才同意你们去接收。"

陈诚回到椅子上坐下问："我听你讲话很有条理，念过书吗？"

"初中毕业。"

"好哇，怪不得你们把一座县城治理得那么好，看来你是个可用之才啊。”

郑春义正了正身子，带着几分腼腆：“陈长官过奖了。”

陈诚用赞许的口吻说：“我很欣赏你这样有文化、有头脑、有见地、敢作敢为的人。愿意到我这里来吗？”

郑春义一时不知道该如何回答，思索片刻问：“我的那几千弟兄咋办？”

“这个好说，你的部下要是愿意跟你一块过来，我全部接收。”

郑春义走到陈诚跟前：“陈长官，恕我冒昧，我想问问您让我过来做什么？”

“我这里现在缺少一个军法处长，你年轻，又有多年带兵的经验，而且有文化，我看你来做这个军法处长正合适。”

郑春义觉得这事非同小可，不便贸然应允，说：“我身无寸功，做这个军法处长恐怕不合适吧？”

“这你不用担心，东北行辕我说了算，连老头子都听我的，我决定的事，谁还敢说三道四。”

“我散漫惯了，来了怕不习惯。”

陈诚发现这个年轻人不仅有胆有识，身上还透着一股子质朴的野气，跟身边那些油头滑脑，当面一套背后一套，欺上瞒下的大小官员比，显得卓尔不群，于是他愈加欣赏面前这个年轻人了：“你人很聪明，我想很快就会适应的，而且你来我这里，总比你现在这样要好，你虽说有几千人马，充其量不过是一伙草寇而已。”

郑春义直截了当地问：“如果我愿意来，我的那帮弟兄要是不愿意被收编咋办？”

陈诚被他的话逗笑了，说：“这件事要你自己做主，不过我要提醒你，你们再怎么折腾，也不过是民间的地方武装，到我这里来，你的弟兄就是正规的国军了，你呢，就是堂堂的国军将领了，这可是脱胎换骨、光宗耀祖的难得机会，希望你三思而行。”

郑春义觉得这位陈长官说得有道理，自己的人再多，跟国民党军的几十万兵马比，不过小菜一碟，况且沈阳这样的大城市都已经落入国民党军之手，区区一个小小的黑山县城更是不在话下，不如见好就收，也好给自己和手下的兄弟们找条生路，于是说：“好吧，我回去跟弟兄们商量一下再答复陈长官。”

陈诚摆了摆手，说：“好，送客。”

郑春义从东北行辕出来，便连夜回了黑山县城。

郑春义从沈阳星夜赶回黑山县城后，第二天晚上让胡进的二舅做了一桌菜，吩咐老八把胡进、关明杰、张海都找到会客室。胡进不知道郑春义葫芦里卖的什么药，屁股没落座就迫不及待地问：“那个陈诚找你去干啥？”

“我看准没安什么好心。”随后走进门来的张海瓮声瓮气地说。

待大伙坐定后，郑春义给每个人的杯里都斟满酒，直截了当地说：“陈诚是想让咱们把县城让出来，把自卫军收编为国民党军，并答应让我去做他的军法处长。”几个人谁都没想到会是这样一个结局，不知是吉是凶，半天谁也没有说话。

郑春义见几个人都默不作声，急了：“别这么闷着呀，说说你们都是咋想的。”

胡进面对突如其来的变故，一时有些不知所措，半天才嘟囔了一句：“都到这个份上了，你还让咱们说啥。”

郑春义端起酒杯，看着自己朝夕相处的几个弟兄，说：“我知道大伙冷不丁地听说这个事心里转不过弯来，不痛快，说心里话，我也不愿意散伙，可你们总得给我出个主意吧。别看咱们有几千人，一旦死磕硬拼起来，即使不顾及城内的百姓，也绝不是人家的对手啊。”

张海听了猛地一拍桌子，瓮声瓮气地说：“我看是扯犊子，什么收编，明摆着是逼着咱们投降，傻子都明白这个理儿，咱们在这吃香的喝辣的，到了人家手下就是孙子。你要去你去，我带着我的人走。”

胡进经张海一说，也琢磨过味来，端起酒杯仰头把酒喝下去，说：“我看张海大哥说得对，他们说得好听，到时候人为刀俎、我为鱼肉，后悔就来不及了。”

张海敞开衣服扣子，满脸通红地嚷嚷道：“人怕逼、马怕骑，不行咱就跟他们拼了，死也闹个痛快，总比到了人家那一亩三分地上看人家下眼皮强。”

胡进挠挠脑袋说：“我看他们名义是收编，其实是招安，就说《水浒传》里的那些梁山好汉，几个有好下场的。依我看，咱干脆就不理他那套胡子，像张大哥说的那样，逼急了，咱也不是白给的，他们休想占到什么便宜。”

张海抓起酒壶把酒杯斟满，一仰头喝下去，说：“咱这几千人也够那个姓陈的喝一壶的了，不信咱就跟他们照量照量。”

胡进拍着胸脯：“对，咱手里又是机枪，又是山炮，弹药就更不用说，老鼻子了，干啥让人家上嘴唇下嘴唇一碰，两句话就把咱们唬得一愣一愣的。”

郑春义听两个人说了半天，是打算死磕到底，端起酒杯说：“我看戗戗到明天早晨，也戗戗不出个四五六来。关团长当年跟随郭松龄反奉，后来又跟着少帅一块易帜归顺了南京国民政府，还是让关团长说说吧。”

关明杰在一旁听几个人争论，一直没有说话，他的眼前出现了一幅幅的画面，他仿佛看见胡进带着人把守在城门上，机枪吐着火舌，国民党军成片地倒了下去。眨眼之间，国民党军的大炮响了，无数颗炮弹落到城门上，顷刻之间血肉横飞。他眼前又出现了张海带着人与国民党军在城内血战的画面。双方一个街巷一个街巷地争夺，张海一步步地退到县衙，关山带着人冲了进来，双方展开了激烈的肉搏，关山的人越来越多，张海身边的人渐渐地所剩无几。他不敢再想下去了，端起酒杯，抬起头来看了看张海和胡进，说："来，咱们哥几个先喝一杯。"放下酒杯关明杰说："我觉得刚才胡进和张大哥说得也并非没有道理，真要打起来，咱们这几千人也不是白给的，再说咱们现在粮食弹药充足，又有城内百姓的支持，守他个十天半月的一点问题没有。"

张海乐了："我说也是！"

关明杰话锋一转："那天他们关团长来我们这里，你们也都听到了，南京国民政府想依靠美国的势力一统天下。你们想想，国民党部队大军压境，连沈阳这样的东北重镇都落入了他们手中，一座小小的黑山县城凭借我们这几千人的兵力，要想与几十万的国民党军抗衡，无异于以卵击石，到时候，弟兄们岂不白白送命。"

郑春义见关明杰跟他想到一块去了，说："我们绝不是怕他们，毕竟我们之间实力相差悬殊。"

"你们大概不知道吧，当年少帅比我们阔气多了，有那么多的飞机大炮和三十万的东北军，最后不也归顺了南京政府吗？胡进和张大哥说，宁可跟他们拼个你死我活，那可不是说着玩的，是要流血死人的。少帅年轻气盛，当年绝不是因为怕打仗才归顺了南京政府，他是怕一旦战端突起，兵戎相见，就会血流成河，平添无数冤魂。"

胡进听关明杰说得入情入理，想想也是，打仗毕竟不是儿戏。“那依关团长该咋办？”

关明杰思索了片刻，说：“依我看，如果陈诚确有诚意，这件事也未尝不可，大丈夫纵横天下，要学会审时度势。”

张海这时也觉得关明杰句句说在理上，带着几分赧然道：“看来我把事情想简单了。”

郑春义毕竟比胡进和张海多了几分更深的考虑：“我从小就喜欢打打杀杀，倒不是我尚武好斗，我一直觉得，只有靠枪杆子腰杆子才能挺直了，才能硬起来。”

“这话说得对！”张海竖起大拇指说。

“要是没枪杆子，我娘的仇能报吗？我爸爸就会被那个恶霸地主抓到日本人那里去打个半死，房子和地也保不住。再说，这黑山县城咱们也进不来，就是进来了也站不住脚，更别说像现在这样活得有滋有味了。”

张海将一块鸡肉放进嘴里，说：“要不当初我就不会上山当胡子了。”

郑春义放下筷子：“还是那句话，我一百二十个不愿意把这份家当拱手交出去，想继续在这过快活日子。可我不说你们心里也明白，从今往后，国民党军能让咱们消停吗？”

关明杰听了点点头，说：“春义说得对，国民党既然下定决心要占领东北，是不会放弃黑山不管的。”

郑春义忧心忡忡地说：“两虎相争，必有一伤，我不想眼看着跟了我这么多年的弟兄们白白地把命搭上，更不想因为我们两军之间的争斗而伤及无辜。黑山县的百姓被日本鬼子蹂躏了十多年，好不容易过上了几天好日子，不能再让他们受战火之苦了。”

胡进心想，照这么说被收编已成定局，再说别的也是白扯了。可咱这地方武装能轻易就变成堂堂的国民党军了吗？想到这他问郑春义："依你看，咱们被收编的把握有多大？"

"回来的路上我已经反复琢磨过了，凭我们这么多的人马刀枪，他陈诚不会说话不算话的。"

张海坐不住了："那我的那些人咋办？"

"愿意跟我去的，我带他们一块过去；不愿意去的，自寻方便吧。"

张海想都没想摆了摆手，说："我压根就是个农民，当初是因为日子过不下去了，才被逼上山当了胡子。这些年来打打杀杀的，不知道哪会儿脑袋就搬家了。我岁数一年比一年大，又是个老粗，我的人愿意跟你去我不拦着，我呢，还回家种地去。"

关明杰也站起来，看着在座的几个跟自己一块摸爬滚打了多年的弟兄，带着几分留恋和不舍说："东北历来是兵家必争之地，共产党一定不会轻易放弃东北，国共在东北必有一场大规模厮杀，到那个时候，免不了生灵涂炭。我也想就此解甲归田。"

郑春义沉默了一会儿，冲着关明杰一抱拳："关团长，要是没有你，也没有我郑春义的今天，你要走，我绝不勉强，有恩不报非君子，我给你二十根金条，你拿去安家度日吧。"

"春义言重了，若不是你出手相救，恐怕我也活不到今天，金条你留着吧，这些年的薪水足够我了度余生了。"

"关团长，这些年你所付出的心血，跟这几十根金条比，何足挂齿。"

说完，郑春义又端起酒杯来到张海身边："张大哥，你我兄弟一场，你真要走，我也给你二十根金条，你拿回去买地盖房子，算大哥没白认你这个兄弟。"

张海一仰头把杯里的酒喝下去，瓮声瓮气地说："行，你小子够朋友，我没看走眼。”

郑春义端着酒杯拍了拍胡进的肩膀，说：“你我同学一场，这些年又在一个锅里搅马勺生死与共，你我虽不是一母所生，早已亲如兄弟了，你要是不愿意跟我走，账上有多少钱你都拿去，咱哥俩早晚还有见面的一天。”

胡进瞅着郑春义毫不犹豫地说：“我想好了，你走到哪儿我跟你到哪儿。是死是活我都认了。”

郑春义端着酒杯回到自己的座位上，挨个看了看几个人，眼里闪着泪花，动情地说：“这些年咱们哥儿几个在一个锅里搅马勺，好也罢，坏也罢，都是过眼云烟了，今天咱们分手，说不上什么时候能再见面了。来，干一个！”说着举起酒杯一饮而尽。

几个人也跟着一块举起了酒杯：“干！”放下酒杯，弟兄几个紧紧地相拥在一起，泪水盈眶，久久地说不出一句话来。

关明杰一夜没合眼。作为一名军人，血与火造就了他处事不惊，果断刚毅的性格。当他决定归隐田园，却被一种难以割舍的情感所纠缠，辗转反侧，夜不能寐。郑春义天性质朴，做事干脆利落，让他从中看到了许多自己的影子。胡进遇事自作聪明却又胆大心细，很多时候两个人都是不谋而合。张海直率无邪，说话做事从不拐弯抹角，让他觉得与之相处心地坦然。倒退十几年，他也许会带着手下的这几千弟兄去疆场上厮杀一番，如今他却打消了这个念头。他每每想起满洲里堑壕里那一张张年轻的面孔，心都在滴血。他们哪一个不是娘生父母养的，从他们呱呱坠地到长大成人，父母养育他们不知付出了多少辛苦，正当青春年少，他们却扛枪上了战场，他们还没有来得及在父母跟前尽孝，没有娶妻生子，便长眠在战场上了。这些年他一直在思考，这个世界上为什么会有战争？直到天亮了，他才将思绪拉回到现实，洗了一把脸，开始收拾东西。这时，郑春义和胡进从外面走了进来。

“关团长，东西都收拾好啦？”

“军人四海为家，没什么好收拾的。”

郑春义上前拉着关明杰的手，久久不肯松开。关明杰拍了拍郑春义的肩膀，动情地说：“春义，好好干，你年轻有为！”

郑春义眼里含着泪花，说：“关团长，说实话，你这一走，我这心里空落落的，别提多难受了。”

胡进也上前拉着关明杰，说：“昨天晚上我一宿没睡，真是舍不得关团长走。”

关明杰爽朗地一笑，说：“你我能成为兄弟是缘分，分手也是天意。”

“关团长，时间过得太快了，一晃十几年过去了，那天劫法场就像昨天才发生的事，这些年，从你身上学到了不少东西，我真的舍不得离开你。”郑春义凝视着关明杰，发自内心地说。

关明杰挥了挥手：“相聚总有别离时，走吧。”

三个人从屋子里出来，关明杰一抬头愣住了。只见士兵们持枪在门口一字整齐地排开，一直到营房的大门外。

郑春义整理了一下衣服，正了正帽子，高声道：“弟兄们！给关团长送行！”说完，“啪”地向关明杰敬了一个礼，“关团长请！”

士兵们一个个站得笔直，立正持枪向关明杰行注目礼。

关明杰的眼睛有些湿润，举手还礼，大步向营房外走去。

郑春义走马上任，成为东北行辕主任陈诚的少将军法处长。没想到却在行辕上下引起轩然大波。

作战处一个参谋一边核对地作战图上的标识拟定作战计划，一边对另一个参谋说道："润白兄，新来的军法处长英俊潇洒，一表人才啊。"

"咱们陈长官看上的人还能有错。"

"我真不明白，咱们行辕上下不乏才俊精英，陈长官为什么偏偏看上了一个乡下来的土包子。"

"只有天知道陈长官是怎么想的了。"两个人相视一笑。方润白将整理好的作战计划放进公文夹，来到会议室。陈诚接过作战计划看了一眼，便宣布开会了。会议结束前，陈诚扫视了一眼坐在下面的各路将领，说道："今天的会就到这里，诸位要是没别的事，散会。"

这时第八兵团司令周福成站起来问："听说新上任的军法处长是个乡巴佬。"

陈诚有些不高兴地板起脸说："谁告诉你他是乡巴佬，他带兵打仗十几年，而且初中毕业，光复后率所部接管了黑山县城，并在很短时间内就把偌大的一座县城治理得井井有条，怎么能说他是个乡巴佬呢。我看，我们有很多人嫉妒心很强，这种风气不好嘛。"

周福成尴尬地坐了下去。

陈诚一脸严肃地接着说道："告诉你们，我这次到东北来，是决心要大干一场的。东北部队的纪律已经败坏到何种程度，在座的各位恐怕比我更清楚，下边买卖武器、暗中经商、贪污勒索、滋事扰民的现象已蔓延成风，如果任其发展，党国的基业将会毁于一旦。"

陈诚在地上走了几步，停下来，威严地扫视了一眼面前的部下，痛心疾首地说："说实话，我深为党国的前途担忧，军队的腐败直接关系到党国的危亡，我们决不可掉以轻心，听之任之。"

周福成站起来："陈长官所言极是。"

陈诚并不理会，继续说："你们知道吗？我提拔郑春义当这个军法处长，就是想利用他在我们军队中没有任何背景，与上上下下各个方面没有瓜葛这一点，来实现我的反腐计划。我不想让我的反腐计划变成一纸空文，成为留给后人的笑柄。”

周福成点了点头道：“陈长官心系党国安危，用心良苦。可腐败已成顽疾，非一日可除啊。”

“我知道凭我一个人的力量远远不够，但任贪腐之风横行而熟视无睹，我办不到。”陈诚显然已经下定了惩治军队腐败的决心。

第六十七章

上午，胡大力拖着走路仍有些不稳的伤腿在回毅媳妇的搀扶下来到院子里，回毅媳妇给他搬了个凳子扶着他坐下，说：“趁着天缓和，多晒晒太阳，身子骨儿好得快。”

胡大力慢慢地坐下，见院子的墙根下两只长尾巴芦花公鸡在咕咕叫着斗架，双方扬毛奓翅，你来我往，打得不可开交，几只老母鸡吓得躲到远处不敢靠前。

回毅媳妇也搬了个凳子在胡大力身边坐下说：“这两只鸡动不动就掐架，一掐起来就你死我活。”

胡大力慢慢地把目光从两只斗架的公鸡身上收回来，扭过头去瞅着回毅媳妇，说：“婶子，这些日子躺在炕上养伤，我一直在琢磨一个事。”

“啥事？说给我听听。”

“你还记得我从黑龙江回来后说要杀了杨晓东报仇吗？”

“怎么不记得，当时你那副凶狠的样子，现在想起来还怪吓人的。怎么了，咋想起这事了呢？”

“当时舅妈劝我说算了，冤冤相报何时了，我一点也没往心里去，就是一心想杀了那个杨晓东出气，结果差点没把自己的命搭上。”

“可不是咋的，那天要是王连长他们再晚去一会儿，你就活不到今天了。”

胡大力见两只公鸡仍在没完没了地掐架，从地上捡起一颗石头子儿扔了过去，两只公鸡这才各自带着几只母鸡觅食去了。胡大力转过头说：“这些日子，工作队的孙队长来看我，跟我拉家常，说杨晓东不只害了我一个人，他当汉奸协和会会长那会儿，跟日本人勾结在一块，做了那么多坏事，不知道有多少人像我一样，被杨晓东和日本人害得妻离子散、家破人亡。”

“孙队长说得在理儿。”回毅媳妇这些日子一直在土改工作队办的识字班上课，懂得了不少道理。

“婶子，我的伤已经不碍事了，在家里实在待不住了，我想赶紧把地给大伙分下去，乡亲们都等急了。”

回毅媳妇看着胡大力，想了想说：“行，我跟你一块去，你的伤还没好利索，你一个人去我和你舅妈不放心。”

胡大力站起来在地上走了几步，说：“这些日子把你累坏了，咋好意思还让你跟着我跑来跑去的。”

回毅媳妇笑了：“你不也是为大伙办事吗？我累点怕啥。”

“你这个人心眼儿真好，将来有合适的再找个男人吧。”

“我一个人挺好的，这辈子也许就这命了。”回毅媳妇扶着胡大力在院子里一边慢慢地走着，一边说着话。这时几只麻雀落到墙头上，叽叽喳喳地叫了几声，又扑棱棱飞走了。

第二天吃过早饭，回毅媳妇陪着胡大力来到农会。孙明正在低着头看各村报上来的材料，一抬头见是胡大力，从凳子上站起来，问："咋样？伤好利索了吗？"

"没事了，就是吃饭还不行。"

回毅媳妇在一旁说："天天喝粥，都腻歪了。"

孙明有些不放心地说："不行就再养些日子吧。"

胡大力摇了摇头："地到现在还没有分下去，再待在家里我都快急死了。"

孙明见胡大力已无大碍，将手里的一摞统计表交给了胡大力，胡大力坐下来，开始一一核对各村地主的土地和浮财，忙到天黑了才跟回毅媳妇回去吃晚饭。

几天后，胡大力以联合农会主席的身份把附近几个村的农会干部召集到一块准备把地分下去。他在桌子上摊开统计上来的报表，说："我们这仨村，地最多的是大仁屯的谭永山。"

一个农会干部一拍桌子："对，谭永山是这一带有名的恶霸地主，我看先把他家的地分了。"

这时外出执行任务的武工队队员秦刚带着一名解放军战士从外面进来。秦刚看见胡大力，笑着问道："你的伤好利索了吗？怎么不再多养些日子了。"

"不碍事了，再在炕上这么窝着，非窝出病来不可。"

秦刚拉过那个解放军战士道："来，我介绍一下，这是刘春旺，咱们三师十六团七连的侦察员，我俩是老乡，参军又都在一个部队。"

胡大力与刘春旺握了握手，说："好啊，坐下喝口水吧。"

秦刚和刘春旺坐到炕上。刘春旺看了看几个农会干部，说："我党实行土改是正确的，再这样下去，农民真的没有活路了。"他摘下帽子，愤愤不平地讲起他前几天奉命在这一带化装侦察的一段经历。

那天快晌午的时候，他手里拿着一根打狗棍子进了大仁屯。走着走着，看到路边不远的地方有一座高门楼，便过去敲门。不大一会儿，门“吱嘎”一声开了，一个管家模样的人从里面走了出来，身后跟着一条大狗。这个人正是赵顺，他看了看刘春旺，厌恶地挥着手道：“妈的，哪来的要饭花子，还不快滚！”

刘春旺把碗递过去，说：“我从早上就没吃东西，走了大半天，实在饿得不行了，给口吃的吧。”

赵顺立刻瞪起小眼珠，恶狠狠地骂道：“你个臭要饭的，哪那么多废话！”说完打了一声呼哨，身后那条大狗汪汪叫着，就要往刘春旺身上扑。

这时大门“咣当”一响，谭永山手里拿着旱烟袋从里面走了出来。喝住大狗，对赵顺道：“去，给他拿几个包子来。”

赵顺没好气地瞪了刘春旺一眼：“老爷，包子我还留着喂狗呢。”

谭永山不屑一顾地斜着眼睛看了看刘春旺，转过头去对赵顺道：“他吃了我的包子，拉屎不还得拉在我的地里吗？省得我开春种地上粪了。”

“老爷说得对。”赵顺这才颠颠地跑进去，不一会儿拿了几个包子扔给刘春旺，说：“你听明白了没有，这方圆百里的地都是我家谭老爷的，你就是走一天一宿也出不了我家老爷的地盘，你怎么吃的，再怎么给我拉出来。”

谭永山哈哈大笑：“要是多来几个要饭的，今年种地可就省事了。”

刘春旺接过包子，心里说，这个老地主是在说大话吧。天快黑的时候，刘春旺憋不住了想拉屎，突然想起了那个老地主说的话，就憋回去了。又走了十几里地，实在憋不住了，便好奇地找到附近的一个村民一打听，果然，这村里的地还是那个老地主家的。说到这，刘春旺看了看几个农会干部：

“你们说，这个谭永山可恶不。”

胡大力一边整理摊在桌子上的统计表，一边扭过头去对刘春旺和秦刚说：“孙队长说过了，过几天就联合附近几个村子的人开大会分他家的地，斗争这个恶霸地主。”

刘春旺挥了挥拳头：“对！”

这时通信员来找秦刚和刘春旺，说王连长让他俩过去有任务。两个人走后，胡大力带着农会干部重新忙碌起来，直到后半夜才回到家里。

第二天早上起来，胡大力一边洗脸，一边对坐在椅子上的王金岫说：“舅妈，昨天听咱们部队上的一个侦察员说，他走了两天也没从谭永山家的地里走出来，你说他霸占那么多土地干啥。我们已经决定了，过两天土改工作队和武工队一块召集附近几个村子的人开斗争大会，把谭永山家的地都分给大伙。”

王金岫拢拢头发，说：“我和你舅舅想好了，打算把大仁屯的地和房子给那些没地种、没房子住的农户，你看行不？”

胡大力吃惊地瞪大了眼睛：“舅妈，再怎么分地也轮不到你头上，这些年，你和舅舅从来都没有亏待过长工，这十里八村的人都知道。再说，你和舅舅的地不是靠欺诈、剥削农民得来的，都是春仁兄弟这些年在城里挣钱买下的，你就放心种你的地好了。”

回毅媳妇把饭端了上来，王金岫坐到炕上对胡大力说：“野狼窝的这些地就足够咱一家吃喝了，你刚才不是说了吗，要那么多地干啥。”

吃过饭，王金岫拉过胡大力说：“你们农会为老百姓分田分地干的是正事，我和你舅舅帮不上什么忙，把地和房子分给那些没地种的、没房住的人，也算帮你们农会做点事，尽我们一份心意。”

胡大力想了想，搓着手问：“这事好是好，可你和舅舅舍得吗？”

王金岫豁达地说：“人活着有饭吃、有衣穿，饿不着、冻不着就行了，不能老是吃着碗里的看着锅里的不知足，人这一辈子有多少钱财，末了也难免一死，从古至今，你看哪个当官的把乌纱帽带走了，哪个财主把地和房子带到棺材里去了。”

胡大力兴奋地舞动着两只手，说：“那我明天就去告诉孙队长，他听了准保高兴。”

三天后，大仁屯村的一个老式戏台上方用两根木杆扯起了一条横幅，上书：斗争恶霸地主谭永山大会。戏台两侧柱子上贴着标语：打倒恶霸地主，穷人翻身得解放；铲除土豪劣绅，农民当家分田地。

会场上人山人海，孙明站到台上向下看了看，跟站在身边的王连长耳语了几句，转身走到台前，大声说道：“乡亲们，今天，我们在这里召开斗争恶霸地主谭永山大会，你们有冤的申冤，有苦的诉苦！”

说完，他转过身来，对站在身后的武工队队员高声道：“把恶霸地主谭永山、管家赵顺带上来！”

谭永山和管家赵顺被五花大绑押到台上，这时会场上一片沸腾，人们举着拳头，胡大力带头喊起了口号：“打倒恶霸地主！共产党万岁！”

人们跟着高声呼喊起来。

孙明挥了挥手：“好，斗争大会现在开始！”

一个眼睛已经失明的老婆婆在一个年轻女人搀扶下走到台上，她摸索着哭着扑到谭永山跟前，不顾一切地又抓又咬，一名武工队队员把她拉开了。老人转过身来对着台下的人哭诉道：“我闺女十七岁那年被谭永山看上了，谭永山非让我闺女给他做小老婆，我闺女不干，谭永山就让管家带着人把我闺女给绑走了。没想到谭永山玩够了，就把我闺女一脚踢出门外，我闺女没脸见人，上吊死了。我天天想闺女啊，不到一年就把眼睛哭瞎了。”

底下的人纷纷喊了起来：“打死这个老混蛋，让他偿命！”谭永山的腿有些发软，差一点坐到地上。

这时老王头的侄子跳到台上，他用手指着谭永山的鼻子大声问道：“姓谭的，今天当着大伙的面你说实话，当年于山大哥是不是你给害死的，你还猫哭耗子假慈悲，你真是后脊梁长疮，肚脐眼流脓，坏透腔了。”

老王头侄子这么一说，下面许多人都想起了当年于山在村里做的一件件好事，纷纷喊道：“让谭永山给于山偿命！”

又有一个老汉来到台上，他走到谭永山和赵顺跟前，狠狠地啐了一口，转过身来大声说道：“乡亲们，咱们年年给他谭家交租子，可每次他都故意刁难咱们，租子一旦不凑手，差个一星半点的交不齐，就是利滚利，因为交不上利钱，咱们村里大闺女小媳妇被他糟践了多少，我不说大伙也都知道。那年我家二小子的媳妇被他看上了，他带着管家到我家要人，说只要把人交出来，欠他家的利息就免了，可租子还是一点不能少。”老汉转过身气得浑身发抖，走到谭永山跟前：“谭永山，你太霸道了，老天有眼，你也有今天！”

这时侦察员刘春旺一步跨到台上，走过去用手把谭永山的头抬起来：“谭永山，你还认识我吗？”

谭永山看着刘春旺目瞪口呆，半天大张着嘴一句话也说不出来。

刘春旺转过身，走到台前冲着台下的人说：“乡亲们，谭永山这些年欺压百姓，剥削佃户，他家里的地多得都数不清，我那天走了快一天一夜，都没能从他谭永山家的地里走出来，你们说这些地主有多霸道，他们是咱们穷人的死对头，不打倒这些恶霸地主，咱们穷人就没有好日子过，你们说对不对？”

会场上立刻响起排山倒海一样的呼喊声：“打倒恶霸地主！枪毙谭永山！”

孙明走上前来挥了挥手，高声说道：“乡亲们，有共产党和人民解放军给我们做主，就再也不用怕这些恶霸地主了，下面我代表辽南地委宣布：恶霸地主谭永山欺压百姓，残害妇女，用残忍的手段暗害我党农会干部，并以各种残酷的手段剥削贫苦农民，实属罪大恶极，十恶不赦，我代表辽南地委宣布，对恶霸地主谭永山和管家赵顺就地执行枪决。”

说罢，几个武工队队员上来，把谭永山和赵顺押了下去。

胡大力带头举起拳头高喊：“打倒恶霸地主！”“枪毙谭永山报仇雪恨！”“解放军万岁！”

孙明两只手冲着台下的人群向下压了压，待会场上平静下来，大声说道：“乡亲们，谭永山家的地过几天就由农会来分给大家，以后你们就再也不用交租子了。”

台下的人们再次欢呼起来：“共产党万岁！解放军万岁！”

孙明摆了摆手，大声说：“下面，请联合农会主席胡大力跟大伙宣布一件事。”

胡大力拄着拐杖向台前走了几步，大声说道：“乡亲们，野狼窝村的郑满仓家你们都知道吧。他儿子在城里做买卖挣下的钱在咱们大仁屯买下了地和房子，这次也全都分给大伙。”

底下的人高声道：“好样的！”

孙明大声说：“乡亲们，这样的开明绅士我们是举双手欢迎的，过几天请示上级后，我们要给他家挂匾。”

“好哇！”台下响起一片叫好声。

斗争大会结束了，人们仍久久不愿离去，笼罩在这些贫苦农民头上的乌云散了，他们终于不用担心再挨饿了。

自打女儿出嫁后，郑满金的心里就没有一天安生过。他看透了魏明理。知道他心术不正，女儿到了他手里没有好果子吃，淑娥出嫁的头一天晚上他苦苦相劝，闺女大了，有了自己的主张，他这个当爹的只好由她去了。这两天他老是心惊肉跳，坐立不安，早晨吃过饭他来找王金岫，打算一块去辽阳看看淑娥。正在刷锅洗碗的回毅媳妇见郑满金来了，急忙在围裙上擦了擦手："呦，满金来了，屋里坐吧。"

回毅媳妇倒了水放在郑满金面前，去东屋找来王金岫。"吃饭了没有。"王金岫进来问。郑满金心不在焉地说："二嫂，听说你把大仁屯的地和房子都分给村里的农户了。"

"是啊，你二哥收拾收拾这两天就回来了。"

"这样也好，净份儿心。二哥回来，我想让你跟我去趟辽阳看看淑娥。"

"我就知道你不放心，可你没看那天的排场，明理要是没看上淑娥，咋舍得花那么多钱办喜事。"

"二嫂，不瞒你说，自从淑娥出嫁后，我这心里老是不托底，夜里一闭上眼睛就梦见淑娥让狼吃了，地上就剩下了一堆骨头，哪次都被吓醒了。"

王金岫笑了笑："你别老是疑神疑鬼的自己吓唬自己，你就等着过几天抱外孙子吧。"

"二嫂，不是我当爹的说话难听，淑娥到了那个王八蛋手里好不到哪去，魏明理这个混蛋不是什么好鸟，视财如命，鬼道道儿又多。那几年他在咱们家当管家的时候，背着你把克扣下人的工钱都变着法地揣到自己兜里了，做饭的那个王嫂因为这事跟我哭过好几回，我听了挺生气，问过魏明理几次，他说啥不承认，我又不看不懂他记的账，好几次想跟你说这事，看你为这么一大家子整天操心劳神的已经够累的了，就没再忍心告诉你。要不我怎么这么恨这个王八蛋呢，淑娥不听我的话，我看她是掉进火坑里了。”

王金岫听郑满金这么一说，心里也没了底：“明理是贪小，怎么也不会做出格的事吧？”

“这话你问我，我又没有钻到他心里看看去。”

王金岫合计了合计，说：“行，你要是不放心，明儿个你二哥回来，我就跟你去城里看淑娥去。”

郑满金叹了一口气，说：“她要是没事，我也就放心了。”

送走郑满金，胡大力从农会回来了。王金岫知道今天开斗争大会，急着问：“会开得咋样？”

胡大力兴奋地说：“那个恶霸地主谭永山和他的管家都被镇压了，一半天我们农会就把他家的地分下去。”

王金岫听了也十分高兴：“这下那些佃户不用再交租子了。”

“是啊，解放军把佃户身上的一座大山搬掉了。”

王金岫抓住胡大力的手，说：“分地的时候，顺手把咱家那一百垧地也分下去吧。”

胡大力带着几分自豪说：“孙队长在会上当着大伙的面说了，过几天请示上级后，还要给你家挂匾呢，说你是开明绅士，我这个农会主席脸上也跟着沾光了。”

王金岫回身坐到椅子上：“不说这些了，我看你这几天忙着开斗争大会，有个事想跟你商量商量，一直没得空。”

“啥事啊？舅妈。”

“你看回毅媳妇人咋样？”

胡大力想都没想说："人好，勤快，这几天多亏了婶子天天陪着我去农会，咋了。"

"是啊，你受伤那些日子，不也多亏了人家回毅媳妇没黑夜没白天地伺候你，要不你的伤咋好得那么快。"

"舅妈，你不说，我心里也有数。"

"我看你也不能老是一个人过日子，你要是愿意，就把回毅媳妇娶过来吧。"

胡大力琢磨了一下，说："舅妈，我没得说，就怕人家不乐意。"

"这个不用你管，有我呢。"

胡大力没想到自己这辈子还能说上女人，他越想越高兴，虽说不会唱戏，这会儿却想吼上几嗓子，他想立刻去告诉孙队长、王连长、三小，他胡大力有媳妇了！从今往后再不用打光棍了。

把谭永山家的地分完了，胡大力感到轻松了很多，休息了两天，吃过晚饭他打算去农会，王金岫拦住他说："头两天我跟回毅媳妇说了，她说你人好，愿意嫁给你。等你把农会的事忙完了，我和你舅舅就把你和梨花的喜事办了。"

这时回毅媳妇从外面进来，瞧胡大力冲着她一个劲地呵呵直笑，有些纳闷地问："大力今儿个咋这么高兴呢？"

胡大力看着面前的女人心里美滋滋的："我有媳妇了，你说我能不高兴吗？"

回毅媳妇被他说愣了："你有媳妇了，我咋不知道呢。"

一旁的王金岫也被逗乐了，对回毅媳妇说："你跟大力的事我跟他说了，他也愿意，明儿个你把东厢房收拾收拾，家什都是现成的，到时候，添几床被褥就行了。”

回毅媳妇这才明白过来：“让大嫂费心了。”

“你们成了家，吃住还在我这，不用另开伙了。”

“那我和梨花就谢谢舅妈了。”

“谢啥，我们难得有你这么个外甥。”

胡大力撸起袖子。说：“舅妈放心吧，从今往后有我和梨花，家里的事你和舅舅就不用操心了。舅妈也早点歇着吧。我还得到农会去一趟，把剩下两个村的地契再核对一遍，今晚我就不回来了，婶子，不，媳妇，就不用留门了。”

回毅媳妇脸一红：“好，那我就不跟你过去了。”

“早点睡吧。”胡大力冲回毅媳妇笑了笑，转身拄着拐杖走了。

夜渐渐地深了，胡大力忙着核对各村报上的人口，准备将最后一批土地分下去。这时，一条黑影从院墙上翻身跳进了院子，这人用一条蓝布围巾把头和半个脸都包了起来，穿一身黑衣黑裤，动作轻盈敏捷。他来到仍亮着灯的农会的屋子跟前，蹲下身朝四周看了看，见院子里漆黑一片，一个人也没有，只有院门口一个站岗的武工队队员在来回走动，他站起来靠在窗户上，用手蘸着唾沫把窗户纸捅了一个洞往里面看了看，见胡大力正坐在炕上跟身边一个人仔细地核对着什么，又回过头来侧耳听了听，沉沉的夜色中，除了远处传来的几声狗叫，寂静无声。他快速地从怀里掏出一支短枪来，趁门口的岗哨背对着院子站了下来伸手咔嚓一声，猛地把窗户用力推开，冲着坐在炕沿上的胡大力啪、啪、啪连续扣动了扳机。然后掏出匕首，扬手将一张字条钉在窗棂上，返身从墙上跳出来，很快消失在漆黑的夜色之中了。

坐在炕上正在核对地契的胡大力只觉得身子一震，下意识地用手一捂胸口，便一头趴到了桌子上，鲜血顿时从手指缝里流了出来。坐在他对面的农会干部谭东财被突如其来的枪声吓了一跳，一低头，见胡大力被打伤了，立刻拿起放在炕上的大刀追了出来，刺客早已不见了踪影。

武工队的王连长听到枪响，带着人跑了过来："怎么回事，谁打枪？"

站岗的武工队员大声道："有刺客。"

王连长带着人前后仔细搜索了一番，没发现有人。走到打开的窗户底下，发现上面钉着一张字条，他把字条揣进兜里，推开门来到屋里，发现胡大力已经昏迷过去，忙命令身边的武工队员："快，喊他舅妈来！"王连长从挎包里掏出急救包，咔嚓把胡大力的衣服撕开了，发现胡大力的胸口在不停地往外冒血，抬起头来对站在身边的武工队队员命令道："再拿几个急救包来！"

王连长正在给胡大力包扎伤口，回毅媳妇一头闯了进来，急着问："人呢，伤到哪儿啦？"

"伤到胸口上了。"王连长将几个急救包都用上了仍不顶事。回毅媳妇从怀里掏出枪伤药涂在胡大力的伤口上，过了一会儿，血才一点点地止住了。

胡大力脸色苍白，双目紧闭，呼吸微弱。"大力，你醒醒。"任凭回毅媳妇怎样呼喊，胡大力却没有一点反应。

王连长想起那张字条，从兜里掏出来凑在灯下，见上面工工整整地写着几个小字："冤有头债有主。"

这时土改工作队队长孙明来了，见到王连长急着问："大力怎么样啦？"

"情况不太好，刺客看来是早有预谋，每一枪都是奔着要害来的。"

他把那张字条交给孙明，孙明接过去看了看，说："我听说杨鸣琦的大儿子在警察局当警察，八成是这小子干的。"

王连长自责道："都怪我疏忽，要是在院子里放个流动哨就好了，让这小子钻了空子。”

孙明心情也十分沉重：“是的，我们要吸取这次教训。”他抬起头来看了看王连长：“辽阳已经被国民党占领，这会儿进不去，我们的野战医院离这里又远，怎么办？”

这时王金岫拄着拐杖从外面进来，孙明过去扶着王金岫来到胡大力身边，王金岫急着问回毅媳妇：“咋样了，没事吧？”

回毅媳妇急得眼泪都下来了：“血是止住了，人还是昏迷不醒。”

“多喂他点水。”王金岫吩咐道。

回毅媳妇下地端来水，刚喂了几口，胡大力忽然浑身剧烈地抽搐起来。回毅媳妇紧紧抱住胡大力：“大力，你咋啦？”

王金岫从怀里掏出几粒药丸：“快，给他吃下去。”

回毅媳妇接过药丸，用手掰开胡大力的嘴将药丸塞进去，给他喂了几口水，将药丸送了下去。

过了一会儿，胡大力不再抽搐，慢慢地睁开了眼睛。他看了看抱着他的回毅媳妇，苍白的脸上露出了一丝笑容，费力地伸出手来抓住回毅媳妇的手，用微弱的声音断断续续地说：“你、你、你愿意——嫁给我吗？”

回毅媳妇脸红了：“愿意，我一百个愿意。”

“我想让你给我生个儿子。”

“我给你生儿子，给你洗衣服做饭，咱们一家人好好在一块过日子。”

胡大力慢慢地松开手：“你真是个好女人，可惜我没福气呀。”

王金岫俯下身凑到胡大力的耳边，说：“大力，没事，挺一挺，天一亮我就打发人去县城给你请郎中。”

胡大力缓缓地摇了摇头，看了看王金岫：“舅妈，你不用为我操心了，这次我怕是挺不过去了。”

说完，他闭上眼睛歇了歇，招手让王连长过去，说：“王连长，我有个要求你能答应吗？”

“你说吧。”

胡大力声音微弱地说：“我死后，你们把我的那把刀放到棺材里，我活着用它杀了杨晓东，到了阴曹地府也要跟这帮家伙接着干，我就不信斗不过他们。”

王连长握住胡大力的手：“大力，你放心吧，我再给你放上一把枪、两颗手榴弹，咱们就是要跟这些恶霸地主老财斗到底，到了阴曹地府也要他们知道咱们的厉害。”

胡大力了却了一桩心愿，回过头来满足地抓住回毅媳妇的手：“这辈子你能答应做我的女人，我死也闭上眼睛了。我走了以后，你要把舅舅和舅妈照顾好。”说完，拉着回毅媳妇的手一点点松开了。

回毅媳妇抱着胡大力号啕大哭起来：“大力，你不能扔下我一个人走啊。我这命咋这么苦哇。”

王金岫在一旁也是泪流满面，向胡大力深深鞠了一躬：“大力，你对我们郑家的恩德，我们到啥时候也忘不了。”

王连长对孙明道：“我立即派人捉拿凶手！一定要给大力同志报仇。”

孙明眼里含着泪：“我们要召开群众大会，为胡大力同志送葬。”

几个武工队队员进来准备把胡大力抬走，回毅媳妇死死地不肯松开：“大力啊——大力，我还等着你娶我呢！”一时间她觉得天旋地转，一头栽倒在炕上。

好不容易盼着天一点点地亮了，一夜没合眼的杨明琦的媳妇听到门响，急忙下了地。见是儿子回来了，上前一把拉过杨晴川，紧紧地将他搂在怀里，摸着他头说："晴川，你没事吧，娘这心揪揪了一宿。"

杨晴川神色轻松地说："娘，我不是跟您说了吗？不会有事的。"

杨鸣琦的媳妇担心地问："见到那个胡大力啦？"

"见到了，他在屋里跟人在核对什么东西，被我连开了三枪，这回他必死无疑了。"

杨鸣琦的媳妇眉头紧锁，长吁了一口气："唉——这是何苦呢？"

杨晴川洗了一把脸，来到杨鸣琦的灵位前点燃了三炷香，趴在地上磕了三个头："爹，您没白养活儿子一场，我给您报仇了，您可以闭眼了。"

杨晴川又转过身来磕了一个头："娘，儿子让您担惊受怕了，儿子没有别的，就是不想留下笑柄，让杨家丢脸。"

杨鸣琦的媳妇一把拉起杨晴川泪流满面："儿啊，娘真怕你去了回不来，你要是有个好歹，娘也活不成了。"

野狼窝村西头沙滩地上临时用松枝搭起了一个高大的灵棚，下面摆放着胡大力的棺椁。两名武工队队员持枪站在两旁。灵棚的柱子上用白纸黑字写着一副挽联，上联"斗恶霸英勇献身气贯长虹"，下联"战顽匪至死不渝英灵永存"，横批"胡大力同志虽死犹生"。

土改工作队的队长孙明和武工队的王连长一身戎装，背着盒子枪站在灵棚的前面，野狼窝村、大仁屯村、小甸子村的许多农民也自发地赶来了。

回毅媳妇搀扶着王金岫站在人群中，两只眼睛哭得通红，郑满仓也在不停地擦拭着眼泪，老孙家的三小和两个跟胡大力一块从黑龙江逃难回来的弟兄跪在棺椁前，不停地大把大把地向空中抛撒着纸钱。

土改工作队队长孙明看了看王连长，王连长点了点头，说："开始吧。"

孙明走到台前，高声道："乡亲们！农会主席胡大力同志是为了我们百姓而牺牲的，我们要永远地记住他，胡大力同志的死，将会让我们对地主阶级和反动派更加仇恨，我们要跟他们斗争到底！”

底下的人群高声呼喊起来：“为胡大力报仇！”

孙明看了看下面的人群，摘下帽子，大声宣布：“起——灵——”

三个农会干部和三名武工队队员一块抬起了胡大力的棺椁，王连长带领十名武工队队员举枪致哀，无数纸钱在空中翻飞，回毅媳妇俯身跪在地上，哀声道：“大力——一路走好——”

王金岫眼里流着泪，喃喃地说：“大力，走吧，有这么多乡亲送你，你死得值啊，别忘了常回家看看，舅舅和舅妈想你啊。”

过了两天，掌灯后，王连长和孙明将武工队队员秦刚和侦察员刘春旺找到武工队队部。胡大力的被害，使野狼窝一带的土改工作放慢了脚步，王连长为此受到了上级严厉批评，他下决心追查凶手，给胡大力报仇，也好让农会干部尽快安下心来工作。他拨了拨灯捻，看着秦刚和刘春旺严肃地说：“由于我们的失误，让杨晓东的孙子钻了空子。我们绝不能放过任何一个敢于向我们进攻的反动派，血债要用血来还，我们不能让胡大力同志的血白流。”

秦刚和刘春旺点了点头。“你们的任务是到辽阳城里后设法找到杨晓东的孙子当面问个明白，如果他确实是凶手，就地处决，让那些蠢蠢欲动的反动派看看，只要他们敢于跟我们较量，与人民为敌，破坏我们的新生政权，我们就会彻底消灭他们，明白吗？”

秦刚和刘春旺起身立正答道：“我们一定完成任务。”

孙明叮嘱道：“辽阳已经被国民党占领，你们进去后一定要多加小心。切不可莽撞行事。”

“明白！”

王连长满意地看了看两个人：“好，你们去准备吧。”

这时窗外划过一道闪电，风卷起沙砾打在窗户纸上，发出一阵沙沙的响声，一场风雨眼看着就要来了。

侦察员刘春旺打扮成一个贩柴的挑夫，秦刚装扮成一个剃头匠，刘春旺将一把匕首用布包好，藏在一捆柴火里，秦刚也将匕首用油布缠上放在剃头挑子的最底层。收拾停当，两个人互相看了看，出了门上了通往辽阳的大道。

天亮后两个人进了城，在警察局附近转了一圈，见一些警察去了附近的一家隆盛面馆。于是两个人把挑子放到门口也进了这家店面不大但收拾得十分干净的面馆。

跑堂的迎过来：“二位来点啥？”

秦刚道：“给我来碗清汤面。”

“我来碗炸酱面。”刘春旺说。

“清汤面一碗，炸酱面一碗嘞！”跑堂的下去了。两个人找了个位置坐下，这时从门外进来一个身材魁梧的警察，这人来到刘春旺坐的桌子跟前，冲着跑堂的熟门熟路地大声道：“来碗打卤面，再来个木樨柿子。”

刘春旺抬头看了看这个大个子警察，把头往前伸了伸，搭讪道：“这位老总，听你说话是山东口音。”

“我老家是山东临沂的。”他坐下看了刘春旺一眼说。

“那咱们是老乡啊。”

两人正说着话，跑堂的把几个人要的面条和木樨柿子端了上来。

那个警察一边吃一边扭过头去问刘春旺：“你是什么时候到关外来的？”

刘春旺把嘴里的面条咽下去，说：“五岁那年跟我爹逃荒过来的。”

那个警察夹了一块木樨柿子放进嘴里：“我也是小时候跟我爹我娘一块闯关东来的。”

刘春旺用歆羡的口吻说：“你混得不错，当上警察了。”

“唉，多亏了我娘家的一个远房亲戚在警察局当差，光复后他当了科长，又赶上警察局里招人，他就介绍我过来了。”

秦刚叹了一口气，说：“你有这么一门好亲戚沾光了，哪像我们没依没靠的靠卖苦力吃饭，饥一顿饱一顿的。”

“唉，我这命也比你们好不到哪去，我本想有这么个亲戚做靠山，将来弄个一官半职的，没想到头些日子他被共产党逮着枪毙了。”

刘春旺装作吃惊的样子：“共产党为啥要杀他？”

“听说他把人家农会主席打死了，想跑没跑了。”

刘春旺带着惋惜的口吻说：“他这一死，这个家不就完了吗。”

“是啊，他生了两个儿子，老大在我们警察局当差，老二从小有毛病，这个家全指着我这个大哥，他这一走这个家就垮了。”

刘春旺装作怜悯的样子，说：“也难为他的两个儿子了，年轻轻的爹就没了，怪可怜的。”

“可不是咋的，那个老大自从他爹死了以后，人瘦了整整一圈，平时穿的制服都稀了光汤的了，哪回看到他瘦的那个样子，我都想流眼泪，唉！好好的家，说完就完了。”

这个警察把剩下的面条吃完，站起来走了。

一连几天，刘春旺和秦刚每天傍晚都来到那家隆盛面馆，观察着从警察局里出来的人。一来二去跑堂的跟两个人也熟了，见刘春旺和秦刚一进门便迎上去问：“客官有何吩咐？”

秦刚掏出一张两角钱的票子放到桌子上："我们想在你这歇歇脚。"

伙计拿起钱："好，请便。"

没过多久，三三两两的警察从警察局里出来，刘春旺凭着多年当侦察员的经验，看到一个长得精瘦，穿着一身肥肥大大警察制服的年轻人从里面走了出来，冲秦刚使了个眼色，两个人站起身从店里出来，担起放在门口的挑子，从后面跟着这个年轻的警察过了两条街进了一个胡同。

刘春旺见四下无人，紧走了几步喊了一声："杨鸣琦！"那个年轻的警察本能地一回头。

秦刚放下剃头挑子，从里面抽出匕首，一步跨过去将杨晴川打倒在地，低声问道："你是不是杨鸣琦的儿子？"

那个年轻的警察看了看秦刚："大丈夫行不更名、坐不改姓，是又咋样？"

刘春旺厉声问："我们是辽南地委武工队的，我们农会主席是不是你开枪打死的？"

杨晴川嘴角露出一丝冷笑："生不为父雪恨，何以为人？"

秦刚威严地宣布道："我代表中共辽南地委判处你死刑。"说罢，手起刀落，杨晴川眼睛翻了两翻，腿一伸抽搐了几下，不动了。秦刚和刘春旺担起挑子快速离去。

两个人走了不大一会儿，杨鸣琦的女人拎着一个菜篮子进了胡同，远远地看见地上躺着一个人，便加快脚步走了过去，俯下身子一看，竟是自己的儿子，慌忙扔掉篮子一把抱住杨晴川："晴川！晴川！你怎么啦？"

杨晴川浑身是血，已经没有了一丝气息。杨鸣琦的女人血往上涌，顿时觉得天旋地转。她轻轻地放下杨晴川，站起身来，突然仰天大笑起来："哈哈哈——哈哈哈——好了——好了——"她两眼发直，猛地扯开上衣的纽襻，拔掉头发上的簪子，一路狂笑着：“哈哈哈——好了，都好了——”跌跌撞撞地向胡同深处踉跄走去。布满阴霾的空中回荡着这个女人凄厉悲惨的笑声：“哈哈——哈哈哈——”听了令人毛骨悚然。她来到一口井旁，纵身跳了下去。

第六十八章

上午，胡进身着笔挺的国民党军少将军服，肩上佩戴着闪闪发亮的将星阶衔来到郑春义的办公室。郑春义放下手里的材料，站起来上下左右地看了半天，一脸认真地说：“真别说，你穿这身衣服还挺精神。”

胡进扽了扽衣襟，神气十足地坐下来：“那当然了，咱好歹也是国军的将官了。”

“胡军长找我有事吗？”郑春义带着开玩笑的口吻说。

“行了，别拿我开涮了，我来告诉你个好消息，陈长官一个星期前专门签署了命令，将我部两千多人编入新三军，骑兵一千多人收入骑兵师，兄弟我已经被委任为新编第三军少将副军长，老八和其他的两个同学也都被提升为上校团长。”

“好啊，弟兄们咋说？”郑春义听了兴奋地问。

胡进容光焕发地说：“弟兄们对这次收编非常满意，都说跟着你这步棋走对了。”

郑春义停顿了一下，说：“我一直后悔没有把张海大哥留下。”

“人各有志，不可强为。”

郑春义把材料放到保险柜里，说：“也是。”

郑春义没有辜负陈诚的期望，很快进入了角色。上午，他将一份材料交给陈诚。陈诚看过后满意地说：“好，对那些贪腐人员必须大刀阔斧，不留情面。我告诉你，我们将免去辽宁省政府主席徐箴，第五十二军军长梁恺、副军长刘玉章的职务。并准备报请委员长对你进行嘉奖。”

郑春义立正道：“多谢陈长官栽培。”

郑春义得到陈诚的肯定，底气更足了，和手下的几个参谋紧锣密鼓地日夜整理材料，各类贪腐人员一一进入罗网。但郑春义全然不知，一股汹涌的暗流正向他席卷而来。下午参谋谷峰给他送来一份绝密材料，郑春义接过来，抬起头疑惑不解地问谷峰道：“这两天我怎么老是觉得不对劲呢，楼里的人见了我像见了鬼似的，都躲得老远。”

谷峰压低了声音说：“处长恐怕还不知道吧，行辕上下你已经成为众矢之的了，大伙都在议论你。”

“哦，议论我什么？”

“说你不通人情。”

郑春义不想再听下去，挥了挥手：“我知道了，你下去吧。”

谷峰转身出去了。郑春义拿起桌子上的材料从办公室出来，直接去了陈诚的办公室。

从走廊的拐角处刚一转过来，从一间敞开的办公室里传出两个人说话的声音，只听一个参谋有意大声说道：“这个新来的郑处长有什么后台，也太狂了，谁都敢整。”

另一个参谋附和道："我也纳闷，这小子像条疯狗似的，逮谁咬谁，以后可得离他远点。"

"你别看他现在人模狗样、目中无人，早晚有他倒霉的一天。"

郑春义知道两个人是在有意说给他听，一种如芒刺背的感觉让他加快了脚步。来到陈诚办公室，陈诚抬头看了郑春义一眼，从桌子上拿起一封电报："来，你看看。"

郑春义打开电报，是几个军长联名发来的，只见上面写道："新任军法处长郑春义身无寸功，一介草民平步青云，竟目下无尘，暗中调查我中高级将领，居心叵测，用意不良。大敌当前，本应同仇敌忾，却意在逼迫我们投诚共匪。此人如此胆大妄为，涣散军心，望陈长官察而除之，以安军心。"

陈诚将一摞信件推到郑春义面前："你看，这也都是下面各个单位控告你的。"

郑春义刚想伸手去拿，陈诚用手一划拉，把信件和电报一股脑儿推到地上，说："谁要投共匪，就让他去投好了！"

郑春义想起刚才在走廊里听到的议论，对陈诚诉苦说："现在所有的人都恨不得置我于死地。"

陈诚摆了摆手："你放心，我不会听他们的。"

郑春义将手里刚刚整理好的调查材料交到陈诚手上："这些人在下面真的是无法无天，胡作非为，什么事都敢干。"

陈诚将材料放到抽屉里，说："你记住了，不管他们谁说什么，接着给我查，有我在，就是天王老子你也不用怕！"

然而正像谷峰说的那样，郑春义官儿不大，在东北行辕却成了人人避之唯恐不及的人物。下午他从陈诚的办公室出来，迎面过来两个参谋。郑春义见是熟人，主动上前打招呼道："呦，刘参谋，好几天没见你了，出差了？”

刘参谋抬头看了看郑春义，用手拉了拉边上那个参谋，扭过头去，两个人快步离开了。

郑春义讨了个没趣，呆愣愣地站了一会儿，转身回到自己的办公室，关上门，他仰起头来叹了一口气：“唉，我咋成臭狗屎了呢。”

晚上，他找来处里的两个参谋，在南市场鹿鸣春饭店的一个包间里要了一桌菜，想跟两个人倒倒苦水。见酒菜上齐了，郑春义端起酒杯看了看谷峰和谢明，说：“今晚上请你们俩喝酒，是有件事我想不明白，想问问你们。”

谷峰一时有些摸不着头脑：“什么事？处座。”

郑春义看着面前的两个得力的手下说：“今天下午我从陈长官办公室出来，在走廊里碰到情报处的两个参谋，我主动过去跟他们打招呼，可他们根本就不理我，跑得比兔子还快。”

谢明听了淡然一笑，说：“现在行辕上下，没有不怕你的。”

郑春义觉得事态远比自己想的还要严重：“照你这么说，我不成了孤家寡人了吗。”

谢明端起酒杯，说：“处座，你现在到处追查贪腐官员，可你想过没有，又有哪个当官的干净呢，依我看，有一个算一个，只不过是贪得多少罢了。眼下他们人人自危，生怕引火烧身，所以对你又恨又怕，避之不及，我看你还是见好就收，凡事别过于较真儿，趁早罢手还能少得罪一些人。”

谷峰思索了一会儿，字斟句酌地说：“现在军队里贪腐成风，哪个当官的要是不贪不占反倒会被当成另类遭人排挤，连委员长都束手无策，雄心勃勃地派他的儿子去打老虎，可老虎的屁股摸不得，打了一圈打到自己头上，还不是偃旗息鼓，不了了之。”

郑春义十分不解："可陈长官查处贪腐的决心很大呀。"

谢明洞若观火地说："大厦将倾，独木难支，我看陈长官也不过抓几个倒霉蛋而已。"

谷峰点点头说："是啊，在这样一潭浑水里面，凭你小小的一个军法处长能有什么作为，我看你干脆辞职算了，有陈长官给你撑腰，干点啥不好，何必到最后弄得灰头土脸，人不人鬼不鬼的下不来台。"

郑春义端起酒杯："你们哥儿俩说得对，这个军法处长我不干了，明天我就去到陈长官那递辞呈。不行我就回家种地去！"

陈诚接过郑春义写的辞呈看了看，说："我知道现在到处有人在告你的黑状，我也了解你现在的处境。你放心，我相信你对党国的忠诚，不会听风就是雨，更不会由他们摆布，我既然想大干一场，就绝不会半途而废。你不但不能辞职，还要继续给我查下去，你要以党国的利益为重，不要管那么多，我不能眼看着这帮蛀虫恣意妄为，更不能眼看着党国葬送在他们手里。"说着，把辞呈又交给了郑春义，"好好干，有我呢。"

郑春义立正敬了个礼："是，陈长官。"

谷峰整整忙了一夜，天亮后来到郑春义的办公室，将几份文件交给郑春义，说："处长，这是下面三个督察组刚刚收集上来的材料。"

郑春义接过来看了谷峰一眼，说："既然陈长官信得着我，让我一查到底，我不能就此罢手，大不了一死。从现在开始，你们给我日夜严查，那些贪官有一个算一个，绝不能给我漏网。"

"是！处长。"

"今晚我在鹿鸣春请你和谢参谋吃饭。"

"处座怕不是又要借酒浇愁吧？"

“我已决定一拼，还有什么可愁的。”

谷峰一笑：“莫非处座有了艳遇。”

“我看你是揣着明白装糊涂，明知故问。”

谷峰笑嘻嘻地往前凑了凑：“处座是不是看上了总去吃饭的那个小丫头。”

“算你说对了。”

“处座有眼力，那小丫头嫩得像包水，那对迷人的小酒窝，那双勾魂的大眼睛，那白得像玉一样的肌肤，就两字——绝了。”

“好，今晚上你们两个跟我去鹿鸣春，看看这小妞何许人也。”

晚上，郑春义约上谷峰和谢明来到南市场鹿鸣春饭店，三个人要了一个包间。待菜上齐了，郑春义对谷峰道：“你去把掌柜的找过来。”见谷峰开门出去了，谢明非常老到地对郑春义道：“这姑娘一定有来头，要不怎么能三天两头地到这来吃饭。”

郑春义摘下帽子，梳理了几下头发：“管他什么来头，既然我看上了，就不能让她跑了。”

谢明嘿嘿一笑，调侃道：“处座看来是情场上的老手了。”

郑春义对自己的几个手下已经视同知己，说话也毫无顾忌：“老手谈不上，不过到现在，还没有哪个女人能逃得出我的手心。”

这时门一开，谷峰带着鹿鸣春掌柜的进来了。

郑春义看了看掌柜的，开门见山地说：“我问你，经常来你这里吃饭的那个姑娘是谁家的。”

掌柜先是听说谷峰找他吓了一跳，他心里清楚，干他们这一行的惹不起这些当兵的，便忐忑不安地跟着谷峰上了楼。一听是问这事，一块石头落了地，忙说：“这姑娘是南市场鸿发客栈董老板的丫头，咋啦？她有对不住长官的地方，还请您大人大量，多多包涵。”

郑春义不愿听他啰唆，问：“董老板跟你熟吗？”

“我们是十多年的交情了。”

“那丫头有人家了吗？”

鹿鸣春掌柜的听了心说，闹了归其，你这是搂草打兔子，跑这打野食来了，想到这，他龇牙一笑说：“没呢，那丫头今年二十出头了，家里有钱，人长得又好，提亲的倒是不少，可这姑娘一个也没瞧得上眼儿。前些日子，一个国军的团长去他家客栈住店，看上这姑娘了，他爹愿意，可这丫头嫌那个团长长得老，说啥不干。这不，跟她爹怄气，天天晚上跑我这来躲清净。这丫头也是打小让她爹惯的，她要不愿意的事，谁说也白搭。”

郑春义暗喜，心想，该着我走桃花运：“既是这样，你能不能把董老板找来，我见见他。”

鹿鸣春掌柜的一拍大腿：“巧了，他和几个朋友就在我屋里呢，你等着，我这就找他过来。”说完出去了。

谷峰一笑：“看来这事有门儿。”

谢明凑趣道：“要不怎么说有福不用忙，没福愁断肠呢。”

话音未落，鹿鸣春掌柜的领着一个五十多岁的男人进来了，冲着郑春义用手一指身后的男人：“这位是董老板，我多年的朋友。”

他又一指郑春义：“这位是东北行辕的郑处长。”

郑春义也不绕弯子：“今天找你来，是想跟你商量一件事。”

董老板愣了愣：“啥事？”

“我看你那千金容貌出众，想娶她为妻。”

没想到董老板听了连连摇头，摆着手说：“不行，这不合适，你那么大的官，能看上我这小门小户的姑娘吗，你这不是拿我开玩笑吗。不行，不行。”

郑春义见董老板一本正经的样子，又好气又好笑：“我可是一片诚心。”

董老板一拱手，躬身道：“门不当户不对，这门亲你让谁说也没法做。对不起，长官，失陪了。”说罢逃也似的开门走了。

谢明看董老板的架势，是压根就不想答应这门亲事，瞥了郑春义一眼：“董老板说得对，你那么大的官，人家哪敢攀你的高枝。”郑春义低头看了看身上笔挺的将军服，一赌气把衣服脱下来，招呼两个人道：“来，喝酒。”两个参谋不由得哈哈大笑，郑春义气得一人给了他们一拳。

第二天一早，郑春义拿着一份刚刚整理好的材料来到陈诚的办公室，陈诚接过材料，问：“郑处长，我听说你在鹿鸣春吃饭看上了一个姑娘。”

郑春义心想，这事怎么陈长官都知道了：“可人家不愿意，算了吧。”

陈诚哈哈大笑：“我们郑处长看上的姑娘哪能就这么算了，这事交给我了。”

郑春义一愣：“不行，不行，这种事怎么好让陈长官出头。”

陈诚一本正经地说：“婚姻是人生大事，我岂能坐视不管。明天晚上你去找鹿鸣春掌柜的，就说我请那个客栈的董老板吃饭。”

郑春义摇了摇头，说：“恐怕不行吧，他要知道是陈长官请他吃饭，肯定不敢来。还是我带两个人去客栈请他，这样就由不得他不来了。”

陈诚沉默了片刻，说：“这样也好。”

傍晚，南市场鹿鸣春饭店被全副武装的士兵围了个水泄不通，陈诚找了五六个将官在一个豪华包间里坐下时间不长，郑春义和谷峰、谢明把董老板带了进来。董老板见酒店前后戒备森严，战战兢兢地硬着头皮跟着郑春义走进门口站着两个持枪卫兵的豪华包房，看到里面坐着五六个高级将官，吓得腿都软了。

陈诚站起来说：“董老板不必紧张，我们绝不会难为你，今天找你来是想跟你商量一宗事情。”

郑春义搬过一把椅子让董老板坐下。董老板结结巴巴地说：“什么事？请长官直说。”

陈诚坐下，微微一笑说：“董老板，我们郑处长看上你家闺女了，我们今天是来做说客的，看在我们几个人的面子上，你最好能答应这门亲事。我觉得这是件好事，你要是连我们几个人的面子都不给，就有些说不过去了吧。”

董老板连忙起身拱手道：“长官，不是我不想答应这门亲事，我是觉得我这小门小户的实在是高攀不上。”

陈诚一笑：“男女之间的姻缘是天作之合，我看咱们当老人的应该成全他们才对。再说，你是家资万贯的老板，春义是我的少将处长，你们之间依我看难分高低贵贱，你说是不是？”

董老板心想，看这架势我是答应也得答应，不答应也得答应了，只好说：“就这么定了。”

陈诚上前拍了拍董老板的肩膀，说：“这就对了吗，郑处长的父母不在身边，你挑个日子，过几天就把他们的喜事办了吧，到时候我们都去给你贺喜。”

董老板听了，一副受宠若惊的样子：“几位长官要是能去捧场，我董某求之不得，我这就回去跟他妈商定日子。”说完从椅子上站起来，一拱手出去了。

陈诚走过来，拉过郑春义：“郑处长，你艳福不浅啊，让我们这些老家伙来给你当说客，到时候可别忘了请我们多喝几杯喜酒啊。”

一屋子的人听了都乐了，郑春义也咧开嘴跟着开心地笑了起来。

陈诚给郑春义说媒的事情传开后，在行辕上下引起了不小的震动。下午，军事会议结束后，陈诚将周福成单独留下，回到办公室，将一摞材料拿给他说："你看，这又是一批贪污腐败分子，如果一旦我们的文官武将不顾党国的利益，寡廉鲜耻地只想着中饱私囊，用不了多久，党国的根基就会被蚀空，党国的大厦也许一夜之间就会轰然坍塌。"

周福成点点头："主任所言极是，这些人怎么处置？"

陈诚挥了挥手："统统撤职查办，该关起来的关起来，罪行严重的，让执法队都拉到野地里就地正法。"

周福成一愣，心想："看来这个郑春义还真有两下子，怪不得陈长官出面给他做媒呢。"

陈诚早已看出周福成的心思，说："我给郑春义当这个月下老，就是要让那些说三道四的人闭嘴，告诉他们，郑春义是我信得过的人，让他们都小心点，别动不动就打小报告说人家的坏话，有我在，谁也别想打他的主意。"

周福成下意识地摸着下颏，说："主任要是不出头，郑处长的日子恐怕还真就混不下去了。"

陈诚见已经达到了敲山震虎的目的，挥了挥手，让周福成走了。

周福成回去一说，一夜之间军内上下都知道郑春义是陈诚身边的红人，那些蠢蠢欲动，想把郑春义整掉的人，不得不有所收敛。郑春义见陈诚对他恩宠有加，更是一心扑在反腐上，军内贪腐行为蔓延的势头开始有所减弱，陈诚也更加器重这个年轻的军法处长，对郑春义提出的要求一概应允，谷峰和谢明也连升三级。

又是一连四五天郑春义和几个参谋没有睡过一个囫囵觉了。傍晚，郑春义正在埋头整理材料，谷峰带着一个人进来了，郑春义抬头见是叔伯哥哥郑春江，立刻站起身来招呼道："呦，哥，你怎么来了，这才几年没见，你咋老成这样了，要是在街上见了你，我都不敢认了。"

郑春义冲谷峰摆了摆手，谷峰关上门出去了，郑春义倒了一杯水放到郑春江面前。

郑春江长叹一声，两眼发直，哽咽道："一言难尽啊。"

郑春义吃惊地问："怎么了。"

"说来话长，二十年前我介绍你大哥加入了中统，抗战胜利后，因为给进入东北的共军运送粮食，中统下令，不但用炮火摧毁了你大哥运粮的机车，还命人追杀他。我几次找人从中斡旋，可到现在中统那帮混蛋仍是不肯罢手。"

郑春义瞅着郑春江，问："你来找我就是为大哥的事吗？"

郑春江心里十分愧疚，低着头说："我在南京花钱上下打点疏通，可没有人买我的账。头几天，我去国防部开会，听说你成了陈诚身边的红人，就特意从南京来找你，我想，只有陈诚出面，替你大哥在老头子面前说句话，这件事才能了结。"

郑春义站起来思忖片刻，说："这事儿非同小可，我也没有十足的把握，过两天我找个机会跟陈长官说说看吧。你先住我这儿，等有了消息我马上告诉你。"

郑春江苦笑着说："我想陈长官说话老头子一定能给他面子。"

"但愿如此吧。"郑春义让谷峰找到南市场鸿发客栈董老板，安排郑春江暂时住了下来。董老板自然是热情招待，不敢有丝毫怠慢。郑春江却心绪不宁，坐卧不安，不知道陈诚肯不肯出面说情。

这天，郑春义拿着加班加点整理好的几份调查报告来到陈诚的办公室，陈诚看了看郑春义，接过他手里的材料，忧心忡忡地说："我刚刚去南京参加了委员长召开的国防部作战会议，现在的形势对我们越来越不利了，东北的战局江河日下，我部四个兵团、十四个军、四十四个师，加上地方保安团队大约五十五万人，被分割、压缩在沈阳、长春、锦州三个互不相连的地区内，看来我们低估了共军的实力啊。"

"照陈长官这么说，我们大势已去啦？"

陈诚走到窗前，望着外面灰蒙蒙的天空，心灰意冷地说："是啊，颓势难抑喽。"

"我大哥的事，陈长官跟委员长说了吗？"

"说了，他对你大哥很熟悉，已经下令既往不咎，你可以让你大哥回家了。"

郑春义"啪"地立正敬了一个礼："谢谢陈长官！"

陈诚走到窗前，凝视着阴云密布的天空，说："在这次会上，委员长对我也很不满意，看来我在沈阳的日子不会太长了，我的反腐计划到底还是泡汤了。"

郑春义一时有些不知所措，他咬着嘴唇沉默了一会儿，强打起精神说："陈长官对党国的一片忠心，苍天可鉴。"

陈诚的脸上露出了一丝苦笑，转过身来走到郑春义面前，用力拍了拍他的肩膀，说："你是好样的，你放心，不论走到哪儿，我都不会扔下你不管。"

两个人一时默然无语，郑春义想说几句安慰的话，可话到嘴边又咽了回去，他知道，决堤的水是谁也挡不住的。

第六十九章

一九四八年八月下旬的一天，哈尔滨市郊一个农家院里，几只老母鸡带着一群小鸡崽在找食吃，一条小黄狗趴在门口，竖起耳朵警觉地谛听着周围的动静。阳光透过玻璃窗照在屋子里，郑春仁觉得身上暖暖的。他拿着梅雨发来的电报站在窗前，望着如洗的天空，不觉想起了韩吉庆，他的心有些隐隐作痛。那天在沈阳站前广场上的一幕犹在眼前，他喃喃地说："吉庆，我活着，你却扔下我走了，你知道吗，我一闭上眼睛你就站在我的跟前，大哥想你啊。"话未说完，早已忍不住流出泪来。

洪柳开门，默不作声地从外面进来，发现郑春仁一个人站在窗前独自垂泪，走过去轻声问："你怎么啦？"

郑春仁将电报交给洪柳："我可以回家了。"

洪柳看过电报说："这是好事啊。"

郑春仁摇了摇头："唉，我想吉庆啊。"

洪柳眼圈立刻红了，郑春仁的话一下勾起了她对韩吉庆的思念，她从心里爱他，本想与他厮守终身，可那个人在哪儿呢？她不敢再往下想了，开始低着头帮着郑春仁收拾东西。

郑春仁轻声道："你歇会儿吧，我自己来。"

洪柳抬起头，望着窗外飘浮在天际的一朵朵白云，说："东北很快就要解放了，我们的大部队也要南下打过长江去解放全中国，组织上已经决定，让我随干部团南下，我不能跟你一块回沈阳了。"

"你多保重，照顾好自己，不管到什么地方都别忘了给我写信。"

洪柳将目光从窗外收回来，说："放心吧，我会写信给你的。"

这时，霍旺从外面进来，见郑春仁在收拾东西，问："你这是去哪儿？"

郑春仁从怀里掏出电报交给霍旺。

霍旺看过电报高兴地说："好啊，这回你们一家子就团聚了，回去见到你娘想着替我问候老人家。"说着从挎包里掏出一封信递给郑春仁，"这是郑副师长派人刚刚送来的，让我交给你。"

郑春仁接过信打开，果然是弟弟熟悉的字迹："大哥：国民党在东北败局已定，东北全境的解放指日可待。我已经了解过了，尽管你参加了国民党的特务组织，但你在我部队进入东北后不惜一切代价，为我军提供了大量急需的粮食，为开辟我东北根据地做了一件非常有益的事情，党和人民是不会忘记你的，在东北解放前夕，希望你能留下来，继续为解放全中国尽一份力。"

霍旺见郑春仁有些犹豫不决，说："郑老板，我们已经调查过了，尽管你参加了国民党的特务组织，可并没有做什么坏事，希望你打消顾虑，将来建设新中国也离不开像你这样有能力的商人啊。"

郑春仁默默地将信收起来，说："谢谢霍政委。"

霍旺紧紧地握了握郑春仁的手："郑老板，路上保重。我还要去开个会，等会儿我派车过来，让洪柳去车站送送你。"说罢出了院子，上了停在门口的吉普车。郑春仁和洪柳见霍旺的车开走了，回到屋里拿上行李从院子里出来。不大一会儿，一辆吉普车停在了门前，郑春仁回过头去看了看眼前这座已经十分熟悉的农家院落，跟房东挥手道别后，与洪柳一块上了车。

在哈尔滨火车站的广场上，郑春仁和洪柳从车上下来。洪柳慢慢地抬起头来，目不转睛地看着车站候车室那半圆形的屋顶，眼里情不自禁地流出泪来。她低下头不无伤感地说："真的是让人触景生情啊，你知道吗，看到这圆形的屋顶，让我一下子想起那次我跟吉庆一块来哈尔滨，他那调皮的样子历历在目，可物是人非，阴阳两隔。我再也听不到他的笑声，看不到他跟我开玩笑时的那种天真的孩子气了。"

说着洪柳从兜里掏出一方手帕，在郑春仁面前缓缓地展开，只见手帕中间绣着一对活灵活现的鸳鸯。

郑春仁惊讶地说："想不到你的手还这么巧。"

洪柳擦去泪水，柔声说道："吉庆特别喜欢我绣的鸳鸯，你回沈阳后，抽空去看看吉庆，把这块手绢放到他的墓碑上，告诉他，等全国解放了，我再回去看他。"

郑春仁小心翼翼地收起手帕，说："我一定交给他，我想吉庆看了一定会高兴的。"

洪柳仰起头看着郑春仁，沉默了一会儿，说："你知道吗，每次看到你都会让我想起吉庆，你就要走了，也不知道什么时候咱们才能再见面。"

"我想时间不会太长。"

洪柳深情地看着郑春仁："你抱抱我好吗？"

郑春仁放下手里的行李，轻轻地把洪柳揽在怀里，两个人的泪水不禁夺眶而出。

天蓝极了，没有一丝云彩，郑春仁带着梅雨和儿子雨蒙来到沈阳郊外。下了车，郑春仁找到那处向阳的山坡，步履沉重地来到韩吉庆的墓前。跟他走的时候一样，那块用木板做成的墓碑依旧静静地矗立着，上面“韩吉庆之墓”几个字依然十分醒目。郑春仁用手帕仔细将墓碑上的尘土擦拭干净，从怀里掏出洪柳交给他的那方手帕，一点点地展开，露出了里面洪柳精心绣制的那对活灵活现的鸳鸯。郑春仁把手帕轻轻盖在墓碑上，眼泪便再也止不住了。轻声说道：“吉庆，洪柳看你来了，你看，她绣的鸳鸯多漂亮。”

郑春仁在墓碑前缓缓地坐了下来，从带来的包里拿出一瓶酒。倒了一杯放在墓碑前，自己也把酒斟满。停了一会儿，郑春仁哽咽着说：“吉庆，来，大哥跟你干一杯。”

郑春仁仰起头把酒喝下去，放下酒杯，用手轻轻地抚摸着墓碑，缓缓地说：“吉庆，我一直在想，什么叫仁？什么叫义？这两个字好写，又有几个人能做得到呢？那次去南京你救了我，我要给你加薪你不干。你早就看出来洪柳喜欢你，为了我，你把那份情感深深地埋藏在心里。那套老房子说好了送给你做新房，你却偷偷地把钱交给洪柳入到公司的账上。我知道，凭你的功夫，那天完全可以躲开特务的子弹！为了我你宁愿牺牲自己。你爱别人胜过自己的大仁，施恩不图报的大义我会永远记在心里。”

郑春仁再次把酒杯斟满，郑重地端起来：“吉庆，我已经准备好了，过两天就要动身去南方了。洪柳也要随四野的干部团南下，我们已经约好，等回来一块过来看你。”

郑春仁把杯里的酒轻轻地泼洒在地上，转过身来抱过儿子：“来，雨蒙，问吉庆叔叔好。”

雨蒙天真地看着墓碑，奶声奶气地说："吉庆叔叔好。"郑春仁听了，心像被无数根钢针扎了一下，再也控制不住，脸贴在墓碑上，任泪水横流。

梅雨走过来，轻声地说："春仁，咱们回去吧。"

郑春仁擦了擦眼泪，三个人依依不舍地从山坡上下来。这时，一只苍鹰从天际飞来，在瓦蓝瓦蓝的天空中上下盘旋。郑春仁抬起头来惊喜地说："梅雨，吉庆看我们来了！"

两个人仰起头，目送着那只苍鹰围着墓碑转了一圈后箭一样向远处振翅飞去。

下午，郑春义坐在办公桌后面，正批改一份调查材料，胡进垂头丧气地进来了。

郑春义见胡进已全然没有了当初那股子神气劲和精神头，头发蓬乱，胡子拉碴，脸色憔悴。

胡进颓然地坐到沙发上，长叹一声："唉，全完了！早知如此，何必当初。"

郑春义站起来，眼睛一眨不眨地盯着胡进："瞅你蔫头耷拉脑这副德行，怎么啦？"

胡进抱着头："唉，我们几千个弟兄全被都打光了。"

"怎么回事？"郑春义吃惊地问。

"我们被共军在辽西走廊打了个稀里哗啦，老八死了，几千弟兄也死伤大半，剩下的都成了俘虏。唉，当初不如让弟兄们都回家种地了。"胡进说着说着，捂着脸呜呜地哭了起来。

郑春义一句话也说不出来，走过去，抚摸着胡进的肩膀："现在说什么都晚了。"两个男人紧紧地抱在了一起。

国民党东北行辕主任陈诚预感到东北战局已经不可收拾，不觉心灰意冷，他有些进退两难，没想到南京总统府的一封电报让他如释重负。他找来郑春义，摆了摆手让他坐下，将身子靠在椅子上，目光暗淡地说："委员长让我立即动身去台湾建立后方基地。"

郑春义吃惊地问："东北这一摊子怎么办？"

陈诚沉默了一会儿，从椅子上站起来，走到窗前望着窗外清冷的街道，说："一走了之，倒也痛快。"

郑春义带着几分惶恐道："那我怎么办？"

陈诚慢慢地转过身来："你在这里得罪了很多人，他们都在想着法子整你，你跟我走吧。"

"是！"郑春义敬了个礼。可举着的手没有放下。陈诚奇怪地看着他，问："你还有什么要求吗？"郑春义点点头："我想让胡进跟我一块走。"

"你是说你的那个同学胡军长？"

"是的。"

陈诚思忖了片刻，说："难得啊，记不得是哪个诗人说过，人和人之间多一分真情，这个世界就多一分美好。我成全你。"

郑春义重新郑重地敬了一个礼。陈诚转过身去坐回到椅子上，目光中流露出难尽的无奈："我们今天的失败绝不是因为我们的武器装备不如共军，而是失败在政治腐败和指挥不当上。你知道吗，腐败就像一个从里往外烂掉的苹果，从外边看上去尽管仍然光滑鲜亮，可里边已经烂掉了。当官的只想着牟利，何谈士气！当兵的不知道为谁而打仗，何谈无畏！"

郑春义也愤愤不平地说："那些当官的大的大贪，小的小贪，而且无所不用其极，没有一个人想事，没有一个人干事，一个一个的如蝇逐臭，争权夺利，互相吹捧，欺上瞒下，平时阿谀奉承成风，一遇到问题需要有人负责的时候，就全都躲得远远的。照这样下去，再好的武器装备也是摆设。”

陈诚摇了摇头，说：“这场悲剧，完全是我们自己一手导演的，跟任何人没关系。”说罢站起来，满腹惆怅地凝视着窗外的街道感慨万端。过了一会儿，缓缓地转过身来问郑春义：“才三年，这座东北的重镇难道就要得而复失了吗？”郑春义一时不知道该如何回答，两个人默默无语徒生悲凉，不禁又是一阵唏嘘。

郑春仁和梅雨在屋子里忙着收拾东西，齐玉萍带着身穿少将军服的郑春义开门进来了。郑春仁迎上去张开双臂，两个人紧紧地拥抱在一起，许久没有松开，各自眼里都流出泪来：“春义，你救了我们一家，大哥谢谢你了。”

郑春义擦了擦脸上的泪水，说：“这次多亏了陈长官在委员长面前替你说情，要不中统那帮家伙还是没完没了地揪着你不放，这帮混蛋。”

郑春仁感激地看了看郑春义：“二弟，让你为我的事操了不少心。”

“大哥，你能平平安安地回来就好。”

“二弟，东北就要解放了，你打算怎么办？”说着，郑春仁从怀里掏出郑春礼写的信，“这是三弟写给我的信。”

郑春义接过信高兴地说：“三弟现在咋样？我已经好多年没有他的消息了。”

“三弟现在是解放军的大干部了。”

郑春义打开郑春礼的信，思绪一下被带回到了孩童时代：“大哥，你说人为什么要长大呢？没事的时候，我老是想起我们哥儿仨小时候无忧无虑地跟着回毅叔叔在门口的沙滩地上练武，饿了就吃，困了就睡，什么烦心事都没有，多好哇。我记得那时候爸爸老是嫌我们长得慢，恨不得我们睡一宿觉就都长成大小伙子。哪承想一眨眼，我们就都长大了，小时候无忧无虑的日子再也找不回来了。”

“是啊，你整天跟一帮孩子掏鸟窝、摸泥鳅，在沙滩地上跟他们打打杀杀，弄得跟泥猴似的，没少让爸爸打你屁股。你还记得吗？有一次，你把人家的衣服撕坏了，他娘找上门来，爹气得把你按在炕上，脱了裤子打你。”

“那天娘没在家，屁股都打肿了，好几天睡觉不敢挨炕。”

“想起来这些事，跟在眼前发生的一样。”郑春仁感慨地说。

“是啊，没有谁能留得住时间啊。大哥打算留在沈阳吗？”

郑春仁摇了摇头：“我已经想好了，先去北平，再去上海、广州。你呢？”

“我跟陈长官一块去台湾。”

郑春仁眼里充满了伤感：“你这一走我们也许很难再见面了。”

郑春义恋恋不舍地说：“大哥，那你就跟我一块走吧。去台湾你还可以继续经商。”

郑春仁轻轻地摇了摇头：“我不去。”

郑春义不解地问：“为什么？三弟信上不是说，共党已经知道你给中统提供过情报，他们能放过你吗？”

郑春仁闭上了眼睛，面前浮现出机车在炮火中熊熊燃烧的画面，火光中韩吉庆浑身是血向他走来，他慢慢地睁开眼睛，抬起头说：“二弟，即使共产党不放过我，我也绝不会跟你去台湾，国民党寡情薄意，我辛辛苦苦为他们工作了那么多年，到头来他们竟炸毁了我的机车，又派人暗杀我，把事情都做绝了，你让我怎么再相信他们。”

“大哥，到时候你会后悔的。”

“二弟，我意已决。”

郑春义站起来："那我也就不勉强了。我还要赶回去开个会。"说完他拿起桌子上的帽子走了。郑春仁想送送他，被郑春义拦住了。

梅雨进来问："二弟走啦？"

郑春仁点了点头，坐下来，郁郁寡欢地对梅雨说："我打算走之前跟刘振清的爸爸、徐老爷子和马掌柜几位前辈道个别。"

"好，我去鹿鸣春订个包间。"梅雨把准备带走的几件衣服放到箱子里转身出去了，这时大伟和雨蒙一块跑了进来，大伟手里拿着一支木头手枪，冲着弟弟比画着，嘴里还不时发出打枪时"啪啪"的声响。郑春仁看着两个孩子天真的样子，心想，难道战争真的成为人类抹不去的记忆了吗？他木然地站起身来到院子里，帮着齐玉萍将晾晒好的被褥拿到屋子里。

一九四八年十月，蒋介石为安排后路，决定派陈诚主持台湾政务，改编和整训由大陆迁往台湾的部队。陈诚带着郑春义和胡进来到东塔机场，登上了一架飞往台湾的飞机。郑春义站在机舱门口回过身来，再次看了看远处裹挟在冷风中的那座依稀可辨的白塔，转身走进了机舱。

飞机腾空而起，郑春义隔着舷窗看了一眼身下这座满目疮痍的千年古城，心绪烦乱地闭上了眼睛。飞机穿过一片云层，身下那座城市的轮廓便消失得无影无踪了。

郑春义从舷窗旁收回目光，拉过胡进说："多情自古伤离别啊。"一语未了，眼角已涌出了大颗的泪珠。

晚上，鹿鸣春饭店的一个包间里灯火通明。徐老爷子、马掌柜和郑春仁依次落座后，郑春仁站起来，说："今天我点的全是鹿鸣春的名菜，有掌上明珠、九转大肠、松鹤延年、葱烧海参。"

徐老爷子捋着银白的胡须："好啊。"这时刘振清的爸爸进来了。

徐老爷子与他打过招呼，回头看了看郑春仁，问："你这程子去哪了，我让徐明到处打听也没你的消息，都快把我闷死了。"

郑春仁不便直说："出了点事，去哈尔滨了。"

刘振清的爸爸接过徐老爷子的话说："你要是时间长了不到我们家去，振清他娘就老是念叨你。头几天还张罗着让振清去找你呢。"

郑春仁想起鞍山的食品厂，问刘振清的爸爸："鞍山我有一段时间没过去了，振清那边的情况怎么样？"

"老正泰这块金字招牌算是立住了。"

郑春仁听了放下心来。见跑堂的把菜上齐了，招呼几个前辈道："来，趁热吃。"

徐老爷子夹了一块九转大肠放到嘴里，接过刘振清爸爸的话说："依我看，这做买卖呀要是心放不正，就跟这道菜一样，步步都是弯路。"

刘振清的爸爸夹起一块海参，说："人没有知足的，有一千想赚一万。"

徐老爷子端起酒杯呷了一口酒："是啊，想当初，我跟马掌柜当铺开得好好的，老是嫌钱赚得慢，就偷着倒腾军火，整天提心吊胆，半夜睡觉一听到拉警笛就心惊肉跳，回过头来一看，挣再多的钱又有什么用呢？"

郑春仁心想，莫非徐老爷子也要走，于是问道："听您老的口气，也打算离开沈阳？"

徐老爷子正了正身子："倒腾军火从来都是犯禁的事，要是共产党得了势跟我算账，我就得掉脑袋。我已经买好了车票，后天就走，去南京我的一个表弟那，走一步算一步吧。唉，可惜了我那套四合院的大宅子了。"

马掌柜指着桌子上那道松鹤延年说："人都想做长久打算，岂知世事无常，富贵不过一场梦而已。”

郑春仁举杯道：“马掌柜说的是这么回事，来，我敬马掌柜和两位前辈一杯。”几个人带着各自的心事把杯里的酒喝了下去。

刘振清的爸爸放下酒杯问郑春仁：“春仁，你是怎么打算的？”

“我今天就是来跟几位前辈道个别。这些年，我给日本人干过事，给国民党提供过情报，也帮助共产党运过粮食，你们说，我算哪路人？”

徐老爷子沉默了一会儿，颔首道：“春仁说的倒是实话。”

郑春仁带着几许无奈说：“我跟徐老爷子一样，走一步算一步吧。不过我觉得刚才几位前辈说得有道理，世上的人都为名缰利锁所累，岂知荣华富贵不过是花上的露水、草上的霜而已。”

几个人感叹不已。徐老爷子捋了捋胡子，说：“春仁啊，今后别管走到哪，想着给我们写封信。”

说着徐老爷子从椅子上站起来：“以后咱们老老少少的恐怕很难再凑在一块了，来，干一个！”

几只酒杯碰在一起，离别的伤感让每个人心里都充满了说不出道不明的酸楚。

郑春仁、梅雨、齐玉萍带着大伟、雨蒙上了汽车。郑春仁站在车前回过头去，默默地注视着凝聚着他多年心血的这座中西合璧的建筑，轻声道：“再见了。”说完上了汽车。

天空灰蒙蒙的，尖利的冷风在车站广场上打着旋四处乱窜。郑春仁带着一家人下了车，向车站候车室走去。看着步履匆匆拿着大包小裹的旅客，郑春仁扭过头去问身边的梅雨：“你说，要是吉庆在，我还能走吗？”

梅雨不置可否地摇了摇头：“我想吉庆不会让你走。”

这时，车站穹顶下方的大钟响了，钟声低沉浑厚，伴着尖利的寒风，让郑春仁浑身一震，他仰起头来对梅雨说："听着这钟声，不知道为什么我觉得有一种说不出来的孤独。"

"是吗？"

郑春仁茫然地点了点头："是，我像一下掉进了冰窟窿里，浑身发冷。"

梅雨默不作声地挽起郑春仁。郑春仁从梅雨手里接过雨蒙，向候车大厅走去。一阵风吹来，大衣被掀起来一角，看得出来，他向前移动的脚步显得格外迟缓、沉重。

尾 声

一九四八年十一月二日。黎明时分，沈阳南郊的一个山头上，郑春礼举着望远镜向沈阳方向瞭望着，几个荷枪实弹的解放军战士站在他身后。过了一会儿他放下望远镜，站在旁边的参谋长问："副师长，马上就要到你的老家了是吗？"

"是啊，转眼我离开家乡已经十多年了。"郑春礼抑制不住自己内心的激动和兴奋。

"副师长家里还有什么人？"

"有爹、娘和两个哥哥，还有几个叔叔。"

"听政委说，你娘是个很了不起的女人，读过书，对你们教育很严格。"

"我娘这一辈子不容易，我小的时候，有一次土匪来烧粮食，救火时眼睛失明了，可她看事比明眼人看得还透彻。我年轻刚参加革命时，头脑比较单纯，看问题有时很片面，现在想起来，还是我娘说得对。"

“等沈阳解放了，我一定去拜访老人家。”

“你去了我娘一定会给你烙黏火勺吃，那是我娘最拿手的。”

参谋长神采飞扬地说：“好哇！咱们一言为定。”

这时一轮旭日在东方升起，迸射出万道霞光，从沈阳方向传来了激烈的枪炮声。

郑春礼挥了挥手，说：“走吧！”

上了吉普车，一个通信员骑着马来到跟前，大声道：“报告副师长，我先头部队已经从沈阳西面攻入城区，野司命令，在二十分钟内到达浑河南岸攻击阵地。”

“好！”

他转身对参谋长道：“命令先头部队火速占领前面的浑河铁桥！”

一时间，通往沈阳的大路上战马嘶鸣，战士们开始跑步前进，吉普车也快速向前驶去，不远处古城沈阳的轮廓渐渐清晰起来，迎着初升的一轮朝阳，郑春礼看着参谋长，说：“这座东北的重镇就要回到人民的手中了。”

两个人举目望去，沈阳这座千年古城在晨光中雾气缭绕，正从沉睡中醒来……

后　记

一九五一年暮春的一天上午，香港恒通贸易商行的董事长郑春仁坐在客厅里，漠然地端起用人刚刚送来的一杯热茶，慢慢地呷了一口，将目光投向远处青翠的山峦，他知道山的那一边是令他魂牵梦萦的故乡。

来香港的时间尽管不长，但记不清从什么时候开始，他的内心深处常常会被一种挥之不去的思乡情结所缠绕，每每都让他难以释怀。他幻想着能回到那片他熟悉的土地参加新中国的建设，但他心里清楚，这只是一厢情愿罢了。这些日子他时常这样呆呆地坐着，不知道在有生之年还能不能回到自己东北的家乡看看。那片土地他再熟悉不过了，生于斯长于斯，尽管几十年过去了，然而往事仍历历在目。回想起自己的前半生，他常常会有一种冲动，想把自己的经历写出来，拿起笔来却又不知从何下手。他庆幸自己有一个好母亲，当年因为不满父母的包办婚姻从河北老家来到东北，养育了他们兄弟三个。母亲性格刚毅、泼辣，做事胆大心细，为人谦恭善良，不能不说对他和两个弟弟的一生都产生了潜移默化的影响。想起自己带着妻儿流落异乡，他总会有一种说不出的酸楚和无奈。如果不是自己的盟兄遭到国民党特务的暗杀，他也许会留在内地。如今父母依然在家乡生活，说不好什么时候才能再与二老见面，遥望故土，只有将所有的思念化作天边的一片云了。他与两个弟弟从小在一块长大，二弟在沈阳解放前夕去了台湾，三弟早年秘密加入了共产党，在辽沈战役时已经是中国人民解放军的高级指挥官了。他想，早一天见到他们，能一同去回想儿时的快乐，该是多么开心的一件事啊。

太阳从云层后面露出脸来，原本苍翠的山峦在阳光的照耀下愈加生气勃勃了。广州解放前夕，他辗转到了香港，不久便重操旧业，开办了一家商行，他依然袭用了早年在家乡开办公司时的名字，这让他每当看到那块写有恒通贸易商行的匾额都仿佛回到了遥远的故乡。回想自己走过的道路，他不知道算不算传奇，因为无论日本人还是国民党以至后来的共产党都给他记着一笔账。于是他愈加想把自己前半生的经历告诉给后人，是非功过让后人去评说好了。

他从躺椅上站起来，活动了一下身子，缓缓地将目光从远处收回来。他觉得有些乏了，躺下来闭上眼睛打算休息一会儿，一幕幕早已逝去的往事却像一张张年代久远的底片，虽然经过时间流水的浸泡，却依旧清晰地浮现在他的面前。

当他一觉醒来，用人早已站在旁边，告诉他该吃下午茶了。他从躺椅上站起来，走到宽大的落地窗前，太阳被一层薄薄的云遮起来，远处高低起伏、连绵不绝的山峦像用浓淡不一的墨画到天上去的一样。他的经历让他感悟到人生就像爬山，带着希望出发，然而无法预料会遇到多少沟壑。但回想起来，无论是顺境还是逆境，都是人生的一部分，既没有必要欣喜，也无须颓丧。闲暇时他时常会跟两个儿子讲起那些陈年往事，他知道生活总会继续，如果能让孩子们懂得如何生活，他便心满意足了。

他将目光一点点地从窗外收回来，转身拿过用人递过来的毛巾擦了擦脸，迈着迟缓的脚步去吃下午茶了。